大華

（一）

復刻本說明

* 本書依《大華》第一期到第五十五期全套復刻，為使閱讀方便，復刻本的尺寸由原書的18×25.5公分，擴大至21×29.7公分。
* 本期刊因尺寸略微放大，但每期封面無法符合放大尺寸，故每期封面皆對齊開口，使裝訂邊的留白較多。
* 本期刊為復刻本，內文頁面或有少數污損、模糊、畫線，為原書原始狀況，不另註；唯範圍較大者，則另加「原書原樣」圖示 原書原樣 ，以作說明。
* 本期刊為復刻本，目錄與內文有部份不符或目錄未依內文順序排列，為原書原始狀況。

【導讀】掌故大家高伯雨和《大華》雜誌

蔡登山

一般人說起「掌故」，無非是「名流之燕談，稗官之記錄」。但掌故大家瞿兌之對掌故學卻這麼認為：「通掌故之學者是能透徹歷史上各時期之政治內容，與夫政治社會各種制度之原委因果，以及其實際運用情狀。」而一個對掌故深有研究者，「則必須對於各時期之活動人物熟知其世襲淵源師友親族的各族關係與其活動之事實經過，而又有最重要之先決條件，就是對於許多重複參錯之瑣屑資料具有綜核之能力，存真去偽，由偽得真……」。因此能符合這個條件的掌故大家，可說是寥寥無幾，而其中高伯雨卻可當之而無愧。

高伯雨（一九〇六—一九九二）原名秉蔭，又名貞白，筆名有林熙、文如、竹坡、西鳳、夢湘、大年、高適、秦仲龢、溫大雅等超過二十五個之多。他是廣東澄海人，祖父高滿華在清道光年間南渡暹羅（泰國）經商辦企業，在新、馬、泰和廣州、汕頭都有商鋪分號，富甲一方。父親高學能（舜琴）是清末戊子（一八八八年）舉人，和丘逢甲同科，後無意仕途，隻身前往日本經商，幾經奮鬥，遂成日本關東地區舉足輕重的華僑巨賈。高家屬下的商業機構有「元發行」、「元發盛」、「文發行」、「元發棧」、「綿發油廠」等等，業務範圍廣及米糧、煙葉、橡膠、電燈、電話、航運等。高伯雨是高學能的第六子，出生於香港文咸西街高家經營的元發行，他四歲喪父，長兄高繩之（秉貞）只顧着發展自己的自來水公司和電話等業務，無暇打理父親的生意，到了一九一三年高繩之又病逝，高家事業從此後繼無人便日漸走下坡。一九一三年高伯雨在廣州公益中學的附小讀書，後來又轉到德才女子學校，再轉覺覺小學。一九二三年高伯雨入澄海中學，一九二六年六月中學畢業，到日本東京打算投考早稻田大學，九月遭逢母喪，即返廣州奔喪。一九二八年冬，他赴英國讀書，攻讀英國文學，一九三二年未修完學業而回國。先任職於上海中國銀行總管理處調查部專員，同事中有唐雲旌（一九〇八—一九八〇），也就是後來號稱「江南第一筆」的唐大郎，二〇年代後期唐大郎開始給小報投稿，所作詩詞取材靈活，隨手拈來，涉筆成趣，頗受讀者歡迎。一九三六年高伯雨在南京外交部任僉事。抗戰爆發後他抵香港定居，直至一九九二年逝世。

在港期間，高伯雨編過晚報副刊，為報紙寫過稿，也開過畫展（因他曾隨溥心畬習畫，從楊千里習篆刻），更辦過文史刊物《大華》雜誌。但終其一生，可說寫稿為生，一寫就是五十多年，他曾自嘲為「稿匠」。據保守估計他一生所寫文字當有千萬字之多。然而令人遺憾的是，如此龐大的著作，最後結集出版的只有以「聽雨樓」命名的文集五種（一九九八年遼寧教育出版社出版的《聽雨樓隨筆》，還在高氏去世之後），及以秦仲龢為名翻譯的《紫禁城的黃昏》和《英使謁見乾隆紀實》。其他還有幾種雜著，如《乾隆慈禧陵墓被盜記》、《中國歷史文物趣談》、《春風廬聯話》、《歐美文壇逸話》等，但都是戔戔小冊。高伯雨自己曾說，他曾先後三次編選隨筆，都因為出版社解散或稿件遺失而未能出版，「三次受厄，可謂奇遇」。一九九一年，在香港作家小思、編輯家林道群的幫助下，他的子女自費幫他出版了新版的《聽雨樓隨筆》，這也是他生前的最後一部文集。次年一月二十四日，他遽歸道山了。

高伯雨從小就席豐履厚，高家富商多喜歡和文人往還，而當時往來寄食於高家的社會名流非常之多，有晚清翰林，當朝政要，閒居軍閥，一代學者等等，在這些人的耳濡目染之下，高伯雨對於晚清乃至民國之事，當有他獨得之秘。加上他熟讀古代和近代的筆記，尤其收藏明清罕見的筆記有上百種之多。還藏有大量的年譜、日記等資料，我們從他發表在《大成》雜誌的文章如：〈「隨軺筆記四種」中的珍貴史料〉、〈別開生面的年譜（麟慶與「鴻雪因緣圖記」）〉、〈從《張元濟日記》談商務印書館〉、〈程克甲子日記及其有關人物〉，甚至〈從我的日記中看四十年前的香港文化人〉、〈從舊日記談到民國二十一年的上海〉等文章，均可知道他對史料重視之一斑。

好友黃岳年兄說，高伯雨由於他特殊的經歷，他寫的許多事，都是自己親耳聽聞，或親身感受的，再加上他獨特的文筆思路，雖舊人舊事卻寫得意興飛揚，靈動異常。而他腹笥極廣，檔案筆記無所不讀，可說是無一字無來歷，無一事無根據。過人的才情和過人的史識，構成了高伯雨文字氣度嫻雅的底色，信而有徵，讀來有味。難怪瞿兌之說高伯雨的書「必定是讀者所熱烈歡迎的」，「讀之唯恐其易盡，恨不得一部接一部迅速問世，才能滿足我們的貪欲。」同為寫掌故和隨筆，高伯雨與徐珂、黃秋岳、鄭逸梅、劉成禺、汪東、徐一士、瞿兌之、高拜石和後來的高陽等人相比，無疑是最好的之一。而時代的劇變，也使得他成為「最後一位掌故大家」，而後無來者了。

記得高伯雨在辦《大華》雜誌時，曾催生作家包天笑寫《釧影樓回憶錄》，逐期在《大華》連載，最後並為他出單行本。這為包天笑耄耋多病的晚年，贏得不少慰安；而《釧影樓回憶錄》正續兩大冊，也為文壇留下珍貴的史料。高伯雨的高情厚誼，誠屬不可多得。如今在斯人逝世二十週年之際，面對他珍貴的文稿，香港牛津出版社整理出版高氏著作十巨冊，其中多冊是首次結集出版。有的是在《大華》雜誌的、有的是在《信報》的專欄，都屬於較短小精幹的文章。尤其在報紙上的文章若無結集，翻檢是不容易的。編輯家林道群先生的用心，無疑地功不可沒。

當然這還僅是高氏所有著作的一小部分，高氏的重要文章大都發表在《大人》、《大成》、《春秋》等雜誌上，其中在《大人》、《大成》的估計就有二、三百篇之譜，有時一期中同時有署名「高伯雨」及「林熙」的文章；而在《春秋》雜誌的某一兩年間，他寫得甚勤，在同一期上，幾乎用了七、八個筆名，當然都是短文。高氏的長文極具份量，集考證與學術，趣味與史實於一爐。筆者近來涉獵晚清及民國史料，看了數百篇高氏的文章，或長篇大論，或雋永隨筆，筆底波瀾，令人嘆服！難怪香港老報人羅孚（柳蘇）稱讚高氏說：「對晚清及民國史事掌故甚熟，在南天不作第二人想。」而林道群也讚曰：「高伯雨一生為文自成一家，他的『隨筆』偏偏不如英國的essay，承繼的是中國的傳統，熔文史於一，人情練達，信筆寫人記事，俱是文學，文筆之中史識俯拾皆是。」這是高伯雨的高妙處，也是他獨步前人之處。《聽雨樓隨筆》可稱得上是白話文筆記的一流著作。

《大華》雜誌為高伯雨在一九六六年三月（十五日）所創辦，原為半月刊，出到第四十期起改為月刊，出至一九六八年二月十日的第四十二期停刊；休刊兩年後，至一九七〇年七月一日復刊，改為月刊，稱一卷一期，但又寫總四十三期，表示延續前四十二期。又出到一九七一年七月的第二卷一期，前後共五十五期。《大華》的內容非常豐富，依性質可分為：掌故、人物、藝術戲劇、政海軼聞、生活回憶、文物、詩聯和雜文等類。

高伯雨在《大華》的創刊號上有〈大華誕生的故事〉一文，說創辦起因是在宴會上他聽了朋友江君的一番話：「老兄性耽文史，又喜談掌故，現在有很多人喜歡這類的文章，有好的內容，不愁沒銷路，你不妨考慮考慮。」高伯雨說：「前幾天在公園看見太陽東升，華光四射我覺得很有生氣，眼前一片光明歡樂的氣象。」因此取名《大華》。又說：「目的不在賺錢，只希望能站得住，不必賠本就好，如果要賠，每月賠它七八百塊錢，我還是賠得起的。」於是由高伯雨的妻子林翠寒提供資本，他們預算拿一萬八千試辦一年半載，高伯雨則是約稿、撰稿、編輯、校對、跑字房及印刷廠的打雜都包攬上身，名符其實的「一腳踢」。雜誌又連載一些有價值的絕版書稿，以儘量節省稿費的支出，但也僅能支持十期，幾乎把本錢蝕光。可幸的是高伯雨「出路遇貴人」，而且雜誌也的確編得相當出色，因此得到龍雲將軍的兒子龍繩勳的支持，一下子介紹五百份訂戶，還加入作股東成為督印人，這實在是支強心針。但好景不常，長期訂戶也終會有完結的一天，《大華》出了兩年，到第四十二期，結果還是關門大吉。停刊兩年後，得實業家柯榮欣支持東山再起，督印人換了「柯榮欣」，在一九七〇年一月《大華》復刊第一期（總四十三期）中，高伯雨又寫了〈大華復刊的故事〉，交代重出江湖的事實。結果是撐了一年多，最終還是逃不過永遠停刊的命運。

高伯雨說當時有些朋友向他建議，「他們認為《大華》的風格太高，未必適合一般讀者的胃口，勸我降低一些，多登載趣味性的文字。我多謝他們的好意。但我認為《大華》有它的一種風格，要它一面世就暢銷是絕對辦不到的，只要它有它的固定讀者，我就和他們結文字因緣，也是一件樂事。」正因為高伯雨的堅持而沒有從俗，到今天才能傳世。它保存近六七十年的掌故、名人軼事、史實和秘聞。香港作家許定銘說：「讀《大華》，我特別留意向晚、陳彬龢和蒙穗生，他們的文章不少，份量甚重。向晚是天津南開學校的舊人，曾留學日本帝國大學，一九三五年任職外交部，晚年居香港從事教育，他在本刊發表了〈記黃溯初先生〉、〈記天津八里台二三事〉、〈記許君遠、胡叙五〉、〈閒話乞丐〉……等，尤其分兩期刊出的〈新雙城記〉，記的是香港淪陷前後的生活趣事，讀之笑中有淚。陳彬龢在民國期間長期在文化界活動，與《申報》關係非常密切，他在此處發表了〈前塵夢影錄〉、〈我和申報〉、〈我和偽申報〉、〈我和徐采丞〉、〈留學日本的回憶〉、〈日本侵略中國一段秘史〉……，不單是報界的秘聞，其接觸面之廣，達民國文化界各階層，實在是不可多得的掌故。而蒙穗生則發表過〈鄧鏗被暗殺的內幕〉、〈陳景華和棺材鋪鬥法〉、〈陳老煙槍殺新聞記者〉、〈胡漢民被蔣扣留始末〉……資料豐富，故事性強兼有趣味，甚具吸引力。其他連載三幾期而受人重視的大文章，有陶拙庵的〈「皇二子」袁克文〉、南山燕的〈半生矛盾的周作人〉、省齋的〈憶知堂老人〉、如冰的〈胡適抗戰時的日記〉、醇廬的〈銀行外史〉、李輝英的〈文學革命第一個十年中的散文〉、容甫的〈哀香港〉、林熙的〈洪深大鬧大光明〉和〈丙午談往〉等，都是擲地有聲的鴻文，絕對不應錯過。」

除此而外，例如單士元的〈清宮的秀女和宮女〉、〈「啞行者」蔣彝教授〉，平步青的〈徐志摩陸小曼富春樓老六打的烏龍官司〉，周志輔的〈談兩個王孫畫家的故事〉、〈清末梨園之三鼎甲〉，簡又文的〈西北軍革命奮鬥史〉，宋春舫的〈宋春舫遊記〉等都是不可多得的好文章。另外《大華》也連載許多有史料性質的書稿，如黃秋岳的《花隨人聖盦摭憶補篇》，《花隨人聖庵摭憶》一書，輯事四二三則，四十五萬言，是黃秋岳多年的心血結晶。該書對晚清以迄民國，近百年間的諸多大事，如甲午戰爭、戊戌變法、洋務運動、洪憲稱帝、張勳復辟均有涉及。內容不僅廣徵博引，雜採時人文集、筆記、日記、書札、公牘、密電，因其身分的特殊亦多自身經歷，耳聞目睹，議論識見不凡，加之文筆優美，讀之有味，被認為民國筆記中罕能有此功力者。《大華》所連載的，實為此書未見刊行的《補篇》，唯有加上這些篇章，《花隨人聖庵摭憶》一書才堪稱完璧。同樣地劉成禺的《世載堂雜憶》從一九四六年九月十五日開始在上海《新聞報》副刊《新園林》刊登，「年餘始畢，風靡一時」，該書記錄的內容涉及政治、經濟、外交、教育以及人物等多方面，是研究中國近代史和民國史的重要資料。在上海中華書局出版單行本時由錢實甫整理編輯，選稿甚嚴，有二十七篇文稿，數萬字未曾選入，高伯雨聯絡劉成禺多年好友陸丹林，取得《世載堂雜憶》單行本以外的遺稿連載於《大華》是為《續篇》。我在二〇一〇年將《續篇》補入原有的書稿之後，重新排版，成為「全編本」《世載堂雜憶》，如此讀者當可得窺全豹，而無遺珠之憾矣。

《洪憲紀事詩本事簿注》是劉成禺以史家的眼光和詩人的筆墨，寫出了袁世凱竊國亂政、復辟帝制以及帝制夭折的歷史全過程，同時還紀錄了與這段歷史相關的史實與人物。包括洪憲帝制的方方面面，例如涉及帝制的原因，包括列強的利益爭鬥對中國外交內政的影響、袁世凱的野心、帝制諸人的慫恿；涉及帝制的過程，寫到籌安會、請願團、太子黨等；涉及帝制中的各種人物，遺老、軍閥、進步黨、革命黨等等。《洪憲紀事詩本事簿注》可說是一幅生動的洪憲帝制圖，鉅細靡遺地呈現出當時的圖景。該書於一九三七年由重慶的京華印書館出版，但因當年印量少，雅好詩文之人均聞其書而無法得讀，高伯雨費了九牛二虎之力覓得孤本，遂連載於《大華》供同好欣賞，亦是功勞一件。

另外《大華》由第二期起連載張謇的日記，張謇是中國近代史上一位具有重要影響的人物。胡適在《南通張季直先生傳記》的序中，就曾指出：「他獨立開闢了無數新路，做了三十年的開路先鋒，養活了幾百萬人，而影響及於全國。」張謇是中國近代實業家、教育家。他的日記共有二十八冊，始記於他二十二歲時，直記到一九二六年他七十四歲逝世止。據高伯雨表示，原來張謇的日記分為上下兩半，上半部藏於南通一個文化機關，下半部藏香港，《大華》初期只根據影印資料排印，僅署《張謇日記》，後來知道有原名《柳西草堂日記》的事，故此恢復原名，一直刊登至二十五期為止。

由於高伯雨深知掌故，自己也寫掌故，現在編掌故，自然知道如何取捨，在內容上有相當高的史料價值，這也是《大華》終究成為是同類雜誌中的上品。其前面的四十二期，後來香港的龍門書店曾經翻印過，但至今亦是難尋。至於復刊後的十三期，則更是難見。香港的好友許禮平及許定銘先生在文章中，都說復刊只有十二期，其實我就收有復刊的十二期，卻包括最後一期是一九七一年七月的第二卷一期，因此總共有十三期。我所缺的是復刊的第十一期，感謝香港樹仁大學的區志堅老師的協助掃描寄贈，讓整套雜誌可以完整無缺地復刻出版，一如慣例，我們編定了五十五期的總目錄，附在其上。

《大華》全套五十五期總目錄

第一期

第二期

第三期

第四期

第五期

第六期

第七、八期合刊

第九期

第十期

第十一期

第十二期

第十三期

第十四期

第十五期

第十六期

第十七期

第十八期

第十九期

第二十期

第廿一期

第廿二期

第廿三期

第廿四期

第廿五期

第廿六期

第廿七期

第廿八期

第廿九期

第三十期

第三十一期

第三十二期

第三十三期

第三十四期

第三十五期

第三十六期

第三十七期

第三十八期

第三十九期

第四十期

第四十一期

第四十二期

復刊號　第一卷第一期（總四十三號）

復刊號　第一卷第二期（總四十四號）

復刊號　第一卷第三期（總四十五號）

復刊號　第一卷第四期（總四十六號）

復刊號　第一卷第五期（總四十七號）

復刊號　第一卷第六期（總四十八號）

復刊號　第一卷第七期（總四十九號）

復刊號　第一卷第八期（總五十號）

復刊號　第一卷第九期（總五十一號）

復刊號　第一卷第十期（總五十二號）

復刊號　第一卷第十一期（總五十三號）

復刊號　第一卷第十二期（總五十四號）

復刊號　第二卷第一期（總五十五號）

林熙主編

大華

半月刊 第一期

·本期要目·

一九六六年三月十五日出版

大華 第一期

大華 半月刊 第一期

一九六六年三月十五日出版

（每月三十、十五日出版）

出版者：大華出版社

地址：香港銅鑼灣希雲街36號6樓

36, Haven St., 5to fl. HONG KONG.

電話：七六三七八六轉

督印人：林翠寒

主編：林熙

印刷者：永聯印刷館

地址：香港北角渣華街一一〇號

電話：七〇七九二八

總代理：胡敏生記

地址：香港灣仔洋船街三十二號

電話：七二三四三七

・定價每冊港幣八毫・

大華誕生的故事

林熙

一個刊物出版，照例第一篇文章是發刊詞，而這篇文章定必出諸大手筆，所說的話都是含有很大意義的，是一篇堂堂皇皇的大文章。

我生平不善寫大文章，而善於藏拙，於是請人寫篇發刊詞。那位朋友說：「笑話！你辦雜誌，要怎樣發表你的抱負，要你自己才講得出，才講得透徹，我安能代庖？」

找了兩三位朋友都是說這樣差不多的話。沒辦法，求人不如求己，但自己卻是不會寫這類的文章，如何是好呢？無法可施，只得取巧，不要堂堂皇皇的文章，而來談故事，談談「大華」誕生的經過。

五個月前，某一晚在一個宴會中和老友江君同坐，他偶然談到香港出版的雜誌，勸我也辦一份，一定不會沒有銷路的。我聽後不肯相信。他說：「老兄性耽文史，又喜談掌故，現在有很多人喜歡讀這類的文章，有好的內容，不愁沒銷路，你不妨考慮考慮。」

酒後回家，想到「辦雜誌」這個問題，一夜睡不着。天還未亮就起來，走往維多利亞公園散步，想借清新空氣醒一醒昏脹的頭腦。在公園裏走了半個圈子，見太陽從東邊起來，光照大地，過了十多天陰沉沉的日子，今早得見太陽，精神為之一振，似乎很有靈感，不知怎的，我低頭說了一句：「好，辦個雜誌來玩玩！」

寫稿匠要辦雜誌，多少有些像是笑話。因為辦雜誌非錢不行，我那裏拿得起一萬八千來做資本？就算有，也犯不上做賠本生意，何況沒有，豈不是空想，以不想為妙。

逛完公園回到家裏吃早餐，和太太談到昨晚江君的話。她聽了不假思索的說：「是個很好的主意。」我說：「誰不知道？但沒有錢，怎行？」太太笑道：「你如果眞的想辦個雜誌，我倒有錢，十年來我打虎頭剩下點錢在銀行裏，今日不妨穿煲。」

資本有着落，過了兩天，和江君見面，我告知他決意辦個雜誌了。雜誌的內容，是文史性質，稍偏重於近數十年的史事和掌故。

有了資本，擬定了雜誌的性質，便要給雜誌起個名稱。有些人對於「名」很看重，認為「必也正名乎」，似乎這樣才「師出有名」，但我就不如此，我以為雜誌命名，也和人一樣有個名字，便於識別罷了，不必有許多講究，我就隨便給未來的雜誌起個名吧。

雖曰「隨便」，但也要動一動腦筋的。想了一陣，忽然靈機一動，歡天喜地的說：「就叫大華罷！」前幾天在公園看見太陽東升，華光四射我覺得很有生氣，眼前一片光明歡樂的氣象，我辦的雜誌，也如太陽起於東方，永久不停，亦可謂善頌善禱矣！」

傻勁一到，馬上寫信給朋友，分別說明我要辦雜誌，請他們寫文章，需要的是近六七十年的掌故，名人軼事，史實，秘聞等等，不分中西一律歡迎。我的信說，這些都是故事，故事無異是歷史。舊日中國文人寫歷史，一定要扳起面孔說話，讀來昏昏欲睡，所謂「正史」中的傳記，也是很枯燥的，如果能以講故事的筆觸來寫歷史，傳記，一定很有趣，很生猛。請你們幫助，用輕鬆有趣的筆調來刻畫古今人物事物，一一道其眞相，以存其眞，使人們知道世界上一切問題，都不能逃歷史的因果，這是很有意義的，也是很有趣味的。

信發出後一兩天，立刻就收到回信，大家都贊成，很熱心的答應寫文章支持。果然，不到一個月，朋友的文章送來了，有人在面交時，還恭維一番，祝我脫離寫稿匠生涯，一躍而為「老板階級」。

我被人恭維後，自以為眞的是「老板」了。老友中有某君，為人最幽默，他說：「你做過老板至知。」（這是廣東口頭語，意謂知其甘苦也）果然，文章到手，看稿，編稿，校對，跑印刷所，無一不是「老板」親自為之，苦頭吃够，雜誌尚未出第一期，就已深嘗「老板」的滋味了。

但朋友們的大文源源而來，每拜讀一佳作，眉飛色舞之餘，簡直忘去一切辛苦，經之營之，籌備了四個多月的「雜誌」誕生了。這個「寧馨」面世，還未滿月，希望寫文章的朋友多多惠稿，和我不相識的讀者，也多多指教，多多惠稿，使「大華」在各界人士扶持下得以長成，從此「大華」的故事，便可以永遠的談下去，套慈禧太后詔書中常見的老話：「豈不懿歟！」

一九六六年二月二十八日，香港

袁克文的「洹上私乘」

洪憲皇帝的本紀

秦仲龢

民國五年丙辰（一九一六），袁世凱搞「洪憲」醜劇，到今日已是五十周年。他的第二子克文，寫有「洹上私乘」一書，對「袁皇帝」的家事頗有叙述，現在試一談該書內容。

袁寒雲（克文）在袁世凱死後，以名士身分客遊上海，曾作「洹上私乘」一書。據其自述，是庚寅（卽光緒十六年，一八九〇年）生人，而書又有：「今文始三十，正有爲之年，而天下嚚攘，羣以利征，甯甘亡恥，屈躬以求辱？溷此暫侶於烟霞，苟活於刀筆，豈得已哉？」數語，則此書必作於已未、庚申間，卽民國八、九年，所謂暫侶於烟霞，等於自己供招寫此書於鴉片烟舖上。

此書當然談不上什麼史料價值，但是出於袁世凱的兒子手筆，倒有看看他怎麼措詞之必要。不妨先將全書總目鈔錄於下：卷一，先公紀，卷二，先嫡母、慈母，先生母傳，卷三，諸庶母傳，卷四，大兄，諸弟，諸妹傳，卷五，自述，卷六，養壽園志，卷七，遺事。

首先，看到「先公紀」三字，不覺令人想起陳壽「三國志」，雖然在各傳中提到涉及曹操的事跡，必云：「語在武帝紀」，但在標題上還只寫武帝，文帝，而不加本紀字樣。克文卻公然仍援正史於帝王稱紀之例，是已經足够使人驚訝的了。

關於袁世凱一生事跡，大家所屬目的，一是戊戌變法所持的態度，二是戊申罷出軍機的原因，三是洪憲帝制的經過眞相。袁克文旣替他作「紀」，用什麼口吻來叙述呢。關於第一點，請看他的原文。

戊戌政變之初，康有爲以說惑景帝，帝冲幼無識，不辨其姦，遂重任之，設懋殿勤，奪軍機權。有爲漸施離間，欲假先公之兵，謀危孝欽后，先授公以侍郎，繼使譚嗣同至小站，封先公假帝詔，命先公囚孝后欽，殺榮祿。先公早識宄謀，乃佯諾之，隱走告榮祿，祿倉皇請策，先公屬祿密詣頤和園請命於孝欽后。祿亟入覲，奏孝欽后從容返蹕，立禁帝於瀛臺，仍垂簾聽政，斬有爲黨嗣同等五人及有爲弟廣仁於市。有爲先已避居沽口夷舶中以觀成敗，及聞變，乃遁走日本，故逃於刑戮。

袁世凱出賣了康黨，破壞了維新運動，是歷史前進中的一股逆流，這本是盡人皆知的事，無論如何動筆，也是掩飾不了的。袁克文倒也不想蓋前人之愆，簡直就承認他父親是慈禧的忠僕，新黨的死敵。但這一段話，就連自命效忠於清皇室的士大夫也不肯這樣說的，除非滿族中極端頑固分子，擁護慈禧謀廢光緒的那班人，才會有這種口吻，戊戌之後一年，卽已亥年，后黨宣稱光緒患病，立端王之子溥儁爲大阿哥，準備實行廢立，正是戊戌政變的繼續。倒的確像袁克文所說的「密詣頤和園請命於孝欽后」，不過他們滿人口中必說：「非請咱們太后出來不可」罷了。

袁世凱就是這樣取得慈禧信任的，他非但一次出賣變法集團分子，而且辛丑以後又繼續爲慈禧效鷹犬，打擊與戊戌變法有關人物，藉以鞏固自已權勢。卽在辛亥以後，他的一貫作風仍是與進步分子爲難，這都是有其歷史根源的。袁克文這段話也可算恰如其分地表述了他父親的思想感情。

然而這其間也有一種反復和矛盾，袁克文在叙述庚子一役時，有下列一段話：

載漪（卽端王）聞先公厲行剿滅（指義和團），大怒，欲加罪討，嗣畏先公率有勁旅，乃止。先公諫疏數上，咸爲載漪抑阻。先公知外釁一起，國必無幸，諫疏復不能上達，乃電聯兩江總督劉坤一，兩湖總督張之洞等，合力拒「匪」，使不得南。之洞初不敢發，得先公電言，坤一復同倡斯議，遂定聯拒合剿之策。

這樣說來，袁世凱在前一年附和載漪而反對光緒變法的，隔了一年，又是反對載漪而主張「剿滅」義和團的。這種反復和矛盾的揭露，其實不錯。不過他說載漪怕袁世凱「率有勁旅」，不敢「加以罪討」，這就逃不過懂得歷史的人的判斷，絕對可以說袁克文裝點的話太多了。因爲當時清廷要罷免或調動一個疆吏，只須輕輕一道上諭，斷不會像唐朝的對付藩鎮要動武力還怕不能成功，何至於要「加以罪討」呢？

袁世凱在庚子夏間初奉清廷獎勵義和團的諭旨，原是持首鼠兩端態度的。一般都就官文書所發表的認爲他和劉坤一，張之洞一同主持保護外人，而且他又是仇視義和團最積極的人。但據郭則澐（署名龍顧山人）的庚子詩鑑說：

吳永西狩叢談謂袁奉獎拳毀教之詔，初尙躊躇，徐撫辰在幕府，以去就爭，乃決策保教。或云：袁初猶恐忤慈聖意，張安圃方爲藩司，語之曰：公揣此類妖妄之徒古來有能成大事者乎？若稔其必敗，則宜早決大計，勿為所累。袁稱善者再，計乃決。

看這些記載，應該明瞭，事後裝點的話都是不足信的。實際上，當時的人對待當時的局勢不外三種態度，一種是久在長江下游的人，看慣了外人在中國的一切行為，出自衷心地不贊成仇洋。另一種是雖知仇洋派的辦法未必妥，但由於對外侮的積憤，也未嘗不對義和團寄與一些希望。還有一種，則是官僚們的一貫作風，觀望風色，暫時不作鮮明表示，以為投機取利張本。袁世凱不能不屬於第三種，也是勢所必至，理有固然，無足怪的。不過其他官僚僅僅能以保持兩面手法免於遭禍，他却能在適當時期，利用機會，抬高自己身價，袁世凱的得意，在戊戌已經投機一次得中而奠下這基礎，這一次却在已有的基礎上又大大發展起來了。

按照袁克文所說，仿佛所謂東南互保的局面是由袁世凱發動的，顯然是夸大之詞。此事是由南方的張謇、何嗣焜等人，首先說服劉坤一發動的。劉坤一在前一年為了反對「廢立」，發了「君臣之分已定，中外之口宜防」的一通有名電報，他站在擁護光緒，抑后黨的立場，早已十分鮮明，難於退却。連張之洞都是在開頭還畏首畏尾的，袁世凱此時的資望不獨遠在劉坤一之下，也還不能與張之洞抗衡，其所以參預督撫聯名，主要還是因為山東一路電線未會被毀，他以山東巡撫的地位，能起一些溝通南北消息之故。

關於戊申罷出軍機的問題，一般傳說是：攝政王載灃承光緒帝的遺志，原意要殺袁世凱，因為怕激起變端，委曲調停，就下了一道上諭，說某人現患足疾，著即開缺，這種離奇的公式文告，本身就說明其中是有內幕的。在光緒末年，袁世凱的活動，引起清廷內部矛盾已非一日。當時士大夫清流一派，以及効忠清室的臣僚，鑒於袁世凱手握軍權，勢燄日張，而與貪庸老悖的慶王密相勾結，所作所為都是輿論所不滿的事，沒有不想到清室會亡於兩人之手的。先是廷臣中有反對慶袁而失敗，既而疆吏中也有反對慶袁而失敗，臺諫中以及外吏中彈章相繼而起，報紙中醜詆慶王父子的也無日無之。所以去慶去袁也是人人意中所有的事。袁克文記這一時期的事，倒不盡是虛構的。例如他說：

戊申八月二十日為先公五十壽，孝欽后賜銀二千兩，及金瓷諸珍器，且頒自畫三星圖巨幀，寵賚之厚，例雖親王亦無若是之隆重者，一時朝野多為側目。御史江春霖見壽帖中有慶王奕劻一聯，欵書名焉，又有載振聯自署如弟某某，乃據以入奏，謂天潢之尊，例無書名，且有權臣煊赫將有不利於朝廷之語。疏留中不發。（按慶王不是近支王公，對大臣是應當稱名的，只有皇子親王才自稱某親王，不書名。所引江氏的話，是過甚其詞。）

至於宣統繼位和載灃攝政的經過，他說：

十月，景帝疾日亟，孝欽后亦患腹疾。及景帝大漸，孝欽后詔先公及奕劻，世續，鹿傳霖，張之洞詣寢宮密議。孝欽后問：帝將不諱，何人當立？之洞請以恭王溥偉繼位，孝欽后佛然不悅，先公與奕劻則請以醇王長子溥儀入承大統，孝欽后初尚遲慮，先公與奕劻力爭始定。及退出，先公與奕劻汗被重裘矣。奕劻顧先公曰：公眞大胆也，之洞則面赤有怒色。景帝既崩，孝欽后悲痛，疾乃轉劇，臨終執溥儀手指載灃，顧先公及奕劻，世續等而泣曰：汝輩皆先皇老臣，今皇帝沖齡，雖有載灃攝政，亦惟汝輩巨輔是賴，復泣顧載灃曰：汝應拜諸老臣，汝年幼，惟諸老臣之言是用。載灃揮泣向先公及劻奕等拜，先公與劻奕同伏地泣不可仰。比退，孝欽后亦旋崩矣。溥儀嗣立，載灃攝政，之洞日奔走於載灃之門而媚事之，載灃用之洞讒，漸疏先公及奕劻，世續等，奕劻泣謂先公曰：先后先帝之骨未寒，而政象已紛擾，我等俟百日服滿，可挂冠去矣，先公亦覺之洞之相傾陷，累乞休，乃以顧命治喪之臣不可遽去，而百日未終，罷官之詔下矣。

這一段話中間有不可信的，細節中如載灃向大臣下拜，不但近支親王不能向大臣行禮，而且在廷殿中，任何人不得相互行禮，何況在殿內？這些禮節在滿族人是最諳練的。可是大體上却將慶袁二人合謀迎合慈禧貪立幼主的內心盡情據實暴露了。同時說出張之洞主張溥偉的話也是相當有意義的，溥偉平日反對慶袁，人所共知，而載灃則與慈禧有內親，又以庸懦著名，袁世凱之所以力爭，惟恐他人之得登大位，自然是事實。（溥偉在辛亥起用袁世凱時會向載灃力阻，袁世凱就內閣總理職，溥偉就出京赴青島，是明顯的事實。）

另外，袁世凱張之洞兩人之間的關係，袁克文在其書中之另一節有自相矛盾的說法。他又說：

先公素無嗜癖，勤政之暇，輒使人譯世界大事而流覽之。亭午退朝，張之洞每邀先公同遊海王村，先公以之洞為世交長者，閒遊雖非所願，然不敢却，之洞時或强要先公購一二古物以為樂，先公則深苦之矣。先公罷政，或謂出於之洞之讒，或曰幸賴之洞之諫阻而免嚴譴，以文所知二者咸非是，蓋前者決非之洞所忍為，而後者則之洞是時亦與先公同其危懼也。

其所以自相矛盾，無非由於有意矯飾不顧事實所致。罷袁一事，當時傳說甚多，總之，去袁是清廷必行之舉，至於以何方式去袁，則强硬派卒屈服於穩健派，也是很顯然的。以載灃和張之洞平日之為人覘之，前者優柔畏葸，後者慣持兩端，張之洞在未老時，處戊戌己亥庚子三次風波中，尙且遲疑不敢擔當責任，此時已是暮年，其調停畏事更可想見。由此說來，連他主張溥偉一說恐怕也未必眞出於其口。

袁世凱突然被罷免，不是他所甘心的。據說他曾微服到過天津和他的心腹直隸總督楊士驤有所計議，北洋系的軍人雖然有鼓噪之說，而北洋系的謀士們却認爲時機未至，而且預料淸廷也不敢進一步對袁有所行動，所以袁才悄然回河南去了。關於這一節，袁克文沒有提起，但是他在鐵良督辦練兵處，提北洋各鎭歸淸廷直轄時，有下列一段話：

時文雖幼，深自憤鬱。當兵符未解，亟陳於先公曰：竊聞太后用鐵良言，欲奪大人六鎭之軍，譬之軍，樹也，帥，巢於樹者也，施斧斤於下，樹木旣斬而巢窩有不覆者哉？今符猶未解，諸將多憤然不能平，且共慮一旦柄移，將有弓藏之危。何如乘士氣未變，親率諸鎭，入淸君側，斬鐵良諸奸頭？今海內羣謀復漢，苟太后違逆，則驅胡虜而北之，以順民命，進可成王，退將免禍，千秋大業，乞大人毅然行之也。先公聞文語，怒目斥責曰：小子無知，敢妄語，族滅無日矣，乃禁文於內室者累月，恐言不愼將構禍也。

這自然又是事後裝點，但無意中透露了袁家確有陳橋兵變的企圖。淸廷之有人料到袁氏將爲曹操，以此；其不敢操之過急，亦以此，而畢竟在武昌起義時又不得不起用袁氏，亦未嘗非由於北洋軍人早已歸心袁氏，淸廷無法指揮之故。

最後，洪憲稱帝這一幕戲，袁克文怎樣描寫，更是我們所希望仔細看看的，然而他却惜墨如金，道：

開基之始，正爾有爲，不幸悖亂之徒，妄冀大位，羣姦肆逐（逆）？衆小比朋，如朱啓鈐、梁士詒、楊度、夏壽田、張鎭芳輩譸張擾攘，共濟宄謀，先公日理萬幾，未遑察及禍之伏於眉睫也，大難旣作，已莫或遏制矣。

可想他下筆時很費苦心的，「開基」二字也可以暗含稱帝，意思好像稱帝並不錯，錯在悖亂之徒妄冀大位。誰能妄冀大位？自然不是指袁世凱本人，原來是指曹丕、曹植兄弟之爭，請看他自述中的一段：

乙巳……十一月，尊先公爲皇帝，改元洪憲，忽有疑文謀建儲者，忌欲中傷，文懼，稱疾不出，先公累召不敢辭，遂陳於先公，乞如淸冊皇子例，授文爲皇二子，（按淸亦無此冊爲皇幾子之例）以釋疑者之猜慮，庶文得日侍左右而無憂顧焉。先公允之，文乃承命撰宮官制，訂禮儀，修冠服，疑者見文鈐皇二子印，笑曰：無大志也，焉用忌？

這就明白他並不是說不該稱帝，也不僅是諉過於籌安會和大典籌備處諸人，而是說乃兄袁克定想作太子，他却以陳思王自命。

關於袁世凱的家庭，這本書裏有比較詳細的資料，也不妨看看。除他的正妻于氏以外，他究竟有多少姬妾呢？試列一表如下：

沈氏、江蘇崇明人，從天津的北里人家脫籍。

金氏、高麗人，克文生母，與以下二人都是在駐朝鮮時所納。

白氏

李氏

楊氏、天津人。

葉氏、鎭江人。

邵氏、山東濰縣人，婢女。

郭氏、浙江南潯人，天津妓女。

劉氏、天津人。

這些人多數都生有子女，所以袁世凱有十七個兒子，其名爲克定、克文、克良、克端、克權、克桓、克齊、克軫、克久、克堅、克安、克度、克相、克捷、克和、克藩、克有。十四個女兒，其名爲伯禎、仲禎、叔禎、次禎、季禎、籙禎、琪禎、環禎、玖禎、璇禎、璣禎、琮禎、琿禎、珣禎。

旣然有這些子女，就要娶婦嫁女。他的兒女親家，據克文所述，在民國作總統的有黎元洪、在淸室遜位後還身爲太保又作民國總統的徐世昌，在淸代作尙書的有張百熙，做過總督的有端方、周馥、張人駿、楊士驤，做過巡撫的有吳大澂、陳啓泰、孫寶琦。其他不是達官便是豪富，不能一一數了。

這樣一個龐大複雜的家庭，其中的勃谿詬誶，鈎心鬥角，强者揚眉吐氣，弱者飮恨吞聲，也就可想而知，袁克文的自述有下列幾句話：

辛亥武漢變作，先公再起督師，命文守洹上。處四方危亂之中，得苟安焉。先公班師，文亦奉眷屬北上。國難方定，而家禍興，文不獲已走上海，未幾先公覺爲宵人讒間，亟遣使召文歸。文感於先公之慈明，不復欲以不謹累先公憂，遂放情山水，不復問家國事。

這裏已經透露了袁氏骨肉間的矛盾，他還說：

昔先公居洹上時，曾自選窀穸，地在太行山中，邃而高曠，永安之所也。及先公殂，羣議葬事，文以太行山請，大兄獨不可，欲葬洹上村左，以其地邇便祭掃也，文力爭不獲，彼且竩阨，使不可安處，遂遯走天津，先公之葬，竟不得臨，使文終天之恨而不可逭之罪。

袁世凱在戊申年罷官後，卜宅於安陽之洹上村，其地爲京漢鐵路所經，其舊部及各方政客常川來往，無不接待，雖是郊居的私宅，儼然俱有衙署規模，並養有衞隊，設有門禁。名爲在野，實際上無日不與各方通聲氣，識者早知其野心未泯。據袁克文所撰「養壽園志」，這個園名就是根據慈禧所賜的養壽二字，園的正廳卽名爲養壽堂。另外一座謙益堂，也是如此，袁世凱自己寫的扁額，加有一跋云：「光緒辛丑季冬，皇太后御書謙益二字賜臣某，聖意深遠，所以勗臣者至矣，園居成，謹以名堂，俾出入瞻仰，用自循省。」聯云：「聖明酬答期兒輩；風月婆娑讓老夫。」袁世凱固然不把光緒帝看在眼裏，就是對慈禧的這樣做出忠心耿耿的面目，也無非是一種掩飾的手法罷了。

袁克文說：養壽堂的楹聯是吳江費仲深所集的龔定庵詩句，云：「君恩彀向漁樵說；身世無如屠釣寬。」但他沒有提到袁世凱本來請他的幕友閔葆之（爾昌）代擬，閔集杜詩：「一臥滄江驚歲晚；每依北斗望京華。」袁世凱看了，只說好極，却並不用，畢竟用的是費所擬。這裏可以看出袁世凱的衷曲，因爲他雖然也要做出愛君憂國的模樣，並不是他的本懷，老杜這種本分話，在他就嫌太老實了。龔詩儘管提出君恩二字，語氣却兀傲不平，所以正中他的胃口，而且龔詩是不得意南歸時所作，袁也不肯不在這時表示一點不甘心之意。

袁世凱當然不是書家，據說他作總統以後，只替被刺的上海鎭守使鄭汝成親手寫過一付挽聯，是用破筆淡墨寫的。以字而論，倒並不庸俗，筆筆都往上挑，非常別趣。（按：「洹上私乘」初刊於周瘦鵑主編的「半月」什志，後來印單本，一九二七年國民革命軍打到上海，通緝袁克文，並禁此書流通，因此外間甚少見。克文死於一九三一年五月九日，年四十二歲。）

徐志摩、陸小曼、富春樓老六
打的「烏龍」官司

文學家、藝術家、名媛、名妓、名流一團糟

平步青

我的堂哥哥平襟亞是上海的小說家，辦過很多文化事業，我在十三年前到了香港，和他久不見面了，客中無聊，偶然記起三十年前我們同在大學讀書時，他發生了兩件很有趣的官司。這些官司和名士、美人、名妓有關，值得一述，遠在一九二五年，平襟亞因爲和女詩人呂碧城一場文字官司被上海租界當局通緝後，對於女人，就常常懷有戒心，不敢得罪，但是，偏生有女人找上他做打官司的對象，就在一九二八年內，迭連二起，都是當時上海社會上赫赫有名的女人，向法院告平襟亞的狀，苦了他幾乎招架不住。

名妓票控法律學生

當時平襟亞尚在上海法政大學讀書，還未當律師，空閒時在小型報名「福爾摩斯」三日刊（以下簡稱「福報」）上寫些風花雪月的文稿，聊以消遣。他自己認爲與別人沒有任何妨碍的，不料空穴來風，自會吹得他戰戰兢兢。方得朋友出力，打退了這一陣歪風。記得那年他在蘇州度暑，同時寫作某一部小說，他忽接上海臨時法院寄他一紙刑事傳訊的通知，他是刑事被告，一看原告的人名字不覺驚呆了，她是個上海十里鶯花中最著名，紅遍半邊天的名妓女富春樓老六。這個妓女在上海應徵出局，捧場的人大都是富商，豪賈，洋行買辦，一擲千金，普通嫖客往往欲謀一面見她顏色而不可得。平襟亞和她當然是素昧平生，而且在報上寫稿筆觸從未及她，自問無仇無怨，何至于告狀到本人頭上呢？眞是莫名其妙。但又不得不到法庭去應訴。于是在開始前一天到上海，先去找一位老朋友鳳律師，告知他情況，他說：「實則實，虛則虛，不要怕她，明天上午九時，本人帶你上堂，代你辯訴就是。」當天晚上平很是担心，怕又是個呂碧城，有理不能伸，因此，一夜沒有好好的睡覺。

第二天他在法庭上站在被告欄，鳳律師坐在律師席上，原告富春樓老六打扮得花枝招展，光彩耀人，十分漂亮。她站立在原告欄內，她的律師是有名的張一鵬和陳則民，張是當過司法總長的，當時炙手可熱，普通案件他絕對不肯出庭的。當時審判的庭長周先覺，是廣東人，一個老法官。當庭長問原告的時候，老六裝做京戲裏「三堂會審」中那個蘇三的一副可憐相來，似乎「含冤莫白」的神情說：「奴是不幸而身墮平康，在上海充當一名妓女，原籍是蘇州，因為能串演幾齣京戲，所以前幾天蘇州地方上的紳士為了募捐建造消防隊房屋，要奴回蘇州去演唱義務戲，奴去唱了三天，回至上海，有人告知奴說，上海的『福報』上登着一段消息，說奴已跟嫖客逃走了，這是顯然造謠言，胡說八道的中傷奴，使奴今後沒有生意了，破壞奴的營業，因此要告他一狀，請庭上辦他的罪」。她說後，自有她的律師將報紙呈案作證。

平襟亞到此才知道這是與本人絲毫沒有什麼關係的一件事情，心裏也就放寬了。當時庭長看了報上的文字，僅僅一個錯誤的消息，那麼只消去信更正好了，何至于涉訟呢？再看這個消息的作者署名「我聞」，那麼原告何以知道是平襟亞寫的而要告他呢？當時庭長又問原告道：「你平素認識被告嗎？」她搖搖頭回答：「不認得他的」。庭長又問：「你不認識他的，怎麼知道是他寫的呢」？她竟指着二位大律師說道：「喏！他們二位說是平襟亞寫的」。兩位律師大窘，只道：「我們聽說是他寫的」。

胡塗律師辦胡塗案

庭長又問原告道：「你今天告的可是平襟亞？誰叫你告他的？」她回答道：「奴與姓平的既不認識，怎會告他，全都是二位律師代我告他的，他們說：『告姓平的就是』，我實在一點也不知道，請庭上問二位律師好了。」那時庭長才開始問被告道：「你可是叫『我聞』？」平回說：「不，從未用過這個筆名，況且被告尚在法政大學讀書，從不尋花問柳，對於一個妓女的消息，全不留心，怎會作此報道。本人因學校放暑假，回蘇州休息已半個月了，接到鈞院傳票，因此特地出庭應訴，在事前根本不知道什麼一回事情」。庭長又問原告的二位律師道：「你們聽誰說是他寫的呢」？二人回答不上，只道：「有人說是他寫的，我們就告他」。當時代平辯訴的鳳律師，發言道：「這是刑事，法律上嚴格規定，必須採取『眞實發現主義』，原告律師怎麼可以單凭傳說，捕風捉影，拉一個毫不相關的人來做被告的呢？可以說是荒唐透頂」。庭長又問平道：「你有什麼意見」？平氣憤已極，當下侃侃而說道：「原告是一個妓女，她竟隨便拉一個文人，又是讀法律的學生，上法庭充作被告，意圖入人于罪，本人認為莫大的侮辱！請庭上坐她誣告之罪，以肅刁風」。時庭長亦有震怒之色，只道：「你可以當庭提出反訴。」遂命書記官記明筆錄。平又說：「我准向庭上提起反訴，訴她誣告」。又說：「倡妓是流動的職業，請把她拘押起來，以免畏罪逃亡」。此時原告的二位大律師弄得啼笑皆非，忙向庭上請求免予拘押，下次負責帶至庭上就是。庭長宣告改期傳訊，准免拘押，隨即退庭。

烏龍官司喜劇收場

退下庭來，原告老六已翩然自去。三位律師同進休息室小坐，平襟亞也跟了進去。當下張律師把責任完全推在陳律師身上，他對陳說：「今天庭上的形勢，對於原告大大的不利，好像是原告變成了被告，結果沒有把原告收押或交保，還是顧全我和你的面子。你是一手包辦這件案子的人，我全都不知道內情，你要注意，這是件自訴的刑事案子，不比公訴，如果告錯了人，在反訴中要成立誣告罪的，何況原告已把責任推在你我身上。倘誣告罪成立，不只她吃官司；連同你我都要受懲誡的處分，你得小心謹愼為妙」。他說後先跑了。陳律師聽了。汗如雨下，急急拉了鳳律師，向他商量，要他邀請平襟亞同坐汽車到自己的事務所裏去解釋誤會。

在陳則民律師事務所裏，他把經過情況告知平襟亞，原來富春樓老六從蘇州演了三天戲回上海，見了報上的消息，大為氣憤，去向留滬蘇紳訴苦，張一鵬等允許她代為出氣，即命陳則民寫狀紙，向法院控告「福報」，因為要個主體人的名姓，陳住在蘇州的老宅大家庭，恰與平貼隣，他風聞平在上海時曾為「福報」寫稿，當時未加以調查眞實，貿然寫上平的姓名，作為被告，造成了錯誤。所以全部責任，都應該由陳一人負担。現在要是撤回訴訟，在法律程序上凡屬自訴案件，是可以的，所謂「不告不理」，但是，既經被告當庭提起反訴，必須雙方同時向法院撤回訴訟，方得一了百了，結束這一件案子。因此，目前主要問題，在于平襟亞是否肯具狀撤回訴訟。當時陳律師先向平致歉意，並百般勸解，求平同意，具狀撤回訴訟。平笑道：「承你大律師以鄉隣之誼，拉我來做被告，我理應做到底，決不願意中途而止」。陳發急道：「那要使我同張一鵬兩個梢公駛翻船了，不知可好賣我們二人的面子，算了吧，放一次交情給我們，以圖後報，何況你不久也要當律師的，我們是同道，將來的交往多着咧」。平說：「本來我怕同女人打官司，尤其是一個妓女，勝之不武，但是，她已找到我頭上來，不得不和她周旋到底。現在，經你陳律師這樣說，方知錯誤不在于她。在于你大律師，那麼我憑你說怎樣，我就怎樣辦就是」。

富春樓私逃的「原因」

陳律師聽了滿懷歡喜，當即和鳳律師準備了狀紙，由雙方當事人，簽名，向法院撤回訴訟了案。陳又在大菜館請客，富春樓老六也來了，她已知內情，向平襟亞道歉，又說：「我和你不打不成相識，現在不是冤家對頭，而是朋友了。」

平笑道：「我叫你條子出堂唱，你是紅倌人也許叫不到；如今你從法院轉叫我的條子，我從蘇州趕來出你的遠堂唱，總算給你叫到的了，我和你二人借法庭上串演了一齣『三堂會審』，也得說都是爲同鄉唱義務戲，對不對？」一座聽了大笑。同時平又請了編輯「福報」的吳微雨來，告知他本人已代他應付了一場官司，怕你還完全不知道，今天已一了百了，你可以坦白地說明，這段消息署名「我聞」，究屬是那一位的大筆？吳在席上直言而談道：「這個消息是本人的報道，因爲前幾天北平來了個名角荀慧生，他在大西洋菜館宴請此間報界同人，我即席代他叫個條子，叫老六的堂唱，誰知叫不到她，叫的人只道：『富春樓往外碼頭去了』，同時也不見別人來代她堂唱，她失了我的面子，我在報上對她報復，造此謠言是實。後來報館裏接到法院傳票，上面只有平襟亞的姓名，拒絕接受，只給他一個蘇州的住址，由法院送達的人直接寄去的。想不到平先生爲我幾乎吃寃枉官司，眞是萬分抱歉的事！」于是前因後果都明白了，一切誤會消釋，盡歡而散。

徐志摩陸小曼告狀

那知席散時，陳律師堅邀平襟亞到事務所，陳說：「尚有下文，好戲正在後頭。」平問他：「更有何事未了？」陳說道：「剛才你不是說：『最怕和女人打官司，是不是？』？」平回答他：「是啊！本人被呂碧城嚇怕的了，因此牢記着：『好男不和女鬥』，凡事讓她三分。今天這件事情，一則免使兩位律師爲難；二來因對方是個女人，怕和她糾纏不休。你說對嗎？」陳說：「今天的退讓，你是做得對的，不過凡百事情未可一概而論，往往你越是害怕，她們越要找你的岔子，如今一波方平，一波又起，你休要害怕。」

陳說完，忙去拿來一個卷宗給平觀看。平就電燈光下只見封面上寫着：「一件、陸小曼、徐志摩、翁瑞午、江小鶼等，訴平襟亞妨害名譽案。」平看後呆了片晌。又從裏面見到一紙委託書，也是上面四人簽的名，另外有「福報」一張，用朱筆圈出其中一篇文字，平細看這篇文稿，雖非本人寫作，亦非本人具名，但記得原稿曾經本人過目的，而且木戳標題八個字是親筆所寫，決不容許推諉全不知情，當問陳律師道：「可是他們四人委託你告我一狀？」陳說：「是的，不單是本人，還有張一鵬，狀紙是張撰寫的，送入法院已三天了。」平據實告知陳律師道：「在一個月以前的某一天，福報主編人吳微雨等同我到夏令配克戲院觀看陸、徐、翁、江、（另有一人已忘了）合串京戲三堂會審，看後回到報館閒談，有人說陸小曼的蘇三演得很不錯，據說是翁瑞午一手教她的，翁原是個名票，曾和梅蘭芳配角演出白蛇傳斷橋，翁不但演小生拿手，早年也會演演旦角花田錯。」又有人插嘴說：「徐志摩自從英國回來後，與前妻張嘉鈖離婚，和小曼在上海同居，儼然夫婦，可是，志摩是個忙人，上海和北平常來常往，未免使小曼感到寂寞，尤其是小曼經常有病痛，有人介紹翁瑞午替她按摩，同時教她學習京戲，迄今年餘，她和翁的情感已不正常，志摩竟置若罔聞。」另一人說：「今天的戲，理應志摩起王金龍才對，爲什麼讓翁瑞午起王金龍，志摩起崇公道，那就彷彿把愛人牽上堂去給別人調情，這個穿紅袍的江小鶼也是志摩的朋友，居然也胡得落調，他們簡直是出醜出到了戲台上大庭廣衆之間去了。」

陳律師的錦囊妙計

當時是隨便談談，誰知道吳微雨綜合他人的談話，寫了這一篇文章，就在第二天送給我修改，我把中間黃色的句子刪除，眞姓名也全都改換，陸小曼改作伍大姐，徐志摩改作余心麻，翁瑞午改爲洪祥甲，江小鶼改爲汪大鵬，又在草稿上題了個『伍大姐按摩得益友』的標題。當時我交還了他，好多天沒有見登出，直到我回蘇州去後，他仍然照他的原作刊登于『福報』，而標題則仍用了我親筆寫的，只把『益友』改爲『膩友』，去刻了木戳用在報上。所以這篇東西不能說完全不知道，但是文責應當由該報主編者吳微雨負担，爲什麼偏生要告起我來呢？」陳律師分析案情給平聽，他說：「這就叫做牆倒人推，她們知道你一年以前被呂碧城搞得走投無路，最近富春樓又在告你，而這一篇文字的標題又是你寫的，他們得把你署眞姓名的文章標題拿來核對，筆致完全相同，使你百口莫辯。所以他們操着必勝之券，要使你吃定官司，他們四個人，主動的陸小曼，實際上她和翁瑞午的情感的確不正常，給報上揭露之後，她怎麼還有面孔見人呢？因此，她必須出全力辦你處徒刑，才好借此洗刷自己的名譽。張一鵬在她面前拍過胸膛，准有把握使你判處徒刑。這件案子的嚴重性，已說給你聽了，那麼本人爲什麼要告訴你呢？因爲富春樓一案你毅然決然放交情給我，我應當回敬你的，好讓你事前有所準備，同時我還放棄參加這一案的訴訟，決不代理出庭。」平聽了非常感動，又問他道：「不知可能和原告和解化干戈爲玉帛嗎？即有條件，亦可磋商，何必使我代人受罪呢？」陳堅決地說：「和解不成，惟有想對策，使本案不成立，讓他們去碰壁，奈何不得你，也就算了。」平問他：「有何對策？」陳想了一想說：「好在狀紙送進法院只有三天，大致還有四五天才出傳票，剛才富春樓老六託我邀請你和鳳律師明天到他那裏吃夜飯，那麼明天我們三個人借她的妝閣里商量出一個萬全的對策來就是。不過千萬要保守秘密！」（下期續完）

五羊城中一怪人

「大同共和國王」劉不同

西鳳

金梁所寫「中國近代史料補編」六種，內有談到「大同共和國」的一段，這是寫劉大同的軼事。說到劉大同這個人，四十多年前，在廣州市上也可以算是一個流浪狂士。現在談談他的軼事，還覺得非常奇趣的。

金梁所寫的是：「大同共和國，辛亥革命，長白山設治委員劉大同，所自建號也。劉原名建封，因余倡大同始改名。初派長白山設治，遷旗殖邊，所定辦法極新異，分地用井田制，田土公有（如今之土改），耕用火犂（如今之拖拉機），糧產公分（如今之集體農莊合作社），皆與今盡合。見者驚詫，號曰『劉瘋子』。辛亥革命，忽創立大同共和國，迎余爲王。余聞奉吉將派兵往，電促速走，亦號曰大同，連夜浮海，遁之津。劉正助日攻津，余急嚇阻。乃反攻。日刺劉斷其顎，死而復活，終不得死。」這是金梁所述劉的小史，我今特爲補述。

劉大同，別署芝里山人，又號芝叟，山東諸城人。自稱是劉墉的後裔。是否屬實，正如上海俗語「大舞台對面—天曉得」了。護法後，劉大同帶了三四個朋友到廣州，住在華寧里的一家小客棧。天天高朋滿座，談天說地，大有「竹林七賢」清談的作風。房間的枱上一個大茶壺，載的是紹興酒，高興時，他以酒代茶，作詩寫字來消遣。他的狂草寫得不錯，揮灑自如。詩是好寫古體。當時的「新國民報」，經常有他的詩發表。又和幾個外江佬結合一些粵籍青年，組織平社，互相唱和。京戲女伶碧雲霞由北方到廣州唱戲，他和一批朋友，如田達人、嵇翥青、徐天嘯等天天前去捧塲，印了一冊「碧雲霞集」。碧雲霞便服和他合攝一影，也製版印入集中。

劉大同把旅粵所寫的詩，印了兩冊，其中一冊「嶺南吟」，有一百廿首古體詩，是以廣東的山水、人文、政教等做吟詠的對象。第一首是詠黃花崗，詩云：

步出東郭門，纍纍烈士墳。烈士不得見，何以慰我心！南望珠江月，東望龜山雲。史（堅如）祠碑屹立，榕寺木森森。黃花開滿地，九月温如春。於戲七二子，正氣塞乾坤。多半不相識，其中有故人。欲書無史筆，欲祭無誄文。我弔君不知，我哭君不聞。別來今八載，國事猶紛紜。同志相繼死，吾黨寃沉沉。含涙不敢酒，涙洒悲英魂。國仇猶未報，愁作嶺南吟。

以詩論詩，自是白描的寫法，寫得還不錯。舉一反三，可例其餘。

劉在五羊城中，混了兩年左右。他的生活資料，都是靠着一些朋友十元八塊的送給他。也有一小部分是替人寫字題詩的潤金。他曾去拜會過孫中山，希望在大元帥府找個差事，領些乾薪。孫氏送了他二百元毫洋盤費，就是示意他離開廣東。後來他也去拜會過伍廷芳、岑春煊們，也送了他四五十元。說穿一句，也就是過那「打秋風」的生活。

北伐軍出發的前夕，他不知從什麼地方到了上海，住往在一個潮州籍烟土商鄭某的家做食客，每日還是飲酒、寫字、做詩、畫梅花來消遣。又替鄭某買了一些舊字畫骨董，做些題跋工作。逢着鄭某宴請朋友，他還是上天下地的狂談一陣。

在上海勾留了幾年，後來不知怎樣的又跑到東北去，和日寇搞在一起了。

據他自說，民國二年二次革命時，他在烟台，因爲反對袁世凱而被抄家，他把家產的損失印了一張表，附在詩集之後，做自我宣傳的材料。他又會跑到日本，和黑龍會頭子頭山滿，時有往來。他把與頭山滿合拍的一張照片，東南西北的帶着，作爲「革命」的股票。袁世凱死後，他也反對過黎元洪、徐世昌、曹錕們，連年都被通緝。當他旅居日本時，日本浪人企圖利用他回華搗亂，當時他還存着國家觀念，不肯爲虎作倀，因此被日人驅逐。他即暗中買些煤油，意圖燒毀日人的木屋，事洩，他才化裝秘密返國。過了一個時期，又不知怎的做了漢奸，眞是反覆無常的一個文化流氓。

他身邊所帶的幾件古玉，還有一件兩面透明的銅鏡。他的生活無論怎樣的艱困，他都不肯把這些東西出讓，說是要把它做殉葬的珍品。房間裏掛着一簍風蘭，他每天對它玩賞一番，說它絕不需要水和泥的培植，只靠空氣的滋養，便能生長。他奔走國內外各地，都携着它陪伴，等于自已的隨員。他的家庭情況，却從來不向人透露。

從他幾十年的行動生活來看，他只是一個出賣風雲雷雨的狂士，也可以說是書獃子、名士式的政客。他常對人說，他有「九五之尊」的命，有統一寰宇的鴻才大畧，漢武、宋祖等比他不上，袁世凱、曹錕之流，更不在他的眼內。只就這些話，便可以知道他是一個什麼樣的老頭子。日本投降的前夕，他才「兩脚伸直」去和袁世凱、黎元洪、曹錕們一道算賬，年已九十多歲了。

最大贖欵的綁票案

榮德生被綁破案的經過

大年

擄人勒贖，兩廣叫標參、拉參；江浙叫綁票。上海有租界的時期，一個月裏，不知發生多少次綁票案，因爲那時的黑幫份子，捕房包打聽（偵緝），多和綁匪通同一氣，貓鼠團聚，人民被綁的固然容易，贖票的也很容易（只要有錢）。根據事實來說，在百年來全國各地被匪綁票，花錢贖命的，以榮德生一案眞是突破了歷來綁票案中最高額的買命錢了。

榮德生，是無錫人，經營麵粉棉紗起家，人們稱他爲麵粉大王、棉紗大王。他主辦的商廠，在無錫、上海、漢口甚至海外，都有設立，是我國近代最大的民族資本家。所奇異的，抗戰以前，綁匪最猖獗時，他都安然無事，而在日寇投降，租界收回之後，才在上海被擄，不能不說是一件怪事。事情的經過是這樣的。

在舊日的社會人士看來，榮德生是最有錢的棉紗麵粉大商人。民國卅五年（一九四六年）四月廿五日的上午十時，他從住宅到總經理處辦公，在路上被匪擄去，等到五月廿九日晨一時，才安然回家，計被綁而至脫離匪窟，有三十五天。

榮案發生後，軍統局在上海的幾個特務機構，千方百計，尋找線索，企圖破案。這不是他們要爲地方公共安寧的挿入一手負起責任來，而是爲了事主是全國聞名的大資本家，有巨額的財產所吸引，妄圖從此撈一把油水，且可借此邀功，升官發財。但是按照通常的規定，刑事性質的綁票案，是由上海市警察局主辦，可是這一次的榮案，却是例外。這時滬市警察局長宣鐵吾已辭去職務，升任上海警備司令。榮案便由警備司令部稽查處和警察局刑警處協作，四出搜捕。甚至駐無錫的第一綏靖區第二處處長毛森，也親到上海率領留滬工作的人員，深夜辦案。這三個部門都是軍統的系統，他們把普通綁票案件，作爲政治案件處理，爭先恐後的去搶辦。可是到了六月中旬，距榮德生被綁將近兩個月，榮的歸家也有二十天左右，而此案還沒有一些線索。原因此案的主犯是上海幫匪神通廣大的匪徒，而榮家爲了要命不要錢，已經消災免禍，不肯和軍警協作，致使破案工作增加了許多困難。

破案的經過，也出人意外的。六月下旬，有一天，毛森得部下某甲的密報，住在密報人樓上的房客黃紹寅（軍統特務，毛森舊部）最近精神變態，經常拔出手槍，作準備要射擊來訪的客人狀態。毛森得報，覺得話出有因，就在當天晚上把黃紹寅逮捕。審訊之下，知是榮案的要角。于是派人赴浙西拘捕劉瑞標（軍統特務，毛森舊部），招出榮案主犯是駱文慶（又名駱大慶），袁仲抒（又名袁仲書）等匪。同時有冒失鬼鄧伯源自投警察局，願意協同警方破案。在南市的鴉片烟窟，招搖瞎說，被警備司令部稽查處捕獲，當場問鄧是否榮案主犯，鄧含糊其詞。因之外間喧傳榮案主犯經已逮捕。在逃的駱文慶以僥倖的心理，返回上海，到同黨的袁仲抒滬寓探聽消息而被捕。袁仲抒在杭州也落網了。

這一案子的主犯是上海幫匪首駱文慶和嵊縣幫匪首袁仲抒，都是犯案二三十起的慣匪，黃紹寅、劉瑞標與趙紹宗（主犯助手），吳志剛（匪方接洽人，華大企業兩合公司副主任）等，是由毛森捕獲的。宋連生（汽車司機），鄭連棠（接線），由警備司令部捕獲。朱戶生，是榮案內線，由警察局捕獲。其他還有幾個嫌疑被捕的，經查明後釋放。

榮德生的贖欵，共爲五十萬美金。這一個數字，可以說是中國歷史上擄人勒贖最高額的了。綁票匪實際得了四十萬美金，駱袁兩人攫了最多。而此五十萬美金，內有十萬元，由出面與榮家接洽的吳志剛所獨吞了。實際呢，綁匪只得了四十萬美金。但在榮家說來，除了付給匪徒五十萬美金之外，各處所用的活動費，也大有可觀。

榮案結束，南京國民政府下令犒賞毛森及其部衆五萬美元。榮家派人向上海警備司令部取回各特務機構抄獲的贓欵，計美金三十九萬四千七百四十五元，另法幣一億零二百七十一萬五千二百元，黃金三百三十二兩九錢二分八厘。另有一些金飾手表等物，則由軍法處保留不發。榮家從追回贓欵中取出美金三萬元，爲酬謝警備司令部稽查處特務份子的慰勞金。于是參加榮案出力的軍警人員，都分得了美鈔來享用。

看了榮案的經過，便可以認識特務和匪徒的關係了。

中國近代豪門祖師

盛宣懷遺產風波

江詩遙

一　盛宣懷的生平

「富貴榮華」和「升官發財」這八個字，是我們中國千百年來習見於人們筆下或口頭的兩個詞語。它們是被人作爲善頌善禱，或帶有艷羨性地描述實況之用。這兩句詞語，看似普遍通俗，但其意義却不平凡。它們所昭示的意義是：富與貴不可分，升官和發財有密切的關係。再從以往中國千百年的歷史來看，人們能擁有良田美產，奴婢成羣，享受舒適奢華的生活，百分之九十以上是由貴而富，因貴而益致其富的，至於升官，也就往往預示着發財。昔日居高位做大官而兩袖清風的，不是沒有，但爲數畢竟太少。中國自來的官書野史之所以特筆記述清官廉吏，而備極讚頌，人民對於清官廉吏的所常嘖嘖稱道不已，全是物以稀爲貴的道理。

遠古不談，且以近百年的歷史來說，憑藉政治權勢和官僚身分，爲一己肥身，一家潤屋謀，積貲纍纍，富可敵國，而成爲豪門的，我們可以不加思索和記憶，而能隨便舉出至少十個八個人來。在最近一百年來，若以時期最早而可以諡爲「近代官僚豪門祖師」的而言，則應推李鴻章和盛宣懷二人。李鴻章是近代史上鼎鼎大名的人物，幾乎無人不知其名，而他又非本文主題之人，所以，我畧而不談，專談盛宣懷。

盛宣懷，字杏蓀，晚號止叟、愚齋，江蘇武進（常州）人，生於清道光二十四年甲辰（一八四四年），卒於民國五年丙辰（一九一六），享年七十三歲。他在清末曾做到郵傳部大臣，又曾有太子少保宮銜之賜，因此人稱之爲「盛宮保」。庚子事變後幾年間，他和袁世凱齊名。盛宮保和袁宮保是在當時官場中被稱爲手面濶綽，通曉時務的兩位能員的。他在同治二年癸亥入學而博得一領靑衿。因屢次鄉試未能考中，遂入李鴻章幕府，以功議叙主事，迭升道員，以後就主辦當時所謂「洋務」的諸事。

他能由知州很快升到監司大員，又以道員辦洋務而大弄其錢，是與李鴻章有不可分的關係的。他的父親盛康，曾經和李鴻章換過金蘭之譜。當年，李鴻章尚未因平定太平天國而致身顯貴，還只是一個窮翰林。盛康具有「慧眼」，識英雄於微時，既與李鴻章結拜爲兄弟，又不時給李以金錢和物質上的幫助。盛宣懷幼年的時候，就顯得很聰明伶俐，頗討人喜歡，李鴻章很賞識他，常說孺子可教。盛康便又讓兒子拜李鴻章爲義父。那時，李已是三十歲外的人，尚未舉子，以是對於這個孺子可教的乾兒，特別鍾愛。盛康的與李鴻章結拜爲義兄弟，以及盛宣懷的認李爲契爺，倘若說這是做生意上的投機行爲，那麼，從日後盛家的富貴功名來看，這個機是投得再準和再好也沒有的了。不過，話又得說回，做生意買賣，不能經常由單方叨便宜，必須彼此互利，方能繼續一直做下去。從日後的事實來看，盛宣懷的官運一路亨通和盛家的成爲豪門，固然是藉契爺之力不淺，但李鴻章也是經常從乾兒子的身上有所取得的。說穿了，是彼此互利的利用。盛宣懷自辦洋務後，凡有借李鴻章的力量或關係而弄到的錢，總是要撥出一部分來孝敬契爺的，而李鴻章也視爲分所應得，受之無愧，也總是一笑而照單全收的。李鴻章之成爲近百年中國史上的官僚豪門祖師，積貲千萬，雖然是由多途而致，不盡藉盛宣懷之力，但無可否認的，李的千萬家資中，有一大部分却是由盛宣懷爲他弄來的。

盛宣懷在做到道台後，才開始辦洋務的，在李鴻章的委任下，辦輪船招商局、電報局、上海的機器織布局等等新式的事業，一時成爲辦理此等洋務的極負盛名的幹員。盛宣懷這個人，在舊日的中國官場中，確是一塊做官的好材料。李鴻章膺封侯爵，官至傅相，選膺南北封疆重寄，望重中外，盛宣懷有這樣一位契爺做靠山，當然沒得話說。可是，他並不以僅得李爲後臺靠山爲滿足。他知道爲欲鞏固和發展一己的功名富貴，僅恃賴一人是不够的；而宦海中彼此鈎心鬥角，明爭暗鬥是很劇烈的，世局變幻不定，人事勢力的消長亦殊難料得很，非廣植後援之力不可。他於是大力結交內外顯貴，看中了當時任軍機大臣的王文韶，對這位有「琉璃蛋」之稱的宰相，傾心事奉，讓王文韶在朝廷專爲他說好話和給他以各方面的庇護。他又看中了當時負盛名而隱爲督撫之首的湖廣總督張之洞，不遺餘力地迎合趨附這位張制軍。那時，張之洞辦有漢陽鐵廠，因係外行從事，且一派不務實際的官僚作風，以致虧蝕不貲，大感棘手。盛宣懷見狀，便向張提出願意接辦之權，所有漢陽虧耗之數，他允全由一己任之。這對張之洞來說，盛的這一提議，爲他解決了正大感頭痛的難題，當然大悅。盛宣懷這一慷慨表示，是要損失不少私財的，張之洞內心明白，當然要設法報答盛的這番盛情義舉的。於是不久，王文韶和張之洞便上章荐舉盛爲當今不可多得的人才。盛宣懷在朝中宰相和京外總督這兩位大臣的交荐之下，便奉旨擢以四品京堂候補督辦鐵路公司了。盛宣懷照例晋京入覲，奏對大合西太后之意，卽命補太常寺少卿。從此，他雖在外任官當差使，但己擁有京卿的銜頭，名位身價自又不同了。其後，因籌辦粵漢鐵路，某些措施爲言官所議，西太后也對他頗有訶責，但這只是亨通的官運中微不足道的小風波，瞬卽風平浪靜，西太后反而對他慰勉有加。

光緒二十六年庚子（一九零零年），義和團事起，致有八國聯軍入京之役。當時在上海的盛宣懷，會同負東南官紳重望的張謇等人，策動兩江總督兼南洋大臣的劉坤一和湖廣總督的張之洞，與洋人訂立「東南互保條約」（這事，時任兩廣總督的李鴻章，在私底下是贊同的；而時任山東巡撫的袁世凱，稍後也參加。這件事說起來，是有些失國體而不大名譽的。但當時西太后不揣國力而所下的與各國宣戰的明詔，實是可以葬送國家命運的一項亂命。當時有愛國心的人，實是不顧奉行這項亂命的。「東南互保條約」雖不免有失國體，但使此約得以簽訂和履行的有關各人，其動機和存心實是很好的。而此約在實際上，確能收到使東南地區免遭塗炭以及減少國家和人民的損失之效果。盛宣懷在「東南互保條約」上的大力策動和助使其成，或有別的而屬於個人名利的動機，但政治是要論實際效果的，所以，他在這件事上，仍是值得我們稱道。辛丑和約成後，盛宣懷因保護東南有功，爲國家保存了一些元氣，遂得加官進爵，授以太子少保——從此，他就有盛宮保之稱了。不久又被任爲辦理商約的事務大臣。

袁世凱在戊戌政變時出賣光緒皇帝，因而獲榮祿的賞識，進而獲得西太后的寵眷。辛丑和議成後，李鴻章病逝，袁世凱因西太后的賞識，再加上外國人爲他向廟堂說好話，遂得由山東巡撫，繼任李鴻章的直隸總督北洋大臣的遺缺。他的簾眷日見隆厚，又把軍機大臣首領的慶親王奕劻巴結事奉得妥妥貼貼，奕劻遂任袁爲所欲爲。袁既督畿輔重地，又訓練新軍，擁有一支精銳的私人部隊，再於京內外廣植黨羽，他的聲望和權勢，蒸蒸日上，以視昔日的李鴻章，尤有過焉，一時儼然爲國中一股最强盛的新興勢力。袁和盛宣懷往日在李鴻章的門下時，雖然會學官場的習俗，換過帖而稱兄道弟（盛的年齡長於袁十多歲），但彼此之間却有私人宿怨。李鴻章一死，盛宣懷少了一個最强硬的靠山，而袁世凱又正爲一時的風雲人物，袁當然要設法一報私怨；再加上袁具有極强烈的政治野心，爲充實個人的政治資本起見，久已對盛所經辦的各項興利的事業眼紅心羡。袁一繼任李鴻章的遺缺，聰明的盛便已心感不妙，但有什麼辦法呢？盛那時雖然聲名藉甚，積貲纍纍，但在政治上的名位和勢力，俱遠遜於袁，而盛的簾眷更難望袁之項背。因此盛只好低首忍氣，傾心巴結這位如弟，希望袁能刀下留情，不太下毒手。袁是一代梟雄，不是一個能念舊情的人。於是不久後，袁便以利國的堂皇名義，實行「國營」的政策，把盛苦心締建和經營的一些有大利可圖的事業搶過手來了。（那些事業，在公家言，雖多數是虧蝕不貲的，但在經辦的個人言，却是經常有大量油水可摸可撈的。）

盛宣懷也不是一個善男信女，對於袁世凱向他動手開刀的事，總是耿耿於懷而不設法報復的。光緒末，簾眷亦頗深重的軍機大臣瞿鴻機與由總督而入任郵傳部尙書的岑春煊，與袁爲政敵，結成倒袁的聯合陣線，思打倒袁和慶親王奕劻。盛宣懷便加入瞿岑的陣營，在倒袁和去慶的工作上，曾經盡過不少暗中的策劃和資助之力。這場政爭，慶袁一方，棋高一着，所使用的手段又極奸詐陰險之能事，結果，瞿岑一方大敗下陣。盛宣懷也就因此長居上海，在政治上鬱鬱不得意了。

兩宮相繼崩殂，溥儀入嗣大統，其本生父醇親王載灃監國攝政，爲修當年德宗被出賣之舊怨，兼以愛新覺羅氏親貴欲攬朝政，袁世凱以是被驅逐回籍（袁是確有一手工夫的，所以能得保一命而不死）。盛宣懷以是也得被召入京供職，由郵傳部侍郎晋而爲尙書，並奉旨參與度支部幣制事。盛主張全國的鐵路幹線應歸國有，其餘枝路則仍准紳商集資修建和經營。這一「鐵路國有」政策（其實只是部分的國有政策，只限鐵道幹路），在原則上是並不可厚非的。可是，因爲政策的執行不善，再加之彼時人民已對淸室生起離心力，正苦無藉口。這一鐵路國有政策，當政者處理乖方，很快就引起四川的爭路風潮，於是進而引致辛亥武昌舉義的一幕。結果，淸朝因之而垮台。有人罵盛宣懷亡淸的罪魁，我認爲這是不公道之論。老實講，淸廷的倒台已成必然的事，只爭來早與來遲而已。如以鐵路國有政策咎盛，而指淸室的覆亡是由盛一手造成，非但不符歷史的趨向和事實，而且也是把盛的身分抬得太高了。

在四川紳商爭路風潮惡化以致引起武昌首義之時，資政會彈劾郵傳部尙書，指盛宣懷「侵權違法，罔上欺君，塗附政策，釀成禍亂，實爲誤國首惡。」彼時，淸廷已召袁世凱再起。在這樣的情境下，淸廷當然接受資政院的彈章而下旨奪盛之官職了。盛知京師非善地，卽日襆被南下。

不久，國體變更，民國肇建，盛就以遺臣的身分長居滬濱，民國五年（一九一六）逝世，距今已五十整年了。盛的殯葬禮，當年會轟動上海，居民傾屋出觀，談上海大出喪之盛，恐以盛宮保爲第一了，二三十年後的滬人猶津津樂道不已。這盛大的出殯景況，全是由不惜花錢而造成的。

溥儀下台後，仍關起門來做其皇帝，遇有故臣之卒，也往往依然下詔褒卹和賜謚。盛宣懷官至尚書，加太子少保，依例是可蒙賜謚的。但盛是因「釀成禍亂，實爲誤國首惡」之罪而被奪職的，其不蒙故君賜謚，是當然的事了。

盛宣懷和李鴻章是近百年中國史上兩個由官僚而演化成的大富豪，亦可以說是近代中國典型豪門的兩大祖師。他們是中國處於半封建，半殖民地社會的產物，因之，他們的弄錢致富方式，是與舊日中國的由貴而富的官僚之方式不甚同，而爲日後的官僚豪門開其風氣。但他們却有一兩點和他們以後的那些大官僚豪門不同的，就是他們在淸末憑藉政治權位而斂聚私財，雖然看似勇往直前，但在實際上，受到各方面的牽制和阻力不少，並非時時事事得心應手的；再說，他們畢竟是臣下，上面還有君上，不能肆無顧忌，也不能全然對淸議無視無聞。還有，他們雖然和洋人常打交道，但他們出身的時代較早，在彼時的環境和思想等等條件下，總不能忘記自已是中國人，中國這個國家是他們生於斯，長於斯，死於斯，而且也是世世代代子孫生活的所在，所以，他們斂聚所得的錢財，總還是存在於本國之土內，不同他們的後輩將財產移去海外而長願做外國人那樣。李盛二人雖然從犧牲國家權益和剝取民脂民膏而富可敵國，罪無可逭，但比之他們的後輩，其罪猶可末減。因爲他們鉅大的財產仍在本國，即使子孫不肖而揮霍，楚弓楚得，仍爲本國人所有，不同他們的後輩，財產全移去海外後，就不復再爲我中國人所有了。從中國的政局和人事多變來看，不在位或失勢過氣的官僚軍閥之財產，常會遭致不幸的變故或棘手的糾紛（例如盛宣懷逝後家財的風波），李盛不及他們的後輩聰明和有遠慮（其實這也是時代的關係）。但從國家人民的立場來說，我們是絕不願多出幾個像他們的後輩那樣聰明而有遠慮的人的。（下期續）

釧影樓回憶錄

天笑

本文作者包天笑先生，是江蘇縣人，今年九十一歲了，他很年輕的時候，就在文化界工作，所寫的小說有幾十部，到八十歲，還寫了一部二十餘萬言的小說「新白蛇傳」（在香港出版），就是到了九十一高齡，他每天還是寫文章來排遣日子。編者向他索稿，他很高興的將這篇回憶錄給「大華」發表。一位在文壇活動了七十多年的老輩，他的回憶，無一不是歷史掌故，讀來是很有趣味的。

——編者附記。

序言

我爲此稿，在一九四九年的五月，我今年七十四歲了。我的記憶力已日漸衰退，大不及從前，有許多經歷的故事，忘了它的頭緒，有許多結交的朋友，忘了他的名字，恐怕以後，更不如現在了吧？有時我的兒孫輩，問起我幼時的事，有些是茫然莫知所答了，有些也只是片羽殘鱗，雖然僅是個人的事，也好像是古人所說，一部十七史從何說起了呀？

昨天夜裏，忽得一夢，夢着我已變成了一個六七歲的兒童，依依在慈母之側。我的母親，還是那樣的年靑，還是那樣的慈愛，可惜那不過一剎那之間，我便醒了。母親不曾和我說過什麼話，也沒有什麼表示，我醒後却不能忘掉。其時已是天將微明的時候，窗外的白雄鷄，已在喔喔啼了，我再也不能重續殘夢了，我雙目炯炯，至於天曉。

我以行將就木之年，我比中國人最尊敬的孔夫子，已多活了一年，而忽然得了此夢，雖然我對於幼年的夢，常常做的。爲了睡不着，引起了我枕上的種種回憶，但是那種回憶，也是一瞥即逝，似春夢的無痕。因此我便把此刻還可以記憶的事跡，隨便的寫點出來，給我的下一代，再下一代看看！以時代變遷的神速，他們也許爲了追思往事，而增添一些興味吧？

我的母親

在五歲以前，我是完全不能記憶的了，我的知識，就算是從五歲開始了吧。因爲我是五歲就上學了。

我的產生，是在蘇州城內西花橋巷一個宅子裏。這宅子並不是我家所有，我家只是租着住居而已。及至我略知事物，以及五歲上學的年齡，我家已遷到閶門內的劉家濱房子裏了。我所出生的花橋巷房子，直到如今，沒有進去看過。僅在十二歲那年跟隨父親，走過西花橋巷，父親指點給我看：「這是你生出的地方！」我只在門口望了一望。

我們只有姊弟二人，姊姊長我三歲。我家不用奶媽，都是我母親乳養大的。自從我生出以後，姊姊是祖母領去同睡了，我是專依戀着母親了。我記得我是常常捧着母親的面頰，勾着母親的頸頸而睡的。

在我七八歲的時候，母親吐過一次血，那時西醫還不會流行到中國內地來，但是中國也知道有些吐血是一種肺癆病，而且要傳染給人的，母親便不許我向她面對面睡在一牀了。我因此哭了幾場，母親忍不住了，另設一被，另具一枕，只許我睡在牀的另一頭，不許和他親近。

有一天早晨，天還沒有大亮，我便醒了，便爬到母親身上去。那時帳外殘燈未滅，在晨光熹微中，我看見母親面容慘白，似乎是另一個人。我便哭喊道：「噯呀！你不是我的母親呀！你是誰呀？」母親被我鬧醒，拍我的肩頭說道：「癡孩子！怎的不是你的母親呢？你認認清楚呀！」便對我展開了笑容，遲之又久，我才認清了母親的面容，緊緊的摟着她，惟恐失去了她的。後來母親垂淚向父親道：「我的病恐怕是不起的了，孩子已不認得我了。」但是後來母親的病，却也漸漸的愈了。

我在七八歲以前依戀母親，沒有一時間離開了她。凡是母親回到外祖家去。我總是跟了去。有一次，母親一個人去了，事先不給我知道。我放學回來（那時我是六歲吧），不見了母親，大發脾氣。祖母說：「母親今天就要回來的，吵什麼呢？」便命家中男傭人黃福，掮在肩頭上，到門口迎接母親去。我一定要黃福送我到外祖家，黃福不肯，只有掮了我兜圈子。見一頂轎子迎面來了（那時蘇州中上階級人家婦女，出門必坐轎子），便騙我說：「母親回來了。」我見轎中端坐的不是母親，又哭。直到吃夜飯時，母親方才回來，我心中方安定。她告訴我說：「因爲外祖家的小妹妹，正在出痧子，所以不帶你去。」

我祖母的母家姓吳，我母親的母家亦姓吳，我至少可以算一半姓吳。外祖家叫我母親爲六小姐，或六姑奶奶，但她並不排行第六。在兄弟輩，她沒有長兄，僅有一弟。在姊妹間，她有一姊，嫁蔡家，已經故世了，此外僅有一妹，一弟一妹，均異母所出，無論如何，均不會排行第六。我曾問過母親，母親說：「他們從小就這樣叫我，大概是大排行吧？」（按，大排行者，連堂房的兄弟姊妹，都排列進去，中國的大家庭，有這樣的風俗。）

但我對於母親的被呼爲六小姐，始終不明。因爲我從未聽說外祖有兄弟，亦未見過母親有堂房姊妹呀。後來我問母親，「也許是一個小名，聲音與六字相同，並非排行第六吧？」於是寫了許多在吳音中與六字相同的字，請母親選擇一個（那時我已經十五六歲了），母親說：「我又不識字，不必要一個名字。」（當時中國婦女十分之八、九不讀書，沒有名字）我再三要求母親選一個名字，母親徇愛兒之請，隨便在我所寫的許多字上，指了一個，乃是「菉」字，於是便定了菉字。後來直到母親去世時，我寫她的行述，也用了這個名字。

這個菉字，詩經上有一句「菉竹猗猗」，是與竹有關係的，恰好我父親號「韻竹」，也可以算得有些巧合咧。

我的母親，在我的內心中，在我的敬愛中，直到如今，我稱頌她是聖者。我未見世上女人道德之高，過於吾母者。她不識字，不讀書，未受何等敎育，然而事姑，相夫，敎子，可以說是舊時代裏女界的完人。這不獨是她兒子如此說，所有親戚朋友中，沒有一人不稱讚她賢德的。

上學之始

我五歲就上學，可算是太早了，但近代在五歲時，入幼稚園的，也不是沒有。況且我是在舊曆二月初二生的，也可以算得足四十八個月了。在未上學之先，祖母敎我識幾個筆畫簡單的字，我都認識。又以我的父親，在幼年時，適逢太平天國之戰，隨着祖母，奔走逃難，深恨自己從小失學，希望我成一讀書種子。

我家那時住在城西劉家濱一個宅子裏，這宅子是一個巨宅裏面住了三家人家。除我家外，一家姓賴，福建人，漢軍籍。一家姓譚，似爲安徽人，有些忘了。因爲當時蘇州是個江蘇省城，別省來此做官候補的人很多。（清制，本省人不能做本省官。）這賴譚兩家，都是到江蘇來候補的，而在蘇州作寓公。後來賴家有一位叫賴豐熙，譚家有一位叫譚泰來，一個做了吳縣知縣，一個做了蘇州府知府，都是前淸時代的地方官，但那時候，他們兩家和我的一家，都已遷出劉家濱這個宅子了。

我的上學動機，和賴家有關係。這一宅子中，譚家住正屋，，賴家住花廳，而我們住在花廳對面幾幢樓房中，也有大小八九間房子。雖然花廳前面的庭院很大，院中花木扶疏，還有假山，可是我們和賴家，總是坐衡對宇。他們女眷中有一位三太太，和我祖母、母親極爲客氣，以鄰居關係，常常互相餽贈食物。這位三太太，有時穿長袍，作旗裝；有時短襖長裙，作漢裝；因爲她是漢軍的關係也。（漢軍可與滿人通婚，亦可與漢人通婚，成爲滿漢通婚的橋梁。）

因爲三太太有個兒子約摸十三四歲，要請一位西席先生。他們都能說蘇州話，又感於蘇州文風之盛，要請一位蘇州先生。商之於我祖母，我祖母本來預備我要上學，也要請一位開學先生，那就來得正好，便商量兩家合請一位先生。

祖母就託了她的第一女壻，就是我的姑丈尤巽甫先生。巽甫姑丈又託了他的堂兄鼎孚先生，也是我的表姑丈，介紹了一位陳少甫先生（名恩梓），這算是我家與賴家合請的。陳先生朝出暮歸，好在他的家，離館極近，他住在迴龍閣，就在劉家濱南面的一條街，不過是咫尺之間。當時訂明，賴家供一餐午飯，我家供一頓晚點，夜飯是陳先生回家吃了。

我上學的儀式，頗爲隆重。大概那是正月二十日吧？先已通知了外祖家，外祖家的男傭人沈壽，到了那天的清早，便挑了一擔東西來。一頭是一隻小書箱，一部四書，一匣方塊字，還有文房四寶，筆筒，筆架，墨牀，水盂，一應俱全。這些東西，在七十年後的今日，我還保存着一隻古銅筆架，和一隻古瓷的水盂咧。那一頭是一盤定勝糕和一盤粽子，上學時送糕粽，諧音是「高中」，那都是科舉時代的吉語。而且這一盤粽子很特別，裏面有一只粽子，裹得四方型的，名爲「印粽」；有兩只粽子，裹成筆管型的，名爲「筆粽」，諧音是「必中」，蘇州的糕餅店，他們早有此種技巧咧。

停一刻兒，我的母舅坐轎子來了，他是來送學堂的。蘇俗：父親不送學堂，有母舅的母舅送，沒有母舅的叔伯送，或其他長輩送。在從前送學堂，要穿禮服來的，現在簡便得多了，只戴一頂紅纓帽，但若是紳士人家，還是要穿禮服的。

書房就在賴家花廳的一個耳房裏，有一個天井，天井裏三面都是高大的牆。有六扇長窗，長窗外有一個花砌，有幾枝天竹之類的小樹。學生只有兩人，就是我和賴家的這位世兄。這位賴世兄，他們家裏叫他大少爺，我當面雖然叫他賴世兄，背後也叫他一聲賴大少爺。

母舅一來，送入書房，便要行拜師禮了。傭人們在書房正中，點上紅燭，母舅拈了香，然後教我朝上拜了四拜，這是先拜至聖先師的孔子。然後在正中擺上一張椅子，然後地上舖下紅氈單，請先生坐在椅子上，受學生拜師之禮。但我們的陳先生，却不肯坐，只站在上首，而且在我跪下去的時候，他便雙手把我扶了起來，這便算拜師禮成了。

我的坐位，就在先生的書桌傍邊。可憐的是我身體太小，因此在椅子上，放了幾個墊子，還襯上那條紅氈單，便抱了上去了。一面家裏又送上「和氣湯」這也是蘇州的風俗，希望師生們，同學們，和和氣氣，喝一杯和氣湯。這和氣湯是什麼呢？實在是白糖湯，加上一些梧桐子（梧與和音相近），青豆（青與親音相同），好在那些糖湯，是兒童們所歡迎的。

母舅給先生作了一個揖，說了「拜託拜託」兩句，他的任務完成，便卽去了，我就感到單獨。先生早已預備，用紅紙方塊，給我寫了六個字：「大富貴，亦壽考」，教我認識。這六個字中，第一個「大」字，早就認識了，其餘五個，都不認識。先生教了約摸四五遍，其餘的五個字，也都認識了。這一天下午本來也就放假，大概不到兩小時的光景，我也就放學了。

在放學之前，我們這位陳先生是非常道地的，他把我的字版，安放在書包裏。最奇怪的，把我的書包翻轉來包了。說起來我的書包，也大爲考究，這也是外祖家送來的。書包是絲綢面子的，桃紅細布的夾裏，面子上還繡了一位紅袍紗帽的狀元及第，騎着一匹白馬。書包角上，還有一條紅絲帶，繫上一個金錢。

臨出書房時，先生還把粽子盤裏的一顆四方的印粽，教我捧了回去，家裏已在迎候了。捧了這印粽回去，這是先生企望他的學生，將來抓着一個印把子的意思。爲什麼把書包翻轉來呢，後經祖母解釋，蘇州有一句俗語：一個讀書人飛黃騰達，稱之爲「書包翻身」，都是科舉時代祝頌之意。

上學以後

上學以後，我進步倒也不慢，每天認識方塊字，約近二十個字，不到兩個月，已認識了一千字了。這些方塊字，坊間是依着一部「千字文」而刋印的，倘再要認識生字，那就有一種在千字文以外的方塊字了。這些認方塊字教法，只認識它的字形，讀音，而不加解釋它的意義，這是中國舊式的幼稚教育。

認識了一千字後，陳先生便給我讀一本「三字經」，因爲三個字一句，小孩子易於上口。「三字經」讀完後，先生便給我讀一本「詩品」，這詩品是司空圖著的，也是四個字一句，如「綠杉野屋，落日氣清，脫巾獨坐，時聞鳥聲」之類，比之「千字文」，似乎更易上口。讀完「詩品」後，先生說：可以誦讀長短句了，便教我讀一本「孝經」。

照平常的啓蒙書，那些私塾裏，總是先讀三、百、千。所謂三百千者，乃是「三字經」「百家姓」「千字文」的三部書。但我却讀了一本「詩品」，一本「孝經」，三字經不必說了，「百家姓」與「千字文」，在實用上也很有效力的。以識字而言，也要識得人家姓什麼呀，讀了「百家姓」，那就便當得多了。「千字文」裏，一千個字，沒有相同的，於是人家便以此排列號數了，譬如「天字第一號」和「地字第二號」以次排列下去。不但如此，這與讀書人也很有關係，在小考，大考，鄉試，會試，也都以「千字文」排號的。假如在鄉試場裏，你的號舍是標明一個「來」字，你如果讀過「千字文」的，便知道有「寒來暑往」的這一句，你的號舍，就在「寒」字與「暑」字之間了。（續刊）

清朝一個羊弔風狀元

林　熙

中國的科舉考試有千多年的歷史，歷朝所出的狀元，不知共有多少人，約畧估計一下，總在數百人左右。這數百人中，除了他們爲文章寫得出色而被點爲狀元之外的，還有些不靠文章經濟得以大魁天下，這已經是很少見了。最奇怪的這數百名狀元中還有一個患羊弔風病的狀元，也可列入「很少見」的一格內。一個讀書人中了狀元後患上羊弔風病，並不足奇，但如果本有這種病，而在會試、殿試時病不發作，居然有條有理的寫出洋洋灑灑的大文，並且要寫得一手好楷書，中了狀元，這就有些不尋常了。清朝同治二年癸亥（一八六三年）殿試的狀元翁會源就是這樣的，因此有人稱他爲「羊弔風狀元」。千餘年間，狀元數百，以未經鄉會試，帶了有宿疾之身去殿試而大魁天下者，恐怕只有翁會源一人了。

提起這個翁狀元，他並非是寒士出身，而是江南一個大世家，家門鼎盛的人物。他的祖父翁心存官至東閣大學士，諡文端，又是同治帝的師傅（心存字二銘，道光二年壬午翰林，歷官工部、禮部尚書）。父親同書官至安徽巡撫（字祖庚，號藥房，爲心存長子，諡文勤），叔父同爵（官至湖北巡撫，護理湖廣總督），同龢以狀元兩爲帝師，官至協辦大學士。說他不是簪纓門第，閥閱世家，誰都不信的罷！

翁會源中了狀元後，理應前程似錦才是，但因爲有了那種怪病，時時發作，便限制了他的發展，使他不敢做官，要不然，以翁氏一門貴盛，朝裏有人，雖不狀元拜相，最低限度也可以在外邊做司道督撫吧。但翁會源金殿傳臚，鼇頭高佔後，即隱居故鄉，沒沒無聞，到光緒十三年丁亥（一八八七年）七月十三日逝世，享年只五十一歲。

俞曲園（樾）有輓翁會源聯云：「三秋桂，三春杏，皆從天上頒來，只獨佔鼇頭頂上；文端孫，文勤子，何意山中歸臥，竟長辭綠野堂前。」這副挽聯只是應酬之作，沒有情感可言，但卻有科舉特色，得詳細一說。

上下聯皆用死者一家的故事，只下聯「綠野堂前」的綠野堂，用唐朝的丞相裴度歸隱後，築綠野堂的典故而已。翁心存是宰相，故此典用來還算恰當。

一個讀書人要中狀元，起碼先要中舉人，再入京會試，中個貢士，然後應殿試，等候中進士。這是考試的程序，要沿此途徑才達到最高的科名——進士。翁會源沒有經過這個程序就獨佔鼇頭了。他得到欽賜舉人，又於同治元年獲得欽賜進士，下一年應殿試，得中狀元。上聯所說「三秋桂，三春杏」云云，是指他沒有經過鄉會試而得到鼇頭獨佔。因爲鄉試在秋天，這時候正是桂花飄香的時節，會試則在三月，杏花盛開，聯語借桂花和杏花喻鄉會試。所謂「從天上頒來」是指翁會源係欽賜舉人，欽賜進士也。（按：科舉通例，應殿試的人，在試卷中填寫「應殿試舉人臣某某，年若干歲，某省某府州縣人，由某生（如果已有官職的，就要填寫官職）應某年本省（或順天）鄉試中式，由舉人（如已有官職，也要敘明）應某年會試中式，恭應殿試」云云。因爲進士之賜，要經過殿試，由皇帝親自賜給的，所以在應殿試時，仍然自稱「應殿試舉人」。會試取中，應稱貢士，但人們卻稱爲進士，乃沿俗稱。翁會源沒有鄉會試中式之事，他應殿試時自署頗異尋常，他寫的是：「應殿試貢士臣翁會源，年二十七歲，江蘇蘇州府，常熟縣人，由欽賜舉人，考取國子監學正學錄，於同治元年欽賜進士，恭應殿試」。蓋已既經欽賜進士，就不能循例稱「應殿試舉人」，但現在又以進士而來應殿試，須於殿試後始有進士之賜，所以又不便即稱進士。因有會試中式即稱貢士之例，乃自署「應殿試貢士」。其實他也沒有貢士的資格，只是假借而已。會源既以欽賜進士應試，得到一甲第一名，傳臚時與榜眼探花同賜進士及第，則頗有變料進士之嫌了。）

趙烈文「能靜居日記」光緒十三年八月廿六日云：

赴翁氏作弔仲淵殿撰之喪。翁以白衣兩次恩賜舉人進士，癸亥殿試，遂掄大魁，自有科目千餘年來創格也。時其尊人藥房中丞因皖撫失守……爲節帥曾公劾下刑部獄，親識滿朝，無策解免。有援先朝故事，父在繫子得狀元蒙赦者（傳言是吾里莊本淳侍講事，余考之非是），遂以之膺選，援例陳請，果邀寬典，旋丁父憂歸，得疾迄不起，其際遇可謂異矣！余爲輓聯云：「白衣掄大魁，翰苑千餘年無此曠典；黑頭謝榮膴，林間二十載景此高風。」……

翁會源的父親同書，在安徽巡撫任內因捻軍攻陷定遠，同書走往壽州，又因辦理苗練一案不能妥洽，後來壽州失陷，又奏報前後不符，爲欽差大臣曾國藩嚴劾，清廷把翁同書褫職拿問，交給王公大臣審訊，罪擬大辟。同治元年十一月初六日，心存病重，有特旨釋放同書，同書於晚上七時許從獄中回抵家門，心存於夜半後逝世。會源的進士之賜，是得自祖父死後的恩卹。

翁會源的羊弔風病，不時發作，病發時，仆倒在地上，口吐白沫，不省人事。翁同龢一向耽心他能不能應殿試，據「翁文恭日記」同治二年四月十一日記會源發病一次。廿一日記會源應殿試云：「待源姪不出，殊焦急。五兄、籌姪於戌初一刻去，三刻餘源姪出場，身體甚好，亦無訛字，爲之欣慰。」那是說會源殿試時，不僅沒有發病，並且殿試策寫得一字不錯，做叔父的人也爲之安慰了。廿二日記云：「訪心農及張午橋，皆言源姪寫作甚好，可望前列。……源姪近年爲病所困，深慮不能成名，今邀先人餘蔭，得與廷試，從容揮灑而出，意者其有天意乎？」翁會源以有病的人而往殿試，他的親人只不過希望他能得個翰林，或榜眼、探花就心滿意足了，怎知出人意料之外，中了第一名。翁同龢廿四日日記云：「是日傳臚，源姪於黎明入內，辰正三刻，劉升馳報，源姪得一甲一名，悲喜交集，涕淚滿衣矣。敬告先靈，合家叩賀慈親。須臾，二三報馳至，賀客雲集，時值國恤家憂，筵宴一切停止，擬於常昭會館延客小坐。……源姪得此科名，庶足仰答先人未竟之志，稍伸吾兄不白之冤乎。」據故老所說，會源殿試卷，書極佳，文字亦好，和歷科狀元的試卷相較，並不遜色，因此士論翕然，沒有講他的閒話。不過龍頭所屬，仍是追念舊日師傅之恩，執政王大臣亦欲爲翁同書開脫死罪，將他的兒子擬爲狀元，如趙烈文日記所說「父在繫，子得狀元蒙赦」。後來同書果然赦免死罪，發往新疆充軍，同治三年，西安將軍兼陝甘總督都興阿請留同書在甘肅軍營效力。其後以戰功，賜四品頂戴，未幾逝世，開復原官。

翁會源的羊弔風病，會經南北名醫診治，無法把病人醫好。同治十一年壬申（一八七二年），翁同龢請假回鄉葬親，十月十一日，親携會源就診於孟河名醫費伯雄，同龢日記詳記此事，現在摘錄於左：

十一日，陰，西南風。早間船來，遂登船。余挈壽官一船，僕三人，仲淵別坐一船，僕二人。巳刻開行。……至太平橋泊，日已落矣。

十二日，晴，西北風。黎明開舟，北望有山曰吼山。六十里抵無錫東門，繞至北門泊。……至惠山下，偕仲淵、壽官試泉，歸時月上矣。

十三日，晴。……十五里常州東門，繞西門馬頭泊，月出矣。是日微風，張帆無力。夜飲茶市肆。昨侯子庚云，費醫已故，今日令洪慶詢諸土人，無是說也。

十四日，晴。……三十里奔牛鎮。鎮中有橋，入橋東北行，是爲出孟河道，凡過大橋三，橋之畔皆有小村落，不知其名，多木排。約四十里至石橋灣泊。村甚小，不過七八十家。從此正東爲孟河，通舟楫，而費醫所住曰河莊（亦名孟莊），小舟尚可行，大舟則到此而止，無轎（土人云，抬轎不入祠堂），有小車，余從常州雇轎夫三人來，每人日凡一千，連小橋。

十五日，晴。質明起。源姪以輿，余偕壽官以獨輪車，二李僕以步，同詣孟河（有城，疑從前此處是江口，今改在小河耳），東行約十里，望江邊諸山絡繹，其最高者曰黃山（有廟，屬武進）。叩費君門，未起（先令洪慶掛號，錢二百），至茶肆小坐。巳初二刻（按：即九點多鐘——引注）入診，費君年七十二三，目光奕然，聲音甚圓亮。診源姪曰：「兩尺皆虛，肝脈獨絃。胃有積痰，有時眩暈。」余即告以羊癇風十四年矣。曰：「不作羊癇治，全是水不涵木耳。」處化痰養肝方。且云：「此病根株已深，能去七分爲妙矣。」診余曰：「肺、脾、胃皆虧，且有痰。」告以遺泄之症。乃曰：「腎陰亦虧。」診壽官曰：「先後天皆不足，先治脾。」皆要言不煩。嗟乎，倘人海中有此醫，則無誤藥之病矣，爲之感惻。源姪送四番金，余與壽官各二番。張蓋乘車歸，日才加午。土人言費君之父更精，名費一帖。此君亦善士，以治向軍門（按：即向榮——引注）得名，向酬以三品頂。其子亦能醫，其孫入泮矣。費君號晉卿，行一，秀才而會充地保，惲次山聯稱爲名士而名醫，著詩史文集甚多，又有「醫醇」一書。

源姪方：「肝乃將軍之官，其體陰，其用陽，故爲肝臟。兩尺虛細，左關獨弦，右部甚滑，水不治木，肝火驅痰上升，阻塞虛竅，不時眩暈，急宜清通神明，息風化痰，漸望輕減。紫丹參二錢，大麥冬一錢，雲茯神一錢，川石斛二錢，柏子仁（研去油）一錢，臥天麻六分，天竹黃六分，直殭蠶一錢一分，象貝母（研去心）一錢，杭菊花一錢，化橘紅一錢，製半夏（梨汁炒）一錢一分，生石決明六錢，花龍齒一錢，燈心三錢。」……未初一刻解舟（轎夫兩日給洋二元，小車兩人坐六百一人三百五十），四十里奔牛泊，月色皎然矣。醫能知我病，孰能知我心哉！源姪之疾，由疎而密，由實而虛，由清明而狂易，到家後屢發不一發矣，此行若果取效，亦吾心願之一也。是日奇暖。（按：費伯雄的後人費子彬先生，在江南享譽盛名數十年，現在香港懸壺濟世。）

會源於二十日回抵家中，廿一晚，廿二早晨發病三次，到十一月十七日，先後又發病八次，費伯雄的藥並沒有效果。後來會源還是因這個病死去，則在診於費醫之後十四年了。翁同龢日記，光緒十三年七月二十日云：

斌孫得家信，初十日發，知仲姪初四夜抵次早，發病九次（兩日不發），大委頓，兩醫治之，不能進補劑，現食粥云云。正切憂危，忽榮姪由城外信來，仲姪竟於十三日寅刻

（下轉入第十九頁）

半生矛盾的周作人

南山燕

一 從粒沙看世界

在現代中國的作家羣中，周作人是十分著名而又飲譽最早的。他的創作、翻譯和文藝理論，都會在中國現代文壇上發生過巨大的影响，並因此與乃兄周樹人（魯迅）齊名，合稱「周氏兄弟」，被視爲新文學運動中的兩大權威。然而，由於時代浪潮的冲激，由於人生觀與世界觀的不同，這雙文學弟兄終於分道揚鑣，走上了截然不同的道路：魯迅始終堅持他的社會方向，排擊當世的流俗，不惜「荷戟獨傍徨」，爲實現除舊佈新的理想而孤軍奮戰；至於周作人，他首先是退隱書齋，後來却成了「文壇上的李陵」（何其芳語）——在中日戰爭期間參加日本人在華北組織的「維新政府」，出任「教育總監」。這兄弟兩人中間的距離，是何等的遙遠啊！

周作人以一個本來帶有革命傾向的新文學作家的身份，會經高唱「民族主義」，而竟在戰爭期間站到與自己本國處於敵對地位的旗幟之下，這不是一個很大的矛盾嗎？不過，就周作人生平的思想發展與性格變化來看，則這種情形其實也不是偶然的；這是他本人生平志行矛盾重重的必然結果。我們如果仔細看看他在「五四」前後直到中日戰爭結束的種種言行與作品，就可以知道他的思想是多麼矛盾複雜，而其變化又是何等細緻微妙了。

假使從一粒沙可以看到整個世界，那麽，從一個周作人我們也就可以看到現代大批中國知識分子的種種變化升沉了。

二 「叛徒」與「隱士」

一九二七年，周作人在他的散文集子「澤瀉集」的序文裏說：「戈爾特堡（I. Goldberg）批評藹里斯（H. Ellis）說，在他裏面有一個叛徒與一個隱士，這句話說得最妙；並不是我想援藹里斯以自重，我希望在我的趣味之文裏也還有叛徒活着。我躊躇地將這冊小集同樣地荐於中國現代的叛徒與隱士們之前。」這是周作人針對當時別人嘲笑他爲隱士而說的。他借英國文藝思想家藹里斯的生平風格以自況，暗示自己是個「叛徒」與「隱士」的合身。這種現身說法，倒也清楚地說明了他本人的性格矛盾。

我們知道：在「五四」時代，周作人是新文學運動的積極參加者。這個運動的發生，本來就帶有强烈的「叛徒」精神，它一開始就提出要向傳統宣戰，要向古舊的文化堡壘進軍。一九一八年，繼胡適的「文學改良芻議」和陳獨秀的「文學革命論」之後，周作人先後發表了「平民的文學」和「人的文學」兩篇論文，成爲新文學運動早期的重要理論文獻。但在此之前，他對於新文學運動萌發前夕的時代風信，早就抱着無限的隱憂，因而發生了「退隱」的意向；這種進退傍徨的情緒，可以從他在一九一九年初所作的著名白話長詩「小河」裏看得出來。

「小河」一詩，內容與形式都相當簡樸。它描寫一條長年流動的小河，忽然被人先用土堤、後用石堰堵住，於是積水流不動，停蓄而成一股鬱積而未發的可怕力量。河岸兩邊的禾稻與桑樹，眼見情况危險，知道如果小河潰决，他們就要身受其殃；所以大家都很焦急，甚至田裏的草和蝦蟆，也都紛紛嘆氣，各爲自己來日的安危而懷着隱憂；這時河水還是在堰前亂湧，築堰的人已不知到哪裏去了。全詩結束在一種無可奈何的憂悶氣氛中，這也正正是周作人本身的心情憂悶的反照。

這一首詩，果眞有點不幸而言中，在「五四」的狂潮過後，新文學陣營本身也受到了冲刷，起了變化，有的人向仕途上「高陞」，有的人向書齋裏「退隱」，有的人則繼續揚旗擂鼓，在滿途荊棘之中冒險前進。至於周作人，他「只是睜了眼望着，站在歧路的中間」（見所作新詩「歧途」）。這時候，他一面發起組織文學研究會，鼓吹「爲人生的藝術」；而另一面却又要開闢「自己的園地」，反對「以藝術爲人生的僕役」，說自己是「因寂寞」，所以才「在文學上尋求安慰，夾雜讀書，胡亂作文」（見散文集「自己的園地」序）。他一忽兒痛心疾首地剖解中國的「國民劣根性」；一忽兒却又嫌自己說的那些話「滿口柴胡，殊少敦厚温和之氣」（見散文集「雨天的書」自序），表示欽慕那些「平淡自然的境地」，希望自己也能「從容地做出平和冲淡的文章來」（引文同上）。這種忽而狂熱，忽而恬淡的態度，實在是各走極端、充滿矛盾的。這就可以看出周作人的思想裏面，的確同時活着一個「叛徒」和一名「隱士」。新興的社會思想令得他忘情地歌頌時代的狂風暴雨，不惜以「叛徒」自許；而可怕的社會壓力和他本身的舊詩人氣質，却又往往把他抱住不放，使他往復低徊，對於四野的風雷感到說不出的驚懼，結果也就只能以做一名「隱士」來自慰了。

轉眼到了一九二八年，中國政治局面劇變，大批知識分子在黨爭之中被殺，刀光血影，使人目怵心驚。周作人爲要「苟全性命於亂世」，於是公開發表「閉戶讀書論」，表明他不敢再作「叛徒」，冀免爲當世所忌。從此，這位會經叱咤一時的文壇健將，就退到書齋裏面養晦韜光，成爲名副其實的「隱士」。

三　過去的幽靈

自從「閉戶讀書論」發表以後，周作人終日低徊於他自稱爲「苦茶庵」的北京寓所，以「閒適」的詩文自遣。這時候，他談的盡是「草木蟲魚」，矢口不提家國大事。他寫給友人俞平伯的信說：「一個人的生活態度時時有變動，安能保持十三四年之久乎？不佞自審近來思想益消沉耳，豈尚有五四時浮躁凌厲之氣乎？」從「浮躁凌厲」而至「思想消沉」，這中間的變化是何等的巨大啊！

然而，周作人畢竟是抱有才能的，他又豈能甘作長期的「隱士」？他有時也會追懷於過去的縱橫馳騁，對於個人名利與勢位富厚，難於忘情。他不滿於社會的現狀，企羨於個人的發展，但却又不便直說明言，於是婉轉委曲，發爲隱晦之詩，這就出現了文壇上哄動一時的「五十自壽詩」。

所謂「五十自壽詩」，乃是周作人在一九三四年初間所寫的兩首七律，原題「偶成」。當時他寄給林語堂看，恰巧林語堂正在籌辦「人間世」半月刊，就把這兩首詩發表在創刊號上，並題上「五十自壽」的名目，因爲那年周作人剛剛是五十歲。原詩道：

前世出家今在家，不將袍子換袈裟。街頭終日聽談鬼，窗下通年學畫蛇。老去無端玩骨董，閒來隨分種胡麻。旁人若問其中意，且到寒齋吃苦茶。」

半是儒家半釋家，光頭更不着袈裟。中年意趣窗前草，外道生涯洞裏蛇。徒羨低頭咬大蒜，未妨拍桌拾芝麻。談狐說鬼尋常事，祇欠工夫吃講茶。

這兩首詩登出以後，在當時的中國文學界引起了一場不大不小的風波。與周作人抱持同一態度的人，如周氏的好友錢玄同、劉半農、蔡元培等，都會有詩相和；但其中也有一部份人認爲詩中的思想委頓頹唐，所以起來加以批評。在批評的文字中間，有一篇題爲「過去的幽靈」，說不意當年會經寫過像「小河」那樣解放的詩體的新詩人，此刻竟然寫出「爐火純青」的、足以配入「四庫全書」的舊體詩；更不意當年會經翻譯過俄國盲詩人愛羅先珂的「過去的幽靈」、教人注意和打倒「過去的幽靈」的新文學作家，不久連自己也變成了「過去的幽靈」。有了這樣的爭論，於是就由「人間世」雜誌的主筆林語堂出來，寫了一篇「周作人詩讀法」，說周作人的詩是「冷中有熱，寄沉痛於幽閒」的。接着，曹聚仁也寫了一篇文章，引用周作人的話，說他從「浮躁凌厲」到「思想消沉」，走的是從孔融到陶淵明的道路。這件事，在當時的中國文壇上爭論了好久。（下期續完）

總統南海賣魚

·竹坡·

一九六二年至樂樓主人在香港大會堂展覽所藏的明遺民書畫，其中有一幅八大山人畫的水墨魚。這幅畫並沒有八大山人題欵，只有「八大山人」一印，籤爲吳昌碩所題，畫外題跋有清道人，王茭、蔣節等人。

清道人是李瑞清的外號，他是民國初年在上海做遺老的人。民國六年丁巳（一九一七年）溥儀復辟，封他爲「學部侍郎」，他題這幅畫是戊午七月，戊午爲一九一八年，正是復辟失敗後的一年。（李瑞清字梅庵，江西臨川人，光緒廿一年乙未進士，選庶吉士，未散館，改江蘇候補道，辛亥革命時，做過短期的江寧布政使。民國成立，在上海賣字，署名清道人。民國九年死，年五十四歲。溥儀因爲他是遺老，又參加復辟，謚爲「文潔」。）他的題字是這樣的：

處處安流成險灘，桃花雨急獨行難。春來無限滄桑淚，愁向山人畫裏看。竭澤方愁用國虛，搜金端合到池魚。可憐雪壓烏龍膾，零落金牌御字書。戊午七月朔日，爲一亭先生題八大山人畫魚，今年春，聞總統賣盡南海子魚，英使購得一尾，上有明嘉靖及我朝高宗金牌，未忍烹食，送還外部，請蓄之御池，於是始申網罟之禁，故詩末及之，清道人題。

清道人既然是遺老，又在馮國璋做代理大總統的時候，有賣中南海（即舊日清宮的西苑，其北則爲北海公園）魚之事，因爲馮國璋會參加復辟密謀，舉事時，他却沒有表示，所以復辟黨人對他是咬牙切齒的，清道人文中沒有對他破口大駡，已算萬幸了。

北宮的故宮三海，自明朝以來就是禁苑，每年帝后生日，循例放生，所放的水族動物，各種都有，但以魚類爲多，放生時，多以金牌穿在魚鰭上，三百年來，南海的魚滋生日多，一向禁止獵取。

馮國璋於溥儀復辟失敗後，入京就代理大總統，當時有人向總統府的庶務科長獻計，謂中南海的魚很可以賣錢，賣得的錢，對公府財政不無小補，科長便把此事請示馮國璋，馮立即批准，郎以二萬元代價，批給某商人，將三海的魚賣清。不久後，這個消息傳遍京師，好事者製聯嘲之云：「宰相東陵伐木；總統南海賣魚」，一時傳爲笑話。（東陵是清朝幾個皇帝陵墓所在的地方，因在東，故名東陵。東陵樹木甚盛，傳說當年的「內務府大臣」和前大學士那桐、尚書載澤等人將陵木偷斬出賣，獲利甚豐，並有人說載澤獲二千萬元，不免言之過甚）

總統府賣魚，那些老魚大多數被北京天津的酒館以高價買去，亦標高價製爲名菜，索性學廣和居的潘魚、吳魚、總統雜碎等等名目，稱爲「總統魚」。這也是北京菜館一段小掌故。

賣魚之時，英國公使館買得紅鯉魚一尾，重三四十斤，魚鰭上繫有兩面金牌，英公使本想運往英國贈給倫敦動物園陳列，使異邦人士，得瞻皇宮產品，後來因恐運輸途中死去，乃轉以魚贈給外交部。外交部尷尬非常，呈請馮國璋取消賣魚一事，免傷國體。當時報紙喧騰此事，貽笑中外，葉玉森因仿吳梅村體，作「打魚詞」七古一首記其事云：

老漁破笠鬚眉白，江上年年寄鷗跡。本來射鮒逐潮兒，忽地釣鼇稱海客。海子分明太液波，當時唯見六龍過，鷹臺日暮君王獵，猶憶梅村海戶歌。七十二橋圍廿四，上林有福官仙蔚，近侍鸞衣摘草花，遙看鳳艚搴菱芰。天上何愁碧海乾，錦鱗戢戢伏安瀾，綠圖會負占靈籙，芳餌無憂絕釣竿。雙珠偶入深宮夢，依蒲在藻承恩重，便是文鴦不願飛，若爲仙鯉眞能控。自殷墟泣黍離油，頳魴瑣尾感飄流，昆明誰復哀殘甲，公子先愁下大鈎。果然府海遵齊軌，太息甘泉仍禍水，范蠡爭陳萬利書，漢昭全付長安市。但見興師日日來，千夫放眼看瀛臺，大人龍伯休驚問，男子羊裘無浪猜。峨車轆轆聯翩出，有利天宮一朝失，正是蠹飛海水時，奈何殃入池魚日。碧眼相逢忍割鮮，垂頭翻乞外臣憐，零星綴尾金牌字，嘉靖遙遙四百年。去魚幸返還珠浦，贏得遠人騰笑語，靈沼方知樂衆難，清冷不許漁歌聚。無復銀花九鯉跳，荷簑歸去有餘驕，料知醉臥蘆根月，猶夢金鰲玉蝀橋。（按：葉玉森字葓漁，江蘇丹徒人，工詩詞，民國年間會在安徽省做過縣知事，民國廿二年逝世。葉氏晚年致力甲骨文字的研究，著有「殷墟書契前編集釋」、「鐵雲藏龜拾遺」、「研契枝譚」（此書與「說契」一卷合裝，先刊於民國十三年「學衡」第三十一期），「殷契鈎沈」（刊民國十二年「學衡」第二十四期，後來與「說契」皆有自寫印本，民國十八年北平富晉書社影印本。）

關于三海賣魚事，劉成禺的「洪憲紀事詩本事注」（刊民國廿五年十二月五日出版的第十九期「逸經」半月刊）頗有記述，文極有趣，現在摘錄於左，以備讀者爲談助資料。文云：

（上略）項城賓天，北海樓臺，鞠爲茂草，馮國璋入繼總統時，北海禁人游覽。其嬖人李某，異想天開，殃及池魚，說國璋曰：「三海魚類，可值十萬金，明清以來，未施網罟，是爲總統私有產。」國璋乃令某招商捕魚，議價七萬元，網得明嘉靖金牌放生魚一尾。某使館出重價購去，回視洪憲時代，雄風何在？誦老杜「昆明池水漢時功，武帝旌旗在眼中」之句，俯仰今昔，爲之黯然。天門周沈觀先生樹模，會賦「三海賣魚歌」長句，其詞曰：「金牌魚，白質黑章尾鬣朱，子孫孕育三海水，珠泉汲引昆明湖。人間釣餌不敢到，那來漁者施網罟？夜半藏舟負之走，天池神鯉都成俘。金牌深刻大明嘉靖字，想見厥初亦王餘，一朝斗水不能活，垂五百年遭毒痛。白龍苑頸困豫且，老龜待烹桑已枯，於嗟乎！膾肝吞胆人爲鮮，一網盡此猶區區」周沈觀世丈曰：「聞府中舊人語，洪憲時，豫省進黃河鮮鯉，項城擇巨鯉重二十餘斤者，翅貫銀環，環上鐫洪憲字，放生三海。余詩初有『銀環貫鰭亦鐫洪憲號，其魚未獲難爲書』之句。此次捕魚所獲，以明嘉靖爲最早，銅環未刻朝代者，亦有數尾。洪憲銀環魚，未見捕，故刪去此韻云」。成禺記。（筆者按：劉成禺的記事詩是這樣的：「雁翅湖樓障帝居，平明金鼓動紅蕖。眼看故府歌鐘歇，淥水蘋花喚賣魚。」首二句詠袁世凱往北海檢閱所練的虎賁軍。末二句即指馮國璋賣魚事。周樹模是湖北天門縣人，字少樸，號沈觀，爲劉成禺的鄉先輩。他是光緒十五年己丑進士，選庶吉士，散館授編修，宣統元年授黑龍江巡撫，民國初年，做過袁世凱的平政院院長，著有「沈觀齋詩集」，一九二五年逝世。）

從清道人的題字來看，知道馮國璋賣魚的事，是在民國七年春初，魚身有嘉靖、乾隆兩朝金牌，與葉玉森、周樹模詩所說的相合。周所說的「嬖人李某」，不知是什麼人，民國十二年曹錕做總統時，總統府裏有個「嬖人」也姓李，名彥青，可謂後先輝映。

接自第十六頁

清朝一個羊弔風狀元

長逝矣。斌在旁一慟幾絕，余亦慘痛失神，家運如此，不復言矣！仲姪仁孝人也。竟夜不寢，或亂夢。

同龢、曾源是叔姪狀元，翁氏一門，七年之內，產生了兩個狀元，迷信風水的人都一致認爲常熟翁家以後還要大發，但曾源雖中，因病不能出仕，只有同龢一帆風順，兩朝帝師，官至戶部尚書，拜協辦大學士，以狀元拜相。

「旅華廿五年」中的一章

魔窟餘生記

美國　鮑威爾　原著

魯揮戈　摘譯

譯者前言

舊日上海有一份馳名中外的英文週刊，名叫「密勒氏評論報」（China Weekly Review），係由美國名記者約翰・賓哲明 鮑威爾（John Benjamin Powell）所主持。鮑威爾於一九一七年來華，久居上海，除主持「密勒氏評論報」外，並兼任上海英文「大陸報」董事和「倫敦每日先驅報」駐華記者。一九四一年十二月八日，太平洋戰爭爆發，敵軍進據上海公共租界，鮑威爾以間諜罪嫌，被敵軍憲兵隊拘囚，備受虐待，身患重病，後由美國政府通過中立國瑞士，向日本作嚴重交涉，並以報復爲要挾，始得於一九四二年六月，乘交換僑民船返美。鮑威爾旅華歷時二十五年。一九四六年秋，彼應邀由美至日，出席東京國際戰犯法庭作證，本擬於事畢後重履上海，終以身體受日寇摧殘過甚，在東京心臟病復發，即乘醫院輪返美，上海之行作罷，不久逝世。（戰後，「密勒氏評論報」在滬復刊，由其子主持，一九四九年後，仍繼續出版約兩年，後以主持人小鮑威爾自請回美，乃告停辦。朝鮮戰爭時，中、朝指控美國施行細菌戰，「密勒氏評論報」迭發刊證實此說之文字和圖片，並嚴斥美國的不人道和違犯國際公法。當時美國有不少人目小鮑威爾爲「美奸」。）

鮑威爾自滬返美後，撰寫回憶錄，名曰「旅華廿五年」（My Twenty-Five Years In China），出版後頗風行一時。該書不僅爲其個人之傳記，且富有史料價值，爲研究中國入民國後二十餘年間政治、外交、經濟與社會史者不可不一閱之書。全書共分四十章，其第三十三至三十九章，記述其本人在上海被日本憲兵隊拘囚之經過，頗饒趣味，且讀來令人心悸不已。茲摘譯饗以本刊讀者，並冠以「魔窟餘生記」之題。

百年租界一旦休

一九四一年十二月八日凌晨三時許，正在酣睡中的我，突爲一陣劈劈拍拍的聲響所驚醒。我起初只以爲是中國人鳴放爆竹的聲响，但稍加一想後，便自知不對。因爲這天並非中國人的什麼傳統節日，而自從一九三七年八一三戰事起後，上海已禁止製售和燃放爆竹。當時，我怎樣都沒有料想到這有似放爆竹的劈劈拍拍聲响，是正在宣布具有一世紀歷史的上海公共租界之結束。

我住在福州路的美國總會內，距離黃浦江邊很近。劈劈拍拍中又雜有轟隆隆的聲响了，我這時已意會到不妙。作爲一個新聞記者，我不能呆坐在屋裏等候消息，於是便急奔下樓去。美國總會的那個白俄守門人，一見到我，就驚呼道：「日本鬼子打進來了！」

我辨聽得出那些聲响是發自黃浦江中的，於是，我急向外灘奔去。可是，那時的街頭路角已有日本哨兵布防了，不許我通過。稍後，我遇到了幾位同業的新聞記者，才知道日本已偷襲珍珠港，正式與英美作戰了；在上海的敵軍，現已擊毀並廹降了停泊於黃浦江中的英美軍艦，現今正向公共租界進據中。

我明白將會有些什麼事發生，於是不敢遲緩，忙向我的辦公所趕去（我的辦公所就是密勒氏評論報社，座落在愛多亞路的一所大厦裏，大陸報社也在該大厦）。我知道該大厦將爲敵軍最先接收的對象之一。我的中國籍職員們也都有此想法，所以，他們一聞噩耗後便趕了來，想趁天色尚未破曉時，把報社的打字機等較重要而值錢的東西，搬去別一處妥藏，免落敵人之手。果然，時隔不久，敵軍派人來佔領該大厦了，將所有的門都貼上了封條。我現在沒有什麼可做的，只好回去我的寓所，靜候事態的發展。

上午十時許，日本海軍一批人到美國總會了

，限令所有住客在兩小時內離開，因爲日本人認爲美國總會是上海美僑活動的中心，他們不能允許美國人再在此處會合和活動。日本海軍的這項限令，引起了極大的困擾。這兒的大部分住客都是居此多年的，在匆促的兩小時內怎能收拾所有的物件而携走呢？而且一時之間也找不到足夠的箱籠來裝載各人的衣服用品。所以，結果很多人都只能携走一部分的衣物，其餘大部分都只好放棄而告損失了。

美國在滬的外交及領事人員，都奉日軍之命，集中於都城飯店（數日後又被遷移去華懋飯店）。我自美國總會被趕出後，亦暫時遷去都城飯店居住。

覥顏無恥的美奸

兩三日後，敵軍當局在都城飯店的樓下穿堂牆壁上張貼了一紙通告，說是要在該飯店的會議廳內召集美國人談話，「討論因突然的佔領而發生的種種問題」，希望美國人准時出席。屆時，出席的美國人並不多，只約二三十人，其中多爲新聞記者（譯者按：在太平洋戰爭發生前，美國政府已屢下撤僑之令，旅滬美僑——尤其是婦孺——返國者甚多）。日本方面出席者，主要人物爲海軍報道部官員，此外爲日本方面的採訪和攝影記者，會議廳居然被擠得滿滿。

會議首由負責官員致詞，內容總不外是那一套，毋庸記述。接着有一個美僑起立發言了，此人係虹口一家小型工廠的東主。他居然對日軍大致諂諛之詞，極口稱頌日軍佔領租界一舉的順天應人，並力繩日軍的效率之高和紀律之佳。他甚至把敵軍限令美國總會所有住客在兩小時內遷出這件事，也讚不絕口，認爲這可十足表現日軍辦事的最高效率；像這樣的軍隊，是絕對可以無敵於世的。我靜聽這個美國人的發言，內心有說不出的難過。我不知我的這位同胞如此做是何用意，難道他以爲將自已的靈魂這樣出賣給敵人，就可保全他的那所工廠嗎？或者他是另具有別的意圖、目的嗎？不管怎樣，他這樣做，是無恥的，是丟盡正與日本人作生死存亡鬥爭的美國人的面子的。在場的日本新聞記者，紛紛記錄他的發言，好多架攝影機的鏡頭也都對向着他。很顯然的，日本軍部是要把這個美國人在會議中的表現，當作向國內外宣傳的好資料的。

突然，有一位海軍報道部的官員發見到了我，而向我大聲說：「怎麼，鮑威爾君，你也在這兒？」我說：「我始終是一個新聞記者，我要留在上海，看這齣戲究竟如何落幕收場。我想，你們總不至於要槍殺我這個新聞記者罷！」

但從不久以後的事實來看，生有甚於死，敵軍的殘酷虐待無辜的平民，往往使受者寧願一彈畢命。我到稍後時日才知道敵人如果肯立即槍殺你，乃是對你特別仁慈之舉。

標準「聯合國公民」

敵軍進佔租界後，凍結了英美僑民的銀行存款，使英美僑民的生活發生了極大的困難。（譯者按：太平洋戰爭發生後，在滬的英、美、荷等國僑民，雖成爲敵僑，遭受管制，臂纏有特別標記的布條，但仍可散居滬市各處，直至約一年後，始全被拘入集中營。）而問題最嚴重的，乃是血漿供應的斷絕。昔日，美國海軍陸戰隊第四團長駐上海（譯者按：美國海軍陸戰隊第四團爲滬人所熟知，稱之爲福斯麥令斯 Fousth Marine），爲上海健康血漿的經常川供應者，該團士兵經常願以中國法幣五十元或美金十五元的代價，出售自已的鮮血，以供上海各醫院之需。在太平洋戰爭發生前不久，該團奉命自上海撤走而移屯馬尼拉後，上海健康血漿就少了一個經常大宗的來源，使外僑病人而需輸血的，大受影響，我就是蒙受此項影響的一人。當我被日本憲兵拘囚，身患重病，奄奄待斃時，幸獲交涉成功而移去醫院診治，必需多次大量輸血。經多方設法，初得之於一個自願捐獻鮮血的美國人。兩星期後，又蒙一個英國人自願捐血。第三次是一個俄國人供血的，那次的輸血會使我的循環系統內發生極不良的反應，係因那位俄國人的血漿不健康之故。在我離滬返美前不久，又施行第四次輸血，由一位中國人供應血漿。我經過那四次輸血後，身體內有美、英、俄、中四國人的血液，從這一點來說，我可以稱得是一個「標準的聯合國公民」。雖然在我前後四次輸血時，聯合國尚未誕生，但我總算已得風氣之先，身體內有了同盟國四强的血液了。

開始步入了魔窟

敵軍進據公共租界後的第十三日——即一九四一年十二月二十日，我終於開始度噩夢似的不幸生涯，踏進了以殘酷聞於世的橋頭大厦——日本駐滬憲兵隊的監獄。

十二月廿日清晨，有六七個身穿便衣的日本憲兵，來到都城飯店我的房內，說是奉命來搜查。搜查後，他們要我跟隨去憲兵司令部受審訊。當我隨着他們走到大門口時，一個憲兵突然問我是否在飯店的貯藏間內寄存有一隻衣箱，我說是的。箱內只有少數中國法幣。憲兵們經過檢查後對我說：「我們對於那些鈔票並無興趣。我們最感興趣的，是所有你的信札等文件。」

我被帶到橋頭大厦三樓的憲兵隊長室，接受初步的例行問話，當此時，有一批當天被捕的外國人被押了進來。日本憲兵命令我們將口袋裏的東西，全行掏出而放在桌面上，然後由他們將每人的東西各放入一個封套內，封套外寫上每人的姓名。日本憲兵不讓我們隨身携有一件東西，甚至連我的褲吊帶和襪管帶都被收了去，總算他們「仁慈」，還能允許我保有一方手帕。（續刊）

李蓮英的艷妹

文如

李蓮英是近代中國宮廷中最有權勢的太監，但却不是最後的一個（最後的一個，是宣統年間隆裕太后的小德張），他得慈禧太后寵任，不僅是他善伺人意，同時他又善於聚斂，慈禧太后賣官賣爵，不便自己出面，只好交給她的親信太監李蓮英去辦理，得到的賄賂，他們怎樣分配，局外人是無法知道的。但李蓮英以總管太監之「尊」，也不便拋頭露面在外邊公開兜攬生意，他也要找經紀人，在芸芸衆經紀中，他的嫡親妹子宮中呼爲「大姑娘」者，也是其中主要的一個。

這個大姑娘叫什麼名字，可惜已少人知道，因爲她在光緒末年的名氣極大，人人都只知大姑娘是李總管的妹子，她的名字反而沒有人知。另一個原因就是七八十年前中國的少女是不想給外邊的人知道她們叫什麼名字的，尤其是她們的小名，只許尊長和將來的夫婿叫。

大姑娘長的很冶艷，有手腕，又能幹，李蓮英倚之如左右手，當她十二三歲爲李蓮英帶入宮中見慈禧太后時，太后一見就喜歡她，如果不是因爲她出身寒微，太后眞的想撫爲已女，封以大公主名號，溥心畬的姑母之寵，恐盡爲所奪了。（恭親王之女，於同治初年封爲大公主，兩宮太后懿旨，謂咸豐未死時，幾次都要撫養爲女兒，未及實行就死了，現在秉承先帝遺志，封爲大公主云云。皇帝中宮所生之女封大公主，其它妃嬪所出，只封公主而已。）

光緒皇帝寵愛珍妃，也是人所共知的事，在光緒十六七年之間，慈禧太后已不大過問政治，「隱居」頤和園行樂（不過國家大政，任免大臣還是她抓主意，她雖然住在園裏，但仍時時刻刻注意紫禁城中的動態），因此光緒帝也頗能發揮他的權力，珍妃乘此機會，兜攬些生意，也是人之常情。相傳大姑娘在外邊活動，招的一筆大買賣，但被珍妃的心腹人破壞了，大姑娘的一塊肥肉不能到口，反而被珍妃吞去，她心有不甘，但她還懂得一些體統，知道自己的力量敵不過光緒皇帝的愛妃，就只好忍氣吞聲，自歎倒楣。

這件事爲李蓮英所知，蓮英也勸她忍耐，並對她說：「皇上現在正寵幸珍妃，我們一時處在下風，但也不必爲了這些事就告知太后，使她煩惱，待將來有機會，我們再做一筆大的罷。」原來李蓮英胸有成竹，他認爲珍妃得寵，不過靠個漂亮面孔罷了，但大姑娘比珍妃更爲美麗，如果求太后作主，將妹子隨冊封個名號，收入宮中，不難把珍妃之寵盡行奪取過來，那時候打成一片，生意進行更爲順利了。李蓮英並未讀過多少書，但他却與漢朝的太監李延年的心事暗合。（李延年事漢武帝爲狗監，其妹封夫人，有寵于武帝，延年因此漸顯貴。後來李夫人死，延年以罪誅。）

李蓮英把心事對慈禧太后說了，滿以爲太后必定贊成，即使皇帝不願意蒙上好色之名，有太后施以壓力，此事十拿九穩。怎知慈禧太后這次居然很是「開明」，她說，收大姑娘入宮沒有什麼問題，問題在皇帝愛不愛她，如果不愛，大姑娘豈不是一世守生寡？這種事情是不能用壓力的，待她問問皇帝意下如何。

慈禧太后果然問光緒帝喜歡不喜歡大姑娘，如果喜歡，可以立刻收她入宮，伺候左右。有些人說光緒帝不愛色，其實這不是眞正的說法，他並非不好色，不過他好色而不濫罷了。如果說他不好色，爲什麼他愛珍妃呢？但他不愛大姑娘，却是他憎惡李蓮英之故，也許他已瞧穿李蓮英的心事，不想宮闈裏再增加多些黑暗的事情。他對慈禧太后推却之詞，倒也光明正大得很。他說，宮裏已經有了幾個妃嬪，不想再要了，待將來有此需要時再說罷。慈禧太后也不想過份干涉兒子閨房之事，也就不勉强了。

「清朝野史大觀」卷八，一二六頁也有一則：

清德宗在位，崇節儉，屏嗜欲，尤不喜女色，以受孝欽之脅制，幽囚宮禁，類於漢之惠帝，唐之廬陵王，蓋遭李監蓮英之讒搆也。蓮英有妹貌甚美，性尤慧黠，通籍禁闥，能得孝欽歡，以大姑娘稱之，每進膳必令侍食，且賜坐。孝欽六旬萬壽，蓮英妹列坐聽戲，孝欽妹醇邸側福晉知之，託疾不入賀，孝欽促之，福晉不得已入坐，見蓮英之妹驕踞，仍稱疾避席。文學士廷式有詩記此事。由是蓮英得妹助，與王公通聲氣，威燄殖人，朝士屏息。蓮英初進其妹，本欲效李延年故事，上燭其奸，益疏蓮英，蓮英恚甚，恒於孝欽短上，而兩宮之嫌隙生矣。……

這段記事，不知引自何書，大致上還可信。慈禧太后之妹，並非醇親王的側福晉，而是嫡福晉。（咸豐九年醇郡王年十九歲奉命與懿貴妃之妹成婚。醇親王有三個側福晉，一個顏札氏，是慈禧以宮中秀女賜給他的，生一女，早殤；一個劉佳氏，生載灃、載洵、載濤，另一女，亦早殤；一個李佳氏，生一女，但這個女兒到廿八歲才死。）

李岳瑞「春冰室野乘」記李蓮英的妹子一事，比較詳細，現在將全文錄此：

李監蓮英，有一妹，國色也，辛卯、壬辰間，年甫逾笄，尚未適人，李數繩其美於孝欽，召入內，侍起居。李妹故慧黠，善伺人意，孝欽寵之甚，呼為大姑娘。每日上食時，惟李妹及繆素筠女士侍后左右，同案而食，皇后及諸妃嬪，皆立伺於旁。一日某福晉入宮候起居，福晉于孝欽為姊妹，入宮相見，未嘗賜坐。是日請安畢，忽賜坐。福晉驚悚，逡巡不敢即坐。孝欽微哂曰：「吾所以賜坐者，豈為爾乎？爾不坐，大姑娘不敢坐。彼漢裝纖足，那能耐久立乎？」福晉憤甚而不敢言，歸即發病。蓮英之進其妹，本欲效李延年故事，而不悟上非漁色之主，所圖竟不遂，蓮英之惎上，此亦其一原因也。內務府司員某者，年少貌美，適喪妻，孝欽遂為李妹指婚焉。武進屠敬山水部寄（按：武進是江蘇的一縣，屠寄，字敬山，「水部」指京師六部衙門中的工部。——引注）「結一廬詩集」，中有宮詞二首，其一云：「偷隨阿監入深宮，與別宮人總不同。太母上頭宣賜坐，不教侍立繡屏風。」又某君小游仙詞中一首云：「漢宮誰似李延年，阿妹新承雨露偏。至竟漢王非重色，不將金屋貯嬋娟。」即詠此事也。

「清朝野史大觀」所說，文廷式學士有詩記這件事，不誤。文廷式作有「擬古宮詞」若干首，葉恭綽先生的「遐庵談藝錄」一〇三頁「文道希擬古宮詞」條，就有這首詩，詩云：

九重高會集仙桃，玉女真妃慶內朝。末座誰陪王母席，延年女弟最嬌嬈。（此指李蓮英之妹入宮事，西太后本欲以之為光緒妃嬪，而光緒意不屬，乃罷。）（筆者按：葉先生文前小引云：「道希先生擬古宮詞，蓋指同光間宮闈事，外間傳者不多，茲錄於此，且略加注釋，讀者可與吳士鑑「清宮詞」參看。）

李岳瑞說大姑娘為西太后指婚一個內務府官員為繼室，可惜他沒有說明那個官員叫什麼名字，今據所知，名白壽山，官內務府郎中。袁世凱一向是巴結李蓮英的，光緒三十年，世凱在直隸總督任上，派候補道唐小山入京，先見白壽山，對他說，袁世凱打算保薦他做保定所練的旗軍幫辦大臣。並說，現在先通知他一聲，然後告知李蓮英。白壽山雖然一表人材，但不大識字，為人也很謹樸，事事秉承李蓮英的意旨的，當然一力推辭。唐小山沒法打動他，隔日即往見李蓮英，說明袁宮保來意，請蓮英勸白壽山接受。李蓮英正色對唐小山說：「請你回去告知袁宮保，白壽山不敢遵命，是我教他的，請不必再來嘮叨了。」原來白壽山素無大志，而內務府郎中又是一個肥缺，遠比什麼幫辦大臣好得多。李蓮英在辛丑隨兩宮回鑾後，甚鄙袁世凱之為人，到光緒三十年後，日漸和世凱疏遠，世凱初時還不知何故，其派唐小山入京找白壽山，正是欲向李蓮英表示好感之意，現在抹了一鼻子灰，便改變方針，一心一意巴結二總管崔玉貴了。

舊宮人談

西太后的故事

石夷

西太后的軼事，寫的人太多了，但是，我寫的，不是一班寫歷史的大作家所注意的，可能也是一班大作家所不能知道的。我到故宮居住的時候，已是民國元年以後，去西太后逝世不過四五年，除宣統外，四位太妃都健在，其餘的如太監、宮女等有很少的變更，我所寫的西太后，都是從太監們，在夜間無聊時，說出來的。瑾太妃是我的長輩，且而她說話很謹慎，不會隨便說西太后已往的事，更不批評西太后的一句，而太監們所說的，並無系統，也無記錄，我當時聽他們講，覺得很有興趣，年輕的我，還不知道寫筆記，連簡單條子都不會寫，書雖讀過，還不懂運用，那能寫筆記，不過，記性非常的好，雖事隔若干年，現在還能回憶將一個大概寫出來。關於政治，寫的人很多，我聽的也很少關於政治，所以我寫的都是關於西太后的起居生活習慣、個性等等。

西太后為人，恩怨最分明，吳棠誤送奠儀一事，很多人都知道，可不必詳說其經過。後來西太后抓政權，有人參劾吳棠，她記起這個名字，反而升了他的官。當時吳棠被參一次而升一次，參吳的人，固不知道，連吳本人也不知道，聽說還是吳賄賂西太后身邊的太監，向她探聽，再由她自己說出來的，這是講報恩的事。西太后生了皇子，很是得寵，當時肅順也是咸豐的親信大臣，極看不起西太后，總勸咸豐不要把國家大事告訴太后，也不要把一件公事給太后看，咸豐因為歡喜她，就把肅順所講的全盤的告訴西太后，她焉有不恨肅順之理？後來咸豐死，同治繼位，她做了皇太后，就把肅順等人殺了，這就是西太后把報怨的事。

西太后最會利用人，當她進宮做秀女的時候，那有錢賄賂咸豐左右得寵的太監？但是她能運用熱情及言辭，得到他們的同情，她問他們皇帝什麼時候會走這兒經過，喜歡不喜歡南方的小曲子，他們全將她所問的都告訴她，並且將她所不知道的，以及她未曾問過的，也都告訴她了。幾次皇帝經過她所駐守的地方，故意慢慢的迴避走開，因為皇帝在宮中無論到什麼地方，所經過之處，不論太監或宮女都要迴避的，只有跟在後邊的太監伺候。她慢慢的走，是犯法的，因為跟從的太監和她很好，所以就由她遲點避開，有時她知道皇帝在附近，故意唱南方小曲，希望皇帝能聽到，這時咸豐是駐在圓明園，比較自由，不像在宮裏那麼拘束，果然有一次，咸豐問左右太監，前面走的那個秀女是誰，叫她來。太監立刻把她叫來，她聽見叫，一面心驚一面暗喜，走回來，就跪在咸豐面前。咸豐一看她長得很美麗，大為歡喜，就問她進宮幾年，幾時派在圓明園，從前到過什麼地方，她都對答如流，她說選入宮中已二年，不久即派在圓明園，父親是惠徵，在安徽做知府，死在任上。咸豐又問，你長在南方，必定會南方小曲，有時我聽有人唱南方小曲，是不是你，她叩頭答道，那是奴才。咸豐非常好色，隨即叫她跟着一齊走，從此升為貴人。太后自已說，不久就懷了孕，生了同治，皇后沒有養過，她養了兒子，當然身價百倍，遂進封貴妃。

西太后一生最愛俏，她也是眞正美麗，從前看女人美與不美，只看頭部，臉形，頭髮同梳的髻，眼睛的形態，神氣，牙齒的色質及整齊而已，不像現在看女人從頭到脚，無處不在研究中，西太后會經對親近太監說過：「女人如果長得不好看，我認為人生便沒有什麼意思。我認為我從頭髮臉盤，眼睛，牙齒，一直到脚，我自己覺得都很美，你們看怎麼樣？」當然聽的人，自然加倍恭維一番，說的是無一處不好，處處都很美，西太后又說，人的美，有的是從別人的眼睛所看的，從別人嘴裏所稱讚的，或者說那一部份最美，如眼睛，鼻子，嘴唇，頭髮，或者說只有那一份差一點，是美中不足，如指眼睛，或嘴唇，牙齒之類。又說有自己從鏡子裏看見自己的那一部份覺得最美，或最不滿的是那一部份，如眼睛稍為小一點，牙齒不夠白，或不夠整齊，但是自己必定要知道自己那一部份最美，要時時顯露出來，容易給人看見，自己認為有缺點的部份，必須要時時隱藏起來，不要讓人一眼就看見，如牙齒不白，或不整齊，應該少大笑，少露齒說話。又說：「我對我的全身，沒有不滿意的地方，我的皮膚太好了，從小到現在沒有改變過，我可以說駐顏有術，唯一不高興的就是歲月不饒人，年年要加一歲。」太監曾對我說，西太后身體非常健康，早上三時即起身，五時到勤政殿，各大臣來奏對公事，批閱奏摺退朝後，十時到十二時寢宮休息，十二時傳膳，飯後再休息，三時後，由太監安排好了的各種娛樂節目，如遊御花園，聽戲等等，在遊玩之時，都有很多太監捧着黃龍圓盒子，裏面都是各種點心，六時又傳晚膳，九時就寢。

南人北人

湘山

邵元冲當了立法院副院長，一次開列十個人的名單，要院長孫科發表做立法委員。孫看了大罵「關家劍」。弄得邵元冲一鼻子灰。孫也負氣到上海。後來有人調解，孫才返京。事後林森在政治會議上說明副院長的責任，僅能在院長因有事故時，代理一下，此外是歸院長的當家的。邵聽後，從此不到院，不辭職，只拿乾薪過日子，辦他的「建國月刊」。

袁世凱自封做皇帝，有所謂十三太保，他們是：楊度，孫毓筠，嚴復，劉師培，李燮和，胡瑛（以上六人是籌安會份子），加上朱啓鈐，段芝貴，周自齊，梁士詒，張鎭芳，雷震春，袁乃寬七人，共為十三太保。雲南起義，第一篇討伐竊國大盜袁世凱的檄文，就指出要他把們即日明正典刑。

溥儀被逐出宮後，會任清室內務府大臣的金梁，建議溥儀把政府每年補助歲費，開辦平民工廠，由清室約集中外名流會議創辦平民工廠、學校及文化事業，金當時列出所謂名流的名字是：趙爾巽、王士珍、李家駒、蔡元培、熊希齡、梁啓超、汪大燮、李煜瀛、蔣夢麟、胡適、江亢虎、薛篤弼、劉芳、馮恕、惲寶惠、莊士敦（英）、福開森（美）、鐸爾孟（法）、伊鳳閣（俄）、載濤、載澤、溥倫、陳寶琛、朱益藩、鄭孝胥、寶熙、柯劭忞、羅振玉、那彥圖、貢桑諾爾布、葉恭綽、孫壯、邵章、王揖唐、張學良、楊宇霆等，其中包括官僚、軍閥、遺老、保皇黨、復辟黨、帝制派、留學生、清室貴族、革命黨、老番等，無所不有，眞是五嶽三山之會了。

袁世凱會用金錢引誘吳保初（袁在朝鮮時的上司吳長慶的次子，字彥復，也就是章士釗的岳父），吳却之，且賦詩明志，中有「丈夫餓死尋常事，何必千金賣自由」。後來吳患半身不遂，袁寄醫藥費二千元，欵到時，吳已垂危，袁又匯欵一千元，吳的家屬就把這三千元作為吳的喪葬費。吳是清末所謂四公子之一。

關於「花隨人聖盦摭憶」

金城

一九六五年二月十六日出版的某半月刊，登載某君所作的「黃秋岳的花隨人聖盦筆記」一文，這篇文章是介紹這部書的內容和作者黃秋岳的身世的。原來那半月刊就在下期開始轉載黃秋岳這部筆記。但只登了兩期，不知何故，忽然中斷了。

有一日，我偶然遇見龍門書店的主人周先生，他說，他的書店不日就影印黃秋岳這部筆記，我才恍然於爲什麼某半月刊突然停止轉載，大概因爲已經有人印成單行本，不想和人家爭生意之故。

我問周先生爲什麼會忽然想起影印這部書。他答道，他本來沒有此意，是因爲在美國兩個教授（一個是楊聯陞，一個是房兆楹）向他提議，一力主張他影印，據他們說，黃秋岳這部筆記的史料價值甚高，而且在近五十年來中國人用文言寫的筆記中堪稱第一，所以值得再印一次，以廣其流傳，且提供學術界人士作參考材料。

聽完這番話之後，我不免動了好奇心，問他道：「你是根據那一個版本影印的？」周先生說：「楊教授從美國寄來一本，這是二十年前北平出版的。」我知道，這一定是一九四三年北平印行的那一部無疑，斷不會拿「中央時事周報」所載的來影印的。黃秋岳這部筆記登在「中央時事周報」時，是用四號宋體字排印的，一九四三年單行本則改用老五號宋體字印。我不假思索地對周先生說：「你影印這部書是不齊全的，還有十一二萬字沒有收進單行本裏頭。」

過了不久，龍門書店發賣這部筆記了，我一看，果然是只印到一九三六年十二月底「中央時事周報」所載的爲止，一九三七年一月至八月盡付闕如。龍門書店影印的和香港大學圖書館所藏的那部一樣，不過前者是影本，後者是一九四三年北平排印本。

北平排印本爲什麼只收至一九三六年十二月爲止，而漏去一九三七年以後八個月？大概有兩個原因。一、這部書是用白報紙印，而不是用土紙印的，那時候日寇仍盤踞華北，控制一切物資，而白報紙統制得尤爲嚴厲，一般人不容易購買，黃秋岳之弟澄懷，爲了印行他的亡兄遺著，出盡方法，才配給到一些白報紙，僅足一百部之數，又因爲原書字數太多，如果全部印行，就有紙張不敷的現象，只好割愛。（按：澄懷當時以僞聯銀券四百元印刷此書，其只印一百部原因，或亦因資本不足之故。龍門書店影印此書，其「出版說明」中謂「存稿於一九四三年，由瞿兌之在北平斥資印行，書甫成而日本投降，故未得流傳」云云，稍有誤會。兌之一介寒士，北平淪陷期間，自顧不暇，安有餘資印行書籍？大概該書店見有兌之所作的序文，就誤以爲由他印行的。此事我知得很清楚，應辦正一下。又，澄懷印行此書，非欲賣錢，亦非欲廣其流傳，不過欲保存他哥哥的遺著，印成後，分贈親友爲紀念罷了。）第二個原因也許是澄懷手上所存的「中央時事周報」不齊全，只收到一九三六年十二月止，以後各月皆缺。

「花隨人聖摭盦憶」影印本出版後，讀者大概還不知道尚有遺珠，後來周先生和我商量，何不把未印的那部分印爲補編，使成完璧。但我手上沒有「中央時事周報」，無以應命，後來林熙先生說他藏有一份，他打算在「大華」轉載後才印單行。我覺得這樣也很好，便將此意對周先生說了。因爲香港已有該書的單行本，所以在這裏印的就叫『補篇』。

·思·舊·錄·

錢基博之「現代中國文學史」，有云：「滄州張繼溥泉，巴縣鄒容蔚丹，方以刧取日本留學姚某之辮，走上海」。然據江庸生前見告，謂鄒之赴日，蓋由彼攜往者，刧取姚文甫之辮，乃鄒所爲，張無與也。蓋張少年時，跳踉不羈，時汪大燮任駐日公使，一日張趨謁焉，時監督姚文甫適在座，張置若罔見，不之理，而遊目覩汪寓樓窗下曝有火腿多隻，張謂：「公使肉食如此之豐，爲之垂涎三尺，盍割愛其一以見惠乎？」汪慨然與之一腿。張裹以紙，竟挾之去。姚以其狂妄也，叩汪以姓名，遂知爲張繼。及刧取髮辮，實爲鄒容，而姚不之識，且在倉惶中亦不及審辨其面目，以爲此種狂妄之舉，必係張繼所爲，於是張代人受過，不能安身於日矣，鄒以蘇「報」案入獄庾死，棺置四川會館，及料理瘞埋事，張赴四川會館領取其柩，遍覓不得，祇有標名爲周容者，乃領之以葬，究不知周容是否即鄒容也。

凡致李鴻章簡，簡末請安，不許人用「敬請文安」字樣，即「安」字亦不許用，蓋鴻章之父名文安，有所避忌也，日前於李之後人亞伯處，見其先人李文安像幅、顏爲「空山石圖」。文安貌清癯，坐於坡陀間，狀殊閒適，一時名流，題識纍纍，文安亦自題二詩，署名拙叟，詩未錄存，不能憶及矣。

·蔡雲·

記陳石遺在廈門唱酬

謝雲聲

陳衍，字石遺，別號叔伊，籍閩侯，詩壇祭酒，聲名藉甚，不愧爲一代宗師。嘗任南北各大學講師，循循善誘，從游者皆以身登門龍，頓增聲價爲榮。著有「石遺室詩」正續四卷，「元詩紀事」四十卷，「近代詩鈔」二十四卷，「詩學概論」一卷，「石遺室叢書」多種。與鄭海藏、陳散源、沈寐叟、樊樊山、易實甫等，號稱詩友，其詩以俯仰半山山谷之間。以徐樹錚荐修福建省志，適粵軍至，軍務倥偬，志局中輟，乃至海上，轉徙吳門，治經學古文，會爲寐叟撰詩序，於詩學評論，頗中肯棨。故汪國垣著「光宣詩壇點將錄」，推沈寐叟爲天究星沒遮攔穆弘，推陳石遺爲地魁星神機軍師朱武，誠知言也。

一九二三年石遺遊廈，廈門大學林文慶校長，延爲講師，在夏大與吳大玠、謝幼安、包樹棠、何達安、盛山帶等，倡組夏大詩社，第一次徵詩，擬題「野望」七絕，予與蘇警予，俱膺首選，警予句云「河山破碎入黃昏，一段荒城鳥雀喧。極目蒼茫雲水外，盪胸浩氣接中原。」拙詩云：「平蕪躑躅欲何依，目斷荒山幾合圍。悄立蒼茫如有待，四郊瞑色逼人歸。」兩詩俱蒙石遺大加擊節，並選入石遺室詩話正續集中。

粵軍閩變，石遺逃亡抵廈，吾師周墨史先生，館之於鎮南關外育嬰堂，有花木之勝，門對鴻山，山上刺桐，經冬猶蒼翠，憑窗遠望，石遺比之爲福州家鄉皆山樓對烏石山也。墨史師與之唱和，句句雅切，幾成一集。茲擇其較愜意者數首如下：墨史師贈石遺詩云：

樂安縣楊待周璱，愧我衍期負九秋。今日眞成反賓主，重歌杖杜肯來遊。（夏間有至省之約，省，指福州也。）

大難避逅歲寒時，棲息休嫌屈一枝。預種梅花待高士，安排紙帳乞新詩。（堂邊老梅數株，先生故喜居此。）

凈土寧無一片存，鷺門舊號小桃源。龐公此日携家至，合便更名小鹿門。（鷺門，廈門別稱也。）

石遺次韻云：

交馳函電捧荆璱，小別情懷恰隔秋。此是望門投止日，却疑會合上文遊。

差勝燖湯剪紙時，南飛衆鳥得安枝。翻於賓至如歸後，東道先來七字詩。

松菊故園聞幸存，平安日報盼源源。皆山樓與黃樓近，慚愧當年通德門。

黃雁汀先生亦次韻云：

避地重來益感時，蓬蒿徑乏碧梧枝。高岡雖好無鳴鳳，慨誦青衿學校詩（時石遺方辭廈大講席。）

柯碩士亦次韻云：

冬來臥病困蓬門，至誼能敦讓子源。函電交馳嗟不與，願公諒我失溫存。

柯師原爲育嬰堂主人，此詩用意樸實可見。上列諸詩，一酬一答，工力悉敵，堪作騷壇佳話也。

石遺客廈時，凡有名山寺，如萬石岩，雲頂岩，白鹿洞，虎溪岩，南普陀，無不往遊，遊必有詩。雲頂岩爲岩門衆山最高者，可觀月出。石遺暢遊後，會紀一詩，極能狀該岩之形勢，詩云：

百怪千奇石刺天，九溪十澗恍鳴泉。（初入山，極似杭州九溪十八澗。）平橋忽向蘆碕轉，仄磴剛容竹轎旋。拔地衆峯都俯伏，有亭絕頂尙高懸。一層更上觀雲海，始信岩名不浪傳。

墨史師卽次韻以答云：

正是晴明作好天，雨餘來聽四山泉。短筇直上身差健，衆壑迴看眼欲旋。古寺峯腰原陡絕，方臺巖頂更孤懸。茫茫雲海開奇境，要仗詩人筆與傳。

雁汀先生亦次原韻以答云：

海外林巒別有天，遙從樹杪走流泉。剛欣陟巘翻原降，每到臨崖又折旋。古寺已無平地著，高台直向半空懸。衆山覽小披新詠，岱嶽端憑杜老傳。

墨史快婿陳文典，亦次韻云：

出遊恰值好晴天，杯飲欣陪試聖泉。（聖泉在廈門董內岩，水作青藍色，雖旱天不乾。）臺迥日斜猶映帶，洞幽雲住若周旋。人登絕頂山皆向，石聳危屏樹半懸。不爲催歸風雨急，僧樓題句早爭傳。

於雲頂岩之高，皆寫得出，墨史師旋韻，尤爲新穎也。

一日，石遺約陳丹初（桂琛）先生及予，驅車環遊廈島，予欣然往，石遺猛上車，身材過高，額觸車蓋，血流如注，見者無不驚愕，石遺絕不改容，若無事然，其遇事鎭定有如此者。

一九三七年七月石遺從蘇州回閩垣，甫抵里門，夙疾疝喘復作，遽爾仙逝，一代詩豪，從此絕跡廈島，其客廈時，宴集酬唱等韻事，烏可無文以紀之者。茲錄予挽石遺一首如後，以殿斯篇。「客中忽報小微沉，一代宗師愴士林，藥石奈何無挽力，風詩從此失評吟。記會車覆神仍壯，不信驂停疾驟深，憑弔望風千里隔，交情於我痛難禁。（時予作客越南）

一九六六年一月八日，寫於新加坡來燕樓

清末梨園之三鼎甲

周志輔

自來騷人墨客，閒居無聊，往往乘其興之所至，對於北里名花，評頭量足，而定其姸媸之高下，如遇大比之年，則尤喜冠以甲乙，自視與國家掌文衡者，玉尺量材，同其風度，而美其名爲「花榜」。推而至於梨園，亦在國家取士之時，公車之暇，涉足歌場，大家興高采烈，亦喜選定童伶，依其色藝，而許爲鼎甲，斯爲「菊榜」。

早在清乾隆年間，揚州人李斗所著「揚州畫舫錄」中載有：「顧姬，行四，字霞娛，工詞曲，解詩文，住蘇家墩天心菴旁。會錢湘舲三元槩過揚州，於謝未堂司寇公讌席中品題諸妓，以楊小保爲女狀元，霞娛爲女榜眼，楊高爲女探花。趙雲松觀察有詩云：酒綠燈紅紺碧花，江鄉此會最高華，科名一代尊沂國，絲竹千年屬謝家，拇陳酣催拳似雨，銜頭艷稱臉如霞，無雙才子無雙女，並作人間勝事誇。」按錢棨，江蘇長洲人，爲康熙博學鴻詞科一等第十四名錢中諧之玄孫，乾隆四十四年己亥科江南鄉試解元，四十六年辛丑科會元狀元。是科榜眼是陳萬靑，浙江石門人，探花是汪學金，江南鎭洋人。但是據毛西河的「制科雜錄」中載的是：「錢中諧，順天昌平人，戊戌進士，知縣授編修。」順天府的昌平州，是京北的一個小地方，不知何時他們舉家南遷而入了蘇州籍。錢三元這樣以國家的掄才大典，施之於冶業倡條，未免太褻瀆了朝廷的名器，倘若當時有言官參他一本，而遇到像雍正那樣殘酷的皇帝，也許至少要革掉他的狀元，使得他「斷送功名到白頭」呢。

到了光緒四年溪苕藝蘭生所著的「側帽餘譚」裏載着：「怡道人提唱風雅久矣，逢會試年，新進士臚唱後，品題羣英，定爲及第三枝，塡寫花榜，鼓吹至其堂，一時傳爲佳話。歲丙子，道人宦遊洱海，某公踵而行之，取景和霞芬爲狀元，次咏秀萊卿，三德春朶仙，且以景和嘯雲臚唱，時論翕然，間有不滿於朶仙之爲探花郎者，以品遜也。」這裏面稱菊選爲花榜，雖然菊有黃花之稱，但總不免有視伶如妓之嫌。丙子是光緒二年，那一科的狀元是曹鴻勛，山東濰縣人，榜眼是王賡榮，山西朔州人，探花是馮文蔚，浙江烏程人。花榜中的狀元是景和霞芬，姓朱，名靄雲，是景和堂梅巧玲家的徒弟，唱崑旦，後來自起雲龢堂，梅蘭芳曾在他家裏學過戲。韵秀萊卿姓茹，在咏秀堂朱小元家習武生，朱小元就是小生朱素雲的父親，茹萊卿曾搭入三慶春台等班，晚年爲梅蘭芳操琴，如老去龜年，猶抱琵琶，又誰識其童年曾膺玉堂之選。德春朶仙，本姓閻，後爲楊桂慶假子，始改姓楊，演崑旦，德春爲楊桂慶的堂號，子小朶，演花旦，孫寶忠，演老生，均能世守其業。陳嘯雲姓陳，初習老生小生，後改崑亂靑衣，曾搭四喜多年，爲咸豐年間名崑生陳天爵之姪，有子名秀華，演老生，在北京以敎戲爲業。「側帽餘譚」裏又載：「菊部狀頭，例取旦脚，誠不欲負花榜之名也。如崑部不合式，則於亂彈中選之，榜探以次不論。霞芳榜出，聞有傖父，謬加更易，以萊卿爲首，非惟不洽衆望，且不合例矣。」後來又有一則，是寫的：「素芳以崑生占甲戌首選，乃怡道人破格之舉。」素芳不詳其身世，惟知甲戌爲同治十三年，是科狀元爲陸潤庠，江蘇元和人，榜眼是譚宗浚，廣東南海人，探花是黃貽楫，福建晉江人。陸氏幼年曾以家貧入典肆，習爲朝奉，後以東家嘉其書法；使習舉子業，終得大魁天下，嘗爲宣統的師傅，精於岐黃。民國後，其夫人年八十餘，猶健在，居京師，其幼子某，忘其名，習崑小生，娶媳某氏，入王瑤卿門牆，爲亂彈靑衣，某年在東安市場吉祥園彩串，用碧蘿舘主名義，唱大軸，與王氏大弟子程玉菁合演五本雁門關，「抱枕頭」：王氏親爲把場，但以其道白不脫吳音，未孚衆望。在前場由其夫演「起布問探」，扮相工夫均不惡，極使台下滿意，以吳人習崑曲，自然出色，而陸氏掇巍科之年，有崑生素芳同時掄元，此中或亦有因緣耶。

據光緒十六年長洲王韜著「瑤臺小錄」中所記諸伶，曾得列名菊榜者，有以下數人，如秀春主人顧曜，庚辰榜第一，春馥陳祿祿，癸未初次文榜第一，景春少主人朱榮貴，庚辰文榜第二，熙春孫怡雲，丙戌文榜第二，春馥小主人鄭瀚雲，丙戌文榜第三，雲和張春生，己丑文榜第二。所謂文榜者，以當時又有武榜之選，以言初次者，以別於二次，三次，在其時常以與有未盡，作數次之選拔，以投衆人之所好。庚辰爲光緒六年，是科狀元爲黃思永，江蘇江寧人，榜眼是曹詒孫，湖南茶陵人，探花是譚鑫振，湖南衡山人。癸未是光緒九年，是科狀元是陳冕，順天宛平人，榜眼是壽耆，滿洲正藍旗人，探花是管廷獻，山東莒州人。丙戌是光榜十二年，是科狀元是趙以烱，貴州貴陽人，榜眼是鄒福保，江蘇元和人，探花爲馮煦，江蘇金壇人。己丑是光緒十五年，是科狀元是張建勳，廣西臨桂人，榜眼是李盛鐸，江西德化人，探花是劉世安，鑲黃旗漢軍人。

又據光緒末年「新刋鞠臺集秀錄」所載：「麗奎姓王，號綺仙，唱花旦兼靑衫，係怡雲主人王瑤卿之堂弟，戊戌花榜第四人，隸福壽兼四喜部。」：「怡雲主人王瑤卿，係絢雲主人之子，唱靑衫，甲午花榜第一人。」：「香林姓梁，小名保兒，唱靑衣，戊戌花榜第二人。」：「寶瑩姓張，係景芬主人張寶蘭之弟，壬辰花榜第三人，唱靑衫兼花旦。」：「薬蘭姓章，係餘慶主人小金虎之子，甲午花榜第四人，唱崑旦。」：「蘭仙姓張，唱丑，戊戌花榜第三人。」：「國興少主人馥苓，號稚芬，小名五九，唱花旦，隸福壽部，甲午花榜第二人。」：「雲龢主人朱小霞，係霞芬主人之子，唱花旦，隸四喜部，甲午花榜第四人。」：「小如姓孟，號薇芳，係近華主人孟如秋之子，唱花旦，兼娃娃生，戊戌花榜第一人。」：「德春少主人小朶，號棣儂，唱花旦，隸四喜部，壬辰花榜第二人。」：「韻華主人胡二立，名順奎，號素仙，唱靑衫，隸四喜部，壬辰花榜第一人。」照上面所列舉的人名看來，是壬辰科的三鼎甲，爲胡立三，楊小朶，張寶瑩。甲午科的三鼎甲是王瑤卿，秦五九，章菊蘭，朱小霞，而章朱二人名下，均寫爲第四人，其中必有一誤，不知誰爲傳臚。戊戌的三鼎甲，是孟小如，梁香林，張蘭仙，傳臚是王麗奎。壬辰是光緒十八年，是科狀元爲劉福姚，廣西臨桂人，榜眼是吳士鑑，浙江錢塘人，探花是陳伯陶，廣東東莞人。

在上列諸人中，胡二立曾師事小福，後來入韻秀堂尉遲喜兒家爲徒，與後來的王蕙芳同見賞於辮帥張勳。楊小朶，曾入內庭供奉，改名楊得福，中年以在台上舔頭，一怒而棄絕歌場，常隨其子寶忠操琴，晚年猶見腰間縣一胡琴，出入於梨園或票房中。張寶瑩後來改唱小生，女兒張彩林，亦初唱花旦，後改小生。王瑤卿初搭四喜，亦曾入宮供奉，後由譚鑫培羅致入其所主之同慶班，繼陳德霖之後，爲譚配戲，兩人相得而益彰。晚年以後，不再登台，以收徒授藝爲生，所收女徒尤多，爭入其門，有登龍門聲價十倍之概。秦五九爲梅蘭芳之姑丈，張蔭垣侍書以戊戌政變獲罪，遣戍新疆，稚芬遠送至山西始別，從此不再粉墨登塲，人皆稱爲義伶。曾搭福壽。孟小如後改唱老生，在天樂園與梅蘭芳配戲時多，淸末御史江春霖，屢劾慶親王，有直諫之譽，但頗賞孟小如，在小如改生行時，江出五百金爲置行頭，一時詫爲豪舉。果香林的次女，嫁給程硯秋，有此乘龍快婿，得享晚年淸福。

但據順德羅癭公所著「鞠部叢譚」中的記載，是光緒丙子菊榜，狀元朱霞芬，榜眼蔣雙鳳，探花孟金喜，與「側帽餘譚」所記，畧有出入。朱霞芬的狀頭未改，而榜探均已易人，未解其故，或者當時有二次、三次之例，而爲複選之舉，以霞芬爲衆望所歸，仍得列名榜首。孟金喜係近信堂陳四兒的徒弟，自起近華堂，其子卽孟小如。陳四兒又爲西安義堂胡喜祿的徒弟，胡喜祿又出敬義堂董秀蓉家，董秀蓉曾掌三慶，「長安看花記」云，梨園中以敬義堂爲大家，言其收徒至夥，胡喜祿亦曾掌春臺，是孟金喜的師承，俱煊赫有名，而其少時唱崑旦，恒以崑丑楊三爲配，蓋以其隸春臺部時，爲班主之再傳弟子，梨園耆宿，固不敢不以另眼相看待之也。

科舉時代，國家取士，例有常期，但每遇盛典，必有恩科，以爲邦國之慶，茲值大華半月刋出版伊始，謹選此題，雖遊戲文章，難登大雅之堂，然爲竭誠相賀，甘居榜末，諸公珠玉在前，龍門翹首，不材願以狗尾頌鼇頭也。

一九六六年二月，香港。

伶名輓

民國七年戊午（一九一八年）九月廿二日，名伶汪笑儂死於上海，一時名流哀輓之作甚多。輓聯中有袁克文一對最爲膾炙人口。聯云：

本來是七品命官，革職原爲唱捉放；

此去有三堂會審，看君可敢罵閻羅。

汪笑儂是蒙古旗籍，原名德克津，讀書人出身，以八旗官學生中光緒十四年戊子（一八八八年）順天鄉試。兩次會試失敗，改應大挑，以一等選知縣分發山東。後來因案革職，索性唱戲，改名汪笑儂。他在上海時，偶然也和袁克文同台演戲。

民國六年丁巳三月二十日，名伶譚鑫培死于北京，殷涵光輓以聯云：

歧王宅裏，崔九堂前，錯雜檀箏，內家激賞，我亦靑衫墜淚，誰敎紅粉多情，霓羽傍宮牆，有聲不在人間，絕世難逢廣陵散。

凝碧池頭，沈香亭畔，依希蓮燭，供奉傳呼，數番玉帳飛來，幾度金壺擊缺，梁塵落杯酒，此曲還應天上，令人憶煞李龜年。

此聯堆砌太多，不算佳構，遠不如袁克文輓汪之作也。

（夢　湘）

花隨人聖盦摭憶 補篇

黃秋岳遺著

越縵堂日記，近有補印十三冊，蒓客日記，至是舍樊山所藏外，悉公於世間。近以補爲搜求端肅故實，畧爲披閱，其間可供載筆之資者，亦有數節，讀書如探礦，隨處皆有所獲，良不誣也。今依序舉之，如下：其一：「咸豐十年庚申，八月初二日癸亥，邸抄，伊勒阿勝保前往防所請訓，聞勝保自河南囘見上，卽請殲夷自效，前日上疏，復極言夷之不足畏，且痛劾鄭王誤國罪，會怡王請添遣大臣知兵者辦夷務，上乃命勝及伊都統往，而鄭王兄弟遂三日不召矣，中外忻忻，謂將有處分也。」案此節可證鄭王非孟浪主戰者，「淸史稿」所載，實不確。又可見當時朝官中外，對怡鄭二王之怨妬。其二：「咸豐十年庚申，十一月二十二日辛亥，今日口口言，上在木蘭，政一出怡鄭二邸及肅順，行宮有所脩樂，皆命肅順涖之，三人皆便冠服，出入無禁，寢宮亦著籍，嬪御弗避，上有宣索，三人輒先意進奉，而抑制宮眷，供應極薄，中宮上食，不過一羹一胾飯一器而已，貴妃以下，月給膳錢五千，雖或傳聞過實，然必非無因之言也。」案此與湘綺「祺祥故事」中所述端肅得罪兩宮之原因，若合符節，滅門之禍，起於飲食之微，可爲歎息。口口者，越縵記所言人名，旋又塗之，諦玩字跡，證以所記前後交游，必潘紱丕也。其三：「咸豐十一年辛酉八月初四日，庚申，當國有議請母后垂簾者，屬爲檢歷代賢后臨朝故事，余隨舉漢和熹（和帝后）順烈（順帝后），晉康獻（康帝后），遼睿知（景宗后），懿仁（興宗后），宋章獻，（眞宗后），光獻（仁宗后），宣仁（英宗后）八后，畧疏其事跡，其無賢稱者，亦附見焉，竝爲考定論次，並條議上之，其稿別存。」案此可見那拉后謀垂簾之廹切，文宗甫崩，卽發動此議，而諷廷臣條陳之，二三大老，學殖已荒，遂以屬蒓客檢舉史例，觀此適足證蓄謀之久，以此誅端肅之非其罪也。其四：同年「冬十月丙辰朔，伯寅屬代草新政陳言疏稿，時已見處分贊襄王大臣詔旨，予以伯寅去年夷警時，嘗抗疏請斬怡王等三人，詞甚切至，因勸伯寅今日轉請寬三人罪，以存國體，伯寅不能從，予論時事，言過煩覼，覺氣不快。」其下錄邸抄，詔數載垣端華肅順罪，解任聽勘，景壽、穆蔭、匡源、杜翰、焦佑瀛退出軍機處，令王大臣內閣九卿翰詹科道分別議罪，並議皇太后垂簾儀：詔畧云「上年海疆不靖，由在事王大臣等，籌畫乖方所致，載垣等復不能盡心和議，誘獲英國使臣，以致失信各國，皇考巡幸熱河，聖心萬不得已，嗣都城內外安謐如常，皇考屢議回鑾，而載垣、端華、肅順等，朋比爲奸，以外國情形反覆，力排衆論，皇考宵旰焦勞，兼口外嚴寒，以致聖體違和，龍馭上賓，追思載垣等從前蒙蔽之罪，朕與天下臣民所共痛恨者也。朕御極之初，卽欲重治其罪，惟念伊等係顧命之臣，故暫行寬免，以觀後效，乃八月十二日因董元醇疏請皇太后暫時權理朝政，又請親王中簡派一二人，令其輔弼，大臣中簡派一二人充朕師傅，皆深洽朕意，雖我朝向無皇太后垂簾之儀，惟以國計民生爲念，豈能拘守常例，特詔見載垣等八人面諭，着照所請，而載垣等曉曉置辨，無人臣禮，擬旨時擅自改寫頒行，總由朕冲齡，皇太后不能深悉國事，朕若再事姑容，何以仰對皇考在天之靈，載垣、端華、肅順着卽解任，景壽、穆蔭、匡源、杜翰、焦佑瀛着退出軍機處，派恭親王會同大學士九卿詹翰科道會議其罪，皇太后垂簾之儀，一併議奏。」蒓客附跋云：臣慈銘曰，大行末命懿親，如惠邸之尊屬，恭邸之重任，皆不得與聆玉几之言，受付金甌之託，中外駭惑，謂非聖意，自後行在諸所設施，失禮不經，多違祖法，而一切章奏，皆云軍機處贊襄政務王大臣奉旨傳鈔天下，然先帝固未有載垣等三人入軍機之命也。是其乘間攘權，欺蔽耳目，而樞臣穆蔭匡源諸人，阿附朋比之罪，皆已不足於誅矣。顧未知其脅制兩宮，玩忽嗣子，肅順以御前大臣，出入無禁，冲人左右，跬步不離，至親王入對，恐其發露罪狀，輒隨入監制，使不得言。及董御史疏上，三人糾黨忿爭，聲振殿陛，天子驚怖，至於啼泣，遺溺后衣，而二后每相對涕泗，且憂不保，迨旋蹕有期，諸嬪御先行入辭兩宮，兩宮泣謂曰，若曹幸自脫，我母子未知命在何所得還京師相見否？而醇郡王福晉，慈禧妹也，得時入宮，兩宮密囑之，令醇王草罪狀三人詔，卽携入，慈安藏之袖服中，無一人知也，前月二十三日，皇上兩宮啓行，怡鄭二王，及景壽穆蔭諸樞臣從。肅順及醇邸、陳孚恩、宋晉扈梓宮後發。二十九日至京，三十日遂出醇邸詔草，付恭邸，至樞省，收載垣、端華錮之宗人府。吁！三人者，被寵先帝，言無不從，小器易盈，不學無術，竊弄威福，馴取大戾，而兩宮受其獨制，至於訣別妃侍，潛寫詔書，雖正其辜，亦危甚矣。紀綱未改，國威未移，三人者又皆庸駑下資，非巨奸桀黠者比。徒以孤兒寡婦，遠處塞外，無九廟百司以壯聲靈，無宗臣元老以塡宮府，而庸豎妄人，遂得侮易之，白龍魚服，困於豫且，然則京師者，人君之本，社稷者，有國之命，付託在茲，觀瞻斯係，據其勢則人莫敢爭，失所依則患生於忽，可不戒哉，可不懼哉！」蒓客於此段後，又附抄數則云：「是日又詔數載垣、端華、肅順罪狀，盡削官爵，命睿親王仁壽，醇郡王奕譞逮肅順至京，皆交宗人府，會同大學士九卿翰詹科道嚴行議罪。詔略云：『前因載垣、端華、肅順等三人，種種跋扈不臣，朕於熱河行宮，命醇郡王奕譞，繕就諭旨，將載垣等三人解任，茲於本日特旨召見恭親王及大學士桂良、周祖培，軍機大臣戶部侍郎文祥，乃載垣等肆言不應召見外臣，擅行攔阻，其肆無忌憚，何所底止，前旨僅予解任，不足蔽辜，着革職拏問』云云。詔醇親王奕譞，着即來京，是日賈楨、周祖培、沈兆霖、趙光奏請政權操之自上，並請會議皇太后召見臣工禮節，及一切辦事章程，勝保奏請皇太后親理大政，並簡近支親王輔政，詔着王大臣、大學士、六部九卿、翰詹科道酌古準今中定擬奏聞」。蒓客又案云：「慈銘曰：垂簾之事，予曾撰臨朝備攷錄一書，采擇漢代以來可為法者，而痛論近日之事勢，有不得不行者於後，屬叔子以貽商城，慫恿上之，商城亦心動，嗣董御史疏先上，被詰責，商城遂噤不敢復言，及鑾輅還都，恭邸迎謁道次，偵知兩宮意，行次朝日壇，閣部諸臣出迎，恭邸風示之，黃縣等遂具公疏上，而勝帥疏亦適至云。」其後初六日辛酉，尚有記邸抄詔載垣端華自盡，斬肅順於市等，文不具錄，蒓客僅加一語云：「主原議云，刑書趙光，及諸御史也。」原議，指請將三人一律照大逆律，凌遲處死，觀此數段，則原原本本大政潮發動時之狀態，曲如繪寫，其中心尤在垂簾之爭，亦直筆不少諱。蒓客於此事，其初亦主垂簾，而刑殺之機一動，則反勸潘伯寅轉請寬三人罪，以存國體，可謂書騃，亦可謂不失赤子之心也。末段慈銘曰一節，可見當時檢考太后臨朝史例，乃為周祖培之囑。而賈周各疏，悉由恭王示意，恭王又偵知后意，宮府相嗾相使，以成垂簾之局，可見所謂政治之內幕，徇私黑暗，千古皆一丘之貉也。

南皮讀史詩，正本安邊有大猷，空談吏治兎園流。請看安史蕃回亂，枉費顏元典郡州。此詩相傳為文襄與于次棠中丞不合，作此寄慨，然所言甚有至理。蓋政治首貴至公，勿塗飾自欺，法不貴多，貴立而能守，秦用商鞅，法令密如牛毛，而卒以敗，此詩所謂空談吏治者，僅識好談催科考績之書生，尚非言徒法不能自行之末世也。其云正本安邊者，謂政治若不能探本，則境內縱宴安，而邊境亦不能寧謐。邊事一動，則易成大亂，吾國史跡所垂，每每如此。徐樂云：天下患在土崩，民多窮困，重之以邊境之事，推數循理而求，民宜有不安其處者矣，不安，故易動，易動者，土崩之勢也。其言極可與此詩對照，後兩句尤沉痛。明皇昧於知人，惑於內嬖，寵任包藏禍心之胡兒，遂成安史之亂，天下塗炭，前此妙選典守郡國之良吏，曾何益哉。由妃戚弄權，祿山典兵，以至關中大亂，土崩一成，盛唐文物盡毀，不過翻覆手間事。誦南皮此詩，可爲低徊嘆息。

蒓客所記，大致不謬，以其方與周潘往還，頗知朝局內容也。晚近費行簡君，即自署沃丘仲子者，著「慈禧傳信錄」一書，於此案言之亦自娓娓，但似就官書鋪叙首尾，而傳以一二振奇之詔，又未詳聞於任何人，以費君所著「當代名人小傳」例而觀，或訪集諸說，而不無可訂正者在歟？然文殊保曹師爺之說，固視盃底粘字示恭王，爲有根據矣。節錄附此，以供留心史跡之參考。「慈禧傳信錄」云：

后內務府旂人，父惠徵，官徽寧池太廣道，初以常在侍文宗，既生穆宗，晉立爲妃，時洪楊亂熾，軍書旁午，帝有宵旰勞瘁，以后書法端腴，常命其代筆批答章奏，然胥帝口授，后僅司朱而已。迨武漢再失，回捻交作，帝以焦憂致疾，遂頗倦勤，后窺狀漸思盜柄，時於上前道政事，帝寖厭之，嘗從容爲孝貞后言妃機詐，孝貞素寬和，殊無裁制之術，「帝復以告恭親王奕訢，訢對：妃實誕育元子，望上矜全，帝意少解，后亦斂迹。時其弟桂祥共宗人奕劻居，皆貧困不足自存，賴奕訢與內務府總管瑞麟邮以資，始得賄閹寺，與后通書問，多劻爲屬稿，頗泛論時事，自是后益稔外政，而鑒帝前言，務自晦。一日帝御圓明園，共后妃讌天地一家春，酒半，樞府奏，英法軍已陷天津，帝痛哭起，罷宴，孝貞與諸妃皆泣，后獨進曰，事危急，環泣何益，恭親王素明决，乞上召籌應付。帝乃召奕訢肅順共計之，訢主和，順主戰，鬨於御前，不能决。順退而詬訢曰，馭夷乃樞臣事，何召王耶？謂此上命，非所知。未幾有寺人泄於順，順遂銜后，益扼桂祥使不得預上考，后雖知之，而順寵方固，毀莫能行，然宮朝之衅，伏於是矣。

勝保者，好譽喜事人也，當文宗初元，嘗上疏論闕失，帝嘉其忠，遂擢寺卿，復令出筦師干，禦回捻。保女兄文殊保，工詩畫，后未入宮時，從之學書，穆宗既誕，帝漸衰病，羣知元子必繼統，始少有諂事后者，而保尤甚，當其出禦英軍，桂祥爲設餞，酒酣，保拔劍起曰，苟託宗社之靈，盡殲夷師，吾必旋兵清君側惡，意卽指肅順也。祥達於后，后乃刺荷囊爲精忠報國字賜之保，保再拜受，且矢必有以酬后德。

（下期待續）

第二期要目預告

- **影星徐來婚變的前後** 清士
- 胎死腹中的「香港市政府」 喻叔衡
- **張大千早年二三事** 杜琦
- 我和申報 陳彬龢
- **汪兆鏞筆下的汪精衛** 聞載道
- 徐志摩打輸官司 平步青
- **名流與老鼠** 秋齋
- 日寇在上海的集中營 江詩遙譯
- **倫敦孫中山被難紀念室** 大年
- 非洲的「丘吉爾屋」 秦仲龢譯
- **申報和洪憲紀元** 竹坡
- 釧影樓回憶錄 包天笑
- **花隨人聖盦摭憶** 黃秋岳遺著
- 張謇日記鈔 張謇遺著
- **洪憲紀事詩本事簿注** 劉成禺遺著

稿約

本刊的宗旨，是向讀者提供高尚有趣味的益智文章，並希望貢獻一些翔實可靠的資料，給研究歷史、文藝的人作參考。我們歡迎下列文章：

（一）人物介紹

注重古今中外人物的描寫及其傳記。

（二）近代史乘

注重近百年中國及國際政壇上重要事件的發生經過及其內幕。

（三）史料

名人的日記、筆記、自傳、傳記、年譜、回憶錄，函牘等。

（四）趣味性的掌故

以上所列，只不過約畧舉出一個範圍，其實文史掌故的範圍很廣，不能一一開列，希望讀者認定文史兩字寫文章便好。稿件內容不要評論現實政治的得失，要注重輕鬆趣味，使讀者一卷在手，覺得開卷有益，不枉花了寶貴的時間。

惠稿文言語體不拘，但最好還是用語體，如果不擅用則以淺顯易懂的文言寫也一樣歡迎。字數以五千字內最適合，也易於刊出；超過一萬字以上的，請來信商洽。譯稿請附原文。

不合用的稿，不管附有郵票與否，在收到後十日內寄還作者；如不寄還，就是要採用，但何時刊登，未能立即告知，請來信詢問。刊登的稿，在出版前二日即將稿費寄上。

林熙主編

大華

半月刊 第二期

·本期要目·

大華 第二期

大華 半月刊 第二期

一九六六年三月三十日出版

（每月三十、十五日出版）

出版者：大華出版社

地址：香港銅鑼灣希雲街36號6樓

Ta Wah Press, 36, Haven St., 5th fl. HONG KONG.

電話：七六三七八六轉

督印人：林翠寒

主編：林熙

印刷者：永聯印刷所

地址：香港北角渣華街一一〇號

電話：七〇七九二八

總代理：胡敏生記

地址：香港灣仔洋船街三十二號

電話：七二三四三七

「標準美人」被搶的前前後後

記影星徐來和黎錦暉的離合

清士

標準美人的來歷

話徐來，先得從黎錦暉談起，他是個文藝家，曾在上海中華書局主編「小朋友」兒童刊物，後來又創作了好多種兒童歌劇劇本，不久他忽發奇興，組織了一個明月歌舞團，主要團員有他的女兒黎明暉，以及王人美、周璇、徐來、黎明健等，後皆有名於歌壇。在前期演出的「麻雀與小孩」，「可憐的秋香」等，尙有教育意義，後期的歌曲如「毛毛雨」等，流於黃色成分，對青年人起不良影响，他自已亦承認的。三十年代的上海，原是個荒淫腐朽的社會，他應負推波助瀾的責任，他的歌曲，風靡了上海歌壇二十年之久。

一九三〇年，他領導團員二十多人往南各地演出了半年多，回來之後，忽與徐來在某劇場結婚。徐來是上海人，家住南市，父開設製造秤的店舖（衡器），此卽所謂「標準美人」名號之由來。不久，上海的歌舞團體風起雲湧，明月反而相形見絀，周璇、徐來轉入明星電影公司，主演了好幾個片子，周璇善於唱，人稱「金嗓子」，徐來善於表情，「標準美人」名噪一時，同稱電影界紅星。直至日本侵華，盧溝橋事變發生，電影停拍，徐來始賦閒在家，與黎錦暉同居於愚園路蝶邨，收入旣少，生活拮据，甚至舉債度日。但是他們夫婦之間的情感仍然親密無間。到了一九三七年的秋天，徐來忽然招來一位舊日的團員張素貞同住一起，稱她秘書，不知她已做了女特務，由她的關係，又引來了個特務頭子唐生明，他是唐生智的四弟，那時候正在戴笠手下做工作，和黎錦暉同鄉且有世誼，因此常出入於黎家，甚至引領徐張外出遊樂，往往通宵達旦，錦暉埋頭寫作，向不參加他們的三人小組，因此，不久就風生萍末，掀起了一場軒然大波！

是年冬季，黎錦暉的老友平襟亞，某一天睡在家中樓上，清晨殘夢猶未全醒，忽有一人悄悄登樓，走近床前，將一封信件放在平的枕邊，立卽返身而去。平覺得他是錦暉，卽起坐直呼其名，他不應，下樓而去。平忙卽拆看函件，果然錦暉具名，略稱：「本人日內恐被奸徒殺害，老兄是我肝胆之交，當爲我復仇雪寃，欲知詳情，當問我友蔡六乘律師。」平驚駭莫名，忙卽起身，先行訪問錦暉，不料他望着徐來默無一語。平又去訪問蔡律師於大華公寓，由蔡口述了一番經過情況，使平更覺得驚奇萬狀。

手槍指着黎錦暉

蔡六乘說：「黎錦暉原是書生本色，他不知道人情鬼蜮，含沙射影，難以招架，最近禍起蕭牆，全爲了唐生明與徐來，而張素貞又播弄於其間，引起了家庭巨變。實際上，他們三人早有曖昧，錦暉尙蒙在鼓裏，日前時逾午夜，錦暉猶躱在樓上書房內寫作，忽接電話，是唐家老太太打來的，說：『叫老四（生明）回來吧，明天早車他還得上南京去，睡覺是時候了。』他回說：『老四沒有在這裏，早就回去的了。』對方又說：『他沒有回來吓，你不要糊塗，試推窗望望，他的汽車停在那裏沒有。』錦暉當眞推開窗門張望，果然有老四的一輛汽車歇在門首，因此走出書房，推開隔壁臥房觀看，却寂無一人，心想，他們外出那有不坐汽車之理，當卽下樓査問，見張素貞的房內尙有燈光，因推門進內，瞥見唐、徐、張三人同睡在一床，於是下不了塲，只好退出身來，在門口虛張聲勢道：『老四你好！竟敢在我家裏幹出這樣的無耻勾當來，我立刻去報告警察。』那時候，房內跳出個老四，他搶前一步，掏出自備手槍來，槍口直抵錦暉的背心，怒斥道：『你敢！只要你踏出大門口，我子彈出膛，我問你性命要不要？要性命的話，替我乖乖地上樓去，道半個不字，老子立刻做掉你！老實告訴你了吧，老子做掉個把人，如同殺條狗，不用抵命的。』錦暉驚呆了，當時怎敢動一動。唐又說：『徐來她早就不心向你了，你不要胭昏，因爲你欠了一屁股的債，徐來難道肯和你吃苦下去嗎？早就要和你一刀兩段，我正在勸她，她堅決要和你離婚。好吧！老子今天慷慨一下，給你一筆錢，好讓你去還淸債務。』說罷放了手槍，掏出支票簿來，開了一張支票，交給錦暉，他當然拒絕，只道：『事情決沒有這樣便當，誰要你的賞賜，我和徐來結過婚，養下女兒小鳳，離婚是我們夫妻間的事情，要雙方願意的，怎容你來插手，你破壞我們的家庭，當與你評理，手槍是嚇不倒人的，打死了我，你也得避風頭，朋友們會替我伸寃報仇的。今天是黑夜，還有明天哩。』他聽得就軟了下來，只道：『好！明天和你評理。』他趁勢落塲，揚長而去。第二天，徐來、張素貞還趕到火車站去送行，所以他們夫婦倆，情感破裂，已無重圓之望。」這是由錦暉親口告知蔡六乘律師，蔡傳達給平襟亞聽的。蔡又說：「錦暉受了這個刺激，他的神經有些失常，我勸慰他不必過於緊張，唐奪去了徐來，他目的已達到，與你無仇無怨，何至加害於你呢，但是他總放心不下，恐懼萬分。」平說：「如果錦暉不肯放棄徐來，後果亦復難測，我和你都是他的老友，今後應當密切注意事態的發展才是。」當下二人握手分別，告一段落。

隔了三天，平襟亞不放心這件事情，又到蝶邨訪錦暉，才知道徐來和張素貞已到南京去了。據錦暉說：「連六歲的女兒小鳳也帶了去，大概她不回來的了。如今留下我一個人，孤家寡人，既嫌寂寞，又感恐懼，怎麼辦呢。」平勸慰了他一番，又覺得他心境十分惡劣，情緒萬種緊張，大有惶惶不可終日之概，因此說道：「你隨我住到公寓裏去暫避一時好嗎？最近我住在一家小公寓裏寫作，貪它安靜又有暖汽，就在國泰戲院對過的汾晉坊，小房間每天二元。」錦暉同意，和平襟亞同去開了個房間住下，還邀了兩個學生作伴。從此覺得緊張解除，心境也開展了。誰知道不久從南京方面傳來個消息，小鳳出痘夭殤，徐來更無希望回來了。他又緊張起來，經朋友勸慰了他才好轉一點。

徐來提出要離婚

又隔了數天，徐來委託上海姓李的寄娘聘請律師江一平代徐致函黎錦暉，提出了協議離婚的要求，錦暉以為肉入虎口，已挖不出來，離了也罷。他和老友商量，都勸他從速解決，忍痛割愛，否則「當斷不斷，反受其亂。」於是他復信江一平律師，同意離婚，一無條件。只隔了三天，江一平代表徐來，平襟亞以平衡律師名義代表黎錦暉，雙方協議離婚的廣告刊登於申報，新聞報的封面版。內容大致說：「由於雙方意見不洽，自願脫離夫妻關係，此後男婚女嫁，各聽自由。

「廣告登出之日，上海社會人士，完全不知內情，他們只知道徐來由黎錦暉全力栽培，至此地位，何至於凶終隙末，中道仳離呢。大家詫為奇事。此後，黎、徐在蝶邨共同欠人的債務，總算由徐來去清償料理，一應家具歸徐來拿去，錦暉的東西，由他去搬取，房屋退租，一了百了。」

誰知道他否極泰來，喜從天降。這一日去蝶邨收拾殘局，忽然接到從南京發出的信，一看寄信人是個姓梁的小姐，和她素昧平生，信上大致說：「看到你們離婚的廣告，料想到一定所受刺激很深，還望善自珍攝，看做雲烟過眼，切勿耿耿在心。本人冒昧上言，敢布心腹，因我是成年女子，有自主婚姻之權，近日為了反對我的封建大家庭，失掉父母的愛，業已出走，住在同學家裏，長此下去，終非歸宿，擬託終身於君子，期白頭偕老於將來。如荷同情，乞來會見。」錦暉見信大喜，第二天便同學生乘早快車到達南京，按址訪着了梁小姐。會談之下，情投意洽，再同去會見了她的父母，據說，她的父親是舊時的大官梁上棟，亦社會知名人士。一口應諾，並無異詞。因此，帶來上海，便在那小公寓內當晚成婚。朋友們祝頌錦暉說：「你真是『失諸東隅，收諸桑榆。』悲劇才閉幕，喜劇又開鑼，『特別快車』，（當時流行的歌曲名）『乖乖特別快』，（原句）但願你們信守着『白頭偕老』之盟，忝為老友，亦可告慰的了。」當晚鬧了個通宵。又聞錦暉替夫人題了個單名，叫梁燕，比作南來的燕子。第二天便去找房屋，組織新家庭。讓他們去歡度「梁燕雙棲」的生活去罷。

黎錦暉晚年享福

唐生明活生生地奪取徐來到了手，不用說躊躇滿志，他們同居在南京，直至日寇兵臨首都，他們也如喪家之犬，曳尾遁逃。後來張素貞在汪偽組織成立時，又從重慶接了唐生明和徐來到上海，為他們拉攏了大漢奸潘三省等，鋪平了道路。據唐生明誇稱，他是奉蔣介石之命，插入汪偽的組織，做個接線生，好讓蔣汪之間勾勾搭搭幹那不可告人的交易，所以他搖搖擺擺混在羣奸中吃喝玩樂，儼然是個「欽差漢奸」。自稱徐來為「我的妻子，」人們也都叫她唐太太，四奶奶，而面無慚色。在上海淪陷時期內，他做些什麼，有他寫的一篇「我奉蔣介石命參加汪偽組織的經過」可以查考。他在這篇文章裏說：「我在舊社會中，待人處世總是隨遇而安，少得罪人，凡事總留餘地，不肯過火。」好像他總以忠恕之道來待人的，可是，在深切了解他從黎錦暉懷抱裏奪取他的愛人徐來的一回事的人聽了，認為他是言不由衷，引起反感的。事實具在，歷史老人，決不相饒，它會站出來做見證的。

事隔二三十年，平襟亞忽然見到唐生明在某一刊物上發表的文字，中間有迭連幾個自稱「我的愛人徐來，」下面又說：「我少得罪別人，不肯過火，萬事留有餘地。」平見了起着反感。有一天，他拿了唐這篇東西，去愚谷邨訪錦暉，只見他和夫人梁燕都已白髮蒼蒼，而且子女盈庭，有繞膝承歡之樂，晚年生活，相當愉快。平笑道：「你們當眞實踐了白頭偕老之盟。不知可會見到唐生明寫的這篇東西？」黎說：「早已見過了。」平又問他道「你對他說的少得罪人」這幾句說話，有何感想？說來對不對呢？」黎只道：「他說得很對，他說『少得罪人』，也許只得罪我一個，他說『不肯過火』，當時手槍沒有開放。他說『萬事留有餘地』，所以留我活到今天，你說對不對？」平稱道他的氣量寬宏，不失為一個學者風度。又問他道：「老朋友，你對於當年的一場悲喜劇，總的感想如何？」他指着梁燕夫人，背出兩句詩來道：「無可奈何花落去，似曾相識燕歸來。」平說：「好！就作為你的總結吧！」

胎死腹中的「香港市政府」

記香港淪陷期中一秘聞

喻叔衡

突如其來的信

日寇發動太平洋戰爭的早晨（一九四一年十二月八日），施用飛機偷襲香港啓德機場，陸地部隊進攻九龍，英印陸軍雖然起而抗戰，但是只有十多天，九龍香港先後淪陷了。日寇貼出第一張佈告，所用的年號是：「中華民國三十年，昭和二十一年」相提併立。牠樣的做，目的是用懷柔政策，蠱惑人心，企圖對人說這次的戰事，是對付英美，與中國人無關。日寇因為在中國大陸，侵略了幾年，宰割了不少地區，先後搞了長春、北平、南京等偽組織，製造了什麼皇帝、委員長、主席等傀儡，但結果都像「倒瀉一籮蟹」的束手無策。于是在上海的日寇在佔領了香港之後，妄圖換過一個招牌，變個花樣來統治新的淪陷區。

香港陷敵後的十天左右，我在般含道的家中，突然有人送來一封信，約我到香港大酒店相見。我覺得有點奇異。因為那時的香港大酒店，是日寇「興亞機關」的所在，同時又是有實無名的集中營，顏惠慶、許崇智、鄭洪年、甘介侯、林康侯、胡文虎和香港的幾個紳耆等二三十人都被拘留在裏面，這是衆所週知之事。我把來信細看之下，是朋友的親筆，並非偽作。信裏寫明到達酒店時，出示來信，門口的傳達處，即可引到房裏來相見的。

日寇暴戾恣睢，殺人越貨，視作常事，如果要拘捕的話，儘可到我的家來，用不着轉彎抹角，于是為了與朋友相見，便毅然的前去看個究竟。

王「市長」出現

我在樓上某號的房裏，會着寫信給我的王鯤徙和跟從他一同由滬到港的韓、顧、朱等人。彼此都是舊識，見面之後，他們問我這次戰事有沒有什麼損失，刻下糧食如何，和談了上海方面日軍進駐租界的情況等等。在談話間，才知道王是由上海某軍部用飛機送他們到香港，唯一的任務，是組織「市政府」，並已內定王是將來的「市長」，韓是「秘書長」，顧原來是醫生當「衛生局長」，朱是棉布商又是紗布交易所經紀人，是未來的「社會局長」。枱上放了南京、上海特別市政府法規彙編和有關市政的圖書幾冊。王約我見面，因和我是朋友，又住在香港已有幾年，且又因我在上海武漢等市機構幹過工作十多年，希望我向他提點意見。我察覺他對我沒有什麼惡感，心也安定下來。跟着韓强士從皮包中取出一份「香港市政府組織大綱」給我看，客氣地說，請指正指正。

我把他們所起草的所謂市府組織，看了一下，覺得內容與國內各特別市政府的組織，沒有多大分別，只把市府的參事、參議、顧問等，併在一起。而這些人選，是羅致地方上的各界頭面人物來充當。各局機構，增加了遊覽局、商業局，而把社會局規定主管娛樂，妓院，鴉片，賭場，跳舞等。王鯤徙問我這個草稿有什麼意見。我說：既承明問，我要明說的話，不在于這個草稿，而在于你個人，我是根本不贊成你來幹這件事的。無論維持會，市政府，都是代日軍統治市民的一個機構，只是招牌的字不同，本質是一樣的。中日戰爭了多年，你在上海都沒有參加他們的工作，現在為什麼又出來幹呢？這些都不去談它了。談談事實的問題，你的名字，在香港的居民，恐怕知道的，萬中無一。其次你不懂日英語文，也不懂廣東話，而在香港當「市長」，對內對外，對上對下的事，都要靠傳譯，格格不相入，怎能辦得通？香港百年來一切的法規檔案，都是英文為主，公務員多能識英文，講英語，這些人能否和你合作，固屬一大問題。你從何處去羅致局處的高級職員，技術人員？有思想有知識有經驗的好人才絕不肯來，來的都是些半桶水的冗員之流。即使原來機關的職員有些為了飯碗的關係來報到，但他自恃有熟練工作，事事和你抬槓，那時你又怎樣辦？現在市面關門閉戶，絕大多數的商店沒有開門，工廠停頓，所有的倉庫、貨棧、船塢、碼頭和銀行錢莊學校等，都被日本海軍陸軍的部隊佔據封閉，沒有統一的管理。試問一個空頭的市長，又有什麼方法去解決呢？財政如何籌劃？兵士、浪人、流氓橫行不法如何取締？市民糧食如何維持？日用物品如何生產？工業原料如何進口？這些都是目前亟待解決之事，你有沒有攷慮過呢？王鯤徙說：「上海日軍方面找我來，他們是擬有計劃的，預定許多問題，都歸我去解決。」我問他，是屬于上海的軍方，抑或屬於東京方面軍部實力派？即使是日本方面的也不過如長春、北平、南京一樣的做法。照我的意見，你還是不要幹的好，回上海繼續做生意爲上策。談到此，大家沉默了一會，轉而談到上海的一些朋友的生活和市面情況，他都告訴了我。

溜之大吉

過了兩三天，在報上看到「留日同學會」在半島酒店成立的新聞，韓、顧、朱三人都有去參加。再隔兩天，王來看我，說明天要返上海，問我有什麼話轉告住在上海的家人和其他朋友。因爲香港自從十二月八日發生戰事，截到此時，已有一個多月，上海和香港交通隔絕，郵電也中斷了。我便趁着機會，匆匆的寫了幾封極簡單報告平安的信，託王同滬代爲投郵，以免親友掛念。除此之外，還託他碰着認識的朋友，也代爲致意一聲，並說日內有機會時，即設法返回國內。他答應了。但關于他爲什麼要返上海，他沒有說，我也不便去問他。

王等離開香港不久，報上登出日本發表磯谷廉介爲「香港佔領地總督」。這一來說明了王的來港組織什麼「市政府」，全是上海某一軍部的夢想，並不是東京方面的策畧，此中內幕，顯而易見的。後來日寇投降，我從內地回到上海，有一次和王相見，無意中問起了他那年到香港的事。他沒有正面的答覆，只是隨便的說一聲：「你當時所講的是對的，我返上海後，只是做買賣和玩玩古董字畫而已。」等到一九五零年後，他才告訴我，當年到香港去活動，是得到重慶方面的軍事委員會駐滬代表的同意，而且也鼓勵他前去，他才去的。如此這般，內幕不難揭穿的了。

王鯤徙這個人

王鯤徙，字式園，浙江永康人，清末曾在浙江武備學堂讀過書，沒有畢業。北伐前，他在上海做生意。北伐軍到達杭州，張靜江做浙江省政府主席，他聯合各界舉行大規模的歡迎會，得到了張的賞識，趁此機緣，當了浙江省捲菸公賣局局長，只有幾個月，遭到洋商的多方阻梗而去職（公賣局也照着江蘇的一樣改爲統稅局）。過了不久，王又出任浙江禁烟局長，也只有幾個月的差事。從此他就以半商人半政客的姿態在社會上活動。浙江辦理西湖博覽會，他担任了藝術部工作，趁機會徵集了不少書畫作品，印了兩冊「式園時賢書畫集」。後來他當了蔣介石的軍部參議，經常奔走各方聯系，平時却玩弄古董字畫來消遣，一九五二年後才去世。

名流和老鼠

一九四六年春，日軍尚未投降，有某君在「海報」上歎息，上海人已「十室九空」！」我即以「十室九空」爲題，作一小文，刊布于同一報上云：「我們就當它十間倉裏儲藏的是糧米，不幸竄進了成羣老鼠，十間吃掉了九間，剩下單單只有最後的一間。主人平心靜氣地退一萬步想，覺得老鼠尚還天良未泯，留下一間給我。于是主人逐間檢查過去……一間二間不用說早就空了。三四五間也吃空了。六七八九間也吃得粒米全無，空空如也了。第十間，僅僅只有這一間，居然沒有空，那麼准定原封未動，滿儲着白米了啊？主人笑逐顏開推開倉門一望，不由得嚇了一跳，原來是滿倉躺着的全都是大大小小同一類型的老鼠，牠們吃到這兒，只吃得支腰撑頸，腹大如瓠，已動彈不得，只能躺在這兒等待消化。因此上還沒有撤退呢。」這篇小文登出後，爲了結尾一句「還沒有撤退呢」，「海報」主人急到了不得，恐怕日寇大興問罪之師。結果沒有事。

上海淪陷時期，忽有所謂名流，以同善社名義徵求社員，舉辦什麼「放生事業」。每個社員至少捐納僞幣一萬元爲一願，集資採購各種動物當衆放生。當時主辦的人發給我一紙「願書」，上印：「諸惡莫作，衆善奉行，戒殺爲先，放生第一。」我把它退還與主辦人，並獻議多發給些日本駐在上海的軍部去。「戒殺放生」當以上項機關爲對象。同時還在「海報」上答復該社主辦人云：「我對于戒殺放生的原則，未嘗不同意，倘僅僅屬于雞、鴨、魚、蝦，被社員搶購一空，徒然引起食品物價飛漲，何況放了又捉，捉了又放，還不是使人空忙一場。本人認爲人類是動物中最大的一種，諸公應當從大處着想，主要的是疏散人口，幫助市民從密集的都市裏疏散到空曠的農村里去，這才是個比較安全的地帶；同時也是諸位戒殺放生的偉大事業！恕我沒有餘資放人類以外微小動物的生。本人既無權力阻止敵人殺傷，唯有自己放自己的生，——疏散到故里山村水鄉去終其天年；別讓他人來放我的生，也許有先見之明吧？至于家常吃些葷腥，便認爲作惡，則諸公五日一大宴，三日一小宴，難道說是作惡多端麼？一旦放下屠刀，未必會得立地成佛，只能說是惡貫滿盈，不談也罷。」這篇小文登出後，竟使該社解體，「名流」星散，無疾而終。（秋齋）

張大千早年的趣事

杜琦

老子不做和尙了

張大千二十歲前，卽從四川內江到上海，拜門于淸道人曾農髯，學習寫字。不久，轉到日本去看看島國風景。歸國後，與表妹鬧戀愛，被家長干涉，卽跑到松江的禪定寺小北庵，拜逸琳和尙做師父，削髮當和尙，法名法筏，別號大千。他的家庭，本來是崇奉基督敎的，忽然有人去做頭陀，認爲是「撒但」所誘惑，這還了得。只好託人和他協商，以爲一個男子娶兩個老婆（當時大千經已結婚），是現行法令所不禁止。獨有叛敎，觸犯敎規，斷斷做不得（事實上基督敎徒也不能討兩個老婆的）。于是他得了勝利與表妹同居，成爲凝素夫人（大千未移居南美洲之前，入室的夫人，先後共有四個，講到手度，容貌和文化程度，凝素在張夫人中是要坐首席）。大千正在由親友們調解還俗回家的時候，恰到杭州募化。有一天，他在市區湖邊乘船到岳墳，渡資每人銅幣四個。詎料大千當時袋裏只有輔幣三個銅板。船伕聲勢洶洶，扯着他的僧袍不放，一定要他付足。大千動氣，揮拳打船伕，愛看熱鬧的人說，「出家人怎好動手打人？」大千聽了，更加惱火，伸手把袈裟一甩，再打船伕，跟着的說，「老子不做和尙了，興不興！」睜大眼睛，目光閃閃，羣衆一哄而散。從此大千脫却僧衣，走入溫柔鄉。做了頭陀三個月，這時他只有二十多歲。其後他寫字作畫的題欵，常用大千居士。

大千仿作石濤畫，確有功夫。有一年，中華藝術研究會會長周肇祥南下，與大千北上，抵京後，周設宴介紹大千與京中畫家藏家相見。入席時，周推張坐首席。當年張只有廿三四歲，穿件藍布大褂，留了黑長鬚子，很灑脫的把手一拱，絕不謙辭，便卽就座。當時好講禮儀的北方人見了，感到奇異。席間，周向來賓說，「張大千先生新從上海來。他研究明代四僧作品，非常用功，尤其是對石濤造詣湛深。」各人聽了，覺得這個靑年的名字，未見經傳，而說他對石濤有功夫，更加詫異。周說，「陳半丁先生所藏石濤畫冊，最爲精湛，不可不去鑑賞一回，否則會虛到北京的。」陳受到周的恭維，很高興的卽請在座的二十多人明晚到他家裏吃飯，一同看畫。大千平日最好看畫，聽到別人有好畫，急要多方設法的去看，今陳自動約他去看石濤，高興更是不可言喩的了。第二天下午三時，張就催促周帶他去。周說，「吃飯說是六時，實際七時，才有人去。你早去，主人也不能陪你久坐的。」等到了五時，張又催周，周被張糾纏不過，只好備車陪往。到了陳家，張卽要看畫。陳說，「待來賓到了相當數時，可一同看，否則左揭右揭，畫會損傷的。」張聽了很失望，無話可說，只好拉談。到了七時，客人到了十之七八，陳半丁才從房內捧出一個特製皮箱，放在鋪有軟氈的大枱上，鄭重地開了箱蓋，取出錦面綢裏中藏絲棉的套子，慢慢地把夾有紫檀板的畫冊拈出，板面刻了「石濤上人神品畫冊陳寶琛署簽」，裝裱極精，大千揭開第一頁，引首是徐世昌題的「淸湘劇蹟」，第二頁是日本內藤虎題的「金陵勝景」。揭到第三頁，才見是畫。大千只瞟了一眼，卽順手的一頁一頁迅速地翻下去，翻到最後幾頁，是北京幾個鑑賞家的題跋，都是照例的對這本畫冊，恭維一番。

淸湘眞蹟原來如此

各人正在驚訝大千這樣草率的看畫，是個外行，大千已經隨手把畫冊一掩，推開問陳半丁，「這個畫冊，是不是由一個姓高的轉來，而全部重裱的？」陳答「是的。」大千說，「這個畫冊，是我三年前畫的。」大家聽了，面面相覷。陳的臉馬上由紅而白而靑，默不作聲。整個歡樂場面，突然變了冰窖的寒冷。大千慢吞吞的說，「你們不相信嗎？其中的某一頁如何題跋，蓋什麼圖章，我都可以背得出。如果有現成，筆墨時間又許可的話，還可以當衆再畫一冊，請諸位看看的。」周肇祥感到成了僵局，大家難以下台，便說。「張先生仿作石濤，是有功夫的。這個畫冊，確是精品，我們鑑賞古畫，眞是不容易的了。」因此，這一頓飯，大家吃的有點疙瘩。尤其是老陳幾年來把這個畫冊，當作世間瓌寶，海內無匹。早已名馳京華，譽滿中外。今晚，被大千當衆揭穿，眞是十二分坍台。有些平日想找機會開開眼界，無緣一見的畫家，添油加醋的說，老陳自已畫了三十多年石濤，也沒眼光，買假貨充眞跡。

抗戰前一年，高劍父在上海舉行畫展。有某君在畫展會場的萬國總會餐廳，宴請劍父，陪客有蔡元培、張大千、徐悲鴻、陳樹仁、王一亭、鄭午昌和幾個文友。飯後，某君陳列些筆墨顏色紙張，以備大家乘興繪畫。先請劍父與大千合作一張。劍父素來最怕即席揮毫，表示謙遜，不肯動筆。大千却樂於當衆表演，先作花卉，樹幹奇挺，配以枯枝敗葉，斜陽衰草，純用劍父的筆法。看的人莫不叫絕。大千向劍父拱手說「請高先生指教指教。」劍父頻說，「好極了，好極了！」大千隨即署欵「劍父」，一式一樣與高的字蹟相同。并說「唐突唐突，請老師訓誨。」用別針把畫釘在壁上。大家看了一回，異口同聲的說，「如果不是親眼看到的，誰能辨別得出它的眞假呢！」當時劍父用右手揑着下頷，不斷的點頭，而又眉頭畧皺，沉思着：好像這樣一來，我的作品，從此也會給別人冒作的了。

戲仿劍父先生筆法

大千又把畫除下，即在題欵的地方補成「戲仿劍父先生筆法，愧未能得其萬一爲憾耳，大千居士。」把原來題了劍父二字嵌了進去，便說，「高先生，能够收我做小學生嗎？」大家聽了大笑一回。隨後大千與悲鴻、一亭、午昌等合作了幾張畫，都能與他們的筆墨融和，使人分辨不出誰的作品。大千的繪畫，偶然游戲，也是有這樣的本領。

有一次，淸道人介紹大千去見專收藏古銅器和石濤畫的地產商人綽號程麻皮的程霖生。程在上海靜安寺路自建花園大厦。張到了程家，見大廳壁上空空如也，便向主人建議：「你既然愛藏石濤畫，應該找一張石濤巨幛，掛在壁上，并題名淸湘室，便符合你的珍藏。」程說，「大幅的石濤，不容易發現，我所見到的，最大也不過五六尺而已。」張說，「慢慢的物色，必可得到的。」過了兩三個月，有書畫掮客拿來了一張濶一丈多高五尺的大橫幅石濤山水，雄奇挺拔，大小與程的客廳壁上相配合。程即電話請大千來看，以定去取。大千審視了許久，即說，「這張畫，恐怕靠不住，不要買入。」掮客頹然的失望拿畫走了。過了幾天，掮客另拿兩三件石濤給程看，因爲尺幅太小，沒有成交，隨問那天的大幅石濤情況。掮客說，「大千前天買了。」程聽了勃然變色的說，「大千欺人太甚，等於攔路搶刼。」再問畫價，掮客說是六千元。程立即乘車到西門路張家，詢問究竟。大千說，「上週在府上，因爲天陰，不大看得清楚。後來再三細看，才知是精品。但如此高價，恐怕你不想買，故我向朋友挪欵把它買下，準備轉售給日本人，可賣萬元的。」程說，「我今加一半錢給你九千元，你讓給我吧。今後我靠你審定畫件的時候還多呢，不必客氣了。」大千說，「如果程先生喜歡此畫，收回原價好了，說什麼要加半給你呢？」程表示慷慨，立即簽了九千元支票。於是貨銀兩訖，兩家歡喜，成了這場交易。事實上這張石濤大畫，大千初次到程家聊天時，心中早有打算，花了兩個月時間，把畫弄好，差別人出面，演出「捉放曹」戲，使程麻皮甘心情願走入彀中。據說，程麻皮前後所得石濤三百多件，十之七八，都是出於民國時代張氏「石濤」的手筆，而不是明末淸初的淸湘、大滌子、道濟、阿長、瞎尊者、苦瓜和尙的石濤所作。廣東趙浩公的作品，也佔了一部分。

張大千扮東洋鬼子

大千探知溥儀住在紫禁城時候，借用賞賜溥傑的名義，把一部分的珍貴字畫，運出宮外。後來溥儀被逐出宮，逃竄天津，便陸續拋賣這些字畫來揮霍。但他要賣高價，且不肯賣給中國人。大千即託同鄉李準（淸末做過廣東水師提督多年）介紹，另約了一個日本人同去，大千也喬扮日本人。李堅囑他千萬不要開口講話，以免露出馬脚。張答應了。是日溥儀把幾個畫卷給這兩個日本人看。頭三個卷子看過了，大千不說一句話。看到了第四個是趙孟頫夫人管道昇畫的碧琅玕館圖，後有姚廣孝、戚繼光等人題跋。溥儀自充內行的說，「姚廣孝題跋，是難得的。」詎料大千忘却自已是僞裝的日本人，忍不住的拍案贊賞的說，「姚跋有什希罕，戚繼光的題跋，才是名貴非常，難得的呢。」溥儀驚愕起來，轉向李準說，「這位東洋先生，說得一口好中國話啊。」其後大千多方的掩飾，才用重價在溥儀處，買了漁父圖，完成了這一次的交易。

大千少年時代，雖然讀書不多，可是他聰明絕頂，記憶力又强，後來努力自修，讀文讀詩，過目成誦，寫字作畫，到手即精。他的生活，洒脫浪漫，獨往獨來。今舉二三事，便可以知道他的生活和學習詩詞的一般。詞人向仲堅曾對筆者說，大千向他借了「宋詞三百首」去看。過了三天，塡了幾首詞，要他修正。他讀了很久，竟不能改動一個字。他的四聲與輕重清濁，做得絲絲入扣，無不到家，眞使老手拜服，詞家傾佩的了。

江南劉三、黃賓虹兩人，都能飲十斤八斤的紹興酒，朋友們多知道的。大千有一次請客，劉黃二人也在被請之列。大千平日不飲酒的，偶然飲起來，也會使人驚奇。這一天，他就用了六隻大型湯碗，斟滿了紹興酒（每碗有一斤多）。他拿起一碗酒，對劉黃二人說，「今天我們對飲一次，好嗎？」說完，便即把酒一連喝了四大碗。黃劉見了，同聲贊歎。劉三說，「確是好酒量，我的量淺，恕不能奉陪了。」原來劉黃的能飲幾斤酒，是一杯一杯的慢飲，要花四五個鐘頭長的時間的。像大千這樣的牛飲，他們便不敢嘗試了。

爲朋友忍痛着皮鞋

抗戰中期，大千從成都飛到香港，舉行畫展，謝稚柳在重慶託他代買皮鞋一雙帶回，他遵囑代辦。當時渝市凡是新衣物從國外進口，例要收重稅，除非是身上所穿用的。飛機還有二十分鐘左右到達珊瑚壩機場之前，大千換穿了新皮鞋，準備下機時，免予納稅。怎知鞋短脚長，勉强穿上，廹痛脚趾，行路扭扭揑揑。機場人員見到一個長鬚長袍的老頭子，行步蹣跚，問他有什麼不舒服。他說是剛才膝蓋碰着機門，隱隱作痛。機場人員扶他到休息室去，由衞生員給他推摩一番，才送他轉乘汽車入市。新皮鞋雖然被瞞過不要納稅，但他的脚趾，却痛了三四天才能恢復原狀，上了一個大當。

大千經常好穿土製的白布襪，春夏秋冬，都是如此。他有一次從北平返上海，和另一客人同住一個臥車房間。臨睡前，大千脫去襪子，隨手把它在床邊拍了幾拍，摩挲一下脚趾。客人絮絮不休，說他不衞生。大千不作一聲。無何，客人吸烟，烟霧充滿房內。大千開了車窻，北風呼呼吹進。客人怕風，把窻關上，兩人一開一關，互相爭吵起來。服務員來了解情況，大千說明房內有人吸紙烟，空氣檝濁，不得不開窻。客人說大千搖蕩臭襪，揑脚趾的不衞生。服務員沒有看到張的動作，只聞烟氣撲鼻，即說房內不能吸烟。這個客人不能吭一聲，此後吸烟，只好跑出房外了。

大千三十多年來，收了幾十個學生，他不一定要收什麼贄敬，也不計較多少。如果確是有心學畫，而家境清寒的，不特不收束脩，反而供給個別學生的膳宿衣着費用。惟有一事，拜他門的，不論性別與年歲，拜師時必要公開的行拜跪禮。他說，這才合古制。當清道人曾農髯逝世時，他披麻帶孝的與「孤哀子」一樣的送喪守制。老師和師母的忌辰，也去行禮，清明也上墳祭掃。清道人的遺詩，就是他和幾個同學出資印行的。

女人取巧攻其弱點

三十多年前，中華書局第一次爲他出版大千畫集。他平日認識了不少的詩文家，當權派官僚、遺老等。按當時一般的習慣，多直接間接找這些人作序、題詠、寫簽等來抬高自己的地位，做宣傳的號召。可是他只找了兩個朋友寫序，一是徐悲鴻，目的是從一個西洋畫家來觀察他的畫風，二是陸丹林，要從一個美術批評者來評定他的作品。其後陸續印行的十幾種畫集、藏品等，都不去找那些顯宦、聞人們寫序的。他說這些所謂顯貴具名的文章，全是別人代筆，說的外行話，只有瞎恭維，沒有親切感、眞實話。這樣一來，不是我要靠他指導，反而他利用我的名字替他做宣傳了。

大千的生活，雖然洒脫浪漫，但他最怕和異性（除了家人之外）講話，見到不大相熟的婦女，他是訥訥不能說一句話，握手更談不到了。因此，有些婦女便利用他的弱點，恃熟賣熟，當面求他繪畫，他沒有不答應的，而且多是馬上即席揮毫來交卷，釋了重負。他曾在南京中央大學當藝術科教授，只是在教室裏集攏了學生，隨便談談，邊談邊作畫示範。他不能做學術演講，也不能在課室講課。人各有能有不能，他是精於腦，巧於手，而拙於演講的。

三五知己聊天，大千是很風趣的一個，一九四七年，世界書局印行的「當代人物誌」裏有「全能畫家張大千」一段。談到大千講笑話，很有趣，錄如左：

有一次，在故都中南海，幾位朋友聚着談天，相約各說一個鬍子笑話。上下古今，把留鬍子的譏諷得謔而又虐。大千聞着，態度安閒的說：「我也來講一個鬍子笑話，從前讀三國演義，見關興張苞跟着劉備興師伐吳，替乃父關羽張飛復仇。興苞二人爭做先鋒，劉備無法決定。於是說，你們試各列舉你們父親的戰功，多的當先鋒。張苞年長於興，因而先說：先父翼德公當年喝斷當陽橋，夜戰馬超，義釋嚴顏，歷歷如數家珍。關興口吃，氣得說不出話，良久，才大聲的說：先父雲長公，鬚長數尺，人多稱他美髯公，先鋒一職，應由我當。這時關羽的英靈在空中聽着，氣得鳳眼圓睜，面如赭色，大罵：你這個不肖小子，你父在日，過五關，斬六將，殺顏良，誅文醜，以及水淹七軍，單刀赴會，威震華夏；這些都是千秋功業，你完全忘記，爲什麼單單只說老子這一口鬍子呢？」在座諸友聞着，都佩服大千的急才和幽默，相與大笑而散。

倫敦的孫中山被難紀念室

大年

孫中山先生于淸光緖廿二年丙甲（一八九六年）秋間，從美洲到歐洲。十月一日抵達倫敦，住在葛蘭（一譯克賴）旅館。第二天，即拜訪他的香港西醫書院敎授康德黎（一譯簡地利）夫婦，朝夕過從。詎料十一日的上午，遭受淸朝駐英國的欽使龔照瑗的計誘，幽禁在使署的四樓一個小房間，和外界完全隔絕。後來得到使館的英籍僕人柯爾代爲秘傳音訊給康德黎，設法援救，才引起英外交當局的注視，報紙的傳播，淸使遭受種種壓力，才把孫中山先生恢復自由，計被幽禁了十二天。這就是轟動世界的孫逸仙倫敦被難的概況。

關于此事的詳細情況，孫中山先生翌年寫有「倫敦被難記」的英文本（後來日本宮崎滔天譯爲日文，題名「幽囚錄」。也有漢文譯本），詳記其事。並有長函寄給他住在香港的以前語文敎師區鳳墀，把當時的思想生活詳細申述。這一封長函，抗戰期間，我旅居香港時，收藏人麥梅生給我看過，現在却不知道歸誰珍藏了。因爲那時麥梅生說過，如果有人肯捐一筆欵爲社會公益基金，他便把這封信讓給捐欵人保存留念的。

北伐軍統一全國後，南京國民政府把駐英公使館會經幽禁過孫中山先生的那個小房間，改爲「孫中山先生蒙難紀念室」。友人韓君在抗日勝利後，漫遊英倫，會到駐英使館參觀，把所見所聞寫寄給我，存在我的書篋中很久。今年是孫中山先生百週年紀念，特把韓君所記，摘錄于下：

我國駐英大使館裏的孫中山先生蒙難紀念室，是在大使館的四樓，電梯與甬道的左邊。門後有三節暖氣管，房門的對面有磚砌的壁爐，兩旁大小平均的牆隙上，嵌着一對書橱。壁爐上頭掛有鏡屏裝寫着：「孫中山先生倫敦蒙難紀念室」十二個字的橫額，右邊掛有「得天地心」的橫額。還有孫中山、康德黎、林森幾個人的遺像。房裏的壁上，掛有胡漢民的詩幾首（另錄），四壁只有一個小窗子，在右邊的牆上，窗外是一所三層樓的玻璃屋頂，窗柱是寬不容三指的鐵條。若果按着這個小房間來說，好像上海市的弄堂房子的亭子間。房裏陳列着一張脫了白漆的單人鐵床，兩把舊椅子，有一把是破爛的，坐位的木板已經塌下去一大塊，一只椅脚脫了，擱在樓板上。旁邊是一個裝有鏡子的黑色洗臉盤架。房子中間有一張方桌，是近年加添進去的，桌上放着三個竹篾編製的小型圓形茶杯墊子。又有一張破舊不堪的小型茶几。當年孫先生寫給康德黎求援的信，是用鉛筆寫在英文的名片上，字跡非常整齊。可見當時孫先生遭受敵人幽禁的生死關頭中，還是剛毅鎮靜，此種精神，確是偉大的革命領袖的表現。

孫先生寫給康德黎的求救信，先後兩次，是用英文寫的，譯爲漢文是：（一）「我于星期日被綁到中國使館裏面，將要被偷運出英國到中國去，受死刑。求即速援救！致康德黎博士 覃文省街四十六號。目前請照應這個送信的人，他很窮，爲了替我工作，他不免失業」。（二）「中國使館已經僱好一船載我回中國去，我沿途將被封鎖起來，不能與任何人通消息。唉，我的大難到了！致康德黎博士 覃文省街四十六號。」

至于房裏的陳列品物，本來存貯在利物浦多年。孫先生給康德黎的信片，存在英國外交部。抗戰前，英政府才把它送還給中國駐英使館。英外交部還聲明這些文物，要留在倫敦保存，不能夠運回中國。

胡漢民的詩，共有六首，原詩抄錄如左：

補錄十七年夏間遊倫敦使館中總理蒙難所居室寄郭復初公使

魚服西行困豫且，鋤秦大業問何如；當年不作拘幽操，今日人尋奕里居。

宋仇匡畏尙紛紛，振鐸乘桴況有聞（總理會言至倫敦，遇粵人鄧某，喜其頗識時務，欲曉以大義，輒與偕行，遂陷使館，檢當時之總理衙門文書，則內外淸吏，正以密探相從，張難設計，非祗鄧某一人也）；妄欲頭顱行萬里，誰知天未喪斯文。

羹牆如遇一悽然（室極幽暗，宛如牢穽，代使陳君，出椅一、盌一、羹匙一，謂是當時所用），蒙難成書世已傳；終見神州造華夏，弓髯攀墮又三年。

錄十七年題倫敦使館總理蒙難所居舊作竟復得三首

谷汝蜩螗大命傾，鶉商寧止不平鳴；詩人最識姬文意，不謂天王有聖明。

裂冠毀冕是何情，逆變公然肘腋生，却笑梁皇未神武，佗城畢竟異台城。

虎尾由來履不疑，據藜困石有危詞；佛言地獄誰能入，多難從今識本師。

（下轉第十三頁）

我和申報

·陳彬龢·

這裏我所寫的，只是過去生活上的斷片。我雖不學無術，但多少還有點自知之明，以往的經過，全屬「何足道哉」，慚悚未遑，有何可寫？若仍大吹法螺，自裝門面，那是勾臉抹鼻，徒增其醜。所以開場以前，我須鄭重聲明，寫的動機，與同憶錄絕無干連，僅爲通過此一形式，說明「申報」在我服務期間的實況，和我所知道的「申報」主人史量才先生之爲人而已。

如所週知，上海「申報」，在中國新聞事業史上佔有重要的地位；史量才先生對於國家民族雖無巨大貢獻，但誰也不能否認他是歷史性的人物。自來中國對於專業的記載，絕少有系統的著錄；私人傳記，或失誇張，或失歪曲，也很少有眞正公平的史筆。現在我所寫的一鱗半爪，誠然遠遠不够全面。但如有人想寫「申報」沿革或史先生的傳記，則此中資料，似尚不失片壤細流之助。閒話表過，言歸正文。

我和「申報」發生兩次關係：第一次從一九三一年春天起至一九三四年春天止；第二次從一九四二年秋天起至一九四五年秋天止；先後共歷七年。前一階段的時局背景，爲由醞釀對抗日戰而進於全面抗戰；後一階段的時局背景，則由日本軍閥挑動太平洋戰事以迄於日本接受無條件投降。

我和史量才先生向不認識，也沒有淵源。我踏進「申報」館的唯一線索爲黃任之（炎培）先生。任老介紹我和史先生見面後，史先生竟然以三顧草廬的雅量，深加倚畀，這是我絕對意想不到的事。我自已知道生平的缺點太多，能够吸引人的只是說話一項。在反復談論中，態度是誠懇的，語調是富於感情的，不會頑固地堅守已見，也不會披靡地放棄已見，這便是我在社會還能立足的伎倆。自一九二八年六月張作霖被日本炸斃於皇姑屯；十二月，張學良不理日本特使林權助的警告，毅然易幟；東北的危機自是越發增重。因此我於一九二九年開始研究日本問題。一九三〇年又去東北作三箇月的實地考察，所有重要地點，包括遠至中蘇邊境的滿洲里在內，均會雪泥鴻爪，留有游踪。雖爲走馬看花，說不上深刻的認識，但於日本人在東北的布置，遊目所經，比之純從書報得來的印象，究有所別。當時我和史先生多次談話中的課題多屬於此，指陳剖析，諒還動聽，也許他以爲我是留心時務的人，因而再三堅約，加入「申報」，亦未可知。

不過我在接受史先生的好意時，雙方是有不成文的條件的。我提出兩點：

一、「申報」一如報齡，實在太老了，無論形式內容，和現代化的報紙差得太遠。我如參加，必須給我以革新的權力。

二、我參加後，所有我的建議和提供的文章，如認爲合時宜的，必須採用，不得瞻徇拒絕。

史先生倒很坦然接受批評；並說革新在原則上是應該的，不過編輯部的人手還是原班人馬，他自接盤後，從未調動一人。而革新應從編輯部開始則爲一定的，要點在此，困難亦在此。他問我能否爲了事業，不要名義，毅然以「養媳婦」的身份，低頭服小，踏進編輯部再說。這就是他的條件。

照道理，「名不正則言不順」，倘無名義，即使爲一高手，亦將縛手縛脚，無從施展。衡情度勢，這條件是不易辦到的；無如我却有一箇性格，難的事，願意頂，名義倒絕不在乎。又深信人總有理性的，如能眞誠相見，牛角尖也會走出道路來。此外，我另體會到一點，即史先生的用意，是想通過我的努力，由滲進編輯部而掌握着編輯部，爲他結束了這箇尾大不掉之勢，使其權力貫澈於各箇部門。於是我便斗胆地滿口應承了。

「申報」革新運動，即於一九三一年開始，先設總管理處，成員除史先生本人外，爲總編輯張蘊和先生、中文秘書趙叔雍先生、英文秘書錢先生（名字忘了）、經理馬蔭良先生、黃任之先生和我六人，每星期集會一次，討論興革事項。任老和我同時進申報，亦無名義，但在此項集會中則爲召集人和無形的主席。馬蔭良出身於同濟大學，學醫，因和史先生有戚誼關係，改就申報經理，亦爲新進。其餘三位則皆在館有年。蘊老更以元老資格，翹楚其間，因他還是史先生接盤前的編輯。

「申報」原有的編輯部，人才濟濟。蘊和先生是舉人出身，博聞強記，經驗豐富，又忠於所事，即以報館爲下榻之所，很少外出。其令弟叔通先生，也是編輯，脾氣却很大，寫得一手好字。編輯部的最大缺點，就是過份保守，暮氣沉沉，好像一幢舊房子，窗戶緊閉，空氣不通，陽光不到。時代不斷翻新，編務仍循舊貫。每天社論，依然是陳冷血（曾任申報主筆）式的短評，不痛不癢，大年初一可用，大年夜亦可用，其他更不必談了。

我這「養媳婦」的任務偏重於編輯方面，跨進門檻，已屬不易，寫字枱更挨不到。所以辦公時間，我只能傍住蘊老的寫字枱，加把椅子，側身坐下，聽聽他的言論。有時和叔通及少數同事，寒暄周旋，作友誼上的接觸。總算謙以待人，和以悅衆，結果不壞，莫說蘊老那樣心地純厚的人，對我已施青眼，即脾氣大如叔通先生，對我亦蒙假以詞色。我看時機漸熟，才敢探聽口氣，可否讓我試寫社論，藉以代勞。張老先生倒也無可無不可的，我便依照典型，引經據典，寫成陳冷血式的短評。所以要抖書袋，引古語，目的在使他們明瞭我也讀過線裝書的，迎合脾胃，以堅其信。這第一步的工夫不算白費。過了些時，我又作第二步的推進，由空泛的內容改爲實質的評論，就本埠當前的重要事件，加以發揮。再過些時，我又作第三步的推進，擴大範圍，批評時政。可是我在編輯部內，還是一箇聽命的人，處於被動地位。張老先生如不要我寫，我還是不便動筆的。文體方面，仍用文言，字數雖無限制，亦仍如改良天足，放大不到那裏去。每次文成，先請張老先生過目，待他認可，才能付排。他對於文字是很謹嚴的，一字之微，如感不安，亦不放過。但態度極好，必先徵我同意，才予删改。

如此經過多月，我都能耐住性子，以期達成任務。及至「九一八」事變爆發，由於時局陡形嚴重，才把我這「養媳婦」的身份予以改變。事隔三十餘年，我還牢牢記得那天下午總管理處臨時召集緊急會議的情形，黃任之先生鐵青着臉，滔滔不絕地痛罵國民黨，主張明天社論，應對南京當局嚴加責備；趙叔雍亦起而附和。張老先生默不發言；錢秘書照例是不作聲的，馬蔭良以專管業務，向少發言；史先生則以維持其「垂拱平章」的態度，不肯輕易開口。因此這次會議的上半截，成爲黃趙兩人相互唱和的場面，所得的結論，明天社論，爲表示「申報」對於事變的看法，關係重要，即照任老所提意見，先向政府開砲。此時，我可忍不住了，起而阻止，指出國難當前，應以表示一致對外爲先，批評當局，儘有機會，明天却不是適當的日子，否則人將誤會，「申報」竟連「兄弟鬩墻，外禦其侮」都不懂，豈非笑話。史先生聽了，似有所悟，轉問張老先生意見如何。他要言不煩地只說了這麼一句：「我贊成彬龢的見解。」這才把任老的「高論」推翻，一言爲定，社論照我的主張着筆。

散會後，我隨張蘊和先生回到他的房間裏，蘊老說：「這篇文章是短不來的，你去寫吧。」這是我進「申報」後，他自動叫我寫社論的第一次，也是「申報」發表長篇社論和用白話文寫社論的第一次。從此以後，蘊老便把寫社論的工作讓我擔承，而我這「養媳婦」也算是做出頭了。

在本文開場白中，我已自承爲不學無術之人，所以有人說我的文章，多半出於代筆，這是事實，決不自諱。但我並不是由皮到骨，全由代筆一手包辦，文章的主張多是我抓的，文字的修正亦多是我增删的，自信尚能如柳宗元筆下的梓人「尋引規矩繩墨」，「視棟宇之制，高深圓方短長之宜」，「家不居礱斲之器」焉。

我又認爲社論不是代表執筆者箇人的意思，而是代表多數人的共同語言。所以遇到了一箇問題，必須徵取多人的意見，正面反面，面面顧到，然後寫爲社論，才得其正，而不爲感情所左右。又文字的使用，不必求工，但必簡明，所以我主張社論發排以前，最好能經多人過目，以期每字每句，使讀者容易讀懂，容易領悟。

由於我於社論的主觀如此，所以我以私人立場特約了好幾位代筆的朋友如陶行知、章乃器、楊幸之諸先生都是，史先生是不知道的。

陶行知先生爲著名教育家，思想前進，品行高潔，關於教育方面論文，我常請他偏勞。章乃器先生其時在浙江實業銀行任襄理，工作重點偏於經濟研究，不管業務。關於經濟方面論文，我便請他執筆。後來他所發表的文章，時見於報紙刊物，質量均勝，而其寫作興趣，也許是由我那時引起。

關於政治性社論，以楊幸之先生寫得最多，楊先生始終爲我牀頭捉刀人，未嘗露面。楊先生爲湖南人，據說原爲共產黨黨員，抗戰期間，在羅卓英部下任職，死於非命。

一九三一年冬，江蘇省政府在鎮江召開全省職業教育會議，我寫了一篇論文，表示響應。這類文章，原屬應景，無關得失。不料第二天竟不見報，當然是編輯部予以冷藏了。我大不高興，認爲有意破壞我在進報館時所提的條件，即以此作爲理由，向史先生提出辭職。

史先生邊笑邊說：「這倒新鮮，在我這裏做事的除陳冷血先生因體衰告退外，第二箇就輪到你了，同是姓陳，巧合之至！」

史先生又說：「你再想想，黃任之自認是創辦中國職業教育的老祖宗，你的文章裏是否提到他，捧過他。如果你沒有提過捧過而被扣發，才說得上是破壞條件，辭職還是有道理。但如提過捧過，那只能怪你入境不問禁忌，咎在自己，編輯部並沒和你爲難。」

申報和洪憲紀元

竹坡

民國五年丙辰（一九一六年），袁世凱自稱皇帝，國號「中華帝國」，年號叫「洪憲」。袁世凱手下一班爪牙，高興采烈，替他籌備大登殿，擇定吉日，准於民國五年元旦登基，但因為蔡松坡將軍雲南起義，袁世凱嚇壞了，逼於延期舉行，只通令改元洪憲，民國五年稱「洪憲元年」。內務部令各地的報紙，自民國五年起，報頭上不得再用民國紀元。京津的報館，近在咫尺，懾於惡勢力，不敢不照辦，獨有日本人在北京的「順天時報」置諸不理，袁世凱也無如之何。

上海的報館，多開設在租界內，它們奉到部令後，本可以相應不理的，但內務部卻有一招，警告它們，如果不聽話，郵政局就不遞寄它們的報紙，因此報館就着了慌。上海的報紙單靠租界一隅之地的銷路是有限的，「申報」、「新聞報」的銷路最廣，遠達各省和海外，給袁世凱這樣一搞，它們的生意就大受影响了。上海的報紙有個公會的，公會為了這件事特別開會一次，請會員想應付辦法。「申報」是老大哥，生意做闊，主張忍痛奉行部令。各報唯有馬首是瞻，一致通過遵奉部令了。但「申報」又心有不甘，於是耍個花招，將民國紀元改為西曆紀元，更於西曆之下，用極小的鉛字印「洪憲紀元」四字，這四個小字比現在報紙常見的六號字還要小，略比芝麻大一些，如果不留心是看不清楚的。

我藏有「洪憲元年」二月十九日的「申報」報頭一張，現在製版附印於此。報頭高十一英寸，寬三英寸，「申報」二字直排，每字大二英寸左右，是南通張狀元的大手筆。（史量才和張狀元的關係極深，民國初年，張到上海，史量才在新落成的住宅中招待他，張詫為建築瓌麗，為滬上之冠。見張氏手書日記）報名下排日子，在「舊曆丙辰正月十七日」一欄下，用細字排「洪憲紀元」四個字，讀者是不會注意到的，這樣對官廳就有所交代了。「申報」兩字之上一格，印「中國郵政局特准掛號」字樣，其中也有文章的。本來是「中華民國郵政局……」的，但「申報」不甘改中華民國為「中華帝國」，只好取巧，改稱「中國郵政局……」了。

「申報」為舊日中國銷路較廣而有相當力量的報紙，袁世凱手下那班人馬，當然是要向它打主意的，初時想利用金錢收買它的言論，但未能如願，此路不通，便另想方法，他們在北京翻印「申報」，把它反對帝制的言論、新聞，一律改為擁護，然後送給袁皇帝過目。袁看了，以為真的人民擁戴，為之大樂。（據說，當時翻印的報紙，不僅「申報」，還有北京的「順天時報」和上海的「時報」。）

袁世凱讀翻印「申報」，還是趙爾巽無意中替他拆穿的。某日，趙爾巽（時任清史館館長）入總統府見袁，袁有公事，未即出見，他在茶几上隨手檢起一份「申報」閱讀，覺得和自己所定的「申報」有些不同。正在狐疑間，袁出來了。袁見他對「申報」似乎有無窮興趣，便問他緣故。趙不知這是翻版改造的東西，便說這兒的「申報」和他所定閱的不同，不知是否有兩種。袁也覺得奇怪，便叫人去趙家拿來一看，看出兩份報的日子雖相同，但內容卻大有差別，袁才知上當，不覺「龍顏」大怒，一疊連聲叫籌安會的辦事人來臭罵了一頓。

徐志摩陸小曼打官司（下篇）

大律師神通廣大

平步青

明修棧道暗度陳倉

第二天晚上，陳律師，鳳律師，平襟亞等在那燈紅酒綠的名妓妝閣裏密商對付陸小曼這場官司的策畧，他們研究這篇文字，覺得難以卸責。當時陳又透露一個秘密消息，說徐志摩有個族弟，年紀還輕，現在法院裏當刑庭庭長，因此志摩運動了排案子的人，把這一起自訴案子分發到他手裏，要他判被告三個月徒刑。這一來更無善策足以對付，可以說被告官司吃定的了。當下三個人一籌莫展。直至夜深人靜，那個智計多端的鳳律師忽然拍桌而起道：「我們該出奇兵制勝，力避正面衝鋒，如今想出了一個『明修棧道，暗度陳倉』的妙策，包管他們措手不及，撞個鼻靑嘴腫。」陳說：「請道其詳？」他笑道：「天機不可洩漏，待成功之日，你們在這兒賀我葡萄美酒三杯便是。」說罷，先行告辭而去。

那知只隔了一天，吳微雨把一紙法院的傳票送交平襟亞，平來不及觀看，當將陸小曼一案的情況告知他。吳驚出意外。平說：「不用恐慌，讓我再去抵擋一陣，這張傳票，一定是的了。」吳雙手亂搖，只道：「不對！不對！你看！」平看到傳票上寫的是巡捕房提起公訴，控他散布猥褻文字一案，就在第二天上午九時刑一庭開審。平認爲是另一件案子，奇怪的是巡捕房也「趁水踏沉船，」告起本人來了，如何對付得了呢。當時便同吳去找鳳律師，向他求辦法，他却若無其事的說：「你准時而去好了，這一案法律上沒有處徒刑的，只罰幾十塊錢，怕些什麼，根本用不着我律師，你明天退庭後，只要把這一張傳票交給我，我還得派用塲。在事前千萬保守秘密，不必驚慌。沒有我的事，明天見，你去吧。」平吳二人回來後，約定第二天同上法庭，在刑一庭相見。

「伍大姐」文章闖大禍

在法院第一庭上，大都是巡捕房解來的案子，由捕房律師代表檢察官，把每一起案子向庭上提起控訴，有賭博的，有車輛違章的，有妓女拉客的，庭長只問三言兩語，便高呼判處罰金多少了結。這是不允許被告辯護的，人稱「巡捕官司一面倒。」當時審到平襟亞，平站在被告欄，巡捕房律師便將「福報」呈堂，並說：「平襟亞寫作『伍大姐』一篇文字，內容涉於猥褻，刊登在『福報』上，行銷給讀者看，足以妨害善良風化，顯然構成刑法上散布猥褻文字一罪，請庭上依法處罰。」庭長把文章看了一遍，當向被告先問姓名，年籍，再問下去道：「平襟亞，這篇『伍大姐』的文章，可是你寫的？」平回答「是的！」又問「捕房告你散布猥褻文字，你承認嗎？」平回答：「承認的。」庭上便立即判決，向平宣告說：「處你罰金三十元，服不服？」平回說：「服的。」立即退下，由吳微雨把三十元交給法院庭丁，便由庭丁在傳票上寫明「本案審結，處罰金三十元收訖。」平吳二人拿了傳票作爲收條，跑出法院，去告知鳳律師。並將傳票交給了他。他似乎滿懷歡喜，但並未發表任何意見。

又過了三天，報館裏接到傳票，吳微雨見是陸小曼等四人自訴告平襟亞妨害名譽罪，指定第二天上午九時在法院第四刑庭審理。吳當即去交給平襟亞。平與吳又同去見鳳律師，鳳要平正式簽訂了委任書，委任他出庭辯護。他吩咐平，明天在庭上拒絕發言，庭長問你，你概不回答，這叫做「不發一語，儘得勝訴。」一切由我來對付他們便是。

到了開審的一天，法院第四刑庭裏擠軋得揷足不下，原告有陸小曼、徐志摩、翁瑞午、江小鶼，原告律師張一鵬，被告人平襟亞，被告辯護人鳳律師，此外有原告帶來的作證人，其他觀審的、有社會聞人、電影明星、戲劇名伶、交際花、名妓等。由於原告四人都是社會上知名人物，他們看過了串演京戲，又讀過報上那篇文字，今天當做桃色官司看待。何況小曼在事前逢人宣傳，要人們來看她辦倒一個造謠言的報館記者，使今後別人不敢講，報上不敢登，彷佛是殺一儆百。小曼當時看到堂上高坐着的庭長，是志摩的族弟，平日有交往的，前排端坐的張一鵬，又是個名律師，這場官司可操必勝之權。

被告上庭一聲不响

到開審時，庭長首先問了原告的姓名、年齡、籍貫，和訴狀上核對無訛，然後問被告。平襟亞聽從鳳律師的囑咐，閉口不回答庭長的問話。庭長震怒，擊桌呵斥他道：「被告，你爲什麼裝聾作啞，不回答問話？」平還只是不响。鳳律師當即起立聲明道：「請審判長注意，本案已經過巡捕房提起公訴，由鈞院傳訊被告，判處罰金在案（當將上次傳票一紙呈堂上作證）。依據刑事訴訟法程序上的規定，『一案不再審，一事不再罰』，所以今天再審，同一件事，同一被告，假如罰了再罰，是違反法律上的規定。被告人平襟亞他正在法政大學讀法律，既不聾，也非啞，因非法審理，他拒絕發言，正是維護鈞院的守法精神，假如一定要審理本案的話，被告得堅持不發一言。請審判長加以考慮！」這幾句話，像金鐵一般，錚錚作聲，使全堂聽審的人出於意外，寂靜無喧。庭長看過傳票後，遞給張律師。張看淸楚後，起立辯稱：「公訴是屬於妨害風化罪，今天自訴人告他的是妨害名譽罪，根本兩件事情，不受法律規定的拘束，儘可以審下去，是合法的。」鳳律師駁他說：「文字只有一篇，犯罪的行爲，只有一個，不能分爲兩案審理，作出兩個判決的。那有分別處罰之理。本案被告已受刑法上的處罰，決無再罰之理。本案自訴人應當在巡捕房提起的公訴開審時，參加訴訟，使法院合併審理，作出一個判決，才是合法的。如今公訴早已審結，被告已處罰金，原告只能作爲放棄自訴權利。」張律師又辯稱：「在巡捕房提起公訴，開審的時候，自訴人那裏會知道，怎樣參加訴訟呢？」鳳律師又駁他說：「法院在第一刑庭上公開審理，自訴人不能推諉爲不知。法院沒有通知自訴人前來參加訴訟的義務。張律師全無理由，請審判長依法處理。」庭長認爲「一案不再審，一事不再提，」法律有明文規定，因此，別說族弟不能幫族兄的忙；就是兒子也幫不了父親的忙，他只好硬着手腕提起筆來下一個裁決，只有五個字：「本案不受理。」當庭宣布了這五個字，頓使聽審的羣衆大爲失望，紛紛退出。對四個原告來說，好比當頭澆了一盆冷水，他們退下庭來，小曼還在問志摩，「什麼叫做不受理？」志摩回答她說：「就是法院不管我們這筆帳。」她聽了悻悻而去。

張大律師幽默法官

張一鵬律師倚老賣老的還向庭上說：「自訴人請保留抗告權。」庭長斥責他道：「本院依法裁決，沒有什麼抗告不抗告，貴律師懂得法律嗎？」年輕的庭長，太過火了，這句話刺痛了張，別說他當過司法總長，就是個普通律師，那有不懂法律之理。因此，張氣憤極了，一邊在摺疊身上脫掉的法衣，同時與庭丁搭訕，他說：「這個法庭上光線欠亮，太陽也照不進來的。」他這句話是意味着法庭上「暗無天日。」可是庭丁沒有理解，只道：「你看窗子全都打開的了，還嫌光線欠亮嗎？」這句話是高聲說的。當時庭長還沒退庭，聽得了，忙問道：「張律師！你在講些什麼？」張忙把法衣塞進了皮篋，拔脚便逃，出了法庭，跳上汽車，絕塵而馳，他在車廂裏捏一把汗。

鳳律師和平、吳二人退下庭來，揚眉吐氣，認爲大功告成。當晚約了陳則民律師，在富春樓妝閣裏開慶功宴。陳律師說：「今天庭上的情況，都已知道，不過有一事不明瞭，法院裏的公訴，怎麼會在前天開庭的呢？」鳳律師回答他道：「不瞞你說，這是我花了錢叫巡捕房稽查員把這篇文字交給捕房律師，立即向法院起訴，開了一庭，罰了三十元，種下了根，那就利用程序法取得了勝訴。」陳稱贊他說：「這是個『釜底抽薪』的妙策。佩服之至！」平襟亞敬了鳳律師三杯葡萄酒，他說：「今天本人在庭上始終沒有開口，正是『不着一語，儘得勝訴。』本人經過三場官司，勝讀十年法律，做被告不以爲苦，只當作實習，歷練一番，獲益匪淺。古人云：『久病成醫；』我將要『久訟成師』了。」陳律師道：「那麼你只算得是個『訟師』，不等於『律師』。」一座大噱。當晚盡歡而散。

接自第八頁

倫敦的孫中山被難紀念室

中國駐英使館的房屋，可說是一所陳舊房子，五十多年來，還是這一所舊房子，是否因爲它有特殊的紀念關係，而把他經常修理，做歷史上的紀念物；抑或因其他的關係，沒有重新建築新的使館，這是耐人尋味的一個問題。

× × ×

右爲韓君所報導孫中山先生在倫敦蒙難時所居的房子概況。龔照瑗的侄子心湛，是當年在事前招僱密探，偵察孫中山先生行踪，隨時向龔照瑗滙報的狗腿子。民國十四年，孫中山先生在北京逝世，那時龔心湛當了段祺瑞臨時執政府的內務總長。孫中山大殮時，段祺瑞借託脚腫，沒有前去，改派龔代表前往弔祭，這是一件很奇趣而又恰巧的事。胡漢民詩注的「粵人鄧某」，就是當年淸駐英使署的通譯鄧廷鏗，是誘禁孫中山先生的經手犯。這個壞坯子，于辛亥革命，南京政府成立時，竟恬不知恥的由廣州竄到南京的總統府，妄圖找工作，混入革命隊伍活動，暗中做那不可告人的勾當。副官某知道鄧以前的惡毒醜行，想把他逮捕，按漢奸論罪。孫中山先生聞得此事，即說，既往不咎，不必與他爲難。並命侍衛護送鄧出去，給他一些盤費返粵，予以自新之路。這又是說明了孫中山先生不念舊惡的慈祥心腸。

粵海政潮

李準輸誠革命軍的內幕

蒙穗生

釋名　「粵海政潮」，粵者，是指廣東地區而言，但是現在我所應用的，在必要時，也包括了廣西、香港、澳門在內。海，不是局限于狹義的江河洋的對立而說，而是把它作爲借喻詞、形容詞，如人海、學海、文海、辭海的一樣。政呢，也非專指舊的狹義政治，而是孫中山解釋，政是衆人的事。今所寫述的，雖然偏重于政治方面多一些，但關于文化、敎育、社會的史事，有時也要談到。潮，是指水的潮汐漲落，也就是水的自然變動。水除了人們日常所需要飲用之外，還與動植物有直接關係。水裏潛藏着不少的魚蝦龜蟲，「蛇神蚌精鬼怪」和無數微生物，糞便汚穢雜物，混在一起。我們信手把江河的水舀了一勺，用顯微鏡檢驗，眞如溫犀禹鼎，奇形怪狀的東西，在裏面鈎心鬥角你爭我奪的不計其數，而使人驚奇詫異，絕不是毫無渣滓的一杯清水。

我是生長在廣東的外江佬，雖然不是捕屬，以前也沒有辦過遷移證。從吃奶而至讀書做事，都在廣東。六十年來，耳聞目擊的事多矣，畧寫一二，說它是叢談、散記也可，說它是內幕、秘聞，也無不可。因此，趁此暮年，住在香爐峯下，無所事事，廢物利用，隨便把記憶所到的追述若干。各篇自爲起落，時期不分先後，想到卽寫，有話則長，無話則短，也沒有什麼連續性。先此說明，請看下文。

清末，李準在廣東的官職全銜是：「頭品頂戴果勇巴圖魯提督廣東全省水師軍務節制各鎮駐劄虎門」，他的軍事權力、範圍，可說是大而且廣。革命黨人幾次在廣東起義如：壬寅（光緒廿八年，一九〇二年）除夕，洪全福、李杞堂等，廣州之役，丁未（光緒卅三年，一九〇七年）四月，許雪秋等潮州黃岡之役；五六月王和順欽州之役；庚戌（宣統二年，一九一〇年）正月，廣州新軍之役；辛亥（宣統三年，一九一一年）春，廣州三月廿九之役，和歷年的黨人地下組織等等，都給李準直接間接的殘酷鎮壓、拘捕、摧殘而致失敗。因之黨人們對他視爲清吏中殺戮黨人的劊子手，是革命運動中的碍石。爲了打開局面，首先就要把他清除，拔去了這一口眼中釘。

最早對付李準的是丙午（光緒卅二年，一九〇六年）劉思復在日本參加了中國同盟會之後，回到廣州，糾合同志，進行暗殺清吏的活動，第一個對象，就是水師提督李準。劉在製造炸彈的過程中，因爲失愼破案被捕，判歸香山原籍監禁了。過了幾年，劉出獄後（劉的出獄，是由陳景華託江孔殷向粵吏說情的），卽與李熙斌、高劍父、梁倚神、謝英伯、鄭彼岸、林冠慈、丁湘田（女）、朱述堂、陳自覺、陳炯明、程克等十二人，組織「支那暗殺團」。辛亥年決定以兩廣總督張鳴岐，水師提督李準，鎮統龍濟光，將軍鳳山爲主要對象。林冠慈、陳敬嶽執行工作，李遭抛擲炸彈受傷，林陳犧牲了。李準經過多次被刺，思想有了轉變，也漸知戒懼，寫信給張鳴岐勿再興黨獄。以後他對于有關黨人的嫌疑案件，也不再過問。九月，團員李沛基等又把剛到廣州的將軍鳳山炸死。

武漢起義，各省紛紛响應。李準默察大勢，感到清廷快要失敗，想找門路和黨人聯系。後來知道幕僚謝質我和香港富商韋寶珊，和黨人均有認識。于是暗派謝質我到港和韋寶珊接洽。通過謝良牧、李杞堂，得與同盟會南方支部部長胡漢民面談。胡以清吏李準的毅然輸誠，對于革命進行，是極大的助力，卽寫信交謝轉達大意說，吾黨與子爲敵，非敵個人，敵助滿洲政府之有勢力人耳。君能翻然改圖，舍昔日之助滿洲政府者而助民國，則去敵爲友，黨人當共知此義等語。謝返廣州，將接洽經過，回報李準。恰値張鳴岐妒忌李準，把李的中路巡防營兵權免去，又把中路各炮台的大炮撞針抽掉。李已決心歸順黨人，又恐事機不密給張鳴岐捕殺。立卽派其八弟帶了親筆信到港。胡漢民等認爲李確實決定起義，如能踐約，黨人們當必保證李的個人和所部生命財產的安全。先使韋寶珊兄弟和李的八弟宣誓加入同盟會，才續開談判。約定新安（今名寶安）民軍攻取虎門時，李應堂獻要塞所有的軍實，讓民軍佔領。李的八弟對此沒有異詞。第二天上省覆命。這一來，黨人的軍事進行順手了，廣州省城減免了戰事。九月十八日，廣州準備宣獨立，張鳴岐首鼠兩端，意存觀望。十九日晨，李準已下令沿江各炮台軍艦兵艇等一律改升民國軍旗，陳兵以待。張鳴岐眼見大勢已去，雖然由各團體推舉他為都督，感到今後軍政，無法辦理，不敢就職，即悄然北返了。

張鳴岐因為內外交逼，私行逃竄之後。廣州各界舉胡漢民為大都督。胡由港到廣州，抵步時，李準親率部隊，首先歡迎。相見之後，胡即準備把李準的起義，贊助廣東反正的實情，公開宣佈。李極力推辭的說，這不是一人的功，如果獨居其名，將必有些人不安心，而會發生誤會，引起糾紛的。胡極佩服李的謙讓，且能為大局設想。但此事經過，雖然沒有公開發表，廣州府屬的首要民軍統領如：李福林、陸蘭清、譚義、陸領、鄧江等，都知道個中詳情。獨有三數不知內情的黨人，認為李準歷年屠殺同志，血腥累累，今還是戀棧不去，正是最好的報復機會，準備把李幹掉，以慰死難的同志；且有設法誘致李的部下，共同進行的。搞了幾天，李把所得情報轉告胡漢民。胡和李在兵艦中暢談了一夜。李堅決表示辭職離粵。胡以新政府剛成立，百端待理，彼此應該和衷共濟，維持大局，不必因三數人的誤會而萌退志。李準聽後不禁的流淚而說：「我是深知你真能夠推誠相待，我也極想繼續供職，聽候驅使，為第二故鄉廣東服務。更想借着機緣來挽救桑梓的川人。區區懷抱，這時不能夠家喻戶曉。我個人一身，本無可惜，死也無益，而且對廣東也無所補助，所以急於求去。他日新政府如有用到我的時候，絕對不敢推辭。」李最後表示，非到真有危險不能逗留的地步，也決不離開廣東。後來，都督府辦公處從諮議局遷到原兩廣總督的公署時，李忽然派人專送親筆信給胡漢民。胡去訪李，怎知李到香港去了。原來最近兩天，謠言比前更多，且有暴徒帶了手槍炸彈去尋仇。李為了不吃眼前虧，不得不改裝易服而去。李將離開五羊城時，還諄諄告誡勉勵所屬部衆，服從都督命令，不要滋生事端。且把歷年公積金也分別撥發、上繳，以清手續。不久，清廷垂死掙扎，命梁鼎芬和李準聯合圖粵。李託韋寶珊轉告胡漢民說，意欲將計就計，偽為答應，或可得到一些款項軍火，又恐被人誤會，水洗不清。所以準備拒絕，務請指示，以定進退。胡以清廷衆叛親離，全部瓦解，即使偽託應命，也得不到什麼的東西，只是貽人口實，千秋萬世也洗不清白的。于是李也借詞生病而拒絕了偽命。

李準到了香港，關于他的起義內幕，還是啞謎一樣，沒有揭開。胡漢民幾次和李通信，想到及時披露，李還是不肯居功。而省港某些報刊對于李準在粵多年的事蹟，加油添醋的寫成小說、班本等，作為揭露清吏罪行。也有一些不明真相的民軍統領或沒有參加黨內組織核心工作的黨人，責備都督府放走了李準。羣言淆雜，莫衷一是。胡漢民為了澄清是非，功罪分明，才把李準贊助革命的經過事實揭布，並且聲明此事不只是他本人和李準間接直接協商的結果參與其事的還有：韋寶珊、李杞堂、姚雨平、朱執信、謝良牧、李文範、胡毅生等同志為證。

李準後來定居天津，袁世凱幾次想利用他到廣東擔任軍職，鎮懾廣東人民。他都婉詞推却。只在將軍府掛名將軍，得幾百元一月的乾薪來度日，絕不肯替北洋政府獻一策設一謀，做軍閥幫兇。他的日常生活，只是讀書寫字。有時公開賣字，把潤金所得，捐給振濟災荒之用。曾用篆書寫錄了四書全部。有時興到，也聽聽歌曲來消遣，不參加各方面的政治活動。這說明清代遺吏中，算是庸中佼佼的一個。（他是一九三六年十二月死於天津的。）

吳沃堯小說中的資料

文　如

「二十年目睹之怪現狀」這部小說，常有采用前人筆記的地方，不過所采的是大家不甚熟悉的書，所以只覺其新鮮，不覺其抄襲。例如第四十五回所載鹽務總商的弊病，說：「運脚公用每年定額是七十萬，近來加了差不多一倍，其實所用不及四分之一，如何不發財？所以鹽院的供應以及緝犒賞，贍養窮商子孫，一切費用都出在裏面。最奇的，他們自己對自己也要作弊。總商去見運司，這是商家的公事了，那輿手本不過幾十文就買來了，他開起帳來，却是一千兩。」這是從黃鈞宰的「金壺七墨」卷一轉載的，不過改成白話就是了。因為近來印行的本子，字句和標點都有錯誤，所以全引如上。

另外還有一段，也出於同一來源。「金壺七墨」又說：揚州鹽商花園以張家的容園為最著名，一園之中，單是廳堂，就有三十八處，處處不同，夏天是輕細簟，冬天是錦帳貂帷。字畫古玩隨時更換。每日午前，聽人游玩，一到下午，主人坐了軟轎出來，姬妾簇擁，左右執事的盡是俊俏的奴婢。家裏養着幾班戲子，隨時可以出台演唱。遇到年節，全園點起燈來，用到一萬多斤的蠟燭。最可笑的是：字畫必須經名人題跋，古董必須殘缺，價錢倒是越貴越好。」

正如「儒林外史的張鐵臂一節出於唐人筆記中張祜事，婁公子家宴客焚香一節出於宋人筆記中張鎡事，一經點染，絲毫不覺其剿襲陳腐。又如左傳、國語、檀弓等書同記一事而各具姿態，不害其可以並存也。

在非洲的丘吉爾屋

秦仲龢譯

一九四三年一月，羅斯福和丘吉爾、戴高樂三巨頭在摩洛哥的卡薩勃蘭加會議，會議閉幕後，丘吉爾對羅斯福說：「您到了北非，不去看看馬拉克士（Marrakesh）太過可惜了，這就像一個人到了法國而不往觀光巴黎一樣。」丘吉爾一向稱馬拉克士為沙哈拉的巴黎的。

為什麼丘吉爾一定要勉強羅斯福往馬拉克士呢？原來那兒有一所著名於世的建築物，名叫泰萊大厦，二次世界大戰後，又被人稱為「丘吉爾屋」。現在這所房子成為世界上最吸引游客的古屋之一。許多有歷史性的大厦，外表上看起來總有點憂鬱的樣子，內部則鬼氣森森，有時會令人毛骨悚然。可是丘吉爾屋却沒有這種種壞處，游人一進入裏面，總是覺得有生氣，歡歡喜喜的東走走，西走走，盡量欣賞它的建築之美。

這所大厦位於摩洛哥南部的中心，這兒是一塊肥沃的大平原，水土肥美，氣候涼爽，建造這一所像王宮般的屋宇在這裏，確實是最理想不過的。

大門外，有阿拉伯字寫着的招牌，能懂得阿拉伯字的歐美游人本來就不多，他們見到這些「龍蛇飛舞」的阿拉伯字，就會不期然而然的幻想到天方夜談裏那些美麗的宮殿。果然，當他們進入大門，便看見一座尖形高塔，有居高臨下之勢，控制着整個建築，頗有氣象萬千之感。從花園的通道經過，只見園中什麼花木都有，尤其是熱帶的植物，如橄欖樹、橘樹、芭蕉等等。加上好幾個噴泉，使到那些花木更為生色。

這所房子的建築作風，大部分是西班牙的，每一個大臥室都有一個浴室附着，浴室的中央是個凹下的浴盆，有三級石階。大客廳則陳設着英國傢具，布置得很適當，絲毫沒有使人感覺這些家具富有外國色彩。從窗外望出去，可以見到那個阿特拉斯山（Atlas Mountains，在非洲西北境）被白雪籠罩着。

游人到了這個地方，以為身在天方夜談的王宮裏，他們會問：這個房子是那一個蘇丹的宮殿，起馬也有一二千年歷史吧？其實不然，它的建造歷史是不過從一九二五年說起，到今不過四十年而已。原來四十年前有個美國富人名叫泰萊夫人的，很喜歡馬拉克士這個地方，就想在這兒蓋造一所房子。她是個很有美術眼光的人，她請了一批當地的巧匠來和她經營，依照摩洛哥的民族建築作風來設計，極富於東方色彩。不過，建築材料是用石頭和三合土以代替灰粉和泥土。

一年之中，泰萊夫人只有幾個月住在這所房子裏，當她駕臨摩洛哥之時，那種派頭簡直少有，她要租了好幾輛公共汽車開到地中海濱，把她的僕人從她的私人游艇停泊着的馬頭，運到她的別墅。這時候就賓客盈門，熱鬧非常了。

第二次世界大戰發生後，這個有錢的老太太不敢輕於冒險來到馬拉克士了——看來這所房子失去了主人的寵眷，似乎大有不幸。然而事出非常，戰爭反而使到它在世界上享有盛名。那並非是泰萊夫人的大名使它受人注意，而是因為羅斯福、丘吉爾、艾森豪威爾、戴高樂、蒙哥馬利、馬歇爾等歷史上的有名人物，曾在裏面盤桓過一個時期。丘吉爾的著作和他口頭上的演講，曾有好幾處提到泰萊夫人這所別墅。

美軍登陸北非後不久，一個美國外交家堅尼夫．潘達（Kenneth Pendar）偶然發見這所房子，它的外表雖然很完整，但久已無人居住，好像沙漠那樣荒涼。他立即動員美軍中那些有藝術頭腦的人，把房子布置一番，使它可以居住。過了不久，這所建築就成為在北非的聯軍那些大人物眼中的寵兒了。

卡薩勃蘭加會議，是聯軍方面決定了納粹德國命運的地方，三巨頭在這裏擬出計畫，要德國無條件投降。丘吉爾勉強羅斯福總統到馬拉克士一行，就是希望他欣賞一下泰萊夫人大厦。羅斯福答應了。

某日，潘達正在泰萊大厦權充主人，招待格倫達將軍（那時候他是艾森豪威爾的參謀長）、克拉克將軍和英國情報部的史特連上校。忽然有個秘密命令傳到，說是有重要人物要來參觀，叫他好好準備。主客們接到這個消息，互相推測，到底這些重要人物是誰，那無非是美國的羅斯福，英國的丘吉爾罷。

主人立刻安排一切，作種種防衞措施，花園、車房、園牆內外都設有警衞，又在花園中安設高射砲位。又在每一個臥室和浴室之內都裝好了電話機。園中又特地建造一條盤道，以便羅斯福總統的輪椅可以走動。這一切在兩日之內辦妥當了。

到了那一天，一羣汽車從卡薩勃蘭加出發，大路兩邊都密布着軍隊保護，天空有一隊戰鬥機飛翔。這麼一來，使到馬拉克士的人疑神疑鬼，這個地方的居民本來是最愛聽故事的，有些人見到城中忽然熱鬧起來，不知爲了何事，有些人更若有其事的說，他們親眼看見英國國王、史大林、莫索里尼、貝當都到了，他們就在泰萊大厦的花園中漫步。有一個居民又說，他看見教皇庇護十二在園中走着，一邊走，一邊數着他的念珠。

不管居民的謠言如何，總之羅斯福和丘吉爾在這裏很舒適地度過了幾日假期。有一日挨近黃昏時分，羅斯福走上那個尖塔頂，坐在一張籐椅上欣賞阿特拉山的日落奇景。他歎了一口氣的對潘達說：「此樂南面王不易也，我簡直覺得自己像個蘇丹，潘達，你可以吻一吻我的手呢。」潘達後來在他的回憶文章裏沒有提到他是否有吻羅斯福的手使他滿足了扮天方夜談裏的蘇丹的願望。

羅斯福回去美國了，但丘吉爾不肯損失他的權利，仍然留在這個房子裏，盡量享受。當時有幾個住在這裏面的人時時看見這個老政治家口含雪茄，穿着一對睡鞋，身披浴衣就在那座尖塔上口授電文給他的秘書，發給倫敦他的閣員，指示要政，原來熱帶的天氣很熱，他晚間就在塔上睡個通宵。

丘吉爾在戰時簡直沒有閒心寫過一幅畫，但在這裏他高興了，高興時手就癢起來，他對着阿特拉斯山寫了一幅風景畫。這是他在戰爭期中唯一的作品，羅斯福總統死後，丘吉爾把這幅畫送給羅斯福夫人，後來羅夫人把它捐出來拍賣籌善欵，賣得二千鎊。

這所泰萊大厦和丘吉爾眞有緣分，他每一次到了北非，就無論如何捨不得離開它，總要前往馬拉克士住上幾日。一九四三年十二月也來這裏做潘達的客人。

大戰終止後，潘達把這所房子交還泰萊夫人，並對她說在戰爭期間有很多要人會在裏面作客，爲它增光不少。泰萊夫人聽後，睜大了眼睛對潘達說：「你不是說羅斯福總統會在我的屋裏住過，也許還睡在我的牀上吧？」

半生矛盾的周作人

南山燕

那時，魯迅雖然沒有公開爲此發表文章，但在和朋友的通訊中，也曾一再表示他對介弟所作「自壽詩」的看法。例如他在給曹聚仁的信中說：「周作人自壽詩，誠有諷世之意，然此種微辭，已爲今之青年所不瞭解，羣公相和，則多近於肉麻，於是火上添油，遽成衆矢之的。」魯迅話是相當公允的，而就詩論詩，我們也可以看出周作人雖然做了「隱士」，却還有着一派不與世俗同其呼息的「叛徒」精神，所以非釋非儒，畫蛇談鬼，別有一番憤嫉之意。只是，這種深微的社會叛逆意識，表現得過於曲折隱晦，因而就難爲世人所了解。加上當時中國正處於危急存亡之秋：日本軍隊業已佔領東北數省，並進而威脅華北，中國民間正在泣血搥胸，掀起了無法禁阻的救亡運動。文壇上也泛起了敵愾同仇的熱烈氣氛。而就在這個時候，周作人却發表吟風弄月式的舊體詩，對國家民族的命運漠不關心，這就無怪乎人家要對他指摘了。

四　從苦茶庵到老虎橋

一九三七年，盧溝橋的炮聲響了起來，中國的局面由長期的密雲不雨一變而爲雨驟風狂。可是，周作人仍然保持平淡，不願意離開他的苦茶庵；等到日本軍隊佔領華北，組織「維新政府」，需要找些「名士」捧場，就把他拉出去充任「教育總監」，使得這個「隱士」終於要「歸朝」。而他所「歸」的却是與自己的國家民族處於敵對地位的「朝」；這就成了他畢生聲譽的致命傷。可是，他當時仍有信寫給「宇宙風」半月刊（林語堂老編）的讀者，希望人家把他看作蘇武，不要把他看作李陵；但這又有甚麼用呢？他對於這次戰爭的看法，十分古怪，竟把當時日本對中國的軍事進侵，說成是「日本文化對漢文化的反動」（參閱「日本管窺之四」，見「知堂乙酉文編」），這樣的解釋，若不是有意爲自己的行爲找尋掩蔽所，就一定是挖空心思來立異鳴高了。

充滿思想矛盾的周作人，希望用逃避與延宕的方法來解決本身的矛盾，結果却是蹉跎偃蹇，終於走上了自己本來不願意走的路。他百辭莫辯，無法取諒於國人，所以意志日見消沉，佛教思想便成了他在時代苦悶中的唯一解脫之法。這時，他寫了許多充滿禪味的舊體詩。例如：

日中偶作寒山夢，夢見寒山喝一聲。居士若知翻著襪，老僧何處作營生。（「苦茶庵打油詩」其十）

我是山中老比丘，偶來城市作句留；忽聞一聲劈破玉，漫對明燈搔白頭。（同上其十九）

柳綠花紅年復年，蟲飛草長亦堪憐。於今桑下成三宿，慚愧浮屠一夢緣。（「苦茶庵打油詩補遺」其一）

這些詩，幽隱眞如禪偈，雖則可以使他的精神有所寄託，但到底不足以自見於當世。他爲了表明本身還沒有喪失良知，還要有所作爲，所以在這個時期所寫的許多散文，都表現出一種用世之志，這在他的「藥味集」、「藥堂雜文」、「立春以前」等散文集子裏，都可以看得出來。他有一首七言絕句，頗能說明這一種心境：

歲暮天寒寄索居，半生心願未消除；也思春夢無憑據，秉燭南窗趕寫書。（同上其十八）

不過，與此同時，他的思想矛盾非但沒有得到解決，反而因爲參加了實際的行政工作而日漸加深。早在二十年代的末期和三十年代的初期，他是不想逃避而不得不逃避；但到中日戰爭期間，他却是想逃避而不能逃避：錯綜複雜的思想矛盾始終糾纏着他。試看他的另一首七絕，就可見他是如何在歧路上徘徊：

當年愛讀菩薩戒，登堂喜見盧舍那；繞遍蓮台還自歎，入官入道兩蹉跎。（同上其十五）

一九四五年八月，中日戰爭結束。周作人因在戰爭期間與日本人合作，不能不負法律上的責任，以致身繫囹圄。翌年，由北京移送到南方。在從浦口渡江至南京下關途中，他寫了兩首「渡江」詩，說：

屬提未足禮施薄，日暮途窮劇可哀。誓願不隨形壽盡，但憑一葦渡江來。

東望漸江白日斜，故園雖好已無家。貪癡滅盡餘嗔在，賣却黃牛入若耶。

這兩首詩同樣充滿了思想矛盾。一邊是自歎「日暮途窮」，但另一邊又把自己的渡江南下，看作是千多年前達摩「一葦渡江」至嵩山少林寺過那九年面壁生涯的開始；一邊感慨於「故園雖好已無家」，但另一邊還是寄望於「賣却黃牛入若耶」。這樣的詩境，恰恰可以作爲他本人半生矛盾的寫照。

在南京，周作人居於老虎橋監獄，直至一九四九年初，才獲釋放。這段期間，爲了消磨永晝，他寫了許多舊體詩，其中依然交織着「叛徒」與「隱士」的精神，只是表現的形式較之他往日那些「平和冲淡」的小品文更爲隱晦罷了。

五　結語

周作人生活於一個充滿矛盾的時代，接觸到各種各樣的社會思想，「托爾斯泰的無我愛與尼采的超人，共產主義與善種學，耶佛孔老的教訓與科學的例證」，他都「一樣的喜歡尊重，却又不能調和統一起來，造成一條可以實行的大路」（「山中雜信」，見「自己的園地」），這正是他的精神苦悶的原因。他「酷愛和平，想以人類愛來推進社會，用不流血的革命來實現他的理想」（郁達夫語，見「中國新文學大系，散文二集導論」）；但他所處的時代、他所遭遇的社會都缺乏實現這種書生夢的條件。他在五四時代高舉着「個人主義」與「個性解放」的大旗，這在當時反對傳統束縛的社會思潮中是很有鼓舞力量的，也是符合大衆要求的；但是，時代的巨輪不斷前進，當中國社會要求作家們走出「象牙之塔」、投身於廣大的羣衆隊伍中間，找尋新的題材與發揮新的論點時，周作人却依然抓着那業已褪色的旗幟，還在高談「個人的趣味」，還在强調「尊重個性」，這不能不說是對於時代的一種「違礙」，也正是他的思想苦悶的根源。

周作人相當博學，但却缺乏高遠的眼光，以致對於週圍的客觀事物，未能作深入與精闢的分析，徒然高談微妙的哲理而反爲所誤，因此長期處於矛盾苦悶之中，並從而銷鑠了當日的聲光。

比方他研究日本的民情風俗，認爲日本民族富於「人情美」，這本來也很有道理；但是，後來日本人先後發動「九一八事變」及「一二八事變」，進兵東北，侵擾上海，周作人却對這些行動感到「不能了解」，最後甚至得出「日本文化對漢文化的反動」的古怪結論來，這就正由於他固執於日本民族的「人情美」，而忽視了當年日本軍國主義必須依賴於戰爭的本質。

古往今來有許多聰明的人物，自以爲眼光獨到，所以無論出處進退，都另有主張，不欲與時代的巨潮同其節拍，但到頭來却成了作繭自縛，劃地自囚，終於遠遠地被拋在時代的後面。這種情形，從周作人的半生矛盾中間，也就可以看得十分清楚了。

爵爺

洛生

一直到今日，世界上最尊敬貴族階級的人，還要算是英國人。

前幾年，倫敦有個大富翁，家財千萬，可謂富矣，但並不貴。有一次他打電話向倫敦某大旅館定個套房，旅館的管理人說：「對不起，客滿了。」

富翁怒極。隔了十分鐘，又再打電話給先前那家旅館，一開口就說：「我是史克維爾夫勳爵，請問有沒有套房。」

旅館的辦事人聽說是一個勳爵，連忙說：「有的，我們留給爵爺就是，不知爵爺幾時來。」

從此以後，富翁以史克維爾夫勳爵的大名向倫敦著名的飯館、夜總會定座，無往而不利，並且受到十二分的客氣招待。如是者二三年，沒有人知道他的爵爺銜頭是假的。

汪憬吾筆下的汪精衛

聞載之

番禺汪氏自汪芙生（琅）以後，汪莘伯（兆銓）、汪憬吾（兆鏞）、汪仲器（兆鋐）、汪精衛（兆銘）父子、叔姪、兄弟，皆以能文稱於時，憬吾爲芙生之從姪，與莘伯爲同曾祖兄弟，而與仲器、精衛則異母兄弟，憬吾長於精衛二十二歲（憬吾生於咸豐十一年辛酉，卽一八六一年，精衛生於光緒九年癸未，卽一八八三年，近人作「魯迅年譜」，謂精衛生于光緒十一年乙酉，誤），一爲亡淸遺老，一爲革命黨人，兩人身世志行逈異，民國初年，精衛偶歸粵，尙間有循例之見面，自精衛服官後，憬吾輒向人痛罵之，云其「專攬屎棍」，亦相避不見面矣。

曾見某君撰筆記云：民國某年農曆元旦，精衛踉蹌走告劉麻子（成禺），曰：我今天幾乎做了滿淸的遺老矣。劉問以故，精衛曰：吾去伯兄家拜年，兄方朝衣朝冠，北望叩謝「宣統」天恩，欲强余一同叩拜，幸急足走而免。以余所知，汪家之廣州豪賢街居宅，坐北向南，憬吾每年農曆元旦，必展拜其先人遺像於廳中，戴瓜皮小帽，馬褂長衫，必恭必敬，未聞見其著朝衣朝冠，余幼時附學於汪氏家塾中，見其少子幼女持水晶頂戴作玩具，余亦與焉，筆記之言，殆劉麻哥故作狡獪耳。時廣州文人好爲詩社、詩鐘社，張錦芳亦舉憬吾爲學海堂學長，劉麻哥「廣州雜事詩」謂：憬吾校閱卷課時，每遇「儀」字，必加四方圍於上，則誠爲事實，其投卷應課者，往往持示精衛取笑爲樂也。

精衛爲庶出，出生時，其父已六十歲，生母又早死，故憬吾以伯兄教之，養之，曾見憬吾「微尙老人自訂年譜」記載與精衛之關係，有如下之記述：

「光緒九年癸未，二十三歲，季弟生。」

「十七年辛卯，三十一歲，金滙老（引案：名武祥，字滙生，常州人，時任赤溪廳同知，憬吾在其幕中，刻有「粟香叢書」，民國十三年甲子卒，年八十四。）丁外艱交卸，余趨侍府君四會縣幕，命課仲、叔、季弟讀書。」

「十九年癸巳，三十三歲，府君客陸豐縣幕，病甚劇，道遠乏人侍奉，居停爲漢軍啓壽（引案：字佑之，張之洞督粵時，曾派其監理開端州硯坑事，佳硯多在其手。）邀余主講龍山書院，以便侍奉，因辭四會幕，赴陸豐，書院距縣城南二里，余住院，越三日進署，一省府君，並敎授叔、季弟讀書。」

「二十四年戊戌，三十八歲，二月赴樂昌，仲弟留省敎讀，叔弟留省學幕，余挈季弟、六妹、妻兒一同首途。」

「二十九年癸卯四十三歲，仲弟於上年縣試第一，季弟府試第一，大兒考入武備學堂，二兒考入大學堂，現奉部文，各省大學堂學生，其生員准由堂咨送鄉試，文童准由堂咨送學院試，二兒上年未服闋，不能應試，去秋服滿，正月，奉部咨，二月，學使朱彊村祖謀按臨送考，榜發，取進正額第三名，與仲季兩弟同日簪花釋菜，一時佳話，余署門聯云：『玉峯雙秀；珠樹三英。』仲弟於二月十一日病歿，殤哉，因囑二三弟婦及季弟並姪宗湜同到余屋居住。」

「三十二年丙午，四十六歲，報載精衛起意爲革命之舉，來函自絕於家庭，並與已聘劉氏退婚。」

「壬子（引案：卽民國元年）五十二歲，辭樂桂鹺埠席，閉門不出。精衛至廣州，回家相見，余誓不任事。」

「年譜」記載二人關係止此，初書「季弟」，其後改書「精衛」，頗有「春秋」之書法也。

民國九年庚申四月，憬吾年六十，親友欲稱觴爲壽，憬吾乃避之，返山陰故里掃墓，歸途至上海，精衛偵知之，置酒於宅中，製大銀杯，刻「平生中酒此淸聖」七字，欵書「辛酉四月爲大兄大人壽，弟兆銘敬呈」字樣，滿注紹興酒，以爲獻壽，此七字憬吾得意句也，原詩題曰：「莘伯兄自汴中歸，許貽山西鵝黃酒，未至，詩以促之，用山谷寄元明觴字韻」，詩曰：「吹臺東風淡黃柳，未預勝遊同泛觴，買春遠自晉祠水，銷夏休負湟溪涼。平生中酒此淸聖，古昔飲醇當雁行，悠悠滿目渾不耐，一甁早爲湔肝腸。」詩爲光緒二十九年癸卯作，時莘伯赴河南會試不第歸，憬吾方客樂昌，故有此作。憬吾平日雖不喜精衛爲人，而老弟猶能記憶乃兄之句，不覺掀髯微笑矣。

越二歲，爲民國十一年壬戌，精衛返居廣州小東營宅中，時年四十矣，憬吾以端州小硯爲壽，所謂循例之往還也，並系以銘，曰：「磨兮，涅兮，無隳昭質兮，永硯斯石兮。舊藏小硯贈季弟四十壽，壬戌三月，兆鏞記。」此銘詞有訓誡其勿自壞品質之意，所謂做自己的文章，精衛得之不喜也。精衛係光緒癸未三月二十八日，生於三水縣署中，憬吾嘗語人云：先一年，余隨侍先君幕中，每夜輒聞一女鬼大聲哭叫申冤，時或飛沙走石，自精衛出世後，鬼祟寂然無聞，人謂其爲此女冤鬼託生。而精衛聲音、笑貌、態度、書法亦陰柔如女子，其然，豈其然耶。

江蘇省府與愚齋義莊

江詩遙

盛宣懷死後，遺下財產甚鉅（其一生所使出去的錢，其數決不遜於所遺財產之數的。而其所公開的遺產之數，也是要比實數打一個很大的折扣的。因爲這是與納稅和外界淸議有關的。凡是無確鑿文件可稽攷的現欵，珠寶骨董，以及妻妾子女的私房所蓄等，無可懷疑的是不被包括在所公開的遺產數字內的）。在他死後約五年，遺產獲得各直系親屬的洽議而作了處置。其妻盛莊氏（這位盛老太太以信佛和布施馳名，民國十六年前，上海是無人不知其名的）及子息五房，經由親族會議洽定，將盛宣懷的遺產共計銀一千一百六十萬零四十兩三錢八分八厘，作爲十成分配，其中五成由每房各得一成，另五成則設立公益慈善基金，其組織名曰愚齋義莊。義莊訂有莊規，並組織董事會以管理之。莊規訂明：由盛氏所撥捐的五百八十萬零三千餘兩，由生息和營運所得的收入，百分之二十作爲盛氏公用之費，百分之四十作爲盛氏公債，另有百分之四十則作爲慈善公益之用。

遺產分配的洽議，當時是經過「會審公廨」（上海華洋合組的司法機構）核準備案的。會審公廨諭派盛氏公親李經方（李鴻章之子）爲盛氏財產監督分配人。愚齋義莊的庄規及分析辦法，亦呈由會審公廨核準備案。

民國十年（一九二一），盛氏公親莊蘊寬以及江蘇省紳耆唐文治和張一麐、馮煦等，以盛家撥捐鉅欵爲公益慈善基金，義舉可風，會具呈江蘇省督軍齊燮元和首長王瑚，轉呈北京政府，是年十月三十一日，由大總統頒令給奬在案。

民國十六年（一九二七），北伐軍進抵上海，是年成立江蘇政府，忽對盛氏愚齋義莊發生興趣，於是便引致了查辦和接管的一套。盛家人當然其心不甘，又因爲上海租界的關係，以致糾紛迭起。當時，江蘇省政府所派查辦此事的特派員，是淸史專家孟心史（森，亦江蘇武進人。淸末民初會膺選爲江蘇諮議局和國會議員，與南通張謇關係頗深。晚年執教北京大學，七七抗戰後病逝北平），代理律師爲李時蕊。關於此案的經過詳情。「江蘇省政府特派員對於盛氏愚齋義庄案聲明書」及「代理律師向上海公共租界工部局抗議書」兩項原始文件，述之纂悉。爲欲敍明其事，最好是轉錄上述兩項原始文件。（按：盛氏愚齋義莊案，發生在距今三十多年前，知者已少，欲得原始文件全文更難。當年上海的「申報」和「新聞報」，可能會予節載，但今日在香港欲查三十年前的申、新二報，殊非易易。當年孟氏查辦此案時，會將上述兩頂文件的複寫稿一份，示贈家大人。該稿夾置於孟氏所著的「心史叢刊」中，該書幸爲我携至香港，上述兩文件之複寫稿以是得以保存於香港寒齋，今轉錄（部分節錄）以餉讀者。」

蘇省特派員孟心史聲明書（簡稱「聲明書」），共分八節。

（一）愚齋義庄概史（已畧述於上，茲從畧。）

「（二）省政府之查辦—江蘇省政府查閱接管文卷，得悉前開廨署。但自民十得奬以後，不聞該莊有何善舉益及社會公衆。正擬檢查核辦。適有農礦部司長吳培鈞具呈首府，以盛氏子孫將鉅額慈善基金分析入已等詞，請求查辦。首府據呈，特派心史到滬查辦，並委時蕊代理法律手續。心史等着手查辦後，即發現種種事實，證明董事會之溺職，至足駭人。徒以省政府主張寬大，不欲深究既往，玆則不容緘默矣。

「（三）董事會之溺職—心史等查辦中，查見該莊賑簿，關於慈善基金之用途，共十五欵。就中賑濟一欵，只第一年（民九至民十）有二十萬零二千五百五十九兩六錢六分；第二年（民十至民十一）有七萬二千六百九十二兩；第三，四，五，六年，多不過八千兩，少則千餘兩。而放生池（養魚龜蛇鱉）之經費，則年耗二三千兩。其『捐助』『年捐』兩欵，年耗萬金或五六千兩，多屬私人恩惠，無與慈善事業。尚有『津貼』一欵，每年六七千兩，皆屬盛氏姨太、管家、族戚、門客等私人周邮，與慈善事業更完全無涉。查該庄原訂庄規第十三、十四、十五三欵，指定慈善基金用途爲賑撫饑饉、水災、旱荒、疫癘、地震、天災及藏書樓經費、廣仁堂經費等項。乃該董事會不依庄規所定，擅將慈善基金用於崇奬迷信及私人恩惠之事。其餘施衣、施藥、義渡、旗民捐、棲流所、育嬰堂、恤嫠所等各欵，雖屬慈善公益性質，然皆與庄規所定不符。其支出方面，違反原設立人之意思，已無可諱飾。至收入方面，該庄財産以漢冶萍，招商局股票爲大宗。

漢冶萍股票十三萬三千九百九十股，票面每股五十元，併計爲七百六十九萬九千五百元。民九分析時，減折估價爲二十八元至三十元，併計合爲二百六十九萬八千三百八十七兩九錢二分。（筆者按：義庄財產以銀兩爲單位，故化元爲兩）招商局股票一萬一千股，每股估價一百七十三兩，併計爲一百九十萬零三千兩。至民十六年，漢冶萍股票低減至每股六元，較原估價值減去五分之四。招商股份低減至每股六十兩，較原估價值減去三分之二。該董事如能恪恭厥職，在兩公司股票跌落中，以最大股東地位，應積極整頓公司，提高股價，萬一無法整頓，卽應消極變換產業，照庄規第十一欵之規定，早爲處置，以保存基金。乃始終坐規不理，致兩公司四百六十餘萬之鉅產，變爲一百二十三萬八千八百三十六兩八錢之微值。義庄產業坐耗三百三十六萬二千五百五十一兩一錢二分之鉅額。事之可爲太息痛恨，孰有過於此者？該義庄代理人盛澤丞、狄巽公於十六年十二月一日，具狀臨時法院，請求分析。狀詞內有『前愚齋義庄董事會會長因管理困難，提議變更辦法。又稱是項財產，自莊太夫人故後，卽無人能勝管理之任。又該財產本以漢冶萍，招商局股票爲大宗，近數年來，孳息毫無，卽其他不動產，亦無相當管理之方法。況徒擁虛名，遇有公共必要重大之需用，仍屬點金無術』等語。是董事會之不能勝任，該代理人等亦能痛切言之，署無匿飾。但彼等只爲私人利益計，因董事會溺職而請求分析，各自分管。公有慈善基金，則非被等所欲過問也。」

「（四）莊規失效—民國九年二月十一日，盛氏五房及公親族長，暨監督分配人李經方等，共同訂定庄規四十二欵。其財產爲五百八十萬兩之總額，總額中十分之六仍屬盛氏私有，一經分析，則庄規已全部不能適用。再具體觀察庄規第一至第七欵，爲聲敍提及分產之事實，只供時隨參攷；其第八第九兩欵規定義庄財產數額；第十至第十二欵，規定義庄財產之保管及孳息之分配；第十八至第二十三欵，規定六成入欵之處置及其事業；全因該董事會及盛氏子孫請求分析，事實變更，而根本失效。只餘第十三至第十八欵，爲規定四成慈善事業之辦法，尙能巍然獨存。而二十四欵至三十九欵，關於董事會內容之規定，又因第十欵至第十二欵失效而失其根據。第四十欵至四十二欵，爲全章之附則，無關大體。全部庄規四十二條，根本失效者已三十有六，寥寥六欵何足以支持其存在？故此項庄規，只能供事實上之參證，不復能生法律上之效力，此爲省政府所確認者也。」（筆者按：所謂請求分析。卽請求法院批準將愚齋義庄中百分之六十財產，改歸盛氏氏五房子孫分得。）

「（五）董事會消滅」。「聲明書」內認爲該董事會依規章、依情理，俱不應再存在。「事關公共利益，寧有仍聽才不勝任，法律失據之董事會依舊把持，繼續浪擲坐耗之理？此又省政府所不敢怠忽者也。」

「（六）特派員與董事會之協議—省政府派心史等查辦中，該董事等於本年（民十七）一月下旬至二月中旬，就於義庄分析財產，掉換藏書樓圖書入公，莊太夫人頤養費分撥各事，迭爲書面及口頭之具體協商。關於四成財產之管理，亦經心史等將省府意見鄭重聲述。該董事等均欣然樂從，迄無反對。二月五日將愚齋義庄財產分配淸冊查照。議定結果，抄送前來，雙方分呈首府，法院，聽候核示。二月八日省令，準將六成分析；同時聲明四成財產另定辦法。五月二十一日，省府決議又明定派員另接收四成慈善基金。並明白規定，四成慈善基金分屬公有，與盛氏完全無涉，由省府訂定保管規程，組織保管委員會，負責保管此項議決及辦法。經令行臨時法院於六月七日送達愚齋義庄遵照。該董事等，並未於行政訴願法訴訟法所定六十日之法定期內，提出訴訟或訴願，足證明確無異議。及省府令派心史等照案接收，乃突然翻異，並用種種非法手段，冀阻省令之執行，至假借外力而不惜。此省政府所意想不及者也。」

「（七）本案在法律上之觀點—愚齋義庄成立以後，由前江蘇省政府據呈，專案向中央政府請奬。是本案原屬省政府主管之件。上海特別市政府成立後，租界尙在市政府區域之外，而臨時法院仍隸省政府管下。查該義庄在臨時法院管轄範圍。省政府派員查辦後，該義庄始終遵奉省令，並無違異。故省政府爲本案法律上之主管衙門，臨時法院爲本案法律上之審判衙門，均屬責無旁貸。（下畧）」

「（八）省政府今後之處置—省政府因該董事狄巽公等，憑藉外力，抵抗法令，已將義庄所有財產擇要封存，以防散失；一面根據監督職權，斟酌設立人意思，明定保管規程，愼選保管委員，妥愼保管。關於保管規程之大意，據心史等所知，乃當尊重捐建人之意思，將四成基金全部用充慈善公益，決不收歸省庫，或供其他事業之用，但關於崇奬迷信及私人浪費，則不得不予以糾正。此心史等所願鄭重聲明者也。」

以上是江蘇省政府特派員孟心史及代理律師李時蕊所公開發表的聲明書。他們另有一份向上海公共租界工部局總董費信惇（英國人）所遞的「抗議書」，係由代理律師出面者。

抗議書首段說：「茲代表江蘇省政府及其特派員孟心史，因貴局於中華民國十七年（卽西曆一千九百二十八年）十一月六日，命令在上海租界臨時法院服務之法警，違抗臨時法院命令，不送達法院命送之諭單，且將原諭單繳回法院之事件，對貴局提出抗議，同時爲如左之聲明。」（筆者按：一九二七年十月三十日，上海臨時法院會發出給與盛氏愚齋義庄董事狄巽公等諭單一件，命將所保管的四成慈善基金交由江蘇省政府特派員接收。當時公共租界派駐臨時法院的法警，接奉工部局的命令，拒絕將那份諭單送達收件人，並且將諭單原件繳回法院。因爲盛氏愚齋義庄的辦事處設於上海公共租界內，董事等亦居於租界，公共租界行政署的工部局如不與江蘇省政府及臨時法院合作，省府與法院就無法能施行接管四成基金之決定。）「抗議書」繼作聲云明：

「貴局對於臨時法院之任何關係，當以民國十五年（一九二六）八月三十日江蘇省政府代表與各國領事間簽訂之收回會審公廨章程爲根據。依該章程第四條，臨時法院之傳票拘票命令，應由司法警察執行；此項法警由工部局警務處選派，但在其執行法警職務時，應直接對於法院負責；凡臨時法院向工部局警務處所需求，或委託事件，工部局警務處應即竭力協助進行等語。是貴局對於法院所需求或委託，有竭力協助之義務。法院所需求或委託之事件，其責任由法院負之，與貴局無涉。派往法院執行司法警察事務之人員，尤應直接對於法院負責，貴局不能於法院命令外，別以他種命令，防碍其職務之進行。乃貴局於此次事件，突然命令執行職務之法警，違抗法院命令，對於發交送達之諭令，不予送達，於前開章程，顯然違背，在他種法律慣例，亦毫無根據，此種違背章程之行爲，其結果直接防碍法院公務及其職權，即間接防碍省政府公務及其職權，對於本件有發生不易計算損失之危險。因本件法院諭令，係遵奉省政府命令，對於盛氏愚齋義庄財產久經確定之四六分析案，命令無權管理之董事狄巽公等，將管份所屬公有之四成慈善基金，交省政府特派員接收，以便依照另定規程，組織委員會接收保管。完全出於省政府愼重公產之合法職權行爲，於工部局或任何洋商，不發生利害關係。現查應予接受之公有慈善基金，爲數頗鉅，該基金全在已經撤廢而未經政府核準之前董事狄巽公等私人非法管理之下，既無管理規程，亦無用途規定，又無責任限制，該鉅額公產隨時可發生絕大之危險。省政府爲保全鉅額公產計，不得不求本件之迅速進行，乃遭遇貴局非法之阻碍，致使狄巽公等非法管理之狀態，由此延長。在此延長期間，該公有慈善基金若發生何種損失，以及因延長接收時間所生之費用，均應由貴局負完全賠償之責，省政府候將來查明損失費用之確數後，即將依法向貴局請求履行。此乃貴局在民事法上對於江蘇省政府應負之責任。特由本律師代表通告，敬祈查照。此致工部局總董費信惇先生。中華民國十七年十一月十日。」

關於本案各情，已具見上引上述之文。對於本案的感想和批評如何，我想讀者自有評判而毋庸我多言的。

思舊錄

·蔡雲·

汪優遊善演劇，曩年在上海新舞台演「閻瑞生」，飾閻角神情活躍，哄動一時，著「九尾龜」說部之張春帆亟賞之，是劇會複觀六七次之多，以錢芥塵之熟識優遊也，某晚乃邀芥塵同觀，劇未終場，請芥塵書一便條，囑案目持送後台，約優遊於劇終一叙。既而案目覆告曰：「汪老闆定席於左鄰某肴館，請二公於散場後前往，以圖良覿，並謀一醉。」春帆芥塵赴約，而優遊卸裝盥洗，趨至較遲，至則頻致歉仄，而芥塵爲春帆紹介，互述相慕之忱，蓋優遊亦擅小說家言，有所作署名仲賢，極刻畫生動之能事者也，春帆翌日於「晶報」大捧之，曾幾何時，優遊春帆，先後下世，而二公均予故交，一昨聆芥塵談此，不勝山陽聞笛之感。

偶於「子曰叢刊」閱連城君所撰之「梁鴻志生前死後」一文，甚爲詳瞻。會謂：「梁於民國七八年間，娶靑樓女子麗雲，民國十四年離異，麗雲後嫁杭州宋某。」但予於舊時「晶報」見捫蝨君之「麗雲小史」，謂：「麗雲初名雲玉，曾適杭人宋聃生，居無何，雲以厭倦之滬，宋則以捲逃控諸官，訟不得直，雲仍爲墮溷之花，會走京師，依黑皮老大以居，交部陳二驚其貌，格於閫威，不敢逞。時梁衆異方以公言報記者，兼段芝貴衞戍司令秘書長，羨黃秋岳之納北妓梁翠芬也，因亦納雲。今春，愚客瀋陽，過攝影肆，見有麗人放大影片，與張雨亭之影儕立於門，諦視之則雲也。丰韻猶昔，而芳華已非，愚以爲雲殆借梁終老矣，孰知其中道仳離耶？」由此可知麗雲乃先嫁杭人宋某，後充梁之下陳。連城云云，恐傳誤矣。

包天笑先生曾遘雲於海上跑馬廳對面之民影照相館，謂雲面頗白皙，而多雀斑，極蕩佚不覊。

好惡不能盡人而同，予購得林紓「畏廬文集」，讀而好之，諸山水遊記，猶神肖柳州，爲近人所不可及，然武進劉脊生却不以林紓文爲然。如云：「閱林紓韓文研究法，庸陋可笑，馬其昶爲序以張之，殆所謂性不絕俗者邪！」又云：「文無學識，殆不足覺觀，林紓之倫，便爲盜名者。」鄙棄如此，抑何其甚耶。

蘇州的舊式住宅

李菊

二千年的蘇州城

蘇州城有闔閭城之稱，原來城牆是春秋時代吳王闔閭所建的，到今已有二千多年的歷史了，水木淸嘉，物產富饒。在舊日凡巨宦碩賈，名流耆宿，都喜在蘇州營一家庭與園林相結合的住宅，作爲菟裘之計，如李印泉闢闕以養母，章太炎與湯國梨夫人在錦帆路畔購屋偕老之所。湯夫人有詩：「不是陽澄湖蟹好，人生何必住蘇州。」實則她愛好蘇州，勝於故鄉吳興，欲突出特殊產品，故作是語罷了。其他如南社詞人王均卿築辛臼簃（他別署新舊廢物，把新舊兩字拆掉一半，成爲辛臼），沈秉成在婁門小新橋巷築耦園（現已修葺一新，公開供人遊覽）。顏料商人貝潤生斥貲一萬元，買下「獅子林」廢址，却花了三十萬元加以整理，又楊洪源購明代申時行宅於景德路，大加葺造。諸如此類，不勝枚舉，上海研究古代建築的專家陳從周特地赴蘇，耗了很長時間，攝取了許多住宅照片，影印「蘇州舊住宅參考圖錄」，的確是很有意義的，可惜遲了若干年，有許多有名的住宅，子孫式微，傾圮荒蕪，無復存在了。

蘇州的故家喬木

前賢所謂：「故家喬木」，在蘇州可以說是很習見的。我早年在蘇，住城中鈕家巷袁氏宅，隔弄天井中一顆黃楊，高逾重樓，黃楊厄閏，是很難高長的，高逾重樓，就非四五百年不可。這所房子是明代建築，所以有這修柯巨幹的點綴。原來數百年的舊宅，在蘇州是不足爲奇的，有些住宅，裏面還有戲台、家祠、義莊等等，一般庭院閒，都有花壇，小山叢桂，更爲普遍，所以一到仲秋，眞有某詩人所謂：「木樨天氣滿城香」之概。因爲「桂」和「貴」諧音，加之應試及第，名登桂籍，都是封建時代的人士所欣羨樂慕的。又有栽些玉蘭、海棠、牡丹等，牡丹豐蔚穠艷，有富貴花之號，合稱之爲「玉堂富貴」，無非滿足那班功名富貴思想的人而已。

那些所謂閥閱之家，不必登堂入室，遠遠一望，已可知道。特點是門前有旗杆豎立着，屋脊的兩端塑着伏鷄型的東西，尋常百姓家是沒有的，鷄有張喙的，有不張喙的，張喙的，那是一二品大員，才有資格居住，不張喙的，那就官職較低的了。

天井走廊多籮籮

牆門大都並着六扇，黑漆的，對面有照牆，有隔着河的，稱爲隔河照牆，照牆上綴着許多鐵環，那是便於來客繫馬的。轎子來，也可停在照牆前的一片空地上，空地相當寬廣，逢到喜慶，數十四馬數百肩轎子停留着，還是綽乎有餘。這樣才算有排場，增體面，人們稱蘇州人爲蘇空頭，便是對于徒講表面，不求實際的譏諷。有些外强中乾的，暗地典質東西，那空架子空場面還是硬搭着，不肯放下。

一般的住宅，一進門，便是三開間的門房，中間爲走道，兩旁是司閽者的治事食宿處，進去是大天井，天井進去爲轎廳，主人家的轎子平時擱置在那兒。過轎廳又是天井，天井進去是大廳，爲男賓款待處所。大廳進去又是天井，天井進去爲女廳，爲女賓款待處所。女廳後又有天井，過天井才是上房，普通賓客是不到的。上房後爲天井，過天井爲下房，乃傭僕所居，那就草率簡陋，和前面富麗堂皇的陳設，就大不相同了。下房後面爲廚房，所謂大籠小籠，都在那兒，當時美術家顏文梁繪了一幅油畫「廚房」，曾出國展覽，得沙龍畫會的獎狀。顏文梁是蘇州人，畫的即是蘇州舊住宅的廚房，廚房後面爲園圃，舊小說中老一套的情節「私訂終身後花園」，便指這兒而言。園圃後面往往臨着河濱，自備船隻，可以從後門乘船外出。在舊禮教束縛下，男女防範很嚴，因此有做了幾十年的老司閽，始終不知道女主人生來高矮，漂亮還是醜陋的。原來內眷乘轎子，在女廳上轎，轎帘一遮，直抬而出，還家時也是這樣，司閽者沒有省識春風面的機會，如果乘船，從後門出入，那更環珮杳然，不必談了。以上所說的是正落的屋子，還有旁落的東西花廳，南北書房，以及附屬的建築物，所以一所住宅，動輒一二百間，平日往往空閒着，歲時令節，或婚喪喜慶，才舉行打掃，全部開放。正落旁邊有一直通到底的長弄，以便出入，稱爲避弄，如果廳堂宴客，傭僕及閒雜人等出入，客人是不見的，全宅四周的牆壁築得很高很厚，一可以防風，二可以防火，名之爲風火牆，這樣可以傳諸子孫萬無一失。

蘇州最有名的舊住宅，據我所知，如和袁世凱攀兒女親的天官坊陸宅，係明代王鏊的巨第，在蘇州所有的住宅中佔地是最廣的了；又南石子街潘宅，爲潘祖蔭故居，屋宇明爽，裝修精緻。裏面有花園，園中有賜珍閣，爲珍藏御賜物品的所在，更爲佳勝；鐵瓶巷顧宅，乃畫苑祭酒顧鶴逸所居，後通尙書里的怡園。海內負盛名的過雲樓藏畫，卽在宅中，樓前爲艮庵，庵後有五嶽起方寸軒，庭前有五奇石，嵌空嶙峋，因有此名。潘宅顧宅，我早年都到過一二次，至今頭腦中尙有些兒印象。

魔窟餘生記之二

日軍在上海的集中營

美國鮑威爾原著
魯揮戈摘譯

接着，一個憲兵拿出了一張印就的表格紙，向我詢問了一些有關國籍、姓名、住址、年歲生日以及其他某些私人的事，他將我的答語一一記錄於表格紙上。詢問畢，他命我在表格紙上簽名，並捺手印。

這初步例行的問話手續做完後，我被帶去樓下的囚禁所在了。當我的雙目在相當時間後能適應黑暗時，我見到前面是一排排的囚室，耳內並聽到軟弱的呻吟聲。我先被帶到看守長的桌前，在他桌旁的牆壁上，滿懸着一根根的木籌，每條木籌寫着囚人的姓名。其中很多人的姓名是用中文寫的，這顯見被囚在這兒的中國人不少。有不少木籌上的文字是英文，可見外國人被拘囚的，爲數也相當可觀。桌子另一旁的牆壁上，懸有一條條大小不一的鑰匙。押解我的那個憲兵，從壁上取下了一條鑰匙，然後將我送進了一間囚室去。囚室門的中央處有一個六吋見方的空洞，食物可由此通過而進入室內。這個洞另有一項用途，遇有囚犯被認爲違犯獄規時，獄卒便命那人走近門處立定，然後將拳頭伸入去猛打那人的頭面部；如果囚犯遲遲而行，或有閃避的情事，獄卒便開門進室，將那人拖至室外的甬道上，或拳脚交施，或用木棍亂打一頓。所以，在囚所內，如不迅速遵奉獄卒的命令，總是要吃大虧的。

囚室內人多得使人呼吸困難，人多室小，連可以就地而坐的空處都沒有。我進囚室後，正在找尋可以置身之處時，一個先我而在美國人梅耶（荷里活美高梅電影公司老闆梅耶的兄弟）發見到了我，叫我走去他那兒。梅耶坐在室的一角的地上，我從人隙中走了過去。梅耶請左右的兩個中國人略挪移身體，騰出一個僅够容身的空位給我。感謝梅耶和那兩位中國難友的盛情鼎助，使我獲得了一個舒適的佳座。我之所謂「舒適」，是說我能够背靠牆壁而坐，這個位置當然要比挺直上身而坐在室的中央處地上佳得多了。我所在的囚室約十八呎長，十三呎濶，如將囚徒排列成行，最多可容二十至廿五人就地而坐。可是，在我居於那間囚室的時期內，它經常容有四十人之多，以致一些人在晚上只能直立着過夜。從這點上來說，先來的人是佔到大便宜的，讀者諸君由此也可知道我的座位是如何的佳了。

以間諜罪被審訊

一天早晨，一個憲兵來囚室帶我去至樓上的一間房受審問。我被命寫一篇詳細的自傳，時日必須清楚而不可遺漏或含糊，尤其是我自一九一七年春至中國後的經歷，更必須詳盡記述。像這樣的「自傳」，我前後奉命曾寫過十多次，每次都被譯爲日文，由問官就我所記述的事中提出一些問題來向我嚴詰。審訊我的是一個姓山本的憲兵中尉，英文程度不佳，而擔任譯員的那個日本人，英文程度更差。最後，他們似乎也知道了譯員的英文不行而有碍審訊的進行，才找來一個曾在三藩市居住過的日本人做舌人。

審問幾乎每天進行，從一九四一年十二月二十日起，一直進行到次年的二月間，方式和所問的話總是老一套。觀他們的意思，似想以間諜的罪名來羅織我，指我與美國或英國的情報機構有關係。有次，山本中尉嚴厲指責我曾接受美國駐滬海軍武官威廉姆少校的大量金錢津貼。山本中尉說，不管我如何否認，他們已從威廉姆少校的私人信札中獲得了確鑿的證據。我告訴他們，我的確經常和威廉姆少校晤談，但我總是以一個新聞記者身份和他談論中國以及遠東局勢的發展問題，我從未受過他一分錢的津貼。後來，他們又想把我和英國的情報機構聯繫起來。但抱歉得很，我對於英國情報機構的知識太少了，甚至連其在遠東和上海的負責人員的姓名都不知道。日本憲兵也知道在這方面實在問不下去了，於是才不再指控我與英國人有關。

可是在別一問題上，他們却不放鬆我，連續盤問了我好幾天。事情是一九三七年的夏季，我曾去舟山羣島旅行，回滬後寫了一篇文章發表，預測日本海軍如欲在上海至香港間的海岸線發動戰爭，必先佔領舟山羣島以爲基地。三兩月後，中日戰爭發生，日軍果然佔領了舟山，我的預測成爲事實。這項預測本不希奇，稍研究軍事，地理和當前局勢的人，會講得頭頭是道的。可是，日本憲兵却據此而指我是間諜，刺探情報，洩漏日本海軍的軍秘。他們就憑這點而指我是久已有心與日本爲敵的人物。我想，所有被拘的英美新聞從業人員，都會遭遇到同樣的審訊，因爲在日本人眼中看來，所有外國的新聞界人員，尤其是採訪記者，都必定在暗中爲其本國幹情報刺探工作的。

我的全部聲述供詞都被譯成日文，記錄在一張張的散頁上，裝訂成冊。他們命我在末頁上簽名和捺指紋。我常要求他們將日文的記錄之大意譯講給我聽，我發覺到記錄中有很多的錯誤或歪曲，可是我却不能不簽名和捺手印。我的全部供詞共被裝訂成六厚冊，不可不云洋洋大觀了。

天皇神聖不可侮

一次，一個兇惡的憲兵士兵，用厚重的手掌，連連猛摑一位中國女囚的面部，打得她的雙眼紅腫得終無法張開，面孔發炎而不復能辨認。她的丈夫是一位大學教授，被認爲抗日的間諜，他們用酷刑廹她說出她丈夫的所在，可是，她寧受酷刑，唯求一死，而始終不肯說出丈夫現在何處。他們於是天天痛毆她，她幾次死而復甦，終不肯吐實。

主審我的憲兵軍官，拿出了過去數百期的「密勒氏評論報」，檢出很多篇文章，要我作解釋，並答復他們所提出的問題。我對於那些文章，多能說明寫作時的環境和背景。最有趣的是他們檢出近期的一篇文章，向我嚴詰。那是一篇短文，內容是說上海租界內的汽車，近來失竊頻頻，爲數甚衆，那些被竊的汽車都轉入到正準備在越南發動軍事的日本陸軍之手。他們問我這消息從何而得。我說我得自租界巡捕房和保險公司人員之告，但我却拒絕說出告我之人的姓名，他們又問我爲何要寫這篇短文。我說因爲我對近來汽車大量被竊的事特感興趣，因爲我自己的一輛汽車也被竊走了。他們對此醜事，總算沒有繼續追問下去。

刊載在「密勒氏評論報」內的文章，很多篇是被日本憲兵認爲有問題的。其中有一篇，更被他們視我爲罪無可逭。那是轉載自紐約「先驅論壇報」的一篇文章，原作者曾任東京出版的英文「日本廣告雜誌」的編輯。該文說，東京有某軍官擬推翻天皇而建立仿效德、意的法西斯政權。主審我的日本憲兵軍官堅稱該文對日本皇帝意存侮辱，而我竟予轉載，實已構成「大不敬」罪。

另有一篇文章是我們在九年前的一九三二年，自一份中國刊物選譯轉載的，該文稱「滿洲國皇帝」溥儀乃「傀儡的傀儡」，蓋溥儀爲日皇昭和的傀儡，而昭和（裕仁）又爲日本軍部的傀儡。日本憲兵以往對我們無可奈何，今日要算舊賬了，指我犯有對日皇大不敬之罪。（譯者按：抗戰前某年，上海「新生週刊」登載了一篇「閒話皇帝」的小品文，曾經提及日皇裕仁，並無若何侮辱之處，可是日方却聲勢洶洶，不肯罷休。當時的中國政府廹於日方之威脅，只好下令不準「新生」繼續出版，並將「新生」的主編杜重遠送交法院，判罪入獄。「密勒氏評論報」雖曾刊載過被日人視爲有敵意的「大不敬」文字，但因該報爲美國人所辦，當年日本人只好暗中記恨，不能以對中國人者對美國人。）

日本憲兵（其實乃是所有的日本政軍當局）總是認爲這類的文字是有敵意，具危險性而可構成嚴重罪名的。假如他們能實現太平洋戰事初期的那種狂妄的幻想，至華盛頓白宮廹令美國簽訂城下之盟的投降和約，我深信將有成千累百的美國政論作者，新聞從業和漫畫家會遭殃而被他們一一治以重罪的。美國的漫畫作者給羅斯福總統畫了一幅像，登載在銷行數百萬份的刊物上，那幅像完全醜化了總統先生，而居然照登無阻，那份刊物沒有遭到絲毫的任何干擾，羅斯福總統閱後也只一笑置之。這樣的事，日本人是完全不能理解的。

張冠李戴人遭殃

橋頭大廈內拘囚的人，多至不可勝計，各個國籍和各式人等俱有，其中居然有很多不滿十五歲的男女孩子，他們和她們多是正在中學校讀書的青少年。

日本憲兵的濫捕人，往往造成許多不可原諒的錯誤。某日，六七個憲兵把一個滿臉忿怨不平之色的英國紳士拖進了我所在的那間囚室。他的衣服很多處被撕破，這可見他在被捕時曾經作過劇烈的掙扎或抗拒。待他在久久後情緒稍趨安靜時，我向他詢問姓名和被捕的經過。他說他是上海電力公司的英藉總工程師，他發誓從未寫過什麼談論時事或研究日本問題的文章，「可是，這班魔鬼們硬指我專寫敵視日本帝國的文章。我就是因這罪名而被捕的。」

稍後，我才明白這位英藉工程師的姓名是W・R・戴維斯，他被日本憲兵誤認爲R・W・戴維斯；後者乃是上海一位有名望地位的英國人，是上海歷史悠久而具權威性的英文「字林西報」的總經理。其實，在十二月八日前，那位總經理已離滬而去了香港，於是這位工程師在張冠李戴下遭殃了。我們發覺其錯誤後，認爲此事頗有趣。可是，這位英國工程師紳士，並不是一個能夠看得開而隨遇而安的人，他認爲此事毫不有趣。他被拘囚後沒有幾天就被釋放了。第一因爲日本憲兵也察覺錯誤；第二，當時日本人爲了能使公共租界內各項公用事業照常維持下去，需要原班人員繼續供職，決定暫不拘捕各項公用事業機構中的英美藉職工，這位紳士是電力公司的總工程師，一時更少不了他的服務。這第二原因實是他被釋放最主要的原因。我們須知，日本人—尤其是憲兵—並不是能改正錯誤而善自補過的人。

有一個中國男人被送進了監獄來，大概他已喪妻，一向父子相依爲命，所以，他把他的那個只有三歲的兒子也帶了進來。那個孩子終夜哭喊，聲聞全獄，聽來令人既心煩，又心酸。三歲幼童都要坐牢，眞凹是人間何世了！

洪憲紀事詩本事簿注

劉成禺遺著

劉禺生此書詩稿，在袁世凱死後，陸續寫成，曾在報刊披露一部分。後來禺生以詩句過于抽象，若干讀者，領會綦難。乃廣搜資料，分別牋注。並與朋輩互相商榷，補充訂正，務期事有本源，週詳昭實。民國十一年，本事簿注，全稿完成。續有所知，隨時修訂。民國二十五年春間，逸經文史半月刊在滬出版，禺生供稿連載，直至翌年八月十三日，滬上抗戰開始，逸經停刊，計出版一年有半（出版三十六期），全稿僅刊十之七。其後禺生入蜀，公餘復將全稿重訂。抗戰末期，禺生七十壽辰，旅渝諸友特將全稿付印，以資紀念。渝州地處西南，交通不便，非常時期，人力物力，兩受限制，印書不多，流播難廣。日寇降伏以後，又未再版。各方文友渴望閱讀，無從羅致。本刊多方設法，覓得原書，絡續轉載，並請遜伯先生於書中牋注中人名史事，畧加說明，藉供鑽研近代中國政治史事者參攷。讀者如有補正，尚祈寫示，俾得將來編印單行本時，一併附入，以臻完備，想亦讀者樂予贊助也。

孫序

令春，總師同粵，居觀音山粵秀樓，與禺生、少白、育航茗話榕陰石上。禺生方著洪憲紀事詩成，暢談新安天會劇曲故事，予亦不禁啞然自笑。回憶二十年前，亡命江戶，偶論太平天國遺事，坐間犬養木堂、曾根俊虎，各出關于太平朝之東西書籍，授禺生譯著，年餘成太平天國戰史十六卷，予序而行之。今又成洪憲紀事詩，幾三百篇。前著之書，發揚民族主義；今著之詩，宣闡民主主義。鑑前事之得失，示來者之懲戒，國民庶有宗主，亦吾黨之光榮也。民國十一年三月，孫文敍於廣州粵秀樓。

遜伯注：少白，即陳少白，廣東新會人，與孫中山、楊鶴齡、尤列，同爲中國革命運動醞釀時期四大寇。創辦香港中國日報，爲中國革命報刊元祖。育航，即馬育航，廣東陸豐人，陳炯明親信，現代小提琴家馬思聰是其兒子。江戶，是日本東京舊名。犬養木堂，即日人尤養毅。

章序

僭僞之主不能無匡國功，而親莅行陳其要也。袁氏仕清，權藉已過矣，不遭削黜，固不敢有異志，趣之者滿洲宗室也。于臣子爲非分，于華夏爲有大功。志得意滿，矜而自帝，卒以覆滅者何哉？能合其衆而不能自將也。夫力不足者，必嘗於禨祥小數。袁氏晚節，匿深宮，設周衞，而不敢出。所任用者，皆蒙蔽爲姦，神怪之說始興。以明太祖建號洪武，滿清獨太平軍爲勁敵，其主洪氏也。武昌倡義者，黎元洪，欲用其名以壓塞之，是以建元曰洪憲云。袁氏既覆，其佞臣猛將尚在，卒亂天下。今日無有言袁氏之功者矣。然其敗亡之故，與其廹切而爲是者，猶未明於遠近。國史虛置，爲權貴所扼，其詳不可得而書之。武昌劉成禺禺生者，當袁氏亂政時，處京師久，習聞其事，以爲衰亂之迹，率自稗官雜錄志之，然見之行事，不如詩歌之動人也。於是爲洪憲紀事詩，幾三百篇，細大皆錄之。詩成示余。其詞瓌瑋可觀。余所知者畧備矣。後之百年，庶幾作史者有所攈拾，雖袁氏亦將幸其傳也。民國八年孟夏，章炳麟序。

題詩

劍川　趙　藩

忍聽東風杜宇聲，新華春夢未分明。羣雄滇海張拳起，四友嵩山掉臂行。殿上君臣神慘淡，燈前兒女淚縱橫。如何舉世歌功德，不抵西人一字評。

怒罵何如嬉笑陳，劉郎也算有心人。軍書頗已嗟旁午，雜事還同寫秘辛。一德格天揮閣牓，五經掃地拜車塵。不堪最是諸名士，僥倖埋頭脫鬼薪。

遜伯注：趙藩，字樾邨，號石禪，雲南劍川人。前清舉人，在四川服官多年。岑春煊、李根源、周鍾嶽等均其弟子。護法之役，代表唐繼堯到粵，出席軍政府總裁國務會議，並任交通部長。生平著作，以詩聯見長。

題詩

湘陰　陳嘉會

滄桑閱罷百憂並，欲紀遺聞月旦評；却把南

狐東馬意，新詩寫擬玉溪生。

蜉蝣託命原朝暮，魑魅窮形雜異同；志怪好憑麟角筆，不須瘢垢與芟鋤。

天崩地陷空豪語，墓上征西吏盜名；堪笑當塗矜讖緯，六張五角未分明。

四輔當時自謂賢，遺規猶是鳳凰年；長安社裏同兒戲，白狗丹鷄亦可憐。

丹書鐵券竟何存，佐命元功痛帝閽；位極人臣多蹇剝，最難開卷泣煩寃。

呼朋引類起羣奸，倘把欽鴉擬鳳鸞；獨有孫郎差可恕，悔將鞍馬事曹瞞。（孫毓筠有自悔書）

第一仙人得得來，錦披曾許到蓬萊；如何洹上萋萋草，不及分香望雀臺。（項城臨死，手刄一姬，附葬墓側。）

火色鳶肩年少新，不遑念及歲寒新；可堪遺老頭如雪，五百金來頌聖人。

華陽居士稱眞隱，一代申屠著節操，古寺蕭蕭見朝簿，當前誰唱月兒高？（蜀喬茂讓先生隱居北京法源寺，施愚持參政院名單至，有先生名，以衰病謝絕。强剜一姓爲王樹枏。此事關係一代名節，特爲揭出。）

當年我亦同張儉，今爲遺山纂史亭（余爲寫歲寒詩思圖）；莫笑劉生是風漢，一篇傳誦萬人聽。

遜伯注：陳嘉會，湘陰人，國會議員，護法之役，會在廣州出席非常國會會議。喬茂讓，名樹枏，四川華陽人。前清舉人，官至學部右丞，轉左丞，兼京師法政學堂監督。

龍飛河北據幽燕，八十三晨大寶傳，一代興亡傳故事，史家記曰代編年。

袁籍河南項城，發軔天津李合肥幕下。朝鮮一役後，任山東巡撫，手練新建陸軍，爲晚清六軍之第四軍，歷任軍機大臣，北洋總督，外務部尚書，謫歸彰德，起任內閣總理，清帝退位，舉任中華民國大總統。功名居處，均在河北。洪憲稱帝，始於民國五年丙辰歲正月元日，取消於五年三月二十二日，凡稱帝八十三日。袁氏自稱帝號由清室移轉，並非取之民國，故曰大寶傳也。（後公孫園雜錄）

遜伯注：李合肥，指李鴻章。「謫歸彰德」，指監國攝政王將袁世凱罷免，袁回到河南彰德閒居。「起任內閣總理大臣」，指辛亥武昌起義，清王朝所有貴族、重臣，無法應付。袁世凱把握時機，通賄慶親王而得起用。「後孫公園」是當年劉成禺旅居北京路名，劉將所寫筆記題爲「後孫公園雜錄」。

道德神人命至尊，洪天營造出都垣；故開雙闕增奇數，便壓皇明二門。

袁在彰德城北洹水上，築洹上村，建築不甚宏偉，而頗大雅。袁被議歸彰德居之，署名洹上老人。起用入京，膺大總統選，眷屬皆留洹上，曰發祥地也。北京議改帝制，先壯都城，內務總長朱啓鈐實任營造。曰：清代入關，因以盛京爲陪都，命名承天府；北京則名順天府，今上登極，都城不宜襲北京名。且年頒洪憲，宜尊升曰洪天府。如仍名北京，則南北有未統一之嫌。當北京開始營建，日者鄧某說袁克定宜先改造前門。清承明制，建十二門，前門不開，開則有凶，偶數不利，宜增奇數；乃改造外圈前門樓。使雄偉高聳，張兩龍眼以窺南方。樓下前門緊閉雙扉，永不開啓，避免凶兆，拆去外圈城牆，廣爲大路，雙繞圓弧，直趨內圈。前門原門爲一，今析爲二，一出一入，增爲十三門，合天數壯皇極也。日者曰天長地久，不僅壓倒內城九門，並壓倒皇明滿清內外十二門矣。（後孫公園雜錄）

遜伯注：朱啓鈐，袁世凱陰謀帝制時，大典籌備處處長，貴州紫江人。民國初年，北京交際花朱三小姐朱松筠，是其女兒。鄧某，不知何許人。

新加坡元宵觀煙花歌

謝雲聲

新加坡中華總商會，於本年元宵節，大寶森節同日降臨，特從香港運來七彩烟花，在勞動公園燃放，以娛各族人士，哄動一時，前往觀賞者，幾達十萬人以上，其用意藉慶新加坡自立國後之第一個元宵，亦寓意爲商會今年將慶六十週年紀念預先暖壽而設，其熱鬧情形，空前未有，世謂「火樹銀花合，星橋鐵鎖開」，直可以比擬矣。因賦長歌一首，聊誌盛況。

一年一度元宵節，今歲元宵情最烈。炎荒猶存中古風，金吾不禁萬民悅。
商會正逢花甲年，特放烟花暖壽設。萬人如海湧公園，爭看東莞烟花切。
天公作美倏放晴，車水馬龍費轉折。昂頭圓月當空懸，萬里無雲倍皎潔。
奇景忽從天外來，炮聲隆隆耳不絕。千道銀光自地沖，絢麗彩光各有別。
此起彼落接綿綿，日製相形何能越。或如飛爆從高飛，或如皚皚飄嶺雪。
或如銀龍舞翩翩，或如絲絲彩帶結。或如天女漫散花，或如錦鱗戲水嘍。
百花齊放萬人歡，火樹新都今纔閱。佳節又同大寶森，各族同胞騰歡一。
團結倘能齊一心，年年歲歲好點綴。烟花烟花汝何雄，奮起雲霄建奇功。
萬人仰望無窮想，期能探月駕太空。

張謇日記鈔

張謇遺著

張謇日記是南通狀元張季直（謇）所寫的。他的日記共有二十八冊，始於二十二歲，迄於七十四歲死前一月（日記記到民國十五年卽（一九二六年）陰曆六月廿四日止，七月十七日死）。

張謇是中國現代一個傑出的人物，他在文藝、實業方面都有很大的成就。中國在六十年前仍然處在半殖民地狀態的時候，張謇以名士身份努力創辦實業和學校，屢經挫折而不氣餒，其對國家、社會貢獻至大。爲了向學術界提供一項研究張謇的思想、活動和我國近代、現代史的參考資料，我們特地託人抄了張謇日記在這裏發表。現在抄到的是日記的後半部分的十五冊，計：第十冊（三十一歲至三十二歲，由光緒九年十一月二十五日至光緒十年），第十五冊至第二十八冊（四十歲至七十四歲，由光緒十八年至民國十五年）。

前半部分的日記十三冊，據說在張謇的孫子某君手上，現藏在香港。爲什麼一半在他的故鄉，而一半又在海外呢？初時我們也很奇怪，後來託朋友向張謇的孫子（張謇只有一子名孝若，孝若亦僅一子）詢問，據他回答，十六年前來香港時，因爲行李太多搭飛機不方便，只携帶了他祖父的日記前半部分，後半部分打算下次再帶，但後來他就沒有回南通了。

現在印在這裏的張謇日記，是齊全的，並非摘鈔。他的日記原稿，一年三百六十五日，沒有一天不記，就是某一日沒有記事，他也把日子寫在日記簿上，這裏所删去的，爲的是節省讀者的精神，但如果日子之下仍有他所寫的一個字，我們仍照樣鈔出來（如記：「十六日，雨。」「十七日，返。」等）。

張謇早歲參吳長慶軍幕，駐軍朝鮮，到四十二歲中狀元，庚子事變後的「東南互保條約」，也是他聯合何嗣焜、湯壽潛、陳三立等人向劉坤一獻策的，辛亥革命時，他是幕後活動分子之一，民國成立，他做過短期的實業部長和農商總長，但不久卽辭職，專心搞實業了。綜他一生，在文化、教育、實業、政治各方面活動了四十多年，接觸的人物很多，因此他的日記是很有趣的，而且也有不少秘聞佚事，爲愛好掌故的人急于一讀的。（附記：日記中的按語，是編者加的。）

光緒九年癸未（公元一八八三年）

十二月

二十五日。因通海減捐事去二甲，寓丁氏。

二十七日。之長興鎮。

二十八日。返。

二十九日。之墟角鎮。還樹丈洋錢七百。寓楊氏。

三十日。之海門，寓書院。

十二月

二日。返。

九日。與叔兄訊。

十三日。得欣甫上海訊。

十五日。去上海。

十六日。之上海，寓後馬路永保棧。

十八日。之胡開文，晤韻生、廷英，知仲馨與懷遠石浦之難，感悼無已。

十九日。爲中馨請郵。與延陵訊。三兄、彥升訊。怡庵訊。雅三訊，屬市鹿茸。

二十日。返，附江裕船行，雁臣同舟。

二十一日。由蘆涇港之通州，寓肯堂宅。晤晴谷年丈。

二十三日。返。

二十八日。得漱蘭少司馬訊。

二十九日。諸責畢集，粗爲理料。

光緒十年甲申（公元一八八四年）

甲申正月，三十二歲

初一日。夜分後雪，農民歡慰之聲相聞。

二日。雪霽。烟鋤來。

三日。夜分後雪。寫三哥、延陵、眉孫、畏皇、五弟、綬廷、輔臣訊。

四日。雪霽。爲凫薌、哲夫、弢甫作書：「敢請阿婆開後閤；願爲弟子長參禪。」（呈凫薌姑母。）「我才濩落無所用；願子篤實愼勿浮。」（贈哲夫。）（按：日記眉書有：「嚴凫薌同年屬集東坡句呈姑母。」）

五日。父招袁易門來，與烟丈去馥疇家，與議振。屬瑞林去西亭。

六日。夜大雪。是日詣外氏。

七日。雪深尺。看農政全書。

八日。看農政全書。

九日。寫字。

十日。烟鋤來。

十三日。寄朝鮮訊。去連元鎮。

十四日。爲人作書。

十五日。爲人作書。爲梅汀定漁團章程。

十六日。寫金剛經。

十七日。楊酉山（善琢）以春燕詩見示，賦此爲贈：「長鋏歸來日，周旋見此生。姓名隨市隱；神采與詩淸。風雪鍵門迥；江湖入夢驚（按：原作「照坐明」，改定爲「入夢驚」）。試吟春社燕，羈屑感滄瀛。」

十八日。馥疇來。

十九日。俊卿、月江、梅汀來。

二十日。聞四甲頗有乏食之民結隊以索餉，多至數千人，有司漠然，可危也！與烟丈議發振。

二十一日。陶季丈來。

二十三日。與烟丈之海門，與石師、少丈、晉臺議借積穀平糶。

釧影樓回憶錄

天笑

讀完「孝經」就讀四書了。照例讀四書的順序，先讀「大學」，次讀「中庸」，然後讀「論語」與「孟子」。但是陳先生却不然，教我先讀「論語」，並不教我先讀大學，中庸，可惜的是論語還沒有讀完，就離開了這位可愛的啓蒙教師陳先生了。

陳先生的愛我，簡直同於慈母。我身體小，爬不上椅子時，他便抱了我上去。每次到學堂去，母親總吩咐我小便一次，然後進去。放飯出來進去，也是如此。偶爾忘記了，在學塾裏內急了，面孔漲得通紅，先生却已知道了，問我：「可是要小便了？」便引我到庭院壁角裏去小便。這位先生，眞像一位褓母。

但這位賴世兄賴少爺，却常常侮弄我。把濕紙團裝在筆套管裏，做了紙彈射我。又用小盂裏的水，灑在我身上。因爲先生是個近視眼，他避了先生之眼，就如此作弄我。我生性懦弱，却不敢響。有一天，我臨睡的時候，母親給我脫衣服，却見我後頸裏一個個的紙團，向我問起，我說：「這是賴世兄把濕紙團塞在我頸裏的。」現在那些濕紙團已經乾了。母親說：「那些濕紙團塞在頭頸裏不難過嗎？回來又不告訴人。」母親告訴了祖母，祖母恨極了，後來和賴大少爺的母親三太太說了，三太太把她的兒子罵了一頓，責令他到我家向祖母陪罪。

約在二十五年以後，有一位賴豐熙，做了我們吳縣知縣。我有一位盟弟李叔良（名志仁），在縣考時，賴知縣取了他爲「案首」（卽第一名），非常賞識他，要把他的女兒配給叔良（後來沒有成功）。據叔良所談，我疑心這位我們的「父母官」，就是塞紙團在我後頸裏的賴大少爺。他是福建漢軍，又說住過劉家濱，更無疑慮。後來他就調任了，叔良進學以後，留學日本，也和他疏遠了，不會問他。

我的離開我的陳先生，爲了我們是遷居了。我家那時從劉家濱遷居到桃花塢。爲什麼要遷居，我不知道，大概是家庭經濟緊縮之意。自從這一次離開了陳先生以後，從此就不會見面。我不知道陳先生的學問如何，但是啓蒙的時候，陳先生教我讀一本「詩品」，又教我讀一本「孝經」，是企望我將來成一詩人，又企望我爲一篤行之士，我雖不成器，陳先生可知是有學行的人了。

後來知道陳先生做了外交官，頗爲奇事，不知道那一位駐美欽使（當時無公使之稱，官書稱欽使俗稱欽差）到了新大陸去，陳先生當了隨員。難道陳先生懂得外國語言文字嗎？一定是不懂得的，他教我識字讀書的時候，年已三十多歲了，那裏懂得什麼外國文？不過當時的出使外國大臣，也不必要識外國文，卽如蘇州的這位洪狀元洪鈞，也出使外國，他何嘗懂得外國文，其餘的隨員，更不必說了。

據說：陳先生到了美國，在使館裏終日閉門家居，不大出來。有人說：他到了美國，好似沒有到美國，仍舊在自已家裏。又聽說他回國以後，會經寫過一篇很長的文章，痛罵美國，從政治到社會。中國有許多譜洋務、講新法的人，都以陳先生的罵洋爲笑談，說他不通世務。我雖不會讀到陳先生痛罵美國的文章，但不是我迴護師門，必有精刻之論，至少比了那些「月亮也是外國好」的人，多少有些見識。

在辛亥那一年，陳先生放了新嘉坡某一處領事。這時我的一位朋友畢綺虹（名振達，號幾庵）做了他的隨員。剛到上海就武昌起義了。陳先生不能到任，回到蘇州去了，而畢綺虹也到中國公學去讀書。我起初還不知道先生的行踪，經畢倚虹談起才知道，我那時已住在上海，幾次想回蘇州去拜謁陳先生，都蹉跎了，先生乃不久卽逝世。

我的父親

我的父親是一個遺腹子，他在祖母腹中時，我的祖父已經故世了。這不是悲慘的事嗎？我也少孤，但是我到十七歲父親才故世，我還比父親幸福得多。

我的祖母生有兩子三女：第一胎是男，我的大伯，到三歲時候死了。第二胎是女，我的二姑母，嫁尤氏，姑丈尤巽甫（名先庚），二姑母早死，我未見。第三胎是女，我的三姑母，嫁顧氏，姑丈顧文卿（名維煥），三姑母亦早死，續娶亦包氏，我祖母的姪女。第四胎是女，我的四姑母，嫁姚氏，姑丈姚寶森（名儀廷）。第五胎是男，是我的父親。所以我父是遺腹子，而不是獨生子。

我家祖先，世業商，住居蘇州閶門外的花步里，開了一家很大的米行。我的曾祖素庭公，曾祖母劉氏，他們所生的兒女，不僅我祖父一人，但是祖父排行最小。

祖父名瑞瑛，號朗甫，因爲他的號是朗甫，所以我的號是朗孫，祖母所命，用以紀念祖父。

他是一個文人，是一個瀟洒的人，常以吟詠自遣（但他的遺墨，我一點也沒有得到）。不過他並沒有去應試過，不會走上科舉的路，也不想求取功名，只喜歡種花、飲酒、吟詩，對於八股文是厭棄的。大概家裏有幾個錢，是一位胸襟恬澹，現代所稱爲有閒階級的人。可是天不永年，將近三十歲，一病逝世，把一大堆兒女，拋給祖母了。

我不會見過祖父，連父親也不會見過他的父親，這只在祖母口中傳來的。除了我的大伯，三歲便死以外，其餘有三位姑母，都在幼年，而我的父親，則在襁褓中，中間適逢太平天國之戰，到處奔走，到處逃難，正不知祖母怎樣把一羣孩子撫養成人的。

據祖母說：這是幸虧得她的父親炳齊公（我父的外祖吳炳齊公），逃難一切，都是跟了他們走的。炳齊公只一個女兒，便是我的祖母，當時他們是在蘇州胥門外開燒酒行的，燒酒行吳家誰不知道？而我們是在閶門外開米行的，也頗有名氣，論資本還是我們大咧。以燒酒行的女兒，配給米行家的兒子，在當時，也可算得門當戶對的。

父親幼年失學，因爲他的學齡時代，都在轉徙逃難中喪失了。祖母說：我父親的讀書，斷斷續續，計算起來，還不到四足年，然而父親的天資，比我聰明，他並未怎樣自己用功自修，而寫一封信，却明白通達，沒有一些拖沓，從不見一個別字。他寫的字，甚爲秀麗。想想吧！他只讀了四年書呀！我們讀了十幾年書，平日還好像手不釋卷似的，有時思想識見，還遠不及他呢。

太平之戰以後，父親已是十三四歲了，所有家業，已蕩然無存，米行早已搶光，燒光了，同族中的人，死亡的死亡了，失踪的失踪了，閶門外花步里的故宅，夷爲一片瓦礫之場了（這一故址，後來爲武進盛氏，即盛宣懷家所佔，我們想交涉取回，但契據已失，又無力重建房子，只好放棄了）。我們只是商家，不是地主，連半頃之田也沒有。

在這次內戰以前，閶門外是商賈發達，市廛繁盛之區，所以稱之爲「金閶」。從楓橋起，到什麼上津橋，接到渡僧橋，密密層層的都是商行。因爲都是沿着河道，水運便利，客商們都到蘇州來辦貨。城裏雖然是個住宅區，但比較冷靜，沒有城外的熱鬧。自經此戰役後，燒的燒，拆的拆，華屋高樓，頃刻變爲平地了。我的外祖家，從前也住在閶門外來鳳橋，母親常常說起，爲了戰事而橋被炸斷，直到如今，還未能重造起來。

父親到十四歲時，不能再讀書，非去習業不可了。從前子弟的出路，所有中上階級者，只有兩條路線：一條是讀書，一條是習業。讀書便是要考試，習舉子業，在科舉上爬上去。但是父親因爲幼年失業，已經是來不及了。而且這一條路，有好多人是走不通的，到頭髮白了，還是一個窮書生。所以父親經過了親族會議以後，主張是習業了。

當時蘇州還有一種風氣，習業最好是要錢莊出身。以前沒有銀行，在北方是票號，在南方是錢莊。凡是錢莊出來的，好似科舉時代的考試出身（又名爲正途出身），唱京戲的科班出身一樣。並且錢莊出身的，最好是小錢莊的學徒出身，而不要大錢莊的學徒。這又像從前做官的要行伍出身，方算得是正途一般。在親族會議中，便有人提出此議，因爲小錢莊，學得出本事，如打算盤，看洋錢（當時江浙兩省，已都用墨西哥銀圓了，稱之爲鷹洋，因上有一鷹），以及其它技術，小錢莊的師父肯教（以經理先生爲師父，也要叩頭拜師）。大錢莊經理先生，都是老氣橫秋，搭臭架子，只有使喚學徒，不肯教導學徒。

從前當學徒是很苦的，尤其當那種小錢莊的學徒，如做童僕一般。祖母只有父親那樣一個兒子，而且是遺腹子，如何捨得？但爲了兒子的前途計，只得忍痛讓他去了。可是父親却很能耐苦，而且身體也很健實，大概是幾年內奔走逃難，鍛鍊過來的了。他却不覺得吃苦，處之怡然。

這家小錢莊，只有一間門面。當學徒的入，並無眠牀，睡眠時，等上了排門（從前蘇州無打烊的名稱，而也忌說關門兩字）把舖蓋攤在店堂裏睡覺，天一亮，便起來捲起舖蓋，打掃店堂，都是學徒們的職司。吃飯時給經理先生裝飯、添飯，都是學徒的事。他要最後一個坐在飯桌上去，最先一個吃完飯。魚肉葷腥，只有先生們可吃，他們是無望的。有的店家，經理先生的夜壺，也要學徒給他倒的，但是這一錢莊的經理很客氣，而且對於我父頗器重，很優待，常教他一切關於商業上的必須業務。

三年滿師以後，我父便被介紹到大錢莊去了。因爲我們的親戚中，開錢莊，做東家的極多，只要保頭硬，便容易推薦。到了大錢莊，十餘年來，父親升遷得極快，薪水也很優，在我生出的時候，父親已是一位高級職員了。錢莊裏的職員表，我實在弄不清，總之這個經理是大權獨攬（經理俗名「擋手」），亦有什麼「大伙」「二伙」之稱，又有什麼帳房，跑街等名目，大伙就是經理，父親那時是二伙了。一家大錢莊，至少也有二三十人。現在那些吃錢莊飯的老年人，當還有些記得吧？

但我到約摸七八歲光景，父親已是脫離了錢莊業了。父親的脫離錢莊業，是和那家的擋手（即經理）有了一度衝突，憤而辭職。當時一般親戚，都埋怨他：倘然有了別處高就而跳出來，似乎還合理。現在並無高就，未免太失策了。可是父親很憤激，他說：「這些錢莊裏的鬼蜮技倆，我都看不上眼，我至死不吃錢莊飯，再不做『錢猢猻』了」。（按，錢猢猻乃吳人詬罵錢莊店夥之詞。）

花隨人聖盦摭憶 補篇

黃秋岳遺著

敵軍既薄畿甸，文宗乃狩熱河，以避其鋒，訢譞留守京師，已而帝疾大漸，召樞臣、內大臣載垣、端華、肅順等八人，授受遺命輔皇子繼位，初無一語及后聽政。穆宗御極，尊崇所生，遂奉后爲聖母皇太后，奉孝貞爲母后皇太后，上孝貞徽稱曰慈安，后曰慈禧，是爲兩宮。兩宮乃召輔政大臣入議詔諭疏章黜陟刑賞事，初肅順、杜翰、焦佑瀛，謂諭旨由大臣擬定，太后但鈐印，弗得改易，章疏不呈內覽。后持不可，議四日，乃决章疏呈覽，諭旨鈐印，任用尚侍督撫，樞臣擬名請懿訓裁定，其他簡放人員，按照京察暨疆臣密考擬具正陪數員，在御前掣籤，兩宮幷許可，信如此，雖不盡符文宗遺命，而垂簾之禍，猶可不作。乃以肅順素暴戾，廷臣銜之刺骨，而奕訢尤希用事，內外交構，羣小祖后，於是廢遺詔，罷輔政，以太后當國，奕訢議政，自是領樞府者必親王，以迄奕劻秉鈞，清室云亡而後已。后不足責，而訢譞、周祖培、勝保之流，或希柄用，或快報復，竟悍然背家法棄君命，以貽禍於來茲，其肉庸足食乎。

肅順雖暴悍，獨敬禮漢人，嘗謂蒙滿氣運已終，後起皆豎子。其幕府頗納名士，如王闓運、高心夔之流，皆漢族通儒也。於軍機處尤暱漢領班章京曹毓瑛，見則呼爲曹師爺，北語稱軍師爲師爺，言能爲人畫策定計，若孔明然，而毓瑛狡黠，知順未可終恃，則頗與奕訢通，告密輸情，由來已久，順殊不覺。當文宗病篤時，樞臣會食，既、謂寇蹤遍天下，益以外患，將何術起衰。順曰，爲召曹師爺謀，比毓瑛進，謂髮洋皆皮膚疾，使主政得人，安攘匪難，設上不諱，則主少國危，誠無以定亂，然恭王素賢明，若效章皇故事，以王攝政，庶可挽回。順以曹已所卵翼，廼建議欲以仇己者攝政，大詫，起而厲聲斥之，曹慚沮退，遂以箚馳告奕訢，時軍機處大臣章京私函，皆用印封標，日馳若干里，勒驛投遞，而章京宜陽吳逢年者，向爲毓瑛所輕，至是以狀聞於肅順，乃令置簿稽文書出內。毓瑛知禍作且不測，益走險，遂聯行在南書房及樞部各官，以載垣等挾制兩宮狀，遍達京朝官。大學士周祖培，舊與順同掌刑部，以變通秋審實緩辦法，順屬祖培具疏上言，而先以疏稿示幕客王闓運，闓運謂此十八科濫墨卷，疏上，必貽九列笑，順遂呼祖培爲老八股，凡公牘，祖培已簽行者，順則以紅抹之如勒帛然，祖培不能堪，然自顧寵衰，無如何也。及得毓瑛書，大喜，遍示同列，謂順等謀不軌，其門人董元醇方官臺諫，卽承旨上奏，請太后垂簾，選親賢夾輔，先白之訢、譞，僉曰，當。疏至行在，載垣等大怒，擬批斥駁，先是后已得文殊保書，謂朝臣商議垂簾，比覽董疏，並擬批，留中不下。

時和議久定，中外臣工，數馳奏懇迴鑾，勝保更騰疏，率精卒兩翼迎駕，奕訢奏請面陳議和始末，拜摺隨赴行在，既至，順等尙阻之，不使入見，訢謂豈梓宮前亦不應一哭耶？端華謂阻乖於禮，當聽之入，而內大臣必與偕，於是載垣、肅順共訢進，兩宮及穆宗並縞素立几筵旁東鄉，見訢大泣，訢亦泣，且告兩宮曰，南中將帥，數疏籲迴鑾，外國公使行至京師，設聖駕遲留不發，和局將中變，后顧垣順曰，似此必尅日迴鑾可，垣順唯唯，后隨謂，大行皇帝與王爲昆弟，龍馭彌留，念王甚殷，今既遠來，當承上帝克食，隨有閹人撤几筵羊羹畀訢，且屬之曰，此克食，王當愼捧之，毋忽也，訢心動，既頓首謝，遂退，卽左廡食，殊無他，嗣指觸盌底，則有紙黏其上，亟啓之下納袖中，垣順旁立，竟不覺。食竟，再叫上，訢以盌授原閹，閹撫盌底字已亡，目后示狀，后曰，今和約新定，京師居守不可闕人，王宜速返，予與皇帝亦尅期迴鑾，唯時事艱危，王承克食，凡事當思先帝也。語罷，淚汛瀾不自已。訢復泣勸節哀，始退。行在諸官畏順威，亦無敢謁訢者，唯毓瑛以月餘諭旨章疏號數事由，繕一單，密授訢侍閹而已。訢歸途次，出視所藏紙視之，則后硃諭述順等挾制狀，謂迴鑾後當悉誅之，而授訢爲輔政王，贊兩宮聽政云云，舉羹授訢者，非他閹，卽後伏誅山東之安德海也。

訢既歸京師，廷臣會謁於邸第，訢唯言迴鑾有期，太后暨上聖躬均安而已，語不及他。先是元醇奏上，浮言朋興，祖培頗內懼，復以訢不言垂簾事，益悚然莫之爲計，適壽陽祁寯藻，亦自保定書告朝士，謂垂簾非本朝家法，元醇議不可行。寯藻文宗時値南書房，薦自濱州杜受田，時贊襄政務八臣中之杜翰，則受田子也。於是朝野嘖嘖，謂迴鑾後元醇輩必干嚴譴，宗室恩承，遂以狀告訢，且勸其宣上意示朝臣，訢曰，毋庸也，垣順等方驕，聞此耗，備當益懈，待其既還，執付獄吏可已，安用大聲色爲哉。蓋訢知祖培等弱昧不足與共謀，而垣順弗司兵柄，圖之亦正易，故益鎭靜。

第三期要目預告

（精彩文章尚多，未克一一詳列）

稿約

本刊的宗旨，是向讀者提供高尚有趣味的益智文章，並希望貢獻一些翔實可靠的資料，給研究歷史、文藝的人作參考。我們歡迎下列文章：

（一）人物介紹

注重古今中外人物的描寫及其傳記。

（二）近代史乘

注重近百年中國及國際政壇上重要事件的發生經過及其內幕。

（三）史料

名人的日記、筆記、自傳、傳記、年譜、回憶錄，函牘等。

（四）趣味性的掌故

以上所列，只不過約略舉出一個範圍，其實文史掌故的範圍很廣，不能一一開列，希望讀者認定文史兩字寫文章便好。稿件內容不要評論現實政治的得失，要注重輕鬆趣味，使讀者一卷在手，覺得開卷有益，不枉花了寶貴的時間。

惠稿文言語體不拘，但最好還是用語體，如果不擅用則以淺顯易懂的文言寫也一樣歡迎。字數以五千字內最適合，也易於刊出；超過一萬字以上的，請來信商洽。譯稿請附原文。

不合用的稿，不管附有郵票與否，在收到後十日內寄還作者；如不寄還，就是要採用，但何時刊登，未能立即告知，請來信詢問。刊登的稿，在出版前二日即將稿費寄上。

林熙主編

大華

半月刊 第三期

一九六六年四月十五日出版

大華 第二期

大華 第三期

封面畫：四川漢墓磚拓本

大華 半月刊 第三期

一九六六年四月十五日出版
（每月三十 十五日出版）

出版者：大華出版社
地址：香港銅鑼灣希雲街36號6樓
Ta Wah Press, 36, Haven St., 5th fl. HONG KONG.
電話：七六三七八六轉

督印人：林翠寒

主編：林熙

印刷者：永聯印刷所
地址：香港北角渣華街一一〇號
電話：七〇七九二八

總代理：胡敏生記
地址：香港灣仔洋船街三十二號
電話：七二三四三七

西北軍革命奮鬥史

簡又文

中華民國十五年，馮玉祥將軍所統之西北軍，因不堪奉直軍閥之壓廹，撤退北京，暫且遊俄。奉軍遂入據焉。時，余在燕京大學任職，兼任前與馮㧗辦之今是學校校長，因曾秘密參加革命，謀響應馮軍之反攻，被軍閥通緝。（黑名單上廿四人，余名列十八。）秋間，微服逃亡，逕返國民革命軍大本營所在之廣州，正式加入革命陣線。承徐季龍（謙）、孫哲生（科）兩先生之推薦，受國民黨中央黨部命赴西北軍任政治工作。余聞關前往，於十六年三月中抵陝西西安，開始工作。服務半載，因先慈病重，請假回粵。過滬時，承中華基督教青年會及暨南大學邀請講述西北軍一年來之革命奮鬥史。其後，「申報」以講稿全文，於十一月十三至十八及二十諸日連續發表。原稿及剪報，余均無存。幸於前歲赴美耶魯大學治學時，曾到哈佛大學參觀，偶發現哈佛燕京社之圖書館，藏有歷年「申報」之全份。後由館長裘開明博士，代爲檢出全原文，影印惠贈，乃得重讀四十年前舊作。當年經歷，一一復現腦際，而已佚文稿，篇又得保存，欣忭之餘，至爲銘感。頃者，「大華」編者以本篇雖似「明日黃花」，而內容皆爲目擊耳聞而身歷之紀實，且其中多爲外間鮮知鮮聞之史事軼聞，可作國民革命史料讀，亦足供研究中國現代史之參考品，當爲重刊而廣傳播。遂錄出全篇，加以補注付之，以作補白用云。民國五十五年四月，又文識於九龍猛進書屋。

西北軍具有十餘年之歷史。在中華民國的革命史中，歷著勳勞，如在清季之秘密革命運動（即灤州起義之役）、如在蜀倒袁之役、如打倒張勳復辟之役、如驅曹錕、逐宣統之役是。（補註：上言最後一役，即所謂「首都革命」，馮與胡景翼、孫岳、聯合共進，稱爲「國民軍」。以馮爲總司令兼第一軍總司令，胡爲第二軍，孫爲第三軍。本篇稱爲「西北軍」以馮任「西北邊防督辦」及撤退西北之故。）其名譽與偉績，不獨爲國人所共知，即在世界亦極惹人注意；而其軍紀之優，尤爲世人所稱讚。自去年（民十五）南口退師之後，未幾，全軍即加入國民黨，成爲黨化的軍隊，與南方國民革命軍聯合戰線，共同奮鬥。一年以來，於艱難困苦飢寒交廹之中，從綏遠、甘肅、一直打出來，至能與南方革命軍會師中原。今且結合北方革命勢力（補註：指閻錫山之晉軍，及寧夏之馬鴻逵、河南之劉鎭華、秦德純、等軍，繼續北伐。但是因年來僻處西北，交通不便，消息不靈，以致外間雖然對於其行動甚爲注意，而於其近年來之歷史與現在之實況，却很少知道。余去年在粵，蒙中央黨部派赴西北，任政治工作，跋涉數千里，到該軍服務半年，故略知其梗概。今因家事告假回來，蒙邀請演講，很歡喜將我所知道者，詳爲邦人士告。（補註：當時奉派者有政治工作委員四人，即郭春濤、鄧飛黃、于永滋（共產黨，始終未去）及余，與政治工作員十二人，即趙文炳、宣俠父（共產黨員），陳適懷（共產黨）等，餘不及記憶。余之特別使命是把西北軍拉緊在國民革命戰線上，因余與馮將軍有舊之故。其後，余完成任務，乃離去而回到國民政府服務。）

西北軍之黨化

自前年（民十四年）討奉之役與後，李景林雖消滅於天津，然郭松齡（倒戈之奉軍，本與馮結盟），孫傳芳背盟於蘇浙，岳維峻（本胡景翼部）失敗於河南，而吳佩孚本以討賊（指奉軍）始，忽亦與賊聯合。（補註：此在當時革命立場之稱謂。）全局變化，於西北軍至爲不利。總司令馮玉祥氏，爲減少戰禍計，忽令全軍由北平、直隸、河南、退至南口，全軍交張之江代爲主持）。個人則決心下野，赴俄留學，以圖再舉（由陸路經外蒙古。）

到庫倫時，適顧孟餘、徐謙等君、及俄顧問鮑羅廷亦到，即共商救國大計。有一天晚上，馮與鮑詳談進行計劃。鮑用堅決兇猛的語問馮：「公擁有中國惟一強勇的軍隊，素抱救國的宗旨，但究竟有何具體的，整個的救國計劃和政見？如有，而又勝於國民黨的，我們將離國民黨而羣來扶助你。如其沒有，則請公立刻加入國民黨接受其主義與政策，聯合一致，共謀國是。」這簡直是挑戰！據馮自述，當時無言可答，因自知自己乃是一個軍人，素乏政治見識，只有革命之心，而却無計劃和政見。當下眉頭緺了一夜，不會瞌眼。翌日即下決心入黨。自此以後，西北軍的新生命便產生了。

他在俄國一住三月，專研究革命理論、革命方法、黨的組織及紀律，與政治經濟等，得益不淺，差不多將其全部思想概念改變了，而成爲一個眞誠的國民黨黨員及澈底革命的健將。（補註：馮一向篤信基督教，以教治軍。以後，服膺「三民主義」，以政治軍，但個人從未揚棄基督教。）及至去年（民十五）八月南口退兵（原註：當時因多倫失守，後方危急，故不得不全軍西退，由察哈爾撤至綏遠），西北軍之生命，危殆已極。各將領乃懇切電請馮回國主持大計。馮氏因於九月與于右任氏回到綏遠，收拾殘破之軍隊，而重造新局面。九月十七日，在五原正式接收國民黨旗及新國旗，就各將領所公推之國民軍聯軍總司令職，發表宣言及誓辭，辭曰：「國民軍之目的，以國民黨之主張，喚起民衆，剷除賣國軍閥，打倒帝國主義，求中國自由獨立，並聯合世界上以平等待我之民族，共同奮鬥。特宣誓生死與共，不達目的不止。此誓」。馮復被國民黨任命爲兼全軍黨代表。自是之後，西北軍自身的生存得以繼續發展，且得有時代的新使命，政治的新生命。

富有歷史價值的長征

先是，南口、張垣（即張家口）之退兵，幾乎是變起倉卒。全軍十餘萬人，於急切間沿鐵路西退，以包頭、平地泉、爲集中地點。秩序凌亂，火車屢失事，損失不少。有五六萬人完全走散，流亡於察哈爾、綏遠、一帶。復有韓復榘、石友三、所統率五師之衆（爲西北軍最精銳部隊），留於晉北，歸商震（閻錫山部下）改編。此是戰畧作用，因爲一則可掩護其餘部隊安然退却，次則可免奉軍之窮追，三則可助商震防守綏遠，至爲上策。其陸續西退，集中平地泉、五原之軍隊，除喪失者外，合前國民軍一、二、三、各軍，尚有五六萬之衆。全軍經新敗之後，復困於飢寒，又無主帥，精神頹喪，希望斷絕，軍心搖動，能力全消，秩序全亂，幾不成軍，光景至爲惡劣。及馮氏由蘇俄經庫倫回國，汽車將抵平地泉之際，有親信者數人，私往迎接，謂光景不好，大事已去，力勸其不必前進，不若乘原車回俄。詎馮氏自信力極堅，謂定有辦法，有進無退。到後，即著手收拾殘部，改編師旅，復冒險至包頭一行（原註：時已入晉軍之手）。時，留在晉北（韓、石）之五師軍隊，聞「老總」回來，全軍歡躍，自動的全體回來，歸馮統率。而尤奇者，則沿途失散之五六萬人，雖無將官，亦陸續各自携鎗歸來。蓋一聞主帥復職之消息，傳播於西北，國民軍人人無不額手稱慶，羣言「不怕了，有辦法了。」全軍已死的希望和已失的信仰，頓時復蘇。十五六萬殘破之大軍，不移時又復集中綏遠西陲，預備再來奮鬥了。計此時全軍損失者，僅爲物質，而實力損失，則尚不到萬人。馮氏之歸來，有如磁石高舉，羣鐵被吸，奔赴團聚，其人格攝力之偉大，可以想見。所以某外報記者稱此舉爲世界軍隊中罕見之奇蹟云。十餘年來、辛苦訓練之功，於此完全呈現。

西北軍既接受了黨旗，及稍事重編之後，全軍即起了兩種大變化。其一是軍隊黨化、政治化、因從前是表同情於革命，如馮自言：「行革命之實，而不居革命之名」，至是則完全加入革命戰線。自是，對於全軍黨化教育，政治訓練，即開始。但人才極難，只有由蘇俄回國的幾個人（補註：共產黨劉伯堅隨馮回，任全軍政治部長）。再由本軍幹部學校選出一部分，加以速成的訓練，以應急需。其後，北京及廣東中央黨部均派有人去。而全軍政治訓練計劃，始畧具規模。其中感力最大者，實爲馮氏個人。彼日夕演講，宣傳主義，故自幹部全體以至士兵，皆有爲主義而戰之精神。人人胸前佩一白布章，上刊有「我們爲取消不平等條約誓死拚命」。軍中名爲「拚命章」，足與南軍於開火後繫於頸上之三色「犧牲帶」相媲美。（補註：西北軍兵將常以各種口號，或宗旨，以紅色印於白布小章上，各繫胸前，時有更換，是爲其特色。）全軍上下，均要背誦「總理遺囑」，而下級軍官，更要爲士兵講解之。以後數月，全軍於補充、整頓、休養之外，政治工作，在軍中最爲注重。獨惜人才不足，印刷品缺乏，財政拮据，事事無不棘手，但其成績亦比較大有可觀也。（原註：余等由粵派去工作者，特委趙文炳等二人，携宣傳品兩箱，由海參威趁西伯利亞鐵路，經蒙古、甘肅而至陝西，閱時六閱月，費欵數千元始得到達。）

第二種變化，即爲變更作戰計劃，——自反攻張垣，經南口克北京之計劃，一變而爲全軍退甘肅、入陝西、出潼關、與南方黨軍會師中原後，再行北伐，犂庭掃穴。此計劃，當時北京政治分會，如李石曾、李大釗諸同志（補註：李本共產黨人，因當時國民黨容共，跨黨者亦稱「同志」），主張最力，亦密派人北上（綏遠）獻計，並將奉魯軍閥勢力之內容，及駐兵地點等軍事消息，一一偵探清楚，彙報於馮。在平地泉、五原等地休養之後，馮即率全軍退甘肅、入陝西，而富有歷史價值之數千里長征，即開始了。

西安解圍

其時，劉鎮華受吳佩孚指使，率兵十萬，將西安重重圍住，已逾八月。但因守將楊虎臣、李虎臣二人堅守，寧與城俱亡，而不肯投降。楊氏尤爲堅決，嘗對李氏言：「決不投降。如城破之日，您在那邊鼓樓，我在這邊鼓樓，各拿一根繩子，雙雙吊死。」以故守兵萬衆一心，決死守城。劉鎭華終莫奈何。倔强善戰，是陝軍特性，孰敢謂秦無人耶？西安爲入甘大路，城終不破，因此西北軍之甘肅根據地，亦得以保全。楊、李、在西北革命之功，實不小也。（補註：楊、李原屬國民軍第二軍。）

同時，甘肅之吳逆死黨孔繁錦、張兆鉀、兩鎭守使，亦受吳賊煽動，起兵攻西北軍留在甘肅之駐軍。其時留守甘肅之西北軍約有十萬，爲劉郁芬所統率。此軍隊向未打過敗仗，軍心尤壯，銳氣充足。劉郁芬即以全力消滅之。（下一行影印模糊未明。）

孔、張、既滅，馮氏即定四路援陝之計。先電令常勝將軍孫良誠（先鋒大將）、馬鴻逵（原寧夏軍）、方振武（原張宗昌部後加入國民軍）、孫連仲、劉汝明（二人爲西北軍驍將）等、或就近由甘東出發，或由榆林北路南下，以解西安之圍，復暗約楊、李、守將，以爲內應。孫氏（良誠）以一萬二千之衆，從馬鴻逵所部借得子彈十七萬粒，日夜奔走，得至西安。鏖戰三十餘日，鎭嵩軍（劉鎭華軍號）大敗，狼狽逃往豫西，而西安之圍遂解。孫軍復追至豫西之閿鄉始止。時，城內食品早盡，人民甚至以樹葉、皮鞋、油榨等物裹腹，餓殍載道，希望久絕了。至是救兵忽至，有如天外飛來，民困因以立蘇。

馮氏統率大軍亦陸續到。一方面盡力辦城內善後事宜，一方面則加緊訓練士卒，補充糧食，以備實行出關會師之計劃。計此次大軍，在冰地雪天之荒漠中，耐飢冒寒，而卒達陝西，歷程三千里有奇。（補註：沿途，手足頭面，凍瘡潰爛，喪身道上者，或成殘廢者不少，後余至西安尤及見之，慘不忍覩。）外人至稱之爲具有歷史價値之遠征。至楊氏之守城，孫氏等以少數軍隊擊破七倍之衆，此亦吾國革命史中之偉績也。

北伐預備時期

陝局既定，西北軍即注意於趕辦善後，整頓政治，發展黨務，提倡民衆運動，加緊訓練，及編制軍隊等事。馮以劉郁芬爲駐甘總司令，于右任爲駐陝總司令，宋哲元爲北路軍總司令。岳維竣由晉歸來，休息數月，復奮勇請纓，自陳苟有一根鎗在手，也要出關殺賊，以雪喪師失敗之恥，而爲國民革命盡力。（補註：先是國民軍二軍胡景翼等既敗退，岳爲晉軍所俘。但閻錫山殊機巧，拘禁而厚待之，根本不承認其爲岳維竣以免惹起馮等惡感。及馮歸來，恢復勢力，岳乃得無條件釋放回陝。）馮總司令嘉之，即委爲南路總司令，撥舊二軍五萬人，歸其指揮。時，原日留陝之國民軍二、三軍，及吳新田所部，統歸國民軍聯軍旗下，連甘軍計算，全軍兵額已達三十餘萬人矣。

陝甘本屬瘦瘠之區，收入極少。加以連年用兵，而西安又經長圍，民力已盡。今忽加增如許軍隊，財政拮据之狀立見。是時，西北軍第一難關即在此點。猶記薛篤弼氏以甘肅省長隨馮入陝，掌理財政。就任之始，一連數月，全省每日收入僅得數千元。籌餉簡直沒有一點辦法。全軍每日買麵錢都不敷用。時，在南方之革命政府雖允每月接濟，但交通阻隔，滙兌不通，亦等於無。甘肅雖有些少接濟，仍不過車薪杯水。其時（十六年三月中），我適抵西安，目覩其困狀。市面不特無現洋，即銅元不多見。當時，只靠西北銀行紙幣（原註：係前從張垣帶來者），即作現洋通用。不久，紙幣亦用完，乃借陝西省立之富秦錢局所存之紙票，加蓋總司令部印通用，是爲「加字票」。及後連「加字票」也發完，乃不得不臨時自印一種不兌換的「金融流通券」應用，直至到豫後兩月仍用之。（原註：現已停用，概換公債券，以某種產業作抵押，預備分期收回。）（補註：當時公庫只餘有現洋一百元，薛氏商得馮氏同意，即以此欵購入紙張，廣印「流通券」，分發束裝待發之諸軍。此一百元即後來馮氏自稱爲「北伐本錢」也。）此數月，全軍眞是困苦萬狀。士兵每月只准借伙食費五元。官長則無論上，中、下級，每月一律借十元。（原註：西北紙幣、富秦票、或流通券各半，實得七成五。）有一天，馮總司令憫部衆生活太苦，大開恩典，准官長每人借零用五元，兵士二元半。是爲一年來初次發餉。生活之困苦，可想而知了。

在此時期，爲打通陝、甘、與湖北（革命政府已由粵遷武漢）之交通計，馮總司令派出孫連仲，率師二萬人，趕赴陝南，沿路修理電線，剿辦土匪，保護南方之接濟，兼以防禦盤據河南西南之逆軍。其後，續派馮治安、韓德元、兩師精兵，兼程入豫。此四萬人均西北軍精銳，而遠由綏遠長征路上打出來者。其時，吳佩孚（敗後逃至長江上游，復入豫駐鄭州。）放楊森爲四川督辦，于學忠爲湖北督辦，及其他鎭守使多人，意圖死灰復燃，謀佔川鄂爲根據地。于逆部下猶有五萬人，聯合其他灰色軍隊亦有二三萬，據豫西南之南陽及鄂北一帶，聲勢頗大，殊爲武漢之大患。且旦夕伺隙而進，南方黨軍受其牽制，斷不能輕易北伐。馮總司令調兵數萬，躡于軍後路，明定戰畧：彼進我軍亦進，彼退我軍亦退，不問勝負，惟予牽制作用。及至南軍四月出師，中原底定，而于逆卒不能危及武勝關及鄂西北諸地，免致牽動後方者，此一擊之功爲不小也。其後，于逆窮無所歸，隻身遁去；所部或遣散，或受我軍改編，亦此路軍之力焉。

在陝數月期間，尙有數事，頗足紀述。一則爲民衆運動之勃興。馮飽受革命化，最注重扶助農工下層工作。農民協會、婦女協會、工會等，乃應運而興。一時，陝西革命空氣，忽然緊張，民氣勃發，其濃厚程度僅亞於南方。獨惜主持者不得其人，犯幼稚病與南方如出一轍，故後來卒不免於停止進行。（補註：當時西安左傾色彩極著，明朝留下之皇城、改稱紅城。國際歌時時處處可聞。總司令部有蘇俄顧問烏斯馬諾夫。總政治部及其他機關爲共產黨與左派所把持，對於我們非共的政治工作人員多方壓廹，但亦無法排擠，因馮絕對忠於中央，服從命令，厚待我等。）西安農民久受兵燹之災，田地荒蕪，牲口無有，欲耕不得。馮乃於今春撥軍馬三千四，軍士數千人，助各處農民開耕。後來，穀子成熟，收穫極豐，萬民德之。至於到處修橋整路，則自是西北軍之習慣。其他社會生活尙有多種。此可云「民生主義」之實行者。

其時，與南方之交通逐漸恢復，無線電直接通訊（補註：借余所携去之「文密」電碼與武漢政府通電），陸路可由陝南而至鄂。因此，西北軍事政治行動，與南方漸趨一致：如軍隊「連坐法」及總理紀念週之施行，如郵政權之收回。（補註：余由漢口北上，經鄭州、洛陽到西安向馮總司令報到後，即膺任總司令部外交處長，參加種種軍事政治工作。「軍人作戰連坐法」係由余獻出所携去之印刷品，加以詳細說明，照樣頒發全軍。余並陳說南軍赤裸下體之夜襲戰術，亦通令照辦，以後於大刀隊夜襲時，分辨敵我，奇效特著。收回陝西郵政局亦由余獻議及主辦，即仿孫哲生先生任交通部長時在武漢收回湘鄂郵政權之辦法。尙有其他軍政措施，亦多仿行。）又如西北以前之軍事政治種種施設，向由總司令頒發者，至是一一呈報國民政府請求承認。他如黨務之發展，及民衆宣傳之成效，均與南方革命區域相同。

東出潼關會師中原

至本年（民十六）四月，與武漢革命政府合力出兵北伐、會師中原之計劃已成熟，種種軍事佈置亦已準備。是時，奉軍入豫逾月，勢力雄厚，餉械充足。南軍獨力北伐有所未能，而西北軍以元氣究未恢復，獨力出關亦有所不足。但兩軍齊發，一沿京漢線北上，一沿隴海線東出，定收夾擊破敵之效。政府是時委馮爲國民革命軍第二集團軍總司令（原註：在寗漢未分裂前）。馮知南軍於四月十九日誓師武漢，二十日出師，由唐生智、張發奎二氏率精銳數萬人北上。馮即於五月一日在西安宣誓就總司令職，旋於五日下動員令東進。而其本人則於六日到潼關指揮一切。西北軍方面任前敵總指揮者，爲常勝將軍孫良誠氏，副指揮爲方振武、馬鴻逵二氏，而任前敵總執法者則爲百戰老將張之江氏（原註：代表總司令在前方督戰及執法。）（補註：在預備期間，馮組前敵政治工作團，以鄧飛黃爲團長，余兼任副團長，團員數十人，至是隨孫軍出發，沿途工作。）

進攻令既下，大軍八萬人即兼程前進，幾一日下一城。軍士徒步日行百餘里。時當盛暑，沿途跋涉，亦艱苦非常。加以運輸維艱，軍士常有一二日不得食者，而全軍踴躍出發。孫良誠尤爲勇敢，與士兵同行，足底起泡，即以刺刀刺破，再前進。全軍跋涉千里，挨飢忍餓，屢挫頑敵，卒達目的。先是，鎮嵩軍劉鎮華，自陝敗退後，復據豫西一帶，由閿鄉至洛陽，均入其掌握。劉本人坐鎮陝州，其部下張治公則據洛陽。劉曾與馮商協作並接受委任，且屢受接濟，但因狐疑太甚，不敢向前進攻。及至戰機已廹，猶徘徊坐視，蓋其決不信我軍敢冒險出潼關也。至我軍東進「推動」之，劉乃不得不棄城而去。其部下四散竄入嵩山，我軍沿途遂無障碍。（補註：劉有部將姜明玉者，原土匪出身，駐閿鄉，嘗秘密向武漢革命政府輸誠。余出發北上時，政府以委任狀及某某司令印交余轉致。其後姜復叛，降於張宗昌。）

大軍分三路沿鐵路東進。至新安始遇張治公部來抵抗。乃兩日即下其城。我軍乘勝急進。二十五日，即攻下洛陽。張治公狼狽而逃。來洛助守之奉軍，經大戰數塲，完全消滅。前鋒遂長驅前進。於五月三十日，騎兵先鋒隊（由鄭大章統率）先入鄭州。翌日，南來之唐生智軍亦繼到。同時，張發奎率第一縱隊，從右翼克復開封省城。奉軍張學良、韓麟春等，率殘兵敗將，狼狽北遁。而全豫乃告肅清。歷年首鼠兩端，先降吳，後降奉之國民軍二軍舊將田維勤被擒於鄭州，即解往洛陽正法。此亦一大快人心之事。（下期續完）

李準走香港

陳申

辛亥九月，廣東水師提督李準派其弟李濤與胡漢民約於九月十九日爲反正之期，胡於十九日晚偕李文範由港乘輪返廣州，先一日李準偕其幕僚汪宗洙俟於虎門，施行大戒嚴，翌晨港輪不得進口，李、汪二人乘小火輪登港船迎胡漢民，轉乘寶壁兵艦入省河，在天字碼頭登岸，同至東門外廣東諮議局就軍政府廣東大都督職。時胡毅生之民軍尙未到省，胡頗有戒心，每夜必宿於寶壁兵艦中。李準自恃有起義之功，頗有戀棧祿位之意，迨毅生率民軍抵廣州，遂有焚燬李準水師行臺事件發生，李始知爲毅生之「傑作」，不能見容於黨人，不得不星夜走香港矣。

畫苑滄桑記見聞

寒木

辛亥以後，除了政治上各種風雲變化以外，在社會中，特別是在士大夫的社會中，如果仔細一點觀察，可以發現兩樣與以前不同的情形，一是學佛的人多起來，二是學畫的人多起來。在前清，家庭婦女儘管拜佛念經，男子却不這樣做，至少不公開這樣做，這當然與儒家的正統觀念有關，隨着帝制的消滅而開放，這是無足怪的。

畫畫這件事似乎與政治思想無甚關係，何以民國成立以後，畫苑就興旺起來，遠遠超過前清時代呢？回想從前，職業畫家與非職業畫家完全是兩種地位，職業畫家是不作官的，他們的畫是賣錢的。或許個別也有本身有功名而又賣畫的，但總是比較低微的功名。賣畫畢竟是一種苦生涯，不是科名失意，仕宦無望，未必情願走這條路，所以人數不多。拿北京來說，在清末眞正賣畫的首推姜穎生（筠），後有吳觀岱，他們都規規矩矩謹守四王的家法，畫出來既不驚世駭俗，又能帶些清雅的書卷氣。其他就沒有什麼十分出名的人了。畫這樣東西，似乎比別的文藝容易落在時代後面一些。清代的文章學問，從道光以後就都開了新風氣，儘管大多數人守舊，而新的趨勢總是很明顯的。只有畫，在道光末年，僅出一個戴醇士，稍微在舊基礎上起了些變化，以後張之萬在光緒中年，又繼之而起。他們都是畫中能手，然而畢竟是畫中的廟堂派啊！一個是南書房翰林，一個是狀元宰相，當然都只能謹守繩墨。而一般人也只認他們是正宗。這種老成風格，即是辛亥以後，也還繼承一段時期。例如在上海的汪鷗客就是一個典型的舊畫家。

畫風漸變，畫人漸多，這是與物質條件分不開的。清末影印的書畫眞跡，雖然技術還不很精，而從前的人不容易看到古畫，不需要花多錢，就可以畧窺其眞面目，聰明人幾乎不假師傅就能學會了。這是一點。另外則因鐵路輪船旅館事業的發達，眞山水的境界也不難接觸，總不像從前的人只能就眼前常見的畫稿反復摹擬，自然筆下要開展得多。

職業畫家與非職業畫家的界限，在民國初年已經有點打破，而文人畫家與專業畫家的界限却還存在一個時期。拿陳師曾來說，他本是北京教育部的編審，因爲薪俸微薄，又經常欠薪，實際上是同時公開賣畫的專業畫家。但和他常在一起的人，如姚茫父、凌直支、湯定之、王夢白等人，都是畫寫意畫的，各有獨到之處，與一般專業畫家不同道。師曾在他的論中國文人畫一文，顯然標出了他的宗旨。當時有人問他：某專業畫家的畫怎樣？他回答：你問他的英國話呢，法國話呢？這一幽默的詞令，說明他是不贊成「模山範水專以仿古爲事」的。可是師曾的畫友中，眞能夠稱得上文人畫的也不多。不用說他死後的風氣已變，就在他生時也是曲高和寡。他之所以享有盛名，第一原因是由於他早年學過工筆，留學日本，又是學的生物學，別的畫家趕不上他的工力，工力深的又沒有他的學問性靈。所以任何人對他不能不拜倒。第二原因是他的作品生產得特別快，有求必應，有畫必好。確是說不出他的缺點。曾經有人說過：師曾只有一樣缺點，就是出手太老到了，超過了他的年齡。所以他不壽。

湯定之是畫家中的世家，家學淵源，獨一無二。但也正因爲這個關係，未免落後於時代。他初到北京，本是畫仕女的，無人過問，又賣字，生意也做不開，結果以畫梅花出名。常在梅蘭芳家裏，教梅蘭芳畫梅花。師曾以外，他的書卷氣最足。其人長身玉立，頗有仙風道骨。不料北京的生涯黯淡，南遷上海，仍然不合上海人的口味，始終沒有走過紅運。吃虧也就在太過保守，不離老輩規矩，儘管講究筆法和墨，無奈買畫的人總嫌他不夠潑辣新鮮。

師曾同輩的人，大半活得不長。另外一個大鬍子凌直支，也與他差不多先後死去。直支喜歡作大幅花卉，用墨海盛墨，大缸盛顏料，方才過癮。氣魄之雄偉，點染之生動，而又不離規矩，確是能突破古人範圍的。在畫家中，他的官做得最多，由議員而財政次長，代理部務。其時北洋政府已瀕於破產，索欠的人擁到他家裏，他就索性對客揮毫，畫起梅花來。

講到大官而能畫的，汪大燮也是一個。錢塘汪氏先世以藏書著名，汪鷗客和他是堂兄弟，所以路數也是四王一派，但他不求名，不賣錢，無聲無臭，只作爲個人消遣，知道的人極少，作品更難看到。

比汪大燮的官更大的是徐世昌，他在前清，從沒有聽說過會畫，而在民國，特別在他的總統時代，忽然到處看到他的畫。不難理解，在他自己關在「集靈囿」（他的總統府所在，即清末新蓋的攝政王府）的時代，一籌莫展，也只好畫畫過日子。他的畫雖不是行家的畫，却也不完全是外行，倒不知道他是什麼時候學的。也有他的一些特點，全用濕筆而不用乾皴，望過去與他的字頗能配合。

外行畫與行家畫畢竟是兩路。自從越縵堂日記和翁文恭日記影印出來以後，知道李越縵和翁松禪都是晚年才隨意弄筆的，絕對沒有學過，只是看得多了，興之所至，作爲消遣。李是受周自庵影响的，周作了幾十年京官，一直不甚得意，著書之暇，在畫上頗用工夫。他二人交情甚好，可是李開始作畫時，周已死了。李畫比翁畫流傳得更少，翁因爲享壽較高，成就自然也大些，他能融化書法，意境也高，在外行畫中是應當得較高評價的。

文人與畫家的結合已經很難，然而這還是本來有接近可能的，至於學者又兼文人與畫家，就更稀有。不但近代稀有，在古代也不大找得出。廣東的陳蘭甫是經學大師，詩文樂律無一不精，他非但能畫，而且很內行。只是他這一門本領爲學問所掩，人都不大注意。廣東人的畫和風土也有關係。從五代以來，南北畫風已經有顯著的差別，當然，人們廹切希望統一，不同的風氣也日益趨於融合，但地方色彩總有自然流露出來的時候。廣東人的畫，卽以陳蘭甫爲代表，熟練也未嘗不足，却不像某些江南畫風的過於軟媚。

談到這裏，又想起余越園（紹宋），他是出身於浙江衢州的有名世家，却生長廣東，能說一口廣州話。他的政治關係是隸屬於研究系方面的。研究系的人，講究書畫的比較多，在政治失敗後，經常在天津梁任公家中聚會，他能飲能畫，能著書。所作的畫法要錄，是論畫的一部系統性的書，這一點是許多畫家所不及的。越園前清在日本留學法政，與江翊雲（庸）、林宰平（志鈞）都曾任司法部的要職，而江林後來也畫幾筆畫，都是受越園的影响。越園研究畫學，有書本上的工夫，所以他的畫不失規矩，而又不是描頭畫角，神明變化不及師曾，却是文人畫中的一個健者。

書家往往能偶然作畫，順德羅復堪晚年在北京流寓無聊，也常畫墨筆山水，極有清氣。正如康有爲、沈曾植的游戲筆墨，雖不是行家，好處却正在其不當行。

北京從前有一個很冷的畫家徐石雪（宗浩），他能詩，寫的是趙松雪的字，經常畫墨竹，點綴坡石流泉。別人的畫不大多題，他却三相結合，秀韻天成，其人其畫都不似軟紅塵中物，但住處却在城南塵囂地區的南柳巷。

提到畫竹，又不能不想到陳仲恕（敬第，叔通之兄），他的先世也是畫家，他却專門畫竹，竹的種類却比別人多些，墨竹以外有朱竹，花靑竹和綠竹，曾經開過一次個人畫竹的展覽會。他本是政界人物，晚年謝絕一切，每天磨墨一硯池，作畫不輟。他的竹子與別人不同，專畫密葉細葉，要用水磨工夫，不是一揮而就的。他的筆硯和墨都極考究，喜藏宣德鑪，擺了滿屋。夫人吳氏也能畫工筆蘭竹。

民國初年住北京的人往往有機會得到意外的收穫。當改革之際，淸宮中的庫藏，賣的賣，偷的偷，大量流出，無人過問，捷足者就可以不費多錢，謀得名貴的顏料、紙張、硃墨錠之類。有門路的自然更不用說了，卽使從打鼓的（卽手敲小鼓到門收買舊貨的人）手中或冷攤上，只要稍爲留心，都可以隨時發現當時極不値錢而後來價高十倍還沒處買的東西。別的不談，對於畫家，這可提供了不小的幫助。特別是講究臨摹的畫家，最需要舊的紙墨等等。

畫家的成功，一般總是從臨摹入手的，臨摹既有賴於工具，又有賴於傳授講習，因此，產生了畫家的團體。這是辛亥以前不大聽見過的，卽使有類似結成團體的事，也不會公開。北京有鮮明色彩的畫會，首推金鞏伯（城）領導的湖社。湖社的名稱，據說因爲金是湖州人。非但社以湖名，而且入社的人都在自己名字中帶一湖字，如某某湖、某某湖，所以色彩是够鮮明的了。金本是善於經營的新人物，與西商接近，同時却又熟悉淸皇室中的事情，他的生活方式冶中外新舊於一爐。因此，他的畫室有特殊裝備，例如玻璃板的畫案下裝電燈等等，可以說是善於利用近代工具的。

畫會和開展覽會是密切相聯的兩件事，而開展覽會，無論是個人還是團體的展覽會，也都是民國六七年以後盛行的風氣。這種風氣一盛行，就出現了新起的名畫家，如溥心畬等等。當然他們之所以名下無虛，也是多年苦工夫得來的成果，然而畫的風格以至作畫的作風，都大大不同於淸末，連民國初年那段時期都有相當距離了。人們見過從未發見的古人眞迹，游過雄奇的名山大川，四王的陳規濫調已經不足動人，紛紛向兩宋學習，甚至越過兩宋而直接唐人，姑且不論精神，卽專論面貌，就不是老輩所能想像到的。非但如此，還有取材於異域而別開生面的，淸初吳漁山從西洋畫吸取的那一點，比起來又微不足道了。

在畫苑的新世紀中，還有兩個魯殿靈光，這自然是齊白石和黃賓虹。他們享有天賦的高年，在十九世紀和二十世紀各生活了一半，當然不能脫離兩個時代的影响。可以說是舊世紀的基礎上變到新世紀的。白石的畫特別受到國際影响，也是由於陳師曾的鼓舞。可以引師曾題白石畫冊的一首詩爲證：

齊翁嗜畫與詩同，信筆誰知造化功。別有酸鹹殊可味，不因蟠屈始爲工。心逃塵境如方外，袖裏淸香在客中。酒次會爲盡情語，何須趨步尹和翁。

尹和白是湖南的老畫師，善摹古畫，師曾和白石都和他有淵源，這首詩說明師曾勸白石放棄那老一套，果然發展到很大的成功。據說師曾代他交給日本展覽的第一批畫很快就整個賣完。他和賓虹晚年都享有國際聲譽，是老一輩所不敢想也不及見的。

畫學和佛學一樣，有所謂教外別傳。這裏可以提出幾個人來談談。廣東連平的顏韻伯（世淸）也是簪纓不絕的世家，他會在徐世昌任東三省總督時作過道府，以聲色狗馬之好出名。民國以後，雖當政客，却並沒有正式作什麼官。他喜歡畫大扇葉，用色淸潤而深厚，不大用墨筆鈎勒。其人雖不外典型的官僚，而題字極秀雅。和一般畫家沒有往來，所以知道他的人極少。

與他類型相似的，是周養安（肇祥）。他是紹興人，而少時隨侍在廣東，講的一口廣東官話。一度做過湖南省長，不多幾天就跟北洋軍隊一起逃跑的。他自己善畫梅花，和他的題字都似乎很古秀。在畫苑中却極爲活躍，會組織過畫學會的團體。

還有一個寧波人，而久寓天津的方若雨（若），人們都知道他收藏古泉，却很少人知道他能畫。他作畫別出心裁，山石樹木都用墨帶顏色一次一次塗染，最後稍鈎幾筆，不現皴痕，却有陰陽向背。章法結構也能擺脫庸熟面目，而以生硬見長。周、方二人都是歷史上有汚點的人，可以置之不談了。

淸皇室中人能畫的甚多，不獨溥心畬一人，這與他們的生活有關，一方面他們容易看到古人精品，一方面有比較優閒的歲月。雖以貪墨著名的慶王奕劻，也本來能畫山水，這是人們不大知道的。晚年流寓在上海的溥西園（侗），也會偶然賣畫，却爲他的戲曲專長所掩。

北京和上海的人一直是來來往往的，特別是北洋政府瓦解和華北淪陷的兩個時期前後，由北而南的最多。以上所談的，如凌直支、湯定之、余越園、陳仲恕、溥西園都是，黃賓虹則先由南而北，仍復由北而南，齊白石則雖大部分住在北京，也會到過上海。所以一般說來，兩地的風氣是交流的。這也不是專從個人的蹤跡來論定，比如吳昌碩，雖然久住上海，其影响早已達到北京。相反，齊白石在北京已經走運的時候，上海人却不大接受他的畫。

北京還有一個小小畫會，名爲四宜畫社，是海門人凌宴池所主持，他其實是銀行中人，以前和陳師曾有些淵源，師曾死後，邀集了少數人，在中央公園（其時還沒有改中山公園）的四宜軒置筆墨，隨意合作。大半都是非行家，沒有賣畫資格，所以寂寂無聞。以後他還是辦他的銀行，晚年在上海，也絕筆不再作畫了。其死在一九三五年，他也是由北而南的，所以知道北京畫苑歷史相當淸楚。

粵海政潮

陳景華和棺材鋪鬥法

生在香山　死葬香港

·蒙穗生

舉人出身的革命黨

廣東反正的一天，各界團體代表，在諮議局舉行緊急會議，陳景華（字陸逵，香山人，光緒十四年戊子舉人。曾任廣西的知縣，因爲殺了一個投降的强盜，觸怒了兩廣總督岑春煊的惱火，便逃到暹羅去，參加反淸運動）被推任廣東民政部長，過了兩天，改做警察廳長。這時各路民軍，麕集省城，弄得亂糟糟。地方上的無賴流氓，又四出騷擾。他采用治亂世用重典的辦法，敢作敢爲，大刀濶斧的嚴厲處置違法亂紀的壞份子，商准都督府，警察廳長有槍決罪犯的特權，不必經過法律程序，便宜行事，即可「先斬後奏」。因此，幾個月之間，廣州市面逐漸安定下來。當時社會的人們，對他的施政，主要的是不貪汚不徇情，固然有口皆碑的稱頌，而頑固守舊之流，爲了自身有些不方便，託人說情斡旋，陳總是置之不理。於是造謠誹謗來毀傷他的，也不在少數。只就他對付抗命塡表的全市棺材商的事實經過，也可以知道一斑了。

本來各地棺材店出賣棺木，只要有人來買，不管張三李四，阿貓阿狗，「貨銀兩訖」，便算了一筆交易，沒有其他的手續。陳景華是革命黨人，他深知道辛亥年春，廣州三月廿九日之役，黨人們會利用搬運棺材或僞飾出喪而把軍火彈藥藏在棺裏，從城外運入城裏，或運到四鄉的地下機關去，清吏軍警都沒有發覺。他爲了防範不法之徒，仿用此法，私運武器，或鴉片烟土，那就對於地方治安，關係極大，不得不提高警惕，設法防範。加以省會死亡人數，素來沒有統計，究竟何種疾病較多，男女年歲如何，某種病症，在什麼季節較爲流行，也沒有人知道。於是他就擬製一種表格，分發各區警署，轉發所屬各棺材店，凡屬買賣棺材的一律按表塡明。表裏各格列明：死者姓名、別字、男女、年歲、籍貫、職業、住址、患何疾病，死亡年月日時，處所（住所、醫院，其他），棺材店字號，地址，經理人姓名，棺木價値，式樣，殯葬處所，寄厝地方，運往何處，購棺經手人姓名地址與死者關係，收殮仵作負責者姓名地址，備註等，均須按格詳細塡寫簽字蓋章，一式三張，兩張上繳（一存本區警署，一存警廳），餘一張歸售棺店保存備查。限於出售棺木的當天下午七時前送交所管警署，以憑存轉。倘有違犯，一經查出，或有人告發，即以抗命違警論，嚴行懲處。

賣棺材塡表激怒老板

廣州城南北兩岸各棺材店老板，同在一日的上午八時，接到該管警署派員送到表格數十份，並附通令一件，說明塡表原因，與必須遵辦的理由。棺材商覺得這是給他們空前的一件麻煩的任務。有些棺材店老板竟張大其詞挑撥同業的說，警廳這種做法，是準備開抽棺材捐的，每一副棺材的價錢，都要塡明，就是抽捐的統計預備。其中有些好興風作浪的，借此機會，煽風點火，鼓動同行，召集臨時會議，一致罷市來抵抗。於是第二天的早晨，珠江南北兩岸的棺材店都關門歇業。有的還在門上貼了「東主回鄉，暫停交易」，有的且貼了「反對苛政，停業抵抗」等來企圖抵制警廳的命令。使到當日要買棺殮屍的喪家，無從購得棺材。有錢的只好派人到高塘或陳村去買，棺材店又派人阻攔新棺入市，雙方發生了許多爭執。同時運動豪紳江孔殷（南海人，字韶選。光緒甲辰科翰林。他的姿勢，上身不時的動作，好像蝦子樣跳動，綽號蝦公，他就用諧音霞公做別號。住在河南，平日以在籍紳耆資格，好管閒事）向警廳說情，收回成命。取消賣棺塡表。

陳景華生平做事，不做便了，一做必定要貫徹到底，絕不肯中途而廢，更討厭別人來干預他的行事。他得各區的匯報情況，立即再限令各棺材店第二天即要復業，倘仍抗命，就證明了該店藐視主管機關的命令，不想再做生意，永遠不准再經營棺木。而本城所需要的棺木。由警廳暫向外地採運出售。同時着手籌辦公營棺材，以應社會的需要。這一個緊急處置的通令剛發出後，江孔殷就到警廳求見了。陳與江是老友，知道江平日的行爲，沒有等到江開口講話，即笑口吟吟的說：「霞公，我兩日來辦了一件從前本省沒有辦過的好事，就是仿照歐美各國都市調查市民死亡的統計，和他們所患疾病致死的原因，且可以杜絕奸人借用棺木私運武器烟土等不法行爲。刻下棺材商不明事理，罷市反抗，是自取罪戾的。我的做事，你是知道，言出法隨，絕沒有轉圜的餘地。他們的違抗命令，結果必定失敗。霞公，你是地方紳耆，又當過清鄉督辦，深知黨人們會利用棺木運送武器的故事。請你通知他們棺商一聲，快快的遵令復業，這是對社會極大的關係的，你說對嗎？」這一番話，使得來做說客的江孔殷弄得不能開口。江的來意本欲替棺材商說情，今竟反而上了一次政治課，只好頻說，「好的好的，待我回去用電話轉達一聲，使他們從速開市。」陳即說，「棺材店罷市了一天，要殮屍的已經買不到棺木，許多喪家搞得頭昏腦脹，你就在此打電話，不是更快嗎？」這位江大豪紳，只好硬着頭皮照辦。果然過了幾個鐘頭，警廳接到各區電話，區內的棺材店，陸續開門了。有些店的職工因爲停業，出門蹓躂，來不及開市，第二天也就全部復業了。

老番棺材斂陳景華

棺材商的失敗，是不甘心的。他們既然全行罷市，又用了金錢託人出來講話，結果得個空，賠了夫人又折兵，他們的復業，自然是非常勉强的，被動的，不光彩的。然而不復業，堅持下去，更是死路。棺材不同於柴米油鹽的日常消耗品，存貨怎樣的處理，不做棺材生意又做什麼，這些都是現實問題。所以只有垂頭喪氣的服從命令。但對陳景華的這一手，是深深的懷恨，準備有機會時來一個報復。這是目光如豆不肯協助推行新政的棺材商的想法。

二次革命失敗後，黨人們多離開廣東，陳景華自恃平日爲地方做事，一秉大公，絕無貪汚徇情的不法情事，居心無他，沒有離職，還是照常工作。可是奸商市儈，土豪劣紳善棍等，互相勾結，揑造了陳的許多罪狀，向袁世凱告密，說陳是革命黨人，應該把他從速處理，以免發生意外禍患。袁世凱爲了鞏固他的獨裁統治，討好劣紳，密電龍濟光就近行事。因此民二的中秋之夜，陳景華慘被袁的走狗龍濟光誘殺了。事發的第二天，羣情洶湧，社會譁然。陳的家屬購棺收殮，棺材店知是殮陳所用，大家相約拒售，借此報復。陳的家屬沒辦法，只好向沙面買了西式棺材收殮，運到香港，換了中式棺重殮，禮葬於咖啡園。廣州棺材商估量可以借此拒售棺木，而達到報復的手段，殊不知自已失却了一筆生意，給洋商造成了賺錢機會，如意算盤打錯了。

梁鐵君之死與康有爲

洛生

吳道明的眞姓名

光緒三十二年（一九〇六年），北京發生破獲吳道明案，由北洋大臣、直隸總督袁世凱的天津北洋營務處秘密處死于韓家墅。六十年來，成爲中國近代政治改革運動中的一個謎。這個吳道明的名字，不見經傳，個中經過，頗值得一談。

吳道明，原來是僞託的名字，他的眞姓名是梁爾煦，字鐵君，廣東順德麥村鄉人。生于咸豐十年（一八六〇年），與康有爲同歲。二十歲時，和康有爲同受業于朱次琦。平日好談國內外政治和古今王霸史事，因和康意見不合，彼此絕交。後來康在廣州開設萬木草堂講學，高談濶論，鐵君也看做沒有什麽意義。

鐵君的胞兄霞鏖，富有資財，承辦廣西鹽務，由鐵君出面當堂總，主持其事。幾年之間，獲利很多。有一次，鐵君因事到廣州，無意中在路上和康相遇，久別重逢，立談之間，他對康新近的理論，十分佩服，兩人的政治思想，因而合流。從此交情日深，經常研究改革中國政治。鐵君的知友梁彤雲，是梧州知府，平日讀了康的一些著作，而不認識康，由鐵君從中介紹，互相通訊。康有爲到桂林講學，是由梁彤雲、鐵君兄弟預爲布置和招待的。

康有爲本屬清寒的讀書人，所有關于政治活動費用，如公車上書，設立學會，戊戌變政，以至由北京脫險到港赴日轉新加坡等費用，多由鐵君盡量供應。康抵達星洲後，才由丘菽園接濟。康到了美洲，鼓動華僑，成立保皇會，向僑胞募得一百五六十萬元美金。那時鐵君的私財，因爲頻年供給政治運動，也感到貧乏了。在此幾年中，保皇會在香港設立華益公司做總機關，上海由狄楚靑、劉孝實辦「時報」，橫濱由梁啓超等辦「新民叢報」、大同學校，澳門由何壽田辦「知新報」、美洲由梁文卿辦「世界日報」，國內外的聲勢大張。康以敎主、黨魁自居，發號施令，環遊世界各地，生活過得很舒服。

入北京施行暗殺

鐵君感于唐才常等在漢口起義失敗，憤慨非常。康因爲到了新加坡（從羅孝高的記錄中，說是檳榔嶼，兩說並存，以供參攷），和徒衆籌商今後活動計劃。鐵君則以軍事沒有把握，只有從事暗殺，較爲省力。康審察當前形勢，極力贊同，但又表示感到荊軻、聶政的難得。鐵君慨然拍案大呼：「這是我的責任！」會衆沒有異議，就此決定了。

鐵君啓程回國，布置一切。改名吳道明，在天津開設照相館，北京燈市口也設立支店。自己花錢捐個候選道頭銜，便利和官場交結。頤和園內有尙衣監馬總管，是西太后的嬖人，鐵君和他往來極密，因此常常携着照相機到頤和園攝影，互相拉攏。鐵君又派人到日本學習製造炸彈，展轉秘密運入頤和園貯藏，準備伺機施放。他選擇的機會，一是待西太后生日，親貴大臣畢集看戲時，一舉而殲滅之。一是預定在印度馬戲表演時，乘機大幹。可是他因忙于攝影、晒印等工作，都失去機會了。

朱籙孫出賣朋友

鐵君有舊友朱淇（字菉孫，或作菉生，南海人，朱次琦的姪輩，以秀才讀書學海堂。乙未，廣州第一次革命起義失敗，就是因爲他向清吏告發的。後來他到靑島辦「膠州日報」，又到北京辦「北京日報」。）在天津探訪局楊以德部下充當密探。有一次，朱和鐵君相遇，覺得奇異，詳問鐵君到北方的原因。鐵君警惕性不高，碰到舊友，飲了三杯，便把任務宣洩。朱却隱藏身份，故意附和，從此游宴往還。鐵君所用的密碼電本和其他文件，被朱偷竊，向主管機關報告，作爲賣友的資本，升官發財的墊脚石了。

當時社會上只傳聞被捕的是吳道明，西太后

鑒于處理沈藎案而遭受外籍人士的指摘，不顧把此案在京辦理。即飭北京外城警廳廳丞朱啓鈐押往天津，給北洋營務處，用快刀斬亂麻手法，案到即以軍法從事，秘不公布，成爲清末政治寃獄之一，也可以反映清廷當時的張皇失措了。

鐵君案發後，保皇黨對于此事，抓着題目，便大事宣傳，一方面借此誇張黨勢，另一方面也可以把向僑胞募得的大宗款項，作一次總報銷，一舉兩得。

康有爲亂說一通

梁鐵君的兒子梁元（字蘊侯，是章士釗夫人吳弱男之妹吳亞男的丈夫），藏有鐵君關于政治運動的遺札數通，裝裱成卷，請有關方面的人題跋。現在把康有爲在民國十三年（一九二四年）所題的錄下：

戊戌夏秋間，德宗以救中國，數冒那拉氏之怒，舍身變法，遂被幽廢。吾奉德宗密詔曰：「今朕幾不保，望與同志籌救」。時與譚京卿謀，令大刀王五入自寶月樓，至瀛台救上。數日間，六烈已誅，事中斷。已庚間，頻遣人入京辦此未成。及庚子勤王敗，唐才常遘難，遂決不用兵，而專意京師奪門復辟，移宮幽后，如唐明皇故事，吾亡友梁爾煦鐵君任之。鐵君古之烈俠也，長身玉立，目光如電。冠年來九江，謁先師朱九江先生，佩劍如虹，遂相識。鐵君以王景畧、陳同甫自負。

已而牽吾登粵秀山五層樓巔，强吾從所學，否則絕交，而吾乃溝瞀小儒，不能從也。交遂絕。君益談王霸大畧，進而講王陽明學佛學，葢高曠超邁，天性然也。越五年，重相見，與談天人之故，君大驚服，折節親交。暨戊戌難作，君業鹽至豐樂，乃棄而從亡，日訪俠士，任此大舉。此其在京時甲辰、乙巳、丙午間所圖者，書札幾千數百，門人徐君勉爲余收拾。凡布置之密，深入之險，小心大胆，尤可推見。而調入于粵旣難，而粵俠多不通語尤難，故久而未發。君易姓名爲吳道明，而戴文誠爲君至戚，鄉士夫多識之。以詭姓名被疑訝，爲怨者貪功被捕。袁世凱親鞫之。君面數其背上賣友之罪。袁世凱令四將陪飲而酖殺之。嗚乎烈哉。時光緒丙午七月十四日也。垂今二十年，恪于時，未敢表君之烈，此則余之罪也夫。今睹君遺墨，芒寒色正，如見古張子房、張東之，天下人士應皆致敬于此舍身救國之烈俠也。甲子臘二十日，康有爲流涕題。

康有爲作文，上天下地，大事誇張，這是他的性習，也是政治作用的手法。文中的德宗指光緒帝，譚京卿指譚嗣同，戴文誠指戴鴻慈。所謂密詔，康向外宣揚，好涉及衣帶詔。事實上這是康的虛構。此種重要文件，怎能讓它隨便遺失，這是一個疑問，康始終沒有給什麼人看過，遺失之後數十年也沒有發現過。詔書中所用「同志」二字，更屬怪異。試問專制皇帝的勅書，竟用黨派內部的稱呼，成何體統？至說袁世凱親自審訊，鐵君直數袁罪，袁又令四將陪飲而放毒藥死，繪影繪形，如戲劇性。但據朱啓鈐追憶當年親與其事，則力說康所叙述的，多是虛構，借以聳動聽聞而已。

朱啓鈐糾正康說

朱說他本人奉命赴津之日的早晨，剛在頤和園仁壽殿叩頭祝光緒帝生日，他以三品大員在殿門外，隨班行禮，禮畢，突然奉到軍機處密札，命押解吳道明、范履祥（廣西人，是六品主事，北京外城西分廳第四區警官，擔任保衛宣南紅門大宅事宜，與康黨有聯系。——筆者註）二犯赴天津交案，以軍法立即處理。朱即卸去朝衣，倉皇啓行。到達天津，津地也正在演戲祝壽。當時袁世凱臥病在牀，沒有臨場。朱入袁的臥室交代公事。這一天，是陰曆六月二十八日（按光緒帝生日是六月二十六日），和康所說鐵君死於七月十四日，是不相符的。朱見袁後，即押解梁、范二人馳赴北倉交卸。當時洋兵充斥京津道上，而北倉、韓家墅一帶，仍由華兵駐守。北倉與韓家墅，中隔北運河，約二十多華里，預計廿九日，即推遲到三十日或七月一日，當可勾當竣事。梁、范二人到津後，沒有經過審訊，更沒有受袁親審的事。以袁身爲總督，沒有親自鞫犯之理，即康說鐵君死于七月十四日，按之清朝慣例，承辦理欽犯的官員，决不敢拖延到如此之久的。

朱又說鐵君被捕，在九門提督衙門（提督是那桐）審過三天，然後移交警廳。到廳後，倒身即睡下，不說一句話，反復檢查，也沒有受傷痕迹。該案在京只六七天而已。鐵君身材高大，鬚眉甚偉，雖然枷鎖在身，行動自然。平日鴉片烟癮很重，但被逮數日，堅持忍耐，絕食無聲。全案沒有隻字供詞，即在監房，也不聞呻吟微息。有人說他精于武術，鍛鍊有素。康跋所說鐵君由袁親自審訊，是故意誇張，替梁鐵君塗脂抹粉，塑造成烈俠偶像，誘致僑胞的信任，旣可使史事成了戲劇性的英雄，供人憑弔欣賞，也趁機再向僑胞打撈金錢之計，是一石二鳥的手法云。

梁元大罵康有爲

康跋文中，旣說鐵君與古之張子房、張東之鼎足而三，「天下人士應皆致敬于此舍身救國之烈俠」，可說是恭維備至的了。那麼，凡是鐵君的生前身後，康都應該致敬盡禮，唏噓感歎，竭股肱心膂之力來援助，才是言能副實，說得到，做得到。可是光緒三十二年，也就是鐵君死事的第二年，梁元設法到了倫敦，想面見康有爲，籌商他的父親身後各事。當時康在倫敦，多方躲避，不肯接見。只派女婿麥仲華用虛詞慰藉幾句，交了梁元四十英鎊，定購三等船艙位，強逼梁離英東返。此事經過，是梁元親口告訴章士釗，說康覆手無情，至此地步，說來異常憤慨。梁元又說，過了幾年，他在香港的康寓，站在客廳中，斥罵康負義忘情，遭到康寓的外籍保鑣人強推出門。凡此，都說明了康的平日言大而誇，對同志吝惜刻薄。又從鐵君在京漢等地布置工作時（按鐵君由南洋歸國活動，而至被捕，有三年的長時間），給康信中有「若不接濟，我不能爲無米之炊」也反映了鐵君布置工作，康已不給他經濟援助，等到鐵君死後，康又借題大做文章了。

伍莊（字憲子）的跋語，也很有趣，節錄于下：

光緒三十二年丙午，余執筆香港商報，忽得天津友人電，電文止「雪鐵遇難」四字，譯者將「雪鐵」二字連讀，遂成大錯。蓋「雪」者，指收電人言，即雪菴也；「鐵遇難」三字本文。適余所用筆名爲「雪鐵」二字，一時遂有海外東坡之謠……。

這也說明了文件不用標點所造成的笑話。

沈佩貞的風流官司

夢湘

民國初年，各省都有不少的新式女政客出現。她們憑着天生的一些特殊資本，公開秘密地和官僚、議員、黨棍、政客、富商之流，廝混在一起，企圖互相勾搭，援引、吹捧，爬上了政治舞台。其中北方最活動的人物是：沈佩貞、安靜生、唐羣英、吳木蘭這幾個。至於朱三小姐、趙四小姐等，又用別一種姿態在社會中活躍，與沈佩貞們分道揚鑣，各有領域。她們奇裝異服，四出招搖，和異性歡宴尋樂，飲酒打牌，不分日夜，度那浪漫生活，是大同小異。我回憶四五十年前，她們的醜行穢聞，雖屬流光掠影，還是歷歷在目的可以記得個中大概。當年最出風頭臭名遠揚的大胆作風沈佩貞，是最惹人注目的一個。

上海的「神州日報」，曾把沈佩貞們在北京醒春居行酒令聞臭脚的新聞揭載，引起了一宗空前的齷齪官司。事情發生的經過，可做「二十年目睹怪現狀」續集的材料。

北京東四七條胡同，有一所壯麗寬宏的花園別墅，亭台池沼，布置精緻，原是曾任成都將軍四川總督，內務府大臣奎俊的私人住宅。清廷垮台後，屋主把戲台園林廳房，劃出一部分，租給商人開設醒春居茶館。因爲它具有園林之勝，於是官僚政客，名士黨棍，浪子淫娃，常借此「雅集」，盛極一時。女政客沈佩貞經常和袁世凱政府的要員，國會議員，各黨派的政客，清室親貴們，在此夜以繼日的流連游讌，打情罵俏，爭風吃醋，穢聲四播。民國四年的春夏之交，綠葉成陰，百花爭妍，沈佩貞邀約了一批膩友在醒春居飲讌。屆時她率領了靚裝艷服盡態極妍的婦女十餘人參加宴會。脫鞋解襪，換穿了繡花拖鞋，坐臥在海棠花下，搔首弄姿。酒筵布置在假山邊旁的曠地，男女主賓三十多人縱情的大吃大喝，談笑風生，沒有絲毫拘束。如用文謅謅的話來描寫，眞是：裙屐雜沓，觥籌交錯，遺簪墜珥，胡帝胡天的了。

大家吃喝到有點飄飄然微醉的時候。忽然有人說，「今天的盛會，眞是紅男綠女都入醉鄉了。」也有人說，「這里不是醉鄉，而是溫柔鄉。諸位佳人，跣足入座，圓膚光滑，如洗凝脂。可用『聞臭脚』做酒令，順着行酒，即用此三字，連貫成文，要全用成語，如令到不成的，罰依醒春居酒數（一茶杯紹興酒），聞臭脚一次。」大家聽了，吃吃的笑，有一少女嬌聲滴滴的衝口而出，說了一句「快死哉」的蘇白，大家拍手贊成，沒有一個人發生異議。

是日男客中，只有一人沒有罰聞臭脚，他說的酒令是：「陽春有脚，是月也，陰溝開，脚帶解，臭不可聞。」而第一個罰聞臭脚的男賓是清室貝子載振（慶親王奕劻的大兒子，清末曾任農商部尙書。平日好作狹邪遊，西城妓女，無有不識振大爺其人。段芝貴投其所好，把女伶楊翠喜脫籍，送給他當外婦），有些男客故意的被罰聞臭脚，以一親薌澤，看作無上艷福。謔浪笑敖，各盡其樂。「上海神州日報」繪影繪聲的詳記其事，是根據該報主辦人汪壽臣（彭年）旅京的通訊而來的。

過了幾天，沈佩貞的膩友董甲，把「神州日報」給沈一讀。沈看後羞憤交并，督率了娘子軍二三十人會同她的乾爹九門提督江朝宗的士兵十多名浩浩蕩蕩，直奔汪壽臣住宅，大興問罪之師。怎知到了目的地，汪恰值外出。她們見到汪的同戶住客國會議員郭同，就互相口角，羣雌不管三七二十一，把郭圍着，拳打脚踢，亂揍一頓。

沈佩貞口講指劃的亂罵，親自用手撕破了郭的褲子。郭極力掙扎，頻呼救命，碰着另一個國會議員劉成禺，偶然經過汪宅，聞聲進門，詢問究竟。沈知理屈，才呼嘯逃竄。瀕行，還說要找汪壽臣理論，教訓一頓。

郭同因禍從天降，憤恨異常。過了幾天，即具狀向北京地方法院控訴沈佩貞糾衆毆傷，無理取鬧。汪壽臣也把當日沈佩貞糾衆行兇實情，寫成新聞，分送京中各報發表，哄動一時。開庭之日，法院內外，擠擁不堪。沈佩貞裝飾時髦，如時出庭。法官尹朝楨循例先問兩造的姓名、年歲、籍貫、住址、職業之後，郭同申述自訴理由。沈佩貞供稱因郭同出語傷人，一時火起，才把他毆打。證人也說明了這天所見的實情。法官勸諭兩造在外試行和解。郭同說，殺人者死，律有明條，以牙還牙，以目償目，也是合情合理。而我以無辜，被沈佩貞的一班潑辣蠻不講理的惡婦橫加侮辱，肆意毆打，扯破褲子，不知她們居心何在？而且我和被告沈佩貞，既非夫妻，她又不是妓女，今竟做了妻子、妓女的行爲，把我褲子扯下，亂抓亂搞，不知她是否存心要傷害我的生命？抑或借此先行試探？要她據實供出。旁聽的羣衆，聽了郭的幽默諷刺的話，大笑起來。法官也忍俊不禁的搖頭。沈佩貞雖然面皮老，在羣衆訕笑之下，弄到面紅耳赤，露出十分尷尬，低頭不作一語。郭同繼着的說，我雖然還能夠容忍這個潑辣的惡婦行兇，但被抓的局部是不肯甘休的，現在還是隱隱作痛，就是表達它的憤恨不平。根據以牙還牙的辦法，她這樣的對付我的局部，我也該以這樣的來對付她，才是合情合理的公平，否則我或者能置之不理，而無辜受辱的，怎能使它安定下去的呢？羣衆聽了，再一次的笑聲四起，法庭上發生騷動。

跟着兩造在法官審訊之下，又各說了一番。法官宣佈休息十分鐘。方宣判沈佩貞糾衆滋事，行兇毆打，妨碍名譽，判處徒刑六個月，緩刑兩年。

事後，濮伯欣爲了幾首竹枝詞在上海「時報」登出，中有一首云：「最是頑皮汪壽臣，醒春臭脚記來眞；何來敢打神州報，總統門生沈佩貞。」（按：所謂「總統門生」，是指沈佩貞所用的名片，印着「大總統門生沈佩貞」，可說是稀奇古怪的名片頭銜的了。）

這一宗齷齪官司完結了兩年左右，廣東正在熱烘烘的，樹起了護法旗幟，南北的志士，政客也投機的奔集五羊城中。國會議員們除了開會之外，大多數是徵歌選色，尋找娛樂來過客中生活。沈佩貞自從袁世凱死後，失所憑依，北京政局又變了些樣，不得不另找新生活，別尋出路。於是南下廣州，住在珠江北岸的東亞旅館，做活動的出張所。某日晋謁孫大元帥，某日訪問參衆兩院議長，某日拜訪各部部長的新聞，時在報上披露，儼然是個政治要人的行動。她爲了解決生活費用的開銷，和國會議員魏肇文有過一段短時期的結合，於是引起了第二次的齷齪官司。

魏肇文貌本不揚，只因家裏還有點私產，加以議員的每月公費幾百元，生活是比較寬裕。飽暖思淫慾，客中寂寞，便找流鶯作對象。可是言語隔膜，諸多不便，苦惱異常。偶然一天，在國會非常會議秘書處，由友人介紹，認得沈佩貞。男的是羅漢身份的國會議員（當時社會上叫國會議員爲八百羅漢），女的是名馳南北的英雌，五百年前風流債，從此開始。經過兩三度的吃喝調笑，寡女孤男，打得火一般的熱。無如沈佩貞貪心不足，另行找些收入，來供揮霍，俗語說，欲使人不知，除非己莫爲，終於給老魏發覺，便把沈雌當「牙籤」看待，一丟了之。沈以固定的利源，一旦中斷，實在不甘，於是向廣州法院提起訴訟，說魏肇文把妻子丟棄，不給生活費用。開庭之前，市民震於沈佩貞的大名，又屬風流官司、大報小報隨意渲染，整個廣州城的茶樓，幾乎都紛紛的談論此事。等到開庭之日，萬人空巷，像看大出喪一樣的擠擁，都想一瞻沈英雌的丰采以爲快。

沈佩貞向法官陳訴和國會議員魏肇文過去的恩愛情況，并指出魏的生理特徵，經常强迫她做不正常的事，偶一不遂，便打耳光。說來如數家珍，痛哭流涕，旁聽的人聽了，無不掩口而笑。魏肇文立即反駁，說明他和沈的關係，是由友人所撮合，在旅館同宿了半月，可查旅館賬冊，原住戶名是沈佩貞。招客同宿，純屬臨時買賣性質，貨錢早已兩清，絕沒有夫妻關係。今證人亦已到庭，可以據實作證的。法官宣諭沈佩貞提出婚姻訴訟，應將介紹人，證婚人的姓名和結婚時日、地點、證書等，詳細說明和交出，以便查對核辦。沈聽了，呆了半晌，無從回答，跟着大哭，頻說「男子無情，拋棄妻子」，大吵大鬧。旁聽的人又縱聲大笑。

法官見狀，即宣諭：此案兩造全是姘居性質，既無合約文件，又沒有生男育女，雙方隨時可以分手，和正式夫妻的關係，完全不同。本案撤銷，不予受理。訟費由原告沈佩貞負擔，此後不得滋生事端，否則依法懲處。沈掩面痛哭而出庭門。連日又到國會議員招待所，坐在號房等候魏的出入，直接向魏糾纏。魏得同寅相告，只好另搬住所，暫避騷擾。寃家路窄，有一天，兩人在路上碰到，沈即扭魏理論，互相糾纏，到了警署。警長細問情由，即斥諭沈佩貞限於三日內出境，否則拘案送辦。原來這宗臭官司開庭之後，各報加油添醋的描寫，讀者們久已把它當作社會病態新聞來看待，「共和報」又把當年郭同和沈打官司的舊事，重新發表。沈知道了不能夠再在珠江河畔立足，只得靜悄悄的溜回北方去。從此越秀山下，才沒有這隻人妖出現。

懷夫人降鸞記

楊雲史遺著

向有「江東才子」之稱的楊雲史，雖然是二十世紀三十年代的人，但頭腦非常腐化頑固。因爲他的詩做得還不俗（詩的好壞，且不批評），易入人眼，於是在文壇上享名三十年。他這篇「懷夫人降鸞記」，是一九四一年他客居香港時贈我的，是年七月他在九龍逝世，我一向將此文夾在書中，今日偶在舊篋中搜出，爲林熙先生所見，他說：「雖然鬼話連篇，但也是文人游戲，不妨刊於『大華』，以供海外叩拜濟公的人欣賞。」我說：「善哉！善哉！此亦善事也，敢不如命。」因畧加標點，以付林君。

一九六六年三月二十日，李清波記於香港。

懷夫人既歿之三月，余因公至申江，夫人從兄徐君子丹，舊友鮑君承良，方主持達善堂事，爲濟佛壇弟子，掌壇務。余乃請於二君，求濟祖提度亡靈，並求攝魂到壇，俾得幽明相通，一敘死生契闊。於十一月二十九日上表，蒙濟祖諭示：平時提度殊不易爲，嗣經二君再三懇求，次日蒙諭許可，命誦菩提懺一晝夜，及大學聖經爲之超拔。既訖，諭示十二月初七日亥正提度到壇。屆期余率子豐祚到壇叩侍，又蒙呂祖及東極老祖降壇襄助，勅普眞人往東嶽府，勅感眞人往原籍城隍，查調文卷功過（無過方可），再同往幽明教主府，轉勅閻君，查詢幽魂所在之處，乃知夫人今在地府之思過軒中。思過軒者，凡生前有小過失者居之，普感二眞人乃面稟東嶽仁元帝，蒙旨允許提拔。二眞人回稟，濟祖乃勅琰摩羅將軍及接引佛，持大籙同赴仁元闕，提取夫人亡魂來壇。濟祖親臨壇外十里等候。至亥正，幽明教主勅力士，嶽府勅俞元帥偕常郡城隍送文卷亡魂至。濟祖諭令爲夫人開西窻。設布拜墊，乃勅琰摩羅將軍、俞元帥護靈到壇。濟祖乃先訓夫人，皈依三寶，告以本來，諭以佛法，賜以法名（名曰烟霞舊客），令夫人拋棄凡念，從此靜修學道，三六年後，可成正果。然後乃命夫妻問答，并勅普眞人爲之代筆，余父子在傍侍立，鸞筆如飛，隨問隨答。夫人慰我勿再思念，規我知足安貧，修心救世，語凡數百字，歷兩鐘之久。夫人素賢明，語氣如其生時，濟祖稱賢，爲改法名曰賢霞（其間一節，悲余遠客他鄉，飄泊勞苦，竟大發悲聲，濟祖令且休息，爲之開導，使之定心，則夫人哀傷可知矣，悲夫），余與幽魂晤言一室，未免悲傷，絮問不已，濟祖恐夫人再動哀情，致墮塵障，不許再說，即勅琰摩羅將軍，送夫人往落伽山古洞修鍊，鸞筆遂停。余父子飲泣叩謝而去。壇衆告余，佛祖從未爲一人特別提度，此次竟蒙恩准，專爲夫人上窮碧落，下達黃泉，驚動諸天，煞費周折，於思過軒中，拔之落伽山洞，出九幽而覩三光，脫鬼趣而接仙境，此夫人之異數，我佛之殊恩也。惟回憶百日之前，我與夫人歡笑相對，朝暮相從，固儼然人境也，實事也，曾日月之幾何，而夫人已爲鬼百日矣！落伽固仙佛境，然以深閨繡闥之弱質，今乃於風雪中遠渡南海，處之荒山寒谷之中，誠心乎痛之，然自經今日佛法提度後，從此不受地獄管束，十八年後便成正果，固已超出尋常冥福萬萬，我固疑其大有來歷者矣。而余自顧則何如，悲慰之餘，恭紀其事，示不忘諸佛大恩也。乙丑臘月初十日，楊圻合十謹序（是日爲夫人百日之忌）。

乙丑（即一九二五年）十一月二十九日，江東男子楊圻以亡妻懷夫人徐檀生卒年月，表求呂濟二祖提度亡魂，並求攝魂到壇，夫妻談話，當蒙二祖訓示楊圻曰：「提度事宜，不能隨時求請，明日候示，蓋職守不同，必須浴請教主。（即地藏菩薩幽明教主也），轉飭各殿，方可恩准也。」次日再三懇求，奉諭恩准，定十二月初七日亥正，提度亡靈到壇。先期命禮菩提懺及大學經，於是請徐鮑二君及壇中諸君，拜禮經懺如數。至初七日晚，余父子到壇，屏息侍立。濟佛降壇訓示曰：「見經筵，我等光照到壇前，施佛惠，勅詔赴九泉，我等乃希普感懷同降（四眞人法號），阿彌陀佛，一念澄淸出愛河，施大法；慈惠到森羅。老僧南屏是也。今日禮菩提寶懺，仗佛光明，拜經戒衆，各發至誠，俾天人一氣感召也。先行拜經一單，單畢再上來侍差。」

「呵呵，正所謂三生因緣，法使佩籙上差，亥正大籙置案前。」

「嘆人生，夢一塲，生前只說壽無疆，誰知一刹光陰去，何處徵求不老方。嘆人生，不種德，筆下無心有過失，若將文字善中求，定卜期頤壽必得。嘆人生，處處空，要享長生重德功，生前富貴成何用，花落花開迅似風。嘆人生，莫愛錢，修心念佛好參禪，有限韶華難再續，數到臨頭悔卻先。

「呵呵，老僧言，莫厭嫌，光陰迅速把人纏，生前種德身後好，一德能回壽百年。

今宵我佛發慈悲，諸子虔誠上達天，三乘寶筏菩提境，亥正提來我佛隨。」煩普師赴嶽府一行，煩感師赴該亡靈原籍郡守，查調文卷（卽城隍），然後再赴嶽府，襄助普師查勘功過卷冊，仰拜經戒衆，接拜一單，單畢，上來侍差（以上濟祖諭）。

呂祖降鸞諭曰：「爲人在世行善功，功德巍巍天地通，通天通地無纏絆，快樂悠悠菩提中。」我乃呂道人，今宵亥正提度徐氏，特來襄助我佛也。「經聲朗朗達上天，人人合一有眞詮，吾門戒衆心誠恪，感動蒼蒼施甘泉。人生百年容易了，何如及早種德好，功德累累勤善道，將來自得樂逍遙。逍遙快無邊趣。一念誠心有今朝，奉勸世人多種得，功圓得赴九重霄。」（以上呂祖諭）

東極老祖降鸞諭曰：「我乃東極老人也，亥正隨佛到壇場，求者靜心莫悲傷（指余父子而言），壇前非是悲傷處，大道原來隔陰陽。俟普感二眞查淸回稟後再談，因平常提度非比淸華會時，上天早勅咨嶽府敎主（七月十五日濟祖設淸華會專度亡魂），現時手續十分煩難，層節異常衆多，須先至本郡城隍調取案卷，然後再赴嶽府查勘功過，再至敎主府，轉勅閻羅查詢幽魂落在何所，有無罪過，提，出後由敎主派力士隨同我佛到壇，仗佛金光，方能入壇，本來所請不得准許，因掌敎湛渾二子誠求。（卽徐鮑二君），又加諸戒衆誠心拜經，又蒙我佛慈悲，方能得提度亡靈也，且下去上單，單完再上來」。（以上東極老祖諭）。

琰摩羅將軍降鸞曰：「我乃琰摩羅將軍也，携有聖命，請東皇（卽東極老人）率諸天赴玉霄宮會齊，子刻發駕，此間請濟佛接引佛主事，餘者隨者隨東皇上升，至要至要。本將軍乃斗部及靈寶天尊轉飭來壇，爲道敎攝魂使者，本將軍聽候濟佛傳呼，叩送東皇侍諸天赴闕。此時停鸞，寫經畢，繳大籙於案上，切切毋違」。移時又諭曰：「普感二師上白佛祖，適由該亡靈原籍郡守處查勘卷宗，其中有一二未完全者，復往嶽府面稟仁元帝，已蒙允許提拔，來壇與否，未奉諭明，仁元闕稍停有俞元帥偕同該郡郡守，捧呈文卷，請佛批閱，現閭該亡靈尙在思過軒中。」（以上二節琰摩羅將軍諭）

濟祖諭曰：「呵呵，老僧已悉，普感二師請便，老僧閱卷後，再求我佛大力提攝，看他造化。因中果，果中因，生生世，一賬淸，方可來壇法語聆，前生夙業未結束，難爲老僧煞費心。今日菩提懺已畢，幾人發願聖經鳴，一誠感格神仙應，大法施來壇內行。能把聖經誦百遍，前生夙業立時淸，心惟口誦須誠敬，了卷人間渴念心。」（以上濟祖諭）

（戒衆跪誦大學經一百遍）經畢。

琰摩羅將軍諭曰：「煩感師隨本將軍赴仁元闕一行，接引佛能隨否？」

濟祖諭曰：「呵呵，取黃元紙硃筆等上來，用老僧之寶，往仁元闕提來，仰基法使（壇弟子某君法號），焚於金鼎，老僧在壇外十里，待爾等前來回話。」（移時徐夫人靈魂將到。）

濟祖又諭曰：「仗聖言，佛金光，消除前愆化前障，出過軒，玄壇聞法，傳諭他，要澄心念，說兩句，現在悟言，勿涉塵中雜念。爾等無職人員，將壇門讓出，小西窻開放一扇，各員謹肅身心爲要。」（徐夫人亡魂，已由思過軒中提攝到壇。）

濟祖諭曰：「善哉善哉！西窻下可設一靑布墊（想爲夫人跪坐之用），求者起立，退立兩傍（指余父子而言）。仰琰摩羅俞元帥護靈前來。」

濟祖諭徐夫人亡魂曰：「皈依佛，懺悔前生，爾夫子及爾兄，爲爾叩佛誠心莊重，至今時，當明佛法。

「皈依法，願爾身再證前根，三六後，蓮座飛騰。皈依僧，永悟空門，以前罪孽今剷根，一心靜再話前生。

「爾本瑤島一散人，端因池蓮誤降塵，助夫主和睦孝順，視子女母德堪稱。今我佛，施法力，叩瑤池前罪不論，准爾修懺歸拔眞。

「呵呵，爾有夙緣，當悟本來，今奉佛旨，及金闕懿旨，爲爾消化，爾夫爾子及爾兄，誠心代爾懺拔，爾當皈依。（想見此時夫人跪領法旨。）

「呵呵，二秒前，乃爲思過軒中之鬼，二秒後，可得淸涼逍遙矣。老僧慈悲，爾若有言，可勿涉凡情（凡情謂悲傷也）。告普惠眞人，卽請眞人代鸞。呵呵，老僧贈爾法名曰烟霞舊客，遵法旨道來（按夫人字曰霞客，壇中無知者，今佛賜名曰烟霞舊客，若曰霞客本人耳），令人毛骨悚然。」（以上濟祖訓諭夫人之辭）

徐夫人於是降鸞曰：「人生難得是靑春，修玄學佛得長生，可惜韶華容易過，一回頭是百年身。（書至此余問曰：君死後魂在何處？）夫人曰：思過軒中將三月，三閱月前在原籍，原籍郡守三次問。（書至此，余問曰：原籍何處）夫人曰：哈哈，三月前乃在常郡也。（余問曰：冥況若何，卿生前有過失否？）夫人曰：生前過失多復多，人非聖賢可奈何，最恨靑年少從師，不知佛有三乘法，而今過失皆懺悔，切勿還憶閨中德。嘻嘻！人生因果說來多，因果層層來去梭，我今悟澈佛中法，以前離恨付南柯。超度亡靈一點心，心誠感格通神靈，而今佛法施無上，再修再悟謁三淸。（書至此，余問曰：我父子思念於卿甚苦，今宵夫妻母子聚會，所恨不能見面，未知卿能見我父子否？）夫人曰：凡塵一體何須問，若問此言君不明，人鬼分者爲一體，人鬼不分是一靈，顧兒曹順親承志，切莫要安作聰明。（書至此，余問曰：卿如有不放心處，望明言見告，無不依言辦事，且君冥況有無苦處，我殊不放心。）夫人曰：放心不易惟我易，悟澈法空今訓句，謝君情重誠心請，還望君善寶千金身，若能够佛壇常到，聆妙玄聖佛常親。（書至此，余知夫人尙不能忘情於余：悲感甚，恐其去。問曰：未知我所化財帛經卷冥中收到否。）夫人曰：以前皆收到矣，家中事，我常明，但不受今日佛法，難以知情。（余問曰：此後卿將往何存身？）夫人曰：以前皆收到矣，家中事，我常明但不受今日佛法，難以知情。（余問曰：此後卿將往何處存身？）夫人曰：以後霞聽濟佛派遣，住修之處，現尙不知。嗟，嘻嘻！人生各有一靈山，不見聖顏見佛顏，嘆塵凡，日不安，終日奔波爲啜飯，抛妻撇子千里外，爲的是名利一關，楚尾吳頭三千里，也是依人寄籬間。（以上皆夫人語，似悲我久客遠游勞苦，自悲隨余客死岳州，故發噫嘻悲聲，想夫人語至此悲不自勝，故下文濟祖勸令休息，慰令定心。）

濟佛諭夫人曰：爾且休息，容老僧開示一二理法，使爾定心。（休息約十分鐘，余祝曰：今宵夫妻見面不易，卿尙有何言，請示我，我父子皆安好，兒輩亦頗孝順，望勿復念我也。）

夫人書曰：噫嘻，我本不文，仍請佛祖代政，祖宗雖遠，祭祀不可不誠，庸僧俗道，經懺可免，若欲度拔先靈，發至誠心，聖經勤讀，若信佛，可常誦心經，誦佛號亦可，但須心存有佛而已。（以上夫人語。）

濟佛諭夫人曰：呵呵，本壇爲賢孝德智慧，今爲爾更改法名爲賢霞，入金壇敎下，謝佛恩，勤修煉，三六後，謁金門，從此後，滌凡慮，學眞人。（書至此，余問夫人曰：卿病故岳陽，客中備辦身後，諸多草草，我心不忍不安，未知卿有怨有恨否？）

夫人書曰：「衣衾棺槨身外物，我現在心中惟有一佛，從此後，謝君情重，君情重，是凡情，我心忍，是仙心，從此後，勿紀念，各修行，做功德，重聲名，勤善道，上聖旌，敎兒孫，孝勤儉，要知足，貴守貧，佐賢主，救生靈，君家聲，貴且清，望保重，撇去情，生凡念，佛不親，再墮落，業非輕。（書至此筆停。）

濟祖諭曰：「呵呵，賢者賢霞，解人也。」（余又曰：我思念卿殊切，望時於夢中一見，以慰我心，夫人不答。）

濟祖諭曰：「仰琰摩羅將軍，送賢霞往落伽左山，古洞中靜煉，若再繫凡情，老僧也難求恩。（玩此語氣，可知夫人前段之悲感欷歔，故濟祖有此制止之詞。）天曹有事，老僧也無暇留此。收鸞。」

作降鸞記訖，把卷三復，如覩音容，終日悲嘆，不忍釋手，默念落伽山乃在人間，今既得其蹤跡，將以明年渡海尋之於千巖萬壑之中，冀或有所遇，未可知也。因賦詩爲約。

鴻都仙客術通神，夜醮空堂月半輪，燈燭有光帷帳寂，得無遙見李夫人。

萬語千言慰我心，安貧守道是知音，平生規勉尋常事，一字今朝抵萬金。

中年偕隱罷聽珂，荆布相從奈亂何，十四年來天下事，功名兩字負君多。

似聞蹤跡在仙山，雲海沉沉洞府閒，如此人間風雪夜，定知回首望塵寰。

營齋營奠羽書忙，百日煎熬鬢已蒼，莫問俸錢過十萬，江中風雪鏡中霜。

來時不易別時難，保重叮嚀佛也酸，差幸死生通一點，共知人鬼兩平安。

勸君此別莫悲傷，見性明心得久長，今日相形慚見拙，薰香荀令是皮囊。

廿年盟誓兩心知，慚愧年年枉賫辭，不願長生不怕死，只須同盡莫參差。

一聲去也兩心酸，臨別殷勤見肺肝，夜半送君南渡去，一身風雪步虛寒。

從今蹤跡隔仙寰，此別音容去不還，我欲相從迷處所，一聲清磬落伽山。

彩鸞一去隨簫史，可許他年眷屬情，長與君身伴仙骨，海山深處洞天清。

落伽猶自在人間，萬壑千巖閉翠鬟，他日刺船滄海上，爲君踏遍望夫山。

地老天荒只幾年，愛河恨海一齊塡，無情爭似無生好，何物神仙何物禪。

黑婦樓中繡佛前，蘭成老去且參禪，倘敎無色眞無相，天上何來離恨天。

楊雲史軼事

竹坡

楊史雲的繼室徐霞客死後三四日，他便要去從軍，跟着吳佩孚打南方的「赤軍」。雲史悼亡情深，不忍遽別，於是私謚徐霞客爲懷夫人，悼詩中有「誰憐九月初三夜，死別生離第一宵」等句。

抗日戰爭期間，雲史寓九龍金巴利道，室中高懸吳佩孚寫贈的對聯：「天下幾人學杜甫；一生知己是梅花」，集句也。時雲史貧甚，出賣溥儀「賜」他的一個花瓶，索價巨萬，無人問津，其實此瓶乃劣物，不過值二三百金耳，雲史以爲出自「天家」，必寶物也。

我和申報

·陳彬龢·

經他一說，我記起文章中確會提到任之先生，此因中國職業教育，任之先生提倡最早，係屬事實，文中提及，亦屬應有之義。

史先生似知我的疑團猶未盡釋，續作進一步的說明。他說：「編輯部中，對於任之叔雍，不甚融洽。唯一原因，爲編輯部還持傳統風格，相戒參加社交，而他倆則常在外活動，致被認爲招搖，莫說文中提到，成爲大忌，即使極好的外來稿子，要是他倆交來的，亦寧珠玉毀於櫝中，屏而不用。」

按任之先生爲前清孝廉公，當地紳士，入民國後，曾任江蘇教育司司長，省議會議員，北洋政府梁士詒內閣、顏惠慶內閣任內，兩度任爲教育總長未就。所有蘇浙大老以及軍閥齊燮元、孫傳芳等都是他的朋友，接觸面既極廣泛，活動力向來堅强，若說他假借申報名義才能有所推展，未免小覷了他。但如說他利用這塊招牌，使其因「學閥」而被國民黨通緝以前的社會地位，易於恢復，尚不失爲情理上的推測，然與招搖則大有別矣。

後來我向蘊和先生解說，文中提到任之先生。只是說明國內職業教育的源流，於箇人並無標榜之意。蘊和先生相當諒解，過日即將原文發排，未易一字，我的辭職當然也作罷論了。

繼此，我又於副刊方面，着手改進，作全面的革新。副刊在上海的混名叫「報屁股」，似爲人所輕視，其實它的分量絕不在社論之下，讀報的人儘有不讀社論而專在「報屁股」上着眼的，就教育意義而言，關係極大。申報副刊的「自由談」，沿襲舊制，滿幅儘是游戲文章。天地之大，似除風花雪月外，無一可談，陳舊尚爲餘事，最要不得的如張資平所爲的三角戀愛連載小說，浪漫頹廢，尤足使讀者迷罔。因此我寧冒不韙，先將張資平的小說，予以「腰斬」，此時，黎烈文先生適從法國回到上海。他在法國專攻文學，與史先生又有世誼關係，由史先生提出由烈文接替周瘦鵑先生，論人論事，確屬佳選。我們所定方針，爲借此篇幅，進行新文化運動，提高稿費，禮請前進作家撰述。由此，魯迅、茅盾諸先生皆曾爲「自由談」寫稿，對於青年灌注了不少的新知識。

烈文主編「自由談」後，史先生在商言商，爲節省開支，擬將周瘦鵑先生辭退，但我不同意。這因游戲文字雖不合時宜，而在當年則有助於申報銷路的推展，在人情上不應得魚忘筌。再以新舊交替之間，老一輩猶迷戀於舊文學，俳體諸文，看來津津有味，爲了銷路，亦應投其所好，攬住這些老讀者。因此商定另闢一欄，題名「春秋」，請瘦鵑先生主編，公私兼顧。

我們又增闢「讀者顧問」一欄，對於任何問題均負解答義務，主其事者實爲高語罕先生。語罕曾著「白話書信」一書，上海亞東圖書館出版，爲青年所愛讀，連銷十餘版。此時他以托派分子被當局通緝，匿居上海，其與申報關係，知者僅有史先生與我兩人。讀者來信有時每天多至三四百封，所提問題，除關於醫藥、法律、科學專門性者外，統請語罕解答。送件取件，由高太太經手，以資縝密。語罕忠於信仰，在解答中總盡可能將托派理論滲入，我爲顧全報館立場，亦盡可能將托派理論剔除。因此語罕大不愉快。直到全面迄在相爭相諒中抗戰，他由港去武漢，參加抗戰，曾在武漢某刊物上，痛罵我一頓，亦一趣事。

我們對於來稿，不止於消極的採用或解答，還寓有培養「新血」的積極作用，今在北京的潘朗先生即屬此中的代表人物。他寄來一封超過萬字的長信，表示不滿現狀，才氣縱橫，熱忱洋溢，從紙面上已看出他不是尋常的青年。我馬上約他面談，果然對勁，便請他參加我私人文字工作。抗戰期間，他幫我在香港辦「港報」，走的是救國會的路線，實際是由他領導，這是後話。

九一八事變發生後，南京仍死抱老一套，無視國難，加緊一次又一次地剿共，名曰「剿匪」。在我的看法，一箇有主義有組織的武力，決不是「匪」，亦不是「剿」所能消滅，故在當時的申報社論中，對中共從未用過「匪」的字樣。南京當然是不滿意的，中宣部崔唯吾先生，中央通訊社蕭同茲先生，先後都來辦過交涉，我堅持所見，絕不爲動。他倆也够風度，心有所憾，却不形於詞色。

不久，申報爲指陳當前局勢，促進南京覺悟，發表以「剿匪」與「造匪」爲題的社論，接連三天。其時不惟槍口對內不對外，政治亦極腐敗，人心思變已是必然的。思變的結果，以投「匪」作爲出路，亦大有其人。謂爲造「匪」，可說是一針見血之談，也就因此，申報招致了嚴重的壓廹。

第一步的壓廹爲指名要我離開申報。史先生爲釜底抽薪，同意照辦。但念革新後的申報，銷數激增，每日發行達十三萬份，我尙不無微勞，又不願意放走，正在兩難間，恰巧南京路的大陸商場建築完成，後門在九江路，繞過九江路便到漢口路申報館，史先生鑒於距離不遠，計上心來，爲了使我仍能暗助編務，和報館僅作形迹上的脫離；又爲配合申報六十週年（一九三二）紀念，準備興辦社會敎育事業，乃在該商場租賃一層樓，劃出一部份作爲我的辦事處。此後我便不到報館，互以電話書面聯絡。

申報所辦社會敎育事業，有流通圖書館與補習學校，以店員、工友、婦女及失學青年爲對象，圖書館歡迎借讀，且加指導；補習學校則收費極廉，淸寒者免費；主其事者爲李公樸先生。公樸原爲國民黨北伐軍東路前敵總指揮部政治部宣傳處科長。政治部主任爲陳羣，陳羣解職後，公樸去美國兜了一轉，此時適回上海，思想大變，因急於就事，乃由我介見史先生，畀以此職。其人有血心，富幹勁，是其特點。流通圖書館的工作發展得很快。我記得又辦了一個刋物，名叫「讀書生活」。編輯中有一位李先生，名字忘記了，他是留學日本，學化工的，後來知道他就是艾思奇先生，他不多大說話，待人和藹，對工作極負責的。

一九三二又辦申報月刊，申報年鑑，中國新地圖和中國分省新地圖。月刋編輯原定聘請胡愈之先生，愈之不就，轉薦俞頌華先生。年鑑編輯由頌華推薦張梓生先生。地圖爲根據北平地質調查所勘測的藍本，由丁文江、翁文灝、曾世英諸專家編製，以色彩的濃淡顯露地形的起伏，向所未見，今尙爲最佳之本。

由於申報範圍視前擴大，我這箇地下工作者，任務益重，爲防貽誤，所延助手竟至六位之多。接觸旣繁，消息外漏，以故我雖退藏於密，終難逃過南京耳目，於是第二步的壓力又來了。

這一回可不輕鬆，南京採取封鎖政策，申報除上海租界外，不問郵遞自運，概予截阻，申報的大門仍讓敞開，生命線却被扼殺，史先生實在無法招架了，唯有屈伏，將我解職，其時是在一九三三年冬天，距我參加申報，恰近三年。以上所述，卽爲我與申報第一次的關係。

至於我對史先生的認識，因爲時甚暫，根本不配談論他的爲人。但三年之中，每日接觸，所得印象，究非泛泛。以下雖爲一鱗半爪之談，眞實性尙能保證。

史先生爲秀才出身，辦過敎育，做過小官，在我的意想中，應與張菊生先生、夏粹芳先生（商務印書館創辦人），陸費伯鴻先生（中華書局創辦人）同型人物，書卷氣是够醲郁的。可是第一次見到他時，却很出我意外，他的帽子也斜戴的，做袖翻領，烟捲兒掛在嘴邊，調調刁刁，「流腔」頗足，談吐不俗，却不盡是讀書人的口吻。據說淸末民初年間，辦報的人都得帶點特殊背景，至少也得帶點特殊氣味。否則報館是惹事生非之塲，上海是魚龍混雜之地，外來阻力，將致無法應付。時至此時，風氣漸變，眞正的大流氓都已袍兒褂兒，强盜扮做書生。可怪的史先生却仍跅弛不羈，保持當年的「風格」。

就商業觀點言，申報是成功的，史先生的偌大財富，卽從申報而來，是爲明證。但就報紙的標格而論，則與報齡恰爲正比，老而頑固，儘管時局變動，中經「五四」高潮，賺錢以外，仍然無動於中，膠柱鼓琴。九一八後雖啓革新之門，但其動機謂爲時代的驅使，毋寧謂爲同業的影响，因其時天津大公報的力量已開始南下，史先生爲防銷路見奪，才感到閉關自守，不足以應付今後的局面。

然而由小脚放大脚，走路總是跨不開的。這幾年申報雖辦了幾樁新事業，付出相當代價，但盈利所得，仍是隨年增厚。史先生左盤右算，只肯從盈利項下撥出小部份，點點滴滴補苴罅漏，無胆大幹。我嘗向他進言，我們的報雖在革新，然距理想尙遠，至低限度，也得做到大公報的模樣。他似冒火了，繃着臉兒，一言不發。其內心是可以捉摸的，以爲申報至不濟，也不會在大公報之下。我仍續言，自承是廖化作先鋒，身無片長，但決不是盲人瞎馬，瞀瞶不辨方向。第一流的報紙必須站在時代尖端，其次跟得上，最後落的才靠老招牌維持，最後必歸淘汰。申報的革新，只在開步走的階段，如不加油努力，眼見不久的將來，大公報將由地方性的報紙躍爲全國性的報紙，申報恰是倒過頭來，遠遠落後。這些話，說得直切，史先生頗能領悟，臉色轉佳，無如作用極微，只等於一陣風，風過了，一片空虛靜寂。

有時極少數外勤人員，不免乘瑕抵隙，在外敲詐，史先生知道了，輒說：「館外的事，與我無干。」我卽指出，無問館內館外，報館都有責任。」史先生攋然問故，我說：「敲竹槓由於吃不飽，吃不飽由於待遇薄，報館能置身事外麼？」史先生嘿然。副刊稿費，我是一力提高的，比過去加一二倍，魯迅、茅盾等的稿費更提高到二十元，用與不用，一律致酬。史先生看到一篇短稿，可易大米四五石，大不謂然，又礙於我的堅持，不便抑減，故當核定稿費單時，提起筆來，老是索索發抖。

話說回來，史先生接辦這張報紙，歷盡艱辛，從有思無，手面亦難怪其不大。反之，當年他能悉索敝賦，承盤遠景未必定佳的申報；又能務茲在茲，勤儉經營，將申報培養到一定的地位，就其本身而論，不能不說是機警的人和能幹的人了。

史先生的箇性是驕傲而衝動的。他的年齒不大，無老可倚，却常老氣橫秋，未老賣老。宋子文以「國舅」而居高位，交際場中，浮面上的禮貌總應敷衍，史先生偏不理這一套，老聲老氣，逕以「子文弟」相呼。至如張羣（當時上海市長）顧維鈞（當時外交部長）一流，到他公舘去，臨走送客，他只到小書房門口爲止，玉步自珍，決不踰檻。某次應召去南京，和蔣介石見面，他昂然說道：「你手下有幾十萬大兵，我手下有幾十萬讀者，你我合作，沒有辦不通的事。」這全是「曹操煮酒論英雄」的口吻，秀才何物？誇大如此，蔣介石登時變色。

史先生遇害在一九三四年十一月十四日，談者已多，無待贅言，這裏所說的是其死因。

在一個效法西斯的政權下，史先生有了一家獨資的申報，又買進新聞報百分之九十以上的股權，手握兩大宣傳機構，而又不肯聽話，這便註定了他的命運。何況黃任之先生還想借他還魂，大打主意，因而東找路線，西拉關係，既將他抬上上海市地方協會會長的交椅，又將他捧登上海臨時參議會議長的寶座，此外還爲他修棧道，搭上反內戰運動與抗日陣線。高踞爐火，益以烈風，自更促其速死了。

外間不察，以爲史先生遇害，我亦有關，這未免太看重我了。三年之中，我僅助理報舘的事，從不與聞舘外的事，並力勸史先生全力辦好自已的報紙，少管外事。唯有黃任之先生倒是滿腹乾坤，南京赴召，他也是前席之客。我則於史先生遇害前一年，完全脫離申報，所謂「君處北海，寡人處南海，唯是風馬牛不相及也。」

走筆至此，不盡低徊。自問資歷學力，均不如人，史先生采及葑菲，謬加青眼，信任頗專，待遇復厚，知遇之感，生平所不能忘。又念戈公振先生，以新聞界突出人才，史先生却視爲書獃子，無意重用，我雖力請，迄難破其成見，致屈居閒位，編輯圖畫週刊，無從展其抱負。今雖事已成陳，人亦謝世，而回首前塵，仍是心頭無可彌縫的缺陷呢！（續完）

林森出任主席的原因

九一八瀋陽事變後，廣東南京兩個政府合流，即所謂「寧粵合作」。當年奔走商談的主要人物陳銘樞，事後寫有回憶，說得很詳細。其中關於南京方面蔣介石下野，國府主席繼任人選的一問題，原來是由陳銘樞所提出的。據陳的自述有說：

當蔣決定下野時，曾約我（陳銘樞自稱）到他的書齋密談，他向我提出將以國府主席一職畀于右任。我初並未發覺他早已屬意於于，以爲只是偶然論及，故說：「于先生固然好，但還有一位更好的人，你爲什麼沒有想到呢？此人既有清望，又沒有各方面的政治背景，完全符合粵所提的主席標準——年高德劭。」蔣急問「是誰？」我答「林子超」。他聽了恍然若有所悟的說：「林一向愛清閒，不知道他願意不願意？」我說，「我可以勸駕？」蔣立即寫了一封親筆函致林，交我面遞。林因事出意外，開始尙有顧慮，經我勸說，他答應了。事後我才知道，蔣早已屬於于右任，且有種種迹象，如汪（精衞）孫（科）到滬時，蔣即派于爲歡迎首要人員，蔣、汪、胡（漢民）在上海會見時，參加者名單，于名列前茅。蔣辭職前夕，特約于密談等等。……

據此，則知道林森的出任國民政府主席，是由陳銘樞所推荐的，侍衞長是由陳的侍從武官充任。林森這一個有職無權的國民政府主席，一做十多年。

楊玉清却說林森的任國府主席是由胡漢民所推荐。陳銘樞再根據當年事實說明胡漢民在湯山被釋放後，曾與蔣介石會面，只說了幾句空洞的寒暄話，同座的人都聽得很清楚，絕沒有提到國府主席的事。等到要提出這個問題時，胡已離開南京到上海去了。更談不到國府主席繼任人選。這樣一來，楊玉清才無話可說，因爲提不出正確的人證物證，順此再說明一下。

（西鳳）

盛宣懷遺產風波之三

盛七小姐爭產記

江詩遙

盛氏愚齋義莊在民國十七年（一九二八年）二月間分析，將義莊財產的百分之六十歸為由五房子息均分後，盛氏的未嫁女為此涉訟，向上海公共租界臨時法院提出訴告。原告人盛愛頤。其起訴狀有云：

「為析產不均，訴請查照最高法院解釋，判令依法重分事。竊原告為前清郵傳部尚書盛宣懷號愚齋公之嫡女。被告恩頤、重頤為原告之兄；昇頤為原告之弟；毓常、毓郵為長三兩房之姪。原告與恩頤為先母莊太夫人所出。先母於民國六年奉先父遺命，創設愚齋義莊，以全部遺產之半，作為基金，計銀五百八十萬兩有零，為數甚鉅，成立迄今，有逾十稔。先母於上年九月間棄養，而被告等叔姪，即於本年二月間，將義莊財產之六成，約合銀三百五十萬兩，按五房平均分析，經董事會呈請鈞院給諭過戶，而於原告應得之權利，竟置之不顧。

「不思在此黨治之下，法律上以男女平等為原則。國民黨對內政策第十二條業已確認。而最高法院迭須解釋，亦根據第二次全國代表大會婦女運動決議案，明認未出嫁之女子有與胞兄弟同等承繼財產之權。夫既曰同等承繼，明明為法律上之權利，與向例所稱酌給之惠且無一定者，非可同日而語。原告為愚齋公在室之女，與五房子孫不容稍有軒輊，法律所賦與之權利斷難絲毫放棄。前於四月十三日聲請鈞院諭飭停止執行，以俟合法解決。旋於四月十九日奉批示：如有權利可以主張，應向相對人為之；如果發生爭執，只可訴請法院裁判等因在案。原告遵即委託律師致函被告，請將此項財產，依法將原告加入同等承繼。乃迄今兩月，被告等依然置之不理，殊無和平解決之望。為此籲懇鈞院，迅予查照最高法院解釋，判令被告將此項六成莊產，與原告重行均分，以符法例，而重女權，實為德便。再被告恩頤等另有庶出胞妹方頤一人，亦尚在室。故此項莊產，應按七份均分，原告應得七分之一，約合銀五十萬兩，謹以此價額繳納訟費，合併陳明，謹狀。」

原告盛愛頤的弟弟盛昇頤，在被告後，即向法院提出辯訴狀。狀內分兩項答辯。

「（一）就原狀事實上答辯——查愚齋義莊之全部財產，除四成屬於慈善基金外，其六成之專屬於昇頤等男性之五房，在貴法院有案可稽。而原告及妹方頤等，當時亦曾於遺產中各分得規元六萬兩，作為奩贈。是我盛氏愚齋公之全部遺產，早於民國九年分配定當，故此次呈准貴法院所分之六成，不過就原來屬於我五房所既得共有之財產，按股均分而已，原告於此，實無絲毫權利可以主張。」

「（二）就原狀法律上答辯——查法律不溯既往，為近世文明國家之通例。原狀引最高法院之解釋……殊不知此項創設之解釋，乃就黨國成立之後解釋之日起，凡屬普通未嫁之女子對於其父母未經分析之財產而言。若遠在此項解釋以前，早經先人分配定當，如本案之專屬於我男性五房既得之共有財產，而亦溯及既往，為之重分，是已往之局完全可以推翻，則人民間私法上已確定之權利，勢必人人自危。故無論何國，從無此等先例。即按之現行律，告爭家財，但在五年以上者，不許重分，亦顯然不合。則其主張之不適法，無待贅言，據上辯訴，應請貴法院省核，准予駁斥原告之訴，並令負擔訟費，實為公便。謹狀。」（全文完）

墨餘隨筆

劉同

馬相伯老人讀書上海天主教所辦之徐滙公學，其年譜中有徐滙公學舊學生同學錄，列前清生員共六十二名，姓名中有蔣贈梅其人。徐滙公學，後易名徐滙中學，予曩曾執教凡三寒暑，猶及與蔣贈梅共事一堂，時蔣已任教四十年矣。蔣教國文，又擅岐黃術，於抗戰時期死。

沃丘仲子見告，戴季陶酒德殊不佳，醉後往往罵座，某次大醉，竟自褫衣袴，裸其軀體，門裝玻璃，彼立衝而出，玻璃悉碎，戴亦傷受，醫療若干天始愈。

陶菊隱之「督軍團傳」，謂：「退職總統馮國璋於民國八年十二月二十九日病逝於帽兒胡同本宅，享年六十有二，臨危，召張一麐口授遺言給徐世昌望和局早成，以不能親見統一為憾。」然據予所知，馮臨危，噤不能言，家人詢其資產，乃駢伸三指以示意，家人莫名其妙，馮尋氣絕。故馮之遺產，一楊糊塗賬，一任經紀其事者予取予攜，無從查究也。

蔣緯國有一名章，乃張丹斧所篆刻。丹翁治印，極少見，聞係吳興楊譜笙所代求而貽蔣者。

魔窟餘生記

「旅華廿五年」的一章

美國 鮑威爾原著

魯揮戈摘譯

橋頭大厦的酸辛

獄所內談不上合理的設備，男女合用同一的便溺設備，且四周無遮掩。因之每當女囚便溺時，我們每人便都背向着她而站立，這等於爲她建築成一道臨時的遮牆。

我被捕的那天，初以爲只是被傳去問話，很快就會囘寓，所以，我沒有多穿衣服，也沒有携帶被氈等禦寒物。上海十二月的氣候是很冷的，獄中尤甚。每晚九時後，獄卒發來一細粗棉氈，每次都會造成幾分鐘的混亂，因爲每人都想能搶得一條較厚的毡，此時大家都談不上什麼禮讓了。我們睡時是從來不除去身上衣服的，不然，準會冷得睡不着，而且準會被凍僵的。

我入獄後只不過數天，雙足就開始感到痛楚異常，脚踝骨處尤甚。初期，只感到痛楚，足部的表面並無任何異象，因之當我向獄醫訴苦時，他只是笑之而以爲我在說謊或撒嬌。獄中實行日本規矩，各囚犯的鞋必須除去而置於囚室門外，每當被傳去問話時，各人總是無法能找到自已的鞋子的。時日稍久，我們唯一的一直着在脚上的襪子，都破碎而不復成形了，所以，稍後的時日裏，我們都是日日夜夜赤裸着雙足的，一早醒來時，每人都可看到自已的雙足凍得呈紫色。我的雙足愈來愈感痛楚，經不過我屢屢的訴苦和懇求，總算蒙一位日本女護士開恩，爲我的足部搽了一些碘酒，但這又有什麼用呢？因囚室的難友中，有好幾個人與我同病，都訴說雙足痛楚難以忍受。

我在外間的朋友們（有英、美人，也有中國人），經常設法給我送些食物來。他們送的多是罐頭食物，但偏是這類東西是不許遞至囚人之手的，朋友們不知道，源源送來，而獄中執事也樂得每次照單全收，既不退還，也絕不作任何聲明。朋友送來的三明治，有時能到我的手，但我發現到數十對難友的含有艷羨意味的眼睛注視着我時，我能面對這麼多爲飢餓所苦的難友而獨食而無所動情嗎？因之我常把三明治分成若干份，讓大家各嘗一臠。日本憲兵對於我們外國人還算是另眼相待的。中國籍的囚犯就苦了，監獄當局是嚴禁中國囚徒的親友送食物的。聖誕節，朋友給我送了一隻大火雞來，可是我們所得到的，只是寥寥幾小片而已。我爲此甚感激怒，曾斗胆表示不滿。日本獄卒作解嘲地解釋，雞鴨骨頭是可以被囚犯們用作武器的，所以，一隻大火雞，我們就只能得到幾小片雞肉。

獄卒命令我們在囚室就地而坐時，必須面向東方，這是表示面向東京，對天皇和大日本帝國傾心敬崇。在囚室中，彼此不得交談，如有違犯，常被拉至室外打個半死，他們對於英美囚犯還比較寬些，對中國人最嚴苛無情。俄國人的待遇也不比中國人好些，往往也是被痛毆的對象。天地良心，我算是最寬待的一個人，只不過偶而受到體刑，比起其他的人——尤其是中國難友——來，不啻天壤之別。中國人所受到的種種酷刑，眞是慘極人寰，言之心碎，因爲非我親身所遭受，故在此畧而不言。在中國人眼內看來，一入日本憲兵隊，就等於踏進了佛經中的阿鼻地獄，死是比活着要幸福萬倍的。

我們外國人常被處罰的一種方式是：雙膝交盤而坐，俯首而向東京，往往一罰就罰坐七八小時，以致雙足血脈瘀塞，麻僵得幾天不能行動。彼時日本正以「建設大東亞乃是世界新秩序」爲宣傳口號，我們便暗中戲稱這種懲罰方式爲「新秩序懲罰」。

在橋頭大厦以及後來我被囚所在的江灣監獄內，有不少日本人被拘囚着，他們多數原在英美人的公司機構內任職，對英美人有好感，於是就被憲兵視爲危險分子而被拘囚了。也有不少日本兵被送進獄來，據說他們是犯了酗酒等罪。但據通日文的中國難友們偷偷告訴我，那班日本兵全是因不願被派遣去南洋作戰，有畏戰懼死的言論漏出而被拘來受刑的。曾有一次，一個被囚的日本兵罵了憲兵一聲「馬鹿」（意即「蠢材」、「混蛋」），被打得死而復生。

日本的憲兵，據說有無限的權力，什麼事都可以管。他們自稱可以拘捕政府各省（部）大臣和高級將領。聽說東條英機任戰時首相時，就是倚恃憲兵爲其統治管制工具的。在上海，日本憲兵隊的一個上等兵，就可以八面威風，令人見之，有如見閻王一樣。

瘦比甘地猶不若

一九四二年二月廿六日，我和另外七名外國人，以間諜罪被送往江灣監獄。那兒的囚室是新建的，四週牆壁的水泥尚未乾，再加二月正是上海最寒之時，以是我更感冷不可當。我自移去江灣後，脚病更形嚴重，雖屢求獄醫診治都不能蒙允。我的雙足已發腫至比原日雙倍的大，無法站立和走動。我的體重亦由一四〇磅銳減至七〇至七十五磅之間。我的身體和精神之衰頹已極明顯，終於有一個日本醫生來爲我診治了，他每天給我注射針藥（誰知道是什麼針藥！），連續兩星期，但對於我的健康絲毫無補。我已衰頹到不能吃一點點的東西了。

我已覺得生不如死，當我正在盼望着死神早降之時，憲兵却要我寫一封「身體健康，生活正常」的信給我在美國的妻兒。他們是在搞什麼鬼呀？（後來我才知道，瑞士駐滬總領事應美國政府之請，曾屢次至橋頭大廈要求會晤我，但俱爲日本憲兵隊所拒絕。日本人爲應付瑞士總領事，所以要我寫一封「平安」家信。）我知道日本人的英文程度不高明，於是我便玩弄文字技巧，寫了一封表面報平安而骨子裏訴苦的信。誰知我却小覷了他們。他們有英文專家研讀我的信。結果，我前後改寫了六次，方獲通過。他們曾警告我，如果我不眞切遵從指示而寫，我將會受到嚴酷懲罰。

在我對於生存已消失了全部希望時，忽然他們說要送我去醫院了。他們爲我注射了一支强心針，然後用擔架抬我至監獄的大門口。在黑暗的囚室中已若干月，遽至陽光下，我的雙眼受不了那種刺激，久久方能適應。大門口停放一輛救護車，車旁站立着我的朋友迦特納醫生和我的新聞界同業奇恩——紐約先驅論壇報駐滬記者——。我記得迦特納醫生輕輕對我說：「你現今酷似印度聖雄甘地，瘦得只剩把骨。」我說：「我那兒比得上甘地？甘地至少還有羊乳和葡萄汁可飲。」這兩句話的裏面眞藏有萬斛的眼淚。

我的病房門上貼有一張字條：「未經日軍當局許可，任何人不得擅入。」據護士告知我，除醫院的有關醫護人員外，日本人只特許迦特納和奇恩兩人來看我；他們兩人會受警告，不得將我的任何情形告知任何人，否則將受嚴懲。

我周身是病，首先需醫治的是我的雙足。它們已粗腫至雙倍大，且足膚全呈黑色。經醫生診討後，決定陸續割除去雙足的病壞部分。這次割去一趾，下次抽去一骨，最後，我的十趾幾乎全部喪失。我後來穿特製的鞋，經過長期間的練習，方能站立着而勉强維持我身體的平衡。

再會了，上海！

從監獄進入了醫院，不啻由地獄昇上了天堂，我的健康雖然有進展，但終生痼疾已成，而且精神上非常痛苦。一天，日本海軍報導部的一個年輕尉官，來病房看我，並給我帶來一大包香煙。他能操一口純正的美式英語。他和我素無淵源。據他自云，他曾留學美國數年，對美國人有好感。他偷偷地告訴了我一個令我興奮的秘密消息，美日雙方經由瑞士居間，商妥互相交換遣送非軍事性的僑民返國，新聞記者亦包括在換僑的名單內，此事即將實行，屆時如果我身體健康能够允許我作長途海洋之行，我將一定會被列入遣送的名單內的。他的這個秘密消息確實不錯，稍後就得到了另一人的證實。瑞士駐滬總領事來看我，也作了同樣的說話。不過，瑞士總領事却加上了一條令我憂心的尾巴。他說，照理在我的健康允許下，我是應該列入遣僑名單內的，但日本人的事很難說，他們可能在最後一刻變卦，而要把我繼續羈留於上海。

幾天後，我的新聞同業朋友奇恩來探望我，帶來了一份原屬美商經營而現今歸由日軍控制的英文「大美晚報」，報的第一版上，列載了一份名單——一份被日本軍事法庭判處間諜罪的英美人的名單。我的姓名赫然在其上。奇恩認爲上海日本軍部中一定有一些人反對將我遣送回美國，所以來此一着；看來，我是沒有希望在換僑中被遣送回去的了，而且，我也將仍會被押回監獄去受刑。

由於醫院的醫護人員之悉心診治和照顧，我的病況日見改善，這本是可喜的事，但我一想及將會被送回監獄服刑的事，則病況的日見改善亦無可喜了。我下了決心，不願再活着回去監獄，倘若一天他們來宣告押我回獄，我就奔去病房的陽臺，縱身跳下七層樓下的街道去了結我的一生。不過，令我擔心的，我是否有足够的體力支持我從病床去至陽台？病床至陽台有十幾呎的距離，而我雙足十趾幾已全部不存，我只能雙手按地而爬行去陽臺，在我爬行一兩步時，就准會被他們捉住的。

奇恩給我帶來不愉快消息的次日，那位日本海軍報導部的年輕尉官又來看我了。他聽了我的訴述後微笑地說：「別相信報紙上的話！我敢保證，在下星期一，你准會坐上康脫凡第號郵輪返去美國的。」（譯者按：意大利郵船「康脫凡第號」是戰時上海人所最熟悉的一艘外國船。它經常停泊在近外灘的黃浦江中。它的船員中有好幾位足球名將，高超的球藝爲滬人所擊節稱賞。它曾擔任過美日間交換僑民的運載任務。當意大利投降時，該輪適停泊於黃浦江中，船員自動將船鑿沉，滬人羣集外灘，「欣賞」這艘大船的緩緩傾覆。後來，日軍費了數月的時間，方能把它撥正而浮起。）

我問道：「那末日軍當局爲何要在報上發表這份名單呢？」年輕的日軍尉沒有肯多說，只答了一句話：「面子關係。」這究竟是怎麼一回事？我當時確是疑不能明。

但待我回到華盛頓後，我才知道個中的情節。上海的日軍當局確不願放我回國，雖然答允了瑞士總領事的請求而將我列入遣回的名單中，但總存着變卦的心，想在最後一刻以某種理由把我留下，我的姓名被列入判刑的名單中，就是他們思以此爲藉口而不放我。瑞士總領事和華府通電之後，美國國務院聲稱，如果日軍不讓我回國，則美國亦將扣留一位在美的日本銀行家而不許其返日，那位銀行家恰是現時日本政府最殷切需要的一個人才。美國政府用了這項要挾的手段，方能使我最後終於登上「康脫凡第號」郵船。

在我登船的兩天前，一位我素所熟悉的日本軍官來看我，他是曾在美國的大學畢業的。他要我回國後遇到他的美國同學時，代他向他們致意，就說他對於美國人毫無怨憎和敵視之意，他是因在法令下被徵而從軍的，本心絕不願與美國作戰。不過，爲了他本人和家屬的安全，他希望我絕對不要透露出他的姓名。他的態度是很誠摯的。

一九四二年六月的一個早晨，我從醫院的病床上被抬上了救護車。救護車向外灘駛去，把我送上了輪船。

當「康脫凡第號」緩緩駛離碼頭時，數百名遣行的美國人（譯者按：那時上海的英美僑民尚未全部拘入集中營），都竭力抑制他們的激動的情感，但誰都忍不住流下淚來了。這時，我也忍不住嗚咽啜泣了。

再會了，中國！再會了，我曾旅居過廿五年之久的上海！戰爭何時了？我此生能否再來上海？渺不可知。而以往半年的經歷，眞像做了一場可怕的噩夢。

（全文完）

編輯後記

△簡又文先生是當代研究太平天國歷史的專家，這篇「西北軍革命奮鬥史」是一九二七年他的演講稿，四十年前，他在馮玉祥將軍統率下的西北軍工作，對于西北軍參加北伐及其艱苦奮鬥，終於完成孫中山先生打倒軍閥的遺志，此文均有詳細的記述，爲中國近代史中珍貴的資料。原文載四十年前的「申報」，今日已不易讀到。去年簡先生講學美國，在哈佛大學得見舊日的「申報」，由該校主事人影印此文一份贈給他。其他大學教授聞此事，認爲是中國近代史的好材料，紛紛向該校索取影本。現在經簡先生加以詳注後，較原文更爲完備。編者獲先讀此文，不勝愉快，因商於簡先生，將這篇文章分二期在此刊登。

△「畫苑滄桑記見聞」是畫家寒木先生近日精心之作，這是藝壇掌故，非久居北方而熟於近五十年書畫界故事者不能著筆。

△詩人楊雲史悼亡後，寫有「懷夫人降鸞記」一文，聊以自慰，實不值一哂，但友人某君謂海外讀者很喜歡讀這個曾做過新加坡領事官的楊圻的詩文，也有不少人喜歡扶箕，不妨發表，以滿足其願望，編者亦以「聊齋」作品視之，但望讀者亦當作讀「聊齋」可也。

△下一期有很多精采的文章，周志輔先生是前財政總長周學熙的兒子，兩廣總督周馥的孫子，今年七十一歲了，生平研究京戲，具有心得，收藏京戲文獻極富。他和兩個「王孫畫家」（一個是溥心畬，一個是溥雪齋）都是老朋友。周先生已交來一篇「談兩個王孫畫家的故事」，並述兩人的祖先一些遺聞，亦畫壇掌故的好資料。

△魯揮戈先生譯日本田中隆吉的「山西日軍向中國誘降記」，述一九四一年日閥向閻錫山誘降，意欲通過閻向重慶拉攏，早日結束中日戰爭，以便日閥得以盡力對付英美。其中秘聞甚多，留心中國史事者不可不讀。

△袁世凱的次子克文，別號寒雲，有「曹植」之稱，是一個詩酒風流的才子。這個公子哥兒揮霍性成，脾氣古怪，十足是一個古代的名士，陶拙庵先生和他是多年老友，知其事甚詳，現已寫成「皇二子袁寒雲」一文，以饗讀者。

此外尚有「廣東空軍起義記」，述陳濟棠的「機不可失」故事；「陸榮廷發跡史」，記廣西一個軍閥的出身，皆極精采而有趣味。

洪憲紀事詩本事簿注

劉成禺遺著

岧嶢宮禁起新華，竟劃河嵩作帝家；王氣西來畿輔定，鞏城兵鐵洛陽花。

營造帝城諸臣，新華門內南海宮殿，皆稱新華宮，暫時油漆刷新，俟宣統帝遷入大內，由新華宮乃移入紫禁城，正居帝位。日者鄧某進曰，中國王氣由塞外分兩枝入中國，長白山舉頂，蜿蜒西行，結穴北京，遂有遼金元明清七百年之皇運。一枝塞外西南入關，橫亘太行八百里，渡河而西，結穴秦中，成長安五百年之皇運。太白終南舉頂，渡河而南，結穴洛陽，成東周東漢北朝之皇運。嵩山舉頂，嵩山居五嶽之中樞，惟嵩最貴，長安氣盡，北京氣疲，不如在洛陽一帶，跨河嶽以出陪都，正天子大居正也。項城曰，昔婁敬定關中，圖三輔，鄧先生亦婁敬也。善。於是相其陰陽，觀其流泉，劃河嵩之間爲陪都，策劃宮室營房兵工廠諸制。擇洛陽西而爲宮室營房，先建營房屯兵，今所稱西工是也。按項城當國，三四年間注意於整軍經武。其初以北洋六鎮爲基礎，而取互相牽制主義。向聞北洋老將盧子嘉永祥言，北京六師，四師長於騎兵，六師長於工兵，二師長於砲兵，五師長於輜重兵，一三兩師長於步兵，各有偏勝。於兵器亦然，滬廠長於造炮及炮彈，漢廠長於造步兵槍彈，粵廠長於造機關槍，德州偏於造槍彈。項城乃始於洛陽造兵房，着手訓練新皇軍。又於鞏縣造大規模統一軍兵器工廠，擬先撥五千萬元籌辦此事，任蔣延梓爲廠長。方開始建造屋宇，安置機件，工程甫及五分之一，而項城遽殂，遂停辦。西工屋宇營房，仍項城時之舊規也。【錄洪憲秘辛及袁世凱與中國】

遜伯注：婁敬，漢代齊人。劉邦在洛陽，婁敬獻西都關中之策，得賜姓劉氏，改爲劉敬，號爲奉春君，旋封關內侯，號爲建新侯。盧永祥，山東濟陽人，清末而至北伐前夕，均任軍職，以在江浙兩省時期較久。

福全宮裡賜錢回，有喜天顏一笑開；報到皇孫新得母，羊車倉卒入宮來。

新曆民四九月十六日，項城壽辰，宮內行家人祝嘏禮。少長男女，各照輩次分班拜跪。孫輩行中，有老嫗抱一赤子，合手叩頭。項城曰：「此兒何人？」嫗應曰：「二爺新添孫少爺，恭喜恭喜。」項城問其母爲誰？旁應曰：「其母現居府外，因未奉皇上允許，不敢入宮。」項城曰：「即刻令兒母遷進新華宮，候我傳見。」兒何人，寒雲納薛麗清所生也。麗清分娩後，離異他往。項城因兒索母，何處可尋。於是袁乃寬、江朝宗等，與寒雲商定。當夜朝宗派九門提督率兵，往石頭胡同某清吟小班，將寒雲曾眷之蘇妓小桃紅活捉入宮，靜候傳呼。八大胡同南部佳麗，受此驚嚇，不知所云，有逃避一二日不歸院者。事定，手帕姊妹，艷稱小桃紅，眞有福氣，未嫁人，先做娘。揚州方地山（爾謙），寒雲童子師也。賀寒雲聯云：「寃枉難爲老杜白；傳聞又弄小桃紅。」一時傳誦。【旌德汪彭年民四九月十七日晨，來後孫公園說事。】

溧水濮伯欣先生一乘曰，寒雲納小桃紅，方太師贈聯云：「寃枉難爲老杜白（蘇語，老杜即老大，指克定）；傳聞又弄小桃紅。」方地山（爾謙）曾授克文、克良業課，呼爲太師。寒雲修禊法源寺，地山在津，一電回京，來往半日。又洪憲時，阮斗瞻娶媳，牽親太太，選相福祿多兒女，未有妾媵者。禮延某夫人，某夫人初入京，鄉氣重，堅不欲往，都人爲對云：「方太師回朝；某夫人在野。」按，順天時報載聯凡四語：「阮大郎結親，某夫人在野；皇二子納嬪，方太師回朝。」云。寒雲日記：「丙寅二月二日，秀英邀觀影劇，偕瓊姬往。」小桃紅後與寒雲分離，在津重張艷幟，易名秀英，尚未忘情寒雲。故寒雲有棖觸詞云。其爲皇孫母，亦不過三數年。【伯欣又記】

遜伯注：寒寒，名克文，字豹岑，袁世凱次子。一生生活，嗜好嫖妓，賭博，吸鴉片，玩弄女性，并爲黑社會頭子。時以寫字作詩填詞，充斗方名士。克良，是其三弟。汪年彭，字壽丞，號瘦岑，國會議員。袁乃寬爲袁世凱大同鄉，家臣，大管事。曾任陸軍次長。江朝宗，安徽旌德人，清末曾任總兵，入民國後，任步軍統領。阮斗瞻，即阮忠樞，安徽合肥人。袁世凱任山東巡撫時，卽隨袁當文案，仗袁世凱權勢，會署理順天府尹、郵傳部副大臣。兄弟五人，均是官僚。忠樞行二，兄忠植，官至安徽省長，三弟忠極，任天津道，四弟忠模，山東臨淸州知州，五弟忠桓，長江巡閱使張勳之軍需監。

國泰民安屬對工，黃氍毹映紫燈籠；禮臺內賀三更罷，寶座猶張孔雀篷。

洪憲元旦，外受羣臣朝賀，除夕三更後，先具家人內賀禮，於居仁堂行之。堂中帷幔，尙黃色，氍毹織黃龍，間以藻火雲物之屬。皇帝升御座，以大紫燈籠二對，夾行前導，一書「風調雨順」，一書「國泰民安」。皇帝與皇后，同升寶座，女官左右排列。皇后先向皇帝賀年，皇帝還禮如儀。次克定及太子妃，次皇二子以降，次宮妃以降，次長公主以降。每人行禮，女官傳呼，鼓樂叠奏。寶座上覆孔雀翠羽。全體黃燈，卽俗語所謂遮陽也。洪憲消亡，孔雀篷與寶座尙留。出入居仁堂者，摩挲歎息。【錄後孫公園雜錄】

秉簡哇俗奏明光，宮樣閨書訓女郎；湘綺老人端解事，封還官職避彈章。

民國三四年，北京官家閨秀，競尙奢蕩，治服香車，招搖過市，以內務總長朱啓鈐之三小姐爲祭酒。其他名媛，醉心時髦，從者不乏其人。濮伯欣先生「北京打油詩」曰：「欲將東亞變西歐，到處人間說自由；一輛汽車燈市口，朱三小姐出風頭。」紀實事也。多艷鬧侈，禮儀蕩然。而籌安會女請願團，女子參改會，如唐羣英、沈佩貞、蔣淑婉、安靜生之流，時往新華宮，求謁項城，稱女佐命。醒春居風流案，遂以發生。又如呂碧城等，學問門第極高，爲項城諮議，所領女黨徒，別張才女之幟，在風度不在服裝也。項城因籌議帝制，先整飾綱紀，官眷越禮，時有所聞，甚爲厭惡，思痛懲之。密諭肅政史夏壽康，具摺整飭風俗，嚴警效尤。夏壽康乃上封事曰：「奏爲朝官眷屬婦女，治服蕩行，越禮踰閑，宜責成家屬，嚴行管束，以維風化，而重禮制事。」其中警句如：「處唐虞賡歌之世，而有鄭衞秉簡之風，自帷薄不修，爲官箴之玷；室家不治，乃禮教之防。其何以樹朝政而端國俗」云云。摺上，項城將原摺交政事堂，通令整飭風紀，以重官箴。文載政事堂公報。項城一日告朱桂莘（啓鈐）云，「夏肅政史所上整飭風化摺，汝爲內務總長，宜痛加整頓，實行專責。傳曰：家齊而后國治，國之本在家；皆內政事也。」桂莘歸，惘惘若失。由內務部令城廂警察，密禁在京官眷，治服誨淫。而訓朱三小姐，一月內不准出門。京師風氣，一時丕變，招搖過市之風息，畏行多露之禮生矣。湘潭王湘綺先生，一老名宿也，項城聘爲參政，主持國史，尊爲館長。其戀老女僕周媽一事，全國傳爲蕩子行，湘綺處之晏如也。周媽在國史館，把持開支，干涉用人，大有招權納賄之意，謀職員，支薪水者，皆求周媽密語湘綺，得邀一命爲榮。自夏壽康整飭官眷風紀摺上，內有帷薄不修，有玷官箴等語。壽康雖意不在周媽，湘綺則認爲語侵此老。加以洪憲元旦，自上大夫以上，皆須稱臣上頌，參政院參政，咸授少卿上大夫，適合體制。湘綺爲避免在京稱臣之嫌，毅然於民國四年十一月，辭參政、國史館長職，携周媽南歸。又恐項城帝國告成，無將來見面地，乃假託周媽事件，根據夏摺爲辭。其辭參政院參政、國史館館長呈曰：「呈爲帷薄不修，婦女干政，無益史館，有玷官箴，應行自請處分，祈罷免本兼各職事。」內述「闓運年邁多病，飲食起居，需人料理，不能須臾離女僕周媽，而周媽遇事招搖，可惡已極，致惹肅政史列章彈劾，實深慚恧。上無以樹齊家治國之規，內不能行移風易俗之化」云云。章太炎先生曰：「湘綺所呈，表面則嬉笑怒罵，內意則鉤心鬥角。不意八十老翁，狡獪若此。如周媽者，直湘綺老人之護身符也。」【錄後孫公園雜錄】

徵聯

林熙

民國五年，袁世凱稱帝，這一幕醜劇，到今天已是五十周年了。洪憲帝制進行時，上海有人出一上聯徵對，對得工整貼切時事的，首獎二十大元。聯云：

或入園中，

除去老袁方是國。

國字之內，是個或字，意指誰能入園中將袁字除去，才成爲國字，寓有深意也。至今五十年，尙無人對得出。鄙人現在出五十元港幣，如有人對得工整而貼切，卽以爲酬，五月三十一日截止，收到的佳作，請陳荆鴻先生閱定。

釧影樓回憶錄

天笑

三位姑母

我現在要敘述我家的親戚了。我祖母有三個女兒，我有三個姑母，上節已經說過了。

我先說我的二姑母，嫁尤氏，早死，我不及見了，但這位二姑丈，我是親炙過的。那個尤家是蘇州大族，尤西堂之後，太平之戰，他們逃難到上海等處，沒有像我家那樣大破壞。我的巽甫姑丈，據說小時也曾到大錢莊習過業，但他不慣爲學徒，他是個富家公子，家裏有錢，可以讀書，而且是請了名師敎授。他的業師，就是楊醒逋，最初在舊書攤上發現沈三白的「浮生六記」的就是他。（當時他在冷攤上所發現的鈔本，不止一種，曾交申報館申昌書畫室印行出版，名爲「獨悟庵叢鈔」。）

巽甫姑丈發憤讀書，進了學後，便不鄉試，他的堂兄鼎孚先生，雖則是中了順天鄉試舉人，但也絕意功名，在家裏當鄉紳。姑丈總說是身體不好，確是閉門家居，懶得出門，但是也沒有什麼大病，以課子爲專業。除課子外，便是吞雲吐霧，以吸鴉片爲消遣。但他是一位文學家，尤其是他的八股文（明淸兩代的制藝，俗稱八股文），理路清澈，規律精嚴，而他的敎育法也好，對於敎人，是一片誠摯。他的兒子，名志選，號子靑，別號願公，爲吳縣名廩生，正是他一手造成的，就是我，也受他的敎導之惠不少。以後我再要提到他，暫且擱下。

我再說我的三姑母，嫁顧氏，我也未及見，她生了一女一子，生兒子的時候，以難產死了，剩下兩個孩子。祖母便以她的姪女，嫁給文卿姑丈爲其續絃，由其撫育初生之子，而把三姑母所生之女，携同自己撫養。所以我的這位顧氏表姊，一直住在我家，及到她的出嫁。雖然是表姊，我們視如同胞姊妹一般。母親也對她如己出，爲之梳裹，敎以女紅，她也不大回到自己家裏去。後來她嫁了，是一家書香人家，我的表姊丈是朱靖瀾先生，也是我的受業敎師，此是後話。

我的顧文卿姑丈，他家本也大族，自經太平之戰，便什麼也沒有了。姑丈的父親，還是殉難死的，因爲我見他有個官銜，叫做「世襲雲騎尉」，我問他是什麼官職？他就告訴我：「凡在長毛時代殉難死的，克復以後，給他後代子孫，一個『世襲雲騎尉』職銜，」我問他：「有什麼用呢？」他說：「一點沒有用，算是撫卹而已。」

姑丈的職業，是同仁和綢緞莊的內賬房。這一家綢緞莊，就是二姑丈家尤氏所開的。在蘇州開綢緞莊，也是一種大商業，因爲蘇杭兩處，都以產絲織物出名的。同仁和綢緞莊，開在閶門內西中市大街，最熱鬧繁盛之區。每逢看三節會的時候（即迎神賽會，所謂三節者，乃是淸明、中元、下元也），前門看會，後門看船（花船），我們兒童到他店裏，他總添了飯菜，招待我們。

我的四姑母，嫁姚氏，這是祖母最小的女兒。但是一件最悲慘的婚姻，從前是父母之命，媒妁之言，男女兩方不得見面的，怎知我的姚寶森姑丈，是有點癡獃性質的。北方人謂之傻，南方人謂之獃，蘇州人謂之踱頭踱腦，總之也是一種精神病。譬如和他談話吧！起初很正常，後來越說越離譜了。我最怕他，當我是兒童的時候，他常常捉住我，高談濶論，批評時事，我不知道他亂七八糟講些什麼。

但他的長兄姚鳳生（名孟起），當時在江南稱得起一位大書家，文學也很好，有許多向他學寫字的學生，都是名門巨宦的子弟。他還刻了許多碑帖，印了許多書法，初學寫字的，都摹臨他的書法，因爲淸代是重書法的，從兒童入學，以及躋登翰苑，乃至退老園林，也不離此。他印出的書法，是精工木刻的，中楷都用了朱絲九宮格，都寫的是歐字（歐陽詢）。那時歐字最吃香，據傳說最近某一科狀元，殿試卷寫的歐字，西太后甚欣賞，因此造成一種風氣，大家寫歐字了。有一套書法，名叫「率更遺則」，大小楷全是歐字，我也寫過，寫得字像木片一般，眞不好看。

這位姚鳳生姻伯，和我的寶森姑丈，是胞兄弟，一母所出，何以智愚相距若此，殊不可解。但是我的四姑母，性情也不大好，却有些執拗與偏見。祖母也說：在三位姑母中，是她最任性，而又以當時的盲目婚姻害了她，她生了一子、一女，都不聰慧，都是有點獃氣，自然是先天關係，得了我姑丈的遺傳，這也是無可奈何的事，因此我的四姑母，在中年便鬱鬱而死了。

姚家也是大族，他們的住宅，在桃花塢有兩大宅，東宅與西宅。這兩大宅房屋總共有百數十間，據說還是明代所建，現在出租給人家居住，共有十餘家。我的姑丈那一支，他們還開了一家緯線店，店號是姚正和。開設在閶門的東中市大街。這緯線店是做什麼的呢？原來做前淸時代官帽上的紅緯用的，有的暖帽上用的，有的涼帽上用的。此外還有瓜皮小帽上一個紅結子，却是絲線結成的（穿孝的則有藍的、黑的、白的，這個與從前的喪禮上，大有關係）。他們工作的地方，就是在店裏，雖是一種手工業的商店，却是生意不小，不但是本城的帽子店仰給於此，各地都有來批發的。

我的外祖家

我的外祖蘊小公，姓吳，他的大名，已經忘卻，他是蘇州典當公業的總理事。蘇州各業，都有一個公所，似近日的商會一般，典當業也有這個機構，規模較大，因爲從前典當業屬於半官性質，須向北京戶部領照，然後開設，不是那些押頭店可比的。這個典當公業，他們稱之爲「公賬房」，理事之上，還有董事，我記得吳大澂的哥哥吳培卿，也是董事之一。

當我七八歲的時候，他家裏可稱爲全盛時代。他家裏人並不多，我的外祖母是續絃，我母不是她生的。她生了一男一女，就是我的母舅和母姨了。母舅已娶了舅母，生了一位表妹，比我小一歲，總共不過六個人，但是家裏很熱鬧。

其所以熱鬧者，第一、家裏的男女傭僕多，主人六人，傭僕倒也有五、六人，有廚子、有僕人、有老媽子、有婢女，人就多了一倍。第二、親戚來得多，他們家裏有不斷的親戚來往，一住就是半個月，二十天。第三、我的外祖母性喜交際，常常約她的女朋友和親戚來打牌（按，當時叉麻雀尚未流行到蘇州，那時所流行的名爲「同棋」，又叫「黃河陣」，是一百零五張骨牌，也是四人玩的）。

我的母親春秋兩季，必回外祖父家，住半月到一月不定。從前上中等人家，婦女出門，必坐轎子，又因爲纏了脚，在街上行走，有失體面。譬如一位少奶奶回母家，必是母家用轎子來接；到她回夫家去，又是夫家用轎子來接，方合禮節。雖然說春秋兩季，回到外祖家住一陣，但平日或有事故，如拜壽、問病、吃喜酒之類，也必回去；還有在新年裏，也必回去一次，向外祖父母拜年。

新年到外祖家拜年，是我們兒童最高興的一天，常常約定了一天，到他家裏去吃飯。我的表兄弟姊妹，有七八位之多，飯後，外祖父領導一羣孩子到玄妙觀游玩。他們起初住在祥符寺巷，後來住在史家巷，距玄妙觀都不遠。

蘇州玄妙觀，在新年裏，眞是兒童的樂園。各種各樣的雜耍，以及吃食零星店、玩具攤，都是兒童所喜的。有兩家茶肆，一名三萬昌（這是很古的，有一百多年歷史），一名雅集，外祖父領了我們到茶肆裏，我們許多孩子團團圍坐了兩桌。這裏的堂倌（茶博士）都認得吳老太爺的，當他是財神光臨了，這名爲「吃橄欖茶」，橄欖象徵元寶，以其形似。玄妙觀茶肆裏，每桌子上幾個碟子，如福橘啊，南瓜子啊，一個堂倌走上來，將最大一隻福橘，一拍爲兩半，稱之爲「百福」（吳音，拍與百同聲，福橘是福建來的橘子）。外祖父臨行時，犒賞特豐，因此他們就更爲歡迎。

在茶肆隔壁，便接連幾家耍貨店（即玩具店），於是一班小朋友，便圍攻了它，你要這樣，我要那樣。但是我對於玩具，就不喜歡那種木刀槍、虎面子、喇叭、銅鼓、泥娃娃、小白兔之類，我却喜歡那些雛形的玩具，如小桌子、小椅子、小風爐、小暖鍋等等，其次，我還喜歡那些機動的東西，有一個翻筋斗的孩童，價較貴，我喜歡它，外祖便特地買給我（這個玩意兒，紅樓夢上的薛蟠，從蘇州買來的也有此物）。還有一對細工的人像，是白娘娘與小靑，都是絹製的衣服，開相也美麗，那是一齣「金山寺」的戲劇，我很愛好它，保藏了好幾年。

爲了游玩玄妙觀，我會鬧過一個笑話：那時外祖父臨時發給我們每人制錢一百文，以供零用（譬如看玩把戲，買畫張，聽露天說書，吃酒釀等等，都要零碎錢），我這一百文錢，到回去時，還剩十餘文。從玄妙觀後門出去，將近牛角濱，有一個老年的乞丐，向我討錢，他的鬚髮都白了。我把手中用剩的十幾文全都給了他（向來施捨乞丐，只給一文錢）。他很感謝，向我作了一個揖，我童稚的心理，覺得禮無不答，也連忙回了他一揖。

這件事，爲同游的姊妹兄弟們所譁笑了。他們說：「一個叫化子，給了他錢，那有再向他作揖的道理？」於是故意的形容，故意的描寫，說我是一個癡大，一個獃子，連我的母舅母姨都笑我。我窘得無可如何，面漲通紅，幾乎要哭出來。但是我的母親却回護我，母親道：「好了！我寧可有一個忠厚的兒子，不願有一個過於聰明的兒子。」（按，蘇人當時有一句成語道：「忠厚乃無用之別名」，忠厚在當時不算一個好名詞。）

外祖父在興盛時期，儘量揮霍，一無積蓄，也不置一些產業，以致他一故世後，這個家庭立即崩潰下來。其實他自己非常節儉，以他的所得專供家人濫用。我的母舅號雲濤，是一位公子哥兒，最初學生意，吃不來苦，逃回來了。加以外祖母溺愛，成爲一位靠父蔭的寫意朋友。他拍拍曲子（唱正旦很有名，嗓子高亮），還能畫幾筆蘭花，字也寫得不壞，可是吸上了鴉片烟。外祖父死後，一無所恃，立即窮困，不得已住到甪直鎭鄉下去了。

母舅無子，僅有一女，小名珠，比我小一歲。在我七八歲的時候，逢母親歸寧，我也隨去，常常和表妹一同游玩。不知是那一位姨母說了一句笑話道：「他們不像是一對小夫妻嗎？」爲了這一句話，我們這年長的表姊們，便作爲她們嘲弄我們的口實。當時我們很害羞，很覺得難爲情。漸漸的我這位表妹不再共我游玩了，到十二三歲，甚至見我去就避面，但是你越是害羞，她們越是嘲笑得厲害。

張謇日記鈔（二）

張謇遺著

光緒十年正月

二十四日。議借積穀不行，因與黃某訊，令轉示通海兩官也。

二十五日。返。

二十六日。定置妾事。與烟丈詣馥疇。

二十七日。寫三哥、筱公、彥升訊。與小石、霞如訊乞貸，將以爲平糶資也。

二十九日。與梅汀去通州，寓節孝祠。屬周丈寄朝鮮訊。

三十日。詣范、顧、宋三家。

二月

一日。與諸友論振事。留啓於張瑋堂刺史。

二日。晴。谷年伯置酒，知振事以顧某言不諧。曲突徙薪，人不見聽，嗟乎！

三日。返。仍晤馥丈於小海龔氏。

四日。烟丈招談。

六日。納妾陳氏。

七日。烟丈去蘇。與欣甫信。

八日。得三兄訊，並所定墨東事，乃復令葷小構結耶？

十日。馥疇來。

十二日。與子欽訊，將屬其早爲退計也。

十二日。得中林、小亭訊。與周少墀、顧聘耆、范銅士、秋門訊。小亭寄紅綠梅各十本，紫白玉蘭台二本。

十七日。得三兄、筱公、彥升、雲養、海帥、滋卿訊，霞如、小石丈訊，並見借振款四百金，高義卓然，可感可誦，彼夢夢者不且愧死哉！

十八日。得王訢甫、陳喆甫訊。金滄江寄詩見懷，並示朴叟詩。

二十一日。得叔黨、烟丈、三兄訊。月江來。

二十二日。與月江、叔英詣梅汀。

二十三日。得顧聘耆、宋佩廷訊。敬夫來、詣雅峯、馥疇。

二十四日。與三兄、小石、霞如、青珮訊。小亭、滋卿訊，錢辛伯訊。寄通海歉狀。

二十六日。爲敬夫要往袁灶港熊氏。

二十七日。得王彥威、黃仲頌同年、銅士訊。與張瑋堂刺史訊。索朝鮮廢疾箴廢稿。

二十九日。自熊氏返。

三月

六日。與延陵、怡莽、彥升、叔兄訊，與潄公、彥威、仲頌訊。

七日。往金沙祭墓，屬熊冉安寄滬訊。

八日。祭西亭墓，宿三元橋舟中，瞻念母氏，有泣而已。

九日。祭通州墓。得叔兄、怡莽訊、潄公訊。返。

十日。香山來報怡莽訊，再與延陵訊，叔兄訊。延陵信有稿。

十一日。寫潄蘭學使、畏皇、五弟、眉孫、翹士、滋卿訊。

十二日。祭外會祖墓。去姜灶港。遣北使王玉德行。寄彥升物。

十三日。返由定心橋。與潤齋談。得三兄訊，知振帥出鎭南關。屬敬夫措四洋寄三叔。

十四日。往海門，爲少田、墨林息訟。

十六日。返。

十八日。爲月江作甄別文題「君子之於天下也」三句，「花柳村村次第春」，得「春」字。

十九日。父往西亭，定以龔萬借款購粟寓平糶。於滸市得滋卿訊。

二十日。與欣甫、烟丈、稚三訊，雁臣訊。

二十一日。得烟鋤訊，范五丈來。

二十三日。爲人作書。與范蔭丈訊，爲季康事。

二十四日。編所藏及擬購書目竟，照「書目答問」損益。看「泮澼百金方」。

二十五日。爲人作書。擬立社倉，與叔英議。

二十六日。屬梅汀詣上海購米平糶，而以陳清泉主之。

四月

二日。上海米回。

八日。戒期十二日行。

十二日。以江事改十六日行。

十六日。以子翀訂同行，改二十日。

二十日。至青龍港。大人戚然，家事實有不堪累大人者。

二十一日。阻風，遂至圩角，詣樹丈。

二十二日。家中以得朝鮮訊催回，復於「申報」知吾軍有調防奉天之訊。三哥訊乃初六日，尙不知延陵消息，然則仍住天津可想矣。

二十三日。仍阻風。辰刻抵港，與子翀晤王子翔庶常祖畬，子翔慈師之猶子，以能文名，其人議論時事，臧否人物有當，聞其操守亦謹云。

二十四日。阻風，與子翔、子獬談甚洽。

二十五日。晨開行，酉刻抵吳淞口。

二十六日。巳刻抵上海，寓滋卿處，遇敬夫於太古昌。閱「申報」，知中法已和，主盟者渠　一船主福尼兒，稅司德璀琳與我北洋大臣耳。不賠兵費，而索其二十萬以償壞我之船，當事得意可想，然安南從此非我有，滇陲亦岌岌可慮耳。得枚生、畏皇訊，五弟無恙。

二十七日。寫眉孫、孫師、欣甫、烟丈、翼孫、畏皇、五弟訊。鶴舫招飲醉春園。泰亨源前三哥訊三十金，後三百五十金，皆未到，其夥徐利賓云。

二十八日。託滋卿購各物。寫家訊。

二十九日。遇某弁，知吾軍調奉天已確，筱公已至奉天。

三十日。晤梟香同年，與論留防朝鮮事：孝亭衰而務得，仲明黠而見小，慰廷剛而無學，專而嗜名，不一年必有忿爭傾構之事，吾甚危之。延陵調奉天，兵單勢紲，恐終無濟，不如乞休，擬抵烟後與書論之。

五月

一日。再寫家訊，說奉天事。

三日。附重慶船，琬卿來作別。

四日。寅刻開行。

五日。亥刻抵烟台，寓松茂森，知三兄方從朝鮮來，阻風於此。

六日。晤三兄於翹士處。申刻登海鏡兵船，取道旅順。微雨，寫家訊。

七日。卯刻抵柳樹灣，乘車詣金州，見筱公則病甚。病之由，誤於詔子，事之壞，亦誤於詔子，可歎也！金州荒涼特甚，麥裁如江南三月中旬時。

八日。寫家訊，屬履武寄。

十一日。寫與慰廷訊。慰廷向驕恣，至此益甚，故移書切責之。

十三日。筱公病象屢變，竊爲憂之。是時復有希冀此間之三營者，乘人之危，一至此耶！今世士大夫如此者固亦指不勝屈，欲世不亂，得乎？

十六日。筱公病危甚，爲之戚然。與彥升商筱公遺疏稿，有云：「某自亡父殉難，以一雲騎尉蒙朝廷高厚之恩，至有今日，遭際之隆，死何足惜？第值此強鄰環伺，醜虜窺邊，和議雖成，後患方熾，不能馳驅戮力，捐軀效命於疆場，而遽先犬馬塡溝壑，不及見廓清四夷之一日，是可悲耳。死如有知，誓必爲厲鬼殺賊，以報君父！」

十七日。筱公病少有轉機，服二加龍骨牡蠣湯也。

十八日。寫字。

十九日。寫字。

二十日。寫字。錄漢文。

二十一日。橅周漢魏晉以下尺十七。

二十二日。寫字。錄漢文。

二十三日。寫字。錄漢文。

二十四日。寫字。錄漢文。

二十五日。寫字。家人此時具麪饗吾母之辛，必且感悅不已，蓋數年來無值生日在家者。錄漢文。寫漱公、濂師訊，家訊，琬卿、敬夫訊。

二十六日。寫字。錄漢文。

二十七日。寫字。錄漢文。

二十八日。寫字。

二十九日。寫字。題許某「海嶽歸來圖」：「行路縣來險，滄溟況爾深。卽看行篋畫；因識倦游心。天壤憑夷宕；山川自古今。迴帆聽撾鼓，吾意爲沈吟。」

花隨人聖盦摭憶 補篇

黃秋岳遺著

未幾果風傳行在，順大喜，揚言衆中曰，今在廷諸臣有公論，吾輩受遺詔，輔冲主，天經地義，寧有他虞，唯元醇以莠言亂政，罪不可道，乃前擬旨斥駁竟留中不下，今當以去就爭之，必得當，乃可。垣等僉稱是。翌日召見，請於后，后不許，載垣端華肅順皆曰，若此則更遺命革黜臣等而進用元醇可，語既憤激，聲色尤厲。后念密謀已就，當姑示懦，以安順等心。乃曰，予非有他意，惟以建言罪人，有乖治道，至垂簾之非祖制，微爾等言，我亦知之，元醇奏不妨斥駁，而上新卽位，似不宜遽罪諫官，以過言路，垣等始奉命退，擬旨諭誡臣工毋再言垂簾事，順且數毓瑛曰，若所行事，我審之稔矣，迴鑾後再究其是非可耳，毓瑛陽謝之，而陰以諸人驕蹇狀報訢，訢遂以后命示步軍統領仁壽，統神機營都統德木楚克札布，及前鋒護軍統領存誠、恒祺等，復爲書促勝保迎鑾。是日后與垣華等爭元醇奏，踰兩時許，辨難甚煩，退而孝貞嘆曰，今尚未垂簾，已若此，他日果出聽政，繁賾尤甚，吾儕徒苦耳，后則極言垣順素不臣，使久輔政必謀篡逆，我二人何以對先帝，孝貞默然。俄欽差大臣袁甲三、陝撫瑛棨恭慰大孝疏至，中皆有兩宮聽政同纂先帝遺烈語，后告孝貞曰，觀此則封疆將帥，亦以是責我輩，不亟謀鋤諸奸者，先孤衆望，今寇亂方熾，設疆臣再解體，後事尚忍言耶，孝貞始無異議。然甲三、棨固訢所授意，適順等心滿志得，得疏亦漫不省覽，獨杜翰致福山王祖源書，謂默考時局，變故正多，翰念先世蒙大行殊恩，敢辭一死，唯他年致唐室金輪之禍，內外諸臣何面目見二祖五宗於地下哉？是已逆料後來之變，而以書生無章勃束之才，固無策以禦呂武也。（是書後爲張之洞所燬，之洞祖源壻也。）

讀者來函

秋岳先生左右：頃得「時事周報」尊論祺祥故事考證，至佩卓見，惟湘近得閱「越縵堂日記補」，深覺湘綺所說，高似係董之誤。據日記，辛酉十月朔，所記董疏上，載垣等强爭，以及兩宮如何因醇王福晉而草詔情形，與湘綺記頗似是而非。又辛酉十一月十一日記高延祜兩疏，因疑湘綺晚年作此文時，誤牽扯事實，故爾誤記耳。如謂高疏在董之前，則密札（第一札）中有「玄黃摺……發之太早」之語，足以反證非確。且據越縵日記，則早在董之前，京中即有人屬其收集歷代垂簾故事未及上，因董被駁而作罷，至兩宮回京受恭親王意周祖培等始上之，據東華錄所載交議垂簾事宜諭旨，其中言賈楨、勝保等，復特及以前之董元醇，如有高疏，當無不及之理。且第七札云：「自十七後，八位不過見面二三次」，此札接述恭邸到後情形，是可知在恭邸赴行在前，八人無有因高疏事而與兩宮爭論之事也。又十一札云：「七先生亦大怒，云俟進城講話，老五太爺喝止之。」是醇王只大怒，並未如湘綺所云之馳回京召恭王也。湘意湘綺晚年追憶往事，自不免事實牽扯，而高之二疏，固攻肅黨者，故湘綺不誤書他人，而以高作董矣（越縵堂對高二疏有批評）。又前函言恭邸到熱河有「八月初一」，今見吳慶坻「蕉廊脞錄」所載密札果然，是前此徒勞考證矣。湘於此次政變，現已輯得若干史料，擬整理後再求教先生，今惟畧陳此事愚見。又高董小史，見於「國朝御史題名錄」，併及。專此即請

大安

吳相湘手上　十二月廿八日。

作者附復

相湘先生，賜示慰佩，其時不似董外別有高疏，湘綺作此已逾八十，或誤記也，尊見殊是，餘不詳復。秋岳附上。

曾文正答吳竹莊書云：「閣下昔年短處，在尖語快論，機鋒四出，以是招謗取尤。今位望日崇，務須尊賢容衆，取長捨短，揚善公庭，規過私室，庶幾人服其明而感其寬。」文正此書，尊賢容衆，眞是為政南針，夫寬猛相濟，鄭僑所詔，葛亮所行，二義互成，無須再論。惟猛政之本，在於至公，所謂無瑕可以戮人也。然為政而以戮人為能，則亦不祥之甚，待人愈薄，愈可以激變，故不如寬厚可以開基。文正又有答丁雨生書云：「閣下本有綜核之名，屬員畏者較多，愛者較少，于考字尤不相宜。以後接見僚屬，請專教以善言，不必考以文理，畧有師生殷勤氣象，使屬員樂於親近，則閣下無孤立無與之歎，而德量益弘矣。」此與上箋，可互為發明。晚近讀史每歎燎原之憂，覆舟之懼，日夜滋大，而竊國之侯，吞舟之漏，不可勝計。其門一二人才，一旦出手，又復是奴非主，黨同疑異，以不肖之心待人，法令如牛毛，使人人思苟免，三覽文正此箋，覺治亂之源，差以毫釐，謬以千里。

文正所謂尖語快論機鋒四出者，少年人往往如此，及其漸老，涉世漸深，當然歛戢，其位望日崇者，則尖語快論，尤必日減，此似無須詰誠。以予所聞，鄉前輩如陳弢庵先生，少日即喜爲尖語快論，早年登第，其所抨擊，尤鋒厲不可一世，及其晚年，恂恂儒默，語若不能出口，此實年齡與位望，兩使之然。顧尖語快論，亦視所施何地，蓋有麻木不仁之輩，非得痛砭不能覺悟者，至外人覘國，尤多尖語，吳摯父日記中，有一節云：「山根少將來談，問吾兒欲專何學，告以將學政治法律，山根笑曰：貴國人喜學宰相之學，滿國皆李傅相也。」此言切而諷，惜乎聞者之不易悟也。半國中之青年，皆攘臂言政治，滿國皆思爲李傅相，又焉得不亂？嗟乎，今日何人弦佩山根之尖語哉。

越縵日記中，於陳孚恩、勝保、高延祜諸事，俱於箋記本案外，附述己見，足資史料，茲並錄之，「初八日癸亥，邸抄，詔吏部尚書陳孚恩，吏部右侍郞黃宗漢，俱革職永不敘用；戶部右侍郞劉崑，倉塲侍郞成琦，太僕寺少卿德克津太，候補京堂富績，俱革職。」蒓客附識云：「陳冢宰黃少宰，皆朝列所稱錚錚者。冢宰以拔貢爲部曹，直軍機，受知宣廟，不十年間，由主事致位卿貳，又以攝山東巡撫時，獨拒漏規之獻，遂益被任遇，賜清正良臣扁額，以一品銜長樞密，旋正司寇，嘗許以揆席，未幾宣廟升遐，受顧命，陳亦感激圖報。時定王載銓最用事，屢與之爭，力持正議，旣勢稍詘，遂乞養親歸，天下高之，想望風采矣。及丁巳再入都，樞長穆蔭，及怡、鄭諸王素惡之，沮抑不得見上，御史錢桂森疏荐之，嚴旨詰責，左遷桂森官，陳乃變計附諸王，階是得起貳刑部，旋正兵部，會戊午科塲事發，陳受旨同諸王鞫問，又迎合載垣等，構成大獄，而其子刑部郞景彥，亦連及下獄，不能庇也。去年京師夷警甫定，遂遷冢宰，冢宰故多用科甲，陳得之爲僅事，以此旦夕望入相，然陳殊便給有奔走才，又好名愛士，編修郭嵩燾以知兵入南書房，主事何秋濤以博學入懋勤殿，皆所推荐。雖與三人者比，能狎玩制伏之，三人者，亦頗畏之。當夷事甚急，車駕出狩，內外皇皇，獨騎馬出入，塡撫亦有勞，和議成後，又具疏請還都，至先帝賓天，其得獨召者，實三人恐其在京師創異議，固知公卿中才無出其右，特藉以羈縻之，使不得發，而竊負而逃之語，引用不經，贊決邪議，以此爲罪，夫復何辭，一生名節，至此盡敗，惜哉！

第四期要目預告

山西日軍向中國誘降記　魯揮戈譯
談兩個王孫畫家的故事　周志輔
硬骨頭羅文幹　希宋
廣東空軍反陳投蔣內幕　李之英
「皇二子」袁克文　陶拙庵
陳老烟槍殺新聞記者　蒙穗生
詩鐘漫談　鄭廬
西北軍革命奮鬥史（續完）　簡又文
溫莎宮故事　秀娟譯
薛福成與溫莎宮　西鳳
中國兩個最多博士銜頭的人　湘山

啓事：本刊第一、二期存書無多，補購請速，請向報攤或總代理處胡敏生記補買可也。

稿約

本刊的宗旨，是向讀者提供高尚有趣味的益智文章，並希望貢獻一些翔實可靠的資料，給研究歷史、文藝的人作參考。我們歡迎下列文章：

（一）人物介紹

注重古今中外人物的描寫及其傳記。

（二）近代史乘

注重近百年中國及國際政壇上重要事件的發生經過及其內幕。

（三）史　料

名人的日記、筆記、自傳、傳記、年譜、回憶錄，函牘等。

（四）趣味性的掌故

以上所列，只不過約畧舉出一個範圍，其實文史掌故的範圍很廣，不能一一開列，希望讀者認定文史兩字寫文章便好。稿件內容不要評論現實政治的得失，要注重輕鬆趣味，使讀者一卷在手，覺得開卷有益，不枉花了寶貴的時間。

惠稿文言語體不拘，但最好還是用語體，如果不擅用則以淺顯易懂的文言寫也一樣歡迎。字數以五千字內最適合，也易於刊出；超過一萬字以上的，請來信商洽。譯稿請附原文。

不合用的稿，不管附有郵票與否，在收到後十日內寄還作者；如不寄還，就是要採用，但何時刊登，未能立即告知，請來信詢問。刊登的稿，在出版前二日即將稿費寄上。

潮州志匯編

饒宗頤編集

十六開本　全書一千四百餘頁
道林紙精裝本一百八十元
白報紙平裝本一百二十六元

是書合永樂大典所收「三陽志」，明郭春震嘉靖二十六年本八卷，清吳穎順治十八年本十二卷，（阮元道光廣東通志藝文略一注「已佚」，一注「未見」。）饒宗頤民國本十八厚冊，並中央研究院地質研究所測繪之彩色潮州圖彙訂成書，對於潮州歷史及風土人物，燦然賅備。卽嘉應客屬之史蹟，其在雍正十一年未建嘉應直隸州以前者，亦灼然可徵。至於治宋元史、明清史及民國史者，其中亦多珍貴資料，足供採摭。研究中國歷史及地理，尤其潮屬、客屬文獻與南洋華僑史者，此書實為不可不備之珍本。

花隨人聖盦摭憶

黃濬著

十六開道林紙本五百二十餘頁
精裝本港幣六十元　平裝本五十元

是書以隨筆文體，記述光（緒）宣（統）間至民國二十年以前之政治史蹟，舉凡當時政教之所趨，風俗之所尚，皆作溯本追源之分析，如繪畫之畢呈。中多史乘佚聞，內幕秘辛，尤為研究中國近代史者之難得佳遘。

作者黃濬，字哲維，號秋岳，福建閩侯人。譯學館，京師大學堂學生。歷任北洋政府交通部秘書，參事，總統府秘書，國務院參議等職。又歷在北平國維報，星報，社會日報，京報，南言雜誌，新申報，時事新報等担任主筆。一九三五年，任行政院簡任秘書，「八一三」全面抗戰開始後，濬受敵賄買，將其職務內所管理之秘件供敵，案發伏誅。本書店鑒於斯編史料之重要性，不以人廢言，特將原本影印發行。

上海通志館期刊

1933年6月至1935年3月 上海市通志館編纂

上海向為中國金融與工商業中心，亦為南方之文化重鎮。一九三二年間，設立通志館，由柳亞子任館長，延聘專家修上海通志，並出版「上海市通志館期刊」（季刊）。自一九三三年六月出版創刊號，至一九三五年三月，出版二卷四期終刊，計共出八冊。

該期刊所載論文，項目有：金融、銀行、租界、外交、學術團體、出版刊物、歷史沿革、地文地理等。論述雖僅上海一市，然清末以至中國近代化之過程及列強與中國之關係，灼然可考。

各卷期售價表

卷	期	頁數	平裝	精裝	白報紙平裝
I	1	222	港幣23.00	港幣131.00	港幣80.00
	2	346	港幣35.00		
	3	316	港幣32.00		
	4	300	港幣31.00		
II	1	326	港幣33.00	港幣78.00	港幣47.00
	2	342	港幣35.00		
	3	366	港幣37.00	港幣95.00	港幣48.00
	4	474	港幣48.00		
總計(Total)			港幣274.00	港幣304.00	港幣175.00

龍門書店 印行

香港英皇道一六二號三樓　　電話：706236

大華

半月刊　第四期

山西日軍向中國誘降記
談兩個王孫畫家的故事
「皇二子」袁克文
硬骨頭羅文幹
廣東空軍反陳投蔣內幕
厠上辦公的軍人

一九六六年四月三十日出版

大華 第三期

大華　第四期

封面畫：六歲的溥心畬

大華 半月刊 第四期

一九六六年四月三十日出版
（每月十五、三十日出版）

出版者：大華出版社
地址：香港銅鑼灣希雲街36號6樓
Ta Wah Press,
36, Haven St., 5th fl.
HONG KONG.
電話：七六三七八六轉

督印人：林翠寒

主編：林熙

印刷者：永聯印刷所
地址：香港北角渣華街一一〇號
電話：七〇七九二八

總代理：胡敏生記
地址：香港灣仔洋船街三十二號
電話：七二三四三七

第二次世界大戰裏面史

山西日軍向中國誘降記

——「日本軍閥禍國秘史」之一

田中隆吉 原著
魯揮戈 譯寫

前言 田中隆吉其人其書

田中隆吉中將在第二次世界大戰結束前，迭任日本陸軍方面的要職。當我國抗戰初期，他曾駐軍山西省，旋調回其本國中樞任職，任兵務局長，是太平洋戰爭時陸軍省的高級長官之一。他受知於板垣征四郎大將，又曾在東條英機兼陸相時供職於陸軍省，他所知的日本軍閥秘史，確為外間人所難知或不知者。以是，他曾在東京國際軍事法庭出庭做過證人。

日本向盟國無條件投降後，昔日曾參預軍國大計或曾為局內人的日本軍政界要人，紛紛撰寫回憶錄一類的文字，揭露以往的內幕秘史。田中隆吉也撰寫了一部題名「日本軍閥禍國秘史」的書問世，揭發了不少向不為世人所知的軍閥罪行秘史，並道出了日本所以失敗而至投降的原因。這是一部極具史料價值的書，我們中國人身受日本軍國主義者侵略之苦，更應一讀。

田中隆吉的這本書，價值雖高，但像其他日本人所寫的同類書一樣，具有某些缺點，為我們閱讀時所不可不注意者。第一，他竭力避免談及日皇的過失和咎責。第二，他處處以「忠君愛國」的標準來觀事論事。忠君愛國本屬美德，但昔年日本人所謂的忠君愛國，實是變了質而極危險的觀念，日本軍國主義者就是以此為名，而行其侵略和窮兵黷武之實的。第三，他像別的人一樣，處處為自己辯護，把自己說成為一個對日本軍國主義政策的異議或反對者。第四，他的筆下對於那些侵略罪魁而為甲級戰犯的板垣、梅津、小磯等人，頗有怨詞，並為他們開脫責任。第五，東條英機作風專橫，人緣甚劣；太平洋戰爭是其組閣後發動並由其主持的，戰後被美國視為天字第一號戰犯，罪無可逭，絕無倖脫的可能。因之，田中隆吉像其他撰寫的日本軍政要人一樣，為了為自己和自己有關係的人開脫責任起見，便集矢於東條之身，把幾乎所有的侵略以及失敗的罪責都推向東條的身上。

田中隆吉之書雖具缺點，但畢竟讓我們知道了不少珍秘而一向不為世知的裏面史。此書似未見有漢文譯本。當原著問世時，正值中國抗戰結束後政治、軍事、經濟和社會各方面大混亂時期，不久，中國又發生了翻天覆地的大變化，此書之未能譯介，或與此有關係。我覺得這是一本甚有歷史價值而與中國人極有關係的著作，而在日本投降後已逾二十年的今日，國人更有一讀的必要，因為書中很多事，是我們中國人所應該知道的。所以，我特從篋中檢出原書，予以譯寫，而付本刊登載。

我並非按原書一字不遺地直譯，而是采用譯寫的方式的。這可以取其精華，刪其繁瑣，選出最為國人感興趣的部分介紹。但我絕無在原著外擅自增添任何東西，也全無曲解原著之處。至於其中的涉及我國的人和事，也悉據原書譯寫。至於原著中所述及的有關我國的人和事，其眞假如何，在歷史上的評價如何，本刊讀者都是學富識卓而精熟史事的人，當能自下判斷評語的。

田中隆吉在原著中寫有序文一篇。因為這序可以說明他寫此書的原因和態度，茲撮述其大意於次。（下文中的「我」，即田中隆吉的自稱。）

一九四五年八月十五日，日本接受了「波茨坦宣言」而向盟國作無條件的投降，所謂「大東亞戰爭」就此悲慘地收場了。自戰火燃起，以至投降的那一刻止，始終被蒙在「聖戰必勝」的欺騙宣傳中，而且大家也確信必勝的日本國民，至此無不驚愕嗒喪，並興起了戰爭為何原因而慘敗的問題。

我因爲供職陸軍中樞，對於中期以後的「中國事變」和初期的「大東亞戰爭」之推移，會作過極冷靜而細心的觀察。所以我雖不肖，但對於我七千萬國民都要詢問的「爲什麼原因而失敗」的問題，自信是一個有資格的解答人。我從敗戰後以至今天，會從報紙、書籍、廣播中，親眼見到和親耳聽到不少企圖解答這個謎樣的問題的意見，但那些意見，或失之片斷，或語存顧忌，都未能接觸到全面而根本的事實。日本人一向認爲禍從口出，以愼言爲美德。但我認爲時至今日，如仍以愼言爲美德的理由，對於國民所亟欲知道的事，依然緘默不言，這對於多難的日本之前途，乃是一種罪行。此所以我要撰寫這本書而問世。

日本敗降的各種因素，早在珍珠港戰火燃起前卽已種下而萌芽，所以，我的書是從「大東亞戰爭」爆發前講起的。我把我所知所經歷的各事，確實地記述。在本書中所記述的別人的話，只要我的記憶並無錯誤，是旣無誇張而又不歪曲的。而這些事和話，在「大東亞戰爭」期間，是被視爲絕對機密而不容許洩漏半點的。可是到了今日，再加保守和不讓人知，非惟無此必要，而且對於日本的從敗降中重建大業是有極大的害處的。或有人譏我見解獨斷，或非議我作自我宣傳，但我只是爲了日本的重建而盡量說出眞切的事實和我的信念。知我罪我，非所顧及，耿耿寸心，天日可表。

百感交集吟小詩

昭和十五年（公元一九四〇年）十一月三日，是我神武天皇卽位建國的二千六百週年之日（譯寫者按：日人自稱神武爲開國之主，亦卽所謂「萬世一系」的帝室之初祖，卽位於中國周惠王十七年辛酉，時爲公元前六六〇年。其實，日本古代的歷史是不可靠的，所謂神武天皇，乃是一個傳說中的虛構人物）。是日，東京都宮城前的廣場上，舉行盛大典禮，我一億國民衷誠慶祝（譯寫者按：日本投降後，失去朝鮮和臺灣，故當時其國民總數，亦由約一億人減爲約七千萬）。那時，我正擔任第一軍團的參謀長，駐於中國山西省的太原。那天，軍團司令部全體人員，在山西大學的運動場上，集會慶祝，向東京皇宮行遙拜禮，「君代」——卽日本國歌——奏過後，廣播機中卽傳來近衞文麿總理大臣的致詞之聲。那天天日晴朗，碧空無雲，在華北是一個難得的好晴天，軍團司令部的人都高興這大典之日有如是好的天氣。可是，我的心情却頗憂鬱，在典禮行過後，做了一首詩以誌感。詩曰：

禹域干戈尙未收，　太平洋上暗雲浮。
休論戰陣功多少，　正是邦家興廢秋。

我的心情憂鬱是有原因的。我爲着「禹域干戈尙未收」而苦惱。自從昭和十二年（一九三七）中日事變以來，迄今已三年多，我對於中日兩國長此兵連禍結的前途，實在悲觀之極。還有，從昭和十五年的年初起，我軍在山西省境內會進行了好多次的戰役，其中較重大的，有晉南的掃蕩戰役和與共產黨軍隊的經常接戰。我是參謀長，負有策畫和指揮的職責。但在經過那幾次戰役中親自指揮後，我對於號稱爲世界最精良而無敵的日本皇軍之素質，發生動搖的信念了；同時對於皇軍平素的訓練效果，也不能無疑了。

自從中日事變發生後，我軍進入山西省已有三年。在第一軍團的編制下，擁有三個師團和四個混成旅之衆，可是在維持佔領區的治安秩序和撲滅中國人的抗日行動上，却幾乎全無效果可言。而我軍軍紀的廢弛，日本在山西的官員和僑民以勝利征服者自居而產生的優越感，以及積極貪求功利財貨的行爲，却日甚一日，幾無止境可言。這些都使中國人更增强他們抗日的決心和加緊他們對抗的行動。再有，我對當時樹立於南京的汪精衞新政權，也缺乏信心。我不認爲汪精衞的新政權眞有收拾中國事變的能力。

我當時已看出日本終不免與英美干戈相向，可是，日本這三年多來已傾全力於中國事變上，倘若再與英美作戰，其結果很顯然的難逃敗亡一途。所以，我深深地認爲，爲了使日本從中日事變的泥淖中拔出雙脚來以便有力對抗英美，非早日解決中日事變不可。我們今日隆重虔誠慶祝建國二千六百週年，倘若中日戰爭局面不從速終止，而一旦太平洋上的戰火又起，我們子孫是否再能舉行慶祝建國二千七百年典禮，我實在不敢想像。

禹域干戈的能否早收，實關係我日本帝國邦家的興廢存亡。典禮舉行過後，軍團司令部的功績銓核班長，隨卽携帶着本軍團屬下官佐士兵的功績銓核檔案而去東京呈報大本營了。那時，大家所關心的，是自己的戰功和昇級，有幾人能想到此時正是邦家興廢之秋呢？

自這年的春季始，軍團司令部就忙於調查和考核本軍團屬下各生存人員自中日事變以來的功績，以便彙報大本營，而於昭和十六年元旦發表。在「滿洲事變」（卽一九三一年九一八事變）後，國家論功行賞，我是由衷地讚嘆的。可是對於三年多前中日事變以來的現存的將佐士兵的考功行賞，我却暗中以爲不可。因爲中日事變的解決之前途，正希望渺茫而大可憂慮之時，國家如果大事論功行賞，只有更煽動軍人在華獵取功名的野心，使事變的早日解決更臻絕望。這對於我國家的命運，實是有大害的。

我不敢自詡衆醉獨醒，公忠體國，但我的那首拙劣的小詩，却確實道出了我當時的心情和感想。

（下期續完）

談兩個王孫畫家的故事

周志輔

「南張北溥」的溥，已於一九六三年逝世了，「王孫」畫家又弱其一。現在北京還有三四個「王孫」畫家，不過享盛名者只有溥雪齋一人。這篇文章，兼介紹這兩個人的一家歷史，字字均有根據，允為藝壇掌故的佳作。

民國以後，清宗室中，有兩位傑出的天才畫家，一位是人所共知的溥心畬，一位是溥雪齋。溥心畬是恭親王之孫，恭王是道光的第六子，名奕訢，與咸豐為兄弟行。恭王有四個兒子，長子名載澂，是貝勒，次子名載瀅，也是貝勒，三子名載濬四子名載潢（二人皆早死）。他的長子載澂，最為不肖，生平劣跡多端，其最荒唐之處，為引導同治冶遊，以致同治染惡疾，御醫諱為天花，誤投藥石而至死亡。

「清朝野史大觀」載有同治與載澂二人私事頗詳，茲擇錄數則於後：

（一）穆宗好演戲，而又不能合關目，每演必扮戲中無足重要之人。一日演打竈，載澂扮小妹，某妃扮李三嫂，而帝則扮竈君，身黑袍，手木板，為李三娘一詈一擊以為樂。

（二）孝哲后（同治皇后），崇綺之女，端莊貞靜，美而有德，帝甚愛之，以格於慈禧之威，不能相歡洽。慈禧又强其愛所不愛之妃，帝遂於家庭無樂趣矣。乃出而縱淫；又不敢至外城著名之妓寮，恐為臣下所覩，遂專覓內城之私賣淫者取樂焉。

（三）穆宗慈禧子，長大頗殊趣，好冶游，與貝勒載澂尤善，二人皆好著黑衣，娼寮酒館、暨攤肆之有女者，徧游之，其病實染毒瘡，頭髮盡脫落，言因發疥瘡致命者誤

按上則所言黑衣，為當時北京流行的「混混」裝束，彷彿今日香港阿飛之著牛仔褲，使人一望而知是輕薄少年，時人稱之為「嫖衣」者是也。載澂在同治駕崩以後，恭王曾有意懲治之，打算用家法杖死邸內，但終以父子天性，未忍下此毒手。那知他怙惡不悛，索性放縱自恣，終日遊蕩，不稍斂迹。尤其是在夏天，穿着一身黑洋縐褲褂，到什剎海遊人衆多之處閒遊，看見良家婦女，姿色出衆者，無不加以調戲，有一年，竟至因為搶民女，惹出來一場大禍。

清朝野史大觀載此事畧云：「載澂者，羣呼之為澂貝勒者也，一年夏間，率其黨遊什刹海，海故多荷，沿岸皆有茶座，賣蓮藕者亦沿岸布地以售。澂見隔座有一婦甚妖冶，獨出無偶，屢目澂。澂命其黨購蓮蓬一束贈之，且與之相約至酒樓密室相會，從此為雲為雨，已非一日。一日澂謂婦曰，爾能歸我否？婦曰，家有姑有夫，勢必不行，無已，惟有刼我於半途可耳，且大爺刼一婦人，誰敢云爾者。澂大喜，乃置金屋，備器具，仍約婦於什剎海茶座間，率其黨一擁而上，刼之去，道路沸揚，以為澂貝勒搶奪良家婦女，不知其有約也。婦為宗室女，論支派當為載澂族姑，奕訢聞之，囚澂於高墻，即此事也。」載澂這種行為，簡直像是艷陽樓戲中的高登，身為太尉高俅之子，唱的是「我父在朝為宰相，雅賽東京小宋王……」其口氣與載澂心目中所想像的一般無二，而且府中有的是三百名家丁，二百名教習，搶一個民間婦女，並不算一回事，頂多罵上一句「好不識抬舉」，還不是手到擒來嗎？那知恭王真的把他圈禁起來了。後來雖然有機會放出來，但是死在光緒十一年，恭王死於光緒廿四年，所以他沒能趕上襲爵。

清朝野史大觀記載澂死時的情形是：「載澂淫惡不法，其病，奕訢大喜，日望其死，病革，左右以告，王曰，姑念父子一場，往送其終可耳。及至澂室，見澂側身臥南坑上，氣僅屬，上下衣皆黑縐綢為之，而以白絲線遍身繡蛛。王一見大怒曰，即此身匪衣，亦該死久矣，不顧而出，澂遂絕。當澂出入宮禁最密時，王深恐變作，會澂有刼婦事，遂囚之宗人府高墻，意在永禁，無何奕訢妻死，澂請於慈禧，謂當辦人子之禮，奔喪穿孝，乃特旨赦出之。」

按圈禁高墻之條例，見於大清會典，茲即錄之以供參考：

凡宗室覺羅，若有罪，重則責懲，而加圈禁。（註：宗室覺羅犯罪，應枷及徒以上至軍流者，皆折以板責圈禁。圈禁皆於空室。枷

罪徒罪拘禁，軍流罪鎖禁。）凡宗室圈禁，則除其品。犯罪至圈禁，皆革除官頂。

宗房，司官二人，筆帖式四人，掌圈禁。這是大清會典上所記載的，實在是仿自明朝制度，明朝的宗人府，也有圈禁高墻的刑法。

恭王的次子載瀅，後來也被慈禧太后加以圈禁，可是他實在罪不至此，而多少有點含冤莫白的。載瀅是側室所生，本來繼宣宗第八子鍾郡王為後，為人碌碌並無所表見，但是在光緒二十六年庚子，義和拳初起時，慈禧太后頗相信其術，而親貴中，如端王載漪、莊王載勛及貝勒載濂、載瀾等均主張甚力，載瀅當然隨衆附和，未必參預主謀。迨八國聯軍入京，預備與外人議和，慈禧就把一切罪名，都推到這些親貴身上，由光緒降旨，把他們一個個加以懲治。現在將當時的上諭節錄數段於後：

庚子閏八月初二日上諭，此次中外開釁，變出非常，推其致禍之由，實非朝廷本意，皆因諸王大臣等，縱庇拳匪，啓釁友邦。莊親王載勛，怡親王溥靜，貝勒載濂，載瀅，均着革去爵職，端郡王載漪，著從寬撤去一切差使，交宗人府嚴加議處，並着停俸。輔國公載瀾，都察院左都御史英年，均着交該衙門嚴加議處。……

又閏八月廿六日上諭，此次肇禍諸臣，茲經按照情罪輕重，降旨分別懲辦，朕心一秉大公，毫無掩護。即如……貝勒載濂載瀅，中外叠次電奏，均未指出，朕亦據實一併懲辦，可知此事始末，中外傳聞，未必盡確，而朕之懲處諸王大臣，並無徇縱，可昭然若揭。……

又九月二十二日上諭，此次肇禍諸臣……已革貝勒載瀅，着一併交宗人府圈禁。貝勒載濂，業經革去爵職，着閉門思過。……此事始末，惟朕深知，即如怡親王溥靜，貝勒載濂載瀅，中外諸臣迭次參奏均未指出，即出使各國大臣電奏，亦從未提及，朕亦據實一併懲辦，可見朕於諸臣分輕重，一秉大公，毫無偏袒，當亦薄海內外所共諒也。

由這三道上諭綜合起來，除了載瀅而外，其他的五大臣，俱是讚成義和拳的，連載濂也在其內，見於諸家私人筆記。惟獨載瀅不免於波及的原故，實在是慈禧的一點私心，由景善的一篇日記中，可以看出來的。他的日記中說：「五月初五日（光緒二十六年），先考充內務府大臣之時，身經孝貞顯皇后，允恭忠親王之請，將安總管在山東就地正法。老佛聞耗之後，言以總管內務府大臣，均謀不軌，因未將實情奏聞，並以恭邸有謀叛之意，親貴大臣，難辭負義忘恩之咎，彼時恭邸頗不安於位，實因此，故未立瀅貝勒入承大統。」

所謂「入承大統」，即係指同治逝世時，議立嗣君，諸王大臣中有主張立溥倫者，但慈禧屬意於醇親王長子載湉，而不提鍾郡王嗣子載瀅，即因其本為恭王之次子，而慈禧因安德海之被戮，與恭王素有嫌怨也。所以在庚子懲治諸臣之上諭中，并及載瀅，欲加之罪，何患無詞，而又惟恐人之不服，於是在上諭中，一再聲明其未被人指出，而係出自宸衷獨斷，且鄭重表示為一秉大公，可見其心虛，明知其為不公也。

恭親王溥偉，本載瀅長子，嗣載澂後，襲爵。載瀅次子名溥儒，即溥心畬，三子溥僡，均庶出。載瀅出嗣奕詥，以革職圈禁，奪爵歸宗，溥儒遂無爵可襲。（載瀅死於宣統元年。——編者。）

溥心畬於民初之際，感國家之多故，入西山禪林中，閉戶讀書，以餘時作畫，用功甚勤，畫宗北派，意境高古，直逼宋元。但其衷心願以經生自居，從不喜人以畫宗稱之，以為有辱其抱負也。其於詩亦清新俊逸，而書法則秀勁挺拔，可謂三絕，有詩集傳世，中間篇什多含有故國之思，但平生不事生產，時感困乏，晚年尤甚，不得不以畫求售，以資生活。

溥雪齋是惇親王之孫，惇親王是宣宗第五子，為恭王之兄，名奕誴。生有五子，長子載濂，次子載漪即端王，三子載瀾，均於庚子年獲罪革職。四子載瀛，五子載津。載瀛生二子，長子溥侊，即溥雪齋，次子溥佺。但是溥侊出嗣孚郡王為承繼孫，孚郡王為道光第九子，為惇王恭王之弱弟，名奕譓，死於光緒三年。孚郡王無所出，先以奕棟子載沛為嗣，但早卒，又以奕瞻子載澍為嗣。載澍娶慈禧太后內姪女為妻，與隆裕（光緒皇后）為姊妹行，所以慈禧特意取他為孚郡王嗣子，以便將來有機會襲爵。那知這位澍貝勒，一時得意忘形，在閨房之內，與妻子吵嘴，一時按不住心頭的火氣，用酒壺向她擲去，這一下子，可惹出禍來了。她當晚進宮，見了慈禧，哭訴委曲，這位老姑太太，看見她們家的小姑奶奶受了欺負，認為是有點瞧不起太后，但是夫妻反目，動手動腳，也沒什麼多大的罪過，慈禧就特意說他是將酒壺朝着他母親扔去的，因此加以忤逆的罪名，下旨意作為以子擊母，罪犯逆倫，或者當時的拌嘴，是先由母子的失和而起，不管實情是怎麼樣，反正慈禧要重辦他，藉着不孝的理由，連夜的辦公事，定了個革爵圈禁，奪爵歸宗的罪名。這位福晉的意思，不過是想慈禧給她撐撐腰，罵上載澍一頓，也就够挽回面子的了。那知慈禧小題大做，也不知道是怎麼回子事，一下把載澍給關起來了。她一想不對，奪爵歸宗失去了他的地位前程，還在其次，只是這份兒圈禁高墻，夫妻們永遠不能到一塊兒，這一下就害了自己一輩子，越想越不對，於是趕緊到慈禧面前，去為自己的丈夫求情，想把他赦出來，另辦個不痛不癢的罪名。那知慈禧不允，一味的打官腔，說不能出爾反爾，馬上的把罪名減輕，不像句話，於是她想了個措詞，說是孚郡王無後，把載澍過繼過來，是爲的傳宗接代呀，這一來豈不仍舊是使孚郡王絕了後嗎？她自己以爲這樣的說法，一定可以打動了慈禧的心，堵住了慈禧的嘴，覺得很是高明，那知慈禧更是棋高一着，她說，我給孚郡王過繼一個嗣孫，這個問題，不就解決了嗎？慈禧太后是老寡婦，其心理上有變態，素來忌妬人家小倆口兒夫妻和美，像同治皇帝是他親生的兒子，還不許跟皇后親近呢，對於光緒皇帝也是這樣，看見人家與后妃接近，就要吃飛醋，所以對於這位內姪女也一樣絲毫不加以憐惜，反倒像是趁心解恨似的，把載澍辦了個罪加一等，永遠監禁，可是對於內姪女提出來的這個大題目，也用正當的言詞搪塞過去，使得她再無所藉口，只好自認倒霉，這就是溥雪齋由惇親王後裔，過到孚郡王支下的原委。到了民國成立以後，載澍由宗人府釋放出來；他還惦記着孚郡王府的產業，具狀向北京的法院申請歸本人享有，但溥雪齋延律師辯訴，結果以載澍早在清朝即已黜爵歸宗，對於這份孚郡王府的產業實在是無權過問，當然法院判爲仍由溥雪齋以孚郡王嗣孫的資格，執行管業。他算是敗訴了，可是溥雪齋亦未能永遠保守這份產業，不數年以後，也就變賣了，這就是朝陽門內，前北平大學女子文理學院的校址，俗稱九爺府。

溥雪齋，和溥心畬同爲道光曾孫，並是堂兄弟，兩人均擅丹青，不過溥雪齋素來精於南派山水，在四十年以前，已有相當地位，和溥心畬互爲南北宗之健者。但其後來，忽改變作風，亦摹擬宋元，惜其成就不能超越心畬，而名亦漸爲所掩，設能不改絃易轍，於舉世不爲之時，深究南宗，雖其造詣，是否能接武前賢未敢必，或者物以稀爲貴，至少能與心畬分庭抗禮，各執兩宗之牛耳，則殊非難事耳。雪齋今仍在北京，任北京文史館館員，七十多歲了。

清末的親貴們，普通的都會唱幾出戲，高尙點兒的，就是兼擅繪事，像貝子溥倫，行四，能唱青衣。鎮國將軍溥侗，行五，對於戲曲更精，而又能繪畫，這二位都是道光長子奕緯的後代。此外載字輩，如道光第七子醇王的第七子載濤，亦能演武生戲，而又嘗畫山水，署欵用埜雲居士。而心畬之弟溥德，及雪齋之弟溥佺，亦均能畫，溥佺以花鳥擅長，此皆清末之近支王公，而能扢揚風雅者，推原其故，又皆有迎合慈禧之心理存焉。慈禧最喜聽戲，所以諸王公不僅如從前之府中成班，簡直是自己練習粉墨登場。慈禧在光緒中葉以後，忽怡情翰墨，學繪花卉山水，甚且召雲南繆素筠女史入宮，名爲代筆，實則向其學習，於是諸王公又皆從事於丹青，一時成爲風氣，其中能自樹立，卓然成爲一家者，當推溥心畬與溥雪齋爲巨擘。而溥心畬更能留心學問，儼然以老師宿儒自居，而不肯限於藝人，雖未見其著書立，說然而其志則可嘉已。（按：溥心畬著有一些書，但沒有出版，其內容極平常，未爲文化界所重。——編者。）

廁上辦公的軍人

大年

王懷慶是北洋政府的京畿衛戍司令，又是熱察綏巡閱使和靖武上將軍。他很迷信，按理他該到承德組織熱察綏巡閱使署，但他因爲承德有一個棒捶山，而「棒捶打磬」（磬和慶同音），王認爲不祥，故不願往。只在北京成立了熱察綏巡閱使軍務處，派一個中將參議駐承德聯系。他本人經常住在東四七條胡同的大公館。另在頤和園附近悅春園、右安門抽分廠舊參將署的花園，西直門外紫竹園等，分設小公館。每一處公館，都另闢一大廁，修築一間極精緻的廁所，中間放了一張大便椅，椅下鋪滿細淨爐灰。椅前擺了辦公桌子，陳列文房四寶。王的屬員有事請示或報告，都須齊集廁所，聽候指示。他每天中午要在廁所處理公事，常是兩三小時之久。廁椅左邊設置炕床一張，備有鴉片烟具，烟癮起時，即由他的寵孌陳二隨侍供應。外間的人就給他上個渾號「王拉」。

無獨有偶，當過湖南都督、省長、湘軍總司令以至行政院長、國民政府主席原是文人帶兵的譚延闓，他無論在湖南、廣東、漢口、南京等地，擔任要職的時候，必在機關裏，特闢一個大房間做廁所。他每早起來，出恭時間，往往花上一兩小時，就在此時閱讀報紙，批核判行公事。職員有事要見他，可以直到廁所。他如果要傳職員來吩咐公事，或接見有緊急公事來賓，也在此臨時會面，絕不拘束。大家都知道了他的習慣，也不感到什麼奇怪了。

王懷慶和譚延闓兩人的廁上辦公，一北一南，相映成趣。原來他們兩人都患有痔瘡，又不肯求醫割治。迷信心極重，以爲後方開刀，是大不吉利。因此忍之又忍，成了便秘，每一次出恭要花上兩三小時。但有些公事，又不得不及時的親自處理，只好在出恭時辦公了。說句笑話，他們也是懂得利用時間和節約時間的惜陰分子。

硬骨頭羅文幹

希宋

羅文幹，字鈞任，顧名思義，束髮受書，已抱「天降大任於斯人」，身負千鈞之任了。「幹」字原應寫作「榦」，然從政數十年間，公私來往文件，習用羅文幹，道理何在？未聞提及，當然無由而知。此則與史學家勞榦，始終未易其名，有所不同也。

羅氏遠祖乃江西人，初本負販爲生，奔走於贛粵之間。後始定居廣東，而羅家自是世居番禺矣。羅氏祖、父均業商。其父爲安南華僑，營席子生意，長袖善舞，以故家財萬貫。羅氏生於光緒十二年（一八八六年），排行第七。幼時過目成誦，習法文外，其父望子成材，另以高薪延聘粵籍老翰林督課，因而中文造詣亦佳。

文幹於一九〇四年留英，進牛津大學專攻法律，成績優良，終至取得碩士學位。先是，就讀於榮譽班，普通課程外，加修德文、拉丁文、羅馬法、及法制史。四年卒業，續入英國培養優秀律師之內寺院深造。根據該院規定，每季三頓計，每生應吃若干頓飯，始告「功德圓滿」。而羅氏因尚差六頓飯，即行提前返國，未獲正式文憑。直至出席巴黎和會時，乘赴歐攷察司法之便，復入該院吃完所欠之飯，方免前功盡棄。

回國之初，應留學生攷試，攷取進士。值改良司法，新例初試，出作法曹。民國成立，由廣東都督府司法部司長而總檢察廳檢察長、修訂法律館副總裁、調署司法次長、大理院院長、財政總長司法總長歷任。一帆風順，非僅風雲際會，實學有專長也。吾國政治家類多全能選手，廣東精神之羅氏亦不例外，左右逢源，稱心如意。北洋政府時代歷充司法、財政兩長，已有「二美具」之稱，在國民政府統治之下，又歷長外交、司法、行政等部，再度兩兼要職，更有「四難並」之譽。不特此也，彼亦曾兼課北京大學。抗戰期中，一度執教西南聯大，又在民族文化書院講學，亦得謂爲名教授之一也。

彼常道及粵人之中，頗多昔日充軍犯人，與夫所謂謫宦之後裔，古風猶存。較諸他省者，一般個性最爲倔强剛直。而羅氏心直口快，一生敢作敢爲，富正義感，不啻夫子自道。如袁世凱籌備帝制時，彼以檢察官資格，公開檢舉袁氏叛國罪狀，依法指控，不留餘地。寧掛冠而去，亦不甘緘默無言。在粵且力勸龍濟光舉旗反袁，幸因其兄店務事，未出席海珠會議，否則性命早已難保矣。另如七七事變前夕，爲促使中央抗日，桂系軍人傳將發動「兵諫」，胡適深恐益增國家困難，會以社會賢達身份，通電斥責。羅氏則頗同情桂系動機，不惜開罪老友，自動寫信爲之反駁，亦莊亦諧，殊令胡氏啼笑不得！此外，於日本窺伺華北日亟之際，胡氏與在平名流，一度倡導以北平爲不設防之文化城。羅氏得訊大爲憤慨，會致函胡氏表示不滿。而於信封上大書「那裏去先生收」，譏其無所「適」從。消息迅速傳揚，一時成爲絕妙茶餘酒後資料。

羅文幹風趣絕頂，好嘲弄人。粵某顯要之吝嗇，衆所週知。友好欲想其一破慳囊請客，難若登天。羅氏乃冒名廣發請帖，屆時高朋滿座，濟濟一堂，某則有如啞巴吃黃蓮，苦在心頭！羅氏與意相齊亞諾爲多年老友，當陳公博奉派赴意大利訪問時，彼於其名片上爲之作介紹語曰：「齊亞諾先生：我介紹陳公博這個淘氣小孩給你。」匪夷所思，簡而又單，可謂創此類函件之先例。

或云羅氏嫉惡如仇，不以陳之逢迎作風爲然，屢思有以挫之。一日，公博欲訪意國新任大使，有所接洽。聞係羅留英期間同學，情誼甚篤，特懇彼爲之函介。意使閱畢，熟視公博而笑，若睹怪物然。蓋函中寥寥數語：「介紹大烏龜一隻前來會晤，希勿見笑。」謔而近虐，未免有失厚道。

彼甚健談，口若懸河，而且詼諧百出，每每令人捧腹。因其腿部特長，動作輕快，登上樓梯，不時一步兩級。人或以此相詢，答曰：「余一身兼兩職（其時兼長外交與司法兩部），倘非一跨兩步，爭取時間，安能勝任愉快？」聞者爲之忍俊不禁。對新聞記者素來相當客氣，有訪幾乎必見。惟一旦詢及不可公開之問題，則輒以笑話支吾，輕描淡寫，搪塞了事。因此呼之爲「笑話部長」者，大有人在。

民國十一年，羅氏出任財政總長，理財固非所長，而當時國庫空虛，左支右絀，更令人不敢貿然一試身手。惟吳佩孚認爲羅氏清廉，力加保薦，以期弊絕風清，或有開源節流之望。羅亦有此抱負，故即欣然就任。不意始則爲發行公債事，引起軒然大波，繼則因金法郎案，無辜受罪，琅璫入獄。蓋當時我國發行公債，概以關餘作擔保，稅務司順理成章，成爲當然之擔保人。且其既非國人，信用較佳，有利於公債之推銷，自不待言。不幸因與銀行界意見衝突，羅氏甚至警告之曰：「汝等銀行界人士思想之周密，固如蜘蛛結網，面面俱到，但余一筆即可將之破壞。」後者一不作二不休，慫恿稅務司愛格蘭出面阻撓，以致羅氏原定政策，無法付諸實施。彼大怒之餘，遂將愛氏免職。自外人充稅務司後，為中國政府解聘者，此為破題兒第一遭。繼而深防英方萬一作梗，乃先發制人，親赴使舘，向英使藍浦生說明此事前因後果，令知顧忌，不敢干涉。有決斷，有魄力，殊非一般蠻幹可比。至於奧欵之事，首遭衆議員彈劾，經院通過咨請大總統查辦。奉公守法之一位總長，遂蒙不白之寃，失去自由，暫為階下囚。此案內幕複雜，牽涉頗廣。然主因不外乎擁護曹錕登台之一班人，從中興波作浪，圖謀一舉三得，坐收漁人之利：一為構成羅氏違法貪汚罪名，促使王寵惠內閣無形解體；二為導致黎元洪墮入圈套而不自覺，蒙上違法拘捕閣員之惡名；三為引起黎吳衝突，一失洛陽方面支持，黎氏地位卽告動搖。羅性擇善而固執，篤信西方法治精神，故反串一齣「捉放曹」。釋放後，仍留獄中，一時不肯外出。其後著有「獄中人語」一書，詳記始末。讀者謂之為司法總長，實地見習，親自體味焉。其後案情大白，節操昭然，反更令人欽佩有加也。

其最有功國家，理應大書特書之事，當推說服張作霖退兵關外，化干戈為玉帛，使國民革命軍能不費一兵一卒，順利直抵北京，粉碎日人之陰謀。以後張作霖遭炸，土肥原特訪張學良於灤州，一探死活，以觀動靜。張故示鎭定，談笑風生，使之莫測高深，不得要領而去。隨卽偽裝小兵，雜於軍隊中，脫身返抵瀋陽。羅氏則冒充張氏，公然驅專車而往，以防萬一日方追踪少帥本人。故待張作霖死訊發表，日人業已錯過時機，其間得力於羅氏轉移視線之助，實在非小。羅張私交密切，諒卽淵源於此。因而日閥侵佔東北，進而蠶食華北之際，主持外交之羅氏，常以私電多方勸勉張氏，盡力面對强敵，予以周旋。

九一八事變突發後，羅始繼陳友仁出任外長。國家多難，外交棘手，每因起草公牘，通宵不眠。如是者一年之久，雙目紅腫，幾於不能睜開。

羅氏對於中服深具好感，每每長衣短褂如宿儒焉。當李頓率國聯調查團來華，抵滬時，羅由京趕往歡迎。竟著藍袍褂，粉底鞋，戴黑眼鏡，手持司的克。某報諷其服飾一若內政部長為集團證婚之禮服，不類外交官接待外賓云云。羅返京乃發表談話云：「余回國卅年來，因喜中服舒適，不穿西裝，並非不諳穿着者。在英倫留學時，入鄉隨俗，西裝革履，精美講究，且為彼邦師友所誇讚不已也。」並立卽新製西裝數襲，以備接待外國官員之用。

羅氏生長富厚之家，而自奉甚儉。為官廉潔，一介不取，於外長任內，照例每月可支鉅額特別辦公費，毋須報銷。而羅氏於二年之間，積存是項至數十萬元，悉數解返國庫，涓滴歸公。所有應酬費用，盡出私囊，此於當時官塲中，堪稱「唯吾獨淸」而無愧。

性善飲酒，喜猜拳，又頗有名士氣習。嘗與某國大使賭飲啤酒，連盡二十瓶，神色不變，撫腹自如。對方以一瓶抵兩瓶，反狼狽不堪，甘拜下風。其酒量之宏，可想而知。彼固每飲不醉，然有猜必負，輒自我解嘲曰：「若猜而勝，則酒為他人所飲，何樂之有？」英使藍浦生亦其酒友之一，某次應藍浦生邀至上海英國總會進餐，屆時竟因華人身份，不得「正」門而入，憤然而去。藍浦生得悉得後，勸駕再三，亦拒而不往。

後奉命赴新疆宣慰，取道西伯利亞返國。不久卽開去外長，而專任司法。抗戰前，已返粵經營礦業。戰時復連任國民參政會參政員。不幸一九四一年得惡性瘧疾，竟為二豎所困。因不信西醫，拒絕打針，以致醫師束手，旋卽病歿於樂昌。一代政壇怪傑與法學專家，僅享年五十有六歲，不及目睹神州重光，未克完成其中國法制史鉅著，惜哉！

羅氏長外部時，適家父供職該部，朝夕接迎左右。曾得其手書一聯云：「勤能補拙，儉以養廉」，實不啻其本人一生座右銘也。又是篇內容多據家父口述而作，特此附誌。

五大臣中三博士

秦仲龢

光緒三十一年，淸政府為了曾向人民開過一張立憲的「支票」希望能够如期「兌現」就派五個大臣出洋考察憲政。

是年六月，派載澤、戴鴻慈、徐世昌、端方出洋，到七月又增派一個紹英。這五個大臣中，載澤和端方、紹英是滿州人，餘二人為漢人。

五大臣於八月廿六日乘火車出京放洋，在車站上被烈士吳樾擲炸彈行刺，載澤、紹英畧受微傷。淸政府只得命考察團改期出發。因為徐世昌於九月初十日以兵部侍郎升任兵部尚書，不便出洋了，紹英又受了傷，便改派山東按察使尚其亨，及順天府丞李盛鐸。（尚其亨字會臣，漢軍鑲藍旗人，光緒十八年進士，官至山東布政使，曾護理巡撫，大漢奸尚可喜之後。李盛鐸字椒微，號木齋，江西德化人，光緒十五年榜眼。戴鴻慈字少懷，廣東南海人，光緒二年翰林，官至協辦大學士、軍機大臣。）

載澤、李盛鐸、尚其亨到了英國考察憲政，英國是世界憲政的先進國家，今見後進派人來考察，就由牛津、劍橋兩大學，分別贈予這三人博士學位，李、尚二人是文學博士、載澤是法學博士。這是光緒三十二年（一九〇六年）的事，其時中國駐英公使是汪大燮，這兩間大學也贈他以法學博士學位。（汪是錢塘人，曾出使英日，入民國歷官外交、教育總長，國務總理。）

廣東空軍反陳投蔣內幕

李之英

陳濟棠盤踞廣東，實行獨裁，和國民政府不合作多年，南京爲了瓦解南天王在粵的勢力，對收買廣東空軍，早有準備。當時地方性的廣東空軍，在國內確是有相當的配備，也是陳濟棠一枝看家王牌軍。因地方勢力太大，便爲南京所忌。

當年陳濟棠和新桂系李宗仁、白崇禧等，用西南抗日救國名義，通電南京，要求蔣介石領導全國抗戰，于是有民國廿五年六月三十日發生黃志剛等七架飛機北飛投蔣的事件。

陳、李、白的電報發出後，蔣介石即派陳慶雲等駐港，向廣東空軍參謀長陳卓林運動，及時對各中隊長進行個別收買。飛行員黃志剛首先受了陳振興的策動。陳振興與黃志剛等是同學，受了蔣的嗾使南下，以同學關係來聯系，說動了黃志剛、譚卓勵、陳崇文、羅承業等。又由黃志剛串連駐天河機場的第二中隊飛行員黃居谷、岑澤鎏、蔡志昌等，密商起事。

由于上述原因，黃志剛，黃居谷等，便先後駕駛飛機七架，飛到南昌，蔣介石把它編爲空軍十七中隊，以黃志剛、余平相爲正副隊長，黃余領銜發出通電討伐陳濟棠。這是廣東空軍第一批反陳投蔣。

陳濟棠聞知飛機七架飛走之後，大發雷霆，除了即將第二中隊長丁紀徐扣押之外，並召集全體空軍人員訓話，說來言詞懇切，聲淚俱下，夢想廣東空軍擁護他的偏安勢力。同時對空軍加緊戒備，將所有飛機一百多架，關閉在飛機庫，加派憲兵守衞，禁止飛行，機場特別警戒，不得隨便進出。這時空軍人員表面上尙表示鎭定，但內心極爲緊張。因爲當時大家多知道陳濟棠對現有空軍人員已不信任，暗中招來大批日籍飛行員，準備接替粵籍職務。這是陳借反蔣抗日爲幌子，而勾結日寇的勾當。空軍人員個個都想早日飛走，不做陳濟棠打內戰的幫兇。可是在警衞森嚴的環境下，一時難以實現，只好忍耐等待時機來臨。

蔣介石把握時機，排兵布陣，除了派陳誠、羅卓英等率領三十萬軍隊，包圍粵北外，爲了配合陸地部隊進攻，廣東空軍加緊分化、收買，來擊破陳濟棠的實力。陳卓林借口到香港調查丁紀徐失機事件，暗中和戴笠等搭上了線，商定每架飛機二萬元，官加一級，中隊長還有汽車洋房等優待條件，作爲廣東空軍反陳投到南京的代價。這宗買賣，雙方簽訂條件合約。同時蔣又派他的教育部長朱家驊到廣州，通過航空學校學科主任張雲與空軍司令黃光鋭拉上關係，商妥待機反陳。如此一來，黃光鋭、陳卓林對反陳投蔣的問題，便得了默契，爲將來實行時鋪好了道路。（按：胡頌平的「朱家驊先生年譜簡編」，民國廿五年條下云：「五月底，奉派到廣州參加胡漢民的喪禮。先生在那裏和……陳濟棠、黃光鋭等分別懇談，力勸內部必須團結，才能抵禦外侮。」但對于反陳的事，一字不提。）

在此時間，忽然有一天，南京的偵察機，由南昌飛來了三架，在天河機場上空，投下了大批傳單，勸陳濟棠悔悟投降。恰値陳卓林由港返省，即把握時機，和黃光鋭將檢得的傳單，上繳陳濟棠。並說：南京方面飛機，過于猖獗，目中無人，欺人太甚。今天派機散發傳單，明天可能派機來轟炸。我們的飛機，關在庫裏，不升空和敵機較量，是表示畏敵。萬一遇着轟炸，難免付之一炬，更不合算的了。倘能預先把飛機推出機場，嚴陣以待，機來即升空迎擊，才是備戰的做法。這番話，馬上得到陳的採納，立即下令撤回憲兵，把倉庫的飛機，推出機場，待命迎敵。

廣東空軍人員共同簽名營救丁紀徐，陳即將丁釋放了。

七月十五日，余漢謀率領第一軍公開反陳投蔣。同日，黃光鋭召集全體空軍人員講話，最露骨的幾句是：大家要鎭定，行動要一致。我不會帶你們走黑暗的路，一定同你們走一條光明的路。第二天，陳濟棠、李宗仁宣佈就任抗日救國軍正副司令，內戰有一觸即發之勢。黃光鋭先發每個飛行員安家費港幣一千元。空軍人員不準外出，各機隊分頭安排，指定了某機和搭機人員，沒有機坐的先行乘火車赴港。十八日，按着計劃行事，于是廣州天河機場七十架飛機，飛行員一百二十人，機聲軋軋，一齊飛去韶關。到達後，余漢謀第一軍司令部，即發給每人大洋一千元。

蔣介石得知廣東空軍已北飛韶關，認爲廣東陳濟棠問題，得了解決，即由南京上廬山，並命南昌空軍總指揮毛邦初從速迎接廣東空軍到南昌，上廬山謁見。可是粵空軍初時不願意到南昌，願意留粵，隨同第一軍返穗。直至七月廿日，余漢謀勉勵空軍服從命令，尅日飛往南昌。又說，當盡力設法使廣東空軍能够調回廣州。同日，南昌方面派來運輸機三架，帶領粵機飛往南昌。這時，黃光銳、陳卓林等五人，不知怎的却駕了飛機五架，離開機羣，飛往九龍啓德機場。這使一百二十多個飛行人員，羣龍無首，栖栖皇皇的徬徨失措。

當天河機場的大批飛機逃北之後，原來負責暗中監視廣東空軍的周寶衡，首先聞知，急往總司令部，向陳濟棠報告。恰巧公安局長何犖把待處決的藍衣社人名單呈交陳批核，正在點到吳滄桑時，周寶衡闖進，向陳報告廣東空軍全部北飛。陳聞後面如土色，不知所措，馬上把筆擲去，呆若木雞。周覩狀不敢勾留，連忙退出。當時何犖（何兼陳的參謀長）只好把圈定的名單，執行處決。按名次吳滄桑之下是韓潮，因未被陳圈點，未被槍決。後來余漢謀到廣州就第四軍總司令，參謀處長陳勉吾向何犖追索吳韓兩人，韓已獲釋，吳則枉死。何無法交代，只好離粵他往。（按：陳濟棠逃竄後，由何留穗辦理交代。）

李漢魂、余漢謀先後公開反陳，繼着陳的親信師長巫劍虹也受了蔣賄叛變，今空軍又全部北飛。陳濟棠感于衆叛親離，大勢已去，三十六着走爲上着，卽于七月十八日乘船離穗往港，託庇於外國人，從此南天王一蹶不振了。

陳在醞釀反蔣之前，曾由占卜家起課，有「機不可失」一語，陳認爲是最好的倒蔣機會，必定能够旗開得勝，馬到成功，絕不可放過此大好機緣。因此斗胆的反蔣。殊不知所謂「機不可失」，這機字是名詞，另有所指的。這是給人們茶餘酒後的談話資料。實際上，迷信星相祿命的軍閥，他們的下塲都是很悲哀的，何只一個南天王呢。

廣東空軍到了南昌，每架二萬元獎金的諾言尚有問題，七月底，陳卓林、黃光銳也從香港到了廬山。黃光銳首先聲明，廣東空軍是擁護委座而來的，不是爲金錢而來，已把那筆二百萬元獎金的支票退還。這時蔣介石眼見廣東空軍已上了釣，黃光銳的表示，正合孤意，口頭嘉獎黃的深明大義，派爲中央航空學校校長，升爲陸軍中將。接着又再耍手段，說廣東空軍的技術雖好，但軍風紀尚欠鬆弛，須要集中杭州，進行精神訓練。而所謂「精神訓練」，實際是塡鴨式灌輸另一套思想，對于練習飛行的機會極少。黃光銳名爲校長，而實權却在副校長蔣堅忍（蔣的堂姪）所掌握。因此黃蔣二人經常發生磨擦，而粵籍空軍人員受騙北飛，在杭州等于贅疣。

廣東空軍不願意爲地方軍閥參加內戰，思想出發點是好的，可惜的是當時他們的思想動機不是如此，而是爲了金錢。

本文寫畢，再附說幾句，作爲補充參考資料。陳濟棠的第一集團軍航空司令部之下，設有航空學校，飛機製造廠，飛機修理廠，機械訓練班，航空器材庫，空中攝影所，空軍警衞營，航空站十多個，八個空軍中隊，機隊分駐廣州、從化、韶關等機場。空軍司令黃光銳，參謀長陳卓林，八個中隊隊長是：譚壽、丁紀徐、陶佐德、謝莽、敖倫、馬庭槐、何涇渭、郭漢庭等。一說黃志剛之被收買，陳策也是拉線人之一。黃志剛、黃居谷等首批駕機七架投蔣，到達南昌，得了蔣的獎金十二萬元。與丁紀徐同時被陳濟棠扣押時，還有黃普倫。十八日，粵機七十架同時北飛，到了韶關、南雄，結集了轟炸機、驅逐機、偵察機等共有八十二架，飛行員、機械人員共有一百五十人。機抵韶關時，余漢謀發給飛行員的慰獎金，每人只有四百元。飛行員到了南昌，每人得到一百元的製造白衣服費。他們轉到杭州，除了黃光銳當了航空學校校長之外，陳卓林當了空軍教導總隊總隊附，丁紀徐當了航空教育長。各中隊編爲南京空軍九個中隊。原從廣州北飛的各中隊長，都得了一枚豆腐乾式銅質的五等雲麾章。

民國大官的簽名式

洛生

清代的官文書是不簽名的，清末的上諭才有軍機大臣署名的制度。這種署名是要恭楷的，袁世凱雖也不得不作楷書，但他寫姓名三字，筆筆都往上反挑，所以人們也說他的字有反相。

民國後，北洋政府各部總長在稿件上一般都親筆簽名，各人都自有一套簽法。據財政部的人說，梁啓超所寫啓超二字是草書的「不得了」三字。吳鼎昌寫他的名字非常模胡，看去只像「則」字，諧音爲「賊」。王克敏寫克敏二字用草書，簡直是「老妓」二字，這話也被他知道了，以後他作僞組織的委員長，自己也還提起這話，只把敏字當中多寫一點，就算與妓字的女旁有點區別了。

國務總理副署大總統命令是不能草寫的，以前命令不多，還好。顏惠慶作總理時，每天下「勛章雨」（這是當時流行的話，形容頒勛章之多），他這三字又特別難寫，他實在不耐煩，簡直就請秘書摹仿他的筆跡代寫了。

國務院祕書長除少數不會寫字的以外，都講究簽名的花樣。靳雲鵬時代的郭則澐以他的名字組成五朵雲的形式。汪大燮時代的王耒將中間一直寫得很粗，上面三排橫畫由狹而寬，連王帶耒兩字都包括了，很像寫意畫中的松樹，然而他並不會畫。王寵惠時代的廣東人梁宓，姓名兩字很難安排，他却巧妙地組成一朵蘭花的圖案，利用必字的三點作花心。

陳老烟槍殺新聞記者

蒙穗生

陳烱明的烱字很像烟字，因之有人在他的背後，叫他「陳老烟」。民國元年，他由廣東副都督代理大都督時，即陸續解散了許多民軍，軍權雖然漸趨統一，但內部暗潮，却是很多。他因事借詞把一個從新聞記者出身的廣東民團總局的副局長黃世仲槍斃。（局長劉永福，是中法戰爭時期的黑旗軍統帥劉義。黃世仲，字小配，番禺人，別署禺山世次郎。清末，風行一時的小說：「廿載繁華夢」、「洪秀全演義」、「大馬騙」，民國初年的「宦海升沈錄」等，就是他的創作。）

廣州「公言報」記者陳聽香，（名慶森，番禺稟生，科舉時代，好做槍手，替人代去攷試。又好與勞工羣衆搞在一起。歷年兼任廣東戲班的八和會館師爺，八和學堂（校）長。平日結交一些江湖子弟。廣東光復後的民軍統領，多屬他的舊友）做事很有胆識，敢作敢爲。爲了黃世仲的無辜遭陳烱明慘殺，即仗義執言，打抱不平，在報上發表公正的評論，矛頭自然指着陳烱明。陳惱羞成怒，立即派了丘八把陳聽香逮捕，用「造謠惑衆，擾亂治安」八個字的罪名，下令把陳槍決，並封閉了「公言報」。這一宗慘案發生，陳聽香便成了民國成立後第一個殉職的新聞工作者，陳烱明却開了後來軍閥槍殺新聞記者，查封報館的惡例。當時廣州不是戒嚴時期，陳聽香也沒有軍職，而陳烱明是學習過法政，當過諮議局議員，辦過「可報」，還幹過革命，和一般巡防營或賊仔出身的軍佬，是有不同的履歷。可是他一朝權在手，便不顧一切，濫用職權，逮捕新聞記者，沒有經過一定的法律程序，即遽然發出手諭槍殺，可以說是違法亂紀的新軍閥。

陳烱明于民國十一年（一九二二年）夏間叛變的前夜，夏重民是「廣州晨報」的社長，又是廣三鐵路局局長。當孫中山爲了陳烱明阻撓北伐，免去了陳廣東省長、粵軍總司令等職。夏在報上指摘陳的不服從領導的命令，反對大軍北伐。並揭發陳軍不聽命令，擅自開拔回粵，抗命負隅的經過。夾叙夾議，引用鉅大的事實，義正詞嚴的報導，給羣衆認識此事的眞相。同時，夏調撥了廣三鐵路的大批車輛，迅速地輸送了許崇智的部隊，回到羊城。陳部將領對于夏的擁護孫中山，不聽從直接上司省府命令，含恨已久。初時還有些顧忌，未敢發作。當陳烱明耍手段的躲在惠州，密電葉舉、洪兆麟、楊坤如等同時發動叛變。洪兆麟指揮叛軍，圍攻總統府時，楊坤如派了營長楊啓明率隊夜襲廣三鐵路局，拘捕夏重民。夏因事出倉卒，逃避不及，當場犧牲。夏的屍體，復被楊啓明嗾使嘍囉用鐵板夾着，再用鉛線捆扎，投到白鵝潭裏。「廣州晨報」，也被封閉。楊坤如是執行陳烱明的命令而行動的，這是陳烱明慘殺新聞記者，摧殘報館的第二次。

夏重民，係廣東花縣人。民國三年，中華革命黨成立不久，他旅居日本，奉組織的命令到加拿大，擔任黨辦的「新民國報」主筆。袁世凱要做皇帝，居正奉了孫中山命，在山東的濰縣，起兵討袁，所部的華僑飛機團，團長就是夏重民，團員多是加拿大的歸國僑胞。後來夏與夫人鄧蕙芳搞新聞事業，宣傳革命，提倡女子解放。招致了中等程度的女青年數十人，分派在廣三鐵路局、「廣州晨報」工作。鄧蕙芳所辦的「女子日報」，也努力地倡導女權運動、婦女職業。

夏重民的犧牲，孫中山聞到後，異常感傷。到了第二年，廣州各界才舉行夏重民追悼會。

文人與政人

聞之

民國十三年甲子（一九二四年），廣東商團購槍械案發，被扣留於黃埔軍官學校，時廖仲愷爲廣東省長，雖草擬有嚴辦商團計劃，只交機要秘書鎖於夾萬中，而不主張立刻執行，故遷延日久不能解決，後易胡漢民爲省長，乃實行攻勦商團，香港華字日報所編之「購械潮」只攻擊孫、胡而不及廖也。其後蔣介石在黃埔起家，即恃此批槍械爲本錢矣。詩人林庚白善子平術，著「人鑑」一書，時仲愷健在，明言某運仲愷必死於非命，其後果然，此事人罕知之。

民國九年庚申（一九二〇年）陳烱明粵軍回粵後，汪精衛賃居於廣州小東營宅中，有見其書齋懸一聯云：「關河可使分南北；豪傑誰堪託死生。」其自負如此，乃集陸放翁句也。胡漢民「不匱室詩集」卷一有「香江風雨登樓，輒懷精衛，集曹全碑得長句寄之」爲十三年作，詩曰：「萬里平安報季子，故鄉延望近奚之，山河不使分南北，歲月無因感別離，既雨餘雲仍在野，過風殘葉忍辭枝，從君共志歸與賦，舊學商量有所師。」放翁句可作胡詩之注脚。

「皇二子」袁克文

一、身世與家庭情況和社會關係

陶拙庵

談到袁克文，一般人似乎對他還十分陌生。他是洪憲皇帝袁世凱的兒子。世凱多妻妾之奉，生子凡十六人，都以「克」字爲名。最長者克定、克文他行二，他的生母氏金，爲韓國貴族，世凱使韓，韓王選貴族女四人贈世凱！他的生母，卽其中之一。從世凱三十餘年，生克文、克良，女叔禎、環禎、琮禎。原來世凱之女，都以「禎」字爲名。世凱洪憲失敗死，生母金氏，未逾年亦卒於天津寓所，年四十九歲。遺產請徐世昌分派，每份八萬元，克文得雙份，因世凱沈氏妾無後，克文爲嗣子，亦得一份。

自述身世

克文有一自述，足爲證考，如云：「維歲庚寅，（前清光緒十六年）克文生於朝鮮漢城。降之日，先公假寐，夢朝鮮王以金鏈鎖引巨豹來贈，先公受之，繫豹堂下，食以果餌，豹忽斷鏈，直竄入內室，先公驚呼而覺，適生文，先生母亦夢一巨獸，狀亦豹也，先公遂錫名曰文，命字曰豹焉。文年五歲，遘甲午之戰，侍先祖母暨家慈母先生母，自朝鮮返國，先公繼歸，旋奉詔訓旅，次軍小站，文從焉，六歲識字，七歲讀經史，十歲習文章，十有五學詩賦，十有八，以蔭生授法部員外郎。歲戊申，淸德宗及孝欽后先後崩，遜帝繼立，載灃攝政。先公以足疾罷官，文亦棄官從歸。侍居洹上，日隨先公營田園，起亭榭，疏池沼，植卉木，飲酒賦詩，極天倫之樂事，辛亥武漢變作，先公再起督師，命文守洹上，處四方危亂之中，得苟安焉，先公班師，亦奉眷屬北上。國難方定，而家禍興，文不獲已，走海上。未幾，先公覺爲宵人間讒，亟遣使召文歸。文感於先公之慈明，不欲復以不謹累先公憂，遂放情山水，不復問家國事。乃北望居庸，登翠微，東遊泰岱，觀日出，南浮海，挹吳越之勝，溯揚子江而攬金焦，中歷嵩高，窺龍門，仰太昊陵，陟百門陂，復東渡汶水，拜孔林，瞻歷朝衣冠文物，雖天下未臨其半，而名山大川，已足盪胸興感矣。乙卯，任淸史館纂修，與修淸史。楊度等忽倡革政之謀，十一月，尊先公爲皇帝，改元洪憲，忽有疑文謀建儲者，忌欲中傷，文懼，稱疾不出。先公驟召，不敢辭，遂陳於先公，乞如淸冊皇子例，授爲皇二子，以釋疑者之猜慮，庶文得日侍左右，而無憂顧焉。先公允之，文乃承命，撰宮官制，訂禮儀，修冠服，疑者見文鈐皇二子印，笑曰：無大志也，焉用忌。丙辰，先公殂。昔先公居洹時，曾自選窀穸地，在太行山中，邃而高曠，永安之所也。及先公殂，羣議葬事，文以太行山地請，大兄獨不可，欲葬洹上村左，以其地邇，便祭掃也。文力爭不獲，彼且廹扼，使不可安處，遂遁走天津。先公之葬，竟不得臨，此文終天之恨，而不或逭之罪也。十一月，先生母又卒。初文奉慈母南遷，聞先生母病，星夜北馳，及至天津，而先生母已於前一日遐逝矣。彌天之痛，一歲而兩丁之，心摧腸崩，而生氣盡矣。乃橐筆南下，鬻文於海上。先公召文曰：人貴自立，不可恃先人之澤，而無所建樹，建樹之道，始於學問，觀夫貴豪子弟，多不識一個字，而驕奢淫佚，終至破家亡身，求一棺而不可得者，咸有所恃而自墮也。文書之紳，銘之心；不敢忘焉。今文始三十，正有爲之年，而天下囂攘，羣以利征，甘屈躬以求辱溷，此暫侶於煙霞，苟活於刀筆，豈得已哉！豈能已哉！」以上云云，頗多諱言，最爲顯著的，如袁世凱竊居帝位，而作爲由於楊度的推尊，而處被動地位，這是不符合事實的。談到他們弟兄之間，確有難言之隱，那矛盾是很尖銳的，所以他自比陳思王，一則認爲才華足與曹子建相捋，二則煑荳燃萁，同於子桓之廹害，所以弟兄參商，克定歸洹上，克文便寓天津。克定赴天津，克文卽返洹上，兩人是不相往還的，後來克文死，有黃峙青其人哀挽詩云：「風流不作帝王子，更比陳思勝一籌，」卽從子建故事而推進一層說法的。

寒雲的妻妾兒女

克文的夫人劉姌，字梅眞，安徽貴池人，父鹽商，饒資財，捐候補道，與袁世凱相結納，遂成姻戚，梅眞能作小楷，又擅吟詠，着有「倦繡詞」，常和克文唱和，或比諸趙明誠與李淸照、江南蘋女士爲刻「儷雲閣」印，以博夫婦雙粲，子家嘏，字伯崇，號天純，娶方地山女方根，字初觀，當雙方定婚，毫無儀式及世俗的禮幣等，兩親家交換了一枚絕世希珍的古泉，及結婚，僅在旅邸中一交拜而已。地山有一聯云：「兩小無猜，一個古泉先下定。萬方多難，三杯淡酒便成婚」。當時步林屋也撰一賀聯云：「丈人冰清，女壻玉潤。中郎名重，阿大才高」。原來方地山名爾謙，別署太方，為名馳南北的古泉專家。且工聯語，有聯聖之目。他是克文的老師，又是兒女親家，是具有雙重關係的。二子家彰，字仲燕，號夢湝。還有三子家騮，字叔選，號用禮。據說家騮為外室花元春校書所生。這時克文年二十餘，花元春却比克文大六七歲，夫人梅眞知道了，大不以為然，所以未能進門，不久病卒。然家騮讀書很勤，曾留學外邦，成為科學專家，在諸子中最露頭角。最小的名家楫。克文喜冶遊，當初次來滬，這時袁世凱尚在，他以貴公子身份，遍徵北里名花，大事揮霍，及歸，送行的粉黛成羣，羅綺夾道；他非常得意，認為勝於潘郎擲果。此後又在津沽上海一帶，娶了許多侍姬，如無塵、溫雪、棲瓊、眉雲、小桃紅、雪裏青、蘇台春、琴韻樓、高齊雲、小鶯鶯、花小蘭、唐志君、于佩文等都是。但這批妾侍不是同時取的，往往此去彼來，所以克文自己說：「或不甘居妾媵，或不甘處澹泊，或過縱而不羈，或過驕而無禮，故皆不能永以為好焉。」其中棲瓊，梅眞夫人極喜歡她，斥私蓄三千金代為脫籍，常和棲瓊出觀電影「寒雲日記」中一再提到，眉雲於民國十八年冬，在天津逝世，克文哭之以聯，為侍姬入廟之一人。相處最久的，為唐志君，志君，浙江平湖人。克文有「平湖好」、「平湖燈影」、「平湖瑣唱」等作，即紀與志君同赴平湖事。志君能文，曾在晶報上寫「陶瘋子」、「白骨黃金」、「永壽室筆記」等，由克文潤飾，更覺斐然成章。克文和她同居上海凡若干年。克文疏懶異常，朝夕偃臥衾中，吞雲吐霧，與阿芙蓉結不解緣。骨董書籍，堆置枕畔，肥貓二頭，呼曰「大桃」「小桃」，跳躍於被褥之上。克文見客談話或撰文，僅欠身款坐。飲食都由志君悉心侍奉。後離去，為人批命以自贍，有人勸她以袁皇帝之媳婦登報號召，一定生涯鼎盛，可是志君不願意這樣做。後來克文逝世，噩耗傳滬，志君聽到，親到「晶報」館詳詢情況，且謂將為克文寫一小傳。民國十三年（一九二四年），邂逅小鶯鶯（眞姓名為朱月眞），克文甚為之風靡，為撰「鶯徵記」，「憐渠記」，步林屋為作序。又作「春痕」十首，且以清宮舊製玉版牋四幀，畫朱絲欄，精楷寫贈小鶯鶯。不久娶之於北京飯店，闢金屋於鮮魚口十間屋。某記者有「寒鶯佳話」，載於報上，過了若干時期，忽然發生政變，京津間的火車阻閡不通，彼此成為牛女。既而克文別有所歡，與小鶯鶯無形疏斷。這時小鶯鶯已娠孕數月，旋誕一女，名曰三毛，貌酷似其父，極聰慧。後來克文頗思小鶯鶯復還故巢，屢遣人至滬，與小鶯鶯相商，欲一見三毛，小鶯鶯應允，正擬携赴天津，與克文重晤，初不料約定日期，而克文遽爾病逝，小鶯鶯很為傷悼。于佩文嘉興人，最端莊，始終如一。克文初遇時，為撰「携李西施記」，又集句為嵌字聯云：「佩玉鳴鸞罷歌舞，文章彪炳光陸離」。佩文能畫蘭，克文曾題一幀云：「清兮芳兮，紉以為佩，妙手得之，蕭然坐對」。

「皇二子」袁克文遺像

養壽園一斑

克文家在河南彰德洹上村，那是他的父親世凱所營的菟裘，稱為養壽園，園以養壽堂為主屋，凡三巨楹，周拓廣廊，階前列奇石二，自太行山移來。楹聯集龔定庵詩：「君恩彀向漁樵說，身世無如屠釣寬」、甚為堂皇。謙益堂、五柳艸堂輔之。東北為樂靜樓，西為紅葉館。他如納涼廳、澄澹閣、葵心閣、嘯竹精舍、杏花村、臨洹台、天秀峯、碧峯洞、散珠崖、滙流池、鑑影池、臥波橋等。亭更多，有垂釣、蓋影、滴翠、枕泉、待春、瑤波、瀉練、洗心等名。匾額大都出於克文書題，彷彿大觀園試才題對額的寶哥兒，且撰「養壽園志」，其小序云：「歲在戊申，先王引疾罷歸，以項城舊宅，已悉畀諸親族，且家人殊衆，未敷所居，乃初卜宅汲縣，旋遷百泉，逾歲，洹上築成，居室厥定。洹上村，負安陽北郭，臨洹水之上，村之左，闢地百畝，藝花樹木，築石引泉，起覆茅之亭，建望山之閣。漳河帶於北，太行障於西，先公優遊其中，以清孝欽后曾贈書養壽，爰命曰養壽園。其一椽一卉，咸克文從侍而觀厥成焉。茲先公遐逝，園圃云荒，益滋痛慨，溯而志之，用紀林泉之舊爾」。克文的弟妹及夫人梅眞都住在園中，並延吳中周梵生敎他的兒子讀書，他自己不是往京津便到上海，把舊居作爲傳舍，後來洹上附近發生匪刼，便全家遷津。天津住在河北地緯路六號，北京居東城遂安伯胡同十四號，門上榜「洹上袁宅」四字。上海居霞飛路寶康里對過二百七十號，又遷愛多亞路九如里口一千四百三十二號。又住過白克路寶隆醫院隔壁侯在里。他白晝高臥，一到晚上，吸足雅片，興致勃然，許多友好及弟子們紛紛到他寓所，把晤談天，眞是羣賢畢至，少長咸集，尤其「晶報」主持者余大雄，素有「脚編輯」之號，爲了索稿，不怕奔走，克文雖允爲「晶報」撰述，可是以疏懶故，不逼不寫。大雄也就每晚來催促他，坐牀前輒亘一二小時之久，然後持歸排印，當唐志君時代，克文家政，內由志君作主，外由小舅子唐采把持，大雄又不得不與唐輩周旋，頗引以爲苦。

身後哀榮

克文生於前清光緒十六年庚寅（一八九〇年）七月十六日。當民國十一年壬戌（一九二二年）七月十六克文三十壽慶，天台山農作聯賀之云：「壬戌之秋，七月既望。庚寅以降，初度攬揆。」上句引「赤壁賦」，下句摘「楚詞」，那是非常巧合的。他生肖屬虎，湯臨澤爲他精刻虎鈕象牙印章，鑄版印於報上。他卒於民國二十年（一九三一年）三月二十二日午刻。享年四十二歲。所患者爲猩紅熱轉腎臟炎，醫藥無效而死，潘復助理其喪。消息傳到上海，「晶報」連日刊登哀挽諸文，如丹翁的「哀寒雲」，天倪的「挽寒雲」，張聊止的「敬悼袁寒雲」，王公弢的「寒雲領英之文緣」，郭宇鏡的「雲營艷史」。且登載了許多照片，如「十年前之寒雲」，「寒雲志君合影」，「寒雲扮黃天覇」，「小鶯鶯所生之女三毛男裝影」，「貽大雄之袁項城遺墨楷書聯語影」（聯云：「風吹不响鈴兒草，雨打無聲鼓子花」。）「寒雲最後小影」，旁有克文自書：「庚午歲暮，克文時年四十又一歲」。又「寒雲所書英文」，「寒雲致鶯短札」，「致大雄信」，「寒雲信封」等。丹翁「哀寒雲」有云：「……初寒雲以徐壽輝天啓折三錢搨印信箋上，錢至今在大雄處，是又實物之紀念。我則足資紀念故人者，三代玉璽數鈕，方繫衣帶間而日夕摩挲也」。憶語又談其收藏云：「寒雲生平嗜古，所得佳品至夥，但亦偶供消遣，與盡則視若浮雲。或以質錢，或以易物，雖貶價受虧，亦所弗計。如宋槧李長吉、魚玄機、韋蘇州諸集，如元繪佛象巨幀十三幅，六朝人繪「鬼母揭鉢圖」，如元大朝徐天啓諸泉，均以廉值讓人，或贈諸友好，後精研各國古金幣，薈集各國郵票，價俱達萬金，而以數千金揮斥之去。其它小品，如剛卯、嚴卯、漢學之屬，今殆猶藏諸篋衍」，以上云云，雖很瑣碎，然亦足見克文生平的愛好和氣度。上海諸友好，如包天笑、嚴獨鶴、周瘦鵑、錢芥塵、步林屋、王鈍根、徐朗西、劉山農、張丹翁、孫東吳、劉襄亭、侯疑始、尤半狂、余大雄、蔣伯器、許世英等，發起爲開追悼會，於這年四月二十六日假座牯嶺路普益代辦所舉行。舉行公祭，並陳列遺墨。當時不收賻金，所得的無非挽詩挽聯而已。其中以孫頌陀、梁衆異二聯最爲貼切。孫聯云：「身世難言，詞賦江關空寄慨。華年逝水，煙霞風月殼銷魂」。梁聯云：「窮巷詹朱家，遊俠聲名動三府。高門魏無忌，飲醇心事入重泉」。

克文浪遊南北，社會活動較多，也就加入了幫會，哥老會成立於清乾隆年間，無非以武犯禁，秘密進行。至清末，哥老會的一種，名青幫的，勢力遍江湖間，厥數尤衆。排行有大、通、悟、覺等等，以大字輩爲最高。

社會活動

克文和步林屋同拜興武六幫（青幫中的名目）頭子張善亭爲師，因此後來同列大字輩。有所謂開香堂，收弟子，外傳克文弟子數百人，實則沒有這樣多，他深恐過於招搖，生出是非，就在「晶報」上登了一篇「門人題名」，如云：「不佞年甫三十，署無學問。政求師之年，豈敢妄爲人師。乃有好事少年，不鄙愚陋，强以人之患者，加諸不佞，既避之不獲，復却之不可，忝然居之，自覺愧悚。而外間不諒，更有不辭自卑，托言列門牆者，殊繁其人。在彼則偶爾戲言，在予則益增顏汗。或且譏予冗濫，詬予妄謬，不尤自恧歟！乃就及門諸生，記其名字，以告知我厚我者焉。沈通三（一名國楨）、沈恂齋（一名荆香，字馨庵）、邱青山、金碧艷（名景萍）、孔通茂、朱通元、溫廷華、李智、董鴻綬、莊仁鈺、周天海、唐敦聘、戚承基、徐鵬。金珏屏、陳通海，右十六人，或學識超邁，或年齒加長，若言師道，實有忝焉，又有荆君劍民，亦曾請列門牆，不佞再三辭謝，並願附於友例，乃蒙諒原，心乃釋然。此外則無矣。苟有自稱者，予亦不敢承焉」。據我所知，以後倘有從之爲師，不限於幫會，或向他學書，或向他問字。如汪夢華、周世勳、朱柱石、程宮園、俞逸芬、陳彪若、謝之光、張塵霖、李金標、曾煥堂、黃顯宗、鍾漢傑、張玉山、李耀明、趙士廉等，那十六人中的金碧艷、金珏屏弟兄行爲不檢，克文把他們擯諸門牆之外，在「晶報」上寫了一篇「小子鳴鼓而攻之」。有人開玩笑說：「袁老二居然作孔老二口吻，『晶報』出了聖人了」！此後，王瑤卿來向克文疏通勸解，仍欲進金碧艷而敎之，克文又寫了一篇：「勗碧艷」，大有留待察看，以觀後效之概。

（待續）

温莎堡行宮的故事

秀娟譯

英國維多利亞時代的温莎堡行宮，經常有許多客人應邀到來做女王的貴賓，當他們辭歸時，都不覺鬆了一口氣。本來呢，蒙女王邀請是非常光榮的事，但他們很難感到愉快。因爲在温莎堡中的生活是刻板而枯燥無味，並且缺乏舒適感，使人感到有一種陰森的氣氛，頗不好受。晚上的情形更爲惡劣，客人往往要呆坐三個鐘頭，眼睜睜地看着王室人物玩猜燈謎之戲。那些受聘到來娛賓的職業藝人，表演的節目冗長而無味。例如一個著名的法國女優，用法語誦讀古典戲劇，令人聽了昏昏欲睡。

有一次，一個受歡迎的意大利高音女歌星，在演唱時突然用足內力，將音調提到最高點，幾乎把坐在最前排的女王頭上所戴的帽子吹走了。

當一個客人到達温莎堡時，馬上開始徬徨了。因爲經常沒有人帶他（或她）到安歇的地方，甚至沒有人知道客人安歇的地方在何處。

住下來的客人時常在堡中遊蕩，找尋客廳或他們安歇的臥室。因爲偌大的一個温莎堡，房間多至幾百，客人住在裏面，就好像走進迷宮一樣。

有一個客人，找了一個鐘頭還找不到自己的臥室，却走到一個房門口。他以爲從這個房間可以走到他的睡房了，於是把門推開，正要提脚踏進去，却發見女王坐在裏面梳頭。

另一個客人花了大半夜的時間找不到他的臥室，只得在一個大客廳裏的沙發上睡覺。第二天早晨，一個女僕進來打掃，發見他睡得大打鼾聲，以爲是一個喝醉的外來人，便召警將他驅逐。

在温莎堡的客人，受到極奢侈和極節約兩種相反的欵待。例如他們吃了一頓十道用純金碗碟盛着的豐富菜色後，退到一個寒冷而燈光黯淡的客廳休息。

女王的身體大約很壯健，因爲她並不覺得冷。堡中每一個房間都安有一温度表，證明它們不會過熱。有一個客人嫌房裏的燈光太暗，叫女僕點多一枝蠟燭。女僕告訴他宮中嚴厲地限制每個房間只能分配兩枝蠟燭。不過，如果客人眞個需要的話，可以把蠟燭切成兩截點着，那麼，兩枝便變成四枝，這就不會觸犯規例了。

吃飯的時候，當女王吃罷一道菜時，便要把所有客人的碟子都拿走，即使有的客人還未吃完，也是如此，這是宮廷中的一種習慣。女王吃飯相當快，因此時常有把正在吃得津津有味的客人的碟子拿走的事發生，客人爲之大苦。

有一次，哈丁頓勳爵只顧和女王講話，侍僕將他那碟還未吃的心愛烤羊肉拿走。他忙嚷道：「喂，拿回來啊！」女王不覺大樂。

英女王頗具有幽默感，而且愛聽別人告訴她一些反對她的故事。當她到了中年時，還保持着她兒時的習慣，愛發出吃吃的笑聲。

當波斯王應邀訪英之日，沒有人胆敢告訴他在和女王共同飲宴時應守的禮節——他不能伸出手臂環繞着女王的坐椅，或用手指頭拿碟子裏的食物，或把放在口中的食物拿出來瞧。這些動作都是波斯人的習慣。但波斯王我行我素，照老習慣爲之，女王和王夫亞爾培德只好予以優容。

王夫去世後，女王傷心到在一夜之間老了許多。爲了懷念他，她下令所有王夫的房間中的一切，不得稍有移動。此後四十年，王夫臨死前所服最後一次藥的那個玻璃杯，一直放在他躺着死去的那張床的床頭几上。

温莎堡時常舉行的宴會，從此也停止了。

女王不愛吸烟，憎惡吸烟時發出來的那種烟味，因此在温莎堡中，除了枱球房外，每一個房間都是不准吸烟的。那些偷吸烟的人，口中時常要含着薄荷糖以掩飾他們發出來的那陣烟味。

薛福成與温莎宮

英國的温莎宮，在倫敦數十英里外，照中國傳統習慣，稱爲離宮或行宮，以別於白金漢宮也。斌椿的「乘槎筆記」云：「英都五十里，有温則爾喀思爾，譯言君主行宮，殿宇高廣，四周房三千六百間，凡三層。」

所謂温則爾喀思爾，即Winsor Cattle的譯音，今日一般報刊皆譯温莎宮。

薛福成「出使英法義比四國日記」，光緒十六年庚寅（一八九〇年）三月十七日記云：「外部前日函訂，英君主今日三點在温則行宮延見，余率同參贊黃公度、馬清臣先乘馬車至火車棧。……入宮先赴朝堂，宴飲畢，禮官及茀爾生引入便殿，余見君主鞠躬，呈遞黃參贊以國書遞交余手。余宣讀頌辭，呈遞國書。君主手受國書，宣讀答辭，慰勞周至，皆由馬參贊譯傳一徧，余遂鞠躬而退。」

黃公度即詩人黃遵憲，馬清臣是英國人馬加里，此人久居中國，取一蘇州女子爲妻，清朝第一任駐英公使，即任馬加里爲參贊，辦理館務。清臣乃其中國名也。維多利亞女王以其有功國家，賜以爵士銜頭，於是又稱馬清臣爵士矣（西鳳）

西北軍革命奮鬥史（續完）

簡又文

勝利原素

河南之役，實爲革命史中最光榮而最沉痛的一章，足與其前攻鄂、攻贛、諸役之戰功血迹先後相輝映。原來奉軍是役之作戰方畧，係以全力直撲南軍，擬在最短期間沿京漢線驅之出武勝關以南，然後回隴海鐵路攻西北軍。故張學良只遣萬福麟率其衞隊三旅握守洛陽，以阻西北軍之東出，而盡揮三、四方面軍團精銳之師六七萬人迎擊南軍。但因其看不起「南方之强」，又料不到東出之西北軍如是之多及如是之速，以致一敗塗地。攻豫之役之勝利，原素有二：一爲精神的勝利；次爲戰畧的勝利。

曷爲精神的勝利？國民革命軍飽受政治訓練，人人肯爲主義犧牲，簡直不知有生死。每遇大敵當前，無論敵人炮火如何猛烈，充塞下級幹部之黃埔健兒，及指導政治工作之黨代表，以至上中級軍官，振臂一呼，口號齊喊，（補註：廣東兵將更以「××媽」「三字經」爲最有效的作戰口號）即率隊奮勇向前衝鋒，前仆後繼，有進無退，以故無堅不克。其中，以張發奎所率之第四軍、十一軍、號稱「鐵軍」者，尤爲銳不可當。敵人至一聞其名，而膽震心驚。南軍是次戰術，一與敵人接觸，放彈不到三四粒，即行衝鋒，血肉相搏。（補註：這是北方軍人所不常用的戰畧，以不肯輕於冒險犧牲也。）小商河之戰，犧牲尤大。我革命軍人，喑嗚叱咤，一往無前，整排整排的戰士，血肉橫飛，倒在河裏，後隊幾至踏屍而過。奉軍氣餒，不得不敗退。此種悲壯沉痛的戰術，足爲革命史之無上光榮焉。

是役也，南軍與奉軍相比，人不及其衆，械不及其精，彈不及其多，糧不及其足，而奉軍更有重砲多種，砲彈堆積如山。又有騎兵及坦克戰車等，均南軍所無者。惟南軍作戰之妙術，惟靠衝鋒；作戰之工具惟憑主義，卒以制勝。尤可笑者，奉軍雖有重砲掩護前線之步兵，然而後來簡直不敢放一砲。何則？因砲聲一響，南軍大喊幾聲（「三字經」也），即有數百人向着砲煙起處，拚命越過炮火線，蜂擁前進，奪其大砲。奉軍上了幾回大當，於是連炮也不敢再放了。至於奉軍如張學良、韓麟春的第三、四方面軍團，是奉軍之精銳，甚有軍事訓練。然素乏精神訓練；士兵不知主義，不知爲甚麼而戰。戰時軍士所倚靠者，惟在器械。及一遇不怕鎗械大砲，並不知生死的革命軍人，自然不是敵手。每遇南軍一衝到前面，惟有喊「弟兄莫打」，即便雙手繳械，或跪下投降，否則棄械逃散。（補註：奉軍散兵，及部份撤退之兵，多爲河南各寨村民繳械，以故河南民衆勢力極强，爲日後「紅槍會」衆滋事張本。）而且軍心不振，兵無鬥志。更有甚焉者：前敵的奉軍日夜在火線拚命打仗，而其將領輩在後方日夜也拚命打麻將，打茶圍，狂賭狂嫖。如此之軍隊，與萬衆一心、甘爲主義犧牲之革命軍作戰，而仍能取勝者，眞是千古怪事了。

綜上觀之，則謂攻豫之勝利爲精神之勝利，豈不宜乎？然而此役在京漢線大戰兩星期，南軍犧牲之人數，連傷亡共達一萬四千，政治工作人員及黨代表等陣亡者亦四五十名。傷亡之數，佔全軍四分之一。犧牲之鉅，比例尤甚於攻鄂、攻贛、兩役。革命史最光榮的一章，是用我們武裝同志的寶血寫出的（政治工作人員一體武裝，故云）。我們後死者，其勿忘諸！（補註：以上南軍戰蹟，係余到鄭州後，向南軍同鄉戰友調查、採訪所得。）

是役勝利之第二原素，即是戰畧之成功。西北軍兼程東出，夾擊敵軍，至使其首尾兼顧，卒至倉惶北遁。（補註：如其退兵稍遲，則前後受敵，在包圍圈內必至全軍盡墨。）當時南軍雖屢挫奉軍於京漢線，然而精銳損失過重，補充全無，餉械子彈及一應軍用品俱乏。（補註：南軍由武漢北伐，眞是「傾國之兵」，「孤注一擲」，策畧極爲冒險，亦極爲勇敢，非戰畧有萬分把握，不輕易出此。）而奉軍則後方補充及接濟尚源源而來。苟南軍再獨力戰鬥，則漢之爲漢，尚未可知也。而且當時湖北後方，夏斗寅變於肘腋，楊森東下之師及於沙市，武漢危急萬分。北方戰事，苟再延長，結果實不堪設想。幸而西北軍依時趕到，遂奏膚公。而且西北軍由陝南經荊紫關而入豫之孫連仲所部數萬人，此時正含辛茹苦，挺進於崎嶇山路間，在後方牽制于學忠之逆軍及鄂北之灰色軍隊，使其不致乘虛而拊南軍之背，及與一切反革命的吳佩孚殘部相聯合，因此南軍得免後顧之憂。計此一路（孫連仲）軍，陣亡二千餘人。而由潼關東出之師亦陣亡數百人。今日我們追述河南戰蹟，當不能忽畧西北軍的功勞。

至於戰畧上之勝利，則是南北國民革命軍全部的勝利。張發奎率其軍隊由廣東極南之瓊崖北上，經廣東、下湖南、取湖北、克江西，一直打到河南而入開封，轉戰三千里路，沒有打過敗仗。同時，孫良誠、方振武等，亦率西北軍，或由南口、或由甘肅、經察哈爾、過綏遠、進甘肅、定陝西，出潼關、一直打到河南而克鄭州，亦轉戰三千里路，也沒有打過敗仗。而兩軍皆號稱「鐵軍」。一南一北，豐功偉績，遙遙相對，無獨有偶。卒之，南北二鐵軍，夾擊頑敵，會師中原，使「鬍人」（奉軍綽號「大鬍子」）不敢南下而牧馬，猗歟盛哉！此豈非革命史中足耀千秋之佳話乎？

尚有一趣事。張學良北遁時，留下一封親筆函與南軍，畧云：此次因「政見不同」，以至南北交兵，但因訓練無方，威令不行，以致不敵，「見笑見笑」。但有三件事請南軍注意：一則鞏縣兵工廠及黃河鐵橋，本來退兵時可以破壞，但不毀之，以「為國家保全一點元氣，請為見諒」。（原註：但奉軍已炸毀黃河之一部。）次則南軍所獲俘虜，請好為照神。（原註：但奉軍慘殺俘虜。）三則河南人民，久受兵災，困苦已極，其本人已捐五萬元賑濟之，望南軍盡力撫卹云云。（原註：其實分文未捐出。）這一封書，尤足為攻豫之悲壯沉痛的戰史之小小點綴品。

入豫後之西北軍

鄭州攻下後數日，武漢革命政府汪（兆銘）、譚（延闓）、徐（謙）、孫（科）、顧（孟餘）、唐（生智）等委員即北上，約馮總司令會議軍政大計。（補註：秘書梁寒操等隨焉。）馮即由豫西趕至。（補註：前此國民革命軍總政部主任鄧演達，曾繞道至洛陽、由余陪伴同至豫西陝州謁馮。鄧氏對於我們政治工作人員之刻苦耐勞，努力工作，嘉許備至，多方勉勵。）彼此會商了兩日兩夜。結果：在政治方面，豫、陝、甘、三省政府正式組成，任馮為河南主席，劉郁芬為甘肅主席，于右任為陝西主席。（原註：其後，于不就任，乃以西北軍石敬亭代。）又設「開封政治分會」，以指導三省政治黨務，並留徐、顧、二委員駐豫。在軍事方面，則改

馮玉祥初次學畫之作

編第二集團軍（即西北軍）為七個方面軍，以孫良誠、靳雲鶚、（補註：靳原為直系吳佩孚舊部，留駐信陽、至是輸誠），方振武、宋哲元、劉郁芬、于右任、岳維竣、諸人分任總指揮。（原註：其後于氏亦不就，乃改任石敬亭。）並撥河南舊有之軍隊數部，如梁壽鎧等，歸馮指揮。是時，楊森率師東下，逼近武漢。政府諸公，乃令南軍全部撤退，南下迎擊之，而以全豫防地交西北軍負責。

到會諸公，於商定軍政大計之外，復對馮詳述共產黨之跋扈，鮑羅廷之專擅，及兩湖人民所受「幼稚病」之痛苦。其中，以徐、顧、二氏及唐氏部下軍官某某等之言，尤為痛切。（補註：徐、顧、唐、三人，向以左傾親共著名於當時，殊不知惡共反共亦以其最先最烈。此為外間所鮮知者。）馮聞言大為動容。未幾，西北軍之淸黨運動，即肇源於此。（補註：鄭州會議甫畢，政府諸公忽接共產黨陳獨秀自南方拍來緊急密電，謂馮氏已與入駐南京之蔣總司令勾結聯合，請各人速歸云云。此電大有挑撥離間作用，可以明見。次日，諸公即匆匆乘車南返武漢。此來電亦異常秘密，外間鮮知之，實為其時期政治史之重要點也。）

鄭州會議之後未久，甯方蔣總司令及各委員亦去電約馮會議，共商大計。於是在六月中旬，有徐州會議之出現。甯方蔣、胡（漢民）、鈕（永健）、吳（敬恒）、李（石曾）、諸委員均到。會議結果：為軍事合作、一致北伐、及淸黨、諸事。馮與蔣會銜發一通電，宣言合力北伐，以竟國民革命之全功。（補註：馮氏此次徐州之行，極端秘密及謹慎。事前令鐵路備專車往西。及車頭機器發動，乃忽下令往東。詎料火車開動不久，即遇炸彈爆發，幾至喪命。）

調和甯漢

是時，甯漢之裂痕愈深，隱隱乎有敵對行動。馮乃表示絕對不加入黨

內私爭，並力勸諸領袖顧全大局，不要決裂。其在徐州之言與前在鄭州之言正相同。緣西北軍遠處一隅，於南中政治黨務未明眞相。其初，馮以爲一入豫省，即可合全黨之力，一致北伐，完成國民革命。此時黨勢至盛，髯虜震懾。張學良至派人携親筆函來馮處求和，願以直隸及塞北三特別區（熱河、察哈爾、綏遠）讓出，而自動的退出關外。其他奉系將領，亦紛紛遣人通欵。以故，六月入京之夢，當時確有實現之把握。然自寗漢分家，各稱中央，各欲拉馮捲入漩渦；漢則令其攻寗，寗又令其攻漢。馮處其中，困難可想。馮本軍人，政治頭腦之單簡，人所共知。（補註：余嘗分析馮之心理與人格，輙謂其具有「單軌頭腦」，在同一時期，只會懷一種概念，走一條路線，而不能應付複雜的政治環境與多元的局面。）且又爲新進的黨員，故對於黨義上與法統上之事，頗不了了，甚至莫名其妙。而况主持寗、漢、兩方者，多爲其最友善及最相信的友人，更有左右做人難之感覺。再因其本身是軍人，對於政治上與理論上之是非不大注意。所斤斤注意者，惟在軍事上之利害。當時，西北軍雖得有豫省，然而身處四戰之地，頑敵當前（奉魯軍閥），且心腹之患，處處皆是，更覺種種掣肘之苦，不能盡說。故自不能輕舉妄動。有此種種原因，馮遂決定在消極上對於黨內私爭，決不參預何方。而在積極上，則更以最誠懇之電文，及派遣代表，分赴兩方，力行促進寗漢合一之運動。（看下文補註。）蓋苟兩方一旦開戰，以西北軍當時之勢力及地位計，不特不能出兵北伐，而且勢不得不放棄河南，復退入潼關、而寗漢兩方恐亦保不得矣。因馮之不肯加入內戰，且於雙方意見最深之時，倡言合一，雙方均不能討好，雙方均爲之失望，乃責罵交至。而馮對兩方仍盡力調解，函電盈尺也。後來大局危急，兩方均感悟，而今日合一之新局面卒以成功。馮氏自已也通電認罪，願受黨之裁判云。（補註：當時派赴漢口任調解之代表即是我。猶記南行之前，馮氏爲我詳述其意見及解釋當前之局勢，畧如上文所述。他最重視軍事形勢，以西北軍當奉魯軍之正面，如寗漢一旦開戰，奉軍必捲土重來。西北軍適當其衝，孤立無援，力量不足，非失敗不可。說到這裏，他忽現至嚴厲的態度高聲說：「到那時，如果我不退兵入陝，眞是個『忘八蛋』。」但西北軍一退，寗漢不難復被奉魯各個擊破，所謂「鷸蚌相持，漁人得利」者是。他於是提議召集「開封會議」，請雙方委員齊到，推心布腹，商討大計，以期化除成見，解決難題，復合爲一，以對付共同敵人。所有各人的安全問題，由彼負責云云。余奉命至漢，分謁各委員，詳爲代述意見。但因汪兆銘、唐生智二人，極力作梗，反對合一，余乃無功而還。馮聆余報告後，大感失望，登時變色，搖頭無語，沮喪至極。此事經過，因種種關繫，余當年不能對外發表。茲補述如上，以存史實。）

豫省黨政

自徐州回汴，馮即着手清黨，軍中有共產黨政治工作員劉伯堅等四五十人，一律停職，送其南下。手定清黨章程者爲徐謙氏。俄國軍事顧問數人，旋亦回國。（補註：馮對於俄軍事顧問烏斯馬諾夫等，只作禮貌的優待，實則並不信任，尤其不肯告以本軍秘密內容。一次，烏公然詢問西北軍某種內容、馮大爲不懌，反問曰：「烏同志，您知道中國文字『顧問』二字，是何意義嗎？那是，凡我『顧』而『問』您之時，您就說話。」意指，如不問則不必說。烏面有赧色。馮恐其難過．再補說一句：「但是如果我一有所問，您必須盡所知以答啊！」兩人乃一笑而散。）陝、甘、豫、三省黨部及民衆運動之跨黨分子，亦全行退出。至俄之接濟，則一年以來，絲毫沒有。外間仍有疑西北軍盡「赤化」者，余能證明其全爲謠言也。（原註：鮑羅廷氏離漢回俄，過鄭州時，馮氏只以「客氣」欵待之。越宿即乘原車西去，但沿途亦無扣留之事。）（補註：鮑過鄭州時，余任招待及與馮談話之翻譯，並以計促其自動離去。一切經過，茲不及述。）

其次，在政治方面，新的省政府盡力整頓財政，提倡黨化教育，改良民政、司法等項。（補註：當時，馮極力羅致人才，厲行新建設。教育家凌冰、查良釗、鄧萃英、陶行知等，及唐悅良、黃少谷、孟憲章、馬伯援、王湖、谷鍾秀、焦易堂、馬福祥（馬鴻逵父）等均在軍中或政府中服務，或任顧問。王正廷來豫一度任隴海鐵路督辦。孔祥熙其時猶未得勢，亦常來聯絡。洛陽、鄭州、開封三地，冠蓋甚盛。）一時，政治煥然刷新。（補註：薛篤弼掌民政，忽下嚴令，全開封商店大門，一律要髹藍色，以示黨治。一時，外國顏料價格飛漲，商民苦之。馮方出巡他處，聞而急電制止，前令乃取消。又憶起有政治工作人員鄧飛黃及共產黨員與左派人士等，響應汪兆銘等之反宗教運動。馮嚴厲申斥云：「本軍幹部士兵多人一向篤信基督教，而今則有信奉回教之馬鴻逵、馬鴻賓等軍數萬人加入，共同從事革命。本黨根本主張信教自由。難道你們必要本軍信基督教者一律背教，又必要信回教的人人吃豬肉，才許可他們革命嗎？眞胡說霸道，荒謬之極了。」反宗教進行乃停止。凡此皆「幼稚」與「過火」之病之斑斑也。及今思之，猶堪一笑。）尤足紀者，則在開封辦一政治訓練班，有男女學員千餘人，是爲三省行政、黨務，民衆運動，及政治工作等之儲才館。馮又設立農村組織訓練處，改良工人生活委員會，放足處等機關，以施行新政策。

在軍事方面，則劉鎭華之鎭嵩軍全部正式加入西北軍，奉令改編爲第八方面軍，全部移師攻魯。孫連仲收編于學忠等殘部，連原有之本部，共改編爲第九方面軍。並以韓復渠本部及張聯陞一軍，合編爲第十方面軍，有兵六萬，加緊訓練，已成勁旅。劉鎭華舊部麻振武有三千人，於西北軍入陝後，仍據陝東之同州，始終抗命。至九月下旬，亦爲馮軍張維璽、劉汝明等消滅，麻陣亡。潼關後方之患乃除了。（補註：是時，「前敵政治工作團」改組爲「前敵政治部」。余膺任主任。適唐悅良來豫，奉委爲外交處長以代余。余交卸後，專任政治工作，於短期間徵集工作人員四五十名，分爲兩大隊，準備北伐。）

北伐計劃

是時，徐州已爲直魯聯軍奪回。馮與甯方軍事合作，一致北伐之計劃，即於反攻徐州之役實現。但可惜甯方之主力軍則移師向西，以防武漢；北進之軍爲王天培等部，餉械不足，不能取勝，西北軍東路鹿鍾麟、率兵攻至九里山、距徐州僅十里，但後方鄞雲鶚之師既不肯前進，復現叛變之迹象。鄞擁兵數萬，盤據豫中京漢線上十一縣；一有變動，一、二小時內即可兵臨鄭州城下（切斷西北軍交通長線）。後方既受此牽制，自不能前進。而直魯軍孫傳芳等，遂得長驅直下，以至浦口。功虧一簣，是誰之過？

同時，豫北彰德之「紅槍會」萬餘人，（補註：此爲「白蓮教」餘孽，另有「扇子會」等名目，皆迷信無知之民衆組織）雜有土匪流氓無數於其中。彼輩不知主義，惟知搶掠劫財，橫行霸道，爲害地方。復受奉魯軍閥之秘密運動，與我軍爲難。乘駐彰我軍（補註：一團人，團長吳金堂爲吉鴻昌師長所部）換防之際，起而包圍車站，非繳械不放行。我軍苦戰兩晝夜，（補註：吉鴻昌與旅長張印相由新鄉親到指揮，）始乘夜冒雨撤退，而輜重車盡爲刧奪。（補註：塡防之民團五百人，盡被殺斃。我軍突圍，人械亦有損失。）彰德一帶，落在匪手，殺人越貨，人民備受蹂躪。此處爲北伐必經之路，萬不能落在奉魯軍手。馮即派六兵往剿。（補註：所派爲吉鴻昌及馬鴻逵兩師。）兩日內悉平之，殺會匪約千人，恢復城池，維持地方。後聞西報造謠，（補註：或誤信謠傳，未明眞象，）謂西北軍在此役殘殺婦孺良民達萬人云云，皆謊言也。蓋是時，余任前敵政治部主任，率部員數十人（第一大隊）適在彰德工作，始終身預其役。有一政治工作員且被會匪慘殺。余等均隻身逃出。故此役始末知之最詳。西報之造謠，果何意乎？敢問。（補註：是役，余先向紅槍會首等力事調解，不成。余等乃隨同駐軍於夜間突圍，盡棄行李。不料中途遇伏，全體衝散，危險萬分。余孑身回車站，匿避工程司同鄉梁綺濤君家中，「割鬚棄袍」，化裝鐵路人員，三日後始脫險，而回新鄉、鄭州。時，馮及南方諸友均信余已遇難矣。全役經過詳情，茲不贅。）

上言鄞雲鶚叛變事，今詳述之。鄞本爲吳逆部下之小軍閥（補註：曾任北京內閣總理鄞雲鵬之弟。）吳倒後，無家可歸，無路可走，乃託庇於青天白日旗下。因其于討奉之役，不無微勞，國民政府乃委爲第二方面軍總指揮（補註：隸馮之第二集團軍），河南省政府委員，後又兼民政廳長等職。馮待之亦不薄，先後曾撥付現洋五十四萬元，及軍衣、子彈、糧食無數，比待自己軍隊爲優。惟鄞則原是軍閥官僚，惟陞官發財、佔據地盤是務，屢會要求政府陞其爲第五集團軍總司令。時在武漢之政府不得已乃改調爲中央直轄之第八方面軍。鄞仍不滿，始終欲佔河南地盤。乃密與孫（傳芳）、張（作霖）二逆結三角同盟。其條件則孫攫蘇、浙，張（宗昌）佔山東，出兵攻豫，而以鄞爲內應；約定共滅西北軍後，則以豫歸鄞。故鄞屢抗命，不肯攻徐。以致徐州之役，功敗垂成。鄞復假開拔之名，向武漢騙欵三十萬元，且運動「紅槍會」衆響應。又私在總部刻「安國軍」關防，定期舉事（攻西北軍）。唐生智亦與之有秘密聯絡，爲其後盾；假刀殺人，殊可痛恨。馮見逆跡已彰，且爲北伐之後患，乃以最敏捷之手段，於三日內調馬步兵十餘萬，四面包圍。鄞所據之十一縣防地，七日間全行克復，並解散其全軍。鄞前謊報軍額十二萬以騙餉械，而實不過二三萬人。是役，除殘部一二千人逃竄皖北，及秦德純一部始終不變外，餘悉解決，此十月中旬事也。（補註：秦氏此後正式編入第二集團軍，任軍長。其後效忠於國民政府，年前在台北去世。）鄞逆既平，內患盡去。（原註：陝西田玉潔部後亦變叛，亦爲宋哲元削平。）同時，甯漢合一，與晉（閻錫山之第三集團軍）合作之計劃又成熟。故西北軍與晉軍分路大舉北伐，務達到打倒奉魯軍閥，完成國民革命之目的。

計西北軍現在共有之兵額，連新兵、舊兵、及收編者，共六十餘萬人，內基本隊伍佔其半，分駐三省。今在隴海線者十餘萬。馮則坐鎭鄭州，指揮軍事。最近戰事勝利，露布傳播全國。奉魯軍閥滅亡爲期不遠。行見黃龍直搗，青天白日旗，將輝耀於北京太和殿上矣。（補註：余自彰德歸鄭州後，前敵政治部工作暫停。適接先父來電以母病垂危催余速歸。乃請假南下。至是年杪，始回豫復任政治工作。其後乃獲知，當時馮與蔣總司令密定北伐軍略，係「聲西擊東」之妙計。由西北軍佯攻京漢線，故作種種準備，以誘奉軍全力集中於西線，而第一、二集團軍却以全力乘虛由東路沿津滬線北上，直搗北京。中間，日軍侵魯。北伐軍不幸在濟南遭遇日軍阻力，不得不迂迴北進。其後，卒進佔北京。西線奉軍恐受包圍，倉惶撤退。而死守西線苦戰多時之西北軍驍將韓復榘遂長驅北上，於三晝夜行軍八百里，克復北京。時，中華民國十七年六月間事也。）

閒話詩鐘

鄭廬

燈謎和詩鐘，都是文人的玩意兒，可是燈謎到今還普遍流行，詩鐘却成爲陽春白雪，曲高和寡了。亡友靑溪戴果園說：「詩鐘雖小道之一，然能於極無情處，妙運匠心，製有情的語句，甚至想入非非，化腐朽爲神奇，而又純任自爲，天衣無縫，讀者拍案叫絕，不知作者已嘔出心血幾許，此中甘苦，非深於此道者不能知，知亦不能盡也。」那麼詩鐘究屬是怎樣一回事呢？原來是用七律的聯句方式，或嵌字，或分詠，總之，以絕不相類的兩個字，或絕不相類的兩件事物，使它對偶起來，具天然巧合，銖兩悉稱之妙，那是非有八叉七步的敏捷詩才不能應付裕如，恰到好處的。

詩鐘的歷史，僅百年左右，起始於淸嘉道年間，盛行於閩中，那時的林則徐，便是此中能手，經他一提倡，僚屬也都仿效起來，成爲一時風尚。直到近世，陳寶琛、虞和甫等，也是妙擅其技，陳虞亦閩中人士，當然是繼承人中的佼佼者了。聞諸閩友，的確在淸末民切，詩鐘還是風靡一時，閩中大家所玩的，什九爲嵌字，分詠較少。在組織詩鐘社方面，一是小規模的，由幾個同志結合起來，推擧一人拈字爲題。字是怎樣拈呢，就是隨手取一書本，隨便說第幾行第幾字，翻到那兒，便把這個字寫出來，再取一書本，也隨便說第幾行第幾字，又把這個字寫出來，但必須一個字是仄聲，一個字是平聲，若兩仄或兩平，那就重拈一個，務使平仄合於規律才行，預先備一小箱，詩鐘空白條，放在小箱中，參加者得取以備用，箱蓋上綴一線，懸在架子上，使它開着，線中間繫一段燃着的香（神用的線香），這時主持者，首唱或第二三唱，直至五六七唱，以七唱爲止，所謂首唱，卽把拈出的兩個字嵌在每句的第一個字上，二唱嵌在每句的第二個字上，以此類推。旣經指定，參加者立卽盡思，把兩個字配搭成聯，立求快速，及香燃到線上，線斷，小箱自然閉合，爲交卷的最後限度，大有擊缽催詩的意思。也有人說：「拈題時綴錢於縷，繫香寸許，承以銅盤，香焚縷斷，錢落盤鳴，其聲鏗然，以爲構思之限。」方式可能有些靈活變動，可是在限短的時刻裏，完成一聯，那是相同的。交卷投入箱中，不具姓名，卷齊，或由主持者評選，或相互評選，或分甲乙，揭曉以供衆賞。一是大規模的，大約在燈節時期擧行，一方面歡度元宵，一方面提倡風雅，具有雙重意義。這時大家公推一位翰苑名宿爲主持者，又若干位爲評選者，備好贈品，大都書籍紙筆以及文玩等類，也有人捐助其它東西，如衣料用具等，以興趣出發，頗來參加。作評選的襄贊者，主持者拈出二字，指定第幾唱，揭貼於聳矚目處，那就不須急就章，也不限做一聯，做好了投入詩鐘箱中，定期在某處公開啓封，評選者和評選襄贊者，大家共同閱卷，相互討論，然後定奪先後，那時大家頭腦裏充滿着科擧中魁思想，便把狀元，榜眼，探花，傳臚，作爲等第，共取若干卷，從殿軍發表起，卷上旣沒有姓名，這是哪一位的作品，無從得知，那就有人在台上唱着上聯，譬如上聯是：「覇佐西戎秦百里，」那作者便自己接應着唱下聯：「詩名南國謝宣城，」那給獎的，使用一長竹竿，把獎品挂在竿頭遞下去，作者解下受領，後來居上，直到魁首的狀元，獎品也就越來越豐，引起大家的艷羨，所以此中能手，同時做着好多聯，也就獲得很多的獎機會，眞可以滿載而歸了。

嵌字一名嵌珠，首唱美其名爲鳳頂格。如拈梅，散二字，成爲詩鐘云：「梅子詞成靑玉案，散仙詞詠白香山，」二唱稱燕頷格，如拈琴，殿云：「綺琴夜奏求凰曲，鏡殿春嬉控鶴監，」三唱稱鳶肩格，如虎，吳云：「山擁虎門雄百粵，天開吳會控三江，」四唱稱蜂腰格，如江，白云：「孤鶴橫江過赤壁，羣鵝籠白寫黃庭，」五唱稱鶴膝格，如言，燕云：「白簡霜飛言路肅，烏衣日落燕梁空，」六唱稱鳧脛格，如君，巧云：「愛蓮作社思君子，揷竹成籬倩巧兒，」七唱稱雁足格，如藥，中云：賦傳七夕銀臺藥，名列三山玉室中，」還有以爲這樣太寬易，限集唐人句嵌字，那膾炙人口的，如女，花二唱云：「靑女素娥俱耐冷，名花傾國兩相歡，」又尺，山七唱云：「秋水纔添四五尺，輕舟已過萬重山，」賞，春三唱云：「刻意傷春復傷別，暫時相賞莫相違。」渾成自然那就難能可貴了。此外還有奎斗格，一安排在上句之首，一安排在下句之末，如風，三云：「三生杜牧揚州月，一去荆卿易水風。」又蟬聯格，一在上句之末，一在下句之首，如雪，萬云：「五嶽重尋鴻爪雪，萬山爭擁馬頭雲，」又鼎峙格，把三個字安排成三足鼎立之局，如以飛來峯爲題云：「杖策登峯招鶴去，飛觴醉月品花來，」又晦明格，如以竹，約二字爲題，約字明用，竹則不露字面，而含有竹的意思，如云：「不來有約思佳客，但看何須問主人，」（原有看竹何須問主人句）又三四轆轤格，上句列在第三個字上，下句列在第四個字上，如和，漲云：「四野和風稉稻熟，一川新漲鱖魚肥，」五四轆轤格，上句列在第五個字上，下句列在第四個字上，如梅，園云：「感懷身世梅村集，歸去田園靖節辭」。又有每句自第一字至第七字，成爲轆轤，七聯合成一組的，如拈字爲題，第一聯，把字，寒二字，安排在上下句的第一個字上，第二聯，安排在第二個字上，推至七聯，那就安排在末尾一云：「寒凌海宇翔鸞鶴，字食神書飽蠹魚」，二云：「一寒范叔驚須賈，三字秦奸陷岳飛，」，三云：「碑上字奇搜禹蹟，橋邊寒鶴話堯年，」四云：「舊夢廣寒丹桂樹，新詞減字木蘭花」，五云：「信得紫塞寒驚雁，帖寫黃庭字換鵝」，六云：「禍藏佩玦金寒論，恨寄迴文錦字詩」，七云：「糧絕灶心思煮字，梅開山意欲衝寒」。又雙鈎格，把四個字安排在每句的首末，如果東林書院云：「東風吹綠蘅蕪院，書帶縈青翰墨林」，又有碎錦格，只要把題面幾那字安排進去，不拘位置，如天來福云：「天然清福詩如畫，邈矣高風歸去來，」又張三李四云：「四壁圖書三尺劍，半肩行李一張琴，」又三頭六臂云：「三更風雪蒙頭臥，六代湖山把臂遊，」又常熟有一茶肆，名湖園，開茶肆的王姓，眼絕小，人稱「小眼王大，」蔣志範把湖園小眼王大六字作碎錦格詩鐘云：「湖日大佳齊放眼，園林小住亦稱王」，南社胡寄塵，更有以十個字作碎錦格的，那就更因難見巧了。

分詠，一名籠紗格，就是把絕不相類的兩件事物使它對偶起來，傳誦一時的，如楊貴妃，煤，上句詠楊貴妃，下句詠煤云：「秋宵牛女長生殿，故國君王萬歲山，」又山谷，蠹魚云：「詩派縱橫不羈馬，書叢生死可憐蟲，」又李鴻章，女性生殖器云：「舉世皆稱和事老，大家都是過來人」，又史記，白糖云：「傳世文章無礙腐，媚人口舌只須甜」，又蛙，葵云：「式君似具吞吳氣，限汝偏存向日心，」更進一步，如新嫁娘，二月，集成句云：「洞房昨夜停紅燭，深巷明朝賣杏花，」一爲朱慶餘詩，一爲陸放翁詩，可謂妙手偶得，又有合詠格，卽二句詠一事物，如蘭亭修禊云：「右軍書法靈和柳，上巳風光曲水杯」，這種格式，用的較少。

談到詩鐘社，除閩地至不勝枚舉外，上海有萍社，有聊社，聊社人才很多，如梁彥田、蘇幼宰、張海雲、莊通百等，尤以莊通百爲此中健將，有一次，一題撮成百聯，因有「鐘王」之稱。該社以江蘇武進，廣東順德人爲多，詩鐘卷常請葉恭綽、朱祖謀、關賡麟、夏敬觀、鄧邦述、黃孝紓、王秉恩等名流任評閱，也有社內同人公閱的。彙刊「聊社鐘聲」一書，且附同人照相。又郭蔭葵主持話雨軒，賈粟香爲評閱，有嚴伯亮、許介侯、宗子威、鄭逸梅、馮鏡芙、艾亞通等參加，逐期發表在「小說新報」的「鐘聲詩什」欄內，又陶社，初祗課詩，後莊通百提議，課詩外，不妨兼課詩鐘，刋有「陶社集」，附詩鐘頗多佳作，又北京有寒山社，樊增祥、易實甫、李岳瑞、王式通、關賡麟等，濟濟多才，連續若干年，舉行了數十次，每次由宗子威彙錄，交「小說叢報」刋布。

樊增祥和易順鼎都是寒山詩鐘的代表人物，某歲，他們倆兩地相處，詩鐘癮發，甚至通電爲詩鐘之戲，聞蔡乃煌亦有類是之舉，他最負盛名的蛟斷二句，據江庸「趨庭隨筆」謂非蔡作，實是出於張之洞手筆，是亦鐘壇絕好考證，如云：「詩鐘之作，始於吾閩，光緒初，盛行而北，張文襄尤好之。今人『新談往』一書，謂南皮一日集項城及幕僚爲詩鐘，慶親王奕劻與焉，南皮特拈蛟，斷二字，候補道員蔡乃煌應聲云：『射虎斬蛟三害去，房謀杜斷兩賢同。』時瞿鴻禨方罷職，岑春煊亦謝病，詩上句影射瞿袁岑，下句指張袁交歡，故慶袁張皆大悅，卽日擢放蘇松太道，此殆傳聞之譌。射虎一聯，實文襄自撰，並非蔡作，且慶袁從未與詩鐘會，蔡以郵傳部左參議，簡放蘇松太道，亦非候補道員也。」又附識云：「李宗侗玄伯曰：「文襄作上聯詩鐘時，其父符曾先生適在側，是日，陪文襄遊西便門外天寧寺，憩塔射山房，文襄思作詩鐘，遂指橫額上射房二字爲題云。」由此可知並詩鐘題亦有出入了。（編者按：蔡乃煌善作詩鐘係事實，他輯有「絜園詩鐘錄」一卷，續錄一卷，刋「古今文藝叢書」第一、二集。蛟斷一聯，確爲張之洞所作，與蔡無涉。）

林長民

聽濤

讀劉成禺的「洪憲紀事詩本事簿注」，有袁世凱搞帝制，楊度薦林長民爲上大夫，奉命寫體元，承運，建極三殿扁額（這三殿是清朝的太和、保和、中和殿改的）。林長民擅書法，仿華陽眞逸字體爲之，大爲「聖上」嘉許。林私下對人說：「將來皇帝大登殿，封我一個男爵都有哇！」按此事不確。

劉成禺又說，民國五年（一九一六年）元旦，老袁登極，長民適於是日生一子，不久，上奏袁皇帝云：「聖主當陽，春和四被，臣幸誕一男，伏懇賜名，以爲光寵」云。袁皇御筆賜名新華，「欽差」將「聖上」所賜名字，捧到林府。這也不確的。

劉成禺是國民黨，和林長民的進步黨不對，故造此謠言，以助笑樂，讀者不察，誤以爲眞。一九二五年十一月，郭松齡反戈，進攻張作霖，林長民在郭幕中策劃。郭兵敗，長民死亂軍中。梁啓超輓以聯云：「不有廢，誰能興，十年苴補艱危，直愚公移山而已；均是死，庸奚擇，一朝感激意氣，竟捨身飼虎爲之。」林的鄉前輩陳寶琛聯云：「喪身亂世非關命；感舊儒門惜此才！」

清朝皇帝的帳房——內務府

文如

清朝皇帝的「帳房」，叫做內務府，那班「帳房先生」，叫做總管內務府大臣。這個皇帝私人的帳房，組織極爲龐大，官員數十人，辦事人員不計其數，爲世界各國君主所無，亦爲中國以前所無。原來清代以前那些皇帝的家務，完全交給太監去辦理，明朝的太監，更是手握內外大權，宮內皇帝的起居服食，庫藏，宮外的軍營、廠獄、礦關、開採，都派太監去主持。清朝的順治皇帝入關後，仍用明朝舊有的太監，但只許他們服役，不能掌管宮內政令，宮內行政，仍屬於包衣昂邦。「包」是滿洲語「家」的意義，「衣」是「之」字之義。「昂邦」譯作漢字是「總管」，合起來就是「家之總管」，於是在正式公文上，家之總管就成爲內務府總管了。

所謂「家之總管」，早在清太祖稱雄關外時便有這個組織，順治入關後，就帶了進來。到順治十一年（公元一六五四年）廢內務府，恢復明朝舊制，設十三衙門，順治死後，太后廢十三衙門，仍設內務府。

內務府職官制度，爲中國歷朝所無，現在畧說一下，以見皇帝私人帳房的規模一班。

內務府的最高主管長官叫內務府總管大臣，正二品官職，沒有限定多少人。堂郎中一人，正五品，主事二人，委署主事兼筆帖式一人。總管內務府堂所屬的機關數十個，其中最奇特的一個是廣儲司，它的性質和國家的戶部（頗類今日的財政部）相似，人們叫它爲「內戶部」，以別於外間的戶部，可見其重要性。廣儲司是內務府掌庫藏及出納總匯之所，本來叫做御用監，康熙十八年纔改爲廣儲司，主管長官是郎中，共四人，這個郎中的官位署遜於堂郎中（堂郎中又叫坐辦堂郎中，是內務府中最重要的官員，上可以代總管大臣處理一切事務，下可以指揮僚屬辦理各項公務。因爲是總其成的官員，所以只設一人，自雍正設此職後，一直到溥儀關門做「天子」時代都沒有改變）。所屬六庫是：銀、瓷、緞、皮、茶、衣，每一庫設員外郎二缺，一缺用本府人員，一缺用六部人員。如管銀庫的叫「內務府廣儲司銀庫員外郎」，這一缺是用本府人員充當，如果是「六部兼管廣儲司銀庫員外郎」，這是說，這個員外郎是由六部旗員中的員外郎兼廣儲司事務的。六部和內務府是互不統屬的機關，用六部的員外郎來兼內務府事務，無非是欲用以互相監督，互相糾察罷了。員外郎之上，又有郎中六人，總理六庫。郎中內也用有六部二人兼管。又恐怕他們做得太長久了，就會和本司的官員勾結朋比爲奸，所以又定爲三年更換一次，不准奏留。郎中之上，除有總管內務府大臣總覈之外，尚有一個監察機關，叫稽查內務府事務御史衙門，是和總管內務府堂平行的機關，它的責任在糾察彈劾。

總管內務府衙門，成立於康熙十八年（一六七九年），設管理大臣，無定額，下設七個司，即：廣儲司、都虞司、掌儀司、慶豐司、會計司、營造司、慎刑司，其它堂、院、處、所、署、房等機關數十個，可見其規模之大。常年經費百餘萬兩，而昇平署等，還不在這項經費內開支，它如陵寢內務府、盛京內務府的經費，例不在總管內務府經費內。

內務府是一個肥衙門，一任郎中，個個都可以發財，如果做一任廣儲司銀庫的員外部，更是腰纏十萬了。它的組織雖是嚴密，例如設監察機關，又設部兼員外郎，但利之所在，還是互相勾結，串同作弊，例如燈籠庫，每年報銷數萬兩，因爲辦事的人在收燈時，故意把燈籠弄碎，以爲將來修理時藉口。一經修理，其中就大有文章可做了。

總管內務府大臣沒有固定員額，這也是一個特色。原因之一是在互相牽制，另一原因則是有不得已的事實存在。因爲內務府大臣是內務府最高的行政長官，他所管轄的地方又有雍和宮、中正殿、御茶膳房、圓明園、奉宸苑等處，這些地方，常派親郡王或貝子管理，以親郡王貝子而屬於內務府大臣之下，在體制上不大妥當。爲了避免此種不便，所以凡是管理以上各處事務的親、郡王貝子，事先都取得的內務府大臣的資格，或一人管理一處，一人管理數處，數人管理一處，兼管既然無定，當然就很難硬性規定定額了。

清亡之後，有很多新出版的筆記，記載內務府的黑幕和靡費，現在只錄「春冰室野乘」一則於此。（作者李岳瑞，字孟符，陝西咸陽人，進士出身，工詩詞，一九二七年在上海逝世。）

滿員之任京秩者，以內務府爲優厚。相傳承平時，內府堂郎中，歲可入二百萬金，近年內務府大臣，多由堂郎中積資升擢，如立山之多藏厚亡，亦以任堂郎中最久，家資累千萬，故爲拳匪所瞰也。乾隆朝，汪文端公由敦一日召見，上從容問卿昧爽趨朝，在家亦會用點心否。文端對曰：「臣家貧，每晨餐不過雞子四枚而已。」上愕然曰：「雞子一枚需十金，四枚則四十金矣，朕尚不敢如此縱欲，卿乃自言貧乎？」文端不敢質言，則詭詞以對曰：「外間所售雞子，皆殘破不堪上供者，臣故能以賤值得之，每枚不過數文而已。」上乃頷之。列朝惟宣廟（按：道光帝廟號宣宗，故稱「宣廟」——引注）最崇儉德，道光三十年間，內府歲出之額，不過二十萬，堂司各官，皆有臣朔欲死之歎。上一日思食片兒湯，令膳房進之，次晨，內務府即遞封奏，請添置御膳房一所，專供此物，尚須設專官管理，計開辦費若干萬金，常年經費又數千金。上乃曰：「無爾，前門外某飯館，製此最佳，一碗值四十文耳，可令內監往購之。」半日，復奏曰：「某飯館已關閉多年矣。」上無如何，但太息曰：「朕終不以口腹之故，妄費一錢而已。」以萬乘之尊，欲求一食物而不得，可慨也。同治時，穆宗大婚，購皮箱一對，亦尋常市上物，不過數十金者，而報銷至每對九千餘兩，文文忠（按：文祥謚文忠，他是滿洲正紅旗人，進士出身，官軍機大臣，武英殿大學士，光緒二年逝世。——引注）力爭之，不能得也。

所記未必盡合事實，但一枚雞子（北京人稱雞蛋爲雞子）報銷數兩銀子，也可以把這個察察爲明有「英主」之稱的乾隆皇帝瞞過的。從這裏我們可以看出內務府那種蒙蔽浮冒的技倆了。

民國時代，紫禁城裏仍然保存着一個「內務府」，養着大批「官員」，由內務府大臣起到堂郎中、郎中、員外郎，筆帖式等數百人，溥儀一家子不過僅有四五個口，除太監宮女不算外，伺候他們的管家就有這麼多。溥儀的英文師傅莊士敦所作的「紫禁城的黃昏」一書，有一章叫「皇帝的帳房——內務府」，描寫溥儀的帳房先生及其趣事頗詳。莊士敦一向就主張溥儀革除內務府和太監，但發生了種種阻力，後來溥儀遣散了太監，可是對于內務府還是沒有解散的勇氣。民國十三年（一九二四年）溥儀出宮後，內務府無形散了一個短時期，但溥儀到了天津張園的所謂「行在所」後，內務府又復活了，「官員」雖然有限，而組織及名稱仍在，一直到溥儀往長春做起「滿洲國」執政，又另有日本化的「帳房」出現，內務府才壽終正寢，這個名堂在中國歷史上足足有三百年。

溥儀收買明板書

「萬機之暇」讀書消遣

竹坡

民國廿一年（一九三二年），溥儀在東北就「滿洲國」執政後，無事可做，也買些古書來消遣。當時有個武進人陶湘（字蘭泉，盛宣懷的心腹，盛報效頤和園電燈安裝，即派陶湘前往辦理。其後歷任京漢鐵路副監督，中國銀行駐滬監理官，中國銀行、交通銀行經理等職，約死於一九三五年，年六十七八。）不知爲了什麼緣故，親往「新京」，把歷年的明板書賣給溥儀，先打通榮厚的門路，把書單進呈「御覽」，溥儀見了很高興，全部買下了。到底價值若干，現在已少人知道。有人說，陶湘的生活很優裕，不致賣明板書來過日，他遠走長春，似乎有向「故君」表示忠貞之意，欲在「新國家」得一官半職也。是否屬實，未便確定。

陶湘雖然是個官僚兼生意人，但頗風雅，寫得一手正正經經的字，喜藏古本書，所藏拓本碑帖和碑石甚富。有一年，西太后初次乘火車往西陵掃墓，袁世凱和盛宣懷爭奇鬥異，把火車廂布置得像宮殿一樣，還設有鴉片烟牀，以便西太后烟癮發作時大吸特吸。至於車廂裏的古董書畫的陳設，皆由陶湘心裁獨出，西太后見了，很高興。「拜山」後，西太后對于盛宣懷、袁世凱報效車廂古物，全部「賞收」了，陶湘也蒙西太后召見，着實誇獎了他一番。自此之後陶湘就常對人誇說他的恩遇，即在民國時代仍如此，他之所以赴「新京」，大底奴性未改耳。

張謇日記鈔（三）

張謇遺著

光緒十年

閏五月

一日。三兄去烟台上海天津移室。

二日。寫字。

三日。寫字。

四日。寫字。

五日。寫字。

六日。爲延陵作壽薩爾圖太夫人八十叙。

七日。作叙未竟。

八日。作壽叙稿寫成。

九日。寫字。爲延陵挽吳春帆中丞：「嗚呼痛哉！忱不獲亮於父，身不獲致於君，千古傷心，忠孝有時乖命數；我之懷矣，病也而及其妻，貧也而苦其子，一官如夢，死生何處見交情。」怡蓀謂第二句不可用，以恐傷其子孫之心也。念蓀語曼君，第三句謗君，而不經見告，林、周之優劣如此。

十日。寫字。錄漢文。

十一日。寫字。錄漢文。

十二日。寫字。延陵令其子歸應拔貢試，子欣然往，與人阻之不克。

十三日。寫字。再阻延陵子考拔，仍不克，益思王子翔不可負道學名之語矣。

十四日。寫字。同人游海西龍王廟，略似蓬萊閣，但氣象小耳。得三兄、敬夫訊。

十五日。寫家訊，屬怡蓀寄。延陵方病劇時，手書身後以五百金遺念蓀，至此念蓀忽作歸想，出所書索三百金去。減捐事成。越南劉團不屈於法，法與中約，因中變，廣西防軍壁諒山者速戰勝法，此宜足噤持和之口矣。

十六日。寫字。錄漢文。聞法船三泊烟台，四過廈門，我師船皆退守旅順、天津各口。

十七日。寫字。錄漢文。

十八日。寫字。聞法船七艘入北洋，一椗旅順，六椗大凌灣。爲延陵寫高廉訪、馬太守山西訊。

二十日。寫字。延陵病劇，與虞臣、曼君同至榻前省視，則瘦削益非三數日以前，舌本蹇澀，目睛慘脫，以手指喉，仍嗽米飲，蓋至是已滴水不入矣。

二十一日。辰刻，聞延陵瀕危，亟往省視，已屬纊矣，悲夫！十載相處，情義至周，遂終於此，固其命也，而感念舊義，悼痛何如。是夕，有以陰陽家言促斂者，雖以「會典」三日大斂之說力爭不獲，歎恨而已。爲各營官稟北洋，述延陵生平大端，及其次子保初刲臂療父事，爲作哀啓徹夜。

二十二日。爲延陵作遺訊六十餘件，益增以朝鮮國王，湘陰、竹坡侍郎三四人訊，賴曼君之力爲多。寫哀啓。

二十三日。爲延陵事，與書孝達制府。

二十四日。曼君作公祭文。以上三日，日必寫數千字，曼君外，無將伯者也。

二十五日。三哥返，寄家訊。爲延陵題位，不覺悲涕之無從也。

二十六日。與曼君同撰延陵行狀。延陵夫人將殉義，不食數日，力勸阻之。

二十七日。撰延陵行狀成，凡四千餘言。金州以法船北竄戒嚴。

二十八日。寫延陵行狀。旅順截法之藉英船以運火藥者一

二十九日。自題象贊。作祭廬江公文。法船三肆操於烟台。

人嘗吾貌無春之盈而秋肅，吾豈其然，庶幾乖崖，完吾面目。

六月

四日。作廬江公挽聯：「於乎夫子，實漢家征虜之倫，一代高勛，猶有壺歌傳軼事；嗟與予季，辱雍府參軍之選，九州橫覽，更誰冰雪庇孤寒。」（代三兄）「師事文正公，友事文肅公，邑邑將軍，風概豈期流輩共；功在名臣傳，學在儒林傳，桓桓夫子，生平徒使後人知。」（代）「早歲笠明夷而功名，終箕子之封，于乎命也；生平慨班史以紀述，訟陳湯所憾，是可哀歟。」（代）「儒者天幸，李廣數奇，千載同符，常使英雄留恨事；葛亮星沈，臨淮法在，孤軍無恙，相期生死報公知。」（代）「敦儒守道其平生，俾倪千秋，獨行可書，豈獨邊功侔介子；說易鈎元以餘緒，縱橫八陣，遺編具在，誰將絕學紹將軍。」（代）「慨先君子故交，自襄陽耆舊零落以來，十載相依，葛帔顭

公能卹我；數大將軍揖客，極儉府賓僚文章之盛，一時頓散，金臺招士更何人。」（代）「生爲上柱國，死作閻羅王，憶生平自許之言，都成讖語；文同王子相，武如李廣達，時事多艱之會，乃失斯人。」

五日。雨。

六日。雨。撰廬公挽聯：「以儒者而將獨有明公，遼海師旋，蕭索烟雲遺恨在；推臣叔之愛下周賤子，雍門奏罷，凄涼身世感恩多。」（代）「髮膚以外，何者非公之仁，三十年振滯掄幽，豈止父兄銘僕射；須鬢如斯，自分爲天所棄，四千里解官持服，仍如弟子事先生。」（代）（按：七日，八日無記事。）

九日。寫字。

十日。寫字。

十一日。寫字，寫家訊，怡庵、馥疇、烟丈、子欽、敬夫、念蓀訊。

十二日。寫訃聞訊十五函。

十三日。王某以薪水啓爭。先是，筱公身後有賓客去者，各贈薪水三月之遺示，王某與海秋見告，因謂此事須俟知代者爲誰，各於行時由其資盧則可，不可勉强。王與海秋告之朱式程，朱則慨然自任。及黃松亭接統訊書，而六月饟仍爲筱公夫人所有，朱則偏謂諸人，業經告之筱公夫人，凡賓客各於三月薪水外，量送程儀云云。王便向糧台催取，不少緩，且欲於其例支月十六金外，更加四金，糧台不可，則大咆哮，且責曼君，海秋諸人於筱公夫人之前，衆人大譁讓，而事益支離，凡事以持正爲是，我於事前苟堅持不可，或尚不至此，處衆濁羣撼之難，而寸衷確乎有主之必不可易也如此，戒之！戒之！

十四日。塡訃文竟。（按：十五、十六兩日無記事。）

十七日。黃松亭邀同三營僚友弔帳於筱公靈前。

十八日。再弔帳。

十九日。弔帳將竣，曼君以功牌事，松亭加聲色於叔兄，力與之辨，因啓爭競，帳不復弔矣，而浮言亦日以興，余介嫌疑，不置一喙。

二十日。帥夫人命吳長純、長泰、建壽立提存饟七千餘金而去。

二十一日。叔兄送饟交前營，遂短七八千金，蓋合肥批彌空之款，自在揚州以所存饟作抵，始合六七兩月饟數也。（按：二十二日無記事。）

二十三日。以上數日，人皆有吞噬恕堂而及於叔兄之心，羣小之可畏甚矣。

二十四日。反復思此事之不當橫決，而其時爲帥夫人效忠者，欲揚州之萬金不動，此間所提之存饟七八千金亦不動，筱帥所虧之七千餘金，一切取償於米餘、饟餘，不足則勒罰司會計者以足其數，不諧則興大獄。而吳良儒自天津烟台返，橫以先後所存謙益豐薪水目之公項而私頓（公項出入有定數可稽，淸公項出入之數，則可斷所存之公私，而一切不省），因以爲柄，益指恕堂手譌舛之帳爲侵蝕之證，而誣叔兄爲扶同，并及於余與曼君，冀一網打盡，此則諸吳與羣小之心事，而出諸口者其實帥夫人。若黃松亭析利校財，皆有各據之勢，特借司會計者以爲用，恕堂日夜焦急，幾無人色，叔兄亦忿急欲損，余因再往三營，仍求帥夫人諸吳以核帳，爲此事定盤鍼，蓋其時人人以筱帥去世，叔兄不在金州，一切過失皆叢於恕堂，而以爲叔兄必知情，非二人賠累若干，不足以平羣小之氣，而賠累之數，非聽其嚴加指駁必不足以定（時有紛紛欲兩人賠三二千金者），然忍氣平心，脣焦舌敝，至非人所能堪之境矣。余於筱公，則可謂無負。

二十五日。松亭以事未來，未弔。

二十六日。三營僚友復集，諸吳辨說不休，就帳中駁出恕堂所誤者二百餘金，叔兄所誤者十餘金，而諸吳必以兩人別有所藏爲周內，羣小和之，波瀾大起，恕堂窘辱萬分，叔兄屢憤，余力勸阻之，是日不果定議而罷。

二十七日。再與吳良儒言力顧大局。

二十八日。吳韻淸、呂賓秋重來與諸吳核帳，因遂定議，恕堂、叔兄賠出二百餘金外，仍以叔兄所存烟台薪水，科以未經先事聲明，并與充抵，筱公實空七千六百餘金，帥夫人已允諾。此事雖恕堂有疏舛之咎，叔兄被牽連之寃，然非韻淸、賓秋二人之持正不阿，亦不能遂了斯議也。

二十九日。與叔兄、曼君、恕堂冒雨往前營。與汝南訊。

三十日。銘山來說，帥夫人允諾事，由其力居多云。

洪憲紀事詩本事簿注

劉成禺 遺著

附錄新城陳灨一「讀湘綺樓日記」注周媽事。

王壬秋先生，歲甲寅，項城招入京，聘爲國史館長。先生諾之，遂携寵姬所謂周媽者北上。排日紀事，頗有可資談噱者，率錄如干則，曰「讀湘綺樓日記」。

三月十五日夜與楊度談云，南北禪代，已有其功，蓋與黃興密約。一夜有微雨，婦女今日出游公園，兩嫗均從，余獨守屋。（按兩嫗云：或周媽在內耶？）

五月四日晴。出訪楊惺吾於甎塔巷龔宅，小坐而還。以老人不宜多談，而自忘其老也。（今按其時，湘綺老人年近八十，體力殊健，精神亦旺，自謂忘其老，足見其老而不老也。觀於周媽之朝夕不離左右，可以知矣。）四月十九日晴，至象坊橋院，未聞其說，隨衆舉手而已。欲條陳，周婆尼之而止。楊賢子移來同住。（按象坊橋，即參政院所在之地，聽者指開會而言，條陳爲周媽所尼，是湘綺亦謀及婦人矣。賢子，即戲呼楊晳子者，時其妾方下堂，遂與八十歲老師同居。）六月七日晴。方起，外報歐陽小道來，短衣延入，云欲修史，可云奇想也。不能與論，蓋求財耳。看報言周媽事，殊有意味，王特生亦求周媽，則無影响矣。然而裴回與親戚同知疲民心想之奇，何事不可爲，他日定當以圜士殺之，此等人不殺，無以位置也。不知佛出，何以度此，又非立達所可及。

八月廿一日晴，伺候周嫗出遊東安市場（按周媽因湘綺而得名，伺候云：「以八十老翁視女僕如夫人，可謂恭維甚至，無惑乎今之時髦少年，往往低眉下氣，爲其婦穿大衣套繡履，出入扶持，爲得意也。」

九月十四日晴。欲送芸子月費，帳房無錢乃止。遣輿兒往車站送之；又私送廿元，遣周嫗送去。

十一月十四日晴。過武勝關，又寐未覺，辰刻到漢口，尋神州（旅）館暫住，待周嫗，已改牌天心，不知何意。作書與袁慰庭：「前上啟示，未承鈞諭。緣設立史館本意，收集館員，以備諮訪。乃承賜以月俸，遂成利途，按時支領，又不時得，紛紛問索，遂致以印領抵借券，不勝其辱。是以陳情辭職，非畏寒避事也。到館後，日食加於家食，身體日健，方頌鴻施。故欲停止兩月經費，得萬餘金，買廣廈一區，率諸員共聽敎令，方爲廉雅。若此市道，開自鯫生。曾叔孫通之不如，豈不爲天下笑乎？前擬將頒印暫存夏內史處，又嫌以外干內，因暫送存門人楊度家，恭候詢問，必能代陳委曲。某某於小寒前，由滿口歸湘，待総牖下。奉啓申謝，無任慚悚。敬頌福安。，××謹啓。」（按湘綺既定出都，上呈辭國史館長及參政各職，關措詞極詼諧入妙，起句云，呈爲帷薄不修，婦女干政，無益史館，有玷官箴，應請罷免本兼各職事。內述年邁，不能須與離開周媽，而周媽招搖撞騙，可惡已極，實則湘綺戲言也。此書亦多嬉笑，語出此老之口，人且以爲謔耳。）

十二月十九日。有雪霏見白，大風報館誣周媽受賄，遣問根由，轎夫初出，遂不得出城，亦藉以避風也。周媽屢致人言理亦宜，如王賡虞之請去，惜無御史彈之朝廷，則無以飛語去人之理，故遂不問。

廿一日陰。欲待仲馴查辦周媽事，彼日日來，今日乃不來。（仲馴即陳毓華）（案周媽受賄，湘綺會上書元首，戲言周媽干政，報館摭拾風聞，亦湘綺自召。）

湘綺任國史館長，由原籍携周媽入京，過武昌，拜督軍王占元，投刺附署周媽二字。湘綺偕入，謂占元曰，「老媽欲瞻將軍威儀，幸假以辭色。他日入京亦携此嫗，謁拜聖顏，使濶眼界。」因占元駐漢招待者，屢賤遇周媽，湘綺乃有此舉。占元事出意外，不知所措。後用官軍，偕送渡江，厚贐老人，付遺周媽。湘綺曰，「今日爲周媽吐氣矣。」武漢人士，至今播爲佳話也。湘綺入京，就西單牌樓武功衞二號居之，後堂署周媽老巢。湘綺老人曰，予藏書零亂，作文時引用攷證名其某書某卷，惟周媽能一檢卽得，雖門人學者，亦不能細心若此。伺候老人外，尙有專長云。湘綺詢弟子顏某云，「報章紛載周媽誹語，爾意云何？」顏曰，「八十老翁，出入以婦人役，古禮有之。」湘綺微笑曰，「是眞讀古書能會通者。」【錄春明雜記】

哲子縱橫自恣，惟平生最服膺湘綺，執弟子禮甚恭。湘綺歿於民五冬間，哲子方遠亡在外，不克奔喪，寄輓一聯云：「曠古聖賢才，能以逍遙通世法；平生帝王學，祇今顚沛愧師承。」數語可括湘綺生平，亦以見師弟淵源之深也。【錄洪憲秘辛】

案：周媽隨湘綺入京，國史館雜事，多由周媽把持，內外嘖有煩言。上海時報文藝周刊載有周媽傳長篇，如記湘綺無周媽，則冬睡足不暖，日食腹不飽。順天時報載湘綺欲委某爲館員，周媽先有人在，硬行改委。益世報載湘綺曰，周媽，吾之棉鞋大被也，無衣無褐，何以卒歲。湘綺閱之，大爲憤恨。故日記中有看報言周媽事，頗有意味，蓋首肯也。瀘溪廖名縉笏堂同院告予曰，湘綺掌敎衡山，一日據高岸出恭，其臀特紅，諸生在下大笑。湘綺大呼，「周媽快拿草紙來，同我揩汚，你這些朽貨。」周媽冉冉而至云。

【成禺附記】

遜伯注：朱三小姐，名松筠，是朱啓鈐之女。「醒春居風流案」，指沈佩貞宴請一批男友於醒春居，行酒令，聞臭脚醜事。沈率潑婦二三十人，打神州日報辦主人汪彭年，誤打郭同，而致控訴法院。夏壽康字受之，號仲膺，湖北黃崗人。光緒二十九年癸卯科進士，散館授編修。兩湖書院第一期畢業，歷任師範學堂監督、諮議局議員。辛亥革命，任黎元洪都督府參議，旋任內務司長，而至湖北民政長。王湘綺卽王闓運，字壬秋，湖南湘潭人，光緒舉人。光緒卅四年，特授翰林院檢討。歷任成都尊經書院，長沙校經書院，衡州衡山書院山長。在政治活動，曾館於肅順，曾國藩幕，生平著作頗多。陳灨一，卽陳藻靑。江西黎川人。著有「新語林」。在滬主編靑鶴雜志。楊惺吾，卽楊守敬，字鄰蘇，湖北宜都人。淸代舉人。研究古籍、金石頗精。楊度，字晳子，晚號虎公。湖南湘潭人，王闓運弟子，君憲派人物。辛亥革命後，國事共濟會主腦，參政院參政。袁世凱帝制主要幫兇，籌安會「六君子」之一。芸子，卽宋育仁，四川富順人。光緒十二年丙戌科進士，散館後授檢討，湖北補用道。袁世凱叛國稱帝前卽發表謬論，主張帝制。

編輯後記

△我們在第二期的「第三期要目預告」中，有「毛公鼎的故事」、「溥儀收買明板書」、「詩鐘漫談」、「廁上辦公的軍人」等篇，都因爲篇幅關係，排不進去，逼得臨時抽起，現在本期全部刊出。

△第四期的好文章，有幾篇已在第三期的編輯後記中畧介紹過了。現在我們來介紹一下另外幾位作者的大文。希宋先生是一位研究菲律賓問題的專家，久居菲島，前兩年在星洲南洋大學教書，現居香港從事寫作。他這篇「硬骨頭羅文幹」，寫外交家羅文幹的軼事，筆筆都有來歷。燊穗生先生的「陳老烟槍殺新聞記者」寫民國初年軍閥陳炯明亂殺記者的故事。軍人最先殺新聞記者想不到不在北方發生，而發生在有「革命策源地」之稱的廣東，張作霖、張宗昌之流眞望塵莫及！李之英先生的「廣東空軍反陳投蔣內幕」，詳述一九三六年陳濟棠反抗南京一段歷史，但陳不知自己的空軍已被敵人收買，飛機一失，他的實力就大受影响，不得不下台而去了。其中內幕，李先生述之甚詳。

△第五期的好文章，有大年先生的「南天王跨台記」，述陳濟棠反蔣的經過，可與李之英先生一文並讀。鄺水生先生的「汪政權還都，日軍謀炸南京秘記」，寫汪精衞組織僞政府「還都」之日，因掛旗問題和日寇軍方發生意見，日空軍當局大怒，將以飛機盡炸南京有靑天白日旗的地方。這件事外人知者甚少，後來汪的一個機要秘書洩漏出來。

△醇廬先生是一位七十多歲已退休的銀行家，三十年來他在東北、華北、香港一帶的銀行服務，見聞甚廣，他寫了一篇「[illegible]行外史」，歷述二三十年前中國銀行界的故事，下期先登中國銀行，以後分期登載。

△陳彬龢先生在第二、三期寫過一篇「我和申報」，爲中國報壇掌故，很多讀者讀後皆感興趣，因此我們請他寫一篇關于他在上海淪陷期間和「申報」的關係，以存報壇眞相。

毛公鼎的故事

子丹

關于「毛公鼎」的滄桑史，高貞白曾寫過一篇，並已收入在他的「中國歷史文物趣談」單行本裏（一九五七年，香港出版）。毛公鼎和散氏盤，都是我國二百年到百年左右出土的青銅器中有名的古物，文字也特別多，散氏盤有三百四十八字，毛公鼎有四百九十一字，這是很名貴的。現在我把文字較多而出土也較晚的毛公鼎，續寫一談。

毛公鼎在陝西岐山縣出土，文字四九一個，重文九字，空格二字，前半隱約有闌。後來的銅器出土文字之多，沒有比得上它的。咸豐二年（一八五二年），蘇億年把它運到北京，卽被陳介祺用重價購得，視爲瓌寶，不輕易給人看。據說陳介祺把鼎運到濰縣故里之後，有一年，他的女壻赴京會試，陳送給女壻毛公鼎拓本四五份。並說，帶了這幾份東西到京，便不怕生活受到什麼影響了。當時陳壻還不相信，但是丈人是攷古的名家，他的話又不便懷疑。果然到京以後，被人爭出重價購去。這說明了當年金石家對它的重視了。同治十一年（一八七二年），這件古物，被潘祖蔭看見，轟動一時。陳介祺死了，他的後人，轉賣給端方。武昌起義後，端方在入四川途中被民軍殺死。事後有許多外籍人士也覬覦此器，多方設法要出重價，據爲己有。因爲這件東西，名聲太响，沒有成交。中間一度給軍閥張作霖把它運出關外。不久，又轉給一個曾任北洋政府的某總長把它運到天津。民國十四年（一九二五年），葉恭綽約集了幾個朋友，合資把它買下來，不讓流出國外，而存在上海。等到日寇發動太平洋戰爭，葉氏旅港，被逼返滬，因生活關係，和幾個舊友談好，把這件古物轉賣給商人陳詠仁。這件古物從此就和葉氏沒有關係。

抗戰勝利後，陳詠仁不知爲了什麼動機，給政府一個密呈，說明家裏藏有一件古器毛公鼎，爲了慶祝勝利，願意把它獻給公家。這個消息不知怎的洩露出來，便給那些渾水摸魚的人，乘機去攪是攪非，某方面居然派人到滬偵查陳詠仁的過去歷史，也有人向他借錢，換一句說，也就是借詞敲詐。說他在上海淪陷時期所主持的奧商百祿鐵工廠，有資敵嫌疑。這樣一來，懷璧其罪，事情就搞大了。當時重慶政府派了一位某大員到滬，接收這件寶物。怎知到了陳家，已被軍統局事先查封了，物主也不知下落。但是這一件古器的歸宿，某大員只有向具名貼封條的機構去查詢了。

接洽了幾天，都沒有一些眉目。某大員心煩意亂，不好交差，有一天在軍統局辦事處等候主管人來商談此事的結果，坐得無聊，隨手拿了一張紙，像張天師畫符一樣塗了幾個字，把它搓皺向字紙簍一扔。突然驚詫起來，原來牆角載字紙的不是籐織物，而是鐵質的三脚爐。某大員便問室內辦事人，這是個什麼東西？得到答覆是，從陳詠仁家裏搜來的廢鐵品，因爲沒有用處，就把它放在角落裏，做字紙簍用了。某大員恍然大悟，不禁自言自語，莫不是這就是毛公鼎？把它摩挲細看一下，果然「踏破鐵鞋無覓處，得來全不費功夫」了。

毛公鼎運到南京，陳列在古物陳列所幾年，一九四九年春，南京政府退出大陸，便把這件東西和大批古物，運到台灣去。

其他有關毛公鼎的史事，高貞白已有寫述，不再談了。不過有一事，不得不順爲一說的。葉恭綽對于生平所珍藏的書畫文物，在他年來所印行的「遐菴清秘錄」，「遐菴談藝錄」等，都有記載。關于銅器藏品，商承祚從葉氏所藏的七十五品中，選印了八件入「十二家吉金圖錄」，却沒有毛公鼎。容媛所寫「廣東藏古銅記」，談到葉氏許多藏品，也沒有提到毛公鼎。有些朋友，有時和葉談到毛公鼎的經過，他也不願意答覆，最多也不過說，「事已過去，談它有什麼意義？」使到朋友聽了，也不便開口再說下去。他生平很樂觀，絕不是因爲某些人說毛公鼎是不祥之物而迷信，也不是因爲物已換主，憶談起來，有如李後主揮淚辭廟別宮娥的難過。事實上，他把過去出讓或捐送的許多文物，在出版的圖書中也不時的提及，絕不爲諱的。總說一句，他就不願意談到這件東西罷了。

釧影樓回憶錄

天笑

這一件事，在我十歲的時候，有一位姨母提出過，意思是弄假成眞，把這一對表兄妹結成婚姻了吧？但那時候，她家正是興旺，我家日趨中落，我外祖母不贊成，我舅母也不贊成。在我們這方面，是由祖母做主的，我的祖母也不贊成，她說：「這個女孩子太嬌養了，況是一個獨生女，我們配不上她。」這也不過偶然微露其意，以後也就不提了。

可憐我這位表妹，後來到了二十七歲，還是一位老處女，終身未嫁。大概自從外祖父故世後，他們遷到鄉下去住後，我和表妹從此就不見面。母舅在鄉下故世，無以爲殮，我那時已是二十多歲了，在蘇州買了一口棺木，僱了一條網絲船，星夜載到鄉下去，辦了他的身後事，那時才和她見了一面。只見她憔悴不堪，舅母說她是有病，什麼病我不知道，但的確是病容滿面了。

母舅死後，舅母與表妹，又住到蘇州城裏來了，母女兩人，租了一所小房子，做做女紅，勉強度日。她們住得很遠，我也難得去看她們。有一天，舅母派人到我家，說她的女兒病危，急切要我去一次。我那時已是有妻的人了，我妻催促我即去，到了她家，她勉强擁被而坐，含着一包眼淚，說道：「有兩件事奉託，」一是懇求我辦她的後事，一是望照應她的母親。我立刻答應了。她歎一口氣道：「不想還是哥來收殮了我，也可瞑目了！」這話似頗含蓄，而很覺悲凄，但我和她並沒有戀愛的成份，而久經疏遠的。這是爲她的父母所害，爲什麼不給她早早擇配呢？（那時候，女子不許自行擇配的。）關於這位表妹的事，我曾寫過一篇短篇小說，却是紀實之作。

自劉家浜至桃花塢

我家自劉家浜遷移至桃花塢，在我幼年時期是一轉變。

這一年，我是七歲吧，我們自己沒有置屋，都是租屋居住的。但劉家浜的房子大，對面是一個大庭院，花木扶疏。我記得有一棵山茶花樹，還有兩棵木犀，春來沿壁還有薔薇花。草花無數，則有雞冠、鳳仙、秋海棠，秋來絢爛一時，都是顧氏表姊的成績。桃花塢的房子，是一個石版天井，雖也寬敞，却沒有花木。劉家浜的房子，走出大門很近，只要跨過茶廳，就到大門，門前還有譚宅的門房，門公。桃花塢的房子，我們住最後一進，到大門外去，要走過一條黑暗而潮濕的長長的備衖。

住居劉家浜時，西首斜對門，即是尤宅，我的巽甫姑丈，即住居在此，他們是一個大家庭，上面老兄弟二人，一號春畦，一號省三，我都要呼他們爲公公。春畦生兩子，一號鼎孚，一號詠之，這兩位都是祖母的母家吳家的女壻，祖母的姪壻。省三生一子，便是我巽甫姑丈。這三兄弟中，鼎孚是個舉人，詠之與巽甫都是秀才。再下一代，鼎孚有兒子七人之多，詠之有二子，巽甫有一子，女兒是記不清了。他們是一個巨室，不過有一個家法，不許納妾。蘇州的巨室，恆喜納妾，但他們家裏，却找不出一位姨太太。（按：最後第三代有破除此例者。）

因爲距離很近，我小時常常跑到他們家裏，他們房子多，穿房入戶，也是慣了的，並且他們的小兄弟，和我年相若的很多，更添興趣，他家有一個小花園，也有台榭花木之勝，有一個池子，養着許多金魚，兒童們所歡喜。自從遷移到桃花塢後，可不能常去了。到了十餘年後，尤家聘請西席先生，我便被他們請了去，教我的幾位表姪，此是後話，暫且緩提。

住在劉家浜時，東鄰有一狐仙殿，僅有兩間房子，一個老太婆住在裏面，居然有人來燒香，還有一個女癡子，約摸三四十歲，不知是否住在狐仙殿內？她認得我，見我一個人在門前，便叫道：「喂！你們弟弟在門前，不要被拐子拐去呀！」再向東去，約數家門前，有一個地址，相傳是金聖歎的故宅。

桃花塢接着東西北街，這條路是很長的，街名既雅，而傳說唐伯虎曾居此，因才人而著名。（按：近日則因年畫而著名。）我祖母家的吳宅亦居此；不過他們住在東首，我們住在西首，我們租住者，便是親戚姚家的房子。這姚家宗族既繁，房份也多，他們有東西兩宅，各有大門進出，這好似紅樓夢上的榮甯兩府，不過房子是有些敝舊了，又經過太平天國的兵燹，處處創痕可見。

他們後來都把餘屋出租了，東西兩宅，總共租了不下十餘家人家。一座巨宅，都分析了，譬如某幾處爲甲所有，某幾處爲乙所有，由他們各自出租。我們所租住的屋子，爲姚和卿先生所有（和卿先生後爲我的受業師，此事後述），是他們東宅的最後一進。此宅總共有七進，除茶廳（亦名轎廳）、大廳無樓外，其餘每一進都是三樓三底兩廂房。我們所住最後一進，更特別寬濶，後軒還更大。這一座三樓三底，我們與和卿先生家合住，我們佔三分之二，他們佔三分之一。

這種老式房子，還是在太平之役以前好久時間建築的，在戰役中，攻佔蘇州城後，打過館子的（如行營之類）。大廳上有一張大天然几，留有無數的刀砍痕跡。還有胆小的人說夜間弄堂裏有鬼出現的迷信話。而房子也正不及劉家浜的敞亮，因爲牆高而庭小，又是古舊，住在裏面，不無有點悶沉沉的。要從我們最後一進走到大門外，這條備衖，足有半條巷之長，倘在夜裏，又沒有燈，只好摸黑，又說什麼鬼出現。我們小孩子，眞有點害怕。

我的四姑母家，他們住在東西兩宅的中間房子，但也是在東宅和我們一個大門出入的，因爲他們把兩宅完全出租與人家了。在那裏有兩間姚鳳生姻伯很大的書室，這個書室，不是書卷琳瑯的書室，而是一個書法大家的書室。四壁掛滿了許多古今名書家的對聯字軸，中間擺着好幾張大書桌，都是他的學生們到此習練大字的，其中更大的一張書桌，是姚鳳生先生自己的書桌，上面有一個大筆筒，插着大大小小許多筆，以及人家來求墨寶的多卷軸兒。

他的書齋外面庭心中，有一棵很大的松樹，那棵松樹是很爲名貴的，它的很粗的樹幹兒，不可合抱，眞似龍鱗一般，而顏色却是白的，大家呼爲「白皮松。」據說：這種白皮松，在蘇州城廂內外，總共只有三棵，都是數百年以前之物。那些亭亭翠蓋，遮蔽了好幾間房子，因此那間書齋，他定名爲松下清齋。唐詩有一句詩「松下清齋折露葵，」本來這個「齋」字，不作此解，他却借此作爲齋名了。

這個松下清齋，當時在蘇州，却是無人不知的。因爲姚鳳生先生那時除了收學生教寫字以外，還印出了許多法帖，是他臨寫了古人的字，刻石印行的。而他寫的書法，大楷小楷，精工木刻（蘇州的刻工是著名），用連史紙印了，十張爲一套，作爲小學生習字帖，名曰「松下清齋書法，」每套售一百四十文，沒有一個家塾，不是寫他的書法的。

來此習字者頗多官家子弟，有許多在此做官的或是寓公，也常來拜訪姚鳳生先生，所以茶廳中的四人轎，常常停滿。因爲當時蘇州是省城，候補官員很多。倘其主人爲候補道，則可以坐藍呢四人轎；其有差事者，則前面撐一紅傘，後面可以有跟馬。來訪的人，我記得有一位楊見山，單名是一個峴字，是個大胖子，他的隸書是出名的。（楊見山有個別號曰藐翁，據說他做官，爲上司所參劾，說他「藐視長官」，故名藐翁）還有沈仲復任筱珊等，這些都是寓公，也常來見訪。

中流時代

以遷居而言，桃花塢之侷促，不及劉家浜之寬敞，以孩子的心情，也覺得後不如前了。大概父親脫離了錢莊業以後，景況便不及以前了，那時的舅祖吳清卿公（祖母之弟，名文渠）就很不以爲然，以爲既然在錢業中，當然要服從經理的指揮，好比在官場中的下屬，應當聽命於上司，那有反抗之餘地。但是父親志氣高傲，不肯屈服，因此便吃了虧。

這時父親雖脫離了錢莊事業，手中還有一點餘資，和友人經營一些小商業，也不甚獲利。後來開過一家毛骨棧，在齊門外下塘北馬路橋堍（那時蘇州並沒有馬路，但舊名詞已有馬路之稱）。這一家毛骨棧，外祖也有一些資本，但他佔少數，我父親佔多數，所有用人行政，都由父親處理。

怎麼叫做毛骨棧呢？就是專在城鄉各處，零星購了各種獸毛獸骨，而整批出售的一種營業。獸毛中最大部份是猪毛，整担的在堆棧中堆着，其它的各種獸毛，也有如黃狼皮、兎子皮、老鼠皮等等，不過牛皮是少數，因爲另有作坊。獸骨中，大部份是牛骨、牛角、羊角，以及其它的獸骨，獸角。除了獸毛、獸骨外，還有雞毛、鵝毛、鴨毛，以及其它禽毛。關於人身上的東西，就是亂頭髮；還有破釘鞋上爛牛皮也收買的。那些東西，後來都成爲出口貨了，經外國人科學製造後，重銷到中國來，化腐臭爲神奇。在當時我們孩子心理，覺得這種營業，實在不大高尙。

這毛骨棧的店號，叫作盈豐，在齊門外下塘沿河，這是一條運河，老遠就看見我們雪白牆壁上，寫有一丈多見方的大字：「盈豐棧猪毛雜骨。」我們自己也有兩條沒有艙蓬而足以裝貨的船，停在門前。這一帶，不獨是我們一家，還有一家店號同豐的，也和我們同樣的營業。

盈豐毛骨棧僅有踏進去的一間所謂賬房間者，較爲乾淨整理，裏面是一片大場地，排列着棧房，都是堆積着那些猪毛雜骨的，發出了極難聞的臭味。還有那些亂頭髮，有人說：都是死人頭髮，誰知道呢？有一天，有個狠巴巴的人，拿來七條髮辮，正聽得上一天，校場裏殺了七個犯人，明明是這七個死囚的頭髮了，但也不能不收。因此我們住在城裏的太太小姐們，再也不敢到這個毛骨棧裏去了。

這一種貨色，自有客商來收購，各處都有得來，而有一部份是銷到上海去的。那時猪鬃銷到外洋去，已是一宗輸出的大生意，猪毛在國內，也有作爲肥料的。牛骨、牛角，在國內銷場極大，可以精製各種器物；羊角可以製一種明角燈，有掛燈，有枱燈，在國內流行甚廣。倘有許多，我所不知者，未能盡述。頭髮後來也銷到外洋去，倘然如此，那七個斬犯的髮辮，也許會一變而爲歐美各國神聖大法官的假髮哩。

這個毛骨棧，我曾去過好幾次。本來蘇州齊門外，已近鄉郊，不大熱鬧的，但每一兩年出一種迎神賽會，叫做「賢聖會」，也不知是何神道，城裏的士女，傾巷來觀，也很熱鬧一時。我們也便借此去觀光這個毛骨棧。有一次，我們的棧房裏製造牛皮膏，是一位客商委託的，我以兒童好奇心，想往觀看，和父親住在棧裏，聞了一夜的臭味（煎牛皮膏的臭味），大呼上當。

花隨人聖盦摭憶 補篇

黃秋岳遺著

少宰累任封疆，清強敢爲，有黃老虎之目，而自再任川督被議入覲，左授卿貳，乃亦依附要人，助猖狂之論，成朋黨之勢，昔人云薑之性老而愈辣，若黃者，鄙夫患失，遂反其性，可不戒歟。（許君先疏請究載垣等黨與，中旨令指名回奏，許乃首參新城，爲形跡最著，歷述其去年會議之言，及今秋獨召辦喪儀事，極口痛詆，而下云伊等保舉者如侍郎成琦諸人，蹤跡最密者，如侍郎劉崑黃宗漢諸人，外間嘖有煩言云云，而無所指實，蓋不過連及之，此詔中所列黃宗漢罪狀，乃當事者增入之，非許疏本意也）其後又有一節云：是日發抄勝所上政柄下移，無以服衆疏，詞頗切直，其畧云：皇上嗣位尚在沖齡，全在輔政得人，同民好惡，怡親王載垣，鄭親王端華等，以臣僕而代綸音，挾至尊以令天下，實無以付寄託之重，而饜四海之心，在該王等，以承寫硃諭爲詞，居之不疑，先皇帝彌留之際，近支親王，多不在側，仰窺顧命苦衷，所以未留親筆硃諭者，未必非以輔政難得其人，以待我皇上自擇而任之，以成未竟之志也。今嗣聖既未親政，皇太后又不臨朝，是政柄盡付該王等數人，而所擬諭旨又非盡出自宸衷，民岩可畏，天下難欺，御史董元醇條陳四事，既關係甚重，應準應駁，惟當斷自聖裁，廣集廷議，以定行止，該王等果如以國事爲重，亦當推賢虛己，免蹈危疑，乃逕行擬旨駁斥，已開矯竊之端，大失臣民之望，命下之日，中外譁然，自古天無二日，民無二王，禮樂征伐，自天子出，凡統兵將帥，暨各省疆臣，皆受先帝特簡，雖當勢處萬難，無不思竭力圖報者，亦以統于所尊，故能一誠不貳。今一旦政柄下移，羣疑莫釋，道路之人見詔旨，皆曰，此非吾君之言也，此非吾母后聖母之言也，一切發號施令，眞僞難分，衆情洶洶，咸懷不服，不獨天下人心日形解體，且恐外國又將從而生心，所關甚大。昔周之世，武王崩，成王立，周公相之，本朝攝政王之輔世祖，亦猶周公之相成王，疏不間親，典策具在。現在近支諸王中，能知大體過於載垣端華者，尚不乏人，一切離間之言，應請毋庸顧慮。又如垂簾聽政之制，宋宣仁太后稱爲女中堯舜，我文皇后當國初時，雖無聽政之文，而有垂簾之實，因時制宜，惟期至當。爲今之計，非皇太后親理萬幾，召對羣臣，無以通下情而正國體，非別簡近支親王，佐理庶務盡力匡弼，不足以振綱紀，而順人心，惟皇上俯納芻蕘，即奉皇太后權宜聽政，二聖並崇，而于近支親王中擇賢而任，秉命而行，以待我皇上親政，宗社幸甚云云。

前日發抄黃縣等所上政權上操以振綱紀疏，支離掩護，不敢正言，而其中引用古來垂簾事，乃取予所貽商城臨朝備考中，雜舉數人，割截數語，前後不相聯屬，諸公不學，至於如此，可爲駭歎！董侍御疏，語尤葛藤，以視勝星使此疏，有愧多矣。星使自咸豐初上疏言時事，痛切極言，天下傳誦，遂以直諫名，其人固伉激可快也。」其記高延祜一疏云：「十一日乙未，邸抄：給事中高延祜疏言，近年肅順熱焰熏灼，各部公事往往受其箝制。如工部綵綢庫一案，承審司員，因不敢抗違肅順之意，輒以希圖事後酬謝爲詞，勒令具供，從重議罪，請飭刑部，嗣後務持平定擬。詔嗣後刑部議罪務將案內證據審訊明確，不得以希圖等字深文曲筆憑虛科罪，致有冤抑。（蒓客註云：高君此疏，事爲同鄉翁惠舫水部事而發。翁，餘姚人，由拔貢爲工部都水司郎中，捷給有幹才，前年以綵綢庫發賣舊料事，水部主稿，請堂官疏言其事，向歸崇文門辦理，請改歸本部自招商人議價，先帝命肅順覈之，遂坐罪下獄謫戍，同官得罪者數人。水部名學涵，已蘭從父也，高君以鄉誼有舊，故冀爲申雪云）延祜又疏訟柏葰、程炳采之冤，且言科場例文簡渾，請飭部詳註。詔從前載垣端華辦理科場一案，未能得情法之平，總由條例原文簡渾，故能任意周內，藉逞私忿，着該部將此例文分別情罪詳細註明，以免牽混。（蒓客又注云：高君此疏首欲翻戊午科場案矣。然此獄雖爲載垣等三人逞威之始，而被罪諸人，皆自由取，柏相國之死，朝野多憐之，要不得爲無罪。徇私營賄，關節公行，按律誅流，豈云濫枉，特以禁網久弛，上下容隱，賢者猥雜，視爲固然，先帝思懲其弊，載垣端華遂四出蹤跡，力窮其事，士人滿獄，上相棄市，卿貳庶司，或放或死，事出創見，以爲過當。今爰書久定，無可復言，而給諫欲重翻之，其不思爲先帝地乎？近日臺諫言事蜂起，未知旬月之先，惠文獄獄，皆在何處？乃至權要伏法，朝序淸明，而仗馬齊鳴蹀躞不已，豈果天日澄霽，朝陽之鳳一時盡出耶？吾鄉官執法者，若給諫及朱海門、鍾六英兩侍御，言事尤數，朱君最廉謹，所云多兵事吏治云。）高君疏言柏葰未曾受賄，與溥安有間，程炳采事屬未成，與李鶴齡有間，且以授同罪而論，程炳采與李旦華、陳景彥等事同一律，乃李旦華等竟得免罪，而程炳采與柏葰未蒙末減，載垣端華乘間激大行皇帝之怒，特誅與己不合之人，以快其志云云。

第五期要目預告

尚有精采文章多篇，未及詳列。請讀者注意五月十五日出版之本刊。

稿約

本刊的宗旨，是向讀者提供高尚有趣味的益智文章，並希望貢獻一些翔實可靠的資料，給研究歷史、文藝的人作參考。我們歡迎下列文章：

（一）人物介紹

注重古今中外人物的描寫及其傳記。

（二）近代史乘

注重近百年中國及國際政壇上重要事件的發生經過及其內幕。

（三）史　料

名人的日記、筆記、自傳、傳記、年譜、回憶錄，函牘等。

（四）趣味性的掌故

以上所列，只不過約畧舉出一個範圍，其實文史掌故的範圍很廣，不能一一開列，希望讀者認定文史兩字寫文章便好。稿件內容不要評論現實政治的得失，要注重輕鬆趣味，使讀者一卷在手，覺得開卷有益，不枉花了寶貴的時間。

惠稿文言語體不拘，但最好還是用語體，如果不擅用則以淺顯易懂的文言寫也一樣歡迎。字數以五千字內最適合，也易於刊出；超過一萬字以上的，請來信商洽。譯稿請附原文。

不合用的稿，不管附有郵票與否，在收到後十日內寄還作者；如不寄還，就是要採用，但何時刊登，未能立即告知，請來信詢問。刊登的稿，在出版前二日即將稿費寄上。

大華

五期

一九六六年五月十五日出版

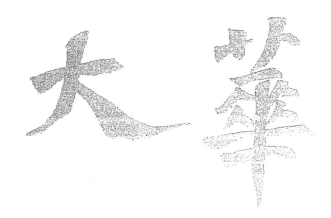

大華 第四期

大華 第五期

封面畫：清代安徽鐵畫

大華 半月刊 第五期

一九六六年五月十五日出版
（每月十五、三十日出版）

出版者：大華出版社
地址：香港銅鑼灣希雲街36號6樓
Ta Wah Press,
36, Haven St., 5th fl.
HONG KONG.
電話：七六三七八六轉

督印人：林翠寒

主編：林熙

印刷者：朗文印務公司
地址：香港北角渣華街一一〇號
電話：七〇七九二八

總代理：胡敏生記
地址：香港灣仔洋船街三十二號
電話：七二三四三七

丙午談往

林熙

革命過程走過一半

距今六十年，前一個丙午，也算是歷史上具有相當關鍵性的一年，值得回憶一下。前清光緒三十二年丙午，即公元一九〇六年，上距辛丑條約的簽訂是五年，下距辛亥革命的爆發也是五年，恰恰是最後一個封建王朝回光返照的時期一半。似乎可以這樣想像，沒有辛丑條約，革命可能不一定發生在辛亥。辛丑到辛亥是一個日益高張的革命過程，丙午年就等於革命過程剛剛走過一半了。

丙午爲什麼成爲革命過程走過的一半？這就不能不從前一年乙巳說起，日俄戰事伏根於甲午一役，醞釀了十年，中間又有一個庚子的插曲。在西方列强看來，帝俄的野心咄咄逼人，確實是眼中刺，而日本的野心却還認爲不足介意，於是日本抓住這個國際形勢有利的機會，發動了對俄的戰事。甲辰年開始，乙巳年勝利結束。這一役勝利却給中國人以極大的興奮鼓舞，全國上下，無論新舊人物，都一致認爲這是自强的好榜樣。日本一個小國，變法維新不過四十年，已經可以戰勝俄國這樣一個龐然大物，我們還不應該趕快學嗎？這個時候，眞是學日本的熱潮熱到極點了。請看陳三立的幾句詩吧！

……立國何小大？呼吸見强弱。稍震邦人魂，酣夢徐徐覺，……携取大和魂，佐以萬金藥，曰舉國皆兵，曰無人不學。

他的意思正是上面所說的熱潮的表現，而又把日本之所以能戰勝歸功於練兵和興學。這種看法，是當時稍有頭腦的舊式士大夫所共同持有的，報紙上是一片這樣的氣氛，到處都是這種議論，連詩人的詩也不要什麼温柔敦厚了，和講壇上大聲疾呼的演說差不多了。

立憲呼聲震天地

這一驚天動地的呼聲震撼了清皇朝的統治者。此時排滿革命的鋒芒已經鮮明地從劍鞘中露了出來，他們驚慌之餘，以爲亡於排滿革命，還不如眞的學日本，不學它別的，單學它那萬世一系的君主立憲就很有利。慈禧太后別的是不懂的，君主神聖不可侵犯這句話頗爲中聽，滿族中除開十分老朽的人以外，也認爲趕快定出君主立憲的憲法是個保障。至於練兵興學，壬寅以後，早就成立了練兵處、學務處，並不是不練兵、不興學呀！雖然他們並不眞懂得立憲是怎麼一回事，立憲也變成口頭禪了。

立憲的呼聲是從日本來的，梁啓超所主持的報刊，從新民叢報起，在庚子以後早已普遍傳播於國內的知識界。禁自禁，看自看。尤其是庚子以後派去日本的留學生，官費和自費的，大量紛紛回國了，他們無非還是在政界中活動，更進一步把日本的言論風氣移到國內來。這些就是丙午前的一般形勢。

筆者在一個朋友家中發見一包舊信札，還夾着些帳單、便條、日記之類，繙了一繙，看出一個年月線索是光緒三十二年，正是六十年前的東西。觸動了我的興趣，於是一樣一樣替它排起隊來，然而文件的性質不同，來源非一，終是一鱗半爪，殘缺不全的。這也不管它吧，就采取其可能采取的資料，歸入「丙午談往」這個總題，作爲漫談也好，作爲隨筆也好。

五大臣出洋考察

丙午前一年的秋天，派去考察各國政治的五大臣，這五人是：皇室近親公爵載澤，管印務的徐世昌、戴鴻慈以及湖南巡撫端方，還有一個旗人紹英。在八月二十六日那天，他們從北京前門車站出發，正待開車之際，突然一聲炸彈，載澤和紹英都受了微傷，去不成了。以後將徐世昌和紹英撤出，改由尙其亨和李盛鐸補充。尙其亨雖是漢人姓名，實是漢軍旗人，據說就是清初鎭守廣東的尙可喜之後。李盛鐸是江西翰林，曾出使日本，後來以藏書出名。這些都是大家知道的事，在這裏不過畧一交代而已。

現在采錄一封信如下，雖然有日而無年月，從內容可以斷定是這一時期的，至於寄信和收信的人，既不可考，也沒有考之必要了。

自台旌出都後，大致情形固皆如昔，然見聞所及，亦頗有日異月新之感。弟素不嗜葷腥，公所稔知也。昨以友人招邀之殷，到前門外廊房頭條勉食洋菜一頓，席間即覺胃納不甚容受，同人勸姑飲洋酒一小鍾，久之方復常。席間詹兄談及近日番菜館、洋貨店之生意大盛，即如此地，已一再增添雅座，猶有人滿之患，聞他處接踵新開者尚難一二數。坐客因之議論紛紛，某君曰：據聞北洋以所陳時務未能盡見施行，輒以京朝大僚不諳外情爲言，密請簡派一二品大員分赴東西各國考察，以祛其錮蔽。此事允行與否，雖未可知，然逆料派出之人必是年力較富、資望較高者，除年逾六十之大僚自問難勝此任外，其現任尚侍督撫中自有躍躍欲試、亟願入選者，亦有深慮風濤之險以不入選爲幸者。此所以出洋之聲洋洋盈耳。即非大僚，够不上派，亦願在奏調參隨之列，以遂登龍，此輩固亦實繁有徒。萬一見明文，則須即日整裝。此所以競學食洋菜也。聞某某大老已招聘洋廚在邸中備洋飯洋點，並由外部某司員代爲布置洋飯廳，指點宴會一切儀節。此公素性安靜，所聞若確，殆係朝議已定矣。弟則以與已無關，漫聽而漫應之。我公相去雖較遠，彼中見聞素稱靈通，或異於僕之道聽塗說耶？此外亦難一一瑣及，惟五城已奉明文裁撤，學上海租界設巡捕，當已見到邸鈔矣。…………

再：正擬封函，潞安來談，云聞之樞曹某君，出洋領銜，當屬諸博望，此亦可謂後先輝映矣，乞姑秘之。

這一封信所透露的就是丙午前一年派五大臣出洋的醞釀。所說由袁世凱建議一節，頗可信。袁氏原意很可能是想借此排擠他所不樂意的人，給以考察政治的名義，就可以開去這人的差缺，至於以後怎樣位置，是另一回事了。何以證明其可信呢？因爲原已派定的徐世昌，在炸彈案發生後，已將徐的名字撤去了，而徐又並沒有受傷。不但不出洋，反而將他從侍郎升作新設的巡警部尚書。徐是從袁小站練兵時當幕僚起家的，以資淺的內閣學士入軍機，還不過幾個月，明明是袁安排在清廷內部的一着棋子。派徐出洋，一定出於袁意料之外。所以袁雖建此議，却不同意所派的這幾個人。他意中所想擠出的，必另有其人。

這封信追加的一段，所謂博望，顯然是指姓張的，因爲漢代奉使西域的張騫封博望侯，恰可與出洋考察相比，所以說先後輝映。這位姓張的是誰？不難推測，不是張之洞便是張百熙了。當時只有他二人有此資望，但張之洞年近七十，恐怕不會，還是張百熙的可能性大些。張百熙雖是歷主衡文的翰林，又是南書房文學侍從之臣，而自辛丑以後就一手經辦學務，爲人素稱通達，爲一般知識界所推重。年齡雖也近六十，畢竟不算衰老。但後來發表出來的到底不是他。大約其中又有鈎心鬥角的內幕了。

北京的五城

信中提到「五城已奉明文裁撤」的話，頗值得解釋。原來京城是沒有市政機關的。只有一個街道廳，由都察院及工部會同管理，仍是有名無實的。街道永遠是所謂無風三尺土，有雨一坑泥。北方氣候乾燥，沙漠吹來的風又猛烈，車轍馬迹又把乾土輾得粉碎，即使不遇大風，也要撲到臉上，面目全非的。幸而北京下大雨的時候很少，不然，一脚下去就會陷進尺來深。不但前清，北洋政府時代，有些不會修馬路的地方也未嘗不如此。至於街面之被侵佔，大小便之不擇地，以及下水道之淤塞，每逢開溝的時候，臭氣騰天，種種惡狀，記載中也數見不鮮了。這是屬於工程和市容方面的。至於治安方面呢，則有所謂五城的機構。五城者，中東南西北。五城的機構又有兩種，一是巡視五城的御史，他們可以處理地區居民的糾紛，出來巡城的時候，有早隸帶着板子，可以當街打人。然而權力僅於此，還不及一個縣裏的縣官威風那麼大。雖然也養一批練勇，不過充看守街門之用而已。另外就是五城兵馬司，這就更加可笑了，名爲兵馬司，實在沒有一兵一馬，其主官却稱爲指揮副指揮，彷彿很大，品級却只有六七品。而且無論什麼機構都有滿人參加，只有這兩缺是規定專補漢人的，因爲其職務太無聊了，只有出了命案管相驗這一件事。

這信中所說學上海租界設巡捕，也是有原因的。庚子年聯軍佔了北京以後，分界管理，例如日本管北城，英法分管東西城，而德美則分管南城。在軍事管制之下，外國人也覺得市政和警察還須要用中國人，維持地面，保護商民。說起來可痛得很，那時已經沒有政府，政權已經中斷，從何產生中國的機構？即使勉強產生，又何能行使職權呢？於是當地的官紳出面組織一個協巡公所，自已募了巡丁，巡邏街道，設立路燈、公共厠所等等，這都是以前京城所沒有的。協巡者，協同美國兵之謂也。當時唯一留在北京的巡城御史，只有陳璧一人，他又利用五城的名義，出面正式擔任此事。陳氏後來飛黃騰達，幾年就做到尚書，就是爲此出了風頭之故。

這是美國所管外城地區，至於內城，尤其是旗人貴族所聚居的北城，原歸日本管理，日本人川島浪速參用新法訓練巡警，署采市政工程之意稱爲工巡局，日軍撤退後，由肅王善耆接管。善耆又派貝勒毓朗偕川島赴日本考察警政，回國後即以毓朗任工巡局總監。這一年的七月，確有上諭，大意云：巡警爲方今要政，內政現辦工巡局，尚有條理，亟應推行，所有五城練勇，着即改爲巡捕。這封信所謂裁撤五城，即指此事。

不過一個月工夫，即發生炸彈案，接着就發表設立巡警部，以徐世昌爲尚書，毓朗、趙秉鈞爲左右侍郎的上諭。不久又根據內外城的原有規模和歷史關繫，分設內外城巡警總廳，以榮勳、朱啓鈐分任廳丞。信中提到這一點，正好暗示與五大臣出洋有草蛇灰線的關繫也。

一封談炸彈案的信

我在另一封信又獲得有關炸彈案的一段記載，因爲看發信人的口氣，是親身在場的，縱使所見未必眞切，所記也不全面，也不失爲可珍貴的資料。照錄於下：

（上略）近日交派事件頗繁，中有不易着手者，亦只得竭智盡能而爲之，幸可因此少値園班，（按此謂帝后每年自春及秋皆住頤和園，各衙門在園外均設有公所，派員常川値班。）不然，更將筋疲力盡矣。車站一案，想早見諸報端，眞輦轂下創見創聞之事也。是日弟接知會，云五大臣出京，應前往車站站班恭送。弟豈願以奔走爲樂者，然事在必去，姑往應差耳。比乘敝車羸馬趕至前門，已是車如流水馬如龍之景象。入站已萬頭攢動，無立足之隙地，只得逐一魚貫，推輓而前，過站門進至月台，始稍鬆動，已不暇覓友，但就一鐵柱旁依立稍憩，前後左右並無一相識者。此時不解何故，只覺心悸汗出，如欲嘔吐，不得已把定鐵柱，閉目攝神，勉强支持，亦不知閱時幾何，忽聞有吆喝之聲，將衆人推至兩邊，留出中間一道，弟本立在稍後，前後左右，肩背相抵，幸軀幹稍長，略一企足，望見無數紅頂花翎之人靴聲橐橐而來，澤公在前，是弟曾瞻風采者，似有顧盼自豪之意。其餘則見其穿行裝，知爲行客，不穿行裝，即知是送客之人。距澤公稍遠，即笑語紛紛，大約皆各部院要人與各參隨，雜以戴紅纓帽之當差人等，手携行李，雜遝而來。方謂行客登車，車一開行，我輩即可作鳥獸散，未必尙須趨至車旁，照章京例，行屈一足禮也。心中正如此作想，忽然聽得一聲大爆炸，伸頸前望，略見白烟。爆炸過後，轉覺寂然，一剎那間，又見前面一羣紅頂花翎之人，踉蹌倒退，神色驚惶。又有無數護衛及當差等飛奔而過，口中大呼，亦不解所謂，繼見荷槍之新軍，及帶刀之巡警，亦奔馳而入。斯時與弟比肩而立之人早皆奪路而逃，惟弟兩足無力，只好趁人稍散走，席地暫坐，却因此看出澤公已面無人色，被從人攙扶簇擁出站。霎時之間，所有紅頂花翎之人大概已散盡，只餘警兵及鐵路員工往來奔忙，弟正欲支持上前，探詢究竟，被一巡官攔阻詰問，幸靴頁中帶有公事及銜名片，（按前清公服無衣袋，身邊所携文件，皆用小皮夾塞入靴筒中，名爲靴頁。）巡官扶余出站，有家丁在此等候，得以平安歸寓。距出事時已約三刻鐘之久矣。此家丁頗慧黠，據云：在站外聞爆炸聲，知有變故，即往鐵路公事房探聽，亦正接到站內電話，囑即轉電法國醫院醫生速來救護，此後即電話紛馳，應接不暇，詢諸出站之人，知有不少人受傷，澤公亦在內，但仍能扶行出站，登馬車而去。至究竟因何爆炸，仍不詳悉。直至夜飯後，始得諸素與交民巷洋員稔熟之同寅某君，云：澤公等五大臣正與送行者寒暄將畢，預備登上花車，即在車門旁突起一炸彈，不僅炸死數人，車廂亦被損裂，其猛烈可想，此炸死數人中查出姓名以外，尙有一人面目已不可辨。據洋人稱此人即係刺客，炸彈未及拋擲，已身與彈同殉之故。又據巡官查問當時情形，因入站之從人，一律戴紅纓帽，無從辨識屬何衙門，此人係混充搬送行李入花車者，各官所帶行李紛紛上車，故無人能辨其眞僞。澤公及紹英均已住醫院，除電話陳明樞邸（按指慶王奕劻）外，已飛摺入奏矣。嗣後聞東朝（按指慈禧太后）得知此事，爲之掩泣，蓋以時局益可危也。已有加緊園居門禁之舉，環列宿有虎旅，諸用事大臣官邸派有衛兵，並有帶衛隊出入者。斯爲京師所未經見之舉動。又步軍統領衙門、工巡局均終日皇皇，四出偵察，弟於數日後見其所照已死刺客之像，肚腸露出，體無完膚，僅略具面目而已，觀之怵人心目。

政務處和軍機處

按這個刺客不久就證明了是桐城吳樾烈士，他的義舉是要給清廷一個警告。雖然如此，清廷還是只看到一方面，以爲立憲就可以挽回已失的人心，就是立憲也還是口是心非，只作暫時搪塞之計，所以五大臣仍然不久又繼續出發了，一面由政務處設立考察政治館，以爲製定方案準備。有人問政務處與軍機處有何區別，這一問的確是必要的。因爲若不明瞭淸末的實際情況，單從字面來看，一定有許多誤會。辛丑以後，慈禧太后也知道要保持自已的政權，不能不有相當的改革，所謂改革當然也不過是些有名無實的新政，連這些有名無實的新政也是舊衙門所辦不來的，因此才挑選幾個稍通時務的官僚作爲政務大臣，軍機大臣都兼政務處大臣，而政務處大臣不一定兼軍機大臣。立憲這件事就變成政務處的專責了。但是政務處大小官員也未必懂立憲，所以又不能不設考察政治館，讓留學回國的法政學生去繙譯各國憲法以及各種行政規章制度等。留學生的出路，以前大致都在外交和鐵路方面，現在則打進政治一門了。

（待續）

日本空軍謀炸汪僞組織秘記

鄺水生

汪政權的國旗問題大糾紛

抗戰軍興，汪精衛、周佛海在重慶，倡議「和平論」，周氏有所謂「低調俱樂部」者，蓋以蔣介石之抗戰論爲唱高調，而汪、周之「和平論」爲唱低調也。

自汪、周出走河內，在民國二十七年十二月二十九日由汪發出「艷電」响應日本首相近衛聲明，翌年一月一日，蔣立即召開緊急會議，開除汪之黨籍，汪嘗賦「憶舊游・落葉」詞以寄意，云：「歎護林心事，付與東流，一往淒淸。無限留連意，奈驚飆不管，催化靑萍。已分去潮俱渺，回汐又重經。有出水根寒，挐空枝老，同訴飄零。天心正搖落，算菊芳蘭秀，不是春榮。摵摵蕭蕭裏，要滄桑換了，秋始無聲。伴得落紅歸去，流水有餘馨。儘歲暮天寒，冰霜追逐千萬程。」蓋「護林」指國民黨，「驚飆」指蔣介石，「催化靑萍」謂開除黨籍，靑萍暗指靑天白日黨旗，「去潮」五句，自寫身世，「菊芳蘭秀」，謂孔祥熙、宋子文也。未幾汪氏寓中發生刺死曾仲鳴事件，其不堪此一激，遂奔上海爲日軍豢養籌備「還都組府」之舉矣。

經過一年又三個月的籌備，汪精衛、周佛海等定於二十九年（一九四〇年）三月三十日爲還都組府之期，仍推林森爲國民政府主席，虛位以待；汪爲「代理主席」兼「行政院長」，周爲「行政院副院長」兼「財政部長」，二人分割勢力。是日汪就僞職時，演講孫中山先生大亞洲主義，斷章取義以媚日敵，黯然神傷，語調低沉，殆有內疚於五中耶。

組府還都之前，有一個內面似不甚重要，而外表爲一極重要之問題，即汪政權成立後，用什麼國旗爲標誌也。其時重慶府政所用者爲靑天白日滿地紅旗，日本人主張用五色旗，而周佛海和梅思平與日本交涉，擬用折衷辦法，對日方今井說，不妨用靑天白日滿地紅旗和五色旗混合起來。會談之後，周梅二氏將是日會議經過，向汪報告。汪聽到更改靑天白日滿地紅國旗問題，突然肝火大動，謂既失其黨國之立場，又失還都組府的意義，立命周梅往見今井聲明收回前議。後來汪到東京時，曾向日本政府提及此事，日本軍部乃召集駐華中、華北、華南之派遣軍參謀長會議研究，認爲在軍事時期，重慶南京雙方掛着同一式樣的旗幟，戰時敵我不能分辨，不特影响軍心，在作戰上亦發生困難，表示反對。而汪精衛又堅執成見，不肯讓步，寧願一拍兩散，幾次折衷，最後議決結果，才定爲南京國民政府門前所懸掛者，一支爲靑天白日滿地紅旗，另一支爲黃布黑字「和平，反共，建國」三個口號的黃布旗（大小與國旗相同），其它的機構和住宅商店等，則在靑天白日滿地紅旗之上附加一條「和平，反共，建國」三個口號的黃布三角小飄帶，俾與重慶政府的旗幟有些分別，容後再行取消，確係經過若干時候把這條怪異的三角飄帶廢除了。

對於加上「和平，反共，建國」三個口號的黃色三角形飄帶的靑白天日滿地紅旗，確屬不倫不類的「傑作」。在汪政權的立場來說，非用回靑天白日滿地紅旗，不能表現其還都組府之地位，而加上這條飄帶，亦屬絕大的讓步。在日本方面來說，認爲幾年來，打生打死，都是爲着天皇展拓疆土和打倒蔣政府的靑天白日滿地紅旗幟，如今戰場的後方南京竟然掛起國民政府的招牌，又豎起同樣的旗幟，雖然附加一條飄帶有「和平，反共，建國」的口號，認爲無足輕重，却沒有「天皇萬歲」的話，大不滿意。而中國的人民，眼見國難未已，瘡痍滿目，生活仍處於愁苦之中，敵騎仍縱於南京，國旗之上却加了一條不倫不類的飄帶，觸景生情，不期然地大家自動把這條飄帶撤除不掛，於是日本的陸軍，空軍，海軍軍人，就以沒有小飄帶爲藉口哄動起來，向沒有懸掛飄帶的住戶商店嘈吵毆打，隨處發生暴行事件。在南京鼓樓一帶更結集着許多日本人，聲勢洶洶，幾乎釀成暴動事件的情勢。問題還不只此，更有許多日本空軍人員，比海陸軍人聲勢更爲激烈，對于這條青天白日滿地紅旗尤多不滿，聲言要駕機升空，凡見有這條旗幟飄揚的地方，都饗以炸彈一個，要炸南京爲平地。經過華中派遣軍高級人員的勸導和鎭壓，還未能把形勢和緩起來，梅機關的影佐少將恐怕事態擴大起來不可收拾，立刻走去告訴周佛海囑其準備應變。那時正是汪政權還都典禮完成歡宴日軍舉杯慶祝之後，汪精衞回到官邸，方作午睡，休息一下。汪氏夫婦的寢室在二樓，樓下只留一個機要秘書值班，其他的人員都花天酒地去了。周佛海突然倉皇去汪邸，和機要秘書接洽謁見汪氏，那時汪正作午寢，誰人敢驚動他，這位秘書經不起周氏再三說明有緊急公事請示，非見汪氏不可，只有帶引周氏輕步登樓，先行呼喚陳璧君起牀，周氏說明來意，二人同入汪室閉門會商數十分鐘然後出來，這位秘書一直蒙在鼓裏不知道周爲什麼事這樣緊張哩。

到了「還都」一周年紀念的晚飯後，在陳璧君的閒談裏，這位機要秘書才知道一年前周佛海倉皇求謁汪精衞的秘密如上。據說，汪當時還懷疑日本鬼子是施以恐嚇手法攷驗他們的胆量，又認爲如果日本軍人不惜背信棄義轟炸南京起來，把他們內部的糾紛暴露於世界，在派遣軍方面也不願意，這回已經「洗濕個頭」，只有硬着頭皮等他們來炸好了。這是事後言智的話，究竟當日會商的結果，除了汪、周、陳三人是沒有第四個人知道的。

據周佛海的二十九年三月三十日的「日記」說：「本日爲余平生第一痛快之日，蓋理想實現，爲人生最得意之事也。惟因懸旗時，我方多未照協定辦法，致使對方不滿，爲美中不足之事，此責應由我方負之，不能怪人，後經解釋，亦風平浪靜矣。」然而當日之事態不是如此之簡單也。周氏還以「是日爲平生第一痛快之日」，眞是喪心病狂矣。汪在二十九年三月三十日至三十三年三月，過了五個年頭的僞主席癮以後，以宿疾復發，往名古屋醫治，至十一月十日病逝醫院。他在南京時期曾作「虞美人」詞一闋，其中有句云：「夜深案牘明燈火，閣筆凄然我。」所謂案牘當爲與日本關係的文件，夜深披閱，閣筆凄然，其身世心境之辛酸可以反映知之，豈有悔不當初之意耶？

蔣百里的和尚父親

王北山

蔣百里（方震）是中國近代的軍事戰畧家，有人會替他寫過傳記不少，用不着再說了。我現在只談談他的祖父、父親、母親的一些事，也頗有趣味的。

蔣百里的祖父生沐（光煦），嗜好圖書、字畫、碑帖，和張叔未（廷濟）、費曉樓（丹旭）、張子祥（熊）交遊，建築了一座別下齋，編印了「別下齋叢書」、「涉聞梓舊」等叢書。生沐的兒女很多。百里的父親學烺已是第十九個的兒子。學烺生下來，就沒有左膀，只在左肩下垂着兩三寸長的一條沒有骨的肉根。生沐一見了很不高興，待養到十多歲，即把他送到海鹽一間寺院去當小沙彌。並送了一筆欵做香火錢，這樣學烺就做了小和尚。

傳說生沐平生最疼愛的是第五子，偏又早死，他痛心極了，入殮時用硃筆寫了一篇「往生咒」在亡兒的左臂上，暗祝他下世再來。所以學烺生下來時，恰好失去了左臂，面貌、動作，都和他的五哥一模一樣，這在血統上常有的事，但生沐却認爲是眞的第五子的再來的了。

同時也有人傳說生沐和海鹽東山塔院一個老僧往還，他自己經常想念亡兒，如醉如痴，會問老僧，這個亡兒能否再來。老僧說，來是會來的，就是緣已盡了，來也不喜歡他的了。這一個傳說，後來有人問過老僧的徒子徒孫，也說是有這麼的一件事。

學烺做了幾年小和尚，却不喜歡念經禮佛，也不大愛讀子曰詩云。另外找出一條讀醫書的門路，向一位父執的名醫請教，日夕鑽研了幾年，他就脫下袈裟還俗行醫。不久，也娶了妻室。學烺雖然只有右手，也能吹笛，且懂得編寫歌詞。有時也偷偷地回到硤石，瞞着父親和兄弟們說說笑笑，是一個極快樂活潑的青年。但他素來極不願意提到歸宗本家的問題。在舊社會裏已經出家的人就不能够再過問本族的事，族人也不再認他爲同族。因爲出家之後，就算出族的了。如果想要恢復原來關係，必須按照當地陋習，聲請歸宗祭祀祖先之後，才算辦過手續。光緒二十年（一八九四年），學烺因染疫逝世，這時候蔣百里方十二歲。母子二人一無生活可謀。百里的母親楊氏，原是寒門孤女，既無叔伯，又無兄弟姊妹。百里喪父後，楊氏囑他回硤石，奔走請求族人之門。學烺的第二十一小弟……首先倡議，撥田數畝，平房兩間，各房公議集田三十畝，給他母子衣食。

楊氏粗通文字，且能穿補竹衫（舊時代夏天所穿的襯衣，用極細竹枝以線綴成各種鏤空花紋，穿着久後，線斷即要修補，是一種精工的手藝），她一方面工作，一方面教子讀書認字，竹聲書聲相應和，是百里的童年生活。

南天王垮台的內幕

大年

辛亥革命以後，軍閥割據一方，儼然藩鎮，從地區廣濶來說，首推東北的張作霖，其次是舊桂系陸榮廷統治兩廣。孫傳芳的五省聯軍總司令，地區雖然較大，但時期極短，而且還談不到清一色的權力。吳佩孚東奔西走，沒有固定地盤。以時期確實長久來說，山西的閻錫山，要坐首席；其他才是新疆的盛世才，雲南的龍雲了。而陳濟棠抓着廣東的黨政軍大權，自民國十八年（一九二九年）二月至廿五年七月中旬止，前後八年。因爲時代、地理等條件的關係，陳濟棠比之張作霖、陸榮廷、盛世才、龍雲等都算是突出的。只就兵種來說，陳不特擁有龐大的陸軍，還有海軍，尤其是空軍有四個中隊，飛機一百多架，僅次於當時中央的南京政府。他在廣東，開辦了一些表面上是現代的工業如：糖廠、硫酸梳打廠、水泥廠、紡織廠、飲料廠、蔴織廠、紙廠、肥田料廠、新電廠等。又搞軍墾的開礦、開荒、造林、畜牧、漁業等。還辦有軍事學校、政治訓練班等，這一連串的設施，儼然一個小國家的規模。陳濟棠倒下來至今，恰爲三十年，今追述這位昔日不可一世的南天王垮台前的剎那間情況，也是很有意義的。

先來約畧地談談他的發展小史：

陳濟棠，字伯南。光緒十三年（一八八七年），生於廣東防城的一個沒落地主的家庭。父親陳謙受，是私塾的教書先生；哥哥早年在防城東興擺過看相算命攤子。陳濟棠於民國二年，在廣東陸軍速成學校步兵科畢業後，在地方軍隊歷任排、連、營長等職。民國十一年，是粵軍第一師第二旅陳修爵旅的團長，十二年，升充旅長。北伐前夕，第一師擴編爲第四軍，李濟深任軍長，他升充第十一師師長。北伐期間，他在蘇聯考察，沒有參加。後來返粵，廣東軍隊，編爲三個軍，他升任第四軍軍長。到了十九年以後，國內大小軍閥混戰了幾次，他夤緣時會，利用地理，居然成了廣東的實力派，一連操縱了七八年大權，支配一切。只就他的軍職頭銜，是由第八路軍總指揮，第一集團軍總司令，而至他在垮台前十幾天就職的抗日救國軍西南聯軍總司令，已經够嚇人了。不用說，這些名義，有些是出於自封的。

陳濟棠割據廣東的期間，和一批黨國元老、粵中委們相互勾搭、利用、支援。他手法，是和地方軍閥的張作霖、陸榮廷、閻錫山、盛世才、龍雲之流，有所不同。他的地盤，雖然處在水陸交通便利的華南，但南京政府好幾次都想向他開刀，却不敢動手。就是因爲他利用了國民黨中央執監委員會西南執行部、國民政府西南政務委員會（從民國廿一年一月至廿五年七月），作爲擋箭牌。尤其是利用胡漢民的聲望來掩護割據的幌子，古應芬做了兩方的橋樑。自搞一套，爲所欲爲，把南京政府不放在眼內，南京亦無如之何。

可是西南執行部、西南政委會，原是一個大雜會，派別紛歧，各有目的。他的成員，主要可分三大派系：屬於胡漢民（元老派）有：蕭佛成、鄧澤如、鄒魯（山西會議派）、唐紹儀、林雲陔、劉紀文、劉蘆隱、李蟠、詹菊似、羅翼羣、李曉生、鄧青陽、黃季陸等；屬於陳濟棠（實力派）有：林翼中、區芳浦等；屬於廣西（實力派）有：李宗仁、白崇禧、黃旭初和李任仁、張任民、馬君武、麥煥章等。初成立時，還有孫科的人如：伍朝樞、傅秉常、吳尚鷹等。中間，改組派一度也和他混在一起。從表面看，陳濟棠的人數較少；但是廣東全省的軍事、政治、財政、經濟等大權，都爲陳派所壟斷，所以陳的權力，實際最大。其他各派系，只是做陳的伴食中書和幫閒淸客。也有借此職位，向他要錢，新桂系就是最現實的伸手將軍。

果然，這兩個機構的內部，過了一個時期，發生「肺結核」病症了。先是陳嗾使程岳恩出面，控告中山模範縣縣長唐紹儀案（唐是西南政委會的常務委員）。又使學閥中的林某黃某等在中山大學向鄒魯搗蛋，鄒只得離粵出國。鄧澤如、蕭佛成等，自從胡漢民逝世（民國廿五年的五月十二日），也感到依附草木的無聊，已到了日暮途遠，態度消極了。廿五年七月，南京召開二中全會，唐紹儀把握時機，親自到南京，聯同孫科、羅翼羣、李文範、陳策、陳慶雲、傅秉常、程天固等連署，提議撤銷西南的兩個機構，大會正式通過。這些人原是當年親手搭台的，至此變爲拆台的人，也說明蔣的運用手段的成功。而在陳的內部，倒陳運動，本來醞釀了許久，到此也一觸即發。裏外配合，使陳濟棠感到內外交逼，無法應付，不得不實行「三十六着」的最一着「走爲上着」的途徑了。

陳濟棠部下的幾個大將，素來對陳的獨裁作風，深表不滿。在此期間，大家都趁機要公開發洩心中的悶氣。李漢魂被陳猜忌，免去了獨立第二師師長、西北區綏靖委員等職，而給李一個第二軍副軍長空銜，調兼東區綏靖委員的虛職。李到香港，發出辭職通電，指斥陳的企圖，電文有「封金掛印、奉還大命」的話，時人常以封金掛印這句話，做談笑的資料。跟着陳的另一個大將，原駐贛南的第一軍軍長余漢謀，同時進行倒陳活動。余的倒陳最大原因，當然是論資格來說，含有「取彼而代之」的企圖，而癥結所在，也是報復民國十八年夏間，余被陳揑造勾結徐景唐聯合反蔣而遭受扣留的恥辱，而實行回師倒陳。其他粵中各將領也紛紛响應了。

陳濟棠的垮台，原因異常複雜。遠因，他從民國十八年開始割據廣東以後，野心日熾，惑於命運、風水、星卜的迷信，大發帝王之夢。豢養了幾個術士林甲翁乙之流，事無大小，都是問鬼卜卦。他的哥哥到南京，親看蔣介石的氣色，並到奉化視察蔣的祖墳。提倡讀經，編印「經訓讀本」、「孝經新詁」，强廹學生和屬員來讀。玩弄效忠宣誓（詳情內容見下文），陷害進步靑年，屠殺革命人士，引用同鄉、同宗、同學、同派、同親戚，而排擠異己，而至開賭博，賣鴉片烟，這些都是開歷史的倒車，貪污尤屬其次的了。所以談辛亥革命後的廣東政治，要算陳濟棠統治時期最爲黑暗。近因呢？也可以指出幾點，九·一八瀋陽事件發生後，凡是愛國的人沒有一個不仇恨日寇的侵略，大家奮起做救國抗日工作的。而這位南天王別有存心，偏要和日寇拉交情。日本特務頭子土肥原賢二，居然大搖大擺到廣州來張牙舞爪，陳竟命令高級屬員多人，在總部列隊歡迎，又派中校以上的軍官，到日本視察，廣州公安局派員到台灣考察警政，都沒有經由南京外交部辦理出國護照。在他垮台前的兩個月，日寇送給他的軍火一批，包括平射砲，機關槍和步槍幾千枝。他還私請了日本軍官一百多人到粵當顧問，甚至有二三十個日本軍佬到廣州天河飛機場視察，這些都引起了各方人士異常的憤慨。他所搞的抗日救國軍，名義上是抗日，實際是倒蔣。陳召集高級將領宣佈他的企圖時，參加的人各懷鬼胎，有的盲從，有的別有打算。

廿五年七月一日，陳濟棠利用西南政委會的命令，任命他爲抗日救國軍西南聯軍總司令，發出提師北上實行抗日的通電。可是在這金鼓齊鳴自我陶醉的時候，廣東的空軍，已經被南京方面收買了。四日，黃志剛等飛去了一批飛機。李漢魂的封金掛印通電，即在六日發出。余漢謀八日從大庾嶺飛往南京，參加二中全會，報告粵省情况，併合唐紹儀等的提案。十四日二中全會決議，撤銷西南的中央執行部與政委會兩機構；取銷第一集團軍名義，任余漢謀爲第四軍總司令、廣東綏靖宅任；陳濟棠調任國防會議委員。十五日，余漢謀通電就職，指斥陳濟棠當國難日亟之際，竟不顧國家民族之生存，勾結日寇，進兵鄰省，發動內戰，破壞統一罪行。希望粵中袍澤，分淸是非，嚴守正義，一致促陳下野，以挽狂瀾，而安大局。而陳濟棠呢，不識時務的還作最後的掙扎，立即緊急佈置，妄圖抵抗一切。可是正當余漢謀在粵北回師之際，十八日早晨，廣東空軍司令黃光銳，參謀長陳卓林率領飛機一百多架離粵北飛。（借用陳扶乩所得「機不可失」的迷信話，原來所謂機，不是抽象的機會的機，而是物質的飛機的機。姑且引用，聊博一笑）陳濟棠雖然萬分惱火，在無可奈何之際，感到衆叛親離，大勢盡去，無法挽回，就在那天的晚上，率家人悄悄地逃竄九龍。倉皇出走時，還裝模作樣給余漢謀一個電說：「濟棠誠信未孚，救國主張，無法貫徹，現決擺仔肩。此後對於救國責任，廣東治安，袍澤維繫，偏勞吾兄負其責，望善爲之，以補吾過。」一片廢話，即垂頭喪氣的溜走了。

陳濟棠垮台的原因，本來很複雜，有說人他過於貪污聚斂。事實上，軍閥官僚的貪污，是普遍性，沒有什麼奇異。陳濟棠除了貪污之外，還有思想的逆流，在二十世紀三十年代，不能不說是荒謬到極點。今綜合劉紹武、龔志鎏、林揚永、關公鍵等所報導陳濟棠玩弄的「效忠宣誓」怪劇實況，附錄於下：

陳濟棠曾利用歃血結盟，以籠絡和駕馭部下。一九三二年間，陳以「統一意志，團結力量」爲名，舉行「效忠宣誓」。他在黃花崗烈士墳塲，粵軍第一師墳塲和海軍墳塲等處設置誓塲，分令文武部屬深夜分批前往宣誓。塲內上空點汽燈，中央置一長枱，鋪以枱布，枱上放有酒壺、酒杯和血酒（用雞冠滴血和酒）。另有誓詞一份，刺刀一把。枱旁左右各竪草人和木製人型一個（意指帝國主義和共產黨，有的地方多竪一個，意指蔣介石。）枱後燈影黯淡處，另燃一盞如豆的油燈，造成神秘氣氛。宣誓者皆臨時得通知，進塲排成橫列，先向烈士墓行禮，然後以手巾掩目，前行數步，面向北方站定，即揭開掩目手巾（意謂由黑暗到光明。）高舉右手，宣讀誓詞。讀畢把誓詞放回原處，即以右手拿起刺刀向預置一旁的人像各力刺三刀。刺畢即飲血酒，飲後用手巾將酒杯抹拭乾淨（表示有始有終），退回原處。如此輪流進行，俟全體誓畢，監誓人即與各人一一握手，把預備好的圓形小徽章一枚揷在宣誓人襟上，宣誓即告完畢。在第一師墳塲第一批宣誓的有：余漢謀、繆培南、何犖、李揚敬、唐灝靑、杜益謙、李漢魂、鄧龍光、曾强、李潔之等十人，由陳濟棠親自監誓。余漢謀等回到自己機關及部隊，即領導所屬人員分別照樣宣誓。

從游勇爬到兩廣巡閱使

陸榮廷的發達史

茹松雪

盜魁出身舊桂系軍閥頭子陸榮廷，從淸吏招撫後，由管帶而至右江鎭總兵，廣西提督。辛亥革命，夤緣時會，投機一躍由副都督，都督，督軍而耀武上將軍，兩廣巡閱使。護國，護法兩役，又搞過廣東軍務院撫軍，軍政府總裁。野心勃勃，且妄圖還要當選副總統。在中國近代史上的盜魁們，他和張作霖，可說是一南一北的兩個「寶貝」。（陸是綠林，張是紅鬍子。）

陸榮廷當土匪時，名字是陸亞宋，他是廣西的游勇。所謂游勇，一般是散兵與地痞二合一的壞份子，又滲入秘密黨會的組織。他們的來源，主要的是馮子材、蘇元春、劉永福等。散落廣西邊境的部隊。他們爲了生存，只好嘯聚山林，打家刼舍，標榜「刼富濟貧」來維持集體生活，其後有些被官僚豪紳壓廹的農民，也投入他們的集團。他們出沒無常，去駐無定，半公開半秘密的飄忽閃鑠行動，地方人叫它爲游勇，淸吏官文書稱爲「游匪」。各股嘍囉，聲勢浩大，橫行全省，如陸亞發（花名黃花發）的一股，先後攻破了北泗、北棚、忻城、踞了柳城、融縣、大苗山、羅城、環江各縣市，殺死了江右兵備道褚興周，搞得淸吏驚惶失措。

游勇的特徵

游勇的裝束很特別，一般是剃半頭，頭髮散開不梳辮子，而是捲髮。用黑布長頭巾纏頭，巾的兩端繡了雜色線狗牙，裹在額上，作重疊人字形而垂兩端於左右胸前。額上頭巾緊勒眉梢，眼角上豎，像戲台的小武。衣服是黑布對襟密銀扣鈕的短衫，黑布寬脚長褲。脚穿綠羊皮單梁鶯哥黑布扣鞋，腰間掛了一條長銀鍊佩了七寸短刀或士（洋）手槍一枝。胸間上衣袋裝着銀鍊的掛錶，外衣兩三件都是敞開不扣鈕子。這是一般游勇的裝束，陸榮廷也是如此裝扮，是由黑旗軍劉永福的部隊遺傳下來的。

游勇的組織，主要是「入灣」，就是參加集團，「拉馬」就是介紹入團，「拜台」就是入會儀式。游勇在廣西各地，有了特殊勢力，因之土豪、富農、商人、小市民等爲了應付環境，保存身家財產，也有投入他們的集團。但是染了色彩，又怕淸吏借詞敲詐，誣爲「窩賊通匪」。因此他們「拜台」，都是異常秘密。游勇一面用「刼富濟財」做幌子，經常到處收行水，收過路錢，包庇客商貨運，打單，以至擄人勒贖，無所不爲，有時又與淸兵勾結，幹那走私販毒和一切不可告人的勾當。

陸亞宋，也就是後來的陸榮廷，他是百色方面的洪門會二點紅、忠義堂幾個黑幫頭子之一。他的活動能力和政治思想，雖然比不上參加中國同盟會的王和順，但他却別有一種手段來應付各方。

原來陸亞宋，是廣西武緣人（卽今之武鳴），少年孤貧，游手好閒，不務正業，也沒有住家，入夜就在市上的猪肉攤位睡覺。有一天，他見着天主教神父所豢養的洋狗在街上咬人，他卽把狗打殺。天主教士恃勢，廹着淸吏緝捕「兇手」，他就逃竄邊關，投入馮子材的新編部隊當臨時馬伕。中法和約，馮部解散，陸便遠走百色、鎭安、歸順、越南一帶過他的游勇生活。陸身體健壯，有點「義俠」氣，槍法極精，有百發百中的技能，嘍囉們便擁他當了大哥。聲勢漸大，是淸吏眼中釘之一。蘇元春因命知州王方田招撫，收編爲健字營管帶，從此時起，改名陸榮廷，別字幹卿。

投降淸吏扶搖直上

陸投降後，王方田用以匪制匪的方法，命他招撫大小各股游勇。果然不少的大哥、二哥、三哥的頭目紛紛投誠。有些不肯就範的，陸卽次第加以撲滅。因此陸的反正，對於瓦解游勇起了很大的作用。王方田屢向上級報他的功，於是陸逐步升爲榮字營統領。王方田死了，陸感恩知己，在家裏的祖先牌位，加了一個「泗城府知府王公方田神位」的神主牌，同祖宗一樣的祭祀。陸對當年的兩廣總督岑春煊，因爲從屬關係，又得了岑當面策勵他的原故，自始至終，言聽計從。民國五年，護國之役，岑在肇慶，搞兩廣都司令部和軍務院討伐袁世凱帝制。護法之役，岑在廣州排斥孫中山，搞軍政府與北方徐世昌勾結，陸榮廷和岑春煊，牛鬼蛇神搞在一窩的。

先是護國之役，西南各省紛紛起兵討伐袁世凱。陸廷榮原是袁所封的「特任耀武上將軍督理廣西全省軍務」，他乘着機會，運用手段，繳獲了龍濟光派赴過桂的軍隊大批武器，便搖身一變，自封爲兩廣護國軍總司令，派他的嘍囉入粤，攻打袁世凱在粵的走狗郡王龍濟光，取得了廣東督軍的位置。從一九一六年夏秋間而至一九二〇年秋間，廣東一直成了舊桂系的侵佔地。當時的粵人說是「亡省」，因為政治、軍事、經濟等機構，幾年來，盡被舊桂系所把持。最無恥的，桂系莫榮新竊據廣東督軍，竟然瞎說自己是廣東籍，企圖掩飾他的罪行。

陸榮廷當了廣東督軍，權力實際控制了兩廣，躊躇滿志，還妄圖再進一步取得實際的清代兩廣總督的名義和地位。恰值一九一七年春間，黎元洪為了拉攏南方有實力的軍佬，約他入京會談，他即欣然就道。於是就在三月中旬，帶了幾個隨員，由廣州取道香港，轉乘輪船到上海，改乘火車北上。過南京、蚌埠時，曾與馮國璋、倪嗣沖們會面。車過徐州，安徽督軍張勳親到車站歡迎，因為他們兩人在清末同是廣西提督蘇元春的部下。陸到了張的衙署，辮帥張勳特在大廳裏舉行跪拜大禮，即夕設宴款待。

取得兩廣巡閱使官職

三月下旬，陸到達北京，住在懷仁堂。黎元洪、段祺瑞先後招宴，其他各部署首長和兩廣籍的國會議員、政客們也紛紛來訪，盛極一時。陸的進出，均由九門提督江朝宗陪伴。一個僻處南疆的山大王，驟然得見京華春色，飄飄然樂不可支。黎元洪的宴會，且派員強廹久不演戲息影家園的譚鑫培扶病登台唱戲，使到這位七一高齡的老藝人因此病情加劇，竟致一病不起，就此逝世了。

黎元洪以副總統繼任大總統，補選副總統的候選人，事先「北馮南陸」，喧傳一時。陸在南方，曾經參與討伐袁世凱，很使人注意。陸卻與馮國璋聯系，認為北方勢力，是在皖、直兩系中，皖系段祺瑞手握大權，視總統黎元洪如無物。陸覺得倒段，非聯直結馮（國璋）不可，表示不參加競選。因此馮國璋於民五的冬間，得選副總統。陸在京與黎段相見時，一再運用「以退為進」的手段，借詞頻年軍旅，年老乞休。同時對於兩廣，又表示極為關懷，推薦陳炳焜、譚浩明分任兩廣督軍。如此這般，他便乘機取得了更高一級的職權，也就是使得黎元洪、段祺瑞發表他為兩廣巡閱使，相等於「兩廣總督」的權力，由此攫得了。

陸得了新的銜頭之後，還想在京小住一個時期，暢遊京都名勝。突於四月中旬的某一夕，接到黎元洪派員送來的緊急密信，促他於第二天早晨，即要離京南下。陸遵照黎的指示，依時乘坐指定的專車，倉皇直向上海開出，沿途各站概不停留。為什麼有這樣突如其來的事呢？原來皖系督軍的異動，已在醞釀中。黎得了情報，深恐一旦事變，陸在京必然受到挾制，才秘密通知他立刻離京的。陸到達上海，順道到杭州一行，遊覽了幾天，才乘船返粵。他遊杭時，各寺和尚認為他是出身綠林的督軍、巡閱使，為了「贖罪行善」，必是一個大施主，紛紛的向他募捐香油。怎知這位「陸大帥」，照例每一個勸捐簿，各寫了兩元，弄得這些懷了奢望的頭陀，大失所望。

向故君溥儀請安

陸南返後，一個多月，倪嗣沖們鐵起搗亂，繼着張勳挾持溥儀復辟。溥儀在「我的前半生」也有敘述陸榮廷到京，入小朝廷請安的情況。節錄於後，說明了民國官吏對於廢帝的留戀，溥文云：

陸榮廷是兩廣巡閱使，他是歷史上第一個被賞賜紫禁城騎馬的民國將領。兩個月前，他來北京會晤段祺瑞，不知為什麼，跑到宮裏來給我請了安，又報效了崇陵植樹一萬元。……那次陸榮廷覲見時，師傅們的神色對我諄諄教誨，也是像此次（指張勳覲見——引者）似的。那時陸榮廷的出現，好像是紫禁城裏的一件了不起的大事。內務府和師傅們安排了不同平常的賞賜，有我所寫的所謂御

莊各良·劉怡翰

湖州絲商劉鏞（貫經）雄於貲，與杭州胡雪巖相埒，其長子安瀾（紫回）早逝無子，遂以次子錦藻（澂如）之長子承幹（翰怡）為安瀾後，時光緒十一年乙酉，承幹才四歲。安瀾妻丘氏有婢女美而艷，承幹十餘歲時，偶淫之而有孕，丘氏痛毆之，詢以孽種何人，婢以大少爺對，時承幹未有室，矢口不承認，蓋畏母加罪於己也，丘逐婢於外，投水而死。迨承幹稍長，尋花問柳於北里中，識一雛妓，宛如舊所蓄婢面貌聲音，量珠而歸，極寵愛之。民國十七八年間，上海報載承幹與此妾對簿公庭，以江一平等四大律師為辯護人，請求離異，而索贍養費數十萬元，其家道遂中落，此事為劉氏之帳房某君與人言之，云其妾為婢之後身，遂有此報應，然不可盡信也。承幹嗜食鴉片烟，平時函札日記之類亦口授其記室屬筆，又早析產於其子，故晚年極為困乏，一九六三年死於上海，年八十二歲。（翰怡本名翰儀，避溥儀，改作怡。與唐紹儀同。）

光緒帝之崇陵在河北省易縣鐵路之最終點，其地本名良各莊，民國初年，梁鼎芬本派為「崇陵澆灌樹株事宜」，稱為「種樹大臣」焉。又樂種樹廬於莊中，以自姓梁，而各與格音近，乃易名為梁格莊，於是人知有梁格莊，而不知其本名矣，此文人之好事也。（子 羽）

筆福壽字和對聯，有無量壽金佛一龕，三鑲玉如意一柄，玉陳設二件和尺頭四件。陸榮廷走後來了一封信，請世續「代奏叩謝天恩。」從那時起，「南陸北張」（張勳），就成了上自師傅下至太監常提的話頭。張謙和對我說過有了南陸北張兩位忠臣，大淸有望了。

看此，則可以見到游勇出身搞到兩廣巡閱使的陸亞宋，也就是做了幾年中華民國的一省大員的陸榮廷，還向廢帝屎桶仔（廣東人是用此詞來稱呼宣統帝）叩頭，獻錢（從人民搜括的脂膏）的一幕奇怪醜惡的把戲。

和復辟黨勾結

[illegible]寫到這裏，恰值閱讀近期的「近代史資料」，內有「鄭孝胥丙丁日記」，是從鄭孝胥一八八二年（光緒八年）至一九三七年（民國廿六年）的日記中六十八冊，把丙辰（一九一六年）丁巳（一九一七年）日記節錄，都是有關復辟陰謀的述記（鄭是復辟派的核心人物），今把與陸榮廷有關的幾段摘錄於下：

丁巳閏二月廿九日（陽曆四月二十日），顧賡吳、羅開軒及陸幹卿（按：幹卿是廷榮廷別號）隨員陳君俱來訪。陸幹卿來談久之，言卽赴杭州。陸前饋余四千元，余不受。入都後，陸饋萬元於皇室，且云四千元爲余所託獻者。皇帝召見，慰勞甚渥，賜彩緞十端及福壽字。

十月廿七日（陽曆十二月十一日），以御筆所賜「貞風凌俗」四字匾額裝入鏡框，懸樓上東屋。陸榮廷過滬時，饋余四千元及金錶，香雲紗各件，余不受。陸入京求謁皇上，得蒙召見，因報效萬元，爲陵工種樹之用。因并稱中有四千元爲鄭孝胥託令代呈，陸遂獲珍物福字等件。上又特賜孝胥此匾，命榮廷交。陸託江朝宗在京裝裱寄至廣東，復由陸轉寄來滬。……

十一月廿一日（陽曆一九一八年一月三日），赴朱曉南之約，與胡琴初說五月復辟事。胡言：非張（勳）、陸（榮廷）合，不能再舉。張有嘗弁蕭某至桂見陸。陸附還三條：一、復辟二字勿遽提出；二、張、陸會師於武漢；三、陸軍入鄂，由張接濟兵餉。張有覆書，爲其姪遏阻未達。陸復詢前信到否，今當設法使張、陸通氣。余曰：二十日後試籌此事。張卽能脫身至徐，至將弁有異志，則事敗矣。……

十二月初一，胡琴初來談，張勳託溫毅夫侍御爲代表，爲之達意于陸榮廷，日內卽遣顧君勇赴粵，與之俱行。顧、溫皆嘗識陸。……琴初又請余作書與大七（筆者按：大七，是鄭孝胥之子鄭垂的私名，已在是年的秋間到了南寧，經常與陸聯系的了），使毅夫致之。余卽作一紙與之。

又該日記之後，附錄了鄭孝胥夏曆十二月二十日給宗社黨頭子升允的信，也有談到「鄭垂九月間赴南寧居陸宅，歲暮歸否，尚未定也」的話。

看此，則知道陸榮廷當年表面上雖然是廣東督軍而至兩廣巡閱使，可是他在暗中經常和復辟派有密切的勾結，與淸王朝末代皇帝還有政治的血緣。當年的北洋政府和南方某些軍政大員，與陸榮廷同樣的政治思想的，可以說是車載斗量，其不可勝數。所謂南方護國的將領，還是如此，其它脚踏兩頭船的壞東西，更是觸目皆是的了。

廣西戲班 詠霓社

民國十年（一九二一年）七月一日，孫中山先生下令討伐舊桂系軍閥頭子陸榮廷，不到一個月，陸榮廷就下了台，逃入越南，託庇於外國人的勢力了。當時陳炯明的部將洪兆麟攻入陸的老巢，在陸榮廷的家裏，搶到一班家樂，有男女演員三四十人，女性佔大多數。洪兆麟搶到手後，以此役有功，任爲潮梅鎮守使，就帶了這部戲班到潮州，改名詠霓社，取李商隱「衆仙同日詠霓裳」詩意也。

洪兆麟初時只在他的鎮守使公署演戲，後來因爲開銷大，不上算，就准許詠霓社在汕頭的戲園公演，售出門票，以爲該班的經常費。此爲民國十年十一月的事。

詠霓社是桂劇，演出的劇目有：拾玉鐲、戰宛城、大劈棺、空城計等等。潮汕人士向來未看過這種女班戲，耳目爲之一新，一班大商人和有錢子弟都竭力捧場，爭買前座座位，當時的風俗淳厚，倘無捧角爭風的事發生。

藝員中的名字我還記得一二，艷旦有：筱蘭芬、花解語、荔支香、小生有夜明珠、老生高芝秀（男）等。洪兆麟失敗，詠霓社的聲光大減，自一九二六年下半年起，也要落鄉演戲了。詠霓社在潮汕全盛時期爲一九二二年至二六年，二六年以後，各藝員年事漸高，戲服亦漸殘舊，到一九三〇年後就散班，藝員各自找歸宿了。（文　如）

我和僞申報

陳彬龢

一九四二年冬，我第二次踏進申報館。比起上次史先生始終未給名義，這回我却頂上「社長」的頭銜。循名核實，在這頭銜上還須冠以「僞」字，才算表裏相符，事實如此。

爲什麼我會幹「僞社長」呢？，半爲墮落，半爲環境使然。事緣上次我在申報，對於南京國民政府的政策，曾迭爲文加以抨擊，本意是對事而非對人。無奈南京是不分的，混而爲一，誰反對他的政策，誰就是反對他。因此我雖被迫脫離申報，而這頂「反動帽子」，依然「簡在帝心」，永未摘去。一九四一年冬，日本軍閥掀起太平洋戰爭，我在香港，淪爲難民，非走不可。照道理，我的去路，應以選擇自由區爲是。但念國門雖大，對我却是羅網，集中營決不會少我一席地。與其涉險入甕，倒不如回到上海，等待戰爭結束。因除此以外，便沒有別的去處了。

上海雖亦爲淪陷區，但爲我的第二故鄉。大難歸鄉，人之常情，生活亦較易解決。我到上海後，雖非杜門，與任何方面却少接觸，倒過了一時的悠閒生活。

當時上海的公共租界是由日本海陸軍分區管理的。麥家圈以東、黃浦以西的地區，屬於海軍，所有工商各業均受管制。申報與新聞報館在此一區域內，故其接取人選必須取決於海軍武官長的同意。

當時覬覦申報的，有汪政權的「宣傳部長」林柏生、「上海市政府秘書長」趙叔雍、青年黨曾琦、國社黨諸青來等，均在鑽頭覓縫，各走門路。據說日本海軍方面對於這些份子是不表歡迎的。他們認爲論事論人，唯有我以申報舊人，回到舊地，駕輕就熟，最合理想；尤其因爲我沒有參加過任何政治組織，也沒有擔任過任何政治工作。在我個人方面，認爲申報是史先生的遺產，與其落在人手，更不如由我接收，爲老東家勉盡保管責任，亦是應分之事。這項義務，我可以說，未嘗活動過，但亦未嘗推托過。當時海軍武官長是近藤泰一郎，很懂禮數，親自送來聘書，殷殷致意。大約海軍多作國外訪問，習於禮貌，故其舉止談吐，有異於陸軍的粗獷。

上海自國軍撤退後，申報及其他各報，多能以民族大義爲重，敵我界限釐然。及至租界被侵，失所憑藉，各報仍能在艱危中掙扎奮鬥，不顧屈服。所以申報對於任何人前往接收，皆抱抵制的態度；及後他們知道接收的不是別人，竟然爲我，其反對的情緒，更屬激烈。這是可以理解的，因爲我是馮婦呀！「再來不值一文錢」，何況在他們看來，我還是日本人的走狗呢！

然而反對是無效的，我終於走馬回到報館了。

我到申報館第一天，便和經理馬蔭良先生推誠談話。我說：「我此番回到報館，抱定兩箇目標。一箇是向史先生報恩，在這大動亂的局面下，爲史家做看家狗，決不是來搶家檔。所有職員，原封不動，我只是單槍匹馬而來，連茶役也不帶進一箇。一箇是想做點社會福利事業，不能沒有名義，這『社長』的頭銜就是我對外活動的工具，對內不起作用。但有一點必須鄭重說明的，即以後本報言論，無法不和日本軍和調。這責任由我獨負，和你們截然無干。這些年來，申報立場，有目共睹，社會自能明瞭此中變化，由我而起，對你們亦不致誤會。」

蔭良爲我老同事，史先生在世時他是不大說話的，和我接觸的機會極少，彼此缺乏了解。此時少東史詠賡兄雖在上海，而抓大權的實際爲蔭良一人。我的說話，出於肺腑，蔭良似尚未能置信。

我從行動上實現我的諾言，事務工作，全由蔭良作主，事先不須和我磋商，事後也不須一定通知。會計主任單先生和庶務主任王先生，還是史先生手上用進來的，服務已歷二三十年。我將私章交給單先生，任憑使用。我從未看過一筆帳，亦從未踏進會計處一步。

編輯部是我必須過問的，但亦未更動一人。張蘊和先生和他的老弟已退休了，趙君豪、嚴服周諸先生因不願在日人間接控制下繼續服務，先後辭職，他們都遠走重慶，獻身於抗戰陣營。我隨時補充新人，公開延攬，絕不乘機落手，援引同好。

如此經過三箇月，我的表現頗能博得全館同人的諒解，相處之間，感情融洽。

不久，日方戰事節節失利，物資統制倍見嚴厲，申報和各報均採緊縮辦法，每天出報一張，連帶發生裁員問題。我和藤良商定，誰去誰留，請他內定，出面解雇，由我獨任難人。藤良旋將應裁名單交我辦理，我將他們分別約來談話，我說：「今天由我這偽社長裁撤你的職務，在意義上你應是最光榮的。遲早天總會亮，相信不過幾年，你仍能光榮地回到報館復職。所以這次裁員，實際是停薪留職的變相，希望大家體念時艱，特別原諒。」

所喜他們對我的話尚能接受；同時報館發給的遣散費亦能使他們滿意，實數已記不清了，大約每人所得，儘够開設一爿小米店，省吃儉用，一家人的生活並不因裁員頓感困難。

這麼一來，走的人固不致憂傷失望，留的人且能切實了解我的心地。甚至和「中統」、「軍統」密相聯系的七位職員，亦能刮目相視，彼此之間，心照不宣，和平共處。

關於編輯方針，不必諱言，我以盡量討好日本軍方為宗旨。所發勝利戰訊，大吹大擂，有時且用紅字大標題。誰都會罵我這偽社長做得太過火了，其實因當前環境，必須如此，日本人對我才會澈底信任，縱有不合，亦能原情畧迹，以為心實無他，而後我才能於間中發表幾句良心話，及放手於社會福利的活動。揭穿來的，捷報套紅，明眼人都知道是怎麼一回事，絕少置信，對於抗戰，實不足構成嚴重的危害。

下面寫的，就是我於間中發表良心話與從事社會福利活動的情形。如認為遮羞話，悉從尊意，好在不是閉門杜撰之言。

當時日本軍方在淪陷區的措施，大都使人民痛心疾首，汪政權絕少公然抗議，有時和日方硬碰的唯有申報一家。我又找到一位不滿當時現狀的日本人吉田東祜，為申撰述專論，批評日方一些為害人民的措施。他用日文寫出，由報館譯成中文發表，日方看到文章是自己人寫的，眼開眼閉，並不干涉。

朱子家先生在所著「汪政權實錄」第九五節中有云：「申報對汪政權的若干措施，也加以率直的攻擊與譏刺。當陳羣出任「江蘇省長」時，因為任用了上海幫會人物謝葆生（即仙樂舞廳主人）等為警務高級人員，申報且詈之為流氓政治，這樣引起了汪政權的很大反感。」其實申報率直攻擊與譏刺的何止這一項，這裏也不煩多舉了。

談到社會活動，朱子家先生也是我的見證，在他的大著同節中又云：「一次，日本人發起捐獻飛機運動，上海的許多「名流」受到了邀請，許多資本家被內定為捐獻的對象。那天在虹口公園開民衆大會。清晨，彬龢匆匆趕來看我，他悄悄地對我說：「請你暗中分別通知別的朋友，不要去參加今天的大會，也不要捐獻飛機。我單獨去，以申報名義捐獻兩架。有事，我來擔當。」說完他匆匆走了。我望着他的背影，心裏開始有說不出的一種驚異的感想。」

「又一次，上海民食發生了恐慌，配給將告中斷……市政諮詢委員會開會籌謀對策，當場推定我與彬龢負責這一箇問題……向日本方面索取。在蘇滬一帶日軍中具有勢力的人，是蘇州的特務機關長金子……我與彬龢去看他，說明來意後，希望於日本軍米中撥出若干千噸為難民食配給之需。金子考慮了一陣，他說：『米倒是有的，但必須有交換條件：（一）米價須以現款交易（那時中儲券現鈔極度缺乏）；（二）負責疏散上海部份工廠，遷往內地；（三）供給民伕兩萬人為日軍建築防禦工事。』還有兩箇苛刻的條件，現在記不清了。我正預備與他辯論，而彬龢並不會徵求我的同意，竟爽快地答應了……又迅速地簽了字……把筆送到了我手裏。……我於十分勉强中也只有照簽……我們告辭出來……我不及等待就埋怨彬龢說，如此條件，我們如何可以答應？……彬龢只是笑，拍拍我的肩頭說：『難道我們眞會這樣做麽？』還價最少時間要拖長了，民食的供應，已到了迫不及待的階段，讓老百姓吃飽了再說，只要米能騙到手，一切責任由我負擔，你怕被日人殺頭？……』我聽了他的解釋，覺得他和日本人打交道，也自有他的一套，……以後……米運到了，而且也向全市配給了，而什麼條件也沒有履行……如此一直至和平而止。」

陳友仁先生自被日本人由香港送到上海後，成為政治俘虜。他是有名的鐵腕外交家，馳譽國際，日方特別重視。上面所提的吉田東祜，即為日方派定，專和友仁接觸的人。吉田原隸共產黨，此時任日本陸軍部梅機關的囑托，約四十多歲。所設「接觸」即為監視的變相，當時由港送回的政治俘虜，身邊均配有這樣的日本人，不時訪問，以覘其言論思想，不僅於友仁如此。好在吉田是不滿現狀的，和重慶地工吳紹澍等且有聯系，故雖負監視任務，於友仁反表同情。我因常去陳宅，得與吉田晤談，了解他是甚麼樣人，乃拉他為申報撰寫專論。抗戰勝利前二年，友仁病故。他的祕書李微塵先生將友仁自回滬起以迄病故止，彙為長文，交我在申報發表。微塵鄭重地說：「有膽照登，無膽作罷，唯一條件，不許更動一字。」我滿口應承，即於隔日發刊，全屬原文，讀者為之撟舌。

友仁身後蕭條，表事費用，日本人願意全部負擔，陳夫人張女士（現在新加坡）嚴拒不受，暫由申報墊付，其後陳夫人悉數歸還。

以故，我敢這樣說，此時申報雖為道地的漢奸報，但如平心靜氣，細按內容，它既批評汪政權，也批評日本軍方，似尚不無發生一些作用。

以前申報革新後的副刊和出版物，頗負時譽

名人小事

溥儀任偽滿執政不久，即致祭關羽，祭文出于陳曾壽手筆，駢四驪六的文縐縐，不知美髯公能夠理解否？文云：「伏維護國英靈，赫昭顯應；深蒙加被，久矢皈依。今以豐鎬舊邦，淪于水火；奮情推戴，勉為其難。撥亂反正，懷大義于春秋；嘗膽臥薪，效畏識于勾踐。復五銖錢之業，竊有慕于前觀；秉九頓首之誠，惟虔祈夫靈佑。」眞是語無倫次，不問蒼生問鬼神的了。

俞明震在甲午中日戰爭時，曾助唐景崧據台灣獨立抗日。其子大純後與章士釗合謀，準備在南京下關謀炸滿吏鐵良。大純第三子啓威（即黃敬），在山東大學讀書時，即參加革命工作，祖孫父子三代，保有傳統革命思想。

謝無量寫字別有一功，朋友多備紙請他寫字，他必點頭收受，但往往積年累月而不揮毫，紙也找不着。原來他無購便紙習慣，每逢出恭，即把各方求件的宣紙撕用而已。

易大岸做詩、填詞、作文、繪畫、刻印、作歌等，提筆即作，從不起稿，只在未動筆（毛筆或鐵筆）之前，吸捲菸或飲一盅啤酒，略為思攷打腹稿吧了。

譚嗣同的「秋雨年華之館叢脞」書中未刊稿，其中題江標東鄰巧笑圖詩第四首，最有奇趣，詩云「娟娟香影楚靈修，此亦勝兵敵懾儒；驀地思量十年事，何曾謀種到歐洲。」注云：「日本伊藤博文自英返國，大唱進種之議，謂黃種孱弱，遠遜白種。凡歐人游其境內，輒恣令野合，將以善其種焉。」有人說，第二次世界大戰後，日本驟增無數混血種，伊藤的目的已達了。

女詞人呂碧城所編印詞文集，多附有近照，服裝西式，而不是衫裙、旗袍。因為身材矮短，只攝半身照，不拍全身相，恐怕難得美觀，是藏拙的方法。

（碧　江）

，這年代當然改觀了。然而我們並未全忘。一九四二年，我們還出版了一部申報年鑑。

申報和新聞報原有清寒獎學金的設置，自抗戰發生，中斷已久。此時幣值貶落，物價騰踴，有志嚮學的青年，迫於家境，每多失學。經與新聞報商定恢復，以期補救。所有籌募事項，如請求大戶認捐，舉行書畫義賣，我自問尚能悉力以赴。關於捐欵保管及獎金支配，則請沈先生主辦，他是沈信卿（恩孚）先生的兒子，專攻教育，敦品勵行，惜忘其名。

其間最值得大書特書的一件事，乃為舊申報的整理。申報創刊於清同治十一年（一八七二），至此已越七十年，積存舊報，「處則充棟宇，出則汗牛馬」，置身其中，如入書城。惟陳陳相因，頗多殘闕。難得的是馬蔭良先生，在此天地閉塞之時，居然想到此事，發為宏願，必使成為完璧。在他的發動下，督率一部分人手，於滿屋子霉腐味的故紙堆中，從頭到尾，逐張翻閱，剔出何頁不全，何頁全闕，何處字跡漫漶，製為筆錄。然後派專人前往徐家滙天主堂圖書館商量借鈔。寒暑無間，經歷幾年，蔭良以其恒心毅力，契而不舍，卒底於成。經此一事，我於蔭良的實事求是，極致欽佩之忱。

我又自念，我既為做看家狗重入申報，應就四面八方着想，以防虞患，不能僅顧眼前，得過且過。當我接收的初期，日本軍方恃其「屢戰屢勝」之威，於「八紘一宇」的實現，深信不疑。然而誰能確斷英美勢力必不回頭，最後勝利，重慶政府決難分享呢？未雨綢繆，自應布置，為申報開闢一條後路，將來楚弓楚得，仍為史家的產業。因此我極力慫恿少東史詠賡兄潛往自由區，表示申報是在無可抵抗的暴力下被人刧持，申報主人絕未同意其事，以便他日勝利復員時，他能名正言順地光復故物。詠賡兄原亦有意，但以日本軍方不肯放走為慮。我說：「你儘管走，我會應付。」他聽了我的話，膽子頓壯，取道界首、商丘一路，轉向重慶報到。事後，日本軍方果然向我查問了，我說：「這位少東根本是不問事的，你要的只是申報，留他何益？缺他何損？」日軍方反而無話好說。

一九四五年八月，日本接受無條件投降。我懂得政治行情，又兼身無長物，拾起包袱，悄然離滬。雖在危途，却喜僅隔四年，時局又翻新了。回憶前塵，恍如一夢，對神聖的抗戰而說，我誠內疚神明；惟對史先生及申報而言，似尚不無微勞可錄。那幾年間，我這偽社長的薪水，始終為偽幣五千元一月，此外絕無半文浮冒。後來中儲券發行萬元一張的票面，我的月薪僅夠買幾件油條燒餅罷了。然而我為申報却留下一些的資產，單說配給到的白報紙一項，恐七十年來尚未見有如許存量。可是我這看家狗畢竟是白做的，勝利後史詠賡兄回到上海，僅被配給一箇有名無實的副董事長，申報的整箇家檔，統統被國民黨拆光了。

汪硯小記

乙瑛

大華第二期「汪懺吾筆下之汪精衛」一文，載有民國十一年壬戌（一九二二年）三月，精衛四十歲生日，兆鏞贈以端州石小硯爲紀念，幷系以銘，已詳言之矣。

頃者林熙先生持硯銘拓本見眎，囑余補記一二，辭不獲已。按：汪氏兄弟四人，兆鏞居長，字伯序，精衛行四，名兆銘，字季新，蓋取湯之盤銘日新之義，名字相應，故此硯銘以季弟稱之，時兆鏞六十二矣。

近年本港某報影印精衛宣統二年庚戌獄中親筆供詞，自署爲汪季恂，殆恂新二字官話相近，其不書汪兆銘者，恐連累其兄長耶。

光緒三十年甲辰（一九〇四年），精衛攷取留學日本法政速成科，畢業後辦民報提倡革命，時兆鏞居兩廣總督岑春煊幕中，春煊促致書精衛歸粵，爲捐納候補道員，再捐二品頂戴，委長廣東法政學堂，精衛復以書曰：「事已發作，請絕於家庭，以免相累。家中子弟多矣，何靳余一人，望縱之爲國流血，他生相報。家庭之罪入兆銘白」。有謂兆鏞立卽入稟番禺縣驅逐逆弟出族者，聞無其事，因此兆鏞不敢去湖南做知縣矣。

此硯銘書法，似非兆鏞手迹，細觀之乃金德樞代書也。德樞字月笙，號希農，浙江杭州人，淸光緒始來粵試吏，遂留居焉。工書法，神似趙松雪，喜畫水墨梅花，亦偶有著色者；學其同鄉人冬心先生，故以希農爲號。喜刻印，仿西泠七子，邊欵似趙次閑。能鐫竹，刻扇極精，後以傷目力不爲矣。收藏頗富，喜古玉，有灑金環，寶愛如性命，云千金不易也，卒以貧病售去，今藏番禺某君家，近年某君曾以眎余也。

硯銘亦爲德樞所刻，故刀法與其刻印邊欵相近。德樞與兆鏞往還至密，曾以豪賢街住宅東隣所典沈氏屋畀德樞居之有年。兆鏞素不善大字，有乞書屏聯榜扁者，輒倩德樞捉刀，時人以曾燠、王文治比之，謂曾書素拙，相傳皆文治代筆。德樞約死於民國十八年廣州華寧里之大吉羊軒中，其少妾幼子亦歸浙，有以爲粵人者非也。德樞長子名焜，字少農，亦能書畫篆刻，而習北碑，與其父異趣，曾居粵久之，返杭以肺病死。兆鏞六十一歲生日，親友製壽屏以贈，一爲德樞所書，一爲焜書，汪金兩家交誼可想見矣。

汪兆鏞贈汪精衛小硯拓本

「皇二子」袁克文

陶拙庵

和文藝界關係

克文喜歡和人結金蘭契，他的盟弟兄，有復辟辮帥張勳，號稱天王老子的張樹聲，內廷供奉老鄉親孫菊仙，龍陽才子易實甫，林屋山人步章五，網師園舊主人張今頗，書法家劉山農，著述家周南陔、周瘦鵑，都通過譜。瘦鵑輯「半月」雜誌，克文寫了許多作品供給他，又請譚踽盦爲瘦鵑繪「紫羅蘭圖」，又刻一六面印，朱文「紫羅蘭盦」，白文「吳門周瘦鵑一心供養。」邊緣之一，刻紫羅蘭神像，其它則鐫「比花長好，比月當圓。香柔夢永，別有情天，右把明珠，左揮涕淚。顧花之神，持歡毋墜，紫羅蘭神贊，寒雲撰文，踽盦刻石。」瘦鵑紫羅蘭影事，心上溫馨，這一顆印章，想尙保存在他的紫蘭小築中吧！

他信佛，取名陀曠，又名覺曠，甚至爲梅眞夫人及諸侍姬，都取「法名，治一佛印，刊有「佛弟子袁克文敬造石象一區一心供養」數字，又索梅蘭芳繪佛像扇。又信扶鸞，常主持集雲宗壇，在沙盤中作龍蛇舞，無非遊戲三昧而已。

民國二年癸丑（一九一三年）冬克文居北京，與易哭庵、何鬯威、閔葆之、步林屋、梁衆異、黃秋岳、羅癭公，結吟社於南海流水音，請畫師汪鷗客作「寒廬茗話圖」，當時好事的人，目爲「寒廬七子」，鬯威有「寒廬七子歌」，後羅癭公逝世，克文挽之：「七子又弱一個，滄海橫流，孰堪青眼；十年痛哭二癭，秋風鄰笛，我亦白頭。」註云：哭庵、鬯威，墓木久拱，今癭師又逝，溯念昔遊，能毋腹痛耶！當光緒丙午、戊申間，予侍居沽上，日從癭師及吳彥復葆初，方地山師爾謙遊，忘年至相得也。吳丈亦號癭公，時人稱二癭焉。吳丈以癸丑春卒於海上，」那時克文的交好，可見一斑。

克文來滬，和文藝界人士，頗多往還。民國十二年他發起中國文藝協會，九月十四日，開成立大會於大世界之壽石山房，到者六十人，均一時名流，推克文爲主席。十一月十五日又開會選舉，當然克文仍爲主席，余大雄、周南陔爲書記，審查九人，爲包天笑、周瘦鵑、陳栩園、黃葉翁、伊峻齋、陳飛公、王鈍根、孫東吳及袁克文。幹事二十人，爲嚴獨鶴、錢芥塵、丁慕琴、祁巘卿、戈公振、張碧梧、江紅蕉、畢倚虹、劉山農、謝介子、張光宇、胡寄塵、張冥飛、余大雄、周南陔、張舍我、趙苕狂、徐卓呆等。但不久，克文北上，會事也就停止，沒有什麼活動了。

他又一度和步林屋、徐小麟等發起全國伶選大會，假上海一品香西菜館，宴請顧曲家及報界人士，由克文宣布該會主旨，公推克文爲正會長，步林屋，張聊止爲副會長，徐凌霄、何海鳴爲名譽正副會長。王鈍根爲評議長，唐志君爲女評議、丁悚、張光宇、鄭鷓鴣、張冥飛、鄒弢廬爲顧問。結果，有組織沒有行動，也就無形打消。克文做事，有頭無尾，往往如此。

二、著述和才藝

克文著述很多，又復隨便署名，或署克文，或署豹岑，有時諧聲爲抱存，又稱抱公，獲宋人王晉卿的蜀道寒雲圖，得物志喜，因署寒雲，可是外界對寒雲與抱存，是一是二，引起疑問，他作六句詩以代說明：「抱存今寒雲，寒雲昔抱存，都是小區區，別無第二人。回湯豆腐乾，老牌又刷新。」措辭頗爲幽默。民國十六年，克文登報賣字，却又聲明：「不佞此後將廢去寒雲名號，因被這寒雲叫得一寒寒了十餘年，此次署名用克文，在丁卯九月以後，無論何種書件，均不再用寒雲二字矣。」但是過了幾年，故態復萌，又用寒雲。並且寒雲的簽名式，把雲字寫成耳朵，好像是四十二，他恰巧活到四十二歲便下世，這又是無巧不成書了。

自稱龜庵

有一年，寒雲獲得商代玉龜幣一枚，欣喜欲狂，便名書齋爲龜盦。詠紀古物之作曰「龜盦雜詩」。黃葉翁爲繪「龜盦圖」，步林屋爲作「龜盦賦」，譚踽盦爲刻「龜盦印」，他有時寫作，署名即以龜盦爲別署。又得商鑑，齋名一鑑樓，署名一鑑樓主，得漢趙飛燕玉環，齋名爲寶燕樓，署名寶燕或燕環，他的收藏品中最珍貴的一件要算白玉剛卯，黃葉翁曾說：「海內剛卯之可信者，僅寒雲所藏一枚。」又獲得嚴卯，因名佩雙印齋，自署佩佩，又得漢永始玉璺名璺齋，藉以表示古緣之厚。

克文擅詩，他最早的作品，所謂處女作，是一首五律。這時爲丁未（一九〇七年）六月，他養疴京西翠微山的龍王堂，忽然興發，成詩爲：「醉陟翠微頂，狂歌興已酣，臨溪墜危石，尋徑越深潭。雲流連千樹，鐘聲又一庵，蒼茫歸去晚，勝地此幽探。」甲寅（一九一四年）之夏，他刊印「寒雲詩集」，都屬早期之詩，可是這詩却沒有收入。「寒雲詩集」，分上中下三卷，由易實甫選定，共選一百餘首，用仿宋字排印，線裝本。題簽出於自己親筆。冠閔爾昌題詞，詩自「郊行循洹河吟歸村舍」起，「三日重遊濟南」止，其它如「柬蕭亮飛」、「次王介艇遊養壽園題二首」、「和沈呂生論書之作」、「與程伯葭夜坐」、「次朱石安留別韻」、「柬張仲仁費仲深蘇州次葆之韻」、「楊蘊中女士將南歸索詩為別」、「贈楊千里」、「上地山師二首」、「哭吳北山丈」、「平山堂和方澤山丈」、「和江亢虎贈別」、「寄甥威天津」等，可見那時他往還酬唱的一斑，當時印數不多，過了幾年，他自己一部也不存了。後來他的老師方地山為他徵集到一部硃印本，可是祗有上下卷，中卷尙付闕如。地山即在詩集扉頁上題了首七絕，贈給他保存，詩云：「人間孤本寒雲集，初寫黃庭恰好時，手叠叢殘還付與，要君惜取少年詩。」

兩部「私乘」

他的著述，大都散刊京滬各報各雜誌上，為周瘦鵑主持的「半月」雜誌寫小說，一俠情的「俠隱豪飛記」，一偵探的「萬丈魔」，後來由大東書局合印為「袁寒雲說集」一冊。

「洹上私乘」，最初刊載「半月」，後來亦由大東書局印成單本行世。該書分七卷，卷一先公紀，卷二先嫡母傳、慈母傳、先生母傳，卷三諸庶母傳，卷四大兄傳、諸弟傳，諸姊妹傳，卷五自述，卷六養壽園志，卷七遺事，附世系表，又有袁世凱垂釣圖，出於無錫楊令茀女士手繪及養壽園照相，都鑄銅版印入。

「新華私乘」，繼「洹上私乘」而作，那是糾正坊間流行的「新華宮秘史」、「洪憲宮闈秘史」而作的。這兩種「秘史」，大都虛構胡說，且有把袁世凱的女兒們指為某妃某嬪，更屬荒謬，所以書前有一小序，畧云：「自先公遐逝，外間多有紀吾家事者，或作劇談，或為小說，然皆妄事窺測，無能確詳，譽毀全非，事迹終隱，予竊有感焉。爰就昔之朝夕接觸於耳目者，筆以存之。善者弗飾，不善無諱，事雖微末，但期於虛構者有以正耳，斯吾家史，故曰『私乘』。若有繫於國故，亦靡或遺焉。」可是克文撰稿，沒有恆心，往往有始無終，不了而了。所以該「私乘」首先為「先公紀畧」，祗登了三四則，也就停止不續了。

「辛丙秘苑」，是他最負盛名的代表作，首冠一序：「有清末季，親貴專恣，苞苴黨比，禍伏患烈。辛亥變革，先公承危，歷四載，事差定，一人萬幾，而神頽矣。不肖者，乘先公之衰，妄冀高位，强謀帝制，先公深居，左右壅蔽，於是危亂復搆，幾潰全功。先公既省，已害在躬，遂一憤而絕，嗚呼哀已！茲數載間，大事逸聞，不傳於外者多矣。不佞以所見知，筆之於書，既存先公之苦心，復矯外間之浮議，或召怨毒，非所計也。」他寫這稿，非常鄭重，一再塗乙，乃倩人謄錄，再加修潤，然後付諸手民，但他為親者諱，處處為袁世凱辯護，洗刷盜國的罪名，當然立論是不公允的。當時葉楚傖首先排斥他。有一次宴會，邵力子遇見了克文，不與招呼，原來邵也是反對他顛倒黑白的。但這部書涉及許多人物故事却有很多值得研究的史料，那也不能一筆抹煞的。

「辛丙秘苑」的風波

「秘苑」開首，即敘宋案，竭力為父親解釋，而是指陳英士、應桂馨刺死的，且言宋敎仁死，其父揮淚不止，蓋深惜其才。次談吳祿貞被刺事，次趙秉鈞之死，又王治馨處刑，又張振武之死，江朝宗之喜功妄殺，又談其父南下就職兵變事，又天津兵變事，又袁乃寬密談撤去張士鈺事。又談彭德多土匪，在天津置一宅，移居時克定墜馬受重傷經過。又談帝制乃克定之意，克定且諭指揮使徐邦傑，傳諭宮中各處，呼袁世凱為爺，世凱妻為佛爺，徐之幕客陳彤士勸阻事。又談段芝貴推馮國璋向世凱勸進及籌安會諸人行動。又談江朝宗誣指沈祖憲。又談句克明謀危新華宮。又談鄭汝成被刺，世凱大為痛悼。又陸建章顛倒劉喜奎。又張鎭芳密遣張方入豫謀獨立。又優待蔡鍔，又設女官樹參政之材，吳廷燮和克文草官制。又京中貴婦名媛，假榮祿故園作遊藝會，籌資振濟，易實甫作遊戲詩，諸夫人以其輕薄欲捶扑之。又朱啓鈐的三小姐事。又段祺瑞於雀戲創無奇不有格。又袁世凱擬任易實甫為肅政史，以實甫贈津妓李三姑詩載於報端，以其放蕩輕薄，遂止。又段祺瑞惡楊度，度進讒言於克定。又徐世昌好金石，以己為清太保，欲得濰縣陳氏之太保鼎，結果陳氏獻之。又克文救護民黨唐繼星。又熊希齡為熱河都統，取清行宮寶藏。又張振武被誅，又祭祀官服。又克文遊青島，德人邀觀飛機。又克文登泰山觀清高宗頒賜古祭器。又沈翔雲被陳其美所殺等等，當時排日登在「晶報」上頗能激增銷數，不料登至十六續，忽截然而止。「晶報」主持人余大雄大為惶急，發揮「脚編輯」作用，登門求索。克文却提出條件，欲得張丹翁的匋瓶為酬報，否則沒有興味續寫。原來丹翁在民國三年，參陝督戎幕，曾在西安市上，獲得匋瓶三個，其中以漢熹平元年朱書一瓶為最珍貴，且有銘文一百有一字，克文欲得之心蓄之已久，可是不好意思向丹翁啓齒，直到這時，才向大雄傾吐，大雄立即和丹翁相商，丹翁願意割愛，便三面談判，約法數事，匋瓶歸克文，克文撰

「秘苑」十萬言，大雄特許以最厚稿費爲丹翁報。且以三代玉盞、漢曹盩印、宋蘇軾石鼓硯、漢玉核桃串，存丹翁處爲質押。期以一百天完稿，逾期議罰。以上這幾件古玩，都是克文平素很寶愛的，那麽他想把愛物早日歸還，「秘苑」必早日交卷，無非含有督促的意思。克文獲得了匋瓶，很高興，在他的「晶齋雜詩」及「易瓶記」中記述其事。「易瓶記」所敍尤詳，如云：「文新華奉侍，六易草木，政事野聞，多窺秘邃。先公殂後，遂放江湖，朋侶座中，輒述往昔，聞者駭詫，屬紀以永之。文諾而軌逸，久未屬草。今秋（民國九年）遊西湖歸，神思多爽，日紀一二事，命曰『辛丙秘苑』。冀傳知見，用矯誕虛，先公遭誣，庶有以白，非故構言孽，實有未忍已於言者。若文荒辭陋，曷敢自飾，但以紀實，胡事藻華哉！爲恩爲怨，亦非所計也。隨紀隨付『晶報』刊之，有驚歎者，有駭怪者，或謂有憎怒者，將不利焉。咸一笑置之。惟丹翁嗜痂謬許，謂可與洛陽爭貴，欲槧而市焉。文誠惶誠怍，載陳載辭，既禍鉛己，復災棗耶！是非昭示，下願乃遂。苟厠宛委，徒貽後譏，高誼可戴，厥議可罷。翁固不許，且出所儲漢熹平元年朱書匋瓶，乞易厥作。後市之贏絀，咸翁負焉。瓶高强及尺，丹漆書文，凡字一百又一，咸道家言，爲陳初敬誌冢墓者。書作草隸，飛騰具龍虎象。文韻而古，簡而趣，漢人手跡，誠大寶也。文歡喜贊歎，載拜受之。書約以『秘苑』報翁，期以十萬言，庶副翁之望爾。文慕厥瓶久矣，茲翁竟以下貺，感於翁，愛於瓶，復何有顧耶。作『易瓶記』，永志斯緣。」丹翁附識云：「古人題其齋文之稿本曰利市。雄於文者，其志固不在利，然欲信文之聲價，非利何屬。予羈客西安，於無意中獲匋瓶三，皆有漢人手跡。五年前，閒關携瓶南歸，時上虞羅叔言有宋拓漢碑四種，知予之欲得之也，即索三瓶中熹平年者爲報，予不忍割愛，乃以永和年朱書瓶及無年號之墨書瓶相易，叔言已大樂，此熹平年之瓶，書法奇肆，毫無漫滅之點畫，故藏之吳門，不輕以示人，今年季秋，寒雲草『辛丙秘苑』視我，駭爲不朽之作，讀『晶報』者，咸知脫稿必紙貴，覬覦版權者衆矣。奈寒雲習懶既久，賡續往往中斷，知予有是瓶，謂非得此不足以鼓興。予樂信史之成也，遂不能自守，甫與成約，大雄果以重金購版權去。他日之利市，惟大雄專之。予自愧不能爲文，而假他人之文以獲利市，則又巧於古人矣」。這樣三方面談好，總認爲千妥萬當，順利進行了，豈知克文至二十八續又告停輟。原因以志君的妹妹志英逝世，克文助理喪事，事極紛繁，不暇執筆，而志君却要收回三代玉盞，斟酒來奠他的妹子。克文向丹翁索取，丹翁不答應。克文認爲「秘苑」前後已寫萬餘言，在許多質物中，取回一件，於約並不違背，玉盞當歸。丹翁認爲「秘苑」僅交萬言，才及十分之一，玉盞不當歸。彼此各趨極端，沒有方法調解。克文大發大爺脾氣，索性輟筆，看丹翁有什麽方法使出來。

寒雲丹翁作文相罵

這樣延擱着，到了約期將滿，玉盞既不歸，「秘苑」稿也不續，丹翁致書催問，克文大怒，寫了篇「山塘墜李記」，揭發丹翁的陰私，丹翁寫了篇「韓狗傳」還罵克文，克文又用洹上村人署名寫「裸體跳舞」，談霜月家醜事，以霜月影射丹翁。丹翁立致克文書：「……小說妙絕。僕之逸事，得椽筆寫生，且感且快。僕顏之厚，不減先生，而逸事之多，恐先生亦不減僕也，一笑。草草布頌洹上村人撰安，霜月頓首。」克文覆之：「不佞以道聽塗說，偶衍成篇，但覺事之有趣，而不論所指爲誰，假拈霜月二字以名之，竟有自承者奇矣，而自承者又爲我好友丹斧，尤奇。迷離惝恍，吾知罪矣。寒。」這樣一來，急壞了大雄，亟謀打開僵局，雙方奔走，費了許多唇舌，說了許多好話，向雙方道歉，好不容易，總算有個轉圜餘地，克文願意續寫，惟以必得玉盞爲言，且不甘受期限的束縛。在丹翁方面，願得匋瓶的代價以息事。大雄商之於某巨商，貸金以償匋瓶之值，並毀前約，贖取諸質物於丹翁之手。諸物品中，玉盞歸克文，餘則質押在某巨商處，俟有力時再謀贖取。「秘苑」視克文興之所至，陸續撰寫，筆戰才告一段落。大約過了半年，克文又續「秘苑」，記徐世昌斷送東三省，又袁世凱有遷都洛陽之意，命唐在禮督造洛陽營舍。又朱啓鈐主大典。又孫中山之女秘書，寫了數則又復停筆，從此不再續寫，而克文、丹翁兩人的交誼，久久不復。恰巧丹翁獲得了漢趙飛燕玉環，克文艷羨的了不得，結果丹翁與之易古物，乃言歸於好。

·袁克良無良·

袁世凱第三子克良，和克文爲同母兄弟。克良和他的哥哥性格大不相同。同是公子哥兒，但克文有書卷氣，名士氣。克良却只有花花公子氣。克良於民國二年藉勢力强取名女伶孫一清爲妾一事，最爲北京社會所輕。

克良娶郵傳部尚書張百熙之女爲妻。張百熙一向鄙視袁世凱，並無高攀之意，但老袁却立意要聯這門親，請徐世昌做媒。徐對張說：「袁宮保雄才大略，只有你他還懼怕三分。你們對了親後，你就可以駕馭他了。」張爲之大樂，親事乃定。張女入袁家後，不十年，爲克良折磨而死。

·西 鳳·

銀行外史

（一）中國銀行

醇廬

中國銀行成立於民國元年（一九一二）年，前身是淸朝度支部的大淸銀行，有官股，有商股。官股董事，是由政府派的，商股董事，是由開股東會選舉的，總裁、副總裁，是在董事中由政府派充的。

張公權原本是上海分行副經理，梁啓超得勢時，推薦他做中國銀行副總裁。當時的北洋政府很窮，時時向中國銀行的北系總行借款，中行的存款又不多，只有多發鈔票，但鈔票須要兌換現洋的，所以應付異常困難。各省會的分行都要應付軍閥的借款，例如民國八年山東督軍向山東中國銀行借款，經該行經理汪振聲拒絕，竟將他扣押於財政廳會客室。有若干省份竟拒絕中國銀行開設分行（如雲南，甘肅等省）。有數省雖准設行，而有很多限制。設在有租界地方的分行，雖不受軍事當局之阻擾，但無法和洋商銀行競爭，海關稅款因賠款關係必須存在洋商銀行，鹽稅因借款關係亦須存在洋商銀行。後來各省當局，如本省已有省銀行，即加强其業務，和中國銀行競爭。省銀行中最發達者，有兩家，一家是東三省官銀號，一家是廣東省銀行。本來東三省的中國銀行規模非常之大，管轄行開設在長春，簡稱東行，自從地方軍事當局勢力日大，使省銀行業務日見發達，顯出中國銀行業務日漸退縮，最受打擊，就是發行鈔票受很大的限制，廣州的中國銀行業務也不算發達。

張公權就副總裁後，使銀行業務，向正軌方面做去，且竭力避免受政局影响。

民國十八年（一九二九年）張公權前往歐美各國攷察銀行業務，尤著重英國的銀行業。他由上海到大連，順便視察東三省各分行，在大連、瀋陽、長春、哈爾濱等處，都有停留，然後由哈爾濱乘中東鐵路火車到滿洲里，改乘西伯利亞鐵路火車，到莫斯科，再經過波蘭、德國、法國等處而到英國，在倫敦就擱最久，並在倫敦開設中國銀行倫敦辦事處。他在英國時，以中行業務日漸發達，舊有會計制度，不足以應付，有改善之必要，即聘專攻會計學的留英學生劉駟業（後以攻芸之名顯於時），攻建築的陸謙受改革會計等業務，又聘留美、留瑞士的學生張肖梅，爲調查部副科長（唐有壬爲正。一九三二年改名經濟研究室），專研究國內外經濟、財政、銀行業、工商業實況，以資借鏡，並出有月刊，又增設國外滙兌部，延攬國內有國外滙兌經驗人才主持其事，使中國銀行成爲政府國外滙兌銀行。

民國二十四年（一九三五年），國民政府有意將中國銀行和交通銀行放在政府控制之下，遂下令中國銀行改選董事。選舉結果，張公權退出中國銀行，政府派宋子文爲董事長，宋漢章爲總經理。宋就職後，改總經理制爲董事長制，總經理形同秘書長，並升上海分行經理貝淞孫爲副總經理，禀承董事長之命，處理行務，宋漢章年事已高，不大過問行務了。

張公權退出中國銀行後，政府發表他爲中央銀行副總裁，過了幾個月，又派爲鐵道部部長。詩人林庚白，著有「人鑑」，專寫當時名人的八字，張公權的八字也在內。評語說，張不能久於中國銀行之位，而要做到一部的總長，而這個部名，必有金字旁，又非財政部，因爲財政部當時已無金，而盡是紙了，不料民國二十四年脫離中國銀行，竟做了鐵道部部長，可謂奇驗了！

在抗戰期間，宋子文遠去美國，仍遙領董事長之職。到日本佔領了大半個中國，汪精衞在南京組織僞政府，不久就恢復中國銀行，總行仍在上海，董事多半是汪政權手下人員，各淪陷區的分支行，也多數復業，董事長是英震修。勝利後，中國銀總行由重慶遷回上海，而在淪陷區總分行各高級職員，都未以漢奸論罪，因爲政府說他們在敵後工作，有功政府，故不檢舉。

民國三十七年，中國銀行當局鑑於共軍勢力日大，上海恐不保，總行遂撤到香港，高級職員又鑑於時局日非，前途不樂觀，幾於全體辭職，大家拿了一批退職金，數目多少，當然以職位高低而有區別，據說全部是美金，又據說，只有兩位不受此項退職金，一位是陳長桐，由港走台灣，在台恢復中國銀行（當時台灣無中國銀行），一位是中國銀行港行經理鄭壽仁。

台灣的中國銀行，是陳長桐到台灣向當局接洽設立的，據說向美國政府交涉，解凍一部份外滙，同時解凍中國保險公司存美的外滙，所以陳同時並任中國保險公司總經理。現在陳調國際銀行理事，駐華盛頓，總經理是俞國華，俞飛鵬的姪兒，俞飛鵬是中央銀行副總裁。

弼·廉南湖

竹坡

良弼字賚臣，滿淸宗室，隸鑲藍旗，留學日本習陸軍。宣統三年（一九一一年）十月十九日，以記名副都統授軍諮使正使。良弼在滿淸的親貴中有開明之稱，他在日本士官學校時，眼見中國人已燃起革命之火，便深為滿淸皇朝恐懼。他和貝勒載濤很有交情，載濤任管理軍諮處事務大臣之時，極端信任他。他也教載濤不要學親貴們過那種醉生夢死的生活，杜絕包苴，一心一意把中國陸軍辦好。

宣統二年（一九一零年），載濤出洋考察陸軍，帶了良弼同往。他們到巴黎後，法國海軍部招待他們參觀水上飛機。表演後，法國官員問載濤敢不敢試坐一下，開開眼界。載濤是個「千金之子」，平時「坐不垂堂」，叫他坐飛機在半空中打觔斗來和性命開玩笑，他寧可敬謝不敏。法國官員又照例邀請他的隨員一試，但沒有一個敢輕於一試，獨有良弼夠膽量，大踏步上了飛機，升空飛了三百多公里，安然下降。從此良弼之名大著。

良弼和吳祿貞、廉南湖（泉）皆為至友，吳祿貞於宣統三年九月十六日（陽曆十一月六日）被刺死於石家莊（一說袁世凱使人殺他，而吳稚暉則說是良弼殺他的。祿貞時任山西巡撫兼第六鎮統制）。良弼則於民國元年一月廿六日，為黨人彭家珍炸死（廿九日斃命）。良弼死後，廉泉為他治喪，後來又在翊教寺建築一所良公祠，把吳祿貞、良弼同祀在一起，可謂不倫不類。廉泉死後亦葬翊教寺，廉的後人又把廉泉祀在良公祠，改名為

我所認識的廉南湖

今霞

無錫廉泉，字惠卿，別署南湖居士，即昔年上海曹家渡小萬柳堂主人。廉氏其族甚綿遠，相傳得姓始於黃帝第十三子大廉氏，後世孔門弟子有廉潔、戰國有廉頗、漢有廉范，元有廉希憲。無錫惠泉山下有廉氏宗祠，即以廉潔為始祖，元丞相廉希憲為二世祖，有別墅在京師城外，名萬柳堂，趙松雪等人常觴詠其中，松雪詩云：「萬柳堂前數畝池，平鋪雲錦蓋漣漪，主人自有滄州趣，遊女仍歌白雪詞，手把荷花來勸客，步隨芳草去尋詩，誰知咫尺京城外，便有無窮萬里思。」大概到清代乾嘉時池館已廢。以上說明小萬柳堂之名，承其先祖而來。主人南湖居士，以舉人官度支部郎中，父鳳沼當過山東知縣官。小萬柳堂在上海曹家渡沿蘇州河旁，又名帆影樓，景物幽雅，庋藏書畫甚富，宋元眞蹟，多希世奇珍。另有扇頁，明清兩代名人手蹟十二箱，計一千另五十三頁，宮本昂氏畢生所收集，病時立遺囑贈于南湖珍藏，皆為無價之寶。民初，南湖一度開設文明書局，上項扇頁曾有部分印刷成冊，流行于世，人爭欣賞。南湖之夫人吳芝瑛女士，即桐城古文家吳汝綸的姪女，工文墨，以瘦金體書寫楞嚴經進呈于西太后，太后稱賞不已。其後徐錫鱗槍擊皖撫恩銘，牽連山陰秋瑾，被害于軒亭口，芝瑛與石門徐自華女士葬其屍骨于杭州西湖之濱。小萬柳堂曾一度典賣與人，後為靳雲鵬贖回，仍贈于原主人廉南湖，作為與芝瑛偕隱之別墅。此大畧情形也。

筆者在民國八年（一九一九年）由松江老名士楊了公之介紹認識南湖，此後經常作文酒之會。據南湖自述在辛亥那年，曾於北京西山潭柘寺剃度為僧，名顯惠和尚。當時曾以僧裝照相持贈。後又出山還俗，但仍茹素不開葷。不久上海交易所潮流興起，南湖忽發奇興，邀集友朋多人，發起創辦江南證券交易所，借黃楚九的大世界遊藝場內房屋數間為籌備處。當時參加的人大都不懂得商業情況的，人品複雜極了，除南湖、了公、筆者以外，有鈕永建、包世傑、葉漢丞、閔彩章、以及了公的女弟子孫等秋等二十多人。南湖為了加強號召力，又電邀天津王廷楨（子銘。人稱瑯琊將軍）加入，為籌備主任。王命其秘書孫寒匪到上海，代理執行一切事務。這張名單在報章上登出之後，外界大起疑問；裏邊有末路的軍閥，失意的革命志士，留學回來的博士，以及還俗和尚，空頭名士，小說家，名女伶，可稱無所不有。人們說：「生、旦、淨、丑、文武不擋，若使演戲，角色齊全。可是交易所屬于商業部門，此中沒一個是內行人，看他們搞些什麼名堂出來。」在當時潮流初起，大家都是盲目投機，居然兩個月內，招足了五十萬元股款。于是開股東大會，投票選出了董事長王廷楨，副董事長廉南湖，以外常務董事四人，普通董事八人，筆者亦被選為常務董事，兼主任秘書。即日開始辦公，

吳稚暉·良

良廉祠。廉泉的第三子即居其中。

吳稚暉曾在廉泉家中教書，和良弼也是好友。良弼的太太有兩個妹子，一個是前兩江總督沈葆楨的孫媳，抗戰勝利後，由吳稚暉介紹她在上海市教育局工作。另一個妹子嫁胡某，胡某在抗戰期間死于桂林，其子與粵得父執等人資助，在澳門的粵華中學高中畢業，也由吳稚暉介紹工作。良弼二女，現在一個還在北京，一個曾經吳稚暉介紹在上海交通部電信局做事。吳稚暉念舊，這一點眞可取。

廉泉第三子叫什麼名字，今已忘記，他住在良廉祠是抗戰後的事，其時寺僧將欲收回寺產（地爲潭柘寺所有），吳稚暉又託北平市長何思源予以保存。現在良廉祠已被取消了。

廉泉的太太吳芝瑛，後死其夫三年。某年，廉泉在北京聽說太太病重，一時受刺激，竟服安眠藥自殺，但被救活，因預作輓聯云：「流水夕陽，到此方知眞夢幻；孤兒弱女，可堪相對述遺言。」并附跋語云：「得劭兒書，言母病垂危，商及後事，余前夕夢見萬柳夫人坐帆影樓誦余『夕陽穿樹補花紅』之句，醒時月落參橫，不覺涕淚滿懷抱也。兒與姊紹華，妹硯華先後歸里侍疾，余因病不克遽南，預挽聯語，所謂夢中說夢，恐萬一不幸，噩耗傳來，痛極不能下一字也。靜言孔念，人生若寄，倘望天與善人，夫入所苦，從此化險爲夷，使余破涕爲笑，則斯聯其贅矣。」文中的劭兒，即劭成，抗戰時，和他的繼室黃毓芬同居重慶，可惜未見勝利就死去了。

在大世界內各人的工作相當緊張。筆者兼理文牘科，忙不過來，向鈕永建（惕生）介紹一位朋友幫同我辦理文牘，此人姓錢名慕尹，即後來的錢大鈞，當時爲鈕的門下食客，只給他按月三十元車馬費。誰知不到一年，上海風起雲湧的交易所，已開市的倒閉與破產，去其大半，風潮還是排山倒海而來，一時牽連及社會金融呈現大混亂，上海的銀行，錢莊相率關閉倒掉不少，各報章每天刊登的市民自殺與行號破產的新聞，多到不可勝數。由於人心恐慌，引起了社會浮動。因此，尙在籌備中的江南交易所就不敢開幕了。管財務的葉漢丞，提心吊膽怕股欵被銀行倒掉，一時上了黃楚九的大當，將四十餘萬元現欵全部存放在黃開設的銀行，被他派了別的用途，竟至不能全部支取，發還給股東。急得廉南湖等人天天集會討論，毫無善策。廉以好好先生出名，那裏見過這樣的陣仗。他整天坐在辦公室裏咄咄書空，口稱「佛云不可說不可說，子曰如之何如之何，」一籌莫展。黃楚九是個出名大滑頭，對付江南交易所幾個董事，一貫用緩和政策，每天晚上在大雅樓菜館宴客，并且徵妓侑酒，使各人忘却當前險惡的環境。南湖竟然入了他的「迷魂陣」，有一次也叫了個妓女坐在身傍。有人調笑他說：「你是佛門弟子，緣何參不透這一關呢？」他回答得很妙，微笑道：「自笑禪心如枯木，花枝相伴又何妨？」一座軒渠。這江南交易所的結果，還是由黃楚九來對付各股東，打折扣發還股欵，以不了了之。後來這一筆四十餘萬元鉅欵的糊塗帳，可也沒有人去查究他了。

有一回事在我的記憶中很深刻，據南湖口頭告訴我，在光復後數年，（某一年已忘了）他在北京和幾個友人忽然心血來潮爲良弼建祠堂，集資數千元，居然成爲事實。那個良弼原是清朝的宗室，官軍諮使正使，和南湖有交情的，後來被革命黨人炸死。那麼大家都知道良弼是忠于清王朝，在革命黨人眼中他是個敵人。可是南湖的頭腦太胡塗，居然請求孫中山先生題一副楹聯，準備刻在良弼祠堂的石柱上。後經復信，斷然拒絕。孫先生這一封信寫得好極了，當時南湖會把原信給我看過，我好像記得信箋上面有大元帥府字樣，不過不是孫先生的親筆，據說是胡漢民起的稿，由某一位秘書寫的，末尾經孫先生簽的字。當時我抄錄下來，留到現在，還沒有散失，今錄如左：

南湖先生大鑒：來函藉悉，獨以宏願爲良弼建祠，篤念故人，足徵深厚，惟以題楹相委，未敢妄承。在昔帝王顚倒英雄，常以表一姓之忠，隱便私圖之計，今則所爭者爲人權，所戰者爲公理，人權既貴，則人權之敵應排；公理既明，則公理之仇難恕。在先生情深故舊，不妨麥飯之恩；而在文分昧生平，豈敢雌黃之案？況今帝毒未清，人心待正，未收聶政之骨，先表武庚之頑，則亦慮惶惑易生，是非滋亂也。看寶刀之血在，痛及先民；臨楮素而心傷，難忘我見，用方雅命，幸即鑒原，此覆，藉詢時綏。孫文。

上列手札，吉光片羽，我抄錄在筆記簿上，已四十餘年，暇時經常翻閱，孫先生告訴我們的只是一個關於敵我之間的立場觀點問題，正義所在，決不可以遷就，這一點我是永誌不忘的。

廉南湖于一九三一年十月某日患膀胱癌不治，死于北京翊教寺，年六十四歲，即葬于該寺後院空地上。其夫人吳芝瑛，則于一九三四年在無錫廉宅病逝，年六十七歲。有裘可桴挽南湖一聯云：「逃名始爲佛，從井亦救人。」又無錫楊楚孫挽聯云：「受孔子戒，受菩薩戒。是多情人，亦傷心人。」廉之一生，不僧不俗，亦官亦商，而全國聞名，亦奇人也。

洪憲紀事詩本事簿注

劉成禺遺著

筒瓦參差建寶藍，賜名扁額鏤沉檀；體元承運餘新殿，辜負書家小小男。

洪憲元旦登極，大典籌備處更新宮殿，改易舊名，大會於平臺。先擬議大殿、大門名稱，具摺呈核。由世凱御筆圈出。於是易中華門爲新華門，易太和殿爲體元殿，易保和殿爲承運殿，易中和殿爲建極殿。明清舊制，全蓋黃瓦，濃抹金色。洪憲改建筒瓦，於金黃色外，間用寶藍，表示新朝易名號，必易色之意。將作大監，則內務部長朱啓鈐也。體元、承運、建極三殿扁額，刻鏤沉檀，四圍空鑿龍鳳雲物之屬，像十二章，呈十二色。額字用金黃色。御筆圈派上大夫林長民恭書，字體做瘞鶴銘。書就，進呈御圈，世凱大爲嘉許，欽定林書上額，羣臣上頌。長民笑向人曰：他日小小男爵，總有一位，方不辜負此書。有人詼宗孟者曰：嚴鈐山書貢院至公堂，公字上之八字兩撇下面橫出，至今稱道，視爲國寶。先生三殿書額，將來與國同休戚，相業勳業，當與鈐山無異云。

【錄後孫公園雜錄】按當時大典籌備，新葺正殿，備行朝儀。某建議曰：周雖舊邦，其命維新。朝堂正門，清易大明門爲大清門，民國易大清門爲中華門。洪憲登極，宜改中華門爲新華門，以符其命維新之義。太和、保和、中和三殿，擬名甚多，有擬太和爲洪元，憲元者，有擬保和爲新運、承天者，後用體元、承運、建極，經世凱圈定。當議洪元之名時，座中或笑曰：是非爲黎元洪唱大登極乎？【禺生記】

遜伯注：林長民，字宗孟，福建閩縣人，留日學生。辛亥革命，任南京政府內務部參事，旋任衆議院議員、秘書長，進步黨秘書長。袁世凱解散國會後，任政事堂參議、法制局長等職。段祺瑞討勳張擁挾溥儀後，組織內閣，任司法總長。民國十四年十二月，因參加郭松齡討伐張作霖，而死於亂軍中。嚴鈐山，即嚴嵩，江西分宜人。因曾讀書鈐山，乃題齋名鈐山堂。與子世蕃肆行奸惡，內外重臣，多被斥戮，歷史上的奸臣之一。

宮內嘲談竟鬩牆，君臣御跛笑升堂；寄言來日聾皇后，勝却徐妃半面粧。

穀梁傳：却克升堂，婦人笑於房。謂使禿者御禿者，跛者御跛者，故婦人笑於房也。克定左足病曳，顏世清右足不良於行。洪憲元旦，世清朝賀新華宮，禮成，世清退值，疾趨儲君宮賀太子，世清行拜跪禮，克定還禮如儀。克定左跛，杖而能起。世清右跛，亦案地良久，身乃成立，左右各留半膝，有如牴角對蹲之戲。克文克良大笑鬨堂。克定盛怒，痛責諸弟，謂其兒戲朝儀。克良答曰：汝眞以儲君威權凌辱羣季耶？世界上豈有跛皇帝聾皇后者！并譏克定婦，吳清卿大澂女，兩耳實聾，充不聞聲也。克定縱怒擲物，世清又跛跪以求息怒。【江夏汪曦鸞記事】

遜伯注：「克定左足病曳」，是指民國元年二月，袁克文與其慈母于氏，自河南北上，袁克定騎馬送行，馬忽失蹄，克定下墜，跌傷，遂跛左脚。顏世清，字韻伯，號瓢叟，廣東連平人，顏鍾驥子。清末，官至兵備道。頗好收藏書畫，因亦工書善畫。儲君即太子。

䎃宋圖書廣海篋，蕭然高閣類孤僧；詩人證得陳思罪，莫到瓊樓最上層。

世凱二子克文，字抱存，後署名寒雲。母朝鮮世家女，世凱駐韓時所納，早死。洪憲紀元贈第一宮妃。克定擁乃父稱帝，克文時作諷詩示幾諫之意。後以感遇詩獲罪。詩云：乍着微棉強自勝，陰晴向晚未分明，南回寒雁淹孤月；西去驕風動九城。駒隙留身爭一瞬，蛩聲吹夢欲三更。絕憐高處多風雨，莫到瓊樓最上層。」初，克文逐日闢觴政於北海，結納名士，從者頗衆。克定陰遣嶺南詩人某窺其動靜。某檢舉感遇詩末二句詩意，爲反對帝制。克定稟呈世凱，安置北海，禁其出入。克文唯摩挲宋板書籍金石尊彝，消磨歲月。故寒雲日記，由丙辰正月起，十年無間。其後丙寅、丁卯二年手書日記，劉秉義得之，爲之題跋影印刊行。【夏口李以祉注釋】

附錄劉秉義袁寒雲丙寅丁卯日記跋

余與寒雲公子無一面緣，讀其絕憐高處多風雨，莫到瓊樓最上層句，未嘗不悲其身世，遭家多難，悒悒窮困以終也。袁氏諸子，寒雲最有志學，喜納名流，故於書法詞章，旁及金石考訂之屬，卓然有獨到處。無他著作，僅日記十餘冊，詳載起居交游遺聞政治，唱酬考訂，逐日無間。洪憲後，記政事絕尠，蓋不欲評判人，而供人評判也。予得其丙寅丁卯兩年日記，筆法勁秀，首尾完備，所記皆碑版泉幣考訂之學，間及朋友贈詠，中載圖百餘幅，又蘭亭縮拓十餘種最名貴。述政治身世者，只憶小桃紅詞，感洪憲時之樂事，弔林白水詞，哀復辟之喪亂，二條而已。餘冊散失殆盡，早年所記政聞二冊，又爲張漢卿携往遼海，毀於兵燹。今日可得見者，予家所獲丙丁二冊。嗟乎，使袁氏帝制不爲，寒雲以貴公子盡其所學，必能名世。當國破家亡之後，天復不假以年，求長此落拓江湖亦不得，所遺留者又僅此二冊日記，豈非命歟！予憫其志，悲其人，影印百版，願事表傳。

附題劉少嚴寒雲丙寅丁卯日記

劉成禺

中壘搜書稿獲珍，卷中風度照麒麟；盛時典謙詩流盡，神墨讎題有故人。世家興廢不須談，落拓江湖是好男；秀寫懷中悵觸意，建安才子褚河南。寅卯親書首尾年，碑圖金石萬珠船；應知中歲多家難，記事曾無記一篇。衣冠石夢拜吾劉，遺著精刊到相州；風雨高樓皇二子，誰憐人物傳陳留！

張枕綠來函云，洪憲紀事詩本事注中所傳寒雲之詩，爲七律一章，特其發軔之初，尚有小小曲折，人所未諗者。斯作原稿，七律二章，題曰「分明」，前有小叙，經易哭菴（順鼎）刪改，併爲一章，乃以問世。寒雲於哭菴所刪，殊未愜意，曾錄原作示余。茲刊於次，以存其眞。

乙卯秋偕雪姬遊頤和園泛舟昆池循御溝出夕止玉泉精舍

乍著微棉強自勝，古台荒檻一憑陵，波飛太液心無住；雲起魔崖夢欲騰。偶向遠林聞怨笛，獨臨靈室轉明鐙。絕憐高處多風雨，莫到瓊樓最上層。

小院西風送晚晴，囂囂歡怨未分明，南迴寒雁淹孤月；東去驕風黯九城。駒隙留身爭一瞬，蛩聲催夢欲三更。小泉繞屋知清淺，微念滄浪感不平。

遜伯注：李以祉所述袁克文生母「早死」一說，與事實乖牾。查袁世凱死於民國五年六月六日，克文之生母，死於同年十一月，不能說是早死也。袁克文，字豹岑，後來借用諧音，又字抱存，別署寒雲。其名克文，字豹岑，據其本人自述，在朝鮮出世之時，家中所蓄巨豹，突然斷鏈，竄入室。世凱驚覺，名其爲克文，字豹岑。張漢卿，即張學良。劉秉義，浙江嘉興人，刊行寒雲日記，是在漢口既濟水電公司任職時。張枕綠，曾在上海辦良晨好友社，並爲小型報寫稿。

圍城樓北海堂東，兄弟當年有賜宮；識得窗間名姓在，春風零落小桃紅。

袁克文因「莫到瓊樓最上層」詩句，爲儲公克定所忌，猶曹之於子建也。世凱賜諸子克定、克文、克良北海離宮各一所。克文携吳姬小桃紅居雁翅樓，家諭禁與當朝名士往來唱和。克文無聊，小桃紅日爲炊食。丙寅三月二日，寒雲日記云：秀英原名小桃紅，今名鶯鶯，咸予舊歡小字也。對之棖觸。爰致語曰：提起小名兒，昔夢已非，新歡又墜。漫言桃葉渡，春風依舊，人面誰家？又曰：薄倖已成小玉悲，折柳分釵，空尋斷夢，舊心漫與桃花說。愁紅汰綠，不似當年。蓋小桃紅已琵琶別抱矣。日記今藏秉義家。（嘉興劉秉義牋注）

釧影樓回憶錄

天笑

父親開設了這家毛骨棧，他自己也難得去，委託了一位楊秋橋的管理其事。誰知這位楊先生，大拆其濫污，虧空得一場糊塗。於是人家又責備父親用人不當，自己又不能常常到棧裏監督他們。我想：父親開設這個毛骨棧，也是一時的高興，後來便覺得這種營業，是不適於他幹的，他也對它興趣淡薄了。這家毛骨棧，在我十歲的時候，便盤頂收歇了。

我的父親雖是商業中人，但他的性情，却是高傲不屈的。我沒見過我的祖父，父親也沒見過，但據祖母說，父親的性情，和祖父很相似。祖父文筆很好，却不事科舉，不去應試。和父親的走出了錢莊業，誓不回去，倔强的性格，有些相似。所以父親後來雖至窮困，也不肯仰面求人。他的母舅吳清卿公，號稱蘇州首富，他也不肯依附於他，此即孔子所說「君子固窮」吧？

從前並不流行筆算，也沒有近代發明簡捷的算術，商業上就靠一把算盤。但父親可以用左右手打兩把算盤，而核對無訛。用墨西哥錢圓，時常有夾銅、啞版、成色不足等等，但父親一聽聲音，即知其眞僞。當時還行用制錢，中有方孔，以一百錢爲一串，但每有不足成色的，父親一望即知其數之足否，此種技術，都是從小錢莊學來。但一到大錢莊，即與今之銀行一般，有種種金融的事業，而範圍亦大，有盈虛消長之策在其中，而我父則以公平持正爲圭臬也。

自毛骨棧收歇以後，父親曾去當過一次幕賓。那時有一位王梅仙先生，在桃花塢和我們同居，會試中式成進士（蘇人稱爲兩榜，舉人則稱爲一榜），也是吳縣人。以榜下知縣，發放湖北，補了湖北應城縣知縣的缺，急要聘請一位縣署裏的賬房。由姚鳳生先生推薦，父親就到了應城縣去了。可是不到兩年，王梅仙先生便丁艱卸任了，父親也只好回到家鄉來。

湖北應城縣著名的出產，便是石膏，恐怕到今天還取之不竭，行銷國外。也有人說應城縣賬房是個好缺，這都是莫須有的事。王梅仙先生是一個清廉的官，卸任以後，兩袖淸風。父親向來是生性狷介，除了每月薪水，託人帶來補助家用以外，到了回家時候，路經漢口，土產也不肯帶一點，倒帶回一部應城縣縣志。

父親最遠的旅行，便要算是到湖北應城縣了。此外在他年小時，祖母携着他逃難，也曾到過安徽的徽州（吳家原籍徽州，我家祖先亦爲皖籍）。以後便不曾出過遠門，只是在家鄉的時候多。當然，那個時候，交通沒有現在的便利，而蘇州人士也憚於遠游，成了習性，往往一個保家守產的人，到了頭髮已白，也不曾離過家鄉，離家幾里路，就算遠游，那末我父親到了湖北省，親友間就要算他出過遠門了。

但是父親却去過了上海好幾次，他到上海去，當然是關於商業上的，是何種商業，在我幼稚時代未能明曉。但是有一次，因爲父親在上海病重了，我們便全家到了上海。

兒童時代的上海

我初次到上海的那年，記得是九歲（光緒十年）。時光好像是在深秋，日子記不清了。父親到了上海半個月後，忽然上海來了一封電報，電報上除了地址之外，只有簡單的幾個字：「韻病危，請速來，」下面署了一個「鹿」字。那時候，中國設立了電報局，還沒有許多時期，因爲蘇州是江蘇省城，也就有電報局了。但是非有急事，民間是不大打電報的，這時我們家裏的驚惶，也就可想而知了。

是誰打的電報呢？原來父親有一位好友，姓貝，字鹿巖，這位貝鹿巖先生，還是我的寄父呢。蘇州風俗，孩子往往寄名給人家，或是要好的親眷朋友那裏，這個風氣，不獨是蘇州，可稱全國都流行，只是名稱不同罷了。我就在周歲時候，寄名給他們的。父親到了上海，就住在他們家裏，電報末尾，注上了這個「鹿」字，我們就知道是他打來的電報了。

我們接到了電報，十分惶急。電報上叫我們去，我們是否立刻動身？以祖母的敏感，就這電報上看來，說不定父親已經故世了。在緊張中，立時召集了一個親戚會議，商量辦法。當時舅祖吳清卿公（每次親戚會議中，他總是當主席，他是祖母之弟，年最長）主張由他那裏，派一位賬房先生，陪同祖母到上海去。母親和我姊弟兩個小孩子，可以不必去。但是母親不答應，哭了。我和姊姊見母親哭了，我們也放聲大哭。還是巽甫姑丈說：「既然要雇了船到上海去，多兩個人與少兩個人，沒有什麼大關係。不如大家去了，可以放心。不過陪了同去的人，倒要一位親切妥當的人才好」。於是推了顧文卿姑丈陪同前往，文卿姑丈也立刻答應了。

那時從蘇州到上海，還沒有火車，也沒有小火輪，更沒有長途汽車，只有民船，雇一民船，自蘇到上海，要經過三天兩夜。全部不用機力，只用人力移動的，順風張帆，逆風揹牽。我們那時雇了一條船，叫做「無錫快」，在這船裏坐臥，倒也舒適。親戚們還送了許多「路菜」，如醬鴨、燻魚、火腿、皮蛋之類，飯是船上燒的，可憐祖母、母親，心中掛念着父親，那裏還吃得下飯呢？

這條民船，白天開行，夜裏是要停泊的。停泊有停泊的地方，他們船家是曉得的。停泊的船，也不能是一條，往往要和別家的船停泊在一處，船家們也常有互相認識的。雇船的人也往往和人家做了「船鄉鄰」，互相交際，成爲朋友。我們的船，第一夜停泊在正儀，第二夜停泊在黃渡，兩處都有「船鄉鄰」。船家行船規例，在太陽落山之時，就要停船，明晨天剛一亮，便即開船啓程了。

第三天下午垂暮時，船便到了上海，也是停泊在蘇州河。顧文卿姑丈是來過上海的，是老上海資格了，但他是一位十分謹愼的人。當我們接到了我的寄父貝鹿巖的電報後，我們曾經有個覆電給他，告訴他，我們要到上海。他的地址，我們也知道的，住在帶鈎橋的什麼里（帶鈎橋，上海人呼之爲打狗橋）。我們來了，先要通知他家才是；而且急急要探聽父親病狀，於是顧文卿先生一馬當先，便立刻按着地址，到貝家去了。

我們都在船中守候着，心中惴惴然，捏着一把汗，不知父親吉凶如何？因爲只在十幾分鐘內，便可以揭曉了。祖母只念阿彌陀佛，母親睜大了眼睛，只望着岸上。停了一刻兒，文卿姑丈回來了，衝着祖母說道：「韻竹病已好得多了，請大家放心吧！」於是我們好像胸前的一塊大石頭放下去了。

我們正預備上岸的時候，我的貝鹿巖寄父來了。他每從上海到蘇州來的時候，常到我家，有時還帶點上海食物給我，祖母和母親都常見他的。他叫祖母爲伯母，叫母親爲嫂嫂，說笑話的時候，叫母親爲親家母，因爲是乾親家呀！他是一個小胖子，面孔圓圓的，爲人和氣而活潑。他見了祖母也說道：「恭喜！恭喜！韻竹兄這場病，危險非常，現在是好了，大可放心了」。祖母和母親，惟有極力的感激他，深謝他。

自從貝家寄父一來，他便幫助我們上岸，船上岸上的人，好像他都認識似的，指揮如意。那時候，我孩子心理，覺得文卿姑丈不是老上海，而貝家寄父乃是老上海了。他請我們先上岸，坐了車子，到他家裏去，由文卿姑丈領導。一切行李，都交給他，他會押運着送來，可以萬無一失的。

岸上已停着一排東洋車（那時尙沒有黃包車的名稱，叫它東洋車，因爲那種人力車，是日本流行過來的），他講好了價錢，請我們都坐上車。這時姊姊和祖母坐一輛，我和母親坐一輛，文卿姑丈坐一輛，便到帶鈎橋貝家來。貝家寄父押了行李，隨後也就來了。我心中想：倘若在蘇州，祖母和母親，必然是兩頂轎子，至少是兩人抬了走。現在只要踏上東洋車，便拉着走了，到底是上海，何等便利呀！

我們兒童心理，到上海第一看見的就是東洋車。船在蘇州河裏，快到上海碼頭時，已經看見岸上的東洋車了。當時的東洋車，比後來的黃包車，車身爲高，都是鐵輪盤，膠皮輪還不會流行呢。東洋車夫有制定的帽子和號衣。帽子是喇叭式的，一種蒻葉帽，好像蘇州人做醬時候的醬缸蓋。號衣是藍色布的，背上有他的號碼，坐車子的人，可以一望而知的。

第二是那種洋房，在蘇州是沒有看見的。蘇州只有二層樓，三層樓已經是極少的了。我們坐了東洋車，在路上跑，眞是如入山陰道上，目不暇給。一回兒，東洋車拉進一條衖堂裏，在一個石庫門前停下，我記得那是一樓一底的房子，後面有個亭子間，樓下是個客廳，樓上就是父親睡在那裏，貝氏夫婦，睡在亭子間。

我們覺得住在他家，打擾他們，心中不安。而且他們房子並不寬敞，使他們非常之擠，我們想去住旅館，但是貝家寄父極力勸止，說是不方便。想起來確有些不方便。試想父親還是個病人，不能住到旅館去，而祖母和母親此番來，至少是要看護病人，不能再委託貝家了。住旅館則兩面奔波，多所糜費，即在看護病人上，也有種種不方便處。

因此我們也就住在他家了，這房間裏，除父親外，又加上兩張牀，一是祖母和姊姊，一是母親和我，他們早已安排好了。父親本來病已漸愈，見了我們來，心中寬慰，更加好得快了。父親的病，他們說是什麼絞腸痧，又是什麼癟螺痧，當時醫理不明，實在是一種劇烈的胃腸病，近於霍亂，腹痛如絞，又被醫生一嚇，他們便急起來，打電報到蘇州來了。

父親病愈，我們放心，貝家寄父、寄母，便陪了我們出游。這時從內地到上海來游玩的人，有兩件事必須做到，是吃大菜和坐馬車。大菜就是西菜，上海又呼爲番菜，大菜之名不知何所據而云然？吃大菜的事，我們沒有辦到，因爲祖母不許。她知道吃大菜不用筷子，只用刀叉，恐怕小孩子割碎了嘴唇。況且祖母和母親，都是忌吃牛肉的，聞到牛油味兒，要起噁心。坐馬車是孩子最高興的事了，出世以來，也從未經歷過。

貝家寄父雇了一輛皮篷馬車，可以坐四五個人，當時上海轎車還不多，只有幾個洋行大班的太太，她們有私家轎車，把中國人的年靑力强的馬夫，打扮得奇形怪狀，在跑馬廳裏出風頭。這一次坐馬車，祖母和母親都沒有去，只有我們姊弟二人和貝家兩個孩子。寄父說：「請你們到黃浦灘去看大火輪船去。」到了黃浦灘，且到那些大火輪船，比了房子還要高好幾倍，眞是驚人。馬車在什麼大馬路（南京路）四馬路（福州路）繁華之區，兜了一個大圈子，這便是坐馬車一個節目。

山西日軍向中國誘降記

日本田中隆吉　原著

魯揮戈　譯寫

與閻錫山洽和議

在盧溝橋事變前，我在天津任聯絡參謀，已看出局勢至危急和前途至可慮，事變爆發前夕，櫻內幸雄適自日本來華北旅行，他會問我對局勢的觀測。我說：「這次如果發生紛爭，必定會引致中國的反抗，兩國以干戈相向就不可避免。所以，我認爲日本應當以斷然的決意，實行全軍總動員，在最初的一擊中，就給中國軍以澈底的打擊，使之喪失作戰的能力。這樣，就可以不致把戰事拖延下去，而且能夠廹使中國自行反省。只要中國一表示了反省的誠意，我們就迅速撤兵。這樣，我們旣可鞏固歷年來在中國的勝利果實，又可獲得中日長久的安然相處。最怕的就是中日之間一直兵連禍結下去，日本被中國羈絆着手足，非但大耗國力，而且從此行動不能自如。中日將兩敗俱傷。在日本的國力日耗和行動不能自如下，英、美乃至蘇俄，將坐收漁人之利。」櫻內幸雄（譯寫者按：他是日本一位有名的政客）聽了我的話後，甚爲欽佩我的見解。

昭和十五年（一九四〇）春季，大本營調職命令頒下，命我去山西担充第一軍團的參謀長。這項新任命使我甚感高興，原因倒不在爲了我的昇官晉級，而是爲了這個新職務可以推行我的一項志願，使我能爲我帝國做一件極有利有益的事。不幸的延續下去的中日事變，或可因我的去山西担當重職而告解決。

那時，山西省很多城市已在我軍的佔領下，省會太原就是第一軍團的司令部所在地。山西省已有歸附我軍的省政府組織，由蘇晉文担任省長。蘇和我有十多年的私人友誼，他當年在政治遭遇困厄時，我曾經救過他的一命，而且一直給他以庇護和幫助。他對我感恩知己，常說我苟有所命，他無不竭誠以赴，藉答我的大恩厚德。他昔年久隸閻錫山氏的麾下，是閻氏的股肱之一。現今，他和閻氏雖然分站在兩條不同的陣線上，表面上似是不兩立的敵人，但他們之間的私人友誼並未破裂，閻氏在太原城的住宅和一些房屋的不動產，都由蘇給以很好的照顧和保管。

談到閻錫山氏，我和他以往也會發生過關係，彼此也可稱得是朋友，昭和五年（一九三〇）閻氏聯同馮玉祥與蔣介石氏的南京國民政府進行內戰——這就是有名的「中原大戰」，雙方死傷人數達十萬之衆，民間生命財產的損失極鉅，中國國力因之大耗——，結果，蔣氏勝利。閻氏不能再在山西存身，在日本駐於當地的軍部和領事館的幫助下，供給以飛機的交通工具，把他載送去日本勢力下的大連，暫作棲遲。沒有多久後，閻氏與蔣氏取得諒解和洽議，再由日本人的從中協助，閻氏終於東山再起，重回自入民國後卽爲他所有的山西省，再做山西省最高的一人，而且還在南京國民政府中，另膺了更高的名位——蔣氏任軍事委員會委員長，以閻氏和馮玉祥氏分任副委員長——。在我到山西就職時，閻氏駐於西北某地，担任着戰區司令長官，仍負有軍事委員會副委員長的名義。所以，日本人對於閻氏的肉體生命和政治生命，都是有過大恩德的。閻氏倘若是個重道義的人，他是不應該不知恩圖報的。

閻氏是個中國人，當然有他的國家觀念。而且在那時的全中國人心所趨下，以閻氏的富於機智和在政治上的多年經驗，他是絕不肯公然投日叛國的。不過，閻氏像其他很多的中國要人一樣，老謀深算，且絕對反共，是不願中日之間終以兵戎相見的。不幸彼此已動干戈，他也像其他很多中國要人一樣，是希望中日戰爭能在適當的時日和適當的條件下，及早取得和議而終止的。這是我觀察體會所得，而自信不會說錯的。

及早解決中國事變，終止中日間的戰爭狀態，正是我區區報國之願。在我到山西履新時，我就在內心定下了計劃，先向我的好友蘇氏披露肝胆，共同策畫，以期說動閻錫山氏，然後經由閻氏而勸說蔣介石氏。這樣致力，說不定在適當的條件下，可以把現今的中日兩國之間的局面完全改轉。我知道這是將會遭遇到裏外很多很大的困難的。單以日本一方面來說，軍部中反對經由和議而結束中國事變的勢力很大。我如果這樣做，必會遭到自己方面人的很多非議和很大壓力的。但我認為我既有如此好的機會，就該當仁不讓地去努力，苟有利於邦國，任何困難都是不應該顧及的。我決心挺身一試。

我於是年三月間抵達太原就職後，便立即與蘇氏商談我的計畫，他力表贊成。於是，經由蘇氏的推介，我找到當時住在太原的閻錫山氏的一位姪兒，啣我之命而往閻氏的駐地，負責聯絡。我為了取得層峯的支持，曾經寫了一封標明「親啓」的密函給「支那派遣軍」總司令部的板垣征四郎參謀長，詳述我的計畫（譯寫者按：板垣曾在一九三八年出任陸軍省大臣，在陸相下台後，改調為中國派遣軍總司令部參謀長）。板垣大將表示了滿腔的贊同，除鼓勵我繼續努力外，並另寫了一封密函給閻氏。那封信是由我交給閻氏之姪而轉達於閻氏的手上的。板垣大將和閻氏是老朋友，函內充滿了私人友誼的字句。閻氏在接讀板垣大將的信後，命他的姪兒給我送來一份文件，那是一位剛至戰地視察和慰勞的某華僑領袖所發表談話的節錄文件，某氏云：「中日戰爭的局面打開，端視雙方的決意如何，不一定是困難的。」閻氏把某氏談話的內容節錄而抄送給我，他雖未作正面明白的答復，但其含意，却是明顯可知的。

我和閻氏信使往還的接觸，是在極秘密中進行的。經過了半年多的聯絡洽談，有了很可令人鼓舞的進展。這年的十一月下旬，閻氏允派他的心腹大員而當時充任他的戰區副司令長官的趙氏，與我在最短的時日內會見而面談一切和平的條件。

那時恰巧杉山元和畑俊六兩位大將相繼來山西巡視（譯寫者按：杉山和畑兩人都曾在中國抗戰時期担任過日本派遣軍總司令，後來兩人都晉陞為元帥）並告知我，在十二月初旬，將調我回東京在陸軍省供職。我聞此言後，內心至感煩惱。我對調任之訊感到煩惱，是有原因的。

當我在被派至山西任參謀長前，在陸軍省任兵務局兵務課長，初是在板垣大將的陸相任內的（當時東條英機中將任陸軍省次官）。迨板垣大將去職，東條晋陞為陸相，便假「淺原事件」之名，對「滿洲派」的人即以板垣征四郎，多田駿兩位大將和石原莞爾中將為首的一派志同道合之士——橫施壓力，大事排擠，我也是被視為「滿洲派」中人的。現今要我回去陸軍省，再在陸相東條大將直接管治下任職，准不會愉快的，於私於公，都無好處。

我感到苦惱的另一個原因，是我對於閻錫山氏的工作，正在大有進展中，前途甚可樂觀，如果我一旦調職而離開山西，這次工作就將會半途而廢的，這太可惜了。

我於是立即與在南京的總司令部板垣參謀長商量，請他設法使我調任陸軍中樞之議暫時擱置。板垣大將當時對我很激動地說了一些訓勵我的話。他說：「你所負責的對於閻氏的工作，在只進行至半途的時候，你就被調回國，實在是一件很遺憾的事。可是，現今陸軍省的統制，正因東條陸相的派系之見和剛愎自用而發生很大的困難。我們是忠君愛國的軍人，應力除個人的恩怨，竭力設法尊重陸軍省的威信，使其統制能順利圓滿執行。所以，我勸你應該勉為其難地接受調回陸軍中樞任職的命令。」

我在聽了板垣大將的勸勉後，便立即準備啓程返國。我的第一軍團參謀長職務已辦理交代，除了準備離任啓程外，我是甚麼工作都不需要做的了。可是，我和閻錫山氏的心腹兼副手的趙氏的約會，我却必須在我離開山西前實行，這件事是我怎樣都不願放棄而不為的。

經過緊急而秘密的聯絡後，終於約定在十二月七日與趙氏會晤，我將我的返日行期，設法押後至十二月中旬。可是，在十二月一日，東條陸相給我的一通急電來到了。當時繼我後任的參謀長，尚未來到山西，雖然我已經辦理各項交代的事，是交代給參謀副長的——，但我為了和趙氏的約會，便以等待後任來到而辦交代為理由，延遲我的返國行期。東條陸相的電報說，兵務局長一職事務繁重而各項要務亟待處理，要我立即履任，不必等待我的後任來到才啓程。他在電報中，命我一接到電就要即日動身回國。

陸軍大臣的命令如此，何況這位大臣又是東條大將，我焉敢不凛遵？於是，在萬分怏怏中，我於十二月二日一早，就離開山西省太原，而踏上回國的旅途了。

在旅途中的火車上，總是有不少的日本軍人的。我穿着軍服，中將的帽徽和肩章煌煌，可是同車的日本軍人，不管是官佐也好，士兵也好，遇見我時，多不行敬禮。我為此又大感憂鬱苦惱。我並不自以中將的身分傲人而貪求別人對我恭敬有禮。可是，下級軍人見了上級必須敬禮，乃是軍隊的風紀規矩，而日軍一向是保持着這良好的軍風紀規矩的。現今居然如此，由小可以窺大，由微可以知著，我對日軍的整個軍風紀和作戰能力，乃至對於帝國的前途，不能不起憂鬱之感了。

和閻錫山氏的親信代表趙氏之約會，既經決定，當然不能因我的離去而取消，而我在啓程前，又諄諄以此事囑託我的僚屬。以是，就由繼我後任的參謀長，取代了我的這項任務，而與趙氏在太原的某處，作了秘密的會晤。我不能說我的後任在公忠體國和辦事才幹上不如我，也不能說他在這件事上沒有我那樣的熱心。但無論如何，他和閻氏一方自閻氏以下諸要人之間的私人友誼關係，却遠遜於我。中國人是一向注重私人之間的關係的，而對人的信任程度也是視友誼的深淺而定的。所以，我的那項任務，實在無人能夠取代我的。因之，我的後任那次和趙氏的晤談，結果對於整個事件，並沒有能夠獲得絲毫良好的進展。

翌年——昭和十六年——（一九四一）五月，參謀本部贊同我在山西對閻氏進行的工作，因之，派我以陸軍省兵務局長的身分，再去山西一行，重展對閻氏的工作。可是，這却遭到了日本內部嚴重的反對。日本的「北支（華北）派遣軍」軍部固提出異議；而陸軍大臣的幕僚長的陸軍省軍務局長武籐中將（譯寫者按：武籐是東條最親信的人物之一」及其屬員，也發出反對之聲。但當時的參謀本部却是最感熱心的。沒有參謀本部的熱心主張，我是根本不能成此一行的。

在强烈的內部反對或異議之下，我在山西依然努力從事，進行得頗有成績。在七月上旬，我終與閻氏的親信機要秘書劉氏，談成了妥協和議的條件，並且作成了紀錄。於是，我在七月十三日回到東京，向派我進行此事的參謀本部復命了。此行時達兩月，接洽備見辛勞，但總算和閻氏之間獲得了成議，不辱使命。我雖然知道橫在前面的我們自己方面的阻碍重重，但我的心情却是愉快的，認爲只要努力以赴，或可能衝破重重障礙的，一切事在人爲。

參某本部要將我與閻氏談妥的成議付之實行，當然大不容易，但却竭力設法以赴，相信假以時日，一切的努力終可獲得確實的成果。可是，在我回到東京後，局勢開始起着大變化了。日美之間的談判日趨惡化，接着，中樞的人事起了大變動，東條繼起組閣——仍兼陸相——，旋卽發生了「珍珠港事件」，日本和英美終於不可避免地作戰了。

我和一班志同道合的人，本想從速結束「中國事變」，以便日後有全力對抗英美。現今，「大東亞戰爭」戰火正烈，而「中國事變」尙未解決。憂時愛國之士覺得有必要早日終止中日之間的戰爭。於是，各方面的人，透過各種路線，與中國重慶政府當局接觸洽談。

我曾經斬荊披棘而走過的那條路，仍不失爲一條有效可行的路線。於是在「大東亞戰爭」爆發後的次年——一九四二年——，日本派駐山西的第一軍團司令官岩松中將，在設法聯絡後，和閻錫山氏在某地秘密會見而洽談了。

後來，據閻氏方面傳出的消息說，當時岩松中將的態度太過專橫，一派勝利征服者的氣燄咄咄逼人，極度損傷了閻氏的面子和自尊心，所以，那次雖兩巨頭當面會談——據說閻氏的與岩松中將之晤談，是徵得重慶政府最高當局的同意的，且曾獲得密授機宜——但其後却並無任何進展，閻氏方面久久消息杳然。

閻氏方面傳出的說法如此。但據我所知，所謂岩松中將的態度專橫，咄咄通人，大大傷害了閻氏的感情云云，卽屬事實，也非其後事情毫無進展的根本原因。主要的原因還在閻氏與岩松中將會晤後不久，日軍在太平洋的中途島大敗，日本與盟國之間的戰局，自此開始易觀，中國方面對於日本的最後勝利發生了疑問，不再亟亟與日本謀和。我因之更體會到一項定理的正確：沒有實力，卽無外交。

我在山西和閻氏的接觸洽談，半途而廢，至今思之，猶遺憾無窮。倘若當年我能成功，今日日本敗降局面或不致出現。在我總算是盡了人事的努力，宇宙間果眞有不可知的天數存在嗎？

編輯後記

林　熙

△日子過得眞快，轉眼之間，本刊已經出版了四期，承讀者作者不棄，不時來信提意見，有些要改良印刷，使字體淸晰，黑色調和；有些對校對方面不滿意；有些請求刊登今日政壇上風雲人物的軼事。例如有一位讀者，就叫本刊登些當年武漢時代宋慶齡、黃琪翔和當今陳毅、袁雪芬等人的故事。這本來都是很好的，但本刊以不批評現實政治爲宗旨，一提到宋、陳諸君，如不談到他們的政治立場，談之何益？所以我們對于現在健存的偉大人物，不想「多嘴」，留給日後的史學家下董狐之筆罷。關於校對方面，第一、二、三期都校得很糟，并且錯得很不可恕，這是「總編輯兼校對」的我不能辭咎的，自第四期起，我已花多些精神和時間來校對，希望以後減少些錯誤。稱贊本刊內容充實，文章有趣味，有價值的信，收到也不少。但我覺得似乎尙未能做到以上各點，有負嘉獎，希望再多幾個月，慢慢做到，不負讀者的善意。

△本刊是由我個人「一脚踢」的，幸喜每月十五、三十尙能如期出版，如果偶然超過一天未見出版，請讀者作者耐心一下，第二天一定可以見到。

△今年的干支在丙午，六十年前的丙午是光緒三十二年（一九〇六年），到今爲一周甲，「丙午談往」就是談光緒丙午中國一些朝政大事。因爲文字比較長，要分三期才能刊完。

△「我所認識的廉南湖」，是今霞先生的近作，他和廉南湖是忘年之交，在四十年後的今日，回憶舊事，尙能記得淸淸楚楚，七十多歲的老先生的記憶力眞强。因爲他的文中提到良弼，我就請洛生先生寫一篇良弼與吳稚暉廉南湖的關係，使讀者對他們有更進一步的認識。

△「汪硯小記」的作者乙瑛先生是廣東老輩，對廣東的人物掌故很諳熟，并且有深湛的研究，他答應以後長期爲本刊撰稿，盡量寄來精采的文章以餉讀者，這是一個令人高興的消息。

張謇日記鈔（四）

張謇遺著

七月

一日。寫翁大司空訊。

八日。叔兄交代事大定，黃松亭以百金（按：「以百金」三字之側，注有「楊李」二字）之歎，倔促不已，方銘山、何玉齋分認之乃已，人情如此，可勝懼哉！黃支送薪水兩月。

九日。無飯吃，鶴洲邀過晚食。叔兄事乃大定，黃已給收清全數回文。

十日。鶴洲復邀食，贐余與曼君人十六金，意甚惓然，窮途遇之可感也！與履平、曼君作「金州述別」聯句：「西風吹送幕庭寒（曼君），萬里驚秋客袂單。遼海無因悲遠戍（季直）；燕雲有夢促征鞍。清笳一迸州門淚（履平）；苦酒難平壯士肝。出塞王師近乘勝（曼君），一時諸將自登壇（季直）。」「平津賓客幾人存（季直），往事低徊僕射恩。豈謂生平託簪履（履平）；更煩涕泗到荃蓀。淒涼丹旐橫秋色（曼君）；零落青袍惜故痕。杖策何如歸隱好（季直），廸維皇甫各山村（履平）。」子九觀察借銀五十，書以謝之。

十一日。與履平、曼君先行，仲潛期同至余家，叔兄、恕堂留黃營。午刻抵舟，申刻開行，丑刻，吳夫人始送薪水一月，與黃合三月之數，符帥示云。

十二日。丑刻抵烟台，黎明，與曼君、仲潛、倚某同借寓陳績堂處。余僅餘黃之百金，袁之五十，吳夫人之五十，及所餘之三十餘金而已。爲平糶事，負霞如四百金，既由家寄還二百番錢，益以六十金償之，其半署券付霞如，而霞如與小石丈意良厚。遇禮丞。

十三日。帥柩附高升而南，帥有歸柩由陸之遺命，此則帥夫人意也。

十四日。爲叔兄謄清慶軍交代之記署，與曼君作贈陳同知聯句：「平生回首信陵門（曼君），於我渠渠夏屋存。刀壁似聞求故器（季直）；風雲徒悔信招魂。金州司馬賢無對（曼君）；盛府賓僚事莫論。天壤皋牢成棄物（季直），炊粱翦韭意何温（曼君）。」與叔兄訊。（按：陳同知名士芸。——編者）

十五日。附新南陞，申刻由烟啓行，小石丈別時，戒以謹愼寬厚，爲世溷濁，余性激戇故也。長者之意，至可感泣！

十七日。申刻抵上海，寓泰安棧。

十八日。上孝達制府書，緣制府屬綬庭軍門函促往粵，故以書婉謝之。

十七日。寄叔兄、鶴洲司馬、子九觀察、小石丈訊。

二十日。至吳淞口，袁僕張壽喜逸去，令舟人施金台往上海覓之。半夜啓行。

二十一日。辰刻至墟角港，申刻至家。大人精神無恙，而癃顇益甚。

二十二日。集句壽小石丈。爲績堂作書。

二十三日。與叔兄、子九觀察、小石丈，曼君（按：曼君二字右側有「寄帽」添注。）、滋卿訊。

二十四日。往馥疇處。

二十五日。以上數日，無日不雨。

八月

一日。寫字，定每晨六卷一開，大字五十。

二日。寫字。以霞如欵亟當措還，函向彥升貸百番。

三日。寫字。彥升還五十番，復書悻悻。

四日。寫字。作「王維識奏樂圖賦」。

五日。寫字。寫仲木，蘇龕訊。

六日。寫字。

七日。寫字。催同興欵。

八日。寫字。寫三兄、鶴洲、小石、霞如（合函），履平、雲題、子沖訊。還霞如二百番錢。

九日。寫字。

十日。寫字。往天補。與欣甫訊。

十一日。見欣甫夫人蔣研香女士。

十二日。返。

十三日。病。月江來。

十四日。病小愈。

十五日。得小石丈訊（按「小石丈」三字右側有「初七日」三字注語），知三兄尚在金州，爲之焦灼無已。海防尙棘。病愈。（按：十六日至二十一日，此六日中均記「寫字」。）

二十二日。寫字。寫石帥壽屏。

二十三日。寫字。

二十四日。往袁灶港熊氏，由二甲。知叔兄至上海。得烟丈、欣甫訊。

二十五日。雨。爲熊氏書榜五。

二十六日。雨。爲人作書。

二十七日。與熊功甫至金沙，至西亭，宿澤和家。

二十八日。翔林、子衡置酒。爲人作書。

二十九日。紫師及某置酒。爲入作書。

三十日。返。冒雨。叔兄述金州事，合肥爲南皮電屬飭招，黃某貪戾益甚云。

九月

一日。寫字。

二日。寫字。

三日。爲子衡、子范改時文。

四日。寫滋卿、怡蓀、銘山、玉齋、鶴洲司馬訊。元仲來訊索負。

五日。以百金償元仲，別以訊由輪船抵之。寫眉孫、畏皇、綬庭、宜民訊。（按：六、七、八三日均記「寫字」。）

九日。往海門，晤馬晚農。敬夫置酒。

十日。返。

十一日。寫字。

十二日。寫字。

十三日。雨。得恕堂訊，知其將歸蜀中。子欽送來王正大票洋三百。

十四日。寫字。「申報」述振軒宮保以初七日歿於粵東軍次，知已凋零，可爲傷惋已。

十五日。寫字。與藹青晤訊。丁潤齋送來票洋二百。

十六日。雨。寫字。

十七日。往通州，遇雨。更餘抵西門，宿江西會館。

十八日。往蘆涇港，遇仲木，同附北京輪船，向晚抵八壚港，冒雨渡江，謁漱蘭學使於試院。三更後寢。

十九日。晤謝在增、陳仲容、說莜門事不諧。與漱公、仲弢、叔容談。弢甫贈朮。

二十日。漱公按部蘇州啓路，隨與仲弢話別。渡江抵靖江，晤欣甫。

二十一日。雨。爲仲弢題「龍女圖」：「浪費眞皇一丈文，諸天雷雨事紛紛。人間何限癡龍睡，未覺雲中別有君。」「玉簡音書渺洞庭，不曾珍髢怨芳馨。金堂玉室羣仙事，自轡蒼龍看八溟。」

二十二日。爲研香女士題畫蘭：「十載山公坐上深，九霞仙珮聽姚音。却從蘅芷荃蓀列，敬識蘋蘩薀藻心。」「上黃會與頌宜男，一握魚魫粉墨兼。福慧何緣雙乞與，波羅靈諦證華嚴。」「柝佩瓊枝雅自宜，微蘭誰與夢燕姬。不須更試迴文錦，費盡冰綃百丈絲。」「班閣傳經自昔賢，先芬況爾託靈荃。豪端何限千秋想，愁誦離騷四十篇。」女士欣甫夫人，蔣省庵大令之女，工畫蘭，嘗以貽內子。余至靖江，則方有構欣甫納姬之說于女士者，故云。

二十三日。爲欣甫題「梅花士女圖」帳額。欣甫方四十生日，且有謂其將納姬者：「王郎四十宰官身，玉女璿宮證夙因。博得投壺裁一粲，入間香海幾回春。」「別夢羅浮未便眞，青鸞傳語誤紛紛。神仙何處雙條脫，一例荒唐楚雨雲」。「冰雪相期十載緣，自將芳樹惜嬋娟。安心學取維摩法，丈室參經自在眠。」欣甫去上海。

二十四日。至八壚港，無上水船。

二十五日。附太古上海船行。

二十六日。黎明至下關，與嘉興人王某同行。抵省訪少卿，郎寓其宅。大風雪。

二十七日。雨止。遣使至浦口。與寶山、楚賢訊。

二十八日。雨，讀篆學瑣箸。

二十九日。雨。詣寶齋倉廳署，與蘇堪久談。詣幼蓮不直。

三十日。詣慰帥。蘇堪，寶齋置酒，因縱談竟夕，宿其署。蘇堪論孟子一身學問，全得力於「人有不爲也，而後可以有爲」一句，可以此括七篇之旨，其義甚精。蘇堪生平志趣於此，蓋亦可見。其詩上宗陶謝，下法韋柳，以東野爲之消息，所詣沖雅堅潔，信乎蘇堪之胸次過人遠也。其論延卿謝陳閣學書，謂多有客氣，吾未見其書，不能斷也。

十月

一日。顧船（吳姓）。聞入言延陵家事，爲之痛恨不已。與蘇堪劇談。

二日。行。少卿送至舟中，贐以四佛錢。與欣甫、肯堂及范月查訊。泊燕子磯下。感寒劇困。

三日。抵朴樹灣。讀莊子。病。蘇堪以是日去廬江。

四日。抵揚州。詣尹仲元不直。晤補之。購物。

五日。洪澤湖漲，決口甚多，舟逆流盤沂，行僅六十餘里，抵露筋祠。「以馬喻馬，惟虫能虫。」集莊子。

六日。抵六王閘。讀莊子。

七日。抵寶應。有詩，淮水：「淮水日南瀉，征入與未休，停橈詢舊泊；對燭此深秋。入事成今昔；關河況阻修。坐聽霜際雁，一一下汀洲。」訪佛卿，聞其不家。

花隨人聖盦摭憶 補篇

黃秋岳遺著

案緗客所說，當然以朝旨爲是非。然此數跋中，語尚質直，如陳子鶴之負淸望，黃宗漢之有吏才，及勝保一摺之直捷了當，勝於董元醇之葛藤。高延祜兩摺之希旨翻案，不足取。皆可見公道尚存，雖私室筆劄，猶不肯爲推波助瀾之辭也。

爲政之道，寬猛互成，前已論之矣。夜讀摯父先生日記，中有一節云：「崔寔政論，凡爲天下者，自非上德，嚴之則治，寬之則亂。溫公申之曰，衰世之君，率多柔懦凡愚之佐，唯知姑息，甚哉柔懦姑息之爲害也。何謂柔懦？知賢不用，用賢不專，知奸不去，去奸不決，是也。何謂姑息？當殺不殺，當刑不刑，是也。亂君性亦暴戾，然無解其柔懦，愚臣亦或立威，然無解於姑息，故亂亡之世，綱紀廢墜，四維懈弛，坐是故也。」案摯父此節，迺讀通鑑第五十三卷東漢質帝時事，有感而言。所論寬嚴之用，純爲國家綱紀政治根本而發，與前所舉曾文正公書札不同，蓋曾札所指者，今所謂政務，而吳論則言其大者，遠者，政治也。古人於此等處，不甚分明，世愈近，則析之愈細。摯父所評，殊允，見識亦高。其日記中關於讀通鑑者若干條，文筆深入顯出，不減船山，今再擷擧數則，其讀通鑑五十六卷云：「段熲平東羌，不用招降之說，規三歲之費，用五十四億，已而未及兩年，費用四十四億，而羌遂就平，可謂能將。又云：未叛之先，郡縣不相侵尅，尚可無事，至於既叛之後，又豈良吏所能爲力者。國家有事，至於命將出師，則無取乎仁柔之爲，而爲將之道，則惟以克捷有功爲職。今謂雖克捷有功，君子不與，然則將令天下將帥，相率而爲招降之說客乎？自班勇死後，東漢之將才絕少，大率狃於不殺之說，日以招降爲事，此實兵不能戰，將不知兵之故。」讀通鑑六十一卷云：「光武以龐萌爲社稷之臣，曹孟德救家人依張邈，三人旋皆以反聞，甚哉，知人之難也。」又云：「英雄擧動，固不易測，曹公尤好用此術，濮陽之戰，曹公爲布騎所得，紿以乘黃馬走之，乃得釋歸，是知前言呂布屯濮陽爲失計者，詐也。惟兵敗身虜，突火而出，仍復自力勞軍，促爲攻具，此乃百折不回之氣，自古成事者，皆有此概。」以上各節，皆極可取鑑。其言知賢不用，用賢不專，知奸不去，去奸不決，必至亂亡。及言成大事要有百折不回之概，尤深切著明。

圓明園爲有淸物力所殫萃，文宗尤昕夕臨幸，宴游酣深，寵變交搆，英法聯軍一役，園先燬，俄而端肅夷僇，牝鷄司晨，而同光兩朝，先後並有修園之議，園者，皆指圓明也，旣非鉅用不能興，乃就淸漪而改營頤和焉，溯其終始，圓明雖燬，猶爲禍水。予居北都卅年，凡三游園址，民七八年時，猶存殘礎遺石，十五六年間，則輦移幾盡，今淸華燕京兩大學，偃蹇鄰其故墟，望古者，類能言之。又案爲圓明園詞者，莫先於王壬秋。王詞，世所共知，自註有二，其一云：「咸豐九年，文宗一日獨坐若瞑，見白鬚老人跪前，上問何人，對曰：守園神，問何所言，云將辭差使耳。問汝多年無過，何爲而去，對以彈壓不住，得去爲幸。上曰：汝嫌官小耳，可假二品階，未一年而亂作矣。」此是例有之神話，不足考。其二云：「夷人入京，遂至宮闈，見陳設鉅麗，相戒勿入，云恐以失物索償也。及夷人出，而貴族窮者，倡率奸民，假夷爲名，遂先縱火，夷人還，而大掠矣。」案湘綺此段，在敵兵未爇雍門荻，牧童已見驪山火二句之下，箋釋明暸。是焚掠圓明之禍首，非英法聯軍，乃爲海淀一帶之窮旗人。此說大致不謬，考越縵日記，咸豐庚申八月二十三日甲申記：聞恭邸逃去，夷人踞海淀，夷人燒圓明園，夜火光達旦燭天。二十四日乙酉記：聞夷人僅焚園外官民房。二十五日丙戌記：今日內外各門盡閉，都人思竄者，車徒絡擔，擁塞城下不得出，蓋城外刼盜四起，隻身敝衣，悉被掠奪。又聞有持園中斷爛物進城者，銅龍半爪，金獸一鐶，俱相傳視玩弄，蓋禁籞已不保矣。嗚呼，自聖祖締營海甸，以園賜世宗爲潛邸，至高宗踵而大之，歷三朝之久，殫列聖經營，極國家富盛，園囿之美，冠絕古今，乃一旦播遷，委此而去，犬羊深入，遂付焚如，憶去年曾以事三至園，轉瞬滄桑，已爲摩挲銅狄人矣，可哀也夫。二十七日戊子記：聞圓明園爲夷人刧掠後，奸民乘之，攘奪餘物，至挽車以運之，上方珍祕，散無孑遺，前日夷人退守，兵稍敢出禦，擒獲數人，誅之，城中又搜得三人，一懷翡翠椀一枚，上飾以寶石，一挾玉如意一枋，上有字一行爲：子臣永珣恭進，乃成哲親王獻純廟者。其一，至挾成皇帝御容一軸，尤可駭歎。九月六日丙申記：自昨日西直門外火，訖今不滅，或云黑市災，或云夷人焚大鐘寺，或云燒萬壽山宮室。初七日丁酉記：昨日夷人燒萬壽山宮（卽甕山），卽淸漪園也（昆明湖在其側）。連及玉泉山諸寺，又焚圓明園之正大光明殿、勤政殿署盡，夷人張僞示于城內外，言中國屢失信義，故借此洩憤。觀上五段，則知圓明園一役，其始聯軍僅焚園外官吏房，或爲軍事上必要之舉動。

第六期（要目預告）

請注意五月三十日出版的第六期本刊。

稿約

本刊的宗旨，是向讀者提供高尚有趣味的益智文章，並希望貢獻一些翔實可靠的資料，給研究歷史、文藝的人作參考。我們歡迎下列文章：

（一）人物介紹

注重古今中外人物的描寫及其傳記。

（二）近代史乘

注重近百年中國及國際政壇上重要事件的發生經過及其內幕。

（三）史料

名人的日記、筆記、自傳、傳記、年譜、囘憶錄，函牘等。

（四）趣味性的掌故

以上所列，只不過約畧舉出一個範圍，其實文史掌故的範圍很廣，不能一一開列，希望讀者認定文史兩字寫文章便好。稿件內容不要評論現實政治的得失，要注重輕鬆趣味，使讀者一卷在手，覺得開卷有益，不枉花了寶貴的時間。惠稿文言語體不拘，但最好還是用語體，如果不擅用則以淺顯易懂的文言寫也一樣歡迎。字數以五千字內最適合，也易於刋出；超過一萬字以上的，請來信商洽。譯稿請附原文。

不合用的稿，不管附有郵票與否，在收到後十日內寄還作者；如不寄還，就是要採用，但何時刋登，未能立卽告知，請來信詢問。刋登的稿，在出版前二日卽將稿費寄上。

林熙主編

大華

半月刊 第六期

訊問為畬之再哭倚虹二首曰江南此日腸眞斷
湖上當年夢有詞絕代文章傳小說彌天涙語
幾人知小別三年一彈指人天終古念音容低徊
一焉鋪魂語忍檢遺詩愴篋中
二十三日晨迴督行署火適對面屋盧火星ㄅ落屋
瓦上頓彌驚起亦危已全署悉焚歷三時許始滅
夕陽敏返自濟南見于桐崗處書邀至往遊畬之
二十三日健伯來譚寄大雄書
二十五日自今日始隨手錄知見聞于冊竭日小箋
子晷佐卿書謂所選金貨已為它人捷足攫去
其三為之惘然不快者久之物之晷失信有數也
卽畬之為人書聯帖自四三時讀書樂二分明月
中其人乃揚州人授讀沽上
二十六日晷于大金貨一品里一兩二錢面泥徐昌世之象
背雙輪中央繪宮殿一角數人循堦而登署有艸樹

一九六六年五月三

大華　第五期

大華 第六期

封面插圖:袁克文手寫日記

大華 半月刊 第六期
一九六六年五月三十日出版
(每月十五、三十日出版)
出版者:大華出版社
地址:香港銅鑼灣希雲街36號6樓
Ta Wah Press, 36, Haven St., 5th fl. HONG KONG.
電話:七六三七八六轉
督印人:林翠寒
主編:林熙
印刷者:朗文印務公司
地址:香港北角渣華街一一〇號
電話:七〇七九二八
總代理:胡敏生記
地址:香港灣仔洋船街三十二號
電話:七二三四三七

汪精衛屍體被毀秘記

茹松雪

汪精衛是一九四四年十一月十日死于日本名古屋的，他的黨徒把他的屍體，運回南京，葬于梅花山（明孝陵南面的一個小山，山上種植了許多梅樹）。一九四五年秋間，日本投降，重慶國民政府的大小官員，陸續回南京。在「最高當局」還沒有回京之前，便由陸軍總部主持下，由該部的工兵指揮官、南京市長、南京憲兵司令等，舉行秘密會議，分配工作，決定在一九四六年一月廿一日晚上，炸毀汪墳，把棺材遷移，原地另行建築，免碍中外觀瞻。執行實際工作的，是屬于七十四軍五十一師的工兵營。工兵技術員實地觀察過，估計要使用梯恩梯（T・N・T）烈性炸藥一百五十公斤，才能全部炸開。未施工之前三天，中山陵與明孝陵之間，斷絕交通，禁止遊覽，無形中成了局部戒嚴。外間不知內幕的，還誤會是又要查搜漢奸。某些曾在敵偽時期，幹過壞事的，惶恐逃避，到處躲藏。爆炸時，在現場監督的有南京市長、七十四軍高級軍官、陸軍總部工兵指揮官等人。

汪墳的設計，表面上是仿照中山陵圖案，而所用的材料多不是普通品，初步預算是偽幣五千萬元。主要工程第一步完成不久，日寇投降，施工也停頓了。爆炸工序分兩個步驟，第一炸開墓的外層鋼筋混凝土部分，第二炸開盛棺的內窖。內窖炸開時，發現一具楠木棺材。揭開棺蓋，屍體上覆着一面青天白日滿地紅旗。屍體身穿的是中式藏青色長袍、馬褂，頭戴西式禮帽，腰佩大綬，即當年所謂文官禮服。屍的面部，略呈褐色而有些黑斑點。由于入棺前使用過防腐劑，因之整個屍體，還能保持完整，沒有腐爛，也沒有什麼特殊異味。棺蓋揭開後，工兵指揮官即指使不必要的人員，暫時退離墳地，而由南京市長親自進行棺內全部檢查，主要目的是尋找有什麼陪葬物品。結果，除了在死者的馬褂口袋裏，發現一張長約三寸的白紙條以外，別無其他東西。紙條上用毛筆寫着「魂兮歸來」四個字，下款署名「陳璧君」。據說這張字條，是陳璧君從日本接運汪屍回國時所寫，表示招魂的迷信意思。

本來在南京黃埔路陸軍總部舉行秘密會議時，何總監一再說是把汪棺遷移，而今呢，卻把棺蓋揭開，又沒有提出遷到何處去的計劃。當時參加工作的七十四軍高級軍官丘甲，已覺得非常奇異。工兵指揮官跟着命令工兵營營長把汪棺裝上卡車運走，說是今晚還要把墓地平掉，務使不留痕迹。當時丘甲即對營長說，我們為了負責到底，你當隨同汽車護送一趟，以免途中發生意外，這裏的任務，交由副營長就行了。營長聽了丘的吩咐，領會了指示辦理。

第二天早晨，營長回來向丘甲滙報：昨晚隨同工兵指揮官把汪棺一直送到清涼山，將屍體交付火葬場，只費了半個小時，棺材屍體，全部焚化，並沒有留存什麼。這樣一來，說明了工兵指揮官是執行陸軍總部何總監的秘密指示，按照預定計劃實施；而會議時所說遷移，只是一種的門面話，甚至在同寅之前，也玩弄了這一套手法。

過了半個月，梅花山原日的汪墳地區，完全變了樣，新建了一座小亭，可供遊人休憩。山的南北兩面，也新築了兩條小路，路旁種植了許多花草，四週環境，修葺一新，成了一個郊區綠化地帶。

有人發生這樣的疑問：當時的南京政府，想要毀炸汪墳，本來可以理直氣壯的公開處理，何必鬼鬼祟祟的秘密在黑夜中行事？在表面看來，實在令人費解的事。但有人解釋，嗾使炸墳滅屍和毀墓焚屍的，都是同一戲台演戲的人，只是紅臉白臉的化裝不同，所以成了「此地無銀三百兩」一樣的滑稽。又是作賊心虛，恐怕因此激惱內部，有人出來抽底，只好秘密行事了。

不知怎的，過了一些日子，有一個青年女子，到南京市政府，要求面見市長，詢問汪墳處理經過。市長知道不妙，拒不接見，派了一個姓張的秘書來應付，說是市府只管市政，此事可去問陸軍總部。這個女子到了陸軍總部，大吵大鬧，又哭又罵，圍了許多人看熱鬧。陸軍總部的負責人派了武裝警衛員，命令該女子馬上離開，否則作為擾亂秩序袒護漢奸來處理。至此，這女子見來勢不對，才溜之大吉。傳說這女子是汪精衛的女兒。

最後附說一下，陸軍總部的總監是何應欽，陸軍總部工兵指揮官是馬崇六，南京憲兵司令是張鎮，南京市長是馬超俊，七十四軍五十一師高級軍官是丘維達，七十四軍五十一師工兵營營長是李東陽，還有陸軍總部參謀長蕭毅肅，都是直接主持此事的。

陳公博的艷遇

乙瑛

陳公博風流倜儻，其生平艷史，遍傳珠海申江金陵久矣。曾見其「過永勝寺」詩，有序云：「十六年冬，軍事正栗六，迺莊來見，謂其姊管壽已逝世，臨終囑以珠簪相貽，藉留紀念，惻然久之。翌日，古君郵我一巨函，中有管壽筆記一冊，字以鉛書，中述其對余思慕之懷。古君於悲痛中，媵以一箋，謂管壽彌留時，坦然述其婚前所念，并囑古君於其逝後至母家往日居室藏笥，搜其筆記寄余，至管壽之棺，則暫厝於東門外永勝寺云。得書泫然，夜間披玩遺珠，摩挲筆記，終宵不能成寐。詰旦趨永勝寺，則棺於一時前移去，葬白雲深處，餘香殘燭，無限凄凉，細雨斜風，愈增悽怛，雖欲撫棺一慟不可得矣。徘徊至暮，寺僧來逐客閉戶，始黯然歸去。余識管壽七年，初不知其意有所託，當其臨命之頃，正不必以其所懷語古君，而卒語之；古君在悲逝之際，正不必以所知告余，而卒語之，此世所謂其性情者耶，嗚呼痛矣！」詩曰：「荒寺衰楊不見人，玉簪羅襪倏成塵，遺珠光隱凄凉色，絕筆鉛留慘淡痕。未燼餘烟魂宛在，已灰殘燭淚猶新，不堪惆悵黃昏後，細雨斜風閉院門。」又有「無題」四首，其一云：「記得當時認小名，初從琴譜學新聲，十年前事心頭影，春滿江南花滿城。」其二云：「別緒依稀憶往年，落花如雨夢如烟，夕陽紅似離人淚，宣武城頭春可憐。」其三云：「起舞華燈未敢前，胭脂紅上紫金鈿，離愁濃似春雲重，都鎖深顰淺黛邊。」其四云：「無意人前意絕佳，樂聲波動翠雲釵，會心別在深宵後，明月婷婷入夢懷。」又有「自嘲」詩尚欲自爲解嘲也，詩云：「誤盡年華獨抱經，春花秋月不關情，豈知白髮盈巔後，纔得風流薄倖名。」公博於汪政權還都組府後，意態消極，日沉緬於醇酒、美人、雅片中，所眷著名返童有術之女明星某，今猶蜚聲珠島也。

松井石根之死

湘山

日寇在南京大屠殺我國同胞三十多萬人，松井石根對此事件負有直接責任。在東京的國際法庭審訊松井石根，最後一庭，宣佈對他判處絞死刑時，這個殺人魔王，嚇得面無人色，兩脚癱軟，不能自支，後由兩名壯健憲兵用力挾持，始能遒步走出法庭。到一九四八年十二月廿三日行刑之日，他在走上絞架的時候，還高呼了三聲「天皇萬歲」、「大本營萬歲」。元兇巨憝的死硬頑固，充分暴露。松井石根屍體在火焚成灰之後，是用軍艦在海上撒布，任它隨風飄去，使無踪跡可尋。這是第二次世界大戰後對待處死國際戰犯的一般辦法。對紐倫堡國際法庭處死德國戰犯，也是如此。其目的是爲了避免復仇主義之流，抓到一點遺骸或骨灰之類的東西，便大事鋪張，給戰犯安葬，築墓立碑，把他們扮成「殉國烈士」或「民族英雄」的模樣。

殺人魔王吳世保

清泉

日寇統治上海期間，有個無惡不作的大特務吳世保，藉日寇的勢力，隨便殺人。他本是個賭棍，自從參加僞組織的特務工作後，又一變成爲綁匪頭目，於是把上海的著名富人，逐個逐個的綁到他的匪窟，誰不肯拿錢出來贖命，誰就是抗日分子。有錢人那個不愛惜自己的性命，紛紛獻出贖金，不到一年，吳世保的財產之富，被列爲上海第一。

汪僞組織的人見了眼紅，固不在話下，而日寇更是心有不甘。他們對僞府官員之貪污，早已咬牙切齒，有個日軍高級將領曾這樣說：「我們拚命打仗，死了無數皇軍，原來是替你們這班奴才製造升官發財的機會！」

其實日寇在淪陷區也想發財的，財被漢奸先發了去，就眼紅。後來他們學到了清朝乾隆皇帝的辦法，縱容漢奸死命去搜括，盡力去殘殺愛國分子。等到漢奸的財發夠了，也不必利用他們了，然後堂堂皇皇的治漢奸們以貪污枉法之罪，將他們的財產沒收。舊日有「和珅跌倒，嘉慶吃飽」之謠，日寇似能體會而運用之也。

一九四二年二月九日，上海各報登有致德堂赴告一則，畧稱：「吳雲甫先生於二月四日在蘇州病故。」所謂吳雲甫，就是吳世保的別字，原來匪徒也講風雅，不用名而用字，表示一番敬意的。上海人讀到這段告白，無不拍手稱快，大家都拿這件死人消息當作茶餘酒後的談話資料。過了一兩天，人們又傳吳世保之死，實被日寇秘密處死的。日寇將他的屍骨發還給他的家人，只對他們說，吳是病死獄中的，至於爲什麼入獄，患的是什麼病，吳的老婆怎敢多問一句？

談聶雲台

竹坡

當我二十歲剛出來應世時，只知道從表面看人，就表面的觀察下結論。以後閱歷稍深，漸漸感覺到人的表面並不能正確地反映他的內心。一直到自己也經過滄桑世變，才體會到不但人的外表與內心可能不一致，而且人生的某一階段和另一階段可能也是自相抵觸的。本來世上的事情哪有不充滿着矛盾的？知人論世也無非是發現這些矛盾而已。就我所認識過的人，舉一個聶雲台為例來談談他的矛盾吧。

聶雲台本名其杰，他在過去上海工商界中是個有名人物，也曾博得一般的稱贊。大家都知道他是曾國藩的外孫，曾國藩是創設上海製造局的，而聶雲台的父親曾經做過製造局總辦以至上海道，逐步升到浙江巡撫。聶家雖是湖南人，而能與上海發生密切關係，當然有其歷史根源。至於聶家在湖南衡山本籍，原是很有名的書香門第，出過好幾代翰林，直到聶雲台的祖父，還是個翰林散館的知縣，在廣東歷任優缺，他的家族史可以上溯到乾嘉。曾家和聶家比起來，曾家反而是後起的暴發戶，這一點却是一般人所不會注意。

按他的家族歷史和家庭環境來說，他應當無例外是個紈袴公子，但他所表現的倒不像這種人。他曾從私人教師學過英文和一些科學知識，還回到本縣考中了一名秀才，這在當時也不是很容易的。他父親罷官以後，就接手把恆豐紗廠辦起來。這時正是清末光宣之交，要求改革的聲浪漸漸高了，他在上海，經常和一般名流結納，特別和伍廷芳相契合，因為伍主張素食衞生，他也是屏絕一切嗜好的，後來他熱心宗教，不能不說是在這個時期受了伍的一些影響。上海的熱心國事之流，有激烈溫和兩派，激烈派當然是與民黨分子有淵源的，溫和派則多數曾任清廷官吏，思想仍偏於保守，主張新舊調和。伍廷芳介於兩者之間，聶其杰則更傾向於後者。舉一件事為例，伍在清末力主剪髮而不主易服，聶則連剪髮也認為可以不必。然而在當時都還算是新人物，經常在羣衆集會中出現的。

民國一成立，聶也活躍起來。雖然他並沒有參加什麼政團，却在上海經常接待各方代表人物，特別是湖南人，如熊希齡、范源廉、章士釗，都是他的坐上客。不過以後的政治中心移到北京，他對袁世凱的作風是不以為然的。在洪憲稱帝期間，他也曾為梁啓超的「異哉所謂國體問題」一文大加喝采。有人說他資助過護國反袁的運動，但據我看，物質支援，即使有也不會太多，精神上同情是肯定的。

在民初一段時期，他很作了些個人的政治資本準備，一件特別值得注目的事，是領導赴美實業考察團。在這次活動中，黃炎培也以附帶考察美國教育事業加入。這件事是上海工商界從事國民外交的開端，也是工商界文教界合作，大力投靠美國路線的初步表現。在此以後，美國學制幾乎原封不動移植到中國來了，美國留學生大量派出又大量回來，在社會上掀起很大的崇拜美國的風氣。雖然這並不是由於一兩個人的影响，但聶氏確是因此而增進其社會地位的。留美學生回國，他必開會招待，若遇有上海無親友可依的，他還欵留在私宅中小住。大有古時公卿禮賢下士之風。

他的這種活動與其督教的關係也是分不開的。曾氏的曾孫輩有由教會資助出國留學的，曾國藩的最小一個孫子曾季融是個狂熱的基督徒；所以他的姑母，即聶雲台的母親也受了洗禮。在前清，入教還有些體制上的不便，到了民國，沒有拘束，號稱典型的名門官裔，也就首先信起教來了。在外國教會看來，這是極受歡迎的。聶雲台本身既是一個有力的工商業者，又有這樣的家族史，所以在旅滬的外僑中，很享有別人所得不到的信譽。

第一次大戰告終，美國總統威爾遜提出了一些看來很公正的主張，沒有被法國理睬，因而拒絕簽字巴黎和約，也不參加國際聯盟。而中國也為了膠澳不能收回，拒絕簽字，又加緊了中美國民外交的合作。中國學生反對親日派的賣國行為而罷課，在上海掀起一個巨大的浪潮。由罷課而罷市罷工，規模之宏偉，情緒之熱烈，其他帝國主義者也不禁為之失色。這在美國看來，對抑制日本，加强自己對中國的控制，提供了極好的機會。聶氏在這一運動中是不能不有所表示的。因為學生罷課還可以說沒有直接關係，至於罷市罷工，作為一個工商業者，就不能置身事外了。

以前上海總商會會長一向是官僚式的，於政治趨勢、文化潮流一概茫然無知。他們這批人遇着這一次的風波，却摸不清國際局勢，只看見罷市罷工一天天下去，既不能倚仗高壓手段，又找不到繫鈴解鈴的人。其中有些帶着親日色彩的，尤其不能開口說話。時移勢異，不能再講什麼寧波幫廣東幫了，只得打破陳規，請一個能說英語，和美國人熟習，又在文教界有點淵源的聶雲台出來當衝。以一個湖南人而不是生意出身的做上海總商會會長，確是出人意表的事。

聶雲台一做會長，大改以前商會的作風，特別加緊和學生聯絡，取得知識界的擁護，這事在他是輕而易舉的，因爲復旦大學校長李登輝和他熟識，交通大學從南洋公學時代相沿下來的中心人物也都是他的交好，教會學校就更不用提了。所以他名爲商會會長，倒很像是個教育會會長，而且那時的教育會會長黃炎培正在大力提倡職業教育，也是和他一鼻孔出氣的。他的一副新面目，新論調隱然成了上海輿論中心，經常對時局發通電，使北京政府也爲之駭然側目而視。他還掌握一家期刊，發表迎合輿情的言論。

這些表現自然是合美國人胃口的。這時英美對華步調已趨一致，上海租界的局面遠不像從前英國人一手把持，所謂工部局，中國人也稍有發言權了。我在這段時期中和聶雲台接觸較多，有些小事回憶起來，還如在目前。記得他總是穿一件半舊的袍子，冬天也不穿大衣，除開出門坐汽車以外，別的資本家氣派一點也沒有。有一次他到某洋行，正預備上電梯，開電梯的司機說：大班吩咐過，中國人不能乘電梯。正在爭持不決，恰有認識他的外國人來了，才陪他進去。原來那時只有穿西裝的中國人才能和外國人同出同進，穿袍子的便被認爲沒有資格。他在外國人的宴會中也仍然穿的是這套衣服，却每每被推起來用英語作簡短的講話。他每談到政治，總是強調「秩序」一詞，每談到工作，則不離「效率」一詞。至於他對當前的政治社會問題，究竟以什麼爲思想指導，是說不出所以然的。所以在舊的一代中，他是前進了一步，而在新的一代中，又遠跟不上。

在北方軍閥混戰期間，一般都有實現和平的強烈願望。北京曾有一部分人把希望寄在聶氏身上，幻想擺脫軍人政客的循環搗亂，由一個民選的首腦來收拾殘局。這話是一個北京報界朋友告訴我的。今天說起來，可能人們不會相信，但北京政府曾有一次發表黃炎培爲教育總長，這是北京片面的措施，黃決不會同意，却可以證明上海的工商文教界確實對北京發生過相當影响。

聶雲台此時還不到四十歲，却已經斷絃好幾年。說媒的人不計其數，他始終拒絕。後來有一位女士，是基督教徒，才貌雙全，正在求凰，表示非像聶某這樣的人不嫁，許多自命蘇張辯舌的人來替兩人說合，他却仍不爲所動。據說這位女士後來畢竟也嫁得」「千古風流人物」。

說也奇怪，聶氏得意之秋，也正是走下坡路的開始。他本是辦企業的老手，第一次大戰期間，又恰逢紗廠興隆的好機會，所以他在本廠以外又辦一個大中華紗廠，人人都看作是千穩萬當要發財的了，偏偏因爲購買機器，付價結賬吃了虧，一蹶不振。

是不是由於事業的打擊，還是由於生理上起了變態，（因爲以後他患骨癆，長期臥病，最後鋸掉了腿），我不知道，總之，他的生活改變了。他忽然宣布放棄了基督教的信仰，轉而歸依佛教。這一轉變，引起外界的莫大驚奇，據說他的家庭中也產生了煩悶，因爲他的老太太是受過洗的，他自己既有反基督教的堅強信念，也必須說服自己的母親。可是這位老太太雖然不及兒子的能談教義，也自有她的宗旨，於是聶氏家庭中兩種宗教生活並行，既做禮拜，也祭祖宗。

聶雲台爲了向家庭成員說教，還辦了個小型期刊，自己寫稿，名爲「聶氏家言旬刊」。主要是指出追求物質享受的害處，因而對西方文化的厭惡憎恨。他主張極端樸素平凡的生活，甚至說，世間最臭的東西是法國香水，而最香的是鄉下的糞缸。從譴責西方文化開始，走向另一極端，就把任何舊的東西都看作寶貝，於是提倡讀經，寫毛筆字，看風水，以至重印太上感應篇，每逢講到因果報應，總覺孜孜不倦。在這一點上，幾乎走向庚子年最頑固落後的徐桐同一條路。

他在北京小住時，曾訪問胡適，作一次長談，在物質文明這個論題上展開了爭辯，胡適當然是一味崇拜物質文明的，在送客出大門的時候，問客人坐什麼車，聶說：還是坐物質文明來的。彼此大笑一陣，然後坐上汽車而別。

譚延闓作南京行政院院長，有時到上海，同鄉人照例請吃飯，譚的魚翅席定價是三百元。聶此時早已閉戶謝客，從不應酬，聽到這話，大不贊成，很不客氣的寫了封信教訓譚一頓。他的一派議論固然很正當，然而人家也討厭他的腐氣騰騰，沒有人肯理會他了。

他晚年的生活越來越怪僻，外界也不再聽到他的聲響。據說他到下午四點以後就收拾睡覺了，而上海人一般是四五點以後才活動的。他的精力用在中藥的研究上，也能吸收一些新的科學理論。因此，人家很自然地聯想到丁福保，他們兩人頗有相似之處，念佛吃素，一也，喜講醫藥衞生，二也，節儉刻苦，三也，熱心公益，四也，善於經營，五也。不過丁的興趣比他廣博些。

在他的晚景中，世界起了劇變。他的住宅，由自置的花園洋房變爲自置的弄堂房子，再由一二八戰役被毀而租賃一所小樓。所接觸的人物，一輩輩的新陳代謝下去了，恐怕所剩的只不過張菊生、葉揆初等三兩人，還是從清末就和他同在社會中活動的。在他本人，這是悲哀，在旁人看來，這是不斷的矛盾。

重慶大員的趣史

「天子門生」劉漫天

右軍

在抗戰勝利初期，孫連仲將軍和我，都暫時留在後方。由西安飛往北平的人員中，除了十一戰區的前進指揮所主任呂文貞以外（當時政府規定，由陸軍總部起，到各戰區為止，都先派出副參謀長作前進指揮所主任，首先飛往敵偽區域，進行接收準備工作），最惹人注意的，就是那位十一戰區政治部主任劉漫天中將了。

劉是搞政治工作的，並非接收人員。照理，他應該隨同長官部一致行動，沒有先到北平去的必要。但是他為了個人亟圖表現，一定要先到北平去看看。

劉在名義上，雖然是十一戰區政治部主任，實際上他們整個政治部的人事，甚至於工作指導，都直隸於軍委會政治部，並不受十一戰區司令長官部的控制。他們和戰區的關係，不過配屬到一起工作罷了。所以孫連仲對他們的一切，從來不加過問。而且劉是「天子門生」，眼睛裏根本也沒瞧得起孫。向他請示一聲，不過是表示客氣，孫焉有不知之理。所以聽劉一說，馬上就表示「悉聽尊便」的意思。

劉到了北平，看到那種燈紅酒綠，花團錦簇的情形，比八年抗戰清淡的日子，强的太多了，不由得他不心花怒放。

他無論走到那裏，聽到的都是一片頌揚之聲。凡他所看到的人，對他都是卑躬折節，風光「面子」十足。這更加使他得意忘形，一張嘴笑的幾乎合不攏。

劉漫天引以為遺憾的，是他在受降問題上，並沒有一點正式任務。比那些飛來擔任正式接收任務的人，威風擺的還不如人家。在這一點上，是他認為美中不足的地方。

當時，在接收問題上，不管是屬於政治的、經濟的、金融的、交通的、宣傳的，都各有各的接收單位，各有各的專門人員。就是他們本單位的接收人員沒有到來，別的機關也沒有越俎代庖，替旁人籌劃的道理，何況一個戰區的政治部？除了擔任軍隊的政工以外，其餘的事，他也實在無權過問。

虧得劉異想天開，他在百無聊賴之中，忽然想起登記男女伶人和舞女這項工作來了。北平的舞場不多，舞女的數目有限，祇有唱京戲的男女伶人，那却是特別多。登記這兩種人物，既和別的接收單位，不相衝突，又可以和衣香鬢影接近，在劉看來是人生最快意不過的事。

劉決定了這個主意之後，就和呂文貞去商量。呂和他屬於同僚的地位，他的階級又是中將，比呂還大了一級。不說階級服從吧，客氣一些，總是應該的；再說，他們二人在職務上又不相隸屬，呂當然沒有干涉他的權力。不過，呂也知道此公不懷好意，因此會囑咐他，外面的誘惑力很大，凡事都要小心謹慎，不可大意，關乎個人名譽事小，關乎國家體面事大。

劉漫天通知呂文貞一聲，不過是為了敷衍一下面子。只要呂不正式攔阻他，他就心滿意足了，別的話他也聽不進去。當下興高彩烈的辭別了呂，在北平找了幾間房子，就開始辦公。並在大小各報上，普遍的發佈公告，如火如荼的幹了起來。

其實，劉藉着這項工作，一方面是為了接近女人，醉翁之意不在酒；一方面是為了個人的活動，好在外面仗勢招搖。對於那些生、旦、淨、末、丑的登記事項，他那裏有心腸去料理，無非交給手下幾個工作人員去承辦。他個人呢，每天在北京飯店進進出出，風頭的了不得！

此外，再加上他那套筆挺的軍裝，亮可鑑人的大馬靴。走起路來，昂頭挺胸，一副神氣的樣子，別人真弄不清楚他是怎麼一回事？他是搞政工的，嘴吧子又說得响，逢到什麼場合，他都有一套說詞。因此，聽的人無不「肅然起敬」，他的大名，不久之後，便凌駕乎呂文貞之上。尤其那些想和呂搭線，而苦於不得其門而入的人，這時便紛紛把箭頭指向劉的身上了。

在漢奸羣中，也有不少人想向劉搭線。除了王克敏、王揖唐諸人外，還有黎園公會主席汪俠公，和商會主席鄒泉蓀。

汪並不是唱戲的，也不是票友，然而，他何以當到黎園公會主席呢？說起來也實在可笑。他原本是一位北平土著，哼得兩句西皮二簧；他又和黎園界的人混的很熟，對於這事的情形，知道的很清楚。北平是皮簧發祥地，報紙上短不了黎園界的消息，他就常常寫一些「菊訊」，「戲評」，一類的東西，送交各報發表。在抗戰前，北平各家報紙上的「俠公談戲」，是很具盛名的。不過，他既和唱戲的人成了朋友，當然不能在報紙上隨便評批人家。所以他的「戲評」，人家都說他是「戲頌」，因爲他在文字中，只能說好的這一方面。

「七七」事變後，北平淪陷了，黎園行對於日本人和僞組織各方面，應付起來總覺得十分困難。每個伶人大部是本本份份的來唱戲，誰有功夫來搞這些不相干的事情。因爲汪俠公交遊廣濶，認識的人多，對黎園行情形又熟悉，大家便把他推舉出來當黎園公會主席。在他本人正是求之不得，自然是很高興的就了職。

至於那位鄒泉蓀，原本是北平一個規規矩矩的商人。因爲資本雄厚，他就幾度膺選北平市商會主席。商會主席，本來和政治上發生不了關係，但鄒却與其他的商人不同。

在宋哲元冀察特殊化時期，宋因和商人拉攏，特別給鄒泉蓀一個冀察政務委員的名義，使他成半官半商的兩棲人物。

北平淪陷時期，鄒便正式下海，當了漢奸。他和汪俠公都是次一級的漢奸人物，政治上色彩比較淡。爲了掩飾外界人的耳目，王克敏才慫恿他們兩人來出面活動。

當時，他們兩個人接受了這項任務，秘密計議了一下，決定除了金錢上的進攻以外，美人計也是必要的一着。數遍北平那些坤伶，到是有幾位美人胎子。不過要談到姿容美妙，善解人意的，當然以言慧珠爲第一。於是他們把言列爲第一張王牌，由她來打頭陣。至於如何佈置陷阱，和在金錢上作如何的安排，都由汪俠公統籌辦理。言慧珠是受人利用，她根本不明白這裏面的曲折經過。

劉漫天是主持黎園行登記的人，和黎園公會主席來往，那也是名正言順的事。不消二十四小時，他們彼此之間的感情，便已開始建立起來。汪久和敵僞權貴周旋，什麽樣的陣仗沒見過？碰到劉這樣初嘗風味的雛兒，他有什麽揣測不透的。他覺得對付這樣的角色，並不太難，只要三言兩語，一陣子馬屁便可以把劉恭維得如墜五里霧中，不知道自己姓什麽了。他們兩個人認識的當晚，便由汪出名請客，在東興樓設宴，替劉接風洗塵。席間除了由鄒泉蓀作陪外，祗請了北平幾位著名的坤伶作陪。

當他們在東興樓晚宴的時候，汪邀來作陪的那些女伶，都是一些出類拔萃的人選。在燦爛的電燈光下，一個個笑語盈盈，面帶春色，幾杯酒灌了下去，未待終席，劉早已潰不成軍了。日子一久，沒有不透風的牆。不知怎樣一來，蔣介石知道了這個消息後，勃然大怒，馬上下手令給政治部部長張治中，叫他對劉嚴加懲辦。張知道老蔣的護短心理，也不好過度的責罰他，只把他調了回來，算是了却這宗公案，蔣後來也未加追問，忘記此事了。

一九四六年，國防部要保送一批「品學兼優，可資深造」的將領，赴美受訓的時候，劉漫天是張治中所推荐的人。張那時在蔣左右紅得發紫，經他保舉的人，自然比別人有邀准的機會多些。於是，劉又遠涉重洋，到新大陸鍍金去了。

也是合該他命帶災星，嗣後蔣在翻閱名冊時，無意中發現赴美軍官有劉漫天的名字。覺得這個名字好熟，却一時想不起來。仔細一查他的歷史，才憶起他就是在北平接收期中的劉中將。

蔣介石想到了這件事，不禁勃然大怒！他以爲像這樣沒出息的人，在國內丟人現眼已經够了，如何還讓他蹧塌外滙，到國外去出乖露醜？於是立即下令召他回國。

那時，這批受訓將領，已經到了太平洋彼岸的舊金山。劉漫天忽然聽說要召他回國，曉得事情不大高妙，就利用大家不注意的當兒，潛逃無踪了。

在美國那個社會環境裏，一個誕登彼岸的異國軍人，又能跑到那裏去？幾個小時之後，就由美國憲兵把他捉到，交給中國領事館，用專機把他押送回國。

他被送回國以後，有人說他被囚禁起來，又有一說，他被判處徒刑。不管怎樣說吧，他的前途是完全葬送了，那是不待置疑的事。

劉個人雖然沒有得到好的下場，可是在當時的情形說，呂文貞受累不淺。呂是十一戰區前進指揮所主任，劉是十一戰區政治部主任，以階級來說，呂是少將，劉是中將，劉比呂還大了一級。以官職來說，兩個人都是主任，呂和劉的字音又差不了多少。凡是知道這件事的人，莫不張冠李戴，把馮京當做馬涼。譬如有一次，何應欽和張治中聯袂到了北平。何見到呂，也笑着問他：

「有人報告你和女伶如何如何，這究竟是怎麽一回事？」

呂文貞尚未置答，北平市長賴斌，已在一旁替呂答覆何說：「算了罷！這完全是一種誤會。」

留學日本的回憶

李祖虞‧口述
老瑞五‧筆記

夢鷗李祖虞先生，高齡已逾八秩，耳聰目明，腰脚亦健，一甌相對，娓娓道當年事，風趣盎然，茲錄其少年求學片段話，亦一小掌故也。

李先生自謂，十五歲時（光緒二十五年），始接受新式教育，讀書於杭州求是書院。按滿代辦學，始於光緒二十一年，以盛宣懷稟請王文韶奏准設立天津中西學堂爲嚆矢。嗣後通都大邑，相繼興辦，杭州一地，卽設有兩箇學堂，一爲求是，另一爲養正書塾，均在戊戌變法以前。

求是書院監督先爲陸懋勳（字勉儕，浙江仁和人，光緒戊戌翰林），後爲勞乃宣，後舍監則爲陳仲恕（漢第）。編制分內外兩院，程度介於今日大、中學之間。內院學生，年齡稍大，知識較高，蔣百里、蔣伯器卽爲其中表表，未及畢業，已去日本留學。

在新舊交替間，求是幾曾鬧出文字獄來，所幸淸室氣運已衰，院中當事善於疏導，乃得彌縫消解，以寢其事。緣求是創有一種制度，以內院生輔導外院生，與後來陶行知所創「小先生」制彷彿相同。一次，內院生史久光兄以「罪辮文」爲題，課外院生寫作。辮者，髮辮也，滿人入關，竊踞中國，在改朔易服中，因薙行男子蓄辮之功令，先民反抗而遭誅戮者不知若干人，今雖時移勢易，而於「辮」字上著一「罪」字，仍顯見其爲大逆不道。事爲杭州駐防將軍常恩所聞，立卽轉知浙撫任道鎔查究，浙撫又立卽轉飭勞監督等查明出題之人，解送錢塘縣收押，一時雷霆風火，全院震懼。勞監督頗見鎭定，一面囑咐史久光星夜遁往上海，轉赴東京，俾得以出題生在逃搪塞；一面又以時局不靖爲言，諷示當局不宜大張旗鼓，否則鬧出亂子，官廳恐亦難免獲咎。如此揚湯止沸，始將大事化小，未予深究。常恩猶恐院內「亂黨」潛伏，派出旂兵，常川駐院，從事監視。此在中國教育史上，不妨視爲軍警干涉學校之開端。

夢鷗先生原籍是江蘇常州，以在杭出生，故其少年卽在杭就讀。當時他頗有一種感覺，以爲排滿思想，浙江人似特敏銳。推原其故，諒因淸代文字獄，發生於浙省獨多，雖事隔百年，其慘酷事實猶印浙人腦海。而鄉先賢黃梨洲之「明夷待訪錄」，與當時浙籍大文豪章太炎之「訄書」，明辨華夷，詞嚴義闢，尤予浙人以深刻之啓發。外加湧金門之旂營兵丁，雖已盡爲遊手浪子，猶自視爲天驕，怙惡不悛，動輒向路過閨秀，恣意侮辱，益使浙人於異族

忙了一天，回到家裏，玩玩我自己所喜愛的東西，輕鬆一下，的確可以解除精神的疲勞，對於身體健康很有好處。但各人有各人的喜愛，不能强人而同之。我所喜愛的是名人書札，積年累月，集藏了二三千通，尤以淸末民初爲多，有的書法挺秀，有的牋紙古雅，有的內容具有歷史掌故性，足資參考。展玩之餘，摘錄較有趣味的若干通，也是解頤遣興的一法吧！

林琴南畫非錢不可

林琴南晚年，喜畫山水，頗自矜貴，作爲收入的重要部分。所以他治事之室，安排兩張桌子，一寫稿，一作畫，寫畢卽畫，畫畢又寫，可以博得潤金與稿費，有人稱他治事之室爲造幣廠，成爲趣談。某歲，有人一而再三，致潤請他作畫，都是單欵。琴南訝詢之，其人却以實對：「你老人家年齡高了，萬一不測，便不能動筆，屆時甯畫必倍蓰其價，如今積聚一些，以待善價。區區之意，如此而已。」琴南聞之，忿然作色，拒不再畫，斥他居心不良。我有如臯名士冒鶴亭致劉聚卿一書，從這書信中，可知琴南作畫，非錢不可，若不出錢，也須有其它代價之品，沒有什麼朋友交情。如云：「今晨往訪琴南，琴南見弟手持叠扇，遽曰：老鶴又來索畫，我非錢固不可也。已而讀甯書至淸流云云，曰：我不復能要矣。雖然，必報我。弟因許以五鐙會元一部，且堅三日之期。琴南欣然謂書到則畫亦成也。此致聚卿五哥同年，弟廣生再拜。」廣生乃鶴亭之名。

拾雋

柳亞子驅逐朱鴛雛的反響

柳亞子與朱鴛雛因唐宋詩之爭，鬧得一天星斗，鬧到後來，亞子惱火，用南社主任名義，在社刊二十集上，刊登緊急布告，有「附名本社之松江人朱璽，號鴛雛又號孽兒者，妄肆雌黃，腥聞昭著，業已驅逐出社，特此布告天下，咸使聞知。」又附斥朱璽一則。不料這樣一來，引起了許多社員的不滿，尤其松江派的楊了公，

之馮陵，腐心切齒。以是孫中山先生之革命思想，雖未廣布深入，而民族觀念，浙人已能自覺。求是兼錄旂籍學生，背後輒呼爲「小韃子」，顯存歧視之意，卽爲明證。

光緒二十八年，浙省選派公費生十五人留學日本，以學習師範爲主要科目。這十五人中，養正書塾保送五人，爲陳介、韓淸泉、張育蘭等；求是書院保送十人，爲錢家治、許壽裳、周承菼等，李先生亦在其內。其餘諸人，已難盡憶。

李先生由上海啓行東渡，坐三等艙，經三日抵長崎，轉乘火車抵東京。初在宏文書院補習日文，院長加納治五郎，於教育界頗通聲氣，能爲中國學生介紹所屬意之學校，故當時留日學生多以宏文爲墊脚石。

抵東京後兩三天，神田區錦輝館開中國留學生大會，李先生曾往觀光。見到會學生數百人，似分兩派，相繼演說。一派主張中國應實行君主立憲政體，就舊基礎建設新局面，避免重大破壞，爲國家保留元氣；一派主張革命唯一論，其所據爲腐肉不去，新肌不生，不革命中國決不得救。李先生初抵異邦，面對國人，亦殊隔閡，詢之同伴，始悉前一派演說者爲曹汝霖章宗祥諸人，後一派演說者爲湖南周姓等。所得印象，則頗以前一派理論相當動聽，後一派之態度，特見其慷慨激昂。

黃克强（興）時亦在宏文讀書，由湖北省選派，尙留髮辮，人極樸實，以其後爲民國元勳，故印象甚深。李先生在宏文仛讀數月，忽變更志願，由準備學習師範改習陸軍，入振武學校。日本軍事敎育制度，先讀成城學校，接受陸軍預備敎育，畢業後入聯隊實習一年，再入士官學校深造。振武卽由成城劃分，專爲中國學生而設，同學以兩湖人士爲多。李先生是插班生，不到一年，卽已畢業，術科中之騎木馬，翻槓子等基本訓練，均能合格。正在此時，日俄戰事爆發，聯隊臨時不收中國學生，李先生受阻，失去實習機會，乃掉轉頭來，仍學師範。但又格於成例，東京高等師範學校，向例僅收宏文出身學生，不收振武出身學生，因此他就離去東京，考入廣島高等師範學校。

其時國人涉足廣島者，殊乏其人。廣島高師之有中國學生，則以夢谿先生和譚學夔、金曾澄兩人爲破天荒。校長北條，因此大爲興奮，立意願將伊等三人，特加培植，分別安插在三箇宿舍，予以隔離。其用意所在，爲使伊等與日籍學生不斷接觸，藉以促進其於日語之語熟，與生活方式之習慣。李先生今以高齡，尙能說嫻雅與流暢之日語，自謂卽於此時打下根基。

如是約越一年，李先生以日俄戰事結束，其弟宗植且已由振武畢業編入聯隊，是其規制已復舊觀。習武之念，又不禁油然而生，卽向廣島高師請准退學，逕返東京，要求留學生監督王克敏代爲交涉，插入聯隊。克敏爲之設法辦妥，宿願得償，喜不自勝，詎意其所編入之聯隊，駐地卽在廣島，李先生雅不願回到老地方，只得作罷，從此息其從戎之念矣。

在兩面踏空下，李先生乃入東京帝國大學，選修心理敎育學。嗣改入早稻田大學，專攻政治經濟，迄於畢業，時在光緒三十年（一九〇四年）。

當時各省選派留日學生，各自爲政，所給官費，多少不等。浙省學生，每名每月約得日圓二十八元，除去學費膳費，所餘無幾，諸般節省，勉可應付。適陳叔通和好幾位朋友在東京速成法政學校讀書，由陳叔通介紹李先生爲日語傳譯助敎，月獲津貼，手頭始稍寬裕。汪精衞會在速成法政聽課，故李先生和汪相識甚早，彼此相處於師友之間云。

書札

爲朱鴛雛大抱不平，有一信致高吹萬云：「吹萬先生惠鑒：弟久不作篆，眼高手生，奈何奈何！于君處當代致可也。柳亞子專事謾罵，不留餘地，閱者已不堪其陋。更以南社專爲私有，又陋之陋矣，昨劉三，鵷雛到舍，相與太息者久之。論同社之義，當出片言規勸，後見楚傖、力子、樸庵均忠告而不受，尙何言哉！孽兒之詆吳又陵，果屬荒唐，惟論詩五絕，乃野鶴之手筆。野鶴詩筆之高超，非亞子夢想之所及，而此五絕之太劣，適貽亞子以口實也。此報弟處無有，當囑孽兒寄上可也。有近作示我，愛先生詩，並愛先生字也。此請道安。了公合十。」信中所謂于君，指于右任而言，所謂報，指「中華新報」而言。後來亞子也頗追悔當時的意氣用事，鴛雛過了數年，患肺病逝世，棺木置在荒寺中，無以營葬，亞子很願出錢爲他葬之公墓，藉此懺贖前咎。原來亞子很天眞，和社員們時常鬧翻，鬧翻後又握手言歡，這是習見的事。

陳叔通廣徵梅幅

陳叔通的百梅書屋，是藏了許多畫梅名作而命名的，如唐子畏、鄭板橋、金冬心、汪巢林、杭世駿、羅兩峯、童二樹等，都是很精的作品。可是他尙不滿足，聽到有什麼名作，他就設法搜羅，不惜代價，後來他印成「百梅集」，成績的確是挺好的。有一信致南陵名士徐積餘云：「積餘先生閣下：久未晤敎，茲有懇者，前由宋小坡來云：宣古愚先生處，有張船山梅花直幅，可以商讓，敬（叔通名敬第）以庚申刧後，家藏書畫，僅餘六如墨梅一軸，故搜集名人梅花較多，未知先生便中能代向古愚先生婉商否？特此奉瀆，專頌道安，敬拜上。」信中涉及宋小坡，名寄，一署千居。能詩，精鑒別，現尙健在。宣古愚名哲，號黃葉翁，致力金石考證，有「金石學錄補」，又工詞，刊有「寸灰詞」，常和張丹斧、周梅泉等往還，已逝世多年了。

拙鳩

東方的希姆萊 法西斯的七首

戴笠是怎樣子死去的？

居伯始

生為國家，死為國家，平生具俠義風，功罪蓋棺猶未定；
譽滿天下，謗滿天下，亂世行春秋事，是非留待後人評。

這是章士釗因應張羣的堅囑，所作挽戴笠的對聯，是不負責任兩面光的空話，絕非蓋棺論定的評語。說句露骨的話，聯中的罪、謗、非三字，已經把對象指出是否定的人物的了。

戴笠是一九四六年三月十七日，因乘飛機失事而喪命，距今已有二十年了。戴笠死訊初傳之時，中外的通訊社紛紛報道，合衆社訊是：

中國秘密警察首腦戴笠，三月十七日由北平飛南京途中，在南京附近墜機斃命。同機十六名乘客無一倖免。已發現十三具屍體，相信其餘三人已焚燬成灰。衞兵的屍體業已尋獲，其中兩名係戴笠的馬弁。戴笠為中國的神秘人物，以殘酷無情稱。對于他的生平，實際上無從獲悉，僅最近才許獲得照片。因為極鉅大的蓋世太保（德國法西斯秘密警察——特務）的權力，而受到許多人的恐懼和憎恨，常常引起與希姆萊對比。他在戰時與美海軍合作主辦中美合作訓練所（SACO），在中國有廣大的間諜網。他名義上是軍委會調查統計局第二號領袖，實際上是全世界聞所未聞最秘密組織者之一的首腦。

美聯社稱：戴笠的死，似乎完全與他活着時候一樣的神秘，他是蔣介石的忠實部下，蔣聽到他的可靠的股肱死訊而痛哭了。

這些通訊，只能說是外籍記者初步採訪的新聞而已，而實際情況，眞像「天方夜譚」那樣離奇。現根據當年參與內幕者事後透露，綜述于下。

戴笠是一九四六年二月十二日離渝，遍歷上海、蘇州、南京、北平、天津、濟南、青島等地。三月十七日由天津乘航空委員會撥給他使用的一架C—222號專用運輸機改成客機，準備到上海轉重慶。他此行目的，是他會向蔣介石寫過一個全國建警計劃，請求成立全國警察總監部，由他自兼警察總監。正在此時，中央警官學校教育長李士珍，也擬了一份戰後建警計劃，支持李的是戴傳賢。所以他急于趕回重慶，爭奪掌握警權。其次是主持勝利後第一次的「四・一大會」（軍統局成立的紀念）。他取道上海的原因，是要請唐生明給他為某電影明星與丈夫辦理離婚手續，好讓他無牽掛地和她過半輩子，到達滬時，也可以和她歡叙一兩天，再飛重慶。

這次戴的隨行人員有：軍統人事處長龔仙舫，軍統控制各地黑幫頭子的負責人金玉波，英文秘書馬佩衡（曾任上海英文大陸報編輯）、副官徐焱和衞士與天津鉅商黃某。專機上還有正副駕駛員、報務員等人。本來在天津起飛前，據報上海氣候惡劣，但戴仍然決定起飛，叫多帶汽油，萬一上海不能降落，便飛南京或濟南、青島。駕駛員是知道他的脾氣的，不敢勸阻，便即起飛。到了上海正值大雨滂沱，上海機場不同意降落。即轉飛南京，南京也下大雨，機場勉強答應降落。由于雲層很低，又有雷雨，飛機與地面聯系困難，在穿雲下降時，已越過機場，東飛到江陰縣去了。駕駛員還一度與地面聯絡。到了十二時半後，聯絡突然中斷，地面再也叫不出222號了。

這架專機撞在江陰板橋鎮南面的戴山山腰上，以後據附近一些目覩當時情況的鄉民說：在大雨中，飛機飛得很低，先撞在一棵大樹上，才衝到那座不到二百公尺高的戴山上去的。在一聲巨響之後，接着一片大火。因所帶汽油太多，飛機一直在雨中燃燒了兩個鐘頭左右才熄。于是這一個神秘人物東方希姆萊，便這樣結束了他的一生。全機十八人，同歸于盡，個個燒得焦黑，身體殘缺不全。機身也全部燒毀，只賸下尾部，僅可看得出它的編號。戴動身時，帶着在北平抄出漢奸的珍貴古物一部分在身邊。飛機失事後，這些未燒掉的東西，已被附近鄉民揀走了。後來經過清查，還找出兩件，一是一尺多高的宋雕羊脂白玉的九龍杯，九條龍中的一條被撞掉了一個頭。另有一把古劍，柄鞘雖然燒壞，但劍光閃閃逼人。飛機墜毀，連續大雨，戴等的殘屍，便在雨中淋了三晝夜。這個搞了一輩子的特務頭子，平日經常誇口他的情報網，不但布滿全國各個角落，還遍及世界五大洲。而結果呢，自身被摔死了，這密布各地的特務們，竟讓他在南京附近暴屍三天之後，才行發覺，這是多麼奇異與反常的事情啊。

從三月十七日下午開始，在重慶軍統局的秘書長毛人鳳，得不到戴安抵滬寧消息後，便即分別急電青島、濟南、天津等處，查詢下落。因為按過去習慣，戴每次從甲地到乙地到達後，一定要先和毛聯系，時間總不超出三小時。這次竟反常例，半日得不到消息。軍統的電訊工作員，都忙了一個通宵。第二天（十八日）凌晨，毛人鳳還沒有得到戴的電報，馬上去見蔣介石報告。蔣聽了，非常着急，立即親自打電話到航空委員會查詢222號機的下落。得覆是曾經過上海、南京上空，因大雨未能降落，以後便失去聯絡。蔣便一面叫航委會迅速派出幾架飛機，沿途去搜尋。一面對毛人鳳說，可能是被迫降落在共軍佔領區去了，所以才沒有辦法聯系。即囑毛回去趕緊派一個將級人員，携帶電台和報務員，醫生及藥品等乘飛機到一些可能降落的共軍佔領區上空去尋找。發現這架飛機後，如不能降落，便跳傘下去。再三叮囑毛人鳳要盡一切辦法和可能，找到戴雨農。

毛人鳳回到辦公室後，召集在重慶的一批將級人員二十多人，舉行緊急會議，主要是徵詢一個領隊去尋找的人。大家聽到要跳降落傘下去，特別是聽到要到共軍的解放區去，都一聲不響。毛人鳳看到了這個僵局，聲淚俱下的一再說明，這是委員長親自再三吩咐，必須派一個高級同志去尋找，如果沒有一個負責人肯去，不但無法覆命，也顯出軍統負責人是胆小怕死的了。毛雖然舌敝唇焦般反覆講了幾遍，都沒有一些反應。因為當時大家都覺得好容易熬到抗日勝利，正是享樂的時期，誰願意去冒危險？時光五分鐘五分鐘的過去了半小時，香烟也一支一支的連續抽着，還沒有結果。最後才由沈醉起立，表示願意去擔當這個任務。毛人鳳立即上前緊緊的握着沈的手說：「我原來估計以為大家必定會踴躍地爭着要去，結果，這麼久沒有人表示，想不到只有你一個人肯去。唉！」跟着，毛把沈帶去見蔣覆命。蔣叫沈下午當即出發。又問沈跳過降落傘沒有。沈答沒有。蔣才決定叫沈下午帶着醫生報務員先去練習一下跳傘，明天清早便要動身，不得遲誤。毛沈正在準備辭退時，蔣即用印了「國民政府軍事委員會委員長手令」的牋紙，親自寫上：「無論何人不許傷害戴笠各軍政機關地方政府如發現戴笠應負責安為護送出境此令」，交給沈。並說倘發現失踪的飛機，不在機場上，便立刻帶着醫生報務員跳傘下去，見到當地不管什麼單位的負責人，出示這張手令。找到戴局長後，用無線電與重慶聯絡，一切都不成問題。毛人鳳補充的說：重慶電訊總台，已指定兩個收報機，日夜專收聽派出去的電台呼號，隨時都可聯系。事情的徬徨、緊張，可見一般。

沈醉和醫生、報務員，在當天的下午，小心翼翼地練習了三次跳傘，準備翌晨（十九日）拂曉起飛。但到黃昏，毛人鳳接到軍統南京辦事處的長途電話說，十七日中午，有一架軍用機墜毀在南京附近，已派人先去偵察，是否戴局長所乘的專機，還不能肯定。當時在重慶的軍統「大員」東方白、羅佩湘等，正在扶乩問卜，請鬼拜神，來占吉凶，大家都是說什麼「吉人天相」一類的聊以自慰的空話。突然接到這樣一個長途電話，毛人鳳慌忙地去報告蔣介石。毛很快的便轉回來，告訴大家說：委員長聽了他的報告，馬上肯定是戴坐的專機。並說：「戴局長已遭不幸，」邊說邊眼眶發紅，流下淚來。但他還是決定要派人提早乘準備好的飛機，先去南京看看，如不是的話，再照原定計劃去尋找。這時勾留在軍統秘書室的一批特務頭子，都焦灼異常，希望南京附近失事的飛機，不是戴所乘的。因為很清楚，如

溥心畬騎馬像

林熙

本刊第四期的封面插圖是一幅小童騎馬像。這個小童并不是無名之輩，而是蜚聲藝術界的畫家溥心畬先生。溥先生這幅相是光緒辛丑年（一九〇一年）在北京恭王府攝的。近日我在一本英國人所著的書中見有此相，所以拿來做封面畫。原相下面注明「王子溥儒，恭親王之孫」。我看後猛記起三十年前溥先生告訴我的一件事，如果不看這照相，就簡直忘記了。

一九三五年我在北平跟心畬先生學寫畫，有一次，司徒喬請我介紹他和溥先生相識，我就約了另一位精於攝影的朋友丘錦春同行，為我們拍了六七張相。拍後溥先生很高興，他對我說，他最早攝的相片是德軍到恭王府游玩，給他拍的一張騎馬相，那一年他正是六歲。我請他找出來給我複製一張，但他找不到，日久也忘記了。不意三十年後我無意中發現了，并且有機會刊在我主編的刊物上，實在是一件快慰之事！

果是的，肯定全機的人，無一倖免，否則不會沒有一些消息的。但大家都沒有說出來。到了晚上十時後，有一部分的人，還沒有走，蔣來電話叫毛去。毛囑在座的人等候他回來，看看有什麼事要辦。半小時後，毛淚痕滿臉垂頭喪氣的回來，上氣不接下氣的說：蔣已從航委會方面，證實了落在南京附近的飛機，便是戴所乘的專機，肯定了全機人員，都已遭難，所以沒有人聯系了。蔣所關心的是繼任人選。毛即建議由鄭介民（原為軍統局參謀長）代理。蔣已答應。毛說畢，再三堅囑在座的人，這一建議，不能讓唐縱知道，以免發生人事上的糾紛。（筆者按：毛人鳳是浙江人，鄭介民是廣東人，唐縱是湖南人，各有派別，互爭座位，矛盾很深。）毛最後說，蔣指示仍叫沈醉即速去南京主持辦理戴的後事。

沈醉飛到南京，在中山路軍統南京辦事處休息的傍晚，恰值戴的侍從副官賈金南把戴的殘屍從卡車上抱了下來。賈一見到沈，便放聲嚎咷大哭說：今天去收拾屍體時，見着個個都燒得焦黑，像幾堆驢糞，模糊難認，以後由他仔細察看，先檢得戴仙舫圖章一顆，戴局長和衛士的手槍四支，又認得戴的臼齒上下鑲有六隻金牙的特徵。右手和小腿已找不到，從夾得緊緊的左膀殘存的破爛衣片，可以斷定是他生前所穿的衣服。賈更悻悻地說：當他找得戴的殘骸以後，所有同去的高級人員，掩着鼻子，立即紛紛下山，各人乘着自用汽車回南京。他聲淚俱下打恭作揖向每一個同去的大特務們懇求，讓他抱着戴的半截殘屍搭乘小汽車，他們沒有一個人答應；不得已只好放在大卡車載回了。又說：老板在生前，大家靠着他吃飯，升官發財，表面上口口聲聲的多麼尊敬他。今剛死了，連公家撥給他們坐的汽車，都不肯讓搭一下。說完，這位跟隨了戴笠十多年的副官，又大哭起來。晚上，由軍統上海辦事處李崇詩買了一副楠木棺運到南京。在半年前，先到上海、南京等地接收的特務們，得到戴的死訊，心裏都在暗喜，慶幸早在擔心怕出問題的財產，可以安穩地落在自己荷包裏了。等到第二天各地報紙刊出了戴笠死去的消息後，除了豢養戴的老頭子和極少數的軍統分子為之傷心外，全國人民連同國民黨內部，甚至軍統內部，莫不人心大快。

戴笠所乘的專機，所撞的山，叫戴山。山腰上有一條水溝，叫困雨溝。根據當時的情況來說，飛機撞在山上後，並未完全毀壞，由于汽油着火，才把各人燒死。經過三晝夜的大雨，殘屍都被沖到困雨溝裏。戴山下，有一間破舊的戴家廟。由于這種種的偶合，迷信宿命論的人，便借題宣傳「大將忌地名」，如龐統在落鳳坡遇難一類的瞎話連篇。事後，軍統局本擬在此地建立專祠，因為用欵太多，又難以保護，只得作罷。只在此地樹立一塊石碑，刻着「戴雨農將軍殉難處」。同時也把戴家廟草草地葺修一新，廟裏掛着戴的照片，這是後事了。（據聞戴的石碑，樹立了不到半個月，便給鄉民打毀，廟裏的照片，化為烏有，戴家廟也塗改為歹家廟了。）

戴的殘屍，雖然入殮，棺材停在靈谷寺前面志公殿。等到第二年春間，才在靈谷寺後山下葬。事先戴的老板還諄諄指示葬時要取子午向。估不到這個受過洗禮的基督徒，還是一個迷信風水的陰陽家大弟子。墓碑是出于吳敬恒的手筆。墳墓工程，由一家姓陸的營造廠承包，用鋼筋水泥黃沙拌灌在墓穴內，把棺木與整個墓穴凝結成為一大塊。他們這樣子做，無疑是恐怕被人掘墓鞭屍而已。

附誌：戴笠，字雨農，小名春風。清光緒二十二年（一八九六年）生于浙江省江山縣硤口鎮。是黃埔軍校第六期騎兵科未畢業的學生。他所任的職務主要是：軍事委員會調查統計局局長，財政部緝私署署長，戰時貨運局局長，中美合作訓練所主任；其他如水陸統一檢查所，全國稅警部隊等機構，均由他所掌握。死年五十歲。

張一鵬「半載而歸」

讀大華第一期平步青先生那篇「徐志摩陸小曼打官司」提到上海名妓富春樓控訴平襟亞，係由一個著名律師張一鵬弄出來的。這件事很可笑，也很有趣，由此可知當日上海司法界的腐敗。

張一鵬是舊日蘇州的大紳士，張一麟的弟弟，舉人出身，後往日本法政大學讀速成科，清末民初，在京津一帶做司法官，民國六年做過一任江西財政廳長，七年任司法部次長，民國十六年，北伐軍到了蘇州，他又搖身一變做起南方「赤匪」的吳縣縣長了。十七年辭職，往上海掛牌做律師，大概做了不久，就辦理富春樓這一案。

汪偽政府成立，張一鵬潔身自愛，不肯參加，但後來汪精衛不斷派人去勸駕，請他出山整頓司法，張才答應以客串式來擔任「司法行政部部長」一職，並聲明此官只串六個月，期滿即辭退，絕不多做一天，也不少做一天。他是民國三十三年即一九四四年一月十六日就職的，到七月十五日，張一鵬患斑疹傷寒逝世，整整做了六個月，不多一天，亦不少一天，適如所願。他的死訊傳出後，江南人士傳為怪事，以其滿半載而歸道山，可媲美於陳布雷也。（陳布雷求籤得「珠玉豐餘，滿載而歸」兩句，其兄訓正謂此乃任浙江教育廳長滿一載而歸去之讖。今引用此「典故」，以博一笑。）

·竹　樓·

「中國事變」解決的命途多舛

——「日本軍閥禍國秘史」之二

〔日〕田中隆吉 原著
魯揮戈 譯寫

東條排除異己

昭和十五年（一九四〇）冬，我由山西省以第一軍團參謀長之職奉調回陸軍省任兵務局局長，十二月十日返抵國門，行裝甫卸，即去次官（副大臣）官邸晉謁阿南中將。〔譯註一〕阿南次官在大正朝末葉就和我有深切的關係，是我所敬畏的前輩之一。我在略事寒暄後，就逕問次官道：「爲什麼如此急急地調我回陸軍中樞呢？」

次官答說：「我知道你對於此次調職是會感到不愉快的。我也曾向大臣（即時任陸相的東條英機）進言過，不宜這樣快調你回來。但大臣却獨斷地作了決定。現今陸軍內部正爲石原中將的事而呈混亂的現象，大臣需要你來處理，所以要你來任兵務局局長。不過，大臣對於你，是猜疑防忌的，而他又一向喜以感情和意氣用事，你以後諸事得特別謹慎注意。我已無意再任次官，現今正在請辭中，不久，我將會回去前線任指揮官的。」

阿南次官所說的石原中將事件，我得在此回溯往事而闡釋下。

昭和十三年（一九三八）十二月杪，我奉委爲陸軍省兵務局兵務課長。當時的陸軍省大臣是板垣征四郎大將，次官是東條英機。東條是不主張從速解決「中國事變」的，而且聲言不惜在南北兩面同時對英美和蘇聯作戰。但當時任參謀本部次長的多田駿大將，則認爲如不設法從速終止中日之間的戰爭，日本的前途將非常可慮。他們兩人意見相歧，私人的感情也因而生起很劇烈的衝突。當時有「滿洲派」之稱的板垣陸相和石原莞爾中將，是與多田次長私交甚篤，而且抱相同的見解的。〔譯註二〕

板垣陸相顯然地是站在多田次長一邊的，他將東條調任爲航空總監了。當時的陸軍內部，對東條見解起共鳴的人很多，他們被稱爲「統制派」，與「滿洲派」對立。「統制派」見到東條由陸軍省次官的位上被調走，對於板垣陸相起了很大的反感，曾經議決以後不再對板垣陸相尊敬禮重的。

當東條尚在次官任內之時，爲了打擊「滿洲派」，一手弄出了所謂「淺原事件」，而大興風波了。

淺原者淺原健三也，是一位有名的左翼政客，是石原中將的知己朋友，與板垣、多田也有頗不淺的交誼。淺原是左翼中人，可以加之以罪名。於是，東條便以陸軍首次官的身分，命令他的嫡系人物而任東京憲兵隊長的加藤泊次郎大佐，拘捕淺原，加以偵訊。

東京憲兵隊經過幾個月的偵查後，下結論說：「多田駿大將和石原莞爾中將，受共產主義者淺原健三的利用，企圖在日本實行共產革命。」這一結論，給了「統制派」一個充足有力的理由，要求給石原中將以嚴厲的懲處。

陸軍省兵務局兵務課是負責監督全陸軍的軍風紀的。我在昭和十三年十二月奉委爲兵務課長，是出於次官東條英機的推薦。他認爲我會感恩知己，在對待石原事件上能作悉如他的意旨的處理。可是，我却把處分石原的事，故意暫時擱置。東條離開陸軍省而改任航空總監後，仍一再地催促我速予石原以處分。（據陸軍省的防衛課長——主管憲兵事務——渡邊大佐的意見，東京憲兵隊所作的淺原事件偵查報告書中臚列的很多罪名，其實是出於虛構的。）

東條雖然自陸軍省次官的位上被調走了，但陸軍內部反對板垣陸相一派的人仍很多，「統制派」的聲勢正盛極一時。所以，石原中將的處境依然很不利，要求懲處他的聲浪也喊得很高，這成了當時陸軍內部最爲人注意的事。昭和十四年（一九三九）七月，日蘇在諾蒙罕發生軍事衝突，一時吸引了每個人的注意力，以致大家暫時對懲處石原一事無心顧及。我覺得這是對石原中將採取行動的一個好時機，於是便和兵務局長中村明人中將商談，得出結論是：「雖然淺原事件中有很多不盡不實的事，但石原中將的言行不够謹慎，也難辭咎。」因爲我和板垣陸相有特殊深切的關係，中村局長認爲由我去晉見大臣，陳述我們的決定而請求批准，比較允當。

怎知大臣在聽了我的陳述後，厲聲叱道：「這是什麼話？這根本是一項陰謀，我斷斷不能容許這樣的陰謀得逞──不管作此陰謀的是航空總監，是憲兵隊長，或是其他任何人，我一律都要他們滾蛋！」

我說：「假使不乘現今的時機而給石原中將以最輕微的處分，將來，這件事必定會再被掀起的。那時，可能對於石原中將會更不利。現今不解決，這總是一宗懸案。」

我見大臣不作答復，只好退出他的官邸了。次日，板垣陸相又召我去官邸，而對我說：「你昨天的話是說得不錯的。你的苦心，我也明白。但石原是在『滿洲事變』中和我同過患難，共過生死的人，如今由我來處分他，在道義和感情上，我是萬萬不能這樣做的。」

板垣大將如此尙道義、重友誼、有人情味，使我聽了他的話後，不禁熱淚盈於眶了。

昭和十四年九月一日，板垣大將辭去了陸相之職。石原中將就在前一天，奉陸軍省之令，由鶴舞要塞司令官而昇任京都師團長。石原是一個稀有的人才，私生活有如一位禪宗大和尙，但對於自己所疾惡的人，却又往往毫不留情地予以指斥痛罵。東條此人種種的劣點，就會被石原一一揭露無遺。因之，東條對於石原，恨至切骨。

近衞文麿第二次組閣，板垣的陸相之位就由東條繼代。果然如我所料，東條履任後，重掀石原的懸案了。

我在昭和十五年十二月十日返抵東京後，於晉謁過阿南次官後，旋卽晉見陸軍大臣東條。我向東條說：「恕我直言，大臣對板垣大將抱有惡感，實在是不妥的。板垣大將對於大臣是一秉公心相待的，他在我途經南京而返國時，曾經諄諄囑告我，要我盡力輔佐大臣，以確立軍的統制。」東條並不向我談及板垣大將一字，只是吩咐我立卽把石原中將停止現役，而列入候用的名冊。

我會向東條勸說不必如此急急停止石原的現役。陸軍省內愛惜石原才幹的阿南次官和野田人事局局長，也會進言過。但東條却堅執不從，終於在昭和十六年（一九四一）三月，將石原中將編入候用的名冊了。是年八月，多田駿大將也退出現役而被編入預備役了。接着，板垣大將也奉調職之令，而被排斥去朝鮮了。這一來，「滿洲派」鉅子而主張從速解決「中國事變」的陸軍首要們，全被東條或逐出現役，或置於閒散之地，而不能再預聞軍國大計和不能再發生力量了。

孔祥熙擬與日外相晤談

「中國事變」有過好多次可以解決的機會，但不幸都未能成功。倘若「中國事變」能早日解決，「大東亞戰爭」就不會發生，而日本最後也不會落到敗隆的收塲。由此看來，板垣大將、多田大將和石原中將等，確有謀國之忠和先見之識，而東條大將等確難辭禍國之罪。

昭和十三年（一九三八）夏季，外務省大臣的宇垣一成大將，曾積極進行解決「中國事變」的具體辦法。當時，宇垣外相經由英國駐日大使克萊琪爵士和美國駐日大使格魯的居間接洽安排，已與中國的重慶政府談妥，由宇垣外相和中國的行政院院長孔祥熙氏，在香港或台北兩地中的一地會晤，面商終止戰爭的辦法。當時，雙方同意以下述的條件爲洽談的基礎：（一）以華北爲中日的緩衝地區；（二）中國承認「滿洲國」；（三）中日經濟提携和共同反共；（四）日本當設法從速自中國的佔領區撤兵；（五）日本不提賠欵和割地的要求。宇垣外相堅持雖由英美大使居間接洽，但在中日直接商談時，却不許英美從中干預，這點，英美兩國也應允了。

這使中日兩國最高官員直接洽談和平的辦法，看來是大有成功的可能的。但不幸得很，消息較早地洩漏出去了。以陸軍大佐高島爲首的皇戰會──會員多是青年軍官──，卽以軍力威脅近衞首相，不許與中國談和。近衞太懦弱而怕事了，命宇垣外相停止進行。宇垣外相得不到首相的支持，也就無能爲力了。不久，宇垣大將就以反對設立興亞院爲理由，而辭去外相之職。皇戰會的青年軍官，爲了忿恨英美大使的居間接洽，準備顯些顏色給英美看看，會企圖在昭和十四年（一九三九）元旦，襲擊神戶的英國領事舘，幸爲官方及早發覺，未得成事。

汪政權阻礙中日和平

昭和十四年（一九三九）春季，汪兆銘自重慶出走而終於至上海和南京，組織新政權以求解決中日戰爭。我對於汪氏的爲中日和平而努力，不勝感激和贊同，但却反對他的在南京另立政府之舉。在日軍的佔領區組織政府，誰都會認爲這個政府是自己做不得主的，何況汪氏又一向被中國人視爲一個反覆無常的人，很少人敢對他深信。至於蔣介石氏，現正因領導抗戰而獲得最高的聲譽，受人擁護，有足够的實力。所以，要解決「中國事變」，就必須以蔣介石氏的重慶政府爲對手。汪兆銘氏出而從事「和平運動」是對的，但不該另組政府。

「滿洲國總理」張景惠，會經對汪氏作過一針見血的評語：「汪先生沒有武力，能够幹得出什麼事呢！」我的至友蘇氏（譯寫者按：卽僞山西省省長）會對我說：「汪先生的另樹政權，實是莫大的錯誤，徒使和平的道路上增加阻碍。汪先生如果眞的衷誠企望和平，就應該只以在野之身進行和平運動。」大川周明也對汪政權的建立大表反對，會經當面大罵一手助使汪政權成立的影佐禎昭少將爲「國賊」。〔譯註三〕影佐會爲此辯白說：「我也是不贊同樹立新政權的，但因爲本國政府認爲非從速助汪建立新政權，不足以言解決中國事變。政府決策如此，我只好奉命行事了。」老實講，日本的當時執政者，企圖由汪政權來解決「中國事變」，實是愚昧無知的見解。但這種愚昧無知的見解，却反而見諸實行了。

汪政權號稱「還都」，在南京成立了新政權，日本派阿部信行大將爲祝賀特使，並負責談判締約。昭和十五年（一九四〇）秋季，阿部特使與汪的「國民政府」談妥了「中日和平條約」。日本政府決定在批准此約之日，給汪政權以正式的法律上的承認。

在阿部特使去南京之時，另一項和平商談正在進行中。當時由德國外交部長李賓特洛甫居間斡旋，經由中國駐德大使陳介，向蔣介石將軍進議。蔣介石將軍表示，如果日軍允由「七七事變」後所佔領的地區撤退，中日即可恢復和平——這就是說，蔣氏只以恢復一九三七年盧溝橋事件前的狀態爲條件——。日本外相松岡洋右對此大感興奮，決定繼續請德國外長居間斡旋，並開始準備與重慶政府談判。日本的中國派遣軍總部，對此也至感興趣，當時任派遣軍總部的參謀長的板垣征四郎大將（即前日本陸相），已準備出發去某處，與重慶方面的要員晤談。但陸軍省（此時正由東條爲大臣）却向外務省提出了一個問題：「是一次撤軍完畢呢？還是逐漸撤兵呢？」外務省不能遽予答復，便致電德國外長詢問中國方面是要求一次盡撤還是逐漸分批撤呢。

在李賓特洛甫的復電尚未來到之時，阿部特使向東京中樞提出了强硬的抗議，反對這與蔣介石將軍談和之議，以去就力爭。同時，他又暗中唆使陸相東條大將出面反對這項和談。於是，陸軍方面呈現出强硬反對的態度，外務省也就不敢繼續進行下去了。據說，李賓特洛甫對於日本無定策和反覆多變，至感憤怒，發誓以後不再插手於中日和平的斡旋和談判的事中去。當時的外務省次官大橋忠一，對於阿部大將的這種做法，大表憤慨，直至數年後的今日，他談及此事，猶詬罵阿部大將不已。

大川周明也曾苦勸過東條，爲了邦家的命運，切不可反對這項和平談判。東條一時想不出任何理由來駁大川，便只好說：「我們如果應允從中國佔領區撤兵，就將對不住靖國神社的戰死者的英靈。」大川憤憤地說：「英靈都已成了神，他們是比你忠於邦家和明達事理得多的。」大川說完這句話後就退出，從此不再和東條有往來，而且一直詬罵東條誤國不已。

對於中日和平，我也曾盡過力。我曾通過上海的聞人而與重慶政府有深切關係者，向蔣介石將軍做功夫。這是獲得畑俊六大將（譯寫者按：畑曾任陸相和中國派遣軍總司令，後晉陞爲元帥）和板垣大將的同意的。但結果也終於爲了日本已承認汪政權，而告白白辛苦一場。

東條首相屢拒和議

昭和十六年（一九四一）十二月八日「大東亞戰爭」爆發。當新加坡被日軍攻陷時，前「華北政府」的領袖而當時在青島休養的王克敏，曾經派了一個專人來見我。那人是蔣介石將軍的重慶政府的一位部長的女婿，姓張，一直負責爲王克敏氏與重慶政府之間作聯繫的工作。張某向我傳達王氏的意見：「爲了澈底保證大東亞戰爭的勝利，中國事變更有從速解決的必要。倘若日本允將越南暫交中國軍駐屯，而中國願承認滿洲國，則中日和平大有希望。本人願爲此致力。我相信重慶方面不會有多大的異議的，問題端視日本方面的意思如何。希望閣下多多於此盡力贊助。」

我身爲陸軍省兵務局長，限於職位，不便立即直接向東條首相進言，於是便介紹張某去見當時擔任航空總監的土肥原賢二大將和前關東軍總司令本莊繁大將，請土肥原大將向東條首相進言，請本莊大將向參謀總長杉山元大將進言。我自

編輯後記

△這一期的長文章比較多一些，因此上期預告的文章：「巴黎茶花女遺事最初的版本」、「西江爭渡記」、「翰林偷書」、「因腎囊二字而死的林白水」等篇，都沒法排入，對上文各位作者很是抱歉，現改下期全部刊出。

△「汪精衞屍被毀記」的作者茹松雪先生，以前在南京的國民政府做過很高級的公務員。抗日戰爭勝利後，由重慶飛返南京，就聽到汪精衞墳墓被炸一事，他曾經和那幾個負責辦理這件事的人見過面，談到此事的經過。一九四九年後，茹先生移居香港，從事寫作，南洋各報，都刊登他的文章。

△屠伯始是一位舊日政界要人的筆名，這位先生熟悉二十年前政壇上的特務組織，他的「戴笠是怎樣子死去的？」一文，詳記一九四六年戴笠坐飛機遇難的經過，字字皆有根據，

△李祖虞先生是中國法界前輩，今年已八十多歲了，他是早期的留日學生，又是杭州陳仲恕（漢第）先生的學生。李先生雖然年事已高，但精神身體皆强健，記憶力很好，「留學日本的回憶」一文，是他口述由老瑞五先生筆錄的。

△「招商局三大案引起的問題」，是李孤帆先生的近作。三十年來，李先生在社會上做過很多事，現在隱居香港，以寫作自娛，他答應以後還有很多文章交本刊發表。

△右軍先生也是一位退休的軍政大員，他這篇「天子門生劉漫天」，寫勝利後北平一個「重慶人」劉漫天的故事。

已則向軍務局長佐籐賢了少將陳述意見（譯寫者按：佐籐為東條的股肱；軍務局長乃陸軍大臣的首席僚屬，可稱為陸相的參謀長），請他勸說東條首相。

但那時正是「大東亞戰爭」初期，日軍在太平洋取得輝煌的勝利，這使東條首相目空一世，驕滿之極，毫不考慮地拒絕了王克敏的建議，並傲岸地說：「澈底擊滅重慶政權是既定而絕不可更易的國策。」土肥原大將所得到的答復就是如此。東條首相既如此表示，那對首相極端依順而不敢稍違的杉山參謀總長和佐籐軍務局長，就索性不去向首相有所陳述或勸說了。

昭和十七年（一九四二）五月上旬，前國會議員高倉寬臣，受東亞同文會的同志委任，攜了一封重慶政府第二號軍人何應欽將軍新近致佃信夫的私函來見我。信內說，中日全面和平，乃兩國永久之福；為促進全面和平，蔣委員長甚盼佃氏能親去重慶一行。佃信夫氏與蔣、何兩位將軍有悠久深厚的私誼，且可稱得是蔣將軍的恩人。他接讀來函後，大為感激。他說為中日兩國永久福祉計，他不惜以八十衰老之身，冒險蹈難而往重慶一行。高倉寬臣携函來見我，是希望我能從中幫助，使軍部給予他和佃氏至宜昌的方便。

我在聽了高倉的陳述後，便立即驅車去東亞同文會，會見了佃信夫氏，以及該會的一些領導人物佐籐安之助、町野武馬、赤池濃、大竹貫一等人。我在詳悉了他們的真意和計劃後，便偕高倉寬臣去見佐籐軍務局長，請他鼎力協助。佐籐軍務局長表示了允予協助之意。其後，高倉又和陸軍省的木村次官以及富永人事局局長當面詳談過，他們也都是贊同佃信夫和高倉的重慶之行的計劃。

可是，最後一關却不能通過。當木村次官和佐籐軍務局長向東條首相陳述此事而請求允准時，首相又毫不遲疑地拒絕了，仍是說：「澈底擊滅重慶政權是既定而絕不可更易的國策。」

在八年的中日戰爭中，曾有不少人致力進行過從速解決的工作，我不能一一記述。我所記述的，只是幾件與我有關係，或為我所確切詳悉的而已，它們都不幸受阻於東條大將，而結果一無所成。

日軍在「大東亞戰爭」初期，屢奏奇功，氣勢如虹。但這序幕戰的勝利，僅屬曇花一現，後難為繼。不久，日本海軍在中途島吃了大敗仗，敵我形勢消長易位，戰局從此改觀。自此以後，重慶政府對於與日本謀和的事，就不再太感興趣了。回憶「中國事變」初期，日本執政者虛驕地聲稱「不以蔣介石將軍為談判的對手」，曾幾何時，蔣氏也逐漸有不以日本為對手之意了。

中日全面和平，對於日本的國運實是有很大的關係的。倘若當年外務省大臣宇垣一成大將和中國行政院長孔祥熙博士的會面晤談能夠實現，又倘若日本能夠接受德國外交部長李賓特洛甫的斡旋調停，則「大東亞戰爭」就可能不會發生。再倘若日本能夠聽從王克敏的意見，或能讓佃信夫至重慶一行，則中日和平或可成功，而「大東亞戰爭」的最後結局，自然也會易觀而與今日的不同。興念及此，我不能不責怪那班阻撓早日解決「中國事變」的人。雖然東條英機大將並非唯一的阻撓者，但他是此中的罪魁禍首，却是無疑的。東條的禍國誤國之深，單就其屢次阻撓解決「中國事變」一點而觀，也足可够我帝國臣民明白了。

〔譯註一〕阿南中將後晉陞為大將，出任鈴木內閣的陸軍省大臣。一九四五年八月，日皇召集御前會議討論接受盟國「波茨坦宣言」時，阿南陸相曾主張本土作戰，雖戰至一兵一卒，亦不投降。日皇宣布無條件投降後，彼切腹自殺。

〔譯註二〕板垣征四郎、多田駿、石原莞爾等，都是以武力積極侵略中國的從事者，一九三一的「九一八事變」，就是他們在關東軍服役時的得意傑作。他們立此「奇勛」後，扶搖直上，不數年間，即由佐級軍官而躍為大將或中將，板垣且拜陸相之命。但他們在致身高位後，對於「七七事變」後的中日全面戰爭，却又轉為從速解決論者了。土肥原賢二亦復如此。

〔譯註三〕影佐禎昭曾任駐華武官，「八一三事變」時，任參謀本部支那課長，旋調為新設的專責解決「中國事變」的第八課課長，由時任參謀本部第一部（作戰）部長石原莞爾推薦。後來，他奉派至上海，擔任日軍特務組織的「梅機關」之首長，軍階為少將（戰爭末期晉陞為中將），負責幫助汪精衛建立新政權。汪政權的成立，可說由他一手造成，故當時有「汪政權之父」之稱。汪政權成立後，聘其為最高顧問，儼然太上皇。周佛海在汪政權中權傾一時，即全以影佐為後臺支持者。戰爭結束前不久，影佐已被調赴前線統兵。

〔譯寫者附註〕日本外交家重光葵——曾任駐華公使、駐英大使、駐汪政權大使、外務省大臣、大東亞省大臣等職，一九四五年九月曾代表日本政府，至米蘇里號軍艦簽降表——，戰後於獄中，撰有回憶錄，香港某出版社曾譯為漢文發行。關於戰時中日談判和平經過，頗有記述，本文不便轉引，讀者可以參閱該書。

由「招商局三大案」而引起的問題

·李孤帆·

民國十五年（一九二六年）國民革命軍克復湘鄂之後，我和楊杏佛同赴武漢觀光。一次和交通部部長孫科談到了招商局問題，孫部長就派我和楊杏佛、楊端六、吳尙鷹三君同任淸查招商局委員。十六年，北伐軍底定東南，奠都南京時，國民政府加派了張靜江、蔣百器、虞洽卿，宋漢章，郭復初，潘宜之，錢新之、陳光甫八位委員，並指定張靜江爲主任委員，我和兩位楊君爲常務委員，我並兼任秘書主任，吳君另有任用，就免職了。委員會聘潘序倫、徐廣德兩會計師檢查招商局的帳目，自五月開始辦公，至十一月自動結束，出版了『國民政府淸查整理招商局報告書』上下二冊。招商局自淸末成立以至北伐之前成爲官僚資本主義最早的巢穴，主持局務者，純爲官僚與買辦的集團，以侵蝕公家充實私囊爲目的。在北洋軍閥統治時期，每次派員查辦都給局蠹裝滿了荷包，就以「事出有因，查無實據」塞責了事。我們在半年之內，揭發了主持局務者種種違法舞弊的事實，出版了兩冊淸查報告書。當時國人對國民政府根絕貪官污吏的決心，頗爲感動。我在委員會結束後，被派爲招商局監督處秘書兼設計科科長。後來又被派爲總管理處赴外稽核，繼續淸查漢口分局，作成報告書十一件；天津分局作成報告書五件。在國民政府收回商股，改爲國營之際，我將上述報告書彙印「招商局三大案。」

在我們公布「國民政府淸查整理招商局報告書」上下二冊之後，胡適之先生在他的「請大家照照鏡子」一文中，引了報告書中的二節，以證明我國人對於保管責任的藐視。他說：

最近招商局的一個分局訟案是最顯明的例子。據報紙所載，一個家長做了名義上的局長，實際上却是他的子侄親戚執行他的職務，弄得弊端百出，虧空到幾十萬元。到了法庭上，這位家長竟說他不知道他是局長！

招商局的全部歷史，節節都是缺乏保管責任心的好例子。我們翻開「國民政府淸查整理招商局報告書」，竟同看「官場現形記」一樣，處處都是怪現狀。上冊九十五頁說：「查自壬戌至丙寅最近五年內，歷年虧折總額計有四百卅七萬餘兩，然總滬局每年發給員司酬勞金，五年共計廿四萬五千九十四兩。查自癸亥年來，股東未獲分文息金，乃局中員司獨享此厚酬。

又六十頁說：「修理費總計每年約六七十萬兩……而內河廠（所承辦）實居多數，約占全額之半。查丙寅年內河廠共計修理費卅一萬四千餘兩……惟內河廠既係該局附屬分枝機關，內部辦事人員當然與該局辦事者關係甚密。……會由本會函調帳簿備查，而該廠忽以帳房失踪，帳簿遺失呈報。內中情形不問可知矣。」這樣的藐視保管責任，便是中國大工業所以不能發達的大原因。

適先生上舉招商局一個分局的訟案，就是我在漢口分局查帳報告書寄呈總局後，根據報告書，向上海租界臨時法院，以煤斤舞弊與銅元折合銀兩之弊二欵，對漢口分局局長施省之提起的訴訟。結果替局中追還被侵蝕欵項，計現銀五萬兩，國幣四萬二千元，並收回被分局抵押在外的地產全部。因此當我將「招商局三大案」付印的時候，請胡先生題辭，胡先生寫了：「公開檢舉，是打倒黑暗政治的唯一的武器，光明所到，黑暗自消。」

魯迅先生自南下至滬後，已與北京大學同事的胡先生立於敵對地位。後來他和胡先生參加了蔡孑民先生宋慶齡女士所發起的「民權保障同盟」，該同盟請胡先生調查北京監獄有無虐待囚犯的事實。據字林西報所載胡先生似對當時北京監獄的情形，認爲尙無嚴刑拷打的證據。魯迅先生在「僞自由」書的「光明所到」一文中說：

幸而我這回看見了『招商局三大案』上的胡適博士的題辭：（文見上引）我于是大澈大悟，監獄裏是不准用外國話和犯人會談的，但胡適博士一到，就開了特例，因爲他能夠「公開檢舉」，他能和外國人很親愛的談話，他就是「光明所到」，「黑暗」就「自消」了，他于是向外國人「公開檢舉」了民權保障同盟，「黑暗」倒在這一面。

這當然是惡意中傷的「紹興師爺」的「刀筆」。後來人民出版社重印「魯迅全集」的註釋本，對「招商局三大案」的註釋尙稱翔實，註釋說：

招商局是從前我國最大航業公司，一八七二年由李鴻章奏准官商合辦，以運江浙二省糟糧的。從一九三二年起，成爲國民黨官僚資本的事業。「招商局三大案」李孤帆著。一九三三年二月，上海現代書局出版。李孤帆是當時淸查整理委員和監督處秘書，他在淸查漢口，天津兩分局和招商局附屬的積餘公司後，作了這本報告書。

銀行外史

醇廬

交通銀行在清光緒三十三年由郵傳部創辦的，建議是左參議梁士詒，同時兼鐵路局局長，那時只有正太，京漢，道清，滬甯，汴洛五條路歸部管，所以外界稱梁爲財神，實在五路財神之意，總行在北京前門外西河沿，第一任總理是右丞李經楚（合肥人），一開辦卽設有北京，天津，上海，漢口，張家口，營口等分行，意在吸收各鐵路局存款，但是除道清鐵路外，其餘都是借款建築的，鐵路收入均由借款公司指定存在洋商銀行，不過當局特別和借款公司磋商，將鐵路局購買煤炭，機油，及其他材料，預計需多少錢，先行撥出存於交通銀行，故銀行方面當有多少存款。其組織是總行設總理一人，協理一人，幫理一人，各大分行，如天津，上海，漢口等處，設有總辦一人，大概是該省的候補道，專爲交接官場之用，總辦之下設有經理一人，主管營業事項，另有內帳（卽會計主任），外帳（卽營業主任）各一人，行員若干人，經理以次，多數是出身舊式銀莊，且多數是鎮江人，因總理李經楚開有義善源，寶善源錢莊，多數行員有由該錢莊轉來，或由該錢莊當事推薦而來，以規元（銀兩一個名稱）爲本位，也有銀元戶，因爲已有銀大洋，及發行銀元鈔票。

辛亥革命，義善源，寶善源因時局影響，相繼倒閉，欠交通銀行欵項，數目甚巨，經一年多的清理，才將李經楚在合肥的田產，各處典當（典當甚多，江蘇外縣都有，省城及大商埠反無），統由交通銀行沒收，再行賣出，交通銀行當然吃虧不少。

民國元年，交通銀行總理換了梁士詒，梁這時是袁總統府秘書長，兼財政部次長，紅得發紫，外界稱他爲交通系首領。

交通銀行當局，政治色彩太濃，所以始終辦不好，袁世凱稱帝失敗，梁士詒被通緝，段祺瑞組閣，交通總長換了曹汝霖，交通銀行總理也換了曹汝霖，外界稱爲新交通系，其顯著者，王荃士（曹的內弟）爲東三省分行經理，錢新之爲上海分行副理，經理陶湘永不到行，無異錢是經理，王在東三省毫無成績，而錢到滬，如魚之得水，後來成爲中國銀行界元老之一。

這個時候，交通銀行仍用舊式賬，所謂收，支，存，在，到民國七年，謝霖甫任交通銀行總會計，實行改新式簿記。謝在日本專學會計，中國銀行的簿記，也是他訂的，改的方法是，由每行酌量調四五人到北京學習，一面招考學過銀行會計的新人，俟有成就，各行同時改換新式簿記，舊人獲得新知，無損職位，內外界咸稱辦法甚善。

民國五年，因政治變幻，影響中交銀行，不得已政府命令中交鈔票停兌，上海中國銀行抗不遵命，因之輿論稱贊，業務日振，其實交通銀行亦可照兌，因爲上海交通銀行所發鈔票，有上海地名，他處地名，不能在上海行兌現也，上海行遵命而停兌，當然聲譽與業務兩受影響。

民國九年，直系吳佩孚反對皖系段祺瑞，奉軍張作霖幫段，結果段敗，奉天亦失利，退出關外，吳佩孚說曹汝霖是段的人，由交通銀行欵項接濟段，因之向交通銀行強迫提欵，而且是長期的定期存欵。（如京漢路黃河鐵路橋，每年存儲若干萬元，若干年後，本利合計，爲橋齡到期重建之用，既爲直系軍閥強迫提取，所以始終無法重建。抗戰前，該橋已到重建年齡，但無法重建，只有火車經過橋時，走的極慢，聞近年政府已在舊橋之西建一新橋，此橋開始興建，在武昌長江大橋完成之後），此時受直系軍閥強迫提存，交通銀行萬難應付，後由奉天交通銀行經理商之張作霖，借銀大洋四百萬元，難關方始度過，而直系軍閥，並未因此停止處置交通銀行，總行謝霖甫南下赴滬，與上海交通銀行錢新之商救行之策，商議結果，抬出張謇做總理，錢做協理，因張與直系稍有淵源，直系遂未加反對，且順利進行改組。張從未到北京就職，亦未派過一二位高級職員，只召集各分支行經理到南通，開過兩次行務會議，一切業務，全由錢在北京主持。錢的政策，是縮小範圍主義，裁撤新加坡分行，香港分行，人事方面，雖不裁人，但很少加入。錢在上海交行甚久，總行舊人，都是熟人，故極少更動，頂多位置上稍有更動而已。

民國十三年，奉直兩系戰爭，馮玉祥回師北京，吳佩孚全部失敗，奉張捧段祺瑞做執政。十四年交通銀行改選，梁士詒當選爲總理，盧鑑泉爲協理，張謇，錢新之均退出。梁就職後，很不滿錢之所爲，閑錢在滬行虧空八萬元，爲梁所知，擬加之以虧空罪名，幸得行中高級同事，用張簽名義，酬謝錢數年勛勞八萬元，以銷此案。這事在梁就職前辦的，到了梁就職後，知到了此事非常震怒，但也無可如何。民國十五年，張作霖在北京做大元帥，交通銀行總行忽然遷天津，眞意何在，至今不明。

哈爾濱戊通輪船公司，航線是由哈爾濱松花江同東北行到同江口而入黑龍江，向西行而到黑河爲終點，航線相當的長。從開辦到購置輪船，都是向哈爾濱交通銀行墊付的，輪船不少，規模非常的大，但是每年要賠錢，其原因，一年行船只有六個月，從三月半到九月半，那半年都是凍河時期，且沿途胡匪甚多，必須請軍隊保護，船上要雇用護勇保護，此種費用，相當龐大，一年只能做半年生意，要想賺錢，眞是太難了。哈爾濱交通銀行因爲代戊通墊的錢太多了，要總行設法歸還，或還一部分，但總行那有錢還，不得已，以債權人名義，派謝霖甫到哈爾濱來整理並經營，辦了兩年，也是毫無成績，不得不關門大吉，留若干人員看管船隻及碼頭等，一度想將船隻各個出租，等於香港的「賣怡」，但也無人敢租。到了民國十二年，哈爾濱交通銀行換了謝演蒼做經理，謝是常州人，曾任奉天教育廳長，兼張作霖機要秘書，因爲戊通事往返奉天，與張手下人商談，結果奉張答應哈爾濱交通銀行多發行六百萬哈大洋，從此戊通即屬張作霖所有，奉張接收後，派了一位福州人王某爲總經理，每年賺錢，因爲沿途軍隊保護，只要奉張一個命令，不敢要錢，土匪也不敢惹他，所以年有贏餘。偽滿洲國時代當然爲滿洲國所有，現在不知如何，但從未見報紙提到過。

在曹汝霖當總理的時候，曾同日本勸業銀行借二千萬日圓，該行派有一日本人，常川駐北京，不大到交行，在交行稱之爲顧問，此欵實爲段做內閣總理時所用，交通總行遷上海，即不見此日本顧問，該欵如何歸還，亦無法知其詳。

交通銀行

國民政府北伐成功，定都南京，中交兩行的總行，都遷上海，梁知不能容於國民政府，遂改選，盧鑑泉當選爲董事長，胡孟嘉（原上海分行經理）爲總經理。

民國二十二年，國民政府將中交兩行放在政府控制之下，遂改選董事會，胡筆江（前北京交通銀行經理，中南銀行創辦人）爲董事長，唐壽民爲總經理，亦援中國銀行例，改爲董事長制，唐肯做事且專權，此時不能獨專，胡唐原本好友，因職權關係，弄成面和心不和的局面。

到民國二十六年八一三中日戰爭爆發，總行遷香港，二十七年八月，胡因公飛重慶，乘桂林號，在唐家灣上空，被日機脅擊，廹降唐家灣海中，胡因之遇難。胡死後，錢新之繼胡爲董事長，唐謀此職位而未成。一九四一年後，世界局面大變，香港岌岌可危，交通總行遷重慶，高級職員同往，唐壽民留港未去。太平洋戰爭，日本佔領香港，唐被日軍監視在香港大酒店，四個月後，由日軍用飛機送往上海。

汪精衛在日軍卵翼下組織偽政府，周佛海爲財政部長，恢復中交兩行，交行董事長爲唐壽民，遷到重慶的交通總行，因唐既投汪，便空出一個總經理缺，此時CC已有合作金庫，仍想抓一個大銀行在手，遂打交通銀行的主意。錢知道地位危險，遂托人向CC疏通，由CC推薦趙棣華（曾任陳果夫江蘇省長時的財政廳長）爲總經理，職權與董事長平行，至此CC在交通握有一半以上實權。

勝利復員，錢趙等回滬，唐以漢奸論罪，但不到四年，總行又逃香港，不久趙棣華去台灣，錢未去留港。趙病死在台，由陳誠派其內弟趙志堯爲總經理，所以現在台灣交通銀行是歸陳誠控制的，趙志堯又死了，由柳某做總經理（柳是陳誠做行政院長時代的發言人），對外沒有營業，有點外滙調到台灣辦一個紗廠，大陸及香港的交通銀行仍然存在，是向實業方面投資的銀行。

綜合來說，舊日的交通銀行是中國老銀行之一，但始終沒有辦好，最大原因，是受到政局關係的影響，時時更換首腦，有所謂交通系，新交通系等，到國民政府控制後，又成爲中中交農四行之一，在重慶時，一變而成爲CC所操縱的機關，到了台灣又變爲陳誠的金融機關，每換一次主管人，必帶一批新人，將前任色彩重新換去，所留的都是辦事務的人，辦的是日常照例事務，其中也有受行中訓練成才的人，因見前途希望甚微，遂爲別的行羅致而去，有的自動他去，殘留的人，抱一種混飯主義，不管是非，不參加派系，所以始終無成就。

丙午談往

林熙

五大臣出洋被炸

五大臣出洋的形形色色，據筆者所聞，也可以附帶畧述一二。他們上上下下都是拖着辮子，於是帶了不少的薙髮匠，他們又因爲穿着袍褂，又要帶裁縫，他們怕喫不慣西菜，各人又口味不同，還各自帶廚子。這還不去管它，到了外國，在輪船火車上，旅館中，架起爐灶來燒菜，就使人頭痛了。此時兩個老留學生伍廷芳，唐紹儀都已官居侍郎。事前和他們再三再四討論指點得無微不至，可是臨到了外國，還出了些岔子。他們出發的時候，還是秋季，到歐洲已經時屆寒冬，外國是無一處不升火爐的，他們穿了皮衣，進屋裏熱得受不住，出門又經不起砭骨的風霜，大感爲難起來。繙譯隨員就出個主意，叫跟來的裁縫，學西服的樣子，趕製大衣，裁縫不是西服店出身，誰又會做呢？只得把外褂畧改一下，不中不西的，權充大衣一用。爲了裁衣，又不得不把行程延誤些日子。有一次他們走進一家大旅館，那大門是裝有軸心的，每扇只容一人推進去，前一人出來，後一人就必須緊跟着進去，端方是個講究儀表的旗人，他老先生不知這個訣竅，被前後兩人夾在當中，弄得進退維谷起來，惹起旅客們一番大笑。諸如此類，不一而足。然而他們回國以後，却都帶了一些洋派回來。舉端方爲例，他會在北京的私宅中演放電影，膠捲着火，引起一場火災。又在直隸總督任內，允許攝影師拍攝慈禧太后的葬禮，被認爲大不敬而革職。這都算有以別於頑固舊派的舉動了。

筆者曾經認識一人，上輩當過鐵路委員，據說這次炸彈案看得最眞切。因爲他是照料這節花車的，他在車廂中聽得載澤已到，就要登車，意思想下車去行個禮，誰知前面已經有幾個人手提行李，擁塞在過道中，一時出不去，只得退後一點，想從後頭的車門下去。忽然覺得來的人當中有一個不很自然。因爲京城裏王公府第的護衛聽差的服飾舉止，另有一套，一望可知，不是他們一幫，就會覺得生硬不入眼。就是各衙門的差役，以及達官的家人等等，也各有各的特徵，在京城住久了，都能心領神會，不過說又說不出來罷了（注一）。此人頭戴金頂，身穿單袍褂，很不像載澤身邊的人，除非是隨員，然而隨員又不應該直入花車放行李。正想上前問問，還未舉步，此人又把皮包提起，好像又要下車，就在這個當兒，轟然一聲，就出事了。幸而所站的地方稍遠，又靠車座擋着，只受了一場虛驚。那些大人先生正在車旁寒暄，不過被飛出去的彈片及玻璃片所傷，也並沒有流血。而在車上轟斃的只有刺客自己。當時一片紛亂，不言可喻，許多紅頂花翎的人都被嚇得有的縮做一團，有的倒在地上，飛奔逃命的還算有機智的人。

以上便是那塲事變的片段縮影。本文原是談丙午年的事，却把前一年五大臣出洋考察這件事敘了許多，似乎是在題前作文了。要知丙午年的要事是官制改革，官制改革是幾千年舊制度崩潰的開端，出洋考察，就是改官制的張本，因果關係是不能不點明的。

三年一次的京察

丙午這一年開頭一件事是三年一屆的京察。所謂京察，是沿自明代的一種制度而稍加變通。而一般在京官吏，經主管考核，吏部審查，分別等第，如係翰林及各部司官，京察一等，可以記名外放。事實上，有升無黜，不過虛應故事而已，最可笑是屆期要在吏部搭蓋彩棚，繕寫許多名冊，官員親到，一揖而退，名爲過堂，這種戲劇性的舉動，不過替書吏開一需索之門，至於高級主官，則是由皇帝親裁，用上諭發表的。上諭照例有幾句話，無非是：「三載考績爲國家激揚大典，茲當京察屆期，吏部開單奏請」，底下便分別將某某幾人加幾句褒揚的話，交部議敘，另將某某幾人加幾句不滿的話，或是原品休致，或是開缺。而不滿的話也沒有什麼嚴重的，無非是年力就衰，才具平庸等等的話頭。所以，高級官員倒是有被黜可能的，而所謂交部議敘，倒不過是一紙空文，並沒有實際好處，在這道上諭中所能起的作用，只是說明凡交部議敘的大員必是淸廷所最倚任的。例如丙午的京察，議敘的是軍機大臣慶王奕劻、鹿傳霖、瞿鴻禨、榮慶、徐世昌、鐵良、大學士王文韶、孫家鼐，直隸總督袁世凱、兩江總督周馥、湖廣總督張之洞、兩廣總督岑春煊，大約一品大員中露頭角的就這幾個人了。

罷黜的則有協辦大學士禮部尙書徐郙（字頌閣），工部右侍郎李昭煒，這兩宣人的罷黜都另有原因。先是光緒二十八年壬寅十二月，山東學政尹銘綬，奏稱去年七月補考優貢，有高唐州生員郝祖修持徐頌閣私函干謁。上諭將徐交部議處，又說尹銘綬事隔年餘始行舉發，迹近報復，也一併交部議處。結果吏部議復的是一個革職，一個降調，上諭却說因爲徐在南書房當差多年，改爲革職留任，尹銘綬考試尙能認眞，改爲降三級留任。後來不久徐就開復了，而尹銘綬則無下文，尹的官不過編修，雖然降調比革職好看些，若眞的降三級也就幾乎無官可調了，所謂降三級調用，等於降而不用，尹的官運也就此完結。可見小官終敵不過大官。尹與譚延闓爲郎舅至親，其名也不甚彰著。

徐頌閣這次的休致却也不甚好看，聲名不佳，與上述一案也不無關係。向例官階到了協辦，是不輕易入察典的。尤其他是狀元宰相，南書房翰林，不知自已告退，未免有戀棧之譏了（徐是同治元年狀元，江蘇嘉定人）。至於李昭煒這人，知道的人非常少，也實在找不出什麼事跡。但知道庚子聯軍入京時，他已經官至侍郎，爲了住宅附近發生了觸犯洋兵的事，被洋兵抓去打了一頓，京城的人紛紛指目。而他還作了六年的郎侍，旅進旅退，替他想也實難過，不知道何以也不肯見機而作。徐頌閣的協辦缺是瞿鴻禨補的，瞿是同治十年翰林，比徐晚兩科。此時漢大學士是王文韶、孫家鼐，兩人都是年高屢次求退的，而且王文韶爲了堅決反對廢科舉，宣稱以去就爭，淸廷之所以一再挽留，是爲了表示優遇。從左宗棠、李鴻章死後，漢大學士就是他兩人佔據得最久。大學士滿漢各有二缺，一向苦於不敷分配，乾隆中雖然添設協辦各一缺，無奈資深的大臣都希望得此爲榮，即如張之洞，科分比徐只晚一科，而資望遠過於徐，多年不得登「黃閣」，一直到瞿於次年丁未開缺，才補了協辦，接着王文韶告老，又升了大學士。此是後話。大學士不過是一種榮銜，與政治責任沒有關係，可以不必多談。現在談到丙午的政治波動，要點還要放在軍機大臣身上。

中樞的重要人物

淸代在形式上是采取獨裁集中制的，其所以要設立軍機處，而軍機處大臣又兼任重要部務，就是爲了皇帝每日和他們商議處理一切公文，發出指示，進退官吏，近在內廷，不怕洩漏機密。而軍機大臣不止一人，又沒有專斷之可能，不致產生歷史上的權相。當初創立這個名稱，本是雍正帝爲了軍事時期的便宜，以後發現是便利獨裁的最好辦法，就無論如何不肯改了。庚子以後，老的軍機大臣榮祿，王文韶，相繼退出舞台，新加入的鹿傳霖、瞿鴻禨也逐漸衰病，不能應付日益繁雜的新政，劻奕雖是親貴領班，實際是個貪庸不職的，不得不引進一些新人，重整陣容。所以丙午前一年加入了榮慶、鐵良、徐世昌，榮慶是學務大臣，鐵良是兵部尙書，徐世昌是巡警部尙書。同時就有六個軍機大臣，差不多要算溢額了。因爲人多，就暗中生出派別。現將他們幾個人分析一下：鹿傳霖是北方人，與張之洞爲郎舅，爲人唯唯否否，無甚主張，是個典型官僚；瞿鴻禨是南方人，寒士出身，沒有背景，因榮祿的引薦，由於廉潔謹愼，被慈禧契重，他極不滿慶王的貪汚，袁世凱的專擅；榮慶是蒙古人，生長四川，與南方人接近，自命理學（注二）；鐵良原是練兵處大臣，在前一年考察南方各省軍政，淸理財政積弊，號稱是敢作敢爲的，他看出袁世凱有篡奪淸政權的野心，主張將北洋新編的三鎭陸軍提歸中央直轄，這對袁世凱是個沉重的打擊。所以瞿、榮、鐵三人是氣味相投的。而徐世昌則完全是袁世凱的私人，依靠慶袁的勾結，打進了軍機處，當然是要替袁作坐探，六個軍機，同床異夢，其必醞釀爭端，自不待言。慶袁與反慶袁兩派的暗鬥，到丙午改官制一舉，就揭開序幕了。

慶王貪黷是有口皆碑的。人們不禁要問，他貴爲親王，還怕沒有錢用，爲什麼如此貪得無厭呢？須知淸皇室中人都是些紈袴，吃喝玩樂是會的，居家度日，一點兒都不會打算。他們有遠遠超過漢官的俸銀，還有莊田，可是王府裏的排場不小，收入是被下人侵吞了，開支是毫無限制，面子還一點不能放下，慶王本是遠支，由貝勒而升郡王，親王，在他沒有當權的時候，頗也受盡當窮差使之苦，一旦發迹，自然想多弄兩個，經不起躁進求榮之輩，四方八面來以利誘，胃口就越來越大了。甲辰年三月，慶王入軍機還不過剛剛一年，御史蔣式瑆就參奏他說：「風聞上年日俄宣戰消息已通，知華俄銀行與正金銀行之不足恃，乃將私產一百二十萬金，送往滙豐銀行存放，該銀行明其來意，多方刁難，月息僅給二釐。該親王自簡授軍機大臣以來，細大不捐，門庭如市，上年九月，參奏在案，該親王會不自反，但囑外官來謁，一律免見，聊以掩一時之耳目，而仍不改其故常，是以伊父子起居飲食，車馬衣服，異常揮霍不計外，尙能儲此巨欵。」這話絕對不是假的，但淸廷又怎肯承認呢？於是想出一個對付蔣御史的辦法，派兩個大臣，一滿一漢，叫他們帶同該御史往滙豐銀行確查，試問銀行又怎肯拿內部帳目給人看，還不是一推了事？然而御史可以風聞言事，是淸代的官制，又不能直接說他不是，上諭只好說：「名節攸關，豈容任意誣衊」，將蔣斥回原衙門行走（注三）。由甲辰到丙午，又有了三年，慶王的私囊又不知增幾許了。既然御史參他不倒，與袁世凱的勾結更是肆無忌憚了。（待續）

注一　乾嘉中王芑孫的文集裏有下列幾句話：「士大夫之來自軍機者，衣冠語笑，望而可識。」意思說軍機處的人另有一種作風態度的特徵，其實不止於此，翰林不同於司官，漢員不同於滿員，內務府的滿員更不同於其他滿員。是哪一類的人，都可以從外表推測的，外省來的官員，京城的人尤其容易看出。

注二　榮有日記，由他的門生恩華保存，恩華也是蒙古族，鎭江駐防。從日記中可以看出他不肯與慶袁同流合汚。

注三　御史都是由翰林及各部司官保送考取記名傳補的，回原衙門行走就是不許作御史，再回去當翰林或司官。這是對御史最嚴的處分，當時慶王也知道人言可怕，自已心虛，不敢過分壓制公論，但他的劣迹實在太厲害，到丙午的第二年，又引起一次大參案。

「皇二子」袁克文

陶拙庵

其它較長的作品連續發表的，有「三十年聞見行錄」，登在瘦鵑主編的「半月」雜誌上。在未登之前，「半月」的編輯話：「下期特載袁寒雲的『三十年聞見行錄』，倘有獨行客之『廿年塵夢錄』。此君為寒雲老友，工書畫金石，並嫻武事，嘗馳驅白山黑水間，與馬賊戰。解甲後，漫遊宇內，見聞益廣，此書即記其廿年間經歷之事，足與寒雲之『三十年見聞行錄』媲美。」的確，這兩種作品，都為讀者所重視，惜不知所謂寒雲老友的獨行客為誰。「三十年聞見行錄」，有些具有史料性，也有些「子不語」「閱微艸堂筆記」式的神怪故事，如記中日戰爭前夕，袁世凱自韓渡海歸來事。又小站練兵時江朝宗司閽。又譚嗣同私見袁世凱挾槍恫嚇。又袁世凱嚴剿義和團，聯合東南諸省督撫張之洞，劉坤一等共策東南半壁之計。又大明湖聽歌暱歌兒長庚。又山東撫署之狐仙。又德州某縣信宿行館之遇鬼。又自歷城入都所乘之駝轎。又德州所見之海市蜃樓。又青苑節署。又孝欽后與德宗止蹕時所用之象牙牀琉璃燈。又逆倫案請王命。又袁世凱與王莪生、孫慕韓、嚴又陵、杭辛齋之交往。又吳彥復與彭嫣等。他的作品往往興到為之，興盡即止。這「三十年聞見行錄」題目何等廣大，而所記僅此，也是不了而了的。

收藏的古物

他喜藏泉幣，與江都方地山、高郵宣古愚（即黃楽翁）同癖。他就把方宣二家所藏和他自已所得的周武安金錯圜幣等珍品，選英擷粹，都凡百品，成為「泉簡」。從周代起，明代止，且附雜品及外國古錢，均有泉拓。又有「泉文述變」，那是古泉考證之作，又「古逸幣志」一卷，凡十有六品，如周之黃金幣，商玉龜幣，漢武白選，古錯金錫鐵諸幣，為史志所不及。益以秦漢圜法罕異之品，以補昔譜之闕，而存古制之遺。並附古外幣，本為張叔未舊藏，見「清儀閣金石錄」，現已歸克文所藏了。又短作「宋慶元玉泉記」，為丹翁贈彼古玉泉的考證。又「世界古金幣偶錄」。又「世界古今金幣一斑」，又「世界金貨集畧」。又當時余大雄作「泉鑑」他輯「貨腋」，後改「述貨」。與之並登「晶報」，彼擬把古泉編成專書，在報上登一啟事云：「不佞昔昉劉燕庭『論泉絕句』，曾作『古泉雜詩』數十首，旋即棄置，無復賡續。稿為凌霄索去，刊之『小京報』。前歲既主『晶報』筆政，復雜詠篋中金石，隨作隨刊，命曰『寒齋雜詩』。今歲又以世界貨幣入吟，且因獲商玉龜貨，易名曰『龜庵』，間亦賦及金石，三類都凡百數十首。疊承癖痂之士，索刊專集。自揣荒陋，曷敢禍棗，惟以雅命，姑更續作若干首，俟各得百章，再為付梓。茲後凡論泉貨之作，曰『龜庵雜詩』，紀金石之作，曰『寒齋雜詩』，分類編飾，庶免龐系云爾。」可是因循未果，沒有刊成專書，金山程雲岑組織「古泉學會」，克文為會友，頗多商榷。

考古的作品

考古的作品，有「虎庵珠藪」，談他所藏古玉的第一品商雲琮，又錯金錯銀的夏代銅虎鈎。又「古琮蘭亭歌」，談白玉精刻蘭亭帖。又「尊前小紀」，談毛公鼎與散氏盤。又「冷泉雲合記」，紀遊西湖，飲於酒家，酒家女雲姑以家釀出變。克文發現那盛酒之盞，乃宋定瓷官窰，問了雲姑，始知是她祖上所傳，雲姑請克文爲家釀題名，克文寫「朝霞寒露」四字給她，且作一詩：「無意豆樓聽冷泉，忽來仙子弄便娟。爲斟寒露朝霞色，天外羈愁一度鐲。」飲罷，以四元酬雲姑，雲姑以盞贈克文，克文更以指上綠寶石指環給雲姑以留念。又「吳越磚研記」，原來六舟和尙於臨安得古磚，有文：「寶正二年錢氏作」，係吳越王錢氏物，便把它琢成一研，有楊龍石、張叔未題刻。克文輾轉獲得，請譚踽厂刻「百宋書藏勘畫研」七字，該文紀始末甚詳。又「雙牌記」談丹翁獲五代郭氏麵牌，克文以明袁氏嘉趣堂仿宋「世說新語」易之。方地山有宋高宗時臨安錢牌，克文以徐大啓小平泉一品易之。因作此篇以志喜，並塡「雙調水仙子」詞。又「兒童古玩圖錄」，有秋聲館的蟋蟀籠，周芷岩的筆筒，周心鑑的盒兒，盧葵生的硯，且附圖，實則是雅人的淸玩，兒童是不會欣賞的。

關於娛樂方面，撰有「雀譜」一卷，余大雄作序，又「葉子新書」，都是登載在「半月」雜誌上。他自謂：「得明代葉子一局，從而畧窺古法，復蒐集天津、丹徒、臨沂、歙縣諸地之葉子，附以雀牌，作『沿革表』，紀其嬗變，作『角戲志』，疏其法例，合爲一編，命曰『葉子新書』。戲雖無益，亦一代之文物也。」又「鴛鴦局圖經」，一局牌，二局位，三局法，四局色，又附圖凡七。自誌：「壬戌十月初八日，寒雲戲造於『一鑑樓』中」，載「半月」雜誌。

雜作一斑

其它雜作，如「戊戌定變記」，也是子爲親諱的作品。「瓶盦瑣記」，紀端方入川之前往彰德，宿養壽園三夕事。「美藝雜言」，紀黃小松刻篆，黃葉翁所昉元夫人容泥圖，歐陽予倩夫人劉韻秋之花鳥，左靜如之繡幅，方澤山、李木齋之書法，以及評論吳昌碩石鼓之雄奇，伊峻齋小楷之端嚴，劉山農行楷之流利，張丹翁隸楷之雋美。未免有溢譽之處。又「聽朱荇青彈琵琶記」，紀平湖友人朱荇青的妙技。又「聞鼙對酒譚」，這時甲子戰亂，克文躲在安全地區，照樣選色徵歌，度其紙醉金迷生活。所紀如小喬、月珠、奇香、雨香、挹雲、抱雲、淨英、小紅鈴、譚雅雲、林愛珠諸妓艷韻事，載「半月」雜誌。又「思舊記」，紀庚申浙江督軍盧子嘉招遊，在西湖畔爲闢廣廈以居往事。又「春明十日記」，紀與邵次公、吳桐淵、尹石公、侯疑始、馮小隱、閔葆之、徐森玉、方璽審、陸彤士、吳靜厂、劉竺生遊宴，和海王村火神廟觀賞古玩事。又「賓筵隨筆」，紀人物掌故及書畫淸玩。有「婉轉詞」，分紀夢、入夢幽話、迷離、撩亂、歸夢，不啻小說情節，大約是有影事的。又「艷雲嘉耦記」，紀伶人金碧艷與校書雲是相戀慕，克文爲之撮合事。又「新年之回顧」，叙述當袁世凱督直時，其家人團聚之樂，以及供神等俗尙。又談到十六歲的除夕，有戚友餽香檳酒四瓶，他獨酌於室，達浮大白，把酒罄其半數，頹然倒臥地上，爲生平第一次大醉。又仿獵籌，剪紙繪采，凡二百四十八籌，二人三人四人五人六人八人十人十二人，皆可成局。籌圖如鴛鴦、鳳凰、孔雀、鶴、鵬、鴻、白頭翁、精衞、鸚鵡、報春、畫眉、翡翠、鷓鴣、鶺鴒、鵓鴿等，集禽類之大成。又有朱色彩圖，名之爲「團圓樂」。又「惜秋華」，弔校書蔣五娘殉情。又「舟中佳興」，紀與志君志英舟赴杭州事。又「季女家守閱世記」，紀志君所生之女家守，八十七日即殤事。又「倚虹小說話」，推重倚虹所寫載在「小說畫報」上之長篇小說「十年回首」，謂「閱讀數四，猶津津回甘」。兩人開始詩相唱和。又「騙子總長」，罵董綬經騙去了他所藏的宋刊本「花庵詞選」。又「巧工偶記」，一紀沈紹安的漆器，一紀朱子常的雕刻。又「無量壽」，爲錢化佛所繪「佛光集」而作。又「挽張勳盟兄」，附挽聯，又節錄勳子告哀文。此外如紀「曹元度」、「賓退小紀」、「春痕一瞥」、「蘧蘧栩栩」、「哀趙無補師」、「天王老子病死經過」、「寒雲雜話」、「歲暮京塵」、「沽上春痕」、「風國外史」、「畢齋隨筆」、「紀義婦」、「蕭亮飛」、「挽單者言」、「近畿刼車記」、「相思引」、「妙雲出家記」、「還津後」、「鴛鴦波痕」、「泣珠辭」、「哀王福壽」、「答林屋盟兄」、「國香歆記」、「英秀嗣響」、「日下春塵」、「讀援韓野記」、「放言」、「新食譜」、「西子微波」、「翠爪吟」、「題缶廬印存」、「汪洋傳」、「海上雜誌評」、「挽徐國樑」、「酬賓篇」、「進羅宮詞」、「停箏曲」、「玉閣謠」、「今事謠」、「酸禍」、「儒林拾屑」、「滑稽偶語」、「小龍陽守靈抓詩」、「譚名」、「報館茶房日記」、「鸚波艷詠」、「翩翩」、「與大雄論鏡」、「異朕」、「非非孝」、「殺殺篇」、「新禍」、「新詩話」、「萬海一塵錄」、「哀藍天蔚」、「今事比」、「腐言」、「方尊室雜記」、「小言」、「青樓辭典」、「半齋聯話」、「兒時頑皮史」、「尊前小語」、「修禊詩話」、「婆婆生傳」、「流水音記」、「近節小事記」、「香夢記」、「我與大報」、「新年之花」、「紅豆辭」、「金陵春宴記」、「歲闌雜興」、「三三考」、「書含英畫尾」、「答北京友人聽花、秋岳、小隱書」、又白話小說「枕」，朱鳳竹爲繪插圖，與周瘦鵑合譯司各德「紫蘭曲」三章，至於零星作品，那是收不勝收，也就無從備舉了。自克文逝世，他的弟子俞逸芬，首先爲克文蒐集遺稿，又他的表弟張伯駒，也爲克文廣事搜羅，巢章甫、鄭逸梅相助，所獲較多，奈以付印不易，祗油印了一本詞集，名「洹上詞」。

釧影樓回憶錄

天笑

除了坐馬車外，我們又到四馬路去游玩，那個地方是吃喝游玩之區，宜於夜而不宜於晝的。有一個很大的茶肆，叫做青蓮閣，是個三層樓。二層樓上，前樓賣茶，後樓賣烟（鴉片烟，那時候吸鴉片烟是公開的），一張張的紅木烟榻，並列在那裏。還有女堂倌（現在稱之為女侍應生）；還有專給人家裝鴉片烟的烟館夥計；還有川流不息的賣小吃和零食的；熱鬧非凡。此外，廣東茶館也去吃過茶，女書塲也去聽過書。

那時候，上海的電燈還不大發達，許多店家都點的「自來火」，即是煤氣燈，上海人叫他自來火。與現在所用的火柴同名，火柴，蘇州人也叫它自來火。講究的在煤氣燈管子頭上加一紗罩，還是新發明的。至於家庭裏，所點的都是火油燈（火油是叫做洋油的。至於在蘇州，那還是用蠟燭與油盞，作為照明之用）。

不久，父親也就起牀了，我們便要急急的回去，家裏只有一位年青的顧氏表姊，和一位老媽子看家。也仍舊雇了一條船，回到蘇州去。顧文卿姑丈陪我們到了上海後，他還有生意上的關係，原來尤家也有一家同仁和綢緞店開在上海，是他們的分號。還有一家同仁和參店，也開在上海，這參店是他們祖傳的。所以顧文卿姑丈來了後，住在同仁和，現在也和我們一同回去了。

延師課讀

自從遷移到桃花塢後，我的讀書發生問題了。因為同居人家以及鄰近，並沒有一個私塾，而且因為我年紀太小，祖母及母親，不肯放我走出大門去，我那時不過七歲多吧，而生性懦弱，易被同學所欺，於是決定請一位先生在家課讀。

請的那位先生姓何，名叫希鏗，這兩個是名是號，現在已記不清了。他年紀很輕，不過二十多歲，還沒有娶過親，是一個長長的身體，瘦瘦的臉兒，說起話來，低聲下氣的。

何先生是沒有進過學的，從前的文人，以進過學為本位，稱為生員（即是秀才），沒有進過學尚在考試中的，稱之為童生。有五六十歲而尚在考取秀才者，稱之為老童生（更有年高者，稱之為「壽童」，其名甚可怪也）。從前蘇州請先生，也有階級，這階級是根據於科舉的。大概未進學的，階級最低，館穀最少；已進學的高一級；補過廩，文才好的，再高一級；中過舉人的，再高一級。至於中過進士的，也不會當一個處館先生了。除非是那窮京官，在北京的王公大臣家裏，教他們的子弟。

何先生的館穀，我記得只有三塊錢一節。原來蘇州致送教師的修金，不以月計，而以節計的。一年分為六節，便是清明、端午、七夕、重陽、冬至、年底了。三塊錢一節，質言之，就是只有一塊半錢一月，十八塊錢一年了。後來父親又送了他三節的節敬，每節兩元。這個三節，又是什麼日子呢？便是端節、中秋、年底、那末每年又多了六元，總共是二十四塊錢一年。

中國幣制一向沒有本位，在官家以銀兩計算，即所謂生銀制度，在民間則都以制錢計算。許多有錢人家，如雇用工人、傭僕們，也都是講定每月薪工幾千幾百文。但自從墨西哥銀圓流行到中國來後，江南大都是用銀圓計算了（俗呼之為「洋錢」）。當初每一銀圓（銀圓亦作銀元），可以兌制錢一千文有零，那時以何先生的資格，每年二十四元，待遇不算得太低，因為當時的物價太便宜了。

並且江南當時的風氣，出外處館，也一種清高的職務，待遇不靠這一點館薪，而膳供似更重要。吳中向稱文物禮教之邦，對於敬師之禮，非常尊重。家堂裏還有一塊「天地君親師」的牌位，以為人生所最當敬重的五個字，師也佔了一位。這正是「論語」上所說的「有酒食，先生饌」

，所以人家對於先生的膳食問題，是相當注意而不敢輕忽的。

有些大戶人家，家裏請了許多賬房先生（大概是管理田地房屋事宜），稱之爲東席，而所請的教書先生則稱之爲西席。而東席不能與西席分庭抗禮，西席先生吃飯，往往另開一桌，比較優厚。學生年紀大的，就陪了先生吃飯，若是小學生，往往先生獨自一人吃飯。更有人家於吃飯後，命厨子來請問：「師爺明天喜歡吃些什麼菜」的（我曾經受過此種待遇，但要我點菜，那是大窘事，只好謝絕他道：「隨便什麼都好」，眞是「孟子」上所說的「待先生如此其恭且敬也。」）

我們供給何先生，不豐不嗇，大概是兩葷、一素、一湯。夜飯，蘇州人家有飯也有粥，我們就加兩小碟粥菜。那是何先生一人獨吃，我不陪先生吃。我小時頗嬌養，吃東西很麻煩，肥肉不要吃，多骨的魚不敢吃，愛吃的只有蛋和蝦，人也瘦弱，吃得很少，每飯不過一碗，祖母和母親很以爲憂，吃飯似須加以監督。

我們學堂裏，共有三人，一是我，一是姊姊，一是四姑母的兒子，我的姚氏表兄。姊姊比我大三歲，名蓉，祖母說：「給她讀一二年書，能識得幾個字罷了。」所讀的什麼「閨門女訓」之類，也有好幾種吧。她還在習女紅，不是天天到書房的。我的姚氏表兄，年紀比我大兩歲，但是他的資質太聰明，我在前章已說過。所以在三個人中，我算是一位主角。

論何先生的教法，遠不及陳先生的認眞，我是個小孩子，也自覺得。父親雖是商業中人，覺得教小孩子只是死讀死背，頗不以爲然。他以爲小孩子要開他的知識，須從講解入手，他意思要請何先生給我講書。但這些大學、中庸、論語、孟子，近乎哲理的書，小孩子如何聽得懂？不但是我們聽不懂，連何先生也有些講不明白呢？

於是父親又去搜購了那種易於講解的書，如「孝弟圖說」（木刻本、有圖畫、刻得很精緻），「兒童故事」之類，使小孩子易於明白的書。何先生講是講了，只是呆呆板板，使我們不感興趣。而且有幾段，何先生不講，我亦懂得。何先生是住在我家的，每隔三、四天，回家住一天，到明天，往往告假一天。到了半年以後，我家方才曉得何先生是患着嚴重的肺病，照現在說來，只怕他的病曆，已到了第三期了。

何先生家境不好，但他又捨不得我家這個館地。在我們家裏，他曾咯過一次血，他却對我們的女傭說：「這是鼻衂」。祖母已經起疑心他有病了。及至有一次，他有三天不曾到館，祖母派了一個女傭人到他家裏去問候他，方知他病得很厲害，他的母親（我的太師母），向女傭人垂淚。女傭人回來一說，祖母連忙命人送錢去，送東西去，並且安慰他，不必急急到館，多多休養幾天。祖母又常常送藕汁，什麼仙鶴草熬的膏子，說是專門治吐血病的，多方去慰問他。

後來他的病有些起色了，頗想力疾到館，我們家裏，連忙去勸止他。那是有些私心的，當時也早知道肺癆病是要傳染的，如何再能到館與孩子們日相親近呢？但過了一月，何先生又病倒了，這一次，病很沉重，蘇州人稱之爲「癆病上牀」，意思就是說就是不能再起牀了。何先生也自知不起，但他在病中，還懷念他的館務，懷念我們讀書的荒廢，他請他老兄大何先生來代館。這位大何先生其貌不揚，學問也不好，我們的顧氏表姊，給他起了一個綽號，叫做「何仙姑」。何仙姑本爲八仙中的一位，所以稱爲何仙姑者，因爲他是何先生的哥哥，「仙」與「先」同音，「哥」與「姑」同音也。

何先生之兄來代館以後，未及年終，何先生已辭世了。可憐他的年齡，不過二十多歲。那個時期，蘇州青年，患肺病者甚多，往往一家兄弟數人，互相傳染，全患肺病。大概因爲是慢性傳染，不知趨避，其次則體力柔弱，失於運動，尤其那些富家子弟，更容易患此病了。

紀姚和卿先生

自何先生故世後，父親正預備爲我別延一師，恰值我們的房東姚和卿先生，決計於明年之春，在家裏開門授徒了。這是一個最好的機會，於是祖母和父親，就命我拜姚和卿先生爲師，而向他受業了。

姚和卿是我姑丈寶森，姻伯鳳生的堂侄，論親誼我和他是平輩，在平時，我叫他爲和卿阿哥。而且朝夕相見，因爲我家與他家只隔一層板壁。但既已拜他爲師，父親就命令我改口呼他爲先生了（按，蘇俗，對於受業師，只呼先生，概不許冠以姓與名，以示尊敬，在書柬上，則稱「夫子大人」下署「受業門生」。在他省則呼「老師」，不喚先生的）。他的夫人，本叫她爲嫂嫂的，現在也改呼爲師母了，但她很謙抑，仍要我呼她爲嫂，不要呼她爲師母。

其時，姊姊已不上學了，讀過什麼「閨門女訓」、「女四書」、又讀過半部「幼學瓊林」，祖母說：「既不在家裏請先生，女孩子出門附讀不方便」。於是在家學習女紅了。吾母親的刺繡頗精，教她學習刺繡，祖母有時給她溫理舊書。姚氏表兄，本來也可以同和卿先生就讀，但他的父母不贊成這位堂侄，而鳳生先生家裏，也另請了先生，他就在那邊附讀了。

正月開學，學塾就設在第二進的大廳上。這大廳已是很古舊了，窗櫺都朽壞，地磚也裂了縫，但從前造的房子，身骨都極堅實，故家巨宅，要給子孫數百年住下去的計劃。大廳是三開間，和卿先生只用西面的一間，他教木匠去做了四隻大書橱，把這西面的一間夾開來。

洪憲紀事詩本事簿注

劉成禺遺著

六十分時侍聖躬，一聲臣諸一分中；諸公莫笑饒臣癖，分定汾陽王式通。（第二句爲安徽王源瀚改竄）

帝制取消，王式通與張一麐謁袁世凱，張行常禮，王仍拜跪稱臣。事畢，同下値，張謂王曰：書衡，汝眞有臣癖，予與項城談話不過六十分鐘，汝足足稱臣六十聲。王曰：今上雖棄皇帝不爲，予與項城君臣之分已定，汾陽王式通豈能效入首鼠兩端過路撤橋，并跪拜稱臣之禮，前日所屢爲者，今亦不敢爲耶？覃壽堃有詩載順天時報曰：「獨有王臣癖，聲聲不二臣；汾陽稱寄籍，江總認前身。」卽詠此事。奉軍入京，捕徐樹錚，誤獲王式通，警察總監殷洪壽案問曰：「汝徐樹錚耶？」王應曰：「誤矣，王式通也。」殷大怒，連批王左右頰，呼「王八旦，王八旦」者再。樊樊山一日與郭曾炘飲，曰：「吾爲王書衡得一妙對：面交二八旦，口稱六十臣。」郭曰：「二八旦，吾知之矣，六十臣又出何典？」樊曰：「此劉麻哥之麻典也，有詩爲證。」（孝感鄧北堂說事）

陳中嶽誦洛云：洪憲時予住嚴範孫先生家，先生曰：目下今有一絕妙好對曰，「三千金呼二萬歲；一小時稱六十臣。」對爲王書衡，出則繆小山也。繆小山荃孫應召入京，世凱手贈三千金。小山入謝，連呼萬歲兩聲。（錄後孫公園雜錄）

遜伯注：王式通，本名王儀通，因避溥儀諱而改名式通，字書衡，又字志盦，山西汾陽人。淸末任大理院推丞。民國成立後，曾任司法次長，政事堂機要局長，國務院秘書長，水利局副總裁等職。抗戰期間，「華北總署實業督辦」王蔭泰，是其不肖子。張一麐，字仲仁，別署民傭，江蘇吳縣人。前淸舉人。與阮忠樞同爲袁世凱主要幕僚。入民國，當袁世凱總統府秘書，秘書長，機要局長，教育總長等職。張雖在袁處任職多年，但不贊成袁做皇帝。抗戰期間，曾倡議組織老子軍，共同抗日。樊樊山，卽樊增祥，字雲門，湖北恩施人。光緒三年丁丑科進士，散館授編修，官至江寧布政使。入民國，任袁政府參政院參政。好作淫靡詩詞。郭曾炘，字春榆，號匏菴，福建閩縣人。光緒六年庚辰科進士，散館改禮部主事，官至典禮院署掌院學士。入民國，任參政院參政。劉麻哥，劉成禺面有麻子，朋輩多戲呼爲麻哥，以別於李根源之李麻子也。鄧北堂，卽鄧一鶴，湖北孝感人。陳中嶽，字俠菴，浙江紹興人。任天津縣長多年，抗戰期間，任廣西鹽務管理局長。嚴範孫，卽嚴修，字夢扶，直隸天津人。光緒九年癸未科進士，散館授編修，淸末，官至度支部大臣。入民國，任教育總長，參政院參政。天津南開大學，是其創立的私塾而擴展的。繆小山，是繆荃孫，號藝風老人，江蘇江陰人。光緒二年丙子科進士，散館授編修，賞四品卿銜，充學部圖書館長。研究金石目錄之學，著有藝風叢書。

兩班脚本門金釵，歌滿春園花滿街；觀客無須爭座位，讓他瀜貴占頭排。

乙卯年，北京鬧洪憲熱，入物麕集都下，爭尙戲迷，三慶園，廣德樓兩班競技。廣德樓以鮮靈芝爲主角，三慶園以劉喜奎爲主角。廣德樓天花板所繪四裔入物朝貢圖，裝束風俗，形態奇詭，云爲乾隆八十萬壽時，搜羅四裔色目種族驛會日下賜宴上壽，各奏土戲，內府製爲王會圖，以誇大四夷來朝之意。廣德班演颺盛典，乃摹繪原圖於樓頂。兩班皆坤角，捧者又爲左右袒，各張一幟，互鬥雄長。易實甫尤傾倒鮮靈芝。當時袁氏諸子要人文客，長包兩班頭二排。喜奎、靈芝出台，實甫必納首懷中，高撑兩掌，亂拍曰：「此喝手也」。某日，靈芝演「小放牛」，其夫跟包倚鬼門而望，小丑指靈芝向其夫曰：「你眞是裝龍像龍裝鳳像鳳。」實甫坐前排，一躍而起，大呼曰：我有妙對，諸君靜聽，「我隨他嫁狗隨狗嫁鷄隨鷄。」樊樊山有詩四章，歌詠其事。（浦圻覃壽堃孝方補記）

案廣德樓始於明季，其檯一聯，傳爲吳梅村應清詔入京再補祭酒時所題，台柱聯云：「大千秋色在眉頭，看遍玉影珠光，重遊瞻部；十萬春花如夢裏，記得丁歌甲舞，曾醉崑崙。」（孝感李啓琛補注。）

遜伯注：易實甫，即易順鼎，字中實，別署哭菴，湖南龍陽人。前清舉人，歷任廣西，雲南，廣東道台六處。入民國，任北洋政府印鑄局長，與樊增祥同以斗方名士姿態，捧女伶爲艷詩爲生活。

分曹王後見名稱，逃姓冥冥喬左丞；遺墨幾經陵谷變，秋龕曳杖淚胡僧。

隆裕遜位，喬茂譞樹枏以學部左丞，碩學清望，不願廁身新國，退居法源寺，青燈古佛，蕭然一室，過談只老門生耳。世凱設參政院，爲帝制請願張本，搜維前清有德望之遺臣。蜀人施愚者，茂老至友紀雲子，以鄉世誼屢持參政名單，中列茂老名，說其屈就。茂老曰：「予豈能爲持威斗者作上書人耶？」時舊同曹王樹枏者，在京津間謀參政甚力。茂老曰：「得之矣。」施愚最後持名單至，乃執筆顧愚曰：「容我改一字可乎？」急於名單上濃塗喬字改易王字。曰：「王樹枏最喜作官，可謂一舉而兩全其美。」嘉會，茂老忘年交也，事後來京，親告原委。予笑曰：「眞世說新語中之神品。」故予所撰洪憲詩題詞：「華陽居士稱眞隱，一代申屠著節操；古寺蕭蕭見朝簿，當年誰唱月兒高？」又學部初開，喬先生樹枏爲左丞，魯人孟慶榮爲右丞，而榮中堂榮爲學部尚書。同時有高姓兄弟兩御史，一名高樹，一名高枏，喜劾權貴。都人皆謂出茂老意。學部中入爲佳聯云「喬樹枏併吞高御史；孟慶榮顚倒老中堂。」茂老姓名，皆有掌故。（湘陰陳嘉會日記摘錄）

遜伯注：隆裕，即葉赫那拉氏，光緒帝皇后，是西太后的姪女。施愚，字鶴雛，四川涪縣人，光緒二十四年戊戌科進士，散館授編修，官至弼德院參議。留日本，習法政，歸國後，任憲政編查館科員。入民國，任袁世凱總統府秘書，法制局長，政治會議議員，約法會議副議長，參政院參政。「持威斗」，漢書、王莽傳，「莽親至南郊，鑄作威斗。威斗者，以五石銅爲之，若北斗，長二尺五寸，欲以壓勝衆兵。既成，令司命負之，莽出在前，入在御旁。」王樹枏，字晉卿，直隸新城人，前清進士，官至新疆布政使，工古文詞。入民國，充袁政府參政院參政。晚年任瀋陽萃升書院講師。榮慶，字華卿，號實夫。鄂卓爾氏。正黃旗蒙古人。光緒十二年丙戌科進士，散館授編修，官至軍機大臣，學部尚書協辦大學士，弼德院顧問大臣。高枏，字叔愼，號城南，四川瀘縣人。光緒十五年己丑科進士，散館授編修，官至刑部給事。

授册椒風不上壇，當筵雷雨跳靈官；故知薄藝通興廢，愧爾諸伶扶淚看。

乙卯九月二十三日，爲國務卿徐世昌生辰，大典籌備處文武官吏，羣赴東單牌樓五條胡同相邸，祝壽演劇。清室師傅陳寶琛亦在座。京師名角齊集，合演大登殿。孫菊仙扮皇帝，百官請聖上登寶座。菊仙謙讓，立壇下，連稱不敢不敢。說白曰：「自從清室退位，從前皇帝已經沒有了。現在民國，並無皇帝。將來皇帝，尚未出現。我何人，我何人；我何敢，我何敢！」忽指世昌曰：「哈，現在誰個是你的皇帝？」轉指陳寶琛曰：「哈，現在誰個又是你的皇帝？」退三步，將鬚一捋，大聲曰：「哈，我又是誰個的皇帝？」寶琛倚席掩淚不止。歸賦漱芳齋觀劇有感三絕句云：「鈞天夢不到溪山，宴罷瑤池海亦乾，誰憶梨園烟散後？白頭及見跳加官。」「一曲何堪觸舊悲，卅年看舉壽人卮，相公亦是三朝老，寧記椒風授册時。」「凝碧池邊淚幾吞，一頒社飯味遺言，史家休薄伶官傳，猶感纏頭解報恩。」（如皋冒廣生商訂正。）

案宮外演戲，先跳加官，宮內演戲，無官可加，先跳靈官袪邪。龍虎山只靈官一人，當門接引，三隻眼，紅鬚紅袍，左手挽袂，右手持杵。宮內演戲則用靈官十人，選名角跳之，形像鬚袍皆倣龍虎山靈官狀。清室退位，無跳靈官者。世昌壽劇先跳靈官，故寶琛大爲傷感。（成禺補記）

張謇日記鈔（五）

張謇遺著

八日。抵淮安，有詩書乍所感明月：「洪湍挾泥淖，衆影亂草木，中有明月珠，瑩瑩疑可掬。含靈太虛表，庸知水清濁。以是鏡所非，乃萬與物角。淵哉至人心，冥冥致其獨。」海岑師相覓劇喜。

九日。府署以禧聖萬壽演劇。

十日。「受茲介福，千其王母；凡有血氣，莫不尊親。」桐城師集禧聖萬壽聯。

十一日。僕郁福歸郯城。與王廷楠、薰南、子沖、禮承訊，爲郁福也。

十四日。購呈甫碑，道德經，元妙觀碑，書譜。

十五日。爲師寫曾威毅，楊閣督訊。

十七日。返。瀕行，師以明春予將入都，屬與其仲子仲平往，反復致慮，恐仲平之或染世習，因復戒予物之介乎成敗者，不幸而敗，可惜也。物之既成，且將冀純粹以大其成者，若少不自愼而躋於敗，上負造物之心，中負生我之望，此則千古之恨事，尤可惜也。介乎成敗者，吾子既成，而冀其大成者子也，望之深，懼之切，子其勉之。吾老矣，吾子若入都，與子俱，子必爲吾子畏友，夫能使吾子有所畏，則吾子可以不敗，因所以能爲吾子畏，則子亦且無萬一之敗矣。子視吾子，當如兄弟。師意誠懇且摯哉。知予負尹百金，贈如其數，益以「淮安府志」，「邳州志」，「頤志齋叢書」見贈。亞甫與王步先送至舟中。抵寶慶，購藕粉。看魯通父「邳州志」。

十八日。風利。抵邵伯鎭，行一百八十六里。寫欣甫，烟丈，元仲訊。看邳志。

十九日。早抵仙女廟，詣俊卿不直，晤其友褚延輝，屬寄元仲訊，幷銀五十兩（陳二送力三百錢），欣甫訊。延輝述林姓甚好云。泊沈家渡（去泰州十五里）。看邳志。

二十日。釋「書譜」。（按：以下皆錄孫過庭「書譜」全文，故不錄。）……泊曲塘。詣徐晏如，聞奮捐擾民，爲之髮指。

二十一日。泊丁堰。聞鄰船母咨兒，感而有詩：「遠聞伯兪答，傷膚不楚親年衰，近者李廷尉，擁節感慟誰家兒，親衰猶被霜雪姿，擁節萬一疇親慈。我生三十貧賤耳，母乎安在有兒奚。以爲鄰船蕩何急，嗚嗚兒夜泣，兒兮勿泣恫母心，兒有母答我衣濕。寫少卿訊。

二十二日。抵通州。寫葆齋訊。有詩「還家」：「關河苦說太匆匆，蕭瑟江淮尙轉蓬。但使有田供抱犢；誰能計歲躡飛鴻。六年冰雪還家夢；千里帆幢落木風。丹嶂黃泥前約在，分明慚愧此山中。」（自己卯江寧還道此已六載矣，年來期讀書黃泥山復不果也。）晤蔭丈。

二十三日。爲仲木寄彥升訊。抵二甲，宿石甫處。

二十四日。潤齋置酒，還已更許。

二十五日。見禮卿、履平訊，小亭訊，說黃某等以庶堂領用之帳房價，尙欲興訟。

二十七日。寫桐城師，亞甫，王步先，葆齋，少卿，欣甫訊。

二十八日。寫履平，禮卿訊。

二十九日。作挽徐澤和妻聯：「寶鏡忽中分，劇疾九秋楊厄閏；玉臺今輟序，傷心一曲燕將雛。」（以產後感疾喪。）「歲當上冢詣龐公，羅拜驩然，入室常勞治鷄黍；詩有悼亡悲騎省，靈芬渺矣，空牀猶自撫茵溽。」

十一月

一日。寫漱公、曼君、中木、弢甫訊。讀「禮記」曲禮。

二日。爲趙某題其小影，趙故武弁，今以賈致富矣。「虎落巡邊接豆盧，鯨濤動地戰蒼梧。未聞宿將驕千戶；坐聽辭官汎五湖。塞上何人講得馬；山中無事看驚鼯。卽憑偃仰靑松下，意氣還秋白屋儒。」讀「禮記」。

三日。讀「禮記」曲禮。

四日。讀「禮記」曲禮。

五日。冬至祀先。詣石師，爲作賀劉生新婚聯：「孝粟百石，蔚此令子；華幔七寶，耦以仙人。」又賀姜某孫寄籍他縣，補學生員聯：「隱居大被，承乎海曲；還鄉衣錦，榮於本州。」

九日。彥升來，知朝鮮復亂。

十日。與彥升詣馥疇。

十一日。返。與嚴俊卿訊。

十二日。與吳孝亭、張仲明、袁慰廷合函，金養雲留守訊，詢朝鮮亂事，屬程靑佩寄。

十三日。與袁子九觀察訊。（按：十四日至十六日均記：「讀禮記檀弓」；十七八兩日均記「讀王制」。）

十九日。作徵士徐君清壽之頌。

二十日。與畏皇訊。得王少卿訊。

二十一日。與陳楚賢訊。

二十二日。作「雲山韶護堂詩序」。

二十四日。往姜灶港，赴敬夫之約。

二十五日。雨。與昂卿談。

二十六日。雨。

二十七日。與敬夫同至二甲，宿丁氏。聞松生訃，爲之欷嘘累息。

二十八日。還。

十二月

一日。澤和以父嬰鄉民械鬥之禍見告，期往通州。

二日。往通州。宿范氏。仲木歸。小雪。

三日。晤小亭、晴谷、𧷤石師。小雪。澤和至通，其父無恙，因緩其訟。

四日。返。得眉孫，楚賢訊。

五日。與烟丈往長興鎭，晤馥疇。與眉孫訊，得禮丞訊。

十二日。厨屋興工。（按：十三日無記事。）

十四日。得少卿訊。

十五日。起厨屋。

十八日。移灶。

二十日。厨屋墻壁粗竣，連日皆冗殆之甚。

二十一日。二十二日、二十三日、二十四日、二十五、錄：都爲歲事。蔡升還，得欣甫訊。

二十八日。得袁子九觀察速赴粤督聘訊，幷四十金。滋卿惠橘、橄欖、水仙。

二十九日。得小石丈訊，眉孫訊。

三十日。爲石師書壽屛。

光緒十八年（公元一八九二年）歲在壬辰年四十。

六月

四日。陳姬來歸。

六日。得叔兄訊，時奉差奉新。

十日。以後寫字讀書，日坐菰中牧舍。

十一日。作桐城師祭文。

十四日。得仲厚訊，東甫訊。

十六日。作通海公稟制府，奏請將孫師宣付史館稿。

十八日。海門孫師事蹟成。

二十七日作桐城師行狀。

二十九日。葉太君洞庭來訊。

閏六月

二日。作王弢甫工部太夫人「秋鐙課詩圖序」。得叔兄訊。

五日。作吳縣劉君傳。

七日。得叔兄訊，東甫訊。

九日。往海門，定志𨻰事。

十日。爲周氏事，往金沙，住高竹坪家。

十二日。魚陂四首。

十三日。翔林來會。

十四日。還。得叔兄訊。

十五日。作孫廉卿（辛卯南榜）挽聯：「意氣幾投驍，剛毅博錢裁擲去；功名一炊黍，長安街鼓記同聽。」又宋佩庭挽聯：「遺恨幾何，僢石家憐君有母；聞喪一慟，廿年前事我爲兄。」

十八日。作桐城師通州事實，得穆如戶部訊。

十九日。得延卿、仁卿訊。陳姬病。得夏虎臣訊。

二十日。連日大熱，寒暑表升至九十四度。得畏皇信。

二十一日。寒暑表升至九十七分。得叔兄訊。

二十二日。表熱九十七分。

二十三日。西南風作，稍涼。表九十四分。

二十四日。南風大作。

二十七日。得新甫同年訊。

二十九日。得摯甫先生訊。扶海垞樓五間，中間爲廳，兩邊爲房，中十九甩一七七八左右各十三甩九一，兩邊各十五甩一〇九，一〇九，共東西五丈三尺三寸八分，加東西廊各三尺，共五丈九尺三寸八分。七架中四架，每架三尺四寸，邊架各三尺，合二丈一尺六寸。中兩架前後四柱到底，左右前中後各五柱，兩邊各七柱。東西廊各五柱到底。簷高八尺一寸，上簷高八尺。池南校藝堂橫𣶒樓，東一間（深一丈二尺）縮爲門，西一間（同上）縮爲小閣。中三間爲堂，深一丈八尺，簷高八尺六寸。

花隨人聖盦摭憶 補篇

黃秋岳遺著

而許多旗人土匪，即乘機刼掠，於是聯軍旋亦入園，終則張貼告示，自述理由，所席挾之戰利品，猶存倫敦巴黎，可證。惟聯軍僅取其大者貴重者，餘多仍入匪徒手。至園中數大殿，與萬壽山、玉泉山、宮殿、寺宇二度被焚，乃在圓明園官舍被焚後十餘日。此節湘綺詞不誤，而越縵記特詳。今游頤和園後山，及玉泉山者，猶可按視其燼餘。至導焚圓明園者，相傳為龔定庵子橙，又傳為李某，蓋不能考實。龔孝拱，相傳為英使巴夏禮記室也。

序湘綺詞者，為長沙徐叔鴻，叙述詳晰，可傳也。徐序云：「圓明園在京城西，出平則門三十里 暢春園北一里許，世宗皇帝藩邸賜園也。聖祖常遊西郊，次於丹稜沜，樂其川原，因明武清侯李偉清華園舊址，築暢春園，藩邸賜園，故在其旁，雍正三年，乃大營宮殿朝署之規以避暑聽政，前臨西山，環以西湖，湖水發源玉泉山，曰甕山，度宮牆而流入清河，水經注所謂：「薊縣西湖，綠水澄淡，燕之舊池」者也。東流為洗馬溝，東南合高梁之水，故魚稻饒衍，陂泉交綺。高宗皇帝嗣位，海宇殷闐，八方無事，每歲締構，專飾園居，大駕南巡，流覽湖山風景之勝 圖畫以歸，若海寧安瀾園，江甯瞻園 錢塘小有天園，吳縣獅子林，皆仿其制，增置園中，列景四十，以四字題扁者，為一勝區，一區之內 齋館無數，復東拓長春，西闢淸漪，離宮別館 月榭風亭，屬之西山，所費不計億萬。園地多明權璫別業，或傳崇禎末諸奄皆以竇窟宅於茲，乾隆間濬池，發金銀數百萬。每歲，夏幸園中，冬初還宮，內廷大臣賜第相望，文武侍從，並直園林，入直奏對，昕夕往來，絡繹道路，歷雍乾嘉道百餘年於茲矣。文宗初，粵寇踞金陵，盜賊蠭起，上初即位，求直言，得勝保、曾國藩、袁甲三三臣。旣以塞、程、徐、陸，先朝重望，相繼傾覆，始擢用前言事者，各畀重任，三臣支柱，賊不犯畿，然迭勝迭敗 東西數省蹂躪無完土。主上憫蒼生之顚沛，慨左右之無人，九年冬，郊宿於齋宮，夜分痛哭，侍臣悽惻。大考翰詹，以宣室前席發題，憂心焦思 傷於禍亂，然後稍自抑解，寄於文酒，以宮中行止有節，尤喜園居，冬至入宮，初正即出。時園中傳有四春之寵，皆漢女分居亭館，所謂杏花春、武陵春、牡丹春、海棠春者也。然上明於料兵，委權閫外，超次用人，薄內稱哲，而部院諸臣，無所磨厲，頗襲舊敝。晚得肅順，敢言自任，故委以謀議。先是道光二十年，英吉黎夷船至廣東香港，求通商不得，又以燒烟起釁，執政議和，予海關稅銀千八百萬，英夷請立約，廣督耆英，與期十年，屆期而徐廣縉督兩廣，夷使至廣州 拒不許入，以受封爵 夷酋恨焉 志入廣州。咸豐元年 英吉黎、佛朗西、米利堅各國，乘粵寇鴟張，中國多故，復以輪船直入大沽口，台王僧格林沁，託團練之名，焚其三船，盡擊走之。夷人知大皇帝無意於戰，特臣民之私憤，乃潛至海岸，貰馬數千，募羣盜爲軍，半年而成，再犯天津，稱西洋馬隊，聞者恐慄。夷馬步登岸，我未陳，而敵騎長驅矣。十年六月十六日，上方園居，聞夷騎至通州，倉卒奉后嬪幸熱河，道路初無供帳，途出密雲，御食豆乳麥粥而已。十七日，英夷帥叩東便門，或有閉城者，聞礮而開，王公請和，和議將定。十九日，夷人至圓明園宮門，管園大臣文豐，當門說止之，夷兵已去，文都統知奸民當起，環問守衛禁兵，一無在者，索馬還內，投福海死，奸人乘時縱火，入宮劫掠，夷人從之，各園皆火，三晝不熄，非獨我無官守詰問，夷帥亦不能知也。初，英夷使臣巴夏里，已拘刑部，和議成，以禮釋囚，於是巴夏里與夷帥，各陳兵仗，至禮部，訂約五十七條，予以海關稅銀三千六百萬，而夷人抵償圓明園銀二十萬。十一年七月，文宗晏駕熱河，今上卽位，奉兩宮皇太后還京，垂簾十載，巨寇削平，而夷人通商江海，往來貿易，設通商王大臣，以接夷使，然常言某省士民燬天主教堂，某省不行其教，某省民教挑釁，日以難我，應之不暇，蓋岌岌乎華夷雜處。又忽忽十有一年，園居荒虛，鞠爲茂草，西山大寺，夷婦深居，予旅京師，惻然不敢過也。同治十年春，同年王壬父，重至輦下，追話舊遊，張子雨珊，亦以計偕來約訪故宮，因駐守參將廖承恩，許爲東道主。四月十日，命僕馬同過繡漪橋，尋清漪園遺跡，頹垣斷瓦，零亂榛蕪，宮樹蒼蒼，水鳴嗚咽，由輦路登廓如亭望萬壽山，但見牧童樵子，往來林莽間。暮從昆明湖歸，橋上銅犀臥荆棘中，犀背御銘，朗然可誦。明日訪守園者，得董監，自言年七十餘，自道光初入侍園中，今秩五品，居福園門旁，導予等從瓦礫中循出，入賢良門而北，指勤政、光明、壽山、太和四殿遺址，至前湖，圓明寢殿五楹，後爲奉三無私殿，九州淸晏殿各七楹，壞壁猶立，拾級可尋。董監言：東爲天地一家春，后居也，西爲樂安和，諸妃嬪貴人居也，洞天深處，皇子居也。淸輝殿，爲文宗重建，與五福堂，鏤月開雲臺、朗吟閣，皆不可復識，鏤月開雲者，卽所謂牡丹臺也。世宗爲皇子，當花時迎聖祖至賜園，而高宗年十二，以皇孫召侍左右，三天子福壽冠前古，集於一堂，高宗後製詩常誇樂之。經其廢基，裴回愁焉。東渡湖，爲蘇堤、長春仙館、藻園，又北爲月地雲居、舍衞城、日天琳宇、水木明瑟、廉溪樂處，僅約畧指視所在。東北至香雪廊，階前葦荻蕭蕭，廢池可辨，復渡橋循福海西行，爲平湖秋月，水光溶溶，一瀉千頃，望蓬島瑤臺，島上殿宇猶存數楹，惜無方舟，不達，其下流水潺湲，激石成響，董監示余：此管園大臣文公死所也。西北至雙鶴齋，又西，過窺月橋，登綺吟堂，經釆芝徑，折而東，仍出雙鶴齋，園中殘燬幾遍，獨存此爲刦灰之餘，亂草侵階，窗櫺宛在，尤動人禾黍悲爾。雙鶴齋西，爲溪月松風，翠柏蒼藤，沿流覆道，斜日在林，有老宮人驅羊豕下來，東過碧柳書院地，跨池東爲金鼇，西爲玉蝀，坊楔猶存。又東去，皆敗壞難尋，遂不復往。暮色沉沉，棲烏亂飛，揖董監出福園門，還於廖宅。廖、澧州人，字楓亭，少從塞尚阿、僧格林沁軍，亦能言行間事，感予來遊，頗盡賓主之懽，既夕言歸，則禮部放榜日也。雨珊既落第南去，余與壬父每相過從，言念園遊，輒惘惘不自得。壬父又曰：園之盛時，純皇勒記，必殷殷踵事之戒，然仁宗始罷南幸，宣宗尤憂國貧，秋獮之禮，輟而不舉，惟夫張弛之道，宜及嘉道時補純皇倦勤之功，而內外大臣，惟務愼節，監司寬厚，牧令昏庸，諱盜容奸，以爲安靜，八卦妖徒，連兵十載，無生天主，教目滋繁，由遊民輕法，刑廢不用，故也。江淮行宮，既皆斥賣，國之所患，豈在乏財？又曰：燕地經安史戎馬之迹，爰及遼金，近沙漠之風矣。明太宗以燕王舊居，不務改宅 仍而至今，地利竭矣。又園居單外 非所以駐萬乘，廢而不居，蓋亦時宜。余曰然。前年御史德泰，請按戶畝鱗次捐輸，復修園工，大臣以侈端將啓，請旨切責，謫戍，未行忿悔自死，自此莫敢言園居者。而比年備辦大昏費已千萬， 結彩宮門，至十餘萬，公奏朝廷動用錢糧，婚以成禮，豈在華飾？若前明戶部司官得以諫爭，余且建言矣。又余聞慈安太后在文宗時有脫簪之諫 關雎、車舝之賢，中興之由也，又園林未焚前一歲 妖言傳上坐寢殿，見白髮老翁，自稱園神，請辭而去，上夢中加神二品階，明日至祠諭祠之，未一祺而園毀，豈前定歟？子能詩者，達於政事，曷以風人之意，備繇霜雲漢之采。於是壬父爲圓明園詞一篇，而周學士、潘侍郎見之，並歎其傷心感人，筆墨通於情性。余以此詩，可傳後來，慮夫代遠年逝，傳聞失實，詞中所述，罔有徵者，乃爲文以序之。同治十年立秋日，長沙徐樹鈞撰。」案叔鴻 爲壽蘅尙書樹銘堂弟。同治元年壬戌恩科舉人，由考取內閣中書舍人，歷御史給事中，外放，終於江南鹽巡道，字學徐季海，兼工篆隸，精鑒賞，富收藏，圓明園刼後，叔鴻收得右軍鴨頭丸帖眞迹，故名其齋曰寶鴨 是爲叔鴻與圓明園之又一段因緣。以予揣度 得帖當在作序前。序中所述湘綺言，燕地成沙漠之風，地利竭矣，云云，正是其常所言者，予前所舉「王志」中語，可相發明。周學士，是周荇農，潘侍郎是潘伯寅。又案叔鴻此序中，除目覩足涉之園景外，論淸與聯軍和戰原由，皆祇抒臆聞，未可謂爲信史。尤謬者，文宗以庚申八月初八日幸熱河，而序中言爲六月十六日，燒園爲八月二十三日，序中乃曰六月十九日，叔鴻爲同治元年舉人，咸豐十年，或未必在都，度聞之湘綺，而紕繆若此，則湘綺「祺祥故事」中，訛董元醇爲高延祜，抑又不足怪矣。

叔鴻於今日名不甚著，似頗爲其兄壽蘅尙書所掩。壽蘅於咸豐二年，已爲兵部侍郎，同治六年，以薦兪曲園謫官，左遷太常寺少卿，其官工部尙書，則在光緒二十五年矣。相傳徐家本寒微，其祖國揞，字芴亭，儒雅厚重，爲長沙縣經承，其時縣令爲蘄水陳光詔，卽秋航狀元（沆）之父，有知人鑒，重徐長者，一日問，有子弟讀書應試乎，徐因以幼子一，長孫一所業進。陳覽後，令携入見，歎賞曰：皆翰苑才也，其後言悉驗，幼子者，爲芸渠先生，名棨，以翰林散館，改中書，掌嶽麓書院，光緒辛卯，重宴鹿鳴，賞三品卿銜，卽叔鴻之父。長孫者，卽壽蘅。芴亭翁年逾八十，尙齊眉健在，文宗萬壽，曾御書扁額賜之。

叔鴻序湘綺圓明園詞，在同治十年，其後楊雲史有「檀青引」，則在光緒二十三年丁酉，亦有序，序亦言圓明園事，雲史時年二十一歲，以此得名江東，相傳爲張治秋尙書所賞。序云「蔣檀青，京師人，其先越產也。善彈箏，吹笛，工南北曲，文宗時樂部推第一，長安名士宴賓客，非檀青在坐，則不歡。

第七期要目預告（六月十五日出版）

「閒話皇帝」的官司　李景凡
談東洋文庫　陳彬龢
子見南子的話劇風波　西鳳
子見南子的歌詞　凌霄、一士
西江爭渡記　東方均
茶花女最初的版本　荔子
因腎囊二字而死的林白水　福堂
向美國借欵二十億元的「奇策」　魯揮戈

第八期起，登載秦仲龢先生譯寫的：

「英使謁見乾隆記實」，這是一部四十餘萬言的掌故趣味作品。原作者爲英國派來謁見乾隆皇帝的特使，書中記滿淸宮廷及廷中大臣事甚詳，喜讀掌故者請爲注意。

稿約

本刊的宗旨，是向讀者提供高尙有趣味的益智文章，並希望貢獻一些翔實可靠的資料，給研究歷史、文藝的人作參考。我們歡迎下列文章：

（一）人物介紹

注重古今中外人物的描寫及其傳記。

（二）近代史乘

注重近百年中國及國際政壇上重要事件的發生經過及其內幕。

（三）史　料

名人的日記、筆記、自傳、傳記、年譜、囘憶錄，函牘等。

（四）趣味性的掌故

以上所列，只不過約畧舉出一個範圍，其實文史掌故的範圍很廣，不能一一開列，希望讀者認定文史兩字寫文章便好。稿件內容不要評論現實政治的得失，要注重輕鬆趣味，使讀者一卷在手，覺得開卷有益，不枉花了寶貴的時間。

惠稿文言語體不拘，但最好還是用語體，如果不擅用則以淺顯易懂的文言寫也一樣歡迎。字數以五千字內最適合，也易於刋出；超過一萬字以上的，請來信商洽。譯稿請附原文。

不合用的稿，不管附有郵票與否，在收到後十日內寄還作者；如不寄還，就是要採用，但何時刋登，未能立即告知，請來信詢問。刋登的稿，在出版前二日即將稿費寄上。

原書原樣

潮州志匯編

饒宗頤編集

十六開本 全書一千四百餘頁
道林紙精裝本一百八十元
白報紙平裝本一百二十六元

是書合永樂大典所收「三陽志」、明郭春震嘉靖二十六年[illegible]
吳穎順治十八年本[illegible]、阮元道光廣東通志[illegible]
作「潮州志」，饒宗頤[illegible]
修潮州府志稿[illegible]
續[illegible]
史、明清史及民國[illegible]
史者，[illegible]
[illegible]
。研究中國僑鄉[illegible]
地理，尤資潮[illegible]
客屬文獻與南洋華
僑史者，此書實為
不可不備之珍本。

[illegible]

是書以隨筆之體，記述光（緒）宣（統）間至民國二十年
內幕之政治史蹟，舉凡當時政教之所繫，風俗之所尚，皆作淵
本追源之分析，如論壽之畢呈，中多史乘佚聞，內幕秘辛，尤
為研究中國近代史者之難得佳選。

作者簡歷：字哲維，號秋岳，福建閩侯人。譯學館，京師
大學堂學生。歷任北洋政府交通部秘書，參事，總統府秘書，
國務院參議等職。又歷在北平國維報，晨報，社會日報，京報
，[illegible]商報，新中報，時事新報等担任主筆。一九三五年，任
行政院簡任秘書，「八一三」全面抗戰開始後，濬受敵賄買，
將其職務內所管理之秘件供敵。案發伏誅。本書店鑑於斯編史
料之重要性，不以人廢言，特將原本影印發行。

上海通志館期刊

上海市通志館編纂 [illegible] 1935年[illegible]

上海向為中國金融與工商業中心，亦
為南方之文化重鎮。一九三二年間，設立
通志館，由柳亞子任館長，延聘專家修上
海通志。並出版「上海市通志館期刊」（一
季刊）。自一九三三年六月出版創刊號，
至一九三五年[illegible]出版[illegible]，[illegible]四期[illegible]
計共[illegible]冊。
該期刊所載論文，[illegible]
界、外交、學術團體、出版事業、[illegible]
文化團體。論述[illegible]
[illegible]

白報紙平裝	精裝	平裝	頁數	卷期
港幣80.00	港幣131.00	港幣23.00	222	1
		港幣35.00	346	[illegible]
		港幣32.00	316	[illegible]
		港幣31.00	300	[illegible]
港幣47.00	港幣78.00	港幣33.00	326	[illegible]
		港幣35.00	[illegible]	[illegible]
港幣48.00	港幣95.00	港幣37.00	[illegible]	[illegible]
		港幣43.00	[illegible]	[illegible]
港幣175.00	港幣304.00	港幣274.00	總計	Total

林熙主編

半月刊 第十[illegible]期合

大華半月刊啓事

六月十二日，香港暴雨成災，公私損失很大，承印本刊的印刷公司，機器被雨水浸壞，印刷上畧有阻碍，因此原定在六月十五日出版的第七期，就要延遲到六月十八九纔能出版。同時，又因為雨災之後，一切尚未能即時恢復正常，所以索性將第七期和第八期合刊，改於六月三十日出版，這是萬不得已之舉，敬請讀者、作者諸君原諒！

大華半月刊謹啓

一九六六年六月十九日

大華 第六期

大華 第七、八期合刊

封面插圖：春秋時代的青銅器

大華 半月刊 第七、八期合刊
一九六六年六月三十日出版
（每月十五、三十日出版）

出版者：大華出版社
地址：香港銅鑼灣希雲街6號6樓
Ta Wah Press,
36, Haven St., 5th fl.
HONG KONG.
電話：七六三七八六轉

督印人：林翠寒
主編：林熙
印刷者：永聯印務公司
地址：香港北角渣華街一一〇號
電話：七〇七九二八

總代理：胡敏生記
地址：香港灣仔洋船街三十二號
電話：七二三四三七

杜重遠的「閒話皇帝」官司

國民政府向日本低頭的一個故事

·李景凡·

生長在封建王朝的士大夫們，誰都知道對於皇帝是筆頭上碰不得的，皇帝一怒，輕則本人身首異處，重則累及九族甚至十族全誅，歷史告訴我們發生的許多文字獄，被殘殺了的文人學者，不計其數，這都是血的經驗教訓。我們中國從辛亥革命以來，已沒有皇帝了，照道理文字獄也不會再有，誰知當國勢阽危之日，連外邦的皇帝也碰不得，同樣的會引起文字獄。下面記述我所知的杜重遠爲了「閒話皇帝」一文引起的軒然大波。至今回憶起來，猶覺得談虎色變！

正當一九三五年全國紀念新文化運動「五四」那一天，在上海出版發行的「新生週刊」第一卷第五期內，登載了一篇以「閒話皇帝」爲題目的短文。這一篇的主要內容，是論列當時世界各國所存在着的皇帝，並非專指日本天皇。從讀者的一般觀感來說，可以認識到日本當時的眞正統治者是日本軍部首腦，天皇的作用是在於「綏和一切內部各階層的矛盾和掩護了一部分人的罪惡行爲」，根本上無論如何說不上什麼「妨碍邦交」，或對皇帝有所侮辱、誹謗、攻擊的意味存在。不料這一短文發表以後，日本駐在上海的領事竟然以「對日皇不敬」爲理由，向當時國民政府提出强硬的抗議和無理的要求。這不難想像到日方的目的在於借端引起侵畧我國的烽火狼烟，從東北燃燒到當時苟安的區域以內，借題挑衅，揭開戰爭的序幕，此乃顯而易見的一回事。在當時政府處於日本軍國主義者强權積威之下，抱着逆來順受的温馴姿態，以圖苟延殘喘，只求大事化爲小事，所以對日本領事提出的抗議和要求，儘管絲毫沒有理由，也全盤接受下來，將編輯和發行「新生週刊」的杜重遠逮捕判刑。這一次的文字獄，說明當時政府在强敵威脅之下絕對不打算抵抗，而且是慣於忍受的又一次「城下之盟」。

爲了要貫徹「城下之盟」，讓對方暫時不把矛頭南指，因此，必須同司法機構通力合作，竟至挖空心思施展出一套媚外的花招來。在對被告處刑的同時，還非法剝奪了他的上訴權，匆促地宣判執行，這是中國審判史上從未有過的例子。眞實情況記述如下。

「新生週刊」確有積極意義的，它是鄒韜奮所主編「生活周刊」的化身。「生活周刊」是在一九三三年十二月被封停刊的，實際上鄒已於是年七月間被廹出國。一九三四年二月十日杜重遠繼承了「生活周刊」的風格，出版「新生週刊」。鄒韜奮在他最後未完成的著作「憂患餘生記」裏會說道：「……我出國後，『生活周刊』即被封閉，摯友杜重遠接辦『新生週刊』，在精神上是和『生活』一致的。這好像我手上撑的火炬被廹放下，同時即有一位好友不畏環境艱苦，而搶前一步，重新把這火炬撑着，繼續在黑暗中向前邁進。」由於當時全國人民一致痛恨日本軍閥的侵畧，反對政府怯於抵抗，所以擁護這一刊物，原是很自然的，愛祖國總是人同此心，認爲它是代表人民的喉舌，能說出人民所要說的話來。每期銷達十幾萬份，估計讀者有數十萬人。因此，日本軍閥和不打算抵抗的政府，一致看作它是抗日刊物，要找尋口實拔去眼中釘來撲滅蓬勃發展的抗日氣氛。這是個內在的矛盾。

杜重遠是東北遼寧人，他主編「新生」的那年，是三十七歲，過去會留學日本，在遼寧當過商會副會長，還創辦過一家肇興窰業公司。到「九一八」他的家鄉淪陷了，他懷着一顆憤怒得發出火花的心，奔走南北，呼籲抵抗，恢復國土。他主編「新生」作爲宣傳抗日救國的一個據點，深得一般愛國讀者的擁護。「新生」的內容，分「大小言」、「國際問題」、「專論」、「生活紀錄」、「國外通信」、「新生之友」等欄。文字立論也很純正，每期並刊有杜重遠寫的「老實話」，這可以算得該一刊物代表性的言論。由於杜重遠生長在東北，對於家鄉的淪陷，抱有無限的感慨，正所謂「切膚之痛，語重心長」，足以代表人民萬衆一心救國的意嚮。當時政府既不打算抵抗敵人，那就懼怕人民發出抗戰的言論，認為足以引起燎原的火燄，於是一定要把杜重遠生呑活剝地當做典型人物來開刀，一棍子打死他才滿意。

「閒話皇帝」一文作者署名易水，據畢雲程見告，是編輯部同人所作，并非外稿。文章頭一段，敘述中國歷史上傳統的皇帝，是「可為而不可為」，接着說：

雖然這樣，我們中國的皇帝是取消的了，：：現在國際間尚留下有皇帝，他們還得要存在，這也是各有理由，未可強同。可是有些皇帝也已有名無實了。就我們所知道，日本天皇是個生物學家，因為是世襲的緣故，他不得不做皇帝。國內一切事情，雖然奉天皇命而行，實際上已作不得主，接見外賓和閱兵的時候用得着天皇，此外天皇便被人民忘記了。日本的軍部和財閥才是眞正的統治者。……假使他（日皇）不是做皇帝，常常有不相干的事務紛擾他，他的生物學上的成就，也許比現在還要多供獻些，據說他已在生物學上發明了許多東西，做了皇帝在學術上是個很大的損失。然而目下的日本，却還捨不得丟棄天皇這個古董，自然對於現階段的日本統治上是有很大幫助的，這是企圖用天皇來緩和內部各階層的矛盾，和掩護了一部份人的罪惡行為。……

這篇文章，泛論當代世界上還存在的幾個皇帝，對日皇儘管着筆較多，可是描寫並未失眞，還恰如其分的稱贊了他在科學方面的成就，無論如何是說不上對他有什麼惡意。可是日本軍閥主義者的看法，却又大不相同，認為中間指出日本軍部和財閥是日本眞正的統治者，這幾句話，擊中了他們的痛處，扯掉了他們傳統披着忠君愛國的偽裝，所以惱怒地乘機提出强硬的威脅，而借口於侮辱天皇妨害邦交。這是本案發生的癥結所在。

當時的政府原有一套為了箝制人民輿論用的「出版法」和「書報審查條例」，「新生週刊」無例外地每期送上海主管機構審查。當時的審查是非常嚴格的。這一期登有「閒話皇帝」的刊物，它的清樣曾經一度陳列在韜奮紀念館里，筆者見到「圖書雜誌審查委員會」蓋有「審訖」藍印章。而且該委員會於一九三五年四月三十日，曾發給新生週刊社第一九五五號的批文一件，亦同時陳列在一起。這一批文內開：「查新生二卷十五期稿本業經審訖，其中『多事的五月』一篇，有欠妥文字，應照章抽去。其餘各文尚屬無碍，准予發刊，原稿發還，並發給第一五三六號審查證，仰於出版後先檢三冊，連同原稿送會核對為要。」據此，此一期登有「閒話皇帝」的「新生」刊物確是經過審查，已認為「尚屬無碍，准予發刊」的合法刊物，并且印好後亦連同原稿（即清樣）送會核對過，如果還有什麼不妥，也不應該再要編者和出版發行人來負責任了。

但是，在館內同時看到了一件公文，那是同年六月二十四日上海市公安局第四四一號通知，內稱：「案奉上海市政府令開，查『新生週刊』第十五期內載有『閒話皇帝』一文，措詞殊多失檢，對於日本皇帝顯有侮辱之處，不獨觸犯刑章，且足妨碍邦交，重違中央睦鄰之明令，亟應從嚴懲處，以儆效尤，仰即禁止出版發行等因，合行通知，仰即遵照即日停刊，毋得違誤為要。」

可知同是一篇文章，在同一政府裏的機構內看法不同。特別是因應付所謂棘手的外交抗議，不惜用自己的手打自己的耳光，眞是活現出狼狽不堪的洋相來了。

在當局甲准乙禁的反覆矛盾中，又懼怕被壓廹者提出審查合格證來作理直氣壯的抗辯，所以公安局方面在未送達通知以前先就派人到新生週刊社來嚴密抄查，旨在抄到審查證件，把它毀屍滅跡，以掩飾和諉卸他們的責任。誰知該證早已放在別處，計未得逞，只得悻然而去。

在當時日方把握時機，威脅和挑衅兼施。同年六月二十四日，日本駐滬總領事石射，向上海市市長吳鐵城提出的事項，有謝罪、停刊、懲辦、保證等等一連串的要求，嚇得他照單全收。但是日方認為尚不滿足，更進一步再由駐華大使有吉改變途徑向外交部直接交涉。七月二日，有吉訪兼任外交部長汪精衞，但汪病臥在醫院裏。有吉晚上去外交部次長唐有壬家裏，會見了唐，當面提出向中央政府直接交涉，并提嚴重抗議。唐不能決定如何辦理，允他與政府首腦會商後再作答覆。有吉未得要領，悻悻而去。

日方見到從外交途徑脅廹不順利，益發暴露出它的猙獰面目來了。據七月三日東京新聯社電，外務省對有吉發一訓令，內容秘密，僅透露下列各點：「着向華方嚴重追究：一、正式陳謝；二、廢刊『新生』、三、處罰新生負責人；四、南京政府對於將來的保證。」以上二、三兩項已由上海市政府處理外，一、四兩項南京政府怎敢怠慢，即由外次唐有壬與日方談判。在談判中，上海充滿火藥氣味。例如七月六日，有吉召集海陸軍武官，石射領事等，開首腦會議，事後在報章上放出「第三艦隊待命出動」的空氣，又說：「第三艦隊已由華北抵滬，准滯留上海，以待『新生』事件的解決。」七月三日東京「讀賣新聞」又說：「艦隊長官百武原定三日乘旗艦『磐手』去華北巡航，因『新生』不敬事件突發，延期北航，密切注意事態的惡化。」又七月十日上海「日日新聞」刊登消息云：「上海日本僑民召集緊急會議，推負責人與石射會晤，聽取『新生』事件交涉的結果。」甚至在東京「報知新聞」

上喊出了要求「解散上海市黨部」、「蔣介石以下總辭職」等口號。所有這一系列的煽動性、威脅性的言論、報導，對當時神經衰弱的統治集團來說，倒是對症下藥，頗見功效。七月七日，唐有壬向日本駐南京總領事須磨傳達了外交部的「道歉書」，答允：一、罷免上海「圖書雜誌審查委員會」主任朱子操，委員、秘書項德言、張增、陳文煦、王德修、展鵬天、劉民皐等七人；二、該委員會改組；三、中央黨部嚴令各地方黨部防止今後發生類似事件；四、重申六月十日國府公佈之「敦睦邦交」令，取締一切排日運動等等。日方才認爲交涉告一段落。餘下的祇有對「新生」負責人處罰這一問題，就是對杜重遠必須在日方監視下嚴格執行懲罰，絕不容許放鬆寬恕。所以杜重遠的判刑入獄，已成定局。

上海市政府接受石射的要求，訓令公安局轉函租界內江蘇高等法院第二分院檢察處，請以「妨害國交」罪對杜重遠及易水提起控訴。這一舉措根本不合於「須經外國政府或其代表請求乃論」的法定程序，但是檢察處不惜違法遷就，悍然由首席檢察官鄭鉞草草偵查，由於易水查無其人，就讓杜重遠一人負責，當同同級法院以「妨害國交」和「誹謗」罪對杜提起控訴。

七月九日上午九時公開審訊，庭長郁華，推事周翰，蕭燮棻，被告辯護律師吳凱聲。當時傍聽席上擠擁得水洩不通，被攔在庭外者也黑壓壓地計數不清。杜在他自己答辯中聲稱：「新生上刊登的『閒話皇帝』一文，雖是外稿，查不着作者易水，但本人應負其責，照我的見解，絕無惡意誹謗日本天皇，更談不到妨害邦交。就全文分析起來，只是以學者態度研究各國的政治制度和歷史演變，如何可以羅織武斷，說成誹謗和侮辱他人呢？但我是個中國文人，日本軍人以武力壓迫我國政府，政府屈從了日本軍人，要我做代罪的羔羊，那就成爲另一回事了。一個文人手無縛鷄之力，何求而不得呢？我本人出於熱愛祖國的心腸，反對日軍侵畧，痛恨日軍殘殺同胞，那是未必有什麼罪過的吧？本人留學過日本，與天皇無怨無仇。日本有我的師友，我自問絕對不會誹謗或侮辱某一個人的。」最後又說：「請庭上根據文章的內容來公平處斷。」當下又經過辯護律師簡畧的辯論形式，就由庭長站起身來手捧一份早已寫好的東西，當庭宣讀，口稱：「杜重遠處徒刑一年兩個月，不得上訴，立即送監獄執行。」杜重遠聽了忿怒地堅決表示不服，他高聲說道：「我已不信中國尙有公道的法律！」他并且轉身對傍聽的羣衆激昂悲憤地高呼道：「中國的法律已被日本軍人的刺刀劃破了，公道在那裏？」（見同日英文大美晚報），這時候旁聽者都忿怒不平，氣氛激越，有一部分人當塲呼號叫跳，并有人發散傳單，因之秩序大亂，當經法警彈壓，羣衆始退出法庭。可是杜重遠終於被捉進了上海漕河涇的監獄，做了媚外者的祭壇羔羊。

事後上海各報的言論與新聞，一致表示極度憤懣。更有律師公會及各人民團體等召集會議，先後寫文章刊登報上，發表正義的呼聲。直到報章新聞嚴密封鎖，又有人採用印發小冊子的方式來表示羣衆不屈不撓的正義感。當時羣衆支援杜重遠的火炬，越點越多，越燒越旺。遠在菲律賓的岷山拉中華商會，也有一份公電拍給申報，請轉全國各地報館和各團體，嚴詞譴責法院，說它「媚敵圖寵，法律已掃地無餘」。并隨電附滙國幣一千元，作爲支援杜重遠案上訴進行合法鬥爭的用途。新生讀者會亦大量印發了「要求新生復刊」、「釋放杜重遠先生」、「爭取抗日侵畧言論自由」，和「告全國人民書」等傳單文告。

上海法律專家趙琛，是當時正在適用的「新刑法」和「刑事訴訟法」的起草人之一，他用個人名義發表了駁斥「不准上訴」的談話，由北平「晨報」以「南京專電」刊出。另外他又寫了一篇「由新生事件想到日本大津事件」的長篇文章。主要內容指出日本法學博士穗積陳重所著「法窻夜話」內有一段關於大津事件的紀載道：「當明治二十四年五月十一日，滋賀縣巡查津田三藏，要擊來日遊覽的俄國皇太子（原註：廢帝尼古拉斯）於大津町，創其頭部。舉國震駭，政府深恐强俄興師問罪，苦籌善策，若依當時刑法，津田最重只能處到無期徒刑，當局認爲非置津田於極刑不足以謝强俄，乃以『廟議』決定援引對於日本皇室的犯罪，就可處以死刑之罪的條文，應用於對俄國皇室，命檢事總長遵照『廟議』提起公訴。司法大臣和內務大臣又親去大津面囑裁判官重判。幸而當時任大審院長的兒島惟謙堅持不可，他不惜犧牲生命地位拒絕行政官的威脅。即多數裁判官亦能盡忠於其職務，不允屈從上命。最後結果仍照普通犯罪條文處斷結案。」趙琛拿來與「新生」一案作鮮明的對比。當時這篇論文頗爲正義人士所重視。

但是儘管支援者叫破喉嚨，當權者置若罔聞。杜重遠的夫人侯御之不惜據理力爭，以被告的配偶身分，替丈夫聘請了名律師俞鍾駱和陸家才，進行獨立上訴。可是當局認爲杜重遠這個人就是寃枉也只好寃枉到底，一棍子打死了，決不容他復活。上訴被拖延擱置了一年多，等到上訴審的判決書送達時，杜重遠已吃足一年兩個月的官司，他接到判書後，感到啼笑皆非。

談東洋文庫

陳彬龢

東洋文庫的前身——莫理遜文庫

英人莫理遜（Dr. George Ernest Morrison, 1862—1920），從他一八九七年到北京擔任倫敦「泰晤士報」通訊員時起，一直到一九一七年夏止，在這二十年間，一共蒐集了大小圖書二萬四千冊，地圖、圖畫約一千張，全都是以英、法、德、俄、荷蘭、意大利、拉丁、西班牙、葡萄牙、瑞典、丹麥、波蘭、匈牙利、希臘、芬蘭等國文字記載的有關中國（包括滿、蒙、新疆、西藏）、朝鮮、西伯利亞、中東、印度支那半島、東印度諸島、菲律賓羣島各地方的著作，記載的內容，包括了政治、外交、法制、經濟、軍事、文藝、考古、美術、學術、宗教、風俗習慣、歷史、地理、地質、礦物、動物、植物、醫藥衛生、遊戲娛樂各個方面。

在他蒐集的圖書中，有幾個特徵是值得注意的。首先，關于馬可勃羅的「東方見聞錄」一四八五年最古的刊本就有四十多種；其次是明末清初耶敎傳敎士寫的中國文物研究和當時的時事報告，後來成爲歐西學者研究中國學問的重要古籍；第三，關于中國語言的辭書蒐集達五百種，網羅了各地方的方言；第四，各國出版的日俄戰爭有關書籍亦達五百冊之多；第五，關於動植物，特別是中國鳥類的著作，蒐集比較廣泛；第六，對近代地理學上和考古學上的各種調查報告書類，搜羅殆盡。

在上述的二萬四千冊圖書之中，包括了一百數十種的定期刊物和約六千種小冊子，這也可以說是特色之一。定期刊物如有關中國和遠東的專門雜誌，以及各國亞洲協會、東洋協會的出版物，即署載有東亞文字的普通雜誌，從創刊號起，未嘗短缺。至於小冊子，即少至一二頁的參考資料，亦無遺漏。

莫理遜從一九一二年起，就當北京政府總統府的政治顧問，他把這些藏書都收藏在王府井大街自已的住宅裏，公開供人閱覽，於是，一般研究中國問題的人，就稱它爲莫理遜文庫。

當莫理遜表示有意出讓藏書時，歐美大學和其他研究所爭相購取，終於爲日本三菱公司創辦人岩崎久彌以三萬五千鎊的代價所購得。等到中國知識階層聞訊反對時，已經來不及了。可笑的是，當時北京政府事前旣毫無聞知，事後反而派警極力保護運書出境，昏瞶糊塗，一至於此。

東洋文庫的成立

岩崎久彌出資購置莫理遜藏書，是出自當時橫濱正金銀行理事長井上準之助、監察人小田切萬壽之助，當時東京帝國大學文科大學長上田萬年博士、東洋史學科主任教授白鳥庫吉博士等人的慫恿，他們後來都是東洋文庫的評議員。也就是創辦人。

莫理遜在出讓藏書的時候，曾經提示三個條件：第一，這些藏書永遠保存在一個地方，稱爲莫理遜文庫（G.E. Morrison Library）；第二，繼續購進新書，擴充文庫；第三，必須公開供人閱覽。

岩崎久彌根據莫理遜的條件，在陸續購進新書的同時，以莫理遜文庫爲中心，擴張規模和範圍，廣事蒐集過去未及收集的圖書，以期設立一個亞洲大圖書館。例如增設日本、印度、印度尼西亞等新的部門，這樣，就包括莫理遜文庫在內，總稱爲東洋文庫。

東洋文庫根據莫理遜文庫的擴張補充方針，除了繼續收集中國有關圖書之外，並銳意蒐集其他亞洲各地的有關資料，到現在爲止，總數已達五十萬冊，相當於莫理遜文庫的二十倍。

事實上，今日東洋文庫已經是世界研究亞洲問題的最大圖書館，歐美學者到這裏來留學的人越來越多，決不是沒有原因的。

圖書館兼研究所

既是圖書館，又是研究所，這是東洋文庫獨具的風格。白鳥庫吉博士親自主管研究部，它的業務是：出版研究東洋學的論著；刊行研究有關西文著作；對重要典籍的複製和研究；通過東洋學講座，努力專門知識的普及化。白鳥博士物故後，和田淸博士繼承其事業，現在的研究部長是榎一雄。到現在爲止，研究部共刊行近二百冊上述的專門書籍，分送國內外的大學、圖書館、研究所和關係學者。研究部每年選拔研究生數名，以期養成新一代的專門學者。

現在東洋文庫附設有兩個研究機構：

一、東亞文化研究中心（The Centre for East Asian Cultural Studies）。它的目的是：作爲東亞（緬甸以東）各國的研究機關的連絡中心，以期增進東亞各地區對東亞文化的相互理解，同時加緊對人文科學、社會科學研究情報的交換和聯系。此外，還要設法促使這個地區以外的人加深他們對東亞文化的理解。這個機構在所長辻直四郎、副所長榎一雄之下，設有運營委員赤石淸悅等二十人，顧問大濱信泉等十人，參事靑山秀夫等二十一人。發行「東亞文化研究」季刊，作爲這個機構的機關雜誌，並刊行有關東亞文化研究的各種資料，編印一種「東亞文化研究叢書」，供應一般讀者。刊物均用英文。

二、近代中國研究中心

東洋文庫從昭和三十七年（一九六二年）七月起，設立了一個研究近代中國的機構，它的業務是：

（一）設置參考圖書室
（二）編輯和印行目錄、索引
（三）派人赴國外研究
（四）設置獎學金制度
（五）對研究者旅費的援助
（六）編印講義和開設學習班
（七）發行「近代中國研究」論文集
（八）其他促進有關研究近代中國的事業
（九）設置運營委員會

委員九人名單：天野元之助　石川忠雄　市古宙三　衞藤瀋吉　貝塚茂樹　佐佐木正哉　波多野善大　宮下忠雄　村松祐次

東洋文庫藏書內容

東洋文庫藏書，首先是以莫理遜文庫（約二萬四千冊）爲中心的西文書籍約三十萬冊，加上包括約三千部的中國地方志和八百種族譜的漢文圖書，以及朝鮮本、滿洲本、蒙古本、越南本、西藏本、梵文本、暹羅本，共達五十萬冊。其次是岩崎文庫收藏的廣橋家圖書。包括古文書、古版本、古寫本、江戶時代的文學書、名家的手抄本和舊藏本，共八千四百十二部，約三萬八千冊的日文圖書。還有其他如大英博物館所藏敦煌文獻的寶貴照片。

文庫藏書中包括了左列個別文庫的藏書：

一、莫理遜文庫　如前所述，以中國爲中心的西文書籍約二萬四千冊，地圖、圖畫約一千張，小冊子約六千種，定期刊物一百二十餘種。

二、藤田文庫　藤田豐八氏蒐集的漢文書籍

三、岩崎文庫　岩崎久彌氏收藏的日文書、漢文書，特別是稀有的古鈔本及五山版，包括和田維四郎、廣橋家、新井白石、小野蘭山、木村正辭、有賀長雄各家的舊藏本或手鈔本。

四、小田切文庫　小田切萬壽之助氏（見前）舊藏的日文漢文圖書

五、藤井文庫　藤井尙久博士蒐集的日本西洋醫學關係圖書

另外，還有其他個人寄贈的圖書，如前間恭作氏舊藏的朝鮮文書籍、古地圖、拓本等；永田安吉氏舊藏越南本；井上準之助氏（見前）舊藏日文、漢文、西文書籍；上田萬年博士（見前）舊藏日文書；河口慧海氏舊藏藏文佛經；幣原坦博士舊藏朝鮮本等等。

又前述的近代中國研究室，自昭和二十八年（一九五三年）以來，在美國洛克非勒基金、福特基金、亞洲協會各財團的資金援助下，另行收集了近代中國關係的各種圖書。

印行藏書目錄

一　Catalogue of the Asiatic Library of Dr. G. E. Morrison. 2 Vols. 4° 1924
二　藤田文庫漢文書目錄　一　A5　一〇〇頁
三　岩崎文庫和（日）漢書目錄　一　B5　五八〇頁
四　東洋文庫地方志目錄　一　B5　二三七頁
五　小田切文庫和（日）漢書目錄　一　A5　二九三頁
六　東洋文庫朝鮮本分類目錄（附越南本目錄）一　B5　一一六頁
七　東洋文庫漢文叢書分類目錄　一　B5　八一一頁
八　A Classified Catalogue of Books in Foreign Language in the Toyo Bunko. Vol. I; Section I. General Reference Works. Section II. Asia, East Asia and the Pacific (1

917—36), I.Vol. 4°, xix, 402 p. 1944.

九　A Classified Catalogue of Books in Foreign Languages in the Toyo Bunko. Vol. IV: Section XII. India (1917—50) I.Vol. 4°. xviii, 288 p.1950.

十　Authors Index to a Classified Catalogue of Books in Foreign Languages in the Toyo Bunko. Vol I: Section I. General Referance Works, Section II. Asia, East Asia and Pacific (1917—36). I.Vol. 4°. 141 p. 1951（下略）

東洋文庫簡畧年表

大正六年八月 一九一七年	岩崎久彌氏在北京購入莫理遜文庫。計關於中國之西文圖書約二萬四千冊，小冊子六千冊，地圖、圖畫共約一千張。
同　年九月廿六日	莫理遜文庫運到橫濱。暫置於東京市深川之岩崎別墅。九月三十日及十月一日大雨，加之風浪，書籍大半浸水，幸補救及時，全部無恙。之後，移置丸ノ內仲通十四號三菱第二十六號館，作爲莫理遜文庫臨時事務所。擴大圖書蒐集範圍及於亞洲全地。
大正九年五月三十日 一九二〇年	莫理遜在英病故（一八六二—一九二〇）
大正十二年九月一日 一九二三年	關東大地震，莫理遜文庫無恙。許多國家來電探詢慰問。
大正十三年十一月 一九二四年	東京市本鄉區駒込上富士前町新館成立。岩崎久彌氏捐贈新館之建地、建築物、圖書以及其他一切設備，並所需要之運營基金，設立財團法人東京文庫。首任理事長爲井上準之助氏。以十一月十九日爲文庫紀念日。
大正十三年十二月一日 一九二四年	開始圖書閱覽。發行東洋文庫論叢。
大正十五年六月 一九二六年	開設第一次東洋學講座。規定以後每年春秋二季舉行。
昭和七年二月九日 一九三二年	井上準之助氏逝世
昭和十二年十月廿六日 一九三七年	上田萬年博士逝世
昭和十四年六月廿七日 一九三九年	理事長林權助氏逝世
昭和十六年十二月八日 一九四一年	太平洋戰爭發生
昭和十七年三月三十日 一九四二年	白鳥庫吉博士逝世
昭和二十年七月廿四日 一九四五年	藏書向宮城縣下疎散，旬日後戰爭終了。此時東洋文庫經營極爲困難。
昭和廿二年九月廿五日 一九四七年	理事長清水澄博士逝世
昭和廿三年八月一日 一九四八年	東洋文庫圖書決定由國立國會圖書館管理，改稱國立國會圖書館支部東洋文庫。岩井大慧博士任庫長。
昭和廿四年二月八日 一九四九年	疎散圖書開始運回東京
同　年五月廿四日	疎散圖書全部運回
昭和廿六年三月十日 一九五一年	理事長幣原喜重郎氏逝世
昭和三十年十二月二日 一九五五年	岩崎久彌氏逝世
昭和卅四年十一月九日 一九五九年	東京文庫成立三十五周年紀念

「子見南子」話劇風波

林語堂幽默劇本　孔祥熙指使控訴
蔡元培據事講理　孔族人鼻子撲灰

林語堂所編寫的「子見南子」話劇本，原是歷史的喜劇，在國內許多地方演出，都沒有發生過什麼問題，而在民國十八年（一九二九年），山東省立第二師範學校上演，却惹起當地孔氏族人所控告。攪得滿城風雨，轟動全國，甚至牽涉到政治問題，有人故意造謠，竟誣說二師有異黨分子在內，企圖借此搆成一宗黨獄。事情的發生與結束，是這樣子的。

民國十八年，山東曲阜的孔氏族人，以二師校長宋還吾違反行政院通過的「尊孔案」（據說此案是由當時實業部長孔祥熙所提出），侮辱孔子。山東省教育廳（廳長何思源），南京教育部（部長蔣夢麟）等，均置之不理。孔氏族人又逕向南京國民政府提起控訴。照例，國府批交教育部查辦。當時因爲蔣夢麟到北京開會，便由代理部務的次長馬叙倫批辦：「派參事朱葆勤前往會同山東教育廳長查明具報」，朱葆勤奉命之後，即到山東查辦。

曲阜的孔氏族人控訴呈文，叙述內容大意有三點：一、把二師所演「子見南子」話劇，用舊劇跳花鼓、小上墳等相比，說成它是淫蕩的戲。二、張貼侮辱孔子標語。三、張繼和日人犬養毅到曲阜參觀，對學生說了幾句敬仰孔子的話，事後該校訓育主任對學生，罵張繼犬養毅。列名控訴狀的數十人，都是姓孔的，在背後指使和支持的是孔祥熙，孔且公開傳播此事，「是侮辱我們的祖宗，尤其是異黨在其中侮辱歷代帝王所尊崇的聖人，是可忍孰不可忍。」當朱葆勤出差時，馬叙倫諄諄吩咐朱說：「這個案子要慎重辦理，不可開倒車；較好的辦法，二師校長宋還吾自動辭職。訓育主任如果確有此事，也要處分的。」

朱到了濟南，先去會見教育廳長何思源。何問朱，教育部的意見怎樣。朱把馬叙倫的意見轉告，何不作一聲。繼而教廳的幾個秘書，科長聯同去見朱，探聽意見，幷說，他們認爲：山東省政權，剛從北洋軍閥手中轉到國府統治之下，舊人心理不服，經常借端攻擊新人，這個案子骨子裏就是舊人向新人公開鬥爭的最顯著的事例。如果宋還吾校長要辭職，那麼，教廳的全體職員，也要辭職的了。朱答他們：這案如何辦理，刻下還不能隨便決定，要和何廳長約好時日，親到曲阜向各方詳細調查實況後，綜合分析，才能作初步決定。

當朱何在車站準備一同赴曲阜之時，何向朱說，接到蔡元培、蔣夢麟由北京來的電報，他們就在這一班火車南下，大家可以談談。蔡蔣和朱何見面時，朱就把這次到山東的使命，向蔣陳述。之後，即和教廳的一位督學同往曲阜，何因爲要招待蔡、蔣，沒有親自去。

事經調查，才知道二師學生演出「子見南子」話劇時，宋校長因公到濟南去。話劇中有一節係表演衞國宮女的歌舞，和跳花鼓等劇，截然不同。關於侮辱孔子標語和訓育主任罵張繼等兩事，從學生和其他方面，廣泛地調查，都查不出來，有的否認，有的說不知。曲阜縣長是外地人，接事才幾天，一概不知。教育局長雖然是當地姓孔的，却說因職務關係，向來絕少到省立學校去，這次二師演劇，沒有去看，一切實情，都不知道。原告方面的人，曾有兩次與朱接觸，所談的多是屬於演劇方面，而對於標語和訓育主任的講話，却沒有重視，也提不出證據（人證、物證）。朱離開曲阜時，縣政府有一位職員低聲問朱，「宋校長會不會殺頭？」從這句話，可以反映當時某些人的思想情況和社會對此案的看法，是怎樣的嚴重的了。

蔡元培在濟南勾留時，關於此事，曾公開發表談話，在報上登出，大意是說：「孔子見南子一事，載在論語上，可見這事對於孔子是沒有妨礙，因此表演這齣話劇，不算是侮辱孔子。」而

偷書

北京會舉行過一次永樂大典展覽，鄭振鐸那時尚未逝世，曾爲文記之。說到這部大典，早被侵畧中國的外國人蹂躪刼掠殆盡了，想起來使人痛恨。

「永樂大典」的損失，在庚子八國聯軍入京時，情狀最慘。據說在架設他們行軍牀時，嫌北方的地磚太冷，找到了那種厚可數寸，長可尺多的大部頭書，襯在底下，把牀安置其上。事後有人檢視，却都是永樂大典。這還只算無心的踐踏，因爲他們不識中國字，也不知是中國寶貴的古籍。

除了外寇以外，還有內賊。幾十年來，那些翰林公偷書，也很有本領。劉聲木的「萇楚齋隨筆」上說，據繆荃蓀所述的經驗，「翰林盜書之法，早間入院，帶一包袱，包一件棉馬褂，防其寒也，約可如永樂大典兩本大小，晚間出院，將馬褂穿於身上，偷大典兩本，包在包袱裏，挾之而出。」但偷者不能太貪心，只能偷兩本，多則容易查出。其實典守者何嘗不知，只是你偷、我偷、大家偷，相習成風，眼開眼閉而已。

除偷出原書之外，還有偷抄的一

山東教育廳主任秘書王某對朱說：「蔣（夢麟）部長叫我轉知您，教育部沒有叫宋還吾校長辭職的意圖，您調查過後，儘可據實匯報，不必辦。」而朱的意見，本來就和馬叙倫一樣，對於某些孔氏族人，嚴守封建倫理觀念，捕風捉影的控訴，固然有很多不滿；而對於教廳的幾個秘書科長所說的舊人和新人的鬥爭，也認爲不符事實。查而不辦，在當時來說，固屬省却了許多糾紛。但在孔氏族人也未必肯就此罷休，尤其是此案的幕後操縱者。朱孜慮之下，蔣部長既有明白的指示，便與當地的教育廳長何思源商妥，會銜報告教育部說，此案從實地調查結果，認爲宋還吾校長絕沒有故意侮辱孔子，并把「子見南子」劇本，一并附呈。教育部根據朱何的報告，呈覆國府。國府得到教育部的覆文，沒有認爲不妥而飭令再行查辦。便即通令全國各大學各省市教育廳局轉飭所屬各級學校，以後不得演出「子見南子」話劇。

在通令發出前，上海大夏大學也演過此劇。於是這轟動一時所謂侮辱孔子的案件，就此結束。孔氏族人虛張聲勢，攪是攪非，結果，只觸了一鼻子灰。

這個劇本，最初是在上海一個刊物登出，印了單行本。等到該案結束，刊物的出版社又把原來劇本，附錄了孔氏族人的呈文、朱葆勤、何思源的報告，增訂彙印小冊子出售，許多人想知道該案始末的都買一冊來看看。（「子見南子」，是屬於「論語」第六章雍也篇的一段，原文是：子見南子，子路不說（悅）。夫子矢之曰：「予所否者，天厭之，天厭之！」）

南子，是衞靈公的老婆。孔子到衞國，南子仰慕孔子的聲望，遽然請見。孔子不便辭謝，就去見她。孔子弟子子路當即表示不悅。因爲當時的人多傳說南子是個私生活極端浪漫的婦女。孔子居然去見她，是有失身份，故表示不高興。

•西　鳳•

「子見南子」的歌詞

凌霄、一士

曲阜山東省第二師範學校演「子見南子」新劇，致起孔氏族人公憤，控之於教育部。部派參事朱葆勤會同山東教育廳長何思源查辦，以「似無故意侮辱孔子事實」呈復。此案當告一段落矣。惟原控有「女教員裝成南子，冶艷出神，所唱歌詞，則詩經鄘風桑中篇也。醜態百出，褻瀆備致，雖舊劇中之大鋸缸、小寡婦上墳，亦不是過」等語。校長宋還吾之自辯，則謂：「所詠歌詞，均係三百篇舊文，如謂桑中一篇，有瀆聖明，則各本詩經，均存而不廢。能受於庭下，吟於堂上，獨不得高歌於大庭廣衆之中乎？原呈以桑中之篇，比之於小寡婦上墳及大鋸缸，是否孔氏庭訓之眞義，異姓不得而知也。」桑中之篇，號爲淫蕩之詞，由來已久。而據梁紹壬「兩般秋雨庵隨筆」，則實有別解矣。其說云：

鄘風桑中一篇，小序、集傳，皆以爲刺淫而作。仁和李海䝱學博光彝云：「此戴嬀同答莊姜之詩，所以報燕燕于飛一什也。其曰桑中、上宮、淇上者，皆當日話別送行之地也。其曰孟姜者，指莊姜而言也。下二章曰孟庸、孟弋者，庸與弋皆姜氏同姓之國，因懷莊姜而兼及當時之媵妾也。」其說甚新。若依此說，桑中之篇，固毫無淫褻之意，使宋還吾知此，不更振振有辭乎？又孔氏族人原控稱：「學生扮作孔子，丑末脚色」。宋還吾斥爲「信口胡云」。然戲劇脚色，丑自丑，末自末，究竟是丑是末，原控措詞，殊不分明也。宋氏所辯，謂：「扮孔子者，衣深衣，冠冕旒，貌極莊嚴。」既云「貌極莊嚴」，固與丑不類，而末則與生相近，其於「貌極莊嚴」并非格格不入者。

編者附記：上文是錄自民國十八年（一九二九年）八月十八日出版的「國聞周報」第六卷第三十二期「凌霄一士隨筆」。作者是徐凌霄、徐一士兄弟。凌霄先生已於一九六一年死在北京，年七十三歲。一士先生尙健存，也七十多歲了。原作并沒有題目，這裏的題目是編者安上去的。又，朱葆勤是廣東番禺人，日本留學生，歸國廷試，於宣統三年授庶吉士。

林　翰

法，這個偷抄之法，大家倒都是贊成的。向來公家對於名貴的古書，都是深固秘藏，不許人家一讀。這偷抄的一法，倒是替中國文化做了一點兒好事，可以依靠他們的偷抄，使學者們還得以看到多少海內孤本。

偷抄古書的勾當，從來有不少人的，不但是永樂大典，其它的古籍孤本，也有人偷出來抄錄。要是在現在，只要用照相機一攝影，就便當得多了，但當時却沒有那樣便利。

據說文廷式做得最出色，說起偷抄，也要有個選擇，不能瞎貓拖死鼠。在哈同花園出版物的「廣倉學窘叢書」中，收有「元代畫塑記」「大元倉庫記」「大元官制私記」等書，都是得到了文芸閣的偷抄本，也不知是不是文公達（廷式之子）等所供獻的。有人說：文芸閣偷抄「永樂大典」，可算是最多的，有的是偷抄，有的是偷了原本出來，「久假而不歸」，就據爲已有了。在同、光兩朝的士大夫中間，文廷式可謂偷書巨擘，但到了他逝世以後便三錢不值兩的被他的後人賣光了。傳說梁啓超得了五本，也是從文家得來的。

•老　蒼•

西江爭渡記

東方均

在時代的急激變化中間，個人的生活本來是不值一提的。以下這個小故事，無非是筆者個人的身邊遭際，雜亂不成章，瑣屑不足道；但因爲想到微塵中可以見世界，而每一個人的生活又都是時代的一面鏡子，所以也就拉雜拿出來談一談罷了。

抗戰的末期，我任在山巒重疊的貴陽城。勝利後想要趕回廣州，但因爲無法獲得飛機座位，所以只好採取陸路，先由貴陽坐車到廣西的柳州去，希望在那裏轉乘輪渡，沿西江直下廣州。可是，到了柳州之後，我才發覺當時的交通問題相當嚴重，擠在那裏要坐船的人很多，大家都急於回家，紛紛設法打關係、買船票、找艙位。據說有些人已經在旅館裏等了兩三個月，還是買不到船票。這種情形，可把我急壞了。當時，我除了要照料自已的母親之外，還有幾個朋友以及朋友的家小同行，人數衆多，浩浩蕩蕩；假使要憑私人的門路去找這許多的船票，只怕要比在貴陽找飛機座位還難。這時候，我眞後悔到柳州來了。

好在不久我就碰到許多從四面八方集中到柳州來的新聞同業，大家在叫苦之餘，想到惟有團結才是力量；於是就聯合組成一個記者團，向柳州的有關當局進行交涉，要求設法幫忙。由於這個記者團的成員，分別來自當時後方幾個大城市如重慶、成都、昆明、貴陽等地的許多重要報紙，打出招牌來，陣容不弱；所以有關當局也就不能不賣個面子，答應幫忙。

當時，柳州有一條汽船，名叫「飛龍」號，經常直航廣州，中途無須轉車轉船，最稱便利。當局既然有意幫忙記者團，所以就在「飛龍」號有一次同程到達柳州時，連夜派人把船上的樓艙整個封了下來，撥給記者團專用。我們得到了這樣的優待，當然十分高興，次日就集中好了全部人員以及行李家小，紛紛上船。可是，我們雖說已經佔用了整個樓艙，到底因爲人和行李都太多，所以艙中也擠得很不成話；再看看其他的公艙和大艙，則更堆疊得人山人海。這就不免引起我們的耽心，對於這一條汽船的負載能力，發生疑問。

不料，我們這邊的隱憂未已，河上忽然又來了幾條大木艇，載來一大批的男女老少和行李雜物，靠在「飛龍」號的旁邊，要來搭船。船上的辦事人員因爲他們沒有船票，而且船隻本身實在已經負載過重，連忙出來加以阻止。可是，這一批人顯然是大有來頭的。爲首的一人，披了陸軍少將的領章，指揮着一兩名尉級軍官和幾個全副武裝的士兵，不由分說，一擁登船。接着，他們就回頭掩護見已的人和行李，魚貫而上。船上人員因見他們威風八面，來勢洶洶，也就不敢阻擋。只是，這時候船上各處，早已擠得水洩不通，針插不下；只有記者團封用的樓艙，却還勉强有點縫隙。於是，這批人就老實不客氣，連推帶打，硬向樓艙上擁了進來。

我因爲所佔的位子靠近艙口，所以當這批人和行李湧進來時，首當其衝，就不得不出來跟這一位陸軍少將大開交涉。我指出樓艙進口處的赫赫封條，聲明這是當局指撥給記者團專用的客艙，軍民人等，不得干擾。可是，這位少將也拿出一個大封套來，裏面是陸軍總部的皇皇通令，說是由於機務重要，該員有優先使用任何交通工具的特權。這樣一來，形勢就變成相持不下。但在我們彼此爭得面紅耳熱時，那些雄赳赳的士兵早已在樓艙上佔得一定的據點，他們的行李和家小，紛紛從各處的門口和窗口鑽了進來，誰也沒有辦法加以攔阻。

記者團方面眼見自已的專艙給人家硬佔了一半，原先本來已經够擠擁的樓面顯得更爲密不通風，自然急得像是熱鍋上的螞蟻。但這正應了一句老話：「秀才遇着兵，有理說不清」，大家都想不出辦法來。這時候，距離原定的開船時間，還不到一個鐘頭。跟我同行的一位朋友，本來在大學裏教書，平日最爲小心謹愼；這時他忽然發現「飛龍」號的載重量，已經超過了危險線，便過來把我拉到船旁，叫我看那船邊的水位。他說他對這一條航線最爲淸楚：從柳州直放廣州，中間要經過一百多個險灘，假使乘坐這樣一條載重過量的汽船，就等於是拿生命來開玩笑。他認爲我們既然無法阻止那陸軍少將擠進來，就只好實行退讓，把自已的行李和家小撤出，以保安全。

起初，我對他的建議感到難於接受，因爲我們好不容易才找到這樣的船艙，豈能拱手讓人？但是，我這朋友說：「八年抗戰，我們留得了性命，何必拿來在這條汽船上冒險？」還有，他在等船的期間，早已探悉距離柳州只有一日車程的貴縣城，也有輪渡通到梧州或甚至直達廣州。所以他極力主張我們放棄「飛龍」號，改趁公路車到貴縣去，然後再在貴縣坐船。他認爲貴縣地方較小，旅客必不致像柳州這樣多，搭船購票，當無太大的困難。我對於他的看法，本來也有同感，但因為同行的友輩以及那許多累贅的行李業已安頓得好好的，忽然又要來轉車換船，未免太麻煩，當下大感躊躇。他因為開船在即，也不管我同意與否，就宣佈「自由行動」起來：他僱了一條小駁艇，把自己的家小與行李，匆匆從「飛龍」號上撤回。

這種情形使我心裏很不安，因為他之所以要和我同走，主要就是由於扶老攜幼，行李太多；而我則行李比較簡單，同時家母清健，無須特別照顧；還有一位年輕力壯的助手相隨，在路上可以對他有點照應。但現在，由於「飛龍」號的險象環生，使他不得不在半路上離開我們。此後，長途漫漫，他遭遇到的困難當然是不會少的。同行還有其他的一兩位朋友，見此情形，也覺不安，便主張大家一同放棄「飛龍」號，改到貴縣去再作打算。

這樣一來，我就只好同記者團的朋友們道歉，離開了「飛龍」號，改走貴縣。在那邊，我們果然坐上了直放廣州的一條「花尾大渡」。船上的乘客雖然也着實不少，可是到底比「飛龍」號的「專艙」舒服得多了。

奇怪的是在這一條輪渡開行以後，我們又碰到「飛龍」號上的那一位陸軍少將。大家雖然說不上是「仇人見面」，可是因為爭辯的記憶猶新，到底有點於心梗梗。我和我的幾個朋友，都說這是「寃家路窄」；誰又料得到幾天之後，就在這一條輪渡之上，這一個「寃家」却變成了我們的「拜把兄弟」？

原來這一條輪渡沿着西江直下廣州，途中連停泊的時間在內，總要花上六七天的功夫。船上的辦房由一位姓黃的廣西人主持。他這人很健談，豪爽而好客；話中雖然帶着濃重的鄉音，但用語遣詞都相當得體，顯得他是讀過點書的，起碼也是比較肯接近書報雜誌的。他對於自己的船上這回坐了一位大學教授，一位陸軍少將和一位新聞記者，似乎很感興趣。所以每日早、午、晚三餐，總要把我和我那位在大學裏任教的朋友，及我們的那個「寃家」，拉到辦房裏一同吃飯，杯酒言歡。起初，我們跟那位少將坐在一起，大家都感到有點難為情，但經過幾次同席，漸漸也就高談濶論起來。這時候，我們才知道他是陸軍總部裏面的少將醫官，曾在日本習過醫術，這一回也是怕「飛龍」號載得過重，所以才領了幾名精壯，另行趕到這邊來坐船的。至於當日的艙位之爭，大家也都不顧提起，就讓那一段不愉快的記憶，像烟雲一樣隨風飄散了。

在船上，長日無聊，沒事可辦，我們自然而然地就集中到辦房裏來，抽香烟、聊閒天。每日三餐，照例由辦房供應，不特用不着我們掏腰包，而且酒菜十分豐盛。這樣過得幾天，大家愈來愈熟，少不免談到了各人的家庭情況。湊巧的是，四個人中，陸軍醫官在家中排行最長，那位在大學裏教書的朋友却排行第二，辦房先生排行第三，而我在自己的兄弟中則排行第四，剛剛成了個完整的順序。也記不清是誰提出來開玩笑，說是就讓大家照這個順序來結成異姓兄弟。誰知此議一出，辦房先生馬上贊成，而且特別認眞，次日就命廚房特備了兩席酒菜，遍請船上的辦事人員，席上宣佈我們四個人結成了兄弟。

幾日之後，船到廣州，我們這四兄弟就珍重而別。其後，我在廣州的報館裏面工作，而廣州的報館街接近長堤，每當我那位「三哥」的輪渡在堤邊靠岸，他就跑來找我，拉着我一同去找「二哥」喝茶吃飯。至於那位「大哥」，却一直沒有見面。過得兩三個月，這「三哥」忽然氣急敗壞地到來，告訴我「大哥」已經身故。原來他因為患有胃病，請了一位名滿廣州的西醫診治。這位醫生不知開了些甚麼藥給他，竟在一服之後，吐血而死。此事後來還引起了軒然大波，西醫生的診所被一羣軍人進去大鬧一通，此外還吃了一頓官司，不過結果似乎還是判了醫者無罪。

這位「大哥」的營殮之日，我們也會到殯儀館裏去致祭。那位豪爽的「三哥」，對着哭哭啼啼的「大嫂」拍起胸膛來，表示今後願意在經濟上源源支持她的家計。至於事實上他有沒有履行諾言，我就不得而知。因為不久之後，他由於輪渡停辦，沒有機會再到廣州來；而世間多變，人事滄桑，這一場戲劇性的「金蘭結義」，也就隨着珠江的逝水滔滔遠去，而且一去不回了。

廣州四大儒醫

清末民初，廣州有四大儒醫，為詹瑞雲、沈澤棠、汪兆銓、章果。皆番禺捕屬人。詹字允階，自號鈍叟，同治九年舉人，著有「鈍庵醫學叢錄」；沈字芷鄰，號懺庵，同治十二年舉人，著有「懺庵隨筆」，「懺庵詩詞集」，沈世良子，學有家法。佐廣州將軍長善幕，與張延秋鼎華交好，延秋為梁節庵之舅父，遂以沈四丈稱之。汪字莘伯，汪瑔子，光緒十一年舉人，著「惺默齋詩文詞集」，「蒉楚軒詩集」，章字確夫，號珠垣，貢生，著有「確庵醫案」，梁節庵有詩贈之，極稱其醫術書法。晚歲在香港荷李活道行醫有年，人多識之。稍後黃省三、黃焯南設醫舘於廣州新城東、西横街，焯南喜用附子、省三喜用花旗參。省三善醫肺病，處方名五仁湯，加紫菀、桑白、甘草等，沈澤棠用吳鞠通「温病條辨」之說，反對治咳嗽，肺病用桑白，其時「黃迷」輩若胡漢民、曹受坤、陳融皆笑之，云吳鞠通非黃省三比，況沈四爺耶！其後一九五〇年間省三在香港自印之「黃氏醫學叢書——肺結核病治療法」卒刪去桑白一味，其服善若此。（沈世良、汪瑔、葉衍蘭皆以詞名，譚復堂廷獻選為「粤東三家詞」一冊，衍蘭則葉恭綽之祖父，惜衍蘭之三子伯遽、仲鸞，叔達皆不知醫耳。」·博 文·

丙午談往（下）

林熙

京西海淀一帶，不少明代豪家所營別墅。在清代都歸入圓明園的範圍。皇帝每年大部分時間在圓明園居住，王公大臣以及各衙門辦事人員，就不得不也在園的附近各自安排住處。其中最親近的人，還受到賞賜佔用一所獨立的園林。這種獨立的園林，有兩所是特別對立的，一名清華園，一名朗潤園，清華大學就是在清華園的舊址上建立的，因此，大家對這個名稱比較熟悉。至於朗潤園，則其歷史意義差不多已被人忘懷了，談到六十年前的丙午，就不能不將朗潤園提一下。

朗潤園是賜給老恭王的園子，老恭王死後，襲爵的恭王溥偉不得慈禧的歡心，一直沒有給他重要的差使，所以這所園子冷落下來。却正因爲冷落，倒還顯得有些山林幽趣，其中有眞山眞水，布局是不俗的。當然規模遠不能與頤和園相比。然而頤和園幸虧是清漪園的底子，大致還不錯，至於後來的點綴加工，則出於光緒年中那班內務府的庸夫俗子之手，處處充滿匠氣，仿佛是個暴發戶的花園。朗潤園雖小，畢竟像個舊家的樣子，在久住京城的人，看厭了金碧樓臺，到此地倒覺得爲之精神一爽。所以丙午年的改革官制會議就選定了此地方爲會所，朗潤園會議也成了一個歷史上的名詞。

改革官制是由考察各國政治大臣回國後建議的，是預備立憲的張本。丙午七月，下了一道決定「仿行憲法」的上諭，其中的警句是：「大權統於朝廷，庶政公諸輿論。」然後說：「廓清積弊，明定責成，必從官制入手，亟應先將官制分別議定，次第更張。」在此以前，還經過一次特別的廷臣會議，在外務部公所舉行，參加者爲醇王載灃，軍機大臣，政務處大臣，大學士及直隸總督袁世凱。先將考察政治大臣請宣布立憲的奏摺傳觀一遍，由慶王奕劻徵詢大家意見。當時主張急進最力者爲張百熙、徐世昌，主張緩進最力者爲孫家鼐、榮慶。袁世與鐵良則提出立憲前所當預備之事，互相辯駁。瞿鴻禨則折衷諸人之說，提出預備立憲當以整頓吏治爲要義。大致對於立憲只有緩急兩種意見而無不贊成。會議後即聯名上奏，隔了幾天，就發表了上述的上諭。據說這道上諭是瞿鴻禨親手擬定的，其中字句都含有深意。例如廓清積弊，就是他所提的整頓吏治的要點，分別議定，次第更張，就是折衷緩急兩說，預留伸縮餘地。在這一年中，實行了兩件差強人意的事，即停止捐官及定禁絕鴉片年限，而在議定官制後又有所釐訂，並未全部實行，都是這道上諭中所謂廓清積弊及次第更張兩句話預爲暗示的。

上諭發表後，立即於次日再下一諭，派載澤、世續、那桐、榮慶、載振、奎俊、鐵良、張百熙、戴鴻慈、葛寶華、徐世昌、陸潤庠、壽耆、袁世凱編纂官制，並令各總督派員來京參議。又派慶王、孫家鼐、瞿鴻禨總司核定。這些成員之中，有王公旗員，有各部尙書，而總督則只有袁世凱一人。形勢很明顯，袁是慶的靈魂，大家承慶的意旨，實際上就是受袁的指使。這些王公大臣是不能動筆的，眞正負責辦事的還要看編制館（即後來的憲政編查館）館員是如何分配的。提調二人爲孫寶琦、楊士琦、起草課委員爲金邦平、張一麐、曹汝霖、汪榮寶，評議課委員爲鄧邦述、熙彥、考定課委員爲吳廷燮，郭曾炘、黃瑞麒，審定課委員爲周樹模、錢能訓。楊士琦、張一麐、曹汝霖都是袁系的人，周樹模、錢能訓依附徐世昌，間接也是袁系的。清廷的立憲本來取法日本，所以留日派的金邦平、曹汝霖、汪榮寶又是骨幹中的骨幹。

改定官制首要問題在設責任內閣。草案就是本着這項原則擬訂的。在袁世凱的心目中，自然也知道自己還沒有當總理大臣的資格，第一任總理仍然要屬於慶王，而協理（草案中稱左右副大臣）也無非現任軍機大臣改任。這是事實問題，當局的人心中當然有數。草案經指派的十四大臣全體同意，再由慶王等三人覆核，覆核結果，慶是無可無不可的，孫、瞿二人表面上也同意草案，只在名稱上畧有更定，在朗潤園最後一次會議，就算無異議通過了。可是在慶王等三人的覆奏中輕輕帶上了一筆，說：「如以議院甫有萌芽，驟難成立，所以監督行政者尙未完全，或改今日軍機大臣爲辦理政務大臣，各部尙書均爲參預政務大臣。」這番理由非常動聽，意思是暫以軍機大臣行總協理大臣的職權，避免責任內閣因無議會監督而產生專擅的流弊。表面上並沒有違反共同議決的草案，而草案的中心却已經暗暗轉移了。據說這篇奏摺是孫、瞿二人的主張，孫氏自己是舊內閣首席大學士，雖無實權，畢竟是最高的官位，不願另有新內閣出現。瞿氏素來是與慶袁不合作的，不願慶以總理大臣的名義再提高權勢。及至上諭發表，果然是軍機處一切規制照舊，責任內閣一筆勾消，除改定一些名稱外，只有廢除各部尙書侍郎滿漢分缺是對舊制度的顯著改革，新設的資政院、審計院是舊制度所無，所謂憲政基礎，如此而已。

朗潤園官制會議就此結束，這班辦事人員歸入憲政編查館，又另有一番活動，那是後話。就朗潤園會議本身說來，不問其有無成績，應該肯定是幾千年封建制度淪於瓦解的第一道里程碑。在清代，過去雖然也有交給大學士六部九卿會議的成例，大都是關於皇室典禮或者皇帝交諭的事件，而不是國家大計的重要問題。所謂會議，也只是片紙上的形式，由少數人主稿，大家附和連署。持有不同意見的，不過單銜具奏，並不能折衷一是，雖議而等於不議。朗潤園會議不采取近代形式，設一張長桌，聯席並坐，由慶王領頭發言。出席的都是便衣，並不穿公服，這雖是小節，也表現了舊習慣的動搖。（附帶說一句，清代衙署的辦公人員一定要穿袍靴，戴紅纓帽。清代新設的衙門才有穿便衣坐人力車進署的，外官儀節尤其繁重，清末也漸漸廢除，鳴鑼開道，坐綠呢四人轎的等等排場，這都說明封建制度在形式上的漸趨消滅）至於因會議而開館，由館員負責起草，並且由外省派員參加，這也都是以前成例所無的。（注一）

官制大綱一經上諭宣布，隨即飭原任軍機大臣的鹿傳霖、榮慶、徐世昌、鐵良都退出專管部務，而留慶王及瞿鴻禨仍為軍機大臣，另添一個滿大學士世續，共為三人。暗中安排一個親王領班，而佐以一滿一漢，似乎與草案的總理及左右副大臣的形式沒有什麼兩樣。但是繼續又將廣西巡撫林紹年調京，派在軍機大臣上學習行走，於是又挽回到軍機處的舊規模，而且以兩滿兩漢維持均勢。這種人事上的調度，較之制度上的改變，在袁世凱看來，是更值得注意的。慶王不做總理，原也無甚出入，可是藉口軍機大臣不兼部務，將他的心腹徐世昌排斥出來，還準備一個林紹年為重用地步，這分明是遏制袁世凱伸張權勢的一種部署。他深深感覺到對自已的不利形勢，立即也開始反攻。半年以後，就爆發了所謂丁未政潮，出現封建制度瓦解的第二道里程碑。

他知道內閣制之所以不能實行，就是由於瞿氏企圖運用軍機處的權力遏止慶袁的擴張，而林氏之擢用完全出於瞿氏的推薦。首先必須激起慶瞿衝突的表面化才能達到去瞿的目的。次年四月，慶受袁囑託以段芝貴署黑龍江巡撫，而段以十萬金行賄，並以歌妓楊翠喜獻給慶之子載振的醜事被御史趙啟霖舉發，一時的輿論譁然。慶父子惱羞成怒，知道趙是受瞿的指使，袁乘機代慶布置，買出參摺，反噬瞿氏。向慈禧密報瞿與南方新黨暗通聲氣，使向來最得慈禧信任的瞿氏受了致命傷，罷官而去。連帶將瞿系的要人岑春煊、林紹年逐一排斥，慶袁勾結，從此就更肆無忌憚。這是一般比較熟悉的事，而且事在丙午的次年，所以不在此多談。但從官只能就原有的人員酌量派差，不能在以外引用自已的人。至於庚子以後新設的部，則都是平地起樓台的，所以自左右丞，左右參議以下，都由堂官延攬推薦，高級的請簡，次級的調用。這才在用人之權上發生衝突。而且舊制度中的堂官遷調無常，大家都存五日京兆之心。像唐紹儀則除外務，郵傳兩部而外，更調別部的機會幾乎是沒有的，所以更加對用人之權不肯放鬆。他兩人竟至互相揭參，此時清廷很難以處置，也就是對雙方都難於作左右袒，於是以同時一併申飭了事。問題仍然沒有解決，不過過了幾天，又因有人奏參郵傳部右丞陳昭常，右參議施肇基，上諭指明唐紹儀引用的人，加以訓斥，算是替張伯熙挽回一點面子。然而張氏到底因此鬱鬱致病，不久就逝世了。

這樣一來，又引起了一系列的風波。郵傳部尚書出缺，正在物色替人，恰逢岑春煊新授四川總督，入京陛見，向慈禧面陳朝政腐敗情形，自願留京幫助整頓，慈禧頗為動容，就叫他繼任郵傳部。他還沒有到任，就參劾左侍郎朱寶奎革職（也是唐系的人，留美學生，此時唐已出任奉天巡撫，朱即繼唐任），這又是對袁世凱勢力進攻的一種姿態，瞿岑結合是衆所周知的，很可能將岑引入軍機，則慶袁地位都會動搖，又恰逢趙啟霖參劾慶王父子，從四方八面前因後果關係看來，伏根就在有關朗潤園官制草案的暗鬥，袁世凱在第一回合失敗了，所以有第二回合的反擊。

在晚清政局中有一種內容是不易覺察的。庚子以前是滿漢對立的局面，滿人常處於優勢。庚子以後，滿人頑強的舊勢力大不如前，又不能產生多數開明活動分子，事實上是抵不住漢人的進攻。但漢人為了便於取得實權，都采取拉攏宮廷親貴的策略，袁世凱以慶王為靠山，盛宣懷則通過載澤接近隆裕，岑春煊則直接慈禧，都是很明顯的。事實上滿人與漢人之間的矛盾為漢人內部之間的矛盾所代替了。

丙午年發生郵傳部尚書張百熙與侍郎唐紹儀公開衝突這件事也是前所未有的。張百熙與瞿為湖南同鄉，唐紹儀則屬於袁系。兩人因各有所援用的人，以致相持不下。張說唐所引薦的人不符衆望，唐則說交通事業必須專門人才，不能限於舊資格。這又是新舊兩種類型人物的對立。張本是維新運動中一分子，在舊派看來是新派，但畢竟由於出身關係（張是同治甲戌翰林，比瞿晚一科）所接觸的多是舊知識分子。唐雖也算相當老的官僚，而洋氣很重，看不起舊知識分子。兩人所走的路線是有根本差別的。為什麼說尚書、侍郎公開衝突是以前所未有的事呢？在舊制度中，部中司員額缺是有規定的，其來源也都根據一定的資格，堂官只能在原有的司員中選派差使，却不能在此以外援引私人。光緒末年新設的部是無前例可援的。司員都由堂官在京外各官中奏調，高級的左右丞、左右參議雖由特簡，其實也是根據堂官的保奏。這就是引起尚書、侍郎在用人上的爭執。以前的六部，每部滿漢共六個堂官，有時還加上親王或大學士管部，並不會聽說有什麼特殊的糾紛。此時新設的部只有三個堂官，却反而不能一致了。以後鬧到特頒諭旨，加以嚴厲申飭。可以說是新官制頒行後首先發生的一件不光彩的事。

據舊人傳說，張百熙在領旨的時候，被太監侮辱了一頓，氣忿成病，因而不起，其實事情沒有這樣簡單，張氏雖不是軍機大臣，却是資格最老的南書房翰林，可以隨時進見，慈禧對他也還相當信任。只因他在學部和榮慶不協，不能展布，希望外放總督，又沒有適當機會。不得已屈就郵傳部，以爲路電郵航四政，都有可以發展的前途，不料又被唐紹儀一系把持，不容他插手。張氏在當時的廷臣中，是最有新頭腦，熱心做事的人，弄到內而尙書外而總督，都沒有他立足之地，其抑鬱不平，由來久矣。張唐兩人雖同受申飭，不到一個月，又有翰林院侍讀馬吉樟出名奏參郵傳部左丞陳昭常，右參議施肇基不孚衆望，諭旨又將唐紹儀訓飭了一頓，總算替張氏挽回一點面子。次年張氏逝世，唐氏也隨徐世昌出任奉天巡撫，這樁公案，就此了結。

張唐之爭，表面上，雖是個人意氣用事，骨子裏仍是瞿袁兩系的暗鬥，儘管張袁結了兒女親家，儘管張瞿之間也並不完全融洽，但張瞿畢竟臭味相同，因此之故，袁氏蓄意去瞿，也認爲張是瞿的羽翼，不能不連帶予以打擊。可是袁氏不料瞿的另一羽翼又來咄咄逼人了。郵傳部尙書出缺，尙未補人，岑春煊於赴四川總督新任之便，突然入京陛見，向慈禧痛陳時局種種積弊，自願留京効力。慈禧很受激動，就叫他補了張的遺缺。他一面謝恩，一面參劾右侍郎朱寶奎，說是此人聲名惡劣，不去掉他不能到部辦事。向例一二品大員不是有人具摺奏參，查辦屬實，不輕予處分的。現在憑岑春煊口頭幾句話，就發表諭旨將朱革職。不由得人人胆戰，個個心驚，無不說岑三猛子可怕（岑是雲貴總督岑毓英第三子，因其胆大手辣，綽號岑三猛子）。爲什麼岑和朱這樣過不去呢？據說朱和唐紹儀是同期的留學生，原在盛宣懷手下辦電報，袁世凱從盛手中奪去電報權，是朱私下獻的地圖，由此盛恨極了。岑盛在上海也是有密契的，所以這一舉動也是袁的政敵聯合向袁進攻的鮮明表示。在這種局面之下，袁當然意識到瞿在軍機，盛在上海暗中呼應，岑則準備上北洋的任，不甘於做一個郵傳部尙書。於是立即起而應戰，加緊與慶勾結，由慶走內線，散布空氣，破壞慈禧對瞿岑的信任。畢竟漢人敵不過滿人的親信，瞿岑終於失敗，而慶袁則更加明目張胆，狼狽爲奸了。

在此以後，親貴專政的局面確立了下來。表面上是鞏固了皇朝的統治，事實上這些親貴仍是當傀儡，更加促成淸朝的覆滅，其轉折點也在丙午這年。（續完）

注一　朗潤園會議有紀錄，並且曾照像作紀念，這也是從前所無的事，東方雜誌曾采取紀錄作成憲政紀聞專篇。

編輯後記

△民國廿四年（一九三五年）上海發生的「閒話皇帝」一案，日本軍閥借題發揮，百般向南京政府威脅，政府不顧法律犧牲國家民族的尊嚴，枉法判處杜重遠入獄。這一件大官司會轟動全國。李景凡先生當時正在上海一家規模宏大的出版機構服務，他的筆記簿中記錄此案甚詳，月前在茶座中偶和李先生談到這件事，他答應將筆記整理一下，交本刊發表。讀者讀過李先生一文後，大都會掩卷細細思量一下二十年前這件事，而下一個正當的評論罷。

△「子見南子」話劇，也是三十年前文化界一小風波，當時林語堂這個劇本是否有向封建勢力挑戰拿孔老二來開玩笑之意，讀過這部劇本的人可以自下批評，這兒不再贅述。西鳳先生的「子見南子話劇風波」就是詳記這件事的經過，並說出孔氏後人之告狀是有人撐腰的。

△這一期的「銀行外史」是登載上海商業儲蓄銀行的故事，但因稿件太多，不得不臨時抽起，準於下期續載，謹向讀者及作者醇廬先生致歉意。

△日本的東洋文庫，爲世界文化寶藏之一，一百七十年前，英國派特使馬戛爾尼來見乾隆，馬氏著有日記，其原蹟亦藏東洋文庫中。陳彬龢先生去年游歷日本，曾往參觀，編者促他寫成「談東洋文庫」一文，目的在介紹它的歷史，使國人知道外國人是怎樣掠奪中國的文物和當日的政府怎樣「保護」中國文物。

△讀者李祥雲先生來信問二事：一、花隨人聖庵，命名出處何在？二、洪憲紀事詩本事簿注，簿注簿字何解，簿注一詞甚少見到，其出處何在，遯伯先生信能知之，能費詞一釋否？

關於「花隨人聖」，據編者所知，似係該書作者黃秋岳自己的詩句，王安石詩（？或蘇東坡，一時記不清了）有「若見桃花生聖解」，秋岳書名或取於此。李慈銘的「桃花聖解庵日記」，亦此詩意也。「簿注」二字，遯伯先生來信：「劉成禺在書中凡例已有說明，今補錄于下：文心雕龍書記篇，總領黎庶，則有譜籍、簿錄，簿者，譜也。草木區別、文書類聚。張湯、李廣爲吏所簿，別情僞也。漢書食貨志，多張空簿。沈括謂史館宣底，如今之聖語簿。他如朝簿、政簿、記事簿甚夥。本注逐條類聚，意亦猶是，故曰簿注。」看此，則知道所謂簿注，即是把本事詩逐條的分別臚注吧了。

「巴黎茶花女遺事」的最初版本

※荔 子※

林紓以「巴黎茶花女遺事」一書蜚聲譯界，此書於戊申年（一九零八）譯竣，爲時人所盛推，索閱者甚多，乃由魏瀚付梓，以贈友好。時汪康年正主辦「昌言報」及「中外日報」，聞此書之名，訪於高夢旦。高答以此書係友人王世昌、林紓同譯，已在刻板，明春可以印行。次年己酉，高復函汪，謂：「巴黎茶花女遺事印成，即託尊處代售。」適林紓赴杭，就仁和縣令陳吉士家塾之聘，路經上海，訪汪未遇，留茶花女遺事兩部爲贈。汪以報館經費支絀，擬將該書鉛印推銷，以資挹注。遂登中外日報廣告，謂以巨資購來者。林在杭見之大詫，亟致函汪，謂：

……在弟游戲筆墨，無足輕重。惟書中雖隱名，而冷紅生三字頗有識者，似微不便。弟本無受貲之念，且此書刻費出諸魏季渚觀察（瀚），季渚亦未必肯收回此欵。茲議將來貲捐送福建蠶學會。請足下再行登報，用大字寫：「茶花女遺事每部價若干。」下用小字寫：「前所云致巨貲爲福建某君繙譯此書潤筆，茲某君不受，由本處捐送福建蠶學會，合併聲明。」鄙意如此，亦兩無所礙，想足下當可允從也。

汪急回信，說明重印之故，並函夢旦解釋，表示願出代價，且將另用鉛字排印。高覆函云：

……此書本係游戲之作，意不在利。今刻工既有所出，原版自無所用，仍以奉上，不必更行鉛印，以省糜費。並乞更正告白，將「重價購取」一語刪去，但云：「譯書人不受酬資，只收板價」而已。此書魏君所刊。林王二君不願得酬資，尊處之欵自當以歸魏君。若將原板留下，另印發售，所得餘利將何所歸？若只收工料價值，不取贏利，則價值太廉，或礙尊處銷路，亦斷不可行。故弟擬以原板奉上，較爲直截。且前者倉猝出書，訛字甚多，現加覆校，將次就完，並將校本奉繳。原板刊改畢後，不過旬日可以寄滬。如何之處，統請尊酌明示爲盼。

又函云：

昨奉一函，想登覽。茶花女遺事告白曾否代爲更正？林琴南，王子曉既不受酬貲，斷無虛被重價購買之名。林王二君交遊頗廣，此書雖不署名，然人多知爲出其手也。請即日登報聲明：「譯者不受酬貲，只收回刻工而已。」庶弟可以對住前途。告白仍須列於封面爲要（須連登數日爲要）。

此書去後，汪即登報更正，而高復接林王二人來函，遂又函汪曰：

讀廿七日報，知茶花女小說已經更正告白矣。昨得林王二君來函，知頗以此事爲不然，因渠只求重價購買之告白故也。拙見以應更登告白聲明較爲妥善。另擬一條如下，乞即照登封面，應費若干，即于板價扣還可也。

「巴黎茶花女遺事」告白

此書爲福建某君所譯。本館喜其新穎，擬用市價購買。承譯者高義，不受酬貲，只收原刻板價，並將原板寄來。特此聲明，並誌謝忱。

昌言報館告白」

或將板價下注明若干元亦可，酌之。

汪覆書表示願付板費四十元，並贈新印茶花女二百部，或以他書報折送亦可。且告知林紓來信曾言將該欵捐入蠶學會。高表示同意，謂閩中試辦蠶桑，所需經費多半由魏瀚捐助。茶花女板價，魏亦擬以助蠶業，故琴南有此言，請即照辦，並另擬告白一條，補入捐與蠶桑公學一語。

此後高與魏季渚商洽，魏謂前印之茶花女若干部，贈人外尚有餘剩，不需汪再贈。若以其他書報折送，則俟需用時再行函取。於是將原板由夢旦之兄高子益帶至上海交汪，汪以四十元託夢旦轉魏，此事遂告一段落。

由此可見「巴黎茶花女遺事」之最初版本爲戊申年魏刻之木板，此初印本誤字頗多，並非完美。校改後即送交昌言報館，不復再印。在送去之前，會否印出少數之校正本，已不可知。以時期廹促及季渚存書尚多測之，恐未必及印。己酉後，即由昌言報館以鉛字重印，推銷各地，流行頗廣。因「昌言報」之推銷人皆負有兼銷茶花女之任務也。

近見「世界文學」雜誌論及茶花女版本及印行日期，因記所知如此。

向美借款二十億元的「奇策」

——「日本軍閥禍國秘史」之三

〔日〕田中隆吉 原著
魯 揮 戈 譯寫

努力求解決「中國事變」

昭和十二年（一九三七）七月和八月間先後在北京和上海兩處燃起了戰火後，引致了中國所謂的全面抗戰。「中國事變」以是全面擴大而曠日持久了。這對於日本的國運前途來說，實在是很可慮的。因之，很多憂時愛國而又具有遠見的日本人，便力求設法從速解決「中國事變」，一直為此而作積極的努力。倘若「中國事變」能夠早日解決，中日兩國之間固然可以早日化干戈而為玉帛，即日本與英美之間的終於以兵戎相見的局面，也可以因之而避免。

我本人以邦家的興廢存亡為念，也是力主從速恢復中日之間的和平狀態的，並曾為此貢獻棉薄之力，而多次試圖從事過。日本的主張從速解決「中國事變」的軍政界人士，以是多引我為同志，或讓我與聞他們的計劃，或要求我在他們的行動上給以我的能力所能及的贊助。因之，那些年中，各方面人士經由各種途徑，或使用各種方法，以求從速解決「中國事變」的活動，我幾乎全都知悉。

那些活動中，有很多不算得是什麼秘密，現今——甚至在當時——已為一般人所知，幾乎人人都能道述它們的原委。可是也有一些計劃或活動，昔日是嚴格守秘的，與聞其事的人很少，而在戰後也不為當年有關的人所道及，一般國民當然無從知曉了。這可以說得是真正的裏面秘史。我在這兒所欲記述的一件事實，就是這類迄今仍不為局外人所知的秘史。我相信所有日本人，在讀了我這件往事的記述後，都會有出乎意料的感覺的。

當年那些憂時愛國而又具有遠見的日本人，其高尚的志願和所作的努力，的確令人感激。他們對於任何可以有助於從速解決「中國事變」的方法，都願去一試，苟有一線希望，都悉力以赴。他們所從事的，大都是想直接、或經由第三者居間的斡旋和安排，而與中國政府商談停戰和和平。可是也有一些人，却另闢奇徑，別籌妙策——有些看來似屬有些匪夷所思的方策——，來求解決「中國事變」，來求避免日本與英美之間的終以兵戎相見之局面的出現。我現今所記述的這件往事，就是屬於這一類的。所以，我說讀者在讀了我的記述後，會有出乎意料的感覺。

大川周明主持借款計劃

我在昭和十三年（一九三八）十二月履任陸軍省兵務局的兵務課長新職。約一個月後的次年（昭和十四年）一月的某一日，大川周明突然邀約我立即去滿鐵調查局一行，說有緊急重要的事需要和我當面一談。我於是立即應邀前往。在我抵達滿鐵調查局時，大川周明和大阪的工商金融界名人西川末吉，還有參謀部的棚橋少佐已先在，隨後，貴族院議員瀨川彌右衞門也來到了。我們幾人於是圍坐着而開始談話了。

大川周明先作開場詞，他說：「想起我們帝國的前途命運，就不能不令人認為從速解決『中國事變』乃是一件燃眉之急的事。但是在現今陸軍當局如此頑梗自負的作風下，要想解決，幾乎是不可能的事。我們經過詳縝的研討後，認為重慶政權之敢於唱『抗戰到底』的口號，乃是恃美國的在後支持。倘若我們能夠使美國放棄支持中國，重慶政權也就只好放棄繼續抗戰了。可是如何能使美國不再支持中國的抗戰呢？我們已經想出了一個有效可行的辦法。」

據大川周明說，倘若日本能夠和美國方面談判，向美國借得一筆鉅款，則美國為了不使債款落空起見，必然要停止支持中國，甚或行使壓力而迫使重慶當局與日本妥洽的。他的所謂有效可行的方法，就是指此而言。

大川繼續說：「我們認為除此以外沒有別的辦法可行。西川末吉君在從前日本大不景氣的時日裏，曾經以橫濱的存絲為抵押品—即應允將這批絲輸運去美國——，向美國洽借得了三億美元。在不景氣時，以滯銷的存絲，竟能向外國借到如是鉅數的錢，西川君的卓越才幹，真是令人欽佩。在向美國借款的事上，西川君實是一個富於經驗的人。現在，我們就想再借重西川君向美國洽商借款的事。

「關於借款的事，在目前並非僅止於空洞的

想像，而是已經有了眉目的工作。西川君的談對手，是美國加利福尼亞州洛杉磯的社會名流張特勒先生。雙方並已議定進行的方法。方法是：先由日美兩國的民間共同投資，組設太平洋航業公司，藉此吸收美國人民的資金；同時又進行日美之間的貿易，由日本輸出生絲和中國的鎢去美國，而由美國輸入石油、鋼、鐵等日本必需的戰爭物資。這樣做，有很大的妙用。第一，美國人民既投下了鉅額的資金，當然他們的同情和希望是要寄於日本這一邊的。美國號稱民主國家，我們就可利用那些因實際利害所繫的美國人民，廹使其政府放棄支持中國的政策；同時，那些人也可在其國內，形成一種有利於日本和不利於中國的輿論，美國政府施政行事，是不能不顧及輿論和民意的。第二，美國有鉅量的石油、鋼鐵等戰爭必需物資源源輸入日本，使日本更有如虎添翼之勢，重慶政權又焉能不畏懼而放棄抗戰呢？」

大川周明作最後結論說：「如果中國在內外的形勢所廹下，不能不放棄繼續抗戰的決心，則有似向我乞降，當然不敢和不能提出什麼有利的條件。那時，我們的陸軍方面，就找不出任何可以藉口的理由來反對『中國事變』的解決了。所以，我們認爲這是唯一有效可行的辦法。」

接着，那位對美借欵有經驗的西川末吉君發言了。

西川末吉說：「這項計劃原是出於張特勒君的意見。在現今美日邦交日見惡化的情況下，欲使美國政府對日本公然貸出鉅額現欵，實是不可能的。所以，我們才採取這種雖然比較迂迴遲緩，但却與美國法律不抵觸，不公然破壞美國現行政策，而又實際可行的方法。張特勒君會經說過幾句極明哲的話。他說：『倘使不能用這個方法以達成日美間的融洽，則日美兩國之間，是很可能因『中國事變』而終於進入戰爭的狀態的。日美戰爭將是一件大不幸的事，對於美國固然有損、而對於日本更是莫大的禍害』。」

大川周明接着向我說：「這項計劃已在暗中進行了若干時日，由西川君負責與美方接洽談判，而由小野寺長治郎負責各方聯繫和總其成的工作。但不幸得很，小野寺君在數日前病故了。我認爲這是義所當爲的事，所以，我願繼承亡友的遺志，擔當起他的任務來。我已決心全力從事，突破一切障碍，務使這項計劃得以實現。我們今天找你來，爲的是要你從旁大力協助。我們知道你和陸軍省大臣板垣征四郎大將有很深切良好的關係，我們需要你負責爲此事而和板垣陸相聯繫，請他給予我們大力的贊助。」

板垣陸相是力主從速解決「中國事變」的明智人士，這點是我所深知的。我相信苟有可以有助於解決「中國事變」的計劃或行動，都會獲得他的贊同的。因之，我對於大川周明向我所作的請求，很爽快地允承了。

大川周明找貴族院議員瀨川彌右衛門來，也是爲了求取板垣陸相的贊助之故。瀨川君和板垣陸相誼屬同鄉，且有甚深的私交，他能够向陸相進言，而且易爲陸相聽從。於是，我們決定由我和瀨川同去晉謁板垣陸相而面告一切。

我們又決定，有關與內閣聯絡的工作，歸由大川周明負責。至於棚橋少佐，則負責在參謀本部內從事促使這計劃實現的種種努力，同時，他又負責隨時與美國駐日大使館的軍事參贊聯繫和接洽。

板垣陸相簽寫授權書

我和瀨川隨即至陸軍大臣官邸晉見板垣大將，將全部情節陳告。誰知大臣的答復却使我們失望得很。他說：「現今陸軍中主張東京、柏林和羅馬聯成軸心的聲勢正盛，他們正在熱心締結日、德、意三國同盟。倘若我贊助你們這個與美國聯繫而求日美融洽的計劃，就會被批評爲採行騎兩頭馬政策。雖然這僅是與美國民間的聯繫，但無論如何總會使那班人感到不滿意的。如果他們在從事締結三國同盟的過程中，遇到障碍或不如意的事，就會歸咎於我的騎兩頭馬做法的，可能會因之引起極不愉快事件發生的。」板垣陸相以是不肯應允給這個計劃以贊助。

聽了大臣的這番答語後，瀨川似覺得話無法再能講下去了。可是，我却不甘就此作罷。我記憶起不多幾天前的元旦之晚，我去大臣官邸拜年，大臣留我飲酒，並和我作欵欵深談。我會發問道：「爲什麼陸軍方面要把日德意的防共協定推進爲三國同盟條約呢？」大臣答說：「因爲過去日本在宣傳上做得太過火了，把英美說成是對日本具有狼子野心的國家，日本國民居然有很多人深信不疑。現今日本如欲靠英美來解決『中國事變』，就不能自圓前說，也不能取得國民的諒解。所以，陸軍方面就主張將三國的防共協定推進爲三國同盟條約，使日本與德、意的關係更爲密切——三國既爲同盟之國，命運就相共了——，然後，就借德國的力量，以廹使中國放棄抗戰，向我們作城下之盟。」

我於是便以元旦晚大臣的那番話爲理由，而向板垣陸相懇切地說：「締結三國同盟的目的是求解決『中國事變』，這正與我們這項計劃的目的相向。兩者可說是殊途同歸的。大臣公忠體國，深以早日見到中日之間恢復和平爲旨，何不在另一途徑上試試呢？我們的目的既然完全相同，任何一種方法只要能確實有效地解決『中國事變』，我們都是樂於觀其成，都是願給以贊助的。所以，我們務懇大臣能給我們這項計劃以鼓勵和贊助。」

板垣陸相終於被我說服而允諾了。他在我的建議下，以陸軍省大臣的名義，寫了一紙授權書，授權西川末吉負責向美國洽談二十億美元的借欵。這紙授權書可以給西川末吉以證明，俾便他與美方洽談。我們是預料到這件事的前途殊不順利的。倘若借欵不成，或者進行中有什麼風風雨雨出現，將會引致很大風波發生的，那時，非議和責難也將會集於板垣大將一身的。所以，我在當時就和板垣陸相約定，倘若日後此事成爲大問題而使板垣大將有所難處時，就說這紙授權書是由我冒用陸相的名義而僞造的，我當然也挺身而出，自承僞造之罪。

被人疑爲騙局

這項計劃必須借重西川末吉的關係、才幹和經驗，而與美國方面洽談。所以，他可說是這項計劃中最重要的一個人物。沒有他，這項計劃也就談不上進行。但，他這個人却又無可避免地給這項計劃帶來不少的麻煩和不小的阻力。他在十多年前一宗震動全國的事件中，曾爲各方投以鄙夷的注目。當年首相田中義一大將的那宗被疑爲貪汚的三百萬元事件，西川末吉就是事件中的主角。他本是關西的金融業鉅子而以專放高利貸著稱的乾新兵衞的總管帳。那三百萬元鉅欵，就是由他經手携至田中大將的身邊的。事件爆出，田中大將本人數十年培植成的崇高地位和聲望，固然大受損害，而整個陸軍的令譽也蒙上不潔。作爲陸軍前輩宿將和領導人物的田中大將，發生「言之醜也」的事，當然會貽整個陸軍以羞的。所以，陸軍中有很多人，對於西川一直懷着不良的印象。西川這人，又是一個以狠辣著名的企業家。他常常不擇手段，以求達成目的。他所注重的只是個人現實的功利；至於道義和人情，只能屬於他的現實功利之下。倘若有助於，或至低限度不違背和不抵觸他的現實功利之時，他可以一講道義或人情，不然，他是絕不顧及的。因之，他的人緣殊不佳，他的作風使人疑畏。外界——即使是關西的金融界——對於他，總是很少給以好評的。這些，我都無需爲他諱言。但，我們却又不能不承認他確具有卓越的才幹，是金融、實業界的一個難得的人才。我們尤其不能否認他在與美國人打交道上，確有豐富的經驗，確有他的一套別人難及的功夫。

他的人緣、信譽和口碑不佳，將會使這項計劃在進行中遭致困難或阻碍這點，我們是早已計及的，他自已也會考慮到過的。我們相約，只要有利於國家和自已問心無愧，任何外間的毀譽都不必去理會；我們當盡最大的努力，任勞任怨，以求成功。

美國駐日大使舘的軍事參贊，極贊同這項計劃，並深信一定能够成功。他願盡他的所能給以支持和協助，而在事實上，他確會作了不少的努力。

可是，外務省、大藏省（即財政部）、日本派駐紐約的財政參贊西山，以及三井系財閥，對於這項計劃却缺乏熱心。他們認爲在當年第一次世界大戰時，歐洲有不少騙子，專搞這一類所謂借欵的事，無中生有，買空賣空，雖然，得風氣之先的幾個騙子，因之名利雙收，但騙局也終於被人全行識破。他們認爲這套當年流行的老花樣，已騙不了他們。所以，他們對此，全不感興趣。

大川周明是負責聯絡內閣的，他見到外務省、大藏省等有關官署如此看法，便去晋謁首相平沼麒一郎，力言這絕非騙局。我則向本省的軍事課長岩畔少將剖析全情，請他盡力向有關的政軍大員作正確的解釋。

我們雖然努力求解消人們的「騙局」之疑，但信者自信，不信者自不信。嘲笑、冷罵、挖苦之聲，一時俱起；而反對和阻撓的力量，也一日增多一日。

平沼內閣倒臺，繼起組閣的是海軍大將米內光政。我的遠親，兼爲我素所欽佩的同鄉前輩櫻內幸雄氏，出任米內內閣的大藏省大臣。那時，我已奉令由兵務課長調去中國前線任第一軍團參謀長。在我啓程赴中國山西省履新前，我會特地去晋謁櫻內大藏大臣，將這項計劃詳細告知他，並懇求他給以支助。辱承不棄，他一向對於我的意見頗加重視，但鑒於茲事體大，他只能允予攷慮。我知道他至低限度，已不認我們這項計劃是一個騙局了。

因爲我會參與其事，所以，我敢說這項計劃並不是西川末吉等無中生有的騙局。西川確會和美國方面洽談，美國的某些官方人士也知道此事。現在，我可以舉出一件事來證明這絕非無中生有的花樣。

我自被調赴山西後，西川末吉依然繼續在進行中。到我由山西調回而改任兵務局長後，我又與聞其事了。一天，在西川末吉的請求下，我和參謀本部第二部部長岡本少將，在大藏省國際匯兌局長的辦公室內，與美國駐日大使舘的商務參贊會見。美國商務參贊會經詳細詢問日本可以輸去美國的鎢的數量。當時，我們會經談及這項計劃的前途發展。美國商務參贊會經說過這樣幾句話：「這只能視爲兩國民間的純粹商業行爲。倘若被人公開宣稱爲具有政治的意義和作用，就難以進行下去了。」美國商務參贊的知曉其事，並不以爲是西川末吉單方的弄神弄鬼，他並來詳詢鎢的可以輸美之數量，就足可證明這並非無中生有的騙局了。

終因東條反對而功敗垂成

我前已說過，當我調回而任兵務局長時，已是東條英機大將任陸軍省大臣之時。我和岡本少將與美國大使舘商務參贊會見一事，被東條陸相聞知了。他嚴誡我以後不許再與聞西川借欵的事。當大川周明發動這項借欵的計劃初期，東條當時任航空總監，對於這項計劃是一個熱心的支持者，可是現在他却改持反對的態度了。他這種反覆無常的做法，使我殊感不解。我當然不便當面問他爲什麽昔日贊同而今日反對。我知道他今日的反對是必有其原因的。我於是去向大川周明查詢究竟了。

大川周明說：「東條是一向純任個人的感情和意氣行事的，不務大體，唯在私人的恩怨上打算，他今日反對的原因就在此。去年（即昭和十四年——一九三九年）十月，德國外長李賓特洛甫斡旋中日糾紛，會經由中國駐德大使陳介，向委員長蔣介石將軍進言。蔣氏應允可以停止抗戰，但必須以日本在自一九三七年七月後所佔領的中國地區撤兵爲條件，但東條却固執不允。我會爲此去向東條勸說，請他答允蔣氏的條件，使和平早日實現。他怎樣都不肯點頭。結果，我當面大罵了他一頓。從此，我和他之間就斷絕了來往。（譯寫者按：此事已於上期『之二』中記述過。）他恨我甚深，鑒於這項借欵計劃由我發動和主持，就不顧他昔日的熱心支持，而一意大力反對了。」

東條身爲當國的大臣，竟如此不務大體，唯憑個人感情和意氣用事，國事焉能不敗壞？我自從被東條嚴誡後，就只好放棄與聞，不能再爲這項計劃有所致力了。當時任陸軍次官的阿南中將，是贊助這項計劃的，但他不久就辭去次官之職而改赴中國的漢口擔任統兵官了。當他啓程前，會秘密地對我說：「希望你繼續爲此努力。」可是，我碍於大臣的嚴命不可顯違，不能再參加在其中了。

大川周明和西川末吉的不計毀譽，不顧困難，堅毅從事的精神，眞令人嘆服。他們依然作着種種努力，務求底於成功。雖然反對他們這項工作的人很多，但加以欣賞而贊助的人，也是不少的。例如出任米內光政內閣的大藏省大臣櫻內幸雄氏，自從聽了我的陳告和勸請之言後，經過審愼的攷慮，終於以他藏相的地位和職權，對這項借欵計劃，給了不少的支助。

稍後，這項計劃且獲得參謀本部總務部長神田中將的全力支持，克服了不少的困難，有着極大可喜的進展。終於在昭和十六年（一九四一）十月中，與美方的談判，獲得了成功的結論。

但不幸得很，那時，東條已由陸相晉而組閣，成爲自來最具大權的首相，他並已決心發動對英美的戰爭——「大東亞戰爭」就是在這項計劃談判成功後一個多月的十二月八日爆發的——，堅決不允將這項談判已告成功的計劃付之實行。

秉國鈞的首相嚴持反對的態度，當然沒有實行的可能，再加上旋即對美戰爭發生，自然全部計劃作廢了。三年中多少人爲此所付出的心血精力，以及西川末吉爲此所耗費的鉅量金錢，一概付之流水了。

大川周明、西川末吉，以及會爲此事寄過厚望和効過棉力的我，當然對此惋惜萬分和感慨不已，就是櫻內幸雄氏，至今談及此事，也不勝憤慨。他說：「我在擔任大藏省大臣的時候，會經不顧僚屬的異議和外間有權勢者的反對，親自草擬電文稿，命令駐紐約的西山財務參贊，給這項借欵計劃的談判以最大的協力。可惜我病倒了，未能在近衞第二次組閣時續任大藏省大臣，因之，也就未能再繼續給這項計劃以實際上的支助。如果我不病倒而得續膺藏相之任，這項計劃可以早日談判成功，也可以隨即付之實行，『大東亞戰爭』就可能不會發生，日本也就不會落到今日敗降的地步。思想起來，眞不勝遺憾之至。」

作爲一個普通的人，如果純尙私人恩怨，唯憑一已的感情和意氣用事，尙且不免身敗名裂，事毀業破，何況是一個秉國鈞，掌握國家命運的人物呢。所以，我對於東條英機，是始終不能原諒的。

假使有人問我：世間最可畏的事是什麽？我當毫不猶豫地由衷答道：是純憑個人一已的感情和意氣用事。

蔣竹莊和日人詩

・李　子・

清末，張菊生高夢旦諸先生主持商務印書館，首議編寫教科書，以推廣教育。由蔣竹莊先生手編，日人小谷重、長尾槇太郎二君亦參加商榷。蓋事屬創舉，不能不借鏡東鄰也。小谷、長尾常舉日本教科書之優點，與竹莊先生反覆討論，一稿數易。然中文無字母可依傍，僅能採筆划之最簡者，由淺入深，由簡入繁，使兒童易於識別，且不傷腦力。第一冊教科書凡六十課，每課又分爲兩半課。首六課皆單字，每半課四字。次四課皆兩字相聯，每半課八字。又次十課皆二三字相聯者，半課十字。又次二十課皆短句，半課二十字。末二十課皆短文，字數同上。生字隨課漸加，與熟字相配，詞義須連貫，筆劃力求簡少。編時極費斟酌。首冊甫脫稿，京師大學堂忽頒章程，所規定學生讀物，皆固有之古籍，於幼童殊不適合。張菊生，高夢旦，蔣竹莊均不以爲然，長尾、小谷尤憤憤，長尾即賦一絕曰：「珠履淒涼古廟門，春申城外欲黃昏。枯楊滿目生稊晚，寂寂江南烟雨村。」竹莊味其詞，有輕我國之意，遂和之曰：「荆棘銅駝歎墓門，茫茫地老與天昏。會看漢族風雲變，大澤龍蛇淮泗村。」不數年而辛亥事起（長尾居華久，民國三年猶遍遊南北，始回日本）。

「皇二子」袁克文

陶拙庵

輯錄的詩詞

克文所輯錄的，有「圭塘倡和詩」、首冠王式通一序，有：「寒雲主人手書『圭塘倡和詩』既竟，屬贊一辭，式通未覩平泉之勝，初聞流水之音，受而讀之，移情累日」等語。詩有容庵主人、沈祖憲、凌福彭、史濟道、權靜泉、陳夔龍、費樹蔚、丁象震、閔葆之、吳保初等。所謂容庵主人，即袁世凱。又於癸亥年終，輯「豕尾集」，載「半月」雜誌。上卷有梅眞、綠弗、伯崇、初觀、仲燕、叔選等「新年樂」詩。下卷有克文「憶海上師友黃葉翁、吳昌碩、伊峻齋、步林屋、劉山農盟兄。周南陔、周瘦鵑兩盟弟，又慕陶、佩芸」等人各一首。克文「奉和瘦鵑盟弟贈別詩」，梅眞、綠弗、林一和詩，附瘦鵑原唱。又梅眞「倦繡室詩艸」，又志君之「鬼異」，綠弗之「秋夜」，初觀之「可憐之女子」，叔選之「風雪孤兒」等筆記。瘦鵑附識：「寒雲去津兩月矣。近集其家人感時遣興之作，彙為一編，顏之曰『豕尾集』，集中作者，為其夫人梅眞、志君二女士，令妹綠弗，長子伯崇，伯崇夫人初觀，次子仲燕，三子叔選，高足林一，幷寒雲凡十人，刊之春節號，用志一時盛事」。又「圍鑪唱和詩」，那是甲子年，居沽上，極團聚之樂，命題分韻，刻燭聯吟，克文首作「大風夜坐懷海上故人詩」，梅眞、伯崇、初觀、仲燕、叔選和之，其他尙有方地山。總之，克文所有的作品，發表在「晶報」上為最多，甚至特印信牋，牋之左下端有「寒雲晶報稿」五字。次則「半月」雜誌，再次則「上海畫報」、「大報」、「紅豆報」、「新聲雜誌」等。

日記的內容

袁克文的日記，究有多少冊，這是誰也弄不清楚的。據陳灨一說有七冊，但錢芥塵說他看到的只有五冊，克文生前曾以一千元抵押給芥塵，到克文逝世，張學良瞧見了，很為愛好，芥塵便把其中三冊轉讓給他，芥塵自藏二冊，後以七百元讓給嘉興劉少巖（秉義），少巖影印行世，即丙寅，丁卯兩冊。漢卿的三冊携往香港，太平洋戰爭，香港淪陷，日記也就失掉，無從寓目了。巢章甫說：克文夫人梅眞處尙有數冊，草率不精。朱其石對我說，有幾冊在嘉興于佩文家，其家人不之重視，賣給個賣麵商人。但這商人，畧有文化，頗知取捨，有的把它墊麵，有的收藏起來。日記或許未作廢紙處理，可是經過時局變遷，不知是否存在了。現在可以看到的，便是劉少巖的兩冊，由上海山西路，大吉祥印刷廠印，照原本大小，硃紅的直行欄，每頁右下角，都有「佩雙印齋制」五個字，天地頭很寬，很多補註寫在上面，封面是瓷青紙的，用藏經牋作籤條，書名「寒雲日記」用篆文寫，下有「少巖藏丙子春褚德彝」九個小字，沒有定價，可能是當時送人不出售的，內容照原迹影印，精美秀逸，墨色醒朗，不加圈點，而附着泉幣拓印，也是很清晰的。第一冊扉頁為「丙寅日記」四篆文，右為「正月自日下遷沽上」數字，左為「寒雲主人」署名，首冠一序云：「項城袁君寒雲，嘗手書日記若干卷，自甲子迄庚午，凡七年，年各一冊，大抵敘友朋遊讌之跡，而於所嗜事物，如圖書貨幣，亦間有記述。寒雲既謝世，甲子乙丑兩冊，置張漢卿將軍所，滌變佚去，丙寅丁卯兩冊，輾轉爲劉少巖先生所得，餘不能詳也，入情每見所好，過眼卽置之，獨少巖豪俠異衆，出多金藏其手蹟，復不斳重值影印，使留眞而廣流傳，用心之篤，可謂難矣，余傷寒雲之逝，而喜其手澤得長存人間，少巖風義未可及也，共和二十五年三月新城陳灨一，」張漢卿所藏的實有三冊，是失於香港，不是瀋陽，陳序有誤了。又武昌劉成禺題詩四首，也是少巖去徵求來的，第二冊標爲「丁卯日記」末有劉少巖跋語：「古人以日記傳者，如元郭右之『客杭日記』，明李竹懶『味水軒日記』，至今考元明掌故者，猶據二書爲考訂之資，寒雲爲項城次子，幼穎悟，受業方地山，詩文古泉學得其師之傳，一時名流，皆與之游，書法辭章，考證金石，卓然可傳，生平著作，不自愛惜，存者僅『泉簡』一卷，此外日記七冊，雖徵歌載酒之餘，日記未嘗少間，予得其丙寅丁卯兩年日記，多考訂吉金碑版泉幣，所得外國古幣奇品尤多，均附墨拓本於後，約數十種。書體秀勁，措詞雅飭。其述時事者，只憶『小桃紅詞』，感洪憲之舊事，『弔林白水詞』，哀復辟之喪亂，二條而已。其甲子乙丑年兩冊，又爲瀋陽張氏携去，不知今尚存否？幸丙丁二冊尚在，可考其梗概，余與寒雲無一面緣，然讀其『中天高處多風雨，莫到瓊樓最上層』句，未嘗不惜其才而悲其遇，使項城帝制不爲，寒雲以貴公子盡其所學，必可名世，乃天不假年，復潦倒侘傺而沒，所留遺者僅日記二冊，文人蹇運，良可悲歎，余恐其二冊日久散佚，因付影印以傳。後之覽者，當與郭氏李氏之日記，同爲藝林瓌寶也。」克文諷諫他的父親不要做皇帝，那兩句傳誦入口的詩，「絕憐高處多風雨，莫到瓊樓最上層，」少巖又說爲「中天高處」，那是必須糾正的，至於「泉簡」僅登載「半月」雜誌，沒有單行本，今劉少巖故世了十多年，兩冊原稿本也不知流落到哪裏了。第一冊所記往還的，如吳靜厂、江南蘋、廉南湖、方北山、傅沅叔、楊味雲、李壯飛、侯疑始、吳桐淵、張聊子、彭蓀賢等，所記無非購易泉幣，考證古物，以及聽歌觀劇，與朋好讌飲等事，且時常提到瓊姬，可知那時棲瓊侍奉着他，日記中間有詩詞如「哭倚虹詩」二首，爲柔柔作「浣谿紗詞」四首，「贈葉鋮鉢詩」，「答林屋詩」，有一云：「自今日始，隨手錄知見聞於冊，揭曰『小簉子』」，這「小簉子」當然也是他著述之一，但沒有發表過，現已散佚了。第二冊「丁卯日記」自沽上到上海，是正月二十五日與張宗昌同來的，那時往還的，如步林屋、何海鳴、孫東吳、錢芥塵、周瘦鵑、黃葉翁、張樹聲、劉山農、余大雄、馮叔鸞、張振宇、江小鶼、劉公魯、俞逸芬、許窺豹、吳窺蠡、張丹翁、及慕邢、世傑、恒甫、鴻翔、輝堂、煥堂、耀亮、寓如等，非常熱鬧，初寓遠東飯店，邂逅聖婉，克文很傾倒，如云：「明眸皓顏，冰肌玉骨，相逢把手，儼若故人。」聖婉宴之於所居「素蘭室」，他爲賦「八聲甘州詞」，寫成四屏贈之，越日，又偕聖婉至中華照相館攝影，因此聖婉亦常趣談，爲座上之客，日記中詩詞更多，除談泉幣外，又談郵票，吳昌碩爲他作書畫於象牙扇上，陳澹如精刻，又張樹如精刻禊帖於竹箑，他視爲至寶，都把它拓印在日記中。

擅製聯語

克文擅製聯語，往往極芊綿蘊藉，古朵艷發之妙，有時步林屋應酬的聯語，也請他捉刀，他一揮而就，很爲迅速。有人稱方地山爲聯聖，克文爲聯賢，原來他們倆既是師生，又是親家，在製聯上也是相仲伯的，現在將他傳誦的聯語摘錄若干於下：

日下贈春鏡樓四娘云：「春歲歇欲啼，馬上相逢，爲言昨日；鏡裏花難折，樽前重見，怕說明朝。」

贈春宵樓九娘云：「春去春來，門外風花都不管；宵長宵短，樓頭歡好自無涯。」

贈醉紅七娘云：「萬古閒愁，憑消月子三分，春風十里；一宵沉醉，安得珍珠百顆，玳瑁雙棲。」嵌月珍二字乃七娘之名。

贈初霞云：「初時相見，便已留情，況移酒近眉，登樓把手；霞綺成裳，猶嫌污色，願裁雲作履，踏月爲盤。」又云：「初弦月，初胎花，便爾許相思，春到三分猶隱約；霞錦裳，霞光珮，又無端邂逅，犀通一點已纏綿。」又云：「何事問眉顰，便是處相逢，春原多麗；無端又樽酒，且今宵坐對，月正初絃。」克文贈聯外，更請謝之光爲霞畫一像。

贈金鈴云：「柳綻金時，春色湖邊應早綠；雨淋鈴曲，歌聲天上許重聞。」又云：「金難買笑，玉更生香，比湖上幽蓮，湖邊明月；鈴便護花，閣應巢鳳，望天涯芳草，天末驚鴻。」

贈雨香云：「小雨隔簾，重雲出岫；微香吹夢，濁酒催吟。」又代入作云：「庭雨宜幽賞，鑪香靜遠思。」

贈蔣紅英老五云：「老去閒情東去水；五更殘夢四更潮。」老五死，爲撰「殉情記」。又挽云：「老眼無花，早說愛蓮能自潔；五雲長渺，空懸寶劍寄餘哀。」

贈小鶯鶯云：「漫與談心，銜花偶向南臺見；初知學語，選樹還來上苑花。」附註：「別京華五年矣，偶來重遊，便爾邂逅，蘭花深院，儘我低徊，聊寫短句，供鶯鶯一笑。甲子歲朝春龜庵。」

別有一妓名鶯鶯，昔名小桃紅，先後二名，適同他的舊歡，因有聯云：「提起小名兒，悵昔夢已非，新歡又墜；漫言桃葉渡，念春風依舊，入面誰家。」又云：「薄倖眞成小玉悲，折柳分釵，空尋斷夢；舊心漫與桃花說，愁紅泣綠，不似當年。」

為鳳珠寫春帖子云：「泉文美富，洗字吉羊，敢祝向東風，願鳳翼雙飛，犀靈一點；帖寫宜春，樓名燕子，還來就南國，看珠光萬丈，月色十分。「

贈名女伶雪芳云：「流水高山，陽春白雪；瑤林瓊樹，蘭秀菊芳。」又贈雪芳妹秋芳云：「秋蘭為佩；芳草如茵。」

贈名女伶汪碧雲云：「碧玉環，黃金鎖，仙珮丁東，歌舞登場原絕代；雲絲髮，月弓眉，神姿照耀，江湖滿地此鍾靈。」

芙蓉草在南通演戲，易名趙桐珊，請克文作嵌字聯云：「桐柏秋吟，芙蓉夏醉，珊瑚多艷，草木春芳。」

挽易哭庵盟兄云：「三世分明，才子神童來虎阜；四魂歸去，歌兒舞女哭龍陽。」註：「兄自言為張夢晉三世後身，前二世皆知之，張船山其一也。兄著『魂東』『魂西』『魂南』『魂北』四集。」

挽張今頗盟兄云：「矍鑠哉是翁，不遇眞龍，空悲射虎；逍遙以容與，中年快馬，老去騎驢。」張宦遼東，以善騎名，人稱「快馬張。」

挽林萬里云：「日下一函書，負汝相期在文字；山陽幾聲笛，觸懷失慟數朋交。」時倚虹新死。

挽沈夔笙云：「繼夢窗白石，宿老成家，儘低唱淺斟，一代詞人千古在；溯漚尹缶廬，殷勤共話，愴小樓清夜，十年江國幾同逢。」註云：「夔翁詞頗自負，然佳固佳矣，持比漚尹，終輸一間，方之兩宋，半塘，耆卿也。漚尹，美成也，翁則白石也，今工倚聲之學者，予所心儀，僅漚尹丈一人耳，傷已！予識翁於缶廬，平生一面耳。」

挽何詩孫云：」書畫承家，三代儒冠壽耄耋；典型遺世，千秋史筆傳賢良。」

挽伍秩庸云：「長恨望中原，瘁躬亂世；大星殞南海，痛哭完人。」

挽周自齊云：「干戈俶擾，滄海歸來，撒手遽聞跨白鶴；楊柳淒迷，梅花落去，斷腸忍使泣紅顏。」

李純死訊傳來，克文正在飲酒，酒酣，立成一挽聯云：「盡狗盜雞鳴，舉眼未逢眞國士；空龍蟠虎踞，殺身誰泣故將軍。」

梁任公自日本歸，嫁女令嫻，女婿周國賢，吉期為花朝，克文撰聯賀之：「今代藝蘅詞（令嫻所作），三島客星歸故國；傳家愛蓮說，百花生日賀新郎。」

馮國璋與周道如結婚，克文賀之云：「英發雄姿，爭說小喬初嫁了；淸才高負，不逢盧象少年時。」

贈黃葉翁云：「山林平遠倪高士，詩句淸新李謫仙。」

贈吳昌碩云：「趣詣八家，於三絕而外，更能金石；喜逾百歲，樂一堂之下，幾代兒孫。」

贈步章五嵌林屋山入四字云：」林下疏泉淸繞屋；山中幽鳥靜隨人。」

賀葉楚傖與吳蓉結婚云：「一夜入吳，雙棲鸞鳳；千秋題葉，獨占芙蓉。」

偕孫寒崖循梁溪，入太湖，登萬頃堂，湖上三山峙立，微雨憑欄，極蒼茫之感，曾留題一聯云：「几席三山，萬頃波濤疑海上；湖天一閣，重陽風雨是江南。」

寫字繪畫

克文宿西湖廣花寺之凌雲閣，寺僧谷雲索聯，立成數聯云：「四望林巒歸几席，千重雲水盪胸脾。」寺後六一泉聯云：「登凌雲閣，涉凌雲想；飲六一泉，讀六一詞。」又云：」右通岳墓，左接蘇墳，忠骨香魂都咫尺；後倚孤山，前臨西子，潭光塔影共徘徊。」

題鴛鴦湖烟雨樓云：「十頃湖天，鴛鴦何處；一樓煙雨，楊柳當年。」

自題一鑑樓聯云：「屈子騷，龍門史，孟德歌，子建賦，杜陵詩，稼軒詞，耐庵傳，實父曲，千古精靈，都供心賞；敬行鏡，攻胥鎖，東宮車，永始斝，梁王璽，宛仁錢，秦嘉印，晉卿匣，一囊珍秘，且與身俱。」克文會鐫一印「與身俱存亡，」在愛好的書籍上鈐用之。

克文是多才多藝的，又工書法，華贍流麗，別具姿妙，既能作擘窠書，又能作簪花格。他登報鬻書，由方地山、宣古愚、張丹斧、馮小隱、范君博、余穀民（即余大雄）代訂的小引云：「寒雲主人好古知書，深得三代漢魏之神髓，主人愈窮而書愈工，泛遊江海，求書者不暇應，爰為擬定書例。」民國十六年夏，登報鬻書，那是在北返之前自訂的。如云：「三月南遊，羈遲海上，一樓寂處，囊橐蕭然，已笑典裘，更愁易米，拙書可鬻，阿堵儻來，用自遣懷，聊將苟活，嗜痂逐臭，或有其人，廿日為期，過茲行矣，彼來求者，立待可焉。」有一年，他書興甚豪，登報減潤鬻書，一日書聯四十副，一夕間盡售去，乃購胡開文古墨，寫一百聯以酬知好，幷用冷金牋臨秦權全文屏條，又五九紀念寫扇四十把，均錄其五月九日放歌：「炎炎江海間，驕陽良可畏，安得魯陽戈，揮日日教墜。五月九日感當年，曜靈下逼山為碎。淚化為血中心摧，哀黎啼斷籲天時，天胡夢夢不相語，中宵拔劍為起舞，誓搗黃龍一醉呼，會有談笑吞驕奴，壯士奮起兮毋躊躇。」愛國仇敵之情緒，溢於行間字裏，確是可佩可貴的文字。

因「腎囊」二字丟命的林白水

福堂

魯系軍閥張宗昌在北京當政的時候，當時的國務總理是清朝舉人出身的潘復，據說這人詭計多端，是張宗昌十分器重的策士，計謀籌劃多出他的獻策，故被當時的人稱他為「智囊」。

北京的「社會日報」創辦人林白水，對于這樣的策士，是十分鄙視的，所以在許多場合，時對潘復大加諷刺，潘復已是懷恨在心，極想找機會加害，有一次林白水在報紙上公開發表了一篇評論，把潘復「智囊」的渾號叫做「腎囊」，潘復閱報，氣得「三尸暴跳，七孔生烟」，于是就派了憲兵司令王琦到社會日報社，要林白水更正請罪，但林白水作為一個同情革命的報人，却嚴詞拒絕了，這樣林白水就被逮捕入獄，不久，潘復下令將他槍斃。據說當時正是夏天，白水身穿夏布大褂，白髮蓬鬆，陳屍道旁。見者皆為之傷心。

林白水，本名林獬，字少泉，又名萬里，號宣樊，寫作時用筆名有退室學者，白話道人等，到晚年方號白水，閩省福州人。他是光緒二十年中日甲午戰爭，作戰犧牲的「揚威」軍艦管帶林少谷的姪子。

早年他曾在林琴南主辦的「杭州白話報」做編輯，後來又曾在福州創辦過蒙學堂。不過他一生中主要活動的地區，却是在上海和北京等地，從事新聞工作。

清光緒二十九年，癸卯，（即公元一九〇三年），他在上海創辦了「中國白話報」，鼓吹共和思想，林白水是主持人，當時叫做「報」，其實就是一份雜誌。除此外，光緒三十年，他又曾和蔡元培等人，在上海合辦了一個「警鐘日報」，宣傳愛國排滿排外的思想，後來該刊因為登了德國在山東等地侵犯中國主權的消息和評論，受到德國總領事的無理干涉，要求清政府禁止出版。此外據說他還參加過「蘇報」的編輯工作。

林白水在推翻滿清，鼓吹革命方面熱情很高，當時他不但經常寫文章抨擊滿清的腐敗，而且也從實際行動中，去表現出他的愛國熱忱，在當時主張把中國主權賣給外國人，推銷最力的清朝前廣西巡撫王之春，有一次他在上海，署名「革命軍馬前卒」的鄒容，和萬福華，于一支春酒館，謀刺王之春，據說這一次的籌劃，林白水也是其中參加者之一。當時他看到行刺不中，急速跑進四馬路的梅福里，並將情況報告給黃克強等人，他們聽了這消息後，立即轉移，這樣他們才免于被捕。

辛亥革命之後，林白水就在北京，創辦了「新社會日報」，他曾在一篇文章預言說：「中國今日之政體，民主固善，而封建餘威會未少殺，欲謀芟除，計須十五年之努力。」有人給這幾句話作過一下計算，說從發表文章時起到一九二五——二七年止，恰好是十五年時間，因此有人說白水的預見，一言而中。

林白水寫文章據說往往是「信手拈來」，發端于蒼蠅、臭虫之微，而歸結及于政局，而對時勢是語多感憤而畧帶詼諧，所以他為當時的執政者所不滿，「新社會日報」，就因為這樣而被勒令停刊。後來復刊時改為「社會日報」，刪去了一「新」字，刪一「新」字據說是：「自今伊始，除去新社會日報之『新』字，如斬首級，示所以自刑也。」這是一句十分挖苦的話，斬首級，自刑這當然對于當局的一種抗議。

林白水雖然自斬首級，但他結果還是免不了受到軍閥的殺害，陳屍天橋。可見軍閥時代對知識分子的廹害。

袁克文輓林泉

一九二六年，軍閥張宗昌槍殺報人林白水（泉），袁克文是年陰曆七月初一日日記云：

聞林白水以文字遭忌被害，哀之曰：「君雖死而猶生，人間歷歷，膽烈女弱姫，奇文名硯；誰能免於今世，天下荒荒，遍瘟疫盜賊，饑溺刀兵。」

初八日又記云：

又挽林白水曰：「多言致禍尤，犯忌殺身，遙悲德祖；有女稱貞烈，捐生殉父，繼美曹娥。」其女年僅及笄，頗有才名，聞父死，飲鴆圖殉，賴救得生。

按林白水之女名慰君，後為軍閥石友三廹婚，今寄居美國。「名硯」指白水所藏黃莘田的端硯生春紅也。

·文 如·

劍影樓回憶錄

※天　笑※

留出一扇門的空隙，掛了一個門帘，這便把大廳分開來了。但書櫃沒有加漆，只是白木的，倒也清潔。這等號稱書櫃，其實等於書架，也不過堆砌一些學生們的書籍而已。其時都是大本線裝書，沒有洋裝書的，所以每一學生，都是破破爛爛的一大堆。

裏面一張方桌，一把圈椅，是先生坐的。桌子上一方墨硯，一方硃硯，以及墨筆、硃筆，爲圈點批評之用。此外還有一把戒尺，就是古名「夏楚」者，倘然有頑劣不率教的學生，那是要打手心的（從前有些鄉村學堂，還有要打屁股的）。學生們則散坐在周圍，有的是方桌，有的是半方桌，一張方桌可坐三入，半方桌則坐一人，較爲舒適。椅子是方型，或長方型，如果先生家裏，沒有這許多椅子，可能教學生們自已帶椅子來上學。

這一回，姚先生招收學生（名曰：「設帳授徒」，俗語說來，就是開了一爿子曰店），可是學生倒來了不少，連我在內，共有十二三人，也算桃李盈門了。但是程度不齊，最大的一位是十八歲（黃榮巖君，這位同學，他在五十歲時，我還見到他，是一位老畫師）年紀小的僅七八歲，過於小的開蒙學生，姚先生聲明不收，像我們八九歲至十二三歲，却是最多。

姚先生是一位名諸生（即是進過學的高材生），他的筆下很好，爲人極勤懇而開通，好像去年也舘在人家，今年才同來開門授徒，當時貼了紅紙條在大門外，上寫「內設經書學塾」，這便是開學店的招牌了，於是附近人家都來從學。不過姚先生也要選擇一番，有些太下流的孩子們，他也不收。爲了他的學生整齊起見，也要問問那些學生的家庭關係，一個學塾裏有了壞學生，便足以驅逐好學生。

我在姚先生學塾裏讀書，似乎比關在自已家裏延師教讀時候，要開屁的多了。雖然從最後一進的屋子裏，走到大廳上，未出大門一步。一則，我年紀漸大，知識也漸開；二則，有了十一二位同學，知道了小孩子許多不知道的事；三則，姚先生每晚有講書一課（在將近晚間放學時）。那是對大學生們所設的，我們小學生聽了，也有一些一知半解哩。

我最懼怕先生不在塾中，這十一二位同學鬧起來，眞有天翻地覆之勢。但我也喜歡先生不在塾中，往往有新奇的事出現。有一天下午，先生出門去了，學生大起活動。那個大廳的庭院，倒也很寬濶的，只不過亂草叢生，蕪穢不治，蓬蒿生得過了膝蓋。有一個學生，在庭角小便，看見一條蛇，在草叢中，蜒蜿而行，便同同學驚呼起來。

一個大學生，便衝出庭院，說道：「打死它」，又有一個同學說道：「捉住它」。但大家說：「蛇是有毒的，不如打死它。」於是即有一人，拿了一根門閂來打它。他們記得一句成語：「打蛇打在七寸裏」，因此眞個用力在七寸裏亂打。蛇負了傷，還是拚命的逃，有一句俗語，叫做「蛇鑽的窟窿蛇知道」，這種舊房子，多的是牆頭縫，蛇便拚命的向牆頭縫鑽去。有一位同學呼道：「不好了！給它逃走了！」有一位同學奔上去，蛇的身子，一半鑽進牆頭縫，它的尾巴，還拖在外面。他便雙手把蛇尾拖住。但蛇尾很滑，他抓不住，便大呼：「幫幫忙」，於是另外一位學生，也來幫着他，就是所謂「倒拔蛇」者，把那條蛇，拉出牆頭縫裏來了。

那位年長的學生，可稱是捉蛇能手，他倒提了蛇尾，只管把它向下抖，蛇也無力掙扎了。又是一頓門閂，蛇也已經半死了，打死了這條蛇，怎麼辦呢？一個學生出主意，說是：「把它丟在河裏。」（桃花塢是沿河的，但沿河多造了房子）年長的學生，提了蛇尾，將要擰出門口，可是門口開了一家裁縫店，他們的開店娘娘不答應，不許擡了死蛇，在他們的店堂裏經過。她說：「打死了蛇，它是要來討命的」，說了許多迷信的話。

這可怎麼辦呢？有人主張，不如把它火化了吧？大家也以為然。因此到鄰家，討了稻草茅柴，把它燒起來。不想驚動了住在隔壁松下清齋的大書家姚鳳生先生，他聽的外面一片喧鬧聲，又見庭中轟然的火光，問起什麼事？學生以實告，鳳生先生大罵，「你們這班頑徒！」及至和卿先生回來，他又喚他去訓斥一頓（和卿先生是他的姪子）。先生回到學塾裏，除了我們幾個小學生，對於此事無份外，打了一個「滿堂紅」。

這班同學中，除了一位黃藥巖兒，是一位畫家，又是一位醫家，前章曾述過。還有一位姓王的，已忘其名，本來是一個水木作頭的兒子，後來自己便做了大包作頭，並且在上海包造大洋房，很發了一點財，偶然在上海一次宴會上遇到，談起來，方才知是同學。他有兩只招風耳朵，當時我們叫它「大耳朵」，他是蘇州的香山鎮人（蘇州的水木工匠，都是香山人），直到我們敘舊時，他的香山口音，還不會改變過。

和卿先生的關門授徒，大概不過兩年多光景吧？他便出外作幕去了。原來他和吳清卿（名大澂）為至戚。吳放了湖南巡撫，便招了去，在撫院中，他當了「硃墨筆」（即代批公事，此職，惟督撫衙門始有之）。說起吳清卿，蘇州有兩個吳清卿，一為做湖南巡撫的，蘇人稱為貴的吳清卿；一個便是我的舅祖，我祖母的弟弟，號稱蘇州首富，蘇人稱為富的吳清卿。後來這兩個吳清卿的孫子，都成了畫家，一個吳湖帆，一個是吳子深。

和卿先生初名元豹，後因元豹兩字，音同元寶，改名為元揆，他是一位廩生，文學很優，字也寫得很好，為人忠厚誠篤，但他的同族中，說他是書獃子，呼他為「瓦老爺」（蘇州人嘲笑忠厚老實人，有此名稱），他自從作幕以後，便拋棄了教書的生涯，以保舉及捐資，得知縣職，到江西去候補，做過了幾任知縣。他的兒子號學洲，學洲的兒子名潛夔，筆名蘇鳳，是一位名記者，以親誼的關係，我比他長兩輩，所以蘇鳳呼我為公公。

我的近視眼

近視眼有遺傳性嗎？在我的直系上，是一個問題。說它有遺傳性嗎？我的父母，都不是近視眼，我的祖父、祖母，也不是近視眼，何以我是近視眼呢？說它是沒有遺傳性嗎？何以我的兒女中，很多近視眼呢？雖然他們深淺不一。而且我是近視眼，他們的母親也不是近視眼呀！

我在八九歲的時候，近視眼就顯露了，遠的東西看不出，近的東西，雖極纖細的也能明察秋毫。祖母那時便抱怨我開蒙的陳先生，她說：在我初學寫字的時候，每到下午四五點鐘放學時候，便寫字了（起初描紅，先生還把筆，後來寫書法，以薄紙印寫）。書房中牆高庭小，垂暮時光，光線不足，所以出了毛病。但其實不然，私塾中習字，都是在這個時候的。

那末說近視眼是先天關係，既不盡然，後天關係，那是有的。當我在八九歲的時候，文理已經略通，便喜歡看小說書，而這些小說書，又都是那種木刻小字的書，有的是那種模糊不清的麻沙版，看起來是很費目力的。我記得我的外祖家中，有一間屋子，他叫做東書房的，這裏有一口書櫥。有一天，我在這書櫥中，翻出幾本書來一看，全都是小說，有「封神榜」、「列國志」、「說唐」、「隋唐」、「岳傳」之類，發見了這個奇秘，大為喜悅，好似後來人家發見了敦煌石室一般。因此不到外祖家則已，去了，總是躲在東書房裏看書，而這個東書房甚為黑暗，夏天蚊虫成市，我總是不聲不响，在裏面看書，這定然與我的眼睛有關係。

談起看小說，我的正當看小說，還在九歲時候吧？家中有一部殘缺的「三國演義」，也是從一只舊書箱裏翻出來的，我見了如獲至寶。起初是偷偷摸摸的看，因為從前小孩子不許看小說的，除了看正史以外，不許看野史。後來被父親發見了，說是看「三國演義」無妨，非但不禁止我看，而且教我每天要圈點幾頁。（從前有許多書，都沒有圈點的，自己加以圈點，也分句讀；人名、地名，也在旁邊加上一豎，與現在新符號也差不多。）

不過看章回小說，看了前一回，便要知道後一回是怎麼樣？每天晚上圈幾頁，怎能過癮呢？於是仍舊想法子偷看了，最好的時間，是在大便時，大便已經完了，可以起來了，但是依舊坐在馬桶上（這個名稱，蘇人稱為「孵馬桶」），偷看「三國演義」。不久，被祖母知道了，大罵一頓，說道：「你在馬桶上看關聖帝君的事，真是罪過，將來要瞎了眼睛。」實在說：在馬桶上看書，總是光線不足，有損眼睛。不想後來成了習慣，在大便時，不論什麼書，終要取一本在手中閱看。

既而上海出了那種縮小的石印書，最是損人眼睛，而且那些出版商，還印出了許多「大題文府」、「小題文府」、「試帖詩集腋」等等書籍，那是搜集了前人所作的八股文、八韵詩，以供人抄襲獺祭之用，這是他們一種投機事業。印出來的字，小得比蠅頭蚊脚，還要纖細，有的必須用了顯微鏡，方可以看得出。這些書都是為了考試時，便於夾帶用的，所以銷塲奇好。

但是看這些小字書，很傷目力，當時一大半的近視眼，都是由此養成。尤巽甫姑丈，最痛恨這些石印的八股八韵書籍。

張謇日記鈔（六）

張謇遺著

七月

三日。得叔兄訊。（按：上有眉書云：「爲惲鄧及南昌×索灊楡志，爲朱紹霞索書屏。又按：一，二兩日及四，五兩日均無記事。」）

六日。得吳彥復訊。（有安溪選本明人制義月。）

十三日。得叔兄訊。

二十日。得山陽何俊卿中書其傑答訊。

二十一日。畏皇來訊。得叔兄訊，知往吳城查辦罷市之獄。

二十二日。東氏來行聘告期。

二十三日。得紹康河南訊。

二十五日。作濂亭師七十壽序。

二十八日。得欣甫訊。

二十九日。得叔兄權令貴溪電報，東甫遣人來告知之。

三十日。侍大人說作令之難。大人慨然命曰：「諸債粗了，汝兄弟可俱奉我於海濱，似此俯仰隨人，無謂也。」

八月

一日。與新甫同年訊。復東甫訊。與李太守、王步先、秦伯虞訊。

四日。得彂甫訊。海門廳劉丞，述溥閣學亟欲禮見之意，至於再四。

五日。得仁卿答訊，辭不去貴溪，幷得延卿訊。

六日。寫濂亭師壽文。

七日。得叔兄訊（二十二，二十六日早訊。天師符三十道。）（按：眉書云：夏布趙三疋，紅者三疋歸丁，餘家用。）

八日。書箴留飲。弔梅汀母喪。

九日。理裝。

十日。啓行，由金沙至西亭，宿宋氏。

十一日。同翔林，子衡之周莊，看所賣書畫。

十二日。紫師留吃飯，午後往城，住倉巷錢宅，烟丈所寓也。

十三日。理吳表弟考事。弔宋佩庭顧年伯母之喪，詣宋師母。（按：「顧年伯母之」五字右側有「褒英太夫人」注語。）

十四日。見溥玉岑閣學，有崇明書院及改完試牘二事相延之說。與穆如，芙雙，褒英，范丈定稟，請桐城奏付史館事。

十五日。之蘆涇港，附太古輪船，舟中遇吳彥復。

十六日。到江寧，寓太倉巷客棧。詣秦伯虞，王步先，方久徵。

十七日。早，伯虞來，知江寧稟尙未批發。詣沈幼彥，林次眉爲桐城。擬一詣王鼎丞定安，鼎丞以官冀寧道，被張南皮參劾者，其人操守殆不足信，然舊人凋零，此人尙解文字，姑以桐城事託之，達民望而已。

十八日。詣王鼎丞，速久徵遞稟。詣首府。

十九日。幼彥，鼎丞來談。步先蓋無日不來者。午後啓行，宿下關，半夜船來，附江永。

二十日。舟中遇梁節庵、鼎芬，傾談至久，窺其意量，漸臻平實矣。

二十一日。寅初之安慶，辰初入城，哭弔桐城師。

二十二日。詣方倫叔、蕭小虞。

二十三日。詣歸安。倫叔置酒。晤鄧繩侯、藝孫，完白先生孫也。

二十四日。小虞贈「歷陽典錄」，前託覓章實齋和州志，誤以此當之者，然於近來方志中亦校典雅。屬爲檢李學士摭龍宮注。近晚附太古船。

二十五日。辰刻抵九江，卽日買船，船名「鵶尾」，裁勝六十石。

二十六日。順風（初西北，繼東北）。抵吳城，行二百二十里，過鄱陽湖，一葉擻舞於長波巨浪中者時許。

二十七日。迂道由焦磯島泊白庵村，村皆涂姓，船戶亦涂姓也。

二十八日。泊瑞洪，自此河漸有灘。餘干道中柏樹極多。

二十九日。泊黃金浦。

三十日。泊橫潭。

中秋日附舟省兄於江西

去年重九日，霧曉出江壖。歷閏裁周歲；辭家又趁船。秋隨佳節換，月向旅人圓。未去悲離別，匡廬在眼前。（按：此詩寫於十五日記事眉頁上。）

瑞洪以東三十里犀牛灣，三十里木樨灣，三十里吳岡，十里灞口，十里龍津，十里大磯渡，二十里黃金埠，十里梅岡，二十里安仁縣，三十里石港，里鷹潭（貴溪地），四十里貴溪。（按：此段文字寫在二十八日記事眉頁上。又，「里鷹潭」字樣，「里」字之上空一字，蓋記時未知其若干里也。）

九月

一日。行至鷹潭，逆風上水，改從陸路，借巡檢司肩輿至城。經行之處，萬山叢沓，山人種松甚多。叔兄權住縣治東偏馬神祠。有「至貴溪喜晤叔兄詩」。

四日。寫家訊。

五日。與東甫訊。

八日。得東甫訊。

九日。偕沈再宜同年，楚竹湘同游北城登高。

十五日。叔兄詣白鷺岡驗案，晚歸護月，雨。

十六日。叔兄詣鵝公嶺勘爭水壩。

十七日。買松杉樟楓栗廿餘本。

十九日。瞿蓦馨（鼎翰）、邱葆山、沈再宜（兆禔，己卯）、吳羨門同置酒。

二十日。唐亮餘大令乃勤置酒。

二十一日。定附鹽船至玉山。

二十二日。會濂溪送元教碑二本。

二十三日。有「別叔兄歸里」詩。啓行，東北風甚大。泊何嶺坡，行三十里。

二十四日。泊弋陽。有「古樟」詩。行三十里。

二十五日。泊黃石港，行四十里。

二十六日。泊河口，有「水碓」二十韻。

二十七日。泊臨溪渡，經廣信。有「紀行」三首，有「上灘」二十二韻。

二十八日。抵玉山，有「玉山女」詩。宿生字鹽棧。晤孫善堂。「玉山西門灘尤險。」

二十九日。晨雨。過山經太平、草萍兩司，地爲江浙分界，地名中訪，山路極坦，三五里輒一村聚，修路之資，取於驟會，居民率儉樸，而人物清好。有「藕田」詩，宿大東門外汪履和行，其居停字彩衢（司帳吳，寫船楊），食宿皆不取資，而取利於船價。寫叔兄訊。

十月

一日。仍東北風。自九月中旬以來，無日不雨，即無日不東北風也。顧江山船，宿於船中。

二日。泊常山茜華蕩，行三十里。讀「易堂九子文鈔」。

三日。泊衢州府東里許，行五十里。寫陳舫仙廉訪、王可莊太守訊。

四日。經龍游，泊楊浦，行百二十里。是日晴，仍東北風。

五日。以船戶完鳌，早至蘭谿即止焉。買火腿、南棗、木器。晚大風雨。

六日。泊嚴州，上行七十里。

七日。泊桐廬縣，東行九十里，經七里瀧，嚴先生祠臨水右，有樓三間，後爲兩峯，東峯當祠上，有小亭，亭左有松一株，舟中望見之。

八日。子正開行，風暑小，至富陽八十里，已已初。晚泊泥橋對口。

九日。寅刻至江口六和塔。辰刻顧肩輿至下城萬安橋。輿夫皆紹興人，行走健駛。是日即附小輪于闆前，蓋搭客皆坐無錫船，而以小輪先之。戌刻開行。

十日。由嘉興，嘉善城至上海。亥正泊天妃宮馬頭。

十一日。上岸。寄陳廉訪、王可莊、梁節庵、叔兄訊（附西洋參、豆蔻一合）。買零物。

十二日。附鄱陽輪船。卯初開行。午刻至蘆涇港。隨顧車至小海，易車夫兩人趲行，別遣周亨、陳祥附闆快運行李，由海上歸家。

十三日。子初到家。

十六日。遣嫁叔兄女，祀告行醮女禮。

十九日。命從子承祖、亮祖、至二甲東氏，與畏皇訊。

二十日。與叔兄訊。

二十一日。作高潤田、濟林挽聯：「及門似汝良難，中道何堪師德死；天道如其可信，明年應卜小同生」。陳師德朱子門人也。

二十六日。得梁節庵訊。

二十七日。得叔兄十二訊。有云：貴谿人以官肯理事，故漕數比最長之年多徵六百石，差近額云。官其負民哉！

案弢老本集題為「六月一日，漱芳齋聽戲，」尙有一首云：「此曲能聞第幾回，分明天樂梵王台，昇平法曲乾隆日，婁縣尙書舊貴才。」第二首注云：「壬申大婚禮成，元和癸酉始來京。」實則指元和以寫東海，因漱芳齋，而惡水竹村耳。弢老一日與天津高步瀛談，高謂梅蘭芳，美國贈博士，徐菊人亦贈博士，於菊人品格有虧。弢老曰：「春蘭秋菊，皆一時之秀也。」（成禺再記）

趙竹老世丈曰：十年前，弢老來滬，予張家宴，詢及水竹村人。弢老以兩手撫其頰曰：「替他不怕醜，覥然請我吃酒聽戲，胆敢對皇上用照會，派黃開甲代表入宮賀年賀節。」（成禺補注）

陳散原曰：卅年看舉壽人屆，相公亦是三朝老，猶感纏頭解報恩，弢師指示予云。此散原七十，弢菴贈詩有「相看同是後彫身」之句。

遜伯注：陳寶琛，字敬嘉，號伯潛，又號弢菴，別署聽水老人，福建閩縣人。同治七年戊辰科進士，散館授編修，任江西學政。晚年任溥儀老師。冒廣生，字鶴亭，號疚齋，江蘇如皋冒襄後裔。生於廣東，故名廣生。前清舉人，農工商部郎中。入民國，歷任甌海關，鎭江關監督，旋任廣東長志館，南京國史館纂修，上海市文物保管委員會委員等。水竹村，是徐世昌所住村名。畫作詩書署，經常署欵水竹村人。菊人，徐世昌別字。趙竹老指趙鳳昌，字竹君，江蘇武進人。清末任湖廣總督張之洞文案，當時官場中人以「張之洞一品夫人」稱之。趙叔雍（尊嶽）是其兒子。陳散原，即陳三立，字伯嚴，江西陳寶箴之子，光緒進士，官吏部主事。與丁惠康（一說是陶葆廉），吳保初，譚嗣同，稱為四公子。光緒八年，陳寶琛典試江西，陳散原中鄉試舉人，寶琛是其座師。民國十九年，陳散原年八十（不是七十），陳寶琛贈詩：「平生相許後凋松，投老匡山第幾峯。見早至今思曲突，夢清特地省聞鐘。眞源忠孝吾猶歉，餘事詩文世所宗。五千年前彭蠡月，可能重照兩龍鍾？」原詩第一句原文「平生相許後凋松」，不是「相看同是後凋身」，因不合韻。寶琛贈散原詩時，散原住在廬山松門別業。民國二十三年，散原移居北平，有一天拜訪寶琛，劉文中所說「弢師指示予云」，諒是此次相見也。

洪憲紀事詩本事簿注

劉成禺遺著

三十六宮春雨中，品花二十四番風；帝城雲樹新恩澤，祕說仇家畫筆工。

中華民國，洪憲元年元旦，行宮內外朝賀禮，分封六宮，顧鼇等呈進「三十六宮春雨圖軸」，籤題「三十六宮都是春」。開卷王維詩：「雲裏帝城雙鳳闕，雨中春樹萬人家」一聯。云仇十洲名筆也。又「二十四番花信風圖」，何人呈進儲公克定，云亦十洲名畫：曰坐看松窻彈玉琴，曰皎如玉樹臨風前，曰芙蓉向臉兩邊開，曰水荇牽風翠帶長，曰幾人相憶在江樓，曰玉人何處教吹簫，曰沉香亭北倚闌干，曰英姿颯爽來酣戰，曰春風不度玉門關，曰回頭一笑百媚生，曰碧紗如烟隔窻語，曰綠楊宜作兩家春，曰溫泉水滑洗凝脂，曰何用別尋方外去，曰不容待得晚菘嘗，曰池荷雨後衣香起，曰一葉扁舟宿葦花，曰倒尊盡日忘歸去，曰笑倚東窻白玉牀，曰佳人拾翠春相問，曰漢口夕陽斜度鳥，曰夜深還過女牆來，曰且將團扇暫徘徊，曰到岸請君同首坐，共二十四冊，各題唐詩一句，當時傳鈔者如此。近見道光時訓導歙縣程奐輪雅扶刊印「春風二十四譜」一冊，與仇畫所題二十四詩句無異。其秘戲春圖，精刊寸方石章二十四方，以形容詩句之意義仇畫或屬贋品，抑印章摹倣仇畫。見聞所及，姑記闕疑。〔秋浦許世英同觀圖冊〕

遜伯注：「共二十四冊」應爲「共二十四頁」。顧鼇，字巨六，四川廣安人。留日習法政，歸國，任民政部郎中，憲政編查館提調。入民國，任法制局長，參加袁世凱帝制，大典籌備處委員，國民代表會議事務局長。晚年旅滬當律師，并買賣書畫骨董。許世英，字靜仁，安徽秋浦人。前清拔貢，官至山西提法使。入民國，歷任司法，內務，交通總長，福建巡按使。抗戰期間，任振務委員會委員。

腰扇騎驢態不凡，書空咄咄報虛函；侍郎一去離弦上，秋到崑山雨半帆。

唐先生紹儀曰：予光緒初葉，列天津李文忠幕下時，桂林于晦若式枚爲北洋大臣總文案，文忠遇以優禮。項城落魄來津，少年無行。文忠以故人保慶子，留居署內，差薪甚微，使師事晦若，日課漢文，教改章句。項城好邪辟，多醜行，晦若患之，然知其梟雄有爲，能成大事，遂舉其逐日行動隨筆詳錄曰：袁皇帝起居注」。每寫一條，手示項城。項在宴會廣塲中，必大呼「袁皇帝到了。」項城顯貴，屢索晦若日記不獲，陰嗾王存善子展設法邀晦若遊濟南青島入北京，謀收回日記也。〔蒲圻但燾親聞同記〕

胡先生漢民曰：浙人王子展，初以佐雜分發穗垣，得南關保甲委差，時陳蘭甫講學城南，于晦若、文芸閣、梁節菴、汪伯序兄弟，予伯兄衍鶚皆受業。子展夜班查街，必入陳宅請安，後列事所關，因告于王交情始末。〔成禺手記〕

世凱將稱帝，忽憶微時醜德，會在晦若手記起居注中，欲消滅之。知滬商會有力董事王子展與于最善，屬其謀得原稿。滬商會藉以奔走推戴，遂有會長周金箴滬海道尹之令。子展受袁命，說晦若遊青島濟南，諸遺老勞玉初等，文讌多日。再說其過北京出武漢順長江回滬。晦若亦動京津舊遊之念，抵北京，騎驢徒步，遍遊郊內外寺廟。世凱請宴甚恭。託人諷意居南海。世凱書至，晦若曰：「是欲章太炎我也！」假遊花之寺，遁往天津，買輪南返。其復世凱書函，面署「袁老四大人升啓」，函內無報書，只七字調一紙曰：「蹬足捶胸哭遜初，裝腔作勢罵施愚，可憐跑死阮忠樞。包攬殺入洪述祖，閉門立憲李家駒，而今總統是區區。」一說，「今年政事令老徐，明年皇帝是區區。」喬茂蘐聞晦若脫走，曰：樊樊山富有二萬五千詩，可謂在黃祖之腹中，于晦若相差一百八十度，不難離本初之弦上矣。蓋晦若見人必揖，先合兩掌，由頂至踵，成半月形。鄙人爲屬對云：「于晦若作揖一百八十度；連仲甫轉身三十六秒鐘。」茂蘐用此語嘲之。勞玉初聞之曰：「喬茂蘐口多獨到之言，不媿晦若知己。蓋晦若月旦相士，常曰：「喬茂蘐口多獨到之言，毛實君面有憂國之色，」故也。晦若安歸上海，起居注不可得。子展叉設法邀遊崑山，同年六月二十五夜，以霍亂卒崑山舟中，鄭蘇龕悼晦若詩，此案意在言表。〔錄後孫公園雜錄〕

附鄭孝胥題張力臣符山圖卷兼悼晦若

卷內有晦若侍郎題語，晦若以六月二十五日，卒於崑山舟中，耆舊凋零，言笑永絕，可勝愴然。旣錄朱詩，并綴二絕。

符山圖卷墨猶新，屬國騫期語已陳；今日披圖還攬涕，侍郎名節是完人。

古稱友人以義合，義絕深悲道已孤，掃地名流今日盡，莫將故舊喪吾徒。

竹垞雖有「豈絕李騫期」之語，然於「明詩綜」不錄黃太冲，義亦嚴矣。余爲此詩，或異侍郎和厚之意，頗不背竹垞屏黃之旨，且以俟來者論之。騫期卽李陵。

黃孝紓曰：予家青島，晦若來時，易實甫卽由北至，見其同行入京。〔成禺補注〕

附錄黃公渚青島流人篇三十氏之一

——于晦若

觥觥于侍郎，强託與衆異。哆口談裨瀛，語妙了賓戲。殫精班固書，莽傳付默記。（公會於潛樓背誦王莽傳）平生抱潔癖，獨居無姬侍。相從惟貍奴，端坐理貓事。剛腸世難容，小楷獨嫵媚。浩浩蕩天和，氣已四時備，峥嶸高丘哀，無女分憔悴。折堅摧桑經，謗之欲其至。篋中靑簡新，忽忽七年思。襞鞚玳瑁筵，夢影懸瘖寐。

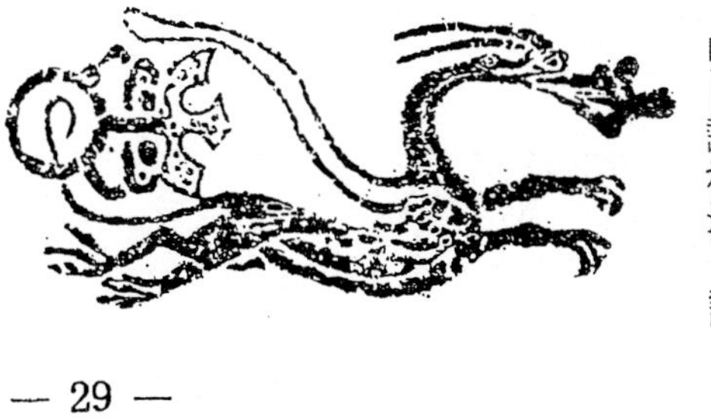

花隨人聖盦摭憶　補篇

黃秋岳遺著

初、高宗建圓明園於京師西北，園景宏麗，時海宇晏安，府庫充牣，高臺深池，極遊觀之樂，歲以首夏幸園，冬初還宮，歷仁宗宣宗以爲例。文宗時梨園尤盛，設昇平署以貯樂工，內務府掌之，設南府，命樂工教內監之秀穎者習歌舞。當夫棠梨春晚，梧桐秋末，萬幾之暇，輒召兩部奏新曲，檀青發喉，則天顏懌霽，賞賚過諸伶。文宗中葉，粵匪踞金陵，捻匪擾皖豫，英法齟齬，與戰不利，東南多事，海內騷然，上抑鬱不樂，稍近聲色，總管圓明園事務大臣文豐，方寵盛，承旨遣人采江浙美女以進，更廣治臺沼以居之，諸姬皆漢人，殊色善歌舞。咸豐十年七月，英法聯軍犯天津，勝保與戰敗績，敵長驅入北京，時秋暑尤盛，上方與諸美人避暑福海，蕩木蘭之舟，歌涼風之曲，聞變於八月八日，倉猝率后妃皇長子，巡幸木蘭，詔恭親王留守京師。奸民李某，導聯軍刼圓明園，珠玉珍寶盡出，三朝御府希世之物，不知紀極，掠殆盡，擇其尤者，以奉英法軍，縱火焚宮殿，火三日不熄，諸美人不知所終，文豐北向再拜，投福海，死之，從者，郎員數人。恭親王既議和於禮部，事定，檀青乃赴行在，明年七月，文宗皇帝崩於避暑山莊行殿，梓宮奉安返京師。嘗於暮春入園，帝所居山高水長，朗吟閣，環碧亭，無邊風月閣，聽鶯館，無盡意軒，麗矚軒，影湖樓，及諸美人院，赭壁參差，不可指辨，惟福海潺潺，鳥啼花落而已，慟哭出，不忍再往，從人遊江南江淮之間，亂無所業，檀青抱箏沿門賣曲爲活。迄穆宗中葉，湘淮軍克金陵，平捻匪，東南定，再見中興，而檀青貧，終不得返京師，京師方重靡靡之音，無工崑曲者，於是諸伶中亦無有知檀青姓氏者矣。朝廷稍稍聞圓明園之燬，禍由李某，下獄窮治，誅之，籍其產，以賜文豐家屬焉。後三十餘年，而東吳楊雲史年二十一，游廣陵，宴客平山堂，江山春暮，花絮際天，乃命絲竹，以佐詩酒，坐上遇檀青，知余之自京師來也，淸歌一聲，彈箏一曲，白髮哀吭，淚隨聲下，問所哀，爲余述宮中事甚悉，言：咸豐九年三月某夕，牡丹堂牡丹盛開，月出，上勅諸美人侍夜宴，置酒賞花於鏤月開雲之臺，春寒未解，以紫貂薦地，寶炬千百，珠翠瑟瑟，靚妝如雲，召演明皇沉香亭數折，花月之下，春光如醉，歌聲遏雲，不能自已，上顧諸美人，嗟賞，賜伽南牟尼、碧玉帶鈎各一事，西洋文錦兩襲，內官引余跪花陰謝恩，春露滴雲鬟，舞衣猶未脫也。由今思之，四十餘年矣，每念先皇恩，如隔世事。因嘆曰：從此以往，無復此樂矣。言已欷歔。余亦愀然，時光緒乙未四月也。今歲秋，復見之靑溪花舫，哀音愴愴，益老矣，嘗讀少陵逢李龜年詩，於流離之況，寄家國之感，余悲檀青之與龜年同一流落也，乃爲傳而長歌之，丁酉冬十月識於京師。」案雲史此序中微誤者，謂聯軍入北京，文宗聞變始行，實則文宗走熱河之計早決，蒓客日記中，七月二十五日，已備言之，八月初八日，文宗行，聯軍入城則在八月二十九日也，檀青是崑曲旦角，初無殊名，殆天所畀雲史爲詩料者歟？

與圓明園同時被燬者，尚有綺春園，吳絅齋淸宮詞云：定昆池沼舊山莊，複道逶迤繚粉牆，尊養兩朝崇聖孝，含暉西爽並滄桑。原註云：「含暉園在圓明園之東，有複道相屬，仁宗三女莊敬公主釐降時，賜居於此，公主薨逝，額駙索那木多爾濟，照例繳進。又以成哲親王寓園西爽村，均併入綺春園中，道光時宣宗尊養孝和皇后於綺春園中，文宗初元亦奉孝靜皇后居此，問安視膳，一如道光間禮，蓋文宗幼時失母，爲孝靜所撫育，故即位後，孝靜由康慈皇太妃尊爲太后也。咸豐庚申之災，綺春亦同歸煨燼矣。」案此似在蒓客所記第二次縱火之內，園址，予未嘗考證。

清宮詞又有一首云：寂寞山高與水長，銀花火樹不成行，迎春別啓新堂宇，燕九年年樂未央。原注：「乾隆以後，每歲燕九日，於圓明園山高水長殿內（扁額即以此名），看燄火，庚申園燬，至光緒中葉，興修三海，築迎春堂，始循舊例，於堂外放燄火焉。」案圓明園燄火，及彩燈，爲一代珍聞，清代筆記，誌此最多，野史所甄錄者三四節，畧同，今舉其一云：「上元夕，西廠舞燈，放煙火最盛，淸晨，先於圓明園宮門，列煙火數十架，藥線徐引，燃成界畫欄杆五色，每架將完，中復燒出寶塔樓閣之類，並有籠鴿，及喜鵲數十，在盒中乘火飛出者。未申之交，駕至西廠，先有八旗馳馬諸戲，或一足立鞍鐙而馳者，或兩足立馬背而馳者，或扳馬鞍步而並馬馳者，或兩人對面馳來，各在馬上騰身互換者，或甲騰出，乙在馬上戴甲於其首而馳者，曲盡馬上之奇。日既夕，則樓前舞燈者，三千人列隊焉，口唱太平歌，各執綵燈，循環進止，各依其綴兆，一轉旋，則三千人排成一太字，再轉成平字，以次作萬歲字，又以次合成太平萬歲字，所謂太平萬歲字當中也。舞罷，則煙火大發，其聲如雷霆，火光燭半空，但見千萬紅魚，奮迅跳躍於雲海內，極天下之奇觀也。」又一節云：「圓明園宮門內，正月十五放和盒，例也。即煙火盒子，大架高懸，一盒三層，第一層天下太平四大字，二層鴿雀無數羣飛，取放生之意。三層小兒四人，擊秧歌鼓。唱秧歌，唱『太平天子朝元日，五色雲車駕六龍』一首，惟其時觀之，朝陽滿地，不見燈光矣。後停止。」又圓明園所陳珍物一節，今亦附錄之：「西直門外，暢春園稍北，爲圓明園，其間水木清華，魚鳥翔泳，景至幽適。道咸之時，上常駐蹕園中，表以虛堂累榭，飾以怪石奇花，古今稀世之珍，充牣其中，莫可指數。有曾入是園者，歸言彼經過僅全園三分之一，而所見珍物，已幾于目炫神迷，舌撟不能下矣。據所見僅玉器一類，有四方玉花瓶一，高十四五寸，色白逾乳，雕刻人物，極精細，疑非人工所爲。有玉盤一，徑二尺許，上連冬松一本，葉綠根白，大與眞者無異。有珊瑚樹數柯，高等身，粗如兒臂，紅潤照人眼，光灼灼不可逼視。有碧玉甜瓜一，蒂葉皆具，瓜上有一蚱蜢，蒼頭碧翅，作搖搖欲躍勢，色澤皆天然。外此若瑪瑙之碗，水晶之壺，琥珀之杯，質美而鏤工，多人間罕見物云」。案太平萬歲字當中，本唐王建宮詞，可知此制甚舊。馳馬之戲，與今日歐西馬戲同，煙火之技巧，玉器之雕琢，在今日殆悉可作藝術觀，惜乎，此種藝術，必不能再昌矣。

人生宇宙間，眞同駒之過隙，彭殤一例，夫何俟言。凡人又莫不生老病死，其速若矢，而在此一瞬內，又輒有少年老年之界限意見，眞擾擾若蚊蚋，可哀也。然「陛下好少，而臣已老」，古人已慨乎言之，以言乎今，則思想之遷庭，訓育之巧拙，體質之同異，又益以在上者之好惡，老與少間，儼若有鴻溝焉。實則每人之德業才智，當視其經驗與體力，能否久揩不鈍，未可以年齡爲進退之準也。梨州之弟晦木，學者所稱鷓鴣先生，有小友詩，並序，于少年心術，致疑太過，予頗病其隘。然少年德養未到者，手亦倍辣，晦木所歎，非無此等人也。其詩，則怨悱而忠厚矣。黃詩及序，今併錄之，以告駒隙中之作老少短長論者，序云：今之求友者，不能得耄耋之人而事之，亦必尋斑白者而定交，或十百千萬中有一二可信者。若夫少壯之人，與弱冠童子之屬，其餔肝吮血，不持寸鐵而得當，上觀下獲，無非陷人殺人之機穽，吾故曰，老而不仁者，多矣，未有少而仁者也。然而爲日已久，其可從游者，始而閭閈相望，繼也晨星落落，今則絕無而僅有矣。如綿延數載，童子皆少壯，少壯盡斑白矣，寧復有十百千萬之一二耶？吾能求之孩提之間，以爲肺腑心呂乎？予曰，『後生可畏』，先虛心小友之席以待之，預贈以詩」。詩曰：「貧賤荒蕪子若孫，傳經傳道與誰論。一番乖沴推移過，三代人民醞釀存。種在田疇仍不匱，學成人我本同根。伏生何必憂遲暮，老發書倉授及門。」案晦木此題共十二首，以杖爲執友，族弟道傳爲老友，寬甸石印爲信友，夏天錫琬琰二硯爲石友，陸文虎萬履安爲死友，持以易粟之紅雲端硯宜銅乳鑪爲亡友，忠端公所遺銅鑛爲同心友，酒爲畏友，茶爲損友，冶鳥木客爲益友，所作憂患學易六書會通爲端友，並上述小友，爲十二首七言律，各系以序，唯小友虛無其人。小友序中，言餔肝吮血陷人殺人云云，疑晦木心目中有所指，其言「老而不仁者多矣，未有少而仁者也」兩語，則世路久經深察情僞之言。

偶覽沈南雅「便佳簃雜鈔」，見其中甄錄陳劍潭異伶傳、彭嫣傳，夏蔚如廠甸雜詩，林白水名硯記，皆朋輩文字，其中有火珠考一文，則予舊應白水之屬所爲者，摘拾璣錦，具見檢翻書報之勤，而多不著作者姓名，歲久恐有貽誤，南雅已歿，惜無人悉標舉之。南雅亦自撰「琉璃廠竹枝詞」，與蔚如所咏，皆宣統末至民國六七年間新春廠甸之盛，臘後舊都書來，海王村間，喧闐如昔，追撫前塵，龍鸞並逝，可勝歎憶。又從來談廠甸故事，皆言書畫、珍玩、方物充牣之美，至多記名優、游女、俠少、貴游之一二軼事而已，清末有在琉璃廠毆官而興大獄者，此亦廠甸之枝聞，舊京之小掌故也。李蒓客越縵日記：「同治元年壬戌，正月十三日，丙申，是日聞張西園死于刑部獄。張西園者，名其翰，山西人，家富于貲，少無賴，善鬥，入貲爲坊官，日以樗博狎游爲事，出則多從諸不逞少年，人少迕之，輒奮毆，卽士夫亦不免。旋以宿妓拒捕，革職論戍，遇赦釋回，益橫行無顧忌，都市中無敢眄視者。

第九期要目預告（七月十五日出版）

- 英使謁見乾隆記實　英國特使馬戛爾尼著　秦仲龢譯寫
- **跛脚主席張靜江**　虛齋
- 前塵夢影錄　陳彬龢
- **中南銀行的故事**　醇廬
- 魯迅與狂飆社三子　辛楓
- **肇慶憶往**　蟄庵
- 南北兩張園　羅萬
- **談海上三老**　勻廬
- 李伯元逝世時的輓聯　紫文
- **閒話巧對**　荷齋
- 章太炎罵吉林督軍　洛生
- **張之洞上當**　洛生

本刊第五期的徵聯，自登出後，承讀者不棄，紛紛投以佳作，最先寄到的還是一位遠在菲律賓的讀者，接着本港和馬來西亞、新加坡、美國的讀者也寄來了。雖然說是五月三十一日截止，但到六月三日，香港還有兩位讀者寄下大作，不肯「執輸」，可見讀者愛護本刊的熱忱。現在已將各聯送請陳荊鴻先生選定，鰲頭獨占，此中大有人在，可豫卜也。

稿約

本刊的宗旨，是向讀者提供高尚有趣味的益智文章，並希望貢獻一些翔實可靠的資料，給研究歷史、文藝的人作參考。我們歡迎下列文章：

（一）人物介紹

注重古今中外人物的描寫及其傳記。

（二）近代史乘

注重近百年中國及國際政壇上重要事件的發生經過及其內幕。

（三）史料

名人的日記、筆記、自傳、傳記、年譜、回憶錄，函牘等。

（四）趣味性的掌故

以上所列，只不過約畧舉出一個範圍，其實文史掌故的範圍很廣，不能一一開列，希望讀者認定文史兩字寫文章便好。稿件內容不要評論現實政治的得失，要注重輕鬆趣味，使讀者一卷在手，覺得開卷有益，不枉花了寶貴的時間。

惠稿文言語體不拘，但最好還是用語體，如果不擅用則以淺顯易懂的文言寫也一樣歡迎。字數以五千字內最適合，也易於刊出；超過一萬字以上的，請來信商洽。譯稿請附原文。

不合用的稿，不管附有郵票與否，在收到後十日內寄還作者；如不寄還，就是要採用，但何時刊登，未能立即告知，請來信詢問。刊登的稿，在出版前二日即將稿費寄上。

•定價每冊港幣八毫•

原書原樣

[illegible]

一九三五年 [illegible] 八一三全面抗戰開始後 [illegible] 印行。

白報紙平裝	[illegible]	[illegible]	[illegible]
		[illegible]	[illegible]
港 [illegible]	港 [illegible]	[illegible]	[illegible]
港 [illegible]	港 [illegible]	[illegible]	[illegible]
港 [illegible]	港 [illegible]	[illegible]	[illegible]
港 [illegible]	港 [illegible]	[illegible]	[illegible]

大華

九期

一九六六年七月十五日出

大華　第七、八期

大華　第九期

封面插圖：八大山人作「古木雙禽」

大華　半月刊　第九期
一九六六年七月十五日出版
（每月十五、三十日出版）
出版者：大華出版社
地址：香港銅鑼灣希雲街6號6樓
Ta Wah Press, 36, Haven St., 5th fl. HONG KONG.
電話：七六三七八六轉
督印人：林翠寒
主編：林熙
印刷者：永聯印務公司
地址：香港北角渣華街一一〇號
電話：七〇七九二八
總代理：胡敏生記
地址：香港灣仔洋船街三十二號
電話：七二三四三七

英使謁見乾隆記實

馬戛爾尼•原著
秦仲龢•譯寫

譯者前言

英國第一次派遣使臣訪問中國，還是乾隆五十八年（公元一七九三年）的事，這位特使名叫喬治•馬戛爾尼（George Lord of Macartney 1737—1806）。他於乾隆五十七年航海東來，五十八年到達廣東，轉往北京。在他未到達之前，已經正式通知中國，英吉利派遣這位親善特使來訪問，目的是送給乾隆皇帝八十壽辰的賀禮，順便討論以後兩國商務的利益。這時候，乾隆皇帝不在北京，他老人家每年必到熱河山莊的行宮避暑，所以馬特使一行也就被護送到熱河行宮覲見了。

一七九三年九月十四日，馬戛爾尼特使在熱河正式覲見，九月底回到北京，十月初離京從內河南下，十二月抵達廣東，一七九四年一月離開廣州，經澳門回國，是年九月抵達倫敦。來回一共花了三年時間。他寫有詳細的日記，記述他東來之日至澳門歸國時止（我所見者止此），其中記旅行中國時所見的種種事物，圓明園及避暑山莊的風景，覲見前關於三跪九磕首的爭執，參加行宮萬樹園皇帝生日的盛會，這些記載都是很有趣味的。

馬特使此行的目的本是談兩國間的商務問題，但失敗了，乾隆皇帝對國際貿易不感興趣，收過「貢禮」，讓他們瞻仰中國皇帝生日的排場之後，就不許他們久事逗留，下逐客之令，請他們早日歸國。

在表面上看來，馬戛爾尼雖然是失敗了，但他留下了這部日記，記述十八世紀時中國的一般情形，他把沿途觀察及接觸的人物所得材料，盡量寫入日記中，關於中國的人口、土地、武器、財政、物產（尤其是礦產）等等皆有記述，所說的雖未必十分準確，但對英國來說，算是第一手資料了。（英國以前所得的，無非是根據傳教士或商人的一鱗半爪的報告，是片斷的，馬戛爾尼的則爲整個的，而且觀察較深入，分晰也較爲詳細，使英國朝野對中國較有了解。）

事實上，馬戛爾尼出使中國還有一個更重大的任務，以往的研究近代歷史的人似乎不大注意到，那就是他要向中國作一個全面的調查，以便作爲將來應付中國問題的根據，所謂「知彼」也。所以他的使節團中的隨員多至近百人，從軍事人員以至科技和園藝專家都有，他們都有指定的任務。

馬戛爾尼在中國觀察所得後，他在日記中說過一些對這個東方老大帝國「不敬」的話，尤其是在軍事方面，他說，如果中國阻撓英國的貿易活動，英國只要派出幾艘兵船，中國或即崩潰，俄羅斯或即乘虛而入。

馬戛爾尼這樣估低中國，也許估計得不錯，在他死後的第三十四個年頭（即道光二十年，公元一八四〇年），在鴉片戰役中，滿清的古老戰艦和戰術都敵不過新興的大英帝國，結果中國緊閉了的大門，爲英國的大炮轟開，割香港，開商埠，闢租界，跟着別的國家也闖入中國分一杯羹，在此種種枷鎖下，中國展轉呻吟者一百餘年。馬特使此行所得的材料，對他的祖國來說是貢獻極大的！

馬戛爾尼的日記，一向未有完整的、滿意的單行本出版，以前雖然也有人寫過他的傳記，會部分的引述他的日記，世人未窺全豹，實在是一件憾事。馬特使的日記三卷，於一八五四年爲其後人賣給英國一個藏書家，一直未出國門，到一九一三年，轉賣給一個北京的收藏家，這個收藏家名摩理遜（G. E. Morrison 1862—1920），是倫敦時報的駐北京訪員。摩理遜藏書在遠東是著名的，他收藏有關遠東的珍貴書籍，原稿本或手抄秘本很多，一九一七年，摩理遜藏書拍賣，由日本一個工業家以三萬五千英鎊全部購下，以此爲「東洋文庫」的基礎。這部日記也在其中。（一九一六年，劉半儂曾譯過馬戛爾尼的日記，名叫「乾隆英使覲見記」，由上海中華書局於是年五月出版，到今恰是五十年了。劉半儂的序文有云：「吾尤愛乾隆英使覲見記一書，書凡三卷，英使馬戛爾尼自述，凡純皇（按：「純皇」即乾隆帝——引注）政見起居，內庭服御之侈靡，朝臣之庸瞶，有司百僚之趨蹌奔走，酬應供張之繁縟，編戶齊民之活計疾苦，罔不按其目擊耳聞所及，一一記之，而於叩首禮之爭執，諸家筆記之未備者，陳述尤詳。」……到底劉氏根據那一種版本，未見他說明，按之當時情形，馬戛爾尼的原稿，仍藏在北京摩理遜的圖書室中，向未出版，劉氏當然不是根據這個版本，而是根據不完全的傳鈔本的了。）

關於馬戛爾尼的歷史，也得簡單地說幾句。他是北愛爾蘭人，在都柏林大學的三一書院畢業，一七五九年得碩士學位。他本來有個機會入國會做事的，但忽然另有一個更好的機會，使他踏進外交界，英國要和俄羅斯修好，派他做出使俄國特使，行前被英王封爲爵士。他在俄國一個長時間，在商業條約方面他成功了，但兩國聯盟的企圖却失敗。後來他會在印度服務，又爲東印度公司當局所契重，所以有出使中國一事。他從中國回到倫敦後，於一七九六年出任好望角殖民地總督，到一七九八年因爲健康關係，不得不辭職。他回到英國住下來，閉門靜養，到一八〇六年三月三十一日逝世，享年六十九歲。

馬戛爾尼的使節團中，有一個副使喬治・斯當東（Sir George Leonard Staunton）。他的銜頭是從男爵，牛津大學名譽法學博士、倫敦皇家學會會員，使節團秘書兼代理缺席時的全權特使。斯當東也著有一部書，英文名是（An Authentic Account of an Embassy From the King of Great Britain to the Emperor of China），這部書的主要取材於馬戛爾尼及使節團中其他人員的個人文件寫成的，一七九七年由倫敦的 G. Nicol 出版。（一七九七年有刪節的簡本，由 John Stockdale出版。）

斯當東這部著作雖然說是使節團中可靠的翔實文件，事實上所記的有關使節團和中國來往的事似乎不太多，而詳於記述使節團在途中的事情。他所記的事情，也沒有馬特使所記的那麼有風趣。但也具有參考價值。斯當東編寫這部書的目的，作者說是向英國人民滙報訪問中國的情況，實際上也和馬特使的日記一樣，是爲了向英國人提供他們所需要的情報。就書中叙述的內容看來，本書可以說是十八世紀末外國人反映中國情況比較全面的一部書。譯者繙譯馬戛爾尼的日記時，遇到可以幫助了解和作參考之處，也摘譯斯當東這部書。因此我把此書譯名爲「出使中國記」。

關於斯當東，我也得簡畧地爲他的歷史說一下。他在一七三七年生於愛爾蘭的Galway，一七五八年得醫學碩士學位後，下一年即卜居倫敦，寫了很多有關醫藥的文字在刊物發表。他賺了一點錢後，到西印度發展，在格連那達購置產業，成爲有產之人。一七七六年，馬戛爾尼做格連那達總督，斯當東已是當地的名流了。從此他們就成爲好朋友。過了幾年，馬氏改任馬特拉士總督，他就做起馬的副官。後來他回到倫敦，東印度公司給他一份五百鎊的終身年俸，一七九〇年，牛津大學贈予法學博士學位。一七九二年，被任命爲出使中國使節團的副團使。此舉意在如果中國肯互派使節，則留斯當東在北京做駐華公使，馬氏乘原船回國。但此事竟不能如願。他們回國後，馬氏指定他整理編輯使節團的文件，一八〇一年逝世，葬於西寺大教堂。

英國這兩位特使的著作，有助於我們從側面了解清朝實行閉關鎖門政策的狀况，了解當時英國工業資產階級對外擴張市場的野心，對讀者研究中國近代史和近代國際關係史有一定的參考價值。至於兩書所寫乾隆皇帝的生活，滿廷公卿的瑣事等等，亦富有掌故趣味。

馬、斯兩特使書中那些中國人的名字，往往前後音譯不一致。而且他們從繙譯員口中問淸楚一個中國官員的姓名後，譯爲英文，如果那個中國官員是湖北人，那個繙譯員是北京人，彼此的讀音頗有差別，因此，王姓會被譯成樊姓，喬姓也會譯作周姓了。遇到這種情形，譯者是會感到極大麻煩的，如果把一個中國重要的朝廷大員的姓名譯錯了，以中國人譯中國事，豈非天大笑話（例如：把大學士軍機大臣和珅，從英文譯過來誤作何新，或從兩廣總督長麟從英文譯過來誤作張倫。）因此譯者在這方面要下些功夫，詳加考證，但個人的參考書有限，又限於所知，遇到那些不是大名鼎鼎的人物，而又無從查考時，也不得不從音譯了。這一點要請讀者原諒。

一九六六年五月三十日記於香港

從英倫到交趾支那

一七九二年九月二十一日，星期五，我在斯配赫特（按：這是英國一個港口）上了那艘擁有六十四門砲軍艦「獅子」號，到九月廿六日才啓椗。這艘軍艦的艦長是高華爵士（Sir Erasmus Gower）。此外，又有一艘兩桅帆船「印度斯坦」號，則裝運我的一部分隨員，衛士和大部分禮物。另有一艘兩桅帆船「積克柯爾」號也在同時隨後而行，但因爲颱風將至，不得不停航，從此我們就沒有看見她，直到下一年三月，她才開抵巽他海峽（在爪哇與蘇門塔臘之間），和我們會合。「印度斯坦」則和我們航行全程，從英法海峽一直到中國直隸省的北河。

我們在馬得拉（摩洛奇地方）停留數日，然後繼續航行，到達田拿里夫，逗留一個星期，因爲我們要在這裏貯足大量美酒，以備全體人員在途中應用。從這裏，我們到了威德角羣島的首府聖雅哥，我們備辦食物和食水，但很可惜的是，這個地方已經三年沒下雨了。

離開聖雅哥，我們到達里奧熱內盧，我們停留約兩星期，於是開向巽他羣島。從巽他羣島加緊航程往巴達維亞，當地的荷蘭政府竭力招待，設豐盛的筵席和開盛大的舞會以娛嘉賓。從巴達維亞啓行，經過了馬來羣島若干地方，我們都分別拋錨，停留了一個短期間。我們下一個航程目標是交趾支那的土倫灣。到達之後，發覺它果然是一個美麗的港口，有清甜的食水，豐富的糧食滿足我們的欲望。這兒的人民對我們都有好感，即國王也是如此。國王所住的地方，離我們下椗之處有兩日的路程，他送我們白米、蔬菜、牲口，爲數極多，無論如何我們是消費不了的，到了中國之後，我只好將這些食物轉送給英國人的商店。

禮尙往來，我贈送國王一柄我自用的精鋼寶劍，一個伊里柯特金掛表（伊里柯特是英國著名的製表工匠，已著名百餘年，也是皇家學會會員，他一家人所製的表爲世人所重——譯注），一對配有剌刀的手鎗，羽紗以及其他物品，手鎗和羽紗是我臨時向「印度斯坦」一些船員轉讓的，因爲我帶的禮物全部放在船艙，開箱拿出來很是麻煩。

到達澳門

一七九三年六月十五日，星期六。今天我們從交趾支那的土倫灣啓椗，「印度斯坦」和兩艘較小的淺桅帆船「積克柯爾」和「克拉倫士」伴行。

十九日星期三，下午二時，我們已隱隱看見中國大陸，其方向則在羅盤中的東北偏北。

六月二十日，星期四，晨六時，我們抵達馬利安納羣島外停泊，可以望見一些小島。此處離澳門還有七里。我派斯當東爵士，馬克斯威先生和馬金托什船長上岸一探消息。所有貿易船還未到來，而歐洲商人仍在澳門。

六月廿二日，星期六。今日下午，斯當東爵士囘到艦上，據他在澳門所獲的消息，中國朝廷已接到關於英國派遣使節來訪的報告，乾隆皇帝很是高興，認爲此舉對於他行將禪位之前增加他的個人的光榮不少，因此諭令全國各海港地方當局，以最隆重的禮節招待英國使節團。（譯者按：東華錄：「乾隆五十七年冬十月，乙酉，上諭軍機大臣等，郭世勳（按：郭世勳當時是廣東巡撫署理兩廣總督，自乾隆五十四年六月至五十九年五月在職——譯注。）等奏；據洋商蔡世文等禀，有英吉利國夷人波郎亞兎質臣等來廣禀稱：該國王因前年大皇帝八旬萬壽，未即叩祝，今遣使臣馬戛爾尼進貢，由海道至天津赴京等語，並譯出原禀進呈。閱其情詞，極爲恭順懇摯，自應准其所請，以遂其航海向化之忱，即在天津進口赴京。但海洋風帆無定，或於閩浙江蘇山東等處，近海口岸收泊，亦未可知。該督撫等，如遇該國貢船到口，即收該貢使及貢物等項，派委妥員，迅速護送進京，毋以稍有遲誤。至該國貢船，雖據夷人禀稱，約於明年二三月可到天津，但洋船行走，風信靡常，或遲到數日，或早到數日，難以預定，該督撫等，應飭屬隨時禀報，遵照妥辦。再該貢船到天津時，若大船難以進口，著穆騰額豫備小船，即將貢物撥運起岸，并派員同貢使先行進京，不可因大船難以進口，守候需時，致有躭延也。將此傳諭各督撫，并諭郭世勳、盛住知之」按：此諭亦見「掌故叢編」。譯注）。同時，英國使節將受到特殊待遇，使到在澳門的一部分歐洲人，尤其是荷蘭人與葡萄牙人大爲嫉妒，這一層是很容易看得到的。澳門的歐洲人對我們最好感的，無如西班牙的兩位先生了，一個名叫阿高帝，一名傅安特，他們不僅表示好意，替我們做了一些事情，還送給我們一張澳門地圖，和一張他多年考察繪成的珠江河道地圖。

七月三日，星期三。我們的船隻到達通往舟山的一個地方下椗，其地在農夫島與牯牛鼻之間，爲一避風勝地。舟山距此約五十里。斯當東乘「克拉倫士」先往舟山聯絡，請當地官員爲覓引水人，領導我們到天津。

七月七日，星期日。斯當東帶了兩個引水人囘來，他好不容易才找到兩個。初時，舟山的地方官員不肯合作，他說，他所供應的引水人只引導一段路程，到了下一站，另歸別一個官員管轄，就要由他供應。這一來可麻煩了，對我們當然極不方便。他說，你們不如到寧波見我的上司吧，也許他有辦法。斯當東到寧波後，那個知府頗解事，替他找到兩個引水，他們以前走幾艘商船的主人，常航行天津，熟於水道。他們奉命來服務，似乎很不高興。但後來我們發覺他們的本領有限，很難期待他們有什麼大幫忙，還是靠我們自己罷。

七月二十日，星期六。到達登州府（按：在山東省瀕海之地——譯注）。我們停泊後約三小時，黃昏時分，登州知府到船上來拜會。他對我們說，早已接到上司轉來朝廷的訓示，教他接待我們，如果我們打算從陸路前往北京，他可以替我們安排旅行的工具。他坐談約達兩小時，爲人豪爽，健談，不拘形跡，和我們雖初次見面，但談話的態度一如多年老友。他的年齡約三十五歲，文質彬彬，每事必問，是個很聰明的人。

七月廿一日，星期日。派甘比爾中尉帶領「積克柯爾」號先航直隸灣，以便探測航路直往天津。午間，登州知府送來禮物極多，計：牡牛四頭，綿羊、山羊各八隻，五升白米，五升紅米，二百磅麵粉，蔬菜、水果各數簍。我們收下之後，予以適當的囘禮。

我們找到了一位七十歲老經驗的引水人，他說，在七八九這三個月，直隸灣風平浪靜，氣候極好，不必爲航行憂慮。大沽口上已準備好了大批船隻，以便裝運我們的行李和禮物運往天津。這些船都很大，也很堅固，絕不會有意外損害所運的物品。

七月廿二日，星期一。從登州府啓行，航行甚穩。

七月廿四日，星期三。天剛亮，就看見離船約十二里之處的陸地了。我們猜測，這兒距大沽口東南約十華里罷。

七月廿五日，星期四。太陽初升，我們就看見約在三里遠近，有很多中國船舶。引水人也不知這兒是什麼地方。大概到了大沽口了，遠處有房屋樹木無算，也許不會錯。當甘比爾趁「積克柯爾」號回來後，證明沒有錯。他們對我說，到達河口之後，有些較低級的中國官員上船查問，知是英國特使的下屬，便引他們登陸，帶去見兩個高級官員。他們說在這裏等候已久，現在才見他們的蹤跡。這兩位官員對甘比爾等人殷殷招待，極盡東道之能事。他們詢問甘比爾很多有關特使的事情，同行者若干人；他們的年齡、職位，送給皇帝的是什麼禮物，「獅子」號的大小，所具的實力如何，其他同行的船隻如何。甘比爾一一答復，旁邊有一個書記把談話紀錄起來了。他們辭出之時，那兩個官員請他們轉告我，一切皆已準備停妥，只要「獅子」號一駛進口，就歡迎我登陸，到時有兩位高級官員到船上拜候。

中國人對于我們的期待似乎很奢。當斯當東在澳門的時候，偶然和一些人談及送給皇帝的禮物，他們以為一定是連城之寶，但斯當東說明了它們的內容之後，他們說，恐怕中國人對此很失望。有此原因，所以勃郎帶來的那一副很好的望遠鏡，也拿出來加入禮物裏頭。馬金托什船長有一對很著名的巴克所製的精微的透鏡，我也以極相宜的價錢和他讓過來，今日將它配好了。這一對儀器，加上勃郎的望遠鏡，必定會使皇帝陛下歡喜的。我有一個想像，如果這些東西落到中國商人手裏，展轉被人買了進入內廷，則我們的禮物必然相形見絀，現既收入禮物之內，對於我們的利益與聲譽都有保障了。

七月廿八日，星期日。有幾個低級的官員到船上通知我們，他們已準備好一切，歡迎我們登陸了。

七月三十日，星期二。「勉勵」號回來，韓特把打探到的消息告訴我們。（前數日，馬特使派韓特乘「勉勵」號先行以探消息。）當他泊岸之時，有些中國官員向他購買掛表、佩劍等物，韓特告以他們并不是商人，沒有東西出賣，那些中國人似乎很失望。

據此看來，中國的官員似乎很愛這些東西，我們不得不以此為贈，可惜我們的行李未到，不能取出來贈送，因此我只得向「印度斯坦」號的職員渡讓幾件小玩意過來，以便應付中國官員。

七月三十一日，星期三。今日大颶東風，很多船舶都沒有從岸邊開出。中午時候，見有兩個高級中國官員，率同七艘大船，滿載食物，向我們停泊之處開來。中國官廳所送的食品太多了，我們用不了這許多，只好收了一小部分以見意。現在我把送來的禮物列表如左：

公牛二十頭，羊一百二十頭，公豬一百二十頭，雞一百隻，鴨一百隻，麵粉一百六十包，大米一百六十包，曼頭十四盒，茶葉十四箱，小米十箱，紅米十箱，白米十箱，油燭十箱，西瓜一百枚，甜瓜三千枚，桃脯二十盒，蜜餞二十盒，水果二十盒，蔬菜二十盒，大條黃瓜二十簍，切碎黃瓜一千塊，莢豆二十升，租瓷三簍。

這樣的厚待客人，我們在交趾支那，在舟山，在登州前所未有，東方人對待遠客是這樣的熱情，真使人可感。

那兩位中國高級官員，一位是王大人，一位是喬大人。王大人是一位二品的武官（按：他是通州協副將，從二品——譯注），紅頂花翎。喬大人是戴藍頂的，比紅頂低一級。劉半儂譯的「乾隆英使覲見記」的招待員中，有周大人，即喬大人，樊大人即王大人，劉半儂譯時，沒有經過一番考證。——譯注）

兩位大人到「獅子」號來歡迎我們，寒暄了好一會，才談入正題，喬大人不斷地筆錄起那些他認為要知和要做的細節。

我們所談的事情就是有關我們登陸，怎樣輸運我們的行李和禮物，用什麼船隻，需要多少才能辦理這些事情。一切已告解決了。據我看來，辦妥這些事情需在四五日以後，辦完了我們才能登陸。

我請兩位大人吃飯，在初時，他們使用刀叉雖然有點不方便，但不久以後，就純熟了，尤其是對於他們帶來送給我們的食物煮成的肴菜用得更為靈敏。他們偏嘗英國佳釀，從杜松子酒至力克酒（椰汁製成的）都喝過，又嘗試一下櫻桃白蘭地。他們似乎對這種白蘭地很滿意。餐後，兩位大人和我們握手告別，其動作之熟練，一如英國人。我送他們上甲板，水陸軍士列隊奏樂向客人致敬歡送，他們見了我們的軍容，很是感動，很留心的聆聽所奏的音樂然後離去。我認為他們對於我們這樣款待極感滿意。他們對於那些禮物問得很詳細，我逐一向他們說明內容，他們認為很適合，向我要了一張名單，將立刻轉奏宮廷。我照辦了。

八月二日，星期五。從岸邊開來的大船，停泊在「印度斯坦」號旁邊，開始裝卸行李禮物。有一個戴藍頂的官員在監督着。他一直在場，看到裝妥為止。下一天仍繼續裝卸，大概後天可以全部竣事。那位官員仍來監督。

八月四日，星期日，工人們今日的工作極快捷，因此起卸工作完成，所有的行李和禮物完全搬到大平底船上，到了大沽，將轉載上小船，以便沿小河運往通州（距北京十二英里）。中國的水手身體壯碩，在工作時一面唱一面搬運，但秩序井然。他們每一個人都似乎能站在自己的崗位上認清楚自已的工作。在每一艘船上都各有一位中國官員接收行李禮物，然後逐件登記起來，所以絕不會有遺失及錯誤的事情發生。

八月五日，星期一。今晨上午九時，我們離開「獅子」號戰艦，改乘中國官廳為我們預備好較小的船隻（和我同行的是使節團中全體職員，衛兵、隨從以及行李禮物等），向白河口開行。河口極淺，在一二里外只能看見一些樹木民房將河口遮蓋了，什麼都沒有，但一駛進河口，使人完全出乎意外的，各種各式的船隻都塞滿了河面，可見其繁盛一斑。（一．待續）

跛脚主席張靜江

虛齋

三十年前的報刊上，經常有「黨國要人」團體照，照片的人都是站着，只有一個戴着深度近視眼鏡穿長衫的老頭子，坐在一張籐椅上。這個老頭，就是跛脚佬張靜江。

談起這個跛脚佬，確是近代的一個傳奇式人物。他名張人傑，字靜江，別號臥禪，浙江吳興縣人。張家是湖州南潯四大巨富之一，前清時以絲鹽業起家，在浙江、江蘇鹽區設有鹽公堂和鹽廒。並將吳興特產細絲運銷國際市場，在上海設有通運公司、通義錢莊、大綸綢緞局；在美國紐約、法國巴黎設有通運分公司，除經營生絲出口外，兼營匯兌和其他進出口貿易。清末，靜江當過官員，做過古董商，宣傳過無政府主義，辦過出版社，贊助過反清活動；民國成立後，辦過交易所，做過國民政府高級長官，辦過交通事業，銀行等，他一生的政治活動史，說來眞是一品鍋的大雜會。所以值得說他是傳奇人物也。

滿清官員，醉心革命

張靜江青少年時期，讀過經書，但因出身富豪家庭，嬌生慣養，沒有攷取功名。二十歲左右，由家長作主與蘇州姚姓聯婚。姚爲消員，雖慕張家富有，但嫌他沒有功名，託人暗示張家，替他捐一官銜，使到雙方門戶相稱。張的父親便花了一筆鉅款，託人辦了捐官手續，靜江所捐的是「欽加二品銜候補勸業道」。原來這是一個空銜，靜江的母舅龐元濟（字萊臣，號虛齋，是近代江南著名的書畫藏家），早已捐得同樣的官銜，候了多年，從來沒有補過實缺。因此張與姚女結婚以後，也沒有當過一官半職，只是靠着手邊有錢，經常往來蘇州、上海、吳興等地，過着游享樂的生活。

張靜江的不良于行，鄉里和朋輩中，背後都叫他「張蹺子」，廣東人叫他「跛脚張」。原來他有一年在鄉間，協同救火隊，撲救張家市房，不愼跌傷，從此走路兩脚浮蕩無力。後來居留法京巴黎，生活溢出常軌，沾染某種暗疾，醫治失時，遂成癱瘓，難以站立了。

孫寶琦于光緒二十八年（一九〇二年）夏間，出任駐法國公使，張靜江設法謀得參贊職事，隨孫出國，目的是看看西洋景，增加一些見聞。一九〇六年，孫中山自紐約到巴黎，恰值靜江也從別地到法，與孫中山同船，兩人邂逅，相見歡洽。靜江向孫說，我也深信非實行革命不能挽救中國，近年在法經商，略有所獲，極想爲君助力，如有需要，請隨時電知，我當努力效勞。孫中山聞言，大爲歡慰。兩人約定通電密碼，並定了款的數字，用A、B、C、D、E的次序，A爲萬元，B爲二萬元，C爲三萬元，照此類推。事後，孫還未敢遽信這個初次相識的曾任清使館公職的張靜江的眞是有求必應。光緒三十三年（一九〇七年），孫中山從南洋到東京，因爲經濟關係，各事不能發展。有一天，和黃興談及去年在歐洲的輪船中碰着張靜江的經過。黃興聞張是使館職員，也很懷疑。孫于是姑且按址發去電報，看看究竟。

滙款支援孫中山

果然過了幾天，即有三萬法郎從巴黎匯到，當時東京同盟會本部活動費得了支援。第二年，孫中山移居越南河內，因策動國內軍事，先後電張以A字、E字，也照樣收到匯款。孫囑胡漢民覆信道謝。而張即答孫信，大意說彼此既是同志，沒有報告事實之必要，萬一因此而爲別方所知，對于事實進行，反而不利，君能努力猛進，勝于作長信多多矣。其後不久，張歸國途中，在香港小作勾留，訪胡漢民、馮自由于堅道七十號的同盟會機關部，當時才補辦手續，與周覺一同加盟正式參加同盟會。張見到入會盟書，有「當天發誓」詞句，張說自己是無政府黨，不信有天，如能不用當天二字，自可照辦。胡漢民攷慮實際個別情況，破例答應。

孫寶琦回國，張還是居留巴黎，曾和李石曾開辦一家豆腐公司，又和李石曾、吳稚暉、張繼等，組織世界社，出版「新世紀報」，編印「世界六十名人傳」，譯印蒲魯東、巴枯寧、克魯泡特金等著作，宣傳無政府主義，所用資金，多屬靜江擔任，著作筆名，李石曾是「眞民」，吳稚暉是「燃」。並從國內的通運公司收購了許多古董畫件（其中眞僞的參半）運到巴黎出售。靜江的哥哥張弁羣（曾任中央大學校長張乃燕的父親）原在上海通運公司早已兼營古董文物運美銷售

（紐約的涌運公司，是由靜江妻舅姚叔蘭主持）。因此，一切都得到方便，大發洋財。

靜江在法時，娶了一個巴黎女郎，使到原配姚氏，因此抑鬱而死。

靜江的思想有時也很特異奇趣。他除了提倡無政府主義，反對宗教等之外，有時談到男女兩性的關係，更是想入非非。他說：「世人過分重視性的關係，最爲錯誤。原因是社會所以劃分男女關係的特別明顯，乃是傳統的習慣使然，而社會上種種的罪惡也由此而產生。這種習慣不是不能改革的。譬如我們的手，可以行握手禮，也可以行接吻禮，那麼，男女的性器官，也可以用來行禮的了。何必當作什麼神秘的呢！」

從以上的看來，靜江的思想生活，確是怪異矛盾的。

二次革命失敗後，孫中山在日本組織中華革命黨，本部的財政部長是張靜江，這是他生平第一次擔任黨組織的工作。但是他從不過問，一切的事，由副部長廖仲愷代行，即「張靜江」三字的名章，也由廖代管。他自己却往來東京巴黎間。袁世凱死後，他回上海，以孫中山老友的名義經商。民國九年，他和虞洽卿、聞蘭亭、魏伯楨、郭外峯等開辦上海證券物品交易所，他的胞弟澹如、姻親周佩箴當了常務理事，他自己當了監察人。同時，他又和蔣介石、陳果夫、戴季陶、張弁羣、周佩箴等在交易所內，做了經紀人恒泰號的股東，實行直接做「搶帽子」玩兒。

孫中山改組國民黨，張靜江的態度冷淡，多次在人們面前，用譏諷的口吻輕蔑地說：「孫先生要聯俄聯共，我沒有什麼意見，但共產如其可以公妻，這我可極爲贊成。」說罷，必跟着哈哈大笑幾聲。他當時的思想動機，也可知了。

國民黨改組，在廣州召開第一次全國代表大會，部分中委的名單，由孫中山提名，張靜江的名字也被列入中央委員，並列入主席成員之一。可是張始終勾留在上海租界裏，沒有到廣東參加。當時即引起部分代表的憤慨，提出責難。因張一向居留在國外或上海，從來沒有參加革命的實際工作，今竟列入主席團，令人不解。後來經過孫中山反覆的說明，張才當選了改組後的第一屆中央執行委員。

馮玉祥發動北京革命，歡迎孫中山北上，共商國家大事，謀求全國統一。孫中山北上，在臥病期間，張靜江從上海到京探視。孫在病床，見張遠道而來，瘦骨嶙峋，握着張的手感慨地說：「您已是半條命的人，還要長途跋涉來看我，我怎能受得起呢？您自己應該好好的保重呀！」第二天，各報把這段新聞發表，社會的人們才知道張的名字。因爲以前除了國民黨的一些老同志和上海少數的商人之外，張靜江的名字，社會上是不注意的。

孫中山逝世以後，蔣介石在廣東的勢力，逐漸發展鞏固，抓了實權，便把會在上海搞交易所經紀人的伙伴張靜江、戴季陶、陳果夫們，電約到羊城，共同合作，造成派系。原來黃埔軍官學校校長一職，是通過張靜江、戴季陶二人聯合向孫中山說情，張且從上海到廣州，向孫替蔣力爭，才成事實的。蔣張有此深切關係，因之蔣的電邀，張、戴等便即應召南下。張因在清末對革命活動有過經濟支援的關係，又名義上擔任過中華革命黨的財政部長，國民黨的中委，一向以功臣、元老自居。這次又得蔣的三番四次的電邀而來，更覺和孫中山在日的不同待遇。于是飄飄然到處擺老資格。蔣也趁機利用張的「黨國元老」招牌，好做擋箭牌。于是提議推舉張爲國民黨中央政治會議主席。中政會原是國民黨的決策機構，國民政府的一切軍政設施組織、人事更動任免，均須經中政會通過決定。張任中政會主席，即以姻親周覺當秘書長，符合傀儡原則，能替當權派效勞。

代理國民政府主席

民國十五年七月，張靜江代理國民政府主席（原主席汪精衞因事被逼出國）。在北伐軍誓師典禮的攝影，張坐正中的籐椅上，蔣介石戎裝佩劍與妻陳潔如站在張的背後。北伐軍出發，張以主席身份，跟蔣一起北上。蔣軍所到之處，發貼標語，不外「軍權高于一切」，「蔣總司令勞苦功高」，「蔣總司令萬歲」等等，絕不提到張主席，這不啻形成了國府主席做了總司令的隨員。第二年，蔣到了南京，不久，發動了四·一二事件。跟着素有水晶球渾號的譚延闓，脫離武漢到了南京。蔣即排兵佈陣，以譚延闓任國民政府主席，把張靜江下放爲浙江省政府主席。這一措施，造成了蔣張兩人的政治裂痕的開始。

張靜江由中央政治會議主席，而代理國民政府主席，無疑的是黨國的唯一最高首長，今由中央降爲地方的浙江省政府主席，自然心有不甘，裝模作樣撒嬌一番，不肯就職。先由蔡元培暫代一個短時期，後來雖然到任，但仍戀棧中央，企圖搞一個全國性的經濟建設機構，才能掌握大權。而蔣則以現值軍政時期，浙省地位重要，調軍政部長何應欽兼浙省主席。民國十七年春間，南京政府採用五院制，張由蔡元培、李石曾、吳稚暉等從中運動，希圖攫得監察院長，結果，被于大髯子右任所得。張只得變換方式，搞了一個建設委員會，自任委員長。在爭奪期間，他大聲疾呼：建設非爭不可，誰不同意，就是破壞建設。總理（孫中山）說過，革命就要建設，不建設，革命就要失敗。因此，黨政工作我可以不管，惟有建設，我是一定要的。于是他把所有交通、工礦、農林等事業，都要歸在建委會主管辦理。怎知蔣又成立了一個全國經濟委員會，由宋子文主持，和張演對台戲。並把工礦、交通、農林等事業，撥還原屬各部主管。弄得跛張只好去搞江南汽車公司、杭江鐵路，中國農工銀行等一些機構。于是建委會成了一個龐然自大的空衙門。張無可奈何，即於是年秋間到杭州再當那浙省主席。張就職之日，吳稚暉監誓，張的答詞，不由省府的委員代表，而由張的乾兒子建委會副委員長曾養甫代致答詞。參加的人都覺得不倫不類。省府各委員也感到大失面子。民國十八年，國民黨三全大會，張的中委也變了監委了。

張靜江主持浙政，較突出的兩件事：一是修築杭（州）江（山）輕軌鐵路，等到他去職時，由鐵道部接管，改為重軌與浙贛路接通，全部工程翻造，損失極大。二是籌辦西湖博覽會，發行奬券三百萬元，以三分之二充經費，三分之一充奬金。所有工作人員由建設廳調用，均支雙薪。交通車輛游艇，除領普通牌照之外，還要納費領臨時執照，即零星小販也要變重捐照，惹起各方怨聲載道。他又好誇大名稱，抬高地位，許多小機關，都冠以浙江省三字，如在杭州江干三廊廟造了半條挑水壩，而稱浙江省水利局。

浙省主席鬥不過黨員

陳果夫搞的「合作運動」、「二五減租運動」，張認為與發展財閥資金有矛盾，不予協助。有一次，嘉興的中國銀行被劫。浙江省黨部所辦的「民國日報」社論，借此對張大肆攻擊，文中有：「嘉興中行被劫，是省府當局不執行二五減租之結果」等語。張見了大為惱火，立即下手諭保安處長竺鳴濤，把浙省黨委兼「民國日報」社長胡健中逮捕，指為反動。浙省黨部立即召集全體執監舉行緊急會議，分電南京中央黨部、國府行政院等控訴。第二天，南京方面分別電令張將胡釋放。斥張「違犯黨紀，給予警告處分」，並嚴令今後對黨部負責人不得以任何理由，加以逮捕，有事時必先行呈請中央核准，再行處理。張只得等因奉此的遵辦。釋胡之日，浙省黨部組織各人民團體學校工人代表，遊行示威，銅鼓喇叭，聲震遠近，沿路大放鞭炮，把胡健中接到省黨部禮堂，舉行歡迎大會，演說、歡呼，搞了半天，晚上還繼續聚餐；並在報上把南京方面斥跛張的電令，全文發表。使到這位浙江省政府主席大丟面子，不敢哼一聲。

莫干山是避暑名區，每年夏季各地到此避暑的，或平時在山上靜居的，平均有二三萬人。張在山上也建有房屋，題名靜逸別墅（張妻朱逸民，用夫妻名中各一字），而曾任外交部長、上海市長的黃郛，也住在山上。張想利用莫干山原有基礎，把它擴展，繁榮起來，派了姻親周慶雲的女婿俞則民，當莫干山管理所長，主辦一切。由建設廳計劃建造四座電力上山纜機車，以利遊客住民上下，不需要乘坐轎子，且省庫也可借此收入一筆款項。特向上海的洋行，定購纜機。可是黃郛的居山，目的愛它幽靜，山上如果設了機械運輸，繁榮起來，便破壞了恬靜的氣氛。便向張提出不同的意見，大意說山居原是遠離喧鬧，避暑區域，弄得貓狗齊來，成何體統。上海「阿三」也要來湊熱鬧，還有什麼意思？建設電纜機，勢非變成大世界不可，我以山民資格，是堅決反對的。跛張不聽黃郛的勸告，毅然于民國十八年秋冬間，開始施工。黃見張事在必行，不可理喻，知道不是用言語所能奏效。于是聯合當地土豪，鼓動山下附近倚靠抬轎子為副業的農民一二千人，携棒帶鋤，由黃親自帶領，把施工的員工，全部驅逐，工程和機構棚戶，全部打毀。黃當衆宣布，如有事情，由他擔當。莫干山管理所，原來設有警察十多名，見黃親自出馬，大家眼光光，不敢過問。張靜江得報告以後，雖然憤怒，知道黃是蔣的舊上司，不敢多事，因之建造纜車，成了泡影。所定器材，變了廢物。

和蔣介石鬧翻

跛張在浙江搞了兩年左右，事事獨斷獨行，弄得怨聲載道。老蔣叫戴季陶轉知張，自動辭職，保全面子。張憤然的說：「我偏不辭職，他（指蔣）有權，免我職就是」。戴以此行沒有結果，轉叫陳立夫向張勸說，勸張到河南前線，（當時蔣正在與閻錫山、馮玉祥發生中原混戰）見蔣解釋誤會。張只好跟同陳去。到了蔣的行轅，經過侍衛傳達問話說，只叫陳一人進去，張暫在會客室等候。陳進去很久，才出來對張說，經他再三向蔣說好話，總算答應出來見面。力勸張忍耐一些。又等了許久，蔣才出來，剛踏進會客室，張即盛怒的說：「你現在架子大了，從前我去見總理，隨到隨見。」蔣也勃然發怒的說：「我看你在浙江要獨立了，等我把閻馮打垮以後，再來打你，你等着吧。」說完轉身即去。弄得跛張氣喘喘不能開口。陳立夫見狀，知事無可挽回，只得陪張一同回南京。張到了杭州，立即提出辭職，南京照准，改組浙江省政府。張卸職後，意志消沉。他的建設委員會還是保全空殼子，由浙江滾下來的一批僚屬，只好安插到建委會去領乾薪過日子。

張因跛脚後，成了癱瘓，不能行動。備有活動坐車，只能在室內平地行動，上下樓或出外上下舟車，却要改換一張小帆布（或籐織）椅，由四個衛士抬架。張軀矮小，骨瘦如柴，重量只有六十斤左右，本來一個人（最多不過兩人）就可應付，而他竟用四人，是擺架子，等于清代官僚的八人抬轎威風。何應欽兼任浙江省主席，平日極少到杭州，有時因公到浙，處理事務，省府守衛三十多人，分列兩行，肅立恭候，並由號兵吹奏軍號三番，待以上將禮節。張當浙省主席，也要承襲此例，他頻頻點頭，自我陶醉。有幾次，省府紀念週，恰值秘書長許寶駒、土地廳長李伯勤，在張的左右，一個頭向左側，一個頭向右側，而且又都是駝背佬，張坐在中間的帆布椅子上。當司儀喊到「全體肅立」時，張勉強掙扎扶椅起立，許李在兩旁扶持，宛如一幅「十不全」圖景，一班職員見了，只好忍笑。省主席多是兼保安司令，保安司令為中將軍職。當時有人說，蘇主席陳果夫、浙主席張靜江，如果都穿起軍裝佩劍，一同拍照，眞是兩個骷髏模型。因為陳張都是枯瘦不堪，十足是形容難看的癟君子相。

結婚數次子女衆多

跛張先後娶過幾個老婆，子女很多，大女與寧波商人莫某結婚，次女嫁給同鄉周君梅，三女與宋子文論婚不成，而和電影演員陳壽蔭成婚。四女是西洋畫家張荔英，與曾任外交部長陳友仁結婚，張女與陳談戀愛時，寫信告訴跛張。張告知親友，陳友仁僅小我一歲，她要嫁個老頭兒，我也沒有什麼意見。並把女兒給他的信說「陳友仁是世間最可愛的美男子」，也公開告訴親友。還有一個送給朱家驊做女兒，另一個嫁與汪偽時期的糧食部長顧某。其他却不詳知了，張得子很遲，民國十二年（一九二三），四十九歲，他的兒子乃鵠才出世。當時于右任寫詩賀他，詩云：老矣革命黨，尤能書畫傳。香修同入靜，龍臥例逃禪。有女皆知學，生兒必象賢。名家增韻事，寰海徧飛箋。

張的母舅龐元濟，是江南有名的收藏家，他本人早年也販運過書畫文物，對于書畫接觸不少。因之他也好弄弄筆墨，寫字繪畫，頗有功夫。字是顏眞卿蘇軾的融合，畫是寫的石濤一派。

抗戰開始，張卽携家眷遷往漢口，跟着到了香港，住了一個時期，轉往美國，也住了一個時期。一九五零年九月三日病歿于紐約，年七十七歲。

李伯元逝世時的輓聯

·柴　文·

清季譴責小說，以李伯元的「官場現形記」為首屈一指。李名寶嘉，伯元是他的字，別號南亭亭長，又號天地奇廬主人。最近我晤見他的族弟李錫奇老人，談到伯元往事，知道伯元在常州時，居住錫奇家中凡一年，所以給他的印象很深。伯元歿於清光緒三十二年（一九〇六年）三月十四日，年四十。錫奇為他撰一年譜及世系表，并謂伯元多旁藝，詩文稗史外，又擅刻印，兼工繪事。他的畫，其戚某家所藏很多，抗戰時，被日寇轟炸，付諸一炬，今所賸的，乃四條條幅的末一幅，花鳥是很秀逸的。

伯元逝世，當時哀挽他的人有張祖廉、胡二梅、朱陶、胡煥、顧甫、文公達、連小宋、龐樹松、許寶綬、費樹蔚、何飛、徐乃斌、徐乃昌、洪述祖、文廷華、呂景端、李經灃、談小連、丁仲鴻、汪笑儂、費鐵臣、富祿、關炯之、曾廣鑾、汪鍾渠、王敏、虞光祖、陳季同、張春帆等。其中以常州同鄉為多，龐樹松聯云：「譎諫主文，君眞健者；歌離弔逝，僕本恨人。」呂景端云：「鵩賦竟千秋，世猶可為，如何賈傅盛年，遽歸天上；龍華渺三月，才原不死，賸有虞初遺墨，尚在人間。」關炯之云：「長吉不永年，萱草堂前辭壽母；曼卿何竟死，芙蓉城裏作花王。」洪述祖云：「處繁華世界，寫遊戲文章，我愛官場現形記；供曼倩詼諧，抒長沙憤懣，君眞古代傷心人。」汪洵云：「阿嫋老，新婦慟，曙後更蘄孤星，幻夢惜繁華，直道猶存狐史筆；長者夭，東野窮，玉谿不挂朝籍，才人多厄遇，虛名誰續鶴徵書。」徐乃昌云：「話別曾幾時，憶驅車造訪，剪燭傾談，明月共看生海上；論交逾十稔，歎詩卷長留，人琴頓杳，暮雲空自盼江東。」張春帆云：「君如有靈，死與曼卿同宅；我而無恙，當為玉局作碑。」又云：「相如多病，長吉嘔心，湖海十年遊，遺稿當年㸦警世；伯道無兒，茅容有母，鶯花三月暮，故人何處賦招魂。」按龐樹松，常熟人，別號獨笑，一署病紅，著有「紅脂識小錄」等書。關炯之，湖北漢陽人，權上海會審公廨，力爭我國司法主權，造成大鬧會審公堂案。轟動一時。洪述祖常州人，為刺宋教仁案之主犯。汪洵，常州人，字淵若，光緒進士，入詞林，晚年鬻書海上。徐乃昌，南陵人，字積餘，有「小檀欒室鏡影」，「懷豳雜俎」等書。汪笑儂，名僢，善演哭祖廟。呂景端，常州人，號蟄庵，又號藥禪，光緒舉人，官內閣中書。張春帆，常州人，別署漱六山房主，以「九尾龜」說部蜚聲於時。又張祖廉，嘉善人，字硯雲，有「娟鏡樓叢書」。談小蓮，名理，與伯元為中表，後任東三省巡撫陳昭常署總文案，少時，與伯元同應院試，亦係秀才，於此也可見伯元生前交遊之一斑。

（圖為李伯元遺像）

南北兩張園

羅萬

數十年來，一南一北，有兩個全國著名的張園。北方這個著名的張園，是張之洞的部下，人家呼他爲「丫姑爺」的張彪，在天津從前租界中建築的，後來這位末代皇帝溥儀，曾一度居住在那裏，因此這個張園的名也顯著了。張彪據說還是個武進士咧。他是山西人，務農爲業，山西地方的莊稼人，在農忙之暇，也好玩玩把式，張彪年紀很輕時，就揮舞得起三五十斤的大刀，提得起一百來斤的石鎖，要是在武俠小說中渲染起來，這可是一位英雄呢。憑這一身膂力，在本省中了一名武舉人。

那時張之洞出任山西巡撫，自命風骨峻厲，對於土豪猾吏，不稍寬假。在某一月的初一，撫台照例要到文武廟拈香，回來經過鼓樓，忽然閃出幾個大漢，攔橋遞稟，聲勢洶洶，攀着轎槓不放。連轎夫也被打了，轎夫嚇得四面逃躲，把那頂綠呢大轎，停在街心。張之洞雖是一位封疆大吏，但手無縛雞之力，嚇得蜷伏在轎內，瑟縮發抖。

正在危急間，恰巧張彪正在郊外練習了弓馬回來，路經鼓樓。見衆人紛紛擾擾，圍着一頂綠呢大轎，上前一看，見一個官兒翎頂輝煌的縮在轎子裏。他大喝一聲，跳下馬來，雙手一分，七八個大漢都倒退了。他也不知道轎子裏坐的是撫台大人，他打退了一羣人，哈哈一笑，跨上馬背，便自去了。他解了這個圍後，幾個轎夫以及戈什哈等，又聚攏來把張之洞抬回衙門去。

張之洞回到衙門裏，司道府縣，文武百官，都來請安道歉，但他却心念着這位保駕功臣，解圍壯士，只記得他是騎着一匹棗騮馬的，立刻命令中軍官，要尋訪出這位勇士來。不久，就尋訪到了，張之洞大喜，即日傳見，看見了張彪年青力壯；而且是個武舉人，賞賚有加，便留在衙門裏了。前淸時代，會試也有武塲的，張彪要進京考武塲，張之洞贈三百兩，得中武進士，大家知道張之洞的人，自然多所照顧。

回到山西，便補了撫署裏的武巡捕缺。張彪那時還不過二十多歲，尙未有老婆，張之洞家裏的姨太太及丫頭極多，有一個丫頭名寶珠，是九姨太身邊使用的，年齡較大，怕這個老騷（指張之洞）又要染指，主張配與張彪，只說是九姨太抱養的女兒。張彪既中了武進士，也是「金榜掛名」，而此刻又是「洞房花燭」，自然是更得意也。不過當時官塲中，便加了他一個「丫姑爺」的頭銜了。從此張彪一帆風順，既升官，又發財。由總兵而遞升至提督。中法之戰，爲大軍總糧台；張之洞遷兩江，他督修獅子山炮台，都是好差使。張之洞再督兩湖，張彪實授湖北全省提督了。武昌起義，瑞澂挖了後牆逃走，他便率部歸到馮國璋那裏。不要看到他是一個武夫，却也粗中有細，官也有了，錢也有了，還不急流勇退。回到天津，說是興辦實業，建造了這個張園，以爲娛老之需，不想風雲際會，還有位末代皇帝來做了行宮，他是在民國十六年死的，溥儀還親臨祭奠，賜謚「忠恪」。

我既談了北方這個張園，我又要談談南方這個張園了。南方這個張園，那是從前大家所知道的，在上海的靜安寺路，也是在租界裏。雖然另有一個名稱喚做味莼園，但一般人都只知道是張園，也有人稱之爲張家園者。既名張園，園主人當然姓張，是的，那個園主人喚作張叔和，官名鴻祿，江蘇常州人，廣東候補道，那是個捐班，光緒初年，辦理招商局，虧空公欵，被參革職下來的。大概在招商局是虧空了，在他私囊裏是充實了，因此到上海來，建築了這個張園。

提起招商局來，正是一個大弊竇所在，自同治十一年設立以來，這個腐化的歷史，誰也鬧不清楚，不在此文範圍，也不必多說。單講張叔和，自從因虧空被參革職以後，不知如何，又被他彌補起來，居然開復原官，在上海招搖結納。但到了光緒甲午年，又被江督劉坤一參了一摺，奉上諭：「劉坤一奏：前辦上海招商局廣東候補道張鴻祿，因虧空局欵，被參革職，開復以後，仍在起造花園，聚集游人，日事徵逐，聲名甚劣，實屬行止卑鄙，有玷官箴。張鴻祿着即革職，勒令回籍，不准逗留上海，以儆官邪，欽此。」但是這上諭有什麼關係，革職就革職吧，至於不准逗留上海，有租界爲護符，還怕什麼呢？

實在這個張園，也不成爲園，不過他造了一座很大的廳，四面都是明窗，上面有寬濶的走馬樓，仿效戲院廂座之設，以備游人啜茗之地，這個地方名曰安塏第。上海這個時候，租界裏絕無士女游觀之區。幾個公園，華人不許擅入，而張園地處適中，不在郊原，每逢星期假日，上海那些豪商巨宦的子弟們，喜歡坐了馬車，在馬路上兜圈子，（當時還沒有汽車。）乘便即到張園安塏第小坐啜茶。上海還有那種自己拉韁的亨斯美馬車，那些紈袴子，換了妓女，鞭絲帽影，自鳴得意，而安塏第周圍，有一圈私家路，正可以供他們的馳逐。

張叔和反正是兩次革職了，倒也不搭官架子，常常雜在許多僕歐（譯音，上海對於侍奉西人者的稱謂。）之中，招待游客，也算是一個林把溫。好在上海的名人，他都認識，尤其是上海的名妓，他也都認識。北里姊妹，都呼他為張大人，他則顧而樂之。有的道：「張大人！給我弄兩客火腿三明治來！」（張園茶座，亦備西點）他說：「好！我吩咐僕歐。」他更喜歡和上海的一班小報記者欵洽，辦游戲報的李伯元，常釘着他，要他講官場情形。一部「官場現形記」中，多半是他所講的資料。

有一時期，張園是非常鬧忙，在清末談革命變法的時候，所謂維新黨都聚集在上海，常常開會，而開會的地點，總是在張園。為什麼呢？原來上海那時候，沒有一處會堂，可以容納數百人的。外國人雖有什麼議事廳之類，規模也甚小，而且也不許中國人去開會的。只有張園這個安塏第，能容數百人，而且是公開的，即使有許多游人圍而觀之，也極為歡迎。

記得有一次也是在張園開會，有蔡元培、章炳麟、馬君武、章士釗等多人，那時吳稚暉剛從日本回國，因他在日本示威，為日本遣送回國的。這時的吳稚暉，髮辮已經剪了，却長長的披在腦後，身體却很魁偉，他站在台上演說。這個演說台，是用幾塊木板搭起來的，上面放上一張桌子。他演說到激烈的時候，一拳頭打在桌子上，桌子上就開了一個洞。張叔和連忙說道：「沒有關係！沒有關係，換一隻就是了。」

廣東來了一位薛錦琴女士，也是在張園開會，因為那時候，上海女學還沒有發達，而江南的女子，在十七、八歲的年齡，已經纏過脚的了。而薛錦琴是在廣東受過學校教育，而且是一雙天然脚，於是各家要召集了太太、小姐們，去聽薛錦琴女士演說。這位薛女士，年紀也不過二十左右，有人見章士釗領着吳弱男、吳亞男兩位小姐，（這時她們不過十二、三歲）拜薛女士為師，後來吳弱男便是行嚴夫人了。

言歸正傳，上海張園最熱鬧的一次，便是開了一次「萬國賽珍會」。這次「萬國賽珍會」，一連開了三天，却是轟動了上海的中外紳商人士。為什麼開這個萬國賽珍會呢？大概是關於賑濟某處災荒的一種善舉，我已經記不起了。在這三天裏，上海號稱貴族家庭的太太小姐們都出了席。中國方面，是盛杏生的太太領了頭，外國紳商的太太小姐們，日本領事館的眷屬們，都來助興。教會女學校的高等女學生，衣香鬢影，玉笑珠喧，設立許多臨時西餐室，冷飲品，咖啡館，都是那些閨秀們親自當鑪，親自值席。（其時上海北里中有幾位紅姑娘，要想來盡義務，早已屏之門外了。）不過這種食品是沒有定價的，喝一杯咖啡，至少是五十元吧？這個賽珍會，還發行了一種獎券，頭獎是一串鑽石項圈，為某君所得，傳說是某一位濶太太捐出來的。

還有一事，在張園也是特出的，梅蘭芳第一次到上海，第一次登台，也是在張園。這件事，在「梅蘭芳舞台生活」一書上，已經記載過了。節錄如下道：

在民國二年的秋天，上海丹桂第一台的許少卿，到北京來邀角，約好鳳二姑爺（王鳳卿）和我（蘭芳自稱）兩人，我那年已經二十歲的人了。……我們在盛館快要打泡之前，有一位金融界的楊蔭蓀，託人來說：要我們在他結婚的堂會裏唱，唱一齣「武家坡」。堂會的地點，是在張家花園，它的周圍，佔地很大，前門通到靜安寺路，後門通到威海衞路，園內有「安塏第」與「海天深處」兩個游憩之所，都擺着茶座。安塏第是一個大廳，祗要跟園主張叔和有交情，就可以借作喜慶事情的禮堂。……

原來他所說的楊蔭孫，是蘇州人，比國留學生，專習銀行學的，回國以後，歷任至北京交通銀行行長。這次回到上海來結婚，上海的銀行界頗捧他。恰巧上海丹桂第一台的戲館老板許少卿，在北京邀角，邀到了梅蘭芳第一次到上海，而梅蘭芳又是北京銀行界捧出來的。照例，一家戲園子，千辛萬苦，邀到一個名角，那裏會尚未登台之前，先被人家搶去唱堂會的？而況上海開戲館也不容易，須有所謂「大亨」者從中支持，可是這一次的「大亨」，被銀行界壓倒了。許少卿當時咽不了氣，後來楊蔭蓀出來拍胸脯：「從蘭芳在丹桂登台的第一天起，包你一星期滿座，倘缺一位，我們就補上。」果然連滿了一星期，楊蔭蓀還說：「張園堂會，正是大大的給你們宣傳呢。」

我再說楊家為什麼要在張園結婚呢？因為上海那時沒有一得可以擺幾十桌酒席的地方。自己的宅裏不必說了，所有菜館酒樓，頂多有十桌八桌，已經很擠了。廣東人到上海去發展的先施、永安等大旅館，也還沒有開辦，只有張園那個安塏第十分寬暢。再則時當民國初年，銀行業正是突飛猛進，尤以江、浙兩省人士為先進，這又不免競事奢華。所以那一天，張園又大大出了一次鋒頭。

談起這個張園，有趣味的故事甚多，不必再說了。但盛極必衰，也是自然之理，上海後來什麼游戲場，跳舞廳，大旅館，夜總會等等層見叠出，張園的安塏第，海天深處，全行拆卸，這一塊地方，便成為住宅區，而張叔和也逝世了。

南北兩張園，園主人是一文一武，往事已矣，但都可以在歷史上留一小小遺跡，世事滄桑，其實也不足道呢。

魯迅與狂飆社三子

辛楓

狂飆社這個文學團體，一九二六年在上海成立。它的主要負責人是高長虹、向培良和尙鉞，同時參加的還有朋其、高歌（長虹的弟弟）、沐鴻……等。「狂飆週刊」創刊號，也在同年十月由上海光華書局出版。

其實這不是「狂飆週刊」的第一次面世，高長虹他們早在一九二四年十一月便于北京「國風日報」上出過「狂飆週刊」；並在一九二五年三月一日的「京報副刊」上發表了「狂飆週刊宣言」。三月十五日出版的第十六期就刊載了魯迅翻譯的日本伊東幹夫作的一首詩「我獨自行走」，但是出到第十七期便停刊了。這舊的「狂飆」，當時並未引起文化界的注意。上海成立的新「狂飆」是高、向、尙等參加了魯迅組織的莽原社，闖出了名頭後才重張旗鼓的。

魯迅主持莽原社的一段期間內，事實會經哺育過不少的文壇新血，廢寢忘餐地爲他們閱稿、批改、編書、校對，使他們的寫作得到進步，讓他們的作品得到發表的機會，這勃起的一羣中，就有高長虹、向培良、尙鉞三位「狂飆」的骨幹份子在。

有一次魯迅爲校高長虹的稿忙了個通宵，終告支撐不住而吐了血（見李霽野：「憶魯迅先生」），這份稿就是高著的「心的探險」，一本雜感和詩的合集。舉凡選稿、校正以及封面繪製，一切均由魯迅親自動手，再編入他自已主編的「烏合叢書」裏出版的。

莽原社的籌辦，高長虹確屬奔走最力的一員，淵源之深，關係之切，斯時也，誰能估料轉瞬便是凶終隙末。一九二六年八月底邊，魯迅被廹南下福建，到厦門大學講學，沒多久高長虹等便跟莽原社的高層份子韋漱園、韋叢蕪、李霽野、臺靜農等翻鬧了；導火線是韋漱園等退還高歌的小說「剃刀」，壓下了向培良的劇本「冬天」。高長虹於是函請魯迅主持公道，痛罵安徽幫（二韋及李、臺均安徽籍）私據「莽原」，致使立下汗馬功勞的他們，兎死狗烹。這事件魯迅因爲身處遙遠的南方，未明底細，所以保持緘默。可能高長虹認定魯迅意存偏袒排斥，退出「莽原」後，就在「狂飆」罵起魯迅來。上述是「狂飆」跟「莽原」分家並反目的一點正面資料。究其實高長虹等安那其主義者的空想與自負的作風，跟魯迅的深入觀察、無情鞭撻自是格格不相入，任敎絕無誤會與磨擦，相信亦注定了早晚非得分手不可。

側面的却還有這麼的一段小插曲，在「兩地書」中魯迅說：

「那流言，是直到去年十一月，從韋漱園的信裏才知道的。他說，由沈鐘社聽來，長虹的拚命攻擊我是爲了一個女性，『狂飆』上有一首詩，太陽是自比，我是夜，月是她。他還問我這事可眞的，要知道一點詳細。我這才明白長虹原來在害『單相思病』，以及川流不息的到我這裏來的原因，他並不是爲『莽原』，却在等月亮。但對我竟毫不表示一些敵對的態度，直待我到了厦門，才從我背後罵得我一個莫名其妙。」

現在請看高長虹關於「月亮」的解釋：

「一天的晚上，我到了魯迅那裏，他正在編輯『莽原』，從抽屜裏拿一篇稿子來給我看，問寫得怎樣，可不可修改發表。……我看了那篇稿子覺得寫得很好，贊成發表出去。他說作者是女師大的學生，我們都說女子能有這樣大胆的思想，是很不容易的了。以後還繼續寫稿子來，這人就是景宋。我那時有一本詩集，是同『狂飆週刊』一時出版的。一天接到一封信，附了郵票，是買這本詩集的，這人正是景宋。因此我們就通起信來，……可是這種樸素的通信也許就造成魯迅同我傷感情的第二個原因了。」（高著「一點回憶——關於魯迅和我」）

爲了這件事情，魯迅會寫了一篇小說「奔月」，「和他開了一些小玩笑，寄到未名社去。」兩人感情的惡化，一發不可收拾了。本來在「狂飆」三子中，最得魯迅看重的，關懷最切的是長虹，而把魯迅罵得最淋漓刻薄的也正是他。在「一九二五北京出版界形勢指掌圖」一文中，大罵魯迅是「世故老人」，罵他「戴着紙糊的『思想界的權威者』的假冠，入於身心交病之狀況矣」等語。

這些惡毒的謾罵，的確有使魯迅憤慨不已，「兩地書」中，一再申言：

「一面自已加我『假冠』以欺人，一面及因別人所加之『假冠』而罵我，眞是輕薄卑劣，不成人樣。有青年攻擊或譏笑我，我是向來不去還手的，他們還脆弱，還是我比較的禁得起踐踏。」

然而他竟得步進步，罵個不完，好像我即使避到棺材裏去，也還要戮屍的樣子。」

「不料有些人遽以為我被奪掉筆墨了，不再有開口的可能，便即翻臉攻擊，想踏着死屍站上來，以顯他的英雄，並報他自己心造的仇恨。……我先前對於青年的唯唯聽命，乃是退讓，何嘗是無力戰鬥。」

於是魯迅還擊了，特別是針對假借他的名義，冒稱合辦「狂飆叢書」的一則廣告，發表了「所謂『思想界先驅者』魯迅啓事」（原文收在「華蓋集續篇」），徹底揭穿了高長虹一面指名叫罵，一面冒名欺世的下作行徑。

向培良是「狂飆」的第二位主腦，在北京的時候經常出入魯迅門下，寫作上得到不少的幫忙與指導，魯迅也非常器重他，為他出版了第一個短篇小說集「飄渺的夢」，編入選稿嚴格見稱的「烏合叢書」裏。並且把他視作一位青年文化戰友，於一篇通信裏對他說過這幾句著名的話：「一要生存，二要溫飽，三要發展。有敢來阻礙這三件事者，無論是誰，我們都反抗他，撲滅他！」至於向培良對魯迅，起先也是十分尊崇景仰的。一九二六年八月二十二日，魯迅離開北京前四天，在女子師範大學毀校週年紀念會上的演講，就是由他來做筆錄（即「華蓋集續篇」中的「記談話」），他寫了前記，不盡依依地披露：「魯迅先生快到廈門去了，……我恐怕這是他此次在京最後的一回公開講演，因此把它記下來，表示我一點微弱的紀念的意思。人們一提到魯迅先生，或者不免覺得他稍微有一點過於冷靜，過於默視的樣子，而其實他是無時不充滿着熱烈的希望，發揮着豐富的感情的。」

然而為了「狂飆」與「莽原」的決裂，向培良竟自翻臉成仇，罵魯迅之兇，也絕不在高長虹之下，這是他在「狂飆週刊題記」中的一段話：

「十六年，『狂飆社』與魯迅先生決裂，那時候我們的思想已與魯迅先生漸漸分離。他性情狷急，睚眥不忘，又不肯下人，所以不知不覺中被人包圍，當了偶像，漸漸失去他那溫厚的熱情，而成了辛辣的諷刺者和四面揮戈的，不能自已的鬥士。……瑣屑爭鬥、猜疑自苦，胸襟日益偏狹，……」

從「記談話」到「題記」，魯迅在向培良的眼中，明顯地是兩個極端了，究竟是他以前對魯迅的認識不透徹呢，還是魯迅把他看走了眼；是羽毛豐滿者的忘本呢，還是耕耘培植者的劣化？我想公道自在人心吧！

尚鉞——「狂飆」的第三號人物，他是魯迅任教北大時候的學生，在課堂裏他聽了三年魯迅講授的「中國小說史略」和「苦悶的象徵」，深受薰陶。參加了「莽原」後，親近魯迅的謦欬更頻密，獲得細微透闢的指導相應增加。他寫的「懷念魯迅先生」一文中，縷述了老師向他强調忍耐對創作的重要性：

「我記得先生說，……只有忍耐才能對問題和材料有周詳的思考和觀察，因技術是需要忍耐才能練習純熟的，認識是需要忍耐才能鍛鍊敏銳的；只有忍耐，觀察才能由皮膚更深地挖到血肉裏邊去，也只有忍耐才能使浮在意識中的字句，得到恰到好處的運用，在人物的動作上，在背景和感情的表現上，沒有作者深切忍耐的觀察，人物自身便會出現二重或多重人格的分裂現象。更厲害的，作者如果缺少了深刻忍耐的工夫，不是人物逃出了作者所要把握的範圍，便是許多人物因作者的複雜經驗而互相對立起來，……他一面說着，一面在我過去的作品中舉實例，使我深深認識了此後創作所應該嚴格注意的方向。」

有一天他去看魯迅，大半個醫生的魯迅一眼就看出他曾經病過來，詳詢之下，就給他擬了個對症的藥方，同時恐怕他環境差沒錢配藥，就隨手拉抽屜取出三塊錢塞給他：「你剛好，不能多跑路，坐車去，有三塊錢大概差不多了。」

這親切感人的一幕，當時有使尚鉞感慨交集，事後亦長誌不忘。「狂飆」帶來的磨擦，有一段時期使他對魯迅產生誤解，他認為是「因第三者不斷有意地將事實加以曲解，和第四者的挑撥離間，我年輕的輕信性便因之伴同着空洞的自信心，抹殺着許多事實而走向誤解的道路。這樣便使我與先生發生了某種程度的默啞的抵觸。」覺察了以後，便去信請求諒解，並附上未發表的一篇數落魯迅的文稿，以表示悔過的誠意。可是，魯迅對他們的信心已失，同時廈門也有惡劣環境得應付，只好置諸不理了。

求諒解得不到結果，關係續不起來，尚鉞有沉重的歉憾感。魯迅逝世後，他對那段不愉快的誤解，表示「至今仍然是深心中一個苦痛傷痕。」後來陸續寫作了許多篇紀念魯迅的文章，如「懷念魯迅先生」；「升釘——一九四一年紀念魯迅先生」；「新文學的發展及今日——勝利年紀念魯迅先生」等，字裏行間，懇切地流露了懺悔懷悼的誠意。

揆諸事實，「狂飆」三子都曾經或多或少地得過魯迅的照拂，他們的藝術生命，都是親近了魯迅的言行，接受了誨導，這才茁壯起來的。日後的交惡，對彼等期望殷殷的魯迅固屬白拋心血，於文化界稍為關心的局外人，又何嘗不認為是中國近代文壇的一樁憾事。至於魯迅對他們的反應，見諸私人通訊的「兩地書」中的資料比較多，公開的駁斥就只有刊載「語絲」的「新的世故」，以及另一篇「所謂『思想界的先驅者』魯迅啓事」吧，被收入他自己的文集裏的卻僅後者一篇而已。在「中國新文學大系小說二集序」中談到他們的文章時，則盡屬中肯公允的批評。所以儘管有人以為魯迅孤傲偏狹，睚眥必報，觀此，想不盡然吧。

我是在上海淪陷四年之後才回去的，前半本未曾提上，寫來不够全面。我雖任僞申報社長，却未參加汪政權，名屬同流，實不相涉，寫來當然不够深刻。

然此僅爲文章的質量問題，猶在其次。最使我躊躇的，即此二十年來，雖我未能遺世自遯，却以少向外界接觸自期。無論昔日交遊，半皆斷絕，馴至婚喪慶弔，亦只擇必要者親往致意，禮到即退，絕不就留。誠以積疚在抱，思過未遑，若仍入後入前，呈身露面，縱邀諒解，其實增媿。文章雖是關門寫的，不必見人，惟一經發表，仍須面對大衆，這與避世之念既相剌謬，且恐招尤惹悔，以爲我又在活動。

以是這篇文章，只能想到什麼，便寫什麼，組織散漫，詞意亦難求暢。

影錄

·陳彬龢·

首先，我想提出漢奸的本質問題。在我的同流中，有的人是絕對不認帳的，他們所持的理由有兩點：一爲他們在心理上是仇視日本的，不能因外型的變化而一筆抹殺其內涵；一是他們曾營救重慶地下工作分子，一心一意擁護抗戰到底；通敵並不一定叛國。這說法我不敢妄加一語，看法則人人不同。拿汪精衞說吧，他所主張的全面和平，是否絕對荒謬，茲不置論。但如謂其甘心賣國，則亦言之過苛。然而他是終於無法自解的，他以跳火坑的抱負而來，却從未見跳火坑的表現。「歎護林心事，付與東流」，「奈驚飆不管，催化靑萍」，這落葉詞正自寫其悔恨。

其間確因別有懷抱而不惜覥顏自汚者，在我認識的僅有兩人，一爲張一鵬先生，一爲李祖虞先生。他倆均爲上海名律師，在社會上向有地位，經濟環境亦足自給。一鵬先生却爲營救重慶地工，接受僞司法部長的任命，自定以六個月期間，了此公案。及心願既償，果如期去職，旋告病故（詳見金雄白著汪政權始末記）。祖虞先生則以國土淪胥，生靈塗炭，國民黨一皆委棄，戚然心傷。迨見有人主張和平，因由救人一念，屈就司法部次長。雖爲認識不清，終貽大累，究竟心跡是可以原諒的，操守是嚴正的，恰與一鵬先生媲美。也許還有別位，我不知道。然而在中國人的傳統觀念下，大德雖不揜於一眚，而白圭終屬有玷矣。

以是我的主觀，無論動機如何，工作如何，只要是在戰時與敵國合作或發生關係的，無論政治工作文化工作，經濟工作，這頂漢奸帽子就無法避免。下文所述，間有可以使我自寬之處，但決不願假借，既墮糞坑，薰香何益，我從不想冲淡了我這漢奸的影子。

我是於太平洋戰爭爆發、香港淪陷後的次年（一九四二）二月間回到上海的，借寓古拔路原爲王儒堂（正廷）先生的住宅。一般工商界的朋友如江上達、許冠羣、項康原、朱溥泉等，以身處孤島，不易聽到後方的消息，對於當前若干問題，深感困惑。又鑒於大局越發嚴重，英美兩國在軍事上節節敗退，更憂心於抗戰前途的不利。以我甫從香港而來，或能作一較切實際的解答。因在我抵滬一週後某日晚上，設席洗塵，以便聽取我的見解。席間，他們主要提出兩個問題：

一、太平洋戰事對我國的影响如何？是禍是福，那一面比較可靠？

一、汪精衞的全面和平論，是有計劃的串「雙簧」呢？還是自成機杼？

我的答覆是這樣的：第一個問題，不談軍事勝敗，先談形勢。自十二月八日起，至少我國對日抗戰上不是孤立的了。只此一點，已不妨認爲是福非禍。萬一戰事結果，勝利屬於軸心國家，那已是全世界的禍福問題，不止於一個國家、一個民族的存亡絕續了。諸位果能想象勝利必屬於軸心國家麼？」

其次，談到汪精衞的和平論，這內幕不是局外人所能明瞭的。「雙簧」與非「雙簧」，全是猜測，在眞相未揭露前，不須過費心思。所能提供諸位參攷的，即此一問題不妨視是國民黨的內部問題。據我的想法，如使汪在重慶，抓到黨政軍的大權，主宰一切，誰能保證跑南京、唱和平的不會是蔣介石呢？

好了，反應來了，他們對於第一個解答尙能接受，對於第二個解答，詞色間可就異樣了。尤其是江上達先生，對我印象，從此壞透。這是可以理解的，他們在淪陷區做順民的滋味已受够了，出之水火，登於袵席，全寄望於千里外的「蔣委員長」。其一片孤忠，滿腔熱血，自如萬流奔壑。我乃發爲不敬之詞，顯屬漢奸論調，宜其不易忍受，艴然變色了。以此，我於担任僞申報社長前，已因口不擇言，招致了十足漢奸的名義。話說回來，此一時期，蔣介石在淪陷區人民的心目中是何等的「偉大」。

這批工商界的朋友，勝利後出亡入獄，多數吃過苦頭。單提江上達一人，一度曾因紗布事件，不肯與日方合作，被軟禁於都城飯店，足證他的愛國並非徒託空言，是有行動表現的。詎知勝利後他亦以經濟漢奸論罪。事緣盟軍轉敗爲勝後

前塵夢

，日方統制物資益嚴，設立商業統制會，網羅工商界知名之輩，畀以委員名義，強廹合作。江上達為紡織業中堅分子，為了保存物資，為了遠禍，只好接受名義，委曲求全。勝利後如能執法持平，原可原情畧迹的。何況抗戰期中，國軍為「圖保全實力」，臨陣撤退，而美其名為「轉進」者，比比皆是。以破例些，商人為保存物資，與敵委蛇，亦不為過。大陸解放後，我倆在港重逢時，他還提起當年洗塵席上的說話，謬承讚賞，許為隻眼獨具。其時他正經營上海紗廠，我則窮困異常，尙蒙相濡以沫，作經濟上的資助。反轉來說，蔣介石在抗戰時期的崇高聲望却如此這般的給人看穿，化為肥皂泡了。

又我剛抵上海之際，汪政權一系列的人多懷疑我為搗蛋鬼的。他們明白我的背景必然是日本人，否則不會貿然跑向上海。根據他們的經驗，一般不滿於汪政權的人，恃有日方背景，故意興風作浪，向汪政權搗蛋的，以往已有不少例子。加以我入申報後，很少機會和他們往來，而在看不順眼的當口，還不免針對現狀；在報端有所批評，這就越發不由他們不對我「另眼相看」了。然而實情異於想象，彼此之間雖具戒心，迄無衝突。如此許久，他們似已明白我非搗蛋一流，又過許久，金雄白先生開始與我接近，他們似更跨進一步，了解我於政治確無興趣。由是陳公博周佛海等才與我建立私誼，有時也請我作公務的周旋。究因我和他們往來，純為私交，所以關於內幕情形，所知有限。如今我能提出的，均屬枱面上可以攤開的幾件事。而他們的爭權奪利，與對日方的伈伈俔俔，亦可就此看出一個輪廓來。據雄白事後見告，他是受佛海的委託而和我接近的，意在窺伺我的行動。如此說來，以後他們在心理上對我撤防，當然是由於雄白的「據實報告」了。

當陳公博代理偽國府主席時，並未明白擺脫兼任的偽上海市長，其左右亦已不得他含糊下去，故亦不作交卸的準備。可是周佛海對於此席却是志在必得的。他為保持外貌的和協，他又不便出於攘官奪位的一着。乃向我商酌，希望能以第三者立場，助以一臂，取得此席。其時我已受聘為「上海市諮詢委員」，屬於半官式的「民意」代表，當告以此事如以「民意」立場，去電南京，提醒公博既代主席，不便仍兼市長；一面暗示上海地方重要，接替之人，非如周某資望，未易顯出分量之重，事或有濟，亦未可知。佛海以一時亦想不出更佳的辦法來，即請我出面建議，並徵其他諮詢委員連署，發電去訖。不意果然生效，佛海乃得如願以償。

當時我所幹的社會工作，最傷腦筋的為救人一項。日本憲兵隊和翻譯，狼狽為奸，常向市民施行敲詐，或指他們接濟重慶特工，或逕指為特工分子，信口栽誣，隨意逮捕。他們的家屬往往上門哭訴，懇求援救。我生成好管閒事的脾氣，也從不嫌麻煩，攬在身上，設法將他們保釋出來，不必細說。可是這些人飽遭毒打，又經過多天的非人生活。雖幸恢復自由，已是遍體瘡痍，不成模樣了。我嘗為此類事向陳公博周佛海談及，指出保障人民的安全，為政府所必備具的起碼條件，為什麼無法辦到，專靠社會人士作消極的補救，這置所謂政府於何地？抑且事後營救，根本就不是辦法，我們懂得眼前環境，不唱高調，侈言主權完整，但至低限度，你們必須認真交涉，規定以後憲兵隊捉人必須會同該管警察局辦理，又必須由警察局處理，不得片面行動，對老百姓才能有所交代。我又以調侃方式鼓勵他們，到了今天，形勢逆轉（指日方軍事挫敗），日方需助更多，勢必要求你們作進一步的合作。為了人民安全，你們縱不能正面抗議，何不利用機會，擺出罷工、辭職的姿態，要挾一下，難道你們還怕別人搶飯碗，日方炒魷魚麼？話說到此，已屬盡頭，陳公博還是一貫的消極態度，一切不感興趣。周佛海雖較有作為，亦只挂上一副義形於色的嘴臉，始終沒有取任何行動。

我常認為做漢奸並不一定挺不起脊骨來，上文所提的張一鵬先生，為了營救六百多名重慶特工，以入地獄的精神，忍辱落水，講到做到，重慶特工果然得救，日方無可如何。陳公博周佛海等不都是倡言和平救國的麼？而其所表現的，莫說國不能救，即連老百姓的死活亦無力照顧。彼此懸殊，何以如此其甚？一言以蔽，關鍵即在一個「慾」字。一鵬先生是無慾的，無慾則剛，故雖在杌揑之中猶能獨成其正。陳周一流，以及梅思平、任援道、丁默邨等那批高層份子，則其慾壑之深，嗜好之廣，可說是無底無邊。享受既極奢泰，生活自益糜爛，後來連鴉片煙都抽上了，滿朝文武，成為一羣的癮君子。如此貪瀆，如此腐敗，還能想他們挺直脊骨為老百姓說話麼？

古往今來，一個私生活不嚴肅的人，決不能辦好政治。一個私生活不嚴肅的政治集團，更可斷言，必歸覆滅。汪政權是不足論了，勝利後的蔣政權，僅歷四年，垮台完蛋，其主要原因，不也是為了自根到杪，集團貪污，集團腐化，以致失盡人心的麼？

（一、待續）

肇慶憶舊

蟄庵

余生於韶州之英德，長於廣州，而少壯之年，於民二至民五，民八至民十，于役肇慶。其間會竭一己之誠，爲國家地方效奔走，關係國事及廣東治安者甚鉅，距今五十餘年矣。時一追憶，自維功不補過，而舅兄朱君執信於民九因而殉國虎門，尤可痛悼。惟鼎湖飛水潭之修補，是岸亭之設立，以及民十夏秋間追隨中山先生及家父之游蹤，深印腦際。偶閱「廣東風光」第五輯之鼎湖飛瀑，頓覺往事如電影之復現幕間，磾然有味。因撰「肇慶憶舊」，用誌既往，而飛水清光，趣味獨濃，足洗積年煩惱也。

一、民二至民五——反帝與討龍

進行之前奏

民二（一九一三年）癸丑之役，寧贛慘敗，袁世凱統一全國，誅鋤異己。孫中山先生，以袁懷異志，謀危民國，非圖再舉不可。但寧贛實力，損失甚重，惟廣東未經戰事，尚存一部實力，故於出國之際，囑朱執信設法維持，爲他日之用。並言陳炯明、鄧鏗舊部尚在東江，鄒魯亦在東莞有地下佈置，可作援應。朱之實力凡四：（一）李福林所部福軍十二營駐河南；（二）李耀漢所部肇軍十五營，駐肇、陽、羅十六屬；（三）袁帶所部帶軍三營，駐中山；（四）陸領已散之民軍，潛伏順德、樂、從一帶。四部之中，以兩李實力最强。因遣李朗如入福軍，余入肇軍，作地下工作，靜待時機。余誼無可辭，故於民二冬間入肇，李耀漢聘任參謀，其時朱已遠赴日本矣。及帝制議起，唐繼堯、蔡鍔首舉反帝義旗，劉顯世在貴州响應。陸榮廷時爲廣西督軍，亦懷反帝之志。以廣東督軍龍濟光助袁張目，派龍觀光率軍入桂攻滇，因在剝隘將其繳械解散，兩廣頓成對敵之局。陸以龍部濟軍，魚肉粵民，大失人心，亟欲引粵籍軍隊爲助。最與廣西接近者爲肇慶之肇軍，司令爲新興籍之李耀漢，陸之友人丘渭南，籍隸新興，因派丘爲代表訪李，勸其同舉反帝義旗。同時朱執信亦遣陳芑川爲代表，對李作同一指示。李遂召集所部將領會議，討論聯合桂軍辦法。余亦獲參末議，公決辦法三條：甲、袁氏叛國，罪不容誅，龍軍殘民，亟宜一致申討；乙、龍軍盤據廣州，械多餉足，兵力三倍肇軍，寡難敵衆，必須桂軍入肇，共張撻伐；丙、龍軍以客軍入粵，人民咸感亡省之痛，桂、肇聯合討龍，希望桂軍將來仍取客軍地位，倒龍之後，粵省軍民二政，仍由粵人公推資深望重之粵人主持。丙項之由粵人公推資深望重之粵人主持一語，由余獻議，蓋以爲必如此然後對桂軍無爭權奪利之嫌，且由粵人公推，顯示主權在民，資深望重；一方可避嫌疑，一方必可得人，永息內訌也。旋得同意，余亦承推任代表西上洽商。

梧州洽商之概要

民五（一九一六年）三月，余偕丘渭南乘港梧輪西上。丘謂陸時在南寧，莫榮新駐梧州，主持軍事，特爲紹介。莫遣蒼梧縣知事呂君代租馬門船一艘，供余住宿，並約時洽商。余即依時晉謁，並代達肇軍決議三項，莫謂尚無多大問題，當爲代達陸督，得覆再告。翼日即承約再晤，莫謂陸以肇軍決定同舉義旗，至爲歡慰，桂軍入肇爲助，亦所深願，但須肇軍明白表示態度，方可派兵入肇。余念龍陸有姻親之誼，龍觀光率兵入桂，不免繳械，桂肇兩軍初交，非肇軍先有表現，未便深入肇境，自屬人情，當告以回肇報告，必有報命。隨即搭輪返肇，報告一切。

李對桂方請求，亦表贊同。隨即通電反帝，並通令所部，謂中華革命軍爲友軍，必須互相尊重。余即帶登報通電赴梧謁莫，渠初頗疑慮，以只言反帝，未見討龍之語，只言中華革命軍爲友軍，未言桂軍。余告以龍，防地接近，一言討龍，立即爆發大戰，未免過急。中華革命軍近在樂、從一帶，方與龍軍苦戰，通電認爲友軍，不嘗與桂肇軍合流，不言桂軍，亦免龍知桂肇兩軍聯合，得以預防也。莫亦諒解。並電陸報告。隨再約晤，謂陸已同意派軍入肇，由莫率領，因再詳商合作辦法。莫言：一戰必知已知彼，方能望勝。桂肇兩軍，既決合作，必須彼此開誠，互報實力，不掩已短方可通籌因應。其次桂省缺乏水師，而由梧州至廣州，中貫西江，純屬水路。桂軍入粵，如避所短而遵陸路，則跋涉維艱，大違兵貴神速之旨，兵站補充，尤多困難。若由水道，必用小輪拖帶艬船，載運軍隊，必須有兵艦護航，方獲安全，深盼肇軍之協助。」余因先告：「肇軍實力分爲五統領：一、李華秋三營，分防封、川、開、建等縣，二、丘可榮三營，分防高明、鶴山四會、廣寧等縣；三、翟汪三營，分防高要、新興、陽春等縣；四、陳均義三營分防羅定、雲浮、鬱南等縣；五、古日光三營，分防陽江、恩平、開平等縣；六、最近新募王定華等三營，暫駐肇慶，共十八營，每營官兵三百餘人，合共五千四百餘人，砲械均尙充足。但須分防十六縣，藉維給養。眞能出任作戰者約二千餘人。水路則由上游之界首，至下游之青岐貝水，均有水上警察廳所部之四五等巡艦，分段巡防，由二等巡艦之廣貞砲艦統率，向歸李所秉之肇陽羅鎭守使指揮，與肇軍一致行動。此外尙有連繫甚密之友軍：一、李福林之福軍十二營，駐廣州對河之河南；二、袁帶之帶軍三營，駐中山縣，但均在龍軍肘腋之下，深受箝制，非我軍攻至廣州近地，難期出動。水軍尙有魏邦平劫奪龍軍之寶璧出海艦，一等巡艦之江大砲艦，及四五等巡艦數艘。江大艦配有巨砲，實力尙在廣貞之上，現亦進駐西江與肇軍有密切之連絡，水軍實力，不特自守綽有餘裕，且可與陸軍協同進取。」莫言：一桂軍分三部：一、陳炳焜部，專任維護廣西後方；二、譚浩明部，因滇黔與袁軍鏖戰甚烈，唐繼堯迭請桂軍入湘，進攻袁軍，側援滇黔，陸督不久即將親率入湘；三、本部，現駐梧州，準備由本人親率入肇，除留防梧州外，大約入肇桂軍爲六營，約一千餘人。如得肇軍巡艦之掩護，余即親率入肇。陸侯余軍到肇後，亦即親來肇慶，商決大計，然後轉入湘。諸事皆備，專待肇軍巡艦之協助而已」。至此洽商業告完滿，余即乘輪返肇，代達桂方之請求。

陸榮廷之軍政攻守大計

桂肇兩軍合作，既經商決，李即派艦赴梧迎莫。五月莫率軍東下，李莫晤談甚歡。不數天，陸亦乘廣西電輪到肇，莫遣其參謀長劉志陸來告。余偕李劉同登廣西電輪謁陸，李陸兩人，互道欽仰之意。繼李再提倒龍之後，希望桂軍仍維持客軍地位，粵省軍民二政，由粵人公推資深望重者主持。陸大笑而起，且曰，「君可放心，我只求推倒袁賊，還我民國，絕不貪圖祿位，陸榮廷如爭廣東督軍，陸榮廷是狗。」聲震全廳，巡輪客廳地甚狹小，參佐十數人，相距不遠，計必共聞，余雖不識其人，今尙必有存者，當可共證，此時陸甚豪爽，綠林態度，尙未盡除也。繼言今姑置此，先談政治軍事攻守大計。昨晚與莫商討澈夜，桂肇兩軍，在肇眞堪作戰者，不過三千餘人，而龍軍逾萬，衆寡懸殊，福、帶兩部，態度未明，不能認作我方實力，倘竟輕進，實無制勝把握。設有挫敗，搖動桂省後方，滇亦大受影响，足誤大局，故西江一路，宜暫取守勢。龍濟光目光如豆，戀戀廣州地盤，未移寸步。即令來犯，我軍有建瓴之勢，迎頭痛擊，勝算甚高。且目前大敵爲袁，龍僅小醜，袁倒龍必坐斃。故我認爲惟一要着，在援助滇黔，不使袁軍得逞，而援助之法，只有桂軍入湘一途，我願獨任其難。日前電商李烈鈞，允派滇軍張開儒爲助。我通盤籌畫，滇軍爲客軍，與桂肇兩軍必須分防後方，維護給養者不同，自可全力進攻，力量較厚。龍軍在廣州，內憂粵籍兵之叛變，樂、從東江民軍之起義，外防桂肇兩軍之進攻，重點在廣州及西江，其他皆不注意，至爲空虛。我擬請滇軍乘其不備，繞道北江，進攻韶州。該地守兵爲朱福全三營，力量單薄，不難一攻而下。滇軍如下韶州，不惟龍軍四面受敵，不敢向西張目，而入湘之桂軍，得滇軍駐韶州，爲固後防，自可與滇黔協力，進窺中原，實爲一舉數便。此爲軍事一守一攻之大計。至於政治則袁賊叛國，全民共憤，清末三督，北袁世凱，中張之洞，南岑春煊，最負人望，張早去世，北袁南岑，同爲國人所注目。岑亦同意討袁，近已秘密到桂，自宜推作首領，以振聲威。國民、進步、政學三黨，現亦左提右挈，同維民國，亦宜有統一組織，以免力分勢薄。今正在洽商中，不日即可有圓滿辦法，尙望共同努力，俾奏膚功。如有卓見，仍望見告，李舉雙手，大呼贊同。陸言朱君執信，聞在港澳，如能來肇參加，尤所歡迎。余對陸氏，初目爲綠林之豪，今聆其一席話，不惟愛國負責，且對軍事攻治，無不籌策入微，他日反帝之成功，實非倖致，不禁深致佩仰也。

都司令部及軍務院之成立

翼日，劉志陸復來訪，邀到廣西巡輪謁陸，當即前往。陸言，「滇軍業已就道，不日可到北江，渠亦於短期回桂入湘，將來在粵討龍之戰，將有桂、肇、滇三軍，莫、李、張地位相等，宜有統一指揮之機構，擬在肇慶設立都司令部，推岑春煊爲都司令，梁啓超爲都參謀，李根源爲副都參謀，楊永泰爲財政廳長。同時設軍務院，擬推唐繼堯、岑春煊、劉顯世、陸榮廷、梁啓超、蔡鍔、李烈鈞、陳炳焜爲撫軍，以唐繼堯爲撫軍長，岑春煊爲副撫軍長，攝行撫軍長事，兩機構同在肇慶，由李負拱衞之責，囑徵其同意。如承贊同，即囑代覓都司令部地址，並代爲佈置一切，以期早日成立，應付一切。余言昨日之會，李舉雙手贊同，自必惟命是聽。當爲代達，李果贊同。嗣李復與莫會商，以都司令部既將成立，龍軍現株守廣州，部隊實力，最西僅到佛山，三水由粵籍雜牌軍駐守，毫無實力，不如由廣貞掩護，以桂軍進駐三水，擴大防線，既免都司令部太近前線，肇桂兩軍，又免雜駐肇城，易生齟齬。莫表贊同，隨卽乘夜進駐，絕無反抗。至都司令部地址，余負選擇佈置之責。念戰事方殷，學校教員學生，均已星散，學校地方寬廣，且有校具借用，可省佈置之煩。肇城有星巖、端溪兩書院，星巖書院在肇慶北門外，衞護難周，端溪書院在城內，與肇軍司令部之舊肇慶府署僅一箭之隔，易於關顧。端溪書院爲肇慶中學，因走商校長程君，亦表贊同，當代爲佈置。都司令部及軍務院，卽於五月一日成立。都司令與桂肇滇三軍以及軍與軍間，關聯至多，當時承指定劉志陸爲桂軍聯絡員，余則負肇軍聯絡之責。其後滇軍續到，則副官長李炳榮任聯絡之責。成立之始，諸待洽商，頗感奔走之勞。陸於都司令部成立後，立卽回桂，率軍由桂林入湘矣。暇時余常與岑、梁、李、楊晤談，岑任兩廣總督時，關聘家父任奏摺文案，偶談及此，余時稱岑爲都司令，岑言：「我們本世交，不宜守官塲之惡套，應改稱世伯，以重世誼。」自宜勉遵。梁啓超與家父同中光緒已丑廣東鄉試舉人，余並於是年出生，梁亦因此囑余改稱年伯。楊永泰則於光緒甲辰與余同爲廣東高等學校同學，楊在甲班，余在丁班，相見至歡。以是奔走雖繁，而諸凡順利，獨有一事，最感棘手。肇軍排長翟生，在南門河狎妓醉酒，與海軍上士爭風，傷斃人命，爲軍警拘送肇軍司令部。事本微小，但翟生爲肇軍副司令翟汪之胞姪，翟尙無子，家只翟生一人。出事之後，余至李室，見李翟方對坐，而翟垂淚不已，頗感事態嚴重，急卽引退。都司令部距南門不遠，立爲岑所聞，召余詢問詳情，當以實告。岑頗震怒，謂都司令部成立不久，咫尺之隔，竟出殺人重案，不予嚴懲，何以彰法紀。卽令交李、莫兩司令開軍法會審，蓋知李處境之難，以莫爲助也。翼日午刻，李、莫在肇軍司令部會審。翟生直認不諱，李莫會商數語，由李宣判槍決。卽令衞隊長李火養牽翟生至鄰座飲靨後竹林槍決，此爲余目擊殺人之第一次，頗感不安。旋至翟室慰唁，翟方蒙氈高臥，滿面淚痕，一見余，卽謂亞生自取其死，殊不足惜，但望皇天有眼，勿令先祖父無後而已，余力爲勸慰，但目擊情況，亦不禁賠了數滴眼淚也。隨至都司令部，向岑報告詳情，岑笑謂「翟汪尙不錯。」對此事之發生，余初頗感嚴重，不惟未置一辭，且急圖引避，岑一怒，而圓滿解決，亦足見其重法，與處事之明斷也。此爲民國五年五月間事，民七翟汪卽以副司令接代李耀漢之總司令並兼代廣東省長，不久亦生子，其子孫今仍在故鄉，亦彼所謂皇天有眼者矣。

龍軍調瓊、都司令部結束

滇黔桂相繼獨立後，袁世凱深感衆叛親離，業已取銷帝制。及桂軍入湘，其他各省，亦紛謀獨立，袁悔憤且急，因而成疾。六月六日，以病斃命。依法由黎元洪繼任大總統，袁部咸樂遵命，國事暫告解決。廣東則形勢益急，龍濟光深知袁死則後台崩潰，毫無出路，勢成坐斃，但仍迷戀廣州，聲言濟軍數萬，誓與廣東共存亡。都司令部因此召開會議，共謀對策。李、莫兩司令，以滇軍業佔韶州，龍軍四面受敵，猶狗入窮巷，毫無鬥志，戰決不難，但廣州爲南中國精華所聚，一成戰地，玉石俱焚，不無顧慮。梁、楊均粵人，亦以保存廣州爲重，主張聲討備戰，而不立卽開火，以威偪龍軍離粵他去爲上策。莫旋報告，陸以黎就任大總統，國事大定，桂軍在湘，不必北進，決定還桂復員。滇肇兩軍，咸主請陸來肇，共圖去龍辦法。旋推余爲肇軍代表，李炳榮爲滇軍代表，西上桂林，商洽一切。余卽偕李炳榮乘梧州輪到梧州，仍由蒼梧呂知事代僱馬門船，北上桂林。呂言陸方由湘起程，不日卽到桂林乘電輪南下。我們儘可溯流北上，渠已代電報告，桂河並無其他電輪，如遇電輪，卽可過輪會晤。我們如言乘船北上，素聞桂林山水甲天下，藉此更可一償遊觀之樂。馬門船雖不大，但艙內可容二帆布榻，一四方枱，四椅，可坐可臥，至爲舒適。暮抵昭平泊船，訪昭平縣知事，知陸已由桂林下船。我們翌早卽乘船北上，沿途水不甚深，清澈見底。兩旁多石山，不如羚羊峽之一片山林矗立，而山石突怒偃蹇，奇狀百出，多爲圓形，或高或低。余幼時曾經清遠飛來峽，頗感秀偉，以比昭平至陽朔之山，則如小巫見大巫矣。沿途皆有漁舟，購食無不異常鮮美，價亦不貴。及今追想，山水之樂，鮮魚之佳，以此爲最美。民國廿四、廿五年余嘗由漢口溯流經三峽至萬縣、重慶，復沿陸路至成都，山景雖壯偉，而幽美不及遠甚，惟江西廬山，差足媲美耳。將至陽朔，遇電輪，卽偕李登輪晤陸，座客有曾彥。旋偕陸至梧州，陸公務至繁，余等先乘港梧輪返肇，陸不久亦乘輪東下，陽朔至桂林之山水，不復得見，至今猶難忘懷也。陸旣抵肇，兵容甚壯，龍軍愈餒。岑、陸與黎、龍電商多時，龍軍遵命調瓊。廣州免成戰地，亦大幸事，每念及此，則數年之奔走，亦足自慰矣。龍軍既決調瓊，都司令部亦擬結束。於結束之前旬日，岑委余爲陽江縣知事，殆以余爲書生，非軍人耳，從此余卽離肇，不復與聞肇桂兩軍矣。龍軍決去，黎卽明令派陸爲廣東督軍，朱慶瀾爲廣東省長，陸堅辭廣東督軍，旋改授兩廣巡閱使，以陳炳焜爲廣東督軍，豈陸猶未忘如爭廣東督軍陸榮廷是狗之語耶？

（上篇。待續）

張之洞買古董上當

清末民初，有個湖北安陸人卓從乾，著有「杏軒偶錄」一書，其中頗有一些史料。因爲是鉛印本，流傳本不多，現在知道的人恐怕極有限了。張之洞久任湖廣總督，所以他記張的佚事，多少有點來歷。（順便說一句，湖廣總督名義上轄湖北湖南兩省，與廣東毫不相干，廣東另有兩廣總督，爲什麼稱湖廣而不稱兩湖呢？因爲湖南一直到康熙初才正式建省，在元代，將今天的中南地區總稱爲湖廣行中書省，明代雖然在武昌和廣州設兩個布政司，而在武昌的仍沿湖廣之名。清代的情況更加不同了，而總督的官銜官印却一直不曾改換。舊時代裏名實不相符的事，也不止此端。）據說張氏在光緒末年奉召入京陛見，總督由湖北巡撫端方兼署，端花了錢運動慈禧的左右，不讓張回任，於是差不多在京城逗留了一年。無聊得很，每天逛琉璃廠，所有從廠東門到西門的古玩店都走遍了。店家無不認識他的。

有一天在某店的內院發現朱漆闌干中放着一口缸，形式古樸，刻有各體書的題跋，斑駁陸離，半不能認識。缸口還畧有缺損，露出石質，內簑金魚水藻，游泳自如。張識爲古物，就追問來歷。店主說：「這件東西在小號裏年代已經不少了。聽說我們祖上和某貝子是至交，在賭局中結賬時，某貝子輸了一萬多兩銀子，還不出，就拿這些東西作抵。據老輩傳說，這本是明代宮中之物，李闖王入宮，金銀珍寶都散失了，這缸被推倒在階下，因而流落人間。」張問賣價多少，店主說：「我們祖上傳下來的話，如果是王公貴冑來買，一定要在一萬以上，如果是清廉好古的士大夫，可以稍讓點不妨，看你老先生不過是位京官，宦囊有限，可以免問吧！」張笑了一笑，回去就劃了五千銀子派人去說：「這件東西幸而遇着我，能夠識貨，別人誰肯出這樣重價呀！就這樣成交吧！若還嫌少，別的買賣再找補就是。」此時店主已經知道是張宮保來買，（其實他早就知道）算是格外克己以示巴結。不多幾天，張回任了，載了這口缸一同到了武昌督署，鄭而重之，邀請許多名士共同賞玩，互相考辨。誰知經一天的大雷雨，古缸融化成泥了。五千金買來的寶物，原來是這樣的。

這樁笑話，也見於易宗夔所著的「新世說」卷七，情節上畧有出入，大體上也是說古玩店做的圈套。形容張的名士派，不是毫無根據的。張雖然做了大官，除了大官派以外，還兼有名士派，當時已有定評。據說他也好買字畫，買了以後，也並不認眞收好，過了些時，已經忘記，旁人知道他不在意，偷了出去，再賣給他，他說：「好像在什麼地方見過的。」其顢頇恍惚，一半是習慣，一半也是故意裝出來的。至於他在京喜歡逛琉璃廠，袁克文的「洹上私乘」（見本刊第一期）也提到，他自己的詩集裏也流露一些。在同光之間，京官無事，特別由於潘祖蔭、翁同龢二人的提倡，確實好玩古董書畫碑帖版本之風甚盛，古董商人當然也是無孔不入的鑽空子。張本是京官淸流出身，二十多年不曾到京，重尋舊游之地，勾起少年情味，是完全可以理解的。

不過卓氏筆記說：「疆臣入覲，不奉回任之命不敢出都。」這話對張來說也不盡確，因爲他的被召，是有許多交辦的事，學務章程卽其一，經手的事未完，本來是不能回任的。

從前京城裏的人善於作僞，在紀昀的「閱微草堂筆記」裏也有記載。皮靴是可以用高麗紙做的，醬鴨子可以紙糊鴨骨頭塗上一層醬。至於假古董更有不少的傳說。紀昀筆記還載有新舊裴岑碑一事，此碑在新疆，因爲地僻，無人摹拓，筆鋒猶完整如新，後有人摹刻一木本，灑火藥燒成斑駁文，拓出以後，見者都以眞石本爲僞，僞木本爲眞。這種固然是鬼蜮伎倆，防不勝防，也有的是文人游戲，無傷大雅。相類的事太多，也無從一一證實了。卽如上述張之洞一事，淸稗類鈔則說是翁同龢的事。

·洛 生·

抗戰雜詠

·鄧 新·

端午出征

橫戈慷慨過端陽，聞道湘南艾酒香，
未抵黃龍先痛飲！大軍追逐馬蹄忙。

戰地中秋

萬里軍雄士氣豪，啣杯走馬月輪高，
光明已有靑天助，黑暗將被白日消，
（在大軍進行中張閱地圖小子亦從傍參加意見）。
機至大賢籌國策，時來小子運龍韜，
輝煌到處隨旌節，全副精神集寶刀。

京郊夜戍

大地夕陽斜，江天聞暮笳，
枕戈消夜永，側耳聽鳴蛙。

銀行外史

醇廬

中南銀行與黃奕住

談到中南銀行的歷史，必先要談一下黃奕住。黃是福建同安人，出生於貧苦家庭，十幾歲就偷渡到爪哇（即現在印尼）的泗水。泗水在爪哇中部，北面是海，爲一良好港口，是爪哇島第二大城。黃到泗水後，初無事做，只好以剃頭爲業，時在滿清，華僑尙有辮子，所以還有點生意。做了一兩年，地方情形漸漸的熟習，並且省吃儉用剩下了一點錢，就不做剃頭，而擺了個地攤，賣花生水果等物。過了一個時期生意很好，而且有了信用，行家肯先付貨給他，一兩個月才向他收錢，他就把地攤位置買下來，並擴充一些地方，蓋了一個蓬樣的房子，算是一個雜貨店。後來這個雜貨店很發達，很賺錢，店也擴大了，而他賺了錢，欠行家的貨欵也不還了，因爲他的信用好，行家也不追他還，他就將這些錢，滙回厦門鼓浪嶼買地蓋房子。那時爪哇是荷蘭的屬地，一塊荷蘭銀子可以換一塊八九角的銀大洋，所以滙回厦門的錢很多，當時鼓浪嶼的地皮不貴，建築費很廉，着實賺了很多錢。

他的雜貨店，也變成了一個大鋪子，他成了大商人，認識人也多了，並且認識有荷蘭人（那時認識荷蘭人不容易）。第一次大戰發生之前夕，爪哇市面行情不好，泗水也不能例外，店鋪倒的很多，他欠欵的行家，就向他追債。到第一次大戰快完結的時候，德國失敗，戰事結束，黃無法還債，就離開泗水，想回厦門鼓浪嶼，賣產業還債。他由泗水到了香港，遇見一位荷蘭人，他們是老朋友，大談之下，這位荷蘭人告訴黃，如能由爪哇運糖到香港，轉運內地，有一百倍的利錢，苦的是無法弄到船來運輸。可巧黃有一個朋友，有一隻一千多噸的破船，無人要租，黃就告訴這位荷蘭人，如此情形，荷蘭人說不要緊，因爲利錢大，可以冒險走，船可以不必先付租錢。辦妥後，船一到爪哇，就向糖廠買糖。糖廠知道黃有船，也不要他先付糖價，一水就賺了很多的錢。那時戰後金賤銀貴，三角多荷蘭錢換一塊銀大洋，兩水之後，就有一千幾百萬銀大洋收入了。黃就帶了這筆錢回厦門，住在鼓浪嶼，開了一間黃日新錢莊，獨資辦了一個鼓浪嶼電話公司，組織厦門電燈公司，厦門自來水公司，以上兩公司他都是大股東。同時在爪哇做糖的，還有兩位華僑，也都發了財，一位是黃仲涵，一位是郭春秧，他是台灣人，他賺的錢一部留在香港，在北角買了很多地皮。

民國八年（一九一九年），黃奕住忽動爭利於市的念頭，帶了隨員八人到上海。他在上海並不認識一個人，只知道有「申報」，就到申報館拜會社長，這時才知道社長叫史量才，他就自我介紹，並說想在上海創辦一種事業，因爲不認識人，只知有「申報」，現在既認識社長史量才，就請指敎，應創辦何種事業。史當然恭維黃一番，就對他說，創辦一種事業，個人財力有限，必須集聚衆力量才能發展，所以最好先辦銀行，得到社會的信用，存欵增加，那時候如果創辦別種事業，招股就容易，有時亦可運用銀行資金，這樣可由一間擴展到無數間，而發源是由一間銀行開始。黃對史的建議，大爲稱贊。據說當時黃頗有意請張公權替他辦一家銀行，史說，張在中國銀行已有成就，未必肯捨彼而就此。恰巧此時有交通銀行北京分行經理胡筆江，因政治關係，請假南下暫避，但史黃與胡皆不相識，有徐靜仁（後爲中南銀行董事）與史交情頗深，與胡亦相熟，由徐同史推荐，並由史向黃推荐，彼此相見之後，胡即約黃到北京觀光。黃是第一次到上海，現在有機會到北京，當然喜出望外，立即應允胡了。當時北京的內閣總理是段祺瑞，胡與段很熟，段的手下徐樹錚，財政總長李思浩，交通總長曾雲霈等都很熟。所以黃胡二人到了北京，以華僑資格見了段祺瑞，段爲了籠絡華僑，就贈黃三等嘉禾章。黃又見到財政總長，交通總長，將想辦銀行之意，告訴財政總長，財政總長當然贊成，遂定名爲中南銀行，總行設在上海。那時政府已不再准商業銀行有發行鈔票權，中南銀行因爲是華僑所創辦，爲鼓勵華僑回國投資起見，特准中南銀行發行鈔票，但有碍從前停止的命令，於是財政部發給中南銀行的批准令，是倒塡年月的。黃隨胡到了北京，見了胡與當道者如此相熟，使一個鄉下老黃奕住見到內閣總理和許多大官，又獲得勛章，而想辦銀行也圓滿解決，並有發行鈔票權，黃對胡佩服到五體投地，自已也樂不可支，因之決定聘請胡筆江爲中南銀行總經理，資本銀大洋五百萬元，黃自認銀大洋四百五十萬，每年官息八厘。黃胡回到上海，就開始籌備，因胡是北方銀行界出身，所以中南銀行就和鹽業銀行，金城銀行，大陸銀行，稱爲北四行。

中南銀行總行設在上海，籌備時卽在三馬路買進五層樓洋房，面積約六千方尺，自用兩層，其餘出租，廈門，天津，同時設立分行。

中南銀行聯合鹽業銀行，金城銀行，大陸銀行設立四行準備庫，六成現金，四成有價證券，發行鈔票，鈔票上印的是中南銀行行名，但四行共同向社會公告，中南銀行所發鈔票，是由四行共同負責。

協和貿易公司用假棧單向天津各銀行押欵，總數約一千餘萬元，有兩家銀行已經收了股欵，尙未開門，就將股欵放予協和，全部吃倒賬，銀行因此開不成，天津中南銀行也吃了一百二三十萬倒賬，中南銀行總行因此停止發息來補這筆損失。黃奕柱是大股東，又是董事長，股息拿得最多，大不願意，要追查這筆放欵負責人，要開除天津分行經理，並要賠償這筆倒賬，不贊成停止發息的辦法。天津分行經理說，放這筆欵時，適丁母憂未到行辦公，不能負責，結果副理停職，但無錢賠不起，只有停息三年，輿論上對停息補倒賬的辦法，認爲很好，因之行的信用，絲毫無損，而黃胡則不免生多少意見了。

廈門分行完全因爲黃奕住住在廈門而開設的，是一個存欵碼頭，發行鈔票，做做上海和廈門往來滙兌，不做放欵，每年穩賺錢。該行經理做過中國銀行某處經理，到了廈門，事務極少，終日念佛，行裏事不大過問。到了民國二十三年四月，總行才發覺廈門分行放賬一百幾十萬，抵押品是廈門塡海的地皮，市政府發的地照當時市價只值四分之一，又以此項地照放在庫裏抵現金共約一百多萬，總行當然另派經理，前經理調總行。廈門分行新任經理到上海請了一位律師到廈門研究抵押品處置問題，及以市政府發的地照放在庫中抵現金，是否可以過銀行戶名問題，研究結果，通知借欵戶限一星期將本利送交銀行贖回抵押品。逾期不理，銀行卽向廈門市政府申請過戶，原發收條作廢，以地照抵現金問題，亦向市政府過銀行戶。該行經理擬定兩項辦法，親往上海向胡總經理陳述，幾經研究，在無辦法之中，勉予照辦，但亦有批評者，認爲銀行吃虧太大，怎知中日開戰，物價高長，法幣日跌，所有抵押品較借欵目，不知超過若干倍，其中有借欵戶，願以原借數目加利息贖回抵押品，不料銀行方面早已過戶，欠戶毫無辦法了。聞有數家銀行，未將抵押品過戶，經過訴訟，其結果則不若早過戶之圓滿。有人問廈門新經理某君，將底價抵押品沒收過戶，有何理由，又用何種說法，能使胡老總（銀行界背後對各銀行總經理，都如此稱呼）同意這個辦法。某君說，民國十一年他到哈爾濱交通銀行任事，十一年到十四年，這個時候哈爾濱市面非常不景氣，中國銀行、交通銀行、東三省銀行等銀行放的賬近一千萬哈爾濱大洋，交通銀行也有二百餘萬，到了十三年春，哈爾濱交通銀行更換謝君當經理，謝君是張作霖的機要秘書兼奉天教育廳長，對銀行可以說是外行，在他發表之後，就寫了一封信給總行一個高級職員謝某，請指示辦法。謝某覆信介紹某君（卽廈門中南新經理），說一切行務可以和他商量。謝就職後，和某君相處極好。十三年秋，有哈爾濱電報局黃君來訪，據說李局長想約某君談談，某君卽問黃約談何事，黃說，李局長也是搜查密電專家，與周大文相伯仲，周大文原是張作霖手下密電處的譯電員，因爲直皖戰爭，奉張駐津辦事處長截獲了燮方電報很多，但無法譯出，遂原電轉奉天，不料周大文竟能全部譯出，大爲奉張賞識，一躍而升爲奉天電政監督，一度做過北京市長。李局長原爲同事，也有這種本領，周既爲監督，遂派李爲哈爾濱電報局長。哈爾濱電報局事務繁忙，而李事務却很淸閒，當時哈爾濱外商銀行很多，外國商行也不少，它們在倫敦、柏林、橫濱、上海都有分行，因此每日往來電報極多，李既無事，試將往來電報譯出，以便知其內容。久之銀行方面是互報貨幣行情及動向，商行多報燮方大豆行市及今後動向，李局長就根據這種情形，在市塲做多頭，或空頭，其結果都是失敗。他聽人說某君對世界行市，畧有研究，所以就叫黃君約某君晤面，藉以研究各種行市動向。某君見了李局長，拿出很多往來記錄，及在市塲做生意失敗的情形，給李局長看。某君仔細研究各電後，發現銀行、商行往來電報，是經西比利亞來的，但行市的波動是由倫敦或柏林經紅海，印度洋，中國海各商埠，而到上海，由上海再到大連，由大連才到哈爾濱。如若根據倫敦市行，在哈爾濱做多頭，遠處看是對的，但做投機的人，都是看近利，所以失敗。經此解釋，並以各地行市對照，皆盡符合，李局長大爲佩服，以後卽照此原則辦，大有所獲。某君在李局長處又獲得倫敦、柏林、橫濱對於哈爾濱今後市面的看法，各處來電一致對哈爾濱市面要看好，某君卽向謝經理建議，將所放出賬的抵押品，全部沒收並過銀行戶，謝君初不解，經某君向他詳言各處電報經過，謝經理遂令某君寫一公函致總行請示，竟得總行核准。中國，東三省等行知道後，也仿效辦理，並聯合一致。不數月哈爾濱市面漸興，地產漲價，債戶多後悔，但過戶手續辦妥，無法變更，債戶只有認輸了。某君卽將在哈爾濱經過情形，向胡總經理陳述，並說中日必開戰，法幣必貶值，物價必上漲，後來皆一一見諸事實。

釧影樓回憶錄

※天　笑※

他的批評，說這種書，不但傷害靑少年的目力，而且看了這等書，足以汨沒性靈。譬如一個先生，出了一個題目，要敎他的學生，做一篇文章。這須要自出心裁，把思路展開，然後才能做成一篇有意思的文章。因爲自己做不出，不肯去想，於是去翻前人所做的文字，這個思想就把它關住了。那時不但剿襲他的意思，還剿襲他的成文，自已就一輩子沒有思想了。所以巽甫姑丈說：「這些刻出來的石印書，傷害眼睛還小，傷害性靈更大呢。」

不過我對於那些石印書，受害還輕，因爲我沒有錢去買什麼石印書呢。但石印書有許多很適用的，譬如像「詩韵合璧」之類，我曾有一部，覺得很爲便利，有些工具書，都靠了石印本而利用。如其它的許多木版書，卷帙浩繁，携帶不便，却經過了縮小石印，便成了袖珍本了。譬如說吧：像「史記」、「前漢書」、「後漢書」、「三國志」，人家稱爲四史，若是木版的，要裝好幾隻書箱，現在可以縮成幾部書，那是多麽便利呢。

我在十歲那一年上，就有一副眼鏡了。那件事，是我牢牢記着的。因爲我是近視眼，看見人家戴眼鏡，頗爲羨慕。親友中也有近視眼的，把他們卸下來的眼鏡張望着，頗覺明亮。我久有此意，要想有一副眼鏡。但小孩子怎能戴眼鏡，在當時是不許的，要被大人所呵斥。

就在那年的秋天，父親爲了奬勵我讀書，他允許帶我去看一次戲。不過有兩個條件，第一件，要那天是先生放學，不能因爲娛樂而曠課。第二件，也要他自已有空工夫。於是我只有等待，等待到那一天，先生果然放學了。至於父親有空工夫，那是不成問題的，他近來本來不太忙，即使有事，他也會帶我去的。

父親對於兒童不能失信，因此催着早早吃午飯，便到城隍廟前那家戲館來了（那時蘇州城內，只有一家戲館，唱文班戲的，文班戲即是崑劇）。誰知到了戲館門前，冷落無人，鐵閘也關起來了。這是什麽緣故呀？一問鄰近，方知今日是忌辰。所謂忌辰者，便是那一天是淸朝歷代皇帝皇后的死忌，這一天，照例不許演戲的。可是我却覺得很是失望了，好容易一直盼望，得到今天，才有這個機會，結果是爲了忌辰而停鑼，我的懊喪，眞是要眼淚掛出來了。

父親却安慰我道：「這一次遇到了忌辰，還有下一次呢。」又道：「你不是想有一副眼鏡嗎？我給你去配配眼鏡去。」於是我們父子兩人，便到穿珠巷來（穿珠巷在蘇州閶門內，蘇人又呼它爲專諸巷，那裏都是眼鏡店，蘇州人有句謎語道：「穿珠巷配眼鏡，各人的眼光不同」）。我那天就配了一副玳瑁邊的眼鏡，這時，外國貨的眼鏡，還未流行到中國來，我的這副眼鏡，全是國貨，而且全用手工製成的，不是玻璃，而是水晶，價僅墨西哥洋銀一圓。回到家裏，我非常高興，把看戲逢着忌辰的失望，全忘懷了。戴着眼鏡去見祖母，祖母說：「小孩子不能戴眼鏡，只怕愈戴愈深，藏起來，到要看遠處的地方才戴罷。」

不但小孩子不能戴眼鏡，蘇州那些所謂書香人家的子弟，雖然近視眼很多，年輕時也不大許戴眼鏡。說也可笑！他們希望在科舉上發達，預備將來見皇帝，什麽引見，召見之類，都是不許戴眼鏡的。我有一位朋友，他祖上是做過大官的，却是個高度近視眼。有一天，皇帝在便殿召見，那皇帝東向而坐，對面却安一面大穿衣鏡的屏風，他糊裏糊塗，只見鏡子裏的皇帝，便向那面大穿衣鏡面前跪了。太監看見了，掩口而笑，把他拉過來，說道：「皇上在這裏」。因爲他是大臣，不加譴責，但是皇帝心裏終覺得不高興。在專制時代，皇帝對一個臣子不高興，臣子不免就吃虧了。

兒童時代的娛樂

在我十歲以前，蘇州有什麼娛樂呢？就記憶所得，畧爲述之。

第一，我就要說戲劇了。當時蘇州的戲館，城內只有一家，在郡廟前，就是上文說過，父親帶我去而適逢忌辰的那一家，專唱崑劇的。城外也有一家，在閶門外的普安橋，那是唱京戲的。這兩家戲館，都不是常年唱戲的，有時唱戲，或兩個月，三個月，便卽停止，或另一個戲班來上演了。

當時蘇州有一個禁令，城裏只許唱崑劇，不許唱京戲，所以京戲到蘇州來，只許在城外普安橋那個戲館裏唱。蘇州當時的戲劇，以崑劇爲正宗，其餘所謂京班，徽班等等，都好像野狐禪，雜牌軍一般。而且當時城內城外，好像分了兩個疆界，城裏是要整肅的，不能五方雜處，城外就可以馬馬虎虎一點了。

唱崑戲的都是蘇州本地人，縉紳子弟，喜歡拍曲子的很多，有時也來一個「爺台會串」（又叫做清客串），鬨動城廂內外，眞是萬人空巷。京戲在蘇州，却沒有那種盛況，京戲大概是從上海來的，也有從各方來的，他們所謂外江班，到蘇州來打野雞的。崑劇爲士大夫所欣賞，從不加以禁止，京戲則有時要加以取締了。京戲中有許多如賣胭脂、賣絨花、打櫻桃、打齋飯、小上坟、蕩湖船等，官廳目爲淫戲，便禁止不許唱了。（按：從前無警察，所謂官廳者，指縣衙門而言）。

除戲劇而外，蘇州最流行的是說書。說書分兩派，一派說大書的，稱之爲平話，只用醒木一方，所說的書，如三國、水滸、岳傳、英烈、金台傳之類；一派說小書的，稱之爲彈詞，因爲它是要唱的，所以有三絃、琵琶等和之，所說的書，如描金鳳、珍珠塔、玉蜻蜓、白蛇傳、三笑姻緣之類。這些大書小書，我都聽過，但是一個十歲左右的兒童，都是喜歡大書，不喜歡小書，因爲大書是描寫英雄氣慨，小書只是扭扭揑揑，一味女人腔調而已。

書場都是附設在茶館裏，但也有獨立的。我們去聽書，每人只花十餘文，而且他們還給你茶吃。書場有班老聽客，他們是天天光臨的，聽得有了癮了。像我的小時節，不過零零碎碎，斷斷續續，東鱗西爪，跟着大人們去聽一回兩回罷了。但是在新年裏，不讀書，也有跟着大人們連聽十幾回的。那種的書場，或大書、或小書，每次只說一檔書，沒有像後來上海那般書場，每一場有四五檔書的。只是到了年底說會書，也常有四五檔，這正是盛況空前。

說書名家，我所聽到的，有馬如飛的「珠塔」（那時我年紀很小，不大記得），顧雅廷的「三笑」，王效松的「水滸」，王石泉的「倭袍」，金耀祥的「金台」等等，不過都是零零落落，或只聽到兩三回。有的是在書場裏聽到，有的是在人家有喜慶事，在堂會上聽到。從前上等婦女，不上書場，但也並不禁止，偶有一二，大都年老婦女，男女座位，也是要分開的。婦女們聽書，大戶人家，往往有長堂會，每天到她們家裏來說書的。

戲劇說書之外，還有什麼「曲局」與「淸唱」。「曲局」者，也是人家有喜慶事，聚幾位平時喜歡唱曲的人，同時會唱，以示慶祝之意，主人則備盛筵以餉客。「淸唱」者，雇一班專門淸唱的人，唱唱說說，語多發噱，名之曰「攤簧」。兩者有所不同，就是一雅一俗而已。

雜耍中有一種蘇人稱之爲「戲法」卽今之所謂魔術。戲法有兩種，一種是文的，一種是武的。文的藏物於身，說說笑笑，忽然一件，一件的從身上搬運出來，有玻璃十八件，各種各樣物件。我曾見從身上搬出一大罎酒的，足有五十斤。又會見從身上變出一個十四五歲童子，眞不知他如何藏法。武的有飛水、飛碗、吞劍、吐火之類的種種技術。人家有喜慶事，以娛來賓。則取文的，以求雅馴。至於武的，不免劍拔弩張，大概在廟會場上，可以時時見之。

更有一種號爲女說書者，他處未見過，惟蘇州有之。每於冷街僻巷處，門前貼一字條，上寫「某某女先生，彈唱南北小調，古今名曲」的字樣。起初只是一二盲女，賣唱度日，隨後卽有非盲目之靑年女子，亦作此生涯。旣而更有秀麗出衆的人物，亦出現其中。人家有小喜慶事，往往招之使來，唱唱各種小曲，婦女們喜聽之。若是盲女，從吃夜飯來，到半夜回去，不過八百文，或至一元，倘非盲女，則須三元左右，如爲出衆人物，或令之侑酒，以至天明方散，則須加倍還不止。惟此種女說書，紳士人家，概不請教，以其不登大雅之堂呀。

我的對於戲劇、說書、歌唱、雜耍等等，每在親戚喜慶人家，所見爲多。因爲我家雖寒，親戚中頗多豪富。他們每逢有喜慶事，常接連數日，有些娛樂，戲劇則有堂會，以崑戲爲主，亦有唱「髦兒戲」者，乃是女班子也。那些富貴人家，都可以臨時搭起戲台來，婦女亦可以垂簾看戲。說書名爲堂唱，往往連說幾天。其它歌唱，雜耍，每遇宴慶，亦必招致。

再及低級之娛樂，則在城中心之玄妙觀內，各種都有。如露天書，獨脚戲、說因果、小熱昏、西洋鏡，那些都是屬於文的。其它如賣拳頭、走繩索、使刀槍、弄缸弄磚，那些都是屬於武的了，因此蘇州的玄妙觀，可稱爲兒童的樂園。

其次便是街頭娛樂了，也爲兒童所歡迎。街頭娛樂最普通者有兩種：一爲木人頭戲，演者挑一担，擇街頭署空曠處，敲起小鑼，兒童羣集。他就用扁担等支起一個小戲台來。

「皇二子」袁克文

陶拙庵

賣帖賣扇助賑

民國十一年壬戌（一九二二年），潮汕大風災，死人十餘萬，災情嚴重，克文鬻帖箋助賑，一爲宋宣和玉蘭亭精拓本，裝成手卷，克文親筆題簽和引首跋尾。一爲摺扇，一面拓古金銀貨幣，克文親筆題識。一面爲其姬人志君親繪紅梅，他寫對聯，有一特殊本領，就是不用桌子，把聯紙懸空，由侍者拉着，他揮毫淋漓，筆筆有力，而紙不破損，這是一般書家所難能做到的，寫小字更爲奇妙，他終日吞吐煙霞，懶於起身，寫時即仰睡在榻上，一手持紙，一手執筆，憑空書之。書成，字迹娟秀，沒有欹斜疏懈之病，朋友看到，無不驚歎。當時上海各雜誌及小型報，紛紛請他寫報頭。「上海畫報」贈定戶的「明星牋」「名花牋」，也是他的題識而景印的。單行本的長篇小說，也請他題簽。有一次，陶寒翠以所著的「民國艷史」請他爲封面，他一揮而就。後來小說出版，送給他，他一閱之下，大爲懊喪。原來其中罵他的父親袁世凱之處很厲害。從此他不再輕易應酬了。

他有時也作畫。有一次，見河東君喬裝初訪牧翁之圖像影本，喜臨一過，周瘦鵑見而拿去，作「紫蘭花片」小雜誌插圖。又繪有西子湖之霧。又畫山水便面贈劉山農，又畫松梅便面贈陳巨來，又畫梅花便面贈梅蘭芳。我的敝篋中也有他所繪的紅梅扇，一枝虯屈，着花數蕊，甚爲嫵媚。又畫松梅屏條四，鑄版登載「大報」上，並作「畫屏記」紀其事。

克文嗜劇，不但深於劇學，還寫了許多談劇的文章，如「氍毹懷舊記」，談汪大頭、小叫天、王瑤卿、金秀山往事。「窺妝樓劇談」，談旦角戲、「江湖老伶記」，談薛瑤卿、吳桂芬、錢金福等，別於都下老伶而言。「說曲」，極推重徐凌雲，謂：「歌與白，固已超超，然尙爲人所易能，其面目之傳神表情，則多出天授，且又加以揣練，故能畢妙畢肖，求之昔之名伶中，亦不數數覯也」。徐爲上海「雙淸別墅」主人，於去春逝世，其它如「鬘弄自述」、「天津崑曲家表」、「雲裳艷索隱」、「登場瑣記」、「粉墨軒渠錄」、「粉墨百表」、「瞿俞趣事」、「義伶程艷秋」、「兩義伶記」，一談劉奎官，一談賈璧雲、「京滬伶人衣飾比」、「釋轍」、「一鑑樓歌舞記」、「歌場紀事」、「天蟾名伶小評」、「鐘呂正響」、「捧角秘史」、「論學譚調」、「述劇裝」、「譽金少梅」、「箴小翠花」、「論新劇本」、「白眉王九」，談老伶工王玉芳。女伶小桂紅天折，爲撰「小桂紅傳」，並爲「悼紅集」作序、「寒雲說曲」、「歌場閒話」，「哀潘月樵」、「丹桂一夕劇」、「歲闌雅集」、談與童曼秋王艷芳姊妹合演事。「碧艷妙歌記」，談與金碧艷同演審頭刺湯事，「梨園景事」，正徐慕雲之誤。他又自已編了一個理淵派劇本「雞聲」。別有一個獨幕劇名「光明」。

「皇子」粉墨登場

克文不但能坐而言，也能立而行，自已粉墨登場，現身說法。除上面所談與童曼秋、王艷芳姊妹、金碧艷合演外，又民國八年，爲賑災出演上海新舞台，馮小隱爲編「紅拂記」，克文飾李靖。又與潘月樵別演一戲。是年年冬。聽張謇之邀，赴南通客串，與小榮祥合演折柳。與歐陽予倩合演「審頭」及「佳期」。有一次梅蘭芳請與克文合演「洛神」，由克文飾曹子建。克文以不日北上辭。又一度與某伶合演「回營」，他飾太宰嚭。又與姚元爽合演「驚變」。又與王漢倫合演「牡丹亭」等於百星大戲院，他的日記中也涉及，如云：「王漢倫來，同習琴挑表白」。又曾與俞振飛合演「羣英會」，克文飾蔣幹，振飛飾周瑜，銖兩悉稱，且饒書卷氣，觀者無不擊節。他謂官生一角，北方推程繼先，南方推俞振飛。他又與人攝戲照甚多，如「羣英會」，有與程繼先合攝的，有與王少芳、夏蔭培合攝的。又與王少芳合攝「胭脂褶」。又與汪笑儂合攝管鮑交。又演「慘覩」，飾建文帝，影載「遊戲新報」，范君博題詩其上云：「有脚不蹋河北塵，此身即是建文身。閒僧滿腹興亡史，自譜宮商唱與人」。他演該劇，觸及自己身世，沉鬱蒼涼，廻腸盪氣。方地山聽之，爲之潸然下涕。他演審頭刺湯，小宴驚變，極崑亂之妙。林屋述其串劇經過云：「寒雲先試亂彈，其聲不宜，乃習小面，以白多而唱少也。試崑曲，其聲宜，則唱官生。小生、而兼小面。有武進趙子敬者，善笛工曲，乃從而拍焉」。又云：「趙子敬謂拾金，南北曲也。慘覩，小宮調也。此二劇最難。寒雲先學之。曰吾若能得其難者，則易者迎刃解矣。而學之半載，自不上口，腔不歸工，勸其改習他劇，不聽；豈知用志不分，乃凝於神。又數月，豁然悟焉。由是更學他劇，率不過數日即工，然必與善崑者，討論其腔調，攷正其字音。其亂彈劇，皆爲北京老伶工所授。審頭而外，尚有烏龍院之三郎，逍遙津之華歆，瓊林宴之樵夫，皆工妙無匹。而崑曲中小生、官生、小面劇，其能者數十齣」。又云：「寒雲善崑曲，嘗自謂所學爲趙逸叟一派，與吳癯安、俞粟廬等不同，雖無黨同伐異之論，而自負不凡，字準腔圓，確臻上乘，惜爨弄甚稀，音嫌微低，不宜於海上舞台耳。京劇最喜扮小丑，審頭刺湯之湯裱背，逍遙津之華歆，羣英會之蔣幹。每語人曰：湯裱背、華歆、蔣幹諸人，或爲小人得志，或爲梟雄助餘，或爲書獃受詒，其境遇截然不同，現身說法者，應推測其當時心理身分，庶可吻合無間」。

三、收藏和玩好

克文的收藏是多方面的，他的弟子俞逸芬有「寒雲小事」，謂其師：「搜羅之廣博，考證之精審，皆足以自成一系統。集藏時間，大約宋籍與古泉同時，而金貨與郵票亦不相先後，考其日記可知也。所藏宋本幾二百種，因自署『皕宋書藏』，百城坐擁，殆駕黃蕘圃『百宋一廛』而上之。予藏有『友林乙稿』印本，及先師手寫所藏『宋本廿八種提要』，約畧可以窺見一斑。『乙稿』序跋以外，鈐印特多，如『皇二子印』，則當洪憲之際，欲藉此以自晦也。如王冰鐵所治廿八歲肖象印，則藏書時年歲也」。據我所知，如宋刊本「魚玄機集」，爲黃蕘圃舊藏，跋識纍纍，且有曹墨琴、張佩珊、玉井道人三者援題，知林屋女弟子汪碧雲善書，乃以明宮人朱漆粉盒，托林屋轉貽碧雲，請碧雲題寫該集上，而具四美。某歲，克文因急需現款，把該集與古泉一篋，向丁仲祜抵押三千元。後傅增湘欲得該集，不惜重價，克文又向丁仲祜贖回，讓歸傅有，書上即有「皇二子印」。東莞倫明「辛亥以來藏書紀事詩」云：「一時俊物走權家，容易歸他又叛他。開卷赫然皇二子，世間何事不曇花」。識云：「袁寒雲克文，於乙丙間大收宋槧，不論值，坊賈趨之，幾於搜岩熏穴。又多內府物，不知如何得之也，項城敗後，隨即星散，大半爲李贊侯、潘明訓所有，諸書首皆鈐「皇二子印章」。他又獲得宋代原刻三墳之書，以證三墳古有而火於秦之說之不確。

中外貨幣皆收藏

古泉收藏很多，如王莽布泉、鉛泉、銀泉、金錯刀，宣和元寶銀小平泉，方地山便以政和元寶和銀小泉贈之以爲耦，原來政和皆通寶鐵泉，重寶已希有，元寶泉那是很珍奇的。後來方地山既得金代崇慶通寶，貞祐通寶泉，知克文有金天興寶會小泉，以漢莽貨泉壓勝奇品作爲交換。又從董綬經處易得元承華普慶泉，銀質，爲元小泉中所僅見。他很喜愛，佩不去身。一日易衣，忘未解下，便被澣衣人竊去，他非常痛惜，懸二百求之，不得。過了數年，忽有人持泉求售，即爲該泉。失而復得，他又大爲慶幸。又南北朝宋廢帝的永光泉。泉品之繁夥，那是不勝枚舉的，他的「錢簡」、「古逸幣志」、「古泉雜詩」、「貨腋」等作品，是連篇累牘的談着。他又寫了一篇「還泉記」，紀與人交換泉物的趣事，原來他以徐天啓小平泉，易方地山宋銅鎊牌。以元皇慶通寶小銀泉，易黃葉翁漢鎏金九獅紐梁玉璽。以蒙古大朝通寶小平銀泉，易丹翁宋拓明拓合璧漢景君銘。可是這三泉，爲他囊中的最上品，尤以大朝泉爲元沒有建元以前之年號，載「山左金石志」，爲世所寡有。易去了，時縈夢寐，不能或釋，後來丹翁知道了，以大朝泉見還，且知彼好漢碑，亦不索歸原物。他覺得過意不去，把奚鈴生、魏柳洲合寫的唐宋詞八種爲報。丹翁素喜長短句，欣然持去，也就各得其所了。又太平天國金貨，重九錢七分。據云雖造成，而西洋各國，以太平天國非正式成爲一國，不許通行，天王一怒盡毀之，此枚流出很不易。研究太平天國史料的簡又文，會約一觀。

洪憲紀事詩本事簿注

劉成禺遺著

遜伯注：唐紹儀，字少川，廣東香山縣（今名中山）人。出身于美國哥林比亞大學文科，前淸官至郵傳部尙書。入民國，首任袁世凱政府國務總理。護法之役後，歷任總裁，西南政務分會常務委員，中山縣長等職。李大忠，指李鴻章。于晦若，即于式枚，字穗生，廣西賀縣人氏。光緒六年庚辰科進士，散舘改刑部主事，官至廣東學政，吏部侍郞。王存善，浙江杭縣人，即漢奸王克敏之父。但燾，字植之，湖北蒲圻人。辛亥革命，南京政府公報局長。廣州大元帥府秘書，香山縣長，國史舘長。陳蘭甫，即陳灃，廣東番禺人。道光十二年舉人。任學海堂學長多年，晚爲菊坡書院山長。文芸閣，即文廷式，字道希，江西萍鄉人。光緒十六年庚寅科進士，散舘授編修，官至侍讀學士。梁節菴，即梁鼎芬，字星海，廣東番禺人。光緒六年庚辰科進士，散館授編修。在湖北做官多年，晚年一度任溥儀教師，是著名復辟人物之一。「汪伯序兄弟」，指汪兆銓，字莘伯，汪兆鏞，字憬吾，又字伯序，廣東番禺人。兆鏞是汪兆銘同父異母長兄。胡衍鶚，字清端，胡漢民長兄。勞玉初，即勞宣，浙江桐鄉人。同治十三年甲戌科進士。思潁陳腐，入民國後，公然撰文主張復辟，並慫恿袁世凱扶淸。「是欲章太炎我也」，指袁世凱囚禁章炳麟事。洪述祖，江蘇武進人袁政府內務部秘書，受內務總長趙秉鈞指使武士英（吳福銘），應桂馨暗殺前農林總長，國民黨理事宋教仁主犯，戲劇家洪深，是其兒子。李家駒，字昂若，號柳溪，廣州正黃旗軍籍。光緒二十年甲午恩科進士，散館授編修，官至資政院總裁。「老徐」，指徐世昌。黃祖，後漢江夏太守。「本初」，指三國時袁紹。連仲甫，不知指何人。毛實君，即毛慶蕃，江西南豐人。光緒十五年進士，戶部主事，官至甘肅布政使，攝陝甘總督。入民國，袁派爲參政院參政，不就。鄭孝胥，字蘇堪，福建閩縣人，著名政客，復辟派分子，叛國大漢奸。鄭孝胥此詩，按「海藏樓詩」卷第九，並無此詩題，集中詩題是：「丁衡甫中丞屬題張力臣符山堂圖卷：中有于晦若侍郎題云梅菴欲削龔芝麓，余沈同情各有詩，却憶竹坨和厚語，蘇卿豈絕李騫期。謂舊交二故人先後南來相見，感梅菴語故爲此詩以廣論交之義。余謂竹坨雖有『請看蘇子卿，豈絕李騫期』之語然於『明詩綜』不錄黃太冲義亦嚴矣，余爲此詩或異侍郎和厚之意而頗不背竹坨屏黃之旨。時晦若已於六月二十五日卒於崑山舟中矣。言笑永絕可勝愴然」。又鄭詩第一首第一句「圖卷」應爲「題卷」，第二首第一句「友人」應爲「朋友」，第四句「喪」字應爲「誤」字，今一併更正。竹坨，指朱彝尊。黃孝紓，字公渚，福建閩縣人，前淸山東濟南知府黃曾源之子。山東大學教授，工詩詞畫，尤精駢體文。

堯天法曲舊雲和，新樂傳聲改正多；帳殿靈風洹水上，百年猶按盛唐歌。

湯化龍之爲教育總長也，値袁氏議稱帝。化龍欲離職出京，苦無詞可藉。會教育部有議新樂之舉。當時政府要人，以國歌未定，不足以宣揚民族精神，樹立國民教育，實爲他日天子登極，淸廟明堂之歌章也。化龍以教育總長，爲議樂主任，首先發言曰：中華民國樂歌，南通張季直已手訂三章，世多採用，今棄而不錄，諸公乃自撰新國歌，無一句通者。言之不文，行之不遠，況以如此不通之言，而使天下人歌誦之。化龍顯不學，不敢附和此種不通之語。今將所撰新國歌逐句言之。如第一句，「中華五族開堯天，億萬年」。今日中華民國，五族共和，宜綜合五族立言；堯天只能代表漢族，有堯無舜，誰爲揖讓？況「億萬年」字樣，爲五族億萬年乎？爲堯天億萬年乎？不過在「天子萬年」語氣而已。此一不通。如第二句，「民國雄立宇宙間，山連綿」。立國地上，未有立國天上者，有之則爲空中樓閣，或無地起樓台。今不曰雄立世界，雄立東亞；而曰雄立宇宙，有天無地，何以立國？不通！世界各國，有山有水，古人所謂帶礪山河，大好河山。今只「山連綿」，則江淮河漢，不足爲中華立國之基矣。有山無水，更不通。逐句批評不通畢。全會大怒，互相譏罵。而湯化龍提出辭呈，竟開去教育總長一職矣。初教部頒行中華民國五年曆書，應于四年冬初頒發。化龍竟提前三個月頒行，有防碍洪憲元年新曆，咸謂化龍有意搗亂。又不欲張仲仁（一麐）參與新華機要，無地安揷。化龍辭職，張仲仁繼授教長，適合帝制重臣所願。後洪憲頒布新撰國歌，仍就原有國歌改正，其詞曰：「帝國五族開堯天，億萬年；中華雄立宇宙間，山連綿」云云。世凱死後，運梓宮回彰德安葬，仍用洪憲國歌。葬畢大祭，則用洪憲時祀郊廟雲和之歌。雲和歌者，太廟大祭之樂章也。【後孫公園雜錄】

錄附南通張季直謇國歌

仰配天之高高兮，首崑崙祖峯。俯江河以經緯地輿兮，環四海而會同。前萬國而開化兮，帝庖犧與黃農。巍巍兮堯舜，天下兮爲公，貴貴兮君位，揖讓兮民從。嗚呼堯舜兮，天下爲公。天下爲公兮，有而不與。堯唯舜求兮，舜唯禹。顧莫或追之兮，亦莫有侮。孔述所祖兮，孟稱尤著。重民兮輕君，世進兮民主。民今合兮族五，合五族兮固吾圉。吾有圉兮國誰侮。嗚呼合五族兮固吾圉。吾圉固，吾國昌，民氣大和兮敦農桑。民生厚兮，勤工通商。堯勳舜華兮，民爕德章。牖民兮在昔，孔孟兮無忘。民庶幾兮有方。崑侖有榮兮，江河有光。嗚呼崑侖有榮兮，江河有光。【見孔教會雜志一卷四號】

「逸經」文史雜志同事陸丹林到渝，一日與汪旭初聯袂過蔭廬，得閱此條，謂湯化龍指引國歌，與原詞大有出入。當時流行國歌，原詞爲：「中國雄立宇宙間，廓八埏；華胄來從崑侖巔；江河浩蕩山縣連；共和五族開堯天，億萬年。」湯化龍肆意顚倒減縮字句，所說不通，不知何所指。關于此歌配曲，是由章炳麟所介紹山東諸城人王露所作。王字心葵。辛亥革命前，留學日本東京，專攻西洋聲律。而于國樂之琴、瑟、編鐘與胡琴、琵琶、及俗稱二簧、梆子等，無不精通。光復後，歸山東，在濟南組織音樂專門學校。旋應聘到北京，任國歌研究會會員。追溯國歌撰述，是民國二年二月，由教育部分函蔡元培、王闓運、張謇、嚴復、梁啓超、章炳麟、馬良、辜鴻銘、錢恂、汪榮寶、沈曾植、沈曾桐、陳三立、樊增祥、吳士鑑等，請彼等撰著國歌。當時章炳麟、張謇、錢恂、汪榮寶等均有撰作。但均未決定。民國四年，由政事堂禮制館製就國樂譜一種，定爲國歌，即上所列之「中國雄立宇宙間」歌。民國五年夏，袁世凱死，經國務會議討論，汪榮寶主張用卿雲歌作國歌，仍由王露作曲，通用數年。【成冉據陸丹林口述附誌】

翌日，丹林復抄示章炳麟、徐謙所撰國歌，章撰原文錄下「高高上蒼，華嶽挺中央。夏水千里，南流下漢陽。四千年文物化被蠻荒。蕩除帝制從民望。兵不血刃，樓船不震，青烟不揚。以復我土宇版章，復我土宇版章。吾知所樂，樂有法常。休矣五族，無有此界爾疆。萬壽千歲，與天地久長。」徐謙所撰國歌三章，充分表達三民主義，强調民主共和，詞云：「中華國旗，凌風飛揚。與我民族，華夏之光。人民平等，携手同行。共和肇造，基民本以爲邦。洪維民國兮，人民共有共治共享。洪惟民國兮，人民共有共治共享。」二、「中華國旗，藹雲高標。還我民權，天日爲昭。人民自由，眞理是效，郅治漸臻，順民心以改造。洪惟民國兮，人民共有共治共享。洪惟民國兮，人民共有共治共享。」三、「中華國旗，破空卓立。裕我民生，土地日闢。人民相愛，干戈永戢。大同共登，合世界以爲萬洪惟民國兮，人民共有共治共享。洪惟民國兮，人民共有共治共享。」由劉斐烈作曲。【成冉再誌】

遜伯注：「湯化龍」，字濟武，湖北蘄水人。北京進士館出身，留學日本法政大學。清末歸國，先後任民政部主事，湖北省諮議局議長。辛亥武昌起義，爲緣時會，任湖北民政部長。不久，當選衆議院議長，是進步黨核心人物之一。依附袁世凱，任教育總長。帝制問題起時，參加反袁工作。黎元洪繼任總統，任內務總長。民國七年，遊歐美歸國途中，在加拿大被敵黨刺殺。湯化龍與其弟湯薌銘，同爲湖北著名政客，世稱二湯。陸丹林，字自在，號楓園，廣東三水人。中國藝專，上海美專等校教授。

張謇日記鈔（七）

張謇遺著

二十九日。（按三十日無記事，惟於日子後有「候選教諭秦扶九墓銘」一文。）

候選教諭秦扶九墓銘

秦之望，淮海先，迨君世，知幾傳。會王父，崇明遷，茂潛德，滂洋延。繄君弱，伯仲肩，試第一，廳生員。奮乙科，光緒元，進而蹶，蛟虬跧。就一官，猶次銓，病且亟，公車還。委中路，壽永捐，四十九，何哉天。歲在寅，月午躔，有子湛，孫曰賢。後二載，卜君阡，方君卒，同歸船，張氏謇，實周旋，重為銘，悲莫鐫。有文字，丹諸磚，老沙渤，終無年。

十一月

一日。定「上灘詩」。

二日。與叔兄訊。

七日。得叔兄訊。

八日。西廂開工。

九日。與叔兄訊。

十三日。得倪萊山訊，叔兄訊。

十五日。得彥復訊，東甫訊。

十六日。得何眉孫訊。

十七日。與莫宋叔，楚生訊。遣周亨去蘇。

二十日。工竣。

二十一日。為眉孫作榜書，復眉孫訊。

二十二日。雨。

二十四日。小雪。

二十五日。雪。得叔兄訊。寫仁卿、子璹訊。

二十六日。雪。

三十日。為印香爐銘三。雲鶴香印銘：「舒葯卷薰，氤氳氳，隨以祥雲，九天九野，謦聲聞，鶴兮鶴兮，誰汝羣。」佛香銘：「得無量壽，持長生偶，蘅蕄千華，芭蕉一席，願海香雲，供養諸佛。」龍鳳香銘：「季作爐，得善銅。范香印，規矩從，纖文窈窕刻鏤工。升龍降鳳，左右㸌繚，閒以雲雷四周重，旃檀都荔朮芷茳，衆芳阿那君所宗，緼豫紛若神所共，辟諸不祥祉淖豐，得親樂善壽命融，多生男子子孫逢，天下太平無兵烽，耕田相保作上農，仕舉有道躋三公。」

十二月

三日。得叔兄訊。

四日。與子璹、仁卿訊。

五日。作秦扶九、兆鵬葬銘。

六日。得莫楚生訊，以黎蓴齋作「太倉使君墓志」屬書。送「古逸叢書」。

七日。得子璹、仁卿訊。柳西草堂上梁，卜以巳時。雪大盛。（按：此日眉書有：壬辰、癸丑、辛酉、癸巳字樣。）

八日。與叔兄訊。

十三日。雪。內子以修理先墓去金沙。

十四日。與孫謹君訊。

十八日。得叔兄訊。從孫開武生。

二十六日。與叔兄訊。溥閣學訊。

二十八日。集門聯：「歲星所在；畏壘大穰。」（史記天官書，莊子庚桑楚。）「故應當家有季子；大呼鄉友作新年。」（山谷，東坡。）

三十日。大人臥疾未起。

光緒十九年太歲在癸巳，年四十一歲。

正月

元日。侍大人談。

二日。料理三嫂行裝。

三日。三嫂由二甲往州城。

六日。柳西草堂動工。

七日。與子培、新甫、止潛、仲弢、

、君息訊、井上常熟、意園訊，交書箴寄滬。

九日。同人公送孝懿徐先生鄉諡匾。

十一日。大人生日，稱壽。

十四日。啓行至城。

十五日。早至蘆漈港，與謹臣附輪而西。

十七日。傍晚至九江，親兵宗强猶留候於余致和棧。

十八日。啓行，至孤塘，寓雙鐘招仙館。（雙鐘湖口地。）

十九日。過湖，經劉家市，行六十里，雨，止夏家村宿。

二十日。經蔡家嶺，至漳田渡，宿。微雨。

二十一日。經童子渡，至白果樹汪氏店止宿。晴。

二十二日。雨，至古縣渡，宿。

二十三日。經姚家鋪石鎮街，至老屋丁家店，宿。微雨。

二十四日。至山阪橋過嶺，上下約四里許，土人謂爲上八下七十五里者妄也。嶺中爲貴谿萬年交界。晴。

二十五日。經橫路店至貴谿縣，雨。到署喜晤叔兄，知三嫂以昨至。

二十六日。夜，同叔兄，謹臣入試院。

二十七日。試童：正場題「太宰問於子貢曰」至「子聞之」。又「每事問，子聞之」。次，「則取之」。詩：「勸耕自官曹」，得「耕」字。童五百餘人。

二十八日。閱卷，寄家訊。

二十九日。閱卷。集杜詩：「苦竹素所好；鄉黨羨吾廬」。（按：此聯係寫在是月日記之末。）

二月

一日。發案，案首邵承節。

二日。初覆題：「則眸子瞭焉」。經：「小懲而大誡，此小人之福也。」詩：「春寒細雨出疏籬」，得「籬」字。

三日。閱卷。

四日。閱卷。

五日。發案，案首朱守愚。得東甫訊，知桐城師政績已入奏。

六日。二覆題：「而餡賦春寒賦」，默經，詩：「欲語羞雷同」，得「同」字。

七日。閱卷。

八日。閱卷。

九日。發案，案首黃華。

十日。三覆題：「無以異於耆吾炙」。「居家理故治可移於官論」。詩：「湖色春光淨客船」，得「明」字，杜工部清明詩也。

十一日。閱卷。作禁止士民留任示。

十二日。發案，案首龔少海。

十三日。末覆題：「牛牛牛牛」。詩：「牛戴牛」，得「工」字。

十四日。閱卷。

十五日。發案，案首倪光耀，年十九歲，氣息尚清，功候殊淺，縣東北鄉人。聞其祖恩貢，以鬧考瘐死於獄，三卅十年其家無生員，至是兄弟同列十名，其兄光彩第六。

十六日。寫家訊，烟丈、書箴、仲友訊。

十七日。閱書院甄別卷。

十八日。閱卷。

十九日。發案：作擬試帖十首。

二十日。作再禁鄉民請留任示，爲謹臣改定各稟稿。

二十一日。爲紳士申請酌定鵝湖信江書院生童課額稟。

二十二日。與子培、新甫訊、上常熟、意園師訊。得家訊、大人已平安。

二十三日。寫天師乞符訊。

二十四日。寄家訊。

二十八日。爲人作書。得家訊。

二十九日。爲人作書。爲吳羨門題畫。

三月

一日。作孫伯滂（澄清）祖母墓志銘。

六日。作擬結光緒九年教案稟。

七日。寫復白教士訊。

十二日。顧定湖北船，更許，叔兄送之舟中。

十三日。開行。

十四日。至鄱陽之地。

十五日。至都昌縣，中途過瓢山。舟滯於沙，風橫雨緊，呼過船分載，有土船甚洶洶，叱諭久之仍去。

十六日。阻風。

十七日。至姑塘。

十八日。至九江。

十九日。附輪而東。

二十一日。至蘆漈港，雨。聞家中已遣傭守逕，疑必有事，冒雨遄歸，歸則婦病甚劇，初有轉機也。姜陳亦病，五弟夫婦，亮姪亦病。

二十三日。五弟夫婦病起漸復。

二十四日。寫叔兄訊。

二十五日。亮姪病愈。

二十八日。聞黃少田丈卒，挽之以聯。（按：二十九日無記事。又，二十八日有挽聯書於書眉云：「蓋公佐齊相用黃老家言，濁世周旋，毀譽蚊虻一剎那；文舉於潁川是紀羣間友，丈人眞厚，風湖丘獄卅年前。」）

花隨人聖盦摭憶　補篇

黃秋岳遺著

或事發，吏人蹤跡之，皆畏其拳捷，又多死黨，不敢近，以是無不知有張西園者。復入貲，得郡丞，歲己未，再以宿妓被名捕，乃投勝帥營，竄名軍府中，刑部奏請提問，有旨收繫，勝帥匿不遣，且抗疏爲力辯，司寇再執奏，並劾勝帥，去年始解赴部下獄，又以恩詔得釋。刑部主事吳養原者，總督文鎔子，當訊其翰時，叱之跽，其翰銜之，是月之二日，遇於廠甸，即率諸惡少，捽養原，痛擊敗其面，巡視中城給事中孫楫適至，覩其狀，亟督團防兵擒縛，送刑部，而遽偕御史興奎入奏，言其翰著名光棍，挾仇毆傷承審官，請飭部嚴訊究辦，詔：張其翰敢於白晝通衢，糾衆毆官，怙惡不悛，目無法紀，交刑部嚴行審訊，按律從重懲辦，同黨定四，及助毆各犯，令步軍統領，順天府，本城一體嚴拿，不許一名漏網云云。刑部諸曹官，素畏惡其翰，榜掠楚毒，令首其黨惡者姓名，遂捕定四及陸葆德等五六人，皆置獄鞫問。血肉狼籍，輦轂稱快。定四，滿洲人，工部筆帖式，陸葆德者，巡撫蔭穀子，輸貲爲部曹，勝帥挈置軍中，以事逮問革職，儇薄狠鷙，與其翰結爲兄弟，亦銜刑部諸曹官，密袖鐵椎，思報，未得間。而其翰先發，其翰之死，人以不及棄市爲恨。此輩都邑出沒，不過狗鼠之技，非眞安世大猾，武陽悍夫，遇威嚴京兆尹，立杖死車下，足矣，即其黨與，恣睢倡和，亦不過慷慨酒食之側，矜耀絝褶之間，非同畜養椎埋，陰聚亡命，然使竟寢不治，則狼子野心，虺蛇變易，不幸一旦有事，小則爲行刧之閙子，大則爲倡亂之山棚，是亦京國之患也。觀其束手就斃，如磔孤雛，平時所羽翼者，奔匿不暇，亦可笑矣。」按此事，以予所聞，西園豪猾，自罹法網，不足論，勝保專羅致此一流人物，當時朝中淸議，已有謂其終不能免者，不久，卒以陝事逮治，伏尸市曹，或亦比匪之過歟？廠甸當時游人雜遝，時時車馬梗塞，故西園捽擊吳養原，甚易。巡警始于光緒末，彼時廼以五城御史或給事中，率防兵巡視，可以就地縛人，露章入奏，燕市武健稱豪士者最多，非積有夙怨者，御史及刑部，殊不根治，此皆論茲事所宜知。光宣以來，以武犯禁之風既戢，易以妖姬明僮，靡靡招挑，淸祉墟，而都城亦徙。

近讀朱希祖先天錄辟邪考中云：「漢書西域傳云，烏戈山離國，有桃拔師子，注，孟康曰，桃拔，一名符拔，似鹿，長尾，一角者或爲天祿，兩角者或爲辟邪，後漢書章帝紀，章和元年，月氏國遣使獻扶拔師子，和帝紀章和二年，安息國遣使獻獅子扶拔，班超傳，月氏貢符拔師子，注引續漢書曰，符拔形似麟，而無角，前漢稱桃拔，後漢稱符拔，或作扶拔，孟康三國時人，故云桃拔，一名符拔，明桃拔符拔名雖不同，且有有角無角之殊，然其種則一也。桃拔來自烏戈山離，符拔來自月氏安息，桃拔有角，符拔無角，桃拔之一角者，漢別名天祿，兩角者，漢別名辟邪，總稱曰桃拔，無角者，漢未有別名，蓋仍稱符拔也。」案漢武帝得天祿辟邪，故于未央宮建天祿閣，此獸貢自西域，自鑿然可徵。又考王先謙漢書補注，謂後書德若傳下云烏戈山離國，地方數千里，時改名排特。西域圖考云，在今波斯國南境，給爾滿，法爾斯，古爾斯，丹刺部四部地。據此，則符拔乃爲波斯之獸，符拔桃拔，俱是譯音，予意兩者實是一物，有角無角或是雌雄之別，而非兩種。桃與符，當爲一音對譯之轉。古來此例至多，如騶虞，或作騶牙，又作騶吾，又名酋耳。獬廌一作獬豸，又作獬東，又作貐貐，正是此例。以予臆度，其原始皆當爲譯音，又如北周楊忠傳之捺于，舊唐書波斯傳之沽褥，亦同爲譯後存音不存義之獸名。古人于西域輸入之物，其翻譯，恆刪去尾音或首音，爲製兩字之名，至多三字，或譯以吾國文義。時代緜遠，當時彼邦之產物，至今或已絕迹，或易新名，今人據舊譯之名，以溯索彼時之眞音義，恐已不易蹤跡，而史冊筆記，展轉翻說，形音數易，尤不可究詰。尤著之例，如胥紕二字，史記謂爲瑞獸名，漢書則作犀毗。今考史記匈奴傳胥紕註云：「徐廣曰，或作犀毗，索隱云，漢書作犀毗，此作犀者，犀胥聲相近。或誤，張晏曰：鮮卑郭落帶，瑞獸名也，東胡好服之。戰國策云：趙武靈王賜周紹具帶黃金師比，延篤云：胡革鉤也，則此帶鉤，亦名師比，則胥犀與師並相近，而說各異耳。班固與竇憲牋云，賜犀比金頭帶，是也。」而王益吾漢書補注，漢書匈奴傳犀毗條云：「孟康曰，要中大帶也，張晏曰：鮮卑郭落，瑞獸名也，東胡好服之。師古曰，犀毗胡帶之鉤也，亦曰鮮卑，亦曰師比，總一物也，語有輕重耳。補註云：沈欽韓曰，趙武靈王賜周紹胡服衣冠，具帶黃金師比。（鮑彪云。帶飾之佩也，猶具劍。）案具當作貝，淮南王主術訓，趙武靈王貝帶鵕鸃而朝，趙國化之，（佞幸傳孝惠帝時郎中冠鵕鸃，具帶，鷙，蓋鸃之僞。）高誘注，以大具飾帶胡服，鵕鸃讀曰私鈚，頭二字，三音，曰郭落帶，案誘此註當有脫文，云私鈚頭者，指師比言之，其云郭落帶一名鮮卑帶，與張晏說合，東觀記，詔賜鄧遵金剛鮮卑緄帶一具，魏志註，典畧，文帝嘗賜劉楨郭落帶，班固與竇獻牋云，賜犀比金頭帶，又延篤國策註云，胡革帶鉤爲師比，蓋賜帶必連鉤，故徐廣曰犀毗，或無一字，光謙曰，史記飭作飾，此誤，犀毗史記作胥紕，具疑當作貝。」又考阮芸臺積古齋鐘鼎彝器欵識卷十，丙午神鉤解云：「右丙午神鉤七字，銀絲塡文，元所藏器。案造銅器必於丙午日，取干支皆火，元所見帶鉤，有作丙午釗君宜官者，有作五月丙午造者，此云丙午，亦鑄鉤之日也。君高遷者，頌禱之詞，此鉤嵌金銀絲，作神人，鳥喙抱魚食象，首作獸面，故曰神鉤。考山海經大荒南經云，白水山生白淵，昆吾之師所浴，有人名曰張宏，在海上捕魚，海中有張宏之國，食魚使四鳥有人焉，鳥喙有翼，方捕魚於海，郭註，昆吾，古王者號，音義曰，昆吾山名，谿水同出善金，蓋當時取善金作鉤，因象其地之神人以爲飾也，首作獸面，蓋師比形。史記，漢文帝遺匈奴黃金飭紕一，漢書作犀毗，張晏云：鮮卑郭落帶瑞獸名，戰國策趙武靈王賜周紹黃金師比，以傳王子，延篤云，師比卑帶鉤也。班固與竇憲牋云，復賜固犀比金頭帶，東觀漢記鄧遵破匈奴，上賜金剛鮮卑鉤帶一，然則師比，胥紕，犀毗，鮮卑，犀比，聲相近，而文互異，其實一也。」綜合諸說，胥紕者，或以爲瑞獸之名，或以爲帶飾之佩，或以爲胡帶之鈎，或以爲腰中大帶，或以爲革鈎，莫衷一是。其病皆在不得眞詮，予案胥紕，本爲胡語，雖亦作鮮卑，作犀毗，作師比，作犀比，作私鈚，皆同一語之對譯。張晏註云：「鮮比郭落帶，瑞獸名也。」似其眞意。鮮卑郭落爲胡語，而瑞獸則其漢譯。試檢唐韻正卷一，鮮字條云：「鮮，相然切，古音犀。漢書匈奴傳，黃金犀毗一，師古曰，犀毗，帶之鈎也。亦曰鮮卑，亦謂師比，總一物也。語有輕重耳。楚辭，大招小腰秀頸，非鮮卑只，註，鮮卑袞帶頭也；此即古所云犀毗，亦曰鮮卑者也。爾雅釋畜疏，引魏時西卑獻千里馬，西卑即鮮卑也，詩有兎斯音箋云，斯，白也，今俗語斯白之字，作鮮，齊魯之間，聲近斯，尙書大傳，西方者何？鮮方也。白虎通，洗者，鮮也，西本音先，今讀犀。鮮本音犀，今讀仙。洗本音詵，今讀先禮反，三字互誤，今霽字在五支韻，音斯，說文從雨，鮮聲，上聲則先禮反，詩新臺首章，新臺有泚，河水瀰瀰，燕婉之求，籧篨不鮮，當改入齊韻。」此釋最精，鄙意桃拔所以嬻爲符拔者，正如胥紕之爲犀毗，非從其音譯上悟其一貫之流變，不可。若以有角無角，爲區分，正如釋胥紕者，若從帶鈎獸面上立論，非無發明，恐不易得當耳。

雜記圓明園諸事後，得見營造學社出版之「同治重修圓明園史料」一書，所輯甚詳備，唯游白川事，稍簡略耳。輯者，爲劉君敦楨，據其自注，王湘綺徐叔鴻圓明園詩序一節云：「見湘綺樓日記，咸豐十年四月十一日記事，及程演生先生圓明園考，惟姻丈徐紹周先生家藏王氏篆書圓明園詞，及叔鴻先生詞序墨蹟，以校程書所引，謬僞無慮十數處，容當另文刊正，以傳眞相。」觀此可知徐氏實存王、徐手蹟之鄭重，惜未獲即覩劉氏所校正者，其中要點何在，而比日亮集告予，大鶴山人有手書圓明園詞並序，且有跋甚長，亟假得之，細字長數丈，端秀古潤，信爲叔問先生經心之作，跋雖未畢其詞，然其間有足資考證者，有足徵詞流故事者，亟錄其首尾。原跋云：「光緒己丑夏四月，余已計車五上都堂試，不第，道沽上，待船航海南下，適聞湘潭王翁壬父，先余一月至，因約于君晦若、湯君伯述，造訪之於吳趨公所，相見，即置酒論文，楊榷今古，意氣相得甚驩，每慨時事，悲閔之誠，切切滿口。時傳相合肥李公督直隸，駐節天津，爲壬父三十年前曾文正幕中同舍友也，壬父云，此來與李約三章，不修志，不入幕，不主講，唯欲貸萬金，將卜居於海淀，近先帝舊園，受一廛，朝夕歌哭於其間，於願足已，因示以圓明園詞並叙。余讀之，其聲擲綽，發言哀斷，相與悢悢輟尊而歎，以爲非深于文章，達于政事，通于性情不能聲之；聲之，或不能感人，不獨先朝軼聞往事，有足徵也。自是遂無日不見壬父，見輒說詩及近事，嘗食以苦瓜爲下酒物。余凡三登輪船，臨河而返，惓然不能去也。故壬父貽余五言三篇，有潮落知人意之句，其心契如此。旋與之約游吳中，秋以爲期，流連浹旬，各以篇詠爲別，余先渡海而南。迨中秋後七日，壬父果浮家至蘇，寓湖南賓館，距余居壺園，只隔一橋，歡言晨夕，風雨亦相過從。時江夏黃子壽年丈，以布政權巡撫，與壬父固聞聲相慕者，余爲之先容。又壬父老友遵義劉公景韓，亦新擢廉吏來蘇，於是文酒雅宴，殆無虛日。

本刊出版到現在四個多月，收到作者投寄的文稿已有四百多篇，有些還是二三萬字的大著，作者這樣大力支持，愛護本刊，使到編者又感激，又高興，每到了發稿之期，讀了一篇又一篇，每每擊節欣賞，自幸眼福，恨不得立即將這幾百篇文章，盡在一期內發表，讓讀者作者先睹爲快。但這只是幻想罷了，一個半月刊當然是辦不到的。既然是辦不到，只有慢慢予以登載。

依照本刊的稿約，投來的稿，如不合用，十日內卽退還，不退還的就是要採用。但本刊篇幅有限，每期只有七萬字的篇幅，容納長長短短的文章二十篇左右（例如第九期因長文較多，就沒有二十篇那麼多），所以有些文稿一時尚未能刊出，空勞作者盼望，這是很抱歉的事！請作者耐心等一下。如果不能再等，或有其他用途，不妨寫信來商量。

編者在第五期的「編輯後記」裏，曾提到本刊編輯由編者一人「一脚踢」，那是說，除了寫稿之外，編、校、跑字房，甚至有上郵政局寄掛號函稿和寄給定戶等人，都要自已親自爲之。近日收到三位熱心讀者來信，願意無條件校對，這是使編者非常感激的。從他們的來信中，可以知道，他們都是年青人。編者已分別答覆他們，很坦白的說明不能勞動他們的理由。在此時此地，斷沒有令人盡義務之理的。他們的好意，編者永銘心肺，沒世不忘，特在這裏提一下，以見熱心人之如此其多也！

秦仲龢先生是一位熟諳明清掌故，而又熟於近六十年史事的專家，他在「春秋」所譯的「紫禁城的黃昏」一文，月前經已刊完，不久將刊單行本，現在，稍有餘暇，特爲本刊譯「英使謁見乾隆記實」。

本期開始刊載陳彬龢先生的「前塵夢影錄」。在過去四十年中，陳先生服務於文化界沒有一時停止過，他接觸的人物是多方面的，而生平的遭遇亦極奇。他對朋友的熱心與愛護，可說無微不至，凡和他做朋友的，無不知之。編者於一九三二年在上海中國銀行工作，由故友唐有壬介紹相識，見過兩面，後來陳先生到香港辦報，就沒有再見，一直到一九六四年夏間，我們才有機會聚首，他經不起編者以老友的身份，督責他寫稿，他才肯一連寫了這許多來幫忙。

編·輯·後·記

蟄庵先生是一位廣東老輩，民國初年，曾在廣東的軍政界中做過秘書、秘書長，又做過縣長、廳長等職，所知的軍政界秘聞極多，本期先發表他的「肇慶憶舊」，以後還有很多稿可來。

六月廿二日正在寫「後記」時，忽接六月二日曼谷讀者航信（足足飛了廿日），畧說：「在貴刊先後讀到近代畫苑掌故的文章，確是極佳的資料，猶憶張大千前年由日、越、歐道經曼谷，在機場對歡迎他的朋友們說：現在國內的畫家以吳湖帆葉恭綽和謝稚柳三位的作品最具書卷氣，吳湖帆的山水精者勝於溥儒，葉氏書法和蘭竹當今獨步海外，謝氏長於工筆，樣樣精能……以張氏對於同時代之畫家甚少許可，而對上述諸人如是之推許，相信是知者之言。但海外對這三位的生平概況僅是一知半解，未能詳悉他們在藝術上的成就，茲敢煩先生轉請與這三位畫家有交情的作者們寫點資料惠告海外的讀者們增多一些見聞好嗎？如果好的話，那就感激不盡啊！

弟蘇平敬上」

蘇先生信中沒有通信地址，無從作答，只好在這裏復他幾句：「一定照辦！大概過多一兩個月，就有這類的文章出現。寒木先生是一位畫家，又精于鑒賞，編者要請教他的。」

潮州志匯編

饒宗頤編集

十六開本　全書一千四百餘頁
道林紙精裝本一百八十元
白報紙平裝本一百二十六元

是書合永樂大典所收「三陽志」，明郭春震嘉靖二十六年本八卷，清吳穎順治十八年本十二卷，（阮元道光廣東通志藝文畧一注「已佚」，一注「未見」。）饒宗頤民國本十八厚冊，並中央研究院地質研究所測繪之彩色潮州圖彙訂成書，對於潮州歷史及風土人物，燦然賅備。卽嘉應客屬之史蹟，其在雍正十一年未建置嘉應直隸州以前者，亦灼然可徵。至於治宋元史、明清史及民國史者，其中亦多珍貴資料，足供採擷。研究中國歷史及地理，尤其潮屬、客屬文獻與南洋華僑史者，此書實爲不可不備之珍本。

花隨人聖盦摭憶

黃濬遺著

十六開道林紙本五百二十餘頁
精裝本港幣六十元　平裝本五十元

是書以隨筆文體，記述光（緒）宣（統）間至民國二十年以前之政治史蹟，舉凡當時政教之所趨，風俗之所尚，皆作溯本追源之分析，如繪畫之畢呈。中多史乘佚聞，內幕秘辛，尤爲研究中國近代史者之難得佳遘。

作者黃濬，字哲維，號秋岳，福建閩侯人。譯學館，京師大學堂學生。歷任北洋政府交通部秘書，參事，總統府秘書，國務院參議等職。又歷在北平國維報，星報，社會日報，京報，庸言雜誌，新申報，時事新報等担任主筆。一九三五年，任行政院簡任秘書，「八一三」全面抗戰開始後，濬受敵賄買，將其職務內所管理之秘件供敵，案發伏誅。本書店鑑於斯編史料之重要性，不以人廢言，特將原本影印發行。

上海通志館期刊

1933年6月至1935年3月上海市通志館編纂

上海向爲中國金融與工商業中心，亦爲南方之文化重鎮。一九三二年間，設立通志館，由柳亞子任館長，延聘專家修上海通志，並出版「上海市通志館期刊」（季刊）。自一九三三年六月出版創刊號，至一九三五年三月，出版二卷四期終刊，計共出八冊。

該期刊所載論文，項目有：金融、銀行、租界、外交、學術團體、出版刊物、歷史沿革、地文地理等。論述雖僅上海一市，然清末以來中國近代化之過程及列強與中國之關係，灼然可考。

各卷期售價表

白報紙平裝	精裝	平裝	頁數	期	卷
港幣80.00	港幣131.00	港幣23.00	222	1	I
		港幣35.00	346	2	
		港幣32.00	316	3	
		港幣31.00	300	4	
港幣47.00	港幣78.00	港幣33.00	326	1	II
		港幣35.00	342	2	
港幣48.00	港幣95.00	港幣37.00	366	3	
		港幣48.00	474	4	
港幣175.00	港幣304.00	港幣274.00	總計（Total）		

龍門書店印行

香港英皇道一六三號三樓　　電話：706236

林熙主編

大華

半月刊 第十期

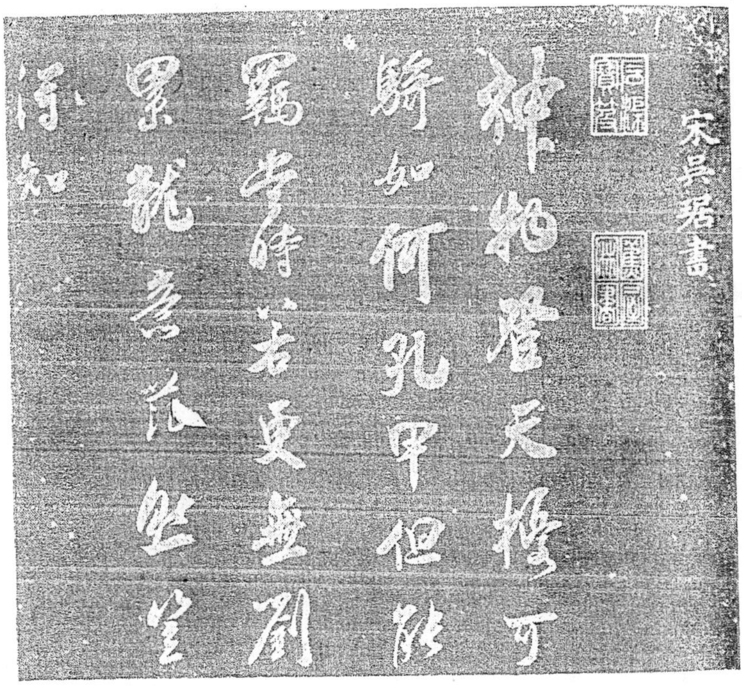

一九六六年七月三十日出版

大華　第九期

大華 第十期

封面插圖：三希堂法帖

大華 半月刊 第十期

一九六六年七月三十日出版

（每月十五三十日出版）

出版者：大華出版社

地址：香港銅鑼灣希雲街36號6樓

Ta Wah Press,
36, Haven St., 5th fl.
HONG KONG.

電話：七六三七八六轉

督印人：林翠寒

主編：林熙

印刷者：永聯印務公司

地址：香港北角渣華街一一〇號

電話：七〇七九二八

總代理：胡敏生記

地址：香港灣仔洋船街三十二號

電話：七二三四三七

李濟深被蔣介石扣留的故事

馬鳳兮

蔣介石明目張胆地扣留過幾個與他同時期的軍政界「要人」如胡漢民、李濟深、段祺瑞（段由天津移居上海，表面上是請來，實際是軟禁），張學良、楊虎城、陳獨秀、葉挺等，除了陳獨秀病死江津，段祺瑞病死上海，胡漢民、李濟深（還有學者馬寅初）、葉挺釋放之外，楊虎城是連同妻兒秘書等一同慘遭殺戮，張學良的被囚禁，至今三十年還是過着凌辱和黑暗的日子，這是衆所週知之事。

李濟深被蔣扣留在南京郊外湯山，是民國十八年（一九二九）春間的事。李濟深被扣之前，民國十七年，蔣登上了國府主席寶座，即搞所謂編遣會議，企圖剪除非嫡系的武裝部隊如：馮玉祥的第二集團軍，閻錫山的第三集團軍，李宗仁的第四集團軍，而壯大自己的嫡系第一集團軍。這個時候，主要地區的政治分會，還是存在。李宗仁、白崇禧等新桂系勢力，空前膨脹，兵卒十多萬人，從兩廣兩湖而直達北平，貫通南北，延綿二千三百多公里，宛如長蛇陣（只有河南一省，屬馮玉祥勢力範圍，但與桂系信使往還不絕，精神一致，相處極好。），控制了北平、武漢兩地的政治分會，是最招惹蔣的嫉忌，而視做眼中釘的。由於當時李濟深是南京的參謀本部參謀總長、兼廣州政治分會主席和第八路軍總指揮，統率陳濟棠（第四軍）、徐景唐（第五軍）、陳銘樞（第十一軍）等粵軍部隊。又是廣西蒼梧人，經常夾在蔣與桂系之間，且被蔣視做新桂系頭子之一，這是很自然的。蔣施展手段，削弱新桂系李、白的勢力同時，暗中進行個別分化、收買李濟深在粵的海陸軍部隊。如廣東省政府主席陳銘樞和蔣靠攏得很緊，蔣別有存心，又不敢授陳兼攝軍權。古應芬逢迎蔣意，趁此機會樹立自己的勢力，便和胡漢民同謀，向蔣推荐陳濟棠掌握軍權。同時蔣派在李濟深幕內的馮祝萬，也向蔣作同樣的條陳。於是蔣便預定陳銘樞專抓民政，陳濟棠掌軍權，互相牽制，以便在相當時期，即把李濟深解決。這是由南京挑起來的黨內派系之間爭權奪利的鬥爭。由於李濟深的被騙赴寧扣留之後，國民黨內的爭鬥，更加尖銳化，直接間接的演變爲蔣、桂之戰、粵桂之戰，蔣、閻、馮的中原混戰，寧、粵對峙等爭地殺人的慘劇，連續演了幾年，中國元氣爲之大傷。

民國十八年元旦以後，廣州市上消息靈通的人，都在互相傳說「三陳倒李」的運動（替南京當牽線的是古應芬），經已醞釀成熟。所謂三陳，是指第四軍長陳濟棠、粵省主席陳銘樞、海軍司令陳策；李，就是李濟深。當時李在廣州，南京函電紛馳的催他到寧開會。李的親信都覺得蔣快要向新桂系開刀，內戰馬上爆發，一致勸李不要去。李坦白地說：本人對於此事，早有所聞，去京雖然可能有些危險，但是目前蔣和李、白的關係，經已搞到這樣的緊張局勢，自己倘不親自去調解，那就蔣、桂之間必然導致大戰，那時更加糟糕，徒傷國力，徒苦人民了。這是李未離粵前所抱的態度。

李濟深的親信聽了他的表示，細想一下，也覺得李的此行，外有馮玉祥、閻錫山、李、白等支持（是指關於編遣會議，李是主張公平合理的原則，除了汰弱留强之外，還要照顧到各方面部隊，按比例平均編遣。這個主張，是和蔣削弱異己、壯大自己的打算有矛盾，但得到馮、閻、李等一致的支持），本身又有粵軍將領的擁護。蔣雖然一貫地是耍爛仔作風，未必敢一意孤行。而從政治角度來看，李是廣州政治分會負責者，李、白控制了北平、武漢兩分會，馮玉祥、閻錫山也掌握了開封、太原兩分會，彼此團結一起，加以雲南、福建的軍政當局也是傾向於李。有此種種關係，蔣如果不是神經錯亂，格於形勢，諒他對李不敢有什麼不利的。此時陳銘樞、陳濟棠也到南京開會。李離粵北上時，負責警衛廣州後方的是李的親信徐景唐所部的第五軍；關於第八路軍總指揮部軍務，交給參謀長鄧世增、副參謀長張文二人主持。這是李濟深北上時，李的左右們對他此行的看法和李的安排。

李濟深到了上海之後，有幾個知己的同志都一致的力勸他不要到南京自投羅網。當李還在猶豫之際，南京却先後派了幾個「催命鬼」吳敬恒、張繼、李煜瀛、張人傑等來勸駕。李濟深過去對於這批「元老」認識不清，是有點尊重的，因此竟然被這些說客，空口講大話，用老命做担保的誘騙下，毅然和他們一道到石頭城去見蔣。但不到幾天，便被扣留起來。李這次投入虎口，固然是他對蔣的本質認識不清，因而警惕性不高，缺乏預見。同時也是過於迷信「元老」招牌的人格担保的謊話，而造成了失去了兩年多的自由。

據後來李濟深向人談述他被蔣扣留前的一些情況：

李到南京見蔣時，寒暄之後，即向蔣建議不要繼續向湖南增兵，以免和李、白隊伍發生衝突。希望一切問題，由談判解決。蔣當面答應，也贊成協商和平辦法。李即致電李、白告知蔣的態度，並勸李、白有所抑制。詎料蔣不履行諾言，還是命令繼續向湘省進軍，加緊把第四集團軍壓廹。李、白以蔣不顧信義，空言搪塞，便電李濟深提出詰責。李才恍然受了蔣的欺騙，憤恨異常，忍無可忍，忿然覆電李、白，大意說，如果蔣軍繼續入湘相廹，可予迎頭痛擊。怎知電未拍出，即被特務截獲。蔣惱羞成怒，指李蓄意勾結李、白，反抗中央，下令把李扣留於湯山。（李濟深被扣後，蔣一不做，二不休，親率大軍西上，襲擊武漢。結果，新桂系原在北平兩湖一帶的部隊十多萬人，由於蔣通過俞作柏向李明瑞、楊騰輝等許官送錢的收買，李宗仁又棲遲上海，無法抗拒，白崇禧、胡宗鐸、陶鈞等各走各路敗退廣西老巢。）

吳敬恒做鬼頭到上海誘騙李濟深，當時口沫橫飛裝模作樣的拍胸膛做保證，打恭作揖的賭咒說：「你此行絕沒有什麼問題，如果有人要來陷害你，我就拚老命去和他碰。我和張李幾個，都是中央監察委員，有什麼事，在黨裏必定提出彈劾，你放心好了。」一口小丑腔，盡地表演。等到李濟深眞的被扣時，吳也假惺惺的一假假到底，恬不知恥的居然公開的和蔣吵了一次說：「寡婦（吳自稱）偷過人，此後怎能做人？」的雙簧玩兒。同時又向李打恭作揖的說，自己是反對蔣這樣做的，他已經決定留在湯山相陪，蔣不放人，他也不下山。實際上，吳躲在湯山，是和蔣事先串好做的假戲，借此來做掩眼法而已。李在湯山，蔣對李一切意見，由吳轉達，李有什麼事，要向蔣說的也由吳代轉。李濟深的弟弟李達潮（德國留學生、原是第八路軍總指揮部軍醫處長）到南京探望大哥，並共同住了一個短時期。有一天，吳敬恒和李達潮同遊紫金山。兩人在聊天時，吳說：「我們還是當蕭何的好啦，讓他（指蔣）去做劉邦吧！」達潮聽了順口的回答：「誰打算做項羽，和他爭奪江山？」吳裝作假笑，不說下去，這說明吳趁機會來刺探李濟深親人的政治思想。

李在湯山被扣期間，每天的生活，只是下棋、讀書、寫字，做詩等來打發日子，和外間是完全隔絕。這樣軟禁了幾個月，吳敬恒也覺得自己住在山上，實屬無聊，便向蔣建議，讓李回到南京市內居住。蔣同意後（那時新桂系部隊，早已失敗，在廣東的陳濟棠勢力也鞏固起來），在吳的導演下，李離開湯山那天，先由吳陪李去見蔣，在蔣宅客廳等候了許久，蔣才出來，態度異常冷淡。李就過去事情，謙虛地說了幾句。蔣冷然的答道：「我是爲黨爲國的。」李辭出後，回到鼓樓五號的住宅，但還是失去自由。原來蔣在事前派了一排丘八，駐在李宅左右，實行監視了。

直到一九三一年九・一八日寇侵略瀋陽後，寧、粵雙方（廣東也成立了一個國民政府）在上海舉行和談，根據協定，李濟深、胡漢民（二十年二月廿八日晚上被蔣扣留的）才同時恢復自由；蔣介石也被廹下野，由林森出任國府主席，李濟深被任爲軍事訓練總監，在南京工作。

當李濟深被扣的消息傳到廣東時，珠江河水，怎樣波動，應該補述一下。當時由第八路軍總部參謀長鄧世增主持下，召集一個緊急會議，出席的人情緒激昂，磨拳擦掌，「三字經」嫲嫲之聲，響震屋宇。多數的人主張對蔣採取强硬態度，甚至不惜一戰。但討論結果，又覺得陳濟棠未回，陳銘樞在港養病（陳銘樞赴京過港，因所住的英皇酒店失火，跳樓跌傷脚部，在港治療），還是等待他們回粵後，表示態度，才能有所措施。不久，陳濟棠由京南返，陳東派了海虎艦到港迎接，駛入省河，陳濟棠恐怕各將領反對他，未敢貿然登陸。於是約了八路軍總部高級人員到艦上見面。陳表示決定就蔣所委的廣東編遣區主任職，並勸大家不要因爲李濟深被扣而過於激動。

李濟深自歎

・竹　坡・

李濟深是一九五九年十月九日死的，享年七十五歲。他被蔣介石軟禁在南京之前，曾一任蔣政府的參謀長。時在北伐完成之後，老蔣剝奪他的兵權，而以這樣一個大而無當的參謀長送給他做。

在當日的軍隊中，有所謂「高級參謀」者，名堂很是好聽，實則一個無權無柄的人，只是拿乾薪吃飯而已。這種高級軍官，也是「位極人臣」的，但手下無兵無將，僅有勤務兵二名伺候，亦甚威風也。相傳李濟深會以此撰聯自諷云：

有級能高乎？二人之上，萬人之下；

無謀可參也，小事不問，大事不聞。

的確，李做參謀長時，老蔣當他唔係野，軍事絕不使他與聞，實在無謀可參也。

洪深大鬧大光明

·林　熙·

上海有一家大光明電影院，近三十年，凡到過上海的人沒有不知道南京西路國際飯店西首有這家自稱「遠東第一」的電影院的。（這是大光明未開幕前自吹的話，但開幕後不到十年，早已在遠東落伍了。）

大光明電影院是民國廿二年（一九三三年）六月十四日開幕的，映的是一部描寫第一次世界大戰片子，片名 Hell Below，中文譯名叫什麼，可惜我的日記中沒有注明，也沒有寫上是誰主演，但記得是有「風流小生」之稱的那個 C. Gable（克拉・蓋寶爾）和硬派明星華萊士・比里，女星是誰，可忘記了。

這時候我在上海可說是「揮金如土」的時代，自己有份工作，有薪水，還可以在家裏拿錢來揮霍，除了好買書和結交朋友之外，只好看電影，一星期至少看兩三次。大光明未開幕前，早已被它的宣傳廣告迷住了，到六月十四日晚上大光明開幕，便請我的姪兒澤恩（他在清華大學念書，暑假來上海游玩）去領畧一下所謂「遠東第一」的電影院。到後才知全院滿座，要想買最貴的座位也沒有了。只得敗興而返。下一天，我又和澤恩同往，樓上一元五角的座位很容易買到。我的日記寫道：「至大光明戲院，畧參觀外部陳設，始上樓入座。佈置頗精美，然終不免小家子氣象，不足以言富麗堂皇也。片名 Hell Below，尚可觀。」我批評它「小家子氣象」，這是我拿巴黎，倫敦那些電影院來和它相較，因爲我新從歐洲回國不過一年，未免有些偏見。但即使有，也是以美國人的資本和歐洲人的資本相較耳，倘無「月亮是美國的好」之嫌也。

戲劇家洪深未死前，香港的報紙有時談到他在大光明戲院演說，指斥神經六主演的「不怕死」有侮辱中國人的地方。我的的確確記得洪深這一義舉發生於一九三〇年春間，大光明是一九三三年六月才開幕的，一九三〇年怎能有大光明呢？洪深大鬧「不怕死」這件事，我記得路透社曾發出電訊，當時我在倫敦也讀到太晤士報自己的專電。這裏的報紙說是大光明，一定有誤，或者是卡爾登、光陸、夏令配克、奧廸安吧，這幾家戲院，都是一九二六至一九三〇年上海專映外國片的「第一流」戲院。大光明一出，它們才甘居「二流」的。因此我曾請教過一些老上海，也曾寫信去上海問過一些老朋友，想解答這一疑問。但所得的仍然是「洪深大鬧大光明」。這麼一來，我的疑團更深了，心裏暗想老上海何以如此健忘，他們簡直不知大光明是一九三三年開幕的！

前幾天，友人寄贈「上海的故事第六輯」一本，第一篇，就是「舊上海大光明電影院和美國電影」，我看見這個題目，不禁跳起來叫道：「我的疑問得到答案了！」先把該書第一個子目「從老大光明到新大光明」一看，就知道一九三二年以前有一家大光明戲院，一九三三年六月以後，又有一家，前者稱「老」，後者稱「新」，以爲識別，洪深鬧者，乃「老」也。老上海如果能很明白的分別「老」和「新」，豈非我老早就解決了這一「案」？現在我抄這個子目的第一段文章如左：

接上頁

李、白擁兵自大，反抗中央，固然不對；而蔣把持軍權，剪除異己，窮兵黷武，也有不合。且在表面上同情、惋惜李的被扣。隨着就說：「刻下爲使廣東能够擺脫戰爭漩渦，從事三民主義建設，展堂（胡漢民）、勷勤（古應芬）兩先生和各元老都勸我不要灰心失望，應該同粵負起責任，安定各將領心情，徐圖補救。現在任公（李濟深）已失去自由，本人只好忍辱負重，和大家尋求新的途徑，當可營救任公出險」等語。陳的對李「取而代之」的意圖，大家都已看得很清楚。陳銘樞也派人回穗，勸告各將領擁蔣，才是唯一出路。徐景唐最爲惱火，曾經當面警告陳濟棠，不要把軍隊開駐廣州市，否則衝突，就不能避免。這給陳濟棠下馬後，最傷腦筋的一件事。

由於古應芬和三陳聯同反李事件公開揭布以後，在廣州的李濟深親信人物，感到局勢嚴重，各有打算。徐景唐雖然義憤塡膺，但參謀長鄧世增却徘徊猶豫，舉棋不定。有一部分人，指望馮祝萬從滬歸來，能提出某種積極的辦法。但馮抵穗後，却不主張興動干戈，只說：事情搞到如此糟糕，完全出於意外。說畢，還流下幾滴眼淚。至此，第八路軍的將領，雖然不乏同情擁護李濟深的人，但是由於羣龍無首，結果，在「三陳」的內外壓力之下，便逐漸地軟化下來。且有部份的人，爲了個人的職位，也不願意多事而冒險去搞，恐怕掉了飯碗，甚至掉了腦袋。陳濟棠把握環境形勢，配合他的拉攏、分化、許官、分肥等的做法，選擇「黃道吉日」，就任廣東編遣區主任新職，過了些時，南京又給他兼任了原來李濟深的第八路軍總指揮。

新桂系李、白在省外的殘餘部隊，退回桂境以後，重振旗鼓，繼續進行反蔣。李、白垂涎廣東的富庶，認爲取得廣東，才能有資本和蔣對抗最早的大光明電影院是在一九二八年十二月建成，同年十二月三十日開幕的。它是由一個姓勇的中國買辦開設的。這個奴性十足的買辦為了抬高大光明的「身價」，並取得特權地位，竟勾結了幾個在上海鬼混的美國流氓，向美國特拉華州政府登記註冊。這樣，大光明便算掛上了「美商企業」的招牌。……過了幾年……它覺得原來的大光明不但規模太小，而且也不是直接掌握在它的手中……於是在一九三二年就派出國際抵押銀公司的經理格蘭馬克，由他出面糾合了原在中國電影界盧根等人籌建一個聯合電影公司……募股額為白銀三百萬兩。……自製影片計劃未能實現，他們却轉過身來買下了原來的大光明電影院，並在原址翻建了新的大光明電影院。這座新的電影院，據他們在當時的報刊上吹噓，說是拆舊建新共用去一百一十萬兩；它的「全部建築採用現代的立體式，別具風格；門面大部分用大理石鑲嵌而成，益形華貴」；內部還設立噴水泉三座，它的水花能幻五色，綺麗奪目」，等等。這座號稱「遠東第一」的大光明電影院在一九三三年正式落成，同年六月十四日開幕。開幕之後，果然每天都是座無虛席，可稱得上生意興隆。照說，這是一宗大大賺錢的好買賣，却不料未過半年，聯合電影公司就宣佈破產清理了。……

我讀了這段記事，心中才瞭然。原來前一大光明是一九二八年十二月開幕的，怪不得我完全不知道。我在一九二七年離開上海往歐洲求學的，當然不知道上海有舊大光明這回事了。

洪深大鬧大光明這件事發生在哪一年，哪一月，甚至哪一日，似乎有些人已不大清楚，十多年前，重慶出版的「人物雜誌」一九四七年，第二期，載有高宇寫的一篇「洪深——劇壇上的黑旋風」，有這樣的說：

抗戰前夕，為了羅克的「不怕死」一片有辱華之嫌，洪先生大鬧大光明劇院，在重慶為了號召「氣節」，打擊落水的影劇漢奸，而有火焚「木蘭從軍」影片的一次誤會。這都是會經轟動社會的大事件，而這些事，別人不敢說，他說了，別人不敢做，他做了！這便是「黑旋風」與「大砲」的綽號之所由來！

這件「轟動社會的大事」大鬧大光明，誠然是一件大事，而這樣的大事，寫文章的人似乎也不必把它弄清楚，可見我國文人的隨便。「大鬧大光明」絕不是發生在「抗戰前夕」的。所謂「抗戰」，是指民國廿六年（一九三七年）八月十三日的全面抗日戰爭。而大鬧大光明一事，則發生在一九三〇年二月二十二日，現在摘錄秋星閣主的一九三〇年日記於此，以備參證。（閣主是一位文化界老輩，今年已九十多歲，隱居香港，但仍不廢筆墨，常寫文章自娛。）

二月二十二日。大光明戲院，開映一羅克所主演之有聲電影曰：「不怕死」，其中以唐人街為背景，而描寫華僑的種種劣跡醜事，令人發笑。在五點半鐘開演的一場，洪深在該院當眾演說，謂：此等侮辱華人至於不堪的影片，我等不要看，應向該院退票。觀眾羣起和之。旋鬧至該院帳房西經理處，洪深被拘去捕房。捕房恐犯眾怒，即行釋出。……

二月二十三日。今日各報皆載洪深大鬧大光明事，而大光明與光陸，依然開演，觀眾反較昨日為多，因大家不知其如何侮辱華僑之處，向來不看電影者，亦往一觀。洪深昨日此一鬧，似為該院作了宣傳。

聞這一部「不怕死」影片，本為奧迪安取得優先開映權，但奧迪安戲院之地點，在越界築路處，其地在北四川路，馬路則屬於租界，而兩旁房屋則屬於華界（人稱為「神秘之街」）。以鄰近華界，未敢開映，乃以讓請大光明與光陸，而禍事發矣。……

二月二十四日。今日各報均不登大光明及光陸之廣告，然亦無濟於事，「不怕死」仍映如故！租界中之審查電影片者，關烱之亦其一人，於是有人去質問關，關謂審查影片，則屬於工部局巡捕房，惟有對於疑難之處，則始由審查委員會審查。且中西各委員，均是義務性質，這些影片，我看也未看過！

聞洪深已延請伍澄宇律師，預備與大光明之經理潮州人高鏡清，以法律起訴。高委託他所認識的友人來調停，洪猶未允。……

二月二十五日。洪深被捕之時，巡捕房的西

。便和擁護李濟深最力的第五軍長徐景唐，取得密切聯系，舉兵侵粵，於是年夏間攻佔西江各縣。陳濟棠樹起了保境安民的旗幟，傾其所有的第四軍、第十一軍的全部力量，在廣州門外花縣的赤泥、白泥地帶，進行反擊，雙方死傷無數，才把廣西軍隊打敗，乘勝追擊到廣西邊境。跟着陳又派兵到東江，和徐景唐作戰。徐部因為事前沒有作好準備，退到江西南邊，結果，全軍潰敗，陳部分別收編。至此，陳濟棠的勢力大大地擴展，把廣東軍隊，整編為五個師，即：余漢謀的五十九師，蔡廷鍇的六十師，蔣光鼐的六十一師，香翰屏的六十二師，李敬揚的六十三師。李振球、葉肇、張達、張瑞貴、黃延楨、黃質文等，分任各師的旅長。從此，陳濟棠便逐步爬上了南天王的寶座，而與蔣介石對峙起來了。

捕頭開導之曰：「你並不是廣東人，影片裏所描寫的華僑是廣東人，所說的話，是廣東話，你又不懂廣東話，何必要你出頭？」洪深瞠目道：「廣東人難道不是中國人嗎？」捕頭爲之語塞。

有人議論云：「開戲院的是廣東人，被侮辱者是廣東人，而在戲院中鳴不平的是非廣東人。然而廣東人反唤令外國人拘捕非廣東人，此事實在不平。」我爲之解釋曰：「你的意見，實與捕房的西捕頭相同，爲什麼要這種地域主義呢？上海的廣東賢達，也憤恨這片侮辱華僑的影片，而以洪深爲是的。他所請的伍澄宇律師，也是廣東人。偶有反常，只是利令智昏耳。」

今日華界又戒嚴，夜來十二點以後，即斷絕行人。

關於洪深這件事，閣主的日記記述至此止，因爲一九三〇年的日記，他存在手上的只有一二兩個月，其餘各月皆失去。

奧迪安電影院是一九二五年開幕的，在一九三二年以前，仍是上海的第一流電影院，後來降爲第二流，一二八淞滬抗日戰爭，該院部分被毀。它明知「不怕死」有辱中國人，不敢放映，而大光明、光陸以租界爲護符，不惜向中國人挑釁，可見當日外國流氓在中國是怎樣瞧不起南京的國民黨！這些流氓，現在不敢在中國橫行了，實爲中國人拍手稱快的事！

「上海的故事第六輯」，沒有提到洪深這件事，但略說到大光明、光陸停止映「不怕死」，可補上述日記之不足。錄左：

早在「老大光明」時期，該電影院就放映過一部名爲「不怕死」的影片，這部影片完全顛倒黑白，污辱我在海外華僑。……（美國）不但拍了這樣公開侮辱我國人民的片子，而且還居然拿到我們國土上來放映，這是凡有愛國心和正義感的人誰也不能容忍的。老大光明電影院放映該影片的第一天，愛國的觀衆就紛紛向電影院提出了抗議，後來被迫停止放映這部影片。另一家光陸戲院在下一天還照樣放映「不怕死」。可是一天映下來，坐椅大部分開了花臉，被劃上×的刀印。光陸戲院老板在羣衆的制裁下，也只得停止放映「不怕死」了。……

人·名·詩

文如

民國初年，有人用時人姓名湊成七律詩的，頗供當時的讀者一笑，錄之於下：

橫流滄海袁觀瀾（袁爲教育部次長），爲報君親陳二安（即陳宧，四川督理，本是袁世凱的親信而在袁的最後階段迫袁取消帝制）。郎已修書待嚴復（嚴爲留學生前輩，以譯天演論等書負盛名，晚年參加鼓吹帝制的籌安會）；卿須及第報方還（方爲議員）。釵光映日黃金發（黃爲浙省士豪）；珮影因風朱寶珊（未詳）。陳璧張弧蔣百器（陳爲前郵傳部尚書，張弧爲民國財政部次長，蔣百器即蔣尊簋，曾任浙江都督），不妨聊作傅春官（傅爲前清道台，入民國爲議員）。

此詩重一「報」字，是一缺點，但黃金發、朱寶珊字字工巧，而以釵光珮影組合起來，居然變成道地的艷體詩，不得不令人拍案叫絕。陳、張是兩個名詞，璧、弧是兩個動詞，這兩人姓名本身就是絕好的對子。可惜蔣百器的蔣字沒有着落。末句也比較空洞，不過作者藉此對當時的官僚表示諷刺而已。

另有一首，將人名全嵌作句尾，更爲整齊。亦錄如下：

搔頭莫問藍天蔚（辛亥革命時的都督），福報綿綿徐世昌（前清大學士，袁世凱的國務卿）。誰獻靈芝陳國瑞（咸豐同治軍事期間招降的總兵）；自移修竹伍廷芳（早期留美學生，前清侍郎，民國外交總長）。來窺繡戶張之洞（前清大學士總督）；入握蓮鉤許久香（名鼎霖，前清道員）。月上梢頭問楊度（洪憲帝制中心人物），貌爲莊重態端方（前清總督，辛亥革命時被殺）。

這一首以陳國瑞的陳字和伍廷芳的伍字都用作動詞，配上誰獻靈芝，自移修竹，足成兩句，不但生動，而且還算得好詩，比前首的釵光、珮影更高。可惜陳、伍兩人年代差得遠了些。據說本來有人以「圖陳祕戲張之洞，煙惹御爐許久香」爲對。祕戲圖就是春宮畫，上句未免有傷雅道，此詩也還是從那副對子脫化出來的。蓮鉤指女人的小脚，表面似乎不露骨，其實以「來窺繡戶、入握蓮鉤」爲對，正是暗藏春色。底下更巧了，借楊度的楊字作柳用，將「月上柳梢頭，人約黃昏後」的句意點明，而以貌爲莊重等語作結，愈含蓄愈尖巧。當時的報紙曾經登載過這兩首詩，張之洞、許久香已經是過去的人物了。筆墨游戲，無傷大雅，也不失爲濬發文心之一道。

外交部的廚子

西鳳

今人張慧劍的「辰子說林」（一九四六年上海出版），有「陸徵祥」一則，記陸徵祥做外交總長時，趕走外交部一個廚子的趣事。廚子本是個卑不足道的服務員，何勞總長大人親自下條子將他趕走？但這個廚子却與人不同，他是北京官場中的「名流」，所以就值得陸總長動一動他的自來水筆了。現在把張慧劍所記的這件事錄左：

惟其（指陸徵祥）於袁政府外交總長任次，斥逐余廚子一事，頗快人意。先是，北京政府之外交部班底，大率係繼承前清之總理事務衙門而來，其中之庖人，余姓，爲奕劻之私僕，頗恣肆。外交部舊例，自備行廚宴客，余廚以是中飽甚鉅，寖且交結宮監，形成一特殊勢力，當時人稱北京十名人，余廚其一也，歷任長官，皆受其賄奉，徵祥視事，余廚仍備手本叩見，徵祥愕然，詢得其詳，立爲手諭逐之。余廚倉皇竄權貴緩頰之函至，徵祥置不理。彼時徵祥新爲官，猶能保存若干之青年氣也。

張慧劍這段故事，似乎是從黃遠生的通訊稿變化而來的。陸徵祥是民國元年（一九一二年）四月任外交總長的，黃遠生的北京通訊，即有「外交部之廚子」一篇，後來收在「遠生遺著」內。這篇通訊長千言，寫得很有趣，讀來不嫌其長，只覺寫得太少，尚未過癮。現將該文摘錄如次：

自前清恭王管理總理衙門時代至於今日民國外交部，其間易若干管部親王，易若干尚書侍郎，易若干司員；至於今日又將易若干總長，而始終未脫關係者，則余廚子其人也而已。此廚子之聲勢浩大，家產宏富，亦在奕劻濤洵之間；其所管家產，有民政部街之高大洋房一幢，有萬牲園中之宴春園，有石頭胡同中之天和玉，皆京中之巨觀也。此廚子在滿清時代，遠結宮禁，交通豪貴，幾另成廚子社會中之大總統。庚子變後，西太后及光緒回鑾時，西太后研究媚外主義，乃大宴各國公使夫人及在京東西洋貴婦人，耗資巨萬，人所共知也。其時讓和大使李鴻章，以世界外交之雄才，參與樽俎之事，已爲西太后雇一著名西洋廚夫，以備供奉，既已得面許可次日入御。至於次日，西太后忽謂李鴻章曰：「我看明日請客，還是用外務部的廚子罷！」此廚子運動力之大，乃至能力迴西太后之意，與中外赫赫之李鴻章對抗，其他可知。廚子以此，亦所贏不貲。余廚子自前清恭王時代，已入外部，凡各親貴及外部尚侍，有讌會喜慶諸事，廚子無不極力供奉。此諸王公者，亦待廚子以禮，殊以平等主義待之。故諸公家有大慶典時，廚子亦公服掌招待之職，與王公貴人及其時縉紳先生之流，分庭抗坐。此廚子雖號稱廚子，其所隸部下，固不止一標一營。廚子固不躬親匕鬯，而其身則以其家產之千分一，捐取得前清候補道花翎二品銜也。此等王公貴人，既屢受廚子饋進，固亦待以友禮。廚子公子，一赫赫捐納之外部司官也。以廚子之力，得本部管庫差事，全部財政出納之權，實在其手。而廚子實間接以供刀俎上之魚肉，又稍以其餘瀝沾溉司員中之有勢力者而爲之墊欵焉，或小借欵焉。司員中或預支薪水，廚子之子秉乘父命，無不爲之周轉；故各司員中之無恥者，則待廚子以丈人之禮，稱爲老伯，見廚子則鞠躬如也。汪大燮氏自外部司員歷躋侍郎，未嘗受此廚子分文饋進，故廚子稍憚之。一日汪赴賀慶王之宴，方及門，遙見廚子方輝煌翎頂，與衆客蹌躋於一堂，愕然不能舉步。廚子見汪大人來，則亦面發赬而口囁嚅，倉卒中避入側室。汪亦未遑久留，退而告人，謂：「今日廚子尚是給我面子！可爲榮幸！」北京舊官場中傳之以爲笑也。奕劻管部數年，爲余廚最得意之時代；顧其人亦頗能謙撝守分，不敢爲十分高倨之狀，於本部司員，則竭力籠絡之。其時外部衙門，最稱濶綽；司員日在署一飯，而額定飯銀每人八錢，故外部恆食，一席之費，蓋六兩四錢。司官旣貴倨已甚，輒羣譏謂衙門飯不能吃，故常家食而後上署。於是此等飯爲厨子中飽一半。以此故，則司員需索極多，或臨時換菜，或全席都換，或飯不吃而另索點心，厨子無不一一供應。蓋厨子之能有今日，其處世哲學固亦有不易學者在也。外務部之厨，暴殄旣多，酒肉皆臭，於是厨子乃畜大狗數十匹於外務部中而豢養之。部外之狗，乃羣由大院出入，縱橫滿道，狺狺不絕；而大堂廊署之間，遂爲羣狗交合之地。故京人常語謂外務部爲狗窰子；窰子，京中語謂妓院也。余厨之歷史甚多，記者居京未久，所得特其大事記中之一節耳。自民國成立後，終胡（維德）總長之任，人惟求舊，故厨子之盤踞於民國外交部也，如其在滿淸時代之外務部時。暨最近陸徵祥君到任，厨子謹遵常例，送一份絕大禮物於此新到任之陸總長；其禮單未之見，要之決非尋常火腿海參之類。在厨子之意，以爲今昔之國體雖異，而官長之愛財物未必不同；匪今斯今，未嘗開罪也。不料此歐洲政治家之陸子欣君，見所未見，震怒異常。次日到部，乃令司官查明昨日送禮某人，係本部何等人物？此係新總長之一種政治手段；及司官回復，係此光祿寺大夫余君。陸君大怒，痛詞申斥，即立意開除。厨子震恐，以此項飯碗非尋常飯碗可比，乃遍奔走運動於各司官，求其緩頰。但凡稍有聲勢者之家，皆有厨子之車轍馬迹。其中固有受者，有不受者，卒以陸總長之毅然決然，與諸司官之全體一致贊成開除，於是此二十年內盤踞外交部中之厨子，聲勢與王公大人比隆者，亦隨其舊日恩主之名以俱去。雖然，以厨子之力，猶可奪致巨金儲之外國行銀，遨遊靑島天津上海之間也。厨子之姓名待考，北京人但稱爲余厨，故余亦余厨之而已。

這樣的描寫，眞有太史公的筆法，使人好像讀滑稽列傳一樣。可惜黃遠生也不知這個余厨子的眞正姓名。黃遠生並非是老北京，也許不知道余厨子是什麼人。據我所知，他實姓于，而不是姓余，至於叫什麼名，我不是老北京，也無從知曉了。黃遠生說西太后回北京後，李鴻章爲她雇一著名西洋厨夫，以備宮中宴外賓云云。這是不確的，西太后從西安回京後李鴻章死已一月，那有介紹西洋厨子的事。

于厨子確是在恭親王管理總理各國事務衙門不久後，即在衙門做厨子。不過他並不親自下厨，只是做包飯而已。于厨子不單是承包總理各國事務衙門的飯，就是同文館學生的飯，也是他包的，所以很快就發了財。（按：總理各國事務衙門是咸豐十年庚申【一八六〇年】設立的，即後來的外務部的前身，成立時，以恭親王奕訢爲管理大臣，這個衙門，簡稱總署，或譯署。四十年後，辛丑和約時，聯軍提出要求將總署改名外務部，並規定以親王爲領袖，遂於光緒廿七年六月初九日改稱。同文館是同治年間開辦的，附屬於總署，教靑年學生讀外國語文及科學。）

同文館是教洋文的學堂，但當時的人不肯學洋鬼子的東西，仍迷戀於科舉，因此招生不很容易。同文館當局爲了招徠起見，凡入館讀書的學生，皆有優待，除不收學費外，每月還有三兩銀子爲膏火，一二年後，洋文學有進步，還可以加到八兩，十二兩不等。

學生都是在館寄宿的，膳費不止不用繳納，並且一日三餐，大魚大肉的供應。每一飯桌坐六人，共四大盤，六大碗，夏天還加一個大海碗，還有荷葉粥果藕等。冬天沒有大海碗，但加一個火鍋。火鍋共分三種，一任學生歡喜那一種就向厨房要。那三種是：羊肉鍋、白肉鍋、什錦鍋。火鍋的配料有魚片、腰片、肝片、鷄蛋、豆腐膏菜等等異常豐富。

學生旣然是吃飯不花錢的，同文館當局，就要計算學生共有多少來開飯。每一飯桌六人，如果有學生三百人，每餐就要開五十桌飯，每一桌的飯菜，月支六兩銀子。八十年前的物價很廉，普通的飯菜，無非是羊、豬、魚肉之類，三兩銀子已經賺到笑口常開了，何況是六兩？不過，這四兩銀子並不完全是歸包飯那個厨子頭一人所得，他要拿一部分來孝敬同文館提調的。（同文館雖屬總署，但不直接由總署管理，只派個員外郎之類的官員兼同文館提調，管理一切事務，所以提調的入息很好。）

于厨子包了同文館的飯，無怪他做了十年八年就大發其財了。他旣富矣，又想貴，就花銀子捐了個候補道，居然是四品大員，又給他的兒子捐了個郎中，也是個五品大員，遂躋於官場之列了。

陸徵祥於光緒十七年入北京同文館讀書，這個于厨子是伺候過陸老爺的。二十年後，陸老爺做了外交總長，于厨子那有記不起之理？便恃着有這個「淵源」，送陸老爺一個禮，意欲保存他的「肥缺」。

羅光所著的「陸徵祥傳」第八十一頁，也有記于厨子事，並引西班牙的報紙通訊，尤見趣味。今錄於左：

西班牙瑪德里「通訊報」（La correspo-ndencia de Madrid）曾於一九一二年八月十四日，披露一消息，謂中國新任外長陸徵祥氏，在最先的幾項設施中，即是辭退了外務部最有勢力的于厨子。于厨子在外務部已經數十年，很得慈禧太后的寵任。李鴻章在一八八〇年，一次想以西餐宴外賓，于厨子反對，事聞於慈禧，李鴻章也只好讓步。于厨子後來捐錢賺置道台銜，又運動外務大臣任用他的兒子作外務部秘書。他自己在外務部幕後，隱隱操縱中國使節的任命。民國改元，于厨子也覺自己的勢力不可保，等新外長上了任，立刻進送火腿數十條。陸總長見禮盛怒，叫于厨子連人連火腿都滾出外交部大門。（按：「陸徵祥傳」是羅光著，香港眞理學會於一九四九年九月出版；校訂者有蘇雪林等人。羅光於一九六六年三月被教廷任爲台灣台北區天主教的主持人。）

陸徵祥新任外交總長，連一個厨子也趕走，似乎頗有革新氣象，無怪外國報紙也恭維他一番。西班牙報紙的通訊，恐怕是譯自那些在中國出版的英文報，它那于厨子操縱使節之任命，未免誇大其詞，于厨子那有這樣大權力。至於說李鴻章對他讓步，這件事倒也有趣，如果此事屬實，從這一點，可見李鴻章媚外性成，于厨子反對他以西餐宴客，不單是存「國體」，也是要把中國的烹調術介紹給外國人嘗試一下之意。中國的烹調術，在世界上够稱得上第一，西餐是萬不及它的，外國人以一試中國肴饌爲口福，外交部長（鴻章亦總署大臣，即外交部長也）爲什麼不給外賓試一試呢？

通訊說陸徵祥任外務總長，應說外交總長才對。民國成立，改前清的外務部爲外交部，仍居各部之首。照道理內務部居首才對。到民國十七年北伐成功，全國又告統一，國民政府才以內政部居首，外交部次之，這是稍如人意之事。原來辛丑和約訂立時，「列強」要清廷把那個「不遜」的總理各國事務衙門改名外務部，並規定在六部（吏、戶、禮、兵、刑、工）之首，並以親王管部。民國成立，袁世凱不敢拂「列強」之意，仍舊貫。（民元南京臨時政府成立，陸軍部居首，次海軍，次內務，次外交。）

閒話巧聯

讀「大華」第三期，見有徵聯之舉；並說明這聯五十年來還沒有對出，其實不然，當時確有人（其人姓名已忘）對出的，聯云：

或入園中，推出老袁還我國；

余行道上，不堪回首望前途。

上聯字面，與「大華」提出的有異，但大意是相同的，它以「園國或袁」四字，拆開又拼合；又下聯以「道途余首」四字，拆開又拼合。論字面，確是巧極，可屬於巧聯一類，可是對得不很工整。又沒有貼切時事，不值二十大元（當時的二十大元，等於現在的港幣二百元呢？）的鉅獎。

這種巧聯，要等待機會，而又要心靈手敏者，才能對得工整貼切。先輩會述道先初年，蘇州趙禮甫孝廣製一聯，向同年徵對。聯首爲：「馬賓王，駱賓王，馬駱各賓王。」聯中叠用兩個古人名，而以馬駱各三字鉤連貫串，不容假借。其時諸同年皆苦思不得，無以應至道光癸卯科，貴州正考官爲龍元僖。雲南正考官爲龔寶蓮，由蘇州葉調生孝廣引用此事對成，聯曰：

馬賓王，駱賓王，馬駱各賓王。

龍主考，龔主考，龍龔共主考。

不但「龍馬龔駱」，字面配合得工穩，而「各共」二字，亦鉤搭得巧妙之極，眞是一副巧對。

聞潮州有一上聯。多年來未得佳偶。其聯爲「惡溪惡鱷魚，退之退之。」難在下面兩個退之，一是名詞，一是動詞。而全聯又是一個故事，要對的工整貼切，委實不易，嘗搜索枯腸，未能對出。一日，駕車由淺水灣往香港仔，在香島道見二僧人躑躅道上，不禁拍手說得之矣。聯云：

惡溪惡鱷魚，退之退之；

香港香島道，行者行者。

上一個行者，是僧人的別名，是名詞。下一個行者是動詞。在字面還算對得工整，可是上聯是著名的故事。而我對的是個人偶然發現的瑣事，銖兩不稱，祇能算爲佳構。

一九三一年，陳寅恪教授在清華大學提倡用對聯考試新生，所提理由，雖很正確，但結果成績不好。交白卷者佔三分之二，其餘三分之一，只有兩卷，以「祖冲之」和「王引之」對「孫行者」，餘皆不合程式。事後，錢玄同對人說：以聯語考生，辦法固佳，既便於閱卷，又易於發現考生的國學程度。不過這次出的聯首太難對，他如「孫行者」我還能對以「胡適之」，他如「清華學校，水木清華」，我也對不出，何況中學生？至於「墨西哥」，如果「白蘭地」改譯爲「白南弟」，確可成爲巧對，錢先生的話太撝謙了，倘能細細一想，那春秋時衞靈公的夫人名南子；這「衞南子」正可對「墨西哥」啊。至於錢先生自謙爲對不出的一聯，大可把出題的陳教授對上，聯云：

清華學校，水木清華；

寅恪老師，行爲寅恪。

學校對教師，頗能相稱；字面也對得還算工整，且切合當時的本地風光，似乎可算巧對，不知閱者以何爲妙？

·荷齋·

東條英機這個人

——「日本軍閥禍國秘史」之四

〔日〕田中隆吉 原著
魯揮戈 譯寫

重臣們推荐東條組閣

昭和十六年（一九四一），日本派海軍大將野村為駐美大使，進行日美談判。當時美國要求日本放棄過去的大陸侵畧政策，並自中國佔領區撤回全部日軍。而是，以東條英機中將為首的軍部，却堅決反對撤兵之舉。以是，日美談判一直沒有較佳的進展，而且前途甚為黯淡。

這年十月十二日，陸軍省大臣東條在內閣會議中，作了强硬的表示：日美談判不能無期地進行下去，必須定一期限，到時如果還談不攏，日本就應該中止談判，而從事對美作戰的準備。會議散後，首相近衛文麿公爵邀請東條陸相作一次個人的會談，希望能說服東條而使他改變態度。但東條却驕橫傲慢地拒絕了這項邀請，並說：「日美談判至限期而仍無成就，就必須與美國決裂，這已成為我帝國的國策，絕無商量的餘地。我的意見已在閣議席上盡行明白地表達過，與首相閣下再無交換意見的必要」。

過去曾宣稱矢死以求取日美談判成功的近衛首相，至此遭遇到極大的困難了。他不敢奏請天皇陛下將反對他的陸相東條英機罷免，只能作自行告退之計。以是，第三次的近衛內閣呈請總辭職了。

天皇陛下經過重臣會議的推荐，任命陸相東條組閣。十月十八日，東條內閣宣佈組成了。東條由陸軍中將晉升為大將，並以首相兼任陸相，又暫兼內務省大臣。以甫任橫須賀鎮守府長官的島田海軍大將為海相，以東鄉為外相，以鈴木陸軍中將為企劃院總裁，以星野植樹為內閣官房長（秘書長）——星野是東條任關東軍參謀長時的得力助手。以現役軍人任首相又兼陸相，這是日本有史以來最强有力的陸軍內閣，自明治維新以來，尚無此前例過。

東條是强硬派的首領，由他出來繼主張日美談判的近衛而組閣，顯然地表明日本決心與美英一戰。陛下和重臣們眞的已作了與美一戰的決定嗎？不然怎會讓東條來組閣呢？昭和十九年（一九四四）九月，我有機會與木戶宮內府大臣晤談，會向他詢及「重臣們當年為何推荐東條出任首相？」木戶宮內府大臣告訴了我當年重臣會議的經過，我才詳知內情，同時也使我感慨萬千。情形是這樣的：

近衛內閣總辭後，在宮內召集了一次重臣會議，推荐新首相。（譯寫者按：以往日本內閣總辭後，總是由元老西園寺公望公爵推荐新首相的。自西園寺逝後，即由重臣舉行會議而推荐。所謂「重臣」者，即曾任過首相的諸人）當時參加重臣會議的，有曾經任過首相的清浦伯爵、若槻男爵、岡田海軍大將、米內光政海軍大將、阿部信行陸軍大將、林銑一郎陸軍大將和廣田弘毅等人，宮內府木戶大臣和樞密院原議長也奉旨列席。新辭職的近衛公爵當然也出席了這個會議。

重臣們如果眞是公忠體國而有古直臣風的話，就應該趁此難得的機會，對國事大抒卓見，將過去政府及軍部所行的政策和所持的態度作毫無顧忌的批評，並為日本未來的政策指出一條正確的道路。可是，有人却在會議中首先聲明，這次會議的課題只限於推荐後任的內閣首相，不應涉及其他事項。於是，大家就完全不談這項課題以外的話，而專討論繼任首相的人選問題了。

軍部主張由皇族出而組閣，並將東六邇親王的名提了出來。軍部的這項意見是由近衛、木戶以及陸軍出身的幾位重臣轉達的。會中好些人認為皇族地位崇高和超然，如果由軍部開了推荐皇族組閣的先例，後果堪慮，於是沒有通過這項意見。（譯寫者按：那班重臣深知以東條為首的軍部，並非眞心推荐皇族組閣，東條頗有自試之意，所以才不通過皇族組閣的提議的。）席上有人認為軍人的氣燄極盛，主戰論高遏行雲，新首相必須是一個能駕馭得住軍人的人，方能抑制得住陸軍內部的主戰論，而使他們不致走向極端的路。這項原則性的提議，無人對之異議。但誰是合此條件的人呢？林和阿部兩位陸軍大將，以及木戶宮內府大臣，都認為東條自膺任陸相後，在統制陸軍內部的工作上做得很有成績，倘以東條出而組閣，就一定能够駕馭得住陸軍內的極端派。東條本人就是一個極端派主戰論者，以他出膺首相，不是很危險嗎？但那幾位重臣却認為東條在只任陸軍時，可以唱高調，一旦出而担當首相重任後，自會檢點謹慎的。當時，東條的氣勢正盛，既有人推荐他，誰又敢反對呢？於是，在這次會議中，就決定了以東條爲新首相，天皇陛下委羲作了正式的任命。

主張繼續進行日美談判的近衞，未能再膺第四次組閣之命，而以力主結束日美談判，準備與美作戰的東條繼任首相，這顯然的說明了日本將應走的途徑。那些重臣們還說什麼東條出來，可以抑制陸軍內部主戰派的一類話。這如非他們的無知，卽屬他們的無耻，怎叫我不感慨萬千呢？

據我後來所知，當時東條亟欲登上首相寶座，以實行他的與美破裂作戰的主張。在第三次近衞內閣總辭後，若干軍人會在暗中大肆活動，想把東條送上首相的寶座。東條的第一號心腹人物而當時任軍務課長的佐籐賢了大佐，是力主結束對美談判的。他在第三次近衞內閣末期，就開始秘密活動而推戴東條爲首相。他是金澤地方的人。那兩位陸軍大將而曾任過首相的阿部信行和林銑一郎，是他的同鄉前輩。他一面建議時任陸相的東條，在閣議上力主定期結束日美談判；一面大力爲近衞倒閣後，東條出而組閣鋪平道路。他會去訪晤他的同鄉先進的阿部和林兩位大將，要他們在日後舉行的重臣會議中推荐東條。後來在重臣會議中最熱心大力推荐東條的，果然是這兩個人。

同時，東條的另一個心腹人物加籐泊次郎少將——時任憲兵司令部的總務部長——，則去訪晤木戶宮內府大臣，力向木戶說：「只有東條一人可以統制陸軍內部」，而要木戶推荐東條爲首相。後來，木戶也果然不負加籐少將之託。

在那次的重臣會議中，由阿部、林、木戶提出東條之名後，其他各重臣都無異議，只有若槻禮次郎男爵一人聲言反對，並推荐宇垣一成大將爲組閣的人選，但孤掌難鳴，違和議的人都沒有，更不用說獲得通過了。

大川周明會稱東條爲「木屐」，意思是說：木屐是只可穿在脚上，而不可戴在頭上的，東條是絕不能膺首相之任的。東條的爲人及其功罪如何，他出而組閣對於邦國的命運如何，現今日本七千萬國民都已了然。卽在他尙未組閣而猶任陸相時，他是怎樣一個人，也已很淸楚地現於國民的眼前。可是，那班負有指導國家大政和備天皇陛下諮詢的重任的重臣，却畏首畏尾，遵從軍部的意見，而推荐這樣一個人來掌「日本丸」的大舵，負國之罪實是難辭的。

鈴木貫太郎不失爲一個至誠坦白的大臣，他說得好，使日本陷入敗降地步的，正是那班重臣，他們懼怕軍部，只貪圖個人一時的苟安，而忽視邦國百年的大計，對上蒙蔽天皇陛下，對下欺罔國民，他們這種無知無能而貽誤君國的罪行，實是不遜於禍國的軍閥的。

「鄉村戶籍吏」之才的首相

東條英機在日美談判危機廹切時出而組閣，對於邦國的命運，實在關係太大了。我得把東條這個人的性格和作風，作一較客觀而淸晰的剖析一下。

東條究竟是怎樣一個人？我可以先引幾位知他頗深的人士之評語，以見一斑。

大橋忠一是我的一位好友，我們之間常披肝瀝胆談論人事。他是深知東條的爲人的，且會在

南人北人

湘山

北伐軍克復武漢江浙後，南京、漢口分設了兩個政府，就是寧漢分立。當時又有人出了一隻上聯：「一個黨，兩政府，七黨部，四分五裂，」至今將四十年，還沒有人對出下聯。

北京擴大會議、閻錫山、馮玉祥聯同改組派汪衞精集團、西山會議派等，共同反蔣。當時張學良在東北，舉足重輕。吳鐵城奉蔣介石命去拉攏學良，用錢如泥沙，卽張的傳達處，也送了一千元，張身邊的人物說南京代表大方而有錢。同時閻的代表覃振帶了一千元做盤費，到瀋陽運動張學良，十分寒酸。結果，張率兵入關，幫了蔣一個忙，擴大會議，烟消雲散了。

上海有一小型畫報的插圖，把蔣介石，馮玉祥，閻錫山，張學良四人畫在一起，蔣是一隻手拿槍，一隻手拿錢，馮是一手拿大刀，一手抓窩窩頭，張是一隻手拉着女子，一手拿着鴉片烟槍，閻是拿着大算盤聚精會神來打。形容畢肖，各有特點。

國民黨內搞過幾次的名詞會議，好事者把它做了一副對子：「特別擴大；非常和平。」

鄒魯和蔣介石合作後，蔣擬任他爲敎育部長，而要鄒魯讓出中山大學校長。鄒不答應，因爲敎育部雖然主管全國的敎育行政，究竟不如一個大學校長的來得實惠，所以薄部長而不爲。

民國元年，張繼用手段去欺騙孫中山，居然攫得參議院的議長。據說，張在淸末旅居日本時，會趁保皇黨梁啓超演說時，毆打梁啓超，黨人們叫他做李逵。他對孫中山說，袁世凱早晚必定叛變民國，我若當選了參院議長，便有機會去和他接觸，乘機幹掉了他。孫見他是肯犧牲爲黨爲國，乃囑黨員一致投票選張爲議長。於是，張當了議長，袁乃叛了共和。

第二次近衛內閣中担任過外務省次官，爲了外交問題，經常與東條有所接洽商談。他說：「東條的腦內是沒有理智，而只有意氣和感情的。」陸軍先進而在「中國事變」初起時任過「支那派遣軍總司令」，率軍攻陷南京的松井石根大將，曾批評東條道：「此人的私人野心太大，非理可喻，甚難應付。」另一位陸軍先進人物而曾經做過東條頂頭上司的宇垣一成大將，給予東條的評語是：「任事尙能負責，也很勤勉，但却缺少經綸大才，不堪膺荷大任。」上述諸人的評語，都是很公正確實的，而且他們與東條之間，也無個人的恩怨，其語是可信的。

我再說說我本人對他的體會和認識。我和東條之間的關係，說來也是頗深切的。我曾數次在他的手下做事。他任關東軍參謀長時，我在關東軍參謀部曾任職約二年；又當他任陸相期間，我曾做過他幕僚之一的兵務局長凡二年之久；都直接受他管轄和指揮，幾乎朝夕相見。我所見到的東條，乃是一個度量狹仄，喜逞意氣。愛憎觀念極強，最斤斤計較私人恩怨的人。他有着太過分的自信心，自信強到認爲自己不會犯一點點的錯誤，因之缺乏聽受別人意見的虛心和雅量。他雖然尙不失爲一個獨善之士，但因爲任過其才，兼又師心自用和剛愎自是得太過離譜，以是，任何拂意逆耳的良言都不願聽，所喜聽的盡是諂諛阿附之言。這一來，忠鯁直言之士就漸漸和他絕緣了。

東條不喜歡剛直之士，所以，被他羅致入內閣的人，都是缺乏骨氣的人。曾先後在東條內閣任過職的，計有：內閣官房長星野植樹，海軍省大臣島田，企劃院總裁鈴木，大藏省大臣賀屋，商工省大臣岸（譯寫者按：即戰後曾任過首相而爲今首相佐籐榮作之胞兄的岸信介），文部省大臣橋田，法務省大臣岩村，厚生省大臣小泉等人。他們都不能說沒有多少才幹，甚且可稱之爲能吏，但却都難免「巧宦」之譏。他們充其量，只能稱爲能幹的事務官，絕非幹濟經綸的政務官。他們立明缺乏大臣的風格，只知苟全祿位，凡事務求迎合首相之意，在東條面前專事唯唯諾諾，不敢吐一絲一毫異議。要他們不顧榮辱，對東條敢作直諫，簡直是夢想（唯一的例外是外相東鄉）。這批掌理邦政的大臣中，且有若干人，竟有着具體而微的東條性格和作風。以這樣的首相和閣僚來掌邦國大政，主宰邦國命運，眞是天數。

從表面上粗看，東條似是一個典型的日本軍人，樸實無華，沒有什麼虛榮心。其實，他的虛榮心極強，他任戰時首相時，有很多的事可以爲此作說明。他任事負責勤勉，且很能幹，但這也只限於事務方面。有人說：「讓東條做一個村長辦公處的戶籍管理員，是最適當不過的，他將爲全國最稱職的一位村鎭戶籍吏。」這話絕非故意刻薄他，他確是一個處理日常例行而刻板的事務之能手。把公事文件整理得井井有序，更是他的拿手好戲。他最重視瑣屑的事，任何細微的事，他都一一寫於他的記事冊上的。但他却完全缺少做領導者和幹大事的才識與氣度。讓這樣一個人來在邦國危急時掌理大舵，眞是任過其才。推荐他的重臣們，直是在拿邦國的命運開玩笑。

東條愛憎觀念極強，最斤斤計較個人恩怨，一旦大權在握，便對異己者或自己不樂意的人，大加排擠。一向與他的「統制派」意見不投的「滿洲派」巨頭，都在他當權後遭到了被黜退的命運。例如石原莞爾中將和多田駿大將，相繼被他免去了現役而編入預備役；他任次官時的陸軍大臣板垣征四郎大將，也屢次瀕於被免職的邊緣。一向與他交情不佳的西尾廣造大將，在「大東亞戰爭」進行正激烈而極需將才之時，却被轉入預備役，做一個閒居無聊的退役軍人。他大施排擠手段後，陸軍中樞的各項要職，就全由專仰他鼻息的人担任。他的親信軍人——軍本部及派去內閣各省負監管之責的現役軍人——，就以軍部爲靠山，而干預所有政治、經濟、文化等政事。在東條任首相期間，日本的政治可說是十足而明顯的軍閥政治。

東條在滿洲時，曾嘗過使用憲兵隊的好滋味，於是在他任陸相時，就開始重用憲兵，迨任首相後，更使憲兵成爲施行他軍閥政治的最有力工具。本來，憲兵是負責軍風紀而對付軍人軍屬的犯罪的，可是，東條却用來對付任何人和任何事。凡他所不喜歡的人而需要對付的，不管其人是何等身分，或名望地位如何高，他都命憲兵去調查、拘捕、囚禁，甚或逕自定罪處刑。日本在中途島大敗後，民間非難東條之聲四起，東條便立即命憲兵去對付。名政客大竹貫一曾非議過由軍部一手操縱的「大政翼贊會」爲違背憲法的組織，小林商相曾批評經濟企劃院的經濟統制政策，都因之惹了禍，遭遇到憲兵的偵查，吃盡苦頭。東條這種重用憲兵的做法，使內務省及其所屬的各地警察廳局，法務省及其所屬的各級法庭與司法人員，全成了無須存在的廢物。戰前選任駐外大使和外派的吉田茂，也因私下談及謀和的事，而被東條的憲兵偵查和看管過一個時期。在「大東亞戰爭」期間，尤其是在東條內閣後期，「憲兵」和「恐怖政治」已成了同義的詞，人人耳憲兵之名而色變，人人都對憲兵痛心疾首，但都敢怒而不敢言。（當時的憲兵隊司令以及各大都市的憲兵隊長和憲兵總部的高級要職，都是由東條的親信或唯仰其鼻息的人担任的。）

牝雞司晨的首相夫人

我不是一個「女人禍水論」者，但我總認爲對東條公私生活爲禍最烈，而可稱爲他的公私生活之癌的，就是他的夫人勝子。這位一品夫人雖頗有賢內助之名，但却是一個對於她丈夫的各事最喜歡自出主張的女人。她既喜歡對丈夫諸事多出主張，當然就不免要干及丈夫的公事，尤其喜干涉丈夫在人事任免方面的事。像她這樣干預丈夫公事的女人，在日本歷史上是頗罕見的。當時日本曾流傳這樣兩句話：「要想做大官，須博勝子歡」。

勝子夫人是以東條首相的幕僚長自許的。在「大東亞戰爭」初期，日軍所向大捷，東條被國民視為大英雄的時候，勝子有次曾向一些高貴的人士說：「社會上很多人紛紛發出疑問道：奇怪，東條首相怎會有如此輝煌的表現？他搞政治竟像治軍一樣的高明，為什麼呢？他的身邊是否有着了不起的智囊？現在我可以告訴大家，首相是沒有什麼智囊團的，他有的只是對神的特別虔信心。是『神樣』助他創立下輝煌不朽的功績的」（譯寫者按：「神樣」即日語對神的尊稱。）這話傳入大橋忠一的耳內後，曾幽默諷刺地說：「助東條成功的不是『神樣』，而是『御神樣』，勝子夫人少說了一個『御』字。」（按：日語的「御神樣」，乃是「老闆娘」的意思。）這雖屬大橋的諷刺之言，但我相信勝子夫人聽了後，是只會喜而不會惱的。

勝子夫人的干預丈夫公事和東條首相的唯婦言是聽，在一件有關婦女組織的問題的事上，可以十足地看出。

日本一向有兩個有名的婦女團體：一個是由陸軍省支持的國防婦人會；一個是得文官方面的支持，而自誇從日俄戰爭以來即有光榮的傳統的愛國婦人會。兩個婦人會為爭婦女運動的領導權，經常發生磨擦而對立。我在出任陸軍省兵務局長後，認為兩個性質相同的婦女團體各自分立而又明爭暗鬥，殊非雅事，於是便不顧雙方的反對，運用我的職權，命令兩會解散而合組成大日本婦人會。

大日本婦人會組成了，但由內閣的那一部門管轄呢？我認為陸軍要干預到婦女方面的事，實是一種墮落精神的表現。我又認為陸軍省應管的事已夠多，再不能分力去管婦女社團的事。我於是與當時的厚生省大臣金光庸夫洽議，大日本婦人會歸由厚生省管轄指導，但如涉有國防方面的事，則該事由陸軍省負責予以指導或處理。我和厚生相的洽議，作成了報告書，提交東條陸相。

東條當場披覽報告書，閱後立即批准。誰知幾天後，陸相召我出面諭道：「關於幾天前的那份報告書，內人已詳閱過。她認為這樣的規定，太使原日的國防婦人會的面子過不去——你是知道的，她是原日國防婦人會的最高負責人之一——。我想你還是修改下原規定罷，務使陸軍省和文官機構對新的大日本婦人會有同等的管轄和指導權」。

我當即正色地說：「那份報告書中的協議規定，是身任兵務局長的我，代表陸軍省，與厚生省商定的，並已獲得大臣閣下的批准。現今如果更改，恐怕諸多不便和易惹物議罷。再說，陸軍省掌理軍國大政，職責繁重，不宜去干預婆婆媽媽的婦人瑣事」。

東條皺眉說：「內人的意見也不錯，未便置之不理」。

我說：「我自覺職務繁重，難有餘暇餘力去管女人的事。我想請求大臣允准我，從此不讓我再過問婦人會的事。至於怎樣更改原協議規定，請大臣自行斟酌處理吧」。

閫令不可違，東條索性請他的夫人自行另擬一項新的方案（那時，他還只是陸相而未任首相），然後，親携那項方案，趁內閣舉行會議時，給各省大臣看，並要他們當場在方案上蓋章，以表示同意。結果，這個婦人會分由陸軍，海軍、內務、文部、遞信、厚生六省管轄指導。（實際上，由勝子夫人任領導人的婦人會，各省都不敢擺出上司的面孔的。名為由六省管轄，實則只由陸軍省一省，而且只由陸軍大臣一人管轄，而陸相又是唯婦言是聽的。）

這件婦人會的事，雖是小事，但却可十足洩出牝雞司晨的怪現象。當時有識之士無不暗笑東條的懼內敬內，但東條却並不以為意，並不因此自愧。

岡村寧次「無罪」？

介碩

一九四五年日本投降後，國民政府為了表示對日本寬大，判戰犯岡村寧次無罪。

岡村寧次和土肥原賢二、坂垣征四郎以及做過「香港佔領地總督」的那個磯谷廉介「閣下」並稱為陰謀侵華的「中國通之四傑」。一九三七年抗日戰爭開始，岡村寧次即到中國作戰，殺人如麻，以此得功於其祖國，到一九四一年，與土肥原同時晉升陸軍大將，復於同年被任為華北派遣軍司令官。在華北作戰時，他使用了最毒辣的戰畧，最著名的是「三光政策」，凡寇軍所向之處，沿途就要殺光、搶光、燒光，不論游擊隊和百姓，一律殺個清光，無一可免。

一九四四年岡村寧次升為派遣軍總司令，同一年一月，他親率寇軍在江西蓮花、泰和、遂川等縣殘殺了數千人，被燒毀的民房數千所，又於四月間在湖南邵陽及浙江的永嘉、樂清等縣施行了同樣的殘酷暴行。單就這些事跡來說，便足證明他的罪行了。

岡村寧次「無罪」後，就躲在國民政府的軍隊裏代為「練兵」，以「客卿」身份受到南京袞袞諸公敬禮，諸公已忘記他是屠殺同胞的兇手了！這樣的「寬大」，甚罕見！

前塵夢影錄

陳彬龢

寫到此處，也許有人反唇相稽：那些年間，你陳彬龢難道不是手面濶綽，生活腐化的麽？那大把的錢試問是從那裏來的？爲了坦白，我可以打開天窗說亮話，這錢是有來歷的，但與貪污扯不上。事實上我手裏只有一爿申報館，而報館却是無從貪污的，此外我便身無憑藉了。當時遇有救濟捐募事件，捐簿第一行，多半由我開簿面，捐額之鉅，多半亦以我爲第一名。工商界老友因我捐得太多，無法跟上，又不願相形見絀，常加埋怨，其豪可想。所以說我手面濶綽倒是實在的，而我以貧兒擺濶，即由於盛文頤的支拄。盛文頤開宏濟善堂，專賣鴉片烟，財富之鉅，上海首屈一指。他自己有日方的後台，不須借重我的助力。過去彼此向無交遊，他却看中了我，認爲頗有「幹才」，挽出聞蘭亭先生居間介紹，結爲朋友。難得的是他明瞭我的景況，拶筆管不會有錢，並體會到我的箇性，人窮手面大。同時他還想爲自己造福，以爲多行陰騭，可以銷災保泰。又恐善門難開，不敢露面。於是劃出一筆錢來，由我支配，由我代表。這便是我的經濟來源，與冒充豪客的背景。至於說我生活腐化，我只承認一半，「腐」或有之，化則未必。老實說：在我一生，算是在擔任上海僞申報社長的四年間，私人生活比較上軌道。從早到晚，不相識的張三李四，有事找我，每天至少五六十人，我總盡力奔走。我一生從未在銀行存儲分文，這四年間亦不例外。我從未雇用過保鑣。在上海沒有一寸土地，一間茅屋。亦從未借重日方力量，强佔民屋，一直租屋住。同時我亦不否認，很會享受，很會尋樂，當然是壞蛋一個。

「維新政府」成立不久，盛文頤（字幼盦）即在北四川路中國銀行宿舍原址（該處已由日方視作「敵產」），設立宏濟善堂，包辦華中區的烟土公賣。

盛文頤由於日人里見甫（中文姓名爲李劍甫）的支撐，氣勢自雄，對於「維新政府」固不賣帳，即後來的汪政權亦未必在他眼內。反之，南京財政當局周佛海則於他的日進紛紛，亦只能眼熱涎垂，奈何不得。

然而里見甫的身分不過是興亞院的一名囑托，盛文頤的身分更不過是串演「雙簧」中的搭當，縱有能耐，何足重視。梁周一流所以不敢輕於一碰者，即因明瞭他們的運銷烟土，係爲華中日軍部，籌劃軍需補貼及特務費用，直隸於興亞院的系統。里見甫爲興亞院鈴木總裁所派，盛爲里見甫所汲引。來頭之大，非比尋常。

那麽里見甫是怎樣取得鈴木的信任呢？事緣「滿洲國」成立後，里見甫在東北辦通訊社，與關東軍、華北派遣軍均會建立關係，嗣又與「蒙疆政府」李守信拉上交情，會將熱河烟土銷東北。鈴木以其於北方人事具有淵源，烟土運銷亦有相當經驗，而華中的烟土公賣，即以蒙疆的熱河土爲主要來源，爲事擇人，因加賞識。此外鈴木又因他出身於上海同文書院（日人所辦），於當地語言，風俗習慣，較爲諳練，在工作配合上亦屬有利，因是此項任務，便落在里見甫的頭上。

那麽盛文頤又是怎樣得到里見甫的汲引呢？事緣以前盛在北洋政府時代，混過多年小差事，結交頗泛，里見甫即爲其舊識。自華中烟土公賣消息外洩後，不肖者流，食指大動，却苦不易摸到門路，而盛則恃爲老友之故，近水樓台，自先得月。加以他是盛宣懷的從姪，盛宣懷生前，與日本已有不尋常的關係，今雖門巷斜陽，風光已杳，而日本人念舊之情，門第之見，還能保存其微妙的傳統，盛既獨講此項條件，里見甫自亦樂於照顧了。

綜上以觀，可見宏濟善堂的主體實際是里見甫，盛文頤僅處於附庸的地位。既然如此，爲甚麽對外倒由盛出面呢？談到此點，其中又有緣故。事因烟土公賣，利益可觀，在軍費浩繁之際，確爲一籌欵法門，棄之可惜。但就事論事，畢竟是丟臉的醜事，如使其本國朝野，得知箇中眞相，勢必認爲喪失日本國格，破壞「皇軍」尊嚴，不難釀成巨波。興亞院預防有此一着，故須另找中國人，畀以名義，假以氣勢，出面登塲，使其本國人民發生錯覺，以爲這是中國人自己的勾當，與日本無關，藉免多事。此中曲折，即爲盛以附庸而爲主角之由來。前文謂其僅爲串演「雙簧」中的搭當，其故亦在於此。

宏濟善堂的業務分採運與銷售兩項，採運由里見甫負責，後文另詳。銷售則由盛主持，設有中央行，下分八家，分配與向營烟土的潮滬兩幫。這八家土行以「八」爲單位，招牌是空的，並未設有行號。分銷區域以江蘇、浙江、安徽、湖南、上海等處爲限，漢口、廣州則由日軍特務機關直接辦理，不在其內。

盛文頤既爲業務主持人，又聘鄭協記土行老板鄭芳煦爲名譽理事長，這因潮幫土商在上海具有歷史性，鄭協記又爲潮幫土商的翹楚，故特別看待，意在羈縻。惟芳煦雖未拒絕此項名義，亦未嘗管理業務。而且這個「善堂」並沒有什麼組織，什麼規章，任何集會。里見甫是對外活動的，除派有一箇人稱「中西先生」的日本人常川駐堂外，其本人絕少到會。盛所用的滬幫土商多爲杜月笙的舊部，其爲盛任日語翻譯的周文瑞（台灣銀行買辦）亦爲杜的舊人。盛有男僕名叫盧升，據說以前與盛同經患難。此際水漲船高，裏外一把抓，儼如都總管，遇事可以不盡關白，盛亦不甚計較。

烟土來源，由「蒙疆政府」配給，通過華北日軍部轉來上海，由特務機關幫忙運輸，各項接洽，統由里見甫一手包辦。配給數量，每月十四五萬兩，成本若干，事關祕密，外界無從知悉。惟多經一重關口，必多一重剝削，華北日軍部於過境烟土，自無放鬆之理，所以華中土價較華北爲貴。每包烟土上印有「I38」三箇數字，據說此一號碼，與提煉嗎啡成份有關，不悉其詳。里見甫與盛文頤所得的好處，爲每月就十四五萬兩中截留二萬兩至四萬兩不等，作爲體己，暗盤售脫，所獲滋鉅。

盛又利用烟欵，經營中亞銀行，以周文瑞爲總經理，契兒徐懋棠爲副總經理，進行囤積。有人說他開設銀行是有所本的，當年蔣介石曾以烟土和特稅創辦中國農民銀行，所以他亦以烟欵創辦中亞銀行，先後媲美，未免語謔而虐。盛又在金神父路置有三井花園，佔地數十畝，陳設華麗，排塲盛大，汪政權下任何官邸無此壯觀。七十老翁，優遊頤養，可稱黑籍神仙。周佛海知其深居簡出，遇事相商，往往遷就其意，踵門承教。

勝利前一年半，日本國會議員來上海觀光，才戳穿西洋鏡，明瞭這個烟土大本營，實際是日本軍方所辦的機構，藉以斂財，移充軍費。其毒化人民，騰譏國際，歸而大譁，嚴加抨擊。這麽一來，却給汪政權製造一箇天大的機會，當以全力交涉，收回自辦，日方亦以其經費竭蹶，已瀕羅掘俱窮之境，爲免增加負擔，順水推舟，予以移轉。

無如此項財源雖不在少數，事情却不簡單，「蒙疆政府」是否允照前例，續配烟土；華北日軍部是否不致留難，准予通過；一路運輸，向賴日軍特務幫忙，是否仍能得其助力；在在均屬問題，在在均感棘手。幸虧汪政權下雖乏槃槃浦大，而賣弄小聰明，還有當行出色的角色。實業部次長袁愈銓乃以吸毒專家的資格，由其長官梅思平薦引，出負全責，專辦其事。果然經他幾度奔走，關節逐一打通，配給運輸，悉如舊制。汪政權吸此殘餘，還要遮羞一下，提出蔣介石的老口號：「兩年禁毒，五年禁烟。」以示此番公賣，不過是以前寓禁於徵的延續，並非自我作俑；一面突破蔣介石將特稅撥歸財政部管轄的成例，改由內政部辦理烟土公賣，並將梅思平、袁愈銓調任該部部長次長，以示酬庸之意。宏濟善堂從此消滅，其八家土行則仍爲梅思平所借重，旋擴增爲十二家，下設分銷店一百處，以故汪政權接管後的烟土流通，正合上「貨如輪轉」的老話，烟民零購便利不少。惟有一點必須指出的，即「蒙疆政府」配給的烟土額仍爲每月十四五萬兩，比之以往蔣介石「剿匪」時期，單是按月運交杜月笙經銷的烟土，少則二千箱（每箱一百兩），多則五千箱，兩相比較，其毒化人民還算小規模了。

去年冬，我遊日本，得知里見甫已於春間在東京病故，歲月催人，已是七十多歲的老人了。此外當時主持烟土公賣的要角，此日尚存人世者，恐僅袁愈銓一人。此君隸貴州籍，日本早稻田大學畢業，賦性聰穎，中日英文學均有相當造詣。擅皮簧，又諳天星運數之術。尤嗜書畫古董，摩挲展玩，苦不能致。及既有土有財，囊槖充物，儘放手收藏，價值達黃金萬兩以上。勝利後服刑三年，旋來港經商，折閱殆盡。後去東京，蹭蹬窮途，幾難存活，設課命館餬口。適梅蘭芳去日演出，目睹舊遊，沉淪可慮，因挈返大陸，總算得到正常的歸宿了。

談過「黑飯」（烟土），再談「白飯」（米）。當勝利前一年，日本海軍，屢戰屢敗，海陸運輸，多已斷絕，食糧補給，益見恐慌，日方爲維持軍用，執行統制，變本加厲。如上海一區，才東米不准運到浦西，郊區米不准帶進市區，劃地設卡，稽查嚴密，米價坐是暴漲，小民陷於斷炊。其他各地，亦復如此。周佛海雖向日方交涉，始終不得要領，因在南京召開糧食緊急會議，除邀有關當局及日軍部高級軍需官員到會討論外，特約我以「上海市民代表」的身分出席參加。在此四年中，我先後僅到兩次南京，這是兩次中的一次。

在會議進行中，一片是南京日軍總部參謀長今井少將，及經濟主管岡田大佐的聲口，强調軍米重要，統制是必需的，如客觀形勢不能改善，今後還須作進一步的執行。當場汪政權的巨頭，屏息靜聽，默不一語，由我依照事先所商方畧，單獨發言，指出統制辦法，如再不合理的堅持下去，百姓當然活不了，日軍恐亦未必獨存。必須及早撤銷，疏導米源，自由購運，才能度過難關。只須規定數量，我方儘能負責供應，按時解繳。說到此處，岡田發爲獰笑詰問：「好大口氣，你擔負得了麽？」我說：「這非戲言，願立軍令狀。」岡田又說：「到時槍斃了你，便會有米麽？」我說：「正如你說，槍斃了我不會有米，難道餓死老百姓便會有米麽？爲了共度難關，還是平心靜氣，從長計議，另定一箇辦法的好。」經此折衝，才將會議引上正路，經四小時的認眞討論，商定一箇雙方可以接受的新辦法。

新辦法的大致情形，爲就蘇浙皖各縣產米量的高下，分成甲乙丙三級，彼此分配，糧商得在分配到的產區，自由購運，此雖異於全盤統制，而日方用意，則另有在，批將甲乙兩級產量較豐的縣份，盡數囊括，不准我方染指。於是擇肥棄瘠，爭執又起，幾瀕破裂，日方似感理虧，乃自動讓步，劃出乙級縣的一部份，歸我方自由購運，以資轉圜，協議始告成立，雖於民食供應，仍苦不給，然統制則已由此放鬆，米價亦由新辦法隔日生效，立時回跌。此一結果，大家總算鬆了一口氣了。

（二·待續）

英使謁見乾隆記實

馬戛爾尼·原著
秦仲龢·譯寫

南岸上有一隊軍士列隊相迎，軍容甚盛。王大人和喬大人來船造訪，他們說在通州城裏已排好筵席招待我們，我因爲十分疲倦，婉謝他們的盛意，但他們再三堅請，只得接受。向前行約一里，將有小艇載我們往通州。到了艇上，兩位大人已在迎候了。這艘游艇并不很小，布置整潔，他們問我缺乏甚麼，如果招呼不周到就要通知他們。他們對我的隨員等人似乎也極關照。

八月六日，星期二。早上，有幾個高級官員來見，他們通知我，直隸總督本駐在離這兒一百英里的保定府省城，因奉大皇帝之命來這裏歡迎我入境。八點鐘，我和副使斯當東爵士及其子小斯當東、繙譯員等人，從游艇上踏過了一道臨時爲我們搭蓋的小木橋，橋的欄杆皆飾以紅綢，十分悅目。

我們上岸後，岸頭已經有轎子排列等候我們了。轎子是竹製的，外面披以綢緞，很是好看，轎夫四名，二名在前，二名在後，他們都是很精壯的漢子，從岸頭到海神廟總督的行轅，約有一英里之遙，但他們抬着轎子，健步如飛，在路途中并沒有一刻休息。騎兵一隊，爲我們前驅，不久便到了目的地。

海神廟門前，支搭着好幾座棚帳，各種顏色的都有，有白的，紅的，藍的，（藍的一種，似乎品級較高），帳上滿揷小旗，帳外排滿手執軍刀的兵士（但他們沒有火槍），他們穿的制服是藍布製成的，鑲以很濶的沿邊。除了伴送我們那一隊騎兵外的，這裏又有一隊馬兵，他們都沒有佩上手鎗或鋼刀，但各佩有弓一張，箭一束，很像我們英國古代的甲士。

總督在行轅門外迎候我們，禮貌極爲隆重，他讓我們到一個很大的客廳，剛坐下不久，整個客廳就擠滿了總督的屬員和侍從。喝過茶後，總督又導我們到另一個陳設精美的客廳小坐。從大客廳到這個精美小廳，中間經過一個很大的庭院，四圍都有宏麗的房屋繞着，和我收藏的中國畫上面所繪的房子一模一樣。這些房子的牆壁，都有五采的圖畫，很是美麗，在初時，我們還以爲這些牆壁是木製而加以髹漆，使之悅目的。但當我走上前細看一下，才知道不是，原來全部都是琉璃瓦砌成的，各種各式的花紋都有。中國的建築雖然和我們的作風完全不同，但他們也有其極不可及之處，並且美觀實用，我倒是很艷羨的。（按：乾隆五十五年至嘉慶三年的直隸總督是梁肯堂。他是浙江錢唐人，字構亭，號春淙，乾隆間舉人，由欒城知縣一直升到總督，嘉慶年間遷漕運總督，因年老，請退休，到嘉慶六年（一八〇一年）逝世，享年八十五。他接待馬特使的時候，已經是七十七歲的老人了。又，王文雄是貴州省玉屏縣人，字叔師，行伍出身，曾參加征伐緬甸、金川各役，擢升游擊，其後升至直隸通州協副將，是個從二品的大員了。嘉慶元年，派往湖北剿匪，入陝西解西安之圍，省城獲安。文雄所帶的兵不過二三千，而當賊數倍之衆，但仍能殺賊數千，嘉慶帝大爲嘉賞，立即升他爲固原提督。嘉慶五年七月，在陝西剿匪，遇伏，文雄受傷，斷左臂，墜馬而死，年五十二歲，封三等子爵，諡壯節，他的兒子雲開襲子爵，官至山東鹽運使。雲開撰有「王壯節公年譜」，有咸豐四年的重刊本。據友人抄示，近日北京圖書館善本書閱覽室，藏有「乾隆五十八年英機黎國入貢始末」清抄本，書中載有與此事有關的一些信件底稿，其中有許多地方提到王文雄、喬人傑的名字。該抄本中有兩廣總督、廣東巡撫、粵海關監督給乾隆的奏摺，摘錄於下：「臣長麟、郭世勛、蘇楞額奏：……所有原派護送之天津道喬人傑、通州協副將王文雄自浙江隨同臣長麟管帶各夷來粵，沿途實力盡心，於一切照應約束等等，寬嚴得宜，悉中體要，夷情咸知悅服。是該道、將尙屬明白能事。茲已事竣，臣等亦卽令其卽日起身，各回直隸本任。……」喬人傑的事跡比較少人知，我只知他是山西人，喬姓是山西大族。他中乾隆三十年乙酉科舉人，以知縣一直升到道員。嘉慶五年升任直隸按察使，六年，調福建按察使，七年調湖北按察使。他在嘉慶九年退休的。——譯注）

我們到了這個廳堂後，便開始談話了。總督首先說了一大堆寒暄語，問我們的健康情形，又說乾隆皇帝聽說我們來中國，很是高興，他很渴望我們早日到熱河（中國的朝廷正因皇帝在熱河避暑，所以也移往）。我們對總督也答以適當的客氣語，然後對他說，我的隨員很多，送給大皇帝的禮物和隨員的行李也不少，所以很希望能够到達北京後，有相當廣大的屋子才可以安放，並且禮物中有很多是不便在陸路上運輸，恐怕會有損壞的危險。隨後，我們又對總督大人說，英王是西方第一雄主，現在派敝使以禮物來贈送東方第一雄主，無非是希望兩國之間發生友誼，而獲致良好結果。我秉承敝國君主之命，負責增進兩國之好，所以我請求總督不吝賜敎，事事指點，使我謁見大皇帝時不致失禮，就感激不盡。我又對總督表示，我們乘坐來的「獅子」號和其它船隻，在海上行駛已久，需要適當修治，而船員們也需要上岸休憩，以恢復身體疲勞，所以希望總督發給一張路照，使高華艦長將船隻駛出直隸灣前往中國沿海的舟山或廟島，以便入塢休憩。

在我們談話整個過程中，總督大人那種和善謙恭的態度，在我的筆下實在難以形容其萬一。他凝神靜聽我們所說的話，又時時表示他很了解。關於我們那些船隻的事情，他說，我們從遠路而來，船上的供應品必定已告消乏了，他說，他立刻傳命所屬，送到我們船上足够十二個月的供應品。我希望總督此舉，並沒有存心叫我們早日離開中華回國之意。

總督今年已七十八歲，個子不高，雙目雖小，但有神光流露，人極和藹可親，一部銀白的鬍子垂至胸際，舉動閒雅。在我們談話的時間內，總督對於他的屬員一些兒都沒有驕矜自大之態。

當我們回到船上的時候，船中已經擺下盛宴了，一問之下，才知是總督送來的。

按：斯當東：「出使中國記」記此事云：特使拜會總督回船後，不久，總督派人送來豐富的筵席四桌。特使携帶三個隨員往見總督，所以總督所饋送的肴饌亦有四桌，每桌有菜果四十八種，我們西方人的宴會，絕沒有這樣豐盛的。總督大人為什麼采取這種特殊方式待客，而不留特使在會見處所當日就地或第二日設宴招待，這個道理始終不明白。

八月七日，星期三。　今天一早，王大人就來見我，他說，總督大人打算今早十點鐘到船上來回拜。但他又立即轉了口風的說，因爲總督年老體弱，步履艱難，如果從岸頭上船，必定要走過那座木橋，而且堤岸峻險，對一個老年人來說，很是不便的。我立即明瞭王大人的來意，對他說，總督大人來回拜，萬不敢當，總督年事已高，如果要冒險走過木橋，尤其不可。我對于中國的禮俗不甚清楚，總督大人當然是知的，只要他認爲應該怎樣做而不違貴國大皇帝之意，請他自便好了，我對這問題沒有意見的。王大人就說，這樣很好，現在總督之意，打算乘坐轎子親至河邊的橋頭，派一個人拿總督的名片送到船上。中國的習俗，凡是本人爲了不得已的緣故，不能親至，他的名片到了，也和本人親到一樣。他說，他希望我了解，總督的名片到了，也就和總督親自到船上回拜。我說，剛才我已經說過，一任總督尊便好了。王大人似乎很滿意的辭去。

到十點鐘，總督大人果然全部儀仗執事到了岸頭來回拜，跟隨的屬員、侍從多至不可勝數，總督的轎子一停下來，這班人立即紛紛下馬，跪在地上向他致敬。總督派一個屬員拿着他的名片送到船上，我的繙譯員向他接過了。名片是紅色的，比我們西方人的名片大好幾倍，上面印着總督的頭銜和姓名。總督辦完這件公事，命回轎而去，跪在地上的士兵隨從，又紛紛起立，列隊而行了。

按：「出使中國記」記云：特使在大沽停留的期間，大沽附近的一些主要官員，都前後到船上來拜會。在中國，民族特點在上流社會沒有下級社會人士那樣顯著。中國普通老百姓外表非常拘謹，這是他們長期處在鐵的政權統治下自然產生出來的。在他們的私下生活中，他們也是非常活潑愉快的，但一見了官，就馬上變成另外一個人了。作者在前一章曾經講到東印度公司從廣州送來一個青年的中國人前來準備爲特使做繙譯。有幾次特使同中國官員談話的時候，叫他來繙譯。他站在中國官員面前，嚇得簡直手足不知所措。他們把特使以平等身份和口氣的話想辦法譯成在中國語法上是下級對上級所用的最卑恭的詞句。雖然用這樣繙譯的方法在官員面前保衛自己的立場，但最後他還是覺得替外國人服務可能招來危險。他放棄了優厚的工資待遇，放棄了到首都觀光，甚至有可能見到皇帝的光榮機會，決定辭掉繙譯職務，搭船返回廣州。

今天和明天，我們的主要工作完全是放在準備出發和安排我們進行的事務。派來協助我們的官員數人，指揮斯役替我們搬運行李什物。他們做事勤慎而有秩序，可見中國政府是怎樣的有組織和怎樣的有效率，無論什麼艱難的事情，只要一聲下令，就能够以人力來克制一切，而達到完成。

使節團的隨員、僕役、藝術家、音樂師、衛兵，以及禮物行李等等，皆分別乘搭大小船隻三十七艘，每一艘船的桅頭都懸有一旗，旗上有中國字標明英國使船，以便和其他船隻有所分別，並且可以使到沿途的地方官知所保護。除了這三十七艘船外，還有中國官員和斯役所乘坐的大小船隻無算。這班官員中的品級，各有不同，從他們帽子上的頂子來看，有紅、藍、白、黃等色，便可以分別出他們的官階了。他們所穿的衣服花紋，也各有不同，如果仔細來分別一下，恐怕有百數十級那麼多呢。

八月九日，星期五。　今早我通知「勉勵」號的船長布祿托，叫他把那個從澳門跟我們同來的教士帶回澳門。他們一個名叫漢納，一名拉明奧托。我們不想他們隨同使節團同行。如果他們隨同往北京，北京當局就會以爲他們也是使節團的成員了。其實他們想在大皇帝的宮廷服務，一生一世留在中國，和其他教士一樣。（按・漢納Robert Hanna是愛爾蘭拉撒派牧師，乾隆五十三年（一七八八年）到澳門。拉明奧托Francois Lamiot是一七九一年到澳門的。他們同在澳門等候機會，以科學家身份供奉內廷。到乾隆五十九年（一七九四年），清廷才准許他們由陸路到北京。漢納在清廷的欽天監服務。——譯注。）

到中午，鑼聲（或是銅鼓聲）大鳴，震徹耳朵。這是向衆人表示準備要開船了。不消半個鐘頭，各船整隊魚貫航行，趁着順風順水，航行的速率大約每小時四英里。

八月十一日，星期日。　今早我們已到天津了。從河口乘船到天津城大約需要行八十英里，但從陸路則只四十五英里。總督已於昨晚先到這裏等候接見我們。另有一個徵大人（按：劉半儂譯「乾隆英使覲見記」上卷第二十三頁，稱此徵大人為金大人，因英文原文作Chin，劉半儂言金字係譯音，並未查出此徵大人的名字。——譯注）是韃靼籍（按：即滿洲人。——譯注），向來駐於天津，官位很高，極有權力。乾隆皇帝因總督年紀已高，不想他太過勞瘁，特命徵大人為欽差，王大人、喬大人副之，凡招待及護送我們到熱河，都由他們三人負責。我們的船停泊在天津城外的中央，對正總督的行轅。在對面的岸上，貼近水濱，有一個戲園，這是臨時搭來招待我們的，戲園的地方頗大，四周都用五色的彩緞來裝飾，看來很是美麗。我們一到，戲園就演戲，有各種的劇本，又有啞劇演出，一連幾個鐘頭沒有停止。（按：這個徵大人名徵瑞，是滿洲正白旗人，他在天津接待馬戛爾尼使節團時，正做着長蘆的鹽政，官銜是：都轉運鹽使司運使，是三品的大員。徵瑞的出身是圓明園管庫，乾隆三十八年升內務府員外郎。自此之後，他的官就升得很慢。乾隆四十三至四十四年，曾任杭州織造，乾隆五十一年至五十二年，任兩淮鹽政。五十八年調長蘆鹽政。嘉慶十年，徵瑞蒙花翎之賜，十四年，任內務府大臣。因為有一次上書言事為嘉慶帝嚴諭申飭，諭旨中說，體念他年老，只署予薄懲，使他知所畏懼，只奪去他的花翎示儆而已。到嘉慶十九年，可說是他的黃金時代，他的官升到工部左侍郎。但又因為一件與他無干的小事，他也上書言事，觸怒皇帝，將他的侍郎革職，並開去內務府大臣，並撤銷紫禁城騎馬的恩典。到嘉慶廿一年（一八一五年）正月逝世，年八十七歲，生雍正十二年（一七三四年）。「清史稿」沒有他的傳，但「國朝耆獻類徵」卷九十六，有他的小傳。——譯注。）

河的兩岸滿滿排列着軍隊，約有一英里長，他們穿着制服，軍旗和小旗多至不可勝數。又有各種軍樂，叮叮噹噹作響。中午時分，我率領使節團全體人員和僕從、樂師、衞隊等上岸。總督大人和徵大人在岸邊迎候，引導我們到他的行轅，坐定之後，總督大人又再向我寒暄一番，一如在海神廟那樣。之後，我們的談話就轉入正題，談了一個長時間。在談話中，我從欽差徵大人的語氣中，覺得他對我們很不想有友善之意，和他的上司總督大人那種謙恭有禮，大不相同。我們談話的結果，就是使節團先由水路往通州，由通州至北京約十二英里，需時七日，到達北京的日期是八月十八日。

到通州後，我們將由陸路入北京，首先要將船中行李雜物，雇夫役搬運出來，還有其它各種問題要解決的，例如到北京後的住宿處所等等。就我的計算，我們到京的日期，至早也在八月廿六日，到後，我們至少也要休息十天，以便將我的家眷安置妥當，又要把各種禮物分開，然後才可以動身前往韃靼區（按：指熱河。——譯注），所以我認為我們動身之期，也許要到九月五日。我們帶來的禮物中，有些是很大而笨重的，如渾天儀、地球儀、自鳴鐘、折光鏡等，都不便帶着沿陸路而行，所以我決定將它們放在北京，其它輕便而不怕長途顛簸的物品，就不妨由我們携帶前往。從北京往熱河的路程，少則六日，多亦不過八日，因此我們可以在乾隆皇帝生日之前，到達熱河行宮，我們知道大皇帝的誕辰是九月十七日。（按：九月十七日係陽曆，在中國乃係八月十三日也。——譯注。）

我這樣說明，自以為斟酌得頗為妥當又極合情理的了。我說完之後，欽差徵大人好像有什麼重要事情似的，忽然走到我跟前，使我大感奇怪。他說，貴特使剛才所說的話，值得討論。於是他對我陳說各事項中，有幾項他認為有異議的，他要我立即將所有的禮物同時運到熱河。我對他說，如果在事實上能辦得到，我是極端願意遵從貴欽差之意的。但是有一個問題却要慎重考慮一下，從北京往熱河的陸路很長，走起來也要好幾日工夫，禮物之中，有幾種的性質是很脆弱的，絕對受不起在車輛上顛簸，一經顛簸，恐怕破爛不堪，就不能入目了（於是我列舉數種詳細對他說明）。我這番理由，徵大人似乎毫不中聽，仍然堅持着禮物和我們同時到達熱河，立即獻給皇帝過目。我說，貴國的皇帝，當然是中國的萬能上帝，他要什麼東西放在什麼地方，誰敢說個不字呢？然而我所說的有些禮物要放在北京，就是因為如果遵從皇帝的意願運到熱河，那些禮物就會破碎不完整了，這不特是我大不列顛國王陛下送禮的本意，當然也不是貴國大皇帝受禮的本意了。現在貴欽差一定要遵照貴國大皇帝之意，我怎敢不從，但最好還是由貴欽差費點清神，替我們負責運輸事宜，這樣一來，貴欽差既可如願以償，敝使也可以免於獲咎，事之兩全，沒有比這樣更好的了。

（二・待續）

肇慶憶舊

蟄庵

二、桂肇軍鬥爭與孫岑對峙

桂肇軍鬥爭之醞釀

由前章所述，龍軍調瓊，廣東得免龍禍，廣州亦幸杜戰火，陸榮廷用力至多，兩粵軍民，咸有粵桂一家之感。桂軍入粵之初，兵力僅二千人，不及肇軍之半，恆以客軍自居，合力對付龍軍，同舟共濟，水乳交融，從未稍有齟齬。如能始終融洽，並依兩軍洽商之條件，桂軍仍處客軍地位，廣東軍民二政，由粵人資深望重者分任，粵桂內訌之機，何致觸發？無如當時政制，地方長官，均由北京中央政府任命，無地方民選之例。其時黎元洪繼任大總統，段祺瑞爲國務總理，初委陸榮廷爲廣東督軍，朱慶瀾爲廣東省長，其後陸辭，改任陸爲兩廣巡閱使，陳炳焜爲廣東督軍。其時陸尚無粵桂畛域之見，以魏邦平於討龍之役，刼奪寶璧、江大等艦，與肇桂軍協力共保西江，出力不少。於接收廣州之後，以魏邦平爲廣東警務處長兼廣東市公安局。以魏之參謀龍榮軒，接任廣東水上警察廳長。魏因統轄警務，始有陸上兵力。龍接長水警，而廣東之江大、江漢、江鞏、江固一等砲艦，廣元、廣亨、廣利、廣貞二等砲艦，東江、北江三等淺水砲艦，以及四、五等巡艦均歸接收統轄。莫榮新初來肇，以桂省缺乏水師爲憾，而此時陸能拱手授諸粵人，足證至誠。陳炳焜接任粵督，威偪朱慶瀾辭職，而南北兩政府同時任命李耀漢接任廣東省長。陳李一時契洽無間，更結爲兒女親家，陳以其女妻李之義子達仁，亦足旁證。不期轉瞬陰影忽現，陳炳焜調督廣西，莫榮新升任粵督。莫一接任，立反陳之所爲，而桂肇軍鬥爭之醞釀成熟矣。

孫岑交惡粵桂鬥爭

民國五年六月六日，袁世凱病故，七月，副總統黎元洪就大總統任。六月十日，唐繼堯以撫軍長名義，提出解決時局辦法四條，第一條爲恢復民元約法，第二條恢復民二被非法解散之國會。而段祺瑞時任國務總理，主張維持民三新約法，反對恢復國會，南北頓成對立，於是滇黔桂粵，有護法之舉。六月二十五日，海軍第一艦隊司令林葆懌，練習艦隊司令曾兆麟發表聯合宣言，贊同護法之主張，加入護國軍，仍擁戴大總統黎元洪。六月二十九日，段祺瑞不得已，由北京政府公佈臨時恢復民元約法，至憲法成立爲止。同日又發佈命令，定於八月一日召集國會。但國會之爭執仍多，孫中山不久，乘肇和艦南下廣州，召集國會。六年九月十日，孫就海陸軍大元帥職，岑陸初尚敷衍，但廣州爲桂軍勢力範圍，岑陸復得李根源之助，聯絡政學系，於國會佔多數。七年四月十一日，由羅寶衡提出改組軍政府案，由大元帥一長制改爲總裁合議制。五月四日，以九十七票對二十七票通過修正軍政府組織法。五月十八日，三讀通過。孫中山甚不贊同，即離廣州去滬，釀成孫岑交惡。五月二十日，開會選舉總裁，唐紹儀、唐繼堯、陸榮廷、伍廷芳、林葆懌、孫文、岑春煊七人當選，以岑春煊爲主席總裁。北方則因黎段交惡，釀成張勳復辟，馬廠戰勝，黎辭而馮國璋繼任總統，南北之間，忽戰忽和，而兩方內部，皆黨派紛歧，互相勾煽，釀成粵桂鬥爭。

粵軍之孕育及成長

民五，朱慶瀾任廣東省長，抽調警衛軍二十營，改爲省長親軍，擬選粵人。知兵者爲司令。國民黨之胡漢民、朱執信等，均主張陳炯明屈就，朱亦同意。時陳炳焜調督廣西，莫榮新接任粵督，對陳炯明甚爲嫉視。孫中山多方維護，始克就任。但以改名粵軍，指定援閩爲限，六年十二月二日，陳炯明就援閩粵軍總司令職，尅期出發，許崇智駐閩省甚久情形熟悉。鄧鏗亦國民黨人，素號知兵者，均由孫中山遣派參加。入閩之後，進展頗速，先後佔領龍巖、漳州、汀州各屬，閩南閩西，盡入粵軍範圍，勢遂日益强大矣。

段琪瑞詭謀亂粵

民六九月，朱慶瀾被廹離粵，李耀漢以岑春煊陸榮廷之力，接任廣東省長，肇軍進駐廣州。桂肇兩軍，頗形和洽，廣州軍警，以耀漢、李福林、魏邦平爲首，組織廣東軍警同袍社，與其他粵籍軍警聯洽，頗有欣欣向榮之勢。段琪瑞不利南方之安定，突施詭計。北京政府突於冬間明令任命龍濟光爲兩廣巡閱使，以代陸榮廷。李耀漢兼廣東督軍，以代莫榮新。維時廣東方在護法軍政府範圍，北京政府何能任免軍政首長。民五，莫、李方合力逐龍，此時龍、李豈能復合？當前莫李方分任軍民首長，同駐廣州，何致火拚。眞是匪夷所思。乃龍濟光竟於民六十二月十一日，在瓊州宣佈就兩廣巡閱使職。遣派陸朝珍率濟軍四千餘人進駐陽江縣之閘坡島，聲言親率大軍，繼續出發，閘坡爲小島，並無防軍，只有警察數十人，立被佔領。肇軍統領古日光，時駐陽江縣城，立即調集所部三營，集中縣城，力圖戰守，並檄調團警爲助。陸朝珍復乘夜率軍進駐平岡墟，進偪縣城。古以衆寡懸殊，即率所部退駐合水墟，再退駐陽春縣城。余方任陽江縣知事，更無抵禦之力，因電省署辭職，舉陽江保衛團局長莫瑞瑛自代，以維治安。旋奉覆照准，即由陽春經肇慶返省。李耀漢先於十二月十五日，發出咸電，不受北京政府僞命，並反對龍濟光爲兩廣巡閱使。莫榮新、李烈鈞、程璧光復於十二月十六日發出銑電，表示討龍。魏邦平於民五討龍之役，出力甚多，與龍更爲死敵，首先請纓進討。莫遂派魏統兵討龍，並派桂軍統領劉志陸率軍爲助。龍濟光在瓊就職之初，以李耀漢既同奉廣東督軍之命，而李與福軍、帶軍、魏軍暨其他粵籍雜牌軍均有連繫，各江巡艦均在魏統轄之下，桂軍實力較弱，濟軍如由陽江、陽春、新興逕進肇慶，可斷桂軍歸路，大可發其併吞桂省之夢。及李耀漢，咸電發出，魏邦平統軍進討始知爲段琪瑞詭謀所賣，不敢率軍再進。陸朝珍時已進駐恩平，始知已成孤軍被圍，復無後援，軍心大亂，一經接濁，立即敗潰。莫榮新以李耀漢既有咸電明白表示態度，所部之古日光，退駐陽春，與翟汪所部共拒陸朝珍北進之路，其連繫甚密之魏邦平，復身任前敵，陸朝珍所部，完全消滅，亦認爲段琪瑞離間之計。余既抵廣州，自當以陽江情形報告莫、李，其時莫、李極爲和洽，督署在德宣西路，省署在舊督署，中有鐵橋，可通往來。李偕余同由鐵橋訪莫，只帶衞弁一人。莫如疑李，數兵之力，即可立置樊籠。但仍互談甚歡，余覺其兩方均頗推誠，甚以爲慰。段琪瑞離間詭謀，殆所謂兵不厭詐者耶？陸朝珍全軍，因而覆滅。龍濟光精銳損失過半，無力再留瓊州，不免覆滅。一狻一愚，眞可謂相映成趣矣。不久劉志陸返省謂陽江、恩平之戰，古日光部只在陽春作壁上觀，並未出兵夾擊，莫對李始不能無疑。其次則帶字營統領袁帶，統軍三營，向駐香山縣。而莫正聽爲榮新之子，率軍三營，駐防順德縣，香、順兩縣，地勢犬牙交錯，兩軍積有嫌怨。民七五月，因爭衝突，莫榮新加派大軍進攻，袁帶不敵，遂爲擊潰。肇、福兩軍，與袁帶向有連繫，見莫忽予誅鋤，不無反感。魏邦平與袁帶，雖無連繫，但以同屬粵籍軍隊，亦覺兎死狐悲。其時余方任順德縣知事，目擊情形，即慮廣東從此多事矣。莫、李之間，彼此猜忌，暗鬥日多，李不自安，退居肇慶，駐廣州肇軍由副司令統率，省長則由政務廳長梁日東代拆代行。莫榮新認爲顯懷異志，商請軍政府主席總裁岑春煊明令免李耀漢省長兼肇軍司令職，以副司令翟汪晉代司令，兼代廣東省長，李即由肇轉往香港，兩軍一時尚能相安，咸謂粵桂可免衝突。乃翟汪接任後，莫復與不協，以其凡百施政，皆一仍李之舊也。不數月，岑復明令免翟兩職。駐廣州肇軍，一部繳械解散，一部爲虎門要塞司令丘渭南收編，調駐虎門。其分防各縣者，亦陸續分別收編或解散。最慘者新會縣知事賀蘊珊，新興縣知事梁健卿，均無端爲駐縣桂軍槍決。余對桂、肇兩軍，始終力主協調尙爲兩方所共信，時方任南海縣知事，不至如賀、梁之慘遭不測。但因此而肇軍覆滅，無辜之賀、梁兩君，竟慘遭屠殺，則民五爲介之我，能不惻然心動乎？因決辭職，且深感人心之譎詐，不欲再聞軍政矣！

孫岑鬥爭，滇桂反目

民八二月，駐粵滇軍，因李烈鈞、李根源爭長，發生糾紛，李烈鈞爲國民黨，於民五與唐繼堯共同舉義雲南，始終爲滇唐直轄部隊，故孫中山、唐繼堯咸助李烈鈞。李根源爲政學系，於民五任都司令參謀，最近督辦粵贛邊防，爲莫榮新所委，故岑春煊、陸榮廷、莫榮新咸助李根源。粵省時爲莫之勢力範圍，李烈鈞不免失敗，遂於民八四月二十七日走香港，轉赴上海。李根源復以政學系之關係，介紹岑、陸與馮國璋聯絡。孫中山時在上海，遂於民八八月七日發出通電，以「岑春煊、陸榮廷等，不顧國法，蔑視國會所信任的代表，及經參衆兩院議決的和平會議條例，以軍政府總裁的地位，或勾結叛人，或與軍閥私訂犧牲國會條約，聲討其罪狀。」同時電致廣州國會，自辭政務總裁職。電內並有「不與之共飾護法之名，同尸誤國之罪」等語。因此釀成孫、岑鬥爭，滇、桂反目之局。孫岑決裂，而粵軍在閩，日益强大，粵軍回粵之動機，不啻水到渠成矣。

（中篇）

「皇二子」袁克文

陶拙庵

又太平天國紀元銀錠。又徐世昌大金幣，和銀質的徐世昌紀念幣相同，那是把銀質幣的模型而鑄金的。又清餉金，乃左宗棠征回時所造，與餉銀餅並行。又光緒銀元有回曆一千三百十二年字樣，那是行於西陲的。又乾隆五十八年所鑄銀幣，當時廓爾喀侵西藏，既平，鑄以頒賚藏人者，侯疑始得於京中，轉讓克文。又西藏古金幣，那是黃葉翁於清季官都中，西藏喇嘛入覲，翁於喇嘛隨從中易得五枚，以其一貽克文，克文有西藏銀幣二，分其一爲報，古金幣上有回文，不認識，克文拓之，登報請人譯之，願酬所書屏條四幅。又把所藏五十金泉，風花雪月六秘戲泉裝成小櫝，櫝蓋方地山書，金鐵芝刻。他又從中國古泉推而廣之，兼收並蓄各國金銀稀幣，如古印度銀泉，爲張叔未舊藏品，又古印度金貨，葡萄牙古金幣，乃七世紀物，曾載倪氏「古今錢畧」。又昭通年號的安南銀幣，乃余艇生藏，以贈克文的，載「古泉滙」。又法國二十法郎金貨，上有拿破崙像。又十八世紀意大利聯邦威爾斯共和國銀幣。又十九世紀的金貨。又埃及一百僻阿斯特金貨。又韓國光武二十圓金貨。又希臘若耳塞第一世金貨。又保加利亞匪地難德第一世金貨。又塞爾維亞米蘭第一世金貨。又羅馬尼亞加羅一世金貨。又日本元治年元銀錢。又古東羅馬金貨，上有東羅馬帝福加司像，以三百元購得。又法蘭西沙爾第十金幣。又拿破崙一世金幣。又羅馬古銅貨，正面有尼祿像，背面爲女神。另一銅貨，正面戈諦安像，背面爲女神。又英吉利佐治第二世幣。又愛德華三世幣。又日本古金幣，一安政，一天保，二百年前物。是黃葉翁之友顧仲留學日本時所得，易克文臺聯，克文寫二聯報之。一：「滄海萬流會濯足；春淞一翦且浮家」。又一：「掏癖嗜痂君獨異；籠鵝換字我應慚」。克文又取自藏的金銀貨幣，精拓各二紙，凡二百餘品，用玉版宣紙，裝裱成四厚冊，每紙都以精楷親加題註。外用明瓷青紙爲衣，顏曰：「世界古今貨幣一斑」。共兩部，一自存，一讓人，總之他所藏的共有七十餘國。並徵求「世界貨幣圖譜」。這許多金質稀幣，後來生活困難，都由周作民介紹向金城銀行作貸款質物。

他不僅收藏硬幣，紙幣亦兼收的。會登報徵求紙幣：「中國古舊已廢之紙幣，宋代曰交子，曰會子。金代曰寶鈔，曰寶會。元明清均曰寶鈔，清又曰戶部官票。如有以此數類見讓者，毋任歡迎」。

收藏的郵票

郵票也是他集藏的一部分。他的集郵是來滬後，由周今覺啓發的。今覺在「晶報」上寫「郵話」，他也在「晶報」上寫「說郵」。常赴中華郵會物色佳品，他所藏有清末庫倫寄北京的郵函。這是蒙古初設郵政第一次寄出，印文「蒙古庫倫己酉臘月初四」，蒙古郵政局即該月初四日成立的。又郵函背貼海關大龍文券五。函面貼法蘭西券二十五生丁一枚。西元一千八百八十六年自天津寄往德意志者。又清紅印花三分暫作三分郵券倒蓋。又萬壽倭版大字八分短距券。又臺郵古券二品。又以四千金購一郵冊，他列有「郵集珍品目」，如海關小龍券五分褐棕色，萬壽上海版全新無水印，萬壽小字加蓋三分作半分缺乙字，大字長距離四分作四分，廿四分作三角，日本版十二分作一角，短距離三分作半分倒，第一次日本版二圓，漢口臨時中立一角六分，及五角，南京臨時中立二圓及五圓，倫敦加蓋四分倒，二圓宮門倒印，福州中立欠資，自半分至三角，海關加蓋四分及一角等，又以千元向德意志人易得一九二七年的「世界郵鈔年鑑」。

古印纍纍多精品

印章頗多名貴珍稀之品。如漢代私章牧躬印。漢陰陽侯印，漢秦嘉印，漢陳成印，玉質，佩不去身，在滬被妓流所見，攫去，譚踽庵奪回，後與丹翁易物，心不釋，仍易歸。漢白琉璃印，白若羊脂。漢綠琉璃印，綠若翡翠。成爲一對雋物。又匈奴官印。又東晉虎頭將軍印。又梁孝王璽，玉質，自黃葉翁處易來。又梁廣信玉印。又明楊繼盛朱文印，認爲忠烈遺物，輝映天地。又絳雲樓書畫印，象牙質，白文，鹿紐，高寸許。又柳如是聯珠銅印。又卞玉京牙印，作卞賽朱文，瘦勁有力，克文自謂：「觸手膩澤，疑有脂痕在焉」。又薛素素聯珠印，雲形環紐，黃金鑄成，重九錢七分。因撰有「明俠女薛素素金印記」。又清趙悲庵摹漢鏡銘石章，最名貴的，當然要推剛卯和嚴卯了。他得剛卯於西子湖頭，白玉明潤，如冰如雪，隸文淺刻，直一小漢碑，詫爲奇寶，頗以不得嚴卯爲匹，引爲遺憾。丹翁告之，嚴卯爲道州何子貞曾孫星叔，見之於吳門潘氏，粥三百金，星叔力不勝，便由丹翁得之。克文願以千金重寶及宋刊「韋蘇州集」易歸，與剛卯合。丹翁允之，該印爲玉質，長寸有二分，方六分。克文因名其居爲「佩雙印齋」，作文紀其經過。既而有人認爲克文以重寶易贗鼎，克文聽了大發脾氣，在報上刊登廣告，徵求剛卯、嚴卯：「不佞比以千金寶易嚴卯，人皆目爲痴，不知人之不痴者，豈足與言好古哉！或竟謂嚴卯爲時人所造以愚不佞者，不佞誠愚，而時人有此神技，可以頡頏周秦，超邁魏晉矣。既有此抱神技之時人，則刻制易易耳。茲特懸兩千金，如有以剛卯嚴卯類於不佞所藏而見讓者報之。僅有其一者，剛卯報金五百，嚴卯倍之」。後來何星叔有詩賀之云：「二千年後求知己，雙印齋中有主人，已幸燕環歸寢閣，更看龍劍合延津。摩挲字比金刀古，贈答情如玉案新。笑我西施親網得，却無艷福享橫陳」。又克文有「洗印記」，亦紀其得印之奇跡，畧云：「……於洹上農家，以玉珮及銀幣二，易得魏武帝幼子曹整印。適端陶齋信宿村中，便持印往質，端據印讚歎，稱奇者再。取印泥拓數紙。印留無還意，且即日欲行，憂之。會葦餞端於別館，乃乘隙入室，懷之以歸。後印一度墮頤和園，再墮於西苑之北海，懸賞求得，又爲友人巧取而去，以計賺歸，繫襟帶間凡十年，既而與古匈奴玉璽，漢秦嘉玉印，漢虎牙將軍銀章，同藏宋代錯金鏤銀寶匣中，日夕置枕側。一日，出印摩挲，墜唾盂中，加以洗拭，忽露光色，用布磨擦，采澤畢現，乃古之紫金。認爲獲於十載前，昭於十載後，喜而爲『洗印記』紀其事」。至於這個鐵匣，舊爲阮元藏秦漢印的，方地山以四百金獲得，克文愛之，以明刊「左氏春秋」，清刊「四朝詩」易來。

釧影樓回憶錄

※天笑※

坐花船的故事

有一件事，使我雖老不能忘懷，這是我在八歲的那年，父親帶了我曾去坐過一次花船。怎麼叫做花船呢？就是載有妓女而可以到處去遊玩的船。蘇州自昔就是繁華之區，又是一個水鄉，而名勝又很多，商業甚發達，往來客商，每於船上宴客。這些船上，明燈繡幕，在一班文人筆下，則稱之爲畫舫。裏面的陳設，也是極考究的。在太平天國戰役以前，船上還密密層層裝了不少的燈，稱之爲燈船。自遭兵燹以後，以爲燈船太張揚，太繁糜了，但畫舫笙歌，還能夠盛極一時。

當時蘇州的妓女，可稱爲水陸兩棲動物。她們都住在閶門大街的下塘倉橋濱，爲數不多，一共不過八九家。這裏的妓院，陌生人是走不進的，只有熟識的人，方可進去。在門前也看不出是妓院，既沒有一塊牌子，也沒有一點暗示。裏面的房子，至少也有十多間，雖不是公館排場，和中等人家的住宅也差不多。

不過她們的房子，大概都是沿河，而且後面有一個水閣的。他們自己都有船，平時那些小姐們是住在岸上的，如果今天有生意，要開船出去遊玩時，便到船上來，侍奉客人。平時衣服樸素，不事妝飾，在家裏理理曲子，做做女紅，今天有生意來了，便搓脂滴粉的打扮起來了。

那一天是舊曆七月十五日，中國人稱之爲中元節。蘇州從前有三節，如清明節、十元節、下元節（十月初一日），要迎神賽會，到虎丘山致祭，而城裏人都到虎丘山塘去看會，名之曰：「

看三節會」。實則看會其名，而載酒看花，爭奇鬥勝，無非是蘇州人說的「軋鬧忙」「人看人」而已。

七月十五那一天，他們妓船生意最好，因為這些花船幫的規矩，在六月初旬開始，這些船都要到船廠裏去修理，加以油漆整補等等，到六月下旬，船都要出廠了。出廠以後，似新船一般，要懸燈結綵，所有繡花的帷幕，都要掛起來了。而且從六月二十四日，游玩荷花蕩起（那個地方，亦叫黃天蕩，都種着荷花。是日為荷花生日），船上生意要連接不斷。如果中斷了，便覺失面子。假使七月半看會那一天，也沒有生意，眞是奇恥大辱了。

父親那時，一來請請他的幾位到蘇州來的商家朋友，在生意場中，交際是少不得的。二則他也認識幾條船，都是老主顧，每一次出廠，也要應酬他們一下子的。因此在半個月以前，早已約定，答應他們了。坐一天船，吃一頓船菜，要花多少錢呢？從前的生活程度，物價低廉，不過四五十元罷了。此外蘇州的規矩，吃花酒的每位客人，要出賞錢兩元，請十位客，也不過二十元，總共也不過六七十元，在當時要算濶客了。

父親預先和我說：「你認眞讀書，七月半，帶你去坐船看會。」我聽了自然高興，也不知道何處坐船？那裏看會？只跟隨着父親就是了。一清早，母親便給我穿起新衣服來，母親也不知道父親帶我到那裏去。這時我恰新做了一件兩接長衫，這兩接長衫，上身是白夏布的，下身是湖色雲紗的。（按：當時成人們也穿兩接長衫，一時盛行。原來這兩接長衫，還是從官場中流行起來的。從前的官服是外套、箭衣，裏面還有襯長衫，便是兩接的長衫了。）裏面是雪靑官紗對襟小衫，下面玄色栲香雲紗褲子。脚上淡紅色紡綢單襪，藍緞子繡花的鞋子，鞋子與襪，都是母親手製的。頭上梳了辮子，辮梢拖了一條大紅純絲的辮鬚。

由父親領了，到一家人家，我也不知到什麼人家來了。但見房櫳曲折，有許多打扮得花枝招展的女人，有的拉拉我，有的攙攙我，使我覺得很不好意思。後來又來了幾位客，大家說：「去了！去了！」我以為出門去了，誰知不是出前門，却同後面走去。後面是一條河，停了一條船，早有似船家模樣的一個人，把我一抱，便抱進了船裏去了。

但是那條船很小，便是蘇州叫做「小快船」的，裏面却來了男男女女不少人，便覺的很擠。我心中想：父親所說的坐船看會，那就是這樣的小船嗎？我寧可在岸上看會了。後來那小船漸漸撐出閶門城河，到一處寬濶的河面，叫做方磯上，停有幾條大船，把我們小船上，移運到大船上去。方知道因大船進城不便，所以把小船駁運出來，小船大船，都是伎家所有。

到了大船上，寬暢的多了，又加以河面廣濶，便覺風涼得多。於是一面吩咐開船，一面便大家解衣磅礴，我的兩接長衫也脫去了，只穿宮紗短衫。有許多客人，竟自赤膊，有一個大塊頭，露出個大肚皮。便有些娘姨大姐，給客人擦背心上的汗；有的給一個老公公只是打扇。她們也勸我脫去短衫，赤着膊兒，我却不肯。父親說：「身上都是汗，擦擦吧！」一個大姐，給我脫去短衫擦身，但我來不及的把短衫穿上了。她笑對父親道：「你看你的這位小少爺，倒像一位小姑娘。」

船開到野芳濱，（原名冶坊濱）愈加覺的風凉了，他們移開桌子打牌，這中艙可以打兩桌牌，但是他們打牌，我更無聊了。我一心想看會，會是在岸上過的，我便到頭艙裏去。他們特派了一個年約十二三歲的小姑娘名喚三寶的，專門來招呼我。指點岸上的野景，講故事給我聽，剝西瓜子給我吃。當吃飯的時候，她揀了我喜歡吃的菜，陪我在另一矮桌子上吃。吃西瓜的時候，她也幫助我在另一桌子吃，她好像做了一個臨時小

褓母。

臨回去的時候，父親叮囑我道：「到了家裏，祖母面前，不要提起。」父親有點懼怕祖母，祖母曉得了，一定罵他，怎麼帶了小孩子去。我說：「母親可以告訴她嗎？」父親笑笑，他說：「告訴母親不要緊。」因為我什麼事都要告訴母親的，無從瞞起。後來母親知道了，也埋怨父親，「為什麼把孩子帶到那裏去。」父親笑而不語。我父親不是那種自命道學中人，說什麼「目中有妓，心中無妓」的人，但他却是一個終身不二色的人。

非但此也，父親什麼地方都帶我去看過。有一次，帶了我到一家鴉片烟館裏去。那時候，鴉片烟館是公開的，並不禁止。他自己並不吸烟，而有許多朋友都是吸烟的。甚而至於有許多生意經，都在烟館裏並枕而臥，方才訂定了的。我還記得我們所去的地方，在蘇州觀前街太監衖現在吳苑茶肆的前身，房子既舊且大，生意很為興隆。那個時候，好像在夏天吧，烟客們就燈吸食，都不怕熱。我對於鴉片烟，並不覺得新奇，因為我早已見過，我的母舅，我的姑丈，他們都是癮君子呀！

賭場中，父親從未帶我去過，蘇州也有很高級賭窟的，他們稱之為「公館賭。」因為父親生性不愛賭，這件事，我有遺傳性質，我對賭也是不感興趣的。至於當時流行的一種打牌，名為「同棋」的，父親都打得甚好，但輸贏是極小的（麻雀牌流行的時候，父親已故世了），東中市有一個錢業公所，父親帶我去過幾回，據說裏面可做輸贏。只要是熟識的人，但憑一言，即可成交，可見從前商人信實，勝於現在。這種交易，大概以生銀、銀洋、制錢三種作比價，人家亦稱之為「賣空買空」（這便是後來交易所的發軔始基）。當時蘇州的術語，名之曰：「做露水」，父親偶爾小試其技，只不過估估自已的眼光而已。

銀行外史

上海商業儲蓄銀行

·醇 廬·

上海商業儲蓄銀行，成立於民國四年（一九一五年），初創辦時，據說資本十萬元，實收只四萬元，還是莊得之拿出來的，莊是盛宣懷夫人的內姪，又據說陳光甫正籌備上海商業儲蓄銀行時，忽然接到上海交通銀行送來一封信，拆開一看，原來是梁士詒打給陳光甫由上海交通轉的一封電報，大意是請陳光甫到北京交通銀行任事（職位未說），月薪三百元，陳接電後，就辭謝了。當上海商業儲蓄銀行開業有期，陳光甫不用普通開業的請帖，而特別寫了一封信，申述已經組織這一家銀行，並告開業日期。凡銀行開幕，上海各同業，例有堆花之舉，所謂堆花，就是送上點欵子來存，過幾天全部提回，而梁士詒電上海交通送大洋五萬，說明不是堆花，是長期來往性質，後爲中國銀行所知，也照送往來五萬，浙江實業也送往來四萬，其他銀行有沒有這樣做我不大清楚了。

該行創辦時，特點甚多，所以成長非常的快。當創辦時，營業方式分兩部份，一部份完全是新式的銀行方法，所用簿記，單據，傳票等，皆採用新式；一部份是舊式的錢莊方法，一切往來皆依一般錢莊習慣而行，但內部帳目則改爲新式，對外帳目，有的改爲新式，有的仍依錢莊習慣行之。這家銀行成立時，創辦人陳光甫卽注意吸收存款，尤注意儲蓄存欵，更注意一元開戶儲蓄存欵，當時上海的僕役工資很低，每月有一二元的，一元開戶，就是鼓勵低薪的人儲蓄，每月滙埠一元。這個方法收效很大。

該行另一特色是注意與國外通滙，當時外商銀行，都有分行在上海及各大商埠，國外通滙，全爲外商銀行所獨占，上海銀行辦理國外滙兌，首先要存一筆錢，或先撥一筆錢，放在國外代理銀行，這樣代理的銀行才肯代付。這是一種單程交通，不過時間久，彼此信用建立起來，國外代理行也託上海方面交收了，這樣才做到有來有往。陳光甫有鑑於通濟隆，美國運通公司，發行旅行支票，代賣各國火車票，各輪船公司船票，因此組織一個旅行部，附設在上海銀行內，後來業務日見發達，到一九二七年才改組爲獨立機構，改名中國旅行社。中國自辦旅行事業，中國旅行社是第一家，據主持人說，當初辦時，國外交通機關，不僅表示歡迎，并且盡力協助，而國內交通機關反少協助。

當時辦銀行的人，多數注意國內政治及金融的變動，很少出外攷察各地市況，陳光甫將行內計劃規定後，交給副經理執行，他就到國內外去旅行，其目的是攷察各處商情，就他說在國外旅行，確實方便，只少數地方不大方便，而國內旅行只少數方便，多數地方很不方便，最大的困難是貨幣問題，要便當，只好帶銀圓在身，其次是居住問題，沒有好的旅館，有的地方旅館都沒有，只有舊式的客店，這種客店是停運糧及運貨大車的，旅客有時搭乘這種貨車，到了晚間，就同貨車一齊留住在店裏了。中國旅行社就在一些名勝地方設立招待所（卽是旅館），風景區如黃山也有招待所。

上海銀行行員，在初開辦時，有幾位高級職員，都是陳光甫的老友，如楊敦甫、楊介眉、朱成章等都是該行元老，輔佐創辦人，振興業務，實在出力不少，其餘行員，有些是朋友推荐，有些由招考而來，有的是練習生，經行中訓練，並於晚間補習必要課程，如英文，銀行會計，中英文書信等，卽如現在該行的高級職員，由練習生提升者甚多，無形中都是陳光甫的學生，所以在指揮方面收到很大的效果。

一九四九年後，上海的銀行有了很大的變化，上海商業儲蓄銀行的總行設在上海，當然和其他各銀行同一命運。陳光甫早在一九四八年來香港了，上海總行改變後，他頗爲狼狽，想去美國，又未得美國批准，後來去南美住了一個時期，仍回香港，卽改組上海商業儲蓄銀行香港分行爲上海商業銀行，在香港政府註冊，陳光甫仍爲董事長。他既然和大陸中國的銀行界脫離關係，就不得不和台灣聯絡，做他的生意，於是先在台設立辦事處，一面請求台灣當局向美交涉，解凍該行存在美國的美金，數目多少非局外人所能知，經數年之磋商，始於一九六五年獲台灣當局批准，准許該行在台復業，仍沿用上海商業儲蓄銀行舊名，開董事會，選舉董事，陳光甫仍當選爲董事長，設總管理處於台北，而陳光甫則長居在台北了。

上海銀行從很少資本慘淡經營，而成爲中國大銀行之一，實非易事，譽之者，都稱贊它創辦一元儲蓄的存欵戶，使勞動界人士，與銀行發生關係，這是該行在中國之首創。但謗之者則謂一元卽可開戶，太瑣碎了，是猶太作風。但後來各銀行見上海銀行所辦儲蓄存欵，成績非常之好，便相率仿效，紛紛開辦儲蓄存欵，且名目極多，有零存整付，整存零付，有活期，有定期等等。

當時洋商銀行看見上海銀行也辦國外滙兌，頗爲妒忌，時時發出輕視之言論，而上海銀行直接與外國銀行接洽，先從美國入手，並派重要職員，常駐紐約，以便隨時接頭。

有些銀行鑑於上海銀行國外滙兌部辦得很好，且爲防國內貨幣不穩定，可以將資金逃往國外（大部份是美國），也有部份銀行設立外滙部，爲逃資之準備。

上海的錢莊，也很嫉妒上海銀行，因爲該行有一部份完全是錢莊式，用的人會在錢莊做過的，而時時灌輸以新銀行知識，所以錢莊式部門，也辦得比舊式的錢莊爲靈活。所以上海有頗多錢莊也就改爲銀行式，但不是有限公司組織，東家仍須負無限責任。從這兩三件事看來，可見當日上海商業儲蓄銀行在上海銀行界中影響之大了。

群智社諸子

乙瑛

淸光緒三十年甲辰，（一九〇四年），番禺捕屬諸子弟若徐紹楷、徐紹棨、古應芬、姚禮修、汪兆銘、汪祖澤、汪宗洙、汪嶔、朱大符等十五人共結羣智社於廣州豪賢街西庵書院中，研究新學，各出其所藏書置於社之圖書室同參考焉。余曾於冷攤購得此照片題曰「羣智社同人甲辰攝影」，持示信符，多作古人，爲之慨然，今信符之逝亦將廿年，惟通甫一人年八十七尙健在廣州，此亦淸季廣東一段掌故也。

第一排右起：姚禮脩，字叔約，又字粟若，番禺人，畫人姚筠子，前淸秀才，幼承家學，擅山水、花卉、篆隸書，留學日本習法政，歷充廣東法政學堂教員，廣東法官學校校長。性嗜酒，終日陶然，人以姚三貓呼之，其排行第三，如醉貓云。汪祖澤，字通甫，番禺人，兆鏞長子。廣東武備學堂畢業，留學日本習法政，歸國考取法政科舉人。辛亥廣州光復任司法司副司長，歷充總檢察廳總檢察官，最高法院檢察官，廣東法政學校、法官學校校長。著有「無所思齋隨筆」。

第二排右起：杜之杕，字貢石，番禺人，留學日本習法政，歷充廣東都督府參事，廣東法政學堂教員，執業律師，舉爲廣東律師公會會長。第二人未詳。徐紹楷，字立三，番禺人，歷充廣州中學，番禺八桂中學等教員。汪宗洙，字滄源，祖澤弟，番禺人。前淸秀才，佐廣東水師提督李準幕，奏保爲直隸州知州，分發湖北。民國後，歷官至財政部蘇、浙、皖統稅局局長，稅務署署長等職。著「讀史述感」。第五六人未詳。

第三排右起：汪嶔，字彥平，番禺人，兆銓子。前淸秀才，擅倚聲。民國後，會任廣州（房產）登記局局長，花縣縣長。徐紹棨，字信符，番禺人，立三弟。性嗜書，喜收藏鄉先哲遺籍，築南州書樓藏之。歷充廣東高等學堂、廣東高等師範學校教員、中山大學教授，廣東圖書館館長。著「廣東藏書紀事詩」。第三四八未詳。汪兆銘，字季新，號精衛，番禺人，兆鏞庶弟。前淸秀才，留學日本習法政，爲「民報」編輯。歷任（廣東）國民政府主席，（南京）行政院院長、外交部長等職，著「雙照樓詩詞」。朱大符，字執信，原籍浙江蕭山人，久居番禺，留學日本習法政，主編「建設雜誌」，佐孫中山先生主持廣東軍事，一時豪傑皆從之，民國九年被暗殺於虎門。著「朱執信集」。古應芬，字湘芹，番禺人，留學日本習法政，歷充廣東法政學堂教習，廣東政務廳，民政廳廳長，國民政府委員、文官長等職。著「雙梧桐館詩稿」、「古勷勤遺墨」。

洪憲紀事詩本事簿注

劉成禺 遺著

汪旭初，原名汪東寶，後改名東，號寄菴，江蘇吳縣汪榮寶之弟，日本留學生。年十六，參加民報撰述。與黃侃、錢玄同、朱希祖同爲章炳麟四大弟子。歷任中央大學文學院長，監察院監察委員，禮樂館長等職。徐謙，字季龍，號佐治，別署黃山樵，安徽歙縣人。光緒二十九年癸卯科進士，散館授編修。淸末，赴歐攷察政治法律，官至京師檢察廳檢察長。辛亥革命後，歷任司法次長、部長，大理院長，北京俄語專科，上海法政大學校長、嶺南大學教授，參政員等職。著作極多。劉斐烈，即劉雅覺，廣東香山人（今名中山），作曲技術，極爲精湛。

主稿懿親策八荒，健兒五百還家鄉；兩河子弟應惆悵，未起良家作駐防。

河南都督張鎭芳，爲項城中表行，有辯才，項城甚信賴之。洪憲議起，由開封調京，贊畫密謀，遇事先屬主稿。其說項城設駐防之策曰：「古者期門宿衞，皆以親近子弟充之。漢高、明祖奄有天下，沛中、滁上子弟，征伐所及，留駐不歸。所以拱衞王室，預防反側也。滿洲入關，各省設駐防，實師明祖征雲南之遺策。即以曾文正、左文襄、李文忠論，湘淮子弟遍布行省，遠留新疆。湘皖勢力得瀰漫江河沙漠之地，握政權者數十年。其下既根深蒂固，其上則承繼弗衰。今宜先將豫省子弟，每縣挑選五百人，練爲省兵，以有身家者中選，符合古人三選良家之制。河南八十餘縣，合計可得四五萬餘人，每年選招一次，期以五年，輪流分發。前者派駐各省，後者逐年招練，五年之間可得子弟兵二十餘萬，亦古今中央集權，輔幹弱枝之意。如聖懷覩其策可行，宜以愼密從事。」項城遂陰令唐天喜招練河南兵一混成旅，護陳州陵墓，爲子弟兵張本。項城取消帝制，鎭芳屢阻不聽，曰：「前敵將帥無分茅胙土公侯伯子男之望，誰爲一人捨命出力者？」袁死，鎭芳爲詩弔之曰：「不文不武不君臣，不漢不胡又不新；不到九泉心不死，不能不算過來人。」知其懷抱獨具，溢於言表。

【錄後孫公園雜錄】

遜伯注：張鎭芳，字馨菴，河南項城人，前淸進士。與袁世凱有戚誼。袁世凱任直隸總督，即參帷幕，并歷任要差。辛亥革命軍起，代理直隸總督。民元三月，任河南都督，旋任參政院參政。袁死，協同徐世昌辦理喪葬事。民六，張勳挾擁溥儀復辟，任內閣議政大臣，度支部尙書等僞職。張勳兵敗，張與雷震春、馮德麟等逃遁，爲段祺瑞部所捕。由其子捐振北方水災四十萬元，始獲釋出。晚年在北方經營銀行事業。唐天喜，袁世凱同鄉，從小隨侍袁世凱，即俗稱貼心侍僮，嬖佞。由侍衞藉袁勢力升至旅長。張鎭芳任河南都督，唐爲豫西鎭守使。袁稱帝，受到全國人民反對，唐亦通電反袁。袁兩日之間，先後得唐天喜、陳宧叛變電報，憤怒而死。

軍前斬奏命川東，禮授銀刀遏必隆；不料馮家收國器，當年辜負索淸宮。

袁世凱憂征滇之師，曠日無功。左右獻策者曰：「非照乾隆征準噶爾故事，懲辦一二統兵大員，不足樹皇國之威權。乾隆以遏必隆刀斬欽差大臣大學士訥淸於斑爛前山，一鼓而肅清金川。乾綱獨斷，前例可行。世凱首頷。遣人赴淸宮索遏必隆刀，淸室派師傅世續齎刀呈奉新華宮。世凱遂詔文武百官齊集居仁堂，行授刀典禮，儀式隆重。策曰：「命汝雷震春爲西征軍軍政執法大臣，禮授遏必隆刀，星夜馳赴前敵，如朕親臨。凡西征將帥退葸不前，執刀行法，先斬後奏，不得稍徇情面，謹遵王命」云云。震春赴川不久，洪憲消亡。歸過江南時，遇馮國璋被選副總統，乃繳刀於國璋。刀今尙留馮家，國器也。案遏必隆，淸代開國勳戚，入關有大功，與鰲拜同被任顧命大臣，輔佐康熙，自制寶刀。柄與梢純銀合寶石混鑄，光彩奪目，刀鋼百鍊，斬鐵如泥，長二尺五寸，命侍衛鄂實監訥淸遄，誅以誓衆。十四年正月，復諭鄂實卽途中行刑，抵斑斕山伏誅。敕曰：「以乃祖遏必隆刀，斬彼不肖之孫。」全軍震慴，金川遂平。咸豐初年，賽尙阿督師廣西，曾賜遏必隆刀。此後淸廷賜刀凡四人，賜奉命大將軍惠親王綿奕銳捷刀；參贊大臣僧格林沁納庫尼素刀，防堵林鳳祥李開芳；賜欽差大臣勝保湧雀刀，辦理直隸山西防務；賜恭親王奕訢白虹刀，辦理京師巡防。（此刀卽奕訢爲皇子時所佩，）〔濮伯欣陳仲騫訂正說事〕

遜伯注：「準鄭爾」，譯準噶爾，部落名，本爲額魯特蒙古四衞拉特之一。淸初據伊犁，畧併其餘三衞拉特，佔有今新疆省天山北路之地。復東畧外蒙古，南畧回部，勢頗猖獗。乾隆間對它用兵。遏必隆，長白山人，姓鈕祜祿氏，額宜都子。淸初大官僚，康熙初與鰲拜同掌朝政，兩人發生磨擦。訥淸，一作訥親，滿洲鑲黃旗人，額亦都之孫。乾隆時官至保和殿大學士。張廣泗征金川，久無功，命訥親經畧軍務，以老師糜餉，措置乖謬奪職，尋誅死。世續，字伯軒。其祖原爲朝鮮金姓，轉入滿洲正黃旗。出身舉人，淸末官至大學士、軍機大臣。辛亥革命軍起，淸帝退位，世續代表淸方與袁世凱商談優待條件。以後常爲廢帝溥儀效勞。雷震春，字朝彥，安徽合肥人，出身北洋武備學堂，夤緣袁世凱，得任江北提督。辛亥年冬；統帶河南軍。二次革命，爲袁世凱賣命，進攻南京。民三，繼陸建章爲軍政執法處長，屠殺民黨及進步人士，不計其數，時人呀爲「黑雷神」。張勳擁溥儀復辟，任陸軍部尙書僞職。張勳敗，雷竄天津，途中被捕。後由曹錕等聯名請赦，始得釋放。馮國璋，字華甫，直隸河間人。北洋武備學堂出身。與段祺瑞、王士珍等同受李鴻章賞識，充淮軍洋槍隊及砲隊教習。淸末官至軍諮使。辛亥武昌起義，帶兵企圖鎭壓革命，焚燒漢口，得滿淸封爲男爵。二次革命，袁世凱因其出力屠殺民黨，任爲江蘇督軍，袁死，黎元洪任總統，馮以實力派，取得副總統。鰲拜，滿洲鑲黃旗人，姓瓜爾佳氏。官至議政大臣，封一等公，晉太師，受顧命輔政。後因結黨專權而被革職。鄂實，滿洲鑲藍旗人，姓西林覺羅氏。乾隆初爲滿洲副都統，以參贊大臣隨將軍兆惠與回族霍集戰於葉爾羌而死。賽尙阿，蒙古正藍旗人，姓阿魯特氏。嘉慶繙譯舉人。道光間，由筆帖式升主事，官至文華殿大學士。洪秀全金田起義，以欽差大臣赴廣西，屢戰屢敗，因而奪職。僧格林沁，蒙古科爾沁親王，姓博爾濟吉特氏。太平天國時林鳳翔攻天津，被其扼殺。其後屢與捻軍交鋒，遇伏陣亡。勝保，滿洲鑲白旗人，姓蘇瓜爾佳氏。出身舉人。頑抗捻軍於河南山西山東等省，一敗塗地，革職遣戍新疆。後又與捻軍戰於安徽河南，因淫貪被劾，淸廷命其自殺。奕訢，道光帝第六子，封爲恭親王，英法聯軍侵畧中國，淸廷派其與外人議和，其後主持開辦軍事工業與同文館等，成爲初期滿族洋務派頭子。書畫家溥心畬（儒）的祖父。

和介流風柳下尊，都門去去默無言；燕詩幷翦翻憐汝，春酒秋花尙有園。

趙城袁瑞璣衡玉，以名進士權身安縣事，結同盟會，謀覆淸祚。選衆議院議員。帝制議起，衡玉留京，放浪詩酒，謾罵當局，側目者將入以謀反之罪。予言之曰：「吾輩開黨開國，自有不世之功名，何必葬身虎穴，與含香傅粉者爭一日之邪正之長耶？」衡玉大悟，日飾酒瘋，得養疾歸里。近搜遺翰，痛感人琴，其歌詠洪憲時事，足資史料考據者，如「幽燕雜感」十四首：

「幽燕王氣啓鴻圖，山脉河源拱上都；宮殿千門將作監，城闕九重執金吾。龍顏日角瞻天表，碧篆丹文搜秘書。一例羣臣功德頌，聲聲萬歲聽山呼。」「眞人五色氣成雲，共說中原又有君。天語荒唐靈運夢，元符神異子雲文。新朝子弟從龍貴，舊部材官汗馬勳。一領黃袍匆遽甚，陳橋爭忍負三軍。」「神州莽蕩造英雄，震世威名震主功。地下篆文齊九錫，塚中枯骨漢三公。舊宮褘翟新公主，內寵貂嬋女侍中。省識人間皇帝貴，朝儀忙煞孫叔通。」

張謇日記鈔（八）

張謇遺著

四月

二日。陳妾病小愈。

八日。陳妾移房。

十八日。妾陳病又劇。

二十三日。至海門。

二十六日。聞陳妾病劇，不果弔少田之喪。

二十九日。得叔兄訊。

五月

五日。土木之工，至此方畢。

七日。得叔兄訊，即復。

十二日。寄叔兄訊。（即前訊。）

十八日。得東甫訊，知孫師政績，蒙恩宣付史館，列循吏傳。

二十五日。生日，在先母前焚香。

二十六日。得龔紹康同年河南訊。

二十七日。校崇明課卷五百九十本。

六月

一日。得叔兄訊。

二日。與叔兄訊。

四日。校崇明課卷定，遣周亨逘院。

七日。周亨回。

十一日。校崇明課卷五百七十餘本。

十五日。得叔兄訊。

十六日。校崇明課卷定，遣周亨逘院。

十八日。周亨回。

二十一日。作倪中丞墓志銘。

二十二日。校崇明課卷。

二十三日。承姪自貴溪回，得叔兄訊。

二十五日。與叔兄訊。

二十六日。遣周亨逘卷過崇明。

二十七日。寫林夾眉、沈幼彥屏扇。與訊，得叔兄訊。

二十八日。作壽錢侍郎年丈文。

二十九日。寫倪墓志，以客至未竟。

三十日。寫倪墓志。寫倪萊山訊。

七月

一日。寫錢壽文。

二日。寫施滋卿絹屏。寫新甫訊。

三日。陳妾病大漸。

四日。移陳妾於西廂之正寢。

五日。陳妾以未刻殂逝。自陳氏來歸，于今九年，雖未有所出，而謹愼無過，能主中饋，內子甚賴之。既卒，家人咸惜焉。姬常州人，本生父慈溪人。

六日。殮陳妾。

七日。得叔兄訊。

八日。作移建象山書院記。

九日。作陸謝二公祠文昌宮聯：「地非二公故居，考記徵聞，釋奠必有合也；祠近諸生講舍，讀書論世，尙友其在斯乎。」「孝友通神明，經訓不須參道藏；將相有祿命，人間試與證天文。」錄亭林論學書引論語云：「行己有恥；博學於文」爲象山講堂聯。

十日。閱崇明課卷。

十三日。閱崇明課卷竟。

十四日。作書，得東甫訊。

十五日。寫大字。

十六日。寫移建象山書院記。

十七日。寫碑額。寫訊，復東甫訊。

十八日。寄叔兄訊，有香合，蝦米，蝦子。

十九日。作書。

二十一日。改丹徒李生蒲牒。寫書賦，溥閣學所寄也。

二十三日。改如臯許生儒館獻歌賦。

二十四日。與溥學使訊。看「海峯集」。

二十六日。與王丞訊，請禁鄉民傳種罌粟。

二十七日。塾師解館應鄉試。遣周亨逘卷遲崇明之行。得叔兄訊。

二十八日。自課諸姪。看「惜抱集」。

二十九日。爲王丞作禁罌粟示。

八月

一日。臨瘞鶴銘，山谷得筆法於此，石庵亦以此爲師也。

三日。得叔兄訊，瓜期已及，代者為閩胡德齋。

四日。與叔兄訊。

十二日。題何梅生「梅村歲寒圖」二律。

十三日。得曼君，烟文訊。

十五日。寫曼君祖母節孝之銘，屬莫楚生兄弟刻。

十七日。得叔兄訊，有胡德齋暫緩到任之說。

十八日。寄枚生訊。

十九日。寫溥侍郎，黃大令訊，辭崇明書院。與叔兄訊。

二十日。雨。

二十一日。雨。

二十三日。得畏皇，烟文訊，知崇明之說不實。

二十五日。重寄溥侍郎訊。（有改定試牘。）

二十六日。開倉。

二十九日。得叔兄中秋訊，知胡德齋以廿二日之任，交替在即。

三十日。連陰不已，水勢大漲。讀「惜抱全集」竟。

九月

七日。寄課題至崇明，與龔心友（慶咸）訊，為其族婦事。

十四日。寄溥侍郎訊（有改定試牘）。得叔兄訊（香合，碑記已到。）。

十六日。至崇明，由悅安沙（三光鎮），三星鎮，壩頭鎮，廟鎮）至廟鎮，宿江錫軒衣莊。

十七日。午刻至城北橋鎮安昌典，詣黃明府、曹廣文。（按：「黃明府」右注：「傅祁，仲蘇」字樣，「曹廣文」右注：「維恭，壽銘」字樣。左注：「龔慶咸、心友、馮芳郁、芝生、王溶、靜波」各字樣。）

十八日。方某置酒。

十九日。黃明府置酒，見王德卿。

二十一日。劉某置酒。

二十三日。馮芝生置酒。

二十五日。曹壽銘教諭置酒。

二十六日。得家訊，溥侍郎訊第二，有試卷。

二十七日。啓行。宿三光鎮倪氏。

二十八日。渡江，由長圈港歸。見東甫訊。

二十九日。至海門，詣敬軒久談。

十月

一日。弔王雁臣同知夫人之喪。

二日。歸。見溥侍郎訊（第三）、莫梅城訊。寫龔心友訊。

十五日。三嫂自江西歸。原去皮箱二口，磁器、夏布木箱二口，茶葉、漆器竹簍二隻而已。雖不能希鬱林片石之裝，其尚異于世俗遠仕而歸者乎。

十七日。以吳戚事往通。

十八日。叔兄自江寧歸，不值。

十九日。晤延卿，自法蘭西初歸者。

二十三日。與延卿，少石同舟歸。叔兄感寒小病。

二十四日。見李博孫寄石印唐碑八種。

二十五日。置酒延延卿、少石、書箴、翊林。

二十八日。延卿返。

十一月

一日。得錢甫訊。

四日。得黃少軒訊。

五日。擬祖父封制。

七日。得顧入千都門訊。

十一日。叔兄去江西。

十二日。又得少軒訊。

十三日。以請封實收寄顧聘耆都門。

十六日。得延卿訊。

二十一日。得叔兄九江訊。

二十四日。得莫枚臣訊，延卿訊。

二十五日。得少卿託購葠訊。

二十六日。得王晉藩太蒼訊。

二十七日。知可莊暴卒訊。

二十八日。作祭可莊文。

十二月

一日。得延卿訊。

三日。往蘇州弔可莊之喪。

四日。抵許浦。

六日。抵蘇州，寓南顯子巷莫宅。

七日。弔可莊，晤旭莊。可莊病以痢氣而服香散之藥太過，身後公私并負七千餘金，公負七千金，督撫代籌，私負則渺然無着。堂有老母，下有七子，歸無一椽寸隴也。高科榮進，修志清名，其終如此耳，可勝慨哉！

八日。與王晉藩，陸梅塢訊，為旭莊子事。梅城贈包安吳聯。

九日。往無錫。

十日。詣趙翼孫，劇談一日而別。

十一日。往江陰。

十二日。詣溥學使說海門增學額事。

十三日。與敬夫同歸，顧破網船行至張王港宿（張王港疑因偽吳張士誠得名）其市逆旅。

十四日。開行，逆風，至絲漁港登陸，單行至通。

十五日。顧舟由西亭返。弔宋鳴遠之喪。挽聯云：「生平有美行可書，十步自芳，豈必侯門足仁義；別業是吾家故址，重來相弔，不堪華屋更山邱。」

十六日。送鳴遠之葬，見蓬山師墓廢不修，屬翊林葺之。薄暮至家。

十七日，見畏皇訊，溥學使訊。得叔兄訊，知此行途中甚險。

十八日。校崇明課卷。

二十二日。造水門，有銘。

花隨人聖盦摭憶 補篇

黃秋岳遺著

而壬父方注墨子，日課必手錄三篇，始應賓客，嘗爲余言，今太西之學多原於墨家，蓋由南方之墨，流傳於西洋，又去其明鬼節用諸篇，不便於其國者，演爲彼教一家之言，試誦墨經上下，則西學所神其說于光聲諸化學者，又明明在也，余因取畢校道藏本，證以壬父所注，乃歎其精博過孫畢遠已 遂相從斠詮，盡取墨子十五篇，爲之章句，且日訂數事以相質，壬父極爲賞擊，謂假以三月功力，必與子盡得之矣。十月杪，壬父以天寒歲暮，决然還湘，悵悵言別，余送至無錫之黃步，扁舟依遲，猶相與日校墨經丹黃不去手，今所錄吾兩人箋注淨本，猶在案頭。後數年，復搜獲張皋文先生校訂墨經，及王君樹枏墨子斠詮，將折衷一是，彙錄付鋟，以誌良友同道之助，卒卒靳於力，未果也。每念與壬父別，又匆匆十餘年，余舊學荒落，無以自異，近且衰病，世變日亟，幽憂不皇，思如疇昔通書之樂，便難一二。歲己亥之春，壬父再游吳，僅三日留，數見過，不得一面，其道出無錫，郵書來慰問，謂此書即作於十年前送別處也，其情深又如此。昨年壬父知余刻詞第三集比竹餘音，猶自長沙譔寄一叙，述師友身世之感，且云相交又二十餘年，而時事愈變，吳越海疆，不能有歌舞湖山之樂，其志亦可悲已。自壬父作圓明園詞至於今，又將四十年，其間園中盛衰之故，余所聞見，可畧而言，踵事屬辭，殆有更傷於昔游者。園之修復，始於同治之季，方穆宗之親政也，仰惟兩宮聖母，剷平大難，光烈中興，歸政之初，宜以天下爲養，何惜一園土木之費，以奉游豫，詔估園工，尅日興復，當時廷臣，多有直聲，雖賢如恭忠親王、高陽李文正公，俱在政府，日進讜言 而廹於穆宗先意承志之孝，莫之能挽 御史游公百川，至於廷爭涕泣，伏御坐旁，默寫三海園工至三百餘言，力陳時艱，必不得已，請酌修禁園，猶無大費，上爲之動容。未幾以講官張佩綸，疏劾恭邸惰於晚節，議多模稜，得嚴旨，革去親王世襲，降爲八分公，近臣皇栗，無復敢言，而郊園大工以興，正殿三楹，甫落成有日矣，穆宗升遐，園工中輟。癸未之春，余以計偕北還，偶從親舊爲西山之游，因紆道重訪故宮，賸水殘山，荒寒滿目，遂划小舟，汎昆明湖，澄淡一碧，游鱗可數，緣堤而南，陟萬壽山，舊亭翼然，有夷人先在，方以西法鏡光照園之列景，詢其從者，則德國之游商也。余顧謂同游曰：方乾隆全盛之時，木蘭之狩，四夷朝貢，舞蹈山莊，且以英使拜跽失儀，諭從緬甸諸陪臣後，又以其使歸國時多所要請，敕諭以裁抑之，然是歲爲罷秋獮，屢詔誡海疆諸臣，嚴飭軍旅，可謂思患預防矣。使嘉道兩朝，馭遠得其道，則建威銷萌，諸夷且不敢越雷池一步，何有香港之盟，舟山之失？至咸豐庚申，大沽之役，割地索幣請和，遂一蹶不復振矣。初有奸人龔孝拱者，游海上，以狙詐通於夷，聞圓明園多藏三代鼎彝，龔故嗜金石刻，至庚申京師之變，乃乘夷亂，導之入園，縱火肆掠，後數十年，有見園之珍寶在滬肆者，江南官府，以重值購獻焉。光緒初元，兩宮再垂簾聽政，每召見內外大臣，輒泣下不能長語，時俄法英美德諸大國，日以併吞雄峴五洲，宏拓商界，伺我貧弱，虔劉我邊疆，天下脊脊，汽無寧歲，江海要盟，以和止戰，夷邱之議，自文文忠崇歿後，莫敢當前，而臺諫諸臣，又喜言戰，動斥政府孱弱，每下一議，輒繁徵史事，論列前庸，危言聳聽，朝士慕其風義，有淸流之目焉。甲申春，以盛祭酒昱疏陳時弊，責備樞臣，慈禧皇太后覽之震怒，明日視朝，乃袖出嚴旨，痛哭以數之，自恭親王、高陽相李公，以次盡被譴謫，而以禮邸，張尚書之萬，孫尚書毓汶諸臣繼入樞密，時醇邸以尊親備顧問，創議設海軍於北洋，大學士李鴻章實予謀，復於西山海淀，闢廣塲，置製造機器火藥諸廠，規模閎廓，功役千萬，歲貸於夷，猶患不足，於是計臣復請廣開捐輸，而寬於囊格，名曰報効，別申選簿，雖在廢黜，亦得因緣舊堦，轉出優異，故夕納貲，而朝受命者，冠蓋相望，道路以目。自壬午法越之役，豐潤學士張佩綸，以詞曹奉使視師閩疆，鼓山一敗，僅以身免，南洋師船，無片甲隻輪返者，詔逮遣戍，自是諫臣無敢言戰，新執政又多老於世事，有鑒前失，惟事躭樂，日以飲酒酬酢潤色太平，宵旰倦勤，每痛念宗祊，時有不豫。……」

原跋至此中斷，後尚加蓋二章，一為鶴道人，一為瘦碧，玩其文氣，似叔問信筆書至此，或以腕疲，或以日夕，或以叙述光緒時政局有費斟酌處，暫輟以俟異日，不虞其不能竟也。即此未竟稿中，由王鄭定交，叙至同光政局，可謂委婉翔切。中如言湘綺提倡墨學，如記游百川御座旁作三百言疏，如記癸未春游園遇德人攝影，各節皆極有關係，與叔問同訪湘綺于晦若外，湯伯述為翁常熟之妻弟，湘綺云，欲在海淀營一園，此是興到語，目是與合肥打秋風之謔。圓明園照片傳於世者者，為柏林大學教授布爾希曼所存，吾友滕若渠借以影印以行，予始頗疑叔問所遇德商，或是當日之奧爾茉，既而細考，奧爾茉氏攝影在同治六年至光緒四年之間，叔問以光緒九年游園，且玩其文意，似游淸漪園之廓如亭，即今頤和園，故决鄭游在後，然亦可見圓明一帶苑籞初毀時期，西人來攝影者之多，予意歐洲人士或尚有存留圓明影片者，當不止如若渠所舉也。叔問此跋，不詳年月，以跋中謂壬秋作詞，至今垂四十年句推之，殆在宣統末年。

憶壬戌元夕居舊都時，宣南風物猶盛。既夕，方侍家燕，而蟄雲自東城促為鉺集。且云：樊山、書衡諸丈畢至矣，敬以詩題，曰：米家燈也。米家燈，是明太僕米仲詔家物，太僕營勺園於海淀之北，有翠葆、榭林、於潨諸勝，嘗自繪園景於絹，張以為燈，都人號以米家燈。是歲蟄雲方自營小園於二條胡同，云是福康安祠堂舊址，頗饒花木，於時春榆舅父年近七十，而詩思益富，以樊山閣公喜為七言絕句，故月為一集，客以米燈命題，非徒點綴節物，亦以蟄園落成，寓賀蟄雲侍奉之樂，尺波電謝，垂二十年，偶因廢曆，春燈期近，屬念及之，光景宛如昨日也。佟巖若上元竹枝詞云，五侯宅第瑞煙凝，樓閣嵯峨漫玉繩，忽厭玻璃光澈夜，千金競買米家燈。讀之，可想見爾時燈夕園林宴飲之盛。考舊都燈事，本極華侈，六七年前，嘗為芸子草一文，考據淸之燈市綦詳，今稿佚，案頭亦更無「日下舊聞」一類書，可供補輯，偶翻沈南雅「便佳簃雜鈔」中，有記燈市一段，似爲南雅自作，大致尚不謬，記云：「燈市在明代爲極盛之地，舊傳南北相對俱高樓，樓設氍毹簾幕，爲燕飲地，夜則燃燈其上，望之若星衢，今已無是。憶故友爲余言，髫年尚見路南樓六楹，巋然無恙，今亦不可問矣。每上元五夕，西馬市之東，東四牌樓下，燈棚數架，各店肆均懸五色燈球，如珠琲，如霞標，或間以各色紗燈，由燈市以東，至四牌樓以北，相銜不斷。每新月乍升，街塵不起，士女雲集，童稚歡呼，店肆鼓吹之聲如雷如霆，好事者，燃水澆蓮一丈菊各樣火花，觀者尤夥，九軌之衢，竟夕不能舉步，香車寶馬，參錯其間，愈無出路，而愈進不已，蓋舉國若狂者，幾匝旬，亦不亞明代燈市也。此外地安門及東安門外，約畧相同。六部皆有燈，惟工部最盛，頭門之內，燈彩四環，空其壁，以燈塡之，假其廊，以燈飾之，且燈其門，燈其室，燈其陳設之物，是通一院皆燈世界也。此皆該部吏胥匠役，際海宇承平，民物豐阜，得以餘財，從容設置，以頌太平，上元五夜爲一歲之首，故不惜誇多鬥靡，成茲盛舉。予於光緒乙亥，隨宦京華，猶及見工部燈，至燈市則聞而知之，亦未及見。庚子以前工部燈，因破損太多，不能再懸，庚子後官署遷易改革，不復昔日城肆舊觀。又聞曩年海甸沿街，至湖山蹕路所經，每歲首燈景亦極盛，惜未及見，今則滄桑再刼，遼鶴重來，城郭人民，都異疇昔，前塵如夢，能不悲哉。」案此文中之燈市，今名燈市口，在東城。自庚子至壬午，此三十餘年間，予皆居北平，其始前門大柵欄諸鉅肆，猶有紗燈繪傳奇人物，恣衆觀覽，東西城則以正明齋餅鋪爲盛，甲子以後市肆物力，日趨隳敗，索然氣盡矣。燈市誠爲舊日風俗，沿自唐宋，今已隨世變一一衰息，代興者，電影跳舞，窮慾疲神，方不限於歲時佳節，而物力之耗擲，小民之望塵却步，無同樂之氣象，與昔時燈市，孰爲短長，正未易論定也。

前記張西園廠甸毆官案，因念廠甸可記者尚多，與燈市亦相關連，鮑辛圃、鈴，乾隆時人，有琉璃廠春游詩四首云：「車馳雕輪馬駐鞭，手拈瓜子步差肩，排門盡啓君平肆，趁賺癡兒問福錢。」「叢脞書多卷帙殘，幾人著眼笑酸寒，南沙畫片香泉字，幅幅裝池骨董攤。」「料絲羊角燦成行，簇帛堆絲錦繡裝，歲歲鐙棚變新式，鼇山結撰到西洋。」「像生花草捻泥人，鼓板笙簫小店陳，風景不殊吳語雜，句人情緒武丘春。」案第三首，卽言廠甸出售之燈，有料絲、羊角、紗錦種種，其搆造之鼇山，已參用西洋式。蔣廷錫畫，陳奕禧字，今日已較有價格，當時乃幅幅列攤，是又可考見乾隆時廠甸之風尚矣。

同治重修圓明園一案中，諫阻者甚多，其諍言最力而不著名者，爲李若農侍郎文田，然若農同時又爲捐輸修園銀兩三漢官之一，前後異趣，頗可究求。據近年發現之內務府收捐銀兩簿，及收捐圓明園銀兩門文簿，所載捐輸修園銀兩漢官員，只有三人，一爲戶部左侍郎宋晉，捐一千兩，一爲翰林侍讀學士李文田，捐五百兩，一爲翰林院編修潘祖蔭，捐二千兩，皆係同治十三年五月初二日收者，自五月十四日起，所收捐輸銀，俱未載捐者姓名，故至八月初七日止，漢官可考者，祇此三人。

編・輯・後・記

本刊第三期以舊日的「或入園中，除去老袁方是國」徵對，應徵者百餘人，經已請陳荆鴻先生取定，將在第十二期發表。（因爲本刊是提前一個半月發稿的，來不及編入第十一期。又，本刊出版日期雖說是每月十五、三十，但每月的十二、廿五六日，市上報攤及港九亞洲書店，已經發賣了。）

馬鳳兮先生根據可靠的材料寫成「李濟深被蔣介石扣留的故事」，將其中的來龍去脈講得很清楚，讀過此文的人，總可知道三十年前蔣介石有舖扣留人癮，胡漢民、張學良都吃過他的虧。西鳳先生的「外交部的廚子」，是寫民國元年外交部一個于廚子的故事。以前也有人偶然在報紙的副刊上談過此人，但語言不詳，西鳳先生此作寫得極詳盡，只差在未知于廚子的大名而已。

下一期刊出孔宙先生的「陳融讀胡漢民詩表微」，是一篇有關近三十年中國史實之作，胡漢民於民國二十年被蔣介石軟禁於南京湯山，後來將他釋放，當面謝罪。這些事，近年寫「胡漢民先生年譜稿」的那位蔣永敬是不敢寫入他的文中的（因此就沒有學術價值，以顧忌太多也。按：這部年譜刊台北正中書局出版的「中國現代史叢刊」第三冊，吳相湘主編）。孔宙先生這篇文，寫於今年二月，二月二十三日寄到本社，因爲原文稍長，一直到現在才有機會刊出。六月二十七日，我們又收到蒙穗生先生寫的「蔣介石扣留胡漢民始末」一文，擬于第十三期發表，讀過這三篇文章的人，對于一九三〇年前後兩廣與南京政府的關係及蔣介石凌辱國民黨元老的前前後後，可見一斑了。

前兩廣監察使劉成禺先生，一九四六年在上海「新聞報」的副刊「新園林」寫有「世載堂雜憶」每天只刊登三五百字，一直登到一九四八年才停止，但並有出單行本。一九六〇年上海中華書局將此書一部分印成專書，所收原文不過百分之八十，尚有二三萬字沒有收進書裏。海外讀者，很難看到這部書，就是買到這部書的人又只能嘗其一臠，未窺全豹，也許會引爲憾事的。俊君先生和劉成禺先生是三十年老友，在上海時，每日將「世載堂雜憶」剪存，十年前已將全帙帶來香港，現在編者請他整理一下，將未經收入單行本那一部分的文章畧加注釋，不久即在本刊登載。劉成禺是老國民黨黨員，平素留心近代史實，寫的非常有趣。本刊登載完畢之後，便可以和前出的單行本成爲完璧，喜讀掌故者一定很高興了。

投稿諸君，記得在稿末寫上通訊地址和眞實姓名，以便登載後致送薄酬及不採用時退還之用。來稿最好用原稿紙寫，字體不必一定要筆筆正楷，但要寫得字形清楚，使編者和排字工人一看便知那個字是什麼字。如果寫得太潦草或「我用我法」，有時編者無法猜出那個字是什麼字，排錯了也無法校對，就增加許多麻煩了。請合作。又，孫偉健先生，您的大作沒有附地址，無後退還，請補寄。

大華　第七、八期

潮州志匯編

饒宗頤編集

十六開本　全書一千四百餘頁
道林紙精裝本一百八十元
白報紙平裝本一百二十六元

是書合永樂大典所收「三陽志」，明郭春震嘉靖二十六年本八卷，清吳穎順治十八年本十二卷。（阮元道光廣東通志藝文畧一注「已佚」，一注「未見」。）饒宗頤民國本十八厚冊，並中央研究院地質研究所測繪之彩色潮州圖彙訂成書，對於潮州歷史及風土人物，燦然賅備。即嘉應客屬之史蹟，其在雍正十一年未建置嘉應直隸州以前者，亦灼然可徵。至於治宋元史、明清史及民國史者，其中亦多珍貴資料，足供採摭。研究中國歷史及地理，尤其潮屬、客屬文獻與南洋華僑史者，此書實爲不可不備之珍本。

花隨人聖盦摭憶

黃濬遺著

十六開道林紙本五百二十餘頁
精裝本港幣六十元　平裝本五十元

是書以隨筆文體，記述光（緒）宣（統）間至民國二十年以前之政治史蹟，舉凡當時政教之所趨，風俗之所尚，皆作溯本追源之分析，如繪畫之畢呈。中多史乘佚聞，宀禁秘辛，尤爲研究中國近代史者之難得佳選。

作者黃濬，字哲維，號秋岳，福建閩侯人。譯學館，京師大學堂學生。歷任北洋政府交通部秘書，參事，總統府秘書，國務院參議等職。又歷在北平國維報，晨報，社會日報，京報，庸言雜誌，新申報，時事新報等担任主筆。一九三五年，任行政院簡任秘書，「八一三」全面抗戰開始後，濬受敵賄買，將其職務內所管理之秘件供敵，案發伏誅。本書店鑑於斯編史料之重要性，不以人廢言，特將原本影印發行。

上海通志館期刊

1933年6月至1935年3月　上海市通志館編纂

上海向爲中國金融與工商業中心，亦爲南方之文化重鎮。一九三二年間，設立通志館，由柳亞子任館長，延聘專家修上海通志，並出版「上海市通志館期刊」（季刊）。自一九三三年六月出版創刊號，至一九三五年三月，出版二卷四期終刊，計共出八冊。

該期刊所載論文，項目有：金融、銀行、租界、外交、學術團體、出版刊物、歷史沿革、地文地理等。論述雖僅上海一市，然清末以來中國近代化之源委及列強與中國之關係，灼然可考。

各卷期售價表

白報紙平裝	精裝	平裝	頁數	期	卷
港幣80.00	港幣131.00	港幣23.00	222	1	I
		港幣35.00	346	2	
		港幣32.00	316	3	
		港幣31.00	300	4	
港幣47.00	港幣78.00	港幣33.00	326	1	II
港幣47.00	港幣78.00	港幣35.00	342	2	
港幣48.00	港幣95.00	港幣37.00	366	3	
港幣48.00	港幣95.00	港幣48.00	474	4	
港幣175.00	港幣304.00	港幣274.00	總計(Total)		

龍門書店　印行

香港英皇道一六三號三樓　　電話：706236

林熙主編

大華

半月刊 第十一

一九六六年八月十五日出

大華　第十期

大華 第十一期

封面插圖：鳥形鼎（戰國時代）

大華 半月刊 第十一期
一九六六年八月十五日出版
（每月十五、三十日出版）

出版者：大華出版社
地址：香港銅鑼灣希雲街36號6樓
Ta Wah Press, 36, Haven St., 5th fl. HONG KONG.
電話：七六三七八六轉

督印人：林翠寒

主編：林熙

印刷者：永聯印務公司
地址：香港北角渣華街一一〇號
電話：七〇七九二八

總代理：胡敏生記
地址：香港灣仔洋船街三十二號
電話：七二三四三七

陳融「讀胡漢民古應芬詩絕句」表微

兼論「讀雙照樓詩詞」七律

孔宙

陳融、胡漢民、古應芬三人，同爲番禺捕屬籍，同案入縣學，同游學日本習法政，同參加革命，年齡又相若（陳生光緒二年丙子，胡、古同庚，生五年己卯）。胡陳幼時同讀書塾中，長更有郎舅之誼，既服官政，胡爲廣東省長，古爲政務廳長，陳爲秘書長，志同道合，沆瀣一氣矣。迨胡入南京與蔣介石合作，爲立法院長，古則爲文官長，陳爲行政院政務處，纔各樹一幟。

民國十九年（一九三〇年）冬，古氏洞燭幾先，知胡不能與蔣久合，稱病乞假返廣州，蟄居於小北路宅中，時人呼爲「爛大鼓」，莫測之也。二十年二月十八日，蔣以約法等事，忽囚胡於南京之湯山中，時蔣以爲莫予毒也矣，五月，晴天霹靂，古氏偕林森、鄧澤如、蕭佛成四監察委員，聯名彈劾蔣氏獨裁，私禁胡漢民、李濟深，促蔣下野，以謝國人，粵桂軍人陳濟棠、李宗仁響應之，組中央黨部非常會議、國民政府於廣州，與蔣南京政府對抗，南京粵籍要人紛紛南下，時受監視陳濟棠責之粵府主席陳銘樞事前一無所知，溯民國十六年八月，蔣曾宣佈辭職赴日本，此次被劾廹而下野，爲古一生之偉大傑作，世人始稍知其蘊蓄之深，故胡輓古詩，曰：「拯我於危知最苦，跡君行事最難能。」陳有感逝詩所謂「無人會解湘靈瑟，襟抱如霜並者誰。」又曰：「每遇艱危想顏色，覺難趾步問身心。」其相知之深，情誼之篤，可想見矣。古之私宅書室懸有一聯云：「是何意氣雄且傑；不露文章世已驚。」乃集杜句，其自負若此。（近人撰「卅年動亂中國」及「金陵舊夢」皆言胡被囚後，古始走上海秘密返粵，不確，詳下文。）

陳融，早歲讀書廣州菊坡精舍，攻詞章之學，父訥入爲督署大幕，遂以刑名世其家，游學日本習法政，入同盟會參加革命，三月廿九之役，以其都府街宅爲黨人機關部，中歲以後，刻意爲詩，好藏書，以收儲清人詩文集及粵東文獻爲最富，著「清詩話」及「讀嶺南人詩絕句」，前者嘗刊於上海「青鶴雜志」，後者去年方由港中朋輩集貲刊行，凡十八帙，二巨冊，蓋距陳之逝亦十年矣。惜遺篋中竟失去民國詩人若黃節、梁啓超、汪兆銘、胡漢民、朱大符、古應芬、羅敦融……之倫凡五十三家，主其事者曾登報徵求，迄無有應之，殆其稿於生前爲友輩假去，未及還而陳遽逝，愛其書法而秘藏之者也。頃余於友人處獲睹陳讀胡、古詩絕句各四首，乃從民國三十八年廣州中央日報嶺雅副刊錄出者，亟逐抄如次，而畧加箋釋，昔人云：「詩無達詁」，吾滋愧焉，亦一時詩事也。

陳融讀胡氏「不匱室詩鈔」絕句，第一首曰：「一浴湯山萬慮澂，韓、王讀後最崚嶒，事功縱有千秋論，詩裏光芒掩未曾。」

按：胡氏公餘之暇，喜吟詩，寫字，圍棋，字習漢隸曹全碑，輒剪自臨碑字爲方塊排比成集字詩，迨被禁湯山之翌日，有即景集曹全碑字二首，曰：「山居尚有三間屋，字報平安慰婦心，出谷起爲雲造雨，闕泉烈若土流金。身閒擬續清涼賦，地遠會無故舊臨，有疾妄從方藥理，儒生修養事元禁。」「止修平地爲安足，奚慕清泉與洗心，河漢流雲白於水，風枝扶葉景如金。文章焉要時人好，出處都因大節臨，不學義山重有感，百憂與共舊常禁。」

此湯山開宗明義第一章也，山中幽靜，跫音寂然，則讀「韓昌黎集」，「王荆文集」以遣日，隱括其集中語句，以自抒胸臆，得詩百數十首，有句云：「安步緇軿會有期，幸於湯尉小停時。」又曰：「上下雲龍願與游，誰言高厚一詩囚。」則自比於詩囚矣。其曰：「不須檢點形骸外，猶歎平生骨相屯，江海歸來應未晚，卻思餘事作詩人。」此陳氏詩所謂「一浴湯山萬慮澂」矣。讀昌黎、荆文詩，多罵蔣之作，乃「鑄以雄詞通詰曲」（陳融句）如：「深居默默如嘗瞑，惟有朝曦入牖來，未與春風相料理，新花聞勝舊花開。」「念客方違過我廬，汲泉山下責園蔬，翛然人境無猿獺，況有仁心肯釣魚。」「適性勞神道兩岐，揚雄韋曜舊嘗譏，冶城何至相爭道，操具投江亦所宜。」「道人留聽北山謠，護法無能且自嘲，豈有長松甘受穢，早知紅鶴不堪招。」「新城舊埭細遺恩，點檢蒼苔屐齒痕，最感聞箏垂涕事，可能全占謝公墩。」

余亦不暇多錄，皆語不及私，故陳氏絕句第二首曰：「冥漠追尋文字外，頗難讀者定瑜瑕，探微如諜何人語，傾倒同光老作家。」

胡氏讀昌黎、荆文詩之外，尙有讀王廣陵集四十首，時已南歸香港居干德道宅中，汪兆銘爲行政院長，與蔣合作，又時多矛盾，故多諷汪之詩，曰：「剪紙爲鳶欲戾天，有人牽線事非難，憑風作勢須臾耳，贏得愚兒仰面看。」「未欲深耕逢石撓，南山田事亦艱辛，得金爲用何妨曲，道盡公孫一輩人。」「故人喜仕恨奚如，胸腹平生未可輸，肯信出門無直道，嵇康慵作絕交書。」「盛說才多飽百牛，可能容易作詩囚，心靈日耗知無益，祗是人安已不休。」

語語爽直，汪蔣合作爲陳銘樞牽線者，又謂汪將不長作「詩囚」乎，此「詩囚」又不同讀韓時之「詩囚」矣。又有「不分少陵抒公論，一生受病在環肥」，則直指陳璧君矣。陳三立讀「不匱室詩，題辭」曰：「荆公襟抱絕俗，故其詩於偉略高識，往往涵納掩蔽於文字之表，作者探微如諜，凡所綴詠，餘味曲包，可謂能追契冥漢矣。」陳詩所謂老作家，即指陳三立也。第三首曰：「從來直道古人難，何物浩然天地間，大句郎從眞氣出，三陵而下數青山。」

胡氏生平鯁直不阿，對同志朋輩不肯假以詞色，其「讀韓」第一首即曰：「榮華夭秀骨珊珊，硬語盤空衆所難，但見乘酣逞雄怪，誰知屈曲在人間。」又曰：「衰病龖船次第過，行行迴望衆星多，文章定要江山助，海氣紛紛奈爾何。」「紫芝曄曄避秦風，出處惟知禮是從，失去二生來四皓，犯顏未許叔孫通。」「弱弱惟知與富俱，藩籬盡遣自多虞，爲言靜女如高士，正色從來不顧詼。」

蓋自知直道難行矣。關於胡氏被禁湯山始末，胡氏曾自撰「革命過程中之幾件史實」凡數萬言，見胡自編之「三民主義月刋」中，三十餘年來流傳極罕，蓋早被購毀矣。述蔣致胡書札，列說胡之不諠，在在與彼爲難，其罪狀爲勾結許崇智，運動軍隊，包庇陳羣、溫建剛，反對約法，破壞行政諸事，胡一一辯之，謂：「關於約法，並不是我個人反對，稚暉、季陶、亮儔和你又何嘗贊同，……何以今日又變卦，到底是今是而昨非呢？還是昨是而今非呢？介石遲疑一會便說：自然只有胡先生講話，向來嚴正，我既不會說話，胡先生今晚火氣太盛，我又不會講話，講甚末事，向來辯不過胡先生，不過我蔣某人斷不肯寃枉胡先生。」蔣又一面說着，一面拍胸脯說：「如果我寃枉胡先生，我蔣某人不姓蔣。」胡便說：「你不對，只有我敎訓你，除我以外，怕沒有人敎訓你了。」語多不能盡錄。迨古應芬等四監委劾蔣獨裁，組府廣州，九一八瀋陽事變，蔣不得不釋胡南還，十月十三日，陳銘樞與胡聯袂至中山陵園，蔣與張靜江、吳稚暉偕至相晤握別，蔣赧然說：「已往的事，我都錯了，乞胡先生原諒，今後遇事仍請胡先生指敎。」胡氏說：「你說已往的事都錯，這又錯了。你今後要檢查過去爲什麼會做錯事，然後下決心痛自改過，如果能夠這樣，還不算錯，若果只會說錯，那就無從改過了，這才是大錯了。」胡氏一向直言無諱，如父兄之敎子弟，錄此一段可見一斑。以蔣之倔强，在胡面前，不能不稱之爲「嚴正」，又不能不認錯，但不知蔣尙記憶拍胸膛時，如果「我蔣某人寃枉胡先生，我蔣某人不姓蔣」否耳。胡氏嘗對人言，其對人對事，刻而不薄。「黃克强先生翰墨」中有一札云：「漢民言行皆足以代表吾黨，人多謂其近刻，此不過於月旦人物及閒談時言詞過尖潁則有之，至辦事則必誠必信，無一不近人情也。」然其胸襟狹隘，則其所短也。三陵係指梅堯臣、王安石、王令，「不匱室詩鈔」八有「疊至韻和映庵（引案，即夏敬觀）述梅見答」二首之一，云：「我愛宋三陵（原註：宛陵、金陵、廣陵），步武恨未至，皆得少陵骨，不襲西崑字。」三陵句，亦見陳氏「黃梅花屋詩稿，病中校不匱室詩集」二首之二云：「言言有物辨忠奸，不薄俳諧小頡頏，鑄以雄詞通詰曲，賈將餘勇破艱艱。功夫到聖氛鑴後，瘦硬如入骨相間，孰是韓豪追一脈，三陵而下數青山。」

青山爲胡氏之別名，若「胡漢民先生年譜」，「辛亥革命時期重要報刋作者筆名表」均未收之，陳融「黃梅花屋詩稿」屢及青山事，即指胡氏也，摘錄如下：「展兄題拙稿賦謝師期韻」：「竹籬茅舍青山畔，敢事元龍百尺期。」（引案：胡氏原作有「百尺元龍是素期」句。）「組兄命題展兄自書詩冊」三首之一：「茶陵齊步相先後，宗匠興朝伯仲間，風力瘖持誰抗手，中流一柱好青山。」（引案：組兄爲譚組安延闓。）「楊雪公書來有詩即答」：「野意豪懷有同趣，青山百世是高吟。」「越秀山堂雅集」：「尙有靈光存榜字，（原註：越秀山堂四大字，青山所書。）可無哀感託詩心。」「贈硯山、緗碧、子樞、君璧并呈粟若」：「不思學畫眞餘事，會憶青山語未忘。」

「追輓李仙根」：「舊館高梧早雪霜，青山風樹又斜陽，以君知己淪亡感，換入予懷一樣傷。」（引案：古應芬齋名爲雙梧桐館。）「丁亥新秋飲小畫舫齋夜歸感賦」：「老去邅迴惟舊友，（原註：用青山句。）嘯歌欣喜有新盟。」「讀蒹葭樓集用吳三立原韻」：「還是青山公論在，茅廬抱膝已同音。」「葉遐庵以少時菊坡精舍課卷見示感書」：「我輩秋縈下，束髮而受書。執卷越山堂，史雋而經腴。余懷最深佩，無過葉與胡。胡子天下志，思以隻手扶。延延憂在國，心悴忘其軀。葉子好身手，濯濯名家駒。經綸在掌握，早譽蜚江湖。……願子爲靈光，巍然峙番禺。扶衰救弊事，干係非區區。靑山長屹然，慰籍當何如。披卷思舊雨，別感增煩吁。」

今檢「不匱室詩鈔」卷四有「連誦董卿（引案：爲吳用威，杭州人）惠詩十五叠枝韻和之」云：「老去邅迴爲舊學，靜觀得失剩圍棋。」陳氏偶用胡句，亦以年高誤易其一字矣。

至靑山之名何來，則胡氏本籍爲江西廬陵縣延福鄉靑山村人，其祖父變三公游幕於粵，至胡氏入番禺縣學，鄉試中式，遂佔籍焉。民國二年（一九一三年）癸丑二次革命失敗，胡走日本東京，嘗榜靑山二字於所居宅之門楣，以記思念故鄉之意，先仲兄於辛亥革命時，曾任廣東大都督府參事主理軍事，癸丑亦走東京，胡撥公費與讀書於法政大學，時往晤談見之，則云爲用趙翼（甌北）「宦途絕處是靑山」詩意，粵中亦有「留得靑山在」之諺，以紀革命過程中之挫折，可兩存其說也。

陳氏「絕句」第四首云：「造化精奇未蘊藏，二千餘載此靈光，下齋入谷傷心事，三歎師言誠勿忘。」一二句（時胡有「楚囚」詩三首），眞阿其所好矣，三句指民國十四年被禁廣州東山癸園及二十年湯山事件，胡詩所謂「金陵有憾終難釋，憶否相從作機輪」，可與四句互相表裏，陳稱胡爲師，其服膺可謂至矣。

胡陳二氏皆篤嗜爲詩，古則吟詠絕少，流傳不過「寄懷羅翼羣東京」「春日白下」唱和之作數首而已，以陳古相知之深，交遊之久，猶曰「詩步雍容今始知」「吟事商量迄未嘗」云，其「絕句」四首曰：「無意虛名濁世吺，鶯飛草長動推敲，蕭蕭衣袂平蕪雪，詩步雍容驚素交。」「南北風霜上鬢絲，詩心含淚最幽微，春陰寒煗萍無定，早有江樓覊客知。」「關心紅紫盡成塵，觀世深沉命句新，識得老翁眞肺腑，芳非時節恐無人。」「尋山舊約阻風霜，吟事商量迄未嘗，忍淚編成詩一帙，廿年來事重神傷。」

此四詩卽讀古氏「春日白下」二首而作也，原詩曰：「雪後平蕪競秀姿，蕭蕭衣袂野行遲，縱騎柳影參差處，繫纜江潮上下時。放鴨野塘知水暖，聽鶯深谷及春期，人間無限東風恨，輸與江南覊客知。」「自維無計可留春，桑已成陰麥似茵，微蕩曉風郭外柳，欲殘寒月夜深人。任教紅紫隨流水，忍聽車輪輾作塵，如此淸淮淸幾許，更無打槳渡溪津。」

故一二三首皆採擷古詩而成也，其抑鬱之懷可以想見矣，而陳氏次韻云：「依舊江山龍虎姿，鶯飛草長好棲遲，花光冷燄因風處，人治汙隆結想時，獨斷爲文滋世論，竊歌求友與君期，卅年晴雨論朝夕，詩步雍容今始知。（湘翁向不作詩，此作爲第二次見之。）「明湖艓子一篙春，同上桑畦步綠茵，怪他早起觀霞客。（原註：君早起愛觀朝霞。）偏喜宵深愛月人。（余愛深夜，君不謂然，余輒舉陳東塾『入有深懷愛淸夜，天將明月答新詩』謝之。）慨世濁流多喚渡，惜誰花蕊盡成塵，（原註：原詩意。）詩心含淚幽微甚，我是漁郎欲問津。」

胡氏用師期韻「和勷勤春日白下之作」云：「幾度還鄉幾視師，從容贏得百篇詩，相看雪後園林好，竟日春遊士女癡。緩轡獨尋芳草路，盈觴同醉牡丹時，覊懷漸覺年來慣，多謝江湖汗漫期。」「三年把臂住京師，始見新愁寫入詩，造化有情吾輩老，風光無限客心癡。從來虎踞龍蟠地，又試鶯飛草長時，萬紫千紅看未足，惜春頻訊雨晴期。」

又有「得勷勤和作意似傷春，仍用師韻答之，並簡協之」云：「未澈聲聞俗可師，留春翻作送春詩，蔫花有淚相思苦，綠葉成陰結想癡。儘詡深懷及淸夜，也防高臥負明時，靑門道上休惆悵，來歲東風更厚期。」「北秀南能各一師，解圍此際視吾詩，曾聞越石聲非惡，莫信嵇康嬾是癡，明月留教推枕後，朝霞看到著衣時，最難風雨花時節，一樣愁心竟夜期。」（原註：勷勤舉微邊曉風眼前柳，欲殘寒月夜深人」語協之，協之謂何如陳東塾「入有深懷愛淸夜」，勷勤又言，朝霞最美，惟早起得見。」

讀陳、胡二氏詩，皆意興飆發，而古則抑鬱不伸，胡詩猶有「曾同越石聲非惡」，殆指蔣介石，事見「晏子春秋」及「史記、管晏列傳」中，然古、陳、胡唱和詩，爲民國十九年春間作，時蔣爲國府主席、古爲文官長，日侍左右得親「顏色」者三年，故不禁慨然宣之於詩，陳尙欲問其「幽微」，胡則欲爲之「解圍」，乃不數月古拂衣乞假歸廣州矣，至二十年二月，胡有「勷勤續假，意欲不來，集曹全碑字寄之，並簡協之二首，曰：「爲學身謀奚有是，憂時歷歷早同心，故人離合風和雨，名世文章石與金。年事少高寧遂隱，河山如夢且重臨。相懷定冀能相慰，極望家山百不禁。」「大隱無因商出處，臣門如市水如心，士從子敬常分粟，德擬蒙周早辟金。舉國若令安揖讓，故鄉還與共登臨，百憂三十餘年事，（原註：借荆公句。）白下華開感不禁。」

此詩見「不匱室詩抄」卷三，編於「八集曹全碑字，次和鶴亭（引案：冒廣生也）二月二十六夕作」之下，後有與鶴亭唱和之作三題，卽爲湯山「卽景」被囚詩，蓋距胡遇事僅數日，胡詩尙有「河山如舊且重臨」句，幸古氏之不復北行，至是陳氏始歎其「詩心含淚最幽微」，及「早有江樓覊客知」矣。古之「觀世深沉」，胡且不逮，何況陳氏耶？亦幸古氏先歸粵佈置陳濟棠一著，始有四監委劾蔣之舉，故胡輓古詩有「拯我於危知最苦，跡君行事最難能」，實生死之交也。

古氏初字湘芹，後以中山先生稱之曰能、曰勤，故改曰勷勤，用以自勵。中山主粵政，任命古氏爲大本營江門行營主任，拔識陳濟棠於微時，其後濟棠响應四監委劾蔣電，實基於此。至陳融爲編「雙梧桐館詩」未見於世，殆指「古勷勤先生遺墨」一冊，余曾見之，則四監委電赫然在焉，古氏之手筆也，方出版，而陳濟棠離粵，故流傳極少，殆遭銷燬矣。

然則胡氏詩所謂「曾聞越石聲非惡」，其事其聲究爲何如耶，以吾所聞，一日，國府接上海警備司令部急電，緝獲巨額鴉片烟土，古爲文官長持電謁蔣，適馮玉祥在座，蔣對古不理不睬，殆畏其契兄宣揚而刺諷之也。未幾又有一急電至，古再持往謁，蔣怒目而答曰「你不要管！」古乃恍然大悟有所主使，爲自家人門法，俗語所謂狗咬狗也，此事亦載馮玉祥著「我與蔣介石」書中。古本有書生硬骨氣，以爲是可忍孰不可忍耶，乃有「春日白下」之作，詩謂「如此清淮清幾許」指鴉片烟土也，蓋其事漸而非頓，早已察言觀色矣。

胡蔣交懽在民國十七年，演其雙檔，每周在立法院公開演講，其聲有令人肉爲之麻者。自湯山之役後，其詬誶之聲又不絕，且有「革命過程中幾件史實」之作，責蔣至體無完膚，人多知之，惟獨有一事，在民國十一年（一九二二年），胡嘗稱蔣爲「眞聖人也」則人多不知，事爲是年中山先生下動員令出師北伐，移大本營於韶關，以胡爲總參議，未幾，粵軍參謀長兼第一師師長鄧鏗被刺死於廣州，蔣主先班師回粵剿滅陳炯明，安內然後攘外，許崇智亦主回師，中山先生曰：「此事可問展堂」，胡告中山曰：「爲大局計，凡事取寬容，今競存如此，自然回兵。」乃陳炯明竟先發制人，乃有六月十六日，請孫下野，襲擊總統府之變，時胡在粵北之始興，北伐軍爲陳軍截擊大敗，胡走百餘里而抵南雄，翌日而南雄陷，旋走福建，其狼狽情狀，會有「六月十六日之變」一文述之，行役中時自吟自語，曰：「介石眞聖人也」讚不絕口，蓋悔不用蔣之先剿絕陳炯明之計也。因說胡蔣葛藤，順筆附述，亦足供談助耳。

余既得陳氏讀胡、古詩八絕句，尙念念其讀黃節、羅敦曧、朱大符、汪兆銘、諸家詩不置，朱氏在國民黨內外無間言矣，若黃、若羅，「黃梅花屋詩稿。讀晚清人詩集分賦」中已有所論列，惟汪與胡、陳，早歲情逾骨肉，後乃凶終隙末，其吟旨如何，亟爲世人所欲知之者，幸陳氏「詩稿」中有「借得故友詩詞讀之用麥仲蘅夢中得句韻」，即爲「雙照樓詩詞」而作，而諱其名字，殊可尋繹也，詩曰：「江楓顏色好斜暉，只是將殘屬望微，薪釜相依前夢短，廬山一我故人稀。金丸未懼飛鴻逸，流水無情落葉歸，孰秉春秋褒貶筆，待將吟旨定從違。」按：采擷「雙照樓詩詞」句而成，汪有「紅葉」詩四首，謂其聯共黨以排胡，未幾而汪亦去位。辛亥革命前，汪爲「民報」主筆，嘗爲文比革命如炊飯，以胡爲釜，而自爲薪犧牲其性命焉，其獄中懷胡詩，亦有「願子爲釜我爲薪」之句。廬山宿爲蔣府之夏都，二十四年夏，汪有「別廬山」詩云：「君爲廬山峯，我爲廬山雲，因風以時來，無合亦無分，揮手自茲去，山中茅屋鷄犬之聲隱約猶可聞。我見廬山夏，不見廬山秋，廬山秋色時，頗復念我不。諸兒競攝影，縮取山光置案頭，我則獨行吟，搜索枯腸入小休。」是年十一月一日，國民黨六中全會開會於南京，汪被刺，旋出國，後五年，汪組僞政府於南京，有「邁陂塘」詞云：「鴻飛意，豈有金丸能懼，翛翛獨賸毛羽。」先是二十七年十二月，汪出走河內，發表「艷電」被通緝開除黨籍，乃有「憶舊遊·落葉」寄意云：「歎護林心事，付與東流，一往淒清，無限流連意。」陳氏詩意殆如此，誠詩人之旨微而婉矣。吾尙冀其佚遺之稿尙在人間，必有表而出之者，企予望之矣。

民國前的總統——唐景崧

·夢　湘·

一般人多以爲民國成立以後，中國最高的行政首長，才稱總統，事實上並不如此。光緒二十年甲午（一八九四年）中日戰爭，清廷腐朽無能，喪師辱國，與日本簽訂馬關條約，被迫割讓台灣。乙未六月，台灣人民起而反抗，宣布自主，採取法美國家的官職，推舉唐景崧爲總統，綜攬政權。這是中國有總統一職的開始，是在辛亥革命孫中山先生當總統前的十七年，也就是革命黨第一次在廣州起義的一年。

唐景崧，字薇卿，廣西灌陽縣人。清代同治四年乙丑科進士，散館改吏部主事。光緒十年中法戰爭，他以主事守諒山，與劉永福爲犄角，擊敗法軍於宣光。抗法援越，立功國外。不久，清廷設台灣省，他任布政使，甲午年秋，署巡撫。日本強取台灣，台灣人民不服，聯同官紳推舉他爲總統，與劉永福分守台南北。日軍由基隆入侵，即起而抵抗。終因彈盡援絕，敵勢强大，他不得已化裝乘船歸國，回原籍居住，時往來桂粵間。人們評他生平，是有志節，而缺乏幹才。台灣將淪陷前，有公欵四十萬兩，他倉皇退却時，把該欵存入某外商銀行，因手續關係，致被銀行所乾沒。後雖派人交涉，毫無結果。說者謂清政府把台灣的人民土地，都慨然割給日本，這區區四十萬兩，又算得什麼一回事呢。

上海的超社逸社

林熙

辛亥革命後，許多清室遺臣紛紛向租界避地，在北方的集中於青島，在南方的集中於上海。住青島的有皇室中的溥偉，和其他奔走復辟的一班人，因爲反袁的色采較濃厚，頗爲袁所忌，被稱爲宗社黨。住上海的人物性質類別更複雜，其中大部分是籍隸江浙或者與江浙關係較深的紳士，而不一定是現任的清廷官僚。雖然也都標榜忠於清室，從事政治活動的却不多。而且還有轉而投入北洋政府，遺老們認爲變節的。但有一個共同點，絕大多數是科甲中人。所以他們的興趣在詩文書畫。

壬子（民國元年，一九一二年）這一年，各方流寓的人開始彼此往還，以湘潭王闓運爲樞紐。王氏身歷清代的最後五朝，朝野名人很少同他沒有淵源的，這時他年正八十，到了上海，自然是觴詠無虛日。他足跡所到，就有聞風而來的，無論識與不識，都希望一見風采。上海的遺老組織詩社，此時已經到醞釀成熟的階段了。王氏過了年就回湖南，不久應袁氏招聘北上作國史館館長，這是遺老們所大不謂然的，所以沈曾植送王氏的詩有「松心珍晚節」之句，暗寓諷勸，題目只作「送人」，削去王的名字，頗有割席絕交之意。王氏去後，他們就約定經常聚會，賞玩書畫，分韻賦詩，定名爲超社。自癸丑（民國二年）二月爲始。

超社的成員，以官階論，推瞿鴻禨爲首座，而宦囊之富，則數樊增祥，因爲交卸江寧藩司不久，在上海擁有園林，講究飲饌，所以大家經常借他的地方。爲什麼取名超社呢？因爲瞿氏的故鄉有座超覽樓，大家表示推崇他的意思。翰林非常講究前後輩，瞿氏是同治十年的翰林，在民國初年，已經相隔十五科以上，是科分最老的了。這也是推他爲盟主的一個原因。

有人得到當時傳鈔的超社題名單一紙，共九人，籍貫科分年歲都全，也是一件可資談助的史料。照錄如下：（原單只有各人別號，今補注其名。）

繆小山（荃孫）	江陰	丙子	年七十
樊雲門（增祥）	恩施	丁丑	年六十八
吳自脩（慶坻）	錢唐	丙戌	年六十六
沈子培（曾植）	嘉興	庚辰	年六十四
瞿止久（鴻禨）	善化	辛未	年六十四
陳伯嚴（三立）	義寧	丙戌	年六十一
周少樸（樹模）	天門	己丑	年五十四
林貽書（開謩）	長樂	乙未	年五十一
吳絅齋（士鑑）	錢唐	壬辰	年四十六

此外尙有偶一加入的四人

左笏卿（紹佐）	江夏	庚辰	年六十七
王旭莊（仁東）	閩縣	丙子舉	年六十二
沈愛滄（瑜慶）	侯官	甲午舉	年五十
梁節庵（鼎芬）	南海	庚辰	年五十五

及至乙卯（民國四年），樊氏已入京，依附袁氏去了，餘下的人不願再用超社名義，改爲逸社，自附逸民之意。除樊周不算，繆氏也不久謝世，另加貴陽陳小石（夔龍）（丙戌）、歸安朱左微（祖謀）（癸未）、遼陽楊芷晴（鍾羲）（己丑）、華陽王病山（乃徵）（庚寅）四人。當超社改名逸社之時，李梅庵（瑞清）會講笑話說：超字從走召，所以有人走馬應召去了。現在逸社只怕也未必能保得住，因爲逸字按說文從兎，兎是會跑的，所以逸有逃跑的意思。其實逸社雖有人離開上海，如林開謩、楊鍾羲，倒也還始終保持遺老身分。李的話只是一時隨口的詼諧，逸字從兎，當時也因爲紀年乙卯，而卯屬兎之故。

以上的名單，是吳自修手錄的，應當是可靠的依據，而且除此以外也沒有更好的有關資料了，但考之於同時諸人的詩集，仍然畧有出入。周樹模此時還沒有入京，他的活動在安福國會舉出徐世昌的總統以後，逸社仍有他在內。此其一。逸社成員似乎還有金壇馮夢華（煦）。此其二。

吳氏藏有超社聯吟圖卷，這張名單是夾在卷中的。圖爲何人所繪，曾匆匆一閱，惜已記不起來了。吳氏父子同時入社，其子士鑑是社中最年少的，大約是由於這個原故，圖卷就歸了吳家保藏。

社中人物多數是大家熟悉的，除瞿氏科分最早外，其餘都是光緒一朝廢八股以前的進士。王仁東的入社是因爲其兄仁堪，沈瑜慶的入社是因爲其父葆楨，都是名翰林，而本人却不是兩榜。吳、沈二家是浙江有名的世家。陳三立之父是戊戌變法時的湖南巡撫陳寶箴，林開謩是光緒師傅林天齡之子。周樹模、沈瑜慶，都新從巡撫卸任，而陳夔龍則是最後一個直隸總督，樊增祥、梁鼎芬、沈曾植都作過藩臬，吳氏父子同時作過學使。罷官最早的是繆荃孫，因爲觸忤了翰林院掌院學士徐桐，以編修久不遷官而去。其次陳三立，因戊戌案革去吏部主事，其實他也從未補過缺。又其次朱祖謀，庚子後一任禮部侍郎就歸田。都是官情較冷的。

社中名爲詩酒之會，眞飲酒的人並不多，只陳三立一人兼具詩酒兩字的資格，別人有涓滴不飲而喜作詩的，也有連詩都不熱心做的。作詩最多的是樊增祥。他學他的老師張之洞，雖不吸鴉片而澈夜不睡，專門找題目作詩。不到一個月，就可以成詩稿一本。陳三立是一字也不肯蹈襲的，都要從深思苦吟而出，樊則以多爲貴，搖筆即來。兩人背地都互相譏笑。樊說陳簡直不看書，其實樊自己也並不看正經書，不過喜歡搬弄些宋明人的小典故，是他的癖好。

社中福建人如林開謩、王仁東、沈瑜慶，都是講究飲食的。關於點菜等事，都是他們提調。瞿鴻禨和沈曾植，一不吃肉，一不吃蝦蟹，這是提調的一個難題。當時淮揚閩粵川各色名廚都經他們羅致過。只有湘菜比較冷僻。恰有胡林翼的後人開了一家桃源隱飯館，招牌本來別致，遇有貴客來，還用整套的道光磁器供應，因爲胡家是道光時兩江總督陶澍的外孫，所以能保藏無缺，然而舊家文物維持到將近百年，也極不容易。瞿氏是湖南人，主持湘菜。陳夔龍是貴州人，則以川黔菜見長，他會用晚香玉花加在竹蓀湯中，發出清絕的色香，陳三立爲之題名玉胎羹，頗被人紛紛仿效。這些都是一時佚事可記的。

還有一事應當補記，逸社究於何時停止，沒有明確記載，據瞿沈二家詩集，似是到了丁巳春爲止。丁巳初夏，瞿游西湖，沈則不久即參與復辟之役，不到一年，瞿也作古，當然未繼續舉行社集了。以上這些人當中，除梁鼎芬本在北方，沈曾植會應召入京，其餘雖姓名曾見復辟的上諭，本人却都仍在滬杭兩處，未曾北上參加。

最多博士銜　胡適　宋美齡

中國自有洋博士以來，擁有最多名譽博士學位的人，一個是胡適，另一個是宋美齡。一男一女，又都是美國留學生出身的，而送博士給他們的大學，又幾乎全是美國的。

計胡適共有博士學位二十七個，憑他的學問拿到手的一個，那是一九一七年他在美國哥倫比亞大學的哲學博士，其餘廿六個都是人家送的。所送的博士學位，十九個是文學博士，七個是法學博士。表列如左：

文學博士

香港大學（一九三五年授予）；芝加哥大學（一九三九年）；哥倫比亞大學（一九三九年）；布朗大學（一九四〇年）；加里福尼亞大學（一九四〇年）；克拉克大學（一九四〇年）；都特大學（一九四〇年）；本薛汛尼亞大學（一九四〇年）；烏斯揚大學（一九四〇年）；耶魯大學（一九四〇年）；狄更孫大學（一九四一年）；潮林大學（一九四一年）；密杜伯萊大學（一九四一年）；托朗圖大學（一九四一年）；奧柏林大學（一九四二年）；奧亥俄州大學（一九四二年）；皮連士頓大學（一九四二年）；托里度大學（一九四二年）；威士康辛大學（一九四二年）。

法學博士

哈佛大學（一九三六年）；麥蓋爾大學（一九四一年）；達特茅斯大學（一九四二年）；丹尼孫大學（一九四二年）；紐約州大學（一九四二年）；白尼爾大學（一九四三年）；柯格特大學（一九四九年）。

世界著名的大學如劍橋、牛津、巴黎、柏林等一個都吝而不予，不知何故，豈胡博士學問不邀牛津大學一顧耶？然而牛津大學却於光緒三十二年（一九〇六年）把文學博士學位贈給一個滿洲官僚尙其亨！（他是大漢奸尙可喜之後，入滿洲籍的。）

宋美齡共有美國博士學位十二個，比起胡適的博士少一半多。她在美國惠絲里大學念書，未得博士，然而自一九三九年後，她的名譽博士學位源源而來，列表如左：

文學博士

陸格士大學（一九三九年）；高奢爾大學（一九四二年）；惠絲里大學（一九四二年）；哈曼寧大學（一九四三年）；羅高拿大學（一九四三年）；羅素沙治大學（一九四三年）；密歇根大學（一九五八年）；夏威夷大學（一九五九年）。

法學博士

勃里揚大學（一九四二年）；史提生大學（一九四二年）；荷伯特威廉士密史大學（一九四三年）；烏斯揚大學（一九四三年）。

·溫大雅·

順治出家

竹坡

清順治受佛教影响甚深，是無可否認的事。當時木陳和尙的著作中記載皇帝與和尙問答的事情，是很直率的。以一個外族的青年帝王，又是新來入主中國的，對佛敎徒如此感興趣，似乎不易理解。因此啓人猜疑，或者有什麼隱衷吧！按正式的史料，他的寵妃董鄂氏歿於順治十七年八月，次年正月他自己就相繼去世了。所以盛傳有順治出家之說，這當然是官書所不承認的。但順治的死確有與其他帝王不同之處，在他的遺詔中，自己數自己的罪，有十四條之多。假使不是他自己心裏的話，自己交代下來，別人代草遺詔，何必說得這樣具體？一紙官樣文章，不也够了嗎？他爲什麼要把譴責自己的話佈告於衆，在開國不久，基礎尙未穩固的時候，不怕有傷尊嚴和威信嗎？難保不是受了絕大的刺戟，情緒上發生劇烈的波動，有厭世輕生的意圖。

在十四罪之中有幾條是可以特別注意的，一條說：「明季失國，多由偏用文臣，朕不以爲戒，委任漢官，即部院印信亦間令漢官掌管，致滿員無心任事。」這是他透露自己深受漢族文化影响，因而爲滿人所不服。也可以說，在思想意識上，他是傾向漢人的，而在政治上，他又不可叛離他的本族，這種矛盾給他帶來苦悶。另外一條說：「朕性耽閒靜，常圖安逸，燕處深宮，御朝絕少，致與廷臣接見稀疏，上下情誼否塞。」這話說明順治確不是什麼英明的帝王，他的行爲比陳叔寶之流也好不了多少。他在另一條也說：「經營殿宇，造作器具，務極精工，無益之地，糜費甚多。」又說：「宮中之費，未嘗節省，厚己薄人，益上損下。」可見荒淫奢縱是他自己承認的。看來他所謂常圖安逸，稀見廷臣，很像紅樓夢中寶玉的不願與峨冠博帶的士大夫談論。但由於性耽閒靜，却喜歡與和尙們談論，也是意中之事。至於另一條提到「端敬皇后（即董鄂妃）喪祭典禮過從優厚，不能以禮制情，諸事太過，踰濫不經，」更不難揣測其溺情妃妾，甘爲情死。所以當順治十七年之末，宮廷中必會發生重大變故，據官書，其死在次年正月初七日，發喪的日期是否可信，頗成問題。

順天府志載左安門外海會寺有僧道忞（即木陳）所撰碑云：「丁酉（順治十四年）上狩南苑，因幸寺延見聽（即憨璞），屢召入禁庭，問佛法大意，奏對稱旨，日昨上渭忞曰：「朕初雖尊崇象教而未知留意宗門耆舊，知有宗門耆舊則自憨璞。」對和尙們說話很坦率，不擺皇帝架子，固然是因爲他衷心好佛，待和尙比待大臣們親熱得多，也由於入關不久，還保持一些純朴的風氣，不像雍正以後的皇帝那樣自高自大。就是康熙也還相當謙恭，他會對高士奇說：幼年讀書是由內監敎的，自從聽了高士奇的話，才懂得鑒別古人的文章。如是等等，雍正乾隆都決不肯出之於口。

順治與和尙們蹤跡如此之密，所以京城中人盛傳順治出家之說。西山深處的天太山（一作天台山）有廟名慈善寺，有個肉身和尙像，就傳說是順治的肉身。據寺中福隆安所立的碑則稱爲我佛圓悟，康熙四十九年坐化，乾隆四十五年立碑。順治死時年二十四，到康熙四十九年爲七十三歲，也不是沒有可能性。寺中有一殿，殿中有一詩板，寫詩一首，其口吻簡直就是順治自己。錄之於下：

天下叢林飯似山，砵盂到處任君餐。黃金白玉非爲貴，惟有袈裟披最難。朕乃山河大地主，憂國憂民事轉繁。百年三萬六千日，不及僧家半日閒。來時糊塗去時迷，來去昏迷總不知。不如不來亦不去，來時歡喜去時悲。未曾生我誰是我，生我之時我是誰？長大成人方知我，合眼朦朧又是誰？但願不來也不去，來時歡喜去時悲。每日清閒誰多識，空在人間走一回。口中吃得清和味，身上常穿補衲衣。五湖四海爲商客，逍遙佛殿任僧棲。莫道僧家容易得，皆因前世種菩提。雖然不是眞羅漢，亦搭如來三頂衣。兎走烏飛東又西，爲人切莫用心機。世事如同三更夢，萬里乾坤一局棋。禹開九州湯伐夏，秦亡六國漢登基。古來多少英雄輩，南北山頭臥土泥。惱恨當年一念差，龍袍換去紫袈裟。我本西方一衲子，因何流落帝王家？十八年來不自由，江山坐到幾時休？我今撒手歸山去，管他千秋與萬秋。

這首詩雖不署名，却明明是皇帝的口氣，如果眞是順治寫的，淸室何以聽其流傳在外？如果是別人冒寫，則當雍正乾隆文網嚴密的時候，豈能容人這樣大膽而不加追究？難道是因爲山深寺僻，無人注意嗎？或者是好事的人在雍乾以後弄的狡獪嗎？

就詩而論，自然沒有任何依據可以證明確是順治所作，未必不是和尙們自己抬高身價而附會裝點的。總之，詩的眞僞不足辨，順治的一生却不能不說有疑竇，他的崇信佛敎，在有淸一代的文化政策上起着重大影响，也是不容抹殺的。慈善寺這首詩見翁同龢的光緒丙戌日記，是他親身在寺中見到鈔下來的。

掌故答問

朱庵一士

問：「清末議廢八股時，頗有力爭之者，於古亦有其比否？」

答：「隋唐本以詩賦取士，唐宋間場屋間之重賦，亦猶明清之重八股，其有識者亦極不以之爲然。宋仁宗時石介、何羣等上言，以賦取士，無益治道，及下朝臣議，則以爲進士科始隋唐數百年，將相多出此，不爲不得人。且祖宗行之已久，不可廢也（事見宋史隱逸傳）。王荊公詩云：『當時賜帛俳優等，今日掄才將相中』，即刺譏此事。荊公變法，改用經義，原以救詩賦之弊，不料至明清，經義又變爲腐爛之八股，轉不如詩賦猶可覘實學矣。」

問：「殿試鼎甲名次，是否天子親主之？」

答：「明清所謂殿試，又曰廷試，因在殿廷舉行之故，唐宋即有廷試之稱也，本於漢代之臨軒親策，故題目及論文，仍依漢代故事，不曰題而曰策問，不曰文而曰對策。開始用『臣對臣聞』四字，策尾用『謹對』二字。天子不能一一親閱。則派讀卷大臣，不曰閱卷而曰讀卷者，以示不敢代閱之意也。讀卷大臣擬定名次後，以最前十本進呈，請於其中欽定一甲三人，其餘以次爲二甲，第一至第七，大率即照原次序，不加更動，亦偶有因查出身籍貫而更改者，以非至御前不能拆彌封也。前十卷進呈之制，自康熙二十四年始，見『郎潛紀聞』引『貢舉考畧』。前十本進呈後，間亦有因文字承契賞而特擢者，如同治癸亥科張之洞由第四本拔爲探花，光緒乙未科駱成驤由第三拔爲狀元，喻長霖由第十本拔爲榜眼均是。」

問：「清代大考翰詹之制，其緣起若何？」

答：「有清大考翰詹之制，發軔於順治間。順治十年三月諭內三院云。『朕稽往制，每科考選庶吉士入館讀書，歷升編檢講讀及學士等官，不與分任，所以諮求典故，撰擬文章，充是選者，清華寵異，過於常員。然必品行端方，文章卓越，方爲稱職。乃者翰林官不下百員，其中通經學古與未嘗學問者，朕何由知。今將親加考試，先閱其文，繼觀其品，再考其存心持己之實據，務求眞學，備朕異日顧問。自吏禮兩部、翰林、侍郎、三院學士、詹事府詹事以下，各候朕旨親試，分別高下，以昭朕愼重詞臣之意。』（內三院者。內翰林國史院、內翰林秘書院、內翰林弘文院也。時爲內閣及翰林院之合體。至所謂吏禮兩部翰林、侍郎者，指其時吏禮侍郎之兼翰林之職者。此沿明制）旋御太和門親試以甄別之，此後來大考制度之權輿也。乾隆二年五月諭云。『翰林乃文學侍從之臣，所以備制誥文章之選，朕看近日翰詹等官，其中詞采可觀者固不乏人，而淺陋荒疏者亦不少，非朕親加考試，無以鼓勵其讀書向學之心。自少詹、讀、講學士以下，編修、檢討以上，漢滿各官，着於本月初七日齊赴乾清宮，候朕出題親試。倘有稱病託詞者，着另行具奏，朕必加以處分。考試之日，着乾清門侍衞察視。』屆日親試，擢黜有差。於是大考翰詹漸垂爲定制矣。（後來多在保和殿行之）此爲一種不定期考試，隨時可以舉行，並嚴禁規避，前列者固有升擢之榮，名次在後者則有降黜或罰俸之處分，故文字或書法荒疏者視爲畏途，嘲翰林詩所謂『忽聞大考魂皆落』也。（間有特旨免試者，如同治五年徐桐、翁同龢是，以在弘德殿行走之故，尊重帝師也。）

問：「清代各省主考（正副考官），例由京員簡充，亦有由外膺簡者否？」

答：「雍正間有之。梁紹壬『兩般秋雨盦隨筆』云：『大學士無錫嵇文敏公（曾筠），雍正癸卯以河南巡撫即爲河南正考官。交河少司寇王公（蘭生）雍正壬子以安徽學政即爲江南正考官，典試由外改充，前此未之有也。』此蓋僅有之例，後亦無聞。若主考之就簡學政（或本省或他省）。則不乏耳。」

問：「大挑緣起如何？」

答：「舉人經三科會試不第，可就大挑一途，其制始於乾隆丙戌科。吏部議選法：一等用知縣。又借補府經歷，直隸州州同、州判、屬州州同州判、縣丞、鹽大使、藩庫大使，凡九班；二等以學正、教諭用，借補訓導，凡三班。見『郎潛紀聞』。又按前乎此者，雍正五年閏三月諭曰。『向來各省縣令多循資按次照例選用之員，故其中庸碌無能者有之，少不更事者有之，以致苟且因循，貪位竊祿，諸凡闒冗，職掌廢弛。此等之人，倘不能顧一身之考成，豈能爲地方之憑藉乎？今因會試後天下舉子齊集京師，朕思其中有才品兼優之士，是以特加遴選，畀以縣令之任。朕之所望於爾等者。不僅在於辦理刑名，徵收稅賦，籌書期會之責而已。』次月又就會試下第舉人挑選各省教職。諭曰：『向來教官因循偷惰，全不以教訓爲事，朕屢頒諭旨，而積習如故，因於爾等下第舉人中擇文理明通者引見命往。』斯爲舉人大挑之權輿。至乾隆時始垂爲定制耳。」

問：「世俗相傳舊時富貴家擇婿，往往以新登科第之少年未娶者爲對象，甚至施以强迫，此眞有其事否？」

答：「自科舉制度施行後，登科者極爲世重，富貴之家以爲擇婿之對象，事恒有之。其施以强廹者，亦嘗爲一種風氣。宋人彭乘『墨客揮犀』有云：『今人於榜下擇婿，曰臠婚，其語蓋本諸袁山松。其間或有不願就而爲貴勢豪族擁逼不得辭者。嘗有一新先輩，少年有風姿，爲貴族之有勢力者所慕，命十數僕擁致其第。少年欣然而行，略不辭避。既至、觀者如堵，須臾，有衣金紫者出曰：某惟一女，亦不至醜陋，願配君子可乎？少年鞠躬謝曰：寒微得託迹高門固幸，待歸家試與妻子商量看如何？衆皆大笑而散。』勢家於新登科者擇婿，以至擁逼圖成，致有此項話柄，事甚可笑，而當時實有此風，固可概見。（先輩爲唐宋時得科第者之稱）傳奇（如琵琶記）戲劇（如鍘美案）之演宰相天子招狀元爲婿事，亦有由來矣。」

（上）

誤國之咎難辭的重臣

——「日本軍閥禍國秘史」之五

（日）田中隆吉 原著
魯 揮 戈 譯寫

重臣代替了元老

日本長久以來，每一內閣總辭或倒台後，總是由「三朝元老」，碩果僅存的「明治維新」功臣西園寺公爵推荐負責組閣的人選的。（譯寫者按：元老西園寺公望所推荐的人，未必能組得成閣。如果軍部對於該人不同意，就以拒絕提名陸軍省大臣爲手段，而使組閣不成。在這樣的情形下，元老只好再推荐另一人，務使軍部同意爲止。）自從西園寺公望公爵逝世後（譯寫者按：西園寺逝於一九三九年——即日本昭和十四年——十一月），明治時代的元老絕種，推荐新首相的責任便落於「重臣」們的身上，由重臣舉行會議，商定一人，奏請日皇命其組閣。所謂「重臣」者，即曾經任過內閣總理大臣而現尚健存的人。所謂「元老」、所謂「重臣」、以及由「元老」或「重臣」推荐新首相，都是日本特有的產物；也是近代號稱實行憲政國家中，唯日本獨有的一種怪現象。

西園寺公的逝世，正值中日戰爭進行了已兩年多，而解決猶遙遙無期之時。那時正是邦國危急之秋，也是軍部專橫不可一世的時期。倘若那些重臣眞有公忠體國之心，有以國家百年大計爲念的胸懷，有不畏强暴和不計個人安危的勇氣，能以邦國的柱石自任，則在日皇垂詢的時候，自應推荐才德俱優，老成謀國，能制馭專橫的軍部——至低限度決不阿附或屈從專橫的軍部——的人，出柄國政。但令人失望而又痛心得很，那班重臣，從他們的表現來看，智、仁、勇三達德一樣都談不上。他們在推荐新首相時，並出之以公忠之心。凡是軍部所不喜的人，任是如何有才有德，任是如何爲全國物望所歸，重臣們都不敢推荐。他們在推荐組閣人選的時候，幾乎全憑一己的利害爲準則，或消極地求明哲保身而爲個人避禍遠嫌，或積極地爲一己一系的權益榮利打算。

迄至日本敗降時，先後曾經任過首相，有資格被稱爲「重臣」而尚健存的，約爲十二人，他們是：清浦、若槻禮次郎、岡田啓介、廣田弘毅、林銑十郎、近衞文麿、平沼騏一郎、阿部信行、米內光政、東條英機、小磯國昭、鈴木貫太郎。他們都曾為「大日本丸」掌過舵，其中如近衛公爵，且曾三次組閣（一九三七年「中國事變」，即發生於近衛第一次內閣期間）；又如東條大將，是發動「大東亞戰爭」的首相。要想對這十二個人的行事和評價，一一予以評論，不啻要寫一部日本近數十年政治史專書，這不是我這本反省的回憶錄所能做的。現在，我只能擇其中幾人來畧談一談。

幾個卑怯的責任迴避者

阿部信行是陸軍大將。他在事務的處理上很能幹（處理事務能幹，只能夠做一個很好的事務官，倘若缺乏寬弘的胸懷和遠大的見識，是不能擔當政治大任的。而長於處理事務的人，往往見識狹隘，專注重刻板例行和瑣屑細小的事，不能務其大，不知本末、重輕、主次、先後之別，如果擔當政治大任，多會敗事。東條英機也是個處理事務上備見能幹的人，再加上他的度量狹仄，剛愎自用等劣性惡習，所以不止誤國，而且也禍國最深），但他却具有極度的個人功利主義的性格。所以，當他尚在陸軍的現役，而未出任大臣時，就有很多人譏評他這種性格，當時陸軍中有不少人，把他和他的同鄉先達而有奸雄之稱的大槻傳藏相媲美。他和宮內府大臣木戶侯爵是兒女親家——他的長媳是木戶宮內府大臣的女公子——。

近衛第一次內閣辭職後——時在「中國事變進行中——，由平沼繼任首相。平沼內閣下台，當時的陸軍省軍務局希望由阿部大將出而組閣。木戶宮內府大臣一則順從軍部的意旨，求取軍部的好感；二則因與阿部為至親，可為自己謀取某些利益；於是便一力推荐阿部大將為新首相。阿部的不自量才力而出膺大任，以及木戶侯爵的唯仰軍部鼻息和為個人利害打算而大力推荐，都是極不可恕的事。（譯寫者按：阿部內閣在任只半年就垮台。曾歷任大使、外相、「大東亞省大臣」等顯職的重光葵，在其所著的「昭和之動亂」一書中，曾對阿部內閣下過這樣的評語：「在這個重大時期，日本出現從來沒有過的軟弱無能的陸軍內閣。……阿部內閣無為而混亂，徒然耗費了寶貴的時間，遺失了機會。」）

汪精衞在南京成立「新政權」，阿部大將以前首相被派為特使去祝賀，旋被任為駐汪政權的大使。當時，德國外交部長李賓特洛甫斡旋中日和平，蔣介石氏已應允如日本撤軍，就可以和平。此事大有成功的可能，但不幸為阿部大將所破壞。他强硬反對日本與蔣氏談和，且以去就力爭，並唆使當時任陸相的東條出面反對。這由德國斡旋的和平，就此在成功的邊緣而完全失敗了。東條固有大罪，而阿部之罪也絕不可恕。

阿部既任過內閣總理（雖然只不過半年的時間），便獲得重臣的資格。像這樣的重臣，又怎能不誤國呢？東條英機是日本敗降的第一號大罪人，當年在重臣會議中，一力推荐東條為首相的，共有兩人，阿部即屬其一，另一重臣就是林銑十郎大將。（那位專仰軍部鼻息，只為一己利害打算，與阿部為兒女親家，當年力荐阿部出而組閣的宮內府大臣木戶侯爵，也是主張東條繼近衛之首相遺缺的。）

×　×　×

米內光政大將在一般人的觀感中，不失為一個好人。但單單人緣好和操守尚可稱，並不足以成為一個勝任的首相的。米內是海軍大將，在海軍中，他很久以來就有了「遲政」這個綽號。這個綽號並非一個美稱，是說他行動遲緩之意，這裏面包含有：缺少效率，優柔寡斷，落於時機之後等等意義。在當年「中國事變」正在延長而難求解決之時，以及軍部正熱中於簽訂德、意、日三國同盟的時候，柄政的人必須有明敏果斷的才力和高瞻遠矚的識長，米內大將畢竟是不足語於彼時擔當總理大臣大任的人。（譯寫者按：米內是繼阿部而組閣的，在任只半年就垮台——一九四〇年一月至七月——，即由近衛再次組閣上台。米內內閣在半年內，只忙於應付國內軍部勢力，在內外大計上幾乎一事無成，荏苒時日，殊為可惜。）米內還有一件大錯的事，就是日後成為解決「中國事變」之癌症的汪精衞政權，就是在他主政時樹立的，他是難辭其咎的。

×　×　×

曾經三度組閣，日皇宣告投降後，由皇族東久邇宮組織投降內閣，以副總理大臣之名義而負協助東久邇宮之責的近衛文麿公爵，與其他的重臣顯然有很多不同的地方。近衛公卿世家，貴為公爵，先天的具有為物望所歸的條件，何況他更有其他的為人所仰望之處。他聰明伶俐，待人接物，八面圓通，人緣甚佳，有好好先生之稱。他的政治思想和見解，也頗廣博和開明，絕不是像軍閥一類的人。他對於政治，也至感興趣，以經常活動於政治舞台為樂事。他的這些特點，再加上他和元老西園寺公望的身世相同，氣味相投，因之甚得西園寺公的賞識。一九三六年二月二十六日的「二二六事變」，青年軍人在東京發動叛變，給國家大臣以一一的血的洗禮，岡田內閣在大難後辭職，西園寺公就曾推荐近衛出山。近衛婉辭，始由廣田弘毅組閣。一年多後，再在西園寺公的推荐下，近衛終於登台了。他除了曾迭為首相外，又曾任過貴族院議長和樞密院議長，在得西園寺公賞識外，又甚得日皇的信任倚重。在動亂的昭和朝，近衛公爵可說得是一個長久在政治正面舞台上活動的人物。西園寺公逝世後，近衛雖然尚未能取代那位明治元老的地位，但在諸重臣中却無疑的是一個重要的人物。

（下期續完）

天宮艷遇

湘山

聊齋誌異有一節以天宮為題，記有人被引到一個不見天日的地方，同女人交歡，却不給燈燭，不讓他見眞面目，也不肯告訴他姓名，只說這是天宮，不許洩漏。最後用雜有香屑的絲綿被緊緊綑住，把他弄昏迷了，送了回家。向人談起經過情形，才知道是嚴嵩的兒子嚴東樓的家裏。

這類的事，傳說不一，而且自古有之。宋朝有人在某家園子牆外經過，忽見一扇小門開着，遙望裏邊似乎景致很幽雅，而寂無一人，心裏想進去游覽一番總沒有什麼不可以，於是信步走去。走到一座亭子，自己有點倦了，姑且借坐一下。瞥見牆角有一個氈包，為了好奇，走過去用手摸一摸，不料裏邊藏着一個人，一驚之下，飛跑出去，轉眼就無影無蹤了。他正在驚疑不定，又聽得婦女笑語之聲自遠而近，回頭一看，一隊紅紗籠簇擁一羣綺羅遍體的少婦，約有四五人，要想退出去，已經來不及，只望她們不進這亭子就好，於是急忙拿了剛才那人所蓋的那條氈子自己鑽了進去暫時一躲。偏偏那幾個女人正是到這亭子來，揭開氈子，就有一人說道：「原來不是那個。」另一人跟着細看了一看，說道：「就是這個也好。」他正想分辯幾句，那幾個女人不由分說，拿住他的手就走，走到洞房曲室之中，輪流作竟夕之歡。到了五更天，幾個女人把他裝在一隻大簏箱裏，用繩子吊到牆外，也不管他死活了。這人摸了回家，恍如做了一場夢。隨後再尋原處，依稀彷彿，還略有點記得，向人打聽，才知道是蔡太師（蔡京）的後園。此事見龐元英的「淡藪」。聊齋那段故事是不是由此衍化的，還是不謀而合，却很難說。

另外，還有一部「虛谷閒鈔」記章惇少年時一事，與此也有聯帶關係。據說章初到汴京，正是美少年。有一天傍晚，獨自在街上緩步，忽見接連幾乘女轎，前後簇擁而過，最後一乘的女人揭開轎簾對章看了一眼，又飛了個眼色，章心癢起來，跟住轎子不停，一直跟到一家大宅第門前。一羣女人將章包圍在當中，也沒有人看出，就此混了進去。裏面崇樓傑閣，深院曲廊，自不必說，最後小院一重，寂如無人，她們把他安頓好了，然後帶了酒食來相欵待，極為殷勤豐厚。章向她們打聽是何等人家，她們只笑而不答。從此以後，每日都有女人來作枕席之歡，事畢就將門反鎖而去。如此不止一天，忽有一個比較年少的女人對章說：「看你的樣子，不該到這裏來。這裏主人不懷好意，因為姬妾多而無子，常常勾引少年來姦宿，日久就要殺掉的，我不忍叫你這樣把命送掉，不能不告訴你實話。」章急了，求她解救。她在主人要上朝的那天，天還不亮，將章叫了出來，給他換上當差的衣服，趁人多混在人叢中，居然逃出了虎口，那女人再三叮囑不可洩漏，也不可再經過這街。後來章參加了王安石的新黨，做了宰相，並不諱言自己少年時事，並且說這家主人是誰，也知道清楚了，不過代他隱瞞不說罷了。以上都是宋人筆記中的話。事情必不全虛。不過章惇為舊黨中人所不喜，還有人說他在京城住在族叔章得象家裏，私通族叔的姬妾，被人掩捕，跳牆逃出。恐怕這一類糟蹋他的話都是政敵所編造，不是一定可信的。

從前我在京城，遇見一個遠房親戚，他把親身遇到的一件類似的事告訴了我。以下便是他說的話：

光緒末年，我引見到京，因為籌措一點費用，還要等候一時才能辦安，一人住在客店裏，未免無聊。客店的晚飯是比人家早些的，飯罷無事可做，就信步所至，將前街後巷都走遍了，幾乎成了日課。某天走到街頭，看見停着一輛跑海的車（京城裏的老話，在街頭供人零雇，名為跑海），似覺比較整齊乾淨，騾子也很壯，心裏正在胡思亂想，此刻沒有什麼地方好游，不然，雇這輛車坐坐倒不錯。豈知那車夫好像已經聽見了我心裏的話，拔下嘴裏的旱烟袋，朝我請一個安，便說：「老爺請上車，伺候你去吧！」我不覺一楞道：「你是誰家的，我想不起來了。」他道：「你老是貴人多忘事，就請上車吧！」我的脚也不由自主，就跨上了車。他把車簾放下，得得兩聲，也坐上車沿，輕車熟路，就此一口氣走了十幾里，早已天黑，起初我知道是進宣武門大街，不一會就轉彎抹角，路暗人稀起來，辨不出是些什麼街道。只覺車猛然一停，一道墻門閃開了，我雖然那時似醉如癡，也還左右端相一會，小門小戶料是平常住家模樣。可是向裏望去，似乎屋宇重疊，燈火輝煌。正在遲疑之間，又是一個老媽拿着手照，對我雙膝一蹲，嘴裏又是：「你來啦，請進。」我也只得跟了她走。果然院落非一，曲曲折折，一重又一重，而且高高低低，署像有園林佈置。最後走到一排房子，掀起一間門簾說道：「客來啦！」就轉身退去。我一眼看到裏面一個脂粉濃敷，亭亭玉立的少婦起身相迎，也沒說什麼，就把我捺在方桌旁的凳子上坐下。我到此已經恍然大悟，明明是內城的私門頭。倒是聞名久仰的，到此却也不易。於是膽子大了，拉着她的手胡天胡帝，亂扯起來，她却是含笑不甚對答。我漸覺無甚趣味，就把屋裏的佈置考察一番。原來這是一間有倒座的房，按照京城的習慣，所謂前後捲篷，非內城的巨室豪門不能有的。再看前後間用所謂落地罩隔起來，花紋雖間有殘缺，還看得出不是近年的工料。墻上糊着花紙，也鑲有「貼落」，不過陳舊得看不清了。地上方磚，磨得和上了一層油一般，却是一塵不染，桌上一盞精緻的白銅燭台，燃着紅燭，只能署署照得幾步清楚的，幸而我的目力極强，什麼東西都已看了一個大概。明明看見對面的條桌上擺着一件白磁罩的煤油燈，爲什麼不點呢？我想既到寶山，也無空回之理，便道：「到你炕上去歇歇吧！」我以爲照京城的風俗，必是睡炕的，說炕不錯，說牀就嫌不合拍了。誰知她向裏間一指道：「你先請上牀，我待一會就過來。」我想這是她們的習慣，不足爲奇，順她的手指望去，果然有一張雕花八尺床，挂着湖色紗帳，紅繡花帳簷，也不客氣，作了入幕之賓，擁衾而待。遙望燭影之下，她確是對鏡卸妝，一會兒又在茶壺中倒杯茶，一會兒又似乎在櫃子裏尋找什麼東西。這時正聽到小桌上的自鳴鐘敲了幾下，沒有來得及數清楚，大約不是八下就是九下吧！正在尋思，忽聽院子裏又有人說話聲音，漸來漸近，開門了，進來了，和那女子搭起話來了，分明是個男人，我詫異起來，將臉貼在紗帳上，極力朝外望去，不覺吃了一驚，原來不但是個男人，而且是個翎頂袍褂齊齊全全的人，這時不但我吃一驚，連聽我講這故事的人也會十分詫異吧！豈有這種地方這個時刻，會有衣帽齊全的官老爺呢？燭光之下，自然看不眞切，然而帽子上確有頂子，而且很像是暗藍頂子（按：暗藍頂是四品），因爲假使是其他的頂子，多少會發些光的。我正在疑惑，不料那人竟然朝我睡的牀邊走來，這却眞的把我嚇得魂飛天外了，非但走得越來越近，而且撩起外褂，似乎掏什麼東西，我知道今番性命休矣，一面抓緊了帳門，一面尋思對付之策，雖然自忖有幾手拳脚，不得已只好拚他一下，畢竟渾身發起抖來，雖是一張大床，也免不了微有响聲。豈知那人忽然身子一轉，乃是朝着床邊一張條桌，向桌上的鐘對他身上所掛的表，聽得開表的聲音，毫不含糊，然後心上的石頭放下一半，及至那人又一轉身向外，居然只和那女人低低說了兩句話，揚長而去，那一半石頭也就放下了。也不知道他們是存心戲弄我呢，還是偶然的事呢！這一夜總算沒有再出岔子，按照大家所熟悉的規矩，把這一局應付過去了。出門的時候，天還不甚亮，仍舊有車把我送回去。究竟這是什麼地方，也不敢多問。隔了很久，將要出京了，才和至熟的人談起。據說內城的舊宅第，「庭院深深深幾許，楊柳堆煙，簾幕無重數。」確有這種情景，他們仍是在衙門當差的，當差就必須翎頂靴帽齊全，這都不足爲奇，偶然游戲，也不必深究了。」

我聽完了他這番話，不覺聯想到上海小說中所說的仙人跳，不少人上過當，我問他：那次雖然不是明的仙人跳，恐怕也要破費不少才能脫身吧！他說：這倒不盡然，從前京城古怪的事固然很多，但是他們比我們還要面子，還怕事，所以畢竟還是有分寸的，不至於十分離奇。

水滸之特殊稱呼

四十年前北方之道尹及江南之督察專員，其階級皆有當於淸代之道台，或稱爲「觀察」。因之想起某筆記一笑話。有道員未嘗學問，聞人稱以「觀察」而怒，謂此乃捕役之賤稱，蓋水滸傳中宋江引着何觀察稟知縣道：「濟州府公文：爲賊情緊急，特差緝捕使臣何觀察到此下文。」何濤又是「公人打扮」，當然是捕役之流。水滸此稱，自有根據，然於官場身份者，確有些開玩笑。道台是「大人」，捕役是「小的」，竟混爲一說，宜乎某道員之怒矣。

不但此也，如「端公」乃御史之雅稱，御史乃淸嚴之職分。昔會稽李慈銘，以博學負重望，官名諫時，京朝官稱之曰「蓴客端公」，何等莊嚴。而水滸之「端公」又是衙役之別名！林冲起解一回陸虞侯稱董超爲「端公」，又問「薛端公在何處住？」董超薛霸乃「防送公人」，即解押犯人之差役，女起解劇中崇公道一類也，書中又自註明「宋時的公人都稱呼『端公』，」則與唐代稱御史「端公」顯然異趣，假使李越縵老人亦如某員之不學，轉以水滸爲根據，不又勃然大怒乎？

水滸之吳用以秀才而稱「教授」想宋時如此，然今之大學教授將何以爲情？又「茶博士」雖古有此稱，水滸則酒舍茶肆中把博士呼來叫去，假使今之博士聞之，當作何感想乎？　　·彬　彬·

肇慶憶舊

蟄庵

朱執信殉國虎門

孫中山既與岑、陸決裂，當密飭陳烱明計劃回粵，一面又派朱執信、胡毅生、鄒魯等策動近省粵籍軍隊爲助。其時粵籍軍隊，以魏、福兩軍，最爲有力，其次則莫所收編之肇軍，咸懷反側之心，因決定朱策動肇軍，而胡策動魏、福兩軍，鄒則策動民軍。朱先與李耀漢洽商，李謂莫所收編之肇軍，以駐西江南岸之陳銘樞部最有力，次則爲丘渭南所收編之余六吉部，現駐虎門。丘本爲客棧商，並不知兵，民五桂肇軍合作，丘任介紹有功，得任虎門要塞司令。余六吉實握軍權，與李交誼甚深，必能合作。李自任入西江，率陳銘樞部舉義，請朱入虎門率余六吉部獨立。朱遂入虎門，余六吉立即宣佈獨立，丘渭南束手坐視而已。鄒魯所策動之民軍，爲東江土匪，成軍之後，進攻虎門要塞。朱以鄒魯所部，同爲國民黨所組織，何必互生內訌，出任調停，業有成議。無如民軍派別紛歧，歸途忽生誤會，誤中流彈身死。朱才學道德，遠超常人，中山倚爲左右手，國民黨對彼有超人之目，竟因小故身殉，國人咸表痛惜。余與朱爲中表及郎舅至親，且嘗敎余論理學，親逾手足。其時余方厭聞軍事，閉戶讀書，朱入虎門，並未以告，閱報始知，痛駭交併，恨其不先告我，否則余六吉與余爲肇軍同事，渠不必以要人而深入重地也。此爲民國九年（一九二零年）九月二十一日之事，朱死時年僅三十六。十二月，粵軍回粵成功，朱乃歸葬駟馬岡，中山步行執紼，送葬者萬人空巷，蓋粵人飽受桂軍荼毒，朱因此而死，咸欲借此表其敬哀之誠也。其後親友公議宜有紀念，因發起設立執信學校，余亦爲發起人之一，不久成立，初設廣州市內，公推廖女士爲校長，頗慶得人。旋以校譽日隆，省政府撥給東郊山地爲校址。有熱心者出任募欵建校之責，南洋華僑多粵人，迅得鉅欵。巍峨校舍，不久成立。余幸睹厥成，亦滋欣慰。惟山坡童山濯濯，夏日苦熱。民十六，余捐種影樹數十株，中有二株，且爲余所手植者。後聞業已成林。執信兄亦由駟馬岡移葬校內山岡。計由民十六至今，將四十年矣。余既老，且日益頹惰，計必老死港島，不復能一掃執信兄之墓，且一賞手植影樹婆娑之姿矣。

粵桂軍苦戰

朱執信噩耗既傳，友人最感傷悼者爲胡毅生君，渠時在小北門外之北園，營飲食業以資掩護，余常相過從。一日互談笑間，渠忽謂余曰：「桂軍殘暴，粵人綦苦，似比龍軍爲甚，前之討龍聯桂，眞所謂前門拒虎，後門進狼者矣。引狼入室者，能無疚乎？」意指余也。余答以「反常時期，滇黔軍事正急，非桂軍入湘，無以應急，又非桂肇兩軍聯合，無以制龍及入湘，且岑陸初來，亦與粵人水乳交融，人非神仙，安能預知其今日之殘毒？」胡謂「雖無先知之明，但事後豈能蕭然事外，今宜急圖逐狼之計，以補引狼入室之愆。」余無以難。胡因告余，魏邦平、李福林聯合倒莫，組織李魏聯軍，請予爲助。辭不獲已，約期晤魏。蓋李魏聯軍之主事者爲魏也。魏旋與李發出通電，請莫引軍離粵返桂。魏之司令部，在中流砥柱之車歪砲台，余至，則告余：「目前在與莫對峙，使莫有後顧之憂，不能全力抵拒回粵之陳烱明粵軍。福軍駐河南之海幢寺，專任鞏固後方。魏軍則調集水陸軍，作長蛇陣，以中流砥柱爲中心，東與虎門之余六吉部聯絡，西守三水之河口，中分八段，以江大、江漢、江鞏、江固、廣元、廣亨、廣利、廣貞爲段長，分率三四五等巡艦沿江巡防，不許北岸之桂軍南渡，西守三水之河口，該處有高山，設有巨砲，山下有小砲艦數艘，不許三水以西桂軍東渡，廣東水師，全在其統轄之下，桂軍並無一艦，自可穩操勝算。莫軍果束手無策。魏復購有小飛機一具，時在中流砥柱飛翔，莫駐觀音山，魏以其無去志，會以飛機投彈觀音山，以示威脅。但炸力甚小，莫不惟不懼，且謂視同紙鳶，登諸廣州報端。魏再四籌維，最後與胡毅生商定，以爲對峙一法，祗可牽制桂軍，不能偪其離粵返桂也，當前良策，莫若直搗其背，攻取肇慶，進窺梧州，桂軍全局，勢必瓦解，但福魏兩軍，力量有限，對峙之局，已感維持不易，安能復有餘力。其時余六吉部，尚駐虎門，李耀漢所率之陳銘樞軍，則駐新昌荻海，均成呆着，魏對兩軍，均無統屬關係，無法請其協助，以余與李余交厚，囑往虎門、新昌，請其移師西向。余極表贊同，但以虎門雖近，而軍力較薄，恐難獨負大任，莫如先到新昌與李洽商。余六吉本李之舊部，李若贊同，則一紙密令，即可聯合西進矣。魏胡亦以爲然，即派安平巡艦，送余赴新昌。至則李之司令部在焉，知陳銘樞所部三營，陳任統領，陳濟棠則以幫統兼營長。此軍於李任省長時，爲陳均義所募，由陳銘樞、陳濟棠加以訓練，兩陳均陸軍學生，故兵力甚强，是以余在肇多年，尚未認識也。李以在新昌多時，距桂軍甚遠，正苦無法參戰，今余旣乘安平艦來，即以安平艦爲首，並僱小輪多艘，拖帶鸞船，裝載陳銘樞全部向西江進發。魏部各艦，均有符誌，以有安平艦先行，沿途各艦，一經查驗，立即通行無阻，進抵高要縣屬之青岐墟，登岸立營。桂軍之林虎部駐肇慶，最東之前頭部隊則駐貝水墟。青岐、貝水，相距不遠，翌日即發生激戰。李於新昌出發時，即以密函託段艦於巡段之便，按段遞送虎門。余六吉接函，即率全軍由虎門出發，魏並派艦協助，不久亦抵青岐，肇慶桂軍，雖派隊來援，而强弱懸殊，立即攻陷貝水。陳余兩軍復西進攻廣利墟，肇慶梧州桂軍，傾巢來援，魏邦平亦以西江軍事重要，特派魏覲明率所部千人來援，三軍合力，復大敗桂軍，克復廣利墟，桂軍退據羚羊峽口，死力抵抗。經此多日之苦戰，莫榮新已知廣東不能久據，棄廣州，由四會向肇慶退。其在東江與陳烱明粵軍苦戰者，同時經軍田、銀盞坳，過四會，亦向肇慶退。兩路桂軍，均將西集肇慶。此時粵桂軍互戰，立即移至西江矣。魏邦平以莫旣棄廣州，自可由福軍就近維持治安，遂親率魏軍全部，福軍三營，又調駐新會之陳德春部三營，同至廣利。期以全力斷桂軍歸路。魏以江漢艦爲司令部，各軍均乘鸞船泊廣利河面。李則以省肇渡船爲司令部，亦泊廣利河面。余則奔走兩方，任連絡之責。魏李會商軍事計劃，李久駐肇慶，深悉地形，謂桂軍由四會退肇慶，蓮塘坳爲必經之路，坳爲長谷，兩旁爲高山，長約數里，如先佔坳之北口，一夫當關，千夫莫過，斷桂軍歸路，聚而殲之，可望一舉成功。魏亦贊同，請李任截擊之責，渠任援應。李即派陳銘樞部任前敵，佔蓮塘坳之北口以待敵。乃陳部甫入南口，桂軍已過北口，竟於谷中作遭遇戰。桂軍千里奔逃，而陳軍以逸待勞，甫經接觸，大告勝利，繳獲機關槍及步槍無算。初獲戰報，魏李均拊掌稱快。無如陳軍只千餘人，而桂軍數萬，且桂軍有山砲，而陳軍只有機關槍，遂處劣勢。余六吉先率全部赴援，魏又派魏覲明部增援，亦無能爲力，南谷口不守，三軍苦戰多時，只能力保廣利墟。此役僅差數小時，不獲先佔蓮塘坳北口，豈桂軍之幸運歟。桂軍無數，退入羚羊峽。余在廣利墟當樓，持軍用千里鏡遠望，則見其疲倦萬分，士兵不是步行，而是爬行，不敢正眼望廣利墟。魏言窮寇莫追，此時惟有任其西退，不宜趕狗入窮巷也。

桂軍旣退羚羊峽，甚難仰攻。陳烱明時已抵廣州。魏李因前方軍事重要，不克遠離，派余爲代表，報告詳情。先晤黃强、陳明來意，陳即接見。余代陳魏李意見，謂西江不宜仰攻，請派軍從四會經石狗攻肇慶上游高要縣之祿步墟，西江各軍約期再向羚羊峽取夾攻之勢。陳立取軍用地圖察看，亦甚謂然。翌日復召見，謂派葉舉率楊坤如丘耀兩部繞道進佔祿步墟。余即回廣利，魏李會商，仍派余陳兩部進攻羚羊峽，桂軍不戰而退，兵不血刃，進克肇慶。余等入居林虎之司令部，即前肇軍之司令部也，曷勝慨歎。嗣聞葉舉部至祿步墟，桂軍大部先已過墟西上，只遇韓彩鳳、李宗仁、白崇禧等部，蓋斷後部隊也。激戰多時，葉卒放一角，任其西竄。余等在肇，有主派砲艦急駛上游，擇要截擊，聚殲桂軍者。魏笑謂我們只期桂軍不佔廣東寸土，何必好戰嗜殺，重苦沿江粵民爲，余亦認爲中理。陳烱明時兼省長，得魏李捷報，請委高要縣知事，即以余接任。余厭軍事之互相殘殺，亦借此作退路矣。

·鼎湖飛瀑·

鼎湖飛瀑之美景

廣利墟戰之前後，余屢接晤士人，訪問地形，及敵軍情實，有言鼎湖飛水潭之美者，頗動游興。惟軍事方殷，安能及此。民十從政假日，因往一游。由肇慶附肇省渡而下，過羚羊峽，即抵後瀝，船泊羅隱涌口，小舟蟻集，爭接遊山之客，余資僱一小艇，由涌口抵山脚，先至下院小憩。鼎湖古刹分三院，古刹居中，上院在老鼎湖，下院在山脚，寺僧設以招待游客者。出院，見小竹兜無數，爭接游客登山。余以乘兜不克自由玩賞，故資僱土人爲導，鼓勇登山。遠望石級雖多，但拾級而登，並不甚難。路名九曲十三

粵海政潮

陳少白搶白尤列

穗蒙生

民國十年，國會非常會議在廣州選舉孫中山爲中華民國大總統，對抗北方軍閥政權。孫就職後，即囑許崇智撥欵三千元，把越秀山的文瀾閣全部整修，設備煥然一新。延請了三十年前在香港密謀革命的「四大寇」同志陳少白、尤列、楊鶴齡三人到廣州居住。文瀾閣改名三老樓，取義于五更、三老的意義，使到多年的患難同志，得以聚首一堂。同時聘任陳等三人爲總統府高等顧問，適館授餐，至爲隆重。初時孫中山每日公餘，經常到三老樓和三位老友，高談濶論，不啻曩年在香港西醫書院讀書時，共談反淸的暢快。

孫中山的特闢三老樓，本來屬于念舊情殷，並借此照顧尤楊兩人的生活。可是陳、尤、楊三人的出身家庭，文化程度，社會經歷、政治思想，生活情況，各不相同，聚在一處，難得投機和洽，是意中事。陳少白長于中西文學，有口才，有幹才。生平疾惡如仇，碰着不合理的事，不管對方是什麼人，都是婉言相勸，如果有些黨人，亂說革命功績，欺世盜名的，他聽到時，是會絕不客氣的公開當面指斥，使別人知道個中眞相。

尤列在三老樓，經常倚老賣老的誇誇其談，自詡是中華民國的開國元勳。無論對于偶來談天的同志，或是樓中的職工如辦事員，服務員等，都好自我宣傳往日的革命「功績」，絮絮不休，一次兩次而至十次八次的說個不停。此種作風，恰與陳少白相反。陳幾次都想給尤一個公開的揭發，只是等待時機才發作。

有一天，孫中山在三老樓請客，除了陳尤楊三人之外，還有不少黨中的老同志和粵中軍政首長等三十多人。在還沒有入席之前，大家隨便聊天。尤列還是老一套的大放厥詞，把自己搽脂抹粉，讚揚一番。陳少白感到鬱在心裏已久的話，現在有宣洩的機會了。便採了談話式安詳地的說：（陳少白的這番話，後來筆者從當時參加的馬君武胡毅生鄧慕韓們所講的歸納而追述。）「少紈（尤列別號）今天所講的，漏了許多事迹，我和他三十年的老朋友，待我補充給各位一聽吧。同盟會成立之後，同志們在國內外分頭進行活動，前仆後繼與淸吏鬥爭。他卻躲在星架坡當江湖醫生，掛招牌醫治風流雜症，大碗酒、大塊肉，吃鴉片過日子。武昌起義，民國成立，也不回國做一點事。等到袁世凱耍手段，壓制民黨，派人到香港接他到北京去。他經過上海、天津而至北京，民黨同志都不理睬他。與民黨爲敵的共和黨卻在北京本部開會歡迎他。他當了袁世凱總統府的顧問，又把中和堂章程向袁政府的內務部立案。袁招待他住在一所舊王府。二次革命失敗，同志死的死，亡命的亡命，他還是呆在北京，照常的享受袁的招待，拿乾薪、車大炮過日子。後來袁要做皇帝，知道他沒有什麼可利用，他才到了日本，終日無事，寫些毫不相干的孔子學說，做頑固守舊派的尊孔應聲虫。護國護法兩役，他都袖手旁觀。等到去年，才從日本回到香港。現在逸公（孫中山）招呼他在總統府當顧問，有吃有住，優哉游哉，正是發牢騷，丑表功的最好機會了。我今替他補充一些史實，好待他千秋萬歲之

接上頁

彎，象其形也。路左爲山，巖石森列，雜植草木，以鷄蛋花爲多，間有吊鐘樹，均頗有名。右爲小溪，有平直而淸澈見底者，有山石嶙峋，高低參差不一，涓涓衝擊，鏗鏘悅耳者，淸風徐來，飛鳥復鳴其間，水聲鳥聲，如聞仙樂，凡念一空，樂且無窮。至飛水潭，上方山高且大，水源甚多，羣集山峯，高逾尋丈，成爲瀑布，飛瀉而下，雨季水足，則水花四射，尤爲美觀。下爲石潭，方廣淸澈，水綠如玉，試嘗甘涼澈齒，游觀至樂。民國十年，余偕親友五至其地，無不贊歎。惟有微憾，飛水偶或挾泥，千百年來，潭底積泥不少。好游水者，謂宜設法淸除。余少年好事，亦樂爲之。因資僱土人發掘，有積泥數擔之多，置諸潭畔隙地，復移附近草木之有致者十數株，雜植其間，益感風趣，凡此非親自指揮不可，歷時稍久，因於潭前巨石坐臥，稍資休憩。有謂何不刻字以資紀念者，其後僱匠刻「枕流」二字，以飛水噴流，得巨石枕障其前，方能成潭也。是年夏秋間，孫中山聞鼎湖之美，偕友十數人，由廣州乘火車至三水，約同三水馬知事來遊。余得馬之電告，即至羅隱涌口候接，導至飛水潭及古剎，孫亦深贊飛水之妙，立於巖前巨石，馬爲拍一照，此可紀者。八月余復偕家父來游，寺僧立勤言，三寺僧人數百，賴游客香火金爲活，夏秋多雨，衣履皆濕，爲利便遊客計，擬於江干山脚擇地募欵建亭，藉蔽風雨，乞爲命名。余爲代請於父。父謂佛言「回頭是岸」盍以「是岸」命名。寺僧笑諾。父返省後，即以是岸亭額寄僧。不久聞已實行，但落成之時，余已去任，有爲拍照寄贈者。惜中歷戰亂，早已遺失矣。近於香港市得廣東風光輯，其第五輯爲鼎湖飛瀑，披閱則巨石猶存，民十至今，四十餘年矣，兩侍中山及先君之游，追憶如在目前，因紀此以殿回憶。（續完）

張作霖的個性

張作霖從鬍子（强盜）出身，翻了幾個跟斗，居然成爲東北王，以至所謂「中華民國大元帥」。在綠林投誠中，比之游勇出身的陸榮廷，爬到兩廣巡閱使，較高了一級了。張生平雖然目不識丁，但他用人却有特異之處，今舉兩例于下：

張沒有派鄭謙當秘書長之前，前任的是一個外省人，撤換後沒有下文。于是姜登選們便替這個朋友去說情。姜說：「大帥待人，一向厚道，秘書長撤換後，未派其他差事，生活都成問題。張答：「我對他并沒有什麼，不過他做了八年的秘書長沒有同我抬一回槓，豈有我八年之中，都沒有做錯一件事麼？只是奉承我，這樣的秘書長，要他有什麼用處？」

有一個吳旅長，利用職權，作大豆生意，虧空了軍餉廿四萬元。吳旅長正在打算逃走或自殺的時候，被張知道了，便叫他來問個究竟：你近來有沒有什麼事？旅長回答沒有。張又問，你是不是在做生意？吳知道不能隱諱了，直截說明因做大豆，虧空軍餉。張憤然指責吳說：你這小子有幾個腦袋，敢虧空軍餉，現在怎麼辦？吳說正想自殺，來生再報答大帥。張說：「你這小東西太沒出息，一個人的生命，豈只值廿四萬元！你跟咱們做事，還怕沒有錢用嗎？你好好把軍隊帶好，這筆錢我撥給你好了。」

以上兩事，第一事，確是指出阿諛奉承的僚幕們的通病。第二事，只是綠林大哥中籠絡黨羽的手段，不足爲法的。然于此，也可以反映張作霖個性的一斑了。·大年·

後，他的親屬寫行狀時，也有實在的資料，不致乾巴巴的了。」

陳少白一氣說了這一大堆的話，大家你看我，我看你，作了一個會心的微笑。陳呷了一口茶，跟着的再說：「少紈每每向人追述興中會未成立前，四大寇鼓動革命的功績。不用說，中國的革命，當時我們是起了一些作用，是可以肯定的。現在四大寇都在此地，我可以說，當年我們不過是『作亂』的青年小子，大家碰着頭時，大談特談推倒滿清政府來繼續太平天國未竟的事業，共同激勵造反而已。不特對于革命理論、主義，沒有研究過，甚至革命兩字也沒有用過。至于推翻清朝的所以這樣的速成，却由于逸公堅決組織于前，國內外的志士奮起於後，形成了巨大勢力，向清廷進攻，然後取得勝利的。其規模、主義，隨着時代的進展而進展，逸公所建立起來的革命學說、政策，更不是四大寇時期所能預想得到。少紈常是標榜他在南洋辦理中和堂的功績。事實說明，他在搞中和堂，是爲了解决他個人的生活。中和堂只是散仔館，不是革命組織，他有時給堂員寫一封家信，也要收取手續費幾毫。如果說他在南洋有什麼革命功績，那就是星洲的同盟分會正副會長陳楚楠，張永福，而不是他。後來設立同盟會南洋支部，統理英荷屬地各埠的黨務，支部長是胡展堂（漢民），也不是他。過了不久，南洋支部遷到檳榔嶼去，展堂到香港主持南方統籌部。要是他有領導辦事能力的話，同盟會本部和當地同志爲什麼不要他出來擔任一些工作呢？展堂現也在此，可以向大家當面說個明白吧。少紈，你的喇叭在別個地方怎樣的吹，或者沒有人理會你，可是在此時此地，却沒有你亂吹的機會啊。展堂，你說對嗎？」

胡漢民帶着幾分尖刻幾分幽默的語調說：「少白，你的話，講得淋漓盡致，我沒有你的好口才，更比不上你的記憶力。今天聽了你所說的一番話，好像温讀了一課舊書，一字一句，都背得很熟的。你的話，眞是老朋友藥石之言。」胡的話，不用說是站在陳的一面，肯定陳所講的，完全是事實。這樣一來，弄得這位「革命元勳」、「中和堂首領」尤少紈老先生十分尷尬。在衆目睽睽之下，不好答辯，只有低着頭默不作聲。孫中山看到這個局面，連聲的說：「大家埋席吃飯吧！不要提這些不相干的事了。」孫中山眞機智、厚道，他只說不相干的事，却不說這是無稽的事，也不說是不應該說的話。

經過了陳少白這一場當面搶白了尤列的話，三老樓的三老之二，公開的發生裂痕，以後陳還有過兩三次對尤在有意無意之中的諷刺，主要的是指說尤列投到敵人袁世凱方面去，丟盡了同志的臉，喪失了革命黨的人格。有些舊同志對尤列自恃革命老前輩，自高自大的態度，也看不過眼，也發出一些閒話來挑剔譏諷。尤列碰了幾次釘子，感到「老子天下第一」的招牌，掛不起來，住在廣州也沒有什麼意義，三十六着走爲上着，便向孫中山辭行。孫中山送了他二千元。尤列到了香港，把這二千元做資本，在九龍開設私塾，當了塾師，教童蒙度日。民國二十五年，尤列靜極思動，到南京去，和林森、蔣介石們，有所接洽，不久，死在南京。

順便的也談談這位楊鶴齡吧。他的晚年生活是清貧，政治思想模糊，沒有什麼志願，在革命行列中，是落伍的了。他給人的照片題字，自稱「鰥寡孤獨之相」。按照廣東俗語來說，就是「死膯種」，可見他自己對命運的哀嘆和家庭親屬的凄凉了。他在三老樓，不大好講話，想是家庭中迭遭不幸，家散人亡，使到他有點自卑感。與人講話，恐怕開罪別人似的。尤列離穗後，他在廣州還勾留了一個短時期，便移居澳門，孫中山經常的接濟他的生活。陳少白是生活寬裕，廣州、香港都有住所，經常往來的。

前塵夢錄

陳彬龢

五花八門的「地工」

談到上海淪陷期中，重慶派來的地下工作分子，自以軍統、中統的人馬爲數最多。次之，有由王芃生主持的國際問題研究所派來的；有由孔祥熙、何應欽、朱家驊等大員箇別派來的；有由顧祝同的第三戰區派來的；有由不在其位的杜月笙派來的；有由上海附近的游擊隊派來的；有由駐滬地工頭腦蔣伯誠、吳開先、吳紹澍等就地委派的；五花八門，流品極爲複雜。其爲招搖詐騙，混水摸魚，唯恐他人不知他的身分，若隱若現地自我表露者，應時而起，大有其人。勝利以後，上自陳公博、周佛海等巨頭起，下至起碼的僞保甲長止，其能提出證據，表白與地工有關的漢奸，直佔百分之九十五，這是後話。

重慶地工在上海的消長，大致以太平洋戰事爲分水嶺。在此以前，重慶地工相當活躍，會幹出幾樁激烈的暗鬥。在此以後，經不起威脅利誘，發生變化，大的直接向日方投降，小的向汪政權屈服，如吳開先允負「和運」的溝通任務，由日方派飛機送回重慶；蔣伯誠癱瘓在牀，欣然接受日方的照顧，即爲最顯著的例子。

其由軍統、中統轉向投降的地工，則爲虎作倀，比投降前倍見賣力。這因日方不惜以重賞鼓勵，升官發財，各從所好，故能得其死力。這批人升官似不大感興趣，發財則爲其主要目的。

到了戰事後期，日方鑒於形勢日非，千方百計，想從中國拔出泥腿，與重慶媾和，因而構成矛盾的心理，鄙視其一手製造的漢奸，而於認爲有助於和平的地工刮目相視，徐采丞便是其中的一人。

按之實際情形，徐采丞雖以杜月笙的駐滬代表自居，其眞實性大有問題，即使屬實，與眞正的地工亦大有別。反之，他身任上海日本特務機關陸軍部的「囑託」，通過救濟方式及經濟關係，以旁敲側擊的手法，爲日方烘託和推進和平運動，一面乘機侔利，爲本身製造財富，則爲鐵一般的事實，人所共睹。以故說他是箇地工，不如說他是箇漢奸，至低限度亦應說是經濟漢奸。可是魚龍曼衍，變幻多方，由於他的心計之工，手腕之活，語言風度之善於作狀，日方既看重他，軍統和第三戰區也相信他，所以勝利以後，不惟罪嫌不及，且能名利兼全，若干漢奸家屬，還須求他代向有關方面疏解，風光十足。這不算奇，解放後他且利用黃炎培的關係，跑到北京，見過行政當局，並得當局許可，堂而皇之，南來香港。神通之廣，莫測高深，可說是漢奸中的典型人物。

在那八年之中，徐采丞爲日方進行「和運」，幹過兩樁突出的工作。雖皆未得分毫反應，那是大形勢的不許可，其全心全意的借箸代籌，則爲日方所欣賞。

難民與難民船

一是香港淪陷後（一九四二年一月），他派有一艘日本船「有×丸」，從上海直駛香港，他本人則偕沈恭、顧南羣、王式如、余中南等六人，趁日本飛機經由台灣抵達。名義上這條船是接運江浙籍留港難民還鄉的。事實上這條船也確會載運三百多名江浙籍難民還鄉，但這全是掩人耳目的幌子，眞正的用意，是因日方看中了被拘在香港酒店和半島酒店的政治俘虜，如陳友仁、顏惠慶、葉恭綽、周作民、李思浩、林康侯、賀德霖、唐壽民諸人，準備利用他們的聲望，作爲對於重慶談和的橋梁，因而將他們接回上海，而由徐采丞承辦其事。按照原定辦法，是將他們混在難民中一併運走，嗣因海運期長，與難民雜處有失優待之意，又以安全爲慮，乃中途變計，大部份的政治俘虜均由飛機輸送。

我曾介紹兩位朋友改名換姓搭乘該船返滬，一爲當時上海全國青年協會總幹事顧子仁先生，一爲現在香港銀行界服務的陳伯流先生與家屬。事後，我爲了這件事付出很高的代價給徐采丞，差不多一個艙位要一條黃金（十兩）。大約十二三年前，我在港最窮困的時候，寫信給顧先生救急，他託人給了我五十美金，回信也沒有，教會中人就是如此勢利。陳伯流先生在戰後，彼此也沒有往來。

當時還有六十多位江浙難民，我另外租了小輪船，由廣州內河回返上海。我坐飛機先行，由熊秉三夫人毛彥文女士任團長，主持其事。

這批政治俘虜到了上海後，他又受日方委派，暗負管理的任務，所有配給房屋與物品，亦由他經手發放。以前他們在港被拘時，日方規定他們要寫自傳，要寫本人與國民黨的關係。至此，他又督促他們，爲全面和平，建立東亞新秩序大寫文章。就中除陳友仁不肯賣帳，他也不敢放肆外，其餘諸人，都會受到他的支配，無形中變成他的政治資本。林康侯知道他的歷史太清楚了，倚老賣老，說話中不時嵌進小骨頭，使他難受。他當面不報復，背後施以陰損。以致大吃苦頭。直至勝利，他似餘怒未息，還要發洩一下，當肅奸開始時，較爲知名的漢奸送往楚園軟禁，相當優待，林康侯獨被解往南市看守所收押，先嘗鐵窗風味，就是他從中搗的鬼。

話說回頭，後來這批政治俘虜，雖於「和運」無補，未能達成橋梁的作用，但其結局則除葉恭綽、陳友仁外，一部份投入日僞所設的機構，担任或重或輕的職務，有些不敢出頭，暗中爲日僞効勞，此中「敎育」之功徐采丞應占一份。

徐采丞的計劃

一是一九四四年，在與日方合謀之下，由他出面，向重慶進行物資交換，其中包括日方與他共同的目的，及他爲箇人所作的打算。所謂共同的目的，爲企圖通過物資的交流，轉變抗戰的觀念，使經濟政治混而爲一，以利「和運」的推展。所謂箇人的打算，則因日方軍事已走下坡，重慶確有取得勝利的可能，他明白自己的漢奸行爲，必須及時彌縫，預爲之地。因而以物資向重慶孝敬，以期取得有力者的庇護，這是其一。在他所訂的計劃中，輸入重慶的物資，限於紗布兩項，而借此題目，搜羅囤積，遍及民生日用物品，則爲其個人的利益。這是千載一時，增厚財富的機會，必須掌握，不容放過，否則這場漢奸，豈非白做，這是其二。

爲了交換物資，他在上海設立民華公司，由日方予以支持，以現金及暫欠的方式，從日方所徵購的紗布中取得一部分，先經界首，後經淳安，運交杜月笙臨時所設的通濟公司接收，時值後方物資嚴重缺乏之際，得此接濟，杜月笙的門面亦屬增光不少，但只允以法幣作價收購，不肯以物資交換。徐采丞恐功敗垂成，破壞他的箇人打算，自非遷就不可，當將所得法幣，在三不管地帶，自行套取物資運回藉向日方交代。通濟公司的組織，由杜糾合中中交農四銀行所構成，戴笠所主持的貨運管理局亦派有代表參預董事會。紗布運到重慶後，即由該局支配，從此戴笠的心目中有了徐采丞這個人，正合於其爲箇人打算的第一項。

同時，他又覺得第三戰區與江浙毗連，重慶一旦反攻，上海或將先受第三戰區的控制。近悅遠來，必須兼顧，於是他又通過江蘇省黨部委員王艮仲的關係，撥出一部份紗布，向顧祝同孝敬，即由王艮仲在淳安設通益公司接收。

抗戰接近勝利邊緣，此項紗布才交割完畢。轉眼原子彈落在廣島，日方的企圖當然幻滅，而他爲個人的打算，則如智珠在握，完全收功。勝利後他能屹立不倒，即由紗布發揮作用，戴笠、杜月笙、顧祝同均爲其有力的保護人。民華公司後由通濟接收，貨倉之內，單說所存日用貨品，數量已足令人咋舌，又可以反映其在囤積上收益之巨。

救萬墨林向杜月笙立功

對於日方，徐采丞向乏淵源。一九四〇年，爲了營救萬墨林脫險（萬爲杜月笙家奴，國大代表，時爲日本憲兵隊所捕），他先由朱東山（上海漁市場經理），顧南羣（上海南洋醫院院長）的介紹，結交一位東北籍曾任國會議員的金某；再由金某的介紹，結交日軍梅特務機關的岡田與坂田。其後又因坂田的介紹，結交上海日本陸軍部長川本少將。坂田與川本是兒女親家，坂田信得過的朋友，川本也信得過，何況他自稱是杜月笙的代表，頗使日本人引起某種幻想，川本因畀以「囑託」的名義。此中經過，即爲他與日方建立關係的由來。

萬墨林的案子是相當嚴重的，鍾可成楊××等先後來港，向杜月笙拍胸膛，寫包票，保證萬墨林必獲釋放，結果全是不兌現的支票。約過兩月後，這位不聲不响的徐采丞倒將萬墨林救了出來。原因是他死追岡田、坂田的路子，給他走通了，方向且屬正確。又因他人瘦胆子大，在與兩田談話間，居然扯起杜月笙駐滬代表的旗號來。

談到此點，我得詳說一過，自德國大使陶德曼進行和談後，中日兩方，這股暗流，斷斷續續，始終未予阻絕。杜月笙雖未必見重於中國人，而在日軍特務機關的心目中則視爲黑龍會的頭山滿，潛力甚大，將來和談由他居間推動，未始無此可能，長線放遠鷂，這箇交情不能不賣，所以提到他的名兒，日方另有會心，因是萬墨林得以脫險，而徐采丞也就爲日軍方特務機關所看重了。

我和徐采丞的關係

按常情說，我和徐采丞的交誼應是深厚的，我是申報館的職員，他是申報主人史量才的密友，雖屬殊途，系統則一，彼此結合是有必然性的。可是事實並不如此，他是史宅的樓上客，我是史宅的樓下客，每天深夜，我到達樓下時，他先登樓入室。我去的任務爲向史先生報告當天的重要消息，他的任務則爲陪侍老闆娘秋水太太抽鴉片烟。因此經過幾箇年頭，偶爾見面，頷首便散，從無談話機會，更無所謂交情。

當我聽到他派船來港接回江浙難民時，深感這樁辣手的事，即使國際紅十字會出面要求，亦未必便能辦妥。他却舉重若輕，船到人到，顯見事不尋常，大出意表。後又聽到那批政治俘虜，拘於半島酒店的由該船送回上海，拘於香港酒店的由飛機陸續送回，可見該船駛港，並非全爲難民而來，政治俘虜的處置，他似參預其議，事更突出，益令我驚愕不置。

爲了探求眞相，我初次約他晤談。多年不見，看到他的高瘦身材，烟容滿臉，仍是「老槍」的模樣。惟態度穩重，舉止安詳，出言似經沙濾過的，極合分寸，想見其頭腦的冷靜。我所要探求的，他全沒有漏出半句風來，而晉接周旋，則禮數既周，表情亦熱。

下次再談談我與他在上海淪陷時期一段暗鬥，以及他個人的生活。

「皇二子」袁克文

陶拙庵

其它珍藏，首爲商鑑，出土於岐山下，丹翁於閣履初處得之，故後歸克文，上有象形文字，黃葉翁爲撰：「商鑑釋文」，有云：「丹斧藏陳簠齋鏡拓百七十種，徐積餘所藏鏡三百餘，合余所自藏及友人投贈拓本，爲各書所未著錄者，亦數十品，其時代皆不越炎漢而上。他若考古博古諸圖，西淸、寧壽兩鑑等，數十年雖一秦鏡且未之前聞。宋以來雜家小說，若『侯鯖錄』，『西溪叢話』，『七修類稿』等書，好載奇偉鏡文，亦從無此鑑之奇奇者，轢秦躐周，俯視漢鏡不異孫會，故余信爲三千年創見之奇寶也。」因榜所居爲「一鑑樓。」又商鈿銀車飾。又商琮，謂可比吳大澂之夷玉璇璣。秦權有黑玉的，有金銅合造的。又秦詔版，玉質，又周鐶坒，銅質。又楚夾敖鉥，又趙東吳車飾，銅質。又宋宣和玉蘭亭，乃道君皇帝縮臨，尾有跋語，倩名手精拓四紙，點畫淸朗，足爲楷法良範，以玉舊易損，不能多拓，一自存，一贈方地山，一贈黃葉翁，一登報出讓，或以易物，後由署名自娛齋主的以米襄陽書冊易去，書冊凡二十葉。

所藏的書畫

書畫方面，他所以署名寒雲的「蜀道寒雲圖」，是足以代表的，又唐人寫「洛神賦。」又有宋趙大年「風塵三俠圖」精品，以不喜巨幅，擬讓售，投諸范僕，結果被一姓宋的騙去，且避而不見，便登報限三日內把畫送還，後來不知是否珠還合浦。明女史馬邢慈靜畫觀音，紙本白描，稱爲妙品，羅兩峯所繪的「舟中吟詩圖」，是爲翁覃溪而作的。又吳梅村書札，別有牙牌酒籌，百年上物，命其長媳初觀摹錄，發表在「晶報」上，時人之作，他也很珍視，如陳巨來爲他刻的象牙六面印，他認爲其中「君子豹變」一印，與漢印同鈐，不能辨別。集嶧山碑字書聯贈之：「制書刻辭，能爲金石；長年久樂，道在高明」，又王克琴繪牡丹，梅蘭芳繪紅衣達摩合錦扇，又臨沂崔滌甆以桃核精雕達摩像贈克文，他說：「不讓古之核舟」，酬之以詩。梅蘭芳以畫雞竹直幅贈克文，克文題之云：「行思畫重宣和譜，千載梅家又見君，雄漢雌秦超象外，漫持犀帚拂青雲」。註：「宣和畫譜：『梅行思畫雞最工，號爲梅家雞』。」克文又畫梅花便面酬梅蘭芳，方地山爲作豹岑嵌字聯：「窺豹一斑容我說；遙岑寸碧與天齊。」又余冰人書扇贈給他，他再索沈壽小繡品，頗以未獲爲憾。

克文的收藏面很廣，香水瓶也是他所愛好的，他認爲香水瓶晶瑩透剔，精巧玲瓏，制作各各不同，尤其是帶有香澤，一瓶在握，似親絕世嬋娟，這是很好的玩意兒。他的日記，便有一則：「歸途市得香水一罇，香靜而永，罇以白琉璃雕彌勒佛像，歡喜莊嚴，彷彿唐造像焉。」所以他的居室中，往往把香水瓶雜置在銅瓷玉石書畫骨董間，雖不倫不類，然有高有矮，有方有圓，有大有小，有渾有扁，錯落散列，却也光怪陸離，不可方物。

他又喜藏秘戲圖，既有秘戲泉幣，又欣羨曼青的秘戲小鏡，爲題二詩：「並頭交頸鏡中窺，相對何須更畫眉，此是同心雙結子，曾從袖底繫人思。」「六朝小鏡坒菱華，堪與摩挲遣有涯，何似大泉圖秘戲，橫陳一例盡無遮」。他搜羅的秘戲圖，有中國的，也有外國的，尤以法國的一套，設着彩色，最爲冶艷。他又登報徵求裸體美人照片，亦獲得相當數量。

烟癮大嗜好多

談到嗜好，他的雅片煙癮很大。這時的大米大約每石十元，他的雅片煙的銷耗，每天却非二十元不辦。原來他沒有事做，總是一榻橫陳，無限度的吸着，朋好中的癮君子，也來幫他狂吸。替他煎煙的當差，多少揩些油，所以這二十元一天的雅片消耗，並非驚人之筆，他因高臥慣了，除却出門，總是短衣，不穿長袍。朋好來，也是短衣相見。他又懶於出門，幾件長袍，老是掛在衣架上，難得穿着，尤其寒暑易序，一擱數月，他自己也忘記了，傭僕們往往偷他一兩件出去賣了，他糊糊塗塗不加查問，但是說他糊塗，他有時却精細得很，厨子買了一隻雞回來，他却問若干錢一斤，共若干斤兩？厨子回答了他，他說：「你去找個秤來，容我親自稱稱看。」爲了抽煙，起身很遲，有人去訪他，在晚間九時左右，總以爲這時他必定起牀了，不料到了他的寓所，他尙高臥未醒，由他的小男子唐采之出見，且深致歉意，說他起身，大約再要過兩三個鐘頭，請稍遲再來。又道：「明天一早來，也可以見到，因爲這時尙未睡覺，過午又復蝶夢蘧蘧了。」顚倒晝夜如此，難怪不能永壽，後來他也覺得這樣下去，與身體健康有關，便立志戒煙。他的日記中，如十九日（丁卯八月）云：「延浦生應仙以其自制丹藥，爲予戒煙絕鸎粟膏之嗜，卽自今日始，永與之絕。」二十日云：「痼疾旣除，身軀遽爽，早起，偕佩文訪芥塵。」二十一日云：「雨、寒、微不適。林屋來，勸予仍進鸎膏，予署進，嗆逆不可入，亟棄去，誓決不再進。」二十二日云：「仍服浦生藥，疾良已。衷懷快甚，知從茲煙癖斷矣。芥塵來。」二十八日云：「得眉雲書。予自除痼疾，飲食漸加，起居有序，十四年之束縛，自此解矣。」過了若干時期，體覺肥碩，貌交豐腴，曾攝了小照，與未戒時之照片同登「晶報」上，這樣一宣傳，那浦應仙的戒煙丸生涯大好，他在門上掛着「浦子靈速戒煙丸」的牌子，可是一般文化較低的人們便稱他爲「浦子靈」。他也以浦子靈自居。這和上海的「美麗川菜館」，大家呼它「美麗川」同一笑話。

他因煙癖故，嗜進水果，更喜啖荔枝，品評之下認爲「糯米糍爲最佳。桂味荔枝，肉堅皮厚，刺凸味甘，微澹而芳，尤上品也」，煙癖旣除，嗜進水果如舊。

他喜歡照相，在雜誌及報上見到者，如丙辰年他年二十七歲，在北京西郊玉泉山畔攝一影，稱爲「聽泉圖」，范君博題詩，有：「此中過盡驚鴻影，多汝王孫聽水流」之句。又淸京官時代御朝衣冠的小影，又與眉雲合影。又與佩文合影，又與周南陔、周瘦鵑結盟弟兄合影。又天馬會中影，又遊西山碧雲寺與江南蘋、棲瓊合影。又戎裝影與何海鳴的儒服影並刊「晶報」，孫癯蝯題一諧詩云：「偉人未必非公子，公子何嘗不偉人。顚倒衣裳爲狡獪，教人疑贋又疑眞」。註云：「寒雲海鳴二君同時以其小影，揭諸晶報，以兩人貌肖故也。一戎裝，一儒服，若非張丹翁爲之題識（按海鳴上冠以將軍，寒雲上冠以公子。），咸疑戎裝者必海鳴，儒服者必寒雲也，乃竟反是，奇已！余與寒雲稔，海鳴則未謀面，姑就小影，爲求辨別，則寒雲戎裝而書生文秀之氣晬然見於其面，海鳴雖儒服而其眉宇之際，稍含殺伐氣象，爲寒雲所無者，此則兩君面貌之同而不同者也。」與汪笑儂合攝戲照，揭載「晶報」，張慶霖謂爲「盜宗卷」，劉公魯謂爲管鮑交，引起爭論，互相攻擊。結果克文作一諧詩以解紛。又與王秀英、富春樓六娘合影，克文居中，王在左，富在右，顏之爲「拍肩圖」，克文很暱六娘，贈以一匾「海上潮聲」，取唐人「潮聲滿富春」句意，後畢庶澄徵召六娘，克文踪跡才疏。又與聖婉合影，又與碧雲合影，贈給周瘦鵑的很多，惜經戰亂，或已散失或以受潮漫漶，完好者只留一幀。喜觀電影，與電影界人士頗多往還，管海峯攝一片，名「紅粉骷髏」，卽以「袁寒雲編劇」爲號召。

釧影樓回憶錄

天笑

在新年裏

父親對於我的教育，主張開放，不主張拘束。他常和母親說：「孩子拘束過甚，一旦解放，便如野馬奔馳，不可羈勒。」但父親又批評我道：「他太懦善，少開展之才。」從來「知子莫若父」，信哉斯言。不過我母親又迴護我，說：「我寧有一個忠厚的兒子。」我又服膺此言。

在新年裏，是兒童們最高興的一個時期。我們從前在學塾裏讀書，並沒有什麼星期日放假之例。除了每逢節日，放學一天之外，便是每日一天到晚，關在書房裏，卽使到了夏天，也沒像現在那樣，要放暑假。不過到了年底年初，這一個假期，却比較很長。大概是每年到十二月二十日，便要放年學了，到了明年正月十六日，或遲至二十日，方才開學。

因此那個新年裏，便是兒童活躍之期。不但是兒童，就是他的家長們，在新年裏，也是吃喝娛樂之日。那班工商界的人，早的也要過了年初五，遲的竟要到正月二十日方才開工上市。連做官的人，也是十二月二十日封印，到正月二十日開印，在此期內，不理政務。

衣食住行四者之中，衣字當先。小孩子們到了新年，都要穿新衣服。高等人家的孩子，身上都是穿得花團錦簇，即使是窮苦人家的孩子，那天也要穿的乾乾凈凈的一件花布衫兒。在除夕的夜裏，母親已經把我們明天元旦應穿的新衣服取出來了。雖然在新年裏，天氣很冷，我們的家規，小孩子是不穿皮衣服的，也只是棉衣而已。

母親和祖母，在新年裏，有一種特別裝飾，因爲現在年靑人是不知道了，我至今還有一些印象，記之如下：母親一戴隻珠兜，齊額有一排珍珠，這個名詞，叫做「珠勒口。」珠勒口的上面，有一條紫貂的皮，這個帽子，她們叫做「昭君兜」，我覺得母親戴了，非常之美。祖母呢？戴了一種黑緞子的頭巾，垂在後面，這頭巾上，綴滿了無數珠寶。巾尾是尖的，直垂到背後腰下，巾尾上綴了一粒寶石，中間有一條線痕，他們告訴我：這叫做「貓兒眼。」而且祖母所戴的巾，却叫做「浩然巾。」浩然巾是唐朝踏雪尋梅的孟浩然戴的，如何戴在老太太頭上？後來偶然看到了乾嘉時代某君的筆記，中有「名不符實」一節，中有句云：「浩然巾戴美人頭上」，可見那時候，不但老太太戴浩然巾，連年輕的女人，也戴浩經巾呢。

其次便談到食了。新年中，是一個吃喝時代，在年底下，即預備了許多食物，以供新年之需，有些人家，甚而至於吃到正月十五，他們稱之爲「年凍」。不但自己吃，而且還請親友來吃。因此在新年裏，你到我家來吃，我到你家去吃，忙個不了。雖然，從年裏底下的年夜飯已經吃起，不過從前的蘇俗，吃年夜飯只是家人團聚，不大邀家庭以外的人。

除飯菜以外，新年裏還有種種的點心。有規定的是年初一、年初三，要吃圓子（一種小的湯圓）；年初五要吃年糕湯；元宵節要吃油堆之類。不規定的，則有年糕春卷、粽子、棗餅、鷄蛋糕、猪油糕之類，名目繁多。不過在我小時節，吃東西不大吿奮勇，加以胃也不大强健，多吃就要腹痛，不得不宣告戒嚴了。祖母和母親，常是吃素的，一個新年中（自元旦至元宵）倒有大一半日子是她們吃素的日子。

其次說到住，新年裏，房子也收拾到整整齊齊。在臘月底邊，就有一次大掃除了，這個名稱，叫做「撣埃塵」。新年裏，不但將房子掃除，而且還要把它裝飾一番。廳堂裏有的掛起了繡金的堂彩，地上鋪了紅色地毯，花瓶中供了天竹、蠟梅，有的還擺上幾盆梅樁。中等人家，至少也供一盆水仙花。有些人家，大門上換了新的春聯，可見得人要裝飾，房子也要裝飾的了。

中國人是尊敬祖先的，逢時逢節，都要祭祀，這便是儒教中愼終追遠之意。因此新年中，每家都要把祖先的遺容，掛在內廳，有許多親戚來拜年，他們要來拜祖先的。假如一個大族，宗支多的，更要互相來拜謁的。這喜容一直要懸掛到正月十六日，方才收去。喜容之前，也要供些香燭果品之類。

講到行字，我便要想起新年裏的拜年了。在新年裏，蘇州是盛行拜年的，自從改曆以後，這風氣漸革了。當初儘管你在平日不相往來的親戚朋友，到了新年裏，非互相拜一次年不可。據說：這也有一個道理，因爲有許多親友，終年不相往來，便要從此斷絕，賴着新年互相拜一次年，從此又可以聯絡下去了。

拜年最出風頭的，就是在年初二、年初三兩天。在年初五以前也還好，過此以後，便落伍了。親戚朋友多的，在城內外有百餘家之多的，一天工夫來不及，就要兩天，那得坐轎子。因此這兩天的轎子，飛馳在街頭，連人家走路，也要當心，轎夫是一路在喊口號的。這時候，蘇州代步的工具，沒有車子，只有轎子，婦女們裏了小脚，出門也只有坐轎子。有許多人家，家裏自己有轎子，多的有好幾頂轎子，安放在轎廳上。轎夫臨時可以召喚，有的且養在家裏，如醫生之類，名之曰：「長班。」

新年的游觀，在前面已說過，兒童最喜歡的是玄妙觀。偶然看一回戲，也要預先定座。聽書是要個耐心的兒童，方才坐得住。其次，城外有個留園，城內有個怡園，兩個私家花園，也開放了讓人游玩（都是收游資的），倒可以消磨半天光陰，裏面也可以啜茗，兒童們都是家長帶了去的。

新年的賭博，在蘇州的巨室中也有之，我們却不知道。我們兒童中的賭具，一爲狀元籌，二爲陞官圖，別的都不許賭。我家裏有一副象牙的狀元籌，刻得很工細，但一過新年，將近開學，祖母便命令收起來了。我們一家都不喜賭，只有祖母，她會「同棋」一種，也是四個人坐着打的，規律極嚴。蘇州上等人家，往往玩此。至於後來流行的叉麻雀，當時蘇州看也沒有看見。「挖花」，却是老早就有的，但那些都是橋頭巷口的轎夫們玩的，上等人不屑玩此。

元宵古稱燈節，在古時必有燈市，就是稱之爲上元燈的，在我兒童時代，覺得也沒有什麼了不得。兒童們不過是放花炮，買花燈，以聽聽景而已。況且在那個時期，已經將要開學，兒童們是想心事，收骨頭的時候到了。倒是正月十三日起，宋仙洲巷猛將堂裏的大蠟燭，足以鬨動一時。這一對大蠟燭，足有一百餘斤，是城廟內外的蠟燭店家公同供獻的。

洪憲紀事詩本事簿注

劉成禺遺著

「當年慷慨誓明神，指日盟心字字眞。早識寄奴應受命，近傳吳使已稱臣。共和日月風燈影，一統河山戰馬塵。昨日紀元新詔下，太平簫鼓萬家春。」「玉籙金符眷一身，似聞水火拯吾民。星精有力平三猾，書幣何勞問四鄰。祖父英名猶貫耳，子孫龍種已生鱗。東丹莫問蹊田事，天子河南已有人。」「廟堂隻手運神籌，十萬貔貅坐上游。新貴傳中千狗尾，通侯關內幾羊頭。山陽奉祀猶存漢，箕子爲奴竟入周。第一功名楚三戶，河山鐵券共千秋。」「龍顏隆準好威儀，都是天潢玉樹枝，不作開元花蕚夢，能吟陳思豆萁詩。六親貴列侯王表，四皓榮爲太子師。容得中山沉酒色，官家家法本寬慈。」「天語温存故舊深，嵩山落落幾知音？少微未死留佳話，元老雖生有愧心。史傳千秋誰白璧？人才百鍊化柔金。蒼生渴望新恩澤，辛苦諸公作雨霖。」「當塗景運自天開，高築繁陽受禪臺，修史應刪宦官傳，論公還仗客卿才。八方赦詔雲中下，五色文裘海外來。湘綺老人眞解事，緯經讖史有心裁。」「關塞無塵海宇淸，中朝知有聖人生。能令冒頓稱臣僕，會約契丹爲弟兄。社鼓已行王氏臘，義旗那有漢家兵？帝王代運尋常事，莫卹千秋身後名。」「鳳詔龍書隔歲頒，春風不到五華山。魏王正議三推禮，莊蹻遙連六詔蠻。翡翠明珠無貢物，碧雞金馬閉雄關。飛來一紙陳琳檄，好愈頭風開笑顏。」「龍魚飯罷獨歔欷，一卷兵書握妙機。未許燹入憑地險，耍令孟獲識天威。鐵橋記戰碑猶在，玉斧分河計已非。寄語受恩諸將帥，提軍早奏凱歌歸。」「推枰斂手意茫然，絕好金甌竟不全。近畏羅施憑鬼國，遠防巴子據南川，江淮千里杯蛇影，嶺表三軍風鶴天。聞道深宮憂不寐，將軍努力掃風烟。」「落日河山影寂寥，刦灰千載未全消。漫天刀劍修羅雨，捲地風波官海潮。午夜鷓鴣長樂殿，三春杜宇天津橋。薄才不上平南頌，好作漁樵答聖朝。」

寒雲歌（都門觀袁二公子演劇作）

宣南夜靜月皚皚，鼓板聲沉簫管安。萬手如雷爭拍掌，寒雲說法親登台。蒼涼一曲萬聲靜，坐客三千齊輟著。英雄已化刦餘灰，公子尙留可憐影，影事回頭已愴然，新華春夢散如烟。薊門明月照荒殿，洹上秋風老墓田。當年皇子各崢嶸，連宅隆慶各授經。建安才子推陳思，北地文章數任城。梁園賓客多名士，日下聲名跨諸子。夜宴已行皇帝儀，早朝不廢家人禮。燈火繁華狎客樓，新聲都會按涼州。子固紅牙敎拍板，李憑白髮授箜篌。阿父黃袍初試新，長兄玉冊已銘勳。可憐老謀太匆遽，蒼龍九子未生鱗。輸著滿盤棋已枯，一身琴劍落江湖。橫槊賦詩長已矣，燃箕煑豆胡爲乎？蝎來再到長安市，故吏門生尙未死。紛紛車馬向朱門，翻覆人情薄如紙。兩年幾度問滄桑，歌舞湖山已夕陽。袍笏君臣纔散宴，笙歌傀儡又登場。悟澈華嚴世界塵，衣冠優孟本非眞。同是梨園都中客，傷心會作上臺人。上臺知有下臺日，籠袖尙存粉墨筆。羽商七調有傳圖，南北九宮都協律。水晶如意玉連環，古裝結束供人看，灑淚非關河滿子，吞聲猶唱念家山。南曲淸簫北絃索，哀絲豪竹相間作。可憐失水混江龍，化作無家紇干雀。無限江山容易別，落花流水聲凄咽。愁侶相逢侗將軍，天潢舊譜向誰說？（淸皇室將軍傅侗，工演劇，與寒雲同社。）兩朝龍種各風流，一曲後庭千古愁。天寶伶人餘白髮，開元法曲有傳頭。（孫菊仙供奉時年七十六，亦與寒雲同社演）茶烟已歇漏沉沉，入耳凄涼亡國音。一江春水降王淚，三月杜鵑帝子心。我是飄零秋後葉，重來又看長安月。屏山酒海不成春，一劇未終愁百結。中原豺虎正縱橫，半壁河山尙太平。寄語貞元舊朝士，同將老淚哭蒼生。〔錄後孫公園雜錄〕

遜伯注：張瑞璣，辛亥武昌起義前，任陝西長安縣知事，一日，下鄉辦案，途遇陝中起義民軍，卽脫去身上胡服，加入民軍隊伍。所帶衛兵，一同參加，當時影响極大。未幾回山西，任財政司長。復被選爲國會議員。護法之役，南下廣州。民八，南北議和，奉命入陝，主持國軍與北軍畫界防守，監視北軍侵擾靖國軍防地，一秉大公。溥侗，字西園，別署紅豆館主。道光帝第一子奕緯之孫，輔國公銜鎭國將軍。好繪畫、寫字、演劇。抗戰期間，由京到滬，投入汪僞組織。孫菊仙，滿族。清末，御用京劇演員，專爲皇室服務，故稱「供奉」。

天門儀表鏡光開，萬歲長呼繞殿雷；旌旆飛揚騰虎背，高皇橫劍閱兵回。

帝制議起，世凱在西苑，成立警衛團，自爲團長，副官營連長，皆以中少將領之，爲帝國軍隊模範先聲。初，世凱尠着戎服，黎元洪則終日全身披掛。自警衛團組成，世凱每週着大元帥服，親臨訓練。一日，涖該團行大閱兵禮，將校士兵，均着軍禮服。校閱禮成，護從大元帥回居仁堂，行全團照像典儀。世凱升帳，高踞寶座。座蒙以虎皮，皮選長白山巨虎，長一丈五六尺，首尾四足毛革，整齊完備。虎頭踞地上視，鬚直如繩，眼栩栩怒視，欲攫人，前足護寶座前二柱，下垂曲立，躍躍作勢，宥待騰撲狀。膝上制御履踏足二，虎背正蒙座上，成穹隆形，爲世凱坐位。鞍綉金龍，世凱據位而坐，恰類騰身虎背，顧盼自雄。虎後二足，斜踞披垂座後二柱，虎尾曲上，亘座背伸立，具威力意態。座側鵠立大禮官蔭昌，雄冠白羽，紅甲金緞，其威嚴猶兵部尙書時，奉兩宮閱南苑火器營內操大典也。出將以降，分列兩行，兵士迴行，作德皇御林軍鵝行步。金鼓齊奏，長呼萬歲者三。照相師乃啓匣對光，迴環攝影。攝畢，世凱下寶座，兵士又長呼萬歲者三。翌日都下傳遍，云世凱騎虎背照相。譏之者曰，「世凱帝制，眞騎上虎背，不知如何，方能跳下坐騎。」按，世凱最喜用虎號，如封曹錕爲虎威將軍，警衛團稱虎賁軍。頌袁崇煥墓地曰：「一柱擎天，龍虎交運」；批閱奏牘，則草書閱字，波磔類虎。又聞某風鑑家相世凱曰：虎面虎鬚，龍身虎足（世凱足短）。世凱賞賚有加；無怪騰身虎背，作秦皇騎虎遊八極之想也。清蜀御史高樹著「金鑾瑣記」，關于袁之虎服治兵事，附列三則於下：

一、衛士持鎗似虎熊，桓溫入覲氣何雄；玻璃窻內頻窺望，暗暗心憂兩相公。（項城在湖園入覲，衛士虎頭豹尾，如虎如熊，宥桓溫入覲之概。王瞿兩相國，在玻璃窻內觀之，觀後凭几而坐，黙然不言者良久。）

二、如雲騶從劍光寒，內監驚疑貯足看；裝飾猙獰誰不畏，滿身都畫虎皮斑。（世凱荷鎗衛士以黃布裹頭至足，畫虎豹頭，虎皮斑文，王公大臣驟馬見之皆辟易，宮監亦却立呆看。查東西洋無此軍服，惟中國戲場宥之。世凱入京城，以此示威，可謂妙想。）

三、怒馬衝鋒孰敢當？舍人奔避入朝房；偏言海外眞天子，內監讕言亦太狂。（西苑當直下班，項城衛士驅逐行人。山人與除博泉奔入朝房，行道者搖首曰：「太兇猛！」宥一魁梧內監，高聲嚷於衆曰：「難道袁某非海外眞天子耶？」無人與辯，京中非海外之比，且在宮內門口，何得如此。此卽清室禪位之影響，洪憲天子之先聲。）

按清季初練新軍，兵皆用黃布裹腿，腰垂下馬甲一對，護腿，狀如黑人所用箭牌，外畫虎皮文。冬季用皮帽，帽類虎頭。上衣宥用斑文布者，張香濤（之洞）在鄂，初練新軍，亦用北洋服裝，無怪都入見而却步，非世凱如京，故藉虎豹立威也。〔成禺附記〕

遜伯注：德皇，指第一次世界大戰發動者德國皇帝威廉第二。蔭昌，字午樓，滿族正白旗人。出身德國陸軍，清末官至陸軍部大臣。辛亥年秋，武昌起義，率軍南下，妄圖撲滅革命火燄，結果失敗，狼狽潰退。入民國，依附袁世凱爲侍從武官長兼統率辦事處長，大禮官等職。袁叛國稱帝，勸進甚力。以滿族官僚，無耻至此，識者鄙之。袁崇煥，字元素，廣東東莞人。明末萬曆進士。清兵攻寧遠，崇煥率師死守，卒以解圍。崇禎初年，任兵部尙書，督師薊遼，清兵入侵，崇煥引兵入衛，被誣通敵，慘遭磔死。「王瞿兩相國」，王指王文韶，字夔石，一字賡虞，浙江仁和（杭縣）人。清季咸豐二年進士。從湖南巡撫累官至戶部尙書。協辦大學士。庚子，義和團起義，八國侵畧京津，王隨光緒帝西太后逃竄西安，回京後任武英殿大學士。瞿指瞿鴻禨，字子玖，號止菴，湖南善化（長沙）人。同治十年辛未科進士，散館授編修，官至軍機大臣，外務部尙書，協辦大學士。高樹因王瞿均會任大學士，諛爲相國。

張謇日記鈔（九）

張謇遺著

二十三日。知黃少軒卒，挽聯云：「廿年往事幾堪言，太息相存，海內會窮張儉籍；一病傳聞眞大錯，傷心還答，篋中猶有秣陵書。」

二十四日。葬陳妾，有葬志。

二十六日。得延卿訊。

二十七日。得叔兄訊，得明年慶典點景隨員差。

二十九日。得顧聘耆訊，知請封事到京已遲，須至來年。

光緒二十載，太歲在甲午，四十二歲。

正月

一日。為大人賀祝。讀「孟子」，寫敬夫、益卿訊。

二日。微雨。讀「孟子。」

三日。讀「孟子」。

四日。讀「孟子」。

五日。為書箴餞行。

六日。得曼君客死旅順訊，悽惋無涯，名心益冷。

七日。作試帖。

八日。寫叔兄訊。以蔡夢丹（式金）課勉祖讀。夢丹從我學文，作試帖。

九日。作試帖。

十日。作試帖。

十一日。作試帖。

十二日。為人作書。為吳新之作繳助祭器公牘。

十三日。得王旭莊蘇州訊。寫水門銘，陳妾墓志。

十四日。寫莫梅城，王晉蕃訊（還書。莫訊由滬寄，王訊二月交沈國良託人寄。）

十五日。得叔兄訊、東甫訊。（按「叔兄訊」旁注「十二月十八日」。）

十六日。東甫來。

十八日。得叔兄訊，屬寄新寧象山書院記拓本。

二十日。東甫行，答蕭小虞觀察訊。

二十一日。作「擬林滋文戰賦」，以「士之角文，當如戰敵」為韻。

二十二日。作「書馬者與尾而五賦」，以「作馬字下曲為尾」為韻。

二十三日。得翼孫訊，寄來三造推之率不合。為叔兄寫新寧訊，與東甫訊寄布。

二十四日。鄭戚孤女嫁。

二十五日。叔兄來訊，勸應會試，藉聚於京。

二十七日。大人命再赴會試一次，叔兄訊亦有是云。

二十八日。稚木來說梁事。水門銘、陳妾志共四百七十一字，每字三分，計十四元一角三分。水門銘石一元二角，志石二元，共十七元三角三分。（按：以上文字，寫於是月日記之末眉頁上。）

二月

一日。風雨，顧船往二甲。

二日。至石港。

三日。晤翔林、蘭賓、雲生、鏡湖。西門吳氏置酒。病欬。

四日。雲生、蘭賓置酒。

五日。定梁氏議。鏡湖、新之置酒。

六日。行聘於梁，夜返，宿西亭，孚先（雲生從子）是日置酒。

七日。至家。

八日。理裝。

十日。與蘭賓訊，翔林訊。

十一日。啓行。

十二日。夜分抵滬。

十三日。晤書箴、仁卿、梅城。與爽秋、蘇龕訊，見叔兄訊

十四日。重寫峴帥啓（叔兄前啓為寄書人失去），溥侍郎訊，周弢庵（一寄北，一留滬）、朱仲雅、沈幼彥（託送峴帥訊）訊，葉老太太訊。石印莫志極佳，遠勝刻本。

十五日。定附新豐。

十六日。午刻開行，出查山，風大舟微蕩。晤嚴覲侍同年以

盛。

十七日。風後仍霧。

十九日。卯刻抵大沽，水淺未進口。

二十日。卯刻抵紫竹林，寓永和棧，晤潘保之、顧啓我。顧車。寄家訊。

二十一日。留與肯堂訊。啓行。住蔡村。車甚敝敗，御夫亦橫悍。

二十二日。住俞家村。

二十三日。卯刻入都，寓如泰館，與仁卿，君謀同屋。通州館尙無來者。長班甚劣，飯食亦不堪也。寫家訊。晤顧聘耆同年，知濂亭師以正月望日逝世，山頹木坏，可勝慨歎，年來師友之慟，尤傷人也！

二十七日。出門。

三十日。清明。

三月

一日。午刻日食，微雨。

六日。移入小寓（福建司營，小土地廟北，瑞宅），與來杭、夢璞、啓我、保之、芙雙、玉峯同寓。晤書箴。總裁李鴻藻、徐郙、汪鳴鑾、楊頤。

八日。頭場大風燥暖。題：「達巷黨人曰大哉孔子」，又「子曰道不遠人（至）忠恕違道不遠」。又「慶以地。」試帖：「雨洗亭皋千畝綠」，得「皋」字。

九日。戌刻四藝竣。睡。

十日。卯正起謄，已初竣，午初出場。知貢舉為長萃，唐景崇，長故陗刻，又新有整頓科場之命，故禁水夫代負考筐，人人狼狽。

十一日。甚熱。二場。

十二日。易：「形乃謂之器，制而用之謂之法」。書：「四曰星辰」。詩：「以御賓客，且以酌醴」。春秋：「取郗田自漷水，季孫宿如晉」。禮：「命相布德和令，行慶施惠，下及兆民，慶賜遂行」。亥初五藝竣。大雨。

十三日。正午出場，雨不止，平地水深尺，泥淖沒踝，尤為狼狽，到寓竟體無乾處，人言數十年未有之事也。敬夫有訊已來。

十四日。第一問詩三禮，第二問輿圖（誤入分野），第三問科舉，第四問永定河工，第五問金石（雜采壽字）。

十五日。亥正竣。

十六日。午刻出場，傍晚出城。晤敬夫。

十九日。寫家訊，烟丈、仲友訊，枚臣、弢庵訊。

二十日。雨。遣蔡僕隨敬夫先歸。

二十四日。叔兄自江西來。

四月

十二日。丑刻，聞報中六十名貢士。

十三日。謁房師高仲瑊先生熙喆，山東滕縣人，丙戌進士，薦批一：「講奧衍能將末節一并籠照中」。二：「光焰萬丈，是瓣香於樸山，中子二家者」。次三：「六通一「穩」。二場首：「六通四闢」，次：「十色五光」詩：「鋻鯨春麗，宏我漢京，餘有筆仗」。座師高陽相國批：首藝：「斟酌飽滿」，次三：「爽潔」，詩：「叶」。隨謁李汪、惟徐、楊不直，晚歸，因與叔兄述憶慈親，相向流涕。叔兄寄電訊。

十四日。惲心雲觀察許借千金。

十六日。覆試題：「經界既正，分田制祿可坐而定也」。「賦得拂水柳花千萬點」，得「花」字。酉初納卷。

十七日。取十名，卷出禮部侍郎志手，初定十一（按：旁注：「依憲綱」三字），常熟師改第十。

二十一日。進小寓。

二十二日。殿試，第一策河渠，次經籍，次選舉，次鹽鐵。酉正納卷，歸已戌正。策全引朱子。

二十四日。五更，乾清門外聽宣，以一甲一名引見。先是，錢丈令新甫見告，繼又見嘉定於乾清門丹墀上探望，旋鐵珊告以嘉定云云，而南皮、長白、常熟、高陽、錢塘八人立墀上傳宣矣。棲門海鳥，本無鍾鼓之心；伏櫪轅駒，久倦風塵之想，一旦予以非分，事類無端矣！叔兄寄電訊。

二十五日。卯正，皇上御太和殿傳臚，百官雍雍，禮樂畢備，授翰林院修撰。伏考國家授官之禮，無逾於一甲三人者，小臣德薄能淺，據非所任，其何以副上心忠孝之求乎？內省悚然，不敢不勉也。翟，王二公為治歸第事。

二十八日。朝考，「荀卿論」，「擬李絳請崇國學疏」，「賦得天祿琳瑯」，得「書」字。酉初出場。

三十日。遍謁朝、殿、覆試師。

英使謁見乾隆記實

馬戛爾尼·原著
秦仲龢·譯寫

此言一出，徵大人爲之愕然，他沉吟一下，大概知道這一責任太重，萬一運輸途中保護不周到，以致禮物損壞，一定會獲罪的。他就立即改變其態度，願意和我從長計議。而總督大人深能了解我所說的情形，也勸徵大人不必固執己見，於是遂如前議，我初次和欽差見面，他就有這種不友好的態度表現，使我感到極不痛快。

斯當東「出使中國記」有記這一天的事，現在節錄於此：天津的河流滙合處，許多駁船連接起來搭成一個便橋便利行人往來，同時又很容易散開來便利船隻通過。……圍看的觀衆，有的站在街上，有的站在船上，婦女不多。四外圍觀的羣衆，有的站在河邊最高地，有的爲了逼近看，一直站在淺水當中。使節船受不到圍看羣衆的阻碍，因此用不着兵士和警察維持秩序。圍看的人雖然這樣擁擠，但每個人都相當有禮貌，秩序井然，沒有一個吵架的。這裏人慣于戴大草帽，但爲了騰出更多地方，同時爲了不妨碍站在後面的人的視線，大家都不顧太陽炙晒，不戴帽子。……載運使節一行船隻在城埠中央總督行轅之前靠岸。總督從大沽抄近路，已先抵天津，設行轅於河干等候特使。特使携全體團員，由警衛，樂隊及僕人侍奉下船。在河邊上迎候特使的總督而外，還有前面曾經提過的那位欽差。一隊中國士兵站在後面列隊歡迎。巴瑞施上尉將其行列由前到後具體記錄如下：三名武官。一個帳蓬，一隊軍樂，設在帳蓬外面。三個軍號喇叭。一座凱旋門。四面綠色大旗，每面大旗中間隔着五面小旗，每面小旗旁站立一些火繩槍手。兩面綠色大旗，每面旁站立一些手執大刀的兵士。音樂篷帳。凱旋門。

當時天氣很熱，有幾個士兵的手裏除了武器之外，還拿着扇子。在夏天，中國各階層人士，不分男女，都拿扇子。列隊兵士手裏拿着扇子，是一個奇怪現象。東方某些國家裏，軍官在檢閱軍隊的時候，可以把傘撑在頭上。軍官既然可以撑傘檢閱軍隊，兵士手裏拿扇子也就不足爲奇了。

總督引導特使通過大廳至頂端一個陰暗深處，據云那裏代表皇帝陛下御座，必須對之敬禮。雖然這是一個非常奇怪的要求，而特使也不得不對之鞠了一個深躬。不可解的是，總督單獨一人在大沽接見特使的時候，並沒有提出這種禮節來。原因可能是，總督爲人通達講理，他不願意强求一個外國人做其所不能理解的事。但現在有從北京派來同他的性格不相似的欽差在旁邊，他就不敢墨守成規了。

變方在大廳內坐定，獻上茶、糖果和點心之後，大家又客套了一番，然後談話轉入正題。欽差大人對特使說，皇帝正在韃靼區熱河行宮，準備在那裏慶祝萬壽。壽辰是中國曆八月十三日，合西曆是九月十七日。皇帝准備在熱河接見使節。特使聽了正中下懷。這樣一來，他就有機會到韃靼區走一趟，順便可以在邊界地帶看一下萬里長城。隨使節團前來的約翰遜先生的祖父，老約翰遜博士曾說，假如他的孫子能參觀一下萬里長城，那將是一件值得驕傲的事。（按：約翰遜博士，是英國一位著名的文學家。——引注。）

欽差大人所講的其餘的話就使人不高興了。他叫特使在距離北京十二哩的通州上岸，全體使節團連同禮物從通州直接起旱到熱河。一部份禮物固然可以用車運至熱河不致損壞，但有一部分名貴靈巧的機器，其中包括一些玻璃製成的東西，萬難安全地穿行韃靼地區的崎嶇山路。如欲在特使到達熱河之後，立刻能把全部禮品展覽于皇帝陛下之前，無論如何是不可能的，因爲其中許多構造非常複雜的機器得先拆卸成零件之後，才能啓運上路，到達目的地再把它拼湊安裝起來，這需要相當時間的。……安裝之後就不好再搬動了。因此，這些東西最好安裝在皇帝常住的宮殿裏，而不應安裝在臨時的行宮裏。……但是這位欽差大人聽不進這些話，堅決要使節團從通州直赴熱河，似乎他的意圖在無論如何阻止使節團未去熱河之前不能先到北京。他既沒有科學常識，又不通達事理。最後還是總督做主，才挽救了這些儀器免遭破壞。最後決定把禮品先放在北京附近的皇宮裏，這個皇宮是專門存放這些禮品的。

在談話當中，這位欽差充分暴露出他的剛愎性格，雖然表面上他故意做出安靜的樣子。他的態度處處暴露出忌妒外人，蔑視外人的心理，同總督大人的溫文和藹態度恰成一個相反的鮮明對照。特使心中非常懊喪，由於總督的高齡和封疆任重，招待特使的工作，不能不委派給他，而由這位欽差來擔任。

討論完畢之後，我們就辭別回船，總督已派人送來一桌豐盛的筵席，有酒、果、蜜餞等物，此外還有茶葉、絲、棉布等禮品送給我，甚至我的隨員和僕人、技工、音樂師、兵士等人都有份。這些禮物雖然不是怎樣珍貴，但盛意拳拳，使人感到愉快和滿意，我不得不用最隆重的言詞答謝他，尤其是總督既然對我們這樣好感，我們將來到了熱河，托賴他之處正多，因為他在這裏的事情辦妥後，也要到熱河祝嘏，只要他在覲見之時，向皇帝陛下多多為我們講好話，皇帝一信他的話，徵大人就沒法從中播弄我們了。這樣我們受其惠正多，殊不必計較其禮之厚薄也。晚上，天津的地方官和鄰縣的地方官都來船上向我們問好。他們見到我們的衣服、書籍、家具等物，無一不加以仔細研究，眉目之間顯出極大的驚異之色；問這樣，問那樣。我細細觀察他們的性質，大都活潑率真，長於語言，工於酬應，而又沉毅認真，這就可以看出中國人的特性一斑了。

這一晚我接到北京一位教士格拉蒙特先生兩封信，他說，他聽到我出使中國，將到北京，他很願意為我服務，擔任繙譯語言工作，但他叫我注意一個葡萄牙傳教士，聽說中國政府已經指定這位教士為英國使節團的譯員，此事恐非閣下所願聞，謹以奉告。但欽差徵大人和總督大人、王大人、喬大人等都沒有向我提及。於是我佯作不知有此事，寫信給總督和欽差，略說我們到北京後，打算在大皇帝宮廷裏服務的教士中，聘定一人為覲見時的繙譯，並協助我們處理事務。因為歐洲的語言種類頗多，有些是我們英國人懂得的，但也有不懂得的，如果用一個只懂得中國話而不懂英語的人來繙譯，實在沒有什麼用處，所以請閣下代奏知大皇帝，不必為我們聘用繙譯云云。信去後，不久就收到答復，略說此事當遵命代為奏達，大概一定可以批准的，請不必掛念。（按：格拉蒙特 Jean Joseph Grammont 1736—1812是法國傳教士，約於乾隆三十五年之間到北京，入內廷供奉為音樂師及數學家。他學習滿洲語文，並教授中國青年拉丁文。是一個很傑出的音樂家，精於小提琴。乾隆五十年〔一七八五年〕，乾隆帝特准他往廣東養病。三兩年後，他想回到歐洲，但乾隆五十五年，又為乾隆帝召他回京。——譯注。）

斯當東「出使中國記」記云：在一天的應酬已經完畢，特使回到船上一個人靜坐休息的時候，一個隨員來報告說，一個中國人在游艇附近徘徊彷徨了好久之後，突然提出要求見特使。特使馬上命人把他叫到船上來。這個人年紀很青，衣服樸素乾淨，態度小心謹慎。他自稱是一個新入教的人，是一個虔誠的信徒。他奉行他的神父的命令帶一封信給特使。他是偷着來的，沒有報告任何中國官吏。中國政府禁止任何人同外人私下往來，這個人的行為是冒很大危險的。中國境內現在還沒有辦理便利人民通訊的郵政。送給皇帝的官方公文由驛站傳送。加急公文由人騎在馬上傳送，每天可以跑一百五十哩，迅速程度比得上歐洲最新式的交通工具，但這只限于給皇帝看的公文。……這個人偷送的信來自北京一位主要的傳教士。從信的內容看，這位教士的興趣並不只限于宗教事務方面。信件共有兩封，第一封是一七九三年五月七日寫的，內容如下：「去年十二月三日，皇帝得到關于使節團將要到達的報告，非常喜悅，馬上下諭旨指定天津為使節團靠岸地點。他（指來信人）〔原譯者按：信內括弧均照原文〕非常高興得到特使已經到達天津的消息（事實上當時還未到），謹向特使致敬。他過去曾向廣州的科克斯和米羅波二位先生保證，他將盡力為東印度公司和英國服務。得到特使將要到達的消息之後，他會努力為使節團宣傳，以求能在北京得到一個很好的接待。在特使停留期間，他願意盡力效勞。」第二封信的日期是八月六日，就是接到信的幾天以前寫的，內中說：「中國政府已經指定一個葡萄牙籍傳教士（名字他提到了）到熱河向使節團指點禮節並做繙譯。他（來信人）不得不告訴特使，這個被指定的葡萄牙人對英國一向抱敵視態度，一定要提高警惕。這個人已經對使節團捏造出許多汚蔑性謠言。假如皇帝現在北京的話，他（來信人）一定盡力加以辯解糾正。皇帝現正在熱河，他（來信人）恐怕使節團到了熱河之後，這個人還要做出更多的破壞活動。他（來信人）滿心希望到熱河來為使節團幫忙，但沒有奉到中國政府的指派，不敢冒昧前往。他（來信人）對于英國在印度屬地對他的本國傳教士的保護非常感激，總希望能有所報答。以前幾次得到特使已經到達的謊報，第一封信曾三次送天津。最後請求特使務必將此信保守秘密，否則他將招致葡萄牙人的仇恨。」不管上述信件是否出于敵對、陰謀，或者破壞意圖，總之，使節團的到來招致了別人的忌妒這一點，澳門的公正人士已經提到，這封信更證實了這點。現在既不宜對這信做一回答，也不宜對信上所談內容采取任何行動。當前最值得顧慮的是這位欽差大人的剛愎頑固性格，及其可能作出的不利于使節團的報告，而不是任何歐洲人的陰謀破壞活動。

天津是中國帝國一個最大的城市，據我推測，近河岸一帶的長度，較諸我國的米爾班到萊姆浩司還要長。兩岸都有很大的屋子，大部分是廟宇、貨棧及其他公衆建築物。據說，天津的人口已超過七十萬。岸邊和船上的中國人都站起來向我們的船觀看，面上各露出驚異之色（這一人羣中，並沒有女人）。河面上的船隻，各種各式都有，起馬也有數千艘。其中有幾艘是很大的：長度由一百英尺至一百六十英尺，但很少有濶達二十五尺的。有些船的吃水量很淺，大約只有五六英尺，但它們却經常沿着海岸航行，來往於萊州府、登州府、寧波、廈門甚至遠達廣東。

斯當東「出使中國記」記天津情形較詳。他說：傍晚天氣很好，載運使節的一行的船隻當晚離開天津。坐在船上航過天津，感覺這個商埠非常之大，有些觀察家認為天津的長度相當于倫敦。當地官員說，天津有七十萬人口。從岸上擁擠的大量觀衆來估計，卽使其中包括一些附近外地來的人，但出來看的婦女和小孩甚少，這個數目加估進去，七十萬的數字是可能的。河面上擠滿了各種船隻，船上至少住着幾千人。這些人全家住在船上，生于茲，長於茲，很少上岸到陸地去。

天津街道上的商店和作坊裏也充滿了人。至于住宅裏面，人口衆多的情況，從岸上擁擠圍觀的大量羣衆來看，可以推想出來。中國人習慣于世代同居，一個家庭裏無論分出多少支來，大家都住在一起。這種習慣在巴達維亞的中國僑民當中也保存着。根據那裏的人口調查，每一個中國家庭中可以找出十個適齡入伍的人。天津的房子大半是鉛藍色磚瓦蓋的。少數是紅色磚瓦蓋的。窮人的房子多是褐灰色的。色澤的不同並非由于磚的土質不同，而是由于燒磚的方法不同。褐灰色的磚是太陽下面晒好的，它受不到火焰的直接燃燒。藍色磚是在窰內用木炭烘焙好的，它受不到火焰直接的燃燒。受火燒的磚，顏色就變紅。當粘土用模型壓成磚的形狀以後，東方人的習慣是把它們成行排起，一層壓在一層上面。這樣排列起來的磚又濕又軟，非常粘。為了不讓它們粘在一起，在兩層之間放上一層稻草。這樣就可以使兩層磚燒成之後不會連在一起不能分開。……天津很多房子是兩層的，這同中國其它地方只建一層平房的習慣有所不同。大多數中國人還是喜歡按照各種建築的原來式樣，只建一層。現在中國人還有很多人怕登樓梯，怕站在高地往下看。天津是一個靠海的商埠馬頭，這可能是建造兩層樓房的原因。

八月十二日，星期一。　今早我到們達楊村（按：原文作 Yong siun，或卽 Yang-tsun。楊村在天津之北，為入京必經之路也。——譯注）中國官方派在我們船上服務的人，每一艘船大約十四五人之譜，所以為我們服務的人就有五百名。他們服務勤慎，身體强壯結實。他們的肩背雖然有點彎曲下去，作圓球形，但這並不是病象，而是因為他們工作時俯首曲背所形成的。他們的面色以久曝于日光中，遂作紫銅色，初見他們的人，以為他們面色是黑的，做笨重的事可以勝任，但做輕巧的事，一定幹不了。但我見他們跳入河水洗浴，在波浪中往復嬉戲，活潑非常，不能因其面黑而斷其笨拙的。

這裏的蚊蚋很多，我們都為這種小昆虫所擾，趕它們走，接着又聚攏起來了，眞有不勝其苦之概。除了蚊之外，又有其它若干小昆虫也是令人討厭的，其中有一種飛蛾，碩大無朋，其體積之大，幾乎和蜂雀（Humming-bird，出產於美洲。——譯注）差不多。這些小動物擾人可厭，但又無法將它們驅去。在兩岸的樹林中，日夜有蟬鳴聒耳。

在白河兩岸的鄉村，盡是平原，因此遇到河水氾濫時，就很容易受到水患，地方官廳就要採取種種預防措施，築巨堤來防水了。我見到這裏的鄉村已經種有印度產的穀類，例如巴佩道斯粟（Barbados millet，巴佩道斯是英屬西印度羣島中的一個島——譯注）、小黃粟、腰豆等等皆有，此外又有數種稻米、胡瓜、西瓜、蘋果、梨、李、桃子，皆為居民所植，但樹木極少，僅有一些大柳樹而已。在直隸省中，這個地區是經常發生飢饉的，不是由于水患就是由於蝗害造成。碰上這種情形，往往就發生搶掠之事，災民是為了飢餓才鋌而走險的，一到收成好轉，他們就自自然然平靜下來，所以就是政府用兵力去鎮壓他們，也沒有收到好效果。

「出使中國記」記云：兩條通航的河在此滙流，一條河通北京附近，一條通遠方省份，這樣的地理條件使天津自從中國建成為大一統帝國以來就成為一個交通要地。……船隻航行經過的地方完全是耕種得非常好的田地。大部分土地，同天津另一邊一樣，種的是高粱。在北方各省，高粱的價格比大米便宜。北方幾省可能最先種植的是高粱，根據中國舊書記載，中國的容量最初是以盛多少高粱米為計算標準的。一百粒為一「硃」（Choo）〔應作銖。——引按〕。……沿途看到繁盛的人口和大量精耕細作的田地，但很少看到樹木和家畜。這個地方據說有時由于山洪暴發造成水災，有時遭受蝗虫的災害，也鬧飢荒。

花隨人聖盦摭憶 補篇

黃秋岳遺著

而檢越縵堂日記：「同治十三年七月三十日，自出市換銀，謁若農師，久談，夜飯後，出示其六月初七日所上請停止園工封事，約三千餘言，以近日彗星見戌亥之交，為天象示警，其前，列今有三大害：一、民窮已極，二、伏莽徧天下，三國家要害，盡為西夷盤踞。中言，焚圓明園之巴夏里等，其人尚存，昔既焚之而不懼，安能禁其後之不復為，常人之家，或被盜刼，尤必固其門牆，慎其筦籥，未有更出其財物以誇富於盜賊之前者。後言，此皆內務府諸臣，及左右宵人，熒惑聖聽，導皇上以朘削窮民為其自利之計，大學言聚歛之臣，不如盜臣，又言小人為國家，菑害並至，說者，謂菑者，天災，害者、人害，今天象已見，人事將興，彼內務府諸人，豈知顧天下大局，僭皇上之威，肆行朘削，以固其寵，而為其富，其自為計，則得矣，皇上亦思所掊克者，固皇上之民；所敗壞者，固皇上之天下，於皇上何益。使自來為人君者，日朘削其民而無他患，則唐宋元明，將至今存，大淸又何以有天下乎？又言，皇上亦知圓明園之所以興乎？其時高宗北拓地數萬里，俄羅斯英吉利日本諸國，皆遠震天威，屈服隱匿，又物力豐盛，府庫山積，所有園工，悉取之內帑，而民不知，故天下皆樂園之成，今俄羅斯諸夷，出沒何地乎？國帑所積何在乎？百姓皆樂赴園工乎？聖明在上，此皆不待思而決者矣。聞上閱竟，不置一語，蓋聖心亦頗感動，外間傳上震怒，裂疏擲地者，妄言也。若農師去年江西任滿時，以太夫人已七十有七，常有小疾，已欲乞養歸。因聞朝廷議修園籞，江西僻陋，報罕至，巡撫劉坤一，又秘廷寄，不肯告人，師乃入京復命，先以東南事之可危，李光昭之姦猥無行告尚書寶鋆，責其不能匡救。寶曰，君居南齋，亦可言也，何必責軍機。李曰，此來正為此耳，無勞相勉，遂不歡而散。上疏以後，絕不告所知，有往詢者，則曰，已焚稿矣。見之者，惟逸山與予等一二人耳。」案若農先生，為同光淸流，此疏稿為蕁客目覩，且錄存片段，固絕無致疑餘地。而內務府帳簿，自亦極翔實。以常情測之，若農由江西學政回京，既專為諫園工，何必又捐此區區，以儕於內務府滿員之列。夙欲犯顏，且祕其奏稿，又決非因勒派而始悻悻者。後人於此牴牾，或不無疑竇。其實此三漢臣中，宋晉殆為戶部左侍郎之地位，不得不爾，或平日與內務府交結較密之故。若潘芝軒、李若農二人，則完全為內廷行走故。潘在毓德殿，李在南書房，皆昕夕得覲穆宗者。園工既為穆宗銳意經始，則簪筆禁近之一二詞臣，殆不能邀免，此事至八月已停，故徵輸未及於外廷，而近臣則必須先捐為之倡。吾意若農先生，贛江返棹，方欲伏蒲泣諫，而一履南齋，便遵循例之題捐，度此五百金之輸將，其中懷懟怨，益逾尋常，疏中內務府諸人僭皇上之威云云，殆併指此等事言矣。若農之不留疏稿，與穆宗閱章不置一言，此皆可證其南齋侍從之較親切，明乎此，則若農先捐五百兩與穆宗之不怒，正是一貫之理也。

前記米家燈，近又憶一事，米之勺園告成後，會房山有青石，長三丈，廣七尺，色青而潤，米以百夫輦致，久始舁至良鄉，以事中止於途，乾隆中，有旨移至清漪園，即今頤和園樂壽堂前之大石，名青芝岫者，是也。米園中別有一石，後亦移入苑中，賜名青雲片。於此可覘清代經營苑囿之殫力。營造學社重修圓明園史料，中有一段云：「清室入關之始，兵事倥偬，初無意於土木。順治及康熙初季，僅因明南海子之舊，畧事修葺，備閱軍蒐狩之用。玉泉山舊名澄心園，順治間與南苑同隸奉宸院，亦離宮之一，清史稿載康熙十四年幸玉泉觀禾，嗣後遂常幸西郊。迨三藩平定，海內乂安，康熙二十三年二十八年，再度南巡，樂江南湖山之美，就海淀西丹棱沜明武清侯李偉清華園故址，命吳人葉陶築暢春園，爲避喧聽政之所。（中畧）其後，改澄心爲靜明，復建香山行宮，與暢春鼎足而三。康熙四十年後，熙春盛暑，大都蹕駐諸園，雍正以降，煽爲風尚，自新正郊禮畢，移居園宮，至冬至大祀前夕，始還大內。一歲之中，除夏幸熱河，園居幾逾三分之二，蓋視大內僅爲舉行典禮之所，事畢即行，無所留戀。自康熙至咸豐六帝，崩於宮內者，止乾隆一人而已。故清季苑囿之數，遠逾元明兩代，皆園居之習，有以致之耳。雍正踐祚，復有營建圓明園之舉，園在暢春北里許掛甲屯，康熙四十八年，賜爲雍邸私園，鏤月開雲等，即成於康熙末葉。雍正三年，大禮告成，就園而建殿宇，朝署值所，爲侍直諸臣治事之地。又濬池引泉，闢田廬，營蔬圃，增構亭榭，斯園規模，遂大體畧具。降及乾隆，以暢春奉太后，而自居圓明，其時八方無事，物力殷闐，有清一代，推爲全盛之期，園居土木之工，遂無寧歲。乾隆七年，營安佑宮，九年成，御製四十景詩，凡篇中所收建築，無雍正題詠者，疑皆建於此數年內。又以南宋以後，江南園林之勝，甲於全國，倪瓚計成所經營，張南園父子所規劃，膾炙人口，迥非一日，故數次南巡流覽名園勝景，圖寫形制，仿置園中，王氏圓明園詞，所謂移天縮地在君懷者，是也。其奇峯異石，不能摹效者，則輦致北來，無殊宋徽之營艮嶽。而圓明之東，復拓水磨村爲長春園，據乾隆三十五年御製詩，預修此園，備六十歸政後優游之地。然考澹懷堂、含經堂，實建於乾隆十四年前，清史稿且稱十六年長春園建成，足證是園，創立甚久，預修云云，非由衷之論也。其後倣意大利 Baroc 建築及水戲線畫諸法，營遠瀛觀、海晏堂等於長春北部，開中國園庭未有之創舉。又於圓明東南，包萬春園於內，號稱三園，統轄於圓明園總管大臣，同時復擴靜明、靜宜二園，因甕山金海之勝，築清漪園，謂之三山，清世土木之盛，當以此時爲最矣。我國舊式庭園，疊石造山，矯糅過甚，往往乏自然之美，而亭榭繁密，尤背園林之恉。圓明園之結構，據雷氏諸圖所示，亦蹈繁密之弊。顧其間不無可記者，如園中殿宇，除安佑宮舍衛城與正大光明殿外，鮮用斗栱屋頂形狀，僅安佑宮大殿爲四柱廡殿，其餘歇山硬山挑山，咸作捲棚式，一反宮殿建築之積習。其平面配置，亦於均衡對稱中，力求變化，有工字、口字、田字、井字、卍字、偃月、曲尺諸形，及三捲四捲五捲諸殿。後者如愼德堂等，爲帝后寢宮，內部以門罩、碧紗櫥、屏風、間壁，自由分劃，不拘常套。大內建築，僅養心殿重戶曲室，略似之耳。亭之平面，有四角、六角、八角、十字、流杯、方勝數種。以扒山叠落各式，遊廊與殿宇，委曲相通，爲園中風景原素之一，橋樑則有圓栱，瓣栱，尖栱，與木板橋多式。又或覆以廊屋，若古之閣道。其餘內部裝修與坊楔，船隻名目繁夥，不能殫舉，要皆爭妍鬥奇，竭當時智力物力所及，博一人之歡，譽之者目爲萬園之園，貽書海外，津津樂道，殆非全無所本者也。」劉君此節，博稽絜舉無遺，深可嗟賞，故備錄之。日下舊聞考稱，安瀾園原名四宜書屋，乾隆二十七年遊海寧陳氏隅園，肖其制於此，二十九年成。又稱：乾隆三十九年仿寧波范氏天一閣制度，建文源閣，其三潭印月、雷峯夕照、平湖秋月模擬西湖諸景，不具論。又稱：長春園內如園，係仿江寧藩署之瞻園，即明中山王府西園。獅子林，仿蘇州黃氏涉園。小有天，仿杭州汪氏園，乾隆二十二年南巡後造。又稱：乾隆十六年南巡後，仿無錫東山秦氏寄暢園，於清漪園東北，建惠山園。此皆宮苑與各省園林圖寫仿製之明證，邇日牧釋、蕙鷗、醇士諸子，陪石遺老人遊維揚，故釋爲言揚州之趣園，殆即頤和園內諧趣園所本，此則近百年內事，理或然也。惟日下舊聞考所言惠山園在清漪園東北云云，按清漪園後改頤和園，其東北不聞有惠山園，豈即在今頤和園之後山燹餘牆壁中歟？以予游屐所經，知倣惠山建築者，玉泉山靜明園中即有之，所謂竹鑪山房，即倣惠山之聽松菴，大抵並菴之竹鑪遺製，亦竊倣之，故命斯名。玉泉山又有妙高臺，乃仿金山之妙高臺制，在清嚴寺廢址附近，二十年前曾一遊之，有一詩，中之「規摹傑構思全盛，盪伏寒濤赴下方」，二句，即詠此。

客有詢惠山聽松庵竹鑪者，此無錫一小掌故也，明洪武間詩僧性海，手製竹鑪，王舍人孟端繪圖，並首唱爲詩，和之者皆一時勝流，歲久鑪亡，成化中秦武昌中齋訪得之城中楊氏，有復竹鑪記，嗣復淪落人間，據竹垞集，此鑪後歸成容若，容若復舉以贈顧梁汾，容若既逝，梁汾與朱竹垞周青士爲竹鑪聯句。然又相傳梁汾之鑪，乃倣製者，同時盛冰壑，宋漫堂，皆有倣製。其眞鑪，乾隆中山僧靈源松泉于斗門張氏訪得之，按之武昌記中規制，無爽毫髮，乞姚柏南上舍，爲賦再復竹鑪詩。松泉爲性泉裔孫，善屬文，臨摹竹鑪詩卷孟端已下諸名蹟，王虛舟亟賞之。別有邵文莊温硯鑪，銅質形方而橢，虛中受水，上二穴承硯及盂，篆文爲膠西安桂坡製，邗江方西疇士康得之市集，藏之三十餘年，乾隆丙戌，年踰七十，謂鑪宜歸二泉，乞揚州太守移文錫山，遞致聽松菴，與竹鑪並藏弆焉，王涵齋作歌記之，和者甚夥，此皆乾隆間事。至孟端所繪圖，康熙間顧梁汾得於容若所，復歸諸菴。乾隆辛未駐蹕惠山寺，汲惠泉，用竹鑪煎烹，因和明人題者韻，即書卷中。丁丑、壬午、乙酉、皆有高宗留題。四十四年，無錫知縣丘漣，以錦䙡蔫舊，玉鐵損折，攜至署中，欲重裝，值署西民居失火延燒，失於防護，孟端卷，及履菴一卷，吳珵一卷，張松岑補圖一卷，均燬於火，四卷既被燬，巡撫楊魁，布政吳壇，自請議處，劾丘漣，命罰銀二百兩，給寺僧，御筆補寫首卷，命皇六子永瑢及宏旿董誥分畫二三四卷，並令補寫前人題詠，仍付山寺收弆，復取孟端溪山漁隱圖償之，有記事詩。咸豐十年，無錫城陷，鑪卷散失。

編·輯·後·記

△上一期編者在「編輯後記」裏，已提到孔宙先生所寫的「陳融『讀胡漢民古應芬詩絕句』表微」，這篇文章係有關近三十年廣東的掌故，九一八瀋陽事變前七個月，蔣介石爲了便於個人獨裁，不惜違法把立法院長胡漢民扣留，絕不爲國民黨元老稍留面子。這件事，誠然是中國政壇上一大風波，因此引起兩廣反獨裁而組織政府。陳融和胡漢民都喜歡作詩，胡被扣留前後，所作的詩皆有所指，孔宙先生此文，即闡釋詩中微意，可供研究近代史的參考。

△編者所寫的「上海的超社逸社」，是談民國元二年間上海一班遺老先後所組織的詩社。五十年前有些遺老不肯做中華民國的人民，寄居租界，向租界當局納糧。在上海的這班遺老當中，有幾個是編者相識的，此文述超社逸社的產生及消歇的經過，爲上海一段小掌故。這並不是「發思古之幽情」，不過是「後之視今」之意罷了。

△中國的學者，以胡適的洋博士學位爲最多，共有多少呢？溫大雅先生「胡適宋美齡博士銜最多」一文，有統計數字，拿事實向讀者說明。第二個最多洋博士學位的人是宋美齡。一男一女，都是美國留學生出身，這倒是很有趣的事。

△泰國讀者蘇平先生的六月二日來信，請本刊找人寫一篇介紹當代畫家謝稚柳、吳湖帆、葉恭綽的藝術成就，編者在第九期會說過將請寒木先生執筆，現在已收到寒木先生寄來「當代藝壇三畫人」，將於第十二期發表。

△本刊近日收到讀者寄來的好文章很多，未能立即刊出，但可以先在這裏預告一下。羅萬先生的「史量才與陳景韓」，是一篇報壇掌故，記史量才盤下「申報」後，從「時報」拉陳景韓往「申報」幫忙的內幕。向晚先生是張永福的朋友，張是南洋富商，辛亥革命前，在星加坡助孫中山進行革命，著有勞績。當時他在新加坡的別墅晚晴園就是一個革命黨的總機關。可惜張永福後來參加汪僞組織，自毀光榮歷史，以九十高齡靜悄悄地死在香港，知道的人僅親友數輩而已。香港淪陷期間，張永福以「華僑委員會委員長」身份來港宣慰僑胞，幾多人日夜麕集在他的旅館欲一覥顏色而不可得，幾多名流打躬作揖求他設法買白米，求他向日本人請准發還貨倉。但張永福死之日，弔者只有靑蠅耳。羅萬先生和向晚先生這兩篇文章，將於十三、十四期先後發刊。

△本刊第四期的封面插圖是溥心畬騎馬像，有幾位讀者來信指出，這個人並不是溥心畬，而是溥儀，問編者有沒有弄錯。他們列出證據說：一九五七年香港文宗出版社出版潘際坰所作的「末代皇帝秘聞」下冊，就有此相，此乃「鐵證」也云云。

編者手上有材料可以證明此相是溥心畬不錯，某出版社一時大意弄錯了。下一期編者有一短文說明，並刊出溥心畬和他的父親貝勒載瀅同攝的相。這一幅相外間極少見。

大華　第九期

大華（一）

數位重製・印刷　秀威資訊科技股份有限公司
https://www.showwe.com.tw
114 台北市內湖區瑞光路 76 巷 65 號 1 樓
電話：+886-2-2796-3638
傳真：+886-2-2796-1377
劃　撥　帳　號　19563868　戶名：秀威資訊科技股份有限公司
讀者服務信箱：service@showwe.com.tw
網　路　訂　購　秀威網路書店：http://store.showwe.tw
國家網路書店：http://www.govbooks.com.tw

2020 年 5 月
全套精裝印製工本費：新台幣 20,000 元（全套五冊不分售）

Printed in Taiwan　ISBN:9789863267959 CIP:820.5

本期刊僅收精裝印製工本費，僅供學術研究參考使用

ISBN 978-986-326-795-9
9 789863 267959　20000

讀者回函卡

感謝您購買本書，為提升服務品質，請填妥以下資料，將讀者回函卡直接寄回或傳真本公司，收到您的寶貴意見後，我們會收藏記錄及檢討，謝謝！如您需要了解本公司最新出版書目、購書優惠或企劃活動，歡迎您上網查詢或下載相關資料：http:// www.showwe.com.tw

您購買的書名：________________________________

出生日期：________年________月________日

學歷：□高中（含）以下　□大專　□研究所（含）以上

職業：□製造業　□金融業　□資訊業　□軍警　□傳播業　□自由業

□服務業　□公務員　□教職　□學生　□家管　□其它_____

購書地點：□網路書店　□實體書店　□書展　□郵購　□贈閱　□其他

您從何得知本書的消息？

□網路書店　□實體書店　□網路搜尋　□電子報　□書訊　□雜誌

□傳播媒體　□親友推薦　□網站推薦　□部落格　□其他__________

您對本書的評價：（請填代號　1.非常滿意　2.滿意　3.尚可　4.再改進）

封面設計____　版面編排____　內容____　文／譯筆____　價格____

讀完書後您覺得：

□很有收穫　□有收穫　□收穫不多　□沒收穫

對我們的建議：________________________________

____

____

____

請貼
郵票

11466
台北市內湖區瑞光路 76 巷 65 號 1 樓
秀威資訊科技股份有限公司 收
BOD 數位出版事業部

(請沿線對折寄回,謝謝!)

姓　　名:____________ 年齡:______ 性別:□女　□男

郵遞區號:□□□□□

地　　址:________________________

聯絡電話:(日)____________ (夜)____________

E-mail:________________________